『十二五』國家重點圖書出版規劃項目

新曲苑

上

任中敏 編著
許建中
陳文和 點校

任中敏文集

王小盾 陳文和 主編

鳳凰出版社

圖書在版編目（CIP）數據

新曲苑 / 任中敏著 ； 許建中，陳文和點校. -- 南京 ： 鳳凰出版社，2014.9
（任中敏文集）
ISBN 978-7-5506-2041-4

Ⅰ. ①新… Ⅱ. ①任… ②許… ③陳… Ⅲ. ①戲劇文學－文學研究－中國－文集 Ⅳ. ①I207.3-53

中國版本圖書館CIP數據核字(2014)第228761號

書名	新曲苑
編著	任中敏
點校	許建中　陳文和
責任編輯	郭馨馨
出版發行	鳳凰出版傳媒股份有限公司 鳳凰出版社(原江蘇古籍出版社) 發行部電話025-83223462
出版社地址	南京市中央路165號，郵編：210009
出版社網址	http://www.fhcbs.com
經銷	鳳凰出版傳媒股份有限公司
照排	江蘇鳳凰製版有限公司
印刷	江蘇鳳凰通達印刷有限公司 南京市六合區冶山鎮，郵編：211523
開本	890×1240毫米　1/32
印張	26.125
字數	760千字
版次	2014年9月第1版　2014年9月第1次印刷
標準書號	ISBN 978-7-5506-2041-4
定價	100.00圓（全二册）

(本書凡印裝錯誤可向承印廠調换，電話：025-57572508)

“聰明正直，至大至剛”——任中敏先生手書漢民中學校訓（今存桂林弘毅峰）

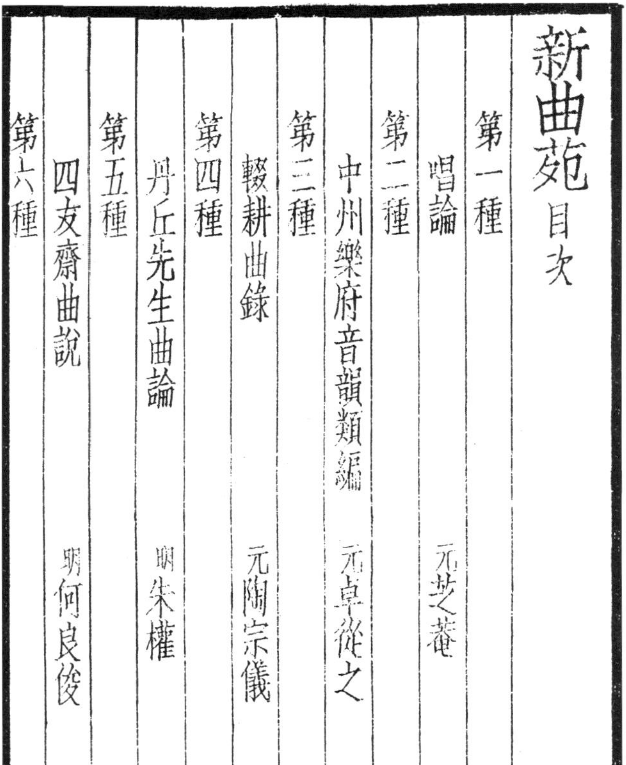
新曲苑目次
第一種
唱論　元芝菴
第二種
中州樂府音韻類編　元卓從之
第三種
輟耕曲錄　元陶宗儀
第四種
丹丘先生曲論　明朱權
第五種
四友齋曲說　明何良俊
第六種

《新曲苑》書影

任中敏先生文集序

本文集是任中敏先生學術著述的總集。

先生名訥,字中敏,江蘇揚州人。早年治北曲和北宋詞,故自號"二北";晚年從事唐代文藝研究,故又號"半塘"。他出生於 1897 年,即戊戌變法的前一年;辭世於 1991 年 12 月,即蘇聯解體的同一個月:享壽九十五年。他一生經歷了很多歷史事件,其中關係最直接的有"五四"運動、抗日戰爭、社會主義改造和"文化大革命"。先生一直以最積極的態度應對複雜多變的社會環境,所以在九十五年間,不僅有過像普通人一樣的生存,而且有過作爲社會活動家、教育家、學者的生存。本文集正是對於他的學術人生的記録。

先生最重要的學術業績是創立了散曲學和唐代文藝學。本文集圍繞這兩個中心而編成,可分爲四個部分:

第一部分散曲研究,包括《散曲叢刊》、《新曲苑》兩部叢書以及《散曲之研究》、《曲録補正》、《詞曲合併研究》、《詞曲通義》等單篇論述。這些著作有兩大内容:一是把古典文獻學的目録、版本、校勘、輯佚、辨僞之法同詞曲學的曲調、韻律、題目、體例研究結合起來,對元、明、清三代的散曲創作和評論做了系統總結;二是在和詞體相比較的基礎上,考訂了散曲的名稱、體段、用調、作法、内容、派别,亦即確認了散曲在文體、風格、功能上的特徵。這兩項工作,建立了散曲學的文獻基礎,釐定了散曲學的術語體系,構築了散曲學的基本框架,從而結束了散曲與戲曲混沌不分的局面,標志著近代散曲學的成立。

第二部分敦煌歌辭研究,包括《敦煌曲校録》、《敦煌曲初探》、《敦煌歌辭總編》等著作。這些著作始於對《雲謡集雜曲子》的著録與考訂,擴大至於對全部敦煌曲子辭的整理與研究,最後成爲關於"在敦煌發現的、一切有音樂性的歌辭寫本"的研究集成。《敦煌曲校録》、《敦煌曲初

探》完成了前兩步，其特點是針對五百四十多首敦煌曲子辭，把校訂考釋與理論研究分别爲兩書；《敦煌歌辭總編》完成了第三步，其特點是收録作品一千三百多首，"合歌辭與理論爲一編"。所謂"理論"，有一個重要項目是辨體，亦即把敦煌歌辭分别歸入隻曲、普通聯章、重句聯章、定格聯章、長篇定格聯章等體裁。經過這項工作，先生不僅提供了一批翔實可靠的音樂文學資料，而且提供了一個結構清晰的學術系統。

第三部分唐代戲劇研究，包括《唐戲弄》、《優語集》以及《唐戲述要》、《戲曲、戲弄與戲象》、《駁我國戲劇出於傀儡戲、影戲説》、《蕭衍、李白〈上雲樂〉的體和用》、《對王國維戲劇理論的簡評》等一批論文。其中《優語集》從表演者及其言論的角度，對中國幾千年戲劇史作了資料展示；《唐戲弄》則用細緻的論證，顯示了唐戲在脚本、戲臺、音樂、化妝、服飾、道具等方面的特徵，爲建立一部以演員和表演爲中心的中國戲劇史作了斷代示範。在先生的著作中，影響最大的也許就是這部《唐戲弄》。它打破"無劇本便無戲劇"的狹窄戲劇觀，重新確認了戲劇的本質；它衝擊以戲曲代替戲劇的舊習慣，既展示了戲劇形態的多樣性，也提升了戲劇研究的資料品質。中國的戲劇研究從此開了新途，從以文學爲中心轉變爲以表演爲中心，從一元的進化研究轉變爲多元的形態比較，視角和視野都有了很大改變。

第四部分唐聲詩研究，包括《唐聲詩》一書，也包括作爲資料準備的《教坊記箋訂》和作爲理論準備的一系列詞學論文。《教坊記箋訂》有兩個重點：其一考訂唐玄宗時期的教坊制度和人物事跡，其二考訂當時教坊所保存的 46 支大曲和 278 支普通曲子。後一內容，正好爲《唐聲詩》研究提供了資料基礎和認識基礎。《唐聲詩》是以配合燕樂曲調的齊言詩爲研究對象的。其操作方法是：先輯成唐代齊言歌辭約兩千首，從中提出曲調百餘名；次以相關記載排比溝通，建立理論；再據此理論重審各曲，著録一百五十餘調、一百九十餘體；最後從以上三者之間抉剔矛盾，相互改正，完成全書。在這項工作中，燕樂曲調既是理論與資料之間的交叉點，也是把握音樂與文學之關係的樞紐。以燕樂曲調爲綱領，既可以觀察詩與樂的多種形式的關聯，又可以觀察決定歌辭體式的音樂因素和表演方式因素。通過這種深入觀察，先生把詞調形成這一學

術爭議問題提升爲對中古音樂文學的全面探討。

總之，以上四方面工作，都具有建設學術方向、轉變學術風氣的意義。

先生的學術生涯起始於1918年。此年他進入北京大學國文系，師從瞿安（吴梅）教授研治詞曲。1922年畢業以後，他利用瞿安教授奢摩他室和南京江南圖書館的藏書，蒐集了大批散曲資料。1926年至1931年，他在教學之餘，向學術界貢獻出《新曲苑》、《散曲叢刊》、《詞曲通義》、《曲諧》、《詞學研究法》等一批重要著作。這時他只有34歲，但他的學術生涯却形成第一個高峰，彰顯出重視實證、富於批判精神的個性，其具體表現則是重視原本不上大雅之堂的表演性文學，因而重視文學在社會生活中的多樣存在。這種個性事實上貫穿了他的一生。1950年前後，他離開經營多年的漢民中學，在四川大學回歸學術。對於他的教育救國之理想來説，這也許是一個退求其次的選擇；但他的學術個性却因此而得以充分發揚。1951年，他從詞學進入敦煌學，後來又把敦煌曲子辭研究擴展爲敦煌歌辭研究，事實上，這便是把面向作家文學（詞）的研究擴展爲面向社會各階層之文藝的研究。1955年以後，他在好幾項工作上對王國維先生做了糾補，例如繼《優語録》之後編成《優語集》，變《宋元戲曲考》的戲曲研究而爲《唐戲弄》的戲劇研究。表面上看，這些工作的意義是資料範圍的擴大，而究其實質，却是藝術觀念的改變。比如，在《宋元戲曲考》那裏，衡量戲劇的標準是從宋元南戲、明清傳奇到京昆劇的主流戲曲系統，也就是同文人雅士生活相聯繫的表演藝術；而《唐戲弄》却更關注民衆生活中的藝術。依據這一觀念，先生提出了周有戲禮、漢有戲象、唐有戲弄、宋元有戲曲的主張。這個主張意味著，中國戲劇史實即若干戲劇形態相更疊的歷史；不同形態的戲劇有不同的社會功能，但它們具有同等的學術價值。

在近代中國，先生代表了一種不多見的人物類型。他曾經長期從事政治活動和教育活動，但學術却成爲他實現生命意義的最好方式。他到五十五歲才正式選定作爲學者的道路，但他由此改寫了學術史上的某種記録：讓寫作高峰出現在花甲之年，並使學術創造力延續到九十高齡。他一貫以獨立特行者的面貌出現在學術舞臺之上，研究作風和

任何人都不相同。他全力以赴從事資料工作，却使這種零度風格的工作充滿熱情，成爲富於理論意義和人格力量的工作。他很少參加學術活動，一生都以邊緣人的身份“閉門造車”，而這種情況却恰好成就了他的學術個性。作爲一個成功的學者，在他身上似乎隱藏了一些特殊的秘密。

秘密應當在於：他是把學術當作一種生存方式來看待的。他始終以奮發的態度進行學術工作，學術是他陳述生命的語言。如果説，真正的學者總是具有同學術合一的傾向，那麽，我們可以用“不平則鳴”、“激憤出詩人”的比喻，來解釋他投身學術活動的動力。

1919 年，他曾攜帶“五四”的風烈南下揚州，在二十四橋張貼了一批激揚的文字。這一姿態，也就是他走上學術舞臺的姿態。他把這一姿態保持到教育活動中；而當他的教育事業夭折之時，他又在全部研究工作中刻下了作爲批判者的印記。他懷疑聖人和經典，於是矚目於通俗文學。他崇尚“蒸不爛、煮不熟、捶不匾、炒不爆、響當當”的銅豌豆性格，於是弘揚具有豪放本色的北宋詞和元代北曲。他偏愛不入大雅之堂的文學，於是以極大熱情投入對這種文學作品的整理——早年是《一半兒》，晚年是敦煌曲子辭。他的目光不斷被具有平民色彩的事物吸引，於是越來越深地進入那些發生狀態的文體和文學現象。他輕視正統和權威：面對戲曲和戲曲研究的貴族化傾向，他提出飽含民間色彩的“戲弄”概念；面對詞學研究中的正變尊卑觀念和因之固定下來的“詩變而爲詞”的成見，他提出“唐代無詞”的主張和“曲—詞—曲”的文體演進綫索。他的工作不免有某種主觀性，但幸運的是，他所信奉的批判精神，作爲 20 世紀中國學術的寶貴建樹，天生地包含了某種科學傾向。所以他總是能夠敏鋭地認識對象的本質，找到最具前途的學術課題。此外，他始終不渝地倡導嚴正的爭鳴。他和幾位親密朋友的往來書信，均貫穿了激烈的學術爭論。他一生只具體地指導過一篇學位論文，他的指導意見也可以概括爲簡單的兩句話：“要敢於爭鳴——槍對槍，刀對刀，兩刀相撞，鏗然有聲。”“震撼讀者的意志和心靈！”

事實上，先生的批判精神或反傳統精神不僅使他比同代人更加接近科學，而且，也使他更頑强地戰勝了逆境。20 世紀 50 年代以後，學術

成了他砥礪意志、張揚個性的手段。他的生活軌跡表明：環境越是惡劣，他越能成功自己的學術。20 世紀 60 年代中期，作爲一個政治身份晦暗的古稀老人，他曾就敦煌曲子辭的校勘問題和創作年代問題，發起一場有中國臺灣潘重規、中國香港饒宗頤、日本波多野太郎等知名學者參加的國際大討論。這一事件，可以看作他對於當時環境的特殊反應方式。同樣，他也向自己所面臨的種種極限反復提出挑戰：總是按大禹治水的方式設計學術工作，在所研究的每一個課題範圍內，細大不捐地疏理全部問題；總是用竭澤而漁的方式搜集資料，上窮碧落下黄泉，不放過有關研究對象的蛛絲馬跡。他的學術具有堅實而强健的品格。

面對先生的學術業績，我們不免會去思考研究方法的意義。我們發現，方法其實是聯繫研究者和研究對象的媒介，是研究者的精神個性同作爲研究對象的資料品質的相互適合。先生的研究方法，也明顯表現了受制於個性與資料品質的特點。學術個性使他進入了一系列處女地，這樣一來，他勢必以最大力量來進行資料建設，採用資料工作與理論工作並舉的研究方法。他所處理的資料往往是非經典的資料，這樣一來，他勢必從文化角度或伎藝角度認識文學，採用社會史的研究方法。以文本爲中心的文學研究一旦讓位給以事物關係爲中心的文學研究，他又自然要把以書籍爲單位或以作品類别爲單位的文獻整理，轉變成以課題和問題爲單位的文獻考訂與理論總結。此外，課題和價值觀的更新，使他在敦煌歌辭校勘等工作中，採用了勇於按斷的治學方式。人們往往依照文獻學的常規對這一方式加以批評，却没有想到，它同樣有研究個性與資料品質方面的緣由——敦煌歌辭資料其實不是“典籍”資料，而是“文書”資料。它多爲孤本，往往殘缺，且由於經過口頭流傳以及由民間書手謄寫等原因，有大量不易死校的訛字異體。爲了取得一份可讀的文本，難免要根據訛别規律、名物制度、通假字音變的時代特點等知識，作較爲大膽的“理校”。這也就是清代校勘家所説的“考異”。這件事説明，先生工作中的種種不圓滿，是應當從積極角度來理解的。因爲它可能不屬於舊的學術範式，而包含某種前指意味，需要後續的開拓。

由於以上理由，今把先生的學術著述整理出版。本文集除副主編

陳文和教授以外，其他整理者都是先生的弟子門生。其分工如下：

喻意志、吴安宇：整理《教坊記箋訂》；

楊曉靄：整理《唐戲弄》；

金溪：整理《散曲研究》；

曹明升：整理《散曲叢刊》；

許建中、陳文和：整理《新曲苑》；

王福利：整理《優語集》；

張之爲、戴偉華：整理《唐聲詩》；

樊昕、王立增：整理《唐藝研究》；

何劍平、張長彬：整理《敦煌歌辭總編》；

張長彬：整理《敦煌曲研究》；

李飛躍：整理《詞學研究》；

伍三土：整理《名家散曲》。

另外，本文集所用照片由鄧傑教授提供。

王小盾

2013年春分日

新曲苑目次

唱論

唱　論

新曲苑第一種　元燕南芝庵撰

善唱者　竊聞古之善唱者三人：韓秦娥、沈古之、石存符。

帝王知音者　帝王知音律者五人：唐玄宗、後唐莊宗、南唐李後主、宋徽宗、金章宗。

三教所尚　三教所唱，各有所尚：道家唱情，僧家唱性，儒家唱理。

唱忌　大忌鄭衛之淫聲。續雅樂之後，絲不如竹，竹不如肉，以其近之也。

又云："取來歌裏唱，勝向笛中吹。"《太和正音譜》"取來"作"取將"《輟耕録》刪去此條不載。

大樂　近世所謂大樂：蘇小小《蝶戀花》，鄧千江《望海潮》，蘇東坡《念奴嬌》，辛稼軒《摸魚子》，晏叔原《鷓鴣天》，柳耆卿《雨霖鈴》，吴彦高《春草碧》，朱淑真《生查子》，蔡伯堅《石州慢》，張子野《天仙子》也。"蘇小小"應作"司馬槱"。《輟耕録》"大樂"作"大曲"，"張子野"《陽春白雪》作"張三影"，此從《輟耕録》。

格調　歌之格調：抑揚頓挫，頂疊垛換，縈紆牽結，敦拖嗚咽，推提九轉，搖欠遏透。《太和正音譜》"九轉"亦作"丸轉"。"丸"疑是"宛"之省文。《陽春白雪》"搖欠"作"捶欠"，此從《輟耕録》、《正音譜》。

節奏　歌之節奏：停聲，待拍，偷吹，拽棒，字真，句篤，依腔，貼調。

聲節　凡歌一聲，聲有四節：起末，過度，揾簪，攧落。

聲韻　凡歌一句，聲韻有一聲平，一聲背，一聲圓。聲要圓熟，腔要徹滿。"聲韻"二字《輟耕録》作"句有聲韻"。《正音譜》"聲韻"作"聲自"。

聲氣　凡一曲中，各有其聲。變聲，敦聲，抓聲，啀聲，困聲，三過聲；有偷氣，取氣，换氣，歇氣，就氣；愛者有一口氣。"三過聲"以下，《陽春白雪》提行另作一條。《輟耕録》等書皆從之。兹揣文意，並爲一條。

歌聲變件 歌聲變件，有慢，滚，序，引，三臺，破子，遍子，攧落，實催，全篇。《輟耕録》無“慢、滚、序、引”四字，《正音譜》無“滚”字。

尾聲 尾聲，有賺煞，随煞，隔煞，羯煞，本調煞，拐子煞，三煞，七煞。此條《陽春白雪》並在前條之後，兹另列。“七煞”《輟耕録》作“十煞”。

樂府套數葉兒 成文章曰“樂府”，有尾聲名“套數”，時行小令唤“葉兒”。套數當有樂府氣味，樂府不可似套數。街市小令，唱尖新倩意。“尖新”《陽春白雪》作“尖歌”，此從《中原音韻》。“倩意”《中原音韻》作“茜意”。《輟耕録》删末二句。《北宫詞紀》於“成文章”上有“元趙子昂云”五字。

唱曲門户 凡唱曲之門户，有小唱，寸唱，慢唱，壇唱，步虚，道情，撒煉，帶煩，瓢叫。《正音譜》於“瓢叫”下多“北音爲曲，南音爲歌”二句。

題目 凡歌曲所唱題目，有：曲情①，鐵騎，故事，採蓮，擊壤，叩角，結席②，添壽；有宫詞，禾詞，花詞，湯詞，酒詞，燈詞；有江景，雪景，夏景，冬景，秋景，春景；有凱歌，棹歌，漁歌，挽歌，楚歌，杵歌。《正音譜》“凡歌曲”作“凡歌唱”。《輟耕録》“棹歌”作“櫂歌”。

歌所 凡歌之所：桃花扇，竹葉樽，柳枝詞，桃葉怨，堯民鼓腹，壯士擊節，牛僮馬僕，閭閻女子，天涯遊客，洞裏仙人，閨中怨女，江邊商婦，場上少年，闤闠優伶，華屋蘭堂，衣冠文會，小樓狹閣，月館風亭，雨窗雪屋，柳外花前。“闤闠優伶”四字《正音譜》列於最後。

宫調 大凡聲音，各應於律吕，分於六宫十一調，共計十七宫調：

仙吕調唱，清新綿邈。　　南吕宫唱，感嘆傷悲。
中吕宫唱，高下閃賺。　　黄鍾宫唱，富貴纏綿。
正宫唱，惆悵雄壯。　　道宫唱，飄逸清幽。
大石唱，風流醖藉。　　小石唱，旖旎嫵媚。
高平唱，條暢滉漾。　　般涉唱，拾掇坑塹。
歇指唱，急併虚歇。　　商角唱，悲傷婉轉。

---

① 今校：曲情，原作“閨情”，據《歷代曲話彙編》本改。
② 今校：結席，原作“吉席”，同上改。

雙調唱,健捷激裊。　　　　商調唱,悽愴怨慕。

角調唱,嗚咽悠揚。　　　　宮調唱,典雅沉重。

越調唱,陶寫冷笑。《中原音韻》各句内皆無"唱"字。雙調之"健捷"各本多誤爲"健棲"。《輟耕録》"仙吕調"作"仙吕宫"。

一串驪珠　有子母調,有姑舅兄弟,有字多聲少,聲多字少①,所謂一串驪珠也。比如《仙吕·點絳唇》,《大石·青杏兒》,人喚作殺唱的劊子。"姑舅"《陽春白雪》作"孤兒",此從《輟耕》《正音》二書。《中原音韻》無此句。"殺唱"疑是"殺嗓"之訛。

唱者　有愛唱的,有學唱的,有能唱的,有會唱的。有高不揭,低不咽;有排字兒,打截兒,放褙兒,唱意兒;有明褙兒,暗褙兒,長褙兒,短褙兒。醉褙兒②。此下二段,各本原皆連貫。

一曲入數調　一曲入數調者,如:〔啄木兒〕,〔女冠子〕,〔抛毬樂〕,〔鬥鵪鶉〕,〔黄鶯兒〕,〔金盞兒〕類也。如"《正音譜》"作"有"。

各地所唱　凡唱曲有地所:東平唱〔木蘭花慢〕,大名唱〔摸魚子〕,南京唱〔生查子〕,彰德唱〔木斛沙〕,陝西唱〔陽關三叠〕、〔黑漆弩〕。

歌忌　凡歌之所忌:子弟不唱作家歌,浪子不唱及時曲;男不唱艷詞,女不唱雄曲;南人不曲,北人不歌。《輟耕録》"凡歌之所忌"作"凡唱所忌","南人不曲"作"南人不唱"。

聲音所長　凡人聲音不等,各有所長。有川嗓,有堂聲,皆合破簫管。有唱得雄壯的,失之村沙;唱得蘊拭的,失之乜斜;唱得輕巧的,失之閑賤;唱得本分的,失之老實;唱得用意的,失之穿鑿;唱得打掐的,失之本調。《正音譜》作"皆合簫管"。"蘊拭"《輟耕録》作"蘊拽"。"掐"《陽春白雪》作"稻"。

歌節病　凡歌節病,有唱得困的、灰的、涎的、叫的、大的;有樂官聲、撒錢聲、拽鋸聲、猫叫聲;不入耳、不着人、不撒腔、不入調;工夫少、遍數少、步力少、官場少;字様訛、文理差;無叢林,無傳授;嗓拗,劣調,落架,漏氣。《輟耕録》"歌節"作"唱節",次句無"唱得"二字,"不撒腔"

---

① 今校:聲多字少,原作"聲少字多",據《歷代曲話彙編》本改。

② 今校:醉褙兒,原作"碎褙碎",同上改。

作“不撤腔”。《正音譜》“樂官”作“樂府”。

唱聲病　有唱聲病：散散，焦焦；乾乾，洌洌；啞啞，嗄嗄；尖尖，低低；雌雌，雄雄；短短，憨憨；濁濁，赸赸。有格嗓，囊鼻，摇頭，歪口，合眼，張口，撮唇，撇口，昂頭，咳嗽。

添字病　凡添字節病：則他，兀那，是他家，俺子道，我不見，兀的，不呢。一條了，唇撒了，一片了，團圝了，破孩了，茄子了。《輟耕録》“一條了”作“一條弓”，“一片了”“團圝了”“了”均作“子”，無“破孩了”。

先唱與押班　先唱的金門社，押班的無對砇。《輟耕録》無此條。《正音譜》此下二條皆無。

詞曲生熟　詞山曲海，千生萬熟。三千小令，四十大曲。

中州樂府音韻類編

中州樂府音韻類編序

盧君冀野得元卓從之《中州樂府音韻類編》，寫刊竟，以予詳於音韻之書，命序其首。予不敏，未嘗研討及南北曲家聲韻。顧予夙昔主勑字之始本於北音，而謂入聲短促爲後起。自來言四聲者皆南人。周召分陝，化及二南，故風雅頌已多入聲獨用。然尋其分別，聲系無紊，自漢始混合不分。揚雄之徒，用短言與短言相協。隋陸法言作《切韻》，入聲部次不依平韻比列，其跡遂益淆。清代顧炎武、江永、段玉裁、王念孫，皆以南人求古音。段氏尤力言古有平上入而無去。王氏更增祭至類有去入而無平上。至曲阜孔廣森，始明陰陽對轉，以闡發古無入聲。予嚮爲《古聲通轉例證》、《今韻析》二書，宗其説。然古音所謂陰陽者，以韻部分，非一韻中有陰平陽平也。而陰部韻類，後世所謂入聲者分隸之；陽部韻類，則寄其入聲於陰部，是爲對轉之樞紐。曲韻分析雖不符古，而入聲分隸止於陰部韻類則同。於以知北人之音，雖經古今嬗變，尚未盡失其淵源，亦足爲攷古者所資已。冀野博學，諳音律，工爲南北曲，既得是編，知即巴西鄧子晉所稱《北腔韻類》，於是《嘯餘譜》所載《中州音韻》非是卓書，其疑盡釋。竊願冀野更檢高安周德清《中原音韻》、秦敦夫所刊《菉斐軒詞林韻釋》諸書，參互詳攷，以求入聲分隸諸韻之合於古者，表而出之，是又頃近研求語音學者所宜有事也。曲韻云乎哉。夏敬觀。

曲家用韻，北宗周氏德清，南宗范氏昆白。周書具在，范書已若存若亡。《嘯餘譜》有《中州音韻》一種，昔人疑爲卓從之書，今見此册，始知不然。余藏元刊《太平樂府》卷首無此編，足證明活字本之可寶矣。周氏分陰陽，僅及平聲。范氏平去皆分陰陽，較德清爲細。顧平聲之可陰可陽者，獨卓氏此書有之，此自來度曲家所未及知者也。往歌北詞，遇陽平字輒有高腔，嘗疑不能釋，今遂恍然。世之治南北詞者，于周、范二家外，又得一平聲陰陽通假之訣，豈不大快乎！盧生冀野示我此帙，自詫眼福不淺云。吴梅書於大石橋寓齋。

巴西鄧子晉序《朝野新聲太平樂府》有云："以燕山卓氏《北腔韻類》

冠之，期於朔南同調，聲和氣和，而爲治世安樂之音，不徒羨乎秦青輩之喉吻也”。前按：今世所傳《太平樂府》此卷皆不存，惟海虞瞿氏藏明活字本有之。前求之十年，不可得見。比讀曲樓中，海鹽張菊生先生元濟假諸瞿氏，屬余校訂，始知書名《中州樂府音韻類編》；子晉所謂《北腔韻類》者，蓋省言也。元賢曲韻，以高安周德清《中原音韻》最通行。顧周氏廑於平聲辨析陰陽無一字。陰陽兩用者，周書計有五千八百七十七字。卓氏所收，則四千二十三字，謹嚴過之。周書於所收字下特注者，凡十三，而卓氏所注則有三十餘字。爲北詞者，當以是爲準繩已。因亟付槧，以餉同嗜。甲戌九月盧前涵芬樓記。

中州樂府音韻類編

新曲苑第二種　元燕山卓從之述

一東鍾　二江陽　三支思　四齊微　五魚模　六皆萊　七真文　八寒山　九桓歡　十先天　十一蕭豪　十二哥戈　十三家麻　十四車遮　十五庚青　十六尤侯　十七尋侵　十八監咸　十九廉纖

海宇盛治，朔南同聲。《中州小樂府》今之學詞者輒用其調，音歌者即按其聲。然或押韻未通其出入變換，調音未合其平亥轉切。此燕山卓氏韻編所以作也。是用録刊予樂府之前，庶使作者歌者皆有所本，而識音韻之奇，合律度之正。雖引商刻羽，雜以流徵之曲，亦當有取於斯焉。

一東鍾

【平聲】【陰】東冬　中衷忠終鍾鐘　松嵩　公躬恭弓功工蚣攻宫供肱觥上三字收　空悾　翁泓上一字收　宗椶騣　鬆憁蹤縱　崩繃上二字收

【陽】戎茸　龍隆癃窿　蒙濛朦盲甍萌上三字收　籠朧聾嚨隴櫳瓏　膿農儂　濃醲穠從

【陰陽】通蓪　同童銅桐峒筒瞳潼鼕　冲充衝　重蟲鏞崇上一字方言　邕噰雍容融溶庸墉镕蓉榮上二字收　胸凶兄上一字收　風楓豐封峰鋒蜂烽　馮逢縫　烘薨轟上二字收　紅烘虹鴻宏紘嶸横弘上五字收　蔥匆聰驄　叢蓬篷烹彭棚鵬上四字收

【上聲】董懂　孔恐　懜蠓猛艋蜢上三字收　桶統　總　汞嗊　捧　寵　篢　隴壠　腫踵種　冗擁勇涌踊永上一字收　聳　噥

【去聲】送宋　鳳奉諷縫　貢共供　弄哢礱　棟凍蝀洞動　控空鞚　訟頌誦　瓮齆　痛慟　衆重中種仲　夢孟下取　用咏瑩上二字取

綜　縱從粽迸收　橫收

二 江陽

【平聲】【陰】姜江釭薑彊韁　邦梆幫　雙霜孀[1]鸘　章樟張障彰麞　商傷殤觴　漿螿將　莊妝裝樁　岡剛鋼綱[2]亢杠缸扛玒桑喪康糠光胱　當璫

【陽】忙茫硥厖邙芒鋩　良凉量糧梁粱　穰攘瀼　忘亡　娘　郎琅榔廊狼　航行杭頏　囊　昂

【陰陽】牕瘡床幢橦咮　香鄉　降　鎊雱　傍龐逄　腔　強鴦央殃秧　陽揚颺羊徉楊洋佯方芳枋坊妨房防　昌菖娼閶　長腸場　常裳償萇　湯　唐塘堂棠糖　湘相箱襄廂　詳祥翔　槍鏘　牆戕檣墻匡筐眶　狂汪王　倉蒼　藏　荒肓　黃皇篁簧隍凰惶遑

【上聲】講港　養癢鞅　漿獎蔣　兩　魎　强　槍　想　鮝　掌長　爽　饗蠁享饗敞氅景　壤　穰　賞　倣　舫　罔　網輞　枉往顙磉　嗓　榜梆　鎊　倘帑　黨　莽蟒　朗　謊晃仰

【去聲】絳降虹洚糨強　喪胖　象相像　恙煬漾様怏　亮量緉輛狀　狀壯橦　上尚餉　讓　帳脹漲仗杖障嶂瘴　巷向項　匠將醬　唱暢悵　倡創　刱　愴　望忘妄　誑　旺　放訪盪宕碭　浪　行　葬　謗傍　當蕩　亢炕杭　壙曠

三 支思

【平聲】【陰】支卮梔枝肢氏閼氏　榰之芝脂　髭貲觜玆　孜滋緇資　咨姿秄　差眵媸嗤

【陽】兒而洏

【陰陽】雌慈鷀磁玆鶿餈茨　疵玼玭施詩師獅螄尸蓍　時塒　匙　斯廝澌鷥颸司私罳絲偲　詞祠辭辤

【上聲】紙旨指止沚趾　址芷　邇爾耳餌　此玼跐　史駛弛豕矢始

① 今校：孀，原作"孇"，據《續修四庫全書·朝野新聲太平樂府》本改。
② 今校：綱，同上補。

屎使　子紫姊梓　死　齒

【入聲作上聲】塞澁瑟

【去聲】是氏市柿恃士仕使示諡蒔侍事施嗜豉試視　似兕柿姒巳嗣飼粈涘俟寺食笥思四肆泗駟　次刺　字漬牸自恣胔　翅　廁　志至誌二貳餌

四齊微

【平聲】【陰】機幾磯肌饑鷄稽笄箕基璣姬譏　歸圭龜閨規　低堤磾西犀嘶　杯悲卑碑陂　篦　追騅錐知

【陽】微薇　犁黎梨藜鸝璨離籬麗漓狸蜊蠡　迷泥尼臡　梅枚媒煤醿眉湄麋麋　雷罍檑羸　隋隨誰

【陰陽】妻淒萋棲　齊臍　灰揮徽暉輝　回徊　威隈偎煨　圍幃闈違爲危嵬巍桅維惟遺　非飛扉緋霏妃菲　肥淝　溪欺　奇祈期旗棊畿騎琦　希稀醯犧羲　衣依醫伊　鷖　奚兮攜畦　移姨沂蜺霓倪鯢庨宜儀夷彝疑怡嶷頤　梯啼　提題蹄荑　吹炊推鎚垂陲　醅披邳丕　裴陪培皮　魁虧窺　葵馗夔逵笞螭癡　池遲馳篪墀　椎頹魋　崔催衰摧紕批脾疲

【入聲作平聲】【陽】十什石射食蝕拾　直姪秩值擲　疾嫉葺集寂夕席習襲　荻狄敵笛糴　及極　惑　逼

【去聲作平聲】【陽】鼻

【上聲】尾亹　椅扆倚蟻矣已擬蟣幾己幾麂　鬼簋　悔賄毀卉　禮醴俚蠡里裏李鯉履濟擠　體　底邸　洗璽徙屣　起啓杞　米弭　美浼彼妣委猥唯　壘磊儡蕾　腿　蕊　觜　冰喜　恥　髓

【入聲作上聲】質隻炙織騭執汁　七戚漆刺　匹闢僻劈　吉擊激棘吃戟急汲給　失室識適拭飾軾濕釋奭唧積稷績跡脊鯽　必畢碧磬壁甓昔惜息錫淅　尺赤喫勑鶒　的靮嫡滴　德得　國　筆北　黑　滌剔　踢　隙　吸翕檄覡　乞泣

【去聲作上聲】悔

【去聲】未味　胃渭緯魏尉慰畏衛罻　貴跪桂檜膾鱠獪櫃　吠沸廢費肺　會晦誨諱　翠脆　異裔義毅藝易翳　意殢　氣器棄　霽濟祭際

替剃涕帝地第悌遞蔕　棣　背具婢備避焙輩被倍　利唳離隸俐麗例痢　砌妻　細壻　罪　最　對隊碓兑　計記寄繫繼妓忌季　縊閉蔽謎　鋭　睡税説瑞蜕　退蜕　歲碎粹祟　墜贅綴　制置滯彘稚智　世勢逝誓　淚累酹播類纇　妹味媚瑁寐　簣塊　配珮　内

【入聲作去聲】日入　蜜密覓　墨　立粒笠曆歷靂櫪瀝瀝皪力栗一易逸佾溢泆鎰液疫役逆益鷁譯腋掖驛邑乙憶揖射匿惕翊翼勒肋①劇

五魚模

【平聲】【陰】居車駒拘俱　諸豬朱株蛛誅珠　蘇酥甦蔬疏疎　虚墟嘘吁　蛆趍　疽沮雎　孤姑辜鴣沽菰枯刳　都　逋　租

【陽】廬閭驢　如儒需儒嚅　無蕪巫　模謨謀收　徒圖屠荼途塗奴孥　盧蘆顱鱸艫瀘

【陰陽】迂於魚漁余虞餘與歟譽遇盂隅臾瑀瑜窬　烏嗚　吾鋙吴梧娱齬　初　雛鋤　粗　粗　殂　書舒輸　殊茱銖　區軀驅嶇　渠蕖衢臞須鬚胥　需　徐　樞　除蜍廚躕儲　膚夫桴玞　扶符鳧蚨浮收　鋪蒲脯呼　糊湖胡壺狐醐乎瑚

【入聲作平聲】【陽】獨讀牘瀆犢毒突　族鏃　伏鵩袱服　鵠斛槲逐軸二字尤韻通　蜀贖屬塾孰熟三字尤韻通僕　俗續　術述秫术　佛鶻　局

【上聲】語雨與圄齬羽宇禹庾　吕旅侶縷　主煮渚麈　汝乳　暑鼠黍　杵處　女　嶼醑　許　數所楚阻　祖組　舉　武舞鵡侮　甫斧撫否收取　母某牡二字收　土吐　魯櫓虜　睹　賭　弩　古鼓股罟羖詁賈估牯瞽　五仵伍午塢　虎滸　苦浦圃譜補　普溥

【入聲作上聲】谷穀轂骨　哭窟　禿　速縮　簇　福腹幅覆蝠　卜不　菊踘　曲麯屈　叔粥竺築竹　肅　宿粟　束　足　促　出　忽笏拂

【去聲】御馭遇嫗裕諭芋預豫　慮屢　鋸懼句據　恕庶樹戍　覷趣娶去　注澍住著炷駐紵苧貯竚數疏　絮序敘緒　助　處滁孺茹　杜妬

① 今校：皪，據《續修四庫全書》本補。

肚渡度蠹　赴父輔付賦傅婦阜收恕　户扈護瓠互岵　怒務霧　素訴愬塑　暮慕墓　路露鷺輅　兔　顧固故錮　誤悟悮惡　布怖薄捕步醋措做胙祚鋪

【入聲作去聲】屋禄鹿漉麓　木沐穆睦没牧目　陸緑戮録籙　玉育獄欲浴鬱物勿　辱入

六皆萊

【平聲】【陰】階皆　街稭　乖　齋　楷　開　歪　腮　該垓　哉災栽烖　衰

【陽】諧骸鞋　排牌　懷　淮槐　埋霾騋來萊　能三足鱉　孩頦

【陰陽】釵差　柴豺儕　崖捱　挨　台胎駘　臺檯苔　哀埃唉　騃猜　才裁財材纔

【入聲作平聲】【陽】白帛舶宅擇澤擇　畫劃

【上聲】買　揣　擺　矮　解　海　醢　蟹駭　揩　凱　鎧　宰載駘　改　采　綵彩靄乃欸乃　毒㚤毒莿　枴　歹　妳乃迺

【入聲作上聲】伯百栢　策栅册測跚足踏收　客刻　柏魄　格骼革隔　色穡索　責幘摘讁側窄仄昃擱　檗擘　捽

【去聲】解蟹薤械　賽豸瘵債蠆　泰大汰態　蓋丐　艾愛礙　隘捱奈耐鼐　害亥　帶戴怠待代袋黛大　戒廨解界介芥疥　外聵　快噲塊　在再戴　賣邁賴癩　拜敗憊派　菜蔡　晒煞　塞賽　怪　壞

【入聲作去聲】貊陌驀　麥脉墨　額厄　搦

七真文

【平聲】【陰】真　珍　振　甄　新薪辛　賓濱鑌彬　津　諄巾斤君軍均鈞皸　遵　榛臻　莘詵　薰勳醺　裩鯤　温愠　孫飧　尊樽敦墩　奔賁犇　坤髡　根跟　恩　欣

【陽】隣鱗麟鄰　貧頻蘋顰　民緡岷　人仁　倫輪掄淪　裙羣　勤懃芹　門捫　論倫　文蚊聞蚊　因湮姻殷茵　銀齗垠寅嚚　中紳身伸神　嗔瞋　陳塵臣　辰晨宸　親　秦蓁　春椿　脣純蓴醇鶉　詢筍巡旬馴　氳　雲勻紜耘云員筠　分紛芬　墳焚　昏婚葷　村　存

吞暾　肫屯飩　噴　盆　限　痕

【上聲】畛疹診稹　哂　忍　緊謹槿巹瑾　窘　隱引蚓　閔僶敏　准準　允笋　損蠢　忖　刎　吻　粉　穩　本畚　衮　狠　閫　壼　悃　懇　肯　腯不品收

【去聲】震振陣鎮　信訊燼　忍認仞訒　吝偺藺磷　鬢殯臏　腎慎　醞慍運暈韻盡晉進　分忿糞奮　近覲　櫬齔　印孕　峻浚　殉巽　遜巽　俊駿　舜順　閏潤　問紊　訓　郡　困頓　圂　鈍悶懣　噴　褪遁　釁　論　混　逩　倴　寸　恨　嫩

八寒山

【平聲】【陰】丹單殫　安鞍　山刪　珊　干竿肝玕乾姦奸間艱　刊　看　關鰥　拴櫰　班斑般魯般攀　扳慳　趀

【陽】寒邯韓汗翰　難闌欄蘭瀾　還環鬟　蠻　顏　閑　鷳　潺

【陰陽】餐　殘　灘　壇檀彈彎灣　頑　番翻幡旛反藩　煩繁礬樊　帆凡二字收

【上聲】反返　柤　罕　侃　散傘　懶　趲　晚　挽綰　版板　赧　盞　簡揀　産鏟　眼

【去聲】萬蔓　限　棧綻　撰　旱漢翰汗　旦誕嘽憚但　飯販範泛　范犯四字收嘆炭　按岸　榦幹　看　粲燦　爛　贊讚慣　患宦幻　間　澗　諫　雁晏贗　訕　辦瓣扮絆　慢　纂　散

九桓歡

【平聲】【陰】端　酸　官冠棺觀　寬　鑽　搬般

【陽】鸞鑾巒欒　瞞謾縵漫

【陰陽】歡驩　貛　桓紈　剜丸　完紈　湍　團　溥摶　攛　攢　潘拚　潘拚　盤槃　磻蟠胖弁　瘢

【上聲】暖　館管脘　盥　款　澣　短　椀　疃　卵　纂纘　滿

【去聲】喚換煥　緩　鑽　翫玩腕　慢鏝漫　竄　爨　斷鍛段　亂　算蒜　判拚　貫冠觀灌　半伴泮　畔絆

十先天

【平聲】【陰】煎箋鞯濺籛　堅肩　甄　顛巔　鵑涓娟　邊籩編鞭鯿　暄喧萱　氈鸇　羶煽　鐫　專　磚

【陽】連蓮憐　年　眠緜　然燃　廛纏躔蟬禪　聯

【陰陽】先僊蹮鮮　涎　千阡芊　遷韆　前錢　天闐　田填鈿　軒掀　賢弦絃舷懸玄　烟燕　胭焉嫣　延筵緣　妍言研焉　牽愆騫褰　乾虔　篇蹁　偏翩　便　淵寃宛鴛　元圓員園原源黿袁垣轅捐鉛鳶猿湲　痊琁筌銓悛　全泉　宣揎　旋還　川穿　船傳椽　圈　拳權

【上聲】遠阮苑畹兖偃堰演衍　卷捲　鮮跣冼和洗蘚癬　腆殄　典蹇蹇繭筧掍皶　撚輾碾　顯　犬　淺　展　遣　翦　輦　璉　巒囈　囀轉　軟喘舛　選　免冕勉　闡　匾貶

【去聲】院願怨遠　勸券　見建健絹件　獻現憲縣　鞙眩　電殿甸佃鈿　填靛澱　硯嚥宴燕讌諺堰緣掾　練楝　眷倦圈綣　面麪　片騙　變辨遍汳便　綫羨霰　釧穿串　扇善煽鱔禪　箭薦煎賤濺餞踐犇　戀　鏇選旋　傳囀轉　戰顫

十一蕭豪

【平聲】【陰】蕭簫瀟綃銷儵宵霄硝蛸魈　刁貂雕雕凋　梟鴞囂　梢筲悄弰　嬌驕　蕉焦椒樵　燒　標飈杓臕膘　交蛟膠郊嘐教　包胞褒　敲　嘲　瓢　凹　高糕羔篙皋膏　刀叨　騷艘臊搔繅　遭糟　鏖燋昭朝招

【陽】寮遼聊僚鷯憀　饒橈　苗錨描　毛猫旄茅　鐃呶猱　牢勞澇醪

【陰陽】挑　迢　條髫蜩調　邀鍬　樵瞧譙　趫　喬橋　飄漂　瓢哮　爻肴　抛豪號濠　條饕叨　滔　桃逃陶濤　咷萄淘醄　操　曹槽曹

【入聲作平聲】【陽】濁濯鐲　鐸度　學　薄泊　縛　鶴　鑿　鑊着　杓

【上聲】小篠　皎皦矯　鳥裊嫋　了瞭蓼　曉　杳夭　桃　沼　少

擾繞　眇渺杪　表　悄愀　巧　飽　寶保堡褓　卯昴　狡攪　爪炒　老栳　討　腦惱碯　嫂掃　草　早棗澡藻蚤　倒擣島禱　杲槀縞撟　好　襖媼　考栲　撓　缶收

【入聲作上聲】角覺脚　捉卓　朔　剝　斫酌繳　爍鑠　爵雀　鵲　削　托　拓橐　魄飥　作　錯　閣　壑　縩索　廓郭　綽　謔

【去聲】笑哨肖鞘　糶眺跳　釣吊寫調棹　竅　趙兆　照詔召　少　紹邵燒　浩號皓昊　道纛　盜導蹈到倒　耀鷂要窖　校教酵覺罩棹　豹　爆瀑曝　抱報造皂竈拗勒樂　凹貌冒帽耄　砲　泡　鬧　告誥　傲鰲　勞澇　操　奥　掃　鈔

【入聲作去聲】岳樂藥約躍鑰　搭諾　略　弱　蒻　虐　幕漠寞莫　落絡烙酪樂　萼鶚鱷惡

十二哥戈

【平聲】【陰】歌哥柯　多　科窠　軻珂　戈過鍋　莎簑唆睃梭娑　波

【陽】羅蘿儸囉鑼螺騾　那挼挪儺禾和

【陰陽】呵　何河荷苛　磋搓　矬　他拖　馳鼉　陀佗跎鮀紽馱鍏　酡　阿疴　哦峨莪娥蛾鵝　窩渦　坡頗　訛　婆皤

【入聲作平聲】活　奪　合盒　跋魃

【上聲】舸　鎖瑣　我　可　左　果裹　裸蠃欏夥　朵趓軃　妥　跛簸　火荷　顆　娜　嫷

【入聲作上聲】葛割鴿閣　撥鉢　聒　渴　闊　撮　掇　脱　潑　抹　粕

【去聲】個　賀荷　餓　佐左坐座　舵垛墮惰剁大馱　些　過　銼　挫措　課　禍貨和　唾　簸播　磨麽　破卧涴邏　糯懦那　嗑溪個切

【入聲作去聲】岳藥樂約躍鑰　幕末沫莫　搙楉諾　略　弱蒻　虐　落絡烙洛酪樂　萼鶚鱷惡

十三家麻

【平聲】【陰】家加佳嘉葭笳痂枷　蛙媧蝸洼娃　誇巴疤　沙紗砂娑

查踏撾抓

【陽】麻蟆　拏　咱

【陰陽】花　華划譁　鴉丫啞　牙涯衙芽呀　霞瑕遐　葩琶杷爬　叉杈差艖槎　茶槎

【入聲作平聲】【陽】達踏　滑猾　轄鎋狹　雜　伐筏罰　閘

【上聲】馬媽　雅啞　賈假斝　灑把　寡剮　瓦　鮓　奼　詫　打　耍

【入聲作上聲】塔獺榻塌　殺霎　劄札　察插　八　刮　瞎　答　颯撒薩　掐　法髪發　甲胛夾恰

【去聲】罵　駕嫁價架假　亞迓訝砑　汊吒奼詫　詐乍榨　下夏嚇罅暇　厦　化畫華樺話　怕　跨　罷霸欛鈀　大　卦　掛　凹

【入聲作去聲】①臈臘鑞拉辣　納枘　壓押鴨　抹　襪

十四車遮

【平聲】【陰】車　遮　爺耶瑯　呆　爹　嗟　靴

【陽】瘸

【陰陽】奢賒　蛇　些　斜邪

【上聲作平聲】【陽】協穴俠挾纈　傑竭碣　疊迭牒揲喋諜垤绖凸蝶跕　舌涉折　絶　別　截睫捷　迠　鐝　倈

【上聲】野也冶　者赭　寫瀉　捨　且　惹碏　姐　撦　扯

【入聲作上聲】屑薛紲媟褻燮猰　切竊妾　結劫潔　頰莢　怯挈篋　節接楫　血歇嚇蝎　闕缺闋　決訣譎蕨鴂　鐵餮帖怙貼　雪　蝎　鼈别撇　説　拙輟　轍撤澈掣　瞥　哲摺褶折　設攝　啜

【去聲】舍社射麝赦　謝卸榭瀉　夜　射　柘鷓炙蔗　借藉　趄七柘切　偖尺柘切

【入聲作去聲】捏聶躡鑷囓臬櫱　滅蔑篾　拽噎謁葉業鄴　列烈冽獵裂鬣　熱　月別悦閲軏越鉞樾蠘　褻　劣

---

① 今校："入聲作去聲"，據《續修四庫全書》本補。

十五庚青

【平聲】【陰】庚鶊更秔賡羹畊　驚京荆經兢矜　生甥笙牲猩　箏争丁釘　征正貞徵蒸烝　扃　冰兵并登燈　僧　憎矰曾罾增

【陽】平凴評憑屏瓶萍　盟明名銘鳴冥溟　靈令鈴翎齡伶蛉苓櫺零泠陵凌綾　寧　楞稜　曾層　能獰　藤騰縢疼謄

【陰陽】鐺掙　橙　亨　莖　英鷹應膺膺鶯嬰纓　盈嬴羸瀛①營迎蠅　稱秤　澄程成城呈盛酲承丞懲乘塍　輕坑傾卿　擎檠鯨烹　馨興行形刑衡　青清　情繒晴　聲升昇陞　繩　汀廳聽綎　亭庭廷停霆蜓婷霆　星醒鮏腥騂　錫

【上聲】景梗哽骾警境頸　影影穎癭　省惺醒　茗皿酩　冷　逞騁領嶺　頃　并　請　鼎酊頂　艇挺　等　整　省

【去聲】敬徑鏡境競勁　暎應膺硬　慶罄磬　命暝　病並凴　併柄鄧凳鐙　諍挣　正政鄭證　聖勝盛乘剩　性姓　令　娉婷　净静穽甑靖清　佞濘　杏幸脛興行　贈　稱　秤　聽　定錠矴釘訂飣

十六尤侯

【平聲】【陰】啾楸揪　鳩鬮　搜颼　鄒陬　休貅庥　謳鷗漚甌　彪摳　鉤篝溝韝　兜篼　秋鰍鞧

【陽】劉留鶹流榴旒遛　柔揉　牟眸矛蝥繆　樓婁髏　柘

【陰陽】憂幽優　遊尤郵牛猷悠油由蝣　修脩羞鮋　囚泅　抽瘳紬稠讐酧儔籌疇　周舟洲州賙週　收　丘坵　求賕毬虬裘　齁　侯喉猴篌　偷　頭投　鄹篘搊　愁

【入聲作平聲】軸逐收　熟收

【上聲】有酉牖友誘　柳　紐　丑醜　肘箒竹收入作去　朽　九久韭灸糾　首手守　酒　叟瞍藪　溲　斗陡蚪　部　狗垢　藕耦偶嘔摟嘍　吼　走

【去聲】又右宥祐佑柚幼囿　晝呪　胄紂宙籀　舅臼舊咎救柩廄

---

① 今校：嬴羸，原作“羸羸”，據《續修四庫全書》本改。

受壽獸首授售綬　臭　嗅　秀岫袖繡宿　瘦　嗽漱　僽　皺驟　溜六留收入作去　扣寇蔻　后後堠　逅候厚　茂　豆　竇逗鬥　耨　奏透勾媾構　湊輳甃　謬　陋漏鏤

十七尋侵

【平聲】【陰】侵　駸　針斟箴砧　深　歆　金今衿　襟禁森參　簪

【陽】林臨淋霖琳痳　壬任　岑

【陰陽】心　尋潯鐔覃　琛郴　沉　音陰瘖　吟淫婬　欽衾　琴禽檎苓擒

【上聲】寢　廩凜　稔飪袵　枕　審沈　磣七稔切　錦　飲①　您怎

【去聲】沁　浸　朕　沉鴆枕　甚椹　任妊　禁噤　賃恁　蔭廕窨飲滲　譖　讖　闖

十八監咸

【平聲】【陰】庵諳唵　擔②聃耽湛躭　堪龕　三鬖毶甘柑疳　杉衫監諴緘　南男喃　咸鹹函啣銜　婪　藍嵐燣啉

【陰陽】貪探　覃潭談譚曇痰　參驂　蠶慚　憨酣　含涵　簪讒啗　湴　巖　攙　讒饞鑱

【上聲】感敢　糝　俺　黯　覽攬纜贍　毯　慘　黲　斬　喊　揞烏敢切　減醃　坎砍

【去聲】勘　贛淦紺　憾橄頷　暗　淡啖惔甔　檻轞艦　濫纜　瞰嵌　三　陷餡　站　蘸　賺　儖監　探　暫蹔揞③　湴　傪七濫切

十九廉纖

【平聲】【陰】瞻占粘詹沾　尖　兼縑鶼　掂　苫

---

① 今校："飲"字原缺，據《續修四庫全書》本補。

② 今校："擔"原作"檐"，同上改。

③ 今校："揞"字原缺，同上補。

【陽】簾賺奩鐮帘　髯　鮎粘

【陰陽】淹醃閹厭懨　鹽炎閻簷嚴　纖銛憸　挦燖　僉　槧籤　潛覘　憺蟾　鈐鉗黔箝　謙　添　甜恬　杴忺嫌

【上聲】掩魘黶庵琰　檢臉　險　颭　點　染冉　閃陝　諂　忝舔

【去聲】艷焰厭驗灩釅庵　染　贍苫　欠芡歉　玷店萏墊　塹茜收潋歛殮　韂　占　念唸　劍　儉　僭漸

校記

東鍾　平聲　鏞原作鋪誤

江陽　平聲　頏原作頑誤　去聲　怏原作快誤

支思　平聲　耔原作耔誤　蓍原作著誤

齊微　平聲　醓原作醢誤　入作平　糴原作籴誤　上聲　亹原作亹誤　去聲　酹原作酹誤

魚模　入作平　槲原作槲誤

皆萊　入作平　舶原作舶誤

真文　平聲　皸原作皸誤　蓁原作蓁誤　限疑誤　上聲　忖原作付誤　懇原作懇誤　不疑誤惟中原韻亦收　去聲　襯原作襯誤

寒山　平聲　扳原作板誤　去聲　榦原作榦誤　宦原作宦誤

桓歡　上聲　盥原作與誤　去聲　蒜原作蒜誤

先天　平聲　闐原作闐誤　椽原作掾誤　上聲　洗原作洗誤　免原作兌誤　闡原作闡誤　去聲　夝疑誤惟中原韻亦收

蕭豪　平聲　翛原作修誤　鴞原作鴞誤　瓢原作杦誤　搔原作搔誤　錨原作猫誤　旄原作旄誤　入作平　鑊原作鑊誤　上聲　攪原作攪誤　擽疑誤或即槁字　去聲　糶原作粜誤　酵原作酸誤

哥戈　平聲　唆原作峻誤　挼原作挼誤　鍔疑誤　去聲　惰原作隋誤　簸原作簸誤　入作去　捋原作將誤

家麻　平聲　枷原作枷誤　上聲　罩原作罩誤　瓦原作瓦誤

車遮　入作平原作上聲作平聲誤　穴原作穴誤　上聲　撦原作撦誤　入作上　撇原作儆誤　去聲　藉原作藉誤

庚青　平聲　罾原作魯誤　令原作今誤　烹原作烹誤

尤侯　平聲　韝原作韝誤　榴原作搯誤　柘疑誤　上聲　朽原作杇誤　去聲　勾原作勺誤

尋侵　平聲　淫原作滛誤　婬原作婬誤

監咸　平聲　聃原作聃誤　黵原作黵誤　去聲　贛原作贑誤

廉纖　平聲　掂原作掂誤　箝原作箝誤　上聲　檢原作撿誤　去聲　莧原作莧誤

此本活字所印，譌字觸目而是。既五校，始繕寫粗定。又嘗與吷庵翁共勘之，據《中原音韻》以正此書，可訂者凡如干字，其無左證者姑存疑，爲校記附於後。乙亥元日小疏再記。

輟耕曲録

輟耕曲録

新曲苑第三種　元黄巖陶宗儀撰

廣寒秋

虞邵庵先生集在翰苑時，宴散散學士家。歌兒郭氏順時秀者，唱今樂府，其〔折桂令〕起句云："博山銅細裊香風。"一句而兩韻，名曰"短柱"，極不易作。先生愛其新奇。席上偶談蜀漢事，因命紙筆，亦賦一曲曰："鸞輿三顧茅廬。漢祚難扶，日莫桑榆。深渡南瀘，長驅西蜀，力拒東吴。美乎周瑜妙術，悲夫關羽云殂。天數盈虚，造物乘除。問汝何如？早賦歸歟。"蓋兩字一韻，比之一句兩韻者爲尤難。先生之學問該博，雖一時娱戲，亦過人遠矣。〔折桂令〕一名〔廣寒秋〕，一名〔天香第一枝〕，一名〔蟾宫引〕。今中州之韻，入聲似平聲，又可作去聲，所以"蜀"、"術"等字，皆與"魚虞"相近。《輟耕録》卷四

作今樂府法

喬孟符吉博學多能，以樂府稱。嘗云作樂府亦有法，曰"鳳頭"、"猪肚"、"豹尾"六字是也。大槩起要美麗，中要浩蕩，結要響亮，尤貴在首尾貫穿，意思清新。苟能若是，斯可以言樂府矣。此所謂"樂府"，乃今樂府，如〔折桂令〕、〔水仙子〕之類。《輟耕録》卷八

岷江緑

太師伯顏擅權之日，剡王徹徹都、高昌王帖木兒不花，皆以無罪殺。山東憲吏曹明善時在都下，作〔岷江緑〕二曲以風之，大書揭於五門之上。伯顏怒，令左右暗察得實，肖形捕之。明善出避吴中一僧舍。居數年，伯顏事敗，方再入京。其曲曰："長門柳絲千萬縷，總是傷心處。行

人折柔①條，燕子啣芳絮，都不由鳳城春做主。長門柳絲千萬結，風起花如雪。離别重離别，攀折復攀折，苦無多舊時枝葉也。”此曲又名〔清江引〕，俗曰〔江兒水〕。　《輟耕録》卷八

風入松

吾鄉柯敬仲先生九思，際遇文宗，起家爲奎章閣鑒書博士。以避言路，居吴下。時虞邵庵先生在館閣，賦《風入松》長短句寄博士云：“畫堂紅袖倚清酣，華髮不勝簪。幾回晚直金鑾殿，東風軟，花裏停驂。書詔許傳宫燭，香羅初翦朝衫。御溝冰泮水挼藍，飛燕又呢喃。重重簾幕寒猶在，憑誰寄，錦字泥緘。報道先生歸也，杏花春雨江南。”詞翰兼美，一時争相傳刻，而此曲遂徧滿海内矣。“翦”一作“試”。《輟耕録》卷十四

與妓下火文

錢唐道士洪丹谷，與一妓通，因娶爲室。病且革，顧謂洪曰：“妾死在旦夕，卿須自執薪，還肯作一轉語乎？夫妾，歌兒也。卿能集曲調，於妾未死時使預聞之，雖死無憾矣。”洪固滑稽輕佻者，遂作文曰：“二十年前我共伊，只因彼此太癡迷。忽然四大相離後，你是何人我是誰。共惟稱呼，秀鍾谷水，聲遏楚雲。玉交枝堅一片心，錦傳道餘二十載。遽成如夢令，休憶少年遊。哭相思兩手托空，意難忘一筆勾斷。且道如何是一筆勾斷：孝順哥終無孝順，逍遥樂永遂逍遥。”聽畢，一笑而卒。因記《中吴紀聞》載②一事云：“昆山倡周氏，係籍部中。張子韶爲守時，倡暴亡。適道川來訪，因命作下火文云：‘可惜許，可惜許。大家且道可惜許個甚麽。可惜。巫山一段雲，眼如新水點絳唇。昔年繡閣迎仙客，今日桃源憶故人。休記醜奴兒臉子，便須抖擻好精神。南柯夢斷如何也，一曲離愁别是春。大衆還知某人向甚麽處去，這裏分明會得，驀山溪畔，

---

① 今校：柔，原作“柳”，據《輟耕録》卷八中華本改。

② 今校：“載”，據《輟耕録》卷十五中華本補。

頭頭盡是喜相逢。芳草渡頭，處處六幺①花十八。其或未然，更聽下句。咦，與君一把無明火，燒盡千愁萬恨心。'"其事頗相類，併附于此云。

《輟耕録》卷十五

哨遍

某人以善經紀，積貲至鉅萬計，而既鄙且嗇，不欲書其姓名。其尊行錢素庵者，抱素②逸士也，多游名公卿間，善詩曲，有集行於世。某嘗以貴富驕之，故作今樂府一闋譏警焉。〔哨遍〕試把賢愚窮究，看錢奴，自古呼銅臭。徇己苦貪求，特③不教泉貨周流。忍包羞，油鐺插手，血海舒拳，肯落他人後。曉夜尋思機彀，緣情鈎鉅，巧取旁搜。蠅頭場上苦驅馳，馬足塵中厮追逐。積償下無厭就，捨死忘生，出乖弄醜。〔耍孩兒〕安貧知足神明佑，好聚斂多招悔尤。王戎遺下舊牙籌，夜連明計算無休。不思日月搬烏兔，只與兒孫作馬牛。添消瘦，不調裀鼎，恣逞戈矛。〔十煞〕漸消磨雙臉春，已凋颼兩鬢秋，終朝不樂眉長皺。恨不得櫃頭錢五分息招人借，架上袷一周年不放贖。狠毒性如狼狗，把平人骨肉，做自己膏油。〔九〕有心待拜五侯，教人喚甚半州。忍饑寒償得家私厚。待壘做錢山兒，倩軍士喝號提鈴守。怕化做錢龍兒，請法官行罡布氣留。半炊兒八徧把牙關叩。只願得無支有管，少出多收。〔八〕虧心事儘意爲，不義財儘力掊。那裏問親弟兄親姊妹親姑舅。只待要春風金谷驕王愷，一任教夜雨新豐困馬周。無親舊。只知敬明眸皓齒，不想共肥馬輕裘。〔七〕資生利轉多，貪婪意不休。爲錙銖捨命尋争鬥。田連阡陌心猶窄，架插詩書眼不瞅。也學采東離菊，子是個裝呵元亮，豹子浮丘。〔六〕恨不得揚子江變做酒，棗穰金積到斗。爲幾文賻背錢，受了些旁人呪。一斗粟與親眷分了顔面，二斤麻把相知結下寇讎。真紕繆。一味的驕而且吝，甚的是樂以忘憂。〔五〕這財曾然了董卓臍，曾梟了元載頭。聚而不散遭殃咎。怕不是堆金積玉連城富，眨眼早野草閑

---

① 今校：幺，原作"么"，據《輟耕録》卷十五中華本改。

② 今校：抱素，原作"素抱"，據《輟耕録》卷十七中華本改。

③ 今校：特，原作"待"，同上改。

花滿地愁。乾生受，生財有道，受用無由。〔四〕有一日大小運併在命宫，死囚限纏在卯酉。甚的散得疾，子爲你聚來得驟。恰待調和新曲歌金帳，逼臨得佳人墜玉樓。難收救，一壁相投河奔井，一壁相爛額焦頭。〔三〕窗隔每都颭颭的飛，椅桌每都出出的走。金銀錢米都消爲塵垢。山魈木客相呼唤，寡宿孤辰厮趁逐。喧白晝，花月妖將家人狐媚，虚耗鬼把倉庫潛偷。〔二〕惱天公降下災，犯官刑繫在囚。他用錢時難參透。待買他上①木驢釘子輕輕釘，弔脊②筋鈎兒淺淺鈎。便用殺難寬宥，魂飛蕩蕩，魄散悠悠。〔尾〕出落他平生聚斂的情，都寫做臨刑犯罪由。將他死骨頭，告示向通衢裏甃。任他日炙風吹慢慢朽③。樂府中押"逐"、"贖"、"菊"字韻者，蓋中州之音輕，與"尤"字韻相近故也。此曲雖曰爲某而作，然亦可以爲世勸。《輟耕録》卷十七

崔麗人

余向在武林日，於一友人處見陳居中所畫唐崔麗人圖。其上有題云："並燕鶯爲字，聯徽氏姓崔。非烟宜采畫，秀玉勝江梅。薄命千年恨，芳心一寸灰。西厢舊紅樹，曾與月徘徊。余丁卯春三月，銜命陝右，道出於蒲東普救之僧舍，所謂西厢者，有唐麗人崔氏女遺照在焉。因命畫師陳居中繪模真像，意非登徒子之用心，迨將勉情鍾始終之戒。仍拾四十言，使好事者知百勞之歌以記云。泰和丁卯林鐘吉日，十洲種玉大誌宜之題。延祐庚申春二月，余傳命至東平，顧市鬻④雙鷹圖，觀久之，弗見主人而歸。夜宿府治西軒，夢一麗人，綃裳玉質，逡廵而前曰：'君玩雙鷹圖雖佳，非君几席間物。妾流落久矣，有雙鷹名冠古今，願托君爲重。'覺而恠之，未卜其何祥。遲明欲行，忽主人攜鷹圖來，且四軸。余意麗人雙鷹，符此數耳。繼出一小軸，乃夢所見，有詩四十字，跋語九十八，識曰：'泰和丁卯，出蒲東普救僧舍，繪唐崔氏鶯鶯真。十洲種玉

---

① 今校：上，原作"土"，據《輟耕録》卷十七中華本改。

② 今校：脊，原作"春"，同上改。

③ 今校：慢慢朽，原作"慢慢的朽"，據《輟耕録》卷十七删。

④ 今校：鬻，原作"粥"，據《輟耕録》卷十七中華本改。

大誌宜之題。'畫詩書皆絶,神品也。余驚詫良久,時有司㦸官吏環視,因縮不目,托以跋語佳勝贖之。吁。物理相感,果何如耶。豈法書名畫。自有靈耶?抑名不朽者隨神耶?遇合有定數耶?余嘗謂關雎碩人,姿德兼備,君子之配也;琴心雪句,才艷聯芳,文士之偶也。自詩書道廢,丈夫弗學,况女流乎?故近世非無秀色,往往脂粉腥穢,雅鳳莫辨。求其彷彿待月章之萬一,絶代無聞焉。此亦慨世降之一端也。因歸于我,義弗辭已。宜之者,蓋前金趙愚軒之字,曾爲鞏西簿,遺山謂泰和有詩名,五言平淡,他人未易造,信然。泰和丁卯,迨今百十四年云。其月二日,壁水見士思容題。"右共五百九字,雖不知壁水見士爲何如人,然二君之風韻。可想見矣。因俾嘉禾繪工盛懋臨寫一軸,適舅氏趙公待制雝見而愛之,就爲録文於上。按唐元微之傳奇鶯鶯事,以爲張生寓蒲之普救寺,適有崔氏孀婦。亦止兹寺。崔氏婦鄭氏也。生出於鄭,視鄭則異派之從母。因丁文雅軍擾掠蒲人,鄭惶駭不知所措,生與將之黨①善,請吏護之,不及於難。鄭厚生德,謂曰:"姨之弱子幼女,當以仁兄之禮奉承。"命鶯鶯出拜,顔色艷異,光輝動人。生問其年紀,鄭曰:"十七歲矣。"生自是惓之,私禮鶯鶯之侍婢紅娘,間道其衷②。既而詩章往復,遂酬所願。中間離合多故,然不能終諧伉儷。説者以爲生即張子野。宋王性之著《傳奇辨正》,按微之作《姨母鄭氏墓銘》云:"其既喪夫,遭軍亂,微之爲保護其家。"又作《陸氏誌》云:"余外祖睦州刺史鄭濟。"白樂天作微之母鄭氏誌,亦言鄭濟女。而唐崔氏譜,永寧尉鵬娶鄭濟女。則鶯鶯乃崔鵬之女,於微之爲中表也。傳奇言生年二十二,樂天作《微之墓誌》。"以大和五年薨,年五十三。"即當以大曆十四年己未生,至貞元庚辰正二十二歲。凡此數端,決爲微之無疑,特托他姓以避就耳。事具《侯鯖録》中。　《南村輟耕録》卷十七

珠簾秀

歌兒珠簾秀,姓朱氏。姿容姝麗,雜劇當今獨步。胡紫山宣慰極鍾

---

① 今校:黨,原作"靈",據《輟耕録》卷十八中華本改。

② 今校:衷,原作"意",據《輟耕録》卷十七中華本改。

愛之，嘗擬〔沉醉東風〕小曲以贈云："錦織江邊翠竹，絨穿海上明珠。月淡時，風清處，都隔斷落紅塵土。一片閑情任卷舒，掛盡朝雲暮雨。"馮海粟先生亦有〔鷓鴣天〕云："十二闌干映遠眸，醉鄉[①]空斷楚天秋。蝦鬚影薄微微見，龜背紋輕細細浮。紅[②]霧斂，翠雲收，海霞爲帶月爲鈎。夜來捲盡西山雨，不着人間半點愁。"皆咏珠簾以寓意也，由是聲譽益彰。《南村輟耕録》卷二十

嗓

大名王和卿，滑稽挑達，傳播四方。中統初，燕市有一蝴蝶，其大異常。王賦〔醉中天〕小令云："挣破莊周夢，兩翅駕東風。三百處名園，一採一個空。難道風流種，諕殺尋芳蜜蠭。輕輕的飛動，賣花人搧過橋東。"由是其名益著。時有關漢卿者，亦高才風流人也。王常以譏謔加之，關雖極意還答，終不能勝。王忽坐逝，而鼻垂雙涕尺餘，人皆歎駭。關來弔唁，詢其由。或對云："此釋家所謂坐化也。"復問鼻懸何物，又對云："此玉筯也。"關云："我道你不識。不是玉筯，是嗓。"咸發一笑。或戲關云："你被王和卿輕侮半世，死後方才還得一籌。"凡六[③]畜勞傷，則鼻中常流膿水，謂之嗓病。又愛訐人之短者亦謂之嗓，故云爾。《南村輟耕録卷》二十三

醉太平小令

堂堂大元，姦佞專權，開河變鈔禍根源，惹紅巾萬千。官法濫刑法重黎民怨，人喫人鈔買鈔何曾見，賊做官官做賊混賢愚[④]，哀哉可憐。右〔醉太平〕小令一闋，不知誰所造，自京師以至江南，人人能道之。古人多取里巷之歌謡者，以其有關於世教也。今此數語，切中時病，故録之，以俟采民風者焉。《南村輟耕録》卷二十三

---

① 今校：鄉，原作"香"，據《輟耕録》卷二十中華本改。

② 今校：紅，原作"香"，同上改。

③ 今校："六"，同上補。

④ 今校：賢愚，據《輟耕録》卷二十三改。

院本名目

唐有傳奇。宋有戲曲、唱諢、詞説，金有院本、雜劇、諸宫調。院本、雜劇，其實一也。國朝院本、雜劇始釐而二之。院本則五人：一曰副净，古謂之參軍；一曰副末，古謂之蒼鶻，鶻能擊禽鳥，末可打副净，故云：一曰引戲；一曰末泥；一曰孤裝，又謂之五花爨弄。或曰，宋徽宗見爨國人來朝，衣裝鞵履。巾裹，傅粉墨，舉動如此，使優人效之以爲戲。又有惔段，亦院本之意，但差簡耳，取其如火惔，易明而易滅也。其間副净有散説、有道念、有筋斗、有科汎。教坊色長魏、武、劉三人鼎新編輯。魏長於念誦，武長於筋斗，劉長於科汎，至今樂人皆宗之。偶得院本名目，載於此，以資博識者之一覽。　《南村輟耕録》卷二十五

和曲院本

月明法曲　鄆王法曲　燒香法曲
送使法曲　上墳伊州　燒花新水
熙州駱駝　列良羸府
病鄭逍遥樂　四皓逍遥樂　四酸逍遥樂
賀貼萬年歡　搼廩降黄龍　列女降黄龍

上皇院本

壺春堂　太湖石　金明池
戀鰲山　六變妝　萬歲山
打草陣　賞花燈　錯入内
問相思　探花街　斷上皇
打毬會　春從天上來

題目院本

柳絮風　紅索冷　牆外道
共粉淚　楊柳枝　蔡消閑
方偷眼　呆太守　晝堂前

夢周公　梅花底　三笑圖
脱布衫　呆秀才　隔年期
賀方回　王安石　斷三行
競尋芳　雙打梨花院

霸王院本

悲怨霸王　范增霸王　草馬霸王
散楚霸王　三官霸王　補塑霸王

諸雜大小院本

喬托孤　旦判孤　計算孤
雙判孤　百戲孤　哨啙孤
燒棗孤　孝經孤　菜園孤
貨郎孤　合房酸　麻皮酸
花酒酸　狗皮酸　還魂酸
別離酸　三纏酸　謁食酸
三揲酸　哭貧酸　插撥酸
酸孤旦　毛詩旦　老孤遣旦
纏三旦　禾哨旦　哮賣旦
貧富旦　書櫃兒　紙襴兒
蔡奴兒　剁毛兒　喜牌兒
卦册兒　繡箧兒　粥碗兒
似娘兒　卦鋪兒　師婆兒
教學兒　鷄鴨兒　黄丸兒
稜角兒　田牛兒　小丸兒
醜奴兒　病襄王　馬明王
鬧學堂　鬧浴堂　寬布衫
泥布衫　趕湯瓶　紙湯瓶
鬧旗亭　芙蓉亭　壞食店
鬧酒店　壞粥店　莊周夢

花酒夢　蝴蝶夢　三出舍
三入舍　瑶池會　八仙會
蟠桃會　洗兒會　藏鬮會
打五臟　蘭昌宫　廣寒宫
鬧結親　倦成親　强風情
大論情　三園子　紅娘子
太平還鄉　衣錦還鄉　四論藝
殿前四藝　競敲門　都子撞門
呆大郎　四酸擂　問前程
十様錦　長慶館　癩將軍
兩相同　競花枝　五變妝
洪福無疆　白牡丹　赤壁鏖兵
窮相思　金壇謁宿　調雙漸
官吏不和　鬧巡鋪　判不由己
大勘刀　同官不睦　鬧平康
趕門不上　賣花容　同官賀授
無鬼論　四酸諱偌　鬧棚闌
雙藥盤街　鬧文林　四國來朝
雙捉壻　酒色財氣　醫作媒
風流藥院　監法童　漁樵問話
鬥鵪鶉　杜甫遊春　鴛鴦簡
四酸提猴　滿朝歡　月夜聞箏
鼓角將　鬧芙蓉城　雙鬥醫
張生煮海　賒饅頭　文房四寶
謝神天　陳橋兵變　雙揭榜
矇啞質庫　雙福神　院公狗兒
告和來　佛印燒猪　酸賣徠
琴劍書箱　花前飲　五鬼聽琴
白雲庵　迓鼓二郎　壞道場
獨脚五郎　賣花聲　進奉伊州

錯上墳　醫五方　打五鋪
拷梅香　四道姑　隔簾聽
硬行蔡　義養娘　啱師姨
論秋蟬　劉盼盼　牆頭馬
刺董卓　鋸周朴　四柏板
大論談　捧龍舟　擊梧桐
滰藍橋　入桃園　雙防送
海棠春　香藥車　四方和
九頭頂　鬧元宵　趕村禾
眼藥孤　兩同心　更漏子
陰陽孤　提頭巾　三索債
防送哨　偌賣旦　是耶酸
怕水酸　回回梨花院　晉宣成道記
院幺　海棠軒　海棠園
海棠怨　海棠院　魯李王
慶七夕　再相逢　風流婿
王子端捲簾記　紫雲迷四季
張與夢孟楊妃　女狀元春桃記
粉牆梨花院　妮女梨花院　龐方温道德經
大江東注　吴彦舉　不抽關
不掀簾　紅梨花
玎璫天賜暗姻緣

諸雜院爨

鬧夾棒六幺　鬧夾棒法曲　望瀛法曲
分拐法曲　送宣道人歡　逍遥樂打馬鋪
撍綵延壽樂　諱老長壽仙　夜半樂打明星
歡呼萬里　山水日月　集賢賓打三教
打白雪歌　地水火風　夜深深三磕胞
佳景堪遊　琴棋書畫　喜遷鶯剁草鞋

太公家教　十五郎　滕王閣鬧八妝
春夏秋冬　風花雪月　上小樓衮頭子
噴水胡僧　汀注論語　恨秋風鬼點偌
詩書禮樂　論語謁食　下角瓶大醫淡
再遊恩地　累受恩深　送羹湯放火子
擂鼓孝經　香茶酒果　船子和尚四不犯
徐演黄河　單兜望梅花
皇都好景　四偌大提猴　雙聲叠韻
上皇四軸畫　三偌一卜　調猿卦鋪
倬刀饅頭　河轉迓鼓　背箱伊州
酒樓伊州　蓑衣百家詩　埋頭百家詩
偷酒牡丹香　雪詩打樊噲　抹麵長壽仙
四偌賈諢　四偌祈雨　松竹龜鶴
王母祝壽　四偌抹紫粉　四偌劈馬樁
截紅鬧浴堂　和燕歸梁　蘇武和番
羹湯六幺　河陽舅舅　偌請都子
雙女賴飯　一貫質庫兒　私媒質庫兒
清朝無事　豐稔太平　一人有慶
四海民和　金皇聖德　皇家萬歲
背鼓千字文　變龍千字文　摔盒千字文
錯打千字文　木驢千字文　埋頭千字文
講來年好　講聖州序　講樂章序
講道德經　神農大説藥　食店提猴
人參腦子爨　斷朱温爨　變二郎爨
講百果爨　講百花爨　講蒙求爨
講百禽爨　講心字爨　變柳七爨
三跳澗爨　打王樞密爨　水酒梅花爨
調猿香字爨　三分食爨　煎布衫爨
賴布衫爨　雙楪紙爨　謁金門爨
跳布袋爨　文房四寶爨　開山五花爨

衝撞引首

打三十　打謝樂　打八哥
錯打了　錯取兒　説狄青
憨郭郎　枝頭巾　小鬧摑
鶯哥猫兒　大陽唐　小陽唐
歇貼韻　三般尿　大驚睡
小驚睡　大分界　小分界
雙雁兒　唐韻六貼　我來也
情知本分　喬捉蛇　鐺鍋釜竈
代元保　母子御頭　鞘苗兒
山梨柿子　打淡的　一日一個
村城詩　胡椒雖小　蔡伯喈
遮截架解　窄磚兒　三打步
穿百倬　盤榛子　四魚名
四坐山　提頭帶　天下樂
四怕水　四門兒　説古人
山麻稭　喬道場　黃風蕩蕩
貪狼觀　通一母　串梆子
拖下來　啞伴哥　劉千劉義
歡會旗　生死鼓　搗練子
三羣頭　酒槽兒　净瓶兒
賣官衣　苗青根白　調笑令
鬥鼓笛　柳青娘　論句兒
請車兒　身邊有藝　調劉衮
霸王草　難古典　左必來
香供養　合五百　孏孏嗔
一借一與　已巳己　舞秦始皇
學像生　支道饅頭　打調刼
驢城白守　呆木大　定魂刀

説罰錢　年紀大小　打扇

盤蛇　相眼　告假

捉記　照淡　矇啞

投河略通　調賊

多筆　僉押　扯狀

羅打　記水求楞

燒奏　轉花枝　計頭兒

長嬌憐　歇後語　蘆子語

迴且語　大支散

拴搐艷段

襄陽會　驢軸不了　抛綉球　鞭敲金鐙

門簾兒　天長地久　眼藥裹　衙府則例

金含楞　天下太平　歸塞北

春夏秋冬　鬥百草　叫子蓋頭

大劉備　石榴花詩　啞漢書

説古棒　唱拄杖　日月山河

胡餅大　揹搵地　屋裹藏

罵吕布　張天覺　打論語

十果頑　十般乞　還故里

劉金帶　四草蟲　四廚子

四妃艷　望長安　長安住

罵江南　風花雪月　錯寄書

睡起教柱　打婆束　三文兩撲

大對景　小護鄉　少年遊

打青提　千字文　酒家詩

三拖旦　睡馬杓　四生厲

喬唱諢　桃李子　麥屯兒

大菜園　喬打聖　杏湯來

謝天地　十隻脚　請生打納

建成　縛食　毬棒艷

破巢艷　開封艷　鞍棒艷

打虎艷　四王艷　蝗蟲艷

撅子艷　七捉艷　修行艷

般調艷　棗兒艷　蠻子艷

快樂艷　慈烏艷　眼裏喬

訪戴衆半　陳蔡

范蠡　扯休書　鞭塞

金鈴　雕出板來　套靴

杴扒掃竹　感吾智　諸塞調

舌智　俯飯　釵髮多

襄陽府　仙哥兒

打略拴搐

星象名　果子名　草名

軍器名　神道名　燈火名

衣裳名　鐵器名　書集名

節令名　虀菜名　縣道名

州府名　相撲名　法器名

門名　草名　軍名

魚名　菩薩名　賭撲名

照天紅　琴家弄　著棋名

衮骰子　樂人名　悶葫蘆

握龜

官職名

説駕頑　敲待制　上官赴任

押剌花赤

飛禽名

青鴝　老鴉　厮料
鷹鵗鵰鶻

花名

石竹子　調狗　散水

喫食名

廚難偌　蘑菇菜

佛名

成佛板　爺娘佛

難字兒

盤驢　害字　劉三

酒下拴

數酒　三元四子

唱尾聲

孟姜女　遮蓋了　詩頭曲尾
虎皮袍

猜謎

杜大伯　大黄

和尚家門

秃醜生　窗下僧　坐化
唐三藏

先生家門

入口鬼　則要胡孫　大燒餅
清閑真道本

秀才家門

大口賦　六十八頭　拂袖便去
紹運圖　十二月　胡説話
風魔賦　療丁賦　捧著駱駝
看馬胡孫

列良家門

説卦象　由命賦　混星圖
柳簸箕　二十八宿　春從天上來

禾下家門

萬民快樂　咬得響　莫延
九斗一石　共牛

大夫家門

三十六風　傷寒賦　合死漢
馬屁勃　安排鍬钁　三百六十骨節
撒五穀　便癰賦

卒子家門

針兒線　田仗庫　軍鬧
陣敗

良頭家門

方頭賦　水龍吟

邦老家門

脚言脚語　則是便是賊

都子家門

後人收　桃李子　上一上

孤下家門

朕聞上古　刁包待制　絹兒來

司史家門

罷筆賦　事故榜

仵作家門

一遍生活

撅俫家門

受胎成氣

諸 雜 砌

模石江　梅妃　浴佛
三教　姜武　救駕
趙娥娥　石婦吟　變猫
水母　玉環　走鸚哥
上料　瞎脚　易基
武則天　告子　拔蛇
鹿皮　新太公　黄巢
恰來　蛇師　没字碑
卧草　衲襖　封碑
鋸周朴　史弘肇　懸頭梁上　《南村輟耕録》卷二十五

雜劇曲名

稗官廢而傳奇作，傳奇作而戲曲繼。金季國初，樂府猶宋詞之流，傳奇猶宋戲曲之變，世傳謂之雜劇。金章宗時，董解元所編《西廂記》，世代未遠，尚罕有人能解之者，況今雜劇中曲調之冗乎。因取諸曲名，分調類編，以備後來好事稽古者之一覽云。

正　宮

端正好　衮綉毬　倘秀才
脱布衫　小梁州　朝天子
四换頭　十二月　堯民歌
收尾　叨叨令　醉太平
呆古朵　笑和尚　鸞姑兒
伴讀書　剔銀燈　道和
柳青娘　雙鴛鴦　攤破滿庭芳
月照庭　塞鴻秋　白鶴子中吕出入
快活三中吕出入

黄　鍾

願成雙　醉花陰　喜遷鶯
出隊子　刮地風　四門子
神仗兒　掛金索　水仙子
興龍引　金殿樂三臺　侍香金童
降黄龍衮　塞雁兒　接接高

南　吕

一枝花　梁州第七　賀新郎
牧羊關　隔尾　紅芍藥
菩薩梁州　三煞　罵玉郎
感皇恩　采茶歌　隨煞尾

鬥蝦蟆　四塊玉　哭皇天
烏夜啼　隔尾黄鍾煞　攤破采茶歌
楚天秋　隔尾隨煞

中　呂

粉蝶兒　醉春風　迎仙客
石榴花　鬥鵪鶉　上小樓
快活三正宫出入　鮑老兒　般涉
哨遍　耍孩兒　收尾
紅繡鞵　喜春來　堯民歌
滿庭芳　鮑老衮　醉高歌
十二月　普天樂　叫聲
雙鴛鴦　白鶴子正宫出入　窮河西
朝天子　乾荷葉　剔銀燈
菩薩蠻　牆頭花　喬捉蛇
鶻打兔　酥棗兒　鎮江回
鵪鶉兒　鴛鴦兒　風流體
賣花聲　蔓菁菜

仙　吕

賞花時　點絳唇　油葫蘆
天下樂　哪吒令　鵲踏枝
六幺序　後庭花　青哥兒
賺煞　混江龍　金盞兒
醉中天　村里迓鼓　元和令
上馬嬌　聖葫蘆　江西後庭花
柳葉兒　寄生草　賺煞尾
攤破天下樂　醉扶歸　低過金盞兒
八聲甘州　遊四門　賺尾
憶王孫　一半兒　得勝樂

雁兒　祆神急　翠裙腰
六幺遍　大安樂　柳葉兒

商　調

集賢賓　逍遥樂　梧葉兒
後庭花　雙雁兒　金菊香
浪來里　醋葫蘆　青哥兒
上京馬　隨調煞　柳葉兒仙呂出入
黄鶯兒　踏莎行　垂絲釣
蓋天旗

大　石

青杏子　好觀音　六國朝
念奴嬌　歸塞北　初問口
怨離别　擂鼓體　雁過南樓
憨郭郎　催拍子　玉翼蟬
荼蘼香　女冠子　林里雞近
驀山溪　喜秋風　净瓶兒
鷓鴣天

雙　調

新水令　駐馬聽　甜水令
折桂令　落風花　沉醉東風
小將軍　清江引　碧玉簫
雁兒落　德勝令　喬牌兒
掛玉鈎　川撥棹　殿前歡
七弟兄　梅花酒　收江南
水仙子　滴滴金　鴛鴦煞
步步嬌　攪筝琶　豆葉黄
風入松　撥不斷　慶東原

沽美酒　太平令　一錠銀

荆湘怨　阿納忽　夜行船

鎮江回中吕出入　胡十八　掛玉鈎序

五供養　行香子　梧桐樹

離亭宴煞　鴛鴦兒煞尾　太平歌

十棒鼓　小婦孩兒　掛打燈

喬木查　蝶戀花　慶宣和

棗卿調　石竹子　山石榴

山丹花　醉娘子　駙馬還朝

大拜門　鵰刺鴣　不拜門

喜人心　忽都白　倘兀歹

風流體中吕出入　《南村輟耕録》卷二十七

樂　曲

達達樂器,如箏、秦琵琶、胡琴、渾不似之類,所彈之曲。與漢人曲調不同。　《南村輟耕録》卷二十八

大　曲

哈八兒圖　口温　也葛儻兀

畏兀兒　閔古里　起土苦里

跋四土魯海　舍舍弼　摇落四

蒙古摇落四　閃彈摇落四　阿耶兒虎

桑哥兒苦不丁江南謂之孔雀雙手彈　答刺謂之白翎雀雙手彈

苦只把失品弦

小　曲

阿厮闌扯弼回盞曲雙手彈　阿林捺花紅

哈兒火失哈赤黑雀兒叫　洞洞伯

曲律買　者歸　牝疇兀兒

把擔葛失　削浪沙　馬哈

相公　仙鶴　阿丁水花

回回曲附

佤里　馬黑某當當　清泉當當　《南村輟耕録》卷二十八

水仙子

張鳴善作北樂府〔水仙子·譏時〕云:“鋪眉苫眼早三公,裸袖揎拳享萬鍾,胡言亂語成時用。大綱來,都是烘,上聲説英雄誰是英雄。五眼雞岐山鳴鳳,兩頭蛇南陽卧龍,三脚猫渭水非熊。”

丹丘先生曲論

丹丘先生曲論

新曲苑第四種　明寧獻王朱權撰

一　樂府體式

予今新定樂府體一十五家，及對式名目：

丹丘體　豪放不羈。

宗匠體　詞林老作之詞。

黄冠體　神遊廣漠，寄情太虚，有餐霞服日之思，名曰“道情”。

承安體　華觀偉麗，過於泆樂。“承安”，金章宗正朔。

盛元體　快然有雍熙之治，字句皆無忌憚，又曰“不諱體”。

江東體　端謹嚴密。

西江體　文采焕然，風流儒雅。

東吴體　清麗華巧，浮而且艷。

淮南體　氣勁趣高。

玉堂體　公平正大。

草堂體　志在泉石。

楚江體　屈抑不伸，攄衷訴志。

香奩體　裙裾脂粉。

騷人體　嘲譏戲謔。

俳優體　詭喻婬虐，即“淫詞”。

對　式

合璧對　兩句對者是。

連璧對　四句對者是。

鼎足對　三句對者是，俗呼爲“三鎗”。

聯珠對　句多相對者是。

隔句對　長短句對者是。

鸞鳳和鳴對　首尾相對，如〔叨叨令〕所對者是也。

燕逐飛花對　三句對作一句者是。

叠句　重用兩句者是，如〔晝夜樂〕"停驂停驂"是也。

叠字　重叠字者是也。〔醉春風〕第四句是。

凡作樂府，古人云："有文章者謂之'樂府'，如無文飾者，謂之'俚歌'，不可與樂府共論也。"

二　古今羣英樂府格勢

元一百八十七人。

馬東籬之詞，如朝陽鳴鳳。其詞典雅清麗，可與靈光、景福而相頡頏。有振鬣長鳴，萬馬皆瘖之意。又若神鳳飛鳴於九霄，豈可與凡鳥共語哉？宜列羣英之上。張小山之詞，如瑶天笙鶴。其詞清而且麗，華而不艷，有不喫烟火食氣，真可謂不羈之材。若被太華之仙風，招蓬萊之海月，誠詞林之宗匠也。當以九方皋之眼相之。

白仁甫之詞，如鵬摶九霄。風骨磊磈，詞源滂沛，若大鵬之起北溟，奮翼淩乎九霄，有一舉萬里之志。宜冠於首。

李壽卿之詞，如洞天春曉。其詞雍容典雅，變化幽玄，造語不凡，非神仙中人，孰能致此？

喬夢符之詞，如神鰲鼓浪。若天吴跨神鰲，噀沫於大洋，波濤洶涌，截斷衆流之勢。

費唐臣之詞，如三峽波濤。神風聳秀，氣勢縱横，放則驚濤拍天，斂則山河倒影，自是一般氣象，前列何疑？

宫大用之詞，如西風鵰鶚。其詞鋒穎犀利，神彩燁然，若揵翮摩空，下視林藪，使狐兔縮頸於蓬棘之勢。

王實甫之詞，如花間美人。鋪叙委婉，深得騷人之趣。極有佳句，若玉環之出浴華清，緑珠之採蓮洛浦。

張鳴善之詞，如彩鳳刷羽。藻思富贍，爛若春葩，鬱鬱焰焰，光彩萬丈，可以爲羽儀詞林者也。誠一代之作手，宜爲前列。

關漢卿之詞，如瓊筵醉客。觀其詞語，乃可上可下之才，蓋所以取

者，初爲雜劇之始，故卓以前列。

鄭德輝之詞，如九天珠玉。其詞出語不凡，若咳唾落乎九天，臨風而生珠玉，誠傑作也。

白無咎之詞，如太華孤峰。孑然獨立，巋然挺出，若孤峰之插晴昊，使人莫不仰視也。宜乎高薦。

貫酸齋之詞，如天馬脱羈。

鄧玉賓之詞，如幽谷芳蘭。

滕玉霄之詞，如碧漢閑雲。

鮮于去矜之詞，如奎壁騰輝。伯機子

商政叔之詞，如朝霞散綵。

范子安之詞，如竹裏鳴泉。

徐甜齋之詞，如桂林秋月。

楊澹齋之詞，如碧海珊瑚。

李致遠之詞，如玉匣昆吾。

鄭庭玉之詞，如珮玉鳴鑾。

劉庭信之詞，如摩雲老鶻。

吴西逸之詞，如空谷流泉。

秦竹村之詞，如孤雲野鶴。

馬九皋之詞，如松陰鳴鶴。

石子章之詞，如蓬萊瑶草。

盍西村之詞，如清風爽籟。

朱庭玉之詞，如百卉争芳。

庚吉甫之詞，如奇峰散綺。

楊立齋之詞，如風烟花柳。

楊西庵之詞，如花柳芳妍。

胡紫山之詞，如秋潭孤月。

張雲莊之詞，如玉樹臨風。

元遺山之詞，如窮崖孤松。

高文秀之詞，如金瓶牡丹。

阿魯威之詞，如鶴唳青霄。

吕止庵之詞，如晴霞結綺。
荆幹臣之詞，如珠簾鸚鵡。
薩天錫之詞，如天風環珮。
薛昂夫之詞，如雪窗翠竹。
顧均澤之詞，如雪中喬木。
周德清之詞，如玉笛横秋。
不忽麻之詞，如閑雲出岫。
杜善夫之詞，如鳳池春色。
鍾繼先之詞，如騰空寶氣。
王仲文之詞，如劍氣騰空。
李文蔚之詞，如雪壓蒼松。
楊顯之之詞，如瑶臺夜月。
顧仲清之詞，如鵰鶚冲霄。
趙文寶之詞，如藍田美玉。
趙明遠之詞，如太華晴雲。
李子中之詞，如清廟朱瑟。
李取進之詞，如壯士舞劍。
吴昌齡之詞，如庭草交翠。
武漢臣之詞，如遠山叠翠。
李直夫之詞，如梅邊月影。
馬昂夫之詞，如秋蘭獨茂。
梁進之之詞，如花裏啼鶯。
紀君祥之詞，如雪裏梅花。
于伯淵之詞，如翠柳黄鸝。
王庭秀之詞，如月印寒潭。
姚守中之詞，如秋月揚輝。
金志甫之詞，如西山爽氣。
沈和甫之詞，如翠屏孔雀。
睢景臣之詞，如鳳管秋聲。
周仲彬之詞，如平原孤隼。

吳仁卿之詞，如山間明月。
秦簡夫之詞，如峭壁孤松。
石君寶之詞，如羅浮梅雪。
趙公輔之詞，如空山清嘯。
孫仲章之詞，如秋風鐵笛。
岳伯川之詞，如雲林樵響。
趙子祥之詞，如馬嘶芳草。
李好古之詞，如孤松掛月。
陳存甫之詞，如湘江雪竹。
鮑吉甫之詞，如山蛟泣珠。
戴善甫之詞，如荷花映水。
張時起之詞，如雁陣驚寒。
趙天錫之詞，如秋水芙蕖。
尚仲賢之詞，如山花獻笑。
王伯成之詞，如紅鴛戲波。

已下一百五十人俱是傑作，尤有勝於前列者。其詞勢非筆舌所能擬，真詞林之英傑也。

董解元仕於金，始製北曲。　盧疏齋　鮮于伯機　馮海粟
趙子昂　李溉之　曾褐夫　班彦功
童學士　李羅御史　郝新齋　陳叔寶
劉時中　徐子方　馬彦良　闞志學
孫子羽　曹以齋　王繼學　康進之
張子益　陳子厚　孫叔順　吕元禮
李茂之　亢文苑　曹子貞　左　山
孟漢卿　徐容齋　嚴忠濟　董君瑞
任則明　吕濟民　查德卿　武林隱
王元鼎　里西瑛　衛立中　李伯瞻
趙顯宏　劉逋齋　杲元啟　唐毅夫
孫周卿　高　拭　李愛山　宋方壺
姚牧庵　景元啟　曾瑞卿　李伯瑜

吴克齋　李德載　王和卿　杜遵禮

程景初　趙彦暉　王敬甫　鄧學可

沙正卿　趙明道　王仲誠　夢　簡

李邦基　吕天用　睢玄明　王仲元

高安道　張子友　侯正卿　史九敬先

李寬甫　彭伯成　李行道　趙君祥

汪澤民　陸顯之　孔文卿　狄君厚

張壽卿　費君祥　陳定甫　劉唐卿

阿里耀卿　王愛山　奥敦周卿　渚察善長

范冰壺　施均美　黄德潤　沈珙之

劉　聰　張　九　廖弘道　陳彦實

吴中立　錢子雲　高敬臣　曹明善

張子堅　王日華　王舉之　陳德和

丘士元

國朝一十六人：

王子一之詞，如長鯨飲海。風神蒼古，才思奇瑰，如漢庭老吏判辭，不容一字增減，老作老作！其高處，如披琅玕而叫閶闔者也。

劉東生之詞，如海嶠雲霞。鎔意鑄詞，無纖翳塵俗之氣，迥出人一頭地，可與王實甫輩並驅，藹然見於言意之表，非苟作者，宜列高選。

王文昌之詞，如滄海明珠。詞源泛灔，淩長空而赴滄海。語音清麗，若玉撞而金舂。真樂府中之錚錚者也。遼東指揮

谷子敬之詞，如崑山片玉。其詞理温潤，如璆琳琅玕，可薦爲郊廟之用，誠美物也。

藍楚芳之詞，如秋風桂子。

陳克明之詞，如九畹芳蘭。

李唐賓之詞，如孤鶴鳴皋。

穆仲義之詞，如洛神淩波。

湯舜民之詞，如錦屏春風。

賈仲名之詞，如錦帷瓊筵。

楊景言之詞，如雨中之花。

蘇復之詞，如雲林文豹。指揮

楊彦華之詞，如春風飛花。

楊文奎之詞，如匡廬叠翠。

夏均政之詞，如南山秋色。

唐以初之詞，如仙女散花。

大槩作樂府切忌有傷於音律，乃作者之大病也。且如女真風流體等樂章，皆以女真人音聲歌之，雖字有舛訛，不傷於音律者，不爲害也。大抵先要明腔，後要識譜，審其音而作之，庶不有忝於先輩焉。

且如詞中有字多難唱處，横放傑出者，皆是才人拴縛不住的豪氣。然此若非老於文學者，則爲劣調矣。

三　雜劇十二科

一曰“神仙道化”　二曰“隱居樂道”又曰“林泉丘壑”。

三曰“披袍秉笏”即“君臣”雜劇　四曰“忠臣烈士”

五曰“孝義廉節”　六曰“叱奸罵讒”

七曰“逐臣孤子”　八曰“鏺刀趕棒”即“脱膊”雜劇

九曰“風花雪月”　十曰“悲歡離合”

十一曰“烟花粉黛”即“花旦”雜劇　十二曰“神頭鬼面”即“神佛”雜劇

雜劇，俳優所扮者謂之“娼戲”，故曰“勾欄”。子昂趙先生曰：“良家子弟所扮雜劇，謂之‘行家生活’。娼優所扮者，謂之‘戾家把戲’。良人貴其恥，故扮者寡，今少矣，反以娼優扮者謂之‘行家’，失之遠也。”或問其何故哉？則應之曰：“雜劇出於鴻儒碩士、騷人墨客所作，皆良人也。若非我輩所作，娼優豈能扮乎？推其本而明其理，故以爲‘戾家’也。”關漢卿曰：“非是他當行本事，我家生活，他不過爲奴隸之役，供笑獻勤，以奉我輩耳。子弟所扮，是我一家風月。”雖是戲言，亦合於理，故取之。按“良人貴其恥”句待校。

良家之子，有通於音律者，又生當太平之盛，樂雍熙之治，欲返古感今，以飾太平。所扮者，隋謂之“康衢戲”，唐謂之“梨園樂”，宋謂之“華林戲”，元謂之“昇平樂”。

四　羣英所編雜劇

元五百三十五

馬致遠

誤入桃源　漢宮秋　馬丹陽　酒德頌

齋後鐘　岳陽樓　青衫淚　歲寒亭

薦福碑　戚夫人　陳摶高卧　踏雪尋梅

黄粱夢第三折花李郎第四折紅字李二

費唐臣

貶黄州　斬鄧通　韋賢籯金

王實甫

西廂記　芙蓉亭　雙題怨　麗春堂

破窰記二本　多月亭　販茶舡二本　明達賣子

陸績懷橘　七步成章　麗春園二本　進梅諫二本

于公高門二本

宫大用

范張雞黍　釣魚臺　托公書　汲黯開倉

越王嘗膽　御賞鳳凰樓

關漢卿

哭香囊　三負心　鬼團圓　進西施

哭魏徵　春衫記　立宣帝　金線池

復落娼　劉夫人　拜月亭　單刀會

鷓鴣天　汴河冤　勘龍衣　雙駕車

救風塵　宣華妃　三撇嵌　搽龍舟

瘸馬記　救啞子　哭昭君　雙赴夢

玉鏡臺　酧江月　切鱠旦　調風月

江梅怨　謝天香　認先皇　三嚇赦

哭存孝　鬭邢州　緋衣夢　狄梁公

柳絲亭　對玉釧　蝴蝶夢　萬花堂

王皇后　玉簪記　竇娥冤　破窰記二本

錢大尹鬼報　救周勃　姻緣簿
銅瓦記　鑿壁偷光　緑珠墜樓　管寧割席
裴度還帶　織錦迴文　敬德降唐　孫康映雪
高鳳漂麥　降生趙太祖　金銀交鈔三告狀
陳母教子　擔水澆花旦二本

白仁甫

梧桐雨　東牆記　幸月宫　流紅葉
銀筝怨　斬白蛇　錢塘夢　祝英臺
絶纓會　崔護謁漿二本　高祖歸莊
牆頭馬上　燈月鳳凰舡　蕭翼賺蘭亭
閻師道趕江江

喬夢符

金錢記　黄金臺　認玉釵　揚州夢
兩世姻緣　勘風情　節婦牌　荆公遺妾

尚仲賢

秉燭旦　三奪槊　負桂英　柳毅傳書
越娘背燈　歸去來兮　諸葛論功　張生煮海二本
崔護謁漿

庚吉甫

薦馬周　凌波夢　蘭昌宫　青綾臺
華清宫　霓裳怨　蘂珠宫　罵上元
麗春園二本　買臣負薪　雞鳴度關　周處三害
琵琶怨　江月錦帆舟　裴航遇雲英

高文秀

謁魯肅　誶范雎　打瓦罐　門雞會
論杜康　問啞禪　並頭蓮　打吕胥
鎖水母　雙獻頭　牡丹園　潘安擲果
廉頗負荆　趙堯辭金　張敞畫眉
班超投筆二本　霸王舉鼎　子胥走樊城
風月害夫人二本　門神訴冤

養子不及父　趙元遇上皇
敷演劉耍和　黑旋風喬教學
麗春園二本　窮秀才雙棄瓢
劉先主襄陽會　豹子秀才不當差
豹子令史干請俸　謊秀才
窮風月　黑旋風借屍還魂

鄭德輝

細柳營二本　紫雲娘　秦樓月　採蓮舟
哭晏嬰　伊尹扶湯　月夜聞箏　無鹽破環
翰林風月　梨園樂府　王粲登樓
倩女離魂二本　太后摔印　指鹿道馬
周公攝政　三戰吕布二本　哭孫子
玉樹後庭花

李文蔚

圯橋進履　燕青摸魚　燕青射雁　魚雁傳情
東山高卧二本　芭蕉雨
風雪推車旦　金水題紅怨
謝玄破苻堅　盧亭亭擔水澆花旦二本
漢武帝死哭李夫人　蔡蕭宗醉寫石州慢

侯正卿

燕子樓

史九敬先

莊周夢

孟漢卿

魔合羅

戴善甫

紫雲亭　風光好　翫江樓　紅衣怪
伯瑜泣杖

張時起

鞦韆怨　別虞姬　昭君出塞

李寬甫

問牛喘

彭伯成

京娘怨

趙公輔

倩女離魂二本　東山高卧二本

李行道

灰闌記

趙君祥

春夜梨花雨

費君祥

菊花會

紀君祥

韓退之　松陰夢　錯勘贓二本　驢皮記
趙氏孤兒　販茶舡二本

趙天錫

金釵翦燭　何郎傅粉

梁進之

進梅諫二本　于公高門二本

汪澤民

糊突包待制

楊顯之

酷寒亭旦末二本　射金錢　師婆旦
小劉屠　劉泉進瓜　瀟湘夜雨
蒲魯忽劉屠大拜門　黑旋風喬斷案

陳定甫

兩無功

李壽卿

斬韓信　嘆骷髏　臨岐柳　鑑湖亭
祭滻水　復奪受禪臺二本　伍員吹簫

遠波亭　辜負呂無雙　舡子和尚秋蓮夢

王伯成有《天寶遺事》行於世。

貶夜郎　張騫浮槎

孫仲章

遺留文書　白頭吟

趙明遠

韓湘子　范蠡歸湖

劉唐卿

麻地傍印

李子中

韓壽偷香　崔子弑齊君

武漢臣

老生兒　魯義姑　玉堂春　錯勘贓二本

提頭鬼　天子班　關山怨　掛甲朝天

韓信築壇　三戰呂布二本

王仲文

五丈原　錦香亭　不認屍　石守信二本

王孫賈　諸葛祭風　董宣强項　張良辭朝

韓信乞食　王祥卧冰

陸顯之

宋上皇碎冬凌

李取進

欒巴噀酒　窮解子破雨傘　復奪受禪臺二本

于伯淵

餓劉友　斬吕布　小秦王　鬼風月

珍珠旗　武三思

岳伯川

鐵拐李岳　夢斷楊貴妃

康進之

黑旋風負荆　黑旋風老收心

王庭秀

細柳營　焚典坑儒　鹽客雙告狀

石頭和尚草庵歌

石子章

竹窗雨　竹塢聽琴

趙子祥

石守信二本　崔和擔生　害夫人二本

范子安

曲江池杜甫遊春　竹葉舟

李好古

鎮凶宅　張生煮海二本　巨靈神劈華岳

曾瑞卿

才子佳人誤元宵

狄君厚

火燒介子推

張壽卿

紅梨花

孔文卿

東窗事犯二本

姚守中

逢萌掛冠　郝廉留錢　扯詔立中宗

李直夫

孝諫鄭莊公　念奴教樂　水渰藍橋

虎頭牌　伯道棄子　歹鬥娘子勸丈夫

錯立身二本　夕陽樓　風月郎君怕媳婦

火燒祆廟　壞盡風光　占斷風光

吴昌齡

賞黄花　搜胡洞　眼睛記　抱石投江

東坡夢　辰鈎月　貨郎末泥　西天取經

夜月走昭君　狄青撲馬

石君寶

曲江池　哭周瑜　雪香亭　紫雲亭
秋胡戲妻　歲寒三友　士女秋香怨
柳眉兒金錢記　吕太后醢彭越
穿解子紅綃驛

金志甫

追韓信　西湖夢　韓太師　鼎鑊諫
抱子設朝　蔡琰還漢　東窗事犯二本

陳存甫

錦堂風月　誤入長安

睢景臣

牡丹記　千里投人　屈原投江

周仲彬

杜韋娘　蘇武持節　孫武教女兵二本
戲諫唐莊宗

吴仁卿

子房貨劍　手卷記　火燒正陽門

顧仲清

火燒紀信　陵母伏劍

沈和甫

朱蛇記　樂昌分鏡　郭興阿楊　歡喜冤家
燕山逢故人　瀟湘八景

鮑吉甫

衛靈公　曹娥泣江　爲富不仁　宋弘不諧
班超投筆　死哭秦少游　比干剖腹
楊震畏金

趙文寶

七德舞　執笏諫　孫武教女兵二本
姜肱共被　麋竺收資

孫子羽

夜月紫鸞簫

秦簡夫

玉溪館　破家子弟　趙禮讓肥　翦髮待賓

張鳴善

烟花鬼　夜月瑶琴怨

鄭庭玉

雙教化　王公綽　打李焕　送寒衣
金鳳釵　鳳凰兒　忍字記　欒城驛
哭韓信　貶揚州　復勘贓　馴馬奔陣
漁父辭劍　踈者下舡　孫恪遇猿　冤家債主
貧兒乍富　因禍致福　智勘後庭花
風月七真堂　劉斌料到底

范冰壺四人共作

鷫鸘裘第二折施均美，第三折黄德潤，第四折沈珙之。

國朝三十三本内無名氏三本

丹丘先生

瑶天笙鶴　白日飛昇　獨步太羅　辯三教
九合諸侯　私奔相如　豫章三害　肅清瀚海
勘妬婦　烟花判　楊娭復落娼
客窗夜話

王子一

海棠風　楚臺雲　劉阮天台　鶯燕蜂蝶

劉東生

月下老世間配偶　嬌紅記二本

谷子敬

三度城南柳　枕中記　雪恨鬧陰司

湯舜民

風月瑞仙亭　嬌紅記

楊景言

風月海棠亭　史教坊斷生死夫妻

賈仲名

度金童玉女

楊文奎

玉盒記　兩團圓　王魁不負心　封陟遇上元

古今無名氏雜劇一百一十本

龍虎風雲會　抱妝盒　霍光鬼諫

拂塵子仁義禮智信　夢天台

望思臺　邢臺記　燕山夢

博望燒屯　火燒阿房宫　綵扇題詩

濯足氣英布　夜走馬陵道　智賺蒯文通

蘇秦還鄉　豫讓吞炭　田單火牛

王允連環記　托妻寄子　袁覺拖笆

私下三關　醉寫赤壁賦　趙宗讓肥

收心猿意馬　月夜杜鵑啼　秋夜雲窗夢

孟良盗骨　留鞋記　張千替殺妻

智賺三件寶　張鼎勘頭巾　罟罟旦

貨郎旦　四國旦　敬德不伏老

滴水浮漚記　敬德撾怨鼓　朱砂記

張順水裏報冤　京娘盗果　紙扇記

任千四顆頭　任貴五顆頭　繼母大賢

病打獨角牛　劉弘嫁婢　還牢旦

還牢末　智賺鬼擘口　殺狗勸夫

盆兒鬼　一丈青鬧元宵　智賺桃花女

張儀凍蘇秦　錯送鴛鴦被　醉走黄鶴樓

搥碎黄鶴樓　錢神論　章臺柳

包待制雙勘丁　蟠桃會　斬陳餘

馮驩燒券　詐遊雲夢　賢孝牌

千里獨行　盧仝七碗茶　夜月荆娘墓

昇仙會　卓文君駕車　白蓮池

舉案齊眉　存孝打虎　打毬會

復奪衣襖車　刀劈史鴉霞　飛刀對箭

打陳平　祭三王　楊香跨虎

田真泣樹　螺螄末尼　大鬧開封府

魯元公主　三賢婦　聖姑姑

策立陰皇后　雙鬥醫　明皇村院會佳期

黄魯直打到底　風流娘子兩相宜

搬運太湖石　風雪包待制　柳成錯背妻

桂花精　黄花寨　水簾寨

化胡成佛　雪裏報冤　銷金帳

蔡順分椹　望香亭　大鬧相國寺

馬丹陽度脱劉行首　佳人寫恨

才子留情　哀哀怨怨後庭花

危太樸衣錦還鄉　郭桓盜官糧

陶侃拿蘇峻

蓋雜劇者，太平之勝事，非太平則無以出。今以耳聞目擊者收入譜内。天下才人非一，以一人管見，不能備知，望後之知音者增入焉。

娼夫不入羣英四人，共十一本：

子昂趙先生曰："娼夫之詞，名曰'緑巾詞'。其詞雖有切者，亦不可以樂府稱也。"故入於娼夫之列。

元

趙明鏡

啞觀音　錯立身二本　武王伐紂

張酷貧

汗衫記　高祖還鄉　薛仁貴衣錦還鄉

紅字李二

板沓兒　病楊雄　武松打虎

花李郎

釘一釘　相府院

娼夫自春秋之世有之，異類托姓，有名無字。“趙明鏡”訛傳“趙文敬”，非也。“張酷貧”訛傳“張國賓”，非也。自古娼夫，如黄番綽、鏡新磨、雷海青之輩，皆古之名娼也，止以樂名稱之耳，亘世無字。

五 善歌之士

知音善歌者三十六人娼夫不取

盧綱，咸陽人也。其音屬宫而雜商，如神虎之嘯風，雄而且壯，爲當時之傑。又若腰鼓百面，以破蒼蠅蟋蟀之鳴，萬無一敵。

李良辰，塗陽人也。其音屬角，如蒼龍之吟秋水。予初入關時，寓遵化，聞於軍中。其時三軍喧轟，萬騎雜遝，歌聲一遏，壯士莫不傾耳，人皆默然，如六軍銜枚而夜遁，可謂善歌者也。

蔣康之，金陵人也。其音屬宫，如玉磬之擊明堂，温潤可愛。癸未春，渡南康，夜泊彭蠡之南。其夜將半，江風吞波，山月銜岫，四無人語，水聲淙淙。康之扣舷而歌“江水澄澄江月明”之詞，湖上之民，莫不擁衾而聽。推窗出户是聽者，雜合於岸。少焉，滿江如有長嘆之聲。自此聲譽愈遠矣。

李通，宛平人也。其音屬羽，如玉笙之吹瓊館，清而且潤，名貫薊北。

李伯舉，鎮江人。　王子敬，臨清人。

華士良，杭州人，臨洮知府。　九敬之，色目人。

幞頭王，杭州匠人。　張仲文，揚州人。

甘仲平，鎮江人。　秦梧葉，陝西人。

吴友執，汴梁人。　史九皋，杭州人。

劉彦達，通州人。　王善甫，宛平人。

傅秉文，永平人。　李時敬，通州人。

俞允中，宛平人。　湯執中，沛縣人。

張仲賓，塗陽人。　李弘遠，塗陽人。

劉庭簡，塗陽人。　梅景初，宛平人。

李秉質，塗陽人。　馮彦皋，台州人。

郝璉，即郝國器，宛平人。　李彦中，汴梁人。

俞景中，宛平人。　靳士名，宛平醫人。

賀從善，杭州醫人。　蔣原佐，常州宜興人。

胡惟中，濟寧人。　王均佐，遵化人。

楊景輝，鳳陽人。　徐仕傑，杭州人。

凡唱最要穩當，不可做作。如咂唇、搖頭、彈指、頓足之態，高低、輕重、添減太過之音，皆是市井狂悖之徒，輕薄淫蕩之聲，聞者能亂人之耳目，切忌不可。優伶以之，唱若遊雲之飛太空，上下無礙，悠悠揚揚，出其自然，使人聽之，可以頓釋煩悶，和悦性情，通暢血氣。此皆天生正音，是以能合人之性情，得者以之，故曰："一聲唱到融神處，毛骨蕭然六月寒。"

六　古之知音善歌者

古帝王知音者

伏羲始製《扶來》《立本》之音。　神農製《扶持》《下謀》之音。

黄帝製《雲門》《大卷》《咸池》之音。　少皞製《太淵》之音。

顓帝製《六莖》之樂。　帝嚳製《五英》之樂。

堯帝製《大章》之樂。　舜帝製《大韶》之樂。

禹王製《大夏》之樂。　湯王製《大濩》之樂。

武王製《大武》《房中》之樂。　周公製《勺》。

唐太宗製《秦王破陣》之樂。

唐玄宗製《霓裳羽衣》之曲。

及乎唐讓皇帝、後唐莊宗、南唐李後主、宋徽宗、金章宗，皆知音者也。

古之善歌者

秦青、薛譚、韓秦娥、沈古之、石存符。此五人歌聲一遏，行雲不流，木葉皆墜，得其五音之正，故能感物化氣故也。

古有兩家之唱，芝庵增入"喪門"之歌，爲三家。

道家所唱者，飛馭天表，游覽太虚，俯視八紘，志在冲漠之上，寄傲宇宙之間，慨古感今，有樂道徜徉之情，故曰"道情"。

儒家所唱者性理，衡門樂道，隱居以曠其志，泉石之興。

僧家所唱者，自梁方有"喪門"之歌，初謂之"頌偈"，"急急修來急急

修"之語是也。不過乞食抄化之語,以天堂地獄之説,愚化世俗故也。至宋末,亦唱樂府之曲,笛内皆用之。元初,讚佛亦用之。

七　音律宫調

五音

宫　屬土,性圓,爲君。其色黄,在天符土星,於人曰信,分旺四季。

商　屬金,性方,爲臣。其色白,在天符金星,於人曰義,應秋之節。

角　屬木,性直,爲民。其色青,在天符木星,於人曰仁,應春之節。

徵　屬火,性明,爲士。其色赤,在天符火星,於人曰禮,應夏之節。

羽　屬水,性潤,爲物。其色黑,在天符水星,於人曰智,應冬之節。

六律(陽)　大簇　姑洗　蕤賓　夷則　無射　黄鍾

六吕(陰)　大吕　應鍾　南吕　林鍾　中吕　夾鍾

六宫　仙吕宫　南吕宫　黄鍾宫　仲吕宫　正宫　道宫

十一調　大石調　小石調　高平調　揭指調　般涉調　商角調　宫調　商調　角調　越調　雙調

八　雜劇院本角色

丹丘先生曰:"雜劇院本,皆有'正末'、'副末'、'狚'、'孤'、'靚'、'鴇'、'猱'、'捷譏'、'引戲'九色之名"。孰不知其名亦有所出。予今書於譜内,以遺後之好事焉。

"雜劇"之説,唐爲"傳奇",宋爲"戲文",金爲"院本""雜劇"合而爲一,元分"院本"爲一、"雜劇"爲一。"雜劇"者,雜戲也。"院本"者,行院之本也。

正末　當場男子,謂之"末"。末,指事也。俗爲之"末泥"。

副末　古謂"蒼鶻",故可以撲"靚"者。"靚"謂狐也,如鶻之可以擊狐,故"副末"執榼瓜以撲"靚"是也。

狚　當場之妓曰"狚"。狚,猿之雌也,名曰"猵狚",其性好淫。俗呼"旦",非也。

孤　當場妝官者。

靚　傅粉墨者,謂之"靚",獻笑供諂者也。古謂"參軍",書語稱狐

爲“田参軍”,故副末稱“蒼鶻”者,以能擊狐也。“靚”,粉白黛緑謂之“靚妝”,故曰“妝靚色”。呼爲“净”,非也。

鴇　妓女之老者曰“鴇”。鴇似雁而大,無後趾,虎文,喜淫而無厭,諸鳥求之即就,俗呼爲“獨豹”。今人稱“鴇”者,是也。

猱　妓女總稱,謂之“猱”。猱,猿屬,貪獸也,喜食虎肝腦。虎見而愛之,負其背而取虱,遺其首即死,求其腦肝腸而食之。古人取喻,虎譬如少年,喜而愛其色,彼如“猱”也,誘而貪其財,故至子弟喪身敗業是也。

捷譏　古謂之“滑稽”。院本中便捷譏謔者是也。俳優稱爲“樂官”。

引戲　院本中“狚”也。

鬼門道　构欄中戲房出入之所,謂之“鬼門道”。鬼者,言其所扮者皆是已往昔人,故出入謂之“鬼門道”也。愚俗無知,因置鼓於門,訛喚爲“鼓門道”,於理無宜。亦曰“古門道”,非也。東坡詩曰:“搬演古今事,出入鬼門道。”正謂此也。

四友齋曲説

四友齋曲説

新曲苑第五種　明華亭何良俊撰

小引　昔師曠吹律而知南風之不競。有人彈琴，見螳螂向鳴蟬，欲其得之也，蔡中郎聞其音而知有殺心。隋煬帝將幸江都，作《翻調安公子曲》，王令言知其不反。唐章懷太子作《寶慶曲》，李嗣真聞而知太子廢。古之審音者，其神妙如此。今世律法亡矣。余何能知之？蓋因小時喜聽曲，中年病廢，教童子習唱，遂能解其音調，知其節拍而已。魏文帝《善哉行》内云："知音識曲，善爲樂方。"或庶幾焉耳。兹以論詞曲之語，附載於篇末。

音樂之流變　古樂之亡久矣，雖音律亦不傳。今所存者惟詞曲，亦只是淫哇之聲，但不可廢耳。蓋當天地剖判之初，氣機一動，即有元聲。凡宣八風、鼓萬籟，皆是物也。故樂九①變而天神降、地祇出，則亦豈細故哉。故曰，聲音之道與政通矣。佛經亦曰："以我所證，音聲爲上②。"今③佛家梵唄，如念真言之類，必和其音者，蓋以和召和，用通靈氣也。正聲之亡，今已無可奈何。但詞家所謂九宫十二則以統諸曲者，存之④以待審音者出，或者爲告朔之餼羊歟。

南北聲音之消長　楊升庵曰："《南史》蔡仲熊云：'五音本在中土，故氣韻調平。東南土氣偏詖，故不能感動木石。'斯誠公言也。近世北曲，雖鄭衛之音，然猶古者總章北里之韻，梨園教坊之調，是可證也。近日多尚海鹽南曲，士夫稟心房之精，從婉孌之習者，風靡如一。甚者北土亦移而耽之。更數世後，北曲亦失傳矣。"

西廂琵琶不必高絶　金元人呼北戲爲雜劇、南戲爲戲文。近代人

---

① 今校：九，原作"之"，據《四友齋叢説》中華本改。

②③ 今校："上"、"今"兩字，同上補。

④ 今校："之"字，同上補。

雜劇以王實甫之《西厢記》、戲文以高則誠之《琵琶記》爲絶唱，大不然。夫詩變而爲詞，詞變而爲歌曲，則歌曲乃詩之流别。今二家之辭，即譬之李杜。若謂李杜之詩爲不工，固不可；苟以爲詩必以李杜爲極致，亦豈然哉。祖宗開國，尊崇儒術，士大夫恥留心辭曲。雜劇與舊戲文本，皆不傳，世人不得盡見。雖教坊有能搬演者，然古調既不諧於俗耳，南人又不知北音。聽者即不喜，則習者亦漸少。而《西厢》《琵琶記》傳刻偶多，世皆快睹，故其所知者獨此二家。余所藏雜劇本幾三百種，舊戲本雖無刻本，然每見於詞家之書。乃知今元人之詞，往往有出於二家之上者。蓋《西厢》全帶脂粉，《琵琶》專弄學問，其本色語少。蓋填詞須用本色語，方是作家。苟詩家獨取李杜，則沈宋、王孟、韋柳、元白將盡廢之耶。

元四家中鄭氏第一　元人樂府稱馬東籬、鄭德輝、關漢卿、白仁甫爲四大家。馬之詞老健而乏姿媚；關之詞激厲而少藴藉；白頗簡淡，所欠者俊語；當以鄭爲第一。鄭德輝雜劇，《太和正音譜》所載總十八本，然入絃索者，惟《㑳梅香》、《倩女離魂》、《王粲登樓》三本。今教坊所唱，率多時曲，此等雜劇古詞皆不傳習。三本中獨《㑳梅香》頭一折〔點絳唇〕尚有人會唱。至第二折“驚飛幽鳥”與《倩女離魂》内“人去陽臺”、《王粲登樓》内“塵滿征衣”，人久不聞，不知絃索中有此曲矣。

情詞易工　大抵情辭易工。蓋人生於情，所謂愚夫愚婦可以與知者。觀十五國風，大半皆發於情，可以知矣。是以作者既易工，聞者亦易動聽。即《西厢記》與今所唱時曲，大率皆情詞也。至如《王粲登樓》第二折，摹寫羇懷壯志，語多慷慨，而氣亦爽烈。至後《堯民歌》《十二月》，托物寓意，尤爲妙絶，豈作調脂弄粉語者可得窺其堂廡哉。

鄭德輝情詞　鄭德輝所作情詞，亦自與人不同。如《㑳梅香》頭一折〔寄生草〕：“不争琴操中，單訴你飄零。却不道窗兒外，更有個人孤另。”〔六么序〕“却原來羣花弄影，將我來諕一驚”。此語何等藴藉有趣。〔大石調初問口〕内“又不曾薦枕席，便指望同棺槨。只想夜偷期，不記朝聞道”。〔好觀音〕内“上覆你個氣咽聲絲張京兆，本待要填還你枕剩衾薄”。語不着色相，情意獨至，真得詞家三昧者也。

倩女離魂　鄭德輝《倩女離魂》〔越調・聖藥王〕内：“近蓼花，纜釣槎，有折蒲衰草緑蒹葭。過水窪，傍淺沙，遥望見烟籠寒水月籠沙。我

只見茅舍兩三家。”如此等語，清麗流便，語入本色，然殊不穠鬱，宜不諧於俗耳也。

西厢五卷之蕪複　王實甫才情富麗，真辭家之雄。但《西厢》首尾五卷，曲二十一套，終始不出一情字，亦何怪其意之重複、語之蕪類耶。今乃知元人雜劇止是四折，未爲無見。

西厢妙語　王實甫《西厢》，其妙處亦何可掩？如第二卷〔混江龍〕内："蝶粉輕沾飛絮雪，燕泥香惹落花塵。繫春心情短柳絲長，隔花陰人遠天涯近。香消了六朝金粉，清減了三楚精神。”如此數語，雖李供奉復生，亦豈能有以加之哉。

西厢敗句　西厢内如“魂靈兒飛在半天，我將你做心肝兒看待”。“魂飛在九霄雲外”。“少可有一萬聲長吁短嘆、五千遍搗枕椎床”。語意皆露，殊無蘊藉。如“太行山高仰望，東洋海深思渴”則全不成語。此真務多之病。余謂鄭詞淡而净，王詞濃而蕪。

芙蓉亭　王實甫《絲竹芙蓉亭》雜劇，〔仙吕〕一套，通篇皆本色。詞殊簡淡可喜。其間如〔混江龍内〕："想着我懷兒中受用，怕什麽臉兒上搶白。”〔元和令〕内："他有曹子建七步才，還不了龐居士一分債。”〔勝葫蘆〕内："兀的般月斜風細，更闌人静，天上巧安排。”〔寄生草〕内“你莫不一家兒受了康禪戒”。此等皆俊語也。夫語關閨閣，已是穠艷，須得以冷言剩句出之，雜以訕笑，方纔有趣。若既着相，辭復濃艷，則豈畫家所謂濃鹽赤醬者乎？畫家以重設色爲濃鹽赤醬，若女子施朱傅粉，刻畫太過，豈如靚妝素服天然妙麗者之爲勝耶。

麗春堂　王實甫不但長於情辭，有《歌舞麗春堂》雜劇，其十三换頭〔落梅風〕内："對青銅，猛然間兩鬢霜。全不似舊時模樣。”此句甚簡淡。偶然言及老頓，即稱此二句。此老亦自具眼。

㑳梅香　《㑳梅香》第三折〔越調〕雖不入絃索，然自是妙。如〔小桃紅〕云："是害得神魂蕩漾，也合將眼皮開放。你好熱莽也沈東陽。”〔調笑令〕内："劈面的便搶白俺那病襄王。呀！怎生來番悔了巫山窈窕娘。滿口裹之乎者也没攔當，都噴在那生臉上。謔笑那有情人恨無個地縫藏，羞殺也傅粉何郎。”〔禿厮兒〕："請學士休心勞意攘，俺小姐他只是作耍難當。”止是尋常説話，略帶訕語，然中間意趣無窮，此便是作家也。

多數换頭 李直夫《虎頭牌》雜劇十七换頭，關漢卿散套二十换頭，王實甫《歌舞麗春堂》十二换頭，在〔雙調〕中别是一調。排名如〔阿那忽〕、〔相公愛〕、〔也不羅〕、〔醉也摩挲〕、〔忽都白〕、〔唐兀歹〕之類，皆是胡語，此其證也。三套中惟十七换頭其調尤吁（叶），蓋李是女真人也。十三换頭〔一錠銀〕内"他將阿那忽腔兒來合唱"。《麗春堂》亦是金人之事，則知金人於〔雙調〕内慣填此調，關漢卿、王實甫因用之也。

虎頭牌 〔虎頭牌〕是武元皇帝事。金武元皇帝未正位時，其叔餞之出鎮。十七换頭〔落梅風〕云："抹得瓶口兒净，斟得盞面兒圓，望着①碧天邊，太陽澆奠。只俺這女直人無甚麽别呪願，則願我弟兄們早能勾相見。此等詞情真語切，正當行家也。一友人聞此曲曰："此似唐人《木蘭詩》。"余喜其賞識。

小鬟善曲 余家小鬟記五十餘曲，而散套不過四五段，其餘皆金元人雜劇詞也。南京教坊人所不能知，老頓言。頓仁在正德爺爺時，隨駕至北京，在教坊學得，懷之五十年。供筵所唱，皆是時曲，此等辭並無人問及。不意垂死遇一知音，是雖曲藝，然可不謂之一遭遇哉。

王渼陂詞 王渼陂欲填北詞，求善歌者至家，閉門學唱三年，然後操筆。余最愛其散套中："鶯巢溼春隱花梢。"以爲金元人無此一句。

康王之詞 康對山詞迭宕，然不及王蘊藉。如渼陂《杜甫遊春》雜劇，雖金元人猶當北面，何况近代。以王蘭卿傳校之，不逮遠矣。

金在衡詞 南都自徐髯仙後，惟金在衡鸞最爲知音，善填詞。其嘲調小曲極妙，每誦一篇，令人絶倒。亦謂散套中無佳者，惟〔萬種閑愁〕最好。余細看之，獨"馬上抱鷄三市（匝）門，袖中懷（携）劍五陵遊"。二句差勝，乃用晚唐人羅隱詩也。其餘蕪淺不足觀。

犯韻 《西厢記》〔越調·彩筆題詩〕用"侵尋"韻，本閉口。而"眉帶遠山鋪翠，眼横秋水無塵"。誤入"真文"韻。如朱仲誼《辭寫鴛鴦塚》〔黄鍾〕"羞對鶯花緑窗掩"。通篇俱閉口，用韻甚好。

唱曲誤字 樂府辭，伎人傳習，皆不曉文義。中間固有刻本原差，因而承謬者；亦有刻本原不差，而文義稍深，伎人不解，擅自改易者。如

---

① 今校：着，原作"看"，據《歷代曲話彙編》本改。

《兩世姻緣》〔金菊香〕云："眼波眉黛不分明。"今人都作"眼皮"。一日小鬟唱此曲，金在衡聞唱波字，撫掌樂甚，云："吾每對伎人説此字，俱不肯聽。公能正之，殊快人意"。

雁底關河　二十换頭〔尾聲〕臨了一句："煞强似應底關河路兒遠。"余疑"應"字文義不通，思欲正之，終不得其字。一日偶看《太和正音譜》，觀關漢卿〔侍香金童〕内有"雁底關河，馬頭明月"之句，蓋雁飛無不到其底下之關河，言甚遠也。二十换頭亦關漢卿詞，蓋漢卿慣用此語，其爲"雁底"無疑。

氈字開口　老頓於《中原音韻》、《瓊林雅韻》終年不去手，故開口閉口與四聲陰陽字，八九分皆是。然文義欠明，時有差處。如馬東籬《孤雁漢宫秋》，其〔雙調・尾聲〕云："載離恨的氈車半坡裏響。""氈"字他教作閉口。余言"氈"字當開口，他説："頓仁於韻上考索極詳，此字從'占'，當作閉口。"余曰："若是從'占'，果當作閉口。但此是寫書人從省耳，此字原從'亶'。'亶'是開口，汝試檢'氈'字正文，無從'占'者。"渠始信教作開口。

南曲漫詞唱法失傳　老頓云："南曲中如'雨歇梅天'、《吕蒙正》内'紅妝艷質'、《王詳》内'夏日炎炎'、《殺狗》内'千紅百翠'此等謂之慢詞。教坊不隸琵琶箏色，乃歌章色所肄習者。南京教坊歌章色久無人，此曲都不傳矣。"

琵琶記曲難率意唱　余令老頓教《伯喈》一二曲。渠云："《伯喈》曲，某都唱得。但此等皆是後人依腔按字打將出來。正如善吹笛管者，聽人唱曲，依腔吹出，謂之唱調。然不按譜，終不入律。况絃索九宫之曲，或用滚絃、花和、大和、釤弦，皆有定則，故新曲要度入亦易。若南九宫原不入調，間有之，只是小令。苟大套數既無定則可依，而以意彈出，如何得□。□□管稍長短，其聲便可就板。弦索若多一彈或少一彈，則𠆳板矣。其可率意爲之哉。"

琵琶欠風味處　高則誠才藻富麗，如《琵琶記》"長空萬里"是一篇好賦，豈詞曲能盡之。然既謂之曲，須要有蒜酪，而此曲全無。正如王公大人之席，駞峰熊掌，肥腯盈前，而無蔬笋蜆蛤，所欠者風味耳。

拜月高出琵琶　《拜月亭》是元人施君美所撰，《太和正音譜・樂府羣英姓氏》亦載此人。余謂其高出於《琵琶記》遠甚。蓋其才藻雖不及

高,然終是當行。其拜新月二折,乃檃括關漢卿雜劇語。他如走雨、錯認、上路、館驛中相逢數折,彼此問答,皆不須賓白,而敘説情事,宛轉詳盡,全不費詞,可謂妙絶。

拜月好句 《拜月亭·賞春》〔惜奴嬌〕如:“香閨,掩珠簾鎮垂,不肯放燕雙飛。”《走雨》内“綉鞋兒分不得幫底,一步步提,百忙裏褪了根”。正詞家所謂本色語。

九種南戲能上絃索 南戲自《拜月亭》之外,如《吕蒙正》紅妝艷質喜得功名遂。《王祥》内夏日炎炎今日個最關情處路遠迢遥。《殺狗》内千紅百翠。《江流兒》内崎嶇去路賒。《南西厢》内團團皎皎巴到西厢。《翫江樓》内花底黄鸝。《子母冤家》内東野翠烟消。《詐妮子》内春來麗日長,皆上絃索。此九種即所謂戲文,金元人之筆也。詞雖不能盡工,然皆入律,正以其聲之和也。夫既謂之辭,寧聲叶而辭不工,無寧辭工而聲不叶。

南北曲板之緊漫 曲至緊板,即古樂府所謂趨。趨者,促也。絃索中大和絃是慢板,至花和絃則緊板矣。北曲如〔中吕〕至〔快活三〕,臨了一句,放慢來,接唱〔朝天子〕〔正宫〕至〔呆骨都〕,〔雙調〕至〔甜水令〕,〔仙吕〕至〔後庭花〕,〔越調〕至〔小桃紅〕,〔商調〕至〔梧葉兒〕,皆大和,又是慢板矣。緊慢相錯,何等節奏。南曲如〔錦堂月〕後〔僥僥令〕,〔念奴嬌〕後〔古輪臺〕,〔梁州序〕後〔節節高〕,一緊而不復收矣。

鍾查琵琶 清彈琵琶,稱正陽鍾秀之。徽州查十八,有厚貲,好琵琶,縱浪江湖。至正陽,訪之,持侍生刺投謁。鍾令人語之曰:“使尋常人來見,則宜稱侍生。吾聞查十八以琵琶遊江湖,今日來謁,非執弟子禮,我斷不出。”查言:“吾固聞秀之名,然未見其佳。使果奇,執弟子禮未晚。”鍾取琵琶於照壁後一曲,查膝行而前,稱弟子。留處數月,盡鍾之伎而歸。友人王亮卿,徽州人,有俊才,能詩。嘗言昔年入試留都,聞查十八在上河,往訪之。相期飲於妓館,欲聽其琵琶。查曰:“妓人琵琶,吾一掃即四絃俱絶。須攜我串用者以往。”亮卿設酒於舊院楊家,楊亦世代以琵琶名。酒半,查取琵琶彈之。有一妓女占板。甫一二段,其家有瞎媽媽最知音,連使人來言:“此官人琵琶與尋常不同,汝占板俱不是。”半曲後,使女子扶憑而出,問查來歷。查云是鍾秀之徒弟,此媽媽舊與秀之相處,與查相持而泣,留連不忍别。

王氏曲藻

王氏曲藻序

曲者詞之變。自金元入中國，所用胡樂嘈雜，凄緊緩急之間，詞不能按，乃更爲新聲以媚之。而諸君如貫酸齋、馬東籬、王實甫、關漢卿、張可久、喬夢符、鄭德輝、宫大用、白仁甫輩，咸富有才情，兼喜聲律，以故遂擅一代之長。所謂宋詞元曲，殆不虚也。但大江以北，漸染胡語，時時採入，而沈約四聲，遂闕其一。東南之士，未盡顧曲之周郎，逢掖之間，又稀辨撾之王應，稍稍復變新體，號爲南曲。高拭則成，遂掩前後。大抵北主勁切雄麗，南主清峭柔遠，雖本才情，務諧俚俗。譬之同一師承，而頓漸分教；俱爲國臣，而文武異科。今談曲者往往合而舉之，良可笑也。弇州山人王世貞著。

王氏曲藻

新曲苑第六種　明太倉王世貞撰

曲之成因　三百篇亡而後有騷、賦，騷、賦難入樂而後有古樂府，古樂府不入俗而後[①]以唐絶句爲樂府，絶句少宛轉而後有詞，詞不快北耳而後有北曲，北曲不諧南耳而後有南曲。

南曲不協　何元朗云："北人之曲，以九宫統之。九宫之外，别有道宫、高平、般涉三調。南人之歌，亦有南九宫，然南歌或多與絲竹不協，豈所謂土氣偏詖，鐘律不得調平者邪？"

南北異點　凡曲，北字多而調促，促處見筋；南字少而調緩，緩處見眼。北則辭情多而聲情少，南則辭情少而聲情多。北力在絃，南力在板。北宜和歌，南宜獨奏。北氣易粗，南氣易弱。此吾論曲三昧語。

各宫調聲情　仙吕調宜清新緜邈，南吕宫宜感歎傷惋，中吕宫宜高下閃賺，黄鍾宫宜富貴纏綿，正宫宜惆悵雄壯，道宫宜飄逸清幽，大石宜風流醖藉，小石宜旖旎嫵媚，高平宜條蕩[②]滉漾，般涉宜拾掇坑塹，歇指[③]宜急併虚歇，商角宜悲傷宛轉，雙調宜健捷激裊，商調宜悽愴慕怨，角調宜典雅沈重，越調宜陶寫冷笑。

作詞用字之妙　周德清云："關、鄭、白、馬，一新製作，韻共守自然之音，字能通天下之語，字暢語俊，韻促音調。"又云："諸公已矣，後學莫及。蓋不悟聲分平、仄，字别陰、陽。"此二言者，乃作詞之膏肓，用字之骨髓，皆不傳之妙，獨予知之，屢嘗揣其聲病于桃花扇影而得之也。

天下之音　虞伯生云："吴、楚傷於輕浮，燕、冀失於重濁，秦、隴去聲爲入，梁、益平聲似去，河北、河東取韻尤遠。"

---

① 今校：後，據《歷代曲話彙編》本補。

② 今校：蕩，原作"暢"，同上改。

③ 今校：指，原作"拍"，同上改。

作詞十法 作詞十法，亦出德清。稍删其不切者。一、造語。謂可作者：樂府語、經史語、天下通語。予謂經史語亦有可用不可用。不可作者：俗語、蠻語、謔嗑語、市語、方語、書生語、譏誚語。愚謂謔、市、譏誚，亦不盡然，顧用之何如耳。又語病、語澀、語粗、語嫩，皆所當避。二、用事。明事隱使，隱事明使。三、用字。生硬字、太文字、太俗字，及襯墊字太長者，皆所當避。四、陰陽。如同一東韻也，輕如東、鍾、松、冲之類爲陰，重如同、戎、龍、窮之類爲陽。喚押轉點，各有宜用。五、務頭。要知某調某句某字是務頭，可施俊語于上。楊用修乃謂"務頭"是"部頭"，可發一笑。六、對偶。有扇面對、重叠對、救尾對。七、末句。八、去上。九、定格。如仙吕、南吕、中吕、正有子母，謂字少聲多者，聲多字少者。

馬致遠套曲 馬致遠"百歲光陰"放逸宏麗，而不離本色，押韻尤妙。長句如："紅塵不向門前惹，綠樹偏宜屋角遮，青山正補牆東缺"。又如："和露摘黄花，帶霜烹紫蟹，煮酒燒紅葉。"俱入妙境。小語如："上床與鞋履相别。"大是名言。結尤疏俊可咏。元人稱爲第一，真不虚也。

西厢警句 北曲故當以《西厢》壓卷。如曲中語："雪浪拍長空，天際秋雲捲，竹索纜浮橋，水上蒼龍偃。""滋洛陽千種花，潤梁園萬頃田。""東風摇曳垂楊線，游絲牽惹桃花片，珠簾掩映芙蓉面。""法鼓金鐃，二月春雷響殿角；鐘聲佛號，半天風雨灑松梢。""不近喧譁，嫩綠池塘藏睡鴨；自然幽雅，淡黄楊柳帶栖鴉。"是駢儷中景語。"手掌兒裹奇擎，心坎兒裹温存，眼皮兒上供養。""哭聲兒似鶯囀喬林，淚珠兒似露滴花梢。""繫春心情短柳絲長，隔花陰人遠天涯近。香消了六朝金粉，瘦減了三楚精神。""玉容寂寞梨花朵，胭脂淺淡櫻桃顆。"是駢儷中情語。"他做了影兒裹情郎，我做了畫兒裹愛寵。""拄著拐幫閑鑽懶，縫合唇送暖偷寒。""昨夜個熱臉兒對面搶白，今日個冷句兒將人厮侵。""半推半就，又驚又愛。"是駢儷中諢語。"落紅滿地胭脂冷"，"夢裹成雙覺後單。"是單語中佳語。只此數條，他傳奇不能及。

元曲警句 元人曲，如："紅塵不向門前惹，綠樹偏宜屋角遮，青山正補牆東缺。""枯藤老樹昏鴉，小橋流水人家，古道西風瘦馬，夕陽西下，斷腸人在天涯。"景中雅語也。"池中星玉盤亂灑水晶丸，松梢月蒼

龍捧出軒轅鏡。”“紅葉落火龍褪甲，蒼松蟠怪蟒張牙。”“水面雲山，山上樓臺，山水相連，樓臺上下，天地安排。”景中壯語也。“仙翁何處煉丹砂？一縷白雲下。客去齋餘，人來茶罷，歎浮生數落花。楚家？漢家？做了漁樵話。”“黄蘆岸白蘋渡口，綠楊堤紅蓼灘頭。雖無刎頸交，頗有忘機友。點秋江白鷺沙鷗，傲殺人間萬户侯。不識字烟波釣叟。”意中爽語也。“十二玉欄天外倚。望中原，思故國。感慨傷悲，一片鄉心碎。”情中快語也。“笑撚花枝比較春，輸與海棠三四分。再偷匀，一半兒胭脂一半兒粉。”情中冶語也。“參旗動，斗柄挪，爲多情攬下風流禍。眉攢翠蛾，裙拖絳羅，襪冷淩波。耽驚怕萬千般，得受用些兒個。”“側耳聽門前去馬，和淚看簾外飛花。”“怕黄昏不覺又黄昏，不銷魂怎地不銷魂？新啼痕間舊啼痕，斷腸人送斷腸人。”“春將去，人未還，這其間，殃及殺愁眉淚眼。”“把團圓夢兒生喚起。誰，不做美？呸，却是你。”情中悄語也。“怨青春，捱白晝，怕黄昏。”“一聲梧葉一聲秋，一點芭蕉一點愁，三更歸夢三更後。”情中緊語也。“五眼鷄丹山鳴鳳，兩頭蛇南陽卧龍，三脚貓渭水非①熊。”“糟醃兩個功名字，醅淹千古興亡事，麯埋萬丈虹霓志。不達時皆笑屈原非，但知音便説陶潛是。”諢中奇語也。“㨪殺銀箏韻不真，揉癢天生鈍。縱有相思淚痕，索把拳頭揾。”諢中巧語也。

元人歸隱詞 元人歸隱詞〔沈醉東風〕云：“問天公許我閒身，結草爲標，編竹爲門。鹿豕成羣，魚蝦作伴，鵝鴨比鄰。不遠游堂上有親，莫居官朝裏無人。黜陟休云，進退休論。買斷青山，隔斷紅塵。”頗有味而佳。

元人咏指甲 〔得勝令〕，元人有咏指甲者：“宜將鬥草尋，宜把花枝浸，宜將綉線勾，宜把金針紝，宜操七絃琴，宜結兩同心，宜托腮邊玉，宜圈鞋上金。難禁，得一掐通身沁。知音，治相思十個針。”艷爽之極，又出王、關上矣。非舜耕《咏睡鞋》可比。

關漢卿補西厢 《西厢》久傳爲關漢卿撰，邇來乃有以爲王實夫者。謂：“至郵亭夢而止。”又云：“至碧雲天黄花地而止，此後乃漢卿所補也。”初以爲好事者傳之妄，及閱《太和正音譜》，王實夫十三本，以《西

① 今校：非，原作“飛”，據《歷代曲話彙編》本改。

廂》爲首；漢卿六十一首，不載《西廂》，則亦可據。第漢卿所補〔商調·集賢賓〕及〔掛金索〕“裙染榴花，睡損胭脂皺。紐結丁香，掩過芙蓉扣。綫脱珍珠，淚溼香羅袖。楊柳眉顰，人比黄花瘦”。俊語亦不減前。

今世所演習者：《北西廂記》出王實甫，《馬丹陽度任風子》出馬致遠，《范張鷄黍》出宮大用，《拜月亭》《單刀會》出關漢卿，《兩世姻緣》出喬夢符，《誶①范睢》出高文秀，《㑳(㑳)梅香》、《王粲登樓》《倩女離魂》出鄭德輝，《風雪酷寒亭》出楊顯之，《伍員吹簫》、《莊子歎骷髏》出李壽卿，《東坡夢》、《辰鈎月》出吴昌齡，《陳琳抱妝盒》、《王允連環記》、《敬德不伏老》、《黄鶴樓》、《千里獨行》不著姓氏，皆元人詞也。

涵虚子評林　涵虚子記元詞一百八十七人：馬東籬如朝陽鳴鳳，張小山如瑶天笙鶴，白仁甫如鵬摶九霄，李壽卿如洞天春曉，喬夢符如神鰲鼓浪，費唐臣如三峽波濤，宮大用如西風鵰鶚，王實甫如花間美人，張鳴善如彩鳳刷羽，關漢卿如瓊筵醉客，鄭德輝如九天珠玉，白無咎如太華孤峰。已上十二人爲首等。貫酸齋如天馬脱羈，鄧玉賓如幽谷芳蘭，滕玉霄如碧漢閒雲，鮮于去矜如奎壁騰輝，商政叔如朝霞散彩，范子安如竹裏鳴泉，徐甜齋如桂林秋月，楊淡齋如碧海珊瑚，李致遠如玉匣昆吾，鄭廷玉如佩玉鳴鸞，劉廷信如摩雲老鶻，吴西逸如空谷流泉，秦竹村如孤雲野鶴，馬九皋如松陰鳴鶴，石子章如蓬萊瑶②草，蓋西村如清風爽籟，朱廷玉如百卉争芳，庾吉甫如奇峰散綺，楊立齋如風烟花柳，楊西庵如花柳芳妍，胡紫山如秋潭孤月，張雲莊如玉樹臨風，元遺山如窮厓孤松，高文秀如金盤牡丹，阿魯威如鶴唳青霄，吕止庵如晴霞結綺，荆幹臣如珠簾鸚鵡，薩天錫如天風環佩，薛昂夫如雪窗翠竹，顧均澤如雪中喬木，周德清如玉笛横秋，不忽麻如閒雲出岫，杜善夫如鳳池春色，鍾繼先如騰空寶氣，王仲文如劍氣騰空，李文蔚如雪壓蒼松，楊顯之如瑶臺夜月，顧仲清如鵰鶚冲霄，趙文寶如藍田美玉，趙明遠如太華晴雲，李子中如清廟朱瑟，李叔進如壯士舞劍，吴昌齡如庭草交翠，武漢臣如遠山叠

---

① 今校：誶，原作“誂”，據《歷代曲話彙編》本改。

② 今校：瑶，原作“瑞”，同上改。

翠，李直①夫如梅邊月影，馬昂夫如秋蘭獨茂，梁進之如花裏啼鶯，紀君祥如雪裏梅花，于伯淵如翠柳黄鸝，王廷秀如月印寒潭，姚守中如秋月揚輝，金志甫如西山爽氣，沈和甫如翠屏孔雀，睢景臣如鳳管秋聲，周仲彬如平原孤隼，吴仁卿如山間明月，秦簡夫如峭壁孤松，石君寶如羅浮梅雪，趙公輔如空山清嘯，孫仲章如秋風鐵笛，岳伯川如雲林樵響，趙子祥如馬嘶芳草，李好古如孤松掛月，陳存甫如湘江雪竹，鮑吉甫如老蛟泣珠，戴善甫如荷花映水，張時起如雁陣驚寒，趙天錫如秋水芙蕖，尚仲賢如山花獻笑，王伯成如紅鴛戲波。已上七十人次之。又有董解元、盧疏齋、鮮于伯機、馮海粟、趙子昂、班彦功、王元鼎、董君瑞、查德卿、姚牧庵、高拭（即作《琵琶記》者）、史敬先、施君美、汪澤民輩，凡百五人，不著題評，抑又其次也。虞道園、張伯雨、楊鐵崖輩，俱不得與，可謂嚴矣。

明初十六家　國初十有六人：王子一如長鯨飲海、又如漢庭老吏，劉東生如海嶠雲霞，王文昌如滄海明珠，谷子敬如崑山片玉。可入首等。藍楚芳如秋芳桂子，陳克明如孤鶴鳴皋，穆仲義如洛神淩波，湯舜民如錦屏春風，賈仲名如錦帷瓊筵，楊景言如雨中之花，蘇復之如雲林之豹，楊彦華如春風飛花，楊文奎如匡廬叠翠②，夏均政如南山秋色，唐以初如仙女散花。可次貫酸齋輩。

西厢琵琶考證　元微之《鶯鶯傳》，謂微之通于姑之子，而托名張生者。有爲微之考據中表親戚甚明。且《會真》詩止載和章，而闕張本辭，大約可推。高則成《琵琶記》，其意欲以譏當時一士大夫，而托名蔡伯喈，不知其説。偶閲《説郛》所載唐人小説："牛相國僧孺之子繁，與同人蔡生邂逅文字交，尋同舉進士。才蔡生，欲以女弟適之。蔡已有妻趙矣，力辭不得。後牛氏與趙處，能卑順自將。蔡仕至節度副使。"其姓事相同，一至于此。則成何不直舉其人，而顧誣衊賢者至此耶？

琵琶高處　則成所以冠絶諸劇者，不唯其琢句之工、使事之美而已，其體貼人情，委曲必盡；描寫物態，仿佛如生；問答之際，了不見扭造；所以佳耳。至於腔調微有未諧，譬如見鍾、王跡，不得其合處，當精

① 今校：直，原作"宜"，據《歷代曲話彙編》本改。
② 今校：阜，原作"翠"，同上改。

思以求詣，不當執末以議本也。

琵琶傳本正誤　偶見歌伯喈者云："浪暖桃香欲化魚，期逼春闈，詔赴春闈。郡中空有辟賢書，心戀親闈，難捨親闈。"頗疑兩下句意各重，而不知其故。又曰"詔"曰"書"，都無輕重。後得一善本，其下句乃："浪暖桃香欲化魚，期逼春闈，難捨親闈。郡中空有辟賢書，心戀親闈，難赴春闈。"意既不重，而"期逼"與上"欲化魚"字應，"難赴"與"空有"字應，益見作者之工。

南套之短長　南曲之美者，無過于題柳"窺青眼"，而中亦有牽强寡次序處。題月"長空萬里"，可謂完麗，而苦多蹈襲。"人别後"是元人作，不免雜以凡語。祝希哲"玉盤金餅"，是初學人得一二佳句耳。大抵宋詞無累篇，而南北曲少完璧，則以繁簡之故也。

拜月荆釵香囊五倫全備　《琵琶記》之下，《拜月亭》是元人施君美撰，亦佳。元朗謂勝《琵琶》，則大謬也。中間雖有一二佳曲①，然無詞家大學問，一短也；既無風情，又無裨風教二短也；歌演終場，不能使人墮淚，三短也。《拜月亭》之下，荆釵近俗，而時動人；《香囊》近雅，而不動人；《五倫全備》是文莊元老大儒之作，不免腐爛。

㑳梅香王粲登樓　何元朗極稱鄭德輝《㑳梅香》、《倩女離魂》、《王粲登樓》，以爲出《西厢》之上。《㑳梅香》雖有佳處，而中多陳腐措大語，且套數、出没、賓白，全剽《西厢》。《王粲登樓》事實可笑，毋亦厭常喜新之病歟？

元人合套佳構　"暗想當年羅帕上把新詩寫。"南北大散套，是元人作。學問才情，足冠諸本。

周憲王作　周憲王者，定王子也。好臨摹古書帖，曉音律。所作雜劇凡三十餘種，散曲百餘，雖才情未至，而音調頗諧，至今中原絃索多用之。李獻吉《汴中元宵》絶句云："齊唱憲王新樂府，金梁橋上月如霜。"蓋實録也。

王敬夫作　劉瑾以擴充政務爲名，諸翰林悉出補部屬。鄠杜王敬夫，其鄉人也，獨爲吏部郎，不數月，長文選。會瑾敗，謫同知壽州。敬

---

① 今校：曲，原作"句"，據《歷代曲話彙編》本改。

夫有雋才，尤長于詞曲，而傲睨多脱疏。人或讒之李文正，謂敬夫嘗譏其詩。御史追論敬夫，褫其官。敬夫編《杜少陵游春》傳奇劇罵李，聞之，益大恚。雖館閣諸公亦謂敬夫輕薄，遂不復用。敬夫與康德涵俱以詞曲名一時，其秀麗雄爽，康大不如也。評者以敬夫聲價不在關漢卿、馬東籬下。

敬夫散曲 王渼陂所爲〔折桂令〕云："望東華人亂擁，紫羅襴老盡英雄。"此是名語。然上句"翻（番）身跳出麒麟洞。""麒麟洞"杜撰無出。渼陂又有一詞云："暗想東華，五夜清霜寒駐馬。尋思别駕，一天霜雪曉排衙。"句特軒爽，四押亦佳，而"暗想"、"尋思"四字亦不稱，乃知完璧之難也。

明諸王公作 趙王之"紅殘驛使梅"，楊邃庵之"寂寞過花朝"，李空同之"指冷鳳皇笙"，陳石亭之《梅花序》、顧未齋之《單題梅》，皆出自王公，膾炙人口，然較之專門，終有間也。王威寧〔越・黄鶯兒〕只是諢語，然頗佳。

楊慎作 楊狀元慎才情蓋世，所著有《洞天玄記》、《陶情樂府》、《續陶情樂府》，流膾人口，而頗不爲當家所許。蓋楊本蜀人，故多川調，不甚諧南北本腔也。摘句如："費長房縮不就相思地，女媧氏補不完離恨天。别淚銅壺共滴，愁腸蘭焰同煎。和愁和悶，經歲經年。"又"傲霜雪鏡中紫髯，任光陰眼前赤電，仗平安頭上青天。"皆佳語也。第他曲多剽元人樂府，如"嫩寒生花底風"、"風兒疏剌剌"諸闋，一字不改，掩爲己有。蓋楊多抄録秘本，不知久已流傳人間矣。

楊慎妻作 楊用修婦亦有才情。楊久戍滇中，婦寄一律云："雁飛曾不到衡陽，錦字何由寄永昌？三春花柳妾薄命，六詔風烟君斷腸。曰歸曰歸愁歲暮，其雨其雨怨朝陽。相聞空有刀環約，何日金鷄下夜郎？"又《黄鶯兒》一詞："積雨釀春寒，見繁花樹樹殘。泥塗滿眼登臨倦，江流幾灣？雪山幾盤？天涯極目空腸斷。寄書難，無情征雁，飛不到滇南。"楊又别和三詞，俱不能勝。

李伯華作 北人自王、康後，推山東李伯華。伯華以百闋《傍妝臺》爲德涵所賞。今其辭尚存，不足道也。所爲南劇《寶劍》、《登壇記》，亦是改其鄉先輩之作。二記余見之，尚在《拜月》、《荆釵》之下耳，而自負

不淺。一日問余："何如《琵琶記》乎?"余謂："公辭之美，不必言。第令吴中教師十人唱過，隨腔字改妥，乃可傳耳。"李怫然不樂罷。

陳大聲作　陳大聲，金陵將家子，所爲散套，既多抄襲，亦淺才情。然字句流麗，可入絃索。〔三弄梅花〕一闋，頗稱作家。

王舜耕作　王舜耕，高郵人。有《西樓樂府》，詞頗警健。工題贈，善調謔，而淺于風人之致。

谷繼宗謝茂秦作　谷繼宗，濟南人。所爲樂府微有才情，尚出諸公之下。謝茂秦舊填樂府，頗以柳三變自居，與余輩談詩，後慚恧不出，可謂"不遠之復"。

常明卿作　常明卿有《樓居樂府》，雖詞氣豪逸，亦未當家。

徐霖作　徐髯仙霖，金陵人。所爲樂府，不能如陳大聲穩協，而才氣過之。

明代北曲作家　北調如李空同、王浚川、何粹夫、韓苑洛、何太華、許少華，俱有樂府，而未之盡見。予所知者：李尚寶先芳、張職方重、劉侍御時達，皆可觀。近時馮通判惟①敏，獨爲傑出，其板眼、務頭、攛搶緊緩，無不曲盡，而才氣亦足發之。止用本色過多，北音太繁，爲白璧微纇耳。金陵金白嶼鑾，頗是當家，爲北里所貴。張有二句云："石橋下水轔轔，蘆花上月紛紛。"予頗賞之。

明代南曲作家　吾吴中以南曲名者，祝京兆希哲、唐解元伯虎、鄭山人若庸。希哲能爲大套，富才情，而多駁雜。伯虎小詞翩翩有致，鄭所作《玉玦記》最佳，它未稱是。《明珠記》即《無雙傳》，陸天池采所成者，乃兄浚明給事助之，亦未盡善。張伯起《紅拂記》潔而俊，失在輕弱。梁伯龍《吴越春秋》滿而妥，間流冗長。陸教諭之《裘散詞》，有一二可觀。吾嘗記其結語："遮不住愁人緑草，一夜滿關山。"又："本是個英雄漢，差排做窮秀才。"語亦雋爽，其他未稱是。

曲演詞語　張伯起《紅拂記》一佳句云"愛它風雪耐它寒"，不知爲朱希真詞也。其起句云："檢盡曆頭冬又殘，愛他風雪耐他寒。拖條竹

---

① 今校：惟，原作"爲"，據《歷代曲話彙編》本改。

杖家家酒，上個籃輿處處山。”亦自①瀟灑。賀方回《浣溪紗》有云：“淡黄楊柳帶栖鴉。”關漢卿演作四句云：“不近諠譁，嫩緑池塘藏睡鴨。自然幽雅，淡黄楊柳帶栖鴉。”青出于藍，無並美矣。

① 今校：自，原作“是”，據《歷代曲話彙編》本改。

三家村老曲談

三家村老曲談

新曲苑第七種　明常熟徐復祚撰

或問《琵琶》，曰："高明則誠者，温之永嘉人。以《春秋》中元至正乙酉榜，授處州録事，調浙江閫幕都事，轉江西行臺掾，又轉福建行省都事。方國珍聘置幕下，不行。旅寓明州，以詞曲自娱，因感劉後村之詩：'死後是非誰管得，滿村争唱蔡中郎'之句，乃作《琵琶記》。有王四者，以學聞，則誠與之友善，勸之仕，登第，即棄其妻，而贅於不花太師家。則誠惡之，故作此記以諷諫，名之曰《琵琶》者，取其頭上四'王'爲王四云爾。元人呼牛爲'不花'，故謂之牛太師。而伯喈曾附董卓，乃以之托名也。高皇帝微時，嘗奇此傳，及登極，召則誠，以疾辭。使者以傳進，上覽之，曰：'五經四書，在民間譬諸五穀，不可無；此傳乃珍饈之屬，俎豆之間亦不可少也。'及卒，陸德暘以詩弔之曰：'亂離遭世變，出處嘆才難。墜地文將喪，憂天寢不安。名題前進士，爵署舊郎官。一代儒林傳，真堪入史刊。'又陶南村《説郛》載唐人小説：牛相國僧孺之子繁，與同人蔡生邂逅文字交，尋同舉進士。才蔡生，欲以女弟適之。蔡已有妻趙矣，力辭不得。後牛氏與趙處，能卑順自將。後蔡仕至節度副使。牛同，蔡同，趙同，而牛能卑順又同，南村又與東嘉同時，會稽、温州又同省，則《琵琶》之作，必是爲繁，王四云云，以其有四王而揣摩之也。要之，傳奇皆是寓言，未有無所爲者，正不必求其人與事以實之也。即今《琵琶》之傳，豈傳其事與人哉？傳其詞耳。詞如'慶壽'之〔錦堂月〕、'賞月'之〔本序〕、'剪髮'之〔香羅帶〕、'吃糠'之〔孝順兒〕、'寫真'之〔三仙橋〕、'看真'之〔太師引〕、'賜燕'之〔山花子〕、'成親'之〔畫眉序〕，富艷則春花馥郁，目眩神驚；凄楚則嘯月孤猿，腸摧肝裂；高華則太華峰頭，晴霞結綺；變幻則蜃樓海市，頃刻萬態。他如〔四朝元〕、〔雁魚錦〕、〔二郎神〕等折，委婉篤至，信口説出，略無扭捏，文章至此，真如九天咳唾，非食烟火人所能

辨矣。然白璧微瑕，豈能盡掩？尋宫數調，東嘉已自拈出，無庸再議。但詩有詩韻，曲有曲韻。詩韻則沈隱侯之四聲，自唐至今，學人韻士兢兢守如三尺，罔敢踰越。曲韻則周德清之《中原音韻》，元人無不宗之。曲之不可用詩韻，亦猶詩之不敢用曲韻也。假如今有詩人於此，取上平‘十三元’一韻，以‘元’、‘軒’、‘冕’等字與‘先’韻叶，以‘昆’、‘温’、‘門’、‘孫’等字與‘真’韻叶，以‘煩’、‘幡①’、‘潘’、‘藩’等字與‘寒’、‘删’二韻叶，不幾笑破人口乎？何至於曲而獨可通融假借也？且不用韻，又奚難作焉？今以東嘉〔瑞鶴仙〕一闋言之；首句‘火’字，又下‘和’字，‘歌麻’韻也。中間‘馬’、‘化’、‘下’，三字，‘家麻’韻也。‘日’字，‘齊微’韻也。‘旨’字，‘支思’韻也。‘也’字，‘車遮’韻也。一闋通止八句，而用五韻。假如今人作一律詩，而用此五韻，成何格律乎？吟咀在口，堪聽乎？不堪聽乎？通本不出韻乎，寂寂不可多得，‘飛絮沾衣’外，‘簾幕風柔’止出一韻，末句‘謀’字。‘緑成陰’、‘玳筵開處’、‘思量那日’，四五套而已矣。若其使事，大有謬處：〔叨叨令〕末句云‘好一似小秦王三跳澗’，〔鮑老催〕句：‘畫堂中富貴如金谷。’，不應伯喈時已有唐文皇、石季倫也。‘賞荷’出内〔燒夜香〕末句云：‘卷起簾兒，明月正上。’明明是夜景矣，何以下〔梁州序〕云：‘晝長人静好清閑，忽被棋聲驚晝眠。’又第四闋内‘柳陰中忽噪新蟬，見流螢飛來庭院’，蟬聲不應與螢火並出。或人曲護其短，乃曰：‘此通一日而言。’此大不通之論。一日之間，自有定序，從早而午，從午而暮，未有早而倏暮，暮又午也。或又以‘賞荷’、‘賞月’俱非東嘉作，乃朱教諭增入。朱教諭，吾不知其人。‘賞荷’之出其手，有之。賞荷之‘楚天過雨’，雄奇艷麗，千古傑作，非東嘉誰能辦此？‘埽松’而後，粗鄙不足觀，豈强弩之末力耶？抑真朱教諭所補耶？真狗尾矣。内有伯喈奔喪〔朝元令〕四闋，調頗叶，吴江沈先生已辨其非矣。故余以爲東嘉之作，斷斷自‘埽松’折止，後俱不似其筆。王弇州一代宗匠，文章之無定品者，經其品題，便可折衷。然於詞曲不甚當行，其論琵琶也，曰：‘則誠所以冠絶諸劇者，不惟琢句之工、使事之美而已。其體

① 今校：幡，原作“憣”，據《歷代曲話彙編》本改。

貼人情，委曲必盡；描寫物態，彷彿如生；問答之際，了無揑造；所以佳耳。至於腔調微有未諧，譬如見鍾、王跡，不得其合處，當精思以求諧，不當執末以議本也。'夫'作曲先要明腔，後要識譜，切記忌有傷於音律'。此丹丘先生之言也。腔調未諧，音律何在？若謂不當執末以議本，則將抹殺譜板，全取詞華而已乎？"

拜月　何元朗良俊謂施君美《拜月亭》勝於《琵琶》，未爲無見。《拜月亭》宫調極明，平仄極叶，自始至終，無一板一折非當行本色語，此非深於是道者不能解也。弇州乃以"無大學問"爲一短，不知聲律家正不取於弘詞博學也。又以"無風情、無裨風教"爲二短，不知《拜月》風情本自不乏，而風教當就道學先生講求，不當責之騷人墨士也。用修之錦心綉腸，果不如白沙鳶飛魚躍乎？又以"歌演終場，不能使人墮淚。"爲三短，不知酒以合歡，歌演以佐酒，必墮淚以爲佳，將《薤歌》、《蒿里》盡侑觴具乎？

荆釵　《琵琶》、《拜月》而下，《荆釵》以情節關目勝，然純是倭巷俚語，粗鄙之極，而用韻却嚴，本色當行，時離時合。

香囊　《香囊》以詩語作曲，處處如烟花風柳。如"花邊柳邊"、"黄昏古驛"、"殘星破暝"、"紅入仙桃"等大套，麗語藻句，刺眼奪魄。然愈藻麗，愈遠本色。

龍泉五倫　《龍泉記》、《五倫全備》純是措大書袋子語，陳腐臭爛，令人嘔穢，一蟹不如一蟹矣。

此後作者輩起，坊刻充棟而佳者絶無。

柳仙　徐髯仙霖《柳仙記》，事見《幽怪録》，詞亦古質。然寂寥疏淺，斤兩不足。谷子敬先已有《度城南柳》，不堪並觀。

寶劍　李伯華開先《林冲寶劍記》"按龍泉"闋亦好，餘只平平。

千金　《韓信登壇記》，即《千金記》，本元金志甫《追韓信》來，今《北[①]追》、《點將》全用之。

玉玦　鄭虚舟若庸，余見其所作《玉玦記》手筆，凡用僻事，往往自爲拈出，今在其從姪學訓繼學處。此記極爲今學士所賞，佳句故自不

---

① 今校：北，原作"似"，據《歷代曲話彙編》本改。

乏，如“翠被擁雞聲，梨花月痕冷”等，堪與《香囊》伯仲。“賞荷”、“看潮”二大套，亦佳。獨其好填塞故事，未免開飣餖之門，闢堆垛之境，不復知詞中本色爲何物，是虚舟實爲之濫觴矣。乃其用韻，未嘗不守德清之約。虚舟尚有《四節記》，不足觀已。

紅拂　張伯起先生，余内子世父也。所作傳奇有《紅拂》、《竊符》、《虎符》、《扊扅》、《灌園》、《祝髮》諸種，而《紅拂》最先，本《虬髯客傳》而作，惜其增出徐德言合鏡一段，遂成兩家門，頭腦太多。佳曲甚多，骨肉匀稱，但用吴音，“先天”、“簾纖”隨口亂押，開閉罔辨，不復知有周韵矣。最可笑者，弇州先生之許《紅拂》也，曰：“《紅拂》有一佳句，曰：‘愛他風雪耐他寒。’不知其爲朱希真詞也。”云云，余一日過伯起齋中，談次問：“此句用在何處？覓之不得。”伯起笑曰：“王大自看朱希真《紅拂》耳，似未嘗看張伯起《紅拂》也。”相與一笑。近見方刻李卓吾批點《紅拂》，大要謂：“紅拂一婦人耳，而能物色英雄於塵埃中。”是贊《虬髯傳》中紅拂耳，亦未嘗贊張伯起《紅拂》也。知音之難如此。此外《灌園》亦俊潔，《竊符》亦豪邁，餘不甚行。

顧大典三記　自此吴江顧大典有《義乳》、《青衫》、《葛衣》等記，皆起流派，操吴音以亂押者，清俊峭拔處，各自有可觀，不必求其本色也。

玉合　梅禹金，宣城人。作爲《玉合記》，士林争購之，紙爲之貴。曾寄余，余讀之，不解也。傳奇之體，要在使田畯紅女聞之而趯然喜、悚然懼，若徒逞其博洽，使聞者不解爲何語，何異對驢而彈琴乎？昔翟資政巽喜作才語，雖對使令亦然。有庖者，藝頗精，翟每向同官稱之。後稍懈，衆以嘲翟，翟呼使數之曰：“汝以刀匕微能，數見稱賞，而敢踈嫚若此，使衆人以責膳夫之罪，還責汝主，於汝安乎？”左右皆匿笑，而庖者竟不解作何語。余謂若歌《玉合》於筵前臺畔，無論田畯紅女，即學士大夫，能解作何語者幾人哉。徐彦伯爲文，以“鳳閣”爲“鵷門”，“龍門”爲“虬户”，當時號“澀體”。樊宗師《絳州記》，至不可句讀。文章且不可澀，况樂府出於優伶之口，入於當筵之耳，不遑使反，何暇思維，而可澀乎哉？濫觴於虚舟，決堤於禹金，至近日之《箜篌》而滔滔極矣。禹金旋亦自悔，作《長命縷》，自謂：“調歸宫矣，韻諧音矣，意不必使老媪都解，

而亦不必傲士大夫以所不知。”余尤以爲未盡然也。《玉合記》〔榴花泣〕第二闋内有句云：“離腸棖觸斷無些。”自音云：“棖，音橙。”不知所出，亦不能解。一日觀山谷詩云：“莫若囂號驚四鄰，推床破面振觸人。”然後知“棖”當作“振”，從手，不從木，音撑。“振觸”，見《涅盤經》。山谷用之詩，已自僻澀，禹金乃用之作曲，然則“三藐三菩提”盡曲料耶？此體最易驚俗眼，亦最壞曲體，必不可學。

題紅　《題紅》，王伯良德驥作。伯良，屠長卿之友，長卿深許可之，謂：“事固奇矣，詞亦斐然。”今觀其詞，使事嚮於禹金，風格不及伯起，其在季、孟之間乎？獨其結搆如摶沙，開闔照應，了無線索，每於緊處散緩，是又大不如伯起者也。至其自序《題紅》，則曰：“周德清《中原音韻》，元人用之甚嚴，自《拜月》、《伯喈》始決其藩。傳中惟‘齊微’之於‘支思’，‘先天’之於‘寒山’、‘桓歡’，沿習已久，聊復通用；‘庚青’之於‘真文’，‘廉先’之於‘先天’，間借一二字偶用；他韻不敢混用一字。至北調諸曲，不敢借用，以北體更嚴，存古典刑也。”夫《琵琶》出韻，是誠有之，《拜月》何嘗出韻？且二傳佳處不學，獨學其出韻，此何説也？若曰嚴於北而寬於南，尤屬可笑。曲有南北，韻亦有南北乎？袁西野有一〔清江引〕，專誚不用韻作曲者，云：“沈約近來憔悴損，打不開糊涂陣。五言一小詞，四句押三韻。提來到口邊頭煞力子忍①。”

琴心　邑人孫梅錫柚作《琴心記》，亦有纖句。

南連環南西厢四景明珠　王雨舟改《北王允連環記》爲南，佳。李日華改《北西厢》爲南，不佳。然其《四景記》亦可觀。陸天池亦有《南西厢》，亦不佳，《明珠》却絶有麗句，聞非一手所成，乃兄給事粲亦助之，當不謬。其聲價當在《玉玦》上。

雙珠分鞋　沈涅川《雙珠》、《分鞋》，小兒號嗄。

浣紗　梁伯龍辰魚作《浣沙記》，無論其關目散緩、無骨無筋、全無收攝，即其詞亦出口便俗，一過後便不耐再咀。然其所長，亦自有在：不用春秋以後事，不裝八寶，不多出韻，平仄甚諧，宫調不失，亦近來詞家

① 今校：忍，原作“刃”，據《歷代曲話彙編》本改。

所難。獨一最可笑而人不知：吴、越之在當時，稱王久矣。王則車馬、服御、位號、稱呼儼然一天子矣。故有郊臺、有柴望，夫差、勾踐亦偃然不復知有周天王矣。而胥、嚭、種、蠡稱曰“主公”，何也？孟子在梁，稱惠王曰：“王好戰”不聞主公惠王也；在齊，稱宣王曰：“今王發政施仁”，不聞主公宣王也。此何異三家村童子不知厥父稱呼，而曰“我家老子”也，陋甚矣。

沈璟著作 沈光禄璟著作極富，有《雙魚》、《埋劍》、《金錢》、《鴛被》、《義俠》、《紅蕖》等十數種，無不當行。《紅蕖》詞極贍、才極富，然於本色不能不讓他作。蓋先生嚴於法，《紅蕖》時時爲法所拘，遂不復條暢，然自是詞家宗匠，不可輕議。至其所著《南曲全譜》、《唱曲當知》，訂世人沿襲之非，剷俗師扭捏之腔，令作曲者知其所向往，皎然詞林指南車也。我輩循之以爲式，庶幾可不失墜耳。

曇花彩毫 《曇花》、《彩毫》，屠長卿隆先生筆。肥腸滿腦，莽莽滔滔，有資深逢源之趣，無捉衿露肘之失，然又不得以濃鹽、赤醬訾之，惜未守沈先生三章耳。

玉茗四傳 玉茗堂四傳，臨川湯若士顯祖先生作也。其《南柯》、《邯鄲》二傳，本若士[1]臧晉叔懋循先生所作元人彈詞來。晉叔既以彈詞造其端，復爲改正四傳，以訂其訛，若士忠臣哉！晉叔最愛余諸傳，逢人便説，且托友人相邀過彼，而余貧老不能往。未幾而晉叔物化，負此知己，痛哉。晉叔不聞有所搆撰，然其刻元人刻雜劇多至百種，一一手自删定，功亦不在沈先生下矣。

西樓 近日袁晉作爲《西樓記》，調唇弄舌，驟聽之亦堪解頤，一過而嚼然矣。音韻宫商，當行本色，了不知爲何物矣。

彩霞 《彩霞》出一優師所作，曲雖俚，然間架步驟，亦自可觀，較之《西樓》，雖爲彼善。此外非復知矣。

散曲 若夫散詞、小令，則家和璧而人隋珠，未易枚舉。試數其人，則周憲王、趙□□王、劉誠意、王威寧、楊邃菴、顧未齋、陳大聲、祝希哲、

---

① 今校：士，據《歷代曲話彙編》本補。

唐伯虎、張伯起、沈青門、王稚欽、李空同、楊用修、王敬夫、康德涵、韓苑[1]洛、金白嶼、楊君謙、常明卿、谷繼宗、何粹夫、王舜畊、王渼陂、王浚川、謝茂秦、陸之裘、陳石亭、何太華、許少華、王辰玉，彼皆海岳英靈，文章巨擘，羽翼大雅，黼黻王猷，正業之外，游戲爲此，或滔滔大篇，或寥寥小令，含金跨元，真所謂種種殊别，新新無已矣。

北詞　北詞，晉叔所刻元人百劇及我朝谷子敬《三度城南柳》、《鬧陰司》，賈仲名《度金童玉女》，王子一《劉阮天台》，劉東生《月下老世間配偶》，丹丘先生《燕鶯蜂蜨》、《復落娼[2]》、《烟花判》，俱曾一一勘過。

王西厢　馬東籬、張小山自應首冠，而王實甫之《西厢》，直欲超而上之。蓋諸公所作，止於四折，而《西厢》則十六折，多寡不同，骨力更陡，此其所以勝也。昔人評者，謂"玉環之出浴華清，緑珠之採蓮洛浦"。信不誣也。實甫之傳，本於董解元，解元爲説唱本，與實甫本可稱雙璧。實甫《麗春堂》劇，不及《西厢》。

關西厢　《西厢》後四出，定爲關漢卿所補。其筆力迥出二手，且雅語、俗語、措大語、白撰語層見叠出，至於"馬户""尸巾"云云，則真馬户尸巾矣。且《西厢》之妙，正在於《草橋》一夢，似假疑真，乍離乍合，情盡而意無窮，何必金榜題名、洞房花燭而後乃愉快也？丹丘評漢卿曰："觀其詞語，乃在可上可下之間，蓋所以取者，初爲雜劇之始，故卓以前列。"則王、關之聲價，在當時已自有低昂矣。

弇州曲藻　王弇州取《西厢》"雪浪拍長空"諸語，亦直取其華艷耳，神髓不在是也。語其神，則字字當行，言言本色，可爲南北之冠。王渼陂句"望東華人亂擁，紫羅襴老盡英雄"。此〔水仙子〕也，弇州題作〔折桂令〕，鹵莽可知矣。至於實甫之意，謂元微之通於姑之子而托名張生，是不必核。以上見《三家村老委談》。

明初伶服　國初之制，伶人常戴緑頭巾，腰繫紅褡膊，足穿布毛猪皮靴，不容街中走，止於道旁左右行。

---

① 今校：苑，原作"院"，據《歷代曲話彙編》本改。

② 今校：娼，原作"唱"，同上補。

祝希哲扮演 祝希哲，長洲人。爲人好酒、色、六博，不修行檢，常傅粉黛，從優伶間度新聲。俠少年好慕之，多賫金從遊，允明甚洽。

四聲猿 余嘗讀《四聲猿》雜劇。其《漁洋三撾》，有爲之作也，意氣豪俠，如其爲人，誠然傑作，然尚在元人藩籬間。餘三聲，《柳翠》猶稱彼善，其餘二聲及其書、繪，俱可無作。

患曲不善 衡州太守馮正伯，名冠。邑人。少善彈琵琶，歌金、元曲。五上公車，未嘗挾筴，惟挾《琵琶記》而已。余友秦四麟爲博士弟子，亦善歌金、元曲。無論酒間、興到，輒引曼聲；即獨處一室，而嗚嗚不絕口。學使者行部至矣，所挾而入行笥者，惟《琵琶》、《西厢》二傳。或規之："君不虞試耶？"公笑曰："吾患曲不善耳，奚患文不佳也。"其風流如此。

作曲見嫉 昔蘇子瞻"無鹽"諸咏，李定、舒亶輩指爲謗訕朝政；而《咏檜》一詩，王珪直以爲不臣，欲服上刑。非宋裕陵神聖，寧有免法。吁，可畏哉！近王弇州作《卮言》、作《别集》，湯臨川作《紫簫記》，亦紛紛不免於豬嘴關，乃知古人制作，必藏名山大川，有以也。余小子，何足比數？然亦每以作詞見嫉於人。夫余所作者詞曲，金、元小技耳，上之不能博高名，次復不能圖顯利，拾文人唾棄之餘，供酒間謔浪之具，不過無聊之計，假此以磨歲月耳，何關世事。安所□□，而亦煩李定諸人毒吻耶？庚戌成《紅梨》後，遂燒却筆硯。既而閲《楚紀·胡孝思事》事甚長，略謂胡坐詩得罪，當死。在獄中仍吟詩曰，坐詩當死，今不作詩，得免死耶？因思死生禍福，不宰之讒慝，亦寧關乎口語？固自有天公主之。乃復理鉛槧，爲《投梭》，記謝幼輿折齒事，又作《梧桐雨》，記玉環馬嵬事，而紛紛復如故。未幾，其人死，遂絕無議者。

琴心記 孫氏有名孫柚者，亦有才情。常取司馬長卿以琴心挑文君事作傳奇，名《琴心記》，亦俊逸可喜。柚，孫七政字齊之之從子也，與余善，性粗豪，不修曲謹，喜飲，喜摴蒱。居藤溪，蕭然一室，無儋石儲，而好客不衰。其所著《琴心記》，極有佳句，第頭腦太亂，脚色太多，大傷體裁，不便於登場；曲亦時有未叶，以故反不若梁長名辰魚，字伯龍。《浣沙》之傳，然較之宣城之嵌寶、揀金，臨川之字覗、句鬼，則大有逕庭矣。每欲取而改訂之，有志焉，而未逮也。

傳奇演王化事　山東解元王化，發解時年甚少，不矜細行，綢繆二娼，遂不娶。久之，不爲人齒，乃挈二娼直抵杭州，藉之爲衣食。杭，劇郡也，守日夜迎賓水次，逮夜方歸。有子年十七八，日私出衙與娼狎。夜必歸，曰："欲了師父課程耳。"化令且帶題來，爲之代作。居踰月，師異其氣大進，以呈諸守，曰："某且媿爲師矣。"守索視之，立呼面試。其子既凡筆，又荒落久，不能下一詞。詰其來自，勢不可隱，具言之。守乃逮化及二娼至，異其狀，叩以來歷。化請屏人，言曰："某山東王化，正德八年解元也。"守矍然駡曰："畜生何至是？"則曰："爲昵二娼，遂忘羞恥。"守乃立遞二娼去，即日新其衣冠，置之師席，令誨其子，不聽出入。又一年，赴會試，得第。選爲御史，巡鹽浙江，每赴席當筵，輒狎歌童，或爲按拍，其不矜細行，卒不改云。邨老曰："此事今有傳奇，俚甚，不足觀，且以爲郡人唐解元子畏事，遂不知有王化。余得之連抑武先生所記，當不謬。"

張伯起曲業　張伯起有《處實堂集》，著述甚富。詩宗老杜、王摩詰，然不求甚似。晚喜爲樂府新聲。天下之愛伯起新聲，甚於古文辭。樂府有《陽春堂六傳》，而世所最行者，則《唐李藥師紅拂記》也。中略伯起善度曲，自晨至夕，口嗚嗚不已。吴中舊曲師太倉魏良輔，伯起出而一變之，至今宗焉。常與仲郎演《琵琶記》，父爲中郎，子趙氏，觀者填門，夷然不屑意也。

曲韻　我吴音宜幼女清歌按拍，故南曲委宛清揚。北音宜將軍鐵板歌"大江東去"，故北曲硬挺直截。今學士大夫凡爲文章、騷、賦、銘、誄、詩、詞，所斤斤奉若三尺，不敢一字相假者，非沈約四聲韻乎？其金元詞曲、傳奇、樂府，始宗周德清《中原音韻》，特作詞人與歌工集之耳，學士大夫不知也。然二公之韻，大有可商。中略大率吾輩爲唐律、絶句，自應用唐韻；爲古體，自應用古韻；若夫作曲，則斷當從《中原音韻》，一入沈約四聲，如前所拈出數處，按上文所指周之駁沈"元、暄、鴛、言等不叶先，卻叶昆、温、門、孫，翻不叶寒山，却叶魂、痕"等是不但歌者棘喉，聽者亦自逆耳。試觀元人馬、關、王、鄭諸公雜劇，有是病否？或曰："若然，則'新篁池閣'，當作'池果'唱乎？恐笑破人口也。"曰："不然。以閣字輕出，而後收之以果。此在凡入聲皆然，不但一'閣'字，觸類可

通。此唯吾友秦季公知之，近唯松陵沈平輿；若張伯起，則純是庚青零丁齒音矣。

王磐咏睡鞋 一日，讀田子藝衡《留青日札》，其咏雙行纏有句云："非乏運花□，□□□芽縮。知音美自然，絲竹不如肉。"不覺噴飯。此獠邨鄙，煞風景若是。急取杜牧之詩及王磐詞讀之，始滌喉中之穢。杜詩云："鈿尺裁量減四分，纖纖玉筍裹輕雲。五陵年少欺他醉，笑把花前出畫裙。"王詞〔清江引〕咏睡鞋云："猩紅軟鞋三寸整，不著地偏乾净。樽前换晚妝，燈下勾春興，幾回把醉人兒輕撥醒。"以上見《花當閣叢談》。

少室山房曲考

少室山房曲考

新曲苑第八種　明東越胡應麟撰

傳奇名考　傳奇之名，不知起自何代。陶宗儀謂唐爲傳奇、宋爲戲諢、元爲雜劇，非也。唐所謂“傳奇”，自是小説書名，裴鉶所撰，中如《藍橋》等記，詩詞家至今用之，然什九妖妄寓言也。裴晚唐人，高駢幕客，以駢好神仙，故撰此以惑之。其書頗事藻繪，而體氣俳弱，蓋晚唐文類爾。然中絶無歌曲樂府若今所謂戲劇者，何得以傳奇爲唐名。或以中事迹相類，後人取爲戲劇張本，因展轉爲此稱，不可知。范文正記岳陽樓，宋人譏曰“傳奇體”，則固以爲文也。

南北戲文興廢　今世俗搬演戲文，蓋元人雜劇之變；而元人雜劇之類戲文者，又金人詞説之變也。雜劇自唐宋金元迄明皆有之，獨戲文《西厢》作祖。《西厢》出金董解元，然實絃唱小戲之類，至元王、關所撰，乃可登場搬演。高氏一變而爲南曲，承平日久，作者迭興，古昔所謂雜劇院本，幾於盡廢，僅教坊中存什二三耳。諸野史稗官紀載率不能詳，薦紳先生置而弗論。暇嘗綜核諸家，頗得其概，漫識於後，好事雅流或亡譏焉。

唐以前優伶戲文　優伶戲文，自優孟抵掌孫叔，實始濫觴。漢宦者傅脂粉侍中，亦後世裝旦之漸也。魏陳思傅粉墨椎髻胡舞，誦俳優小説，雖假以逞其豪俊爽邁之氣，然當時優家者流妝束因①可概見，而後世所爲副净等色有自來矣。唐制如霓裳等舞，度數至多，而名號、妝束不可深攷。《樂府雜録》：“開元中黄幡綽、張野狐善弄參軍。”“參軍”即後世副净也。見《輟耕録》“范傳康、上官唐卿、吕敬遷三人弄假婦人”，“假婦人”即後世裝旦也。至後唐莊宗自傅粉墨，稱“李天下”，大率與近世同。特所搬演多是雜劇短套，非必如近日戲文也。觀安節《樂府雜録》

---

① 今校：因，原作“固”，據《歷代曲話彙編》本改。

稱“假婦人”，則知唐時無旦名也。

唐宋元明劇樂變革 古教坊有雜劇而無戲文者。每公家開宴，則百樂具陳，兩京六代，不可備知，唐宋小説，如《樂府雜録》、《教坊記》、《東京夢華録》、《武林舊事》等編，頗詳。唐制，自歌人之外，特重舞隊；歌舞之外，又有精樂器者，若琵琶羯鼓之屬。此外俳優雜劇，不過以供一笑，其用蓋與傀儡不甚相遠，非雅士所留意也。宋世亦然，南渡稍見净旦之目，其用無以大異前朝。浸淫勝國，《崔》《蔡》二傳奇迭出，才①情既富，節奏彌工，演習梨園，幾半天下，上距都邑，下迄閭閻，每奏一劇，窮夕徹旦，雖有衆樂，亡暇雜陳。此亦古今一大變革，人不深考耳。

戲文脚色均特悠謬顛倒 凡傳奇以戲文爲稱也，亡往而非戲也。故其事欲謬悠而亡根也，其名欲顛倒而亡實也，反是而求其當焉，非戲也。故曲欲熟而命以生也，婦宜夜而命以旦也，開場始事而命以末也，塗污不潔而命以净也，凡此咸以顛倒其名也。中郎之耳順而壻卓也，相國之絶交而娶崔也，《荆釵》之詭而夫也，《香囊》之幻而弟也，凡此咸以謬悠其事也。繇勝國而迄國初一轍，近爲傳奇者若良史焉，古意微矣。古無外與丑，蓋丑即副净，外即副末也。

元院本雜劇脚色考 今優伶輩呼子弟，大率八人爲朋，生旦净丑，副亦如之。外即副末，丑即副净。元院本止五人，故有五花之目。一曰副净，即古之參軍也；一曰副末，又名蒼鶻，蒼鶻可擊羣鳥，猶副末可打副净；一曰末泥；一曰孤裝；見陶氏《輟耕録》。而無所謂生旦者，蓋院本與雜劇不同也。元雜劇旦有數色，所謂裝旦，即今正旦也；小旦，即今副旦也；以墨點破其面，謂之花旦，今惟净丑爲之；而元時名妓咸以此取稱。如荆堅堅、孔千金、顧山山、天然秀、珠簾秀、李嬌兒類。又妓李嬌兒爲温柔旦，張奔兒爲風流旦，蓋勝國雜劇，裝旦多婦人爲之也。元花旦必與今净丑迥别，故妓人多爲之。末尼、孤裝未知類今何色，當續考之。

宋雜劇脚色考 宋世雜劇名號，惟《武林舊事》足徵。每一甲有八人者，有五人者。八人者有戲頭、有引戲、有次净、有副末、有裝旦。五

---

① 今校：才，原作“聲”，據《歷代曲話彙編》本改。

人者第有前四色，而無裝旦，蓋旦之色目，自宋已有之，而未盛。至元雜劇，多用妓樂，而變態紛紛矣。以今億之，所謂戲頭即生也；引戲即末也；副末即外也；副净裝旦，即與今净旦同。蓋雜劇即傳奇具體，但短局未舒耳。元院本無生旦者，院本僅供調笑，如唐弄參軍之類，與歌曲無大相關也。

唐宋雜劇與元曲間之流變　《樂府雜録》云："《蘇中郎》，後周士人蘇葩。嗜酒落魄，自號中郎。每有歌場，輒入獨舞。今爲戲者著緋戴帽，面正赤，蓋狀其醉也。又有《踏摇娘》、《羊頭渾脱》、《九頭獅子》、弄《白馬益錢》，以至尋撞跳丸、吐火吞刀、旋槃筋斗，悉屬此部。"又《教坊記》云："《踏摇娘》者，北齊有人姓蘇，鮑鼻，實不仕，而自號爲郎中，嗜飲酗酒，每醉輒毆其妻，妻銜悲訴於鄰里，時人弄之，丈夫著婦人衣，徐步入場行歌，每一疊，旁人齊聲和之云：'踏摇和來，踏摇娘苦和來。'以其且步且歌，故謂之踏摇；以其稱冤，故言苦。及其夫至，則作毆鬥之狀，以爲笑樂。今則婦人爲之。"案此二事絶類，豈本一事耶？然《雜録》又有《踏摇娘》等，不可深曉。觀此，唐世所謂優伶雜劇、妝服節套，大略可見。宋之雜劇，蓋亦若斯。元院本但有詞無曲，故詞第屬之歌人，此類以供戲弄而已。至元人曲調大興，凡諸雜劇皆名曲寓焉，而教坊名妓亦多習之。清歌妙舞，悉隸是中，唐宋諸詞，殆於盡廢。又一變而贍縟，遂爲南之戲文。而唐宋所謂雜劇，至元而流爲院本，今教坊尚遺習，僅足一笑云。梨園字面見《樂府雜録》。

後世裝旦之始　楊用脩云："漢《郊祀志》'優人爲假飾妓女'，蓋後世裝旦之始也。"然未必如後世雜劇戲文之爲，緣其時郊祀皆奏樂章，未有歌曲耳。

元劇以末爲生　元雜劇中末，即今戲文中生也。考鄭德輝《倩女》、關漢卿《竇娥》，皆以末爲生。此外又有中末，蓋即今之外耳。然則《青樓集》所稱"末泥"，即生無疑。今《西厢記》以張珙爲生，當是國初所改，或元末《琵琶》等南戲出而易此名。觀關氏所撰諸雜劇《緋衣夢》等，悉不立生名，他可例矣。《青樓集》又有"駕頭"，恐即"引戲"之稱，俟考。

細酸　世謂秀才爲"措大"，元人以秀才爲"細酸"。《倩女離魂》首摺："末扮細酸爲王文舉"是也。"細酸"字面僅見此。今俗尚有此稱。

宋時八社　《武林舊事》所記社會甚夥，以雜劇爲緋緑社，唱賺①爲遏雲社，耍詞爲同文社，清樂爲清音社，小説爲雄辯社，影戲爲繪革社，撮弄爲雲機社，吟叫爲律華社。右八種皆駢集一處者。然當時唱賺之外，又有吟叫；耍詞之外，又有小説；不知何以别之。撮弄，蓋元人院本所從出也。今自戲文外，惟小説影戲社會尚有之。

琵琶事本廣記　勝國詞人，王實甫、高則誠聲價本出關鄭白馬下。而今世盛行元曲，僅《西厢》、《琵琶》而已。《西厢》本元微之，前人辨論甚核。獨蔡爲牛壻絶無謂，而莫知所本。一日，偶閲《太平廣記》四百九十八卷雜録末引玉泉子云："鄧敞初比隨計，以孤寒不中第。牛蔚兄弟，僧孺子，有氣力，且富於財。謂敞曰：'吾有女弟，子能婚，當相爲展力，寧一第耶。'時敞已壻李氏矣。其父嘗爲福建從事，有女二人，皆善書，敞行卷多其筆跡。顧己寒賤，未必能致騰踔，私利其言，許之。既登第，就牛氏親。不日，敞挈牛氏歸。將及家，紿之曰：'吾久不至家，請先往俟卿。'洎到家，不敢洩其事。明日，牛氏奴驅輜橐直入，即出牛氏居常玩好幙帳雜物列②庭廡間。李氏驚曰：'此何爲者？'奴曰：'夫人將到，令某陳之。'李氏曰：'吾敞妻也，又何夫人焉？'即撫膺大哭。牛氏至，知其賣己也，請見曰：'吾父爲宰相，兄弟皆在郎省，縱嫌不能富貴，豈無一嫁處耶？其不幸豈唯夫人。今願一與共之。'李感其言，卒同處終身。"乃知則誠所謂牛相即僧孺，而鄧生登第再昏，事皆符合，姓氏稍異耳。敞後官至秘書職位，恍惚類邕。

中郎三不幸　余嘗笑中郎有三不幸：漢史垂成，陷身縲紲，一也；生止一女，復没虜庭，二也；頭白齒落，制命凶渠，千年後横遭風流案誣衊，日爲里婦唾譏，三也。聞者輒大噱不能已。或謂中郎流離逃竄，愁苦一生，没有此誣，致足樂耳。

琵琶事本説郛　《藝苑卮言》云："高則誠《琵琶記》，其意欲以譏當時一士大夫，而托名蔡伯喈。"不知其説。偶閲《説郛》所載唐人小説：牛相國僧孺之子繁，與同人蔡生邂逅文字交，尋同舉進士。才蔡生，欲以

---

① 今校：賺，原作"贈"，據《歷代曲話彙編》本改。

② 今校：列，原作"到"，同上改。

女弟適之。蔡已有妻趙矣，力辭不得。後牛氏與趙處，能卑順自將。蔡氏至節度副使。其姓事相同，一至於此。則誠何不直舉其人，而顧誣衊賢者耶？案《卮言》所引，二姓悉合，高氏或據此。第僧孺之女，則未審竟適何人耳。僧孺二子，曰蔚曰蘩，俱節度至尚書。蔚子徽，蘩子嶠，亦顯。而絶無所謂繁者。恐《説郛》所載，未必如《廣記》之實也。《西厢》事唐人自有《鶯鶯傳》，而《會真記》、《侯鯖録》尤詳，其爲微之無疑。然則《西厢》、《琵琶》二記，一本微之中表，一假思黯女夫，二人在唐，先後入相，當時事業寥寥，不知千載後得元人力，鬧熱百倍生前也。

董西厢　《西厢記》雖出唐人鶯鶯傳，實本金董解元。董曲今尚行世，精工巧麗，備極才情，而字字本色，言言古意，當是古今傳奇鼻祖。金人一代文獻盡此矣。然其曲乃優人絃索彈唱者，非搬演雜劇也。

西厢本事考　董氏傳奇稱崔氏孀婦寓僧寺，河中兵亂，杜確弭之，張生紅娘等於鶯傳悉合。獨鄭恒不可曉。蓋崔後與張絶，再醮，無所謂中表争姻之説，乃微之自寓耳。然疑董所撰或他有所本。一日，偶閲《唐雜説・柳參軍傳》，柳春日遊曲江，邂逅崔氏女，目成焉。崔母王姓，舅爲執金吾。他日，金吾訪崔母，欲令子娶崔女。女不樂，潛遣青衣輕紅往薦福寺僧院，達意於生。生喜，即納聘，私挈歸。金吾不知，以爲子盜之，笞之數十。既崔母亡，柳夫婦來赴，金吾子見之，因訟於官。崔女卒歸王氏。案此不知與微之孰先。女皆崔姓，婢皆紅，皆期僧寺中，可笑乃有如此。特王柳二姓差異。至鄭恒之争，則斷出附會無疑。崔女後事甚怪，不備録。

倩女離魂　《倩女離魂》事亦出唐人小説，雖怪甚，然六朝此類甚多。鄭德輝雜劇尚傳，神俊不若王，高古弗如董也。

董解元　董解元見《輟耕録》，明謂金章宗時人，去元世較遠，決不能與馬鄭輩相及。而涵虚子記元詞手，乃有董解元等。豈别一人，或即金人，以其北調之祖，故引之耶？惜其名字、州里皆不可得。且陶著書元末，已謂董曲雖傳，能習者少，則金元腔調，亦自迥不侔矣。

王關軼事　王實甫、關漢卿大概同時，第不詳元何帝代，要皆世祖時人。陶氏《輟耕録》云："大名王和卿，滑稽挑達播四方。中統初，燕市有一蝴蝶，其大異常，王賦〔醉中天〕云：'掙破莊周夢，兩翅駕東風。三

百處名園，一采一個空。難道風流種，諕殺尋芳蜜蠭。輕輕的飛動，賣花人搧過橋東。'由是名益著。同時關漢卿，亦高才風流人。王嘗以譏謔加之，關極意酬答，終不能勝。王忽坐逝，鼻垂雙涕尺餘，人皆歎駭。關來唁，詢其由。衆對：'此玉筯也。'關曰：'是嗓耳，何玉筯爲？'衆大笑曰：'若被王和卿輕薄半世，死後方還得一籌耳。'凡六畜勞傷，鼻中流膿，則謂之嗓也。"觀此，關之爲人可見。王所賦詞亦佳，又以滑稽挑達與關善，得非即所謂實甫者，以先關卒，故《西厢》記未成而關續之耶？此事理極易推，惜無他據。

王關鄭之較　今王實甫《西厢記》爲傳奇冠。北人以並司馬子長，固可笑，不妨作詞曲中思王、太白也。關漢卿自有《城南柳》、《緋衣夢》、《竇娥冤》諸雜劇，聲調絶與鄭恒問答語類，郵亭夢後，或當是其所補。雖字字本色，藻麗神俊，大不及王。然元世習尚頗殊。所推關下即鄭，何元朗亟稱第一。今《倩女離魂》四摺，大概與關出入，豈元人以此當行耶？要之，公論百年後定，若顧陸之畫耳。

散套佳篇　元曲傳於今者，《崔》《蔡》二家外，散套間得三數佳篇。如王長公所稱"暗想當年，羅帕上把新詩寫"，沈深逸宕，而字字本色，真妙絶古今矣。"百歲光陰"意勝，覺筋骨稍露；"長空萬里"辭勝，覺肌肉太豐；俱讓一籌也。

曲藝見輕於世　漢文、唐詩、宋詞、元曲，雖愈趨愈下，要爲各極其工。然勝國詩文，絶不足言，而虞楊范揭輩，皆烜赫史書。至樂府絶出古今，如王、關諸子，亡論生平履歷，即字裏若存若亡。故知詞曲游藝之末途，非不朽之前著也。

曲於元人爲天授　涵虚子記元詞手百八十餘，中能旁及詩文者，貫雲石、高則誠二三子耳。自餘馬致遠輩，樂府外他伎俩不展一籌，信天授有定也。滕玉霄、元好問、薩天錫、趙子昂、馮海粟、盧疏齋、姚牧庵輩，皆文，差①及詞耳。

元之曲家多在中州與越　高則誠在勝國詞人中，似能以詩文見者。徒以傳奇故，并没之。同時盧摯處道，亦東甌人，樂府聲價，政與高埒，

① 今校：差，原作"亡有"，據《歷代曲話彙編》本改。

而製作弗傳。世遂以盧爲文士，而高爲詞人，信有幸有不幸也。元文人以詞名者，趙子昂、貫雲石、楊廉夫，皆浙東西人。元詞手與中原抗衡，惟越而已。

高則誠曲以外之學藝　高詩律尚散見元人選中，如《題岳墳》、《采蓮曲》等篇，雖格不甚超，要非傳奇中語。文則烏寶一傳，見《輟耕録》。小詞若琵琶諸引，亦多近宋。蓋勝國才士涉學者。

西廂必較傳於琵琶　近時左袒《琵琶》者，或至品王、關上。余以《琵琶》雖極天工人巧，終是傳奇一家語。當今家喻户習，故易於動人。異時俗尚懸殊，戲劇一變，後世徒據紙上，以文義摸索之，不幾於齊東下里乎？《西廂》雖饒本色，然才情逸發處，自是盧駱艷歌、温韋麗句，恐將來永傳，竟在彼不在此。金董解元世幾不聞，而花間、草堂，人口膾炙，是其驗也。或謂戲曲無可廢理。夫唐宋優伶所習，今絶不省何狀元北戲自《西廂》外，亦殊少傳者矣。

西廂琵琶之較　《西廂》主韻度風神，太白之詩也；《琵琶》主名理倫教，少陵之作也。《西廂》本金元世習，而《琵琶》特創規矱，無古無今，似尤難至。才情雖《琵琶》大備，故當讓彼一籌也。

草木子記南北曲盛衰　俳優戲文始於王魁，永嘉人作之。識者曰："若見永嘉人作相，宋當亡。"及宋將亡，乃永嘉陳宜中作相。其後元朝南戲尚盛行。及當亂，北院本特盛，南戲遂絶。右見葉氏《草木子》。葉元末人，據此則傳奇始自永嘉人作之。今王魁本不傳，而傳《琵琶》。《琵琶》亦永嘉人作，遂爲今南曲首。二事極相類，大可笑也。然葉當國初著書，而云南戲遂絶。豈是時琵琶尚未行世耶？王魁事當在宋初，今唐人小説載王魁事，説者以爲宋人勦入之云。

琵琶記中之詩　《琵琶記》"崑山有良璧①"詩："王允何其愚"，説者以漢末有二王允，一誅董卓，一乃棄妻再娶者，非也。案《後漢書·黨錮傳》："黄允，字子艾，濟陰人也。以雋才知名。郭林宗見而謂曰：'卿有絶人之才，足成偉器。然恐守道不篤，將失之矣。'後司徒袁隗欲爲從女求婚，見允嘆曰：'得壻當如此。'允聞而黜遣其妻。"蓋黄姓，非王允也。

---

① 今校：璧，原作"壁"，據《歷代曲話彙編》本改。

今本多誤刻，故録之。汪司馬頗取此詩，謂《西厢》詩無一成語者。《琵琶》此首差可觀，然“瑜”字與“姿”古韻絶不通，又“宋弘”二語，大似村學究聲口，僅勝王、關可耳。

騙馬考　王實父“晚風寒峭”詞，末句：“不想跳龍門，到來學騙馬。”今俗説但以騙爲竊盜之義，而實非也。程泰之《演繁露》所載甚明，實父蓋用其意。今録於後云：“嘗見藥肆鬻脚藥者，榜曰‘騙馬丹’。歸檢字書，其音爲‘匹’轉，且曰躍①而上馬。已又見唐人武懿宗將兵，遇敵而遁，人爲之語曰：‘長弓度短箭，蜀馬臨階騙。’言蜀馬既已短小，而又臨階，爲高乃能躍上，始悟騙之爲義。《通典》曰：‘武舉制土木馬於里閭間，教人習騙。’”以上俱《繁露説》。據此，則“騙”本非盜竊之義，與今俗説全不同。實父用之於詞者，緣張踰牆摟崔，故以“騙馬”對“龍門”，皆主跳躍之意，益見措意之工。程所引唐人譏武懿宗語，乃張元一所作，見孟啓《本事詩》。又《東京夢華録》載百戲中有騙馬等戲，字義悉與前同，乃知宋元間“騙”字音義如此，今率以爲盜竊，舉世一辭，殊可笑也。今《琵琶》戲中有用此字者俗流妄增。

琵琶用高騈詩話　《琵琶記》“正是此曲才堪聽，又被風吹别調間”。用高騈詩語②“昨夜箏聲響碧空，宫商信任往來風。依稀似曲才堪聽，又被吹將别調中”。發語曰“正是”者，明謂引用古人也。

董永傳奇考　今傳奇有所謂《董永》者，詞極鄙陋，而其事實本《搜神記》，非杜撰也。記稱永父亡，亡以葬，乃自賣爲奴。主知其賢，與錢千萬，遣之。永行三年喪畢，欲還詣主供奴職，道逢一婦人曰：“願爲君妻。”遂與俱至主家。曰：“永雖小人，蒙君恩德，誓當服勤以報。”主曰：“婦人何能？”曰：“能織。”主曰：“必爾者，但令君婦爲我織縑百匹。”於是永妻織，十日而百匹具焉。據此，則永夫婦當在六代前，或晉或魏，不可知也。李德武妻裴氏，亦載隋史中。

壯繆明燭事之謬　古今傳聞譌謬，率不足欺有識，惟關壯繆明燭一端，則大可笑。乃讀書之士亦什九信之，何也？蓋繇勝國末村學究編魏

---

① 今校：躍，原作“雍”，據《歷代曲話彙編》本改。

② 今校：語，原作“話”，同上改。

吴蜀演義，因傳有羽守邳見執曹氏之文，撰爲斯説。而俚儒潘氏又不考，而贊其大節，遂致談者紛紛。案《三國志》羽傳，及裴松之注，及《通鑑綱目》，並無此文，演義何所據哉。

單刀會斬貂蟬均有本　元詞人關漢卿撰《單刀會》雜劇，雖幻妄，然《魯肅傳》實有"單刀俱會"之文，猶實於明燭也。斬貂蟬事不經見，自是委巷之談。然《羽傳》注稱羽欲娶布妻，啟曹公，公疑布妻有殊色，因自留之，則非全無所自也。

單刀會考　《吴志・魯肅傳》："先主使關羽争三郡，肅住益陽，與羽相拒。肅邀羽相見，各駐兵馬百步上，但請將軍單刀俱會。肅因責數羽曰：'國家區區，本以土地借卿家者，卿家軍敗遠來，無以爲資故也。今已得益州，既無奉還之意，但求三郡，又不從命。'語未究竟，坐有一人曰：'夫土地者惟德所在耳，何常之有？'肅厲聲呵之，辭色甚切。羽操刀起，謂曰：'皆國家事，是人何知！'目使之去。"案今元人所撰《單刀會》雜劇本此，蓋肅傳本實録，而司馬氏《通鑑》據《吴書》脩輯，以肅欲與羽會，語諸將，疑有變，肅不從而往。而所記羽語殊俚陋，不類雲長，蓋《吴書》乃自尊其國，非實録也。本肅邀羽相見，故羽操刀起，豈得云肅欲往、疑羽有變乎？裴松之辨駁最明，獨此注引《吴書》，而略無是正，亦大憒憒。司馬據之，尤爲疏也。

赤壁破曹本事考　赤壁破曹，玄德功最大。考《昭烈傳》："與曹公戰於赤壁，大破之。"《操傳》："公至赤壁，與備戰，不利。"而不言周瑜。及《魯肅傳》俱言"與備并力"，陳壽書《諸葛傳》後亦言權遣兵三萬助備，備得用與曹公交戰，大破其軍，則當日戰功可見。今率歸重周瑜，與陳壽志不甚合，余别詳之。

馮商還妾考　楊用脩云："世傳馮商還妾，余觀《氏族言行録》：馮京之父名式，京生而雋邁不羣，式一日取其所誦書，題其後曰：'將作監丞、通判荆南軍府事馮京。'式既退官十一年，京舉進士第一，爲將作監丞、通判荆南，如式之言。時人謂式爲知子。《氏族録》，宋人所編，當得其實。世傳馮商還妾事，以爲京父。考之此文，京父未嘗爲商，又不名商也。"右見《談苑醍醐》。余考《宋史》京傳，不載父名，亦無還妾事，惟稱京常過外兄，見其侍妾，詢知同年某人女，亟請嫁之，蓋因此附會也。楊

本《氏族録》謂爲正史，亦非。

饐瓜亭考　用脩又云："吕蒙正父龜圖，多内寵，與其母劉氏不協，并蒙正出之，頗淪躓窘乏。劉誓不嫁。及蒙正登仕，乃迎二親，同堂異室奉養之。近世傳奇《饐瓜亭》，亦緣此附會也。"陳晦伯駁云："《邵氏聞見録》載吕蒙正微時，於洛陽龍門利涉院土室中，與温仲舒讀書。一日，行伊水上，見賣瓜者，意欲得之，無錢可買。其人偶遺一枚於地，公悵然取食之。後作相，買園洛城東南，下臨伊水起亭，以'饐瓜'名焉。"麟考《宋史》，吕實起寒素，土室饐瓜當有之，惟楊所引頗關涉，而史不載，恐未確也。

連環記考　《連環》亦本元曲。或稱李長吉詩："榼銀龜，騎白馬，傅粉美人大旗下。"以爲即吕布美人，殊不知傅粉自説吕貌，非姬妾也。陶穀秦弱蘭事，見宋士人供狀，當不誣。

綉繻記考　《綉繻記》，事出唐人《李娃傳》，皆據舊文，第傳止稱其父滎陽公，而鄭子無名字，後人增益之耳。娃晚收李子，僅足贖其棄背之罪，傳者亟稱其賢，大可哂也。

王仙客傳考　《王仙客》亦唐人小説事，大奇而不情，蓋潤飾之過，或烏有無是，類不可知。霍小玉事，據《李益傳》，或有所本。

紅拂紅綃紅線三傳考　紅拂、紅綃、紅線三女子，皆唐人，皆見小説；又皆將家，皆姬媵，皆兼氣俠。然實無一信者。衛公雖韓柱國甥，絶不聞處道相值。緣李百藥嘗盜素侍女，素執將斬之，睹百藥倮體俊秀，因畀侍兒歸。豪異秘纂遂嫁此事衛公。而虬髯客之誕，又不必辯者也。紅線事冷朝陽有詩，其始末不可考，《甘澤謡》未足憑據。紅綃尤謬悠，蓋以汾陽多妓樂，詭爲此談。又本紅拂而崑崙，則又附會虬髯耳。第所狀一品，殊不類汾陽，余嘗疑他有其人，大都不必深辯。今諸傳奇盛行，駸駸欲追勝國矣。章臺柳事或有之，唐人詩可證也。

唐三藏劇考　《輟耕録》記元人雜劇，有《唐三藏》一段，今其曲尚傳，第不知即陶所記本否。世俗以爲陳姓，且演爲戲文，極可笑，然亦不甚虚也。三藏即唐僧玄奘，余辯見前。續考《獨異志》云："沙門玄奘，俗姓陳，偃師縣人也。幼聰慧，有操行。唐武德初，往西域取經。行至罽賓國，道險虎豹，不可過。奘不知爲計，乃鏁房門而坐。至夕，開門，見

一老僧，頭面瘡痍，身體膿血，床上獨坐，莫知來由。奘乃禮拜勤求，僧口授《多心經》一卷，令奘誦之。遂得山川平易，道路開闢，虎豹藏形，魔鬼潛迹。至佛國，取經六百餘部而歸。其《多心經》至今誦之。”據此，皆與今頗合。又元人散套亦有西域取經等事，蓋附會起於勝國，不始於今。三藏之名，則又始於宋時，不始勝國。東坡《艾子小説》云：“艾子好飲，少醒日。忽一日，大飲而噦。門人密抽彘腸致噦中，持以示曰：‘凡人具五臟方能活，今公飲而出一臟，止四臟矣。何以生耶？’艾子熟視而笑曰：‘唐三臟猶可活，況有四耶？’”此雖戲語，然宋世所稱可見。蓋因唐僧不空號“無畏三藏”，譌爲玄奘耳。艾子疑非東坡，然其目已見《通考》要亦出宋人。《聖教序》雖有“三藏要文”等語，匪玄奘號也。

八仙慶壽詞考　今世繪八仙爲圖，不知起自何代。蓋由杜陵有《飲中八仙歌》，世俗不解何物語，遂以道家者流當之。要之起自元世，王重陽教盛行，以鍾離爲正陽，洞賓爲純陽，何仙姑爲純陽弟子，夤緣附會，以成此目。嘗觀前代書史，若《七賢過關》、《四皓弈棋》等圖，淺誕不根者甚衆，獨無聞此可知也。考其出處，亦各有所本。張果在諸人最先進，明皇時顯迹甚著，葉法善以爲混沌初分白蝙蝠精。鍾離權、吕巖，俱唐中晚人。鍾有二絶，吕有一律，見《唐詩選》中。藍采和亦唐人，有《踏踏歌》，見沈汾《續神仙傳》，以常衣藍袍，故名。韓湘，文公之姪，昌黎實贈以詩，賈島亦有詩寄湘，皆不言其道術。獨《酉陽雜俎》記文公吏侍日，偶江淮一族子訪之，自云善幻，文公令試其技，頃刻開異花，有“雲横秦嶺”一聯，乃録文公舊作，非預兆，且非湘也。何仙姑見純陽文，宋人雜説以爲不飲食，無漏。而徐神翁宣和間海陵人，見《三仙傳》，頗詳。其餘姓氏，間有相同，然不可深考。總之，不足深辯。近閲元人慶壽詞，有鍾吕二韓等八人，信知起自元世也。

元詞曹國舅李孔目考　元詞有曹國舅考《諸仙傳》，曹姓無外戚，而諸史曹姓外戚無得仙者。據俗傳爲宋人，檢《宋史》惟曹佾爲后弟，見重於時，年七十卒。初不云得仙。詞又有跛者李孔目，蓋即圖中跛足拄杖者，尤荒唐。然必合此，乃得八人之數。考諸傳記，惟《神仙通鑑》有劉跛子，而非李姓，與詞語殊不相蒙。未審元人何據，大都委巷之談耳。劉跛子事，出《冷齋夜話》，雖詭異，然不曰仙。《仙鑑》何以引之？韓湘

説尤不一，并鍾離亦無定論。以上録《莊嶽委談》。

入破非元曲 《丹鉛總録》云："唐人好畫蕃馬於屏。《花間詞》云：'細草平沙蕃馬小'是也。又曲名《梁州》《伊州》，其後卒有禄山吐蕃之亂。宋人愛圖鳴骹胡兒，卒有金元之禍。元曲有入、破、急、煞之名，未幾而亂。"《新録》云："凡一代氣運盛衰，率有先兆，用脩之説，未爲無理。第所引三事殊不類。《花間詞》出晚唐，其時禄山已誅，吐蕃垂絶矣。宋人圖鳴鶻胡兒，諸畫譜無灼灼者，是圖不盛行於宋可知。入破乃唐曲調，非元人也，前人已嘗論之。"

女狀元春桃記 《丹鉛總録》云："女侍中魏元義妻也，女學士孔貴嬪也，女校書唐薛濤也，女進士宋女郎林妙玉也，女狀元蜀黄崇嘏也。"《新録》云："崇嘏非女狀元，余已辨於《詩藪》雜編中。用脩之誤，蓋因元人《女狀元春桃記》而誤也。元人《春桃記》今不傳，僅《輟耕録》有其目。大概如《琵琶》等劇，幻設狀元之名耳。王《卮言》直作'蜀司户參軍黄崇嘏'，最得之。陳氏名疑亦仍用脩之誤，似未詳考黄詩及其事始末也。"

琵琶記畢羅考 《丹鉛總録》云："朱文公《刈麥》詩：'霞觴幸自誇真一，垂鉢何須問畢羅。'《集韻》：'畢羅，修食也。'案《小説》，唐宰相有櫻筍厨，食之精者。櫻桃饆饠，今北人呼爲波波，南人譌爲磨磨。"《新録》云："畢羅注云修食，當作活字。元人《琵琶記》以秕糠饆饠充饑，其義可參。唐世櫻桃饆饠，是借此二字爲食物名，非本旨也。今北人所謂波波，乃麵爲之者，南人罕能修治。文公時，南北絶不通，焉可據爲是物也。"以上録《丹鉛新録》

堯山堂曲紀

堯山堂曲紀

新曲苑第九種　明常州蔣一葵撰

王和卿　王和卿大都人，關漢卿同時。和卿數譏謔關，關雖極意還答，終不能勝。王忽坐逝，而鼻垂雙涕尺餘，人皆歎駭。關來吊唁，詢其由。或對云："此釋家所謂坐化也。"復問鼻懸何物，又對云："此玉筯也。"關云："我道你不識。不是玉筯，是嗓。"咸發一笑。或戲關云："你被王和卿輕侮半世，死後方才還得一籌。"凡六畜勞傷，則鼻中常流膿水，謂之嗓病。又，愛訐人之短者亦謂之嗓，故云。王和卿滑稽挑達，傳播四方。中統初，燕市有一胡蝶，其大異常，王賦〔醉中天〕小令云："掙破莊周夢，兩翅駕東風。三百處名園，一采一個空。難道風流種，諕殺尋芳蜜蠭。輕輕的飛動，賣花人搧過橋東。"由是其名益著。

王和卿《題情》〔一半兒〕詞云："鴉翎般水鬢似刀裁，小顆顆芙蓉花額兒窄。待不梳妝，怕娘左猜。不免插金釵，一半兒鬅鬆一半兒歪。别來寬褪縷金衣，粉悴烟憔減玉肌。淚點兒只除衫袖知。盼佳期，一半兒才乾一半兒溼。"

王和卿《咏秃》〔天净紗〕詞云："笠兒深掩過雙肩，頭巾牢抹到眉邊，款款的把笠簷兒試掀，連荒道一句：'君子人不見頭面'。"

王妓浴房中被打，王和卿作〔撥不斷〕詞嘲之云："假胡伶，騁聰明。你本待洗腌臢，到惹得不乾净。精尻上匀排七道青，扇圈大膏藥剛糊定。早難道外宣無病。"

關漢卿　關漢卿，號已齋叟，大都人。金末爲太醫院尹，金亡不仕。好談妖鬼，所著有鬼董《西厢》是王實甫撰，至"草橋驚夢"而止，此後乃關漢卿足成者。北曲故當以此壓卷。如曲中語"雪浪拍長空，天際秋雲捲。竹索纜浮橋，水上蒼龍偃"。"滋洛陽千種花，潤梁園萬頃田"。"東風摇曳垂楊線，游絲牽惹桃花片，珠簾捲映芙蓉面"。"法鼓金鐃，二月春雷響殿角。鐘聲佛號，半天風雨灑松梢"。是駢儷中景語。"手掌兒

裹奇擎，心坎兒裹温存，眼皮兒上供養”。“哭聲兒似鶯囀喬林，淚珠兒似露滴花梢”。“繫春心情短柳絲長，隔花陰人遠天涯近。香消了六朝金粉，瘦減了三楚精神”。“玉容寂寞梨花朵，臙脂淺淡櫻桃顆”。是駢麗中情語。“他做了影兒裹情郎，我做了畫兒裹愛寵”。“拄着拐幫閑鑽懶，縫合唇送暖偷寒”。“昨夜個熱臉兒對面搶白，今日個冷句兒將人厮侵”。“半推半就，又驚又愛”。是駢儷中諢語。“落紅滿地胭脂冷”、“夢裹成雙覺後單”是單語中佳語。只此數條，他傳奇不能及。《録鬼簿》以《董解元西厢記》壓卷，不著名字，但云仕金章宗朝，爲翰林學士。時鍾嗣成以前輩名士呼之，其記實爲王、關之祖。

關漢卿《續西厢》，極力模擬。其〔商調・集賢賓〕及〔掛金索〕：“裙染榴花，睡損胭脂皺。紐結丁香，掩過芙蓉扣。綫脱珍珠，淚溼香羅袖。楊柳眉顰，人比黄花瘦。”俊語亦不減王。

賀方回《浣溪沙》有云：“淡黄楊柳帶栖鴉。”關漢卿演作四句云：“不近喧譁，嫩緑池塘藏睡鴨。自然幽雅，淡黄楊柳帶栖鴉。”青出於藍，無妨並美。

關漢卿嘗見一從嫁媵婢，作小令云：“髩鴉，臉霞，屈殺了將陪嫁。規摹全似大人家，不在紅娘下。巧笑迎人，文談回話，真如解語花。若咱，得他，倒了蒲桃架。”

關漢卿《題情》〔一半兒〕詞云：“雲鬟霧鬢勝堆雅，淺露金蓮簌絳紗。不比等閑牆外花。罵你個冤家，一半兒難當一半兒耍。碧紗窗外静無人，跪在床前忙要親。罵了個負心回轉身。雖是我話兒嗔，一半兒推辭一半兒肯。”

關漢卿《别情》〔梧葉兒〕詞曰：“别離易，相見難，何處鎖雕鞍。春將去，人未還。這其間，殃及殺愁眉淚眼。”

關漢卿《嘲禿指甲》〔醉扶歸〕云：“十指如枯筍，和袖捧金樽，搊殺銀筝字不真，搔癢天生鈍。縱有相思淚痕，索把拳頭揾。”元人有咏指甲〔得勝令〕一闋：“宜將鬥草尋，宜把花枝浸。宜將綉綫勾，宜把金針紝。宜操七絃琴，宜結兩同心。宜托腮邊玉，宜圈鞋上金。難禁，得一掐通身沁；知音，治相思十個針。”艷爽之極，又出王、關之上。

王實甫　王實甫不但長於情辭，有《歌舞麗春堂》雜劇。其〔十三换

頭・落梅風〕内:“對青銅猛然間兩鬢霜,全不似舊時模樣。”又《絲竹芙蓉亭》雜劇〔仙吕〕一套,通篇皆本色語。其間如〔混江龍〕内:“想着我懷兒中受用,怕甚麼臉兒上搶白。”〔元和令〕内:“他有曹子建七步才,還不了龐居士一分債。”〔勝葫蘆〕内:“兀的般月斜風細,更闌人静,天上巧安排。”〔寄生草〕内:“你莫不一家兒受了康禪戒。”此等皆俊語。

王實甫《别情》〔堯民歌〕云:“自别後遥山隱隱,更那堪遠水粼粼。見楊柳飛綿滚滚,對桃花醉臉醺醺。透内閣香風陣陣,掩重門暮雨紛紛。”“怕黄昏不覺又黄昏,不銷魂怎地不銷魂。新啼痕壓舊啼痕,斷腸人憶斷腸人。今春,香肌瘦幾分,摟帶寬三寸。”

王實甫《春睡》〔山坡羊〕云:“雲鬆螺髻,香温鴛被,掩春閨一覺傷春睡。柳花飛,小瓊姬,一片聲雪下呈祥瑞,把團圓夢兒生唤起。誰,不做美?呸,却是你。”

馬致遠　馬致遠,號東籬。元人樂府稱關馬鄭白爲“四大家”。鄭名德輝,白名仁甫。涵虚子《元詞紀》謂漢卿如“瓊筵醉客”,致遠如“朝陽鳴鳳”,德輝如“九天珠玉”,仁甫如“鵬搏九霄”。

馬致遠〔雙調・秋思〕,放逸宏麗而不離本色,押韻尤妙。元人稱爲第一,真不虚也。〔夜行船〕百歲光陰如夢蝶,重回首,往事堪嗟。昨日春來,今朝花謝,急罰盞夜闌燈滅。〔喬木查〕秦宫漢闕,都做了衰草牛半野。不恁漁樵無話説,縱荒墳、横斷碑,不辨龍蛇。〔慶宣和〕投至狐蹤與兔穴,多少豪傑。鼎足三分半腰折,魏耶?晉耶?〔落梅風〕天教富,莫太奢。無多時好天良夜,看錢奴硬將心似鐵。空辜負錦堂風月。〔風入松〕眼前紅日又西斜,疾似下坡車。曉來清鏡添白雪,上床和鞋履相别。莫笑鳩巢計拙,葫蘆提一恁妝呆。〔撥不斷〕利名竭,是非絶,紅塵不向門前惹。緑樹偏宜屋角遮,青山正補牆頭缺。竹籬茅舍。〔離亭宴煞〕蛩吟一覺纔寧貼,鷄鳴萬事無休歇。争名利何年是徹。密匝匝蟻排兵,亂紛紛蜂釀蜜,鬧穰穰蠅争血。裴公緑野堂,陶令白蓮社,愛秋來那些。和露摘黄花,帶霜烹紫蟹,煮酒燒紅葉。人生有限杯,幾個登高節,囑付俺頑童記者。便北海探吾來,道東籬醉了也。看他用“蝶”“穴”“傑”“别”“竭”“絶”字,是入聲作平聲。“闕”“説”“鐵”“雪”“拙”“缺”“貼”“歇”“徹”“血”“節”字,是入聲作上聲。“滅”“月”“葉”是入聲作去

聲，無一字不妥。

馬東籬又有〔天净紗・秋思〕詞曰："枯藤老樹昏鴉，小橋流水人家，古道西風瘦馬，夕陽西下，斷腸人在天涯。"前三對更瘦馬二字去上極妙，秋詞之祖也。

鄭德輝　鄭德輝《王粲登樓》〔中吕・迎仙客〕云："雕簷紅日低，畫棟綵雲飛。十二闌干天外倚，望中原思故國，感慨傷悲，一片鄉心碎。"妙在"倚"字上聲起音，一篇之中唱此一字，況務頭在其上，原"思"字屬陰，"感慨"上去尤妙。〔迎仙客〕累百，無此調也。美哉德輝之才，名不虛傳。

鄭德輝所作情詞，亦自與人不同。如《㑳梅香》頭一折〔寄生草〕："不争琴操中單訴你飄零，却不道窗兒外更有個人孤另。"〔六么序〕："却原來羣花弄影，將我來諕一驚。"此語何等藴藉。〔大石調・初問口〕内："又不曾薦枕席，便指望同棺槨"。"只想夜偷期，不記朝聞道"。〔好觀音〕内："上覆你個氣咽聲絲張京兆，本待要填還你枕剩衾薄。"語不着相，情意獨至，真得詞家三昧者。

《㑳梅香》第三折越調，雖不入絃索，然自是妙。如〔小桃紅〕云："是害得神魂蕩漾也，合將眼皮開放。你好熱莽也沈東陽。"〔調笑令〕内："擘面的便搶白殺那病襄王。呀，怎生來翻悔了巫山窈窕娘。滿口裏之乎者也没攔當，都噴在那生臉上。諕的那有情人恨無個地縫藏，羞殺也傅粉何郎。"〔禿厮兒〕："請學士休心勞意攘，俺小姐他只是作耍難當。"止是尋常説話，略帶訕語，然中間意趣無窮，此便是作家。

鄭德輝《倩女離魂》〔越調・聖藥王〕内："近蓼花，纜釣槎，有折蒲衰草緑蒹葭。過水窪，傍淺沙，遥望見烟籠寒水月籠沙。我只見茅舍兩三家。"如此等語，清麗流便，語入本色，然殊不穠郁，宜不諧於俗耳也。

白仁甫　白仁甫《勸飲》〔寄生草〕詞曰："長醉後方何礙，不醉時有甚思。糟醃兩個功名字，醅渰千古興亡事，麯埋萬丈虹蜺志。不達時皆笑屈原非，但知音盡説陶潛是。"命意、造語、下字俱好，最是"陶"字屬陽協音，若以"淵明"字，則"淵"字唱作"元"字，蓋"淵"字屬陰。"有甚"二字上去聲，"盡説"二字去上聲，更妙。"虹蜺志"、"陶潛"是務頭也。

白仁甫〔沉醉東風・漁父〕詞云："黄蘆岸白蘋渡口，緑楊堤紅蓼灘

頭。雖無刎頸交，却有忘機友。點秋江白鷺沙鷗，傲殺人間萬户侯。不識字烟波釣叟。”元人有《歸隱》詞云：“問天公許我閒身。結草爲標，編竹爲門。鹿豕成羣，魚蝦作伴，鵝鴨比鄰。不遠游堂上有親，莫居官朝裏無人。黜陟休云，進退休論。買斷青山，隔斷紅塵。”亦有味而佳。

白仁甫有〔醉中天·賦佳人臉上黑痣〕云：“疑是楊妃在，逃脱馬嵬災。曾與明皇捧硯來，美臉風流殺。叵①奈揮毫李白，覷着嬌態，灑松烟點破桃腮。”或以爲杜遵禮作。

白仁甫《題情》〔陽春曲〕云：“笑將紅袖遮銀燭，不放才郎夜看書。相偎相抱取歡娱，止不過迭應舉。及第待何如？”又“百忙裏鉸甚鞋兒樣，寂寞羅幃冷串香。向前摟定可憎娘。止不過趕嫁妝，誤了有何妨？”

劉秉忠　劉秉忠，字子晦，邢臺人。因從釋氏，又名子聰。

劉太保自號藏春散人，每以吟咏自適。

劉太保〔乾荷葉〕曲云：“乾荷葉，色蒼蒼，老柄風摇蕩。減了清香，越添黄。都因昨夜一場霜，寂寞秋江上。”此秉忠自度曲，曲名〔乾荷葉〕，即咏乾荷葉，猶是唐辭之意。又一首《弔宋》云：“南高峰，北高峰，慘淡烟霞洞。宋高宗，一場空，吴山依舊酒旗風。兩渡江南夢。”此借腔别咏者，其曲悽惻感慨，千古寡和。

伯顏張九　伯顏丞相與張九元帥，席上各作一《喜春來》詞。伯顏詞云：“金魚玉帶羅欄扣，皁蓋朱幡列五侯。山河判斷在俺筆尖頭。得意秋，分破帝王憂。”張九詞云：“金裝寶劍藏龍口，玉帶紅絨掛虎頭，緑楊影裏驟驊騮。得志秋，名滿鳳皇樓。”師才相量，各言其志。

盧摯　盧摯，字處道，號疏齋，涿郡人。坐右大書一天字，其下細注六字云“有記性，不急性”。

盧疏齋有〔落梅風〕一闋《别歌者珠簾秀》云：“纔懽悦，早間别，痛殺俺好難割捨。畫船兒載將春去也，空留下半江明月。”珠簾秀答詞云：“山無數，烟萬縷，憔悴煞玉堂人物。倚蓬窗一身兒活受苦，恨不得隨大江東去。”

小曲破題　孔文昇，字退之，先聖五十四代孫也。盧疏齋雅相推

① 今校：叵，原作“巨”，據《歷代曲話彙編》本改。

重，一游一讌莫不與退之同處。或賦詩詞，必先書見示。一日，廉使容齋徐公琰云："書中有女顔如玉。"戲謂退之曰："試爲我屬一對，俗語尤佳。"退之即應曰："路上行人口似碑。"容齋大喜。退之幼在金陵郡庠，從戴表元游。表元每因暇，即以方言俗諺作題，令諸生破如經義法。一日，命破"樓"字。退之曰："因地之不足，取天之有餘。"表元大喜。又命以諺云："寧可死，莫與秀才擔擔子；肚裏飢，打火又無米。"破曰："小人無知，不肯竭力以事君子。君子有義，不能求食以養小人。"按，宋末人多戲爲此。如古曲題云："看看月上蒲萄架，那人應是不來也。最苦是一雙鳳枕，閑在綉幃下。"破云："時至人未至，君子不能無疑心。物偶人未偶，君子不能無感心。"小曲題云："媽媽只要光光鏝，我苦何曾管。雪下去送官，賣酒輪番，幾曾得免。怎容懶，有客教奴伴。"破云："吾親徇利而忘義，既不能以憂人之憂，吾身徇公而忘私，又强欲以樂人之樂。"

姚燧　姚燧，柳城人，樞之姪，號牧庵。

姚牧庵〔醉高歌〕詞云："十年燕月歌聲，幾點吴霜鬢影。西風吹起鱸魚興，已在桑榆暮景。榮枯枕上三更，傀儡場中四并。人生幻化如泡影，幾個臨危自省。"

姚牧庵《寄征衣》〔凭闌人〕調云："欲寄君衣君不還，不寄君衣君又寒。寄與不寄間，妾身千萬難。"

張怡雲，大都名妓也。姚牧庵、閻静軒每於其家小飲。嘗佐貴人樽俎，偶言"暮秋時"三字，閻命怡雲續而歌之。張應聲作〔小婦孩兒〕，且歌且笑曰："暮秋時，菊殘猶有傲霜枝。西風了卻黄花事。"貴人曰："且止。"遂不成章。史中丞嘗遇姚牧庵、閻静軒於道，笑而問曰："二先生所往，容侍行否？"因命騶從歸攜酒饌，同造怡雲海子上之居。姚命張取酒先壽史，張乃歌"雲間貴公子，玉骨秀横秋"。《水調歌》一闋。史喜甚。席終，左右欲撤酒器皆金玉者，史云："休將去，留待二先生來此受用。"

趙孟頫　趙孟頫，字子昂，宋王孫，居湖州。有古琴二，一曰"大雅"，一曰"松雪"，因以"大雅"名堂而號"松雪"焉。夫人管仲姬，名道昇，管伸直夫女。長子雍，字仲穆。壻王篘庵國器，字德璉，則王蒙叔明父也。

趙松雪欲置妾，以小詞調管夫人云："我爲學士，你做夫人。豈不聞

陶學士有桃葉桃根，蘇學士有朝雲暮雲。我便多娶幾個吳姬越女何過分？你年紀已過四旬，只管占住玉堂春。”管夫人答云：“你儂我儂，忒煞情多。情多處熱似火。把一塊泥捻一個你，塑一個我。將咱兩個一齊打破，用水調和。再捻一個你，再塑一個我，我泥中有你，你泥中有我。與你生同一個衾，死同一個槨。”松雪得詞，大笑而止。

鮮于去矜　鮮于去矜〔寨兒令〕曰：“漢子陵，晉淵明，二人到今香汗青。釣叟誰稱？農父誰名？去就一般輕。五柳莊月朗風清，七里灘浪穩潮平。折腰時心已愧，伸脚處夢先驚，聽千萬古聖賢評。”

馮子振　馮子振，號海粟，攸州人。時謂天下有名馮海粟。

白無咎有《鸚鵡曲》云：“儂家鸚鵡洲邊住，是個不識字漁父。浪花中一葉扁舟，睡煞江南烟雨。覺來時滿眼青山，抖擻綠蓑歸去。算從前錯怨天公，甚也有安排我處。”海粟學士留上京日，有北京伶御園秀之屬相從風雪中，恨此曲無續之者，且謂前後多親炙士大夫，拘於韻度。如第一個“父”字便難下語；“又甚也有安排我處”，“甚”字必須去聲字，“我”字必須上聲字，音律始諧，不然不可歌。諸公舉酒索海粟和之。海粟即援筆續百餘首。《山亭逸興》云：“崔嵬舉頂移家住，是個不唧嘈樵父。爛柯時樹老無花，葉葉枝枝風雨。幺，故人曾喚我歸來，却道不如休去。指門前萬疊雲山，是不費青蚨買處。”《愚翁放浪》云：“東家西舍隨緣住，是個忒老實愚父。賞花時暖薄寒輕，徹夜無風無雨。幺，占長紅小白園亭，爛醉不教人去。笑長安利鎖名繮，定没有身心穩處。”

胡紫山　歌兒珠簾秀朱氏，姿容姝麗，雜劇當時獨步。胡紫山宣慰極鍾愛之，嘗擬〔沉醉東風〕小曲以贈云：“錦織江邊翠竹，絨穿海上明珠。月淡時，風清處，都隔斷落紅塵土。一片閑情任卷舒，掛盡朝雲暮雨。”

滕賓　滕賓，號玉霄，睢陽人。涵虚子《元詞紀》：“滕玉霄如碧漢間雲。”

貫雲石　貫雲石，畏吾人，阿里海涯孫也。父名貫只哥，遂以貫爲氏，名小雲石海涯，自號酸齋。同時有徐甜齋，失其名，並以樂府擅稱，世謂“酸甜樂府”。涵虚子《元詞紀》：“貫酸齋如天馬脱羈，徐甜齋如桂林秋月。”貫酸齋生而神彩秀異，膂力絶人。年十二三時，使健兒驅三惡

馬疾馳,持槊立,而待馬至,騰上之,越一而跨三,運槊生風,觀者辟易。及長,折節讀書。仁宗朝拜翰林學士。忽喟然歎曰:“辭尊居卑,昔賢所尚。”乃稱疾,辭居江南,賣藥錢塘市中,詭姓名,易冠服,人無識者。

貫酸齋嘗過梁山濼,見漁父織蘆花爲被,尚其清,欲易之以紬。漁父曰:“君欲吾被,當賦一詩。”遂援筆云:“採得蘆花不涴塵,翠蓑聊復藉爲茵。西風刮夢秋無際,夜月生香雪滿身。毛骨已隨天地老,聲名不讓古今貧。青綾莫爲鴛鴦妬,欸乃聲中別有春。”詩成,竟持被去。人間喧傳蘆花被詩,公至錢唐,因自號蘆花道人。

貫酸齋嘗赴所親宴時,正立春,座客以〔清江引〕請賦,且限金木水火土五字冠於每句之首,句各用春字。酸齋即題云:“金釵影摇春燕斜,木杪生春葉。水塘春始波,火候春初熱。土牛兒載將春到也。”滿座絶倒。

貫酸齋臨終作辭世詩云:“洞花幽草結良緣,被我瞞它四十年。今日不留生死相,海天明月一般圓。”洞花、幽草乃二妾名。張小山《爲酸齋解嘲》曰:“君王曾賜瓊林宴,三斗始朝天,文章懶入編修院。紅錦箋,白紵篇,黄柑傳。學會神仙,參透詩禪。壓塵囂,絶名利,逸林泉。天台洞口,地肺山前。學煉丹,同貨墨,共談玄。興飄然,酒家眠。洞花幽草結因緣,被我瞞它四十年,海天秋月一般圓。

懶雲窩 阿里西瑛,耀卿士之子,有居號“懶雲窩”,用〔殿前懽〕調歌以自述云:“懶雲窩,醒時詩酒醉時歌。瑶琴不理抛書卧,無夢南柯。得清閑儘快活,日月似攛梭過,富貴比花開落。青春去也,不樂如何?”貫酸齋和云:“懶雲窩,陽臺誰與送巫娥?蟾光一任來穿破,遁迹由他。覷一天星斗多,分半榻蒲團坐,儘萬里鵬程挫。向烟霞笑傲,任世事蹉跎。”喬夢符和云:“懶雲窩,雲窩客至欲如何?懶雲窩裏和雲卧,打會磨跎。想人生待怎麽,貴比我争些大,富比我争些個。呵呵笑我,我笑呵呵。”衛立中和云:“懶雲窩,懶雲窩裏客來多。客來時伴我閑些個,酒竈茶鍋。且停杯聽我歌,醒時節披衣坐,醉後也和衣卧。興來時玉簫緑綺,問甚麽天籟雲和。”

徐甜齋 名姬張玉蓮,喜延款士夫,復揮金無少惜。愛林經歷,嘗以側室置之。後再占樂籍,班彦功與之甚狎。班司儒秩滿北上,張作小

詞贈之,有"朝夕思君,淚點成斑"之句。又有一聯云:"側耳聽門前過馬,和淚看簾外飛花。"尤膾炙人口。"看簾外飛花",徐甜齋嘗賦〔折桂令〕贈玉蓮云:"荆山一片玲瓏,分付馮夷,捧出波中。白羽香寒,瓊衣露重,粉面冰融。知造化私加密寵,爲風流洗盡嬌紅。月對芙蓉,人在簾籠。太華朝雲,太液秋風。"

徐甜齋又有《春情》〔折桂令〕云:"平生不會相思,才會相思,便害相思。身似浮雲,心如飛絮,氣若遊絲。空一縷餘香在此,盼千金遊子何之。證候來時,正是何時?燈半昏時,月半明時。"

徐甜齋《夜雨》〔水仙子〕云:"一聲梧葉一聲秋,一點芭蕉一點愁,三更歸夢三更後。落燈花棋未收,嘆新豐孤館人留。枕上十年事,江南二老憂,都到心頭。"

徐甜齋又有〔水仙子〕二闋,咏佳人釘履與紅指甲。《釘履》云:"金蓮脱瓣載雲輕,紅葉浮香帶雨行,漬春泥印在蒼苔逕。三寸中數點星,玉玲瓏環珮交鳴。濺越女紅裙溼,沁湘妃羅襪冷,點寒波小小蜻蜓。"《紅指甲》云:"落花飛上筍芽尖,宫葉猶將冰筯粘,抵牙關越顯得櫻唇艷。怕傷春不捲簾,捧菱花香印妝奩。雪藕絲霞十縷,鏤棗班血半點,掐劉郎春在纖纖。"

喬夢符　喬吉,字夢符。嘗言作樂府有法,"鳳頭"、"猪肚"、"豹尾"六字是也。涵虚子《元詞紀》:"喬夢符如神鰲鼓浪。"

喬夢符《咏竹衫兒》小令云:"并刀剪龍鬚爲骨,玉絲穿龜背成文。襟袖清凉不沾塵。汗香晴帶雨,肩瘦冷搜雲,是玲瓏剔透人。"又《咏香茶》小令云:"細研片腦梅花粉,新剝珍珠荳蔻仁,依方脩合鳳團春。醉魂清爽,舌尖香嫩,這孩兒那些風韻。"

喬夢府《天净紗》詞云:"鶯鶯燕燕春春,花花柳柳真真。事事風風韻韻,嬌嬌嫩嫩,停停當當人人。"

張伯遠,字可久,號小山。涵虚子謂其詞清而且麗,華而不艷,若披太華仙風,招蓬萊海月,誠詞林宗匠也。當以九方皋之眼相之。

張小山和劉時中《五月菊》云:"玉臺金盞對炎光,全不似去年香。有意莊嚴端午,不應忘却重陽。菖蒲九節,金英滿把,同泛瑶觴。舊日東籬陶令,北窗正卧羲皇。"又九月九日見桃花,小山作小令云:"前度劉

郎老矣，去年崔護來遲。紅雨飛，西風起。望白衣可憐悴憔，節去蜂愁蝶未知，冷落在天台洞裏。”

張小山《秋日宫詞》：“花邊嬌月静妝樓，葉底滄波冷翠溝，池上好風閑御舟。可憐秋，一半兒芙蓉一半兒柳。”又“數層秋樹隔雕簷，萬朵晴雲擁玉蟾，幾縷夜香穿綉簾。等潜潜，一半兒門開一半兒掩。”又《酬耿子春》：“海棠香雨污吟袍，薜荔空牆閑酒瓢，楊柳曉風凉野橋。放詩豪，一半兒行書一半兒草。”又《咏梅》：“枝横翠竹暮寒生，花淡紗窗殘月明，人倚畫樓羌笛聲。惱詩情，一半兒清香一半兒影。”

王元鼎 王元鼎有〔折桂令〕一闋，咏桃花馬云：“問劉郎驥控亭槐。覺紅雨瀟瀟，亂落蒼苔。溪上籠歸，橋邊洗罷，洞口牽來。摇玉轡春風滿街，摘金鞍流水天台。錦綉毛胎，嘶過玄都，千樹齊開。”

順時秀 歌妓郭氏順時秀，姿態閑雅，雜劇爲閨怨最高，駕頭諸①旦本亦得體。劉時中以金簧玉管、鳳吟鸞鳴擬其聲韻。

劉庭信 劉庭信，南臺御史劉廷翰族弟，俗呼曰黑劉五。

劉庭信有〔水仙子〕二闋：“秋風颯颯撼蒼梧，秋雨瀟瀟響翠竹，秋雲黯黯迷烟樹。三般兒一樣苦，苦的人魂魄全無。雲結就心間愁悶，雨少似眼中淚珠，風做了口内長吁。”又“蝦鬚簾控紫銅鈎，鳳髓茶閑碧玉甌，龍涎香冷泥金獸。凴雕闌倚畫樓，怕春歸緑慘紅愁。霧濛濛丁香枝上，雲淡淡桃花洞口，雨絲絲梅子牆頭。”

周德清 周德清，高安人，號挺齋，著《中原音韵》。

泰定甲子秋，周德清既作《中原音韵》并起例，以遺青原蕭存存。未幾，訪西域友人瑣非復初。同志羅宗信見餉，復初舉觴，命謳者歌樂府〔四塊玉〕。至“彩扇歌，青樓飲”，宗信止其音而言曰：“‘彩’字對‘青’字，而歌‘青’字爲‘晴’。吾揣其音，此字合用平聲字，必欲揚其音，而‘青’字乃抑之，非也。”復初因前驅紅袖，而自用調歌曰：“買笑金，纏頭錦，得遇知音可人心。怕逢狂客天生沁，紐死鶴，劈碎琴，不害磣。”德清聞其歌，大喜曰：“予作樂府三十年，未有如今日之遇二公，知某曲之非、某曲之是也。”遂捧巨觴，口占〔折桂〕詞一闋曰：“宰金頭黑脚天鵝，客有

① 今校：諸，原作“緒”，據《歷代曲話彙編》本改。

鍾期,座有韓娥。吟既能吟,聽還能聽,歌也能歌。和白雪新來較可。放行雲飛去如何?醉睹銀河,燦燦蟾孤,點點星多。”歌既畢,相與痛飲大醉而罷。

周德清過廬山,賦〔朝天子〕詞曰:“早霞,晚霞,妝點廬山畫。仙翁何處鍊丹砂?一縷白雲下。客去齋餘,人來茶罷,嘆浮生指落花。楚家,漢家,做了漁樵話。”

吉安龍泉縣水滄米倉,有于志能號無心者,欲縣官利塞其口,作〔水仙子〕示人,自謂得意。末句云:“早難道水米無交。”周德清①笑曰:“此張打油乞化出門語也,敢云樂府!”志能深恥之。

諺云“開門七件事”,柴米油鹽醬醋茶是也。周德清有〔折桂令〕云:“倚蓬窗無語嗟呀,七件兒全無,做甚麽人家。柴似靈芝,油如甘露,米若丹砂。醬甕兒恰纔夢撒,鹽瓶兒又告消乏。茶也無多,醋也無多。七件事尚且艱難,怎生教我折柳攀花。”

陳克明　臨川陳克明作《美人》,〔一半兒〕八咏。周德清擊節歎賞曰:“此調作者衆矣,此公音律獨先。”《春夢》云:“梨花雲繞錦香亭,蝴蝶春融軟玉屏,花外鳥啼三四聲。夢初驚,一半兒昏迷一半兒醒。”《春困》云:“鎖牕人静日初曛,寶鼎香消火尚温,斜倚綉床深閉門。眼昏昏,一半兒微開一半兒盹。”《春妝》云:“自將楊柳品題人,笑撚花枝比較春,輸與海棠三四分。再偷匀,一半兒胭脂一半兒粉。”《春愁》云:“厭聽野鵲語雕簷,怕見楊花撲綉簾,拈起綉針還倒拈。兩眉尖,一半兒微舒一半兒斂。”《春醉》云:“海棠紅暈潤初妍,楊柳纖腰舞自偏,笑倚玉奴嬌欲眠。粉郎前,一半兒支吾一半兒軟。”《春綉》云:“緑牕時有唾茸粘,銀甲頻將彩線撏,綉到鳳凰心自嫌。按春纖,一半兒端詳一半兒掩。”《春夜》云:“柳綿撲檻晚風輕,花影横窗淡月明,翠被麝蘭薰夢醒。最關情,一半兒温温一半兒冷。”《春情》云:“自調花露染霜毫,一種春心無處托,欲寫寫殘三四遭。絮叨叨,一半兒連真一半兒草。”或以此爲查德卿作。涵虚子謂克明如孤鶴鳴皋,而於德卿則不着題評。

王繼學　李芝儀,維揚名妓也。工小唱,尤善慢詞。王繼學中丞甚

① 今校:清,原作“青”,據《歷代曲話彙編》本改。

愛之,贈以詩序。其一聯云:“善和坊裏驊騮搆出綉鞍來,錢唐江邊燕子啣將春色去。”又有〔塞鴻秋〕四闋,歌館盛傳之。喬夢符亦贈以詩詞甚富。

虞伯生 虞集,字伯生,號邵庵,蜀郡人。其母夢羽人騎鶴,抱一小兒來,曰:“此南嶽真君,寄汝家養之。”既而誕集。

虞伯生在翰院時,宴散散學士家。歌兒郭氏順時秀者,唱今樂府,其〔折桂令〕起句云:“博山銅細褭香風。”一句兩韻,名曰“短柱”,極不易作。先生愛其新奇,席上偶談蜀漢事,因命紙筆,亦賦一曲曰:“鸞輿三顧茅廬。漢祚難扶,日暮桑榆。深渡南瀘,長驅西蜀,力拒東吴。美乎周瑜妙術,悲夫關羽云殂。天數盈虚,造物乘除,問汝何如?早賦歸歟。”蓋兩字二韻,比之一句兩韻者爲尤難云。〔折桂令〕一名〔廣寒秋〕,一名〔天香第一枝〕,一名〔蟾宫引令〕。中州韻入聲似平聲,又可作去聲,所以“蜀”、“術”等字皆與“魚”“虞”相近。

刺貪污曲 至正間,上下以墨爲政,風紀之司,贓污狼藉。是時金鼓音節,迎送廉訪司官則用二聲鼓、一聲鑼;起解强盜則用一聲鼓、一聲鑼。有輕薄子爲詩嘲曰:“解賊一金并一鼓,迎官兩鼓一聲鑼。金鼓看來都一樣,官人與賊不争多。”又有爲〔醉太平〕小令一闋云:“堂堂大元,姦佞專權。開河變鈔禍根源,惹紅巾萬千。官法濫,刑法重,黎民怨。人喫人,鈔買鈔,何曾見。賊做官,官做賊,混愚賢,哀哉可憐。”

曹明善 伯顔擅權之日,剡王徹徹都、高昌王帖木兒不花,皆以無罪被殺。山東憲吏曹明善時在都下,作〔岷江緑〕二曲以風之,大書揭於五門之上。伯顔怒,令左右暗察得實,肖形捕之。明善出避吴中一僧舍。居數年,伯顔事敗,方再入京。其曲曰:“長門柳絲千萬縷,總是傷心處。行人折柔條,燕子啣芳絮,都不由鳳城春做主。長門柳絲千萬結,風起花如雪。離别重離别,攀折復攀折。苦無多舊時枝葉。”此曲又名〔清江引〕,俗曰〔江兒水〕。

譏士人曲 張氏士誠據有浙西富饒地,而好養士。凡不得志於時者,争趨附之,美官豐禄,富貴赫然。有爲北樂府譏之云:“皂羅辮兒緊扎梢,頭戴寬簷帽。穿領闊袖衫,坐個四人轎。又是張吴王米蟲兒來到了。”及城破,無一人死難者。

高則成 高拭，字則成，作《琵琶記》者。或謂方谷珍據慶元時，有高明者，避地鄞之櫟社，以詞曲自娱。因感劉後村詩“死後是非誰管得，滿村争唱蔡中郎”之句，乃作此記。按，高明，温州瑞安人，以《春秋》中至正乙酉第，其字“則誠”，非“則成”也。或因二人同時同郡，字又同音，遂誤耳。

張小山有《蘇堤漁唱》詞，一時膾炙人口。高則成題其後曰：“小奚奴，錦囊無日不西湖。才華壓盡香奩句，字字清殊。光生照殿珠，價等連城玉，名重長門賦。好將如意，擊碎珊瑚。”

偶見歌伯喈者云：“浪暖桃香欲化魚，期逼春闈，詔赴春闈。郡中空有辟賢書，心戀親闈，難捨親闈。”頗疑兩下句意各重，而不知其故。又曰詔曰書，都無輕重。後得一善本，其下句乃“浪暖桃香欲化魚，期逼春闈，難捨親闈。郡中空有辟賢書，心戀親闈，難赴春闈。”意既不重，而“期逼”與上“欲化魚”字應，“難赴”與“空有”字應，益見東嘉之工。東嘉此記，爲其友王四而作。王四初績學不仕，東嘉與之友善，勸其赴舉。後遂登第，棄其妻而贅於不花太師家。東嘉欲挽之，不可得，故作此記以切諷之。記名《琵琶者》，取其二字上各有二王字，并得四王字爲“王四”也。牛太師者，蓋元人呼牛爲“不花”，故謂之牛。而托名於伯喈者，以伯喈嘗從董卓之辟，而卓亦稱太師故也。其初以蔡中郎爲不忠不孝，記成，夢伯喈謂之曰：“子能寘我於善行，當有以報汝。”覺而有感，以全忠全孝易之。東嘉後果發解。高皇帝微時，常見此記而奇之。比即帝位，詢得其實，遂捕王四，寘之於法。因遣使徵拭，東嘉辭以心恙不就。使者復命，帝曰：“朕素聞其名，欲用之，原來無福。”又語近臣曰：“五經四書如五穀，家家不可缺；《琵琶記》如珍羞百味，富貴家其可缺耶？”

張鳴善 張鳴善能填詞度曲，每以詼諧語諷人，聽之令人絶倒。

張鳴善嘗作〔水仙子〕譏時云：“鋪眉苫眼早三公，裸袖揎拳享萬鍾。胡言亂語成時用，大綱來都是烘。説英雄誰是英雄？五眼鷄岐山鳴鳳，兩頭蛇南陽卧龍，三脚猫渭水飛熊。”

張士誠據蘇時，其弟士德攘奪民地以廣園囿。侈肆宴樂，席間無張鳴善則弗樂。一日雪大作，士德設盛宴、張女樂，邀明善咏雪。明善倚

筆題云："漫天墜，撲地飛，白占許多田地。凍殺萬民都是你，難道是國家祥瑞？"書畢，士德大愧，卒亦莫敢誰何。

花綸 花綸有辭藻，其後改福建道監察御史，出按江西。坐罪謫戍雲南，有《題楊太真畫圖》〔水仙子〕一闋云："海棠風、梧桐月、荔枝塵，霓裳舞、翠盤嬌、綉嶺春，錦襉嬉、金釵信、香囊恨，癡三郎、泥太真。馬嵬坡血污游魂，楊柳眉清颦黛損，芙蓉面零脂落粉，牡丹芽剪草除根。"

解縉 永樂中秋，上方開宴賞月。月爲雲掩，召解縉賦詩，遂口占〔風落梅〕一闋其詞云："嫦娥面，今夜圓，下雲簾不着臣看見。拚今宵倚欄不去眠，看誰過廣寒宫殿。"上覽之歡甚。

三楊公連句 大明律有官吏挾妓飲酒之條，然宣德間三楊公猶及用之。嘗與一兵官會飲，文定倡爲酒令：各誦詩一句，以月字在下，而分四時。令畢，文定指席中侍妓曰："不可謂秦無人。"一妓遽成小詞，捧琵琶歌曰："到春來梨花院落溶溶月，文定句到夏來舞低楊柳樓心月，文敏句到秋來金鈴犬吠梧桐月，兵官句到冬來清香暗度梅梢月。文貞句呀好也麼月，總不如俺尋常一樣窗前月。"諸公劇飲，霑醉而去。

王威寧 王威寧尤善詞曲，嘗於行師見村婦便旋道傍，遂作〔塞鴻秋〕一曲："緑楊深鎖誰家院，見一個女嬌娥急走行方便。轉過粉牆來，就地金蓮。清泉一股流銀線，衝破緑苔痕，滿地珍珠濺。不想牆兒外馬兒上人瞧見。"

王威寧又作〔朝天子〕一曲云："燒蘿蔔下茶，宰鴛鴦剁鮓，到惹得傍人罵。人人罵我是個老莊家，我就裹乾坤大。萬古千秋，一場閑話，説英雄都是假。你就笑我刺麻，你休説我哈沓，我做個没用的神仙罷。"

鎖懋堅 成化癸卯冬，李子陽將赴春闈。友人鎖懋堅者送之，賦〔正宫·謁金門〕詞云："人艤畫船，馬鞁上錦韉，催赴瓊林宴。塞鴻聲裏暮秋天，緑酒金杯勸。留意方深，離情漸遠，到京廷中選。今秋是解元，來春是狀元，拜舞在金鑾殿。"已而陽果魁天下。

懋堅，西域人，扈宋南渡①，遂爲杭人。代有詩名，懋堅尤善吟寫。

---

① 今校：渡，原作"度"，據《歷代曲話彙編》本改。

成化間遊莒城，朱文理座間索賦其家假山，懋堅賦〔沉醉東風〕一闋云："風過處香生院宇，雨收時翠濕琴書。移來小朵峰，幻出天然趣。倚闌干盡日披圖，謾説蓬萊恐是虚，只此是神仙洞府。"爲一時所稱。

楊邃庵　今傳奇有《還帶記》，嘉定沈練塘所作，以壽楊邃翁者也。故曲中有"昔掌天曹，今爲地主"等語，邃翁喜圈此八字。

楊邃庵致政後，賦〔雁兒落〕詞曰："俺也曾握虎符鎮塞垣，俺也曾假黄鉞誅叛亂，俺也曾掌天曹統百官，俺也曾草黄麻侍主言。念鸞凰勝鷹鸇，怕蒿艾混芝蘭。小人哉多行險，君子兮不素飡。清閑，不知機心怎閑。平也麽安，不知足心怎安。"

林廷玉　林廷玉醉中戲作〔清江引〕曰："世上人心真個歹，牽鬼街頭賣。哄了白尚書，瞞過陳員外。漢鍾離看見通不採。没嘴葫蘆就地滚，好歹休相問。花妝扮戲棚，紙做盛錢囤。陳摶華山閑打盹。春花正紅春酒美，多少蟠桃會。休做看財奴，枉着金銀累。死到黄泉纔是悔。勝水名山和我好，每日家相頑笑。人情下苑花，世事襄陽砲。霎時間虚飄飄都過了。"

林廷玉《咏愁》〔塞鴻秋〕詞云："姤離情輾轉相迤逗，惹羈懷來往閑交搆。對菱花怕照容顔瘦，數歸鴻難展眉峰皺。秋風葉落時，夜雨燈昏候[①]。那其間淚濕香羅袖。"

林廷玉《咏酒》〔塞鴻秋〕詞云："米明王原掌奇門印，麯將軍會擺迷魂陣，水中郎穩坐雲安鎮，柴令公傳示蘭陵信。祭遵壺矢威，李白蠻書令。那愁城攻破難逃命。"

韓氏邦奇　邦靖　韓苑洛作乃弟邦靖行狀，末云："恨無才如司馬子長、關漢卿者以傳其行。"北人粗野乃爾。邦靖，字汝慶，邦奇同科進士，爲山西參政。養病回，書一〔山坡羊〕於驛壁曰："肯排山南山北偃，肯倒海東海西翻。我如今心兒裏不緊，意兒裏有些懶。如今一個個平步裏上青天，一個個日日近龍顔。青山緑水且讓我閑遊玩，明月清風你要忙時我要閑。嚴潭，你會釣魚誰不會把竿？陳摶，你會睡時誰不會眠？"

---

① 今校：候，原作"後"，據《歷代曲話彙編》本改。

祝枝山 祝枝山爲人好酒色六博，不修行檢。嘗傅粉黛，從優伶，酒間度新聲。俠少年好慕之，多齎金游。嘗賦〔金落索〕四景詞，爲時膾炙。其一："東風轉歲華，院院燒燈罷。陌上清明，細雨紛紛下。天涯蕩子心，盡思家。只見人歸不見他。合歡未久難抛捨，追悔從前一念差。傷情處，懨懨獨坐小窗紗。只見片片桃花、陣陣楊花，飛過了鞦韆架。"其二："楊花亂滚綿，蕉葉初成扇。翠蓋紅衣，出水新蓮現。金爐一縷微，爇沉烟。睡起紗幮雲鬢偏。無端好夢誰驚破，風外鶯聲柳外蟬，羞臨鏡，千愁萬恨對誰言。只見舊恨眉間、新淚腮邊，界破殘妝面。"其三："閑堦細雨收，翠幙新凉透。衰柳殘荷，正值愁時候。近來都减却，舊風流。争奈新愁接舊愁。白雲望斷天涯遠，人在天涯無盡頭。相思病，無明徹夜幾時休。只見雁過南樓、人倚西樓，人比黄花瘦。"其四："銀臺絳蠟籠，翠幄金鈎控。錦帳紅爐，獨自無人共。月明初轉過，小房櫳。不放清光照病容。愁聽畫角聲三弄，吹落梅花一夜風。關山夢，魚沉雁杳信難通。孤眠人最怕隆冬，又值嚴冬，做不盡鴛鴦夢。"

楊循吉 楊循吉，字君謙，吴縣人。其父夢人告："郎君當中五十四名。"已而鄉、會、廷試，皆得一十八名，合之果五十四。除儀部主事。性好山水，嘗論郡中奇勝，得金山，因結廬居焉。後徙南峰，號南峰山人。每讀書得意，則手足不能禁，人謂之顛主事。

楊南峰罷部郎歸，作〔水仙子〕詞云："歸來重整舊生涯，瀟灑柴桑處士家。草庵兒不用高和大，會清標豈在繁華。紙糊窗，柏木榻。掛一幅單條畫，供一枝得意花。自燒香，童子煎茶。"

正德末，循吉老且貧。嘗識伶臧賢，爲上所幸愛。上一日問："誰爲善詞者？"與偕來，賢頓首曰："故主事楊循吉，吴人也，善詞。"上輒爲詔起循吉。郡邑守令心知故，强前爲循吉治裝，見循吉冠武人冠，鞣韐戎錦，已怪之。又乘勢語多侵守令。已見上畢，上每有所幸燕，令循吉應制爲新聲，咸稱旨受賞。然賞亡異伶伍，又不授循吉官與秩，間謂曰："若嫺樂，能爲伶長乎？"循吉愧悔，汗洽背。謀於賢，乃以它語懇上放歸。

唐伯虎 唐伯虎有嘆世詞四闋，調寄〔對玉環帶清江引〕。其一："春去春來，白頭空自挨。花落花開，紅顔容易衰。世事等浮埃，光陰

如過客。休慕雲臺，功名安在哉？休想蓬萊，神仙真浪猜。清閑兩字錢難買，苦把身拘礙。人生過百年，便是超三界。此外更無別計策。”其二：“極品隨朝，誰似倪宮保？萬貫纏腰，誰似姚三老？富貴不堅牢，達人須自曉。蘭蕙蓬蒿，算來都是草。鸞鳳鴟梟，算來都是鳥。北邙路兒人怎逃？及早尋歡樂。痛飲千萬觴，大唱三千套。無常到來猶恨少。”其三：“禮拜彌陀，也難憑信他。懼怕閻羅，也難迴避他。妄自受奔波，回頭纔是可。口若懸河，不如牢閉呵。手若揮戈，也須牢袖呵。越不聰明越快活，省了些閑災禍。家私那用多，官職何須大。我笑別人人笑我。”其四：“暮鼓晨鐘，聽得咱耳聾。春燕秋鴻，看得咱眼朦。猶記做頑童，俄然成老翁。休逞姿容，難逃清鏡中。休使英雄，都歸黄土中。算來不如閑打哄，枉自把機關弄。跳出麵糊盆，打破酸虀甕。誰是惺惺誰懵懂？”

周憲王　周憲王者，定王子也。好臨摹古書帖，曉音律。所作雜劇凡三十餘種，散曲百餘，雖才情未至，而音調頗諧，至今中原絃索多用之。李獻吉《汴中元宵》絶句云：“齊唱燕王新樂府，金梁橋上月如霜。”蓋實録也。

王敬夫　王九思，字敬夫，號渼陂，鄠縣人。劉瑾以擴充政務爲名，諸翰林悉出補部屬。敬夫其鄉人也，獨爲吏部郎，不數月，長文選。會瑾敗，謫同知壽州。敬夫有雋才，尤長於詞曲，而傲睨多脱踈。人或讒之李文正，謂敬夫嘗譏其詩。御史追論敬夫，褫其官。敬夫編《杜少陵游春》傳奇劇，罵所謂李林甫者，蓋指西涯也。李聞之，益大恚，雖館閣諸公亦謂敬夫輕薄，遂不復用。

王敬夫與康德涵俱以詞曲名一時，其秀麗雄爽，康大不如也。敬夫將填詞，以厚貲募國工，杜門學唱三年，然後操筆。德涵於歌彈尤妙，每敬夫曲成，德涵爲奏之，即老樂師毋不擊節歎賞也。然敬夫作南曲，“且盡杯中物，不飲青山暮。”猶以“物”爲“護”也。〔折桂令〕云：“望東華人亂擁，紫羅襴老盡英雄。”此是名語。又有一詞云：“暗想東華，五夜清霜寒駐馬。尋思別駕，一天霜雪曉排衙。”句特軒爽，四押亦佳。敬夫散套中“鶯巢濕春隱花梢”，何元朗以爲金元人無此一句。

康德涵　康狀元被廢，肆意詞曲，雖俚語遭其檃括，亦自可喜。有

〔山坡羊〕曰:“我和尚發了善,離了庵觀。我和尚發了誓,再不去看經向善。這寺裏出家的儘有,成佛的也不曾見。七大八小許多僧禪,論成佛輪不着你俺。到不如還俗了罷手,佛也不與我衆生爲怨。娶一個美貌佳人也,錦帳羅帷受用上幾年。成就了我的姻緣,我把那阿彌陀佛拾得過來撩的他遠。成就了我的姻緣,那怕他碓搗磨碾,去上過兒刀山。”又〔沉醉東風〕曰:“裝幾車兒羊毛筆管,載幾車兒各樣花箋。鳳陽墨三兩房,天來大三台硯。請孔門弟子三千,一夜離情寫半年。添硯水盡都是離情淚點。”

王騏　王麒,鳳翔人。弘治間,以進士授吴橋知縣,僅八月,免官居家以詞曲自樂。嘗有妓爲人傷目,睫下有青痕,遂作〔沉醉東風〕曰:“莫不是捧硯時太白墨灑,莫不是畫眉時張敞描差。莫不是檀香染,莫不是翠鈿瑕。莫不是蜻蜓飛上海棠花,莫不是明皇宫墜下馬。”又〔清江引〕曰:“醜猢猻眉梢上松油抹,桑椹子掠畫過。半邊藍凝妝,一堆青泥汙。醜回回婆,眼窩兒到像我。”

王磐　王磐生富室,獨厭綺麗之習,雅好古文詞。家於城西,有樓三楹,日與名流談咏其間,因號“西樓”。嘗分韻得“楊”字,自咏其號云:“乾坤老棟梁,雲霧開屏障。烟霞生几案,河漢逼軒窗。高據胡床,坐指坤元向,居臨太白方。門前列華岳三拳,屋後近瑶池一掌。〔梁州〕右壁厢掛萬丈璇璣斗柄,左壁厢接萬里錦綉封疆。一重重直步到銀河上。琴横新月,劍倚斜陽。朱研曉露,筆掃秋霜。陪金母共住仙鄉,與白帝緊靠宫牆。我這里比南軒少了些雲日炎蒸,我這里比東坡避了些鶯花鬧攘,我這里比北海躲了些風雪飄揚。詩狂酒狂,更壓着元龍豪氣三千丈。忒風流,忒踈放,愛的是高卧天風一枕凉,夢熟羲皇。〔尾聲〕托賴着皋陶禹稷賢卿相,扶佐着虞舜唐堯聖帝王。因此上巢由得高尚。沐蒼冥寵光,吸清虚颯爽,遥望着萬里蓬萊慶雲長。”

閏元宵無張燈者,故古詞云:“依舊試燈何礙。”正德初,郵守好事,令再張燈。王西樓有曲云:“重開不夜天,再造長春境。復遊三市月,又看六街燈。連賀昇平。閏月今番盛,元宵兩度晴。錦模糊世界重修,光燦爛乾坤又整。〔梁州〕滄海上六鰲山重重出現,碧天邊雙鳳輦往往巡行。喜新年更遇新時令,猜空詩謎,踏遍歌聲。醉

番豪俠，走困娉婷。飲不竭春酒繩繩，扮不了社火層層。平添上錦重重五百座琥珀歌樓，再湧出紅灼灼三千年珊瑚寶井，又展開紫巍巍十萬里瑪瑙長城。前正後正，一年兩度元宵勝。酒有情，詩添興，催逼的雪月風花不暫停。運轉豐登。〔尾聲〕那元宵盛張燈燎淡銀河影，這元宵連迓鼓敲殘玉漏聲。管倩天上人間兩重慶。喜天清地寧，愛風清月明。這的是太平年夜夜元宵四時景。”是時高郵元宵最盛，好事者多攜佳燈美酒，即西樓爲樂。公制新詞，令叢歌之，此類曲子是也。至公老年，雖減囊心，而少年好事者猶然。公詩有云：“是誰東道遺燈火，爲我西樓破寂寥。”又云：“年光已屬諸年少，四座春風按六么。”後經荒歲苛政，閭閻凋敝，良宵遂索然矣。及公謝世，愈不復睹盛事。張絃有詩云：“年征歲役萬民凋，太守風流興盡消。火樹星毬俱寂寞，惟餘明月作元宵。”又有懷公六言云：“一自此翁去後，人心無復風流。燈火樓中夜話，鶯花寺裏春游。”

王西樓有〔沉醉東風〕咏千葉白桃花云：“玄都觀風霜易老，武陵溪冰雪難消。香飄茉藜魂，清奪酴醿俏，喜重重叠叠瓊瑶。生怕胭脂點污着，傍流水橋邊卧倒。”

王西樓有〔清江引・閨中八咏〕，《煖帽》云：“玉釵冷來雲慢挑，按上昭君帽。窗前雪意濃，簾外風寒峭。嫩花頭要將春護了。”《寒裘》云：“蒙茸紫貂籠瑞雪，暗把香光惜。一團白玉温，兩朵桃花熱。透靈犀險些兒輕漏泄。”《汗衫》云：“輕衫短裁防過暑，堪可包香玉。鞦千打罷時，歌舞收迴處。濕浸浸似沾花上雨。”《暑襪》云：“淩波襪兒真個罕，不肯教人看。霜籠玉筍尖，水浸金蓮瓣。隔紗裙幾迴偷抹眼。”《浴裙》云：“温泉起來權護體，帶濕雲拖地。翻嫌月色明，偷向花陰立。俏東風有心輕揭起。”《睡鞋》云：“猩紅軟鞋三寸整，不着地偏乾净。燈前换晚妝，被底勾春興。醉人兒幾迴輕撥醒。”《椶履》云：“玲瓏結成雙翠蠒，兜的弓鞋蒨。苔沾翡翠根，露滚珍珠面。下瑶臺不愁春醉軟。”《蒲靴》云：“銀絲細盤雙鳳腦，緊束淩波靿。青蓮兩瓣開，玉筍雙尖蹻。踏青去來天氣早。”

王西樓平生不見喜愠之色。其家嘗走失鷄，公戲作〔滿庭芳〕云：“平生淡薄。鷄兒不見，童子休焦。家家都有閑鍋竈，任意烹炰。煮湯

的貼他三枚火燒，穿炒的助他一把胡椒，到省了我開東道。免終朝報曉，只睡到日頭高。”

太虚上人索題紙鳶，王西樓爲作〔紅綉鞋〕一闋云：“平地上白雲一片，駕東風飛上青天。任兒童牽引且隨緣。你道是閒遊戲，我道是小登仙。有一日斷塵根歸閬苑。”

正德間，閹寺當權，往來河下者無虚日。每到輒吹號頭、齊丁夫，民不堪命。王西樓有《咏喇叭》〔朝天子〕二首云：“喇叭，鎖哪，曲兒小，腔兒大。官舡來往亂如麻，全仗您擡聲價。軍聽了軍愁，民聽了民怕。那里去辨甚麽真共假。眼見的吹翻了這家，吹傷了那家，只吹的水净鵝飛罷。”

佛事已無謂，轉五方尤可笑。王西樓作〔南吕·一枝花〕嘲之曰：“大揚旛做道場，齊秉燭齋神像。亂敲鈸驚地府，鑾擂鼓振天堂。鬧動街坊。顯手段的唐三藏，逞風流轉五方。赤緊的行者能頑，又撞着東家好攘。〔梁州〕頭直上連聲鉈鉈，耳邊厢一片鐺鐺。撮擁着這夥能奔快跑喬和尚，他道是才走回東土，又趕到西方。立追翻羅漢，直碾上金剛。急波波似爺死娘亡，忙劫劫似救火奔喪。撞的個毘盧帽剩一道光箍，躧的雙寶公鞋止兩條滑纇，扯的領達摩衣只半片精褡。手慌脚忙，旋風般旋的頭昏脹。轉不及，趕不上。跌一個海嘯朝天大放光，連叫收場。〔尾聲〕一個道差三分兒撞着攧折了項，一個道再一會兒難熬掙斷我腸，一個道早是我生來腦皮壯，一個道也是我今生合當，一個道也是我前生業障。不轉上千遭骨頭癢。”

陳全　陳全，江浦人。患瘧疾，製〔叨叨令〕云：“冷來時冷的在冰凌上卧，熱來時熱的在蒸籠裏坐。疼時節疼的天靈破，顫時節顫得牙關挫。只被你害殺人也麽哥，只被你害殺人也麽哥。真個是寒來暑往人難過。”

楊用修　楊用修才情蓋世，所著有《洞天玄記》、《陶情樂府》、《續陶情樂府》，流膾人口，而頗不爲當家所許。蓋楊本蜀人，故多川調，不甚諧南北本腔也。摘句如：“費長房縮不就相思地，女媧氏補不完離恨天。別淚銅壺共滴，愁腸蘭焰同煎。和愁和悶，經歲經年。”又：“傲霜雪鏡中紫髯，任光陰眼前赤電，仗平安頭上青天。”皆佳語。他曲多剽元人樂

府，如“嫩寒生花底風，風兒踈刺刺”諸闋，一字不改，掩爲已有。蓋楊多抄録秘本，不知久已流傳人間矣。

楊用修有〔羅江怨〕四闋，押四熱字，最妙。其詞曰：“離亭月影斜，東方亮也，金鷄驚散枕邊蝶。長亭十里，陽關三叠，相思相見何年月。淚流襟上血，愁穿心上結，鴛鴦被冷雕鞍熱。　黄昏畫角歇，南樓報也，遲遲更漏初長夜。茅簷滴溜，松梢霽雪，紙窗不定風如射。牆頭月又斜，床頭燈又滅，紅爐火冷心頭熱。　青山隱隱遮，行人去也，羊腸鳥道幾回折。雁聲不到，馬蹄又怯，惱人正是寒冬節。長空孤鳥滅，平胡遠樹接，倚樓假得闌干熱。　關山望轉賒，程途倦也，愁人莫與愁人説。離鄉背井，瞻天望闕，丹青難把衷腸寫。炎方風景别，京華書信絶，世情休問凉和熱。”

楊用修婦　楊用修婦亦有才情。楊久戍滇中，婦寄一律云：“雁飛曾不到衡陽，錦字何由寄永昌。三春花柳妾薄命，六詔風烟君斷腸。曰歸曰歸愁歲暮，其雨其雨怨朝陽。相聞空有刀環約，何日金鷄下夜郎。”又〔黄鶯兒〕一詞：“積雨釀春寒，見繁花樹樹殘。泥途滿眼登臨倦，江流幾灣，雲山幾盤。天涯極目空腸斷。寄書難，無情征雁，飛不到滇南。”楊又别和三詞，俱不能勝。楊詞云：“夜雨滴空階，傍愁人枕畔來。鄉心一片無聊賴，淚眸懶揩，狂歌懶裁。沈郎多病寬腰帶。望琴臺，迢迢天外，懷抱幾時開。　霽雨帶殘虹，映斜陽一抹紅。樓頭畫角收三弄，東林晚鐘，南天晚鴻。黄昏新月弦初控。望長空，披襟誰共，萬里楚臺風。絲雨濕流光，愛青苔綉粉牆。鴛鴦浦外清波漲，新篁送凉，幽芳美香。雲廊水榭堪遊賞。倒金觴，形骸放浪，到處是家鄉。”

用曲牌名作詩　舒狀元春遊，用曲牌名作詩曰：“惟愛宜春令去遊，風光猶勝小梁州。黄鶯兒唱今朝事，香柳娘牽舊日愁。三棒鼓催花下酒，一江風送渡頭舟。嗟予沉醉東風裏，笑剔銀燈上小樓。”

徐霖　徐髯仙霖，金陵人。數遊狹斜，其所填南北詞皆入律，青樓俠少推爲渠帥。文衡山題一畫寄之，後曰：“樂府新傳桃葉渡，彩毫遍寫薛濤箋。老我别來忘不得，令人常想秣陵烟。”蓋亦有所取之也。

正德末，上南征。嬖伶臧賢薦霖於上，俾填新曲，絶愛幸之令提調

六院事。霖皇恐甚,然不敢辭也。後回鑾,事始解。

金鑾　南都自徐髯仙後,惟金在衡鑾最爲知音,善填詞。其嘲調小曲極妙,每誦一篇,令人絶倒。散套中"馬上抱鶏三市鬧,袖中攜劍五陵遊"最勝,乃用晚唐人羅江東詩也。

王弇州　王弇州又有〔折桂令〕二闋云:"問先生酒後如何? 潦倒模糊,偃蹇婆娑。枕底烟霞,杖頭日月,門外風波。儘皇都眼眶看破,望青天信却胡過。好也由他,歹也由他,便做公卿,當甚幺麽。　問先生不飲何如? 一點篝燈,數卷殘書。冷却扁舟,悶他五柳,淡殺三閭。太行路都來胸腹,帝京塵滿上頭顱。睡也憂虞,醒也憂虞,不得酕醄,怎便糊塗?"

周氏曲品

周氏曲品

新曲苑第十種　明上元周暉撰

馬俊　馬俊，小令不減元人。

史癡　史癡，工小令。

陳全　陳全秀才，有樂府一卷行於世，無詞家大學問，但工於嘲罵而已。

陳鐸　陳鐸字大聲，有《秋碧樂府》、《梨雲寄傲》、《公餘漫興》行於世。咏閨情《三弄梅花》一闋，頗稱作家。所爲散套，穩協流麗，被之絲竹，審宫節羽，不差毫末。

徐霖　徐霖字子仁，少年數遊狹斜[1]，所填南北詞，大有才情，語語入律，妓家皆崇奉之。吴中文徵仲題畫寄徐有句云："樂府新傳桃葉渡，彩毫遍寫薛濤箋。"迺實録也。武宗南狩時，伶人臧賢薦之於上，令填新曲，武宗極喜之。余所見戲文《綉襦》、《三元》、《梅花》、《留鞵》、《枕中》、《種瓜》、《兩團圓》數種行於世。

陳魯南　陳魯南有《善知識》、《苦海回頭記》行於世。人最膾炙者《梅花序》。

羅子修　羅子修，《雪詞》絶妙。

盛鸞　盛鸞，有《貽拙堂樂府》二卷。

邢太常　邢太常一鳳，字伯羽，所填南北詞最新妥，堪入絃索。

鄭仕　鄭仕，字子學，工小令。

胡懋禮　胡懋禮，有《紅綫雜劇》，最妙。同時，吴中梁辰魚亦有《紅綫雜劇》，膾炙人口。較之懋禮者，當退三舍。

杜大成　杜大成，工小令。有詞評一卷，名《納凉偶筆》。

金鑾　金鑾，字在衡。有《蕭爽齋樂府》，最是作家。華亭何良俊號

---

① 今校：斜，原作"邪"，據《歷代曲話彙編》本改。

爲知音，常云："每聽在衡誦小曲一篇，令人絶倒。"

王逢元　吉山王逢元，最是詞曲當家。

沈韓峰　沈韓峰越，工小令。鐵面御史，能作風流輭媚語。賦棵花者，豈獨宋廣平乎？

盛壺軒　盛壺軒敏耕，工小令。

高石樓　石樓高志學秀才，工小令。

段炳　段炳，字虎臣，秀才。和元人馬東籬《百歲光陰》一套，金在衡見之，極口贊賞曰："押如此險韻，乃得如此妥貼乎。足以壓倒東籬。"

張四維　張四維，字治卿，號五山，秀才。有《溪上閒情集》藏於家。友人刊其《雙烈記》、《章臺柳》兩種戲文行之。

黄方胤　黄方胤有《陌花軒小詞》。

沈恩　沈恩，江寧人，字復之。晚得一第，官止深州學正。司馬西虹稱其工樂府云。張滏按：西虹亦自著有《龍廣山人小令》。

黄文元　黄文元，名開第，馮海浮門人，工小令。

汪肇郃　汪肇郃，名宗姬，有傳奇行於世。

武陵仙史　武陵仙史工小令。

皮元素　皮元素，名光淳，最是作家。

徐惺宇　徐惺宇，名維敬，工小令。

孫幼如　孫幼如，名起都，工小令。

黄疇鳳　黄疇鳳，名戌儒，小令最工。

趙獻之　趙獻之工小令，家有女戲一班。

陳藎卿　陳藎卿所聞，工樂府，《濠上齋樂府》外尚有八種傳奇：《獅吼》、《長生》、《青梅》、《威鳳》、《同昇》、《飛魚》、《彩舟》、《種玉》。今書坊汪廷訥皆刻爲己作。余憐陳之苦心，特爲拈出。張滏云右沈復之至趙獻之九條，原本載在《剩録》第二卷。又"陳藎卿"一條，原本載在《續集》下卷。今俱移於此。

史癡　史癡，名忠，字端本，一字廷直，復姓爲徐。生十有七歲，方能言，外呆中慧，人皆以癡呼之，又謂之癡仙。中略才情長於樂府新聲，每搦筆乘興書之，略不構思，或五六十曲，或百曲，方擱筆。同時陳大聲、徐子仁皆以詞曲名家，亦服其敏速。妙解音律，嘗云："古今知音者，

不過數人。余少年遊冶，得罪儒門，乃於此事目擊心悟，頗窺見一斑。”中略妻朱氏，號樂清道人，頗賢淑。愛姬姓何，號白雲，聰敏解事，喜畫小景，工篆書，知音律。癡翁尋兩京絶手琵琶張禄授之，盡得其妙。每製一曲，即命白雲被之於絃索。所居在冶城，去卞忠烈廟百餘步，有卧癡樓，樓中几案筆硯、圖書彝鼎、香茗飲食，一一精良雅潔。吴中楊吏部循吉與之作《卧癡樓記》。

陳鐸　指揮陳鐸，以詞曲馳名。偶因衛事，謁魏國公於本府。徐公問：“可是能詞曲之陳鐸乎？”陳應之曰：“是。”又問：“能唱乎？”陳遂袖中取出牙版，高歌一曲。徐公揮之去，迺曰：“陳鐸，金帶指揮，不與朝廷作事，牙版隨身，何其卑也。”

顛不剌　萬曆四年，張江陵當國，將太祖所藏寶玩盡取上京。中有顛不剌寶石一塊，重七分，老米色。若照日，只見日光，所以爲寶也。箋《崔鶯鶯》戲文者，以顛不剌爲美女名，不知何所據。

隆慶四十年壬子科，好事者編一《桂枝香》曲，以嘲脱科。和其韻者數人，皆不平之鳴。該則在《續金陵瑣事》卷下。①

金在衡小曲　有張尚舉、聶滅秀、楊吃寺三人，金在衡皆作小曲嘲之，令人絶倒。

戲中戲　一極品貴人，目不識字②，又不諳練。一日家讌，扮演鄭元和戲文。有丑脚劉淮者，最能發笑感動人。演至殺五花馬，賣來興保兒，來興保哭泣戀主，貴人呼至席前，滿斟酒一金杯賞之，且勸曰：“你主人既要賣你，不必苦苦戀他了。”來興保喏喏而退。此乃戲中之戲，夢中之夢也，貴人所以爲貴人乎？

---

① 今校：此條據《續金陵瑣事》補。
② 今校：字，原作“丁”，據《歷代曲話彙編》本改。

梅花草堂曲談

梅花草堂曲談

新曲苑第十一種　明張元長撰

梁伯龍新翻雜調　風箏一名紙鳶，吴中小兒好弄之。然當其摶風而上，蓋亦得時則駕者歟？梁伯龍戲以彩繒作鳳凰，吹入雲端，有異鳥百十拱之，觀者大駭。伯龍死久矣，其新翻雜調，往往散入侯王將帥家，至今爲俠遊少年所傳咏。其好事故亦一時之冠也。　卷二[1]

度曲之妙　喉中轉氣，管中轉聲，其用在喉管之間，而妙出聲氣之表。故曰微若絲、發若括，真有得之心，應之手與口、出之手與口，而心不知其所以者。　卷三

梁伯龍曲藝之盛　梁伯龍風流自賞，修髯美姿容，身長八尺。爲一時詞家所宗，艷歌清引，傳播戚里間。白金文綺，異香名馬，奇技淫巧之贈，絡繹於道。每傳柑、禊飲、競渡、穿針、落帽一切諸會，羅列絲竹，極其華整。歌兒舞女，不見伯龍，自以爲不祥，人有輕千里來者。而曲房眉黛，亦足自雄快，一時佳麗人也。獨詩文不敵古人駢瞻而已。　卷五

董西厢板本及唱法　《董解元西厢》，吴中百年前罕見全本。文壽承家得之西山汪氏，首尾俱缺。其後何柘湖得完書於楊南峰，而三吴好事者皆著一編矣。又數十年，袁石公爲吴令，酷嗜之，稱爲几上之書，而此譜益著。海虞嚴伯良索周氏全集，付之剞劂。然急於成書，疏於考訂，未爲善本，識者憾之。予嘗見顧明卿手寫一册，字畫遒楷，圈識截然，云録之馮嗣宗家，今不知所在。顧全書既出，繕寫不難，惜乎世未有傳其法者。先君云："予髮未燥時，曾見之盧兵部許。一人援絃，數十人合坐，分諸色目而遞歌之，謂之磨唱。盧氏盛歌舞，然一見後未有繼者。趙長白云一人自唱，非也。"　卷五

---

① 今校：以下卷數皆據《歷代曲話彙編》補入。

歌還魂與歌西厢拜月之别　予於歌無所入，但徵聲耳。然聽《還魂傳》，惟恐其義之不晰；聽《西厢》、《拜月》，則按節了然。豈盛盛初初之説乎？湯先生自言："此案頭之書，非房中之曲。"而學語者輒有當行未當行之解，此真可笑也。　卷六

王怡庵論度曲　王怡庵教人度曲，閑字不須作腔，則賓主混而曲不清。又言諧聲發調，雖復餘韻悠揚，必歸本字，此宇宙間不易之程，非獨家事也。王在長安，薄遊營妓間，戲演張敏員外，識者絶倒。諸部聞之，競相延致，至馬足不得前。斯①豈無挾而然耶？然諸部政不知此劇其一斑耳。擅場事故在《崔徽傳》，予嘗叩之，兩頤翕翕自動，嵇談阮笑，誰不自喜。周旋竟日，絶不及《牡丹傳》。予問故，曰："政復難。然難處最佳。"又問難處，逡巡久之，曰："叠下數十餘閑字，著一二正字，作麼度？"予曰："難難，正復佳。"　卷七

俞娘評註還魂記　俞娘，麗人也。行三，幼婉慧，體弱常不勝衣，迎風輒頓。十三疽苦左脇，彌連數月，小差，而神愈不支，媚婉之容，愈不可逼視。年十七夭。當俞娘之在床褥也，好觀文史。父憐而授之，且讀且疏，多父所未解。一日，授《還魂傳》，凝睇良久，情色黯然曰："書以達意。古來作者多不盡意而出。如生不可死，死不可生，皆非情之至。斯真達意之作矣。"飽研丹砂，密圈旁註，往往自寫所見，出人意表。如《感夢》一齣，注云②："吾每喜睡，睡必有夢。夢則耳目未經涉，皆能及之。杜女固先我著鞭耶。"如斯俊語，絡繹連篇。顧視其手迹，遒媚可喜，當家人也。某嘗受册其母，請秘爲草堂珍玩。母不許，曰："爲君家玩，孰與其母寶之爲吾兒手澤耶？"急急令倩録一副本而去。俞娘有妹，落風塵中，標格第一，時稱仙子。而其母私於某曰："恨子不識阿三。"吾家所録副本將上湯先生，謝耳伯願爲郵，不果上。先生嘗以書抵某，聞太倉公酷愛《牡丹亭》，未必至此。得數語入梅花草堂，併刻批記，幸甚。又虞山錢受之近取《西厢》公案參倒，洞聞漢月諸老宿請俞娘本戲作《傳燈録》甚急，某無以應也。世間好物不堅牢，彩雲易散

---

① 今校：斯，原作"期"，據《歷代曲話彙編》本改。

② 今校：云，同上補。

琉璃脆，斯無足怪。不朽之業，亦須屢厄後出耶。挑燈三歎，不能無憾於耳伯焉。　卷七

梁伯龍顧靖甫教人度曲　往見梁伯龍教人度曲，爲設廣床大案，西向坐而序列之，兩兩三三，遞傳叠和，一韻之乖，觥斝如約。爾時騷雅大振，往往壓倒當場。其後則顧靖甫掀髯徵歌，約束甚峻。每雙環發韻，命酒彌連，頤翕翕而不敢動。伯龍已矣，靖甫豈可多得？梁雪士將詣白門，來別，輒與鄒瑞卿按拍竟日。甚有愧乎予之不知其事也。　卷八

徐陽初所作傳奇　虞才多弘偉，而少靈異。其靈異者往往力就弘偉，未盡其才而求助於學，卒見弘偉，不見靈異。此非學之故也。余所交者無真正靈異之人，而乃失之徐陽初，甚矣余之不靈不異也。舟中閱《宵光》、《題橋》、《紅梨花》、《一文錢》諸傳，自愧十年，游虞書此。徐陽初杜門嘔血，不求諧世。世人競欲殺之，不爲動。然則能盡其才所從來矣。　卷十一

趙必達扮杜麗娘　趙必達扮杜麗娘，生者可死，死者可生，譬之以燈取影，横斜平直，各相乘除；又如秋夜月明，林間可數毛髮。　卷十一

崑腔流派　魏良輔，别號尚泉，居太倉之南關。能諧聲律，轉音若絲。張小泉、季敬坡、戴梅川、包郎之之屬争師事之，惟肖，而良輔自謂勿如。户候過雲適，每有得，必往咨焉。過稱善乃行，不即反覆，數交勿厭。時吾鄉有陸九疇者，亦善轉音，願與良輔角。既登壇，即願出良輔下。梁伯龍聞，起而効之，考訂元劇，自翻新作，作《江東白苧》、《浣沙》諸曲，又與鄭思笠精研音理。唐小虞、陳楳泉、五七輩雜轉之，金石鏗然。譜傳藩邸戚畹，金紫熠爚之家，而取聲必宗伯龍氏，謂之"崑腔"。張進士新勿善也，乃取良輔校本，出青於藍，偕趙瞻雲、雷敷民、與其叔小泉翁，踏月郵亭，往來唱和，號"南馬頭曲"。其實稟律於梁，而自以其意稍爲均節，崑腔之用，勿能易也。其後茂仁、靖甫兄弟，皆能入室，間嘗爲門下客解説其意。茂仁有陳元瑜，靖甫有謝含之，爲一時登壇之彦。李季鷹則受之思笠，號稱嫡派。　卷十二

三十年間能歌之士　性喜聲歌，絶不能解其事，又不能集其人。然三十年間，聚此堂者，淪落幾盡矣。沈衛安不知泰昌之世，楊雄峰、張平甫不及天啟之朝，顧僧孺奉行新曆十二日而死，豈不痛哉。雷敷民望八

之年,足開雨雪,逢場咏嘯,耳識稍鈍,發音愈高。金文甫好演《琵琶傳》,或請爲之,欣然便作。風雨之朝,窺户以候演者沽酒作食,無恡於懷。問其年,亦六十餘矣。人生妙有情性,何入不得。 卷十四

柳生歌崑腔汪姬蔡姬歌四平弋陽腔 詣天弢,觀柳生作伎,供頓清饒,折旋婉便,可稱一時之冠。至其演龐氏汲水,令人涕落。昔袁太史自命鐵心石腸,看到此輒取扇自障其面。吾爾時可幸無眼,却有耳矣。腔右崑山,有聲容者多就之。然五十年來,伯龍死,沈白他徙,崑腔稍稍不振,乃有四平、弋陽諸部,先後擅場。然自新安汪姬、上江蔡姬而後,寥寥矣。柳生多一往之情,而面有不可之性,知其解者不免愁絶。任傅川語我:"不如君遂傳之。"傅川行年八十,忽作此言,索解人正不易得。 卷十四

客座曲語

客座曲語

新曲苑第十二種　明江寧顧啟元撰

陳公善謔

陳鐸爲指揮，善詞曲，又善謔。常居京師，戲作月令。惟記其二月下云："是月也，壁蝨出溝中，臭氣上騰，妓鞾化爲鞋。"最善形容，"化爲鞋"更可笑也。　卷三

歌章色

教坊頓仁，曾於正德中隨駕至北京，工於音律，於《中原音韻》、《瓊林雅韻》，終年不去手；於開口閉口，與四聲陰陽字，皆不誤。常云："南曲中如〔雨歇梅花〕《吕蒙正》内〔紅妝艷質〕、《王祥》内〔夏日炎炎〕、《殺狗》内〔千紅百翠〕，此等謂之慢詞。教坊不隸琵琶箏色，乃歌章色所肄習者。南京教坊歌章色久無人，此曲都不傳矣。"何柘湖嘗令仁以《伯喈》一二曲教絃索。仁云："《伯喈》曲，某都唱得。但此等皆是後人依腔按字打將出來，正如善吹笛管者，聽人唱曲，依腔吹出，謂之唱調。然不按譜終不入律。况絃索九宫之曲，或用滚絃、花和、大和、釤絃，皆有定則，故新曲要度入亦易。若南九宫原不入調，間有之，只是小令。苟大套數，既無定則可依，而以意彈出，如何得是？且笛管稍長短其聲，便可就板；絃索若多一彈或少一彈，則𠅤板矣。其可率意爲之哉。"　卷五

查八十琵琶

王亮卿，徽州人，能詩。入試留都，聞查八十在上河，往訪之，相期於妓館，欲聽其琵琶。查曰："妓人琵琶，吾一掃即四絃俱絶。須攜我串用者以往。"亮卿設酒於舊院楊家，楊家世以琵琶鳴。酒半，查取琵琶彈之，有一妓女占板。甫一二段，其家有瞽嫗，最知音，連使人來言："此官

人琵琶，與尋常不同，汝占板俱不是。”半曲，使女子扶掖而出，問查來歷。查云：“我正陽鍾秀之弟子也。”嫗舊與秀之相與，與查相持而泣，留連不忍别。　卷五

警世詞餘

徐子仁嘗作《警世曲》，調對〔玉環帶清江引〕曰：“極品隨朝，誰似倪宫保？萬貫纏腰，誰似姚三老？富貴不堅牢，達人須自曉。蘭蕙蓬蒿，到頭終是草。鸞鳳鴟鴞，到頭終是鳥。北邙道兒人怎逃，及早尋歡樂。縱飲十萬場，大唱三千套，無常到來還是少。”其一“暮鼓晨鐘，聒得咱耳聾。春燕秋鴻，看得咱眼朦。猶記做頑童，俄然成老翁。休逞姿容，難逃青鏡中。休逞英雄，都歸黄土中。算來不如閒打哄，枉把機關弄。跳出麵糊盆，打破酸虀甕，誰是惺惺誰懞懂？”其二“春去春來，朱顏容易改。花落花開，白頭空自哀。世事等浮埃，光陰如過客。休慕雲台，功名安在哉？休訪蓬萊，神仙安在哉？清閑兩字錢難買，何苦深拘礙。只恁過百年，便是超三界。此外别無閒計策。”其三“禮拜彌陀，也難憑信他。懼怕閻羅，也難迴避他。世事枉奔波，回頭方是可。口若懸河，不如牢閉着。手慣揮戈，不如牢袖着。越不聰明越快活，省了些閒災禍。家私那用多，官職何須大，我笑别人人笑我。”其四　卷六

海浮贈曲

馮海浮贈許石城先生曲。〔一枝花〕：“跡雖羈①天壤間，心只在羲皇上。客常來談藝圃，塵不到草玄堂。二十年衣錦還鄉。居帝里，山河壯，荷皇圖，氣運昌。且休提，仰泰山北斗齊名；單只看，震春雷南宫放榜。”〔梁州〕“想當時，冠羣英，賢科第一；到如今，抱孤貞，國士無雙。老山濤到底留清望，空只有松筠節操，更不樹桃李門牆。玩一會蜉蝣世界，笑一會傀儡排場。起甲第，休看做許、史、金、張；論詞華，並不數盧、駱、王、楊。有時節，千仞岡高整雲衣；有時節，七里灘輕移雪舫；有時節，百花潭滿引霞觴。再休提，你長我長。閒刁搔，不把在心頭放。聖

---

① 今校：羈，原作“羅”，據《歷代曲話彙編》本改。

明君，賢良相，四海昇平振紀綱，醉也何妨。”〔尾〕“望長江萬頃掀銀浪，對鍾山一帶排青嶂，滿金陵勝蹟供游賞。任烏兔且忙，喜丰神且康，看春草庭前歲應長。”此詞高華佚蕩，誦之使人有天際真人想，故與先生之生平稱也。　卷六

髯仙秋碧聯句

黄琳美之元宵宴集富文堂，大呼角伎，集樂人賞之，徐子仁、陳大聲二公稱上客。美之曰：“今日佳會，舊詞非所用也。請二公聯句，即命工度諸弦索，何如？”於是子仁與大聲揮翰聯句，甫畢一調，即令工肄習，既成，合而奏之，至今傳爲勝事。子仁七十時，於快園麗藻堂開宴，妓女百人，稱觴上壽，纏頭皆美之詒者。大聲爲武弁，嘗以運事至都門，客召宴，命教坊子弟度曲侑之。大聲隨處雌黄，其人距不服，蓋初未知大聲之精於音律也。大聲乃手攬其琵琶，從座上快彈唱一曲，諸子弟不覺駭伏，跪地叩頭曰：“吾儕未嘗聞且見也。”稱之曰“樂王”。自後教坊子弟，無人不願請見者，歸來問餽不絶於歲時。嗟呼，二公以小伎爲當時所慕如此，豈所謂折楊黄華，則听然而笑者耶。頃友人陳藎卿所聞，亦工度曲，頗與二公相上下，而窮愁不稱其意氣，所著多冒它人姓氏，甘爲床頭捉刀人以死，可嘆也。嗟呼，彼武夫、伶人猶知好其知音者，今安在乎哉。　卷六

四景聯句

陳秋碧與徐髯僊咏四景聯句，調曰〔金索挂梧桐〕。其一：“東風轉歲華，院院燒燈罷。陌上清明，細雨紛紛下。天涯蕩子心，盡思家，只見人歸不見他。合歡未久輕抛捨，追悔從前一念差。無聊處，懨懨獨坐小窗紗。見了些片片桃花、陣陣楊花，飛過鞦韆架。”其二“楊花亂滚綿，蕉葉初學扇。翠蓋紅衣，出水蓮新現。金罏一縷微，裊沉烟，睡起紗幮雲髻偏。巫山好夢誰驚破？花外流鶯柳外蟬。無聊處，千思萬想對誰言。添了些舊恨眉邊、新淚腮邊，界破殘妝面。”其三“閒堦細雨收，翠幕新涼透。疏柳殘荷，又早中秋後。新來減盡了舊風流，無奈新愁壓舊愁。碧雲望斷天涯路，人在天涯欲盡頭。無聊處，懨懨鬼病幾時休。聽了些雁

過南樓、人倚西樓，正是我愁時候。”其四“銀臺絳蠟籠，綉幙金鈎控。暖閣紅爐，少個人兒共。月明纔轉過小房櫳，不放清光照病容。無端畫角聲三弄，吹落梅花一夜風。無聊處，天寒水冷信難通。孤眠人正怕窮冬，又到殘冬，做不就鴛鴦夢。”此詞綿麗宛折，曲盡個中情景。如二公者，故詞場之伯仲也。　卷六

雉山填詞

邢太史雉山先生填詞多不傳。曾見其咏牡丹一調云：〔一枝花〕“雕闌百寶妝，良夜千金價。芳菲三月景，富貴五侯家。春色偏佳，賽巧筆丹青畫，勝蓬萊頃刻花。護輕寒，擺列着孔雀銀屏；對芳叢，掩映著鴛鴦綉榻。”〔梁州〕“紅爛熳瓊枝低簇，碧玲瓏玉葉交加。更有那妖嬈萬種天生下，恰便似藍橋仙侶、金屋嬌娃。湘裙拖翠，蜀錦翻霞，試新妝脂粉輕搽，吐餘芬蘭麝争誇。喜孜孜相逢着羣玉山頭，顫巍巍款步着瑶臺月下，嬌滴滴半籠著翡翠窗紗。仙葩焕發，端的是天香國色非虚假。你看那玉樓人金勒馬，一日笙歌十萬家，江左繁華。”〔尾〕“從今後，删抹了芭蕉夜雨燈前話，迴避了桃李春風牆外花。早不覺春歸又初夏，我這里高高的燒着絳蠟，滿滿的斟着玉斝，一般兒倚翠偎紅受用煞。”此詞音節諧暢，詞意艷美，真作家也。

王　迪

太祖立富樂院於乾道橋。男子令戴緑巾，腰繫紅搭膊，足穿帶毛猪皮靴，不許街道中走，止於道邊左右行。或令作匠穿甲，妓婦戴皂冠，身穿皂褙子，出入不許穿華麗衣服，專令禮房吏王迪管領。此人熟知音律，又能作樂府。　卷六之《立院》

蔣 康 之

涵虚子《太和正音譜》載知音善歌之士：“蔣康之，金陵人。其音屬宫，如玉磬之擊明堂，温潤可愛。癸未春，度南康，夜泊彭蠡之南。其夜將半，江風吞波，山月銜岫，四無人語，水聲淙淙。康之扣舷而歌‘江水澄澄江月明’之詞，湖上之民莫不擁衾而聽，推窗出户，見聽者雜遝於

岸。少焉，滿江如有長嘆之聲。自此聲譽愈遠矣。”　卷六

衡山贈髯仙句

何柘湖云：“徐髯仙豪爽逸宕人也，數遊狹邪，其所填南北詞皆入律。衡山題一畫寄之，後曰：‘樂府新傳桃葉句，彩毫遍寫薛濤箋。老我別來忘不得，令人常想秣陵烟。’蓋其人誠足重也。公家多藏書，海内志書尤夥。晚遇武宗皇帝幸其家，在快園池中捕魚，挾以北行，至與上同卧起。賜飛魚服，然雜在佞幸中，公非所志，竟謝歸。又二十餘年，年八十餘而卒。　卷六

先賢著述

金陵前輩多有著述，今類堙滅，不恒遘見矣。暇常摘其尤著者記之，其嘉靖以來，後裔尚有存稿，不悉贅也。中略徐山人霖有《中原音韻注什》，中略沈侍御越有《詞譜續集、附餘》，中原金山人鑾有《蕭爽齋詞集》。下略

秋宇先生著述

胡秋宇先生在翰林日，以言忤政府，出爲藩參。先生文雅風流，不操常律，所著小説書數種，多奇艷，間亦有閨閣之靡，人所不忍言。如《蘭芽》等傳者，今皆秘不傳。所著《女俠韋十一娘傳》，記程德瑜云云，托以詬當事者也。傳後，傳聞蜀中某官暴卒，心疑十一娘婢青霞之爲。然某者好詭激飾名，陰擠人而奪之位耳云云，似有所指。其《紅線》雜劇，大勝梁辰魚先生。下略　卷八

黄蟄南父子

吏部黄公甲，字首卿。蟄南其晚而自號也，因以名其集。文多法漢、魏及六朝，詩上下今古，頗饒獨詣。中略生四子。中略叔方儒，落魄廢其業，亦有《陌花軒小集》、《曲巷詞餘》，調世嘲俗，殊令人解頤也。下略　卷八

傷逝

余少而嬾慢，厭造請，即梓里交游，可屈指計。然以文心墨韻，時通往來，頗諧衿契。乃不二十年，零落殆盡矣。自薦紳以迨韋布，自長老以及行輩，存者十不一二，暇日追憶逝者，不覺喟然傷焉。因以詩學、詞曲、書法、畫蹟四則，疏列其人，稍敘生平，姑以異日。中略

盛伯年敏耕，工小令。

段虎臣文炳。文學。著小令。

張治卿四維。文學。有《溪上閑情集》，今傳其《雙烈記》、《章台柳》二記。

黄上舍方儒。文學。著《陌花軒詞小令》。

陳藎卿所聞。文學。著《南北記》，又選《南北詞記》。下略　卷九

俚曲

里衖童孺婦媪之所喜聞者，舊惟有〔傍妝臺〕、〔駐雲飛〕、〔耍孩兒〕、〔皂羅袍〕、〔醉太平〕、〔西江月〕諸小令，其後益以〔河西六娘子〕、〔鬧五更〕、〔羅江怨〕、〔山坡羊〕。〔山坡羊〕有沉水調、有數落，已爲淫靡矣。後又有〔桐城歌〕、〔掛枝兒〕、〔乾荷葉〕、〔打棗干〕等，雖音節皆倣前譜，而其語益爲淫靡，其音亦如之。視桑間濮上之音，又不翅①相去千里。誨淫導慾，亦非盛世所宜有也。　卷九

戲劇

南都萬曆以前，公侯與縉紳及富家，凡有讌會小集，多用散樂，或三四人，或多人，唱大套北曲。樂器用箏、纂、琵琶、三絃子、拍板。若大席，則用教坊打院本，乃北曲大四套者，中間錯以撮墊圈、舞觀音，或百丈旗，或跳隊子。後乃變而盡用南唱，歌者袛用一小拍板，或以扇子代之，間有用鼓板者。今則吳人益以洞簫及月琴，聲調屢變，益爲悽惋，聽者殆欲墮淚矣。大會則用南戲，其始止二腔，一爲弋陽，一爲海鹽。弋

---

① 今校：翅，原作"啻"，據《歷代曲話彙編》本改。

陽則錯用鄉語，四方士客喜閱之；海鹽多官語，兩京人用之。後則又有四平，乃稍變弋陽，而令人可通者。今又有崑山，校海鹽又爲清柔而婉折，一字之長，延至數息，士大夫稟心房之精，靡然從好。見海鹽等腔，已白日欲睡，至院本北曲，不啻吹篪擊缶，甚且厭而唾之矣。　卷九

國初榜文

洪武二十二年三月二十五日，奉聖旨："在京但有軍官軍人學唱的，割了舌頭；下棋打雙陸的，斷手；蹴圓的，卸脚；作買賣的，發邊遠，充軍府軍衛。千户虞讓男虞端故違，吹簫唱曲，將上唇連鼻尖割了。中略"一榜永樂九年七月初一日該刑科署都給事中曹潤等奏："乞敕下法司，今後人民倡優裝扮雜劇，除依律神仙道扮，義夫節婦，孝子順孫，勸人爲善，及歡樂太平者不禁外，但有褻瀆帝王聖賢之詞曲、駕頭、雜劇，非律所該載者，敢有收藏①、傳誦、印賣，一時拏送法司究治。"奉旨："但這等詞曲，出榜後，限他五日，都要乾净將赴官燒毁了。敢有收藏的，全家殺了。"此等事，國初法度之嚴如此，祖訓所謂頓挫奸頑者。後一切遵行律誥，湯網恢恢矣。

① 今校：藏，原作"存"，據《歷代曲話彙編》本改。

程氏曲藻

程氏曲藻

新曲苑第十三種　明程羽文撰

以曲取士　曲者詞之變，自金、元入中國，所用胡樂，嘈雜凄緊，緩急之間，詞不能按，乃更爲新聲以媚之。設有十二科，懸爲令甲，以此取士，而諸名宿亦躬傅粉墨，身踐排場，遂擅一代之譽，碧簫紅牙，增韻幾許矣。

情語　情語。如喬夢符《兩世姻緣》："他説起凄涼話，和我也淚不做行兒下。"馬東籬《青衫淚》："聽的行雁來也我立盡吹簫院，聞得聲馬嘶也目斷垂楊線。"張壽卿《紅梨花》："你休愁我衾寒枕剩人孤另，我則怕你酒醒燈昏夢不成。佳期漏洩無乾凈，慌出蘭堂，四下裏天如鏡。夜氣撲人冷，一片閑雲近玉繩，空餘着銀漢澄澄。"賈仲名《金童玉女》："簾低簌碧蝦鬚，檀細爇紫金爐。霜瓦密鴛鴦甃，雲軒高翡翠鋪。俺同坐香車，似地長就連枝樹；雙並着驊騮，似膠粘成比目魚。他笑呵似秋蓮恰半吐，他悲呵似梨花春帶雨，行呵似秋雁雲邊落，話呵似鸚鶯枝上語，醉呵似晚風前垂柳翠扶疏，浴呵似海棠櫱露，立呵渲丹青仕女圖，坐呵觀世音自在居，睡呵羊脂般卧着美玉，吹呵韻清音射碧虚，彈呵拂冰絃斷復續，歌呵白苧宛意有餘，舞呵綵雲旋掌上珠。"鄭德輝《倩女離魂》："他是個矯帽輕衫小小郎，我是個綉帔香車楚楚娘，恰才貌正相當。俺娘向陽臺路上，高築起一堵雨雲牆。"又"愁心驚一聲鳥啼，薄命趁一春事已，香魂逐一片花飛。"喬夢符《揚州夢》："花比他不風流，玉比他不温柔。端的是鶯也消魂，燕也含羞。"石君寶《曲江池》："常拚個同歸青塚抛金縷，更休想重上紅樓理玉箏。"白仁甫《牆頭馬上》："我推粘翠靨遮宫額，怕綽起羅裙露綉鞋。"白仁甫《秋夜梧桐雨》："見芙蓉懷媚臉，遇楊柳憶纖腰。"又"這雨一陣陣打梧桐葉雕，一點點滴人心碎了。枉着金井銀床緊圍繞，只好把潑枝葉做柴燒鋸倒。"又"潤濛濛楊柳雨，凄凄院宇侵簾幕；細絲絲梅子雨，妝點江干滿樓閣；杏花雨紅濕欄干，梨花雨玉容寂

寞；荷花雨翠蓋翩翻，豆花雨緑葉蕭條；都不似你驚魂破夢，助恨添愁，徹夜連宵。莫不是水仙弄嬌，蘸楊柳灑風飄？咮咮似噴泉瑞獸臨雙沼，刷刷似食葉春蠶散滿箔。亂灑瓊階，水傳宫漏；飛上雕簷，酒滴新槽。直下的更殘漏斷，枕冷衾寒，燭滅香消。可知道夏天不覺，把高鳳麥來漂。”武漢臣《玉壺春》：“我則待簪花殢酒賦詞章，至如我折桂攀蟾，也不似這淺斟低唱。誰想甚禹門三月桃花浪，我則待伴素蘭風清月朗，比爲官另有一種風光。誰待奪皇家龍虎榜，争如占花叢鶯燕場。我則要做梨園開府頭廳相，我向這花柳營調鼎鼐，風月所理陰陽。”戴善夫《風光好》：“則怕貴人多忘，則要你經板兒印在心上。”賈仲名《重對玉梳》：“促人眉黛的，矮牆側虚飄飄凋敗柳；替人憔悴的，小塘中乾支支枯老荷。斷人魂魄的，樹梢頭昏慘慘野烟微抹；鬆人鬢脚的，山尖上高聳聳峰頂堆螺。感人消瘦的，疏籬下黄甘甘菊盡開；染人血淚的，窄溝岸紅颩颩楓亂落。攪人夢境的，小階前絮叨叨夜蛩頻聒；惱人情腸的，金井傍滴溜溜梧葉辭柯。結人愁懷的，碧天邊昏冉冉雲輕布；助人長吁的，紗窗外疏剌剌風勢惡。伴人孤另的，明皎皎月色銀河。”谷子敬《城南柳》：“則見他烏雲墜蟬鬢髩鬆，秋波困醉眼朦朧。酒力透冰肌色濃，枕痕印粉腮香重。”關漢卿《玉鏡臺》：“兀的不消人魂魄，綽人眼光。説神仙那的是天堂，則見脂粉馨香，環佩丁當。藕絲嫩新織仙裳，但風流都在他身上，添分毫便不停當。見他的不動情你便都休强，則除是鐵石兒郎，也索惱斷柔腸。”又“恰纔立一朵海棠嬌，捧一盞梨花釀，把我雙送入愁鄉醉鄉。我這裏下得階基，無個頓放，畫堂中别是風光。”又“海棠色，蕙蘭性，想天地全將秀結成，一團智巧心靈。”又“總然道肌如雪，腕似冰，雖是一段玉，却是幾樣磨成。指頭是三節兒瓊瑶，指甲似十顆水晶。穩坐的有那穩坐堪人敬，但舉動有那舉動可人憎。”又“兀的紫霜毫燒甚香，斑竹管有何幸？倒能够柔荑般指尖擎。”又“婦人每鞋襪裏多藏着病，灰土兒没面情，除底外四週圍並無餘剩。”

怨語　怨語。關漢卿《蝴蝶夢》：“爲甚我教你看詩書習經史，俺待學孟母三移教子。不能够金榜上分明題姓字，則落得犯由牌書寫名兒。”又“想着你結怨心懷，和那横死爺相逢在分界牌。你兩個施逞手策，把那殺人賊推下望鄉臺。”秦簡夫《趙禮讓肥》：“誰着你殺人處鑽出

頭來。""敢道是凶年歲,瘦骨骸,便剮將來,也填不得一餐債,因此上在餓虎喉中乞得這免死牌。"鄭廷玉《後庭花》:"我把那不會雪恨的孩兒覷一覷,兀的不没亂殺我這喉嚨,我其實叫不出這屈。"關漢卿《魯齋郎》:"只被你巧笑倩禍藏機,美目盼災星現。"又"這彈子舉賢薦賢,他來的撲頭撲面,明日個你團圓,却教我不團圓。"又"從來有日月交蝕,幾曾見夫主婚妻招婿? 今日個妻嫁人夫做媒,自取些奩房斷送陪隨,那裏也羊酒花紅段疋?""也不知你甚些兒看的能當意? 要你做夫人,不許我過今日。"又"奪了我舊妻兒,却與個新佳配,我正是棄了甜桃繞山尋醋梨。"鄭廷玉《楚昭公》:"哀哉子母,如今希有,從古應無。又不是進膠舟那日昭王渡,怎生的也共爲魚? 兒也,你捨性命投江伴母;妻也,你可便守貞烈出嫁從夫。似這等難相顧,總只是皇天喪楚,教你去龍頷下探明珠。"又"好教我痛煞煞提着膽向刀尖過,倒不如悄促促低着頭在劍下誅。俺兄弟情氣吁成雲霧,他子母恨淚滴滿江湖。"尚仲賢《柳毅傳書》:"則我這頭上風沙臉上土,洗面皮惟淚雨,鬢蓬鬆除是冷風梳。他不去那巫山廟裏尋神女,可教我在涇河岸上學蘇武。是則是海藏龍宮曾共逐,世不曾似水如魚。"

誚語　誚語。李行道《灰闌記》:"自喪了親爺撇下個娘,偏你敢不姓張,怎教咱辱門敗户的妹子去支當? 敢今日你便安排着這一句甜話兒來尋訪。"喬夢符《兩世姻緣》:"賣虚脾眉尖眼角,散和氣席上尊前。"鄭廷玉《忍字記》:"不争你這窮性命登時死,哎! 將我這富魂靈險諕掉了。"白仁甫《牆頭馬上》:"這是你自來的媳婦,今日參拜公姑,索甚擎壺執盞,又怕是定計鋪謀。猛見了玉簪銀瓶,不由我不想起當初,呀! 只怕簪折瓶墜寫休書。他那裏做小伏低勸芳醑,將一杯滿飲醉模糊。有甚心情笑歡娱,躊也麽蹰。賊兒膽底虚,又怕似趕我歸家去。"岳伯川《鐵拐李》:"想前日解來强盜,都只爲昧心錢買轉了這管紫霜毫。減一筆教當刑的責斷,添一筆教爲從的該敲。這一管紐曲作直取狀筆,更很似圖財致命殺人刀。出來的都關來節去,私多公少,可曾有一件兒合天道? 他們都指山賣磨,將百姓畫地爲牢。"石君寶《秋胡戲妻》:"俺只見野樹一天雲,錯認做江村三月雨。也不知誰人激惱天公,着俺莊家每受的來苦。"又"可不道書中有女顏如玉,你將着金要買人尤雲殢雨,却不

道黄金散盡爲收書。哎！你個富家郎慣使珍珠，倚仗着囊中有鈔多聲勢，豈不聞財上分明大丈夫？”

醒語　醒語。如鄭廷玉《後庭花》：“可知道錢是人之膽，則你那口是禍之門。”馬東籬《百歲光陰》：“上床與鞋履相别。”鄭廷玉《忍字記》：“我從今後看錢眼辨個清濁，愛錢心識個低高。”戴善夫《風光好》：“悲歡聚散二三年，經到有百千番。恰東樓飲宴，早西出陽關。兀的般弄月嘲風留客所，便是俺追歡買笑望夫山。這些時迎新送舊，執盞擎盤，怎倒顫欽欽惹了我心兒憚？怕則怕是那羅紈錦舊，鶯老花殘。”石子章《竹塢聽琴》：“枉將你那機謀用煞，若知俺這棊中姦詐。都爲那蝸角虚名，蠅頭微利，蟻陣蜂衙。將一片打劫的心則與人争高論下，直等待那揭局兒死時纔罷。”

憤語　憤語。如宫大用《范張鷄黍》：“將鳳凰池攔了前路，麒麟閣頂殺後門。便有那渴相如獻賦難求進，賈長沙痛哭誰瞅問，董仲舒對策無公論。便有那公孫宏撞不開昭文館内虎牢關，司馬遷打不破編修院裏長蛇陣。”又“口邊厢妳腥也猶未落，頂門上胎髮也尚自存。生下來便落在那爺羹娘飯長生運，正行着兄先弟後財帛運，又交着夫榮妻貴催官運。你大拚着十年家富小兒嬌，也少不的一朝馬死黄金盡。”又“您子父們輪替着當朝貴，倒班兒居要津，則欺瞞着帝子王孫。猛力如輪，詭計如神，誰識您那一夥害軍民聚歛之臣？現如今那棟梁材平地上剛三寸，你説波怎支撑那萬里乾坤？都是些裝肥羊法酒人皮囤，一個個智無四兩，肉重千金。”馬東籬《薦福碑》：“如今這越聰明越受聰明苦，越癡呆越受癡呆福，越糊突越有了糊突富。”又“枉短檠三尺挑寒雨。”

達語　達語。如秦簡夫《趙禮讓肥》：“但平生我和他有何知遇，多則是天也有安排我處。”馬東籬《百歲光陰》：“人生有限杯，幾個登高節？囑付俺頑童記者，便北海探吾來，道東籬醉了也。”王實甫《麗春堂》：“水聲山色兩模糊，閑看雲來去。則我怨結愁腸對誰訴？自躊躕，想這場煩惱都也由咱取。感今懷古，舊榮新辱，都裝入酒葫蘆。”又“則我這好山好水難將去，待寫入丹青畫圖。白日裏對酒賞無休，到晚來挑燈看不足。”喬夢符《揚州夢》：“我向這酒葫蘆着涂不曾醒，但説着花衚衕我可早願隨鞭鐙。又澆消了江海愁，洗滌了風雲興。怕孤負了月朗風清，因

此上落魄江湖載酒行，糊塗了黄粱夢境。”馬東籬《青衫淚》：“暢開懷，都似你朦朧酒戒，那醉鄉侯安在哉？”

諧語　諧語。如楊顯之《酷寒亭》：“謝天地小人剛道的這淫邪貨，並不曾道甚孔目哥哥。”又“萬一個在中途被人謀害，可不乾着了當初救命來？則問你護橋龍宋彬安在？”秦簡夫《趙禮讓肥》：“這恩臨可端的殺身難報，我可敢道今日番爲刎頸交。”喬夢符《兩世姻緣》：“忒火性卓王孫，强風情漢司馬。”白仁甫《牆頭馬上》：“枉教他遥授着尚書，則好教管着那普天下姻緣簿。”馬東籬《薦福碑》：“不争你日轉千階，我便是第三番又劫着個空寨。”又“往常我望長安心急馬行遲，誰承望坐請了一個狀元及第。恕面生也白象笏，少拜識也紫朝衣。今日個列鼎而食，煞强似淡飯黄虀，到今日恰回味。”武漢臣《玉壺春》：“則你那本性也難移，山河易改，雄心猶在。但來的一個不賒，現錢便賣。”石君寶《秋胡戲妻》：“那一個胞胎兒裏做縣君。”又“我道你有銅錢，則不如抱着銅錢睡。”馬東籬《青衫淚》：“我則道過中年人老朱顔改，誰想他撲郎君虎瘦雄心在？”又“這道他詩措大酒遊花，却原來也會治國平天下。”鄭德輝《㑳梅香》“呀！怎生來翻悔了巫山窈窕娘？滿口裏之乎者也没攔當，都噴在那生臉上。謊的那有情人恨無個地縫兒藏，羞殺我也傅粉何郎。”馬東籬《任風子》：“别人的首級他强要，他小心兒不肯自量度，可不道君子不奪人之好？”李好古《張生煮海》：“你那裏得熬煎鉛汞山頭火，你那裏覓醫治相思海上方。你道是白茫茫如天樣，越顯得他寬洪海量。”又“將大海揚塵度，把東洋烈焰煮，神術煅化爲夫婦。秀才也抵多少跳龍門應舉，攀仙桂蟾蜍。”武漢臣《生金閣》：“呀！他敢將蕭何律做成衣，將罪犯滿身披。”

景語　景語。如馬東籬《青衫淚》：“冰壺天上下，雲影樹高低，誰倩王維，寫愁入畫圖内。”賈仲名《金童玉女》：“看春江鴨頭緑皺，接行雲雁翅紅嬌，酒旗向青杏園林挑。佳人鬥草，公子裝幺。鞦韆料峭，鼓吹遊遨。上新黄柳曳金條，綻嫣紅花簇冰綃。芳叢内採嫩蕊粉蝶隊隊身輕，廻塘畔點香芹紫燕翩翩翅裊，碧陰中弄清音流鶯恰恰聲交。難挑，怎描？便那女娘行心思十分巧，其實的刺不成綉不到。丹青手雖然百倍高，也畫不出這重叠週遭。”孫仲章《勘頭巾》：“你覷那芳草渾如蜀錦蒙，殘照堪爲燭影紅。垂楊作簾櫳，暫撇下心煩意冗，醉卧緑陰中。”石君寶

《曲江池》:"東君堪羡,買春光滿地散榆錢。"武漢臣《玉壺春》:"端的是萬萬首詩難盡,千千筆畫不全。日暄暄芳草汀晴沙暖襲鴛鴦薦,露涓涓楊柳樓柔絲困擺黄金線。風習習杏花村粉牆亂落胭脂片,翻滚滚玉闌干搧粉翅飛倦採花蝶,急煎煎翠池塘展烏衣忙殺啣泥燕。"鄭德輝《㑳梅香》:"靓海棠風錦機摇動鮫綃冷,芳草烟翠紗籠罩玻璃净,垂楊露緑絲穿透珍珠迸。池中星有如那玉盤亂撒水晶丸,松梢月恰便似蒼龍捧出軒轅鏡。"谷子敬《城南柳》:"那其間白雪飄飄灞岸東,飛絮將斜陽弄,紅雨霏霏漢苑中,殘英把春光送。老了錦鶯,愁翻粉蝶,怨殺遊蜂。芳菲渺渺,韶光冉冉,歲月匆匆。"

隱語 隱語。如馬東籬《岳陽樓》:"這墨瘦身軀無四兩,你可便消磨他有幾場。萬事皆如此,則你那浮生空自忙。他一片黑心腸,在這功名之上,敢糊塗了紙半張。"岳伯川《鐵拐李》:"爲甚我今日身不正?則爲我往常心不直,和那鬼魂靈不能够兩脚踏實地。至如省裏部裏,臺裏院裏,咱只説府裏州裏,他官人們一個個要爲國不爲家,怎知道也似我説的行不的?"

九宫譜定總論

九宫譜定總論

新曲苑第十四種　明東山釣史撰

套數論

套數之曲，元人謂之樂府，與古之辭賦，今之時義，同一機局，有起有止，有開有闔。須先定下間架，立下主意，排下曲調，然後造句，然後成章。切忌湊泊，切忌將就。如常山之蛇，首尾相應，又如鮫人之錦，不着一絲紕纇。務要意新語俊，字響調圓。有規有矩，有色有聲。所謂動吾天機，不知所以然而然，方是神品。下此雖循途守轍，極意敷衍，終非全璧。

務頭論

務頭之説，《中原音韻》於北曲臚列甚詳，南曲則絶無人語及之者。然南北一法，係調中最緊要句字。凡曲遇揭起其音，而婉轉其調，如俗之所謂做腔處，每調或一句，或二三句；每句或一字，或二三字，即是務頭。古人凡遇務頭，即施俊語，否則詆爲不分務頭，非曲所貴。周氏所謂"衆星中顯一月之孤明也。"

引子論

出場有引子，或一或二，在過曲之前，每句盡一截板。亦有不用引子，即唱快板小曲，以代引子者，如仙吕之〔醉扶歸〕、〔皂羅袍〕、〔望吾鄉〕、〔青歌兒〕、〔望梅花〕、〔解三醒〕，如正宫之〔醉太平〕、〔朱奴兒〕、〔四邊静〕、〔洞仙歌〕，如越調之〔蠻牌令〕、〔憶多嬌〕、〔江神子〕、〔江頭送别〕，如黄鍾之〔賞宫花〕、〔出隊子〕、〔神仗兒〕、〔滴溜子〕、〔太平歌〕、〔黄龍滚〕，如商調之〔簇御林〕、〔一封書〕、〔水紅花〕、〔梧葉兒〕，如仙吕入雙調之〔好姐姐〕、〔六么令〕、〔步步嬌〕、〔月上海棠〕、〔山東劉衮〕、〔玉胞肚〕，如中吕之〔駐馬聽〕、〔駐雲飛〕、〔撲燈蛾〕、〔縷縷金〕、〔麻婆子〕、〔紅

綉鞋〕、〔馱環着〕、〔風蟬兒〕、〔太平令〕，如南吕之〔節節高〕、〔一江風〕、〔呼唤子〕、〔大研鼓〕、〔懶畫眉〕。各調皆有引子，獨羽調無一引子，或當借仙吕引子用之。

過曲論

過曲者，引子下第一曲也，無有不贈板者，或皆有贈板而彼此可互爲前後者。或過曲以下，挨次不可亂，或亦可删一二、换一二者，或止一過曲，可於本宫隨便接去者。大率按《琵琶》、《幽閨》、《白兔》、《荆釵》諸劇本爲之，或不甚錯。其他本誤接以别宫者甚多，不可不察也。而所爲近詞，亦大略附於過曲，不必更别一門。

换頭論

换頭者，即〔前腔〕首句稍多寡，以便下板接調。或以换頭誤爲起調，非也。過曲常有第一語便可加板者，以此曲或偶作接調故也。若以此爲第一過曲，必須直起，竟用底板，至於再作〔前腔〕，乃始用板，即不必换頭可也。篇中或〔么〕或〔衮〕，大率即是〔前腔〕云云。或有二换頭、三四换頭不同耳。

犯論

犯者，割此曲而合於彼之謂也，採集一名命之，此製曲以後知音者之事，然未免有安有不安。余以只犯本宫爲便，或偶犯别宫則音調必稍異，如〔醉太師〕、〔猫兒出隊〕之類，只宜直作本曲之名，不必分作犯體。至有犯而失其所自來者亦然。或有即犯本宫而不甚安者，亦宜慎用之。

賺論

〔賺〕即〔不是路〕，多有異名，亦多異體，各宫皆有之，然腔不過是，非有異也。譜中或有一宫不載明者，是其失攷，疑而闕之也。凡劇到移宫换調，緩急悲歡，必須藉此曲爲過接，萬不可少；至於分名不必太拘。

尾聲論

〔尾聲〕者，遲以媚之也，或名〔餘文〕，或名〔餘音〕，或名〔情不斷〕，總是十二板。凡一曲名或二，或四，或六，或八，或二曲名各二、各四，俱不必用尾，如仙吕之〔木丫牙〕、〔美中美〕、〔油核桃〕、〔金鳳釵〕、〔上馬踢〕、〔攤破月兒高〕、〔蠻江令〕、〔凉草蟲〕、〔臘梅花〕，如太石調之〔一撮棹〕、〔下山虎〕、〔人月圓〕，如南吕之〔鎖窗寒〕、〔太師引〕、〔三學士〕、〔針綫箱〕、〔解三醒〕、〔東甌令〕、〔望梅花〕、〔金蓮子〕、〔香羅帶〕、〔金梧桐〕、〔醉太平〕，如黄鍾之〔刮地風〕、〔三段子〕、〔歸朝歡〕，如商調之〔啄木鸝〕、〔黄鶯兒〕、〔簇御林〕、〔高陽臺〕，或二，或四，皆可不必用尾。然大套必用尾。

板論

板有四節，贈板則有八節，如一歲之四時，而分八候。聲與氣通，自然之理也，但製曲便有文理，不免加數贈字；贈字之上，斷不可下板。然無贈字曲便不變，唱者無處作巧；而贈字過多，使人棘口，或以實字作贈字，尤不合律。至於接調，原無贈板，至後必快；若贈字太多，益不可唱，作者慎之。

平仄論

凡諸曲之叶處，平而可以使仄者不多，必能自謳，而或任意用之，無礙也。至每句所定四聲，或於上、去、入統用一仄字代之，此平仄斷不可淆也；且有數曲上、去亦不可易。蓋上聲之腔自下而上，去聲之腔自上而下，大見不同。若入聲作叶，借北音爲腔，不得已也。其或一曲而譜彼此平仄異，則從其當者，毋以愛文字而强置之，致不協調。

韻論

用韻之雜，無礙於謳，然而聲不工矣，先天之溷於鹽咸，固不辨閉口與否之異，即先天溷於桓歡，爲微開，爲中空，豈一律哉？如支思之列於齊微，頗爲詩韻所惑，以庚青而奸真文，則尤不可解矣。作者須知大齲便用廣韻，不至以險字自苦，亦一法也。

字 論

字有五音,爲唇,爲舌,爲齒,爲鼻,爲喉,此外爲撮口,爲滿口,爲開口,爲閉口,爲穿牙縮舌,爲半滿半撮等,尤宜細辨。如江陽之收鼻音,九開而一收,否則逸於家麻;庚清之收鼻音,一開而九收,否則逸於真文;東鍾之收鼻音,五開而五收,否則逸於魚模。况一字有三聲,有起,有腹,有尾,古人言之詳矣。至於此韻誤收别韻,賢者不免,吾意歌工盡去其愎,去其傲,則幾矣。

腔 論

腔不知何自來,從板而生,從字而變,因時以爲好。古與今不同尚,唯審者之裁取之。改舊作新,翻繁作簡,既貴清圓,尤妙閃賺。腔裹字則肉多,字矯腔爲骨勝,總期停匀適聽。近又貴軟綿幽細,呼吸跌宕,不必以高裂爲能,所謂時也。

各宫互犯論

犯則新聽,或犯而不攷何調,從來相習,仍係本宫,作詞者亦只因之。至明犯别宫,且一曲而三四宫雜者,不可復存本宫。因别載於後,以第一句屬何調領之。至有習用斷不可少,如〔金絡索〕、〔九廻腸〕等曲,聲情俱妙,又似不宜以互犯黜之。如〔羽調排歌〕之在仙吕,〔黄鍾賺〕之在正宫,明是錯亂,既正之矣。

程 曲 論

舊譜所載,亦似未詳,贈字作正,有板而缺,今更詳明。至於又一體等,參差不同,不知其由來,亦姑按古用之。意欲更採新詞,去其俚鄙,未能也。

用曲合情論

凡聲情既以宫分,而一宫又有悲歡、文武、緩急等,各異其致。如燕飲陳訴,道路車馬,酸凄調笑,往往有專曲。約略分記第一過曲之下,然通徹曲義,勿以爲拘也。

太霞曲語

太霞曲語

新曲苑第十五種　明顧曲散人撰

散套之難　文之善達性情者，無如詩。三百篇之可以興人者，唯其發於中情，自然而然故也。自唐人用以取士，而詩入於套；六朝用以見才，而詩入於艱；宋人用以講學，而詩入於腐。而從來性情之鬱，不得不變而之詞曲。勝國尚北，皇明專尚南，蓋易絃索而簫管，陶激烈於和柔。令聽者解煩釋滯，油然覺化日之悠長，此亦太平鳴豫之一徵矣。先輩巨儒文匠，無不兼通詞學者，而法門大啓，實始於沈銓部《九宮譜》之一修。於是海内才人，思聯臂而遊宫商之林。然傳奇就事敷演，易於轉换；散套推陳致新，戛戛乎難之。當行也，語或近於學究；本色也，腔或近於打油。又或運筆不靈，而故事填塞，侈多聞以示博；章法不講，而餖飣拾湊，摘片語以誇工；此皆世俗之通病也。作者不能歌，每襲前人之舛謬，而莫察其腔之忤合；歌者不能作，但尊世俗之流傳，而孰辨其詞之美醜。自非知音人亟爲提其耳而開其矇，則今日之曲，又將爲昔日之詩。詞膚調亂，而不足以達人之性情，勢必再變而之《粉紅蓮》、《打棗干》矣，不亦傷乎。余扼攬此道，間取近日名家散曲，擇其媚於詞而復不詭於律者如干，題曰"新奏"而冠以"太霞"。

詞學三法　詞學三法，曰調、曰韻、曰詞。不協調，則歌必捩嗓，雖爛然詞藻，無爲矣。自東嘉沿詩餘之濫觴，而效顰者遂藉口不韻。不知東嘉寬於南，未嘗不嚴於北。謂北詞必韻，而南詞不必韻，即東嘉亦不能自爲解也。是選以調協韻嚴爲主，二法既備，然後責其詞之新麗，若其蕪穢庸淡，則又不得以調韻濫竽。《發凡》

借韻不如重韻　韻或借或重，重祇貽字貧之誚，借則比越境之誅。與其借也，寧重。即不借而牽强未妥，吾亦寧重也。

南曲入聲代平限在句中　《中原音韻》原爲北曲而設，若南韻又當與北稍異。如"龍"之"驢東"切，"娘"之"尼姜"切，此平韻之不可同於北

也;“白”之爲“排”,“客”之爲“楷”,此入韻之不可廢於南也。詞隱先生發明韻學,尚未及此,故守韻之士猶謂南曲亦可以入韻代上去之押,而南北聲自玆混矣。《墨憨齋新譜》謂入聲在句中可代平,亦可代入,若用之押韻,仍是入聲,此可謂精微之論。

失名之詞不可妄指 前輩不欲以詞曲知名,往往有其詞盛傳,而不知出於誰手者。《吴歈萃雅》悉取文人姓字,妄配諸曲,欲眩世目,貽笑明眼。

套曲集戲劇名目 沈伯英〔八聲甘州〕套,集雜劇名,較易組織。舊曲亦有“書生負心”一套,只鋪敘舊傳奇故事,全無意味猶花名曲之“萬卉花王”一套,不足録也。

八聲甘州陳藎卿 〔八聲甘州〕第六句,以《荆[①]釵記》“平生頗讀書幾行”、“微名幸登龍虎榜”爲正。“行”“榜”用韻,“幾”字“虎”字仄聲,方叶。《琵琶記》“高堂已添雙鬢雪”四曲,俱不用韻,然第六字必用仄,蓋韻可偷而調必不可改也。近來作者都不解此,《墨憨齋新定詞譜》已辨之詳矣。

沈氏詞學沈伯明 詞隱先生爲詞家開山祖師,伯明其猶子,其諸弟則平、君善、君庸,俱以詞擅場。伯明有《翠屏山》傳奇,君庸有《漁陽三弄》雜劇,別刻行。

沈子勺散曲 子勺即伯英先生胞弟,亦精詞學。今詞家知伯英,而不知子勺,則以子勺久涉宦途,所著多篋藏。伯英間取翻北詞數套入《南詞韻選》中,托之無名氏,而時刻遂指爲道旁之鹿,如此套〔醉扶歸〕姻緣翻北曲亦借刻鄭虚舟。故余爲正之,使天下並知二沈先生也。

秦復庵散曲 按《曲品》,秦大夫復庵每帶北路〔粉紅蓮〕腔。然北之〔粉紅蓮〕、南之〔掛枝詞〕,其佳者語多真至,政自難得。復庵曲微帶粗豪氣,〔啄木兒〕“香風細”一套,其最雅者。

史叔考所著曲 史叔考所著詞,名《齒雪餘香》。每篇多秀句,恨於律法尚未深考,故不能多選。其所編傳奇,有《合紗》、《櫻桃》、《鵜釵》、

---

① 今校:荆,原作“金”,據《歷代曲話彙編》本改。

《雙鴛》、《攣甌》、《瓊花》、《青蟬》、《雙梅》、《夢磊》、《檀扇》、《梵書》十一本，今所見僅《合紗》耳。尚欲盡蒐一覽，以快夢寐。

四時花卷二　墨憨子云："〔四時花〕即〔四季花〕，亦即〔金鳳釵〕，宜以'和風扇柳蕩烟'一曲爲法，時曲'愁殺悶人天'稍異，不知何本，決非出知音者之手。末句'奈天遠地遠山遠水遠人遠'，那有此句法？特好奇者爲之耳。"

南曲戒以入配三聲卷三沈伯英　墨憨子云："周德清《中原音韻》原爲北曲而作，北無入聲，故配入平上去三聲之中。若南曲自有入韻，不宜以北字入南腔也。如詞隱先生'片時情'一套，以窄、側叶上，擡叶平，終不可爲訓。精於律者自當戒之。"

漁燈兒南套卷三陸包山　世所傳李日華《西廂記》，有〔漁燈兒〕一套，蓋即王實甫北詞，而被之南聲者。《九宫譜》舊所不載，第其詞音調悽惋，人喜歌之。偶閱《吴騷集》，擬有《閨怨》一套，刻"陸包山"。雖未必然，亟爲傳之。

陳藎卿曲卷四　陳藎卿思路不幻，故小令少趣。大套亦不長於閨情。惟贈人之作，鋪敘乃其勝場。

顔子樂卷五龍子猶　蔣氏《舊譜》載"東野翠烟消"一曲，題曰〔好事近〕，實則〔泣顔回〕也。詞隱《新譜》亦云："詳查舊板戲曲，皆以〔泣顔回〕爲〔好事近〕。"可見〔好事近〕特後人惡〔泣顔回〕之名而更之者耳。〔風月兩無功〕一曲，原犯〔普天樂〕、〔刷子序〕者，而時本單刻〔泣顔回〕，不著二"犯"字。亦猶〔新篁池閣〕之混刻爲〔梁州序〕，而不知犯〔賀新郎〕；〔糠和米〕之混刻爲〔孝順歌〕，而不知犯〔江兒水〕也。詞隱乃欲以〔風月兩無功〕爲〔好事近〕，謬矣。《墨憨齋新譜》定名爲〔顔子樂〕，今從之。

兩紅燈卷五沈伯英《秋懷》　〔風流謎〕一曲，仿《荆釵記》"若提起舊日根芽"曲而作。原名〔漁家燈〕。末三句〔剔銀燈〕無疑，而前段絶非〔漁家傲〕，有誤後學。《墨憨齋新譜》查出前四句〔兩休休〕，中三句〔紅芍藥〕，定名爲〔兩紅燈〕，今從之。

吕勤之曲卷五王伯良哭吕勤之　吕勤之工於詞曲，予唯見其《神劍記》，譜陽明先生事。其散曲絶未見也，當爲購而傳之。伯良《曲律》中

盛推勤之,至并其所著《綉榻野史》、《閑情野史》皆推爲絶技。

衫襟記卷六凌初成惜別　凌初成曾改《玉簪記》爲《衫襟記》,一字不仍其舊。

各家詞才所長卷六王伯良閨情　幔亭歌者云:"詞才天賦不同。梁伯龍以豪爽,張伯起以纖媚,沈伯英以圓美,龍子猶以輕俊;至於秀麗,不得不推伯良。"

沈詞隱忽於尾聲卷七沈伯英題情　〔南吕·綉帶兒題情〕"驀忽地雙眉暗鎖"一套,刻《情癡寱語》,乃詞隱先生自製新體也。《萃雅》借作錢鶴灘,《三籟》因之,列諸上乘。《三籟》於詞中不甚推轂伯英,而獨以冒名見賞。〔尾聲〕依《吴騷集》改本,原稿云:"展新歡,呈新課,都將付與雪兒歌,可博周郎一顧麼?"嚼然無味矣。大抵詩中説做詩,詞中説做詞,皆無聊之語。詞隱於〔尾聲〕多不着意,亦是一病。

玉簪記卷七高瑞南郊行見麗人　高瑞南,武陵人。所著有《玉簪記》傳奇,時有俊語,而於律調未甚精解。

誠齋楚江情套卷七周獻王四時賞玩　周獻王所著有《誠齋樂府》,大抵皆宴賞鳴豫之詞。此套〔楚江情〕"東風綻海棠"尤合調,其詞即〔羅江怨〕也。誠齋增三句,而更名爲〔楚江情〕,今因之。

畫眉序卷八卜大荒春景　卜大荒〔畫眉序〕,首句用韻最是。《琵琶記》慣於首句偷韻,亦一病也。

商黄調卷八祝希哲咏張敞畫眉　北譜有商黄調,可見二調相通。但每曲必前商而後黄,方不落調。

詞韻曲韻不能通卷八沈伯英秋思　宋人不講韻學,唯作詩宗沈韻,其詩餘率皆出入,但取諧音而已。自《中原音韻》既定,北劇奉之唯謹。南音從北而來,調可變而韻不可亂也。沈伯英譜詩餘爲曲,共百餘章,然未能盡更其韻。

王伯良曲高處卷十王伯良寄方姬　王伯良之詞,由爛熟中來,故水到渠成,瓜熟蒂脱。手口和調處,自有一種秀色,不似小家子,以字句争奇已也。

俞君宣曲卷十俞君宣傳靈修五調　俞君宣資近於詞,下筆靈秀,頗似湯臨川。但於此道中聞見未廣耳。《自娱集》所刻,多出韻落調,偶獲

全璧,〔二郎神〕"傅靈修"一套亦異事也。

董遐周曲卷十董遐周贈王小史　董遐周絶世聰明,其所著《廣博物志》、《静嘯齋集》,俱爲文人珍誦。惜詞不多作。

集曲割裂之弊卷十王伯良答寄　〔半面二郎神〕、〔攤破集賢賓〕、〔鶯斷鶯啼序〕、〔歇拍黄鶯兒〕、〔減字簇御林〕、〔偷聲猫兒墜〕、〔小尾〕,方諸生自創。每曲減一二句,何所取義? 此亦好奇之過。既可減,何不可增? 遂有〔兩條江兒水〕、〔雙聲猫兒墜〕。并〔尾聲〕亦添句,如近日《蕉帕》所刻者。文人作俑,不可不慎。

龍子猶曲真卷十龍子猶有懷　子猶諸曲,絶無文彩。然有一字過人,曰"真"。

鶯啼序犯　墨憨齋主人評沈伯英〔鶯啼序・麗情〕"盈盈十五才過"一套云:"〔鶯啼序〕首句,據伯英詞譜仍七字,而此曲乃用六字起,蓋仿陳大聲'孤幃一點殘燈'句法也。《三籟》謂大聲曲實是'孤幃一點將絶燈'七字,非六字。然考《拜月亭》有〔鶯集御林春〕曲,乃〔鶯啼序〕二句、〔集賢賓〕三句、〔簇御林〕一句、〔三春柳〕二句合成者。起句如'恰纔的亂掩胡遮'、'聽説罷姓名家鄉',句法正與'孤幃一點殘燈'相近,即少一字,亦宜添在'孤'字之上。若《三籟》'孤幃一點將絶燈',則與〔集賢賓〕起句一般,何不直注〔集賢賓〕五句,而必另注〔鶯啼序〕乎? 凡〔鶯啼序〕用七字起者,皆犯〔集賢賓〕者也。或作换頭可耳。因二曲腔調相近,作者多互犯,而又不得真正知音者辨之,其是非顛倒,吾不知所終矣。"

大唱小唱卷十一秦復庵閨情　〔猫兒墜〕諸套俱用後,以爲快腔緊板,今大套作第二曲腔,又當入細矣。俗有大唱小唱之説,看來緊慢原無定腔,如〔古輪臺〕相沿快腔,而《拜月亭》用之大唱;〔園林好〕相沿慢腔,而雙調南北套用之小唱。即此可以類推。然如〔尾犯序〕、〔香羅帶〕等,必不可作快腔;〔撲燈蛾〕、〔紅綉鞋〕等,必不可作慢腔。此又似有一定之格,作者不得好奇而立異也。

金絡索卷十一尤子猶代伎贈友　《宛轉歌》〔金絡索〕注云:"譜所載末云'一聲叫得凄凉,愁鎖在眉尖上',本只二句,即①《琵琶記》'空争著

---

① 今校:即字,據《歷代曲話彙編》本補。

閒是閒非，衹落得垂雙淚’，亦二句也。唱者卻增‘偏要争閒是閒非’句，陋甚。而時曲‘只見片片桃花，陣陣楊花’，《浣沙記》‘那時節異國飄零，音信難憑’，俱用三句，不知何據？”

惜奴嬌卷十二王伯良惜别　〔惜奴嬌〕本體，如《荆釵記》家道貧窮時曲皆以〔夜行船序〕誤作此調，不可不辨。

南曲不能廢入聲卷十二王伯良越王臺吊古　墨憨齋評王伯良〔夜行船序〕“百尺荒臺”套云：“入聲派□平上去三韻，在北曲用三聲者則然，若南曲仍有四聲，自不得借北韻而廢入聲一韻也。如‘皆來’韻，時曲每以‘容①’、‘色’等字押上，‘額’、‘墨’等字押去，使周郎聽之，有不笑爲‘兩頭蠻’者乎？伯良此曲，絶不借北韻一字，可以爲法。”

雙雄記卷十二龍子猶青樓怨　龍子猶作《雙雄記》，以白小樊爲黄素娘，劉生爲劉雙，卒以感動劉生，爲小樊脱籍。

朝元歌卷十二馮海浮閑適　墨憨齋評馮海浮〔朝元歌〕“山光水光”套云：“詞隱先生謂此套乃〔朝元令〕，舊作〔朝元歌〕，非也。然古本《荆釵》、《琵琶》皆作〔朝元歌〕，似亦有説。蓋此套首隻是〔朝元令〕本調，後三套俱以三曲帶〔朝元令〕數句，製曲者遂舉全套而立名曰〔朝元歌〕。亦猶‘思量那日離故鄉’一曲，是〔雁過聲〕本調，後四曲俱以他調帶〔雁過聲〕數句，遂舉全套而立名曰〔雁魚錦〕耳。此套宜仍總名〔朝元歌〕，首隻分注〔朝元令〕本調，以下但②查明分註犯某調，如〔雁魚錦例之〕方妙③。”

醉扶歸卷十三沈伯明偶題　〔醉扶歸〕首二句第二字俱該平，第四字俱該仄。

十二紅卷十三王伯良麗情　墨憨齋評王伯良〔十二紅〕集曲云：“既曰〔十二紅〕，宜用十二曲合成，不應止十一曲，而以〔尾聲〕足數也。且首二曲舊名〔山羊轉五更〕，次二曲亦可名〔園林好〕、〔江兒水〕，至〔玉交枝〕、〔五供養〕、〔好姐姐〕三曲，俱用上半隻，接續處便少段落。〔鮑老

---

① 今校：容，原作“客”，據《歷代曲話彙編》本改。
② 今校：但，原作“俱”，同上改。
③ 今校：妙，原作“是”，同上改。

催〕忽插入黄鍾調半曲，而後以〔川撥棹①〕全曲接之，亦俱可議。《南西厢》'小姐小姐多丰采'一曲，亦名〔十二紅〕，與此曲絶不同，總之未必叶律也。”

巫山十二峰卷十三沈伯英代武陵友人悼吴姬　沈伯英〔巫山十二峰〕曲，仿梁少白“院落清明左右”作，詞隱先生評云：“〔三换頭〕前二句是〔五韻美〕，中二句是〔臘梅花〕，今用於此，是〔巫山十三峰〕，非〔十二峰〕矣。須用南吕别曲幾句以代之，方得。先生既駁少白，而躬自蹈之，吾所不解。大抵作套數②者每多因襲之病，總爲舊曲已經行世，若改調必置弗歌。夫因陋仍弊，以求不廢於俗，此亦作者之羞也。”

山坡羊與山坡裏羊卷十四王渼坡商調小令　古〔山坡羊〕體，首皆三句，自《琵琶》添一句，人皆效之，而遂以此爲〔山坡裏羊〕，實非二也。

鎖南枝與孝順歌卷十四沈青門雙調小令　古曲〔鎖南枝〕第四句俱用六字句法，觀《琵琶》、《尋親》等記可見，近用五字句，與〔孝順歌〕腔混矣。然〔鎖南枝〕與〔孝順歌〕原同調可叶，正不妨並譜爲近體也。

---

① 今校：棹，原作“調”，據《歷代曲話彙編》本改。

② 今校：數，同上補。

製曲枝語

製曲枝語

新曲苑第十六種　清上元黄周星撰

曲之三難　詩降而詞，詞降而曲，名爲愈趨愈下，實則愈趨愈難。何也？詩律寬而詞律嚴，若曲，則倍嚴矣。按格填詞，通身束縛，蓋無一字不由湊拍，無一語不由扭捏而能成者。故余謂曲之難有三：叶律一也，合調二也，字句天然三也。嘗爲之語曰："三仄更須分上去，兩平還要辨陰陽。"詩與詞曾有是乎？

曲須工力　詞壇之推服魁奇者，必曰神童、才子。夫神童之奇，奇在出口成章；才子之奇，奇在立掃千言也。然僅施之於詩可耳，設或命之製曲，出口可以成章乎？千言可以立掃乎？故才者至此無所騁其才，學者至此無所用其學，此所謂最下之文字，實最上之工力也。以此思難，難可知矣。

曲之三易　愚謂曲有三難，亦有三易。三易者：可用襯字襯語，一也；一折之中，韻可重押，二也；方言俚語，皆可驅使，三也。是三者，皆詩文所無，而曲所有也。然亦顧其用之何如，未可草草。即如賓白，何嘗不易？亦須順理成章，方可動聽，豈皆市井游談乎？

曲忌雜亂　余最恨今之製曲者，每折之中，一調或雜數調，一韻或雜數韻，不問而劣陋可知。即東嘉《琵琶》，正自不免。至於次曲换頭，無端增減數字，亦復何奇？余於此類，皆一概禁絶之。

割湊曲名及犯調　余尤恨今之割湊曲名以求新異者，或割二爲一，或湊三爲一，如〔朱奴插芙蓉〕、〔梁溪劉大娘〕之類。夫曲名雖不等於聖經賢傳，然既已相沿數百年，即遵之可矣。所貴乎才人者，於規矩準繩之中未始不可見長，何必以跳越穿鑿爲奇乎？且曲之優劣，豈繫於曲名之新舊乎？故余於此類，皆深惡而痛絶之。至於〔二犯〕、〔三犯〕、〔六犯〕、〔七犯〕諸調，雖從來有之，亦皆不取。

曲忌堆砌　有一老友語余云："製曲之難，無才學者不能爲，然才學

却又用不著。”旨哉斯言。余記新舊傳奇中，多有填砌彙書，堆垛典故，及琢鍊四六句，以示博麗精工者，望之如餖飣牲筵，觸目可憎。夫文各有體，曲雖小技，亦復有曲之體。若典彙、四六，原自各成一家，何必活剝生吞，强施之於曲乎？若此者余甚不取。

曲之體　曲之妙　愚嘗謂：曲之體無他，不過八字盡之，曰：“少引聖籍，多發天然。”而已。論曲之妙無他，不過三字盡之，曰“能感人”而已。“感人”者，喜則欲歌欲舞，悲則欲泣欲訴，怒則欲殺欲割，生趣勃勃，生氣凜凜之謂也。噫，興觀羣怨，盡在於斯，豈獨詞曲爲然耶。

製曲之訣　製曲之訣，雖盡於“雅俗共賞”四字，仍可以一字括之，曰“趣”。古人云“詩有别趣”，曲爲詩之流派，且被之絃歌，自當專以趣勝。今人遇情境之可喜者，輒曰：“有趣，有趣。”則一切語言文字，未有無趣而可以感人者。趣非獨於詩酒花月中見之，凡屬有情，如聖賢豪傑之人，無非趣人；忠孝廉節之事，無非趣事。知此者，可與論曲。

近代傳奇　曲至元人尚矣。若近代傳奇，余惟取湯臨川“四夢”。而“四夢”之中，《邯鄲》第一，《南柯》次之，《牡丹亭》又次之。若《紫釵》，不過與《曇花》、《玉合》相伯仲，要非臨川得意之筆也。近日如李笠翁十種，情文俱妙，允稱當行。此外儘有才調可觀，而全不依韻，將“真文”、“庚青”、“侵尋”一概混押者，無異彈唱盲詞，殊爲可惜。愚見如此，附識以質周郎。

晚年作曲　余自就傅時，即喜拈弄筆墨，大抵皆詩詞古文耳。忽忽至六旬，始思作傳奇。然頗厭其拘苦，屢作屢輟。如是者又數年，今始毅然成《人天樂》一種。蓋由生得熟，駸駸乎漸入佳境，乃深悔從事之晚，將來尚欲續成數種。因思六十年前，安得有此？王法護曰：“人固不可以無年。”每誦斯言，爲之三歎。

跋

製曲之難,《枝語》中已詳之矣。於難之中,求其易之之法,則有二焉:一在善歌,善歌則不必對譜,其聲調之高下抑揚,可以調之於口吻之際。一在採用詩餘,詩餘中頗多有與曲調平仄相同之句。《浣沙》諸劇,亦復如是。余戊辰歲秋學填詞,悟而得之,惜其時九烟先生已歿,不能就正其可否也。心齋居士題。

笠翁劇論

笠翁劇論卷上

新曲苑第十七種　清錢塘李漁撰

填詞部

結構第一

填詞精者足以傳人並足以傳國　填詞一道，文人之末技也，然能抑而爲此，猶覺愈於馳馬試劍、縱酒呼盧。孔子有言："不有博弈者乎？爲之猶賢乎已。"博弈雖戲具，猶賢於飽食終日、無所用心；填詞雖小道，不又賢於博弈乎？吾謂：技無大小，貴在能精；才乏纖洪，利於善用。能精善用，雖寸長尺短，亦可成名；否則才誇八斗，胸號五車，爲文僅稱點鬼之談，著書惟供覆瓿之用，雖多亦奚以爲？填詞一道，非特文人工此者足以成名，即前代帝王，亦有以本朝詞曲擅長，遂能不泯其國事者。請歷言之：高則誠、王實甫諸人，元之名士也，舍填詞一無表見。使兩人不撰《西廂》、《琵琶》，則沿至今日，誰復知其姓字？是則誠、實甫之傳，《琵琶》、《西廂》傳之也。湯若士，明之才人也，詩文尺牘，儘有可觀，而其膾炙人口者，不在尺牘詩文，而在《還魂》一劇。使若士不草《還魂》，則當日之若士，已雖有而若無，況後代乎？是若士之傳，《還魂》傳之也。此人以填詞而得名者也。歷朝文字之盛，其名各有所歸，"漢史"、"唐詩"、"宋文"、"元曲"，此世人口頭語也。《漢書》、《史記》，千古不磨，尚矣。唐則詩人濟濟，宋有文士蹌蹌，宜其鼎足文壇，爲三代後之"三代"也。元有天下，非特政刑禮樂一無可宗，即語言文字之末、圖書翰墨之微，亦少槩見。使非崇尚詞曲，得《琵琶》、《西廂》以及《元人百種》諸書傳於後代，則當日之元，亦與五代、金、遼同其泯滅，焉能附三朝驥尾而掛學士文人之齒頰哉。此帝王國事以填詞而得名者也。由是觀之，填詞非末技，乃與史傳詩文同源而異派者也。

填詞方法不傳之三大原因　近日雅慕此道，刻欲追踪元人、配饗若士者儘多，而究竟作者寥寥，未聞絶唱。其故維何？止因詞曲一道，但有前書堪讀，並無成法可宗，暗室無燈，有眼皆同瞽目，無怪乎覓途不得、問津無人、半途而廢者居多，差毫釐而謬千里者亦復不少也。嘗怪天地之間有一種文字，即有一種文字之法脉準繩，載之於書者，不異耳提面命，獨於填詞製曲之事，非但略而未詳，亦且置之不通①。揣摩其故，殆有三焉。一則爲此理甚難，非可言傳，止堪意會。想入雲霄之際，作者神魂飛越，如在夢中，不至終篇，不能返魂收魄。談真則易，説夢爲難，非不欲傳，不能傳也。若是則誠異誠難，誠爲不可道矣。吾謂此等至理，皆言最上一乘，非填詞之學，節節皆如是也，豈可爲精者難言，而粗者亦置弗道乎。一則爲填詞之理變幻不常，言當如是，又有不當如是者。如填生、旦之詞，貴於莊雅；製净、丑之曲，務帶詼諧；此理之常也。乃忽遇風流放佚之生、旦，反覺莊雅爲非；作迂腐不情之净、丑，轉以詼諧爲忌；諸如此類者，悉難膠柱，恐以一定之陳言，誤泥古拘方之作者，是以寧爲闕疑，不生蛇足。若是，則此種變幻之理，不獨詞曲爲然，帖括詩文皆若是也，豈有執死法爲文，而能見賞於人，相傳於後者乎？一則爲從來名士以詩賦見重者十之九，以詞曲相傳者猶不及什一，蓋千百人一見者也。凡有能此者，悉皆剖腹藏珠，務求自秘，謂此法無人授我，我豈獨肯傳人。② 使家家製曲，户户填詞，則無論白雪盈車、陽春徧世，淘金選玉者，未必不使後來居上，而覺糠粃在前；且使周郎漸出，顧曲者多攻出瑕疵，令前人無可藏拙，是自爲后羿，而教出無數逢蒙，環執干戈而害我也，不如仍傚前人緘口不提之爲是。吾揣摩不傳之故，雖三者並列，竊恐此意居多。以我論之，文章者，天下之公器，非我之所能私；是非者，千古之定評，豈人之所能倒。不若出我所有，公之於人，收天下後世之名賢，悉爲同調。勝我者，我師之，仍不失爲起予之高足；類我者，我友之，亦不媿爲攻玉之他山。持此爲心，遂不覺以生平底裹，和盤托出，併前人已傳之書，亦爲取長棄

---

① 今校：通，原作“道”，據《歷代曲話彙編》本改。
② 今校：獨肯傳人，原作“肯獨傳”，同上改。

短，别出瑕瑜，使人知所從違，而不爲誦讀所誤。知我罪我，憐我殺我，悉聽世人，不復能顧其後矣。但恐我所言者，自以爲是，而未必果是；人所趨者，我以爲非，而未必盡非。但矢一字之公，可謝千秋之罰。噫，元人可作，當必貰予。

結構之要先於音律詞采　填詞首重音律。而予獨先結構者，以音律有書可考，其理彰明較著。自《中原音韻》一出，則陰陽、平仄，盡有塍區，如舟行水中，車推岸上，稍知率由者，雖欲故犯而不能矣。《嘯餘》、《九宫》二譜一出，則葫蘆有樣，粉本①昭然。前人呼製曲爲“填詞”，填者，布也，猶棋枰之中，畫有定格，見②一格，布一子，止有黑白之分，從無出入之弊。彼用韻而我叶之，彼不用韻而我縱横流蕩之。至於引商刻羽、戛玉敲金，雖曰神而明之，匪可言喻，亦由勉强而臻自然，蓋遵守成法之化境也。至於“結構”二字，則在引商刻羽之先，拈韻抽毫之始，如造物之賦形，當其精血初凝，胞胎未就，先爲制定全形，使點血而具五官百骸之勢。倘先無成局，而由頂及踵，逐段滋生，則人之一身，當有無數斷續之痕，而血氣爲之中阻矣。工師之建宅亦然，基址初平，間架未立，先籌何處建廳、何方開户、棟需何木、梁用何材，必俟成局了然，始可揮斤運斧。倘造成一架而後再籌一架，則便於前者不便於後，勢必改而就之，未成先毁，猶之築舍道旁，兼數宅之匠資，不足供一廳一堂之用矣。故作傳奇者不宜卒急拈毫，袖手於前，始能疾書於後。有奇事方有奇文，未有命題不佳，而能出其錦心，揚爲綉口者也。嘗讀時髦所撰，惜其慘澹經營，用心良苦，而不得被管絃、副優孟者，非審音協律之難，而結構全部規模之未善也。

詞采先於音律　“詞采”似屬可緩，而亦置音律之前者，以有才、技之分也。文詞稍勝者，即號“才人”；音律極精者，終爲“藝士”。師曠止能審樂，不能作樂；龜年但能度詞，不能製詞；使與作樂製詞者同堂，吾知必居末席矣。事有極細而亦不可不嚴者，此類是也。

傳奇之用祇在勸善懲惡　戒諷刺　武人之刀、文人之筆，皆殺人之

---

① 今校：本，原作“面”，據《歷代曲話彙編》本改。

② 今校：見，原作“有”，同上改。

具也。刀能殺人,人盡知之;筆能殺人,人則未盡知也。然筆能殺人,猶有或知之者;至筆之殺人,較刀之殺人,其快、其凶,更加百倍,則未有能知之而明言以戒世者。予請深言其故。何以知之?知之於刑人之際,殺之與剮,同是一死,而輕重别焉者,以殺止一刀,爲時不久,頭落而事畢矣;剮必數十百刀,爲時必經數刻,死而不死,痛而復痛,求爲頭落事畢而不可得者,只在久與暫之分耳。然則筆之殺人,其爲痛也,豈止數刻而已哉。竊怪傳奇一書,昔人以代木鐸。因愚夫愚婦識字知書者少,勸使爲善,誡使勿惡,其道無由,故設此種文詞,借優人説法,與大衆齊聽,謂善者如此收場,不善者如此結果,使人知所趨避,是藥人壽世之方,救苦弭災之具也。後世刻薄之流,以此意倒行逆施,借此文報讎洩怨,心之所喜者,處以生、旦之位;意之所怨者,變以净、丑之形,且舉千百年未聞之醜行,幻設而加於一人之身,使梨園習而傳之,幾爲定案,雖有孝子慈孫不能改也。噫!豈千古文章,止爲殺人而設;一生誦讀,徒備行凶造孽之需乎?倉頡造字而鬼夜哭,造物之心,未必非逆科至此也。凡作傳奇者,先要滌去此種肺腸,務存忠厚之心,勿爲殘毒之事。以之報恩則可,以之報怨則不可;以之勸善懲惡則可,以之欺善作惡則不可。

琵琶無所譏刺 人謂《琵琶》一書,爲譏王四而設,因其不孝於親,故加以入贅豪門、致親饑死之事。何以知之?因"琵琶"二字有四"王"字冒於其上,則其寓意可知也。噫!此非君子之言,齊東野人之語也。凡作傳世之文者,必先有可以傳世之心,而後鬼神效靈,予以生花之筆,撰爲倒峽之詞,使人人贊美,百世流芳。傳非文字之傳,一念之正氣使傳也。《五經》、《四書》、《左》、《國》、《史》、《漢》諸書,與大地山河同其不朽,試問當年作者,有一不肖之人、輕薄之子廁於其間乎?但觀《琵琶》得傳至今,則高則誠之爲人,必有善行可予,是以天壽其名,使不與身俱没,豈殘忍刻薄之徒哉。即使當日與王四有隙,故以不孝加之,然則彼與蔡邕未必有隙,何以有隙之人,止暗寓其姓,不明叱其名;而未必有隙之人,反蒙李代桃僵之實乎?此顯而易見之事,從無一人辯之,創爲是説者,其不學無術可知矣。

曲部誓詞 予向梓傳奇,嘗埒誓詞於首,其略云:"加生、旦以美名,

原非市恩於有托；抹净、丑以花面，亦屬調笑於無心。凡以點綴詞場，使不岑寂而已。但慮七情以内，無境不生；六合之中，何所不有？幻設一事，即有一事之偶同；喬①命一名，即有一名之巧合。焉知不以無基之樓閣，認爲有樣之葫蘆？是用瀝血鳴神，剖心告世，倘有一毫所指，甘爲三世之瘖，即漏顯誅，難逋陰罰。”此種血忱，業已沁入梨棗，印政寰中久矣。而好事之家，猶有不盡相諒者，每觀一劇，必問所指何人。噫！如其盡有所指，則誓詞之設，已經二十餘年，上帝有赫，實式臨之，胡不降之以罰？兹以身後之事，且置勿論，論其現在者：年將六十，即旦夕就木，不爲夭矣。向憂伯道之憂，今且五其男、二其女，孕而未誕、誕而得孕者，尚不一其人，雖盡屬景升豚犬，然得此以慰桑榆，不憂窮民之無告矣。年雖邁而筋力未衰，涉水登山，少年場往往追予弗及；貌雖癯而精血未耗，尋花覓柳，兒女事猶然自覺情長。所患在貧，貧也，非病也；所少在貴，貴豈人人可倖致乎？是造物之憫予，亦云至矣。非憫其才，非憫其德，憫其方寸之無他也。生平所著之書，雖無裨於人心世道，若止論等身，幾與曹交食粟之軀等其高下。使其間稍伏機心，略藏匕首，造物且誅之奪之不暇，肯容自作孽者老而不死，猶得佯狂自肆於筆墨之林哉。吾於發端之始，即以諷刺戒人，且若囂囂自鳴得意者，非敢故作夜郎，竊恐詞人不究立言初意，謬信《琵琶》“王四”之説，因謬成真，誰無恩怨，誰乏牢騷，悉以填詞洩憤，是此一書者非闡明詞學之書，乃教人行險播惡之書也。上帝討無禮，予其首誅乎？現身説法，蓋爲此耳。

每部傳奇應以一人一事爲主腦　立主腦　古人作文一篇，定有一篇之主腦。主腦非他，即作者立言之本意也。傳奇亦然。一本戲中，有無數人名，究竟俱屬陪賓，原其初心，止爲一人而設。即此一人之身，自始至終，離合悲歡，中具無限情由，無窮關目，究竟具屬衍文，原其初心，又止爲一事而設。此一人一事，即作傳奇之主腦也。然必此一人一事，果然奇特，實在可傳，而後傳之，則不媿傳奇之目，而其人其事與作者姓名，皆千古矣。如一部《琵琶》，止爲蔡伯喈一人，而蔡伯喈一人，又止爲

---

①　今校：喬，原作“僑”，據《歷代曲話彙編》本改。

重婚牛府一事。其餘枝節，皆從此一事而生。二親之遭凶、五娘之盡孝、拐兒之騙財匿書、張大公之疏財仗義，皆由於此。是“重婚牛府”四字，即作《琵琶》記之主腦也。一部《西厢》，止爲張君瑞一人，而張君瑞一人，又止爲白馬解圍一事。其餘枝節，皆從此一事而生。夫人之許婚、張生之望配、紅娘之勇於作合、鶯鶯之敢於失身，與鄭恒之力争原配而不得，皆由於此。是“白馬解圍”四字，即作《西厢記》之主腦也。餘劇皆然，不能悉指。後人作傳奇，但知爲一人而作，不知爲一事而作，盡此一人所行之事，逐節鋪陳，有如散金碎玉，以作零齣則可，謂之全本則爲斷線之珠、無梁之屋。作者茫然無緒，觀者寂然無聲，無怪乎有識梨園，望之而却走也。此語未經提破，故犯者孔多，而今而後，吾知鮮矣。

傳奇應傳寫新奇　脱窠臼　人惟求舊，物惟求新。新也者，天下事物之美稱也。而文章一道，較之他物，尤加倍焉。戛戛乎陳言務去，求新之謂也。至於填詞一道，較之詩賦古文，又加倍焉。非特前人所作，於今爲舊，即出我一人之手，今之視昨，亦有間焉。昨已見而今未見也，知未見之爲新，即知已見之爲舊矣。古人呼劇本爲“傳奇”者，因其事甚奇，特未經人見而傳之，是以得名。可見非奇不傳，新，即奇之别名也。若此等情節，業已見之戲場，則千人共見，萬人共見，絶無奇矣，焉用傳之。是以填詞之家，務解“傳奇”二字。欲爲此劇，先問古今院本中曾有此等情節與否。如其未有，則急急傳之，否則枉費辛勤，徒作效顰之婦。東施之貌，未必醜於西施，止爲效顰於人，遂蒙千古之誚，使當日逆料至此，即勸之捧心，知不屑①矣。

忌攘割勦襲　吾謂填詞之難，莫難於洗滌窠臼；而填詞之陋，亦莫陋於盜襲窠臼。吾觀近日之新劇，非新劇也，皆老僧碎補之衲衣，醫士合成之湯②藥，取衆劇之所有，彼割一段，此割一段，合而成之，即是一種傳奇，但有耳所未聞之姓名，從無目不經見之事實。語云：“千金之裘，非一狐之腋。”以此贊時人新劇，可謂定評。但不知前人所作，又從何處集來？豈《西厢》以前，别有跳牆之張珙；《琵琶》以上，另有剪髮之趙五

① 今校：屑，原作“肖”，據《歷代曲話彙編》本改。

② 今校：湯，原作“陽”，同上改。

娘乎？若是，則何以原本不傳而傳其抄本也？窠臼不脱，難語填詞，凡我同心，急宜參酌。

須有照應埋伏　密針綫　編戲有如縫衣，其初則以完全者剪碎，其後又以剪碎者湊成。剪碎易，湊成難。湊成之工，全在針綫緊密，一節偶疏，全篇之破綻出矣。每編一折，必須前顧數折，後顧數折。顧前者，欲其照映；顧後者，便於埋伏。照映、埋伏，不止照映一人、埋伏一事，凡是此劇中有名之人、關涉之事，與前此後此所説之話，節節俱要想到。寧使想到而不用，勿使有用而忽之。

琵琶關目疏處　吾觀今日之傳奇，事事皆遜元人，獨於埋伏照映處，勝彼一籌。非今人之太工，以元人之所長，全不在此也。若以針綫論，元曲之最疏者，莫過於《琵琶》，無論大關節目，背謬甚多。如子中狀元三載，而家人不知；身贅相府，享盡榮華，不能自遣一僕，而附家報於路人；趙五娘千里尋夫，隻身無伴，未審果能全節與否，其誰證之？諸如此類，皆背理妨倫之甚者。再取小節論之。如五娘之剪髮，乃作者自爲之，當日必無其事。以有疏財仗義之張太公在，受人之托，必能終人之事，未有坐視不顧，而致其剪髮者也。然不剪髮不足以見五娘之孝，以我作《琵琶》，《剪發》一折亦必不能少，但須回護張太公，使之自留地步。吾讀《剪髮》之曲，並無一字照管太公，且若有心譏刺者。據五娘云："前日婆婆没了，虧太公周濟。如今公公又死，無錢資送，不好再去求他，只得剪髮。"云云，若是，則剪髮一事乃自願爲之，非時勢迫之使然也。奈何曲中云："非奴苦要孝名傳，只爲上山擒虎易，開口告人難。"此二語雖屬恒言，人人可道，獨不宜出五娘之口。彼自不肯告人，何以言其難也？觀此二語，不似懟怨太公之詞乎？然此猶屬背後私言，或可免於照顧；迨其哭倒在地，太公見之，許送錢米相資，以備衣衾棺槨，則感之頌之，當有不啻口出者矣。奈何曲中又云："只恐奴身死也兀自没人埋，誰還你恩債？"試問，公死而埋者何人？姑死而埋者何人？對埋殯公姑之人而自言暴露，將置太公於何地乎？且太公之相資，尚義也，非圖利也，"誰還恩債"一語，不幾抹倒太公，將一片熱腸付之冷水乎？

元劇長於曲短於白與關目　此等詞曲，幸而出自元人，若出我輩，則群口訕之，不識置身何地矣。予非敢於讎古，既爲詞曲，立言必使人

知取法；若扭於世俗之見，謂事事當法元人，吾恐未得其瑜，先有其瑕。人或非之，即舉“元人”藉口，烏知聖人千慮，必有一失，聖人之事猶有不可盡法者，况其他乎？《琵琶》之可法者原多，請舉所長以以蓋短①。如《中秋賞月》一折，同一月也，出於牛氏之口者，言言歡悦；出於伯喈之口者，字字凄凉。一座②兩情，兩情一事，此其針線之最密者。瑕不掩瑜，何妨并③舉其略。然傳奇④一事也，其中義理，分爲三項：曲也，白也，穿插聯絡之關目也。元人所長者，止居其一，曲是也；白與關目，皆其所短。吾於元人，但守其詞中繩墨而已矣。

一線到底　減頭緒　頭緒繁多，傳奇之大病也。“荆劉拜殺”《荆釵記》、《劉知遠》、《拜月亭》、《殺狗記》之得傳於後，止爲一線到底，並無旁見側出之情。三尺童子觀演此劇，皆能了了於心，便便於口，以其始終無二事，貫串只一人也。後來作者不講根源，單籌枝節，謂多一人可增一人之事，事多則關目亦多，令觀場者如入山陰道中，人人應接不暇。殊不知戲場脚色止此數人，使⑤换千百個姓名，也只此數人裝扮，止在上場之勤不勤，不在姓名之换不换。與其忽張忽李，令人莫識從來，何如只扮數人，使之頻上頻下，易其事而不易其人，使觀者各暢懷來，如逢故物之爲愈乎？作傳奇者，能以“頭緒忌繁”四字刻刻關心，則思路不分，文情專一，其爲詞也，如孤桐勁竹，直上無枝，雖難保其必傳，然已有“荆劉拜殺”之勢矣。

平易可久怪誕不傳　戒荒唐　昔人云：“畫鬼魅易，畫狗馬難。”以鬼魅無形，畫之不似，難於稽考；狗、馬爲人所習見，一筆稍乖，是人得以指謫。可見事涉荒唐，即文人藏拙之具也。而近日傳奇，獨工於爲此。噫！活人見鬼，其兆不祥，矧有吉事之家，動出魑魅魍魎爲壽乎？移風

---

① 今校：以蓋短，原作“益所短”，據《歷代曲話彙編》本改。
② 今校：座，原作“景”，同上改。
③ 今校：并，原作“兹”，同上改。
④ 今校：奇，同上補。
⑤ 今校：使，原作“便”，同上改。

易俗,當自此始。吾謂據本非①他,即三代以後之《韶》、《濩》也。殷俗尚鬼,猶不聞以怪誕不經之事被諸聲樂、奏於廟堂,矧辟謬崇真之盛世乎?王道本乎人情,凡作傳奇,只當求於耳目之前,不當索諸聞見之外。無論詞曲,古今文字皆然。凡説人情物理者,千古相傳;凡涉荒唐怪異者,當日即朽。《五經》、《四書》、《左》、《國 》、《史》、《漢》以及唐宋諸大家,何一不説人情?何一不關物理?及今家傳户頌,有怪其平易而廢之者乎?《齊諧》,志怪之書也,當日僅存其名,後世未見其實。此非平易可久,怪誕不傳之明驗歟?

日常之事自有奇情可傳　人謂:"家常日用之事,已被前人做盡,窮微極隱,纖芥無遺。非好奇也,求爲平而不可得也。"予曰:"不然。世間奇事無多,常事爲②多;物理易盡,人情難盡。有一日之君臣父子,即有一日之忠孝節義。性之所發,愈出愈奇,儘有前人未作之事,留之以待後人。後人猛發之心,較之勝於前輩者。即就婦人女子言之,女德莫過於貞,婦愆無甚於妒。古來貞女守節之事,自剪髮斷臂、刺面毀身,以至刎頸而止矣。近日矢貞之婦,竟有刲腸剖腹、自塗肝腦於貴人之庭,以鳴不屈者;又有不持利器,談笑而終其身,若老衲高僧之坐化者。豈非五倫以内,自有變化不窮之事乎?古來妬婦制夫之條,自罰跪戒眠、捧燈戴水,以至扑臀③而止矣。近日妒悍之流,竟有鎖門絶食、遷怒於人,使族黨避禍難前,坐視其死而莫之救者。又有鞭扑不加,囹圄不設,寬仁大度,若有刑措之風,而其夫慴於不怒之威,自遣其妾而歸化者。豈非閨閫以内,便有日異月新之事乎?此類繁多,不能枚舉。此言前人未見之事,後人見之,可備填詞製曲之用者也。即前人已見之事,儘有摹寫未盡之情,描畫不全之態,若能設身處地,伐④隱攻微,彼泉下之人自能效靈於我,授以生花之筆,假以藴綉之腸,製爲雜劇,使人但賞極新極艷之詞,而竟忘其爲極腐極陳之事者。此爲最上一乘,予有志焉,而未

---

① 今校:本,原作"無",據《歷代曲話彙編》本改。
② 今校:爲,原作"無",同上改。
③ 今校:臀,原作"臂",同上改。
④ 今校:伐,原作"代",同上改。

之速也。"

傳奇大半寓言　審虚實　傳奇所用之事,或古或今,有虚有實,隨人拈取。古者,書籍所載,古人現成之事也;今者,耳目傳聞,當時僅見之事也。實者,就事敷陳,不假造作,有根有據之謂也;虚者,空中樓閣,隨意構成,無影無形之謂也。人謂:"古事多實,近事多虚。"予曰:"不然。傳奇無實,大半皆寓言耳。欲勸人爲孝,則舉一孝子出名,但有一行可紀,則不必盡有其事,凡屬孝親所應有者,悉取而加之。亦猶紂之不善,不如是之甚也,一居下流,天下之惡皆歸焉。其餘表忠表節,與種種勸人爲善之劇,率同於此。若謂古事皆實,則《西厢》、《琵琶》,推爲曲中之祖,鶯鶯果嫁君瑞乎?蔡邕之餓莩其親,五娘之幹蠱其夫,見於何書,果有實據乎?孟子云:'盡信書不如無書。'蓋指武成而言也,經史且然,矧雜劇乎?"

虚則全虚實則全實　凡閲傳奇而必考其事從何來,人居何地者,皆説夢之痴人,可以不答者也。然作者秉筆,又不宜盡作是觀。若紀目前之事,無所考究,則非特事跡可以幻生,并其人之姓名亦可以憑空捏造,是謂虚則虚到底也。若用往事爲題,以一古人出名,則滿場脚色皆用古人,捏一姓名不得;其人所行之事,又必本於載籍,班班可考,創一事實不得。非用古人姓字爲難,使與滿場脚色同時共事之爲難也;非查古人事實爲難,使與本等情由貫串合一之爲難也。予既謂'傳奇無實,大半寓言'。何以又云'姓名事實,必須有本'?要知古人填古事易,今人填古事難。古人填古事,猶之今人填今事,非其不慮人,考無可考也。傳至於今,則其人其事,觀者爛熟於胸中,欺之不得,罔之不能,所以必求可據,是謂實則實到底也。若用一二古人作主,因無陪客,幻設姓名以代之,則虚不似虚,實不成實,詞家之醜態也,切忌犯之。"

詞采第二

曲之長應如詩餘之短同一精采　曲與詩餘,同是一種文字。古今刻本中,詩餘能佳,而曲不能盡佳者,詩餘可選而曲不可選也。詩餘最短,每篇不過數十字,作者雖多,入選者不多,棄短取長,是以但見其美。曲文最長,每折必須數曲,每部必須數十折,非八斗長才,不能始終如

一。微疵偶見者有之，瑕瑜並陳者有之，尚有踴躍於前、懈弛於後，不得已而爲狗尾續貂者亦有之。演者觀者既存此曲，只得取其所長，恕其所短，首尾並録，無一部而删去數折，止存數折，一齣而抹去數曲，止存數曲之理。此戲曲不能盡佳，有爲數折可取而挈帶全篇，一曲可取而挈帶全折，使瓦缶與金石齊鳴者，職是故也。予謂：既工此道，當如畫士之傳真、閨女之刺綉，一筆稍差，便慮神情不似；一針偶缺，即防花鳥變形。使全部傳奇之曲，得似詩餘選本，如《花間》、《草堂》諸集，首首有可珍之句，句句有可寶之字，則不媿填詞之名，無論必傳，即傳之千萬年，亦非徼倖而得者矣。吾①於古曲之中，取其全本不懈，多瑜鮮瑕者，惟《西厢》能之。《琵琶》則如漢高用兵，勝敗不一，其得一勝而王者，命也，非戰之力也。"荆劉拜殺"之傳，則全賴音律，文章一道，置之不論可矣。

貴顯淺　曲文之詞采，與詩文之詞采非但不同，且要判然相反。何也？詩文之詞采，貴典雅而賤粗俗，宜蘊藉而忌分明。詞曲不然，話則本之街談巷議，事則取其直説明言。凡讀傳奇而有令人費解，或初閲不見其佳，深思而後得其意之所在者，便非絶妙好詞，不問而知爲今曲，非元曲也。元人非不讀書，而所製之曲，絶無一毫書本氣，以其有書而不用，非當用而無書也。後人之曲，則滿紙皆書矣。元人非不深心，而所填之詞，皆覺過於淺近，以其深而出之以淺，非借淺以文其不深也。後人之詞，則心口皆深矣。無論其他，即湯若士《還魂》一劇，世以②配饗元人，宜也。問其精華所在，則以《驚夢》、《尋夢》二折對。予謂二折雖佳，猶是今曲，非元曲也。《驚夢》首句云："裊晴絲吹來閒庭院，摇漾春如線。"以遊絲一縷，逗起情絲，發端一語，即費如許深心，可謂慘 澹經營矣。然聽歌《牡丹亭》者，百人之中，有一二人解出此意否？若謂製曲初心，並不在此，不過因所見以起興，則瞥見遊絲，不妨直説，何須曲而又曲，由晴絲而説及春，由春與晴絲而悟其如線也？若云作此原有深心，則恐索解人不易得矣。索解人既不易得，又何必奏之歌筵，俾雅人俗子同聞而共見乎？其餘"停半晌，整花鈿，没揣菱花，偷人半面"及"良辰美

① 今校：吾，原作"至"，據《歷代曲話彙編》本改。

② 今校：以，原作"一"，同上改。

景奈何天，賞心樂事誰家院”“遍青山啼紅了杜鵑”等語，字字俱費經營，字字皆欠明爽。此等妙語，止可作文字觀，不得作傳奇觀。至於末幅“似蟲兒般蠢動把風情搧”，與“恨不得肉兒般團成片也，逗的個日下胭脂雨上鮮”。《尋夢》曲云：“明放着白日青天，猛教人抓不到夢魂前，是這答兒壓黃金釧匾。”此等曲則去元人不遠矣。而予最賞心者，不專在《驚夢》、《尋夢》二折，謂其心花筆蕊，散見於前後各折之中。《診祟①》曲云：“看你春歸何處歸，春睡何曾睡。氣絲兒怎度的長天日。○夢去知②他實實誰？病來只送得個虛虛的你。做行雲，先渴倒在巫陽會。○又不是困人天氣，中酒心期，魆魆的常如醉。○承尊覷，何時何日，來看這女顏回。”《憶女》曲云：“地老天昏，没處把老娘安頓。○你怎撇得下萬里無兒白髮親。○賞春香還是你舊羅裙。”《玩真》曲云：“如愁欲語，只少口氣兒呵。○叫的你噴嚏似天花唾。動淩波，盈盈欲下，不見影兒那。”此等曲，則純乎元人，置之《百種》前後，幾不能辨，以其意深詞淺，全無一毫書本氣也。若論填詞家宜用之書，則無論經傳子史，以及詩賦古文，無一不當熟讀；即道家佛氏、九流百工之書，下至孩童所習《千字文》、《百家姓》，無一不在所用之中。至於形之筆端，落於紙上，則宜洗濯殆盡。亦偶有用着成語之處，點出舊事之時，妙在信手拈來，無心巧合，竟似古人尋我，並非我覓古人。此等造詣，非可言傳，只宜多購元曲，寢食其中，自能爲其所化。而元曲之最佳者，不單在《西厢》、《琵琶》二劇，而在《元人百種》之中。《百種》亦不能盡佳，十有一二可列高、王之上，其不致家絃户誦，出與二劇争雄者，以其是雜劇而非全本，多北曲而少南音，又止可被諸管絃，不便奏之場上。今時所重，皆在彼而不在此，即欲不爲紈扇之捐，其可得乎？

重機趣　“機趣”二字，填詞家必不可少。機者，傳奇之精神；趣者，傳奇之風致。少此二物，則如泥人土馬，有生形而無生氣。因作者逐句湊成，遂使觀場者逐段記憶，稍不留心，則看到第二曲，不記頭一曲是何等情形；看到第二折，不知第三折要作何勾當；是心口徒勞，耳目俱澀，

---

① 今校：祟，原作“崇”，據《歷代曲話彙編》本改。

② 今校：知，原作“和”，同上改。

何必以此自苦，而復苦百千萬億之人哉。故填詞之中，勿使有斷續痕，勿使有道學氣。所謂無斷續痕者，非止一齣接一齣、一人頂一人，務使承上接下，血脉相連，即於情事截然絶不相關之處，亦有連環細筭伏於其中[①]，看到後來方知其妙，如藕於未切之時，先長暗絲以待，絲於絡成之後，纔知作繭之精，此言機之不可少也。所謂無道學氣者，非但風流跌宕之曲，花前月下之情，當[②]以板腐爲戒，即談忠孝節義與説悲苦哀怨之情，亦當抑聖爲狂，寓哭於笑，如王陽明之講道學，則得詞中三昧矣。陽明登壇講學，反覆辯説"良知"二字，一愚人訊之曰："請問'良知'這件東西，還是白的？還是黑的？"陽明曰："也不白，也不黑。只是一點帶赤的，便是良知了。"照此法填詞，則離合悲歡、嘻笑怒駡，無一語一字不帶機趣而行[③]矣。予又謂：填詞種子，要在性中帶來。性中無此，做殺不佳。人問性之有無何處(從)辨識？予曰："不難。觀其説話、行文，即知之矣。説話不迂腐，十句之中定有一二句超脱；行文不板實，一篇之内但有一二段空靈；此即可以填詞之人也。不則另尋别計，不當以有用精神，費之無益之地。"噫！性中帶來一語，事事皆然，不獨填詞一節，凡作詩文書畫、飲酒鬥棋、與百工技藝之事，無一不具夙根，無一不本天授。强而後能者，畢竟是半路出家，止可冒齋飯喫，不能成佛作祖也。

戒浮泛　詞貴顯淺之説，前已道之詳矣。然一味顯淺而不知分别，則將日流粗俗，求爲文人之筆而不可得矣。元曲多犯此病，乃矯艱深隱晦之弊而過焉者也。極粗極俗之語，未嘗不入填詞，但宜從脚色起見。如在花面口中，則惟恐不粗不俗；一涉生、旦之曲，便宜斟酌其詞。無論生爲衣冠仕宦，旦爲小姐夫人，出言吐詞，當有雋雅春[④]容之度；即使生爲僕從、旦作梅香，亦須擇言而發，不與净、丑同聲。以生旦有生旦之體，净丑有净丑之腔故也。元人不察，多混用之。觀《幽閨記》之陀滿興福，乃小生脚色，初屈後伸之人也，其《避兵》曲云："遥觀廵捕卒，都是棒

① 今校：中，原作"心"，據《歷代曲話彙編》本改。
② 今校：當，原作"常"，同上改。
③ 今校：行，原作"止"，同上改。
④ 今校：春，原作"從"，同上改。

和鎗。"此花面口吻，非小生曲也。均是常談俗語，有當用於此者，有當用於彼者。又有極粗極俗之語，止更一二字，或增減一二字，便成絶新絶雅之文者。神而明之，只在一熟，當存其説，以俟其人。

填詞義理無窮，説何人肖何人，議某事切某事，文章頭緒之最繁者，莫填詞若矣。予謂總其大綱，則不出"情"、"景"二字。景書所睹，情發欲言。情自中生，景由外得。二者難易之分，判如霄壤。以情乃一人之情，説張三要像張三，難通融於李四；景乃衆人之景，寫春夏盡是春夏，止分别於秋冬。善填詞者，當爲所難，勿趨其易。批點傳奇者，每遇遊山玩水、賞月觀花等曲，見其止書所見不及中情者，有十分佳處，只好算得五分，以風雲月露之詞，工者儘多，不從此劇始也。善咏物者，妙在即景生情。如前所云《琵琶・賞月》四曲，同一月也，牛氏有牛氏之月，伯階有伯階之月，所言者月，所寓者心。牛氏所説之月，可移一句於伯階？伯階所説之月，可挪一字於牛氏乎？夫妻二人之語，猶不可挪移混用，况他人乎？人謂："此等妙曲，工者有幾？强人以所不能，是塞填詞之路也。"予曰："不然。作文之事，貴於專一。專則生巧，散乃入愚。專則易於奏工，散者難於責效。百工居肆，欲其專也；衆楚羣咻，喻其散也。舍情言景，不過圖其省力，殊不知眼前景物繁多，當從何處説起？咏花既愁遺鳥，賦月又想兼風。若使逐件鋪張，則慮事多曲少；欲以數言包括，又防事短情長。展轉推敲，已費心思幾許，何如只就本人生發，自有欲爲之事，自有待説之情，念不旁分，妙理自出。如發科發甲之人，牕下作文，每日只能一篇二篇，場中遂至七篇。牕下之一篇二篇，未必盡好，而場中之七篇，反能盡發所長而奪千人之幟者，以其念不旁分，舍本題之外，並無别題可做，只得走此一條路也。吾欲填詞家舍景言情，非責人以難，正欲其舍難就易耳。"

忌填塞　填塞之病有三：多引古事，叠用人名，直書成句。其所以致病之由亦有三：借典核以明博雅，假脂粉以見風姿，取現成以免思索。而總此三病與致病之由之故，則在一語。一語維何？曰："從未經人道破。"一經道破，則俗語云"説破不值半文錢"。再犯此病者鮮矣。古來填詞之家，未嘗不引古事，未嘗不用人名，未嘗不書現成之句，而所引所用與所書者，則有别焉。其事不取幽深，其人不搜隱僻，其句則採街談

巷議。即有時偶涉詩書，亦係耳根聽熟之語、舌端調慣之文，雖出詩書，實與街談巷議無別者。總而言之，傳奇不比文章。文章做與讀書人看，故不怪其深；戲文做與讀書人與不讀書人同看，又與不讀書之婦人小兒同看，故貴淺不貴深。使文章之設，亦爲與讀書人、不讀書人及婦人小兒同看，則①古來聖賢所傳之經傳，亦只淺而不深，如今世之爲小説矣。人曰："文士之作傳奇，與著書無别，假此以見其才也。淺則才於何見？"予曰："能於淺處見才，方是文章高手。施耐庵之《水滸》，王實甫之《西厢》，世人盡作戲文、小説看。金聖歎特標其名曰②"五才子書"、"六才子書"者，其意何居？蓋憤天下之小視其道，不知爲古今來絶大文章，故作此等驚人語以標其目。噫！知言哉。

音律第三

作文之最樂者，莫如填詞；其最苦者，亦莫如填詞。填詞之樂，詳後《賓白》之第二幅，上天入地，作佛成仙，無一不隨意到，較之南面、百城，洵有過焉者矣。至説其苦，亦有千態萬狀，擬之悲傷、疾痛、桎梏、幽囚諸逆境，殆有甚焉者。請詳言之。他種文字，隨人長短，聽我張弛，總無限定之資格。今置散體弗論，而論其分股限字與調聲叶律者。分股，則帖括時文是已。先破後承，始開終結，内分八股，股股相對，繩墨不爲不嚴矣。然其股法句法，長短由人，未嘗限之以數，雖嚴而不謂之嚴也。限字，則四六排偶之文是已。語有一定之字，字有一定之聲，對必同心，意難合掌，矩度不爲不肅矣。然止限以數，未定以位，止限以聲，未拘以格。上四下六可，上六下四亦未嘗不可；仄平平仄可，平仄仄平亦未嘗不可。雖肅而實未嘗肅也。調聲叶律又兼分股限字之文，則詩中之近體是已。起句五言，則句句五言；起句七言，則句句七言。起句用某韻，則以下俱用某韻。起句第二字用平聲，則下句第二字定用③仄聲，第三第四又復顛倒用之。前人立法，亦云苛且密矣。然起句五言，句句五

---

① 今校：則，原作"自"，據《歷代曲話彙編》本改。

② 今校：曰，原作"目"，同上改。

③ 今校：下句第二字定用，原作"以下第二字用"，同上改。

言；起句七言，句句七言；便有成法可守。想入五言一路，則七言之句不來矣。起句用某韻，以下俱用某韻。起句第二字用平聲，下句第二字定用仄聲，則拈得平聲之韻，上去入三聲之韻皆可置之不問矣。守定平仄、仄平二語，再無變更，自一首至千百首，皆出一轍，保無朝更夕改之令阻①人適從矣。是其苛猶未甚，密猶未至也。至於填詞一道，則句之長短，字之多寡，聲之平上去入，韻之清濁陰陽，皆有一定不移之格，長者短一綫不能，少者增一字不得，又復忽長忽短，時少時多，令人把握不定。當平者平，用一仄字不得；當陰者陰，换一陽字不能。調得平仄成文，又慮陰陽反覆；分得陰陽清楚，又與聲韻乖張。令人攪斷肺腸，煩苦欲絶。此等苛法，儘勾磨人。作者處此，但能布置得宜，安頓極妥，便是千幸萬幸之事，尚能計其詞品之低昂、文情之工拙乎？予襁褓識字，總角成篇，於詩書六藝之文，雖未精窮其義，然皆淺涉一過。總諸體百家而論之，覺文字之難，未有過於填詞者。予童而習之，於今老矣，尚未窺見一班，袛以管窺蛙見之識，謬語同心，虚赤幟於詞壇，以待將來作者。能於此種艱難文字顯出奇能，字字在聲音律法之中，言言無資格拘攣之苦，如蓮花生在火上，仙叟弈於橘中，始爲盤根錯節之才，八面玲瓏之筆，壽名千古，衾影何慚。而千古上下之題品文藝者，看到傳奇一種，當易心换眼，别置典刑。要知此種文字，作之可憐，出之不易。其楮墨筆硯，非同已物，有如假自他人；耳目心思，效用不能，到處爲人掣肘。非若詩賦古文，容其得意疾書，不受神牽鬼制者。七分佳處，便可許作十分；若到十分，即可敵他種文字之二十分矣。予非左袒詞家，實欲主持公道。如其不信，但請作者同拈一題，先作文一篇或詩一首，再作填詞一曲，試其孰難孰易，誰拙誰工，即知予言之不謬矣。然難易自知，工拙必須人辨。

詞曲中音律之壞，壞於《南西厢》，凡有作者，當以之爲戒，不當取之爲法。非止音律，文藝亦然。請詳言之。填詞除雜劇不論，止論全本，其文字之佳、音律之妙，未有過於《北西厢》者。自南本一出②，遂變極佳

① 今校：阻，原作"隨"，據《歷代曲話彙編》本改。

② 今校：出，原作"曲"，同上改。

者爲極不佳，極妙者爲極不妙。推其初意，亦有可原，不過因北本爲詞曲之豪，人人贊羡，但可被之管絃，不便奏諸場上，但宜於弋陽四平等俗優，不便强施於崑調，以係北曲而非南曲也。兹請先言其故。北曲一折止隸一人，雖有數人在場，其曲止出一口，從無互歌迭咏之事。弋陽、四平等腔，字多音少，一洩而盡。又有一人啟口，數人接腔者，名爲一人，實出衆口。故演《北西廂》甚易。崑調悠長，一字可抵數字，每唱一曲，又必一人始之，一人終之，無可助一臂者。以長江大河之全曲，而專責一人，即有銅喉鐵齒，其能勝此重任乎？此北本雖佳，吴音不能奏也。作《南西廂》者，意在補此缺陷，遂割裂其詞，增添其白，易北爲南，撰成此劇，亦可謂善用古人、喜傳佳事者矣。然自予論之，此人之於作者，可謂功之首而罪之魁矣。所謂功之首者，非得此人，則俗優競演，雅調無聞，作者苦心，雖傳實没。所謂罪之魁者，千金狐腋，剪作鴻毛，一片精金，點成頑鐵①，若是者何？以其有用古之心而無其具也。今之觀演此劇者，但知關目動人，詞曲悦耳，亦曾細嘗其味、深繹其詞乎？使讀書作古之人，取《西廂》南本一閲，句櫛字比，未有不廢卷掩鼻，而怪穢氣薰人者也。若曰詞曲情文不浹，以其就北本增删，割彼凑此，自難貼合，雖有才力無所施也。然則賓白之文，皆由己作，並未依傍原本，何以有才不用，有力不施，而爲俗口鄙惡之談，以穢聽者之耳乎？且曲文之中，儘有不就原本增删，或自填一折以補原本之缺略，自撰一曲以作諸曲之過文者，此則束縛無人，操縱由我，何以有才不用，有力不施，亦作勉强支吾之句，以混觀者之目乎？使王實甫復生，看演此劇，非狂叫怒駡，索改本而付之祝融，即痛哭流涕，對原本而悲其不幸矣。嘻，續《西廂》者之才，去作《西廂》者止争一間，觀者羣加非議，謂《驚夢》以後諸曲，有如狗尾續貂。以彼之才，較之作《南西廂》者，豈特奴婢之於郎主，直帝王之視乞丐。乃今之觀者，彼施責備，而此獨包容，已不可解，且令家尸户祝，居然配饗《琵琶》，非特實甫呼冤，且使則誠號屈矣。予生平最惡弋陽、四平等劇，見則趨而避之，但聞其搬演《西廂》，則樂觀恐後。何也？以其腔調雖惡，而曲文未改，仍是完全不破之《西廂》，非改頭换面、折手跛

---

① 今校：鐵，原作“石”，據《歷代曲話彙編》本改。

足之《西厢》也。南本則聾瞽喑啞、馱背折腰諸惡狀,無一不備於身矣。此但責其文詞,未究音律。從來詞曲之旨,首嚴宫調,次及聲音,次及字格。九宫十三調,南曲之門户也。小齣可以不拘,其成套大曲則分門别户各有依歸,非但彼此不可通融,次第亦難紊亂。此劇只因改北成南,遂①變盡詞場格局。或因前曲與前曲字句相同,後曲與後曲體段不合,遂向别宫别調隨取一曲以聯絡之,此宫調之不能盡合也。或彼曲與此曲牌名巧湊,其中但有一二句字數不符,如其可增可減,即增減就之,否則任其多寡,以解補湊不來之厄,此字格之不能盡符也。至於平仄、陰陽,與逐句所叶之韻,較此二者,其難十倍,誅之將不勝誅,此聲音之不能盡叶也。詞家所重在此三者,而三者之弊未嘗缺一,能使天下相傳,久而不廢,豈非咄咄怪事乎?更可異者,近日詞人因其熟于梨園之口,習于觀者之目,謂此曲第一當行,可以取法,用作曲譜。所填之詞,凡有不合成律者,他人執而訊之,則曰:"我用《南西厢》某折作對子,如何得錯?"噫!玷《西厢》名目者,此人;壞詞場矩度者,此人;誤天下後世之蒼生者,亦此人也。此等情弊,予不急爲拈出,則《南西厢》之流毒,當至何年何代而已乎?

向在都門,魏貞庵相國取崔鄭合葬墓誌銘示予,命予作《北西厢》翻本,以正從前之謬。予謝不敏,謂:"天下已傳之書,無論是非可否,悉宜聽之,不當奮其死力與較短長。較之而非,舉世起而非我;即較之而是,舉世亦起而非我。何也?貴遠賤近,慕古薄今,天下之通情也。誰肯以千古不朽之名人,抑之使出時流下?彼文足以傳世,業有明徵;我力足以降人,尚無實據。以無據敵有徵,其敗可立見也。"時龔芝麓先生亦在座,與貞庵相國均以予言爲然。向有一人欲改《北西厢》,又有一人欲續《水滸傳》,同商於余。余曰:"《西厢》非不可改,《水滸》非不可續,然無奈二書已傳,萬口交贊,其高踞詞壇之坐位,業如泰山之穩、磐石之固,欲遽叱之使起,而讓席於余,此萬不可得之數也。無論所改之《西厢》、所續之《水滸》未必可繼後塵,即使高出前人數倍,吾知舉世之人,不約而同,皆以'續貂、蛇足'四字爲新作之定評矣。"二人唯唯而去。此予由衷之言,向以

① 今校:遂,原作"逆",據《歷代曲話彙編》本改。

誡人，而今不以之繩己，動數前人之過者，其意何居？曰："存其是也。放鄭聲者，非讎鄭聲，存雅樂也。闢異端者，非讐異端，存正道也。子之力斥《南西廂》，非讐《南四廂》，欲存《北西厢》之本來面目也。若謂前人盡不可議，前書盡不可毁，則楊朱、墨翟亦是前人，鄭聲未必無底本，有之亦是前書，何以古聖賢放之闢之，不遺餘力哉。"予又謂：《北西厢》不可改，《南西厢》則不可不翻。何也？世人喜觀此劇，非故嗜痂，因此劇之外别無善本，欲睹崔、張舊事，舍此無由。地乏硃砂，赤土爲佳，《南西厢》之得以浪傳，職是故也。使得一人焉，起而痛反其失，别出新裁，創爲南本，師實甫之意，而不必更襲其詞，祖漢卿之心，而不獨僅續其後，若與《北西厢》角勝争雄，則可謂難之又難，若止與《南西厢》賭長較短，則猶恐屑而不屑。予雖乏才，請當斯任，救饑有暇，當即拈毫。

《南西厢》翻本既不可無，予又因此及彼，而有志於《北琵琶》一劇。蔡中郎夫婦之傳，即以"琵琶"得名，則"琵琶"二字乃一篇之主。而當年作者何以僅標其名，不見拈弄其實？使趙五娘描容之後，果然身背琵琶往别張太公，彈出北曲哀聲一大套，使觀者聽者涕泗横流，豈非《琵琶記》中一大暢事？而當年見不及此者，豈元人各有所長，工南詞者不善製北曲耶？使王實甫作《琵琶》，吾知與千載後之李笠翁必有同心矣。予雖乏才，亦不敢不當斯任。向填一折付優人，補則誠原本之不逮，兹已附入四卷之末，尚思擴爲全本，以備詞人採擇。如其可用，譜爲絃索新聲，若是則《南西厢》、《北琵琶》二書可以並行。雖不敢望追踪前哲，並轡時賢，但能保與自手所填諸曲，如已經行世之前後八種及已填未刻之内外八種，合而較之，必有淺深疏密之分矣。然著此二書，必須杜門累月，竊恐饑來驅人，勢不由我。安得雨珠雨粟之天，爲數十口家人籌生計乎？傷哉貧也！

恪守詞韻　一齣用一韻到底，半字不容出入，此爲定格。舊曲韻雜，出入無常者，因其法制未備，原無成格可守，不足怪也。既有《中原音韻》一書，則有畛域畫定，寸步不容越矣。常見文人製曲，一折之中，定有一二出韻之字。非曰明知故犯，以偶得好句，不在韻中，而又不肯割愛，故勉强入之，以快一時之目者也。杭有才人李孚中者，所製《綰春園》《息宰河》二劇，不施浮采，純用白描，大是元人後勁。予初閲時，不

忍釋卷，及考其聲韻，則一無定軌，不惟偶犯數字，竟以“寒山”、“桓歡”二韻合爲一處用之，又有以“支思”、“齊微”、“魚模”三韻並用者，甚至以“真文”、“庚青”①、“侵尋”三韻，不論開口閉口，同作一韻用者。長於用才而短於擇術，致使佳調不傳，殊可痛惜。夫作詩填詞，同一理也。未有沈休文詩韻以前，大同小異之韻，或可叶入詩中；既有此書，即三百篇之風人復作，亦當俯就範圍。李白詩仙，杜甫詩聖，其才豈出沈約下？未聞以才思縱横，而躍出韻外，況其他乎？設有一詩於此，言言中的，字字驚人，而以“一東”、“二冬”並叶，或“三江”、“七陽”互施，吾知司選政者必加擯黜，豈有以才高句美而破格收之者乎？詞家繩墨，只在譜、韻二書，合譜合韻，方可言才。不則八斗難克升合，五車不敵片紙，雖多雖富，亦奚以爲。

凜遵曲譜　曲譜者，填詞之粉本，猶婦人之刺綉之花樣也。描一朵，刺一朵；畫一葉，綉一葉。拙者不可稍減，巧者亦不能略增。然花樣無定式，儘可日異月新；曲譜則愈舊愈佳，稍稍趨新，則以毫釐之差，而成千里之謬。情事新奇百出，文章變化無窮，總不出譜内刊成之定格。是束縛文人，而使有才不得自展者，曲譜是也；私厚詞人，而使有才得以獨展者，亦曲譜是也。使曲無定譜，亦可日異月新，則凡屬淹通文藝者，皆可填詞，何元人、我輩之足重哉！“依樣畫葫蘆”一語，竟似爲填詞而發。妙在依樣之中，別出好歹。稍有一綫之出入，則葫蘆體樣不圓，非近于方，則類乎匾矣，葫蘆豈易畫者哉！明朝三百年，善畫葫蘆者，止有湯臨川一人，而猶有病其聲韻偶乖、字句多寡之不合者。甚矣，畫葫蘆之難，而一定之成樣不可擅改也。

曲譜無新，曲牌名有新。蓋詞人好奇嗜巧，而又不得展其伎倆，無可奈何，故以二曲、三曲合爲一曲，熔鑄成名，如〔金索掛梧桐〕、〔傾杯賞芙蓉〕、〔倚馬待風雲〕之類是也。此皆老於詞學、文人善歌者能之，不則上調不接下調，徒受歌者揶揄。然音調雖協，亦須文理貫通，始可串離使合。如〔金絡索〕、〔梧桐樹〕是兩曲，串爲一曲，而名曰〔金索掛梧桐〕，以金索掛樹，是情理所有之事也。〔傾杯序〕、〔玉芙蓉〕是兩曲，串爲一

① 今校：庚青，原缺“青”字，據《歷代曲話彙編》本補。

曲，而名曰〔傾杯賞芙蓉〕，傾杯酒而賞芙蓉，雖係捏成，猶口頭語也。〔駐馬聽〕、〔一江風〕、〔駐雲飛〕是三曲，串爲一曲，而名曰〔倚馬待風雲〕，倚馬而待風雲之會，此語即入詩文中，亦自成句。凡此，皆係有倫有脊之言，雖巧而不厭其巧。竟有只顧串合，不詢文義之通塞、事理之有無，生扭數字作曲名者，殊失顧名思義之體，反不若前人不列名目，只以"犯"字加之。如本曲〔江兒水〕而串入二别曲，則曰〔二犯江兒水〕；本曲〔集賢賓〕而串入三别曲，則曰〔三犯集賢賓〕。又有以"攤破"二字概之者，如本曲〔簇禦林〕、本曲〔錦地花〕而串入二别曲，則曰〔攤破簇禦林〕、〔攤破錦地花〕之類，何等渾然，何等藏拙！更有以十數曲串爲一曲，而標以總名，如〔六犯清音〕、〔七賢過關〕、〔九廻腸〕、〔十二峰〕之類，更覺渾雅。予謂串舊作新，終是填詞未着。只求文字好、音律正，即牌名舊殺，終覺新奇可喜。如以極新極美之名，而填以庸腐乖張之曲，誰其好之？善惡在實，不在名也。

魚模當分　詞曲韻書，止靠《中原音韻》一種。此係北韻，非南韻也。十年之前，武林陳次升先生欲補此缺陷，作《南詞音韻》一書，工垂成而復輟，殊爲可惜。予謂南韻深渺，卒難成書，填詞之家即將《中原音韻》一書就平、上、去三音之中，抽出入聲字，另爲一聲，私置案頭，亦可暫備南詞之用。然此猶可緩，更有急於此者，則"魚模"一韻，斷宜分别爲二。"魚"之與"模"，相去甚遠，不知周德清當日何故比而同之，豈倣沈休文詩韻之例，以"元"、"繁"、"孫"三韻合爲十三元之一韻，必欲於純中示雜，以存大音希聲之一綫耶？無論一曲數音，聽到歇脚處，覺其散漫無歸，即我輩置之案頭，自作文字讀，亦覺字句聱牙，聲韻逆耳。倘有詞學專家，欲其文字與聲音媲美者，當令"魚"自"魚"而"模"自"模"，兩不相混，斯爲極妥。即不能全齣皆分，或每曲各爲一韻，如前曲用"魚"，則用魚韻到底，後曲用"模"，則用模韻到底，猶之一詩一韻，後不同前，亦簡便可行之法也。自愚見推之，作詩用韻，亦當倣此，另鈔"元"字一韻，區别爲三，拈得十三元者，首句用"元"，則用"元"韻到底，凡涉"繁"、"孫"二韻者勿用；拈得"繁"、"孫"者亦然。出韻則犯詩家之忌，未有以用韻太嚴，而反來指謫者也。

廉監宜避　"侵尋"、"監咸"、"廉纖"三韻，同屬閉口之音。而"侵

尋”一韻較之“監咸”、“廉纖”，獨覺稍異。每至①收音處，“侵尋”閉口而其音猶帶清亮。至“監咸”、“廉纖”二韻則微有不同。此二韻者，以作急板小曲則可，若填悠揚大套之詞，則宜避之。《西厢》：“不念法華經，不理梁王懺。”一折用之者，以出惠明口中，聲口恰相合耳。此二韻宜避者，不止單爲聲音，以其一韻之中，可用者不過數字，餘皆險僻②艱生，備而不用者也。若惠明曲中之“揞”字、“攙”字、“燀”字、“䐶”字、“餡”字、“醃”字、“颭”字，惟惠明可用，亦惟才大如天之王實甫能用。以第二人作《西厢》，即不敢用此險韻矣。初學填詞者不知，每於一折開手處誤用此韻，致累全篇無好句。又有作不終篇，棄去此韻而另作者，失計妨時，故用韻不可不擇。

拗句難好　音律之難，不難於鏗鏘順口之文，而難於倔彊聱牙之句。鏗鏘順口者，如此字聲韻不合，隨取一字换之，縱横順逆，皆可成文，何難一時數曲。至於倔彊聱牙之句，即不拘音律，任意揮寫，尚難見才，况有清濁、陰陽、及明用韻、暗用韻、又斷斷不宜用韻之成格，死死限在其中乎？詞名之最易填者，如〔皂羅袍〕、〔醉扶歸〕、〔解三酲〕、〔步步嬌〕、〔園林好〕、〔江兒水〕等曲，韻脚雖多，字句雖有長短，然讀者順口，作者自能隨筆。即有一二句宜作拗體，亦如詩内之古風，無才者處此，亦能勉力見才。至如〔小桃紅〕、〔下山虎〕等曲，則有最難下筆之句矣。《幽閨記》〔小桃紅〕之中段云：“輕輕將袖兒掀，露春纖，盞兒拈，低嬌面也。”每句只三字，末句叶韻，而每句之第二字，又斷該用平，不可犯③仄。此等處，似難而尚未盡難。其〔下山虎〕云：“大人家體面委實多般。有眼何曾見？懶能向前，弄盞傳杯，恁般腼腆。這裹新人忒殺虔，待推怎地展？主婚人不見憐，配合夫妻事，事非偶然。好惡姻緣總在天。”只須“懶能向前”、“待推怎地展”、“事非偶然”之三句，便能攪斷詞腸。“懶能向前”、“事非偶然”二句，每句四字，兩平兩仄，末字叶韻。“待推怎地展”一句五字，末字叶韻，五字之中，平居其一，仄居其四。此等拗句，如

① 今校：至，原作“止”，據《歷代曲話彙編》本改。
② 今校：僻，原作“韻”，同上改。
③ 今校：犯，原作“用”，同上改。

何措手！南曲中此類極多，其難有十倍於此者，若逐個牌名援引，則不勝其繁，而觀者厭矣；不引一二處定其難易，人又未必盡曉。兹只隨拈舊詩一句，顛倒聲韻以喻之。如“云淡風清近午天”，此等句法，自然容易見好；若變爲“風輕雲淡近午天”，則雖有好句，不奪目矣。况“風輕雲淡近午天”七字之中，未必言言合律，或是陰陽相左，或是平仄尚①乖，必須再易數字始能合拍，或改爲“風輕雲淡午近天”，或又改爲“風輕午近雲淡天”。此等句法，揆之音律則或諧矣，若以文理繩之，尚得名爲詞曲乎？海内觀者肯曰此句爲音律所限，自難求工，姑爲體貼人情之善念而恕②之乎？曰：“不能也。”既曰不能，則作者將删去此句而不作乎？抑自創一格而暢我所欲言乎？曰：“亦不能也。”然則攻此道者，亦甚難矣。變難成易，其道何居？曰：“有一方便法門，詞人或有行之者，未必盡有知之者。行之者偶然合拍，如路逢故人，出之不意，非我知其在路而往投之也。凡作倔彊聱牙之句，不合自造新言，只當引用成語。成語在人口頭，即稍更數字，略變聲音，念來亦覺順口。新造之句，一字聱牙，非止念不順口，且令人不解其意。今亦隨拈一二句試之。如“柴米油鹽醬醋茶”，口頭語也，試變爲“油鹽柴米醬醋茶”，或再變爲“醬醋油鹽柴米茶”，未有不明其義、不辨其聲者。“東邊日出西邊雨，道是無情却有情”，口頭語也，試將上句變爲“日出東邊西邊雨”，下句變爲“道是有情却無情”，亦未有不明其義、不辨其聲者。若使新造之言而作此等拗句，則幾與海外方言無别，必經重譯而後知之矣。即取前引《幽閨》之二句，定其工拙。“懶能向前”、“事非偶然”二句，皆拗體也。“懶能向前”一句，係作者新搆，此句便覺生澀，讀不順口；“事非偶然”一句，係家常俗語，此句便覺自然，讀之溜亮。豈非用成語易工，作新句難好之驗乎？予作傳奇文數十種，所謂“三折肱爲良醫”，此折肱語也。因覓知音，盡傾肝膈。孔子云：“益者三友，友直，友諒，友多聞。”多聞吾不敢居，請自呼爲直、諒。

合韻易重　句末一字之當叶者，名爲韻脚。一曲之中，有幾韻脚，

---

① 今校：尚，原作“相”，據《歷代曲話彙編》本改。

② 今校：恕，原作“忽”，同上改。

前後各别，不可犯重。此理誰不知之？誰其犯之？所不盡知而易犯者，惟有“合前”數句。兹請先言“合前”之故。同一牌名而爲數曲者，止於首隻列名，其後在南曲則曰“前腔”，在北曲則曰“么篇”，猶詩題之有其二、其三、其四也。末後數語，有前後各别者，有前後相同，不復另作，名爲“合前”者。此雖詞人躲懶法，然付之優人，實有二便：初學之時少讀數句新詞，省費幾番記憶，一便也；登場之際，前曲各人分唱，“合前”之曲必通場合唱，既省精神，又不寂寞，二便也。然“合前”之韻脚，最易犯重。何也？大凡作首曲，則知查韻用過之字，不肯復用。迨做到第二、三曲，則止圖省力，但做前詞，不顧後語，置“合前”數句於度外，謂前曲已有，不必費心。而烏知此數句之韻脚，在前曲則語語各别，湊入此曲，焉知不有偶合者乎？故作前腔之曲，而有“合前”之句者，必將末後數句之韻脚緊記在心，不可復用，作完之後，又必再查，始能不犯此病。此就韻脚而言也，韻脚犯重，猶是小病，更有大於此者，則在詞意與人不相合。何也？“合前”之曲，既使同唱，則此數句之詞意必有同情。如生、旦、净、丑四人在場，生、旦之意如是，净、丑之意亦如是，即可謂之同情，即可使之同唱。若生、旦如是，净、丑未盡如是，則兩情不一，已無同唱之理；况有生、旦如是，净、丑必不如是，則豈有相反之曲而同唱者乎？此等關竅，若不經人道破，則填詞之家既顧陰陽平仄，又調①角徵宫商，心緒萬端，豈能復籌及此？予作是編，其於詞學之精微，則萬不得一；如此等粗淺之論，則可謂知無不言，言無不盡者矣。後來作者，當錫予一字，命曰“詞奴”，以其爲千古詞人嘗效紀綱奔走之力也。

慎②用上聲　平上去入四聲，惟上聲一音最别。用之詞曲，較他音獨低；用之賓白，又較他音獨高。填詞者每用此聲，最宜斟酌。此聲利於幽静之詞，不利於發揚之曲。即幽静之詞，亦宜偶用、間用，切忌一句之中連用二、三、四字。蓋曲到上聲字，不求低而自低，不低則此字唱不出口。如十數字高，而忽有一字之低，亦覺抑揚有致。若重複數字皆低，則不特無音，且無曲矣。至於發揚之曲，每到喫緊關頭，即當用陰字

---

① 今校：調，原作“謂”，據《歷代曲話彙編》本改。

② 今校：慎，原作“填”，同上改。

而易以陽字,尚不發調,况爲上聲之極細者乎?予嘗謂物有雌雄,字亦有雌雄。平、去、入三聲以及陰字,乃字與聲之雄飛者也;上聲及陽字,乃字與聲之雌伏者也。此理不明,難於製曲。初學填詞者,每犯抑揚倒置之病,其故何居?正爲上聲之字入曲低而入白①反高耳。詞人之能度曲者,世間頗少。其握管撚髭之際,大約口内吟哦,皆同説話,每逢此字,即作高聲。且上聲之字,出口最亮,入耳極清,因其高而且清,清而且亮,自然得意疾書。孰知唱曲之道與此相反,念來高者唱出反低,此文人妙曲利於案頭而不利於場上之通病也。非笠翁爲千古癡人,不分一毫人我,不留一點渣滓者,孰肯盡出家私底蘊,以博慷慨好義之虚名乎?

少填入韻　入聲韻脚,宜於北而不宜於南。以韻脚一字之音,較他字更須明亮,北曲止有三聲,有平、上、去而無入,用入聲字作韻脚,與用他聲無異也。南曲四聲俱備,遇入聲之字,定宜唱作入聲,稍類三音,即同北調矣。以北音唱南曲,可乎?予每以入韻作南詞,隨口念來,皆似北調,是以知之。若填北曲,則莫妙於此,一用入聲,即是天然北調。然入聲韻脚最易見才,而又最難藏拙,工於入韻,即是詞壇祭酒。以入韻之字,雅馴自然者少,粗俗倔强者多,填詞老手,用慣此等字樣,始能點鐵成金。淺乎此者,運用不來,鎔鑄不出,非失之太生,則失之太鄙。但以《西厢》、《琵琶》二劇,較其短長:作《西厢》者,工於北調,用入韻是其所長,如《鬧會》曲中"二月春雷響殿角"、"早成就幽期密約"、"内性兒聰明,冠世才學,扭捏着身子,百般做作","角"字、"約"字、"學"字、"作"字,何等馴雅,何等自然;《琵琶》工於南曲,用入韻是其所短,如《描容》曲中"兩處堪悲,萬愁怎摸",愁是何物,而可摸乎?入聲韻脚宜北不宜南之論,蓋爲初學者設,久於此道而得三昧者,則左之右之,無不宜之矣。

别解務頭　填詞者必講務頭。然"務頭"二字,千古難明。《嘯餘譜》中載"務頭"一卷,前後臚列,豈止萬言,究竟"務頭"二字,未經説明,不知何物,止於卷尾開列諸舊曲以爲體樣,言:"某曲中第幾句是務頭,

① 今校:入曲低而入白,原作"入即低而人曰",據《歷代曲話彙編》本改。

其間陰陽不可混用，去上、上去等字不可混施。”若跡此求之，則除却此句之外，其平仄、陰陽皆可混用混施而不論矣。又云：“某句是務頭，可施俊語於其上。”若是，則一曲之中止該用一俊語，其餘字句皆可潦草塗鴉而不必計其工拙矣。予謂立言之人，與當權秉軸者無異。政令之出，關乎從違，斷斷可從，而後使民從之，稍背於此者，即在當違之列。鑿鑿能信，始可發令。措詞又須言之極明，論之極暢，使人一目了然。今單提某句爲“務頭”，謂陰陽、平仄斷宜加嚴，俊語可施於上，此言未嘗不是；其如舉一廢百，當從者寡，當違者衆，是我欲加嚴，而天下之法律反從此而寬矣。況又囁嚅其詞，吞多吐少，何所取義而稱爲“務頭”，絶無一字之詮釋。然則“葫蘆提”三字，何以服天下？吾恐狐疑者讀之愈重其狐疑，明了者觀之頓喪其明了，非立言之善策也。予謂：“‘務頭’二字，既然不得其解，只當以不解解之。曲中有‘務頭’，猶棋中有眼，有此則活，無此則死。進不可戰，退不可守者，無眼之棋，死棋也；看不動情，唱不發調者，無‘務頭’之曲，死曲也。一曲有一曲之‘務頭’，一句有一句之‘務頭’，字不聱牙，音不泛調，一曲中得此一句即使全曲皆靈，一句中得此一二字即使全句皆健者，‘務頭’也。由此推之，則不特曲有‘務頭’，詩詞歌賦以及舉子業，無一不有‘務頭’矣。人亦照譜按格，發舒性靈，求爲一代之傳書而已矣，豈得爲謎語欺人者所惑，而阻塞詞源，使不得順流而下乎？”

賓白第四

自來作傳奇者，止重填詞，視賓白爲末着。常有白雪陽春其調，而巴人下里其言者，予竊怪之。原其所以輕此之故，殆有説焉。元以填詞擅長，名人所作，北曲多而南曲少。北曲之介白者，每折不過數言。即抹去賓白而止閱填詞，亦皆一氣呵成，無有斷續，似併此數言亦可略而不備者。由是觀之，則初時止有填詞，其介白之文，未必不係後來添設。在元人則以當時所重不在於此，是以輕之。後來之人，又謂元人尚在不重，我輩工此何爲？遂不覺日輕一日，而竟置此道於不講也。予則不然，嘗謂曲之有白，就文字論之，則猶經文之於傳註；就物理論之，則如棟樑之於榱桷；就人身論之，則如肢體之於血脉；非但不可相無，且覺稍

有不稱,即因此賤彼,竟作無用觀者。故知賓白一道,當與曲文等視,有最得意之曲文,即當有最得意之賓白,但使筆酣墨飽,其勢自能相生。常有因得一句好白而引起無限曲情,又有因填一首好詞而生出無窮話柄者,是文與文自相觸發,我止樂觀厥成,無所容其思議。此係作文恒情,不得幽渺其説而作化境觀也。

聲務鏗鏘　賓白之學,首務鏗鏘。一句聱牙,俾聽者耳中生棘;數言清亮,使觀者倦處生神。世人但以"音韻"二字,用之曲中,不知賓白之文,更宜調聲協律。世人但知四六之句,平間仄、仄間平,非可混施叠用,不知散體之文,亦復如是。"平仄仄平平仄仄,仄平平仄仄平平"二語,乃千古作文之通訣,無一語一字可廢聲音者也。如上句末一字用平,則下句末一字定宜用仄;連用二平,則聲帶喑啞,不能聳聽。下句末一字用仄,則接此一句之上句,其末一字定宜用平;連用二仄,則音類咆哮,不能悦耳。此言通篇之大較,非逐句逐字皆然也。能以作四六平仄之法,用於賓白之中,則字字鏗鏘,人人樂聽,有"金聲擲地"之評矣。

聲務鏗鏘之法,不出平仄、仄平二語是已。然有時連用數平,或連用數仄,明知聲欠鏗鏘,而限於情事,欲改平爲仄、改仄爲平,而決無平聲、仄聲之字可代者,此則千古詞人未窮其秘。予以探驪覓珠之苦入萬丈深潭者,既久而後得之。以告同心,雖示無私,然未免可惜。字有四聲,平、上、去、入是也。平居其一,仄居其三,是上去入三聲皆麗於仄。而不知上之爲聲,雖與去入無異,而實可介於平、仄之間,以其别有一種聲音,較之於平則略高,比之去、入則又略低。古人造字審音,使居平、仄之介,明明是一過文,由平至仄,從此始也。譬如四方聲音,到處各别,吴有吴音,越有越語,相去不啻天淵。而一至接壤之處,則吴越之音相半,吴人聽之覺其同,越人聽之亦不覺其異。晉楚燕秦以至黔蜀,在在皆然,此即聲音之過文,猶上聲介於平、去、入之間也。作賓白者,欲求聲韻鏗鏘,而限於情事,求一可代之字而不得者,即當用此法以濟其窮。如兩句三句皆平,或兩句三句皆仄,求一可代之字而不得,即用一上聲之字介乎其間,以之代平可,以之代去入亦可。如兩句三句皆平,間一上聲之字,則其聲是仄,不必言矣;即兩句三句皆去聲入聲,而間一上聲之字,則其字明明是仄,而却似平,令人聽之不知其爲連用數仄者。

此理可解而不可解，此法可傳而實不當傳，一傳之後，則遍地金聲，求一瓦缶之鳴而不可得矣。

語求肖似　文字之最豪宕、最風雅、作之最健人脾胃者，莫過填詞一種。若無此種，幾於悶殺才人，困死豪傑。予生憂患之中，處落魄之境，自幼至長，自長至老，總無一刻舒眉。惟於製曲填詞之頃，非但鬱藉以舒，慍爲之解，且嘗僭作兩間最樂之人，覺富貴榮華，其受用不過如此，未有真境之爲所欲爲，能出幻境縱横之上者。我欲做官，則頃刻之間便臻榮貴；我欲致仕，則轉盼之際又入山林；我欲作人間才子，即爲杜甫李白之後身；我欲娶絶代佳人，即作王嬙西施之元配；我欲成仙作佛，則西天蓬島，即在硯池筆架之前；我欲盡孝輸忠，則君治親年，可躋堯舜彭錢之上。非若他種文字，欲作寓言，必須遠引曲譬，蘊藉包含。十分牢騷，還須留住六七分；八斗才學，止可使出二三升。稍欠和平，略施縱送，即謂失風人之旨，犯佻達之嫌。求爲家絃户誦者，難矣。填詞一家，則惟恐其蓄而不言，言之不盡。是則是矣，須知暢所欲言，亦非易事。言者，心之聲也。欲代此一人立言，先宜代此一人立心。若非夢往神遊，何謂設身處地。無論立心端正者，我當設身處地，代生端正之想；即遇立心邪辟者，我亦當舍經從權，暫爲邪辟之思。務使心曲隱微，隨口唾出，説一人肖一人，勿使雷同，弗使浮泛，若《水滸傳》之敘事，吴道子之寫生，斯稱此道中之絶技。果能若此，即欲不傳，其可得乎？

詞别繁減　傳奇中賓白之繁，實自①予始，海内知我者與罪我者半。知我者曰："從來賓白作説話觀，隨口出之即是。笠翁賓白當文章做，字字俱費推敲。從來賓白只要紙上分明，不顧口中順逆。常有觀刻本極其透徹，奏之場上便覺糊塗者。豈一人之耳目，有聰明瞢瞶之分乎？因作者只顧揮毫，並未設身處地，既以口代優人，復以耳當聽者，心口相維，詢其好説不好説、中聽不中聽，此其所以判然之故也。笠翁手則握筆，口却登場。全以身代梨園，復以神魂四繞，考其關目，試其聲音，好則直書，否則擱筆，此其所以觀聽咸宜也。"罪我者曰："填詞既曰'填詞'，即當以詞爲主。賓白既名'賓白'，明言白乃其賓，奈何反主作客，

---

① 今校：自，原作"白"，據《歷代曲話彙編》本改。

而犯樹大於根之弊乎？”笠翁曰：“始作俑者實實爲予，責之誠是也。但其敢於若是與其不得不若是者，則均有説焉。請先白其不得不若是者。前人賓白之少，非有一定當少之成格。蓋彼只以填詞自任，留餘地以待優人，謂引商刻羽我爲政，飾聽美觀彼爲政，我以約略數言，示之以意，彼自能增益成文。如今世之演《琵琶》、《西厢》、《荆》、《劉》、《拜》、《殺》等曲，曲則仍之，其間賓白、科諢等事，有幾處合於原本，以寥寥數言塞責者乎？且作新與演舊有别。《琵琶》、《西厢》、《荆》、《劉》、《拜》、《殺》等曲，家絃户誦已久，童叟男婦皆能備悉情由，即使一句賓白不道，止唱曲文，觀者亦能默會。是其賓白繁減，可不問也。至於新演一劇，其間情事，觀者茫然。詞曲一道止能傳聲，不能傳情，欲觀者悉其顛末、洞其幽微，單靠賓白一着。予非不圖省力，亦留餘地以待優人，但優人之中智愚不等，能保其增益成文者悉如作者之意，毫無贅疣蛇足於其間乎？與其留餘地以待增，不若留餘地以待減。減之不當，猶存作者深心之半，猶病不服藥之得中醫也。此予不得不若是之故也。至其敢於若是者，則謂千古文章總無定格，有創始之人，即有守成不變之人；有守成不變之人，即有大仍其意、小變其形，自成一家而不顧天下非笑之人。古來文字之正變爲奇、奇翻爲正者，不知凡幾，吾不具論，止以多寡增益之數論之。《左傳》、《國語》，紀事之書也，每一事不過數行，每一語不過數字，初時未病其少。殆班固之作《漢書》、司馬遷之爲《史記》，亦紀事之書也，遂益數行爲數十百行，數字爲數十百字，豈有病其過多而廢《史記》《漢書》於不讀者乎？此言少之可變爲多也。詩之爲道，當日但有古風。古風之體，多則數十百句，少亦十數句，初時亦未病其多。殆近體一出，則約數十百句爲八句；絶句一出，又斂八句爲四句；豈有病其漸少，而選詩之家止載古風，删近體絶句於不録者乎？此言多之可變爲少也。總之，文字短長，視其人之筆性。筆性遒勁者，不能强之使長；筆性縱肆者，不能縮之使短。文患不能長，又患其可以不長而必欲使之長。如其能長而又使人不可删逸，則雖爲賓白中之古風、《史》、《漢》，亦何患哉。予則烏能當此，但爲糠粃之導，以俟後來居上之人”。

予之賓白雖有微長，然初作之時，竿頭未進，常有當儉不儉，因留餘幅以俟剪裁，遂不覺流爲散漫者。自今觀之，皆吴下阿蒙手筆也。如其

天假以年，得於所傳十種之外别有新詞，則能保爲犬夜鷄晨。嗚乎！其所當鳴，默乎其所不得不默者矣。

字分南北　北曲有北音之字，南曲有南音之字，如南音自呼爲"我"，呼人爲"你"，北音呼人爲"您"，自呼爲"俺"、爲"咱"之類是也。世人但知曲内宜分，烏知白隨曲轉，不應兩截。此一折之曲爲南，則此一折之白悉用南音之字；此一折之曲爲北，則此一折之白悉用北音之字。時人傳奇，多有混用者。即能間施於净、丑，不知加嚴於生、旦；止能分用於男子，不知區别於婦人。以北字近於粗豪，易入剛勁之口；南音悉多嬌媚，便施窈窕之人。殊不知聲音駁雜，俗語呼爲"兩頭蠻"。説話且然，况登場演劇乎？此論爲全套南曲、全套北曲者言之。南北相間，如〔新水令〕、〔步步嬌〕之類，則在所不拘。

文貴潔净　白不厭多之説，前論極詳，而此復言潔净。潔净者，簡省之别名也。潔則忌多，減始能净，二説不無相悖乎？曰："不然。"多而不覺其多者，多即是潔；少而尚病其多者，少亦近蕪。予所謂多，謂不可删逸之多，非唱沙作米、强鳧變鶴之多也。作賓白者，意則期多，字惟求少，愛雖難割，嗜亦宜專。每作一段，即自删一段，萬不可删者始存，稍有可削者即去。此言逐齣初填之際，全稿未脱之先，所謂慎之於始也。然我輩作文，常有人以爲非，而自認作是者；又有初信爲是，而後悔其非者。文章出自己手，無一非佳；詩賦論其初成，無語不妙。迨易日經時之後，取而觀之，則妍媸好醜之間非特人能辨别，我亦自解雌黄矣。此論雖説填詞，實各種詩文之通病，古今才士之恒情也。凡作傳奇，當於開筆之初，以至脱稿之後，隔日一删，逾月一改，始能淘沙得金，無瑕瑜互見之失矣。此説予能言之，不能行之者，則人與我中①分其咎。予終歲饑驅，杜門日少，每有所作，率多草草成篇。章名急就，非不欲删，非不欲改，無可删可改之時也。每成一劇，纔落毫端，即爲坊人攫去，下半猶未脱稿，上半業已災梨。非止災梨，彼伶工之捷足者，又復災其肺腸，災其唇舌，遂使一成不改，終爲痼疾難醫。予非不務潔净，天實使之，謂之何哉。

---

① 今校：中，原作"各"，據《歷代曲話彙編》本改。

意取尖新　“纖巧”二字，行文之大忌也，處處皆然，而獨不戒於傳奇一種。傳奇之爲道也，愈纖愈密，愈巧愈精。詞人忌在“老實”，“老實”二字，即“纖巧”之讎家敵國也。然“纖巧”二字，爲文人鄙賤已久，言之似不中聽。易以“尖新”二字，則似變瑕成瑜。其實“尖新”即是“纖巧”，猶之暮四朝三，未嘗稍異同一話也，以尖新出之，則令人眉揚目展，有如聞所未聞；以老實出之，則令人意懶心灰，有如聽所不必聽。白有“尖新”之文，文有“尖新”之句，句有“尖新”之字，則列之案頭，不觀則已，觀則欲罷不能；奏之場上，不聽則已，聽則求歸不得。尤物足以移人，“尖新”二字，即文中之尤物也。

少用方言　填詞中方言之多，莫過於《西厢》一種。其餘今詞古曲，在在有之。非止詞曲，即四書之中，《孟子》一書亦有方言，天下不知，而予獨知之。予讀《孟子》五十餘年不知，而今知之，請先畢其説。兒時讀“自反而縮，雖褐寬博，吾不惴焉”。觀朱註云：“褐，賤者之服。寬博，寬大之衣。”心甚惑之。因生南方，南方衣褐者寡，間有服者，强半富貴之家，名雖褐而實則羢也。因訊蒙師，謂褐乃貴人之衣，胡云賤者之服？即云賤矣，則當從約，短一尺，省一尺購辦之資；少一寸，免一寸縫紉之力。胡不窄小其製，而反寬大其形，是何以故？師默然不答。再詢，則顧左右而言他。具此狐疑，數十年未解。及近游秦塞，見其土著之民，人人衣褐。無論絲羅罕覯，即見一二衣布者，亦類空谷足音。因地寒不毛，止以牧養自活。織牛羊之毛以爲衣，又皆粗而不密，其形似毯　誠哉其爲賤者之服，非若南方貴人之衣也。又見其寬則倍身，長復掃地。即而訊之，則曰：“此衣之外，不復有他，衫裳襦袴，總以一物代之。日則披之當服，夜則擁以爲衾，非寬不能周遭其身，非長不能盡覆其足。”《魯論》：“必有寢衣，長衣身有半，即是類也。”予始翻然大悟曰：“太史公著書，必遊名山大川，其斯之謂歟？”蓋古來聖賢，多生西北，所見皆然，故方言隨口而出。朱文公，南人也，彼烏知之。故但釋字義，不求甚解，使千古疑團，至今未破。非予遠遊絶塞，親覯其人，烏知斯言之不謬哉。由是觀之，四書之文，猶不可盡法，况《西厢》之爲詞曲乎？凡作傳奇，不宜頻用方言，令人不解。近日填詞家見花面登場，悉作姑蘇口吻，遂以此爲成律，每作净、丑之白，即用方言。不知此等聲音，止能通於吴越，

過此以往,則聽者茫然。傳奇,天下之書,豈僅爲吴越而設?至於他處方言,雖云入曲者少,亦視填詞者所生之地。如湯若士生於江右,即當規避江右之方言;粲花主人吴石渠生於陽羨,即當規避陽羨之方言。蓋生此一方,未免爲一方所囿,有明是方言,而我不知其爲方言,及入他境,對人言之而人不解,始知其爲方言者。諸如此類,易地皆然。欲作[1]傳奇,不可不存桑弧蓬矢之志。

時防漏孔　一部傳奇之賓白,自始至終,奚啻千言萬語。多言多失,保無前是後非,有呼不應,自相矛盾之病乎?如《玉簪記》之陳妙常,道姑也,非尼僧也,其白云"姑娘在禪堂打坐",其曲云:"從今孽債染緇衣。"禪堂、緇衣,皆尼僧字面,而用入道家,有是理乎?諸如此類者,不能枚舉。總之,文字短少者易爲檢點,長大者難於照顧。吾於古今文字中,取其最長最大而尋不出纖毫滲漏者,惟《水滸傳》一書。設以他人爲此,幾同爪籬貯水,珠箔遮風,出者多而進者少,豈止三十六個漏孔而已哉。

科諢第五

插科打諢,填詞之末技也。然欲雅俗同歡,智愚共賞,則當全在此處留神。文字佳、情節佳、而科諢不佳,非特俗人怕看,即雅人韻士,亦有瞌睡之時。作傳奇者,全要善驅睡魔。睡魔一至,則後乎此者,雖有鈞天之樂、霓裳羽衣之舞,皆付之不見不聞,如對泥人作揖、土佛談經矣。予嘗以此告優人,謂戲文好處,全在下半本。只消三兩個瞌睡,便隔斷一部神情。瞌睡醒時,上文下文已不接續,即使抖起精神再看,只好斷章取義作零齣觀。若是,則科諢非科諢,乃看戲之人參湯也。養精益神,使人不倦,全在於此,可作小道觀乎?

戒淫褻　戲文中花面插科,動及淫邪之事,有房中道不出口之話,公然道之戲場者。無論雅人塞耳,正士低頭,惟恐惡聲之污聽,且防男女同觀,共聞褻語,未必不開窺竊之門。鄭聲宜放,正爲此也。不知科諢之設,止爲發笑,人間戲語儘多,何必專談慾事?即談慾事,亦有"善

[1] 今校:欲作,原作"故欲",據《歷代曲話彙編》本改。

戲謔兮，不爲謔兮”之法，何必以口代筆，畫出一幅春意圖，始爲善談慾事者哉。人間善談慾事，當用何法？請言一二語（口）以概之。予曰：“如説口頭俗語，人盡知之者，則説半句、留半句，或説一句、留一句，令人自思，則慾事不掛齒頰，而與説出相同，此一法也。如講最褻之話，慮人屬耳者，則借他事喻之，言雖在此，意實在彼人盡了然，則慾事未入耳中，實與聽見無異，此又一法也。得此二法，則無處不可類推矣。”

忌俗惡　科諢之妙，在於近俗，而所忌者又在於太俗。不俗則類腐儒之談，太俗即非文人之筆。吾於近劇中取其俗而不俗者，《還魂》而外，則有《粲花五種》，皆文人最妙之筆也。《粲花五種》之長，不僅在此。才鋒筆藻，可繼《還魂》，其稍遜一籌者，則在氣與力之間耳。《還魂》氣長，《粲花》稍促；《還魂》力足，《粲花》略虧。雖然，湯若士之“四夢”，求其氣長力足者，惟《還魂》一種，其餘三劇，則與粲花比肩。使粲花主人及今猶在，奮其全力，另製一種新詞，則詞壇赤幟，豈僅爲若士一人所攫哉。所恨予生也晚，不及與二老同時。他日追及泉臺，定有一番傾倒，必不作妒而欲殺之狀，向閻羅天子掉舌，排擠後來人也。

重關係　科諢二字，不止爲花面而設，通場脚色皆不可少。生、旦有生、旦之科諢，外、末有外、末之科諢。净、丑之科諢，則其分内事也。然爲净、丑之科諢易，爲生、旦、外、末之科諢難。雅中帶俗，又於俗中見雅；活處寓板，即於板處證活。此等雖難，猶是詞客優爲之事，所難者，要有關係。關係維何？曰：“於嘻笑詼諧之處，包含絶大文章，使忠孝節義之心，得此愈顯，如老萊子之舞斑衣，簡雍之説淫具，東方朔之笑彭祖面長，此皆古人中之善於插科打諢者也。作傳奇者苟能取法於此，則科諢非科諢，乃引人入道之方便法門耳”。

貴自然　科諢雖不可少，然非有意爲之。如必欲於某折之中，插入某科諢一段，或預設某科諢一段，插入某折之中，則是覓妓追歡、尋人賣笑，其爲笑也不真，其爲樂也亦甚苦矣。妙在水到渠成，天機自露，我本無心説笑話，誰知笑話逼人來，斯爲科諢之妙境耳。如前所云簡雍説淫具、東方朔笑彭祖，即取二事論之。蜀先主時，天旱禁酒。有吏向一人家索出釀酒之具，論者欲置之法。雍與先主游，見男女各行道上，雍謂先主曰：“彼欲行淫，請縛之。”先主曰：“何以知其行淫？雍曰：“各有其

具，與欲釀未釀者同，是以知之。”先主大笑而釋蓄釀具者。漢武帝時，有善相者，謂人中長一寸，壽當百歲。東方朔大笑。有司奏以不敬。帝責之，朔曰：“臣非笑陛下，乃笑彭祖耳。人中一寸則壽百歲，彭祖歲八百，其人中不幾八寸乎？人中八寸，則面幾長一丈矣，是以笑之。”此二事，可謂絶妙之詼諧。戲場有此，豈非絶妙之科諢？然當時必親見男女同行，因而説及淫具；必親聽人中一寸壽當百歲之説，始及彭祖面長，是以可笑，是以能悟人主。如其未見未聞，突然引此爲喻，則怒之不暇，笑從何來？笑既不得，悟從何有？此即貴自然，不貴勉强之明證也。吾看演《南西厢》，見法聰口中所説科諢，迂奇誕妄，不知何處生來，真令人欲逃欲嘔，而觀者聽者絶無厭倦之色，豈文章一道，俗則争取，雅則共棄乎？

格局第六

傳奇格局，有一定而不可移者，有可仍可改、聽人自爲政者。開場用末，冲場用生，開場數語，包括通篇，冲場一齣，藴釀全部，此一定不可移者。開手宜静不宜喧，終場忌冷不忌熱，生旦合爲夫婦，外與老旦非充父母、即作翁姑，此常格也。然遇情事變更，勢難仍舊，不得不通融兑换而用之，諸如此類，皆其可仍可改、聽人爲政者也。近日傳奇，一味趨新，無論可變者變，即斷斷當仍者，亦加改竄以示新奇。予謂文字之新奇，在中藏不在外貌，在精液不在渣滓，猶之詩賦古文以及時藝，其中人才輩出，一人勝似一人，一作奇於一作，然止别其詞華，未聞異其資格，有以古風之局而爲近律者乎？有以時藝之體而作古文者乎？繩墨不改，斧斤自若，而工師之奇巧出焉。行文之道，亦若是焉。

家門　開場數語，謂之“家門”。雖云爲字不多，然非結構已完，胸有成竹者，不能措手。即使規模已定，猶慮做到其間勢有阻撓，不得順流而下，未免小有更張。是以此折最難下筆。如機鋒鋭利，一往而前，所謂信手拈來，頭頭是道，則從此折做起；不則姑缺首篇，以俟終場補入。猶塑佛者不即開光，畫龍者點睛有待，非故遲之，欲俟全像告成，其身向左，則目宜左視，其身向右，則目宜右觀，俯仰低徊，皆從身轉，非可預爲計也。此是詞家討便宜法，開手即以告人，使後來作者，未經捉筆，

先省一番無益之勞，知笠翁爲此道功臣，凡其所言，皆真切可行之事，非大言欺世者比也。

未説家門，先有一上場小曲，如《西江月》、《蝶戀花》之類，總無成格，聽人拈取。此曲向來不切本題，止是勸人對酒忘憂、逢場作戲諸套語。予謂詞曲中開場一折，即古文之冒頭、時文之破題，務使開門見山，不當借帽覆頂。即將本傳中立言大意包括成文，與後所説"家門"一詞，相爲表裏。前是暗説，後是明説。暗説似破題，明説似承題。如此立格，始爲有根有據之文。場中閲卷，看至第二、三行而始覺其好者，即是可取可棄之文。開卷之初，能將試官眼睛一把拏住，不放轉移，始爲必售之技。吾願才人舉筆，盡作是觀，不止填詞而已也。

元詞開場，止有冒頭數語，謂之"正名"，又曰"楔子"，多則四句，少則二句，似爲簡捷。然不登場則已，既用副末上場，脚纔點地，遂爾抽身，亦覺張皇失次。增出"家門"一段，甚爲有理。然家門之前，另有一詞。今之梨園，皆略去前詞，只就家門説起，止圖省力，埋没作者一段深心。大凡説話作文，同是一理，入手之初，不宜太遠，亦正不宜太近。文章所忌者，開口罵題。便説幾句閒文，纔歸正傳，亦未嘗不可，胡遽惜字如金，而作此鹵莽滅裂之狀也。作者萬勿因其不讀而作省文。至於末後四句，非止全該，又宜别俗。元人楔子，太近老實，不足法也。

冲場　開場第二折，謂之"冲場"。冲場者，人未上而我先上也。必用一悠長引子，引子唱完，繼以詩詞及四六排語，謂之"定場白"，言其未説之先，人不知所演何劇，耳目摇摇；得此數語，方知下落，始未定而今方定也。此折之一引、一詞，較之前折家門一曲，猶難措手。務以寥寥數言，道盡本人一腔心事，又且藴釀全部精神，猶家門之括盡無遺也。同屬包括之詞，而分難易於其間者，以家門可以明説，而冲場引子及定場詩詞全用暗射，無一字可以明言故也。非特一本戲文之節目，全於此處埋伏[①]，而作此一本戲文之好歹，亦即於此時定價。何也？開手筆機飛舞，墨勢淋漓，有由由自得之妙，則把握在手，破竹之勢已成，不憂此後不成完璧。如此時此際，文情艱澀，勉强支吾，則朝氣昏昏，到晚終無

① 今校：伏，原作"根"，據《歷代曲話彙編》本改。

晴色，不如不作之爲愈也。然則開手鋭利者，寧有幾人？不幾阻抑後輩而塞填詞之路乎？曰："不然。有養機使動之法在。"如入手艱澀，姑置勿填，以避煩苦之勢。自尋樂境，養動生機，俟襟懷略展之後，仍復拈毫。有興即填，否則又置。如是者數四，未有不忽撞天機者。若因好句不來，遂以俚詞塞責，則走入荒蕪一路，求闢草昧而致文明，不可得矣。

出脚色　本傳中有名脚色，不宜出之太遲。如生爲一家，旦爲一家，生之父母隨生而出，旦之父母隨旦而出，以其爲一部之主，餘皆客也。雖不定在一齣、二齣，然不得出四、五折之後。太遲則先有他脚色上場，觀者反認爲主，及見後來人，勢必反認爲客矣。即净、丑脚色之關乎全部者，亦不宜出之太遲。善觀場者，止於前數齣所見，記其人之姓名。十齣以後，皆是枝外生枝，節中長節，如遇行路之人，非止不問姓字，并形體面目，皆可不必認矣。

小收煞　上半部之末齣，暫攝情形，略收鑼鼓，名爲"小收煞"。宜緊，忌寬；宜熱，忌冷；宜作鄭五歇後，令人揣摩下文，不知此事如何結果。如做把戲者，暗藏一物於盆盎衣袖之中，做定而令人射覆，此正做定之際，衆人射覆之時也。戲法無真假，戲文無工拙，只是使人想不到、猜不着，便是好戲法、好戲文。猜破而後出之，則觀者索然，作者赧然，不如藏拙之爲妙矣。

大收煞　全本收場，名爲"大收煞"。此折之難，在無包括之痕，而有團圓之趣。如一部之内，要緊脚色共有五人，其先東西南北，各自分開，到此必須會合。此理誰不知之？但其會合之故，須要自然而然，水到渠成，非由車戽。最忌無因而至，突如其來，與勉强生情，拉成一處，令觀者識其有心如此，與恕其無可奈何者，皆非此道中絶技，因有包括之痕也。骨肉團聚，不過歡笑一場，以此收鑼罷鼓，有何趣味？水窮山盡之處，偏宜突起波瀾，或先驚而後喜，或始疑而終信，或喜極信極而反致驚疑，務使一折之中七情具備，始爲到底不懈之筆、愈遠愈大之才，所謂有團圓之趣者也。予訓兒輩嘗云："場中作文，有倒騙主司入彀之法。開卷之初，當以奇句奪目，使之一見而驚，不敢棄去，此一法也。終篇之際，當以媚語攝魂，使之執卷留連，若難遽别，此一法也。"收場一齣，即勾魂攝魄之具，使人看過數日，而猶覺聲音在耳、情形在目者，全虧此齣

撒嬌,作臨去秋波那一轉也。

填詞餘論　讀金聖歎所評《西廂記》,能令千古才人心死。夫人作文傳世,欲天下後代知之也,且欲天下後代稱許而贊歎之也。殆其文成矣,其書傳矣,天下後代既羣然知之,復羣然稱許而贊歎之矣,作者之苦心,不幾大慰乎哉?予曰:"未甚慰也。譽人而不得其實,其去毁也幾希。但云千古傳奇,當推《西廂》第一,而不明言其所以爲第一之故,是西施之美,不特有目者贊之,盲人亦能贊之矣。自有《西廂》以迄於今,四百餘載,推《西廂》爲填詞第一者,不知幾千萬人,而能歷指其所以爲第一之故者,獨出一金聖歎。是作《西廂》者之心,四百餘年未死,而今死矣。不特作《西廂》者心死,凡千古上下,操觚立言者之心無不死矣。人患不爲王實甫耳,焉知數百年後,不復有金聖歎其人哉。"

聖歎之評《西廂》,可謂晰毛辨髮,窮幽極微,無復有遺議於其間矣。然以予論之,聖歎所評,乃文人把玩之《西廂》,非優人搬弄之《西廂》也。文字之三昧,聖歎已得之;優人搬弄之三昧,聖歎猶有待焉。如其至今不死,自撰新詞幾部,由淺及深,自生而熟,則又當自火其書,而别出一番詮解。甚矣,此道之難言也。

聖歎之評《西廂》,其長在密,其短在拘。拘即密之已甚者也。無一句一字不逆溯其源而求命意之所在,是則密矣,然亦知作者於此,有出於有心,有不必盡出於有心者乎?心之所至,筆亦至焉,是人之所能爲也。若夫筆之所至,心亦至焉,則人不能盡主之矣。且有心不欲然,而筆使之然,若有鬼物主持其間者,此等文字,尚可謂之有意乎哉。文章一道,實實通神,非欺人語。千古奇文,非人爲之,神爲之、鬼爲之也。人則鬼神所附者耳。

笠翁劇論卷下

演習部

選脚色、正音韻等事，載在歌舞項下。男優女樂，事理相同。欲習聲樂者，兩類互觀，始無缺略。

選劇第一

填詞之設，專爲登場。登場之道，蓋亦難言之矣。詞曲佳而搬演不得其人，歌童好而教率①不得其法，皆是暴殄天物。此等罪過，與裂繒毀璧等也。方今貴戚通侯，惡談雜技，單重聲音，可謂雅人深致，崇尚得宜者矣。所可惜者，演劇之人美，而所演之劇難稱盡美；崇雅之念真，而所崇之雅未必果真。尤可怪者，最有識見之客，亦作矮人觀場，人言此本最佳，而輒隨聲附和，見單即點，不問情理之有無，以致牛鬼蛇神，塞滿氍毹之上；極長詞賦之人，偏與文章爲難，明知此劇最好，但恐偶違時好，呼名即避，不顧才士之屈伸，遂使錦篇綉帙，沉埋瓿甕之間。湯若士之《牡丹亭》、《邯鄲夢》得以盛傳於世，吴石渠之《緑牡丹》、《畫中人》得以偶登於場者，皆才人徼倖之事，非文至必傳之常理也。若據時優本念，則願秦皇復出，盡火文人已刻之書，止存優伶所撰諸抄本，以備家絃户誦而後已。傷哉！文字聲音之厄，遂至此乎？吾謂春秋之法，責備賢者。當今瓦甕雷鳴，金石絶響，非歌者投胎之誤，優師指路之迷，皆顧曲周郎之過也。使要津之上，得一二主持風雅之人，凡見此等無情之劇，或棄而不點，或演不終篇而斥之使罷，上有憎者，下必有甚焉者矣。觀者求精，則演者不敢浪習，黄絹色絲之曲，外孫齏臼之詞，不求而自至矣。吾論演習之工而首重選劇者，誠恐劇本不佳，則主人之心血、歌者之精神，皆施於無用之地，使觀者口雖贊嘆，心實咨嗟，何如擇術務精，

---

① 今校：率，原作“之”，據《歷代曲話彙編》本改。

使人心口皆羨之爲得也。

别古今　選劇授歌童，當自古本始。古本既熟，然後間以新詞，切勿先今而後古。何也？優師教曲，每加工於舊而草草於新。以舊本人人皆習，稍有謬誤，即形出短長；新本偶爾一見，即有破綻，觀者聽者未必盡曉，其拙儘有可藏。且古本相傳至今，歷過幾許名師，傳有衣鉢，未當而必歸於當，已精而益求其精，猶時文中“大學之道”、“學而時習之”諸篇，名作如林，非敢草草動筆者也。新劇則如巧搭新題，偶有微長，則動主司之目矣。故開手學戲，必宗古本，而古本又必從《琵琶》、《荆釵》、《幽閨》、《尋親》等曲唱起，蓋腔板之正，未有正於此者。此曲善唱，則以後所唱之曲，腔板皆不謬矣。舊曲既熟，必須間以新詞，切勿聽拘士腐儒之言，謂新劇不如舊劇，一概棄而不習。蓋演古戲如唱清曲，只可悦知音數人之耳，不能娱滿座賓朋之目。聽古樂而思卧，聽新樂而忘倦，古樂不必簫韶，《琵琶》、《幽閨》等曲即今之古樂也。但選舊劇易，選新劇難。教歌習舞之家，主人必多冗事，且恐未必知音，勢必委諸門客，詢之優師。門客豈盡周郎，大半以優師之耳目爲耳目。而優師之中淹通文墨者少，每見才人所作，輒思避之，以鑿枘不相入也。故延優師者，必擇文理稍通之人，使閲新詞，方能定其美惡；又必藉文人墨客參酌其間，兩議僉同，方可授之使習。此爲主人多冗不諳音樂者而言，若係風雅主盟、詞壇領袖，則獨斷有餘，何必知而故詢。噫，欲使梨園風氣丕變維新，必得一二縉紳長者主持公道，俾詞之佳者必傳，劇之陋者必黜，則千古才人心死，現在名流，有不以沉香刻木而祀之者乎？

劑冷熱　今人之所尚，時優之所習，皆在熱鬧二字。冷静之詞，文雅之曲，皆其深惡而痛絶者也。然戲文太冷，詞曲太雅，原足令人生倦。此作者自取厭棄，非人有心置之也。然儘有外貌似冷而中藏極熱，文章極雅而情事近俗者，何難稍加潤色，播入管絃。乃不問長短，一概以冷落棄之，則難服才人之心矣。予謂傳奇無冷熱，只怕不合人情。如其離合悲歡皆爲人情所必至，能使人哭、能使人笑、能使人怒髮冲冠、能使人驚魂欲絶，即使鼓板不動，場上寂然，而觀者叫絶之聲，反能震天動地。是以人口代鼓樂，贊歎爲戰争，較之滿場殺伐，鉦鼓雷鳴，而人心不動，

反欲掩耳避喧者爲何如？豈非冷中之熱，勝於熱中之冷；俗中之雅，遜於雅中之俗乎哉？

變調第二

變調者，變古調爲新調也。此事甚難，非其人不行，存此説以俟作者。才人所選詩賦古文，與佳人所製錦綉花樣，無不隨時更變。變則新，不變則腐；變則活，不變則板。至於傳奇一道，尤是新人耳目之事，與玩花賞月同一致也。使今日看此花，明日復看此花，昨夜對此月，今夜復對此月，則不特我厭其舊，而花與月亦自媿其不新矣。故桃陳則李代，月滿即哉生。花月無知，亦能自變其調，矧詞曲出生人之口，獨不能稍變其音，而百歲登場，乃爲三萬六千日雷同合掌之事乎？吾每觀舊劇，一則以喜，一則以懼。喜則喜其音節不乖，耳中免生芒刺；懼則懼其情事太熟，眼角如懸贅疣。學書學畫者，貴在彷彿大都，而細微曲折之間，正不妨增減出入。若止爲依樣葫蘆，則是以紙印紙，雖云一綫不差，少天然生動之趣矣。因創二法，以告世之執郢斤者。

縮長爲短　觀場之事，宜晦不宜明。其説有二：優孟衣冠，原非實事，妙在隱隱躍躍之間。若於日間搬弄，則太覺分明，演者難施幻巧，十分音容，止作得五分觀聽，以耳目聲音散而不聚故也。且人無論富貴貧賤，日間盡有當行之事，閱之未免妨工。抵暮登場，則主客心安，無妨時失事之慮，古人秉燭夜遊，正爲此也。然戲之好者必長，又不宜草草完事，勢必闡揚志趣，摹擬神情，非達旦不能告闋。然求其可以達旦之人，十中不得一二，非迫於來朝之有事，即限於此際之欲眠，往往半部即行，使佳話截然而止。予嘗謂好戲若逢貴客，必受腰斬之刑。雖屬謔言，然實事也。與其長而不終，無寧短而有尾。故作傳奇付優人，必先示以可長可短之法。取其情節可省之數折，另作暗號記之，遇清閒無事之人，則增入全演，否則拔而去之，此法是人皆知，在梨園亦樂於爲此。但不知減省之中，又有增益之法。使所省數折，雖去若存，而無斷文截角之患者，則在秉筆之人，略加之意而已。法於所删之下折，另增數語，點出中間一段情節，如云：昨日某人來説某話，我如何答應之類是也。或於所删之前一折，預爲吸起，如云：我明日當差某人去幹某事之類是也。

如此則數語可當一折，觀者雖未及看，實與看過無異，此一法也。予又謂，多冗之客，併此最約者亦難終場，是删與不删等耳。嘗見貴介命題，止索雜單，不用全本，皆爲可行即行，不受戲文牽制計也。予謂全本太長，零齣太短，酌乎二者之間，當倣《元人百種》之意而稍稍擴充之，另編十折一本，或十二折一本之新劇，以備應付忙人之用。或即將古本舊戲，用長房妙手，縮而成之。但能沙汰得宜，一可當百，則寸金丈鐵，貴賤攸分，識者重其簡貴，未必不棄長取短，另開一種風氣，亦未可知也。此等傳奇，可以一席兩本，如佳客並坐，勢不低昂。皆當在命題之列者，則一後一先，皆可爲政，是一舉兩得之法也。有暇即當屬草，請以下里巴人，爲白雪陽春之倡。

變舊成新　演新劇如看時文，妙在聞所未聞，見所未見。演舊劇如看古董，妙在身生後世，眼對前朝。然而古董之可愛者，以其體質愈陳愈古，色相愈變愈奇。如銅器玉器之在當年，不過一刮磨光瑩之物耳；迨其歷年既久，刮磨者渾全無跡，光瑩者斑駁成文，是以人人相寶。非寶其本質如常，寶其能新而善變也。使其不異當年，猶然是一刮磨光瑩之物，則與今時旋造者無别，何事什伯其價而購之哉。舊劇之可珍，亦若是也。今日梨園，購得一新本，則因其新而愈新之，飾怪妝奇，不遺餘力。演到舊劇，則千人一轍，萬人一轍，不求稍異，觀者如聽蒙童背書，但賞其熟，求一换耳换目之字而不得：則是古董便爲古董，却未嘗易色生斑，依然是一刮磨光瑩之物。我何不取旋造者觀之，猶覺耳目一新，何必定爲村學究聽蒙童背書之爲樂哉。然則生斑易色，其理甚難，當用何法以處此？曰："有道焉。"仍其體質，變其豐姿，如同一美人而稍更衣飾，便足令人改觀，不俟變形易貌，而始知别一神情也。體質維何？曲文與大段關目是已。豐姿維何？科諢與細微説白是已。曲文與大段關目不可改者，古人既費一片心血，自合常留天地之間，我與何讐，而必欲使之埋没？且時人是古非今，改之徒來訕笑。仍其大體，既慰作者之心，且杜時人之口。科諢與細微説白不可不變者，凡人作事，貴於見景生情。世道遷移，人心非舊，當日有當日之情態，今日有今日之情態。傳奇妙在人情，即使作者至今未死，亦當與世遷移，自囀其舌，必不爲膠柱鼓瑟之談，以拂聽者之耳。

况古人脱稿之初，便覺其新，一經傳播，演過數番，即覺聽熟之言難於複聽，即在當年，亦未必不自厭其繁，而思陳言之務去也。我能易以新詞，透入世情三昧，雖觀舊劇，如閲新篇，豈非作者功臣？使得爲雞皮三少之女，前魚不泣之男，地下有靈，方頌德歌功之不暇，而忍以矯制責之哉？但須點鐵成金，勿令畫虎類狗；又須擇其可增者增，當改者改。萬勿故作知音，强爲解事，令觀者當場噴飯，而羣罪作俑之人，則湖上笠翁不任咎也。此言潤澤枯槀、變易陳腐之事。予嘗痛改《南西厢》，如《遊殿》、《問齋》、《踰墻》、《驚夢》等科諢，及《玉簪·偷詞》、《幽閨·旅婚》諸賓白，付伶工搬演，以試舊新，業經詞人謬賞，不以點竄爲非矣。尚有拾遺補缺之法，未語同人，兹請並終其説。舊本傳奇，每多缺略不全之事，刺謬難解之情。非前人故爲破綻，留話柄以貽後人，若唐詩所謂"欲得周郎顧，時時誤拂絃"，乃一時照管不到，致生漏孔，所謂"至人千慮，必有一失"。此等空隙，全靠後人泥補，不得聽其缺陷，而使千古無全文也。女媧氏煉石補天，天尚可補，况其他乎？但恐不得五色石耳。姑舉二事以概之。趙五娘於歸兩月即别蔡邕，是一桃夭新婦。算至公姑已死，别墓尋夫之日，不及數年，是猶然一冶容誨淫之少婦也。身背琵琶，獨行千里，即能自保無他，能免當時物議乎？張太公重諾輕財，資其困乏，仁人也、義士也。試問衣食、名節，二者孰重？衣食不繼則周之，名節所關則聽之，義士仁人，曾若是乎？此等缺陷，就詞人論之，幾與天傾西北、地陷東南無異矣，可少補天塞地之人乎？若欲於本傳之外，劈空添出一人，送趙五娘入京，與之隨身作伴，妥則妥矣，猶覺傷筋動骨，太涉更張。不想本傳中現有一人，儘可用之而不用，竟似張太公止圖卸肩，不顧趙五娘之去後者。其人爲誰？着送錢米助喪之小二是也。《剪髮》白云："你先回去，我少頃就着小二送來。"則是太公非無僕從之人，何以吝而不使？予爲略增數語，補此缺略，附刻於後，以政同心。此一事也。《明珠記》之《煎茶》，所用爲傳消遞息之人者，塞鴻是也。塞鴻一男子，何以得事嬪妃？使宫禁之内，可用男子煎茶，又得密談私語，則此事可爲，何事不可爲乎？此等破綻，婦人小兒皆能指出，而作者絶不經心，觀者亦聽其疏漏。然明眼人遇之，未嘗不啞然一笑而作無是

公看者也。若欲於本家①之外，鑿空搆一婦人，與無雙小姐從不謀面，而送進驛内煎茶，使之先通姓名、後説情事，便則便矣，猶覺生枝長節，難免贅瘤。不知眼前現有一婦，理合使之而不使，非特王仙客至愚，亦覺彼婦太忍。彼婦爲誰？無雙自幼跟隨之婢，仙客現在作妾之人，名爲采蘋是也。無論仙客覓人將意，計當出此；即就采蘋論之，豈有主人一别數年，無由把臂，今在咫尺，不圖一見，普天之下有若是之忍人乎？予亦爲正此迷謬，止換賓白，不易填詞，與《琵琶》改本並刊於後，以政同心，又一事也。其餘改本尚多，以篇帙浩繁，不能盡附。總之，凡予所改者，皆出萬不得已，眼看不過，耳聽不過，故爲剷削不平，以歸至當，非勉强出頭，與前人爲難者比也。凡屬高明，自能諒其心曲。

插科打諢之語，若欲變舊爲新，其難易較此奚止百倍。無論劇劇可增、齣齣可改，即欲隔日一新，逾月一換，亦誠易事。可惜當世貴人，家蓄名優數輩，不得一詼諧弄筆之人，爲種詞林萱草，使之刻刻忘憂。若天假笠翁以年，授以黄金一斗，使得自買歌童，自編詞曲，口授而身導之，則戲場關目，日日更新，氈上詼諧②，時時變相。此種技藝，非特自能，誇之天下，人亦共信之。然謀生不給，遑問其他？只好作貧女縫衣，爲他人助嬌，看他人出閣而已矣。

琵琶記尋夫改本

〔胡搗練〕（旦上）辭别去，到荒坵，只愁出路煞生受。畫取真容聊藉手，逢人將此勉哀求。

鬼神之道，雖則難明；感應之理，未嘗不信。奴家昨日在山上築墳，偶然力乏，假寐片時。忽然夢見當山土地，帶領着無數陰兵，前來助力。又親口嘱咐着奴家，改换衣裝，往京尋取夫壻。及至醒來，那墳臺果然築就。可見真有神明，不是空空一夢。只得依了夢中之言，改换作道姑打扮，又編下一套凄凉北調，到途路之間，逢人

① 今校：家，原作“傳”，據《歷代曲話彙編》本改。
② 今校：氈上詼諧，原作“壇上詼講”，同上改。

彈唱,抄化些資糧糊口,也是一條生計。只是一件:我自做媳婦以來,終日與公姑厮守,如今雖死,還有個墳塋可拜;一旦撇他而去,真個是舉目凄然。喜得奴家略曉丹青,只得借紙筆傳神,權當個丁蘭刻木,背在肩上行走,只當還與二親相傍一般。遇著小祥忌日,也好展開祭奠,不枉做媳婦的一點孝心。有理,有理! 顔料紙張俱已備下。只是憑空摹擬,恐怕不肖神情,且待我想像起來。

〔三仙橋〕一從他每死後,要相逢不能勾,除非夢裏暫時略聚首。(如今該下筆了)(欲畫又止介)苦要描描不就,暗想像,教我未描淚先流。(畫介)描不出他苦心頭,描不出他饑症候,(又想介)描不出他望孩兒的睜睜兩眸。(又畫介)只畫得他髮颼颼,和那衣衫敝垢。(畫完了待我細看一看)(看介)(呀! 像倒極像,只是畫得太苦了些,全没些歡容笑口。呀! 公婆,公婆! 非是媳婦故意如此)。休休。若畫做好容顔,須不是趙五娘的姑舅。

(待我懸掛起來,燒些紙錢,奠些酒飯,然後帶出門去便了。)(掛介)噯,我那公公婆婆呵。媳婦只爲往京尋取丈夫,撇你不下,故此圖畫儀容,以便隨身供養。你須是有靈有感,時刻在暗裏扶持。待媳婦早見你的孩兒,痛哭一場,説完了心事,然後趕到陰司與你二人做伴便了。阿呀,我那公婆呵!)(哭介)

〔前腔〕非是奴尋夫遠遊,只怕我公婆絶後。奴見夫便回,此行安敢久。路途中奴怎走,望公婆相保佑。(拜完了,如今收拾起身。論起理來,該先别墳塋,然後去别張太公纔是。只爲要托他照管墳塋,須是先别了他,然後同至墳前,把公婆的骸骨,交付與他便了。)(鎖門)(行介)只怕奴去後,冷清清有誰來祭掃? 縱使遇春秋,一陌紙錢怎有? 休休,你生是受凍餒的公婆,死做個絶祭祀的姑舅。

(來此已是,太公在家麽?)(丑上)(收拾草鞋行遠路,安排包裹送嬌娘。呀,五娘子來了,老員外有請。)(末上)(衰柳寒蟬不可聞,金風敗葉正紛紛。長安古道休回首,西出陽關無故人。呀,五娘子,我正要過來送你,你却來了。)(旦)因有遠行,特來拜别。大公請端坐,受奴家幾拜。)(末)(來到就是了,不勞拜罷。)(旦)(拜)(末)(同拜介)(旦)(高厚恩難報,臨歧淚滿巾。)(末)(從今無别事,

拭目待歸人。)(末起,旦不起介)(末)(五娘子請起。呀,五娘子,你爲何跪在地下,不肯起來。)(旦)(奴家有兩件大事奉求,要太公親口許下,方敢起來。)(末)(孝婦所求,一定是綱常倫理之事。老夫一力擔當,快些請起。)(旦起介)(末)(叫小二看椅子過來,與五娘坐了講話。)(旦)(告坐了)(末)(五娘子,你方纔説的是那兩件事?)(旦)(第一件,是怕奴家去後,公婆的墳塋没人照管,求太公不時看顧,每逢令節,代燒一陌紙錢。)(末)(這是我分内之事,自然照管,何須你囑咐。第二件呢?)(旦)(第二件,因奴家是個少年女子,遠出尋夫,没人作伴,路上怕有嫌疑,求公公大發婆心,把小二借與奴家作伴。到京之日,即便遣人送還。這一件事關係奴家的名節,斷求慨允。)(末)五娘子,這件事情,比照管墳塋還大。莫説待你拜求,方纔肯許,不是個仗義之人;就是聽你講到此處,方纔思念起來把小二送你,也就不成個張廣才了。我昨日思想,不但你隻身行走,路上嫌疑;就是到了京中,與你丈夫相見,他問你在路途之中,如何宿歇,你把甚麼言語答應他?萬一男子漢的心腸多疑少信,將你埋葬公婆的大事且不提起,反把形迹二字與你講論起來,如何了得!這也還是小事。他三載不歸,未必不在京中别有所娶。我想那房家小看見前妻走到,還要無中生有,别尋説話,離間你的夫妻,何況是遠遠尋夫,没人作伴?若把幾句惡言加你,豈不是有口難分?還有一説,你丈夫臨行之日,把家中事情拜托於我,我若容你獨自尋夫,有礙他終身名節,日後把甚麼顔面見他?就是死到九泉,也難與你公婆相會。這個主意,我先定下多時了。已曾分付小二,着他伴你同行。不勞分付,放心前去便了。)(旦起拜介)(這等,多謝公公,奴家告别了。)(末)(且慢些,再請坐下。我且問你,你既要尋夫,那路上的盤費,已曾備下了麼?)(旦)(並不曾有。)(末)(既然没有,如何去得?)(旦指背上琵琶介)(這就是奴家的盤費。不瞞公公説,已曾編下一套凄凉北調,譜入絲絃,一路彈唱而行,討些錢米度日)(丑)(這等説來,竟是叫化了。這樣生意,我做不慣。不要總承,快尋别個去罷。)(末)(我自有主意,不消多嘴。五娘子,你前日剪髮葬親,往街坊賣貨,倒不曾問得你賣了幾貫錢財,可勾用

麽?)(旦)(並無人買,全虧太公周濟。)(末)(却又來! 頭髮可以作髢,尚且賣不出錢財,何況是空空彈唱? 萬一没人與錢,你還是去的好? 轉來的好? 流落在他鄉,不來不去的好? 那些長途資斧,我也曾與你備下,不勞費心。也罷,你既費精神編成一套詞曲,不可不使老朽聞之。你就唱來,待我與你發個利市。)(旦)(這等,待奴家獻醜。若有不到之處,求太公改政一二。)(末)(你且唱來)。(旦理弦彈唱)(末)(不住掩淚)(丑)(不住哭介)

〔北越調鬥鵪鶉〕静理冰絃,凝神息喘,待訴衷腸,將眉略展。怕的是聽者愁聽,聞聲去遠。雖不比杞梁妻善哭夫,也去那哭倒長城的孟姜不遠。

〔紫花兒序〕俺不是好雲遊閒離閨閫,也不是背人倫强抱琵琶,都則爲遠尋夫苦歷山川。説甚麼金蓮窄小,道路迍邅,鞋穿,便做到骨葬溝渠首向天。保得過面無慚腆。好追隨地下姑嫜得全名,死也無冤。

〔天净沙〕當初始配良緣,備饔餐尚有餘錢。只爲兒夫去遠,遭荒罹變,爲妻庸禍及椿萱。

〔金蕉葉〕他望賑濟,心穿眼穿;俺遭搶奪,糧懸命懸。若不是遇高鄰分糧助饘,怎能勾遇親心將灰復燃。

〔小桃紅〕可憐他遊絲一縷命空牽,要續愁無線。俺也曾自饜糟糠備親膳,要救餘年。又誰料攀轅臥轍翻成勸,因來竈邊,窺奴私嚥,一聲兒哭倒便歸泉。

〔調笑令〕可憐葬無錢。虧的是一位恩人,竟做了兩次天。他助葬非强由情願。實指望吉回凶轉,因災致祥無他變,又誰知後運同前。

〔禿厮兒〕俺雖是厚面皮無羞不腆,怎忍得累高鄰鬻産輸田? 只得把香雲剪下自賣錢。到街坊哭聲喧,誰憐?

〔聖藥王〕俺待要圖卸肩,赴九泉,怎忍得親骸朽露飽飛鳶? 欲待把命苟延,較後先,算來無幸可徼天,哭倒在街前。

〔麻郎兒〕感義士施恩不倦,二天外又復加天。則爲這好仗義的高鄰忒煞賢,越顯得受恩的淺深無辨。(么篇)徒跣①,把羅裙自撚,裹黄泥

① 今校:跣,原作"説",據《歷代曲話彙編》本改。

去築墳圈。感山靈神通晝顯，又指去路，勸人赴遠。

〔絡絲娘〕因此上顧不的鞋弓襪淺，講不起拋頭露面，手撥琵琶，原非自遣，要訴出衷腸一片。

〔東原樂〕暫把喪衣覆，喬將道服穿。爲缺資財，致使得身容變。休怪俺孝婦啼痕學杜鵑，只爲多愁怨，漬染得縗麻如茜。

〔拙魯邊〕可憐俺日不停，夜不眠，饑不飡，冷不燃。當日呵，辨不出桃花人面，分不開藕瓣金蓮。到如今藕絲花片落在誰邊？自對菱花，錯認椿萱，止爲憂煎。纔信道家寬出少年。

〔尾〕千愁萬緒提難遍，只好縮綿中一線。聽不出眼淚的休解囊，但有酸鼻的仁人請將鈔袋兒展。

（末）（做也做得好，彈也彈得好，唱也唱得好，可稱三絶。）（出銀介）（這一封銀子，就當潤喉潤筆之資，你請收下。）（旦謝介）（末）（小二過來，他方纔彈唱的時節，我便爲他聲音凄楚，情節可憐，故此掉淚。你知道些甚麼，也號號咷咷哭個不了。）（丑）（不知甚麼原故，聽到其間，就不知不覺哭將起來。連我也不明白。）（末）（這等我且問你，方纔送他的銀子，萬一途中不勾，依舊要叫化起來，你還是情願不情願？）（丑）（情願，情願。）（末）（爲甚麼以前不情願，如今忽然情願起來？）（丑）（想介）（正是，爲甚麼原故，忽然改變起來？連我也不明白。）（末）（好，這叫做“孝心所感，鐵人流淚；高僧説法，頑石點頭”。五娘子，你一片孝心，就從今日効驗起了，此去定然遂意。我且問你，你公婆的墳塋，曾去拜别了麼？）（旦）（還不曾去。要屈太公同行，好對着公婆當面拜托。）（末）（一發見得到，就請同行。叫小二與五娘子背了琵琶。）（丑）（自然。莫説琵琶，就是要帶馬桶，我也情願挑着走了。）（末）（五娘子，我還有幾句藥石之言，要分付你。和你一面行走，一面講罷。）（旦）（既有法言，便求賜教。）（行介）

〔鬥黑嘛〕（末）伊夫婿，多應是貴官顯爵，伊家去，須當審個好惡。只怕你這般喬打扮，他怎知覺？一貴一貧，怕他將錯就錯。（合）孤墳寂寞，路途滋味惡。兩處堪悲，萬愁怎摸。

（末）已到墳前了。蔡大哥，蔡大嫂，你這個孝順媳婦，侍你二

人,可謂“生事以禮,死葬以禮,祭之以禮”。無一事不全的了。如今遠出尋夫,特來拜别,將墳墓交托於我。從今以後,我就當你媳婦,逢時化紙,遇節燒錢,你不消慮得。只是保佑他一路平安,早與丈夫相會。他一生行孝的事情,只有你夫妻兩口與我張廣才三人知道。你夫妻死了,止剩得我一個在此,萬一不能勾見他,這孝婦一片苦心,誰人替他表白?趁我張廣才未死,速速保佑他回來。待我見他一面,把你媳婦的好處細細對他講一遍,我張廣才這個老頭兒,就死也瞑目了。嗳,我那老友呵。)(旦)(我那公婆呵。)(同放聲大哭,丑亦哭介)(末)五娘子。

〔憶多嬌〕我承委托,當領諾。這孤墳我自看守,決不爽約。但願你途中身安樂。(合)舉目蕭索,滿眼盈盈淚落。

(旦)(公婆!你媳婦如今去了。太公,奴家去了。)(末)(五娘子,你途間保重,早去早回。小二,你好生伏侍五娘子,不要叫他費心。)(丑)(曉得。)

(旦)爲尋夫壻别孤墳。(末)只怕兒夫不認真。

(合)流淚眼觀流淚眼。斷腸人送斷腸人。

(旦)(掩淚同丑先下)(末)(目送作哽咽不能出聲介)嗳。我,我,我明日死了,那有這等一個孝順媳婦。可憐,可憐。)(掩淚下)

明珠記煎茶改本第一折

〔卜算子〕(生冠帶上)未遇費長房,已縮相思地。咫尺有佳音,可惜人難寄。

下官王仙客,叨授富平縣尹。又爲長樂驛缺了驛官,上司命我帶管三月。近日朝廷差幾員内官,帶領三十名宫女,去備皇陵打掃之用。今日申牌時分已到驛中。我想宫女三十名,焉知無雙小姐不在其内?要托人探個消息,百計不能。喜得裏面要取人伏侍,我把塞鴻扮作煎茶童子,送進去承直,萬一遇見小姐,就好傳個信兒。塞鴻那裏?(丑上)藍橋今夜好風光,天上羣仙降下方。只恐雲英難見面。裴航空自搗玄霜。塞鴻伺候。(生)今日送你進去煎茶,專爲打探無雙小姐的消息,你須要用心體訪。(丑)小人理會得。

(生)隨着我來。(行介)你若見了小姐呵!

〔玉交枝〕道我因他憔悴。雖則是斷機緣,心兒未灰,癡情還想成婚配。便今世不共鴛幃,私心願將來世期。倒不如將生換死求連理。(合)料伊行冰心未移,料伊行柔腸更癡。

(説話之間,已到館驛前了。(丑)管門的公公在麼?(净上)走馬近來辭帝闕,奉差前去掃皇陵。甚麼人?到此何幹?(生)帶管驛事富平縣尹送煎茶人役伺候。(净)着他進來。(丑進見介)(净看怒介)這是個男子,你爲甚麼送他進來呢?(生)是個幼年童子。(净)看他這個模樣,也不是個幼年童子了。好個不通道理的縣官。就是上司官員帶着家眷從此經過,也没有取男子服事之理,何况是皇宫内院的嬪妃,肯容男子見面?叫孩子們快打出去,着他换婦人進來。這樣不通道理,還叫他做官。(罵下)(生)(這怎麼處。)

(前腔)精神徒費,不收留,翻加峻威。道是男兒怎入裙釵隊。歎賓鴻有翼難飛。(丑)(老爺,你偌大一位縣官,怕差遣婦人不動?撥幾個民間婦女進去就是了,愁他怎的?(生)塞鴻,你那裏知道。民間婦女儘有,只是我做官的人,怎好把心事托他。)幽情怎教民婦知,説來徒使旁人議。(合前)

且自回衙,少時再作道理。正是:

不如意事常八九,可與人言無二三。

第二折

〔破陣子〕(小旦上)故主恩情難背,思之夜夜魂飛。(奴家采蘋,自從拋離故主,寄養侯門,王將軍待若親生。王解元納爲側室,唱隨知禮不缺,伉儷之情頗諧。只是思憶舊恩,放心不下。聞得朝廷撥出宫女三十名,去備皇陵打掃,如今現在驛中。萬一小姐也在數内,我和他咫尺之間,不能見面,令人何以爲情。仔細想來,好悽慘人也。(淚介))

〔黄鶯兒〕從小便相依。棄中途,履禍危。經年没個音書寄。到如今呵,又不是他東我西,山遥路迷。宫門一入深無底,止不過隔層幃,身兒不近,怎免淚珠垂。

((生上)枉作千般計,空回九轉腸。姻緣生割斷,最恨是穹蒼。(見介)(小旦)相公回來了。你着塞鴻去探消息,端的何如?爲甚麽面帶愁容,不言不語?(生)不要説起。那守門的太監不收男子,只要婦人。婦人儘有,都是民間之女,怎好托他代傳心事,豈不悶殺我也。

〔前腔〕無計可施爲。眼巴巴,看落暉。只今宵一過便無機會。(娘子,我便爲此煩惱。你爲何也帶愁容?看你)無端皺眉,無因淚垂,(莫不是)愁他奪取中宫位?(那裏知道這婚姻事呵)絶端倪。便圖來世,那好事也難期。

((小旦)奴家不爲别事,只因小姐在咫尺之間,不能見面,故主之情,難於割捨,所以在此傷心。(生)原來如此,這也是人之常情。(小旦)相公你要傳消遞息,既苦無人;我要見面談心,又愁無計。我如今有個兩全之法,和你商量。(生)甚麽兩全之法?快些講來。(小旦)他要取婦人承值,何不把奴家送去?只説民間之婦。若還見了小姐,婦人與婦人講話,没有甚麽嫌疑,豈不比塞鴻更强十倍?(生)如此甚妙。只是把個官人娘子扮作民間之婦,未免屈了你些。(小旦)我原以侍妾起家,何屈之有。(生)這等,分付門上唤一乘小轎進來,傍晚出去,黎明進來便了。
羨卿多智更多情,一計能收兩淚零。
(小旦)雞犬尚能懷故主,爲人豈可負生成。)

第三折(此折改白不改曲,曲照原本,不更一字。)
〔長相思〕(旦上)念奴嬌,歸國遥,爲憶王孫心轉焦。
楚江秋色饒。月兒高,燭影摇,爲憶秦娥夢轉迢。苦呵,漢宫春信消。

(衙鼓鼕鼕動戍樓,倚床無寐數更籌。可憐今夜中庭月,一樣清光兩地愁。奴家自到驛内,看看天色晚來。(内打二鼓介)呀,譙樓上面已打二鼓了。獨眠孤館,展轉凄其,待與姊妹們閒話消遣,怎奈他們心上無事,一個個都去睡了。教奴家獨守殘燈,怎生睡得去。)

〔二郎神〕良宵杳，爲愁多睡來還覺。手攬寒衾風料峭。（也罷，待我剔起殘燈，到堦除下閒步一迴，以消長夜。）徘徊燈側，下堦閒步無聊。只見慘淡中庭新月小，畫屏間餘香猶裊。漏聲高，正三更驛庭，人静寥寥。

（那簾兒外面，就是煎茶之所，不免去就着茶爐，飲一杯苦茗則個。正是：有水難澆心火熱，無風可解淚冰寒。（暫下）（小旦持扇上）已入重圍裏，還愁見面遥。故人相對處，打點淚痕拋。奴家自進驛來，辨眼偷瞧，不見我家小姐。（内作長歎介）（小旦）呀，如今夜深人静，爲何有沉吟歎息之聲？不免揭起簾兒，覰他一眼。

〔前腔〕偷瞧，把珠簾輕揭，金鈴聲小。（呀，那階除之下，緩步行來的，好似我家小姐。欲待唤他，又恐不是。我且只當不知，坐在這裏煎茶，看他出來，有何話説。）（旦上）看一縷茶烟香繚繞。（呀，那個煎茶女子，好生面善。）青衣執爨，分明舊識風標。悄語低聲問分曉。（那煎茶女子，快取茶來。（小旦）娘娘請坐，待我取來。（送茶各看皆驚介）（旦）呀，分明是采蘋的模樣。他爲何來在這裏？（小旦）竟是我家小姐，待他唤我，我纔好認他。（旦）那女子走近前來。你莫非就是采蘋麼？（小旦）小姐在上，妾身就是。（跪介）（旦抱哭介）（合）天那！）何幸得萍水相遭。（（旦）你爲何來在這裏？（小旦）説起話長。今夜之來，是采蘋一點孝心，費盡機謀，特地來尋故主。請問小姐，老夫人好麼？（旦）還喜得康健。采蘋，你曉得王官人的消息麼？）郎年少，自分離孤身何處飄颻？

（小旦）他自分散之後，賊平到京。正要來圖婚配，不想我家遭此横禍，他就落魄天涯。近得金吾將軍題請得官，現做富平縣尹，權知此驛。

（囀林鶯）他宦中薄禄權倚靠，知他未遂雲霄。（旦）這等説來，他也就在此處了。既然如此，你的近況何如？隨着誰人？作何勾當？（小旦）采蘋自别夫人小姐，蒙金吾將軍收爲義女，就嫁與王官人，目今現在一處。（旦）哦，你和他現在一處麼？（小旦）是。（旦作醋容介）這等講來，我倒不如你了。）鷦鷯已占枝頭早，孤鸞拘鎖，何日得歸巢。（（小旦）小姐不要多心，奴家雖嫁王郎，議定權爲側室。虚却正夫人的坐位，還待着小姐哩。（旦）這等纔是。我且問你，檀郎安否？）怕相思瘦損潘安

貌。((小旦)他雖受折磨,却還志氣不衰,容顔如舊。)志氣好,千般折挫,風月未全消。

(他一片苦情,恐怕小姐不知,現付明珠一顆,是小姐贈與他的,他時時藏在身旁,不敢遺失。(付珠介))

〔前腔〕(旦)雙珠依舊成對好,我兩人還是蓬飄。(采蘋,我今夜要約他一會,你可喚得進來麼?(小旦)這個使不得。老公公在外監守,又有軍士巡更,那裏喚得進來。(旦)莫非是你……(小旦)是我怎麼樣?哦,采蘋知道了,莫非疑我吃醋麼?若有此心,天不覆,地不載。小姐,利害所關,他委實進來不得。(旦淚介)嗳),眼前欲見無由到,驛庭咫尺,翻做楚天遥。(小旦)楚天猶小,着不得一腔煩惱。(小姐有何心事,只消對采蘋説知,待采蘋轉對他説,也與見面一般。)(旦)枉心焦,我芳情自解,怎説與伊曹。

(待我修書一封,與你帶去便了。(小旦)説得有理,快寫起來,一霎時天就明了。)(旦寫介)

〔啄木公子〕舒殘繭,展兔毫,蚊脚蠅頭隨意掃。只怕我有萬恨千愁,假饒會面難消。(我有)滿腔愁怨,寫向鸞箋怎得了。總有丹青别樣巧,畢竟衷腸事怎描?只落得淚痕交。

(前腔)書纔寫,燈再挑,錦袋重封花押巧。(書寫完了,采蘋,你與我)傳示他,好自支持,休爲我長皺眉梢。((小旦)小姐,你與他的姻緣畢竟如何?可有出宫相會的日子?)(旦)爲説漢宫人未老,怨粉愁香憔悴倒。寂寞園陵歲月遥,雲雨隔藍橋。

(明珠封在書中,叫他依舊收好。)(小旦)天色已明,采蘋出去了。小姐,你千萬保重。若有便信,替我致意老夫人。(各哭介)(小旦)小姐保重,采蘋去了。(掩淚介)(旦)呀,采蘋,你竟去了。(頓足哭介)

〔哭相思尾〕從此兩下分離音信杳,無由再見親人了。

((哭倒介)(末上)自不整衣毛,何須夜夜號。喒家一路辛苦,正要睡覺,不知那個宫人啾啾唧唧,一夜哭到天明。不免到裏面去看來。呀,爲何哭倒在地下?)(看介)原來是劉宫人。劉宫人起來。(摸介)呀,不好了,渾身冰冷,只有心口還熱。列位宫人快來。(四

宫女）（上）並無奇禍至，何事疾聲呼？呀，這是劉家姐姐，爲何倒在地下？（末）列位宫人看好，待我去取薑湯上來。（下）（宫女）劉家姐姐，快些甦醒。（末取薑湯上）薑湯在此，快灌下去。（灌醒介）（宫女）劉家姐姐，你爲甚麼事情哭得這般狼狽？

〔黄鶯兒〕（旦）（只爲）連日受劬勞，怯風霜，心膽摇。昨宵不睡挨到曉，（（末）爲甚麼不睡呢。）（旦）思家路遥，思親壽高，（因此）驀然愁絶昏沉倒。謝多嬌，相將救取，免死向荒郊。

（末）好不小心！萬一有些差池，都是喒家的干係哩。

〔前腔〕（衆）人世水中泡。受皇恩，福怎消，何須苦憶家鄉好。慈幃暫抛，相逢不遥，寬心莫把閒愁惱。（（内）面湯熱了，請列位宫人梳妝上轎。）（合）曙光高，馬嘶人起，梳洗上星軺。

（宫女）姊妹人人笑語闐，娘行何事獨憂煎。

（旦）祇因命帶悽惶煞，心上無愁也淚漣。

授曲第三

聲音之道，幽渺難知。予作一生柳七，交無數周郎，雖未能如曲子相公身都通顯，然論其生平製作，塞滿人間，亦類此君之不可收拾。然究竟於聲音之道未嘗盡解。所能解者，不過詞學之章句，音理之皮毛，比之觀場矮人，略高寸許，人贊美而我先之，我憎醜而人和之，舉世不察，遂羣然許爲知音。噫，音豈易知者哉。人問："既不知音，何以製曲？"予曰："釀酒之家，不必盡知酒味，然秫多水少則醇醲，麯好蘗精則香洌，此理則易諳也。此理既諳，則杜康不難爲矣。造弓造矢之人，未必盡嫻決拾，然曲而勁者利於矢，直而鋭者宜於鵠，此道則易明也。既明此道，即世爲弓人矢人可矣。雖然，山民善跋，水民善涉，術疏則巧者亦拙，業久則粗者亦精。填過數十種新詞，悉付優人聽其歌演，近硃者赤，近墨者黑，況爲硃墨所從出者乎？粗者自然拂耳，精者自能娱神，是其中菽麥亦稍辨矣。語云：'耕當問奴，織當訪婢。'予雖不敏，亦曲中之老奴、歌中之黠婢也。請述所知，以備裁擇。"

解明曲意　唱曲宜有曲情。曲情者，曲之情節也。解明情節，知其意之所在，則唱出口時，儼然此種神情。問者是問，答者是答，悲者黯然

魂消而不致反有喜色，歡者怡然自得而不見稍有瘁容，且其聲音齒頰之間，各種俱有分别，此所謂曲情是也。吾觀今世學曲者，始則誦讀，繼則歌咏，歌咏既成而事畢矣。至於"講解"二字，非特廢而不行，亦且從無此例。有終日唱此曲，終年唱此曲，甚至一生唱此曲，而不知此曲所言何事、所指何人，口唱而心不唱，口中有曲而面上身上無曲，此所謂無情之曲，與蒙童背書，同一勉强而非自然者也。雖腔板極正，喉舌齒牙極清，終是第二第三等曲詞，非登峰造極之技也。欲唱好曲者，必先求明師講明曲義，師或不解，不妨轉詢文人。得其義而後唱，唱時以精神貫串其中，務求酷肖。若是，則同一唱也，同一曲也，其轉腔换字之間，别有一種聲口；舉目回頭之際，另是一幅神情。較之時優，自然迥别。變死音爲活曲，化歌者爲文人，只在"能解"二字，解之時義大矣哉。

調熟字音　調平仄，别陰陽，學歌之首務也。然世上歌童，解此二事者，百不得一。不過口傳心授，依樣葫蘆，求其師不甚謬，則習而不察，亦可以混過一生。獨有必不可少之一事，較陰陽、平仄爲稍難，又不得因其難而忽視者，則爲出口、收音二訣竅。世間有一字，即有一字之頭，所謂"出口"者是也；有一字，即有一字之尾，所謂"收音"者是也。尾後又有餘音收煞此字，方能了局。譬如吹"簫"姓"蕭"諸"簫"字，本音爲"簫"，其出口之字頭與收音之字尾，並不是"簫"。若出口作"簫"，收音作"簫"，其中間一段正音並不是"簫"，而反爲别一字之音矣。且出口作"簫"，其音一洩而盡，曲之緩者，如何接得下板？故必有一字爲之頭，以備出口之用；有一字爲之尾，以備收音之用；又有一字爲餘音，以備煞板之用。字頭爲何？"西"字是也；字尾爲何？"夭"字是也；尾後餘音爲何？"鳥"字是也。字字皆然，不能枚紀。《絃索辨訛》等書，載此頗詳，閱之自得。要知此等字頭字尾及餘音，乃天造地設，自然而然，非後人扭捏而成者也。但觀切字之法，即知之矣。《篇海》《字彙》等書，逐字載有註脚，以兩字切成一字。其兩字者，上一字即爲字頭，出口者也；下一字即爲字尾，收音者也；但不及餘音之一字耳。無此上下二字，切不出中間一字，其爲天造地設可知。此理不明，如何唱曲？出口一錯，即差謬到底。唱此字而訛爲彼字，可使知音者聽乎？故教曲必先審音。即使不能盡解，亦須講明此義，使知字有頭尾以及餘音，則不敢輕易開口，

每字必詢，久之自能慣熟。“曲有誤，周郎顧。”苟明此道，即遇最刻之周郎，亦不能拂情而左顧矣。

字頭、字尾及餘音，皆爲慢曲而設。一字一板，或一字數板者，皆不可無。其快板曲止有正音，不及頭尾。

緩音長曲之字，若無頭尾，非止不合韻，唱者亦大費精神。但看青衿贊禮之法，即知之矣。“拜”、“興”二字，皆屬長音。“拜”字出口以至收音，必俟其人揖畢而跪，跪畢而拜，爲時甚久。若止唱一“拜”字到底，則其音一洩而盡，不當歇而不得不歇，失儐相之禮矣。得其竅者，以“不愛”二字代之。“不”乃“拜”之頭，“愛”乃“拜”之尾，中間恰好是一“拜”字。以一字而延數晷，則氣力不足，分爲三字，即有餘矣。“興”字亦然，以“希”“因”二字代之。贊禮且然，况於唱曲。婉譬曲喻，以至於此，總出一片苦心，審樂諸公，定須憐我。

字頭、字尾及餘音，皆須隱而不現。使聽者聞之，但有其音，并無其字，始稱善用頭尾者。一有字迹，則沾泥帶水，有不如無矣。

字忌模糊　學唱之人，勿論巧拙，只看有口、無口。聽曲之人，慢講精粗，先問有字、無字。字從口出，有字即有口。如出口不分明，有字若無字，是説話有口，唱曲無口，與啞人何異哉。啞人亦能唱曲，聽其呼號之聲，即可見矣。常有唱完一曲，聽者止聞其聲，辨不出一字者，令人悶殺。此非唱曲之料，選材者任其咎，非本優之罪也。舌本生成，似難强造，然於開口學曲之初，先能净其齒頰，使出口之際，字字分明，然後使工腔板，此回天大力，無異點鐵成金。然百中遇一，不能多也。

曲嚴分合　同場之曲，定宜同場；獨唱之曲，還須獨唱；詞意分明，不可犯也。常有數人登場，每人一隻之曲，而衆口同聲以出之者，在授曲之人，原有淺深二意：淺則慮其冷静，故以發越見長；深者示不參差，欲以翕如見好。嘗見《琵琶・賞月》一折，自“長空萬里”以至“幾處寒衣織未成”，俱作合唱之曲。諦聽其聲，如出一口，無高低斷續之痕者。雖曰良工苦心，然作者深心於兹埋没。此折之妙，全在其對月光各談心事。曲既分唱，身段即可分做，是清淡之内原有波瀾。若混作同場，則無所見其情，亦無可施其態矣。惟“峭寒生”二曲，可以同唱。首四曲，定該分唱。况有合前數句，振起神情，原不慮其太冷。他劇類此者甚

多,舉一可以概百。戲場之曲,雖屬一人而可以同唱者,惟行路出師等劇,不問情理異同,皆可使衆聲合一。場面似鬧曲聲亦宜鬧。静之則相反矣。

鑼鼓忌雜　戲場鑼鼓,筋節所關,當敲不敲,不當敲而敲,與宜重而輕,宜輕反重者,均足令戲文減價。此中亦具至理,非老於優孟者不知。最忌在要緊關頭,忽然打斷。如説白未了之際,曲調初起之時,横敲亂打,蓋却聲音,使聽白者少聽數句,以致前後情事不連,審音者未聞起調,不知以後所唱何曲。打斷曲文,罪猶可恕;抹殺賓白,情理難容。予觀場每見此等,故爲揭出。又有一齣戲文將了,止餘數句賓白未完,而此未完之數句,又係關鍵所在,乃戲房鑼鼓早已催促收場,使説與不説同者,殊可痛恨。故疾徐輕重之間,不可不急講也。場上之人將要説白,見鑼鼓未歇,宜少停以待之。不則過難專委,曲、白、鑼鼓均分其咎矣。

吹合宜低　絲竹肉三音,向皆孤行獨立,未有合用之者,合之自近年始。三籟齊鳴,天人合一,亦金聲玉振之遺意也,未嘗不佳。但須以肉爲主,而絲竹副之,使不出自然者亦漸近自然,始有主行客隨之妙。邇來戲房吹合之聲,皆高於場上之曲,反以絲竹爲主,而曲聲和之,是座客非爲聽歌而來,乃聽鼓樂而至矣。從來名優教曲,總使聲與樂齊,簫笛高一字,曲亦高一字;簫笛低一字,曲亦低一字。然相同之中,即有高低、輕重之别,以其教曲之初,即以簫笛代口,引之使唱,原係聲隨簫笛,非以簫笛隨聲,習久成性,一到場上,不知不覺而以曲隨簫笛矣。正之當用何法?曰:“家常理曲,不用吹合,止於場上用之,則有吹合亦唱,無吹合亦唱,不靠吹合爲主。譬之小兒學行,終日倚牆靠壁,舍此不能舉步,一旦去其牆壁,偏使獨行,行過一次兩次,則雖見牆壁而不靠矣。以予見論之,和簫和笛之時,當比曲低一字。曲聲高於吹合,則絲竹之聲亦變爲肉,尋其附和之痕而不得矣。正音之法,有過此者乎?然此法不宜概行,當視唱曲之人之本領。如一班之中,有一二喉音最亮者,以此法行之,其餘中人以下之材,俱照常格。倘不分高下,一例舉行,則良法不終,而怪予立言之誤矣。”

吹合之聲,場上可少;教曲學唱之時,必不可少,以其能代師口而司

鎔鑄變化之權也。何則？不用簫笛，止憑口授，則師唱一遍徒亦唱一遍，師住口而徒亦住口，聰慧者數遍即熟，資質稍鈍者非數十百遍不能，以師徒之間，無一轉相授受之人也。自有此物，只須師教數遍，齒牙稍利，即用簫笛引之。隨簫隨笛之際，若曰無師，則輕重疾徐之間，原有法脉準繩，引人歸於勝地；若曰有師，則師口並無一字，已將此曲交付其徒。先則人隨簫笛，後則簫笛隨人，是金蟬脱殼之法也。庾公之斯，學射於尹公之他；尹公之他，學射於我；簫笛二物，即曲中之尹公他也。但庾公之斯與子濯孺子昔未見面，而今同在一堂耳。若是，則吹合之力，詎可少哉？予恐此書一出，好事者過聽予言，謬視簫笛爲可棄，故復補論及此。

教白第四

教習歌舞之家，演習聲容之輩，咸謂唱曲難，説白易。賓白念熟即是，曲文念熟而後唱，唱必數十遍而始熟，是唱曲與説白之工，難易判如霄壤。時論皆然，予獨怪其非是。唱曲難而易，説白易而難。知其難者始易，視爲易者必難。蓋詞曲中之高低抑揚、緩急頓挫，皆有一定不移之格，譜載分明，師傳嚴切，習之既慣，自然不出範圍。至賓白中之高低抑揚、緩急頓挫，則無腔板可按、譜籍可查，止靠曲師口授。而曲師入門之初，亦係暗中摸索。彼既無傳於人，何從轉授於我？訛以傳訛，此説白之理，日晦一日而人不知。人既不知，無怪乎念熟即以爲是，而且以爲易也。吾觀梨園之中，善唱曲者十中必有二三，工説白者，百中僅可一二。此一二人之工説白，若非本人自通文理，則其所傳之師，乃一讀書明理之人也。故曲師不可不擇。教者通文識字，則學者之受益，東君之省力，非止一端。苟得其人，必破優伶之格以待之，不則鶴困鷄羣，與儕衆無異，孰肯抑而就之乎？然於此中索全人，頗不易得。不如仍苦立言者，再費幾升心血，創爲成格以示人，自製曲選詞，以至登場演習，無一不作功臣，庶於爲人爲徹之義無少缺陷。雖然，成格即設，亦止可爲通文達理者道；不識字者聞之，未有不噴飯胡盧，而怪迂人之多事者也。

高低抑揚　賓白雖係常談，其中悉具至理。請以尋常講話喻之。明理人講話，一句可當十句；不明理人講話，十句抵不過一句，以其不中

肯綮也。賓白雖係編就之言,説之不得法,其不中肯綮等也。猶之倩人傳語,教之使説,亦與念白相同。善傳者以之成事,不善傳者以之僨事,即此理也。此理甚難亦甚易,得其孔竅則易,不得孔竅則難。此等孔竅,天下人不知,予獨知之。天下人即能知之,不能言之,而予復能言之。請揭出以示歌者。白有高低抑揚。何者當高而揚?何者當低而抑?曰:"若唱曲。然曲文之中有正字、有襯字,每遇正字,必聲高而氣長;若遇襯字,則聲低氣短,而疾忙帶過。此分别主客之法也。説白之中,亦有正字、亦有襯字,其理同,則其法亦同。一段有一段之主客,一句有一句之主客,主高而揚,客低而抑,此至當不易之理,即最簡極便之法也。凡人説話,其理亦然。譬如呼人取茶取酒,其聲云'取茶來'、'取酒來',此二句既爲'茶'、'酒'而發,則'茶'、'酒'二字爲正字,其聲必高而長;'取'字'來'字爲襯字,其音必低而短。再取舊曲中賓白一段論之。《琵琶・分别》白云:'雲情雨意,雖可抛兩月之夫妻;雪鬢霜鬟,竟不念八旬之父母。功名之念一起,甘旨之心頓忘,是何道理?'首四句之中,前二句是客,宜略輕而稍快;後二句是主,宜略重而稍遲。'功名'、'甘旨'二句亦然。此句中之主客也。'雖可抛'、'竟不念'六個字,較之'兩月夫妻'、'八旬父母',雖非襯字,却與襯字相同,其爲輕快,又當稍别。至於'夫妻'、'父母'之上二'之'字,又爲襯中之襯,其爲輕快,更宜倍之。是白皆然。此字中之主客也。常見不解事梨園,每於四六句中之'之'字,與上下正文同其輕重疾徐,是謂菽麥不辨,尚可謂之能説白乎?此等皆言賓白,蓋場上所説之話也。至於上場詩、定場白,以及長篇大幅敘事之文,定宜高低相錯,緩急得宜,切勿作一片高聲或一派細語,俗言"水平調"是也。上場詩四句之中,三句皆高而緩,一句宜低而快。低而快者,大率宜在第三句。至第四句之高而緩,較首二句更宜倍之。如《浣紗記》定場詩云:'少小豪雄俠氣聞,飄零仗劍學從軍。何年事了拂衣去,歸卧荆南夢澤雲。''少小'二句,宜高而緩,不待言矣。'何年'一句,必須輕輕帶過,若與前二句相同,則煞尾一句,不求低而自低矣。末句一低,則懈而無勢,况其下接着通名道姓之語,如'下官姓范名蠡,字少伯','下官'二字,例應稍低,若末句低而接者又低,則神氣索然不振矣。故第三句之稍低而快,勢有不得不然者。此理此法,誰能窮究

至此，然不如此則是尋常應付之戲，非孤標特出之戲也。高低抑揚之法，盡乎此矣。”

優師既明此理，則授徒之際，又有一簡便可行之法，索性取而予之：但於點脚本時，將宜高宜長之字用硃筆圈之，凡類襯字者不圈，至於襯中之襯與當急急趕下、斷斷不宜沾滯者，亦用硃筆抹以細紋如流水狀，使一一皆能識認，則於念劇之初，便有高低抑揚，不俟登場摹擬。如此教曲，有不妙絶天下而使百千萬億之人贊美者，吾不信也。

緩急頓挫　緩、急、頓、挫之法，較之高低抑揚，其理愈精，非數言可了。然了之必須數言，辯者愈繁，則聽者愈惑，終身不能解矣。優師點脚本授歌童，不過一句一點，求其點不剌謬，一句還一句，不致斷者聯而聯者斷，亦云幸矣，尚能詢及其他？即以脚本授文人，倩其畫文斷句，亦不過每句一點，無他法也。而不知場上説白，儘有當斷處不斷，反至不當斷處而忽斷；當聯處不聯，忽至不當聯處而反聯者，此之謂緩、急、頓、挫。此中微渺，但可意會，不可言傳；但能口授，不能以筆舌喻者。不能言而強之使言，只有一法：大約兩句三句而止言一事者，當一氣趕下；中間斷句處勿太遲緩；或一句止言一事，而下句又言别事，或同一事而另分一意者，則當稍斷，不可竟連下句。是亦簡便可行之法也。此言其粗，非論其精；此言其略，未及其詳；精詳之理，則終不可言也。

當斷當聯之處，亦照前法，分别於脚本之中當斷處，用硃筆一畫，使至此稍頓，餘俱連讀，則無緩急相左之患矣。

婦人之態，不可明言；賓白中之緩急頓挫，亦不可明言，是二事一致。輕盈嬝娜，婦人身上之態也；緩急頓挫，優人口中之態也。予欲使優人之口，變爲美人之身，故爲講究至此。欲爲戲場尤物者，請從事予言，不則仍其故步。

脱套第五

戲場惡套，情事多端，不能枚紀。以極鄙極俗之關目，一人作之，千萬人效之，以致一定不移，守爲成格，殊可怪也。西子捧心，尚不可效，况效東施之顰乎？且戲場關目，全在出奇變相，令人不能懸擬。若人人如是，事事皆然，則彼未演出而我先知之，憂者不覺其可憂，苦者不覺其

爲苦，即能令人發笑，亦笑其雷同他劇，不出範圍，非有新奇莫測之可喜也。掃除惡習，拔去眼釘，亦高人造福之一事耳。

衣冠惡習　記予幼時觀場，凡遇秀才赴考及謁見當塗貴人所衣之服，皆青素圓領，未有着藍衫者。三十年來，始見此服。近則藍衫與青衫並用，即以之别君子小人：凡以正生、小生及外、末脚色而爲君子者，照舊衣青圓領；惟以净、丑脚色而爲小人者，則着藍衫。此例始於何人，殊不可解。夫青衿，朝廷之名器也。以賢愚而論，則爲聖人之徒者，始得衣之；以貴賤而論，則備縉紳之選者，始得衣之。名宦大賢，盡於此出，何所見而爲小人之服，必使净、丑衣之？此戲場惡習，所當首革者也。或仍照舊例，止用青衫而不設藍衫；若照新例，則君子小人互用，萬勿獨歸花面，而令士子蒙羞也。

近來歌舞之衣，可謂窮奢極侈。富貴娛情之物，不得不然，似難責以儉樸。但有不可解者：婦人之服，貴在温柔，而近日舞衣，其堅硬有如盔甲。雲肩大而且厚，面夾兩層之外，又以銷金錦緞圍之。其下體前後二幅，名曰“遮羞”者，必以硬布裱骨而爲之。此戰場所用之物，名爲紙甲者是也，歌臺舞榭之上，胡爲乎來哉？易以輕軟之衣，使得隨身環繞，似不容已。至於衣上所綉之物，止宜兩種，勿及其他：上體鳳鳥，下體雲霞，此爲定製。蓋“霓裳羽衣”四字，業有成憲，非若點綴他衣，可以渾施色相者也。予非能創新，但能復古。

方巾與有帶飄巾，同爲儒者之服。飄巾儒雅風流，方巾老成持重，以之分别老少，可稱得宜。近日梨園，每遇窮愁患難之士，即帶方巾，不知何所取義。至紗帽中之有飄帶者，制原不佳，戴於粗豪公子之首，果覺相稱。至於軟翅紗帽，極美觀瞻，曩時張生踰牆等劇，往往用之，近皆除去，亦不得其解。

聲音惡習　花面口中，聲音宜雜，如作各處鄉語，及一切可憎可厭之聲，無非爲發笑計耳。然亦必須有故而然。如所演之劇，人係吴人則作吴音，人係越人則作越音，此從人起見者也。如演劇之地，在吴則作吴音，在越則作越音，此從地起見者也。可怪近日之梨園，無論在南在北，在西在東，亦無論劇中之人生於何地、長於何方，凡係花面脚色，即作吴音。豈吴人盡屬花面乎？此與净、丑着藍衫同一覆盆之事也。使

范文正、韓襄毅諸公有靈，聞此劇、觀此劇，未有不抱恨九原，而思痛革其弊者也。今三吴縉紳之居要路者，欲易此俗，不過啟吻之勞，從未有計及此者，度量優容，真不可及。且梨園盡屬吴人，凡事皆能自顧，獨此一着，不惟不自争氣，偏欲故形其醜，豈非天下古今一絶大怪事乎？且三吴之音，止能通於三吴；出境言之，人多不解，求其發笑，而反使聽者茫然，亦失計甚矣。吾故爲詞場易之，花面聲音，亦如生旦外末，悉作官音，止以話頭惹笑，不必故作方言。即作方言，亦隨地轉，如在杭州即學杭人之話，在徽州即學徽人之話，使婦人小兒，皆能識辨。識者多，則笑者衆矣。

語言惡習　白中有"呀"字，驚駭之聲也。如意中並無此事而猝然遇之，一向未見其人而偶爾逢之，則用此字開口，以示異也。近日梨園，不明此義，凡見一人，凡遇一事，不論意中意外、久逢乍逢，即用此字開口。甚有差人請客而客至，亦以"呀"字爲接見之聲者。此等迷謬，尚可言乎？故爲揭出，使知斟酌用之。

戲場慣用者，又有"且住"二字。此二字，有兩種用法：一則相反之事，用作過文。如正説此事，忽然想及彼事，彼事與此事勢難並行，纔想及而未曾出口，先以此二字截斷前言，"且住者"，住此説以聽彼説也。一則心上猶豫，假此以待沉吟。如此説自以爲善，恐未盡善，務期必妥，當於是處尋非，故以此代心口相商，"且住者"，稍遲以待不可竟行之意也。而今之梨園，不問是非好歹，開口説話，即用此二字作助語詞，常有一段賓白之中，連説數十個"且住"者，此皆不詳字義之故，一經點破，犯此病者鮮矣。

上場引子下場詩，此一齣戲文之首尾。尾後不可增尾，猶頭上不可加頭也。可怪近時新例，下場詩念畢，仍不落臺，定增幾句淡話。以極緊湊之文，翻成極寬緩之局，此義何居？令人不解。曲有尾聲及下場詩者，以曲音散漫，不得幾句緊腔，如何截得板住？白文冗雜，不得幾句約語，如何結得話成？若使結過之後，又復説起，何如不收竟下之爲愈乎？且首尾一理，詩後既可添話，則何不於引子之先亦加幾句説白，説完而後唱乎？此積習之最無理、最可厭者，急宜改革。然又不可盡革。如兩人三人在場，二人先下，一人説話未了，必宜稍停以盡其説，此謂"弔

場”，原係古格。然須萬不得已，少此數句，必添以後一齣戲文，或少此數句，即埋没從前説話之意者，方可如此。是龍足，非蛇足也。然只可偶一爲之，若齣齣皆然，則是是貂皆可續矣，何世間狗尾之多乎？

科諢惡習　插科打諢處，陋習更多，革之革不勝革。且見過即忘，不能悉記，略舉數則而已。如兩人相毆，一勝一敗，有人來勸，必使被毆者走脱，而誤打勸解之人。《連環·擲戟》之董卓是也；主人偷香竊玉，館童吃醋拈酸，謂尋新不如守舊，説畢，必以臀相向，如《玉簪》之進安、《西厢》之琴童是也；戲中串戲，殊覺可厭，而優人慣增此種，其腔必效弋陽《幽閨》曠野奇逢之酒保是也。

南曲入聲客問

南曲入聲客問

新曲苑第十八種　清錢塘毛先舒撰

腔變音不變　客問:“子著《南曲正韻》,凡入聲俱單押,不雜平、上、去三聲韻中,是已。然單押仍是作三聲唱之,如〔畫眉序〕單押入聲者,首句韻便應作平聲唱,末句韻便應作去聲唱;〔絳都春序〕單押入聲者,首句韻便應作上聲唱;豈非仍以入作平上去耶?則又何不仍隸入三聲中耶?”余曰:“此論極妙,然却又有説:北曲之以入隸於三聲也,音變腔不變;南曲之以入唱作三聲也,腔變音不變。何謂音變腔不變?如元人《張天師》劇〔一枝花〕‘老老實實’,‘實’字《中原音韻》作平聲繩知切,是變音也;〔一枝花〕第五句,譜原應用平聲,而此處恰填平字,平聲字以平聲腔唱,是不須變腔也。《東堂老》〔醉春風〕‘倘來之物’,‘物’字《中原》作‘務’,是變音也;〔醉春風〕末句韻,譜應去聲,而此處恰填去字,去聲字以去聲腔唱,是不須變腔也。若南曲〔畫眉序〕,《明珠記》‘金卮泛蒲緑’,‘緑’字直作‘緑’音,不必如北之作‘慮’,此不變音也;〔畫眉序〕首句韻應是平聲,歌者雖以入聲吐字,而仍須微以平聲作腔也,此變腔也。其〔尾聲〕云‘可惜明朝又初六’,‘六’字竟作‘六’字,不必如北之作‘溜’,此不變音也;然〔畫眉序・尾聲〕末句韻,應是平聲,則歌者雖以入聲吐字,而仍須微以平聲作腔也。此北之與南,雖均有入作三聲之法,而實殊者也。又北曲之以入隸三聲,派有定法,如某入聲字作平聲、某入作上、某入作去,一定而不移。若南之以入唱作三聲也,無一定法,凡入聲字俱可以作平、作上、作去,但隨譜耳。如用‘轂’字,而此字譜當是平聲,則吐字唱‘轂’,而作腔便可唱如‘窩’,譜當上聲,則吐字唱‘轂’,而作腔便可唱如‘窩’之去聲。非如北曲‘轂’字之定作‘古’也。餘皆可推。此又與北曲殊者也。故混入三聲,則與北無别,且亦難於分派。如北曲法,竟廢却入聲,則四聲不完。所以别出單押之法,而隨譜變腔爲定論也。又南曲係本填詞而來,詞家原備有四聲,而平、上、去韻可以通

用,入聲韻則獨用,不溷三聲。今南曲亦通三聲,而單押入聲,正與填詞家法吻合,益明源流之有自也已。”客曰:“子之説韻,微哉工①已,抑何不更設一法,令歌者入作入唱,不變三聲,詎不善耶?”曰:“斯固事理之不得已者也。夫入之爲聲,詘然以止,一出口後,無復餘音。而歌必窈裊而作長聲,勢必流入於三聲而後始成腔,是固自然而然,不可遏也。今試口中念一入字,而稍遲其聲,則已非復入音矣,况歌者必爲曼聲也哉。”

南曲應從南音入難派作三聲 客問:“北曲既可派入聲入三聲,南曲何故又難派入聲入三聲?”曰:“北之入作平、上、去也,方音也。北人口語無入聲,凡入聲皆作平、上、去呼之。即如‘轂’字,北人云呼爲‘古’,北曲自應從北音,故《中原音韻》‘轂’字以入當作上而音‘古’。凡入聲皆然。此周挺齋氏之以入派歸三聲,非任臆强造也。若南曲,自應從南音。南人呼‘轂’與‘穀’、‘谷’等音同,原不呼‘古’,凡入聲皆然,原未嘗作平、上、去呼也,則南曲安得强派之入三聲也。既難强派,别無歸著,則自應更爲標部而單押矣。歌須曼聲,入便難唱,則自應隨譜之三聲作腔矣。客詳②斯理,夫復何疑。”

入聲單押 客問:“南曲入聲既可隨通三聲,則凡應用三聲者,皆可用入聲耶?”曰:“否。音有四聲,而大段尤重平仄。上、去、入皆仄聲。凡用入聲,在曲頭、腹者,止可通於上、去二聲,若平聲則不可以入聲代之;若以入聲押韻尾者,方可以平、上、去隨叶耳。然亦須相牌名,不可浪施,亦仍須用入聲部單押,不可與三聲通押如北曲法。《幽閨記》‘胸中書富五車’、‘山徑路幽僻’、‘拜新月’諸曲,皆入與三聲通押,是施君美作南曲,亦沿襲北曲之法。他家如此者亦多,然皆非也。君美‘春風紫陌’齣,引子、過曲俱單押入聲,此得之耳。且余謂南曲入可通三聲,亦謂作腔耳;若吐字,亦自須分明,豈可竟溷唱邪。”

入聲無閉口 客曰:“子著《南曲正韻譜》,以爲四聲咸備,今平、上、去皆有閉口音,而入聲獨無,何也?”余曰:“勢不可也。入之爲聲,詘然

---

① 今校:工,原作“尚”,據《歷代曲話彙編》本改。

② 今校:客詳,同上補。

而止。凡曲出字之後，必須作腔，若入聲而又閉口，則竟無腔矣。故三聲可用閉口，而入聲無之也。即據詩韻緝、合、葉、洽四部爲閉口入聲，而填詞則已雜通他韻，不專於閉口中互通與獨用。至元周德清皆隸入‘支思’、‘齊微’、‘歌戈’、‘家麻’、‘車遮’諸韻，而不隸於‘侵尋’、‘監咸’、‘廉纖’三韻者，亦此意耳。”

入聲派入閉口即成三截　客曰：“南曲入聲既可以唱作平、上、去，而此三聲原有閉口，則唱入聲者又何不可依三聲而收閉口歟？”余曰：“覈哉斯駁。然又有兩截、三截之分焉。唱入聲不閉口，止是兩截；唱入聲閉口，便是三截。如‘質’字，入之不閉口者也，唱者以入聲吐字，仍須照譜以三聲作腔，已是兩截。兩截尤可也。若‘緝’字，是入之閉口者也，唱者以入聲吐字，而仍須以三聲作腔，作腔後又要收歸閉口，便是三截，唇舌既已遽難轉折，而亦甚不中於聽矣。則廢之誠是，而又符填詞與北曲之例，當何疑焉。”

入聲直喉不收韻　客曰：“三聲之唱也，有吐字，有作腔，有收韻，亦是三截者，而唱入聲者獨兩截。且三聲既可三截唱，而乃謂唱入聲者三截即不便，何也？”曰：“又覈哉。然凡入聲之唱也，無穿鼻、展輔、斂唇、抵齶、閉口，而止有直喉。直喉，不收韻者也。都無收韻，故止兩截也。三聲有穿鼻諸條，是收韻也。收韻，故三截也。有收韻而三截，所以曰便①無收韻而收韻，是强爲之也。强爲之，故不便也。且三聲作腔，止就其本聲，故自然相屬，而不費力；入聲之作腔，必轉而之三聲，則費力，若更收韻，則益以不便。”

詩詞曲韻不同　客曰：“然。子著《韻學通指》、《唐人韻四聲表》，何以但曰‘入聲無穿鼻、抵齶韻’，不曰‘無展輔、斂唇、閉口’也？曰：“詩與曲不同也。”曰：“然則柴氏《古韻通》，何以標十四緝爲獨用，而合、葉、洽祗自相通，無别通耶？”曰：“余固云詩與曲不同。柴氏亦爲詩②辭言之，而余爲曲言之。蓋聲音之道，古與今自不無間殊云。”

---

① 今校：便，原作“原”，據《歷代曲話彙編》本改。

② 今校：詩字後原有“詞”字，同上删。

歌席解紛偶記附

酒客或作〔黄鶯兒〕,首句云:"纖手白於綿。"即席善歌者歌之,謂[1]"白"字不入調,却難上口。歌者頗精音韻,而作者又自負曲學,兩人辨之不已。余適入坐,叩知其故,笑謂歌者曰:"此字譜當用仄聲,而'白'是仄聲字,作者非誤。但君守《中原音韻》太專,而不知通變於南曲耳。蓋南曲唱入聲與北曲異。北曲'白'字定作平聲,巴埋切;南曲'白'字不定作平,唱時但以入聲吐字,而作腔則隨譜之平上去三聲可爾。據譜,〔黄鶯兒〕首句第三字當用上聲,則'白'字當以入聲之'白'音吐字,而以上聲作腔,不應如北曲之唱作平聲也。今君泥北韻以唱南曲,故枘鑿耳。"余語是已。又持《南曲入聲客問》共閲之,兩俱爽然云。

① 今校:謂,原作"調",據《歷代曲話彙編》本改。

跋

入聲之不通於三聲也，自古然矣。如“度”之入爲“忖度”之“度”，“告”之入爲“忠告”之“告”，“厭”之入爲“鎮厭”之“厭”，“準”之入爲“隆準”之“準”，使從入聲逆而溯之於平聲，寧不大相徑庭乎？今毛君之論，隨其調之平仄爲平仄，則亦與余逆溯之説相合。但入聲有孤行而無平、上、去者，吾未如之何也已。然余於此竊亦有法焉：於數説牌名用之，則並不須改唱三聲，亦可安於入聲之本位而無難也。心齋張潮[①]。

① 今校：潮，原作“漸”，據《歷代曲話彙編》本改。

在園曲志

在園曲志

新曲苑第十九種　清遼海劉廷璣撰

詞曲創始於嘯　詞曲莫溯創始，近則考之嘯旨，唐孫廣謂某君授王母，母授南極真人，遞至廣成子、風后、嘯父、務光、堯、舜、禹，其説甚誕。後晉孫登蘇門一嘯，猶襲其傳，登仙去，此道湮没不復聞矣。雖有權輿正畢十五章、十二法，徒具空文，心傳無授，究何益哉？迨風雅變爲騷賦樂府，五言七言詩體化爲詩餘及南北詞曲，而填詞家猶名其譜曰《嘯餘》，亦存餼羊之義耳。

崑腔以外諸腔　舊弋陽腔乃一人自行歌唱，原不用衆人幫合，但較之崑腔，則多帶白。作曲以口滚唱爲佳，而每段尾聲，仍自收結，不似今之後臺衆和，作喲喲囉囉之聲也。西江弋陽腔、海鹽浙腔，猶存古風，他處絶無矣。近今且變弋陽腔爲四平腔、京腔、衛腔，甚且等而下之，爲梆子腔、亂彈腔、巫娘腔、瑣哪腔、囉囉腔矣。愈趨愈卑，新奇叠出，終以崑腔爲正音。

唐宋以來歌曲沿革　歌曲盛於唐之梨園，故今名伶人爲“梨園子弟”。然當時所歌，以絶句爲樂府，而音律分别，乃有《清平調》、《小秦王》、《竹枝》、《柳枝》、《雨淋鈴》、《憶王孫》、《伊州》、《凉州》、《陽關》各種之異，欲深考辨别，杳不可得。《清平》一調，當時作者甚多，惟青蓮合拍。此中妙解，即詢諸填詞與善歌老白相，亦莫一解也。觀旗亭佳話，歌一絶句，而龜年、懷智輩以衆器配之，六音皆叶，傾聽之下，不知如何抑揚頓挫也。宋專事詩餘，歌詩之道廢。迨元作北曲，詩餘遂爲定場白之前引。明崑山魏良輔，能喉轉音聲，始變弋陽、海鹽故調爲崑山腔。梁伯龍填《浣紗記》付之，王元美詩所云：“吴閶白面冶游兒，争唱梁郎雪艷詞。”今之崑腔是已，即所謂南曲整本也。

南北歌曲沿革　元北曲每本不過四五折，曲皆一人始終獨唱，衆以白間之。若南曲則不獨人可一齣，甚有一齣幾人分唱者。至後龍子猶

輩出，以南北間錯，故有〔北新水令〕、〔南步步嬌〕一套，〔北醉花陰〕、〔南畫眉序〕一套，如此不可枚舉。後更碎割諸曲以成一曲，名曰“某犯”；或串合佳名，如〔金絡索〕〔掛梧桐〕之類，總曰“新增”。歌者不得不曲折以赴之，亦苦道也。久沿不覺，習而安矣。然今日人盡薄填詞爲容易，而尊詩詞爲上乘。黄九烟周星云：“詩降爲詞，詞降爲曲，愈趨愈下，愈趨愈難。嘗爲之語曰：‘三仄更須分上去，兩平還要辨陰陽。’詩與詞曾有是乎？”

琵琶幽閨之較　何元朗評施君美《幽閨》出高則誠《琵琶》之上，王元美目爲好奇之過。臧晉叔謂：“《琵琶》〔梁州序〕、〔念奴嬌〕二曲，不類則誠口吻，當是後人竄入。”王元美大不以爲然，津津稱許不置。晉叔笑曰：“是烏知所謂《幽閨》者哉。”以予持衡而論，《琵琶》自高於《幽閨》。譬之於詩，《琵琶》，杜陵也；《幽閨》，義山也。比之時藝，《琵琶》，程墨也；《幽閨》，房書也。《琵琶》語語至情，天真一片，曲調合拍，皆極自然，真是天衣無縫。至於才人點染，淺深濃淡，何事不然？豈〔梁州序〕〔念奴嬌〕二曲遂謂各一手筆乎？觀少陵詩，何法不備？何態不呈？烏可以一家之管見測之哉。

曲家文字短長　前人云，鄭若庸《玉玦》、張伯起《紅拂》以類書爲傳奇，屠長卿《曇花》終折無一曲，梁伯龍《浣紗》、梅禹金《玉合》道白終本無一散語，皆非是。如此論曲，似覺太苛，安見類書不可填詞乎？興會所至，托以見意，何拘定式。若必泥焉，則彩筆無生花之夢矣。況文章幻變，體裁由人，《公》、《穀》短奥，《史》、《漢》冗長，各出己意，何難自我作古，所謂不可無一，不可有二也。《水滸》多用典故，未嘗不與《荆》《劉》《拜》《殺》四種白描者并傳。又汪伯玉南曲失之靡，徐文長北曲失之鄙，唯湯義仍庶幾近之，而失之疏。然三君已臻至妙，猶如此呰議，誠太刻矣。近今李笠翁漁《十種》填詞，洪昉思昇《長生殿》，亦大手筆，各有妙處。但李之賓白似多，洪之曲文似冗，又不知後人作何評論也。

古今舞法　古舞法幾亡，今梨園舞西施者，初以袖舞，即胡旋也；繼以雙手翻捧者，原本之於番樂，如法僧作燄口也。孔東塘曰：“舞者聲之容，或像文德，或像武功。文則干羽揖讓，武則戈盾進止。東階西階之舞，所以合堂上堂下之聲也。古者童子舞勺，蓋以手作拍，應其歌也；成

人舞象，像其歌之情事也；即今里巷歌兒唱連像也。若雜劇扮演，則可踵而真之矣。惟《浣紗記》所演西子之舞，猶存古意，然亦以美人盥手照面、梳妝坐卧之容，以應歌拍耳。至於外國旋魔等舞，各像其風俗文武之容，亦非離聲歌而别有所爲舞也。”

扮演之訛　優孟衣冠，取其相似也。有絶不相似者，如《慶壽》之王母則鳳冠霞珮，羣仙則用蟒衣；《小逼》之衛律則補服，《大逼》之元帥亦用蟒衣，不可枚舉。又如《追賢》之韓信，曲文内“一事無成兩鬢斑，不覺得皓首蒼顔，空熬得鬢斑斑”。至戲末贈金時，猶不用鬚髯，何也？范少伯之《後舫》，曲文内“羞殺我一事無成兩鬢星”，亦不用鬚髯，皆老梨園以訛傳訛，失於檢點之故也。

賓白之習　至於副净、小丑賓白，多用蘇州鄉談，不知何本①，始於何年。李笠翁亦深惡之，極力詆毁，無奈習焉不察。然而副净、小丑原取發科打諢，以博聽者之一笑。蘇州近地人皆通曉，用之可也，施於他省外郡，語音尚然不解，亦何發笑之有？且副净、小丑所扮皆下品人物，獨用蘇州鄉談，而生、旦、外、末從無用之者，何蘇人自甘於爲副净、小丑也耶？亟宜改正，一大快事。

彈詞與傳奇　元人雜劇二百五十種，楊廉夫彈詞有《仙遊》、《夢遊》、《俠遊》、《冥遊》等類。董解元彈詞《西厢》，王實甫師其意，作《北西厢》傳奇。然董之彈詞冗長太文，反不若王之傳奇情文益美、可歌可誦也。大抵彈詞元時最上，一代風氣使然。今則競勝傳奇，縱有好絃索者，亦不足悦人耳目。

悖拏舞　唐張祜《悖②拏兒舞》詩云：“春風南内百花時，道唱梁州急遍吹。揭手便拈金椀舞，上皇驚笑悖拏兒。”今有咧喇班，用小童以筯頂椀而轉，升高復下，送葬之家，亦有於前導作此戲者，想亦悖拏舞之遺意耳。

南方小曲　小曲者，别於崑弋大曲也。在南則始於《掛枝兒》，如貫華堂《西厢》所載：“送情人直送到丹陽路，你也哭，我也哭，趕脚的也來

---

① 今校：何本，據《歷代曲話彙編》本補。

② 今校：悖，同上補。

哭。趕脚的你哭是因何故？去的不肯去，哭的只管哭，你兩下裏調情，我的驢兒受了苦。”一變爲《劈破玉》，再變爲《陳垂調》，再變爲《黄鸝調》。始而字少句短，今則累數百字矣。在北則始於《邊關調》，蓋因明時遠戍西邊之人所唱，其辭雄邁，其調悲壯，本《涼州》、《伊州》之意。如云：“斗大黄金印，天高白玉堂。大丈夫豪氣三千丈，百萬雄兵腹内藏，要與皇家做個棟梁。男兒當自强，四海把名揚，姓名兒定標在淩烟閣上。”明詩云“三絃緊撥配邊關”是也。今則盡兒女之私，靡靡之音矣。再變爲《呀呀優》。《呀呀優》者，“夜夜遊”也。或亦聲之餘韻。“呀呀喲”如倒扳槳、靛花開、跌落金錢，不一其類。又有《節節高》一種。《節節高》本曲牌名，取“接接高”之意，自宋時有之，《武林舊事》所載元宵節乘肩小女是也。今則小童立大人肩上，唱各種小曲，做連像，所馱之人以下應上，當旋即旋，當轉即轉，時其緩急而節湊之，想亦當時《鷓鴣》、《柘枝》之類也。今日諸舞失傳，徒存其名，烏知後日之《節節高》，不亦今日之《鷓鴣》《柘枝》也哉。

虎口餘生　商丘宋公記任丘邊長白爲米脂令時，幕府檄掘闖賊李自成祖父墳墓，中有枯骨血潤、白毛、黄毛、白蛇之異，與吾聞於邊別駕者不同。長白自敘其事曰《虎口餘生》，而曹銀臺子清寅，演爲填詞五十餘齣，悉載明季北京之變及鼎革顛末，極其詳備，一以壯本朝兵威之强盛，一以感明末文武之忠義，一以暴闖賊行事之酷虐，一以恨從僞諸臣之卑污。游戲處皆示勸懲。以長白爲始終，仍名曰《虎口餘生》，搆詞排場，清奇佳麗，亦大手筆也。

後琵琶　復撰《後琵琶》一種，用證前《琵琶》之不經。故題詞云：“琵琶不是那琵琶”，以便觀者著眼。大意以蔡文姬之配偶爲離合，備寫中郎之應徵而出，驚傷董死，並文姬被擄，作《胡笳十八拍》，及曹孟德追念中郎，義敦友道，命曹彰以兵臨塞外，脅贖而歸。旁入銅爵大宴，禰衡擊鼓，仍以文姬原配團圓，皆真實典故，駕出中郎女之上。乃用外扮孟德，不塗粉墨。説者以銀臺同姓，故爲遮飾。不知古今來之大奸大惡，豈無一二嘉言善行，足以動人興感者。由其罪惡重大，故小善不堪掛齒。然士君子衡量其生平，大惡固不勝誅，小善亦不忍滅，而於中有輕重區別之權焉。夫此一節，亦孟德篤念故友，憐才尚義豪舉，銀臺表而

出之,實寓勸懲微旨。雖惡如阿瞞,而一善猶足改頭换面,人胡不勉而爲善哉。

琵琶　若前《琵琶》,則高東嘉撰於處州郡城之西姜山上懸藜閣中。予守括蒼,曾經其地,閣雖已圮,而青山如故,不勝今昔詞人之感。傳言明大祖讀《琵琶記》,極爲稱賞,但欲改易一二處。面語東嘉曰:"誠能改之,賜以官。"東嘉唯唯,然竟不肯易一字,於此見其品行之高。記中賓白宏博,可以見其學問之大;詞曲真切,可以見其才情之美。自古迄今,凡填詞家,咸以《琵琶》爲祖,《西厢》爲宗,更無有等而上之者。至於立名《琵琶》,或云因指王四而言;趙五娘者,趙姓下第五爲周氏;蔡邕者,取賣菜傭下二字,同音也。皆不可考。既諸姓名假借,何獨有取於伯喈中郎,而加以不孝乎?且漢世尚無狀元之名。未有八旬父母,其子娶婦止兩月者。况陳留距洛陽不遠,焉有子登巍科,贅親相府,官居議郎,不捷報於家,並道路相傳無一知之者。陳留,洛陽屬邑,如此饑荒,即使不歸,何難拯救?乃忍聽父母餒死,而耳無聞者。及至五娘上路,忽又有李旺接取家眷一差。種種疑竇,在東嘉或有别解,今後人曲爲回護,終屬牽强,恨不一起東嘉而問之。予題一絶云:"琵琶一曲寫幽懷,自是千秋絶妙才。歌舞場中傳故事,蔡邕真個狀元來?"

大成曲譜論例

大成曲譜論例

新曲苑第二十種　清虞山周祥鈺撰

分配十二月令宫調總論

燕樂四聲二十八調　《宋史・燕樂志》以夾鐘收四聲，曰宫、曰商、曰羽、曰閏，閏爲角。其正角聲、變徵聲、徵聲皆不收，而獨用夾鐘爲律本。宫聲七調，曰正宫、高宫、中吕宫、道宫、南吕宫、仙吕宫、黄鐘宫。商聲七調，曰大石調、高大石調、雙調、小石調、歇指調、商調、越調。羽聲七調，曰般涉調、高般涉調、中吕調、平調、南吕調、仙吕調、黄鐘調。角聲七調，曰大石角、高大石角、雙角、小石角、歇指角、商角、越角。此其四聲二十八調之略也。

世傳宫調不可曉處　顧世傳曲譜，北曲宫調，凡十有七；南曲宫譜，凡十有三。其名大抵祖二十八調之舊，而其義多不可考。又其所謂宫調者，非如雅樂之某律立宫，某聲起調，往往一曲可以數宫，一宫可以數調。其宫調名義，既不可泥，且燕樂以夾鐘爲黄鐘，變徵爲宫，變宫爲閏，其宫調聲字亦未可據。按騷隱居士曰"宫調當首黄鐘"，而今譜乃首仙吕。且既曰黄鐘爲宫矣，何以又有正宫？既曰夾鐘、姑洗、無射、應鐘爲羽矣，何以又有羽調？既曰夷則爲商矣，何以又有商調？且宫、商、羽各有調矣，而角、徵獨無之。此皆不可曉者。或疑仙吕之"仙"乃"仲"字之訛，大石之"石"乃"吕"字之訛，亦尋聲揣影之論耳。《續通考》謂大石本外國名，般涉即般瞻，譯言般瞻，華言曲也。

四時聲音所宜　夫南北風氣固殊，曲律亦異。然宫調則皆以五聲旋轉於十二律之中。廖道南曰："五音者，天地自然之聲也。在天爲五星之精，在地爲五行之氣，在人爲五藏之聲。"由是言之，南北之音節雖有不同，而其本之天地之自然者，不可易也。且如春月盛德在木，其氣疏達，故其聲宜嘽緩而駘宕，始足以象發舒之理，若仙吕之〔醉扶歸〕、

〔桂枝香〕,中吕之〔石榴花〕、〔漁家傲〕,大石之〔長壽仙〕、〔芙蓉花〕、〔人月圓〕等曲是也。夏月盛德在火,其氣恢台,其聲宜洪亮震動,始足以肖茂對之懷,若越調之〔小桃紅〕、〔亭前柳〕,正宫之〔錦纏道〕、〔玉芙蓉〕、〔普天樂〕等曲是也。秋之氣颯爽而清越,若南吕之〔一江風〕、〔浣溪沙〕,商調之〔山坡羊〕、〔集賢賓〕等曲是也。冬之氣嚴凝而静正,若雙調之〔朝元令〕、〔柳摇金〕,黄鐘之〔絳都春〕、〔畫眉序〕,羽調之〔四季花〕、〔勝如花〕等曲是也。此蓋聲氣之自然,本於血氣心知之性,而適當於喜怒哀樂之節,有非人之智力所能與者。

分配十二月令　我仁皇帝考定元聲,審度制器,黄鐘正而十二律皆正,則五音皆中聲,八風皆元氣也。今合南北曲所存燕樂二十三宫調諸牌名,審其聲音,以配十有二月:正月用仙吕宫、仙吕調,二月用中吕宫、中吕調,三月用大石調、大石角,四月用越調、越角,五月用正宫、高宫,六月用小石調、小石角,七月用高大石調、高大石角,八月用南吕宫、南吕調,九月用商調、商角,十月用雙調、雙角,十一月用黄鐘宫、黄鐘調,十二月用羽調、平調。如此則不必拘拘於宫調之名,而聲音意象自與四序相合。羽調即黄鐘調,蓋調闕其一,故兩用之。而子當夜半,介乎兩日之間,於義亦宜也。閏月則用仙吕入雙角,仙吕即正月所用,雙角即十月所用,合而一之,履端於始,歸餘於終之義也。

道宫般涉調應裁併　至於舊譜所傳六宫十一調,沈自晉曾謂自元以來又亡其四,自十七宫調而外,又變爲十三調,則知道宫、歇指久已失傳。而《廣正譜》尚立道宫之名,惟採《董解元西厢》〔凭欄人〕〔解紅〕小套,以存其舊。遍考《元人百種》,《雍熙樂府》,以及元明傳奇,皆無道宫全套,即南詞亦不多概見。合將北詞〔凭欄人〕等名,南詞〔赤馬兒〕等名,審其聲音相近,裁併之,不復承訛襲謬。若夫般涉調雖隸於羽聲七調内,今南北詞亦祇寥寥數闋,考諸各譜,附於正宫者俱多。顧般涉本係黄鐘爲宫,自當歸入黄鐘宫,用存循名核實之義云爾。

南詞譜例

句段　舊譜句段不清,今將韻、句、讀詳悉註出。又舊譜不分正襯,以致平仄、句韻不明,今選《月令承應》、《法宫雅奏》作程式,舊譜體式不

合者删之。新曲所無,仍用舊曲。

仙吕雙角合套　南譜舊有仙吕入雙調。夫仙吕、雙調,聲音迥别,何由可合?今將仙吕歸仙吕,雙調歸雙調。但古有是名,不可竟廢,今用南仙吕〔步步嬌〕、北雙角〔新水令〕等曲合成套數,以存其舊。

譜詞作曲　引本於詩餘,或半或全,不同舊譜,不定工尺,今俱譜出。夫詩餘本可加板作曲,譜入管絃,向來雌雄俗説不足據。

又一體　舊譜一牌名重用者,皆曰前腔。夫腔不由句法相同,即使平仄同,其陰陽斷不能同,何云前腔乎?九宫大成稱爲"又一體者",是其首句有多字少字處,舊名"前腔"、"换頭",今總稱爲"又一體"。

叠與格　重句爲叠,始於《江沱》之"不我與也"。其稱爲格者,亦有由來。三百篇中或用"之"、或用"兮"、或用"止"、或用"只",《楚辭》則用"些",其鼻祖矣。是皆〔水紅花〕"也囉"之類,韻在其上,本字爲語助也。至若一字爲句,而無其義,若〔駐雲飛〕之"嗏"者,則古詩"妃呼狶"之屬也。今並註明爲叠、爲格云。

句讀　句字長短,古無定限。如二字爲句,則"祈父""肇禋"之屬也。三字爲句,則"思無邪"、"於繹思"之屬也。四、五、六、七字,六代以來所常用,不具論。若八字,則"我不敢效我友自逸"之屬也。九字,"人莫躓於山而躓於垤"之屬也。十字,"饘於是粥於是以餬余口"之屬也。十一字以上,荀卿《成相》辭備有之。若少至一字,則雖"都"、"俞"、"吁"、"咨",載在二典,而於歌辭不少概見,惟宋詞《十六字令》之第一句之屬乃有之。至若漢曲"故春非我春夏非我夏秋非我秋冬非我冬",以十七字爲一句,亦罕其偶也。短於七字者,無論。若長於七字,則雖作一句,究之必有可讀之處。是以唐人近體至七字而止,七字之聲音克諧也。今遇八字以上句,並加讀焉。

格韻句之異　凡曲中一字成句者,有格與韻之不同,如〔駐雲飛〕之"嗏"字,此則本體必應如是者也。或换字换韻,總註爲格。他如〔悮佳期〕之一字句,正體所無,乃屬又一體。則註爲韻,不叶韻者,即註爲句。蓋格者一定不移之理,註韻註句者,變動不拘之謂也。

板　襯字無正板,蓋板固有定式也。俗云"死腔活板"者,非但詞先而板後,若詞應上三下四句法,而悮填上四下三,則又不得不挪板以就

之;修好詞句,究屬遷就,非端使然也。

取聲略文　譜中所收《殺狗記》、《卧冰記》,文句鄙俚,《拜月亭》差勝,而用韻亦復夾雜。蓋詩濫觴而爲詞,詞濫觴而爲曲,此則曲之崑崙墟。故歷來用爲程式,但取音聲,不問字句。今若盡行削去,則牌名體式不具,不得已而收之。

以詞補充　各宫調牌名,曲本所無,選詞以補之。元以後之曲,即宋以前之詞,非有二也。但詞韻與曲韻不同,度曲者仍用中原韻填之可也。

改犯曲爲集曲　詞家標新領異,以各宫牌名彙而成曲,俗稱"犯調",其來舊矣。然於"犯"字之義,實屬何居? 因更之曰"集曲"。譬如集腋以成裘,集花而釀蜜,庶幾於五色成文、八風從律之旨,良有合也。

集句之法　唐宋詩餘,無相集者。後人創立新聲,乃有集調。妃青媲白,去真素遠矣。顧有其舉之,亦所不廢。今以《曲譜大成》、《南詞定律》、蔣沈諸譜,擇而用之。未善者,稍爲更改。起句必用首句,中用中句,末用末句。假如正宫集曲内〔三十腔〕之類,如集一首,須集一末相應,不在此例。

集調之法　各宫集調,假如中吕宫起句,中間所集别宫幾句,末又集别宫幾句,至曲終必須皆協入中吕宫,音調始和。若起句是中吕宫,次句集黄鐘宫,即度黄鐘宫之音聲,便是合錦清吹,不宜用之度曲。譜中《風雲會》、〔四朝元〕有集各宫者,首句乃雙調内〔四朝元〕,至曲終皆是雙調之音聲,可證。

集曲命名　集曲命名,初無一定,往往有名義可取而聲律失調者,亦有節奏克諧而名義欠雅者,今則悉爲釐正,或曲則猶是也。而中間所集之句,其舊註小牌名,句段庸有與本體不合,則另擇别曲句段相對者易之。如《梅花樓》之〔桂香轉紅馬〕,曲中所集〔紅葉兒〕、〔上馬踢〕,今易以〔悮佳期〕,其總名是當另改。夫既换去〔紅馬〕二曲之集句,仍存其舊,名義何居?① 閲者不得謂舊曲而立新名。誠所貴乎纍纍如貫珠耳,

---

① 今校:仍存其舊名義何居,原作"仍其舊名於義何居",據《歷代曲話彙編》本改。

抑命名原取合義。倘一曲有兩名者，不妨各自取裁。如〔好事近〕，一名〔杏壇三操〕；若集曲曰〔好銀燈〕、〔好事有四美〕，則當註〔好事近〕。若集曲曰〔榴花三和〕，則當註〔杏壇三操〕，否則名義不貫。由此類推，莫能枚舉。間有新製集曲採入，以見心花競粲、墨徑旁開，不得拘拘於古人成式也。

尾聲　尾聲乃經緯十二律，故定十二板式。律中積零者爲閏，故亦有十三板者。而尾聲三句，或十九字至二十一字止，多即不合式。如"四大夢"傳奇之尾聲，有三十多字，度曲者不顧文義，删落字眼，遵依尾聲格式擊板，兩失之矣。今俱不録。

板式　曲之高下疾徐，俱從板眼而出。板眼斯定，節奏有程。今頭板用丶，即實板，拍於音始發也；腰板用L，即掣板，拍於音之半也；底板用一，即截板，拍於音乍畢也；其襯板之頭板則用㇏，腰板則用㇄，以别於正板者，易於識認也。至於一板分註七眼，太覺繁瑣。今正眼則用○，徹眼則用囗，舉目瞭然，樂行而倫清已。

北詞譜例

體式來源　定譜中曲式，謹以《月令承應》、《元人百種》、《雍熙樂府》、《北宫詞紀》及諸譜傳奇中，選擇各體各式，依次備列。

取材註名　《雍熙樂府》不同《元人百種》，每折皆有命名。其彙收之曲，即非一體，有不入雜劇、偶成散套，與時曲相同者，則當分註散曲。亦有《元人百種》止載雜劇目録，而《雍熙樂府》内節録數曲者，則當分註原名。更有有曲無題者，則當分註《雍熙樂府》。至於套曲，例用四字爲題。如字數或多或寡，則亦概註《雍熙樂府》。餘外傳奇套曲，不拘此例。閲者不得謂同一是書，而中間分註互異如此，良有故也。若夫《元人百種》，並無散曲以及無題者，使亦照《雍熙樂府》格式，則《元人百種》總名幾無所用作題頭矣，學者何從而識元人之面目乎？是以不行分註原名，統註爲《元人百種》。《禮記》曰"無勦説，毋雷同"，爲此不膠於一。俾條分而縷晰，可溯流以窮源。猶之一事而再見者，前目而後凡之旨云耳。

隻曲　北詞隻曲，猶如南詞正曲，亦可隨分接調，不必拘於成套也。

若概欲規仿前人，則向來未收入套之牌名，將棄置不復用乎？此亦其顯而易見者也。故譜中先列隻曲在前，便於填詞審用。成套者另彙爲卷，以示矩範。

套曲　套曲諸譜，止列其名目。今將每宫調套式各舉數套，始得體備。内中或有用别宫調者，前人已定之規範，聲以類從。惟其變化生心，益覺宫商在手。細溯其流，自可洞鑒其源也。

南北合套　南北合套，元人舊體各宫調俱有套格。今通行者，不過〔新水令〕、〔步步嬌〕套，〔粉蝶兒〕、〔好事近〕套，〔醉花陰〕、〔畫眉序〕套，餘體失傳。今於各宫調之後，各列二套。且南曲俱可接調，本無專用一宫，今合套内以北曲爲主，其南曲或有移商换羽之處，閲者審之。

四聲陰陽　北曲字音，與南音稍異。元周德清《中原音韻》入聲分隸平上去三聲之内，可謂得其梗概。但止於平聲分陰陽，而上去不分，尚欠精析。今譜以工尺，陰陽自分。知音者宜辨諸舌唇齒齶之間，用以輔《中原音韻》之所未逮也。

板眼　北曲落板與南曲不同，一起三四調俱作底板。其落板之曲，或有於第三四句方落實板；或一兩曲已落實板，而忽又搜板不落；或煞尾前半闋已落實板，後半闋作收煞，每句用一底板。此皆度曲之趺賺處。總之，北曲貴乎趺宕閃賺，故板之緩急，亦變動不拘。常有一字而下三四板者，至襯字多處，亦不妨增一二底板以就之。聲初出即下者曰迎頭板，亦曰實板，則用丶。字半而下者曰掣板，亦曰腰板，則用L。聲盡而下曰底板，亦曰截板，則用━。板之細節曰眼，一板原有七眼，連板爲八數。細節不能盡列，止將正眼註出，▭爲一板一眼。凡腔之緊慢，眼之遲疾，知音識譜者自能會意。或云襯字不加正板，原屬正理。但元人曲中多用方言俚語，每冠於正文之上，此即落板歉下之處。如〔百字折桂令〕、〔百字堯民歌〕、〔百字知秋令〕、〔增字雁兒落〕，襯字倍於正文，諸如此類，拘之以理，難以合度，即勉增一二板度之，使其文句清楚，不致躲閃不迭，良爲方便。見者勿謂其正襯不分，然亦不可爲例。今祇取備體合格，襯字雖繁，不能一一淘汰。

章句　曲之爲句，長短不齊。要其句法，不過自一字以至七字而止。句有平拈仄拈，平押仄押之異，押韻處最爲緊要。句法者，體格所

由辨也。平仄拈押妥協，腔調所由生也。神明其法，可以類推。體格腔調既定，襯字自明也。遍考諸舊譜，俱限七字爲句。無論文義，皆截爲襯字，幾不成文矣。今多留一二正字，全其文義。除去正文，中間作讀，章句益覺完美。

腔板　曲之分别宫調，全在腔板。如仙吕調套中，有借中吕調一二曲，其腔板稍異，必依仙吕調之聲音，始爲妥協。有字數句法雖同，而腔板迥異，即截然兩調。今悉依宫調以定腔板，或轉因腔板以正宫調。腔之高下，按以工尺；而腔之遲疾，限以板眼。既考歷來相傳之成規，復參以國工修改之新法，舉向之無板者，悉爲點出，向之有板者，重爲釐正。按板循腔，無不可付之歌謳、被之絃管也。

襯字　曲之有襯字，猶語助也，藉以暢達文理，而不可當作正文。舊譜不能辨析，以致句法參差，體格淩亂。後人認作實字，承訛襲謬，伊於何底。今細考句法，詳定體格，將襯字逐一分出，字體略小，使填詞者知所稟程焉。

格韻句　北詞不同於南詞，凡遇"呀"字、"嗏"字，本曲换韻不换字處，皆註爲格。他如〔上馬嬌〕之"儂"字，〔醉雁兒〕之"天"字、"君"字。本曲换字不换韻處，概註爲韻。失韻者即註爲句。略舉其端，填詞者不致眩目也。

工尺音調　工尺字譜，古制十二律吕，陰陽各六。其生聲之理，陽律六音而繼以半律，陰吕六音而繼以半吕，各得七聲，至八而原聲復。是律吕雖有十二，而用之止於七也。五聲二變，合而爲七音。近代皆用工尺等字以名聲調，四字調乃爲正調。是譜皆從正調而翻七調，七調之中，乙字調最下，上字調次之；五字調最高，六字調次之。今度曲者用工字調最多，以其便於高下。惟遇曲音過抗，則用尺字調、或上字調。曲音過衰，則用凡字調、或六字調。今譜中仙吕調爲首調。工尺調法，七調俱備，下不過乙，高不過五。旋宫轉調，自可相通，抑可便俗。以下各宫調，俱從正調出。

調名　曲有一體二名，或三四名，總以最初之名爲正。或有别名，或名同而體格異，或某宫調亦有，俱詳列於本題之下。

牌調及又一體　曲出於詞，故曲之牌名亦大半本諸詩餘。其詞句

大異者，不便附會牽引。其詞句吻合及稍有增損，而格調仍仿佛者，皆從詞譜摘選，以爲考證。世尚王實甫《西厢》，諸譜皆收，但彼係絃索音調，另成一家。今譜中衹取其格，詞句不録。又諸譜所載各曲之正體，不能畫一，今選字句最少者爲正格，凡增句增字、平仄拈異者，皆爲又一體。

南北合套　仙吕入雙調之名，南北諸譜皆載。此名不知何昉？在於宫調，並無是名。假仙吕宫有雙調曲，是名仙吕入雙調；若商調有仙吕宫調曲，即爲商調入仙吕調，此訛傳也。今選仙吕宫之南詞，雙角之北詞，南北合套者爲閏月，另成一帙，是爲仙吕入雙角，以證舊日之訛。

煞尾　北調煞尾，最爲緊要。所以收拾一套之音節，結束一篇之文情。宫調既分，體裁各别，在仙吕調曰〔賺煞〕，在中吕調曰〔賣花聲煞〕，在大石角曰〔催拍煞〕，在越角曰〔收尾〕。諸如此類，皆秩然不紊。今譜中之〔慶餘〕，乃諸調煞尾之别名，用者尋其本而自得之。

韻叶押　曲韻須遵周德清《中原韻》。但今所選不能盡符，未便因咽廢食。今於用《中原韻》處則書"韻"；如《中原韻》所無，而沈約韻所通者，則書"叶"；《中原韻》所無，沈約韻亦無者，則書"押"。假如"齊微"韻，凡收入"齊微"者應書"韻"；如《中原》"齊微"韻所無，而沈約韻五微八齊内所有，及沈約本稱古韻通者，則書"叶"；倘混入"東鍾"，則書"押"。餘仿此。叶者，古本有是音而叶也；押者，强押之辭，言但取其格，不可法其用韻夾雜也。南詞同。

易餘曲録

易餘曲録

新曲苑第二十一種　清江都焦循撰

上去入不分陰陽　四聲平上去入，周德清分平聲爲陰陽，於是聲有五。此天地自然之聲，不可增減者也。説者謂上去入亦各有陰陽，余向在浙，嘗作《四聲陰陽辨》以明其謬，亦詳矣。偶閲毛先舒《韻學通指》，則本范善溱《中州全韻》謂有七聲，平去入皆有陰陽，惟上聲無陰陽，列爲圖表。余爲核之，仍差謬不足爲訓。今列其圖於左：

陰平聲　種該箋腰　陽平聲　篷陪全潮　上聲　無陰陽

陰去聲　貢玠霰釣　陽去聲　鳳賣電廟　陰入聲　穀七妾鴨　陽入聲　孰亦爇钀　按聲之有五，乃一氣自然轉接，不俟更端者也。如公拱貢穀四字一氣，而公爲陰平，其下實有陽平字相承轉，其字有音無字。試即以陰陽兩字言之：陰影映益，四聲也；陰字下實有吟字，一轉乃到影字，爲陰吟影映益五聲。陽養漾藥，四聲也；陽字上實有央字起頭，乃到陽字，爲央陽養漾藥五聲。此不俟更端，自然承接，周捨、沈約定四聲，未能悟此。至元周德清悟得，因有陽平陰平，實足補周捨、沈約之所未及也。其目以陰陽者，仍以聲明聲，如"天子聖哲"之爲平上去入，非平有陰陽、上去入亦有陰陽也。如謂去入有陰陽，則陰吟影映益之間，當有兩聲自然承接矣。而無之也，大抵毛氏認輕重内外爲陰陽，故以貢爲陰、鳳爲陽，穀爲陰、孰爲陽。不知此等不獨去入有之，上亦有之，陽平陰平亦各有之。乃更端而得分輕重之聲，非一氣自然轉落之聲。聲止有五，無有七也。陰陽二字皆平聲，陰之陽聲爲吟，陽之陰聲爲央，陰即聲之如陰者也，陽即聲之如陽者也。當曰平之陰，平之陽，今稱陽平陰平尚可，若云陽去陰去、陽入陰入，是不異稱平去平入矣。既去矣，何又爲平？既入矣，何又爲平？既去矣入矣，何又爲陰爲陽？蓋認陰陽爲高下之名，如脉之有陰脉陽脉，畫之有陰面陽面；不知聲之有陰平陽平，乃以聲明聲，可稱陰陽，亦可稱央吟。即毛氏所列，亦可稱種篷、稱該陪、

稱箋全、稱要潮。平字是陽聲，當日若不用陰陽二字，但於平字上加一陰聲之字，則無毛氏等之惑矣。

駁徐大椿四聲皆有陰陽説 吴人徐靈胎，名大椿，工於醫者也，亦善唱曲。有《樂府傳聲》一卷，謂曰：聲各有陰陽。《中原音韻》只平聲有陰陽，餘三聲皆不分陰陽。或又以爲去入有陰陽，上聲獨無陰陽。此更悖理之極者。蓋四聲之陰陽皆從平聲起，平聲一出，則四呼皆來，一貫到底，不容勉强，亦不可移易。豈有平聲有陰陽，而三聲無陰陽者？亦豈有平去入有陰陽，而上聲獨無陰陽者？如宗字爲陰，宗總縱足皆陰也。戎字爲陽，戎宂誦族皆陽也。豈可宗戎有陰陽，而下六字無陰陽？豈可縱足與誦族有陰陽，而總與宂無陰陽？余嘗欲以《中原音韻》四聲之陰陽每字皆爲分定，尚未遑而有待。但作曲者能别平聲之陰陽，已屬難事，若並三聲而分之，則尤難於措筆。以上皆徐氏説按徐氏謂平聲一出，則四呼皆來，一貫到底，是也。既知此義，則不得謂上去入亦有陰陽。玩其舉宗戎二字，蓋於平聲之有陰陽尚未了然，故云作曲者能知平聲之陰陽已屬難事也。坐不知陰陽二字以聲明聲；以陰陽上去入爲五聲，自於此義了然矣。宗字爲陰聲，是矣。不知宗總縱足宗字下自有陽聲，有音無字，非無此聲也。戎字爲陽聲，是矣。不知戎宂誦族戎字上自有陰聲，亦有音無字，非無此聲也。總縱足三聲共陰陽兩平，非單貫一宗字；宂誦族三聲亦共陰陽兩平，非單貫一戎字。試以陰陽二字言之：陰吟影映益，影映益三字貫陰亦貫吟，則此影映益三字爲陰乎？爲陽乎？央陽養漾藥，養漾藥三字貫陽亦貫央，則此養漾藥三字爲陰乎？爲陽乎？所以艱於措筆者，正於此未能了然也。宗之於戎，猶烹之於同。烹爲陰，而其陽自有彭字；同爲陽，而其陰自有通字。貫之爲烹捧掽撲可也，爲彭捧掽撲亦可也，其實爲烹彭捧掽撲之五聲也。貫之爲同統痛秃可也，爲通統痛秃亦可也，其實爲通同統痛秃之五聲也。陰陽如春夏，去入如秋冬，上如中央土，不可減一，不可增一者也。

駁嚴粲上讀如去及清濁説 嚴粲《詩緝》謂：凡上聲濁音讀如去聲。又云平上去入四聲，其平聲爲全清者，其上去入皆爲全清；其次清、全濁、不清、不濁者，亦然。録其圖於左：

全清　東弓包居逋鳩金顛邊賓知

次清　通穹胞胠鋪邱欽天篇繽癡

全濁　同窮庖渠酺求琴田駢頻持

不清不濁　農容茅魚模牛吟年眠珉尼

動奉俸是兕婢被否市恃士仕砙俟涘似巳祀耜汜姒巨秬虡距炬敘緒嶼鱮芧藇佇竚杼紵羜輔父腐柱簿部杜户怙祜岵扈陛蟹亥待逮殆怠倍在牝混但緩踐俴善趙肇兆褾紹皓昊顥鎬浩皞抱道稻阜造坐象丈蕩杏荇静靖迥洞舅婦阜厚後甚儉貢簟檻范範犯軋　以上竝是上聲，全濁，讀如去聲。

平	東	全清	通	次清	同	全濁	農不清不濁
上	董		桶		動讀如去聲		貜
去	凍		痛		洞		齈
入	督		秃		獨		○有聲無字

四聲惟上聲全濁者讀如去聲，謂之重道。如同動洞獨，動洞是重道，蓋四聲皆全濁也。動字雖是上聲，以其爲上聲濁音，只讀如洞字。今人調四聲者，誤云同桶痛秃，不知同爲全濁，其桶痛秃皆爲次清，清濁不倫矣。

按宋時未分陰平陽平，故以通爲次清，同爲全濁。如嚴氏説，同動洞獨不爲通之陽聲，而爲東之陽聲矣。以陰陽爲清濁，而不知東通各有陽聲，農亦自有陰聲也。至謂上聲重讀即如去聲，此亦非也。上自是上，去自是去，若輕重讀之，則不特上如去，平亦可似去，入聲唱之可爲平上去三聲，自不得爲四聲之本聲也。動奉等字讀爲去聲者，自是誤上爲去，非上聲似去。余謂聲定有五，陰陽上去入是也；音定有七，宫商角徵羽半宫半徵是也。每聲以三爲貫，如公空翁、宗聰松是也。其貫不能以三者，音蹇澀不可調者也。東通農讀作陰三聲相貫，於通下增一同字，不知同通爲陰陽，東通農讀作陰三聲貫，東讀作陽同農三聲亦貫。而董桶貜三聲、動痛弄三聲、督秃搙三聲亦無不貫，無所爲上聲如去也。近時金壇段氏謂古無去聲，嘉定錢氏謂古無輕唇音，余不謂然。古無平上去入等名目，非無此聲也；未分陰陽之前，人但知有四聲，然不可謂無陰陽之聲也。古今同此喉舌齒腭，未容於紙上尋之。

八十四調全聲何以至北曲祇用六宫十一調　十二律以五音旋之則

有六十，以七音旋之則有八十四。隋唐以來，僅有二十八調，元明用六宫十一調而已。或疑八十四、六十之數非其實，然不必疑也。如以喉舌齒牙唇，各依等韻，則必有若干音。然其中有重複者，有蹇澀不可以音者，有風土各地之不同者，以理排之有此數，以口調之則不足矣。制之爲字，又不及其音之半。《説文》九千餘字，便於用而人共識之者，又不及其半。《玉篇》以下，字日增，而有音無字者仍多。不得以所用者少，遂疑古之字本少；亦不得以字不及音之數，遂疑並無此音。聲調之有八十四，論其理如是也。其相習而便於口、中於耳固無幾何，古音不盡悦耳，後世既求其悦耳，又取其便於肄習，故日減日少，無可疑也。姜白石《徵招》序云："予嘗考唐田畸《聲律要訣》云：'徵與二變之調，咸非流美，故自古少徵調曲也。徵爲去母調，如黄鍾之徵以黄鍾爲母，不用黄鍾，乃諧。故隋唐舊譜不用母聲。琴家無媒調、商調之類皆徵也，亦皆具母弦而不用。……然黄鍾以林鍾爲徵，住聲於林鍾，若不用黄鍾聲，便自成林鍾宫矣。故大晟樂府徵調兼母聲，一句似黄鍾均，一句似林鍾均，所以當時有落韻之語。余嘗使人吹而聽之，寄君聲於臣民事物之中，清者高而亢，濁者下而遺，萬寶常所謂宫離而不附者是已。因再三推尋唐譜並琴弦法，而得其意。黄鍾徵雖不用母聲，亦不可多用變徵蕤賓、變宫應鍾聲。若不用①黄鍾，而用蕤賓、應鍾，即是林鍾宫矣。餘十一均徵調放此，其法可謂善矣。然無清聲，只可施之琴瑟，難入燕樂。故燕樂缺徵調，不必補可也。"按，白石此序甚詳明，不用母聲，不用二變，其音不中於耳，故不用此調也。譬如入聲，一涉永歎，便非本字，故北曲派入三聲，南曲雖有入聲，而其腔全是平聲矣。蓋入聲出口，戛然便止，若直如其聲，便質樸無音節，不中聽矣。無徵調亦以此也。徵調之所以缺，如是則宋元不用羽角、不用高宫，可知其故。然則八十四調止用二十八，又止用十七，可類推矣。

金元文學應取其曲　詞之體盡於南宋，而金元乃變爲曲。關漢卿、喬夢符、馬東籬、張小山等，爲一代鉅手，乃談者不取其曲，仍論其詩，失之矣。

---

① 今校：若不用，原作"不若用"，據《歷代曲話彙編》本改。

張小山曲之校正　《詞綜》選張可久〔風入松〕一首《咏九日》，首四句云："哀筝一抹十三弦，飛雁隔秋烟。攜壺莫道登臨樂，雙雙燕爲我留連。"按，《小山樂府》載此，作"雙雙爲我留連"，無燕字。"雙雙"即指上"飛雁"，雁與燕不當雜出，且九日不復有燕矣。蓋雁指筝上所有，雙雙即此雁也。程易疇先生遊盤山，親閲《道宗舍利碑》，爲王洙撰，因校朱彝尊《吉金貞石志》，録此碑文，内中妄增一語。詳見《通藝録》《小山樂府》世不多有，余適有之，乃得校出增多"燕"字。又〔人月圓〕一首云："片時春夢，十年往事，一點詩愁。"彝尊改作"閑愁"。又"故人何在，前程那裏，心事誰同。"彝尊改作"前程莫問"。又"白家亭館，吴宫花草，長似坡詩。可人憐處，啼鳥夜月，猶怨西施。"彝尊改作"可似當時，最憐人處"，以音調推之，可謂削圓方竹杖矣。

金元曲劇體裁通於唐人求科第之温卷　《雲麓漫抄》云："唐之舉人，先藉當世顯人，以姓名達之主司，然後以所業投獻。踰數日，又投，謂之'温卷'，如《幽怪録》《傳奇》等皆是也。蓋此等文備衆體，可以見史才、詩筆、議論。至進士則多以詩爲贄，今有唐詩數百種行於世者是也。"按此則唐人傳奇小説乃用以爲科舉之媒，此金元曲劇之濫觴也。詩既變爲詞曲，遂以傳奇小説譜而演之，是爲樂府雜劇。又一變而爲八股，舍小説而用經書，屏幽怪而談理道，變曲牌而爲排比，此文亦可備衆體、史才、詩筆、議論。其破題開講，即引子也；提比、中比、後比，即曲之套數也；夾入、領題、出題、段落，即賓白也。習之既久，忘其由來，莫不自詡爲聖賢立言；不知敷衍描摹，亦仍優孟之衣冠，至摹寫陽貨王驩太宰司敗之口吻，叙述庾斯抽矢、東郭乞餘，曾何異傳奇之局段邪。而莊老釋氏之指，文人藻績之習，無不可入之，第借聖賢之口以出之耳。八股出於金元之曲劇，曲劇本於唐人之小説傳奇，而唐人之小説傳奇爲士人求科第之温卷，緣迹而求，可知其本。

八股入口氣原本於曲劇　元人曲止正旦正末唱，餘不唱。其爲正旦正末者，必取義夫貞婦、忠臣孝子、厚德有道之人，他如宵小市井，不得而干之。余謂八股入口氣，代其人論説，實原本於曲劇，而如陽貨臧倉等口氣之題，宜斷作，不宜代其口氣。吾見工八股者作此種題文，竟不啻身爲孤裝邦老，甚至助爲訕謗口角，以偪肖爲能，是當以元曲之格

爲法。

孤裝爨弄應分爲二　周密《武林舊事》所載官本雜劇之名，有所謂“爨”者，如《鍾馗爨》《天下太平爨》之類；有所謂“孤”者，如《思鄉早行孤》《迓鼓孤》之類；有所謂“妲”者，如《襤哮店休妲》《老姑遺妲》之類；有所謂“酸”者，如《襤哮負酸》《眼藥酸》之類。按《輟耕録》云：“孤裝又謂之五花爨弄。或曰宋徽宗見爨國人來朝，衣裝鞵履巾①裹，傅粉墨，舉動如此，使優人效之以爲戲。”然則爨與孤裝爲一，然所載孤、酸、旦等名，屬諸雜大小院本。而諸雜院爨，别爲一類，有所謂《三跳澗爨》《開山五花爨》《變二郎爨》等目。攷元人劇中，其題目正名有云《還牢末》者，則正末當場也；有云《貨郎旦》者，則正旦當場也。《録鬼簿》關漢卿有《擔水澆花旦》《中秋切鱠旦》，吴昌齡有《貨郎末泥》，尚仲賢有《没興花前秉燭旦》，楊顯之有《跳神師婆旦》，其義亦同。孤謂官，酸謂秀士，旦即旦。蓋宋時以裝官者爲孤，以傅粉墨者爲爨，元以傅粉墨者裝官，故孤裝爨弄混而爲一。究之，官不必皆傅粉墨，故孤爨仍分兩目。觀其爲鍾馗、爲二郎變，則不特傅粉墨，並傅五采，故稱五花爨。今優人以五采塗面爲鬼神魔魅及武士賊寇者，皆爨也。凡稱酸，謂以正末扮秀士當場也。至有云酸孤旦者，則三色當場；有云雙旦降黄龍者，則兩旦當場。其稱爨者，則以五采塗面，倬刀夾棒相打鬧也。

細酸　《莊嶽委談》云：“世謂秀才爲措大，元人以秀才爲細酸。《倩女離魂》首折‘末扮細酸王文舉’是也。”按元曲《倩女離魂》劇中無“細酸”二字。

折數與楔子　元曲皆四折，或加楔子。惟《趙氏孤兒》五折，又有楔子。

脚色　生旦净丑，元曲無生之稱，末即生也。今人名刺或稱“晚生”，或稱“晚末”、“眷末”，或稱“眷生”，然則生與末通稱，爲元人之遺與？元曲有正末，又有冲末、副末、小末。《任風子》劇中，冲末扮馬丹陽，正末扮任屠；《碧桃花》，冲末扮張珪，副末扮張道南；《貨郎旦》冲末扮李彦和，小末扮李春郎是也。小末亦稱小末尼，《東堂老》正末同小末

① 今校：巾，原作“中”，據《歷代曲話彙編》本改。

尼上是也。冲末又稱二末,《神奴兒》冲末扮李德義,後稱李德義爲二末是也。旦有正旦、老旦、大旦、小旦、貼旦、色旦、搽旦、外旦、旦兒諸名。《中秋切鱠》正旦扮譚記兒,旦兒扮白姑姑;《碧桃花》老旦扮張珪夫人,正旦扮碧桃,貼旦扮徐端夫人;《張天師夜斷辰句月》搽旦扮封姨,旦兒扮桃花仙,正旦扮桂花仙;《救風塵》外旦扮宋引章;《貨郎旦》外旦扮張玉娥;《玉壺春》貼旦扮陳玉英;《神奴兒》大旦扮陳氏;《陳摶高卧》鄭恩引色旦上;《悮入桃源》小旦上云:"小妾是桃源仙子侍從的是也。"有單稱旦者,《抱妝盒》正旦扮李美人,旦扮劉皇后,旦兒扮寇承御;《倩女離魂》旦扮夫人,正旦扮倩女是也。丑、净、外三色,名與今同。乃《碧桃花》外扮薩真人,外又扮馬、趙、温、關天將,是同場有五外。《陳州糶米》外扮韓魏公、吕夷簡。《争報恩》外扮趙通判,外又扮孤;《楚昭王疏者下船》外扮孫武子、伍子胥;《小尉遲認父歸朝》外扮徐茂公、房元齡,皆同場有二外。《謝金吾詐拆清風府》外扮焦贊、孟良、岳勝,是同場有三外。《百花亭》二净扮雙解元、柳殿試,鬧上;《舉案齊眉》二净扮張小員外、馬舍上;《殺狗勸夫》《東堂老》並二净扮柳隆卿、胡子傳;《合汗衫》净扮卜兒、净扮陳虎;《陳州糶米》净扮劉衙内、净扮小衙内;皆同場有二净。副净之名,見《竇娥冤》之張驢兒。《牆頭馬上》冲末扮裴尚書,引老旦扮夫人上;第二折夫人同老旦嬷嬷上,是同場有二老旦。《胡蝶夢》外引冲末扮王大、王二;《范張雞黍》正末扮范巨卿,同冲末扮孔仲仙、張元伯,是當場有二冲末。《桃花女》小末扮石留住,又小末扮增福;第四折石留住、增福同場,是當場有二小末。《陳州糶米》丑扮楊金吾,又二丑扮二斗子,是同場有三丑。其末旦净丑之外,又有孤、倈兒、孛老、邦老、卜兒等目。《貨郎旦》冲末扮孤,《殺狗勸夫》外扮孤,《勘頭巾》净扮孤,扮孤者無一定也。《金線池》搽旦扮卜兒,《秋胡戲妻》《王粲登樓》並老旦扮卜兒,《合汗衫》净扮卜兒,是扮卜兒者無一定也。《貨郎旦》净扮孛老,《瀟湘雨》外扮孛老,《薛仁貴榮歸故里》正末扮孛老,《硃砂擔》冲末扮孛老,是扮孛老者無一定也。蓋孤者,官也;卜兒者,婦人之老者也;孛老者,男子之老者也。倈兒多不言何色扮之,惟《貨郎旦》李春郎前稱倈兒,後稱小末,則前以小末扮倈兒,蓋倈兒者,扮爲兒童狀也。春郎前幼,當扮爲兒童,故稱倈兒;後已作官,則稱小末耳。邦老之稱,一爲《合

汗衫》之陳虎，一爲《盆兒鬼》之盆罐趙，一爲《硃砂擔》之鐵旛竿白正，皆殺人賊，皆以净扮之，然則邦老者，蓋惡人之目也。邦老即鮑老之轉聲。

砌末　《輟耕録》有諸雜砌之目，未知所謂。按元曲《殺狗勸夫》祇從取砌末上，謂所埋之死狗也。《貨郎旦》外旦取砌末付净科，謂金銀財寶也。《梧桐雨》正末引宫娥，挑燈拿砌末上，謂七夕乞巧筵所設物也。《陳摶高卧》外扮使臣，引卒子捧砌末上，謂詔書纁幣也。《冤家債主》和尚交砌末科，謂銀也。《誤入桃源》正末扮劉晨，外扮阮肇，各帶砌末上，謂行李包裹，或采藥器具也。又净扮劉德，引三王留等將砌末上，謂春社中羊酒紙錢之屬也。

諸劇異名與作家　《殺狗勸夫》不題作者姓氏，《點鬼簿》有《王翛然斷殺狗勸夫》，爲蕭德祥作。今此曲中孤自稱王翛然，蓋即蕭作。《裴少俊牆頭馬上》，白仁甫作，《點鬼簿》作《鴛鴦簡牆頭馬上》。《便宜行事虎頭牌》，李直夫作，《點鬼簿》作《武元皇帝虎頭牌》。《李素蘭風月玉壺春》，武漢臣作，《點鬼簿》武有《鄭瓊娥梅雪玉堂春》，無此目。《陶學士醉寫風光好》，戴善夫作，《點鬼簿》戴無此目。《翠紅鄉兒女兩團圓》，楊文奎作，《點鬼簿》無此人。《半夜雷轟薦福碑》，馬致遠作；《包待制三勘胡蝶夢》，關漢卿作，點鬼簿馬、關無此目。《河南府張鼎勘頭巾》，孫仲章作，《點鬼簿》陸登善有此目，孫仲章無此目。《李太白匹配金錢記》，喬夢符作，《點鬼簿》題爲《唐明皇御斷金錢記》，别有《柳眉兒金錢記》，平陽人石君寶作。《張天師斷風花雪月》，吴昌齡作，《點鬼簿》作《張天師夜祭辰鈎月》。《趙盼兒風月救風塵》，關漢卿作，《點鬼簿》作《烟月舊風塵》，舊蓋救之譌，兩風字相複，則烟字爲是。《同樂院燕青博魚》，李文蔚作，《點鬼簿》題有《報冤臺燕青撲魚》及《燕青射雁》二目，無《燕青博魚》。

西厢記不標脚色　王實甫《西厢記》不標净旦丑之名，曰紅、曰鶯、曰本、曰夫、曰惠、曰杜、曰飛。然則曰生者謂張生，非優人脚色之名爲生也。

兀剌赤　虞兆隆《天香樓偶得》云："兀剌赤，元人掌車馬者之稱。故《拜月》有云'兀剌赤兀剌門外等多時。'"按，楊瑀《山居新話》云："中途有酒車百餘乘，其回車之兀剌赤，多無禦寒之衣。"此掌車馬者爲兀剌

赤之證。

董關西厢之較　王實甫《西厢記》全藍本於董解元，談者未見董書，遂極口稱道實甫耳。如《長亭送别》一折，董解元云："莫道男兒心如鐵，君不見滿川紅葉，盡是離人眼中血。"實甫則云："曉來誰染霜林醉，總是離人淚。"淚與霜林，不及血字之貫矣。又董云："且休上馬，苦無多淚與君垂，此際情緒你争知。"王云："閣淚汪汪不敢垂，恐怕人知。"董云："馬兒登程，坐車兒歸舍。馬兒往西行，坐車兒往東拽。兩口兒一步兒離得遠如一步也。"王云："車兒投東，馬兒向西，兩處徘徊，落日山横翠。"董云："我郎休怪强牽衣，問你西行幾日歸。著路裏小心呵且須在意，省可裏晚眠早起，冷茶飯莫吃，好將息。我專倚著門兒專望你。"王云："到京師服水土，趲程途節飲食，順時自保揣身體，荒村雨露宜眠早，野店風霜要起遲。鞍馬秋風裏，最難調護，須要扶持。"董云："驢鞭半裊，吟肩雙聳。休問離愁輕重，向個馬兒上駝也駝不動。"王云："四圍山色中，一鞭殘照裏。人間煩惱填胸臆，量這大小車兒如何載得起。"董云："帝里，酒釅花濃，萬般景媚。休取次，共别人便學連理。少飲酒，省遊戲，記取奴言語，必登高第。妾守空閨，把門兒緊閉。不拈絲管，罷了梳洗。你咱是必把音書頻寄。"王云："你休憂文齊福不齊，我只怕停妻再娶妻。一春魚雁無消息，我這裏青鸞有信頻宜寄，你切莫金榜無名誓不歸。君須記，若見異鄉花草，休再似此處棲遲。"董云："一個止不定長吁，一個頓不開眉黛。兩邊的心緒，一樣的情懷。"王云："他在那壁，我在這壁，一遞一聲長吁氣。"兩相參玩，王之遜董遠矣。若董之寫景語有云："聽塞鴻啞啞的飛過暮雲重。"有云："回首孤城，依約青山擁。"有云："柳隄兒上，把瘦馬兒連忙解。"有云："一徑入天涯，荒凉古岸，衰草帶霜滑。"有云："駞腰的柳樹上有魚槎，一竿風旆茅簷上掛。澹烟消灑，横鎖著兩三家。"有云："淅零零地雨打芭蕉葉，急煎煎的促織兒聲相接。"有云："燈兒一點甫能吹滅，雨兒歇閃出昏慘慘的半窗月。"有云："披衣獨步在月明中，凝睛看天色。"有云："野水連天天竟白。"有云："東風兩岸緑楊摇，馬頭西接著長安道。正是黄河津要，用寸金竹索，纜著浮橋。"前人比王實甫爲詞曲中思王、太白，實甫何敢當？當用以擬董解元。王實甫止有四卷，至《草橋店夢鶯鶯》而止，其後一卷乃關漢卿所續，詳見王弇州《曲

藻》及都穆《南濠詩話》。關所續亦依董，惟董以張珙用法聰之謀，攜鶯奔於杜太守，關所續則杜來普救寺也。

元劇中之張鼎 元人孟漢卿有《張孔目智勘魔合羅》，孫仲章有《河南府張鼎勘頭巾》，皆云張鼎字平叔，又云具表申奏加張鼎縣令之職，其申枉發伏，與包待制王翛然同。王翛然見《歸潛志》，《金史》有傳。張鼎之名，見於《元史・本紀》："世祖中統十四年，鄂州總管府達魯花赤張鼎參知政事；十五年，近侍劉鐵木兒言，阿里海牙屬吏張鼎，今亦參知政事，詔即罷去。"蓋即此人。

樂府傳聲

樂府傳聲序

崑腔，南北曲之所由來者，從古樂而變新聲也。大凡度曲，必須以四聲五音，南北字面，用氣用喉諸法則，考證明晰，然後謌之，方不失新聲，即古樂之旨也。今之唱崑者，心傳口授，襲謬承訛，是徒得其貌，而未得其真也。余賦性耽斯，摸索已四十年，其聲音字面，尚有書可證可參，不難意會；惟用氣用喉，審情度理，全在心領神會，刻意揣摩，日久月深，始識自然之妙，而自然之妙，亦實難以言傳也。辛亥館福山，得王心池茂才出所藏《樂府傳聲》示之。是篇爲吴江徐靈胎先生所著，溯本追源，傳聲示法，融會貫通，無微不顯，度曲宗之，可謂盡善盡美矣。余愛而寶之，擬即付刻，以公同好。惟年來碌碌未遑，秘而未發。兹以小閑，願酬初志，更得同人助以授梓，俾樂於斯者早睹爲快耳。咸豐九年五月經三百六十甲子無我道人識。

樂府傳聲敘

度曲之道，非博采問難，時殷切磋，不能稱盡善盡美。若淺見寡聞者，又安能領略其道耶？玠生長東隅，音隨北韻，雖賦性相近，而醯雞處甕，見等測蠡，既鮮能事相傳，復乏知音晉接，孜孜者數十年，仍是門外漢耳。今春館育梨，遇吴子小岡，徐示以審聲辨韻、尋節傳情之道，無不各盡其妙，津津娓娓，不倦不煩，具見攻苦之功深，益切心欽而永佩。因憶余亦有舊藏靈胎徐公手輯《樂府傳聲》一帙，出請參證。而吴子喜其論斷剖決，極盡精微，特索而付梓，以公同好。夫徐公之輯著，惠固高深，得吴子之鋟傳，功堪並美；若同志者之受益，又豈敢有忘？是爲敘。咸豐辛亥夏四月福山王保玠心池氏拜手。

樂府傳聲

新曲苑第二十二種　清吴江徐大椿撰

源　流

樂之變，上古不可考。自唐虞之賡歌擊壤以降，凡朝庭草野之間①詩謌謡諺，不可勝窮，兹不②盡述。若今日之聲，存而可考者，唯南曲北曲二端而已③。北曲之始，金之董解元《西廂記》，元之馬致遠《岳陽樓》之類。南曲之傳，如元人高則誠《琵琶記》，施君美《拜月亭》之類。宫調既殊，排場亦異，然當時之唱法，非今日之唱法也。北曲如董之《西廂記》，僅可以入絃索，而不可以協簫管。其曲以頓挫節奏勝，詞疾而板促。至王實甫之《西厢記》，及元人諸雜劇，方可協之簫管，近世之所宗者是也。至明之中葉，崑腔盛行，至今守之不失。其偶唱北曲一二調，亦改爲崑腔之北曲，非當日之北曲矣。此乃風氣自然之變，不可勉强者也。如必字字句句，皆求同於古人，既無考究，亦難以傳授。况古人之聲已不可追，自吾作之，安知不有杜撰不合調之處？即使自成一家，亦仍非真古調也。故風氣之迭變，相仍無害，但不可依樣葫蘆，盡失聲音之本，並失後來改調者之意，則流蕩不知所窮矣。故可變者腔板，口法宫調，斷不可變。苟口法宫調果得其真，雖今樂猶古樂也。蓋天地之元聲，未嘗一日息於天下，《記》云："禮樂不可斯須去身。"人生而有此形，即有此聲，亦即有此履中蹈和之具，但無人以發之，則汩没而不能自振。後世之所以治不遵古者，樂先亡也。樂之亡，先王之教失也。我謂欲求樂之本者，先從人聲始。

---

① 今校：朝廷草野之間，原作"朝野間"，據《歷代曲話彙編》本改。

② 今校：不可勝窮兹不，原作"不能"，同上補改。

③ 今校：南曲北曲二端而已，原作"唯南北曲而已"，同上改。

出聲口訣

天下有有形之聲,有無形之聲。無形之聲,風雷之類是也,其聲不可爲而無定。有形之聲,絲竹管絃之類是也,其聲可爲而有定。其形何等,則其聲亦從而變矣。欲改其聲,先改其形,形改而聲無不改也。惟人之聲亦然。喉、舌、齒、牙、脣,謂之“五音”;開、齊、撮、合,謂之“四呼”。欲正五音,而不於喉舌齒牙脣處用力,則其音必不真;欲準四呼,而不習開齊撮合之勢,則其呼必不清。所以欲辨真音,先學口法。口法真,則其字無不真矣。譬之簫管,欲吹尺字,必放尺字之眼,欲吹工字,必放工字之眼,若放工而欲吹尺,雖神瞽不能也。所謂其聲可爲而有定者也。今則口法皆不能知,而欲其聲之真,得乎?又喉舌齒牙脣,雖分五層,然吐聲之法不僅五也。有喉底之喉,有喉中之喉,有近舌之喉;餘四音亦然。更不僅此也,即喉底之喉,亦有淺、深、輕、重;餘皆然。千絲萬縷①層層扣住,方爲入細。其開齊撮合之中,亦有半開、全開、半合、全合之不同。其外又有鼻音、半鼻、抵腭、抵齒等法。其形亦皆有定。總之,呼字十分真,則其形自從;其形十分真,則字自協,此自然之理。若不知其形而求其聲,則終身不能呼準一字也。

聲各有形

聲之形爲何?大、小、闊、狹、長、短、尖、鈍、粗、細、圓、扁、斜、正之類是也。如東鍾韻,“東”字之聲長,“終”字聲短,“風”字聲扁,“宫”字聲圓,“蹤”字聲尖,“翁”字聲鈍。江陽韻,“江”字聲闊,“臧”字聲狹,“堂”字聲粗,“將”字聲細。潛心分别,其形顯然。其口訣大端,雖不外開、齊、撮、合,喉、舌、齒、牙、脣,而細分之則無盡,有張口者,有半張者,有閉口者,有半閉者,有先張後閉者,有先閉後張者,有喉出脣收者,有喉出舌收者,有全喉全舌者,有半喉半舌者。以上諸條,互相出入,不可勝計。其外又有落腮、穿齒、穿牙、覆脣、挺舌、透鼻、過鼻諸法。總在將字識真念準,審其字聲從口中何處着力,則知此字必如何念法方確,即知

---

① 今校:“千絲萬縷”四字,據《歷代曲話彙編》本補。

其形於長短闊狹之内居何等矣。雖絲竹雜和，不能奪而亂之。此千古未發之微義也。

四聲各有陰陽

字之分陰陽，從古知之。宋人填詞極重，只散見於諸家論説，而無全書。惟《中原音韻》將每韻分出，最爲詳盡，但只平聲有陰陽，而其餘三聲皆不分，不知以三聲本無分乎？抑難分乎？抑可以不分乎？或又以爲去入有陰陽，而上聲獨無陰陽，此更悖理之極者。蓋四聲之陰陽，皆從平聲起，平聲一出，則四呼皆來，一貫到底，不容勉强，亦不可移易，豈有平聲有陰陽，而三聲無陰陽者？亦豈有平去入有陰陽，而上聲獨無陰陽者？故急爲拈出，使作曲與唱曲者確然有所執循，而審音不惑。如“宗”字爲陰，“宗”、“總”、“縱”、“足”皆陰也；“戎”字爲陽，“戎”、“冗”、“誦”、“族”皆陽也。上八字豈可删去一字？亦豈可互易一字？亦豈可“宗”“戎”有陰陽，而下六字無陰陽？更豈可“縱”“足”“誦”“族”有陰陽，而總與冗無陰陽？此有耳者之所共察，不必明於度曲者而後知之也。

五　音

喉、舌、齒、牙、脣，謂之五音。此審字之法也。聲出於喉爲喉，出於舌爲舌，出於齒爲齒，出於牙爲牙，出於脣爲脣。其詳見《等韻》、《切韻》等書。最深爲喉音，稍出爲舌音，再出在兩旁牝齒間爲齒音，再出在前牝齒間爲牙音，再出在脣上爲脣音。雖分五層，其實萬殊。五音之淺深各不一，故五音之正聲皆易辨，而交界之間甚難辨。然其界限又復井然，絲毫不可亂，此人之所以爲靈也。能知其分寸之所在，一線不移，然後其音始的，而出聲之際，不致眩惑游移，再參之以開齊撮合之法，自然辨析秋毫矣。

四　呼

開、齊、撮、合，此讀字之口訣也。開口謂之開，其用力在喉。齊齒謂之齊，其用力在齒。撮口爲之撮，其用力在脣。合口謂之合，其用力在滿口。欲讀此字，必得此字之讀法，則其字音始真，否則終不能合度。然此非喉舌齒牙脣之謂也。蓋喉舌齒牙脣者，字之所從生；開齊撮合

者，字之所從出。故五音爲經，四呼爲緯。今人雖能知音之正，而呼之不清者，皆開齊撮合之法不習故也。

喉有中旁上下

喉舌齒牙唇爲五音者，從内至外言之也。其位實有五層，其音雖皆本於喉，而用力之地，則層層各别，此人之所知者也。至喉音中又各有五音，則前人之所未道者。天下之理，有縱必有横。喉舌齒牙唇，縱也；喉音中之五音，横也。如高而清之字，則從喉之上面用力；低而濁之字，則從喉之下面用力；歛而扁之字，則從喉之兩旁用力；正而圓之字，則從喉之中間用力。故出聲之時，欲其字清而高，則將氣提而向喉之上；欲濁而低，則將氣按而著喉之下；欲歛而扁，則將氣從兩旁逼出；欲正而圓，則將氣從正中透出；自然各得其真，不煩用力而自響且亮矣。此非特喉音之字如此，凡舌齒牙唇之字呼法皆然。但舌齒牙唇雖著力之地各殊，而總不能離乎喉也。故喉舌齒牙唇爲經，上下兩旁正中爲緯，經緯相生，五五二十有五，而出聲之道備矣。

鼻音閉口音

喉舌齒牙唇之外，又有鼻音、閉口音。如“庚”“青”二韻，乃正鼻音也。“東鍾”、“江陽”，乃半鼻音也。“侵尋”“監咸”“廉纖”則閉口音也。正鼻音則全入鼻中，半鼻音則半入鼻中，即閉口之漸也。閉口之音，自“侵尋”至“廉纖”而盡矣。故《中原音韻》以“東鍾”起，於“廉纖”終，終之以閉口者，猶四時之令窮於冬也。“東鍾”則春令之始也；但立春之時，陽氣初動，故猶稍帶鼻音，有出而未舒之象。自“庚青”正鼻音之後，即從“尤侯”之合口喉音，轉入“侵尋”閉口，亦以漸而收藏。此天地自然之理，編韻之人雖未必有意爲之，而天地元音之終始，其序不可紊也。故能知鼻音閉口音，則曲中之開合呼翕，皆與造化相通，自然清而不噍，放而不濫，有深厚和粹之妙。

北　字

凡唱北曲者，其字皆從北聲，方爲合度。若唱南音，即爲别字矣。

然北字之異乎南者，十居四五，若必字字從北，則南方之人竟有全不解者，此亦不必盡泥也。蓋當時之北曲，以北人造之，北人唱之，彼自唱彼之曲，自然皆從北讀。若南人唱之，南人聽之，則即唱南音，似亦無害於理。但以北字改作南音，則聲必不和者，何則？當時原以北字配調故也。况南人以土音雜之，只可施之一方，不能通之天下。同此一曲，而一鄉有一鄉之唱法，其弊不勝窮矣。愚有説焉：凡北曲之字，有天下盡通之正音，唱又不失此調之音節者，不必盡從北字也。如"崇"字本音"戎"，而北讀爲"虫"，"重"字本音"虫"去聲，北讀爲"中"去聲；"事"字本時至切，北讀爲"世"；杜字本音"渡"，北讀爲妬之類。如此者不一而足，若必盡從北音，則唱者聽者俱不相洽，反爲無味。譬之南北兩人，相遇談心，各操土音，則兩不相通，必各遵相通之正音，方能理會，此人情之常，何不可通於度曲也？但不可以土音改北音耳。至於北字中人人能曉，或此宫此調必如此方合者，則必不可以南曲之字易之也。

平聲唱法

四聲之中，平聲最長，入聲最短。何以驗之？凡三聲拖長之後，皆似平聲，入聲則一頓之外①，全無入象，故長者平聲之本象也。但上去皆可唱長，即入聲派入三聲，亦可唱長，則平聲之長，何以别於三聲耶？蓋平聲之音，自然舒緩周正和静，若上聲必有挑起之象，去聲必有轉送之象，入聲之派入三聲，則各隨所派成音。故唱平聲，其口②尤重在出聲之際，得舒緩周正和静之法，自與上去迥别，乃爲平聲之正音，則聽者不論高低輕重，一聆而知其爲平聲之字矣。

上聲唱法

上聲只在出聲之際分别。方開口時，須略似平聲，字頭半吐，即向上一挑，方是上聲正位。蓋上聲本從平聲來，故上聲之字頭必從平聲起。若竟從上聲起，則其聲一響已竭，不能引而長之，若聲竭而復拖下，

---

① 今校：外，原作"後"，據《歷代曲話彙編》本改。
② 今校：口，原作"訣"，同上改。

則反似平聲字矣。故唱上聲極難，一吐即挑，挑後不復落下，雖其聲長唱，微近平聲，而口氣總皆向上，不落平腔，乃爲上聲之正法。雖欲轉腔而聽者仍知爲上聲，斯得唱上聲之法矣。

去聲唱法

今北曲之最失傳者，其唱去聲盡若平聲。蓋北曲本無入聲，若併去聲而無之，則只有兩聲矣。夫兩聲豈能成調耶？况北曲之所以别於南曲者，全在其聲。南之唱去，以揭高爲主；北之唱去①，不必盡高，惟還其字面十分透足而已。笛中出一凡字，合曲者唯去聲爲多。如唱凍字，則曰凍紅翁；唱問字，則曰問恒恩；唱秀字，則曰秀喉嘔。長腔如此三腔，短腔則去第三腔，再短則念完本字即收，總不可先帶平腔。蓋去聲本從上聲轉來，一著平腔，便不能復振，始終如平聲矣。非若上聲之本從平聲轉出，可以先似平聲，轉到上聲也。譬如四時，從春轉夏則可，從春轉秋則不可，此自然之理也。况去聲最爲有力，北音尚勁，去聲真確，則曲聲亦勁而有力，此最大關係也。今之所以唱去似平者，何也？自南曲盛行，曲尚柔靡，聲口已慣，不能轉勁，又去聲唱法頗須用力，不若平讀之可以隨口念過，一則循習使然，一則偷氣就易，又久無審音者爲之整頓，遂使去聲盡亡，北音絶響，良可慨也。

入聲讀②法

北曲皆遵《中州音韻》，其平上去三聲，皆與《唐韻》及《洪武正韻》相同，間有異者，百中之一耳。其五音四呼，亦不相遠，若入聲之字皆派入三聲，竟有大相逕庭者，何也？蓋三聲多連合一貫，獨至入聲而别，有有三聲而無入聲之字，亦有有入聲而無三聲之字。今北曲無入聲之唱，盡將入聲唱作三聲，而三聲中無此字，則不得不另作一聲矣。如“曲”字，本邱六切，若本音之平聲則邱都切，是有音無字矣，故變而作“區”。“樂”字，本盧各切，若本音之平聲則盧沙切，亦有聲無字矣，故變作

---

① 今校：去，原作“者”，據《歷代曲話彙編》本改。

② 今校：讀，原作“唱”，同上改。

“澇”。其餘如“削”之爲“宵”、“鶴”之爲“浩”,不一而足。自六經子史皆同,不獨《中州音韻》爲然也。惟古韻從無此讀法,而五音四呼又不通者,此乃當時之土音,則不妨或從古音、或從今音,不必悉遵其讀也。又其派入三聲,有一定之法,與古音亦稍殊。如“鹿”字《中州韻》作去聲讀,音“露”,古音“露”,亦音“盧”。“出”字《中州韻》作上聲,音“杵”,古音作平聲則赤知切,作去聲則赤至切,三聲多有通融之處。蓋入之讀作三聲者,緣古人有韻之文皆以長言咏嘆出之,其聲一長,則入聲之字自然歸入三聲,此聲音之理,非人所能强也。故古人有此讀法,三聲原可通用,則不必盡從《中州》;如從無此音者,則不可自我亂之,致人難辨。試從古音一一考之,則入聲派入三聲之故可明,而三代以前之歌法,亦可推測而知矣。

入聲派三聲法

北曲無入聲,將入聲派入三聲,蓋以北人言語本無入聲,故唱曲亦無入聲也。然必分派入三聲者,何也?北曲之妙,固在於是。蓋入聲本不可唱,唱而引長其聲,即是平聲。南曲唱入聲無長腔,出字即止,其間有引長其聲者,皆平聲也。何也?南曲唱法,以和順爲主,出聲拖腔之後,皆近平聲,不必四聲鑿鑿,故可稍爲假借。惟北曲則平自平、上自上、去自去,字字清真,出聲、過聲、收聲,分毫不可假借。故唱入聲亦必審其字勢,該近何聲,及可讀何聲,派定唱法,出聲之際,歷歷分明,亦如三聲之本音不可移易,然後唱者有所執持,聽者分明辨别,非若南曲之皆似平聲,無相逕庭也。故觀派入三聲之法,則北曲之出字清真,益可徵據,此探微之論也。至派入三聲異同之法,又别有論焉。

歸　韻

唱曲能令人字字可辨,不但平上去入四聲準、開齊撮合四呼清而已。四聲四呼,止能於出聲之時,分别字頭,使人明曉;至出字之後,引長其聲,即屬公共之響,况有絲竹一和,尤易混入。譬比簫管之音,雖極天下之良工,吹得音調明亮者,只能分别工尺,令人一聆而知爲何調,斷

不能吹出字面，使聽者知其①何字也。蓋簫管只有工尺，無字面，故人聲之所以可貴也。四聲四呼清，則出口之字面已正，而不知歸韻之法，則引長之字面仍與簫管同，故尤以歸韻爲第一。歸韻之法如何？如東鍾字，則使其聲出喉中，氣從上腭鼻竅中過，令其聲半入鼻中，半出口外，則東鍾歸韻矣。江陽，則聲從兩頤中出，舌根用力，漸開其②口，使其聲朗朗，如扣金器，則江陽歸韻矣。支思，則聲從齒縫中出，而收細其喉，徐放其氣，弗令上下齒牙相遠，則支思歸韻矣。能歸韻，則雖百轉千轉，而本音始終一線，聽者即從出字之後，驟聆其音，亦確然知其爲某字也。況字真則義理切實，所談何事所説何人，悲歡喜怒，神情畢出；若字不清③，則音調雖和，而動人不易。但人之喉嚨，靈頑不一。靈者則各韻自然能分出各韻之音；頑者一味響亮，不能鑿鑿分别，即字面不差，而一放則相去甚遠；又有幾韻能分，幾韻不能分，各因其聲之所近以爲優劣。若十九韻中俱能分晰者亦少，此又得之④天分，非人力所能强也。

收　聲

夫人知出聲之法爲最重，而不知收聲之法爲尤重。蓋出一字而四聲四呼五音無悮，則其字已的確可辨，猶人所易知而易能也。惟收聲之法，不但審之當極清，尤必守之有力。自出聲之後，其口法一定，則過腔轉腔，音雖數折，而口之形與聲所從出之氣分毫不可移動。蓋聲雖同出於喉，而所著力之處，在口中各有地位，字字不同。如開口之喉音，其聲始終從喉著力，其口始終開而不合；閉口之舌音，其聲始終從舌著力，其口始終閉而不開；其餘字字皆然。斯已難矣，至收足之時尤難。蓋聲之方放時，氣足而聲縱，尚可把定；至收末之時，則本字之氣將盡，而他字之音將發，勢必再换口訣，略一放鬆，而咿啞嗚叱之音隨之，不知收入何宫何字矣。故收聲之時，尤必加意扣住，如寫字之法，每筆必有結束，越

---

① 今校：其，原作“爲”，據《歷代曲話彙編》本改。
② 今校：其，原作“出”，同上改。
③ 今校：清，原作“真”，同上改。
④ 今校：得之，原作“在乎”，同上改。

到結束之處,越有精神,越有頓挫,則不但本字清真,即下字之頭亦得另起峰巒,益覺分明透露,此古法之所極重而唱家之所易忽,不得不力爲剖明者也。然亦有二等焉:一則當重頓,一則當輕勒。重頓者,煞字煞句到此嶄然劃斷,此易曉也;輕勒者,過文連句到此委蛇脱卸,此難曉也。蓋重者其聲濁而方,輕者其聲清而圓,其界限之分明則一,能知此,則收聲之法,思過半矣。

交代

凡唱曲以清朗爲主,欲令人人之知所唱之爲何曲,必須字字響亮。然有聲極響亮,而人仍不知爲語者,何也?此交代不明也。何爲“交代”?一字之音,必有首腹尾,必首腹尾音已盡,然後再出下一字,則字字清楚。若一字之音未盡,或已盡而未收足,或收足而於交界之處未能劃斷,或劃斷而下字之頭未能矯然,皆爲交代不清。况聲音愈響,則聲盡而音未盡,猶之叩百石之鐘,一叩之後,即鳴他器,則鐘聲方震,他器必若無聲。故聲愈響則音愈長,必尾音盡而後起下字,而下字之頭,尤須用力,方能字字清澈,否則反不如聲低者之出口清楚也。凡響亮之喉,宜自省焉。不得恃聲高字真,必謂人人能曉也。

宫調

古人分立宫調,各有鑿鑿不可移易之處。其淵源不可得而尋,而其大旨猶可按詞而求之者,如:黄鐘調,唱得富貴纏綿;南吕調,唱得感嘆悲傷之類。其聲之變,雖係人之唱法不同,實由此調之平仄陰陽配合成格,適成其富貴纏綿、感嘆悲傷,而詞語事實,又與之合,則宫調與唱法俱得矣。故古人填詞,遇富貴纏綿之事則用黄鐘宫,遇感嘆悲傷之事則用南吕宫,此一定之法也。後世填詞家不明此理,用調不符其事,使唱者從調則與事違,從事則與調違,此作詞者之過也。若詞調相合,而唱者不能尋宫别調,則咎在唱者矣。近來傳奇合法者雖少,而不甚相反者尚多,仍宜依本調如何音節,唱出神理,方不失古人配合宫調之本,否則盡忘其所以然,而宫調爲虚名矣。

陰調陽調

古人唱法所謂陰陽者，乃字之陰陽，非人聲之陰陽也。字之陰陽者，如“東”爲陰、“同”爲陽，二字自有輕重清濁之别。至人聲之陰陽，則逼緊其喉而作雌聲者，謂之陰調；放開其喉而作雄聲者，謂之陽調。若遇高字唱陰調，低字唱陽調，此大謬也。夫堂堂男子，唱正大雄豪之曲，而逼緊其喉，不但與其人不相稱，即字面斷不能真。蓋喉間逼緊，則字面皆從喉中出，而舌齒牙唇俱不能著力，開齊撮合亦大半不能收準，即使出聲之後作意分清，終不若即從舌齒牙唇之親切分明也。如生旦曲不得不逼緊其喉，此則純用陰調者。然陰調中亦有陰陽之别，非一味逼緊也。若陽調中之陰陽，放開直出者爲陽中之陽，將喉收細揭高，世之所謂“小堂調”者，爲陽中之陰，此則一起一倒，無曲不有，而逼緊之陰不與焉。今之逼緊喉嚨者，乃欲唱高調而不能，故用力夾住吊起，不覺犯逼緊之病，一則喉本不佳，一則不善用喉故也。然逼緊之字，亦間有之，高調之曲，連轉幾字幾腔，層層泛起，愈轉愈高，則音必愈細，陽聲已竭，必用喉底之真氣接之，自然聲出至深，雖與逼緊相似，此乃自然而然，非有意爲之，若世俗之所謂陰調也。至近日之所謂時曲清曲者，則字字逼緊，俱從喉中一絲吐出，依然講五音四呼之法，實則五音四呼何處著力，以至聽者一字不能分辨，此唱曲之下賤①，風流掃地矣。

字句不拘之調亦有一定格法

北曲中有不拘字句多少，可以增損之格，如黄鐘之〔黄鐘尾〕，仙吕之〔混江龍〕，南吕之〔草池春〕之類。世之作此調者，遂隨筆寫出，絶無格式，直爲笑談。要知果可隨意長短，何以仍謂之〔黄鐘尾〕，而不名爲〔混江龍〕，〔草池春〕？且何以〔黄鐘尾〕不可入仙吕，〔混江龍〕不可入南吕，〔草池春〕不可入黄鐘耶？此真不思之甚也。蓋不拘字句者，謂此一調字句不妨多少，原謂在此一調中增減，並不謂可增減在他調也。故一調自有一調章法句法及音節，森然不可移易，不過謂同此句法，而此句

① 今校：賤，原作“品”，據《歷代曲話彙編》本改。

不妨多增,同此音節,而此音不妨叠唱耳。然亦只中間發揮之處,因上文之勢趨下,才思洶湧,一瀉難收,依調循聲,鋪敘滿意,既不踰格,又不失調。至若起調之一二句,及收調之一二句,則陰陽平仄,一字不可移易增減,如此則聽者方能確審其爲何調,否則竟爲無調之曲,荒謬極矣。

曲 情

唱曲之法,不但宜講聲調,而得曲之情爲尤重。蓋聲調衆曲之所盡同,情乃一曲之所獨異,不但生旦净丑口氣各殊,凡忠義奸邪、風流鄙俗、悲歡思慕,事各不同,使詞雖工妙,而唱者不得其情,則邪正不分、悲喜無别,即聲音絶妙,而與曲詞相背,不但不能動人,反令聽者索然無味矣。然此不僅於口訣中求之也。《樂記》曰:“凡音之起,由人心生也。”必唱者先要設身處地,摹倣其人之情性事實,宛若其人之自述其語,然後其形容逼真,使聽者心會神怡,若親對其人,而忘其爲度曲矣。故必先明曲中之意義曲折,則啟口之時,自不求似而自合。若世之止能尋腔依調者,雖極工亦不過優伶之末技,而不足以語感人動神之微義也。

起 調

唱法之最要緊不可忽者,在於起調之一字。通首之調,皆此字領之;通首之勢,皆此字蓄之;通首之氣,皆此字貫之;通首喉嚨,皆此字開之。如治絲者,引其端而後能竟其緒,此一字乃端也。有失其端而緒不紊者乎?人但知調從此字爲始,高則入某調,低則入某調,七調從此而定,此語誠然,不知此乃其大端也。其轉變之法,蓋無窮盡焉。有唱高調,而此字反宜低出;有唱低調,而此字反宜高者;亦有唱高宜高,唱低宜低者;有宜陰起翻陽,陽起翻陰者;亦有宜先將此字輕輕蓄勢,唱過二三字或六七字,方起調者。此字一梗,則全曲皆梗,此字一和,則全曲自和。故此一字者,造端在此,關鍵在此,其詳審安頓之法,不可不十分加意也。

斷 腔

南曲之唱,以連爲主。北曲以斷爲主,不特句斷字斷,即一字之中,

亦有腔斷,且一腔之中,又有幾斷者;惟能斷,則精神方顯,此北曲中第一吃緊之處也。而其法亦非一端:有另起之斷,有連上之斷,有一輕一重之斷,有一收一放之斷,有一陰一陽之斷,有一口氣而忽然一斷,有一連幾斷,有斷而换聲吐字,有斷而寂然頓住。以上諸法,南曲亦間有之,然不若北曲之多。《禮記》所云:"曲如折,止如槁①木。"正此之謂也。近時南曲盛行,不但字法皆南,即有斷法,亦是南曲之斷,與北曲迥别。蓋南曲之斷,乃連中之斷,不以斷爲重;北曲未嘗不連,乃斷中之連,愈斷則愈連,一應精神,皆在斷中頓出。故知斷法之精微,則北曲之神理思過半矣。然斷與頓挫不同:頓挫者,曲中之起倒節奏;斷者,聲音之轉折機關也。

頓挫

唱曲之妙,全在頓挫,必一唱而神形畢出,隔垣聽之,其人之裝束形容、聲色氣象、及舉止瞻顧,宛然如見,方是曲之盡境。此其訣全在頓挫,頓挫得款,則其中之神理自出。如喜悦之處,一頓挫而和樂生;傷感之處,一頓挫而悲恨出;風月之場,一頓挫而艷情現;威武之人,一頓挫而英氣透;此曲理之所最重者也。况一人之聲,連唱數字,雖氣足者亦不能接續;頓挫之時,正唱者因以歇氣、取氣,於唱曲之聲,大有裨益。今人不通文理,不知此曲該於何處頓挫。又一調相傳,守而不變,少加頓挫,即不合板眼,所以一味直呼,全無節奏,不特曲情盡失,且令唱者氣竭,此文理之所以不可無也。要知曲文斷落之處,文理必當如此者,板眼不妨略爲伸縮,是又在明於宫調者爲之增損也。

輕重

聲之高低與輕重,全然不同。今則悮以輕重爲高低,所以唱高字則用力高呼,唱低字則隨口帶過,此大謬也。高低之法,詳於《高腔輕過篇》。今先明輕重之法:輕者,鬆放其喉,聲在喉之上一面,吐字清圓飄逸之謂。重者,按捺其喉,聲在喉之下一面,吐字平實沈著之謂。凡從

① 今校:槁,原作"稿",據《歷代曲話彙編》本改。

容喜悦及俊雅之人，語宜用輕；急迫惱怒及粗猛之人，語宜用重。又有一句之中，某字當輕，某字當重；亦有一調之中，某句當輕，某句當重，總不一定。但輕重又非響不響之謂也，有輕而不響者，有輕而反響者，有重而響者，有重而反不響者。蓋高低者，調也；輕重者，氣也；響不響者，聲也。似同而實異，細別之自顯然，但不明言之，則習而不察耳。

徐　疾

曲之徐疾，亦有一定之節。始唱少緩，後唱少促，此章法之徐疾也；閒事宜緩，急事宜促，此時勢之徐疾也；摹情玩景宜緩，辨駁趨走宜促，此情理之徐疾也。然徐必有節，神氣一貫；疾亦有度，字句分明。倘徐而散漫無收，疾而糊涂一片，皆大謬也。然太徐之害猶小，太疾之害甚大。使隨口亂道，字句不明，並唱字之義全失之矣。必須字字分明，皎皎落落，無一字輕過。内中遇緊要眼目，又必跌宕而出之，聽者審之，字句甚短，而音節反覺甚長，方爲合度，非此則寧徐勿疾也。

重音叠字

重音者，二字之音相近，如“逢蒙”、“希夷”之類，聽者易疑爲兩字相同是也。叠字者，如“飄飄”、“隱隱”之類，聽者易疑爲一字兩腔是也。此等最宜留意。凡唱重音之字，則必將字頭著意分別，如陰陽輕重、四呼五音，必有不同之處，剔清字面，則聽者鑿鑿，知爲兩音矣。唱叠字之音，則必界限分明，念完上字之音，鈎清頓住，然後另起字頭，又必與前字略分異同，或一輕一重，一高一低，一徐一疾之類，譬之作書之法，一帖之中，其字數見，無相同者，則聽者確知爲兩字矣。此等雖係曲中之末節，而口訣之妙，反於此見長。若工夫不到，至此亦無把握也。

高腔輕過

腔之高低，不在聲之響不響也。蓋所謂高者，音高，非聲高也。音與聲大不相同。用力呼字，使人遠聞，謂之聲高；揭起字聲，使之向上，謂之音高。即如同是一曲，唱上字尺字調，則聲輕用力而音總低；唱正調乙字調，則聲雖不用力而音總高。此在喉中之氣向上向下之别耳。

凡高音之響，必狹、必細、必鋭、必深；低音之響，必粗、必鈍、必闊、必淺。如此字要高唱，不必用力儘呼，惟將此字做得狹細鋭深，則音自高矣。今人不悟此意，凡遇高腔，往往將狹細鋭深之法，變成陰調，此又似是而非也。蓋陽調有陽調之高低，陰調有陰調之高低，若改陽爲陰謂之高，則陰之當高又何改耶？惟能知唱高音之法，則下等之喉可進於中等，中等可進於上等。凡遇當揭高之字，照上法，將氣提起透出，吹者順從，聽者明晢，唱者又全不費力。是則人人可唱高音之曲，各如其人之分量，而無脱調之患矣。否則高調之曲，祗宜於極響之喉，而喉之稍次者只宜於低調，是調以人分，而一人之聲，只可限以一調，此皆不知高腔輕過之法也。

低腔重煞

低腔與輕腔不同。輕腔者，將字音微逗其聲，必清細柔媚，與重字反對。若低腔則與高字反對。聲雖不必響亮，而字面更須沈着。凡情深氣盛之曲，低腔反最多，能寫沈鬱不舒之情，故低腔宜緩重沈頓，與輕腔絶不相同。今之唱低腔，反以爲偷氣之地隨口念過，遂使神情涣漫，語氣不續，不知曲之神理，全在低腔也。

一字高低不一

字之配入工尺，高低本無一定，如世所謂《儀禮》通傳樂譜，《鹿鳴》之“我有嘉賓”，首章則“我”爲蕤，“有”爲林，“嘉”爲應，“賓”爲南；次章則“我”爲林，“有”爲南，“嘉”爲應，“賓”爲黄，諸律旋用，則高低互易，從古如此，所以天下有不入調之曲，而無不可唱之曲。曲之不入調者，字句不準、陰陽不分、平仄失調是也。無不可唱者，遷高就低，遷低就高，平聲仄讀，仄聲平讀，凡不成調不合調之曲，皆可被入管絃矣。然必字字讀真，而能不失宫調，諧和絲竹，方爲合度之曲耳。故曲之工不工，唱者居其半，而作曲者居其半也。曲盡合調，而唱者違之，其咎在唱者；曲不合調，則使唱者依調則非其字，依字則非其調，勢必改讀字音，遷就其音以合調，則調雖是而字面不真，曲之不工，作曲者不能辭其責也。故字聲之高下可以通融者，如《鹿鳴》所譜之類，原可以出入轉移，其不可

通融之處,則斷不得用此一字而離宫失調,亦不得因欲合調而出韻乖聲,故作曲者與唱曲者不可不相謀也。

出音必純

凡出字之後,必始終一音,雖腔板數轉,聽者仍知是此一字,不但五音四呼不可移易,並不可忽陰忽陽、忽重忽輕、忽高忽低、忽清忽濁,方爲純粹。凡犯此病者,或因沙澀之喉,不能一線到底,或因隨口轉换,漫不經心,以致一字之頭腹尾往往互異,不但聽者不清,即絲竹亦難和合。故必須平日先將喉嚨洗剔清亮,使聲出一線,則隨其字之清濁高下,可不至一字數聲矣。

句韻必①清

牌調之别,全在字句及限韻。某調當幾句,某句當幾字,及當韻不當韻,調之分别,全在於此。唱者遵此不失,自然事理明曉,神情畢出,宫調井然。今乃只顧腔板,句韻蕩然,當連不連,當斷不斷,遇何調則依工尺之高低,唱完而止,則舌之分别幾句、幾字、幾韻,全然可以不必也。蓋言語不斷,即人不解其情,文章無句,雖通人不解其義,况度曲耶?如《琵琶·辭朝》折〔啄木兒〕:"事君事親一般道,人生怎全得忠和孝?却不道母死王陵歸漢朝。"近時唱者"道"字拖腔連下"人"字,"孝"字急疾,並接"却"字,是句韻皆失矣。如此者十之四五。試令今之登場者,依崑腔之唱法,聽者能辨其幾句幾韻,百不能得一也。句韻之法,不幾盡喪耶?唯北曲尚有句可尋、有韻可辨,然亦不能收清收足,此亦漸染於崑腔所致。崑腔作法之始,原不至如此之極②,而流弊不可不亟拯也。餘見《頓挫》、《斷腔》諸篇。

定　板

板之設,所以節字句,排腔調,齊人聲也。南曲之板,分毫不可假

---

① 今校:必,原作"當",據《歷代曲話彙編》本改。

② 今校:之極,同上補。

借,唯北曲之板,竟有不相同者。蓋南曲唯引子無板,餘皆有板,北曲則衹有底板,無實板之曲極多。又南曲之字句,無一調無定格,而北曲則不拘字句之調極多。又南曲襯字極少,少則一字幾腔,板在何字何腔,千首一律;若北曲則襯字極多,板必有不能承接之處,中間不能不增出一板,此南曲之所以有定,北曲之所以無定也。然無定之中,又有一定者,蓋板殊則腔殊,腔殊則調殊,板一失則宫調將不可考矣。故唯過文轉折之處,板可略爲增損,所以便歌也。至緊要之處,板不可少有移易,所以存調也。此北曲之板雖寬而實未嘗不嚴也。

底板唱法

南曲唯引子用底板,餘皆有定板。北曲則底板甚多。何也?蓋南曲之板以節字,不以節句;北曲之板以節句,不以節字。節字則板必繁①,節句則一句一板足矣。惟著議論描寫,及轉折頓挫之曲,亦用實板節字,然亦不若南曲之密。凡唱底板之曲,必音節悠長,聲調宏放,氣緩詞舒,方稱合度。又必於轉折出落之間,自生頓挫,無節之中,處處皆節,無板之處,勝於有板,如鶴鳴九皋,干雲直上,又如天際風箏,宫商自協,方爲能品。此可意會,非可言罄②也。

牌調各有定譜

凡曲七調,自有定格。如某牌名係某宫,則應用某調,方爲合度。若不按成譜,任意妄擬,則高低自不叶調。即如商調之〔山坡羊〕,自應歸凡調,南吕之〔懶畫眉〕,自應唱六字調,若高一調吹之,不但唱者吃力,徒然揭斷嗓子,且不中聽,曲情節奏,全然没有;低一調吹之,雄壯激烈之曲勢必萎靡沈鬱,寂静之音愈覺幽晦,識者掩口失笑矣。

辨四音訣

平聲平道莫低昂,上聲高呼猛力强。

---

① 今校:繁,原作"緊",據《歷代曲話彙編》本改。

② 今校:罄,原作"傳",同上改。

去聲分明直遠送，入聲短促急收藏。

辨五音訣

欲知宫，舌居中。中喉音。欲知商，口開張。齒頭正齒音。欲知角，舌縮却。牙音。欲知徵，舌柱齒。舌頭舌上音。欲知羽，撮口取。唇重唇輕。

辨聲音要訣

切韻先須辨四聲，五音六律並五行。難呼語氣皆名濁，易紐言詞盡屬清。唇上碧班邠豹卜，舌頭當滴迭都丁。撮唇呼虎烏塢污，捲舌伊幽乙意英。閉口披頗潘坡拍，齊齒之音實始成。正齒正征真志只，穿牙查摘塞箏筀。唇齒分敷方奉復，鼻唇工共故宫肱。引喉勾狗鷗喉厄，隨鼻蒿毫好赫亨。上腭囂妖高矯轎，平牙臻節怎説生。縱唇休朽求鳩九，送氣查拏詫宅棖。含口甘含鹹檻呷，口開何可我歌羹。大抵宫商角徵羽，應須紐算最爲清。要知叶韻須遵母，務必經心講究明。

雨村劇話

雨村劇話卷上

新曲苑第二十三種　清縣州李調元撰

戲劇二字入詩　唐杜牧《西江懷古》詩："魏帝縫囊真戲劇。""劇"，即"戲"也。"戲劇"二字入詩始見此。

傳奇二字考　《後山詩話》：范文正《岳陽樓記》用對語説時景，世以爲奇。尹師魯讀之，曰："此傳奇體耳，《傳奇》，唐裴鉶所著小説也。"胡應麟云："唐所謂《傳奇》，自是書名，雖事藻繢，而氣體俳弱，然其中絶無歌曲。若今所謂'戲劇'者，何得以爲始於唐時？或以其中事跡相類，後人取爲戲劇張本，因展轉爲此稱耳。"

元人工劇之徵　楊維楨《鐵崖集》有詩云："昨夜阿鴻新進劇，黄金小帶荔枝裝。"元人工劇，此一徵也。

今之戲本近於古樂者　王陽明《傳習録》："古樂不作久矣。今之戲(本)尚(有)古樂意思相近。《韶》之《九成》，便是舜一本戲学。《九變》，便是武王一本戲学。所以有德者聞之，知其盡善盡美。後世作樂，只是做詞調，於風化絶無干涉，何以返樸也？"此論最爲得旨。"学"，古文"子"字。

裝旦之始　雜劇考　胡應麟《莊岳委談》："優伶戲文，自優孟抵掌孫叔敖，及漢宦者傅脂粉侍中郎，實後世裝旦之漸。"《樂府雜録》："開元中，黄幡綽、張野狐善弄參軍。"即後世副凈矣。又"范傳康、上官唐卿①、吕敬遷三人弄假婦人"。即裝旦矣。至後唐莊宗，自敷粉墨稱"李天下"，而盛其搬演，大率與近世同；特所演多是雜劇，非近日戲文也。雜劇自唐、宋、金、元迄明皆有之。唐所謂優伶雜劇、裝服套數，觀蘇②中郎、踏摇娘二事可見。宋雜劇亦然。元世曲調大興，凡諸雜劇，皆名曲寓焉。教坊名妓多習之，清歌妙舞，悉隸是中，一變而贍縟，遂爲戲文。

---

① 今校：卿，原作"鄉"，據《歷代曲話彙編》本改。

② 今校：蘇，原作"書"，同上改。

《西厢》,戲文之祖也。《西厢》雖出金董解元,然猶絃唱、小説之類;至元王、關所撰,乃可登場搬演。高氏又一變而爲南曲。嗣是作者迭興,古昔所謂雜劇、院本,幾於盡廢。沈德符《顧曲雜言》:"兀曲總只四折。自北有《西厢》,南有《拜月》,雜劇變爲戲文,以(致)《琵琶》遂演爲四十餘折,幾十倍於雜劇矣。"涵虚論元雜劇有十二科:"一曰,神仙道化。二曰,隱居樂道。三曰,被袍秉笏。四曰,忠臣烈士。五曰,孝義廉節。六曰,斥奸罵讒。七曰,逐臣孤子。八曰,撥刀捍捧,即脱膊雜劇。九曰,風花雪月。十曰,離合悲歡。十一曰,烟花粉黛,即花旦雜劇。十二曰,神頭鬼面,即神佛雜劇。"其科猶可考也。

南戲之源　祝允明《猥談》:"南戲出於宣和之後,南渡之際,謂之'温州雜劇'。予見舊牒,有趙閎榜禁,頗著名目。如《趙貞女》、《蔡二郎》等,亦不甚多。以後日增,今遂遍滿四方。輾轉改益,蓋已略無音律腔調。愚人蠢工,徇意更變,妄名如'餘姚腔'、'海鹽腔'、'弋陽腔'、'崑山腔'之類,趁逐悠揚,杜撰百端,真胡説耳。"

南戲北戲之先後　合用南北腔之始　葉子奇《草木子》:"戲文始於《王魁》,永嘉人作之。識者曰:'若見永嘉人作相,宋當亡。'及宋將亡,乃永嘉陳宜中作相。其後元朝南戲尚盛行。及將亂,北院本特盛,南戲遂絶。"《莊岳委談》:"今《王魁》本不傳而傳《琵琶》。《琵琶》亦永嘉人作,遂爲今南曲首。然葉當國初著書,而云'南戲絶',豈《琵琶》尚未行世耶?"按:南戲肇始,實在北戲之先,而《王魁》不傳,胡氏、王實甫、關漢卿《西厢》爲戲文祖耳。今戲曲合用南北腔調,又始於杭人沈和甫,見鍾氏《點鬼簿》。

優伶呼班之始　《雲麓漫鈔》:"金源官制,有文班、武班。若醫、卜、倡、優,謂之'雜班'。每宴集,伶人進,曰'雜班上'。"按:此優伶呼"班"之始。《武林舊事》載宋雜劇,每一甲有八人者,有五人者。"甲"猶"班"也。五人,蓋院本之製。八人爲班,明湯顯祖撰《牡丹亭》猶然;多至十人,乃近時所增益。

齣字考　青藤山人《路史》:"高則誠《琵琶》有第一齣、第二齣。考諸韻書,並無此字,必'齝'之誤也。牛食吞而復吐曰'齝',似優人入而復出也。"按:"齝"音"笞",又音"師",無讀作"折"音者。豈其字形既誤,而音讀亦因之誤耶?

脚色考　《莊岳委談》:"今優伶輩大率八人爲朋,生、旦、净、末、副亦如之。元院本無所謂生、旦者。雜劇旦有數色:謂裝旦,即今正旦也;小旦,即今副旦也。或以墨點其面,謂之'花旦',今惟净、丑爲之。"段安節《樂府雜録》稱:"'范傳康等弄假婦人',則唐未有旦名。宋雜劇名惟《武林舊事》足徵。每甲八人者,有戲頭,有引戲,有次净,有副末,有裝旦;五人者,第有前四色,而無裝旦。蓋旦之色目,宋已有之而未盛。元雜劇多用妓樂,名妓如李嬌兒爲'温柔旦',張奔爲'風流旦',時旦色直以婦人爲之也。以今憶之,宋之所謂'戲頭'即生也;'引戲'即末也;'副末'即外也,'次净'即丑;'裝旦'即旦。而元雜劇之'末',乃今戲中之生,即宋所謂'戲頭'也。鄭德輝《倩女》、關漢卿《竇娥》,皆以末爲生。今《西厢》以張珙爲生,當是國初所改。又傳奇以戲爲稱,其名欲顛倒而無實也。故曲欲熟而命以生也,婦宜夜而命以旦也,開場始事而命以末也,塗污不潔而命以净也。"《猥談》:"生、净、旦、末等名,有謂反稱,又或托之唐莊宗,皆謬也。此本金、元闤闠談吐,所謂'鶻伶聲嗽',今云'市語'者也。生即男子,旦曰'裝旦色',净曰'净兒',末乃'末泥',孤乃官人,即其土音。何義理之有?"《太和譜》曾略言之。《堅瓠集》:"《樂記》注:謂'優俳雜戲,如獮猴之狀',乃知生,狌也。旦,狚也。《莊子》:'援猵狚以爲雌。'净,猙也。《廣韻》:'似豹,一角五尾。'丑,狃也。《廣韻》:'犬性驕。'謂俳優如獸,所謂'獿雜子女'也。"丹邱云:"雜劇有正末、副末、狚、狐、靚、鴇、猱、捷譏、引戲,九色之名。正末者,當場男子能指事者也,俗謂之'末泥'。副末執磕瓜以撲靚,即昔所謂'蒼鶻',是也。當場之妓曰'狚'。狚,猵之雌者,其性好淫,今俗訛爲'旦'。狐,當場妝官者是也,今俗訛爲'孤'。靚,敷粉墨,獻笑供諂者也。粉白黛緑,古稱'靚妝',故謂之妝靚色,今俗訛爲'净'。妓女之老者曰'鴇',似雁而大,無後趾,虎文,喜淫而無厭,諸鳥求之即就,俗呼'獨豹'者是也。凡妓女總稱曰'猱'。猱,亦猵屬,喜食虎肝腦。虎見而愛之,輒負背。猱乃取蝨遺虎首,即死,取其肝腦食焉,以喻少年愛色者,亦如遇猱然,不致喪身不止也。捷譏,古謂之'滑稽',雜劇中取其便捷譏謔,故云。引'戲'即院本中之'狚'也。"

賓白考　《菊坡叢話》:"北曲中有全賓、全白。兩人對説曰'賓',一

人自説曰‘白’。”《西河詞話》:“元曲唱者衹一人。若他雜色人,第有白而無唱,謂之‘賓白’;賓與主對,以説白在賓,而唱者自有主也。”按:曲白不欲多,惟雜劇以四折寫傳奇故事,其白有累千言者。觀《西厢》二十一折,則白少可見。

打諢考 《遼史·伶官傳》:“打諢的不是黄幡綽。”《道山清話》:“劉貢父言:‘每見介甫《字説》,便待打諢。’”《古今詩話》:“山谷云:‘作詩如雜劇,臨了須打諢,方是出場。’”《石林詩話》:“東坡‘繫懣①割愁’之語,大是險諢,何可屢打?”按:《唐書·元結傳》:“諧官、顒臣,怡愉天顔。”《李栖筠傳》:“賜百官宴曲江,教坊唱顒雜侍。”《吕氏童蒙訓》云:“‘顒’,即‘諢’字。”李肇《國史補》云:“顒語始自賀蘭廣鄭涉。”

砌末考 元雜劇凡出場所應有持、設、零雜,統謂“砌末”。如《東堂老》、《桃花女》以銀子爲砌末,《兩世姻緣》以鏡畫爲砌末,《灰闌記》以衣服爲砌末,《楊氏勸夫》以狗爲砌末,《度柳翠》以月爲砌末。今都下戲園猶有“鬧砌末”語。

鬼門道考 丹邱《曲論》云:“构肆中戲房出入之所,謂之‘鬼門道’;言其所扮者皆已往昔②人,故云‘鬼門③’。愚俗無知,以置鼓於門,改爲鼓門,後訛‘鼓’而爲‘古’,皆非也。蘇東坡詩:‘搬演古人事,出入鬼門道。’”

院本考 陶九成《輟耕録》:“唐有傳奇,宋有戲曲、唱諢、詞説,金有院本、雜劇、諸宫調。院本、雜劇,其實一也。國朝院本、雜劇始離而二之。院本則五人:一曰副净,古謂之參軍;一曰副末,古謂之蒼鶻(鶻能擊鳥,末可打副净,故云);一曰改戲;一曰末泥;一曰孤裝。又謂之‘五花爨弄’。或曰:‘宋徽宗見爨國來朝,衣裝、鞋履、巾裹,傅粉墨,舉動如此,使優人效之以爲戲。’又有‘簇段’,亦院本之意,但差簡耳,取其如火簇易明而易滅也。其間副净有散説,有道念,有筋斗,有科汎。教坊色長魏、武、劉三人,鼎新編輯。魏長於念誦,武長於筋斗,劉長於科汎。至今樂人皆宗之。偶得院本名目,用載於此,以資博識者之一覽。”其名目有“和曲院本”,如《月

① 今校:懣,原作“滿”,據《歷代曲話彙編》本改。
② 今校:昔,原作“等”,同上改。
③ 今校:門,原作“道”,同上改。

明法曲》等十四目；“上皇院本”，如《壺春堂》等十四目；“題目院本”，如《柳絮風》等二十目；“霸王院本”，如《悲怨霸王》等六目；“諸雜大小院本”，如《喬記孤》等二百零八目；“諸雜院爨”，如《鬧夾棒①六么》等一百零二目；“衝撞引首”，如《打三十》等一百零七目；“拴搐艷段”，如《襄陽會》等九十四目；“打略拴搐”，如《星象名》等二十八目；“官職名”，如《説駕頑》等四目；“飛禽名”，如《青鴇②》等四目；“花名”，如《石竹子》等三目；“喫食名”，如《廚難偌》等二目；“佛名”，如《成佛板》等二目；“難字兒”，如《盤驢》等四目；“酒下拴”，如《數酒》等二目；“唱尾聲”，如《孟姜女》等四目；“猜謎”，如《杜大伯》等二目；“和尚家門”，如《禿醜僧》等四目；“先生家門”，如《入口鬼》等四目；“秀才家門”，如《大口賦》等十目；“列良家門”，如《説卦象》等六目；“禾下家門”，如《萬民快樂》等四目；“大夫家門”，如《三十六風》等八目；“卒子家門”，如《針兒線》等四目；“良頭家門”，如《方頭賦》等二目；“邦老家門”，如《脚言③脚語》等二目；“都子家門”，如《後人收》等三目；“孤下家門”，如《朕聞上古》等三目；“司吏家門”，如《罷筆賦》等二目；“仵作行家門”，如《一片生活》一目；“撅倈家門”，如《受胎成氣》一目；“諸雜砌”，如《摸石江》等二十九目。以上今樂，人皆不知其名。九成元人，所紀皆元曲套數，博雅者所當考也。

元人劇本　元人劇本見於《百種曲》僅十分之一。考陶宗儀《輟耕録》所載，陸顯之、李取進、于伯淵、岳④伯川、康進之、王廷秀、石子章、趙子祥、范子安、李好古、曾瑞卿、狄君厚、張壽卿、孔文卿十四人，共三十五本。及涵虚子編《元羣英》：馬致遠、王實甫、關漢卿、白仁甫、喬孟符、費唐臣、宫大用、尚仲賢、庾吉甫、高文秀、鄭德輝、李文蔚、侯正卿、史九敬先、孟漢卿、戴善夫、張時起、李寬甫、彭伯成、趙公輔、李行道、趙君祥、費君祥、紀君祥、趙天錫、梁進之、汪澤民、楊顯之、陳定甫、李壽卿、王伯成、孫仲章、趙明遠、劉唐卿、李子中、武漢臣、王仲文、姚守中、李直

---

① 今校：棒，原作“捧”，據《歷代曲話彙編》本改。
② 今校：鴇，原作“鴉”，同上改。
③ 今校：“脚言”二字，同上補。
④ 今校：岳，原作“丘”，同上改。

夫、吴昌龄、石君寶、金志甫、陳存甫、睢景臣、周仲彬、沈和甫、鮑吉甫、趙文寶、孫子羽、秦簡夫、張鳴善、鄭廷玉、范冰壺、何丹邱、王子一、劉東生、谷子敬、湯舜民、楊景言、賈仲名、楊文奎、羅貫中、李致遠、楊景賢、張國賓、顧仲清、無名氏，以上六十七人，共五百四十九本。又娼夫不入羣英，如趙明鏡、張酷貧、紅字李二、花李郎四人，共十一本。以上劇本，半皆失傳，可知此外所佚多矣。中如馬致遠、李致遠、關漢卿、孟漢卿、趙君祥、紀君祥、費君祥、陸顯之、楊顯之、張壽卿，名多相同，必有訛舛。而一曲或兩人撰，如世所傳《韓文公雪擁藍關記》。《太和正音譜》紀君祥有《韓退之記》，趙明遠又有《韓湘子》。各劇中《昇仙會記》，究不知何人所撰。蓋元曲已失，可唱者尚流傳人間爾。

倡夫所作戲本 趙松雪子昂云："院本中有娼夫詞，名曰'緑巾'，雖有絶佳者，不得並稱樂府。如黄幡綽、鏡敬磨、雷海青，皆古名娼，止以樂名呼之，亘世無字。今趙明鏡訛傳趙文敬，張酷貧訛傳張國賓，皆非也。"又云："良家子弟所扮雜劇，謂之'行家生活'；倡優所扮，謂之'戾家把戲'。蓋以雜劇出於鴻儒碩士所作，皆良家也，彼娼優豈能辦此？故關漢卿以爲'不過供笑獻勤，以奉我輩耳。子弟所扮是我一家風月。'雖復戲言，甚合於理。"按：倡夫自春秋之世有之，蓋異類托姓者。今流傳趙明鏡有《啞觀音》、《錯立身》、《武王伐紂》三本；張酷貧有《汗衫記》、《高祖還鄉》、《薛仁貴衣錦還鄉》三本；紅字李二有《板（杏）兒》、《病楊雄》、《武松打虎》三本；花李郎有《釘一釘》、《相府院》二本，多不傳；獨《薛仁貴》、《武松》二曲尚屬原撰，不可廢也。

達達樂器曲牌名 《輟耕録》："達達樂器，如箏、纂、琵琶、胡琴、渾不似之類，所彈之曲與漢人曲調不同。"其大曲牌名有十五調：一，《哈八兒圖》；二，《口温》；三，《也葛倘兀》；四，《畏兀兒》；五，《閔古里》；六，《起土苦里》；七，《跋四土魯海》；八，《舍舍弼》；九，《摇落四》；十，《蒙古摇落四》；十一，《閃彈摇落四》；十二，《阿耶兒虎》；十三，《桑哥兒苦不丁》；江南謂之"孔雀雙手彈"。十四，《答罕》；謂之"白翎雀雙手彈"。十五，《苦之把天》。品絃。其小曲牌名有十七調：一，《阿斯闌扯弼》；四盞曲，雙手彈。二，《阿桑搽》；花紅。三，《哈兒火失哈赤》；黑雀兒叫。四，《洞洞伯》；五，《曲律買》；六，《者歸》；七，《牝疇兀兒》；八，《把擔葛失》；九，《削

浪沙》;十,《馬哈》;十一,《相公》;十二,《仙鶴》;十三,《阿丁水花》;十四,《回回曲》;十五,《伉里》;十六,《馬黑某當當》;十七,《清泉當當》。凡此皆達達所彈曲調也。不可解者,半皆番語。

論院本　劉念臺《人譜類記》:“今之院本,即古之樂章。每演戲時,見有孝子悌弟、忠臣義士,雖婦人牧豎,往往涕泗横流。此其動人最切,較之老生擁皋比,講經義,老衲①登上座,説佛法,功効百倍。近時所撰院本,多是男女私媟之事,深可痛恨!而世人喜爲搬演,聚父子兄弟,並幃其婦人而觀之。稍不自制,便入禽獸之門,可不深戒!”

崑腔之創始　沈寵綏②《度曲須知》:“北化爲南,凡腔俱起於洪武,而兼祖中州。一時有‘海鹽腔’、‘義烏腔’、‘弋陽腔’、‘青陽腔’、‘四平腔’、‘樂平腔’、‘太平腔之殊’雖口法不等,而北曲消亡矣。嘉隆間,有豫章魏良輔者,流寓婁東、鹿城之間,生而審音,憤南曲訛陋,别開堂奥,調用水磨,拍捱冷板,聲則平、上、去、入婉協,字則頭、腹、尾音畢匀,啟口輕圓,收音純細。所度曲皆《折梅逢使》、《昨夜春歸》諸名筆,採於傳奇則有《拜星月》、《花蔭③夜静》等詞。氣無烟火,别有腔板,絶非戲場聲口,名曰‘崑腔’。自有良輔,而曲詞已極抽秘逞妍,後世依爲鼻祖,洵曲聖也。”據此,則“崑腔”者,實魏良輔一人所創也。

海鹽腔考　《樂郊私語》:“海鹽少年多善歌,蓋出於澉浦楊氏。其先人康惠公梓,與貫雲石交善,得其樂府之傳。今雜劇中《豫讓吞炭》、《霍光鬼諫》、《敬德不伏老》,皆康惠自製。家僮④千指,皆善南北歌調,海鹽遂以擅歌名浙西。”今俗所謂“海鹽腔”者,實法於貫酸齋,源流遠矣。

弋陽腔考　“弋腔”始弋陽,即今“高腔”,所唱皆南曲,又謂“秧腔”。“秧”即“弋”之轉聲。京謂“京腔”,粤俗謂之“高腔”,楚、蜀之間謂之“清戲”。向無曲譜,祇沿土俗,以一人唱而衆和之,亦有緊板、慢板。王正祥謂“板皆有腔”,作《十二律京腔譜》十六卷,又有《宗北歸音》四卷以正

---

① 今校:衲,原作“僧”,據《歷代曲話彙編》本改。

② 今校:綏,原作“緩”,同上改。

③ 今校:蔭,原作“影”,同上改。

④ 今校:僮,原作“僅”,同上改。

之。謂："'高腔'，即《樂記》'一唱三嘆'，有遺風之意也。凡曲藉乎絲竹者曰'歌'，一人發其聲曰'唱'，衆人成其聲曰'和'，其聲聯絡而雜於唱和之間者曰'嘆'，俗謂'接腔'。'嘆'，即今'滚白'也。曲本混淆，罕有定譜，所以後學憒憒，不知整曲、犯調者有之。予故定爲十二律，以爲唱法，亦竊擬正樂之各得其所"云。皆立論甚新，幾欲家諭而户曉。然欲以一人、一方之腔，使天下皆欲倚聲而和之，亦必不得之數也。

秦腔考　俗傳錢氏《綴白裘》外集，有"秦腔"，始於陝西，以梆爲板，月琴應之，亦有緊、慢，俗呼"梆子腔"，蜀謂之"亂彈"。金陵許苞承云："事不皆有徵，人不盡可考。有時以鄙俚俗情，入當場科白，一上氍毹，即堪捧腹。此殆如冬烘相對，正襟捉肘，正爾昏昏思睡，忽得一詼諧訕笑之人，爲我羯鼓解穢，快當何如！此外集所不容已也。"其論亦確。按：《詩》有正風、變風，史有正史、霸史。吾以爲曲之有"弋陽"、"梆子"，即曲中之"變曲"、"霸曲"也。又有"吹腔"，與"秦腔"相等，亦無節奏，但不用梆而和以笛爲異耳。此調蜀中甚行。

胡琴腔考　"胡琴腔"起於江右，今世盡傳其音，專以胡琴爲節奏，淫冶妖邪，如怨如訴，蓋聲之最淫者。又名"二簧腔"。

女兒腔考　"女兒腔"，亦名"絃索腔"，俗名"河南調"，音似"弋腔"，而尾聲不用人和，以絃索和之，其聲悠然以長。

大曲小曲考　《文選・長笛賦》："聽篴弄者，遥思於古昔。"注云："篴弄，蓋小曲。"按：漢樂府《滿歌行》等篇謂之"大曲"。"小曲"當對"大曲"言之，非若今之小曲也。

西曲考　《南史・徐勉傳》："武帝擇後宫吴聲、西曲女妓各一部，賚勉。"《通典》："梁有吴安泰，善歌，後爲樂令。初改西曲，以别江南《上雲樂》。"《樂府詩集》："《西曲歌》出於荆、郢、樊、鄧之間，因其方俗，謂之'西曲'。"按：今以山、陝所唱小曲曰"西曲"，與古絶殊，然亦因其方俗言之。

今劇之荒誕者　今演劇多演神仙鬼怪，以眩人目，然其名多荒誕。《張果》曰《張果老》，及《劉海蟾》曰《劉海戲蟾》，此類甚多，備見《神仙傳》及《雲笈七籤》，此不足論。取其略有依據者，别爲後卷。

雨村劇話卷下

太公封神傳　《太公封神傳》劇。按:《唐書・禮儀志》:"武王伐紂,雪深丈餘。五車二馬,行無轍跡,詣營求謁,武王怪而問焉。太公曰:'此必五方之神來受事耳。'遂以名召入,各以其職命焉。"《太公金匱》亦詳其事。此封神所由來。

八義記　考程嬰、屠岸賈事,始見《説苑・復恩篇》。公孫杵臼別見《新序・節士篇》,《左傳》無一字及之。今《八義》劇所演"鉏霓"、"提彌明"、"靈輒"三事,乃詳宣二年傳中;而晉因韓厥之言以立趙武,則在成公四年傳。

浣紗記　《西施浣紗記》劇。按:羅點《聞見録》:"世傳西施隨范蠡去,不見所出。因杜牧'西子下姑蘇,一舸逐鴟夷'而附會也。"《休文御覽》引《吴越春秋・逸篇》云:"吴亡後,西子江令隨鴟夷。"杜牧乃有此句。考《越絶書》:"越王句踐得採薪二女西施、鄭旦,以獻吴王。"實未言浣紗也。

凍蘇秦　元人《凍蘇秦》劇及《金印記》,兄弟五人:代、厲、秦、辟、鵠。秦行第三,故云"季子"。俗乃謂行二,與史傳注文不合。

蝴蝶夢　《蝴蝶夢》劇,見《莊子・齊物論》;其鼓盆、髑髏二事,見《至樂篇》。

牧羊記　《蘇武牧羊記》劇,見《漢書・蘇建傳》,特常惠紿辭,非實爲也。其餘若嚙雪、咽氈、卧起、操節,皆實事。

救青　《救青》劇,事見《漢書・衞青傳》:"青姊子夫得入宫,有身,長公主聞而妬之,使人捕青,欲殺之。其友騎郎公孫敖與壯士往篡之,故得不死。敖,義渠人,後封合騎侯。"按:今院本演此事,謂敖爲鐵力奴,未詳所自。

買臣負薪　庾吉甫《買臣負薪》劇,見《漢書》。今俗傳此事大略相符;而言買臣既貴,妻再拜馬前求合,買臣取盆水覆地,示其不能更收之意,妻遂抱恨死。此則太公望事,詞曲家所撮合也。

昭君出塞漢宫秋 張時起《昭君出塞》、馬致遠《漢宫秋》劇，見韓子蒼《昭君圖序》："漢時呼韓邪來朝，言願壻漢氏。元帝以後宫良家子王昭君字嬙者配之，生二子；株累立，復妻之，生二女。"至范書始言："入宫，久不見御，因掖庭令請行單于，臨辭大會，昭君豐容靚飾，竦動左右。帝驚悔，欲復留而重大信。"班書皆不合。《西京雜記》又言："元帝使畫工圖宫人，昭君獨不行賂，乃惡圖之。既行，遂按誅毛延壽。"《琴操》又言："本齊國王嬙女，年十七，進之。帝以地遠，不幸。及欲賜單于美人，嬙對使者越席請往。後不願妻其子，吞藥而卒。"蓋其事雜出，無所考正。至元人《琵琶劇》，石崇《王明君辭序》云："昔公主嫁烏孫，令琵琶馬上作樂，以慰其道路之思。其送昭君，亦必爾也。"石崇既有此言，後人遂以實之昭君，誤矣。

漁家樂 《漁家樂》劇，馬融女馬瑶草事。按：《後[①]漢書》，融女有三：長女不可考；其一字倫，爲袁隗妻；一女名芝，女有才義，少喪親，長而追感，作《申情賦》。今劇場所演云馬瑶草者，未知何屬。袁氏世爲三公，隗少歷顯官，富奢特甚。馬氏裝遣亦極珍麗，與劇場簡生事適相反。其子久稽良匹，或不爲融所受乎？然瑶草字與"芝"義合，疑所指爲之。

琵琶記 高則誠《琵琶記》，見《青溪暇筆》："元末永嘉高明字則誠，避世鄞之櫟社，以詞曲自娱。見陸放翁有'死後是非誰管得，滿村聽唱蔡中郎'之句，因編《琵琶記》，用雪伯喈之恥。國朝遣使徵辟[②]不就，既卒，有以其記進者。上覽畢曰：'《五經》、《四書》，在民間如五穀不可缺；此記如珍羞百味，富貴家其可無耶？'其見推許如此。"《留青札記》："時有王四者，能詞曲。高則誠與之友善，勸之仕，登第後，即棄其妻，而贅於太師不花家。則誠恨之，因借此記以諷。名琵琶者，取其四王字，爲王四云耳。元人呼牛爲'不花'，故謂之牛太師。而伯喈曾附董卓，乃以之托名也。高皇微時，嘗賞此戲；及登極，捕王四，置之極刑。"據《説郛》載唐人小説云："牛相國僧孺之子繁，與蔡生文字交，尋同舉進士。才蔡生，欲以女弟適之。蔡已有妻趙矣，力辭不得。後牛氏與趙處，能卑順

---

① 今校：後，據《歷代曲話彙編》本補。
② 今校：辟，原作"解"，同上改。

自將。蔡官至節度副使。”其姓相同，一至於此，則誠何不直舉其人，而顧誣巇賢者耶？《莊岳委談》：“僧孺二子，曰蔚，曰藂①，無所謂繁者，恐《説郛》所載不實。”按：蔡邕父名稜，字伯直，見《後漢書》注。其母袁氏，曜卿姑也，見《博物志》。《琵琶記》作蔡從簡、秦氏，其故爲謬悠歟？抑未考歟？

桃源結義　《劉關張桃源結義》劇，據《三國志·關羽傳》：“先主與飛、羽二人，寢則同床，恩若兄弟；而稠人廣坐，侍立終日。”世俗由此敷演。至《秉燭達旦》劇，則前無所據，見，《少室山房筆叢》駁之最詳。《秉燭達旦》劇，元尚仲賢所撰也。關漢卿《單刀會》劇見《三國志·魯肅傳》，有“但諸將軍單刀俱會”之語。

月下斬貂蟬　《月下斬貂蟬》劇，見《升庵外集》：“世傳吕布妻貂蟬，史傳不載。李長吉《吕將軍歌》：‘榼榼銀龜摇白馬，傅粉女郎大旗下。’似有其人也。元人有《關公斬貂蟬》劇，事尤悠謬。然《羽傳》注稱‘羽欲娶布妻，啟曹公。公疑布妻有殊色，因自留之。’則亦非全無所自。”按：原文關所欲娶乃秦氏婦，不得借爲貂蟬證也。

截江奪②阿斗　《截江奪③阿斗》劇，見《蜀志·劉封傳》：“孟達與封書曰：‘自立阿斗爲太子已來。’”四字本此。

祝英臺　白仁甫《祝英臺》劇，見《宣室志》：“英臺，上虞祝氏女，僞爲男裝游學，與會稽梁山伯者同肄業。山伯，字處仁。祝先歸二年，山伯訪之，方知其爲女子，悵然如有所失；告其父母求聘，而祝已字馬氏子矣。山伯後爲鄞令，病死，葬鄮城西。祝適馬氏，再過墓所，風濤不能進。問知有山伯墓，祝登號慟，地忽自裂，陷祝氏，遂并埋焉。晉丞相謝安奏表其墓曰‘義婦冢’。”

祝髮記　《祝髮記》劇，事見《陳書·徐陵傳》：“孝克，陵第三弟也。梁末寇亂，京師大飢。孝克養母，饘粥不能給。妻臧氏，甚有容色。孝克謂之曰：‘今飢荒如此，供養交缺，欲嫁卿與富人，望彼此俱有濟，不知卿意如何？’其妻臧氏弗許也。時有孔景行者，爲侯景將，富於財。孝克

---

① 今校：藂，原作“業”，據《歷代曲話彙編》本改。

②③ 今校：奪，原作“脱”，同上改。

密因謀者陳意，景行多從左右，逼而迎之，臧氏涕泣而去。所得穀帛，悉以供養。孝克剃髮爲沙門，改名法整，兼乞食以充給焉。後景行戰死，臧伺孝克於途曰：'往日之事，非爲相負；今既得脱，當歸供養。'孝克還俗，更爲夫妻。"今《祝髮記》所演，多與此符。

達磨渡江 《達磨渡江》劇，見《傳燈録》："菩提達磨，南天竺國香至王第三子也。從波若多羅，法明心要。多羅曰：'吾滅後，汝當往震旦，設大法乘，直接上根。'貽偈有'路行跨水復逢羊，獨自栖栖暗渡江'句。梁武帝迎至金陵，時魏明帝正光庚子也。止嵩山少林寺，面壁而坐。"按：達磨自庚子渡江，至戊申逝，凡九年。今謂"九年皆面壁"，失實。

打朝裝風 《尉遲恭打朝裝風》劇，見《舊唐書》："尉遲敬德婞直，頗以激切自負。嘗侍宴慶善宫，有班在其上者，怒曰：'爾何功，合坐我上？'任城王道宗解喻之，敬德勃然，拳毆道宗目，幾至眇。太宗不懌，罷。召讓之，致仕。後聞太宗將征高麗，上言：'夷貊小國，不足枉萬乘，願委之將佐。'帝不納，詔以本官，爲左一馬軍總管。師還，復致仕。"按：劇場演敬德事，有曰"打朝、裝風"。"打朝"實，"裝風"虚也。又《單雄信追秦王》劇，見《舊唐書・李密傳》，及《新書・尉遲敬德傳》。

白袍記 《薛仁貴白袍》劇，見《舊唐書》："仁貴自恃驍勇，欲立奇功，及異其服色，著白衣。帝遣問：'先鋒白衣者誰？'召見，嗟異。"按：元張國賓雜劇稱仁貴"白袍將"亦實。

西天取經 吴昌齡《西天取經》劇，見《獨異志》："沙門玄奘，姓陳氏，唐武德初，往西域取經。行至罽賓國，道險虎豹，不可過。奘不知所爲，鎖門而坐。至夕開門，見一老僧，莫知所由來。奘禮拜勤求，僧口授《多心經》一卷，令奘誦之，遂得道路開闢，虎豹潛形，魔鬼藏跡。至佛國，取經六百餘部而歸。"其《多心經》至今誦之。《雙樹幻抄》："玄奘以貞觀三年冬抗表辭帝，出玉關，抵高昌。高昌王護送，達於罽賓。隨歷大林國、僕抵國、那伽羅國、禄鄞那國，至麯闍國。麯闍王有勝兵十萬，雄冠西域，其俗以人祀天。奘至，被執。以風度特異，將戮以祭。俄大風作，塵沙漲天，晝日晦冥。彼衆驚異，釋之。至中天竺，入王舍城。彼已預聞奘至，具禮郊迎，安置那蘭陀寺。見上方戒賢論師，賢時春秋一百有六，道德爲西土宗師，號'正法藏'。奘啟以求法意，賢曰：'吾頃病

且死，忽夢文[①]殊謂我曰：‘後三年，震旦有大沙門從汝受道。’自爾以來，今三稔矣。’於是慰喜交集。奘從賢窮探大乘，日益智證。至貞觀十六年，乃發王舍城，入祇羅國。國王迎問：‘而國有聖人出世，作《小秦王破陣樂》，可爲我言之。’奘粗陳帝神武大略，其主大驚，即以青象、名馬，助奘馱經而還。以貞觀十九年至長安。文帝驚喜，手詔飛騎迎之，親爲經文作序，名《聖教序》云。”按：唐《藝文志》有王玄策《中天竺國行記》十卷。《法苑珠琳》謂：“玄策，官金吾將軍，奉詔扈玄奘往西域取經，歸撰此記。”今佚不傳。《輟耕録》記元人雜劇，有唐三藏一段。《莊岳委談》云：“《聖教序》雖有‘三藏要文’等語，匪玄奘號也。其以稱奘，蓋以唐僧不空號無畏三藏而譌耳。”

唐明皇遊月宫　《唐明皇遊月宫》劇，見《明皇雜録[②]》：“上與太真及葉法静八月望日遊月宫，見龍樓鳳堞。金闕玉扃，冷氣逼人。後西川奏其夕有天樂過。”《龍城録》：“葉法善與明皇遊月宫，聞天樂。上問曲名，曰：‘《紫雲回》’也。上密記音調，歸爲《霓裳羽衣曲》。”又見《集異記》、《異聞録》，小異。

脱靴　《李白令高力士脱靴》劇，見《舊唐書・李白傳》。

滿床笏　《郭子儀滿床笏》劇，據《舊唐書・崔義元傳》：“開元中，神慶子琳、珪、瑶等皆至大官，羣從數十人，趨奏省闥。每歲時家宴，組珮輝映，以一榻置笏，重叠於其上。”按：流俗以此事屬郭汾陽，謬。

雙紅　《雙紅》劇：一《紅綃》，見《崑崙奴傳》。所稱奴摩勒負崔生至一品院，與歌妓紅綃會，逾十重垣，雙負出，撾殺猛犬者也。一《紅線》，見《甘澤謡》。潞州節度使薜嵩家青衣，盗田承嗣金合，一夜去來，辭嵩不知所往者也。沈德符《顧曲雜言》：“梁伯龍有《紅線》、《紅綃》二雜劇，頗稱諧愜。今被俗優合爲一大本南曲，謂之《雙紅》，遂成惡趣。”

綉襦　《鄭[③]元和綉襦》劇，據白行簡《李娃傳》：“天寶中，常州刺史

---

① 今校：文，原作“大”，據《歷代曲話彙編》本改。

② 今校：録，原作“劇”，同上改。

③ 今校：鄭，原作“鄧”，同上改。

滎①陽公有子弱冠，應秀才舉，父豐其給。抵長安，游鳴珂曲，見娃憑一青衣而立，徘徊不能去。密徵於友，往諧歡好，並止其家。囊空，鬻駿②乘及家僮以繼。歲餘，蕩然。娃母意怠，設詭計紿生他出，徙宅去。生往來徵詰，無音。返舊邸，與人争較。生父方入計在京，所隨老豎見之，遽持其袪至父所。父怒其辱門，拉至曲江東，以馬捶鞭之斃，棄而去。有歌師往瘞，經宿而活。撻處潰爛，穢甚。同輩復惡而逐焉，遂持破甌巡里閭，乞食爲事。一旦大雪，生冒雪乞，聲甚苦。經娃之宅，生不知也。娃辨其音，連步而出。見生枯瘠疥癘，殆非人狀，遽前抱頸，以綉襦擁而歸之。母大駭，趣令迫逐。娃侃詞諍，且以積貲自贖，與生税屋别居，勸以温習曩業。三歲，業大就。一赴禮，應直言極諫科，名第一，授成都府參軍。時生父由常州拜成都尹，生投謁，大驚；命登階，撫背慟哭，父子如初。娃留於劍門，築别館處之。尋遣媒氏，備六禮，迎爲夫婦。生後歷仕數郡，娃封汧國夫人。”按：此與今劇場所演，事事相符，惟傳不著名。而今云李亞仙、鄭元和，乃别見於元石君寶《花酒曲江池》劇，其殺千金五花馬，取版腸以供妓饌，則以元王元鼎與（國）順秀事牽入。

黄粱夢　馬致遠《黄粱夢》劇，見李泌《枕中記》所云：開元十九年，盧生遇吕翁於邯鄲邸舍，以枕授之。生於寐中列登鼎鉉，欠伸而寤，主人蒸黄粱尚未熟也。按：此吕翁非吕洞賓也。洞賓生貞元十四年，舉咸通進士，翁則開元時已度人矣。元馬致遠《黄粱夢》劇，謂洞賓遇鍾離，此即影襲盧生事。雜劇例多張冠李戴，不必疑也。明湯若士以世多熟③，夢邯鄲，復演盧生，付伶人歌舞之。又《吕洞賓戲白牡丹》劇，乃宋人顔洞賓事，亦誤爲吕洞賓。《續仙傳》：“吕洞賓居岳州白嶽寺，有老人自松梢下曰：‘某松之精也。’”元谷子敬有《城南柳》劇，乃訛“松”爲“柳”。

西厢　《西厢記》，元王實甫撰。考元稹《會真記》詳其事。《輟耕

---

① 今校：滎，原作“茶”，據《歷代曲話彙編》本改。

② 今校：駿，原作“俊”，同上改。

③ 今校：熟，原作“熱”，同上改。

録》以爲生即張子野。宋王性之著《傳奇辨正》云："微之作《姨母鄭氏墓志》，言其'既喪夫，遭軍亂，微之爲保護其家'。又白樂天《微之母鄭氏志》言'鄭濟女'。唐《崔氏譜》：'永寧尉鵬，娶鄭濟女。'則鶯鶯乃崔鵬之女，於微之爲中表也。"傳奇言"生年二十二"，徵之樂天墓志，决爲微之無疑；特鄭恒争姻之説不可曉。按：鶯鶯後實歸恒。《金石文字記》載《唐鄭恒暨夫人崔氏墓誌銘》，大中十二年秦貫撰文："崔年七十六，有子六人，與鄭合葬。"此銘可證。

白兔　《白兔記》李洪義劇。《五代史・漢家人傳》："高祖皇后李氏，晉陽人也，其父爲農。高祖少爲軍卒，牧馬晉陽，夜入其家，劫取之。高祖已貴，封魏國夫人，生隱皇帝。"《宋史》："漢李后弟六人，長洪信，少洪義，皆位至軍相。洪義本名洪威，後以避周諱改。周祖起兵，漢少帝詔洪義扼河橋。及周兵至，洪義就降。漢室之亡，由洪義也。"今《白兔》劇醜詆洪義，或緣其降周故耶？又何以誤指爲后兄也？

雪夜訪趙普　《雪夜訪趙普》劇，見《宋史・趙普傳》。

楊六郎　《楊六郎》劇，取《宋史》："楊業以驍勇聞，人號'無敵'。契丹望見業旌旗，輒引去；主將戍邊者多忌之。雍熙三年，以雲州觀察使副潘美北征。契丹國母蕭氏領衆十萬陷寰州，業議未可與戰，護軍王侁沮之。業因指陳家谷言：'請於此張步兵爲左右翼。君俟業轉戰至此，即以兵夾擊救之；不然，無遺類矣。'美即與侁領兵陣谷口。自寅至巳，侁使人登臺望之，以爲契丹敗走，欲争其功，乃離谷口；俄聞業敗，即麾兵却走。業力戰，至暮，果至谷口。望見無人，撫膺大慟，再率帳下士戰。身被數十創，士卒殆盡，馬重傷不能進，遂爲契丹所擒，其子延玉亦没焉。業不食，三日死。詔贈太尉、大同軍節度，録其子延朗爲崇儀副使，次子延浦、延訓爲供奉官，延環、延貴、延彬①爲殿直。延朗後改名延昭，真宗嘉其用兵有父風；在邊防二十餘年，官至保州防禦使。契丹憚之，目爲'楊六郎'。"按史：延昭當爲長子，而目爲六郎，六似非行次矣。業凡七子，延玉先没，契丹或總其見在之兄弟六人歟？潘美，今劇中誤爲潘仁美。

---

① 今校：彬，原作"琳"，據《歷代曲話彙編》本改。

梁灝及第　《梁灝八十二歲及第》劇，見《錦字箋》："灝謝表有云：'皓首窮經，少伏生之八歲；青雲得路，多太公之二年。'"《遯齋閑覽》："灝登第詩：'天福三年來應試，雍熙二載始成名。饒他白髮巾中滿，且喜青雲足下生。'"又一梁灝，登科最早，見《容齋隨筆》。

破窰　《吕蒙正破窰》劇，《避暑録》："文穆爲父所逐，衣食不給。龍門寺僧識其貴人，延至寺中，鑿山岩爲龕居之，凡九年。後諸子即石龕爲祠堂。"按：元關漢卿、王實甫俱撰《蒙正風雪破窰記》。貢性之有《風雪破窰圖》詩。破窰，當即石龕。又據《宋史》，與蒙正共淪躓者，母劉氏也；今傳奇乃謂蒙正妻。又飯後鐘事，見《北夢瑣言》，乃段文昌事；《摭言》傳爲王播事；今以移屬吕文穆，乃自元人馬致遠始。又《彩樓》劇饐瓜事，見邵伯温《聞見録》。

王曾三元　《王曾三元》劇，見《宋史》："曾字孝先。咸平中，由鄉貢試禮部、廷對，皆第一。"按：今謂曾爲三元，信也；至謂曾子復爲右榜三元，則無稽矣。曾無子，以弟融之子繹爲後。

包龍圖各劇　包龍圖各劇。據《宋史》："包拯嘗除龍圖閣直學士，立朝剛毅，貴戚宦官爲之斂手。京師語曰：'關節不到，有閻羅包老。'凡訟訴徑開正門，使得至前陳曲直，吏不敢欺。"按：今童婦輩凡言平反冤獄，輒稱"包龍圖"，或稱"包待制"，且言"死作閻羅"，因"包老"一言也。

平妖傳　《平妖傳》見《居易録》，今小説演義記貝州王則事，其中人多有依據。如馬遂擊賊被殺，見《宋史》，使馬遂乃賈魏公借作潞公耳。所云成都神醫嚴三點者，江西人，見《癸辛雜志》。其"多目神"，借用李文靖事。

王魁不負心　楊文奎《王魁不負心》，按：王魁，見《齊東野語》："嘉祐中，王俊民①爲慶天府發解官，得狂疾，取交股刀自裁。左右抱持之，免，出試院。醫云有痰，以藥吐之，中夜洞泄而死。其父訴問道士。道士傳冥中語云：'爲五十年前打殺謝、吴、劉不結案事。'因托夏噩姓名，作《王魁傳》，實其事皆不然。"《書録解題》："陳翰，唐末人。王魁乃本朝事，當是後人勦入之。"《草木子》："俳優戲文，始於王魁。"即此人。

---

① 今校：民，原作"名"，據《歷代曲話彙編》本改。

建洛陽橋　《蔡襄建洛陽橋》劇，見《説郛·洛陽橋記》附録，又見《筠廊偶筆》云："明鄞人蔡錫爲泉州太守，欲修洛陽橋，以文檄海神。一醉卒趨而前曰：'我能齎往。'乞酒飲，大醉。自投於海，若有人扶掖之者。俄而以'醋'字出，錫意必廿一日酉時，遂是日興工。語載錫本傳中，人乃以其事附蔡端明也。"

陳造懼内　《陳造懼内》劇，見蘇詩："龍邱居士亦可憐，談空説有夜不眠。忽聞河東獅子吼，柱杖落手心茫然。"黄魯直亦有與季常簡，曰："公暮年來想漸求清净之樂，姬媵無新進矣。柳夫人比何所念以致疾耶?"又一帖，云："河東夫人亦能哀憐老大，一任放不解事耶?"則柳氏之妬固①已。按：今南劇搬演《跪池》一事，未免已甚；北劇至有《變羊》劇，尤誕；然亦有本，但不屬陳季常。《藝文類聚》："一士人婦大妬，常以長繩繫夫足。士與巫謀，乘婦睡，以繩繫羊。婦覺，牽繩而羊至。大驚，問巫。巫曰：'能悔，可祈請。'婦因悔，誓不妬。巫乃令七日齋，舉家詣神禱祝。士徐徐還。婦見泣曰：'多日作羊，不辛苦耶?'士曰：'猶憶噉草不美。'婦後略妬，士即伏地作羊鳴。婦驚起，永謝不敢。"

蘇小妹　元吴昌齡"東坡蘇小妹"。按：《歐陽文忠集·蘇明允墓志》云："君三女，皆早卒。"按：明允一女，適其母兄程濬之子之才，一女適柳子玉；而世俗云小妹適秦少游，不見傳記，豈明允之最小女耶? 惟元吴昌齡《東坡夢》雜劇爲是言，並云其妹之名曰"子美"。

水滸　《水滸》劇見《游覽志餘》："錢唐羅貫中，南宋時人。編撰小説數十種，而《水滸傳》敘宋江等事，機巧甚詳，壞人心術，其子孫三代俱啞。"《七修類稿》："宋江乃施耐庵編，昨見《録鬼薄》載宋江傳記之名，則亦有本，因而編成，故曰'編'。"《莊岳委談》："《水滸傳》所稱三十六天罡，見《宋史·張叔夜傳》：'宋江起河朔，轉略十郡，官軍莫敢攖其鋒。'"《癸辛雜志》載龔聖予《宋江三十六人贊》，備列名號曰："呼保義宋江、智多星吴學究、玉麒麟盧俊義、大刀關勝、活閻羅阮小七、尺八腿劉唐、没羽箭張青、浪子燕青、病尉遲孫立、浪裏白跳張順、船火兒張横、短命二郎阮小二、花和尚魯智深、行者武松、鐵鞭呼延綽、混江龍李俊、九紋龍

---

① 今校：固，原作"因"，據《歷代曲話彙編》本改。

史進、小李廣花榮、霹靂火秦明、黑旋風李逵、小旋風柴進、插翅虎雷横、神行太保戴宗、先鋒索超、立地太歲阮小五、青面獸楊志、賽關索楊雄、一直撞董平、兩頭蛇解珍、美髯公朱仝、没遮攔穆宏、拚命三郎石秀、雙尾蝎解寶、鐵天王晁蓋、金鎗班徐寧、撲天鵰李應。”較小説多孫立、晁蓋,無公孫勝、林冲。其吴學究不著名,尺八腿、一直撞,綽號大異;鐵鞭、先鋒、賽關索、金鎗班小異。先後次第,尤多不同。《宣和遺事》:盧俊義作李俊義,楊雄作王雄,關勝作關必勝,並載花石綱等事,皆似是《水滸》事本,而呼保義等號無之。《宋鑑》:劉豫所害關勝,或即大刀也。其《燕青贊》云:“平康巷陌,豈是知名?太行春色,有一丈青。”然則時固有一丈青者,而不在數中果,復有所謂七十二地煞乎?又高俅事,見《居易録》:“乃東坡小史,以屬王晉卿詵。詵遣俅送篦刀子於端王邸,令對蹴,大喜,并送人皆留。逾月,王登大寶,眷渥日厚。數年間,持節至使相。”傳所云‘小蘇學士’,即東坡,而稍變其文耳。都尉,即詵也。至誤走妖魔事,見《錢氏私志》:“河北賊方定,蔡京謂徐神翁曰:‘且喜天下太平。’徐曰:‘天上方遣許多魔君下生人間,作壞世界。’蔡曰:‘如何得識其人?’徐笑曰:‘太師亦是。’”按:此段即《水滸》楔子所由演。

續水滸　《續水滸》諸劇,見《甕天脞語》載宋江潛至李師師家,題詞於壁。按:陸友仁《題宋江三十六人畫贊》云:“睦州盜起塵連北,誰挽長江洗兵革?京東宋江三十六,懸賞招之使擒賊。後來報國收戰功,捷書夜奏甘泉宫。”則江降後,自有攻討方臘等事,續傳不爲無因。

麒麟記　《麒麟記》韓蘄王夫人,見《鶴林玉露》:“夫人本娼,嘗於廟柱下見一虎蹲卧,驚走出,復往視之,乃一卒也。因蹴起,問姓名,爲韓世忠。心異之,告其母,約爲夫婦。後封梁國夫人。”按:今《麒麟記》演其事。

精忠記　《岳武穆精忠傳》,何立至酆都事,見《雲薖淡墨》,所謂“告相公東窗事發也”。又《掃秦》劇,見《江湖雜記》:“檜既殺武穆,向靈隱祈禱,有一行者亂言譏檜。檜問其居址,僧賦詩有‘相公問我歸何處,家在東南第一山’之句。”其事又見《邱氏遺珠》。元張光弼有《咏何立事》詩。

荆釵記　《荆釵》劇見《鶴林玉露》:“龜齡及第甚晚,已有二子,並非

新娶,而其母已没。"今之《荆釵》傳奇,乃史氏妄作也。《天禄志餘》謂:"玉蓮[①],王梅溪女。孫汝權,宋進士,與梅溪友善。先生劾史浩八罪,汝權實慫恿之,爲史氏所最切齒,遂妄作《荆釵》傳奇,謬其事以衊之。南宋[②]餘姚許浩嘗賦《荆釵百咏》,即其事也。"《楊升庵外集》謂:"潛説友乃宋安撫使,與賈似道同時。"今傳奇《王十朋》有此人,訛以爲錢,反以爲梅溪前輩,謬也。

玉簪記 《玉簪》劇見《古今女史》:"宋女貞觀尼陳妙常,年二十餘,姿色超群,詩文俊雅,工音律。張于湖授臨江令,宿觀中,調之,妙常不納(載《名媛璣囊》)。後與于湖友潘法成私通情洽;密告于湖,以計斷爲夫婦。"

月明度柳翠 《月明度柳翠》劇,見姚靖《西湖志》:"宋紹興間,柳宣教履臨安尹任,僧玉通不赴庭參,柳便用紅蓮計破其戒。玉通慚悔而死,托生於柳,隸樂籍,報之。久之,皋亭山僧清了,以化緣詣柳翠,爲戴面具,現身説法,示彼前因。翠悟,沐浴而化。"清了一名月明,故云"月明和尚度柳翠"也。元李壽卿撰曲,見臧晉叔選《百種曲》中。考《咸淳臨安志》、《五燈會元》,皆無柳宣教、月明之名。今所演蓋《武林舊事》所載元夕舞隊之《耍和尚》也。

黄[③]孝子尋親記 《黄[④]孝子尋親》劇,見《元史・孝義傳》"黄[⑤]覺經,建昌人,五歲遭亂失母。稍長,誓天願求母所在。乃渡江涉淮,行乞而往。至汝州梁縣春店,得其母以歸。"

沈萬三 《沈萬三》劇,見《明史・高后傳》:"吴興富民沈秀者,助築都城三之一,又請犒軍。太祖怒,欲誅之。后諫曰:'民富敵國,民自不祥。天將災之,何誅焉?'乃釋秀。"秀即沈萬三也。明巨富者謂之"萬户三"。沈本名富,字仲榮。《柳亭詩話》云:"金陵水西門有猪龍爲患,相傳明祖以沈仲榮聚寶盆鎮之,乃止,故名'聚寶門'。仲榮得張三豐鑵火之術,致富敵國。盆,即鼎器也。"

---

① 今校:蓮,原作"連",據《歷代曲話彙編》本改。
② 今校:宋,原作"史",同上改。
③④⑤ 今校:黄,原作"王",同上改。

鐵冠圖　《鐵冠圖》劇見《宋景濂集・張中傳》:"中,字景善,撫之臨川人。舉進士不第,遇異人,授以太極數學。帝下豫章時,因鄧愈薦,遣使召問。後言事往往奇中。嘗戴鐵冠,人因號'鐵冠子'。"按:《雜説》云:"明祖諭道人:'汝能先知,試言我國事,直述無諱。'道人口誦數十語,其後多驗,即劇所謂《鐵冠圖》也。"

唐賽兒　《唐賽兒》劇見《明史・成祖紀》:"永樂十八年二月,蒲臺妖婦唐賽兒作亂,安遠侯柳升帥師討之。三月辛巳,敗賊於卸石,賽兒逸去。"好事者演其事,謂之《女仙外史》,演劇者本之。

海瑞市棺　《海瑞市棺》劇,見《明史》本傳:"上疏時,先市一棺,訣别妻子。"故俗有"海瑞棺材,擡去擡來"之諺,由此。

十五貫　《十五貫》劇况青天,見《懸笥瑣探》:"蘇州太守况鍾,剛果練達,多有惠政。九載去任,人呼曰'况青天'。"

三笑姻緣　《唐伯虎三笑姻緣》劇秋香,見姚旅《露書》,乃吉道人事:與宦家婢秋香遇於虎邱,因道人有姊喪,白衫内服紫裾,風動裾開,秋香見而含笑。道人乃鬻身爲宦家奴,伴其子讀書,具得歡意。問其欲,求秋香爲妻。許之,具數百金裝,送秋香歸道人。道人名之任,字應生,江陰人。本姓華,爲母舅趙子。按:今演其事爲劇,移以屬唐寅。

艾塘曲録

艾塘曲録

新曲苑第二十四種　清李斗艾塘撰

徐又陵　徐又陵，字坦庵。畫花卉有天趣，工詩詞製曲，有《坦庵六種》，又著《蝸亭雜記》、《青白眼》諸書。

任世禮　任世禮，字漢修。與丁鶴洲交，得聞傳真之法，摹之二十年，畫合其旨。性豪俠，善彈琴，工時曲。

厲鶚　厲鶚，字太鴻，號樊榭，杭州人。來揚州，主馬氏，工詩詞及元人散曲。

大戲與内班　天寧寺本官商士民祝釐之地，殿上敬設經壇，殿前蓋松棚爲戲臺，演仙佛、麟鳳、太平擊壤之劇，謂之大戲。事竣拆卸。迨重寧寺構大戲臺，遂移大戲於此。兩淮鹽務例蓄花、雅兩部，以備大戲。雅部即崑山腔，花部爲京腔、秦腔、弋陽腔、梆子腔、羅羅腔、二簧調，統謂之"亂彈"。崑腔之勝，始於商人徐尚志，徵蘇州名優爲老徐班；而黄元德、張大安、汪啟源、程謙德各有班。洪充實爲大洪班，江廣達爲德音班，復徵花部爲春臺班。自是德音爲内江班，春臺爲外江班。今内江班歸洪箴遠，外江班隸於羅榮泰，此皆謂之内班，所以備演大戲也。

設局修改曲劇　乾隆丁酉，巡鹽御史伊齡阿奉旨於揚州設局，修改曲劇。歷經圖思阿並伊公兩任，凡四年事竣。總校黄文暘、李經；分校凌廷堪、程枚、陳治、荆汝爲；委員淮北分司張輔，經歷查建珮，板浦場大使湯惟鏡。

黄文暘　黄秀才文暘，字時若，號秋平，居天心墩。工詩古文詞。得古錢數百品，自上古至今，一一摹之，而繫以説，爲《古金通考》六卷。辨安陽、平陽爲戰國錢，識神農錢爲倒文，皆極精細。又録金元以來雜劇院本，標其目而繫以説，爲《曲海》數卷；又《隱怪叢書》十二卷，《丙官集》數卷。

李經　李經，字理齋，江寧諸生。官廣東鹽場大使。

凌廷堪　凌廷堪，字仲子，又字次仲，歙縣監生。僑居海州之板浦場，以修改詞曲來揚州。繼入京師，遊於豫章、雒陽。中戊申科副榜，己酉科舉人，癸丑①科進士，官安徽寧國府教授。始不爲時文之學，既與黄文暘交；文暘最精於制藝，仲子乃盡閲有明之文，得其指歸，洞徹其底藴。每語人曰："人之剌剌言時文法者，終於此道未深。時文如詞曲，無一定資格也。"

程枚　程枚，字時齋，海州板浦場監生。長於詞曲，有《一斛珠傳奇》最佳。

陳治　陳治，字桐嶼，浙江海寧監生。

荆汝爲　荆汝爲，字玉樵，鎮江丹徒拔貢生。

曲海總目　修改既成，黄文暘著有《曲海》二十卷，今録其《序目》云："乾隆辛丑間，奉旨修改古今詞曲。予受鹽使者聘，得與修改之列，兼總校蘇州織造進呈詞曲，因得盡閲古今雜劇傳奇。閲一年事竣。追憶其盛，擬將古今作者，各撮其關目大槩，勒成一書。既成，爲《總目》一卷，以記其人之姓氏。然作是事者多自隱其名，而妄作者又多僞托名流以欺世；且其時代先後，尤難考核，即此《總目》之成，已非易事矣。"

元人雜劇　元人雜劇：

《漢宫秋》、《薦福碑》、《三醉嶽陽樓》、《陳摶高卧》、《黄粱夢》、《青衫淚》、《三度任風子》、七種，馬致遠作。《金錢記》、《揚州夢》、《玉簫女》、三種，喬孟符作。《玉鏡臺》、《謝天香》、《望江亭》、《救風塵》、《金線池》、《竇娥冤》、《蝴蝶夢》、《魯齋郎》、八種，關漢卿作。《合汗衫》、《薛仁貴》、《相國寺》、三種，張國賓作。《風花雪月》、《東坡夢》、二種，吴昌齡作。《趙禮讓肥》、《東堂老》、二種，秦簡夫作。《燕青博魚》、李文蔚作。《臨江驛》、《酷寒亭》、二種，楊顯之作。《李亞仙》、《秋胡戲妻》、二種，石君寶作。《楚昭公》、《後庭花》、《忍字記》、三種，鄭廷玉作。《梧桐雨》、《墻頭馬上》、二種，白仁甫作。《老生兒》、《生金閣》、《玉壺春》、三種，武漢臣作。《虎頭牌》、李直夫作。《鐵拐李》、岳伯川作。《翠紅鄉》、楊文奎作。《風光好》、戴善甫作。《伍員吹簫》、李壽卿作。《勘頭巾》、孫仲章

---

① 今校：癸丑，原作"庚戌"，據《清朝進士題名録》改。

作。《雙獻功》、高文秀作。《倩女離魂》、《王粲登樓》、《㑳梅香》、三種，鄭德輝作。《賢母不認屍》、王①仲文作。《麗春堂》、王實甫作。《范張雞黍》、宫大用作。《竹葉舟》、范子安作。《紅梨花》、張壽卿作。《意馬心猿》、《玉梳記》、《蕭淑蘭》、三種，賈仲名作。《灰闌記》、李行夫作。《單鞭奪槊》、《氣英布》、《柳毅傳書》、三種，尚仲賢作。《三度城南柳》、谷子敬作。《留鞋記》、曾瑞卿作。《劉行首》、揚景賢作。《誤入桃源》、王子一作。《魔合羅》、孟漢卿作。《竹塢聽琴》、石子章作。《趙氏孤兒》、紀君祥作。《李逵負荆》、康進之作。《還牢末》、李致遠作。《張生煮海》、李好古作。《桃花女》、王曄作。《昊天塔》、朱凱作。《馮玉蘭》、《碧桃花》、《貨郎旦》、《看錢奴》、《連環計》、《抱妝盒》、《百花臺》、《盆兒鬼》、《度柳翠》、《梧桐葉》、《誶范叔》、《漁樵記》、《馬陵道》、《清風府》、《神奴兒》、《小尉遲》、《凍蘇秦》、《硃砂擔》、《龐居士》、《鴛鴦被》、《殺狗勸夫》、《風魔蒯通》、《陳州糶米》、《合同文字》、《舉案齊眉》、《冤家債主》、《隔江鬥智》、《三虎下山》。二十八種，無名氏。

元人傳奇　元人傳奇二種：附一種

《弦索西厢》、董解元作。《西厢記》、王實甫作，關漢卿續。《伏虎緣》。今德音班演此，相傳爲元人作，附於此。

明人雜劇　明人雜劇：

《桃花人面》、《英雄成敗》、《死裹逃生》、《花舫緣》、《紅顔年少》、五種，孟稱舜作。《女狀元》、《雌木蘭》、《翠鄉夢》、《漁陽弄》、四種，徐渭作。《武陵春》、《龍山宴》、《午日吟》、《南樓月》、《赤壁遊》、《同甲會》、《寫風情》、七種，許潮作。《崑崙奴》、梅鼎祚作。《遠山戲》、《高堂夢》、《洛水悲》、《五湖游》、四種，汪道昆作。《絡水絲》、《春波影》、許𦒿作。《鞭歌妓》、《簪花髻》、《霸亭秋》、三種，沈自徵作。《紅線女》、《紅綃》、二種，梁伯龍作。《碧蓮紈綉符》、《丹桂鈿盒》、《北邙説法》、《團花鳳》、《夭桃紈扇》、《素梅玉蟾》、《易水寒》、七種，葉憲祖作。《虬髯翁》、凌初成作。《蘭亭會》、《太和記》、二十四齣，故事六種，每事四折，以上二種，楊慎作。《脱囊穎》、《有情癡》、二種，徐陽輝作。《昭君出塞》、《文姬入

① 今校：王，原作"尚"，據《歷代曲話彙編》本改。

塞》、二種，陳與郊作。《曲江春》、王九思作。《中山狼》、康海作。《欝輪袍》、《哭倒長安街》、《真傀儡》、《没奈何》、四種，王衡作。《廣陵月》、汪廷訥作。《魚兒佛》、僧湛然作。《逍遥游》、王應遴作。《青虬記》、林章作。《不伏老》、北海馮氏作。《雙鶯傳》、幔亭仙史作。《齊東絶倒》、竹癡居士作。《櫻桃夢》、澹居士作。《蕉鹿夢》、蘧然子作。《男王后》、秦樓外史作。《一文錢》、破慳道人作。《紅蓮債》、函三館作。《再生緣》、蘅蕪室作，以上八種無名氏可考。《相思譜》、《錯轉輪》。二種，無名氏。

清人雜劇　國朝雜劇：

《讀離騷》、《弔琵琶》、《黑白衛》、《清平調》、四種，尤侗作。《買花錢》、《大轉輪》、《浮西施》、《拈花笑》、四種，徐又陵作。《鴛鴦夢》、吴江女史葉小紈作。《裴航遇仙》、《張旭觀公孫大娘舞劍》、《欝輪袍》、三種，石牧作。《盧從史》、《老客歸》、《長門賦》、《燕子樓》、四種，群玉山樵作，一名《鋤經堂樂府》。《藍采和》、《阮步兵》、《鐵氏女》、三種，元成子作，一名《秋風三叠》。《義犬記》、《淮陰侯》、《中山狼》、《蔡文姬》、四種，林於閣作。《驀忽姻緣》、空觀主人作。《鈿盒奇緣》、《蟾蜍佳偶》、《義妾存姑》、《人鬼夫妻》、四種，西泠野史、無枝甫合作。《祭皋陶》、二鄉亭主人作。《揚州夢》、《讀離騷》、二種，抱犢山農作。《萬家春》、《萬古情》、《豆棚閑話》、名《三幻集》無名氏。《笳騷》、《長生殿補闕》、二種，蝸寄居士作。《四弦秋》、《一片石》、《忉利天》、三種，蔣士銓作。《珊瑚珠》、《舞霓裳》、《藐姑仙》、《青錢賺》、《焚書鬧》、《罵東風》、《三茅宴》、《玉山宴》、八種，萬樹作，未刻。《勘鬼獄》、《瑶池會》、《翠微亭》、《補天夢》、《可破夢》、《王維》、《裴航》、《飲中八仙》、《杜牧》。名《四才子》以上無名氏。

明人傳奇　明人傳奇：

《琵琶》、高則誠作。《荆釵》、柯丹邱作。《金印》、蘇復之作。《連環》、王雨舟作。《雙忠》、《金丸》、《精忠》、三種，姚静山作。《寶劍》、《斷髮》、二種，李開先作。《銀瓶》、《三元》、《龍泉》、《嬌紅》、四種，沈壽卿作。《五倫》、《投筆》、《舉鼎》、《羅囊》、四種，邱瓊山作。《千金》、《還帶》、《四節》、三種，沈練川作。《香囊》、邵給諫作。《桃符》、《義俠》、《埋劍》、《分相》、《十孝》、《分錢》、《結髮》、《珠串》、《雙魚》、《博笑》、《四異》、《墜釵》、《合衫》、《奇節》、《鴛衾》、《鑿井》、《紅渠》、《耆英會》、《翠屏山》、

《望湖亭》、《一種情》、二十一種，吴江沈璟作。《櫻桃夢》、《靈寶刀》、二種，任誕先作。《紫簫》、《紫釵》、《還魂》、《南柯》、《邯鄲》、五種，湯顯祖作。《玉玦》、《大節》、《綉襦》、三種，鄭若庸作。《乞麾》、《冬青》、二種，卜世臣作。《金鎖》、《玉麟》、《四艷》、《雙卿》、《鸞鎞》、五種，葉憲祖作。《紅梅》、周夷玉作。《露綬》、《蕉帕》、二種，單槎仙作。《錦箋》、周螺冠作。《明珠》、《南西厢》、《懷香記》、《椒觴》、《分鞋記》、五種，陸采作。《紅拂》、《虎符》、《竊符》、《扊扅》、《祝髮》、《平播》、《灌園》、七種，張鳳翼作。《扊扅》、端鏊作，此在張伯起之前。《葛衣》、《義乳》、《青衫》、《風聲編》、四種，顧大典作。《浣紗》、梁伯龍作。《玉石》、梅鼎祚作。《種玉》、《獅吼》、《天書》、《長生》、《同昇》、《三祝》、《高士》、《二閣》、《投挑》、九種，汪廷訥作。《彩毫》、《曇花》、《修文》、三種，屠赤水作。《藍橋》、龍膺作、《白練裙》、《旗亭》、《芍藥》、三種，鄭之文作。《量江》、余聿文作。《雙雄》、馮夢龍作。《青連》、《鞦韆》、二種，戴子晉作。《彈鋏》、《四夢》、二種，車任遠作。《雙珠》、《鮫綃》、《青瑣》、《分鞋》、四種，沈鯨作。《蛟虎》、黄伯羽作。《存孤》、江都陸弼作。《清風亭》、天台李鳴雷作。《四喜》、上虞謝讜作。《鸚鵡洲》、海寧陳與郊作。《金蓮》、《紫懷》、二種，會稽陳汝元作。《泰和》、靖州許潮作。《紅拂》、錢塘張太和作。《忠節》、錢塘錢直之作。《符節》、錢塘章大綸作。《呼盧》、鄞縣金天垢作。《玉香》、《望雲》、二種，仁和程文修作。《節孝》、《玉簪》、錢塘高濂作。《題橋》、無錫陸濟之作。《雙烈》、張午山作。《驚鴻》、烏程吴世美作。《鳴鳳》、王世貞作。《八義》、徐叔回作。《夢磊》、《合紗》、史考叔作。《題紅》、祝金粟作。《五鼎》、顧懋仁作。《椒觴》、顧懋儉作。《春蕪》、錢塘汪錂作。《奇貨》、《三普》、《犀珮》、杭州胡全庵作。《金縢》、喬夢符作。《神鏡》、吕大成作。《玉魚》、湯賓陽作。《玉釵》、陸江樓作。《牡丹》、朱春霖作。《緑綺》、武進楊柔勝作。《禁烟》、無錫盧鶴江作。《歌風》、杭州庚生子作。《鋙鋙》、兩宜居士作。《奪解》、秋閣居士作。《合璧》、王恒作。《雙環》、鹿陽外史作。《玉鏡臺》、崑山朱鼎作。《金魚》、宜興吴鵬作。《純孝》、張從懷作。《焚香》、王玉峰作。《龍劍》、徽州吴大震作。《龍膏》、《錦帶》、二種，楊第白作。《龍綃》、台州黄惟楫作。《遇仙》、杭州心一子作。《佩印》、杭州顧懷琳作。《玉丸》、上虞朱期作。《玉鐲》、

李玉田作。《釵釧》、月榭主人作。《玉杵》、餘姚楊之炯作。《分釵》、溧陽張潄濱作。《漑園》、上虞趙心武作。《覓蓮》、溧陽鄒海門作。《丹笎》、徽州汪宗姬作。《護龍》、彭澤馮之可作。《指腹》、溧陽沈祚作。《白璧》、黄廷奉作。《狐裘》、《靖虜》、二種，杭州謝天佑作。《合釵》、邱瑞吾作。《綉被》、《香裘》、《妙相》、《八更》、《望雲》、《完福》、《寶釵》、《桃花》、《摘星》、九種，會稽金懷玉作。《藍田》、龍渠翁作。《紅梨》、陽初子作。《合劍》、太華山人作。《想當然》、大名盧次楩作。《策杖》、涵陽子作。《雙金榜》、《牟尼盒》、《忠孝環》、《春燈謎》、《燕子箋》、五種，阮大鋮作。《玉焕》、《張叶》、《牧羊》、《孤兒》、《玉環》、《教子》、《綵樓》、《百順》、《鸞釵》、《白兔》、《躍鯉》、《雙紅》、《四景》、《尋親》、《金雀》、《水滸》、《鵜釵》、《雙孝》、《玉珮》、《千祥》、《羅衫》、《麒麟》、《異夢》、《七國》、《黑鯉》、《題門》、《殺狗》、《東郭》、《投梳》、《金花》、《錦囊》、《情郵》、《瑞玉》、《蟠桃》、《吐絨》、《衣珠》、《四豪》、《三桂》、《花園》、《青樓》、《砷渠》、《紅絲》、《霞箋》、《犀盒》、《赤松》、《鑲環》、《綈袍》、《箜篌》、《東墻》、《江流》、《鴛簪》、《五福》、《離魂》、《菱花》、《金臺》、《南樓》、《卧冰》、《節俠》、《飛丸》、《四賢》、《琹心》、《運甓》、《幽閨》、或曰施君美作，無可考。《飛丸》、《雙紅》、《目蓮救母》。六十六種古本，無名氏可考。

清人傳奇　國朝傳奇：

《秣陵春》、太倉吴偉業作。《畫中人》、《療妬羹》、《緑牡丹》、《西園》、四種，宜興吴石渠作。《花筵賺》、《鴛鴦棒》、《倩畫姻》、《勘皮靴》、《夢花酣》、松江范香令作。《西樓》、吴縣袁令昭作。《索花樓》、《荷花蕩》、《十錦塘》、吴縣馬亘生作。《羅衫合》、《天馬媒》、《小桃源》、三種，劉晉充作。《書生願》、《醉月緣》、《戰荊軻》、《蘆中人》、《昭君夢》、《狀元旗》、吴縣薛既揚作。《一捧雪》、《人獸關》、《永團圓》、《占花魁》、《麒麟閣》、《風雲會》、《牛頭山》、《太平錢》、《連城璧》、《眉山秀》、《昊天塔》、《三生果》、《千忠會》、《五高風》、《兩須眉》、《長生像》、《鳳雲翹》、《禪真會》、《雙龍珮》、《千里舟》、《洛陽橋》、《虎邱山》、《武當山》、《清忠譜》、《掛玉帶》、《意中緣》、《萬里緣》、《萬民安》、《麒麟種》、《羅天醮》、《秦月樓》、三十一種，吴縣李元玉作。《萬事足》、《風流夢》、《新灌園》、三種，吴縣馮猶龍作。《琥珀匙》、《女開科》、《開口笑》、《三擊節》、《遜國疑》、

《英雄槩》、《八翼飛》、《人中人》、八種，吴縣葉稚裴作。《太極奏》、《玉素珠》、《軒轅鏡》、《蓮花筏》、《吉慶圖》、《飛龍鳳》、《錦雲裘》、《瑞霓羅》、《御雪豹》、《石麟鏡》、《九蓮燈》、《纓絡會》、《贅神龍》、《萬花樓》、《建黄圖》、《乾坤嘯》、《艷雲亭》、《奪秋魁》、《萬壽冠》、《雙和合》、《壽榮華》、《五代榮》、《寶曇月》、《漁家樂》、《牡丹圖》、二十五種，吴縣朱良卿作。《虎囊彈》、《黨人碑》、《百福帶》、《幻緣箱》、《歲寒松》、《御袍恩》、《鬧句闌》、五種，常熟邱嶼雪作。《振三綱》、《一着先》、《萬年觴》、《錦衣歸》、《未央天》、《狻猊璧》、《忠孝閭》、《四聖手》、《聚寶盆》、《十五貫》、《文星見》、《龍鳳錢》、《瑶池宴》、《朝陽鳳》、《全五福》、十五種，吴縣朱素臣作。《紅芍藥》、《竹葉舟》、《呼盧報》、《三報恩》、《萬人敵》、《杜鵑聲》、六種，吴縣畢萬侯作。《奈何天》、《比目魚》、《蜃中樓》、《憐香伴》、《風箏誤》、《慎鸞交》、《鳳求凰》、《巧團圓》、《玉搔頭》、《意中緣》、《偷甲記》、《四元記》、《雙錘記》、《魚籃記》、《萬全記》、十五種，錢塘李漁作。《大白山》、《竹漉籬》、《八仙圖》、《火牛陣》、《竟西厢》、《福星臨》、《指南車》、《綈袍贈》、《萬金資》、《鏡中人》、《金橙樹》、《玉鴛鴦》、十二種，周坦綸作。《如是觀》、《醉菩提》、《海潮音》、《釣魚船》、《天下樂》、《井中天》、《快活三》、《金剛鳳》、《獺鏡緣》、《芭蕉井》、《喜重重》、《龍華會》、《雙節孝》、《雙福壽》、《讀書聲》、《娘子軍》、十六種，張心其作。《春秋筆》、《雙奇俠》、《貂裘賺》、《千金笑》、《聚獸牌》、《錦中花》、《擘香園》、《古交情》、《四美坊》、《眉仙嶺》、《如意册》、《風雪緣》、《固哉翁》、《續青樓》、十四種，會稽高奕作。《人中龍》、《飛龍蓋》、《胭脂雪》、《雙虬判》、吴縣盛際時作。《清風寨》、《五羊皮》、吴縣史集之作。《靈犀鏡》、《齊眉案》、《照膽鏡》、《人面虎》、《石點頭》、《小蓬萊》、《别有天》、《龍燈賺》、《赤鬚龍》、《兒孫福》、《兩乘龍》、《萬壽鼎》、十二種，吴縣朱雲從作。《雙冠誥》、《稱人心》、《彩衣歡》、長洲陳二白作。《三合笑》、《玉殿元》、《歡喜緣》、三種，陳子玉作。《非非想》、《黄金臺》、二種，王香裔作。《珊瑚鞭》、《九奇逢》、江都徐又陵作。《長生殿》、洪昉思作。《傳燈録》、即《歸元鏡》，釋智達作。《玉麟記》、張世漳作，與明人葉桐柏作不同。《玉符記》、吉衣道人作。《鈞天樂》、尤侗作。《香草吟》、《載花舲》、二種，耶溪野老作。《珊瑚玦》、《元寶媒》、二種，可笑人作。《廣寒香》、蒼山子作。《五倫鏡》、雪龕

道人作。《梅花夢》、陽羡陳貞禧作。《息宰河》、唵庵孚中道人作。《翻西厢》、《賣相思》、二種，研雪子作。《醉鄉記》、白雪道人作。《忠孝福》、石牧作。《陰陽判》、他山老人作。《宣和譜》、介石逸叟作。《合箭記》、薦清軒作。《鴛簪合》、夢覺道人作。《英雄報》、蝸寄居士作。《河陽覲》、吴淐玨作。《風前月下》、江左詞憨曹岩作。《紅情言》、太原王介人作。《壺中天》、華亭朱龍田作。《定蟾宫》、朱確、過孟起、盛國琦三人同作。《兩度梅》、《錦香亭》、《天燈記》、《酒家傭》、石恂齋作。《三生錯》、西湖放人去村作。《玉獅墜》、《懷沙記》、玉燕堂張漱石作。《雙報應》、抱犢山農嵇留山作。《風流棒》、《空青石》、《念八翻》、《錦塵帆》、《十串珠》、《黄金甕》、《金神鳳》、《資齊鑑》、八種，陽羡萬樹作。《花萼吟》、《杏花村》、《南陽樂》、《無瑕璧》、《廣寒梯》、《瑞筠圖》、六種，夏惺齋作。《月中人》、月鑑主人作。《玉劍緣》、江都李本宣作。《拜針樓》、蕪湖王墅作。《雙仙記》、研露老人作。《東厢記》、楊國賓作。《長命縷》、勝樂道人作。《雙忠廟》、周冰持作。《烟花債》、《情中幻》、二種，崔應堦作。《旗亭記》、《玉尺樓》、二種，德州盧見曾作。《鑑中天》、女道士姜玉潔作。《添綉鞋》、離幻老人作。《香祖樓》、《雪中人》、《臨川夢》、《桂林霜》、《冬青樹》、《空谷香》、六種，蔣士銓作。《風流院本》、朱京樊作。《精忠旗》、《麒麟罽》、《綱常記》、《芝龕記》、《鐵面圖》、《北孝烈》、《義貞記》、《四大癡》、《蝴蝶夢》、《鳳求凰》、《納履記》、《丹忠記》、《十義記》、《赤壁游》、《魚水緣》、《藍橋驛》、《飲中仙》、《夢中緣》、《石榴記》、《化人游》、《財神濟》、《雙翠圓》、《翠翹記》、《續牡丹亭》、《慈悲願》、《夫容樓》、《焦里堂曲考》以《夫容樓》爲雙溪鹰山作。《千忠禄》、《雷峰塔》、二十八種，原有姓名，失記應考。《曲春衣》、《爛柯山》、《浮邱傲》、《落花風》、《埋輪亭》、《籌邊樓》、《隋唐》、《壽爲先》、《盤陀山》、《十錯記》、《曲考》云：即《滿床笏》，龔司寇門客作。《後漁家樂》、《十美圖》、《鬧花燈》、《倭袍》、《長生樂》、以上抄本。《大吉慶》、《杜陵花》、《清風寨》、《陀羅尼》、《百福帶》、《兩情合》、《螭虎釧》、《情中岸》、《七才子》、《東塔院》、《一枝梅》、《三奇緣》、《百子圖》、《鴛鴦結》、《錦綉旗》、《黄鶴樓》、《倒銅旗》、《燕臺築》、《上林春》、《瑶池宴》、《金蘭誼》、《逍遥樂》、《文星劫》、《錦衣歸》、《合虎符》、《蟠桃會》、四十一種，詞曲佳而姓名不可考者。《人生

樂》、《霄光劍》、《安天會》、《萬倍利》、《元寶湯》、《江天雪》、《沉香亭》、《花石綱》、《四屏山》、《翻浣紗》、《藍關道曲》皆〔耍孩兒〕小調。《平妖傳》、《西川圖》、《黎筐雪》、《續尋親》、《狀元香》、《昭君傳》、《風流烙》、《紫金魚》、《贅人龍》、《報恩亭》、《平頂山》、《翻七國》、《玉燕釵》、《三異緣》、《歲寒松》、《鸞鳳釵》、《快活仙》、《八寶箱》、《補天記》、《祥麟見》、《珍珠塔》、《姊妹緣》、《奉仙緣》、《醉西湖》、《三鼎爵》、《英雄槩》、《遍地錦》、《雙瑞記》、《梅花簪》、《玉杵記》、《後一捧雪》、《定天山》、《長生樂》、《南樓月》、《山堂詞餘》、《雄精劍》、《還帶記》、四十八種，詞曲平、無姓名者，皆抄本。《後西厢》、《飛熊兆》、《紫瓊瑶》、《賜綉旗》、《齊天樂》、《翡翠園》、《玉麟符》、《粉紅闌》、《喜聯登》、《狀元旗》、另一本，非薛既揚作。《雙和合》、非朱良卿作。《三笑姻緣》、《碧玉燕》、《九曲珠》、《四奇觀》、《後綉襦》、《折桂傳》、《飛熊鏡》、《白鶴圖》、《白羅衫》、《乾坤鏡》、《還魂記》、一名《玉龍珮》。《後珠球》、《好逑傳》、《四大慶》、《青蛇傳》、《四安山》、《天然福》、《摘星樓》、《雲合奇踪》、《萬花樓》、《醉將軍》、《描金鳳》、《吉祥兆》、《續千金》、《劉成美》、《青缸嘯》、《軟藍橋》、《天緣配》、《桃花寨》、《雙錯巹》、《沉香帶》、《鴛鴦幻》、《三世修》、《文章用》、《造化圖》、《祝家莊》、《綵樓記》、《鳳鸞裳》、《陰功報》、《福鳳緣》、《觀星臺》、《督亢圖》、《征東傳》、《北海記》、《三俠劍》、《千秋鑑》、《千里駒》、《雙珠鳳》、《十大快》、《鸞釵記》、《禪真逸史》、《春富貴》、《翻天印》、《黄河陣》、《古城記》、《月華緣》、《五虎寨》、《五福傳》、非古本。《昇平樂》、《賜錦袍》、《百花臺》、《爲善最樂》、《雙螭璧》、《遍地錦》、《雙姻緣》、《鬧金釵》、《三鼎甲》、《鴛鴦被》、《天貴圖》、《錕鋼俠》、《一疋布》、《封神榜》、《滄浪亭》、《二龍山》、《天平山》、《河燈賺》、《玉麒麟》、《通天犀》、《碧玉串》、《鐵弓緣》、《未央天》、《二十四孝》、《千祥記》、《佐龍飛》、《順天時》、《混元盒》、《彩衣堂》、《珍珠旗》、《玄都觀》、《金花記》、《金瓶梅》、《後岳傳》、《合歡慶》、《三鳳緣》、《太平錢》、另一俗本，非李元玉作。《合歡圖》、《鴛鴦孩》、《開口笑》。一百零九種，詞曲劣，無姓名者，皆抄本。

共一千一十三種，《焦里堂曲考》載此目，有所增益，附於後。

曲考所增劇本　《洞天元記》、明楊慎作。《空堂話》、國朝鄒兑金作。《汨羅江》、《黄鶴樓》、《滕王閣》、西神鄭瑜作。《蘇園翁》、《秦廷

築》、《金門戟》、《鬧門神》、《雙合歡》、五種，茅僧曇作。《半臂寒》、《長公妹》、《中郎女》、三種，南山逸史作。《眼兒媚》、孟稱舜作。《孤鴻影》、《夢幻緣》、芥庵周如璧作。《續西厢》、查繼佐作。《西臺記》、陸世廉作。《衞花符》、伊令堵廷棻作。《鯁詩讖》、土室道民作。《城南寺》、黄家舒作。《不了緣》、碧蕉軒主人作。《櫻桃宴》、張來宗作。《旗亭燕》、張龍文作。《餓方朔》、孫源文作。《脱穎》、《茅廬》、《章臺柳》、《韋蘇州》、《申包胥》、五種皆張國壽作。《倚門》、《再醮》、《淫僧》、《偷期》、《督妓》、《孌童》、《懼内》、六種，題《陌花軒雜劇》，黄方印作。《北門鎖鑰》、高應玘作。《蓬島璚瑶》、《花木題名》、二種，田民撰。以上雜劇。《放偷》、《買嫁》、二種，連厢詞，蕭山毛大可作。《廣寒香》、《易水歌》、二種，鷹山作。《富貴神仙》、影園灌者鄭含成作。《胭脂虎》、江都徐又陵作。《空谷香》、蔣士銓作。《四奇觀》、《血影石》、《一捧花》、三種，朱良卿作。《紫雲歌》失名。《相思硯》、錢唐女史梁夸素作。《芙蓉峽》、錢夫人林亞青作。《縮春園》、三種，沈嵊作，即嗆庵孚中道人。《虎媒記》、明顧景星作。《紅情言》、《榴巾怨》、《詞苑春秋》、《博浪沙》、四種，明嘉興王翊作。《崖州路》、《麒麟夢》、《鴛鴦榜》、《黄金盆》、四種，通州張異資作。《犢鼻褌》、興化李棟作。《籌邊樓》、王鶴尹作。《宰戍記》、明錢塘沈孚中作。《梧桐雨》、《一文錢》、二種，徐復祚作，即陽初子。《宵光劍》、《紅梨》亦其作也。以上傳奇。

葉譜所見戲本　共雜劇四十二種，傳奇二十六種。葉廣平《納書楹曲譜》所載名目，前所未備者，附於後。

《古城記》、《單刀會》、《兩世姻緣》、《唐三藏》、《漁樵》、《蘇武還朝》、《鬱輪袍》、《綵樓》、《吟風閣》、《蓮花寶筏》、《珍珠衫》、《千鍾禄》、《葛衣》、《雍熙樂府》、《金不换》、《風雲會》、《東窗事犯》、《天寶遺事》、《俗西遊》、《江天雪》、《五香毬》、《小妹子》、《思凡》。以上無名氏。

戲班規制名目　城内蘇唱街老郎堂，梨園總局也。每一班入城，先於老郎堂禱祀，謂之"掛牌"；次於司徒廟演唱，謂之"掛衣"。每團班在中元節，散班在竹醉日。團班之人，蘇州呼爲"戲螞蟻"，吾鄉呼爲"班攬頭"。吾鄉地卑濕，易患癬疥。吴人至此，易於沾染，班中人謂之"老郎瘡"。梨園以副末開場，爲領班；副末以下老生、正生、老外、大面、二面、

三面七人，謂之“男脚色”。老旦、正旦、小旦、貼旦四人，謂之“女脚色”。打諢一人，謂之“雜”。此江湖十二脚色，元院本舊制也。蘇州脚色優劣，以戲錢多寡爲差。有七兩三錢、六兩四錢、五兩二錢、四兩八錢、三兩六錢之分；内班脚色皆七兩三錢。人數之多，至百數十人，此一時之勝也。

副末余維琛　徐班副末余維琛，本蘇州石塔頭串客，落魄入班中。面黑多鬚，善飲；能讀經史，解《九宫譜》，性情慷慨，任俠自喜。嘗於小東門羊肉肆見吴下乞兒，脱狐裘贈之。其時王九皋爲副末副席。

老生山崑璧　老生山崑璧，身長七尺，聲如鏄鐘，演《鳴鳳記寫本》一齣，觀者目爲天神。自言袍袖一遮，可容張德容輩數十人。張德容者，本小生，聲音不高，工於巾戲；演《尋親記》周官人，酸態如畫。

小生陳雲九與董派　小生陳雲九，年九十。演《綵毫記・吟詩脱靴》一齣，風流横溢，化工之技。董美臣亞於雲九，授其徒張維尚，謂之“董派”。美臣以《長生殿》擅場，維尚以《西樓記》擅場。維尚游京師時，人謂之“狀元小生”，後入洪班。

老外王丹山孫九皋　老外王丹山，氣局老蒼，聲振梁木。同時孫九皋爲外脚副席，九皋戲情熟於丹山，而聲音氣局十不及半，後入洪班。

大面周德敷白面馬文觀　大面周德敷，小名黑定，以紅黑、面笑、叫跳擅場。笑如《宵光劍》鐵勒奴，叫如《千金記》楚霸王，跳如《西川圖》張將軍諸齣。同時劉君美、馬美臣並勝。馬文觀，字務功，爲白面，兼工副净，以《河套》、《參相》、《遊殿》、《議劍》諸齣擅場。白面之難，聲音氣局，必極其勝；沉雄之氣，寓於嘻笑怒駡者，均於粉光中透出。二面之難，氣局亞於大面，温暾近於小面，忠義處如正生，卑小處如副末，至乎其極。又服婦人之衣，作花面丫頭，與女脚色争勝。務功兼工副净，能合大面、二面爲一氣，此所以白面擅場也。其徒王炳文，謹守務功白面諸齣，而不兼副净。故凡馬務功之戲，炳文效之，其神化處尚未能盡。

二面錢雲從三面陳嘉言　二面錢雲從，江湖十八本，無齣不習。今之二面，皆宗錢派，無能出其右者。同時錢配林，技藝雖工，過於端整，爲雲從所掩；後入洪班，方顯其技。三面以陳嘉言爲最，一出“鬼門”，令人大笑；後與配林同入洪班。

老旦余美觀正旦史菊觀任瑞珍　老旦余美觀，兼工三弦；本京腔班中人，後歸江南入徐班。正旦史菊觀，演《風雪漁樵記》，在任瑞珍之上。瑞珍口大善泣，人呼爲“闊嘴”。幼時在瀋陽，從一縣令。會縣令被逮，瑞珍左右之；縣令死，瑞珍經紀其喪，始得歸里；後入洪班。

小旦謂之“閨門旦”，貼旦謂之“風月旦”，又名“作旦”，兼跳打謂之“武小旦”。吴福田，字大有。幼時從唐権使英學八分書，能背《通鑑》，度曲應笙笛四聲。蘇州葉天士之孫廣平，精於音律，稱大有爲“無雙唱口”。許天福，汪府班老旦出身。余維琛勸其改作小旦，“三殺三刺”，世無其比；後年至五十，仍爲小旦。馬繼美，年九十爲小旦，如十五六處子。王四喜以色見長，每一出場，輒有“佳人難再得”之嘆。

程班張班諸脚色　徐班以外，則有黄、張、汪、程諸内班。程班三面周君美，與郭耀宗齊名。君美即陳嘉言之壻，盡得其傳。正生石湧塘，學陳雲九風月一派，後入江班；與朱治東演《獅吼記》梳妝跪池，風流絶世。大面馮士奎，以《水滸記》劉唐擅場。韓興周以紅黑面擅場。老生王采章即張德容一派。小旦楊二觀，上海人，美姿容。上海産水蜜桃，時人以比其貌，呼之爲“水蜜桃”。家殷富，好串小旦，後由程班入江班，成老名工。老外倪仲賢，有王丹山氣度。老旦王景山，眇一目，上場用假眼睛，如真眼，後歸江班。黄班三面顧天一，以武大郎擅場。通班因之演《義俠記》全本，人人争勝，遂得名。嘗於城隍廟演戲，神前鬮《連環記》，臺下觀者大聲鼓噪，以必欲演《義俠記》，不得已，演至《服毒》，天一忽墜臺下，觀者以爲城隍之靈。年八十餘，演《鳴鳳記・報官》，腰脚如二十許人。張班老外張國相，工於小戲，如《西樓記・拆書》之周旺，《西厢記・惠明寄書》之法本稱最。近年八十餘，猶演《宗澤交印》，神光不衰。老生程元凱，爲朱文元高弟子，《寫本》諸齣，得其真傳。劉天禄小唱出身，後師余維琛，爲名老生，兼工琵琶，其《彈詞》一齣稱最。張明祖爲小生，與沈明遠齊名，後從其父爲洪班教師。三面顧天祥，以羊肚盜印、鸞釵朱義爲絶技；同時謝天成爪指最長，亦工“羊肚”諸技。大面陳小扛，爲馬美臣一派。小旦馬大保，爲美臣子，色藝無雙，演《占花魁・醉歸》，有嬌鳥依人最可憐之致。老旦張廷元，小丑熊如山，精於江湖十八本，後爲教師，老班人多禮貌之。汪穎士本海府班串客，後爲教師；論

没手身段，如《邯鄲夢・雲陽》、《漁家樂・羞父》最精。善相術，間於茶肆中爲人相面。

洪班之張陳周朱　洪班半徐班舊人，老生張德容之後爲陳應如。應如本織造府書吏，爲海府班串客，因入是班。次之周新如，以《四聲猿・狂鼓吏》得名。又次之則朱文元，文元小名巧福，爲程伊先之徒，演《邯鄲夢》全本，始終不懈；先在徐班，以年未五十，故無所表見；至洪班則聲名鵲起，班中人稱爲"戲忠臣"。

吴大有與朱文元　徐班散後，脚色歸蘇州，值某榷使拘之，入織造府班。迨洪班起，諸人相繼得免，惟吴大有、朱文元二人總管府班，不得免。家益貧，交益深，乃相約此生終始同班。逾年，文元逸去，入洪班三年乃歸。大有偵知之，拘入府班十年。是時大有家漸豐，文元貧欲死，挽大有之友代謝罪。大有恨其背己，而知其貧也，乃求於榷使罷之，遂歸德音班。先是文元去後，洪班遂無老生；不得已以張班人代之；及江班起，更聘劉亮彩入班。亮彩爲君美子，以《醉菩提》全本得名；而江鶴亭嫌其吃字，終以不得文元爲憾。及文元罷府班來，鶴亭喜甚，乃舟甫抵岸，猝暴卒。

小生汪建周沈明遠　小生汪建周，一字不識，能講四聲。李文益豐姿綽約，冰雪聰明，演《西樓記》于叔夜，宛似大家子弟；後在蘇州集秀班，與小旦王喜增串《紫釵記・陽關折柳》，情致纏綿，令人欲泣。沈明遠師張維尚，舉止酷肖，惟聲音不類，後入江班。

白面洪季保紅黑面張明誠　白面以洪季保擅場，紅黑面以張明誠擅場。明誠爲明祖之弟，本領平常，惟《羅夢》一齣，善作句容人聲口，爲絶技。

任瑞珍師弟　任瑞珍自史菊官死後，遂臻化境。詩人張樸存嘗云："每一見瑞珍，令我整年不敢作'泣'字韻詩。"其徒吴仲熙，小名南觀，聲入霄漢，得其激烈處。吴端怡態度幽間，得其文静處，至《人獸關・掘藏》一齣，端怡之外無人矣。後南觀入程班，端怡入張班，繼入江班。

老外孫九皋周維伯　老外孫九皋，年九十餘，演《琵琶記・遺囑》，令人欲死，同時法揆、趙聯璧齊名。周維伯曲不入調，身段闌珊，惟能説

白而已。

老旦費坤元 老旦費坤元，本蘇州織造班，海府串客。頤上一痣，生毛數莖，人呼爲“一撮毛”。謌喉清腴，脚步無法。

副净陳殿章惡軟小丑丁秀容孫世華 副净陳殿章，細膩工緻，世無其比。惡軟以冷勝，演《鮫綃記·寫狀》一齣，稱絶技。惡軟蘇州人，忘其姓名。小丑丁秀容，打諢插科，令人絶倒。孫世華唇不掩齒，觸處生趣，獨不能扮武大郎、宋獻策，人呼爲“長脚小花面”。

小旦余紹美金德輝及范三觀潘祥齡 小旦余紹美，滿面皆麻，見者都忘其醜。金德輝步其後塵，不相上下。范三觀工小兒戲，如安安小官人之類，啼笑皆有可憐之態。潘祥齡神光離合，乍陰乍陽，號“四面觀音”。德輝後入德音班。

江班三通人 江班亦洪班舊人，名曰德音班。江鶴亭愛余維琛風度，令之總管老班。常與之飲，及葉格戲，謂人曰：“老班有三通人，吴大有、董掄標、余維琛也。”掄標，美臣子，能言史事，知音律；《牡丹亭記》柳夢梅，手未曾一出袍袖。

小旦朱野東老生劉亮彩 小旦朱野東，小名麒麟觀。善詩，氣味出諸人右。精於梵夾，常欲買庵自居。老生劉亮彩，小名三和尚，吃字如書家渴筆，自成機軸，工《爛柯山》朱買臣。

副末俞宏源 副末沈文正、俞宏源並稱。宏源演《一捧雪》中莫成，謂之中到邊；善飲酒，徹夜不醉，鼻子如霜後柿。

大面王朱二面姚沈 大面王炳文，説白身段，酷似馬文觀，而聲音不宏。朱道生工《尉遲恭揚鞭》一齣，今失其傳。二面姚瑞芝、沈東標齊名，稱國工。東標《蔡婆》一齣，即起高東嘉於地下，亦當含毫邈然。趙雲崧《甌北集》中有《康山席上贈謌者王炳文、沈東標》七言古詩。

王金周董 王喜增姿儀性識，特異於人，詞曲多意外聲，清響飄動梁木。金德輝演《牡丹亭·尋夢》、《療妬羹·題曲》，如春蠶欲死。周仲蓮喜《天門陣·産子》、《翡翠園·盜令牌》、《蝴蝶夢·劈棺》，每一梳頭，令舉座色變。董壽齡工爲侍婢，所謂倩婢、鬆婢、淡婢、逸婢、快婢、疏婢、通婢、秀婢，無態不呈。

范松年與嘯技 大面范松年，爲周德敷之徒。盡得其叫跳之技，工

《水滸記》評話，聲音容貌，模寫殆盡。後得嘯技，其嘯必先歛之，然後發之；歛之氣沉，發乃氣足，始作驚人之音；繞於屋梁，經久不散；散而爲一溪秋水，層波如梯，如是又久之；長韻嘹亮不可遏，而爲一聲長嘯，至其終也，仍嘐嘐然，作洞穴聲。中年入德音班，演鐵勒奴，蓋於一部，有"周德敷再世"之目。其徒奚松年，爲洪班大面，聲音甚宏，而體段不及。

二面蔡茂根小丑滕蒼洲　二面蔡茂根，演《西厢記》法聰，瞪目縮臂，縱膊埋肩，搔首踟蹰，興會飈舉，不覺至僧帽欲墜；斯時舉座恐其露髮，茂根顔色自若。小丑滕蒼洲，短而肥，戴烏紗，衣皂袍，着朝靴，絶類虎邱山拔不倒。

洪班全部脚色　洪班副末二人，俞宏源及其子增德。老生二人，劉亮彩、王明山。老外二人，周維柏、楊仲文。小生三人，沈明遠、陳漢昭、施調梅。大面二人，王炳文、奚松年。二面二人，陸正華、王國祥。三面二人，滕蒼洲、周宏儒。老旦二人，施永康、管洪聲。正旦二人，徐耀文及其徒王順泉。小旦則金德輝、朱治東、周仲蓮及許殿章、陳蘭芳、孫起鳳、季賦琴、范際元諸人。周維柏善外科，施藥不索謝，敬惜字紙，遇凶災之年，則施棺槥；此又班中之好施者也。

場面　後場一曰"場面"，以鼓爲首。一面謂之單皮鼓，兩面則謂之葧薺鼓，名其技曰鼓板。鼓板之座在上鬼門，椅前有小搭脚仔櫈，椅後屏上繫鼓架。鼓架高二尺二寸七分，四脚，方一寸二分，上雕净瓶頭，高三寸五分。上層穿枋仔四八根，下層八根。上層雕花板，下層下絛環柱子，横横仔尺寸同。單皮鼓例在椅右下枋，葧薺鼓與板例在椅屏間。大鼓箭二，小鼓箭一，在椅墊下。此技徐班朱念一爲最，聲如撒米，如白雨點，如裂帛破竹。一日登場時，鼓箭爲人竊去，將以困之也。念一曰："何不竊我手去？"後入洪班。其徒季保官左手繫鼓，右手按板，技如其師，而南曲熨貼處不逮遠甚，後自京病廢，歸江班。張班陸松山亦左手繫鼓。江班又有孫順龍，洪班有王念芳、戴秋朗，皆以鼓板著名。弦子之座後於鼓板。弦子亦鼓類，故以面稱。弦子之職，兼司雲鑼、鎖哪、大鐃。此技有二絶：其一，在"做頭"、"斷頭"。曲到字出音存時謂之"腔"，弦子高下急徐謂之"點子"；點子隨腔爲"做頭"，至曲之句讀處，如昆吾

切玉，爲“斷頭”。其一，在弦子“讓鼓板”。板有没板、贈板、撤贈、撤板之分，鼓隨板以呈其技。若弦子復隨鼓板以呈其技，於鼓板空處下點子，謂之“讓”；惟能“讓鼓板”，乃可以“蓋鼓板”，即俗之所謂“清點子”也。此技徐班唐九州爲最。九州本蘇州祝獻出身，無曲不熟，時人呼爲“曲海”。同時薛貝琛曲文不能記半句，登場時無不合拍，時人呼爲“仙手”。今洪班則楊升聞爲最。升聞小名通匾頭。九州之徒，盡得其傳。其次則陸其亮、璩萬資二人。笛子之人在“下鬼門”，例用雌、雄二笛，故古者笛床二枕，笛托二柱。若備用之笛多，繫椅屏上。笛子之職兼司小鈸，此技有二絶：一曰“熟”，一曰“軟”。熟則諸家唱法，無一不合；軟則細緻縝密，無處不入。此技徐班許松如爲最。松如口無一齒，以銀代之；吹時鑲於断齶上，工尺寸黍不爽。次之戴秋閬最著。莊有齡以細膩勝，鬱起英以雄渾勝，皆入江班。有齡指離笛門不過半黍。今洪班則陳聚章、黄文奎二人。笙之座後於笛，笙之職亦兼鎖哪。笙爲笛之輔，無所表見，故多於吹鎖哪時；較弦子上鎖哪先出一頭，其實用單小鎖哪。若“大江東去”之類，仍爲弦子掌之。戲場棹二，椅四。棹陳列若“丁”字，椅分上下兩鬼門，八字列。場面之立而不坐者二：一曰小鑼，一曰大鑼。小鑼司戲中棹、椅、床、櫈，亦曰“走場”，兼司叫顙子；大鑼例在上鬼門，爲鼓板上支鼓架子，是其職也。至於號筒、啞叭、木魚、湯鑼，則戲房中人代之，不在場面之數。

土班堂戲臺戲火班　郡城花部，皆係土人，謂之“本地亂彈”，此土班也。至城外邵伯、宜陵、馬家橋、僧道橋、月來集、陳家集人，自集成班，戲文亦間用元人百種，而音節服飾極俚，謂之“草臺戲”，此又土班之甚者也。若郡城演唱，皆重崑腔，謂之“堂戲”。本地亂彈祇行之禱祀，謂之“臺戲”。迨五月崑腔散班，亂彈不散，謂之“火班”。後句容有以梆子腔來者，安慶有以二簧調來者，弋陽有以高腔來者，湖廣有以羅羅腔來者，始行之城外四鄉。繼或於暑月入城，謂之“趕火班”；而安慶色藝最優。蓋於本地亂彈，故本地亂彈間有聘之入班者。京腔用湯鑼，不用金鑼；秦腔用月琴，不用琵琶。京腔本以宜慶、萃慶、集慶爲上。自四川魏長生以秦腔入京師，色藝蓋於宜慶、萃慶、集慶之上，於是京腔效之，京、秦不分。迨長生還四川，高朗亭入京師，以安慶花部合京、秦兩腔，

名其班曰“三慶”；而曩之宜慶、萃慶、集慶，遂湮没不彰。郡城自江鶴亭徵本地亂彈，名“春臺”，爲外江班，不能自立門户，乃徵聘四方名旦，如蘇州楊八官、安慶郝天秀之類；而楊、郝復採長生之秦腔，并京腔中之尤者，如“滚樓”、“抱孩子”、“賣餑餑”、“送枕頭”之類，於是春臺班合京、秦二腔矣。

熊肥子　熊肥子演“大夫小妻”、“打門吃醋”，曲盡閨房兒女之態。

戲妖　樊大睅其目而善飛眼，演《思凡》一齣，始則崑腔，繼則梆子、羅羅、弋陽、二簧，無腔不備；議者謂之“戲妖”。

儀徵小鄢　儀徵小鄢，本救生船中篙師之子。生而好學婦人，其父怒，投之江；不死，流落部中，爲旦。後舍其業販繒，死於水。

坑死人　郝天秀，字曉嵐，柔媚動人，得魏三兒之神。人以“坑死人”呼之，趙雲崧有《坑死人歌》。

楊八官謝壽子陸三官　長州楊八官，作盛夏婦人私室宴息，迫於强暴和尚，幾爲所污，謂之“打盞飯”。謝壽子扮花鼓婦，音節凄婉，令人神醉。陸三官花鼓得傳，而熟於京、秦兩腔。

謝瑞卿演閻婆惜成派　京師萃慶班謝瑞卿，人謂之“小耗子”，以其師名耗子而别之也。工《水滸記》之閻婆惜，每一登場，座客親爲傅粉，狐裘羅綺，以不得粉漬爲恨。關大保演閻婆惜，效之。自是揚州有謝氏一派。

魏三兒　四川魏三兒，號長生。年四十，來郡城投江鶴亭，演戲一齣，贈以千金。嘗泛舟湖上，一時聞風；妓舸盡出，畫槳相擊，溪水亂香；長生舉止自若，意態蒼凉。

花部脚色丑　凡花部脚色，以旦丑、跳蟲爲重，武小生、大花面次之。若外末不分門，統謂之“男脚色”。老旦、正旦不分門，統謂之“女脚色”。丑以科諢見長，所扮備極局騙俗態；拙婦騃男，商賈刁賴，楚咻齊語，聞者絶倒。然各囿於土音鄉談，故亂彈致遠，不及崑腔。惟京師科諢皆官話，故丑以京腔爲最。如凌雲浦本世家子，工詩善書，而一經傅粉登場，喝采不絶。廣東劉八，工文詞，好馳馬，因赴京兆試，流落京師，成小丑絶技。此皆余親見其極盛，而非土班花面之流亞也。吾鄉本地亂彈小丑，始於吴朝、萬打岔，其後張破頭、張三網、痘張二、鄭士倫輩

皆效之。然終止於土音鄉談，取悦於鄉人而已，終不能通官話。近今春臺聘劉八入班，本班小丑效之，風氣漸改。劉八之妙，如演《廣舉》一齣。嶺外舉子赴禮部試，中途遇一腐儒，同宿旅店，爲群妓所誘。始則演論理學，以舉人自負；繼則爲聲色所惑，衣巾盡爲騙去，曲盡迂態。又有《毛把總到任》一齣，爲把總以守汛之功，開府作副將。當其見經略爲畏縮狀，臨兵丁作傲倨狀，見屬兵陞總兵作欣羡狀、妬狀、愧耻狀。自得開府作謝恩感激狀，歸晤同僚作滿足狀，述前事作勞苦狀，教兵丁鎗箭作發怒狀，揖讓時作失儀狀，聞經略呼作驚愕錯落狀，曲曲如繪。惟勝春班某丑效之，能仿佛其五六。至《廣舉》一齣，竟成《廣陵散》矣。

旦與跳蟲　本地亂彈，以旦爲正色，丑爲間色。正色必聯間色爲侣，謂之"搭夥"。跳蟲又丑中最貴者也，以頭委地，翹首跳道及鎚鐧之屬；張天奇、岑賡峽、郝天、郝三皆其最也。賡峽名仙磊落，不受鄉里睚眦。年四十，厚積數萬，施之梵覺禪寺，造萬佛樓，建坐韋馱殿；闢群芳圃，護火焚晉樹二株；鑄大鐵鑊，飯行脚僧。趺坐念佛，不拘僧相，自稱曰岑道人。郝三曾隨福貝子康安征臺灣，半年而返。劉歪毛本春臺班二面，後爲僧。赤足被袈裟，敲雲板，高聲念南無藥師琉璃光如來佛。得錢則轉施丐者，或放生。數年，坐化於高旻寺。

江湖行頭與内班行頭　戲具謂之"行頭"。行頭分衣、盔、雜、把四箱。衣箱中有大衣箱、布衣箱之分。大衣箱，文扮則富貴衣，即窮衣、五色蟒服、五色顧綉披風、龍披風、五色顧綉青花五彩綾緞襖褶、大紅圓領、辭朝衣、八卦衣、雷公衣、八仙衣、百花衣、醉楊妃、當場變、補套藍衫、五綵直擺、太監衣、錦緞敞衣、大紅金梗、一樹梅、道袍、緑道袍、石青雲緞掛袍、青素衣、袈裟、鶴氅、法衣、鑲領袖、雜色夾緞襖、大紅雜色紬小襖；武扮則扎甲、大披掛、小披掛、丁字甲、排鬚披掛、大紅龍鎧、番邦甲、緑蟲甲、五色龍箭衣、背搭、馬褂、劊子衣、戰裙；女扮則舞衣蟒服、襖褶宫裝、宫搭、採蓮衣、白蛇衣、古銅補子、老旦衣、素色老旦衣、梅香衣、水田披風、採蓮裙、白綾裙、帕裙、緑綾裙、秋香綾裙、白藺裙；又男女襯褶衣、大紅袴、五色顧綉袴、棹圍、椅披、椅墊、牙笏、鸞帶、絲線帶、大紅紡絲帶、紅藍絲綿帶、絲線帶、絹線腰帶、五色綾手巾、巾箱、印箱、小鑼、

鼓板、弦子、笙、笛、星湯、木魚、雲鑼。布衣箱則青海衿、紫花海衿、青箭衣、青布褂、印花布棉襖、敞衣、青衣、號衣、藍布袍、安安衣、大郎衣、斬衣、鬃色老旦衣、漁婆衣、酒招、牢子帶。盔箱，文扮平天冠、堂帽、紗貂、圓尖翅、尖尖翅、葷素八仙衣、汾陽帽、諸葛巾、判官帽、不論巾、老生巾、小生巾、高方巾、公子巾、净巾、綸巾、秀才巾、蚯聊巾、圓帽、吏典帽、大縱帽、小縱帽、皂隸帽、農吏帽、梢子帽、回回帽、牢子帽、凉冠、凉帽、五色氈帽、草帽、和尚帽、道士冠；武扮：紫金冠、金紥鐙、銀紥鐙、水銀盔、打仗盔、金銀冠、二郎盔、三義盔、老爺盔、周倉帽、中軍帽、將巾、抹額、過橋、勒邊、雉雞毛、武生巾、月牙金箍、漢套頭、青衣紥頭、箍子、冠子、女扮：觀音帽、昭容帽、大小鳳冠、妙常巾、花帕紥頭、湖縐包頭、觀音兜、漁婆纈、梅香絡、翠頭髻、銅餅子簪、銅萬卷書、銅耳挖、翠抹眉、蘇頭髮及小旦簡妝。雜箱鬍子則白三髯、黑三髯、蒼三髯、白滿髯、黑滿髯、蒼滿髯、虬髯、落腮、白吊、紅飛鬢、黑飛鬢、紅黑飛鬢、辮結、一撮一字；靴箱則蟒襪、妝緞棉襪、白綾襪、皂緞靴、戰靴、老爺靴、男大紅鞋、雜色綵鞋、滿幫花鞋、緑布鞋、蹈場鞋、僧鞋；旗包則白綾護領、妝緞紥袖、五色紬纖、連幌腰子、小絡斗、連幌幌子、人車搭旗、背旗、飛虎旗、月華旗、帥字旗、清道旗、精忠報國旗、認軍旗、雲旗、水旗、蜘蛛網、大帳前、小帳前、布城、山子，又加官臉、皂隸臉、雜鬼臉、西施臉、牛頭、馬面、獅子全身、玉帶、數珠、馬鞭、拂塵、掌扇、宮燈、叠摺扇、紈扇、五色串枝、花鼓、花鑼、花棒槌、大蒜頭、勅印、虎皮、令箭架、令牌、虎頭牌、文書、鍘硯、籤筒、梆子、手靠、鐵鍊、招標、撕髮、人頭草、鸞帶、燭臺、香爐、茶酒壺、筆硯、筆筒、書、水桶、蓆、枕、龍劍、掛刀、短把子刀、大鑼、鎖哪、啞叭、號筒。把箱則鑾儀兵器備焉，此之謂"江湖行頭"。鹽務自製戲具，謂之"内班行頭"。自老徐班全本《琵琶記・請郎花燭》則用紅全堂，《風木餘恨》則用白全堂，備極其盛。他如大張班《長生殿》用黄全堂，小程班《三國志》》用緑蟲全堂。小張班《十二月花神》，衣價至萬金。百福班一齣《北餞》，十一條通天犀玉帶。小洪班燈戲，點三層牌樓，二十四燈戲箱，各極其盛。若今之大洪、春臺兩班，則聚衆美而大備矣。

曲譜之學 程志輅，字載勳，家巨富，好詞曲。所録工尺曲譜十數橱，大半爲世上不傳之本。凡名優至揚，無不争欲識。有生曲不諳工尺

者,就而問之。子澤,字麗文,工於詩,而工尺四聲之學,尤習其家傳。納山胡翁嘗入城,訂老徐班,下鄉演關神戲。班頭以其村人也,紿之曰:“吾此班每日必食火腿及松蘿茶,戲價每本非三百金不可。”胡公一一允之。班人無已,隨之入山。翁故善詞曲,尤精於琵琶。於是每日以三百金置戲臺上,火腿、松蘿茶之外,無他物。日演《琵琶記》全部,錯一工尺,則翁拍界尺叱之,班人乃大慚。又西鄉陳集嘗演戲,班人始亦輕之。既而笙中簧壞,吹不能聲,甚窘。詹政者,山中隱君子也。聞而笑之,取笙爲點之,音響如故,班人乃大駭。詹徐徐言數日所唱曲,某字錯,某調亂,群優皆汗下無地。胡翁久没,詹亦下世;惟程載勳尚存,然亦老且貧,曲本亦漸散失。德音班諸工尺,汪損之嘗求得録之,不傳之調,往往而有也。

詩文會後聽曲　揚州詩文之會,以馬氏小玲瓏山館、程氏篠園及鄭氏休園爲最盛。至會期,於園中各設一案,上置筆二,墨一,端研一,水注一,箋紙四,詩韻一,茶壺一,碗一,菓盒茶食盒各一。詩成即發刻,三日内尚可改易重刻,出日,徧送城中矣。每會酒殽俱極珍美。一日,共詩成矣,請聽曲。邀至一廳,甚舊,有緑琉璃四;又選老樂工四人至,均没齒秃髮,約八九十歲矣。各奏一曲而退。倏忽間命啟屏門,門啟則後二進皆樓,紅燈千盞,男、女樂各一部,俱十五六歲妙年也。下略

陳鳳姑唱九轉貨郎兒　居紵山,名畚金,字名求,長洲人。父居屠,住花巷,好勇,善泅水。少與群兒浴於河,戲殺一兒,繫之獄;十年乃歸,生畚金,爲聘舟通橋陳氏女鳳姑爲婦。及長,善清唱,十六入京師,充某相府十番鼓,以自彈琵琶唱《九轉貨郎兒》得名。下略

鄔掄元教曲　蘇州鄔掄元善弄笛。寓合欣園,名妓多訪之。掄元遂教其度曲,由是妓家詞曲皆出於鄔。妓家呼之爲“鄔先生”,時人呼爲“烏師”。

鄒必顯爲黄鶯兒　鄒必顯以揚州土語編輯成書,名之曰《揚州話》,又稱《飛跎子書》。先居姜家墩,後移住二敵臺。性温暾,寡言笑,偶一雅謔,舉座絶倒。時爲打油詩、黄鶯兒,人多傳之。後患噎食病,鬻棺自書一詩,以題其和。

雙清班　顧阿夷,吴門人。徵女子爲崑腔,名“雙清班”,延師教之。

初居小秦淮客寓，後遷芍藥巷。班中喜官《尋夢》一齣，即金德輝唱口。玉官爲小生，有男相。巧官眉目疏秀，博涉書籍，爲紗帽小生；自製宫靴，落落大方。小玉爲喜官之妹，喜作崔鶯鶯，小玉輒爲紅娘；喜作杜麗娘，小玉輒爲春香，互相評賞。金官憑人傲物，班中謂之"鬥蟲"；而以之演《相約相駡》，如出鬼斧神工。徐狗兒清拔文雅，羸瘦玉削，飲食甚微；坐戲房如深閨，一出歌臺，便居然千金閨秀。三喜爲人矜莊，一遇稀姓生客，輒深嚬蹙額，故其技不工。顧美爲阿夷女，淩獵人物，班中讓之，而有離心焉。二官作趙五娘，咬薑呷醋，神理親切。龐喜作老旦，垂頭似雨中鶴。魚子年十二，作小丑，骨法靈通，伸縮間各得其任。季玉年十一，雲情雨意，小而了了。秀官人物秀整，端正寡情，所作多節烈故事；閒時藏手袖間，徐行若有所觀，豐神自不可一世。康官少不慧，涕淚狼藉，而聲音清越。教曲不過一度，使其演《癡訴》點香，甫出歌臺，滿座嘆其癡絶。瞽婆顧蜨，粥其女於是班，令其與康官演《癡訴》，作瞎子，情狀態度，最得神。乃知母子氣類相感，一經揣摩，便成五行之秀。申官、酉保姊妹作《雙思凡》，黑子作紅綃女，六官作李三娘，皆一班之最。後場皆歌童爲之，四官小鑼，又能作大花面，以《鬧莊救青》爲最，其笑如范松年。教師之子許順龍，亦間在班内作正旦，與玉官演《南浦囑别》，人謂之"生旦變局"。是部女十有八人，場面五人，掌班教師二人，男正旦一人，衣雜把、金鑼四人，爲一班。趙雲崧《甌北集》中有詩云"一夕緑尊重作會，百年紅粉遞當場"，謂此。

顧霞娱工詞曲　顧姬行四，字霞娱。工詞曲，解詩文，住姜家墩天心庵旁。會錢湘舲三元棨過揚州，於謝未堂司寇公讌席中品題諸妓，以揚小保爲女狀元，霞娱爲女榜眼，揚高爲女探花。下略

金兆燕工散曲　金兆燕，字鍾樾，號棕亭，全椒人。父榘，字絜齋，工詩，有《泰然齋集》。兆燕幼稱"神童"，與張南華詹事齊名。工詩詞，尤精元人散曲。公延之使署十年，凡園亭集聯及大戲詞曲，皆出其手。中年以舉人爲揚州校官，後成進士，選博士，入京供職。三年歸揚州，遂館於康山草堂，著有《贈雲軒詩文集》。

謌船　謌船宜於高棚，在座船前。謌船逆行，座船順行，使船中人得與謌者相款洽。謌以清唱爲上，十番鼓次之；若鑼鼓、馬上撞、小曲、

攤簧、對白、評話之類，又皆濟勝之具也。

清唱大小喉嚨及串客　清唱以笙、笛、鼓板、三絃爲場面，貯之於箱；而氍毹、笛床、笛膜盒、假指甲、阿膠、絃線、鼓箭具焉，謂之“傢伙”。每一市會，争相鬥曲，以畫舫停篙就聽者多少爲勝負；多以熙春臺、關帝廟爲清唱之地。李嘯村詩云：“天高月上玉繩低，酒碧燈紅夾兩堤。一串謌喉風動水，輕舟圍住畫橋西。”謂此。郡城風俗，好度曲而不佳，繩之元人《絲竹辨譌》、《度曲須知》諸書，不啻萬里。元人唱口，元氣漓淋，直與唐詩、宋詞争衡。今惟臧晉叔編《百種》行於世，而晉叔所改《四夢》，是孟浪之舉。近時以葉廣平唱口爲最著，《納書楹曲譜》爲世所宗，其餘無足數也。清唱以外，净老生爲大喉嚨，生旦詞曲爲小喉嚨，丑末詞曲爲小大喉嚨。揚州劉魯瞻工小喉嚨，爲劉派，兼工吹笛。嘗游虎邱，買笛，搜索殆盡。笛人云：“有一竹，須待劉魯瞻來。”魯瞻以實告，遂出竹。吹之，曰：“此雌笛也。”復出一竹，魯瞻以指擫之，相易而吹，聲入空際。指笛相謂曰：“此竹不换吹，則不待曲終而笛裂矣。”笛人舉一竹以贈。其唱口小喉嚨，揚州惟此一人。大喉嚨以蔣鐵琴、沈苕湄二人爲最，爲蔣沈二派。蔣本鎮江人，居揚州，以北曲勝，小海吕海驢師之。沈以南曲勝，姚秀山師之。其次陳愷元一人，直隸高雲從，居揚州有年，唱口在蔣、沈之間，此揚州大喉嚨也。蘇州張九思，爲韋蘭谷之徒，精熟九宫，三弦爲第一手，小喉嚨最佳。江鶴亭延之於家，佐以鄒文元鼓板，高崑一笛，爲一局。朱五獃師事九思，得其傳。王克昌唱口，與九思抗衡，其串戲爲吴大有弟子。蘇州大喉嚨之在揚州者，則有二面鄒在科，次之王炳文。炳文小名天麻子，兼工絃詞，善相法，爲高相國門客。按：清唱鼓板，與戲曲異，戲曲緊，清唱緩；戲曲以打身段、下金鑼爲難，清唱無是苦，而有生熟口之别。此技蘇州顧以恭爲最，先在程端友家，繼在馬秋玉家，與教師張仲芳同譜《五香毬》傳奇。次之周仲昭、許東暘二人，與文元並駕。揚州以莊氏龍生道士兄弟，鼓板、三弦合手，成名工。次之湯殿颺一人。蘇州葉雲升笛，與崑一齊名，兼能點竄工尺，從其新譜。次之邱御高，能點新曲，兼識古器，皆雲升流亞。今大喉嚨之效蔣、沈二派者，戴翔翎、孫務恭二人，皆蘇州人，而揚州絶響矣。串客本於蘇州海府串班，如費坤元、陳應如出其中；次之石塔頭串班，余蔚村出其中。揚

州清唱既盛，串客乃興。王山靄、江鶴亭二家最勝；次之府串班、司串班、引串班、邵伯串班，各占一時之勝。其中劉禄觀以小唱入串班，爲内班老生；葉友松以小班老旦入串班，後得瓜張插花法；陸九觀以十番子弟入串班，能從吴暮橋讀書，皆其選也。

小唱　小唱以琵琶、絃子、月琴、檀板合動而謌。最先有〔銀鈕絲〕、〔四大景〕、〔倒扳槳〕、〔剪靛花〕、〔吉祥草〕、〔倒花藍〕諸調，以〔劈破玉〕爲最佳。有於蘇州虎邱唱是調者，蘇人奇之，聽者數百人。明日來聽者益多，唱者改唱大曲，群一噱而散。又有黎殿臣者，善爲新聲，至今效之，謂之“黎調”，亦名“跌落金錢”。二十年前，尚哀泣之聲，謂之“到春來”；又謂之“木蘭花”。後以下河土腔唱〔剪靛花〕，謂之“網調”。近來群尚〔滿江紅〕、〔湘江浪〕，皆本調也。其〔京舵子〕、〔起字調〕、〔馬頭調〕、〔南京調〕之類，傳自四方，間亦效之；而〔魯斤燕削〕、〔遷地不能〕爲良矣。於小曲中加引子、尾聲，如〔王大娘〕、〔鄉里親家母〕諸曲。又有以傳奇中《牡丹亭》、《占花魁》之類，譜爲小曲者，皆土音之善者也。陳景賢善小曲，兼工琵琶，人稱爲“飛琵琶”。潘五道士能吹無底洞簫，以和小曲，稱名工。蘇州牟七以小唱冠江北，後多鬚，人稱爲“牟七鬍子”。

鄭玉本善大小曲　鄭玉本，儀徵人，近居黄珏橋。善大小諸曲，嘗以兩象箸敲瓦碟作聲，能與琴、筝、簫、笛相和；時作絡緯聲、夜雨聲、落葉聲、滿耳蕭瑟，令人惘然。

小郎兒曲　玉版橋王廷芳茶棹子最著，與雙橋賣油糍之康大合本，各用其技。遊人至此，半饑，茶香餅熟，頗易得錢。玉版橋乞兒二：一乞剪紙爲旗，揭竹竿上，作報喜之詞。一乞家業素豐，以好小曲蕩盡，至於丐；乃作男女相悦之詞，爲〔小郎兒〕曲。相與友善，共在堤上。每一船至，先進〔小郎兒〕曲；曲終，繼之以報喜。音節如樂之亂章，人艷聽之。〔小郎兒〕曲即〔十二月〕、〔採茶〕、〔養蠶〕諸歌之遺。“呢呢兒女語，恩怨相爾汝”。詞雖鄙俚，義實和平，非如市井中小唱，淫靡媚褻可比。予嘗三遊珠江，近日軍工廠有揚浜，問之土人，皆云揚妓，有金姑最麗。因坐小艇子訪之，甫聞其聲，乃知爲裏河網船中冒作揚妓者。其唱則以是曲爲土音，嶺外傳之。及於惠潮，與〔木魚〕、〔布刀〕諸曲相埒。郡中剞劂匠多刻詩詞戲曲爲利，近日是曲翻板數十家，遠及荒村僻巷之星貨鋪，

所在皆有。乃知聲音之道，感人深也。

跌成曲　跌成，古博戲也，時人謂之“拾博”。用三錢者爲三星，六錢者爲六成，八錢者爲八乂。均字均幕爲成，四字四幕爲天分。天分必幕與幕偶，字與字偶，長一尺，不雜不斜，以此爲難。蓋跌成之戲，古謂之“純”。元李文蔚有《燕青博魚》曲，其詞云：“憑着我六文家銅鏝。”又云：“你若是博呵，要五純六純。”“五純”，今謂之“拗一”。“六純”，即“大成”。又爲《金盞兒》曲云：“比及五陵人，先頂禮二郎神，哥也，你便博一千博，我這肐膊也無些兒困。我將那竹根的蠅拂子綽了這地皮塵，不要你蹲着腰虚土裹縱，叠着指漫磚上磩；則要你平着身往下撇，不要你探着手可便往前分。”又《油葫蘆》曲云：“則這新染來的頭錢不甚昏，可不算先道的準。手心裹明明白白擺定一文文，呀呀呀，我則見五個鏝兒乞丢磕塔穩。更和一個字兒急溜骨碌滚，諕的我咬定下唇，掐定指紋，又被這個不防頭愛撇的鶤兒隱。可是他便一博六渾純！”二曲摹寫極工。此技遍於湖上，是地更勝。所博之物，以茉莉、玫瑰二花最多。四時不絶，則水老鼠。

書隱曲説

書隱曲説

新曲苑第二十五種　清吴江袁棟撰

西厢曲題制義　本朝尤展成侗，作《西厢曲題》“怎當他臨去秋波那一轉”制義，流傳都下，宫中傳呼爲“才子”。世祖心賞焉，謂弘覺師曰：“請和尚下一轉語。”天岸師曰：“不風流處也風流。”又翻出一重公案矣。

還魂記　《睽車志》曰：“有士人寓迹三衢佛寺，忽有女子夜入其室，詢其所從來，輒云所居在近，士人惑之。自此比夜爲至。居月餘，乃曰：‘妾乃前郡倅馬公之女，小字絢娘，死於公廨，叢塗於此。今將還生，君可具斤鍤，夜密發棺。當如熟寐，君但呼我小字，當微開目，放令就寢，既寤，即復生矣。再生之日，君之賜也。’士人如其言，果再生。且曰：‘此不可居矣。’辦裝遁去。其後馬倅來衢，遷葬此女，視殯有損，棺空無物，大驚。問官，莫知所以。有一僧，默疑數歲前士人；物色訪之，得之湖湘間。士人先孑然，復疑其有妻子，問其所娶，則云馬氏女也。因逮士人，問得妻之由。女曰：‘可併以吾書寄父。’父遣老僕往視，女出與語，問家人良苦，無一遺誤。士人略述本末，而隱其發棺一事。馬亦惡其涉怪，不復終詰，亦忌見其女，第遣人問勞之而已。”湯若士《牡丹亭》乃全用其事。

琵琶記　唐牛僧孺有子名繁，與其同鄉人蔡生同舉進士。才蔡生，欲以女弟適之。蔡以有妻趙氏，力辭不得，牛氏與趙相與甚歡。高則誠《琵琶記》以劉後村有“死後是非誰管得，滿村聽唱蔡中郎”之句，因編成之，用雪伯喈之恥。後人有以王四事擬之者，未知然否。

西樓記　世所演《西樓記》傳奇，乃吴郡袁籜庵所填詞。沈同和雄豪一鄉，凡新到妓女，必先爲謁見。穆素徽者，頗有才貌，且年甚少，循例謁沈。是時適有文會，袁生亦在焉。席半，袁頗眷穆，穆亦心許之，私語移時。沈爲不懌，促之入座，終席而罷。袁生自是怏怏失志，如崔千年之於紅綃妓也。有門下客馮某者，喜任俠，有膽力；揣袁之情，聞袁之

語,慷慨自負,以必得素徽爲報。先是沈生屢呼穆同遊,穆頗厭之。是日,沈與穆又同遊虎阜。馮單身徑造沈舟,負穆而去,僕從不能當也。沈甚不平,爲興訟焉。袁生之父懼,送子繫獄。袁生於獄惆悵無聊,爲作傳奇,袁乃于鵑切也。西樓至今尚在吴江縣城外。

如是觀　前有《恨賦》,後有《反恨賦》,以前人之所恨者,一一而反之於正,使人心快然也。傳奇有《精忠記》,復有《倒精忠》,中演岳飛直搗黄龍府,迎取二聖還朝,奸檜典刑,山河恢復。觀之者田夫販豎,亦爲之快意。一名《如是觀》,謂水月空花,當作如是觀耳。文人學士,又不覺爲之墮淚也。因思秦皇雖無道,而扶蘇當正位而戮高;晉獻雖信讒,而申生宜完身而得國;明皇雖播遷,而梅妃當歸宫而寵愛;建文雖流離,而孝孺宜盡忠而反正。安得見之空言,一一而反其恨乎?《女仙外史》以谷應泰所言"仙乎妖乎"之唐賽兒,起義山東,糾集向義之舊臣,援救陷冤之患難,空奉建文名號,立闕設官,與永樂爲難,直至榆木川而止,亦快矣哉!

古今所用脚色　演戲脚色,初止爨弄、参鶻。元時院本用五人,一曰副净,古謂之参軍;一曰副末,古謂之蒼鶻;一曰引戲;一曰末泥;一曰孤裝。元人《百種曲》中,有正末、沖末、副末、老旦、正旦、卜兒、外、净、丑,又有俫兒、孛老、搽旦、孤。湯若士《牡丹亭》用八人:末、生、外、老旦、旦、貼、丑、净。今則用十人,一外,一末,二生,三旦,三净。

雷峰塔　杭州西湖有十景,一曰雷峰夕照,言雷峰峰上之塔,夕陽返照時,觀之如畫圖也。其塔爲火所燎,欄楯簷鈴,一歸烏有,惟餘赤色磚甓幾層,若禿鎚之卓地者。然考之傳記,峰名雷者,以里人雷就居之得名。後爲寺,吴越王妃建塔於上。宋亡時,兵燹寺毁,而塔亦半廢,如今之狀。相傳下有二魚精潛焉,而世乃謂僧建塔以鎮怪,雷繞塔而制怪也。稗官之不已,且作傳奇,而遍演矣。毛西河曰:"雷峰本名回峰,以山勢回抱得名。塔曰回峰塔,以回雷聲,近致訛耳。宋有道士徐立之,築室塔旁,世稱'回峰先生'。"此其名驗也。

雙珠記　《輟耕録》曰:"千夫長李某戍天台縣日,一部卒妻郭氏有令姿,見之者無不嘖嘖稱賞,李心慕焉。去縣七八十里,有私盜出没處,李分兵往戍,卒遂在行。既而日至卒家,百計調之,郭氏毅然莫犯。經

半載，夫歸，具以白，爲屬所轄，罔敢誰何。一日，李過卒門，卒邀入，治茶，忽憶得前事，怒形於色。亟轉身持刃出，而李幸脱走。訴於縣，縣捕縶窮竟。案議：持刃殺本部官，罪死。縣桎梏囹圄中。從而邑之惡少年與官之吏胥皂隸輩，無有不起覬覦之心者。郭氏躬餽食於卒外，閉户業績紡，以資衣食，人不敢一至其家。久之，府檄調黄巖州。一獄卒葉其姓者至，尤有意於郭氏，乃顧視其卒，日飲食之，情若手足。卒感激入骨髓。忽傳有五府官出，五府之官，所以斬決罪囚者。葉報卒知，且謂曰：'汝或可活，我與爲義兄弟；萬一不保，汝之妻尚少，汝之子若女纔八九歲耳，奚以依？顧我尚未娶，寧肯俾爲我室乎？若然，我之視汝子女，猶我子女也。'卒喜諾。葉遂令郭氏私見卒，卒謂曰：'我死有日，此葉押獄，性柔善，未有妻，汝可嫁之。'郭氏曰：'汝之死，以我之色，我又能二適以求生乎？'既歸，持二幼，痛泣而言曰：'汝爹行且死，娘死亦在旦夕。我兒無所怙恃，終必死於饑寒。我今賣汝與人，娘豈忍哉？蓋勢不容(已)，將復奈何？汝在他人家，非若父母膝下比，毋仍似是嬌癡爲也。天苟有知，使汝成立，歲時能以卮酒奠父母，則是我有後矣。'其子女頗聰慧，解母語意，抱母而號，引裾不肯釋手。遂攜二兒出市，召人與之，行路亦爲之墮淚。邑人有憐之者，納其子女，贈錢三十緡。郭氏以三之一具酒饌，攜至獄門，謂葉曰：'願與夫一再見。'葉聽入。哽咽不能語，既而曰：'君擾押獄多矣，可用此少禮答之。又有錢若干，可收取自給。我去一富家執作，爲口食計，恐旬日不及看君，故來相别。'垂泣而出。走至仙人渡溪水中，危坐而死。此處水極險惡，竟不爲衝激倒僕。人有見之，報之縣。縣官往驗視，得實，皆驚異失色，爲具棺斂，就葬於死所之側山下；又爲申達上司，仍表其墓曰'真烈郭氏之墓'，大書刻石墓上。至正丙戌，朝廷遣奉使宣撫，循行列郡，廉得其事，原卒之情，釋之。人遂付還子女，終身誓不再娶。"《雙珠記》傳奇本此。

工尺原字　《道書》云："鈞天樂部萬種，其流人間者琴耳；樂調亦萬種，其流人間者'思一六犯工尺'六字耳。""思"，今作"四"。"一"今作"乙"。"犯"，今作"凡"。又《宋朝詞話》有"五凡公赤上"等語，"公赤"亦作"工尺"。

蕭翼賺蘭亭考　沈存中云："唐太宗力購羲之真迹，惟《樂毅論》乃

右軍親筆,鐫之於石,遂爲昭陵殉葬。”後温韜盜發,其石已碎,用鐵束之。皇祐中,在高安世家,李君賨云:“世以爲《蘭亭》入昭陵,正坐此帖之誤。”《蘭亭》開皇中已爲秘寶,江都隨行,久付烈焰。蕭翼計賺之説,傳奇幻語,烏足信也?《南都新書》又爲歐陽詢詐求,非蕭翼也。

牡丹亭内花神 湯若士《牡丹亭》傳奇中有花神。雍正中李總督衞在浙時,於西湖濱立花神廟,中爲湖山土地,兩廡塑十二花神,以象十二月。陽月爲男,陰月爲女,手執花朵,各隨其月。其像坐立、欹望不一,狀貌如生焉。都中都城隍廟儀門塑十三省城隍像,撫州紫府觀真武殿有六丁、六甲神,六丁皆爲女子像。西湖之花神,其亦仿此意歟?今演《牡丹亭》傳奇者,亦增十二花神焉。

雙金榜 山西聶翁婦虞氏,生一子;商於川,又贅於李氏,亦生一子。因張獻忠入川,李氏子母散失,翁流入滇黔,爲僞弁,爲官兵俘獲,纍囚數十輩。撫軍付州刺史聶熊臣鞫之,詢及翁里居姓名,刺史異之,退問母。母令復訊,而己聽於後,呼其子曰:“真而父也。”起之囚中,拜哭大慟,慶忭無已。屬員咸賀,刺史觴之,翁亦在席。客問翁何由入滇黔,翁俱本末。又與李吏目里居,母子姓名合。李駭甚,歸述於母。母令設醴邀翁。翁至,母出見,曰:“尚識妾否?爲吏目者,君之子也。”刺史乃與吏目序兄弟焉。夫以兩地妻室,異姓兄弟骨肉,一朝完聚無缺,誠異事也。《雙金榜》傳奇情節略同,大約爲此而發者也。

優伶傳習字音 優伶本屬賤技,然亦有可取者。曲白中之字音也,師教其弟,弟授之師。音當作中州者則中州之,音當作轉注者則轉注之,一一推敲,毫忽不爽焉。

釵釧記 柳鸞英與閻自珍爲腹婚。閻父(老)家貧,不能聘娶,柳之父欲背盟。鸞英不肯,然度父終渝此盟,乃愬鄰嫗,私約自珍往後圃取貲。自珍喜,與其師之子劉江、劉海具言其故。江、海計設酒醉自珍,兄弟如期潛詣柳氏。鸞英已付其貲,而小婢識非閻生也。江、海恐事洩,遂殺鸞英及婢而去。自珍夜半酒醒,自悔失約,急詣柳圃。時月黑,直入圃中,踐血屍而躓,嗅之腥氣,懼而歸,衣皆沾血。達曙,柳氏覺女被殺,而不知主名,告官。遍訊,及隣嫗,遂首結約事。逮自珍至,血衣尚在,一詞不容辨已,論死。會御史許進巡至,夢鸞英詳訴其冤。明旦,召

自珍問之。自珍具述江、海留飲事。公僞爲見鬼自訴之狀，即捕二兇訊之，款服，誅於市。遂釋自珍，爲女建坊以表之。自珍後登鄉薦，時人爲作傳奇，今《釵釧記》是也。

西厢語遒麗得神　昔人臨歧握別，戀戀不忍舍。形於詩歌，《邶風》云："瞻望弗及，泣涕如雨。"王摩詰云："車徒望不見，時見起行塵。"歐陽詹云："高城已不見，況復城中人？"東坡云："登高回首坡隴隔，時見烏帽出復没。"各極其致。而王實甫《西厢曲》云："四圍山色中，一鞭殘照裏。"尤爲遒麗得神也。

新黄孝子傳奇　吴縣黄向堅父孔昭，於明季時爲雲南大姚令。鼎革，道阻不得歸。順治中，滇黔漸平，向堅萬里尋親，艱苦備嘗。遇鄞縣錢士驌，亦於明季作廣文於平彝衛而不得歸者，始知其父母俱在白鹽井，兼程而至，喜泣交并，奉之而歸。滇人感其孝，醵金而贈之。蓋徒步周行二萬五千里云，傳奇有《新黄孝子》者是也。而士驌之子公美，聞其親在，亦間關萬里，而尋親以歸；世徒知黄而不知錢也。

兩般秋雨盦曲談

兩般秋雨盦曲談

新曲苑第二十六種　清梁紹壬應來撰

琵　琶　記

高則誠《琵琶記》，相傳以爲刺王四而作。駕部許周生先生宗彦。嘗語余云："此指蔡卞事也。卞棄妻而娶荆公之女，故人作此以譏之。其曰牛相者，謂介甫之性如牛也。"余曰："若然，則元人紀宋事，斥言之可耳，何必影借中郎耶？"先生曰："放翁詩云：'身後是非誰管得，滿村聽唱蔡中郎。'據此，則①斯劇本起於宋時，或東嘉潤色之耳。"然則宋之《琵琶記》爲刺蔡卞，元之《琵琶記》爲指王四，兩説並存可也。

西　樓　記

袁籜庵于令。以《西樓記》得名。一日，出飲歸，月下肩輿過一大姓家。其家方宴客，演《霸王夜宴》。輿夫曰："如此良宵風月，何不唱'綉户傳嬌語'，乃演《千金記》耶？"籜庵狂喜欲絶，幾至墮輿。真賣菜傭奴，俱有六朝烟水氣也。

小説傳奇

小説起於宋仁宗時，太平已久，國家閑暇，日進一奇怪之事以娱之，名曰"小説"。而今之小説，則紀載矣。傳奇者，裴鉶著小説，多奇異，可以傳示，故號"傳奇"，而今之傳奇則曲本矣。

飲酒讀騷圖

吴蘋香女史初好讀詞曲。或勸之曰："何不自作？"遂援筆賦《浪淘

---

① 今校：則，據《歷代曲話彙編》本補。

沙》一闋云:“蓮漏正迢迢,凉館燈挑,畫屏秋冷一枝簫。真個曲終人不見,月轉花梢。何處暮砧敲?黯黯魂銷,斷腸詩句可憐宵。欲向枕根尋舊夢,夢也無聊。”輕圓柔脆,脱口如生,一時湖上名流,傳誦殆(徧)。自後遂肆力長短句,不二年,著《花簾詞》一卷,逼真《漱玉》遺音。又常作《飲酒讀騷》長曲一套,因繪爲圖,己作文士妝束,蓋寓速變男兒之意。余爲題圖,有句云:“南朝幕府黄崇嘏,北宋詞宗李易安。”蓋非虚譽也。

圈兒信

有妓致書於所歡,開緘無一字。先畫一圈,次畫一套圈;次連畫數圈,次又畫一圈;次畫兩圈,次畫一圓圈;次畫半圈,末畫無數小圈。有好事者題一詞於其上云:“相思欲寄從何寄,畫個圈兒替。話在圈兒外,心在圈兒裏。我密密加圈,你須密密知儂意。單圈兒是我,雙圈兒是你。整圈兒是團圓,破圈兒是别離。還有那説不盡的相思,把一路圈兒圈到底。”無中生有,令人忍俊不禁。

沈去矜卷子

丙戌至京,寓土地廟下斜街全浙會館,塘棲姚鏡生孝廉亦寓焉。一日,出卷子屬題,則西泠十子沈去矜先生謙手書詩卷也。先生於順治乙酉泛棹蘇常,時南都新破,百姓流離,目擊情形,凄然有感;取是年所作之詩,寫成長卷,計古今體詩四十餘篇;末綴小跋,字畫蒼勁,詩格渾成,允爲名蹟。是卷藏塘棲金氏,姚君部試,托其攜入都中,徧徵題咏。展卷,名公鉅卿,山人墨客,詩詞歌賦,無美不臻。余爲填南北曲一套云:〔新水令〕黍禾荒後蕨薇高,莽①乾坤淚痕多少。江山餘戰伐,髮鬢(賸)刁騷。鳳泊鸞飄,留下這磨不滅的遺民數行藁。〔步步嬌〕落日姑蘇寒山道,小泊停孤櫂,見流離戰骨拋。嘆幾劫紅羊,歌幾回朱鳥,雪涕太無憀,對篷窗寫出傷心調。〔折桂令〕這幾首過明湖,清淚頻飄,恨一時鼙鼓,閙卻笙簫。那幾首秀水苕溪,扁舟跌宕,短策逍遥。這幾首哭忠魂,岳王墓表,弔毅骨,于相祠高。這幾首江左蕭條,海國遊遨,還有那送行

① 今校:莽,原作“滿”,據《歷代曲話彙編》本改。

感逝，泣青衫死别生交。〔江兒水〕嗚咽青陵笛，悲哀赤壁簫。你天涯眼見黄塵掃，你浮生夢醒黄粱覺，你閒身許作黄冠老，幸免白衣宣召，底是神傷，别有這凄涼懷抱。〔雁兒落〕想當年酒三杯，澆來義膽豪。淚千行，流得詩腸燥。觽雙枝，撑開戰血波。筆千言，寫不盡驚心貌。呀！早玉簫聲斷廣陵潮，眼見那邊上將軍萬寶刀，當不起玉弩兒三千攬，留不住金甌兒一半牢。波也麽焦，更誰將東節移王導；悲也麽號，贏得個西臺哭謝翶。〔僥僥令〕留幾幅殘箋兼斷楮，儘教人短誦又長謡。心香一瓣虔燒，恨不識先生貌，只認得押角的紅泥把姓氏標。〔收江南〕待提起昔年遺老呵！笑忠義，枉雲高，有幾個西山曾赴辟賢軺，有幾個北山又被移文誚。悵貞松自雕，嘆芳蘭自熬，只賸得梅邊一集殿南朝。〔園林好〕展遺書龍眠虎跳，誦遺詩鸞姿鶴標。有大節千秋照耀，算兵火不能燒，算紙劫不相遭。〔沽美酒〕喜裝籤，玉共瑶，喜裝籤，玉共瑶。留下這傷心一卷續《離騷》。看故國河山裂紙條，這些些墨藻，問幾番零落幾搜牢。零落在蛛絲蟲爪。搜牢在海絹山膠，看待作蘭亭墨妙，何處許茂陵求稿。今日個風凄月寥，茶乾酒銷，許詩人展圖憑弔。〔清江引〕寸金尺璧真堪寶，問何人筆尖兒横掃？這是那十子内的西泠沈氏草。”

戲名對

同人小飲，集戲名對偶爲令，兹擇其尤工者録之。驚醜《風箏誤》對嚇癡。《八義記》。盜甲《雁翎甲》對鬨丁《桃花扇》。訪素《紅梨記》對拷紅《西厢記》。扶頭《綉襦記》對切脚《翡翠園》。開眼《荆釵記》對拔眉《鸞釵記》。折柳《紫釵記》對采蓮《浣紗記》。麻地《白兔記》對蘆林《躍鯉記》。教歌《綉襦記》對題曲《療妒羹》。春店《萬里緣》對秋江《玉簪記》。哭像《長生殿》對描容《琵琶記》。敗金《精忠記》對埋玉《長生殿》。三擋《麒麟閣》對七擒《三國志》。逼試《琵琶記》對勸妝《占花魁》。打虎《義俠記》對罵雞《白兔記》。看襪《長生殿》對哭鞵《荆釵記》。刺虎《鐵冠圖》對斬貂《三國志》。亂箭《鐵冠圖》對單刀《三國志》。拜冬《荆釵記》對賞夏《琵琶記》。告雁《牧羊記》對嗾獒①《八義記》。思飯《金鎖記》

① 今校：獒，原作“熬”，據《歷代曲話彙編》本改。

對借茶《水滸記》。斬竇《金鎖記》對刺梁《魚家樂》。投井《金印記》對跳牆《西廂記》。送米《躍鯉記》對拾柴《絳樓記》。相面《宵光劍》對審頭《一捧雪》。醒妓《醉菩提》對規奴《琵琶記》。盜令《翡翠園》對偷詩《玉簪記》。飯店《尋親記》對酒樓《翠屏山》。北樵《爛柯山》對西諜《邯鄲夢》。落院《綉襦記》對借厢《西厢記》。小妹子《時劇》對胖姑兒《慈悲記》。鬧天宫對遊地府《安天會》。醉易放易《鳴鳳記》對相梁刺梁《漁家樂》。大宴小宴《連環記》對前親後親《風筝誤》。

京師梨園

京師梨園四大名班,曰四喜、三慶、春臺、和春。其次之則曰重慶,曰金鈺,曰嵩祝。余壬午年初至京,當遏密八音之際,未得耳聆目賞。次年春,始獲縱觀,色藝之精,争妍奪媚。然余逢場竿木,未能一一搜奇也。丙戌入都,寓近彼處,閒居無事,時復中之。四班名噪已久,選才自是出人頭地。即三小班中,亦各有傑出之人,擅場之技,未可以鄶①下目之。此外尚有集芳一部,專唱崑曲,以笙璈初集,未及排入各園。其他京腔、弋腔、西腔、秦腔,音節既異,裝束迥殊,無足取焉。表弟蘇蔚生雅有今樂之好,取自四喜以下七班,某日至某園,一月之中,周而復始,譜爲小録一編,界以烏絲之闌,裝以紅錦之裹,題其簽曰《燕臺樂部》,分日下梨園,録而屬余爲之序云:"首善繁華之地,太平歌舞之時,幾處旗亭,能謳水調;誰家簫鼓,不按涼州。既紙醉以金迷,復花交而錦錯。樓臺十二,一時捲上珠簾;裙屐三千,幾個偷來鐵笛。固已猜疑長樂,仿佛廣寒矣。爰有家居浙水,人號斜川,愛當定子之筵,屢顧周郎之曲,衫裳倜儻,襟袖温存。每當燈酒良宵,春秋佳日,今雨舊雨,無花有花,未嘗不高倚闌干,俯臨珠玉。評量粉黛,環肥燕瘦之間;品藻冠裳,賈佞江忠之列。紅牙拍去,青眼搜來,莫不采菲無遺,存花有案。爰集都下名班,曰四喜、三慶、春臺、和春、重慶、金鈺、嵩祝,分隸七部,合彙一編。排如春水魚鱗,準遞年年之信;序似秋風雁翅,不愆月月之期。其間粉墨登場,丹青變相;銅琶鐵板,大江東高調淩雲;翠繞珠圍,小海唱低歌醉月。選

① 今校:鄶,原作"檜",據《歷代曲話彙編》本改。

聲選色，取貌取神，宜喜宜嗔，可歌可泣。於是按圖集錦，照譜徵花，看來欲徧長安，佳處争傳日下。群仙簇綵，大羅自有因緣；一佛拈花，下界都來供養。亦足徧邀袍澤，同聽霓裳也已。其他舞綵之行，尚有集芳之部。然而此曲只應天上，序班未徧人間，不隸梨園，難歸菊部。愛已同於割玉，情匪類於遺珠。至若趙北新音，秦西變調，仰天撫缶，但唱嗚嗚；帀地繁絃。惟聞艾艾；已同鄶①下，概比鄭聲。凡此旁搜，俱不贅列。顧或者恨擷芳玉籍，未識雛鶯乳燕之名；采艷金臺，不書董袖鄂香之事。豈知酒闌燈灺，茶熟香温，但陳玉笥②之新編，不類燕蘭之小譜。然而三年宋玉，好色雖異於登徒；十五王昌，薄倖迥殊乎崔灝。使僅闌憑儂袖，亦知眼過烟雲；倘教釵掛臣冠，未必心同木石。而兹者寄情絲竹，用佐琴樽，聊寄娱耳之資，不敘銷魂之事云爾。"

荆釵記祭文

《荆釵記》傳奇《王十朋祭江》，其祭文云："巫山一朵雲，閬苑一團雪，桃源一枝花，瑶臺一輪月。妻啊，如今是雲散雪消，花殘月缺。"按：此詞亦有所本。孫季昭《示兒編》云："北朝來祭皇太后文，楊大年捧讀，空紙無一字，因自撰云：'惟靈巫山一朵雲，閬苑一堆雪，桃園一枝花，瑶臺一輪月。豈期雲散雪消，花殘月缺。'時仁宗深喜其敏速。"案：此詞浮艷輕佻，施之君后，失體已甚，烏可爲訓。錢竹汀宫詹云："大年死於天禧四年，其時仁宗未即位也。章獻之崩，大年死已久矣。"則其爲委巷不經之談無疑。

拍　曲　几

盧代山（岱），錢唐人，住山兒巷，抱經學士之族也。家藏葡萄藤小几一張，云是洪昉思拍曲几，其指痕猶隱隱焉。余二十年前，曾在外舅黄鐵年先生家，見《昉思度曲圖》，毛西河、高江村諸巨手俱有題咏，山舟學士爲跋識數語，歸於洪氏，今不知尚存否也。昉思先生傳奇《長生殿》

---

① 今校：鄶，原作"檜"，據《歷代曲話彙編》本改。

② 今校：笥，同"笴"，同上改。

之外，尚有《天涯淚》、《四嬋娟》、《青衫濕》三種。今其藁猶存黄氏，蓋先生爲文僖相國孫壻也。

陳眉公

陳眉公在王荆石家，遇一宦問荆石曰："此位何人？"曰："山人。"宦曰："既是山人，何不到山裹去？"蓋譏其在貴人門下也。俄就席，宦出令曰："首要鳥名，中要《四書》二句，末要曲一句合意。"宦首舉云："十姊妹嫁了八哥兒，八口之家，可以無饑矣，只是二女將誰靠？"眉公曰："畫眉兒嫁了白頭公，吾老矣，不能用也，辜負了青春年少。"合座稱賞，宦遂訂交焉。鉛山蔣苕生太史《臨川夢》院本内有《隱奸》一齣，刻意詆毁眉公，出場詩云："妝①點山林大架子，附庸風雅小名家。終南捷徑無心走，處士虚聲儘力誇。獺祭詩書充著作，蠅營鐘鼎潤烟霞。翩然一隻雲間鶴，飛去飛來宰相衙。"亦謔而虐矣。

葛秋生

葛秋生慶曾，仁和諸生。人極醇訥温雅，工詩古文詞。顧久躓場屋，鬱鬱不得志，江淮游幕，益復無聊，終以病瘵卒於家。四壁相如，遺稿率多散佚。猶記其《早秋即事》二絶云："磁缸雨過小盤蝸，圓蕊微黄葉半遮。道是今年濬湖後，漁人都賣水葓花。""曙風吹影墮殘釭，亂颭檐前鐵馬撞。約看牽牛花早起，竹陰深處去開窗。"詩境清絶。秋生向設帳於横河橋治中許小范先生學范宅中，薄遊以後，感今追昔，因繪《横橋吟館圖》，屬同人題咏。余爲賦《買陂塘》詞一闋。同年趙子秋舲題南北曲一套最佳。其詞云：〔新水令〕莽天涯，何處掛詩瓢，瘦書生，鬢絲吟老。江湖尋舊夢，風雨感離巢。十載横橋，今日個纔畫出停雲稿。〔步步嬌〕記當初載酒(玄)亭，同傾倒，問字師安道。時受業戴九橋先生，因九橋亦在許氏安硯也。金蘭簿訂交，硯北花南，一例兒排年少。顧影换青袍，翠生生都似春來草。〔折桂令〕暢好是嫩年華，過眼如潮，秋去春來，柳又千條。百忙中跳上征橈，兩處相思，紅豆燈挑。這壁厢風塵懊

① 今校：妝，原作"收"，據《歷代曲話彙編》本改。

惱，那壁廂書札迢遥。故人兒幾個雲霄，幾個蓬蒿，一霎時賭酒評花，倒做了雨散雲飄。〔江兒水〕吴市空彈瑟，秦樓待引簫，念家山忽作思親操。束琴書，試鼓廻波櫂。返鄉園，好比投林鳥，一任那雪泥鴻爪，虧的杍下流黄，博得個萱花微笑。〔雁兒落〕再休提蹭名場，劍氣消。説甚麼困寒氊，心緒槁①。你看有的是痛黄壚玉樹凋，有的是走京華花插帽。但詩成且倚玉笙調，但酒來且索金樽倒，興來時齊向白雲嘲，悶來時共對青天嘯。花朝，放明湖雙槳好；寒宵，擁紅鑪合座邀。〔僥僥令〕重開新畫閣，再整舊書巢，喜荷衣義手諸郎少，渾不是感離群，賦寂寥。〔收江南〕呀！我也把十年前事，話今朝，記風簷立雪訂深交，不多時桃花三月廣陵潮。嘆生成蕙泣蘭嘑料，向瀟湘走遭，向瀟湘走遭，苦煞我一鐙秋雨續②《離騷》。〔園林好〕盼魚書，長江路遥；憶朋儕，離魂暗消，依舊的南飛鵲噪。重把臂，飲醇醪，重識面，贈瓊瑶。〔沽美酒〕望横河水一條，望横河水一條；認橋邊許丁卯，他是裙屐風流甲第高，没些兒塵擾。王摩詰更相招，把悶愁懷，毫端輕掃；離别恨，畫裏勾消。索舊雨，題詩須早；倩新知，補吟亦妙。你呵！擘名箋，烏闌自鈔；爇名香，銀爐自燒，這圖兒須索自收藏好。〔尾聲〕從今不恨知音少，拚個爛醉狂歌也意氣豪，你看那一樹藤花開泛③了！”

詞曲取士

相傳元人以詞曲取士，而考《選舉志》及典章，皆無之。或另設一門，如今考天文、算學一律，特以備梨園供奉耳。惟《試録》中一條云：“軍民、僧尼、道客、官儒、回回、醫匠、陰陽、寫算、門廚、典僱、未完等户，願試者以本户籍貫赴試。”僧道應試，已屬可笑；尼亦赴考，更怪誕矣，此不可解。

---

① 今校：槁，原作“稿”，據《歷代曲話彙編》本改。
② 今校：續，原作“讀”，同上改。
③ 今校：泛，原作“遍”，同上改。

短小人詞

友有咏短小人《黄鶯兒》一闋云:“矮子寸三高,進陰溝,插雉毛,鵝黄鬘繭烟氈帽,扇箍兒束腰,拐杖兒燈草,梨園檀板棺材料。定睛瞧,重陽白菜錯認做老芭蕉。”

對　月　曲

仁和趙秋舲慶熺,鐵巖大司空殿最來孫也。性倜儻,工詩詞。家貧讀書,傲骨風棱,逸情雲上。道光辛巳舉於鄉,壬午連捷南宫,引見歸本班銓選。此才不入詞館,惜哉! 秋舲《對月曲》内〔江兒水〕一支云:“自古歡須盡,從來美必收。我初三瞧你眉兒門,我十三窺你妝兒就,我廿三覷你龐兒瘦,都在今宵前後。何况人生,怎不西風敗柳!”“初三”三句,未經人道。

西　厢　記

《琵琶記》影借中郎,《荆釵記》污衊十朋,夫人知之。至雙文之事,風流話柄,千古艷稱。然考《曠園雜志》,載唐鄭太常恒及崔夫人合葬,墓在淇水西北五十里,即古淇澳地。明成化間,淇水泛溢,土崩石出,秦給事貫所撰志銘在焉。志中盛稱夫人“四德咸備”,則《會真》一記,特寓言八九耳。又兖州陽穀縣西北,有西門冢。大姓潘、吴二氏自言,是西門妻吴氏、妾潘氏族,見《香祖筆記》。小説所記,或亦風影其詞歟?

李袁輕薄

李笠翁十二種曲,舉世盛傳。余謂其科諢謔浪,純乎市井,風雅之氣,掃地已盡。偶閲董閬白《蓴鄉贅筆》,載笠翁之爲人,性齷齪,善逢迎,常挾小妓三四人,遇貴游子弟,便令隔簾度曲,捧觴行酒;並縱談房術,誘賺重價。蓋其人輕薄,原於天性,發爲文章,無足怪也。又撰《西樓記》之袁于令,爲人貪污無耻,年逾七旬,猶强作少年態,喜縱談閨閫,淫詞穢語,令人掩耳。後寓會稽,暑月忽染奇疾,口中癢甚,因自嚼其舌,片片而墮,不食不言,二十餘日,舌本俱盡而死。綺語之戒,其罰如

此。夫洪稗畦《長生》一曲，卒傷采石之沈。湯玉茗文章鉅公，《四夢》之成，特其游戲；乃猶以《牡丹亭》口業，相傳永墮泥犁，況下此者乎？

長　生　殿

黄六鴻者，康熙中由知縣行取給事中入京，以土物並詩稿偏送名士。至宫贊趙秋谷執信答以柬云："土物拜登，大稿璧謝。"黄遂銜之刺骨。乃未幾而有國喪演劇一事，黄遂據實彈劾。仁廟取《長生殿》院本閲之，以爲有心諷刺，大怒，遂罷趙職，而洪昇編管山西。京師有詩咏之，今人但傳"可憐一曲《長生殿》"二句，而不知此詩有三首也。其詞云："國服雖除未滿喪，如何便入戲文場。自家原有些兒錯，莫把彈章怨老黄。""秋谷才華迥絶儔，少年科第儘風流。可憐一曲《長生殿》，斷送功名到白頭。""周王廟祝本輕浮，也向長生裏殿遊。抖擻香金求脱網，聚和班裏製行頭。"周王廟祝者，徐勝力編修（嘉炎）是日亦在座，對簿時，賂聚和班伶人，詭稱未與，得免。徐豐頤修髯，有"周道士"之稱也。是獄成，而《長生殿》之曲流傳禁中，布滿天下。故朱竹垞檢討贈洪稗畦詩，有"海内詩篇洪玉父，禁中樂府柳屯田。《梧桐夜雨》聲凄絶，薏苡明珠謗偶然"《梧桐夜雨》元人雜劇，亦咏明皇幸蜀事。之句。樊榭老人嘆爲"字字典雅"者也。

桂　花　新

蔣苕生太史《空谷香》傳奇，魯學連《移官》齣内〔桂花新〕一支云："山平水遠出桐江，柔艣聲中過富陽。塔影認錢唐，何處是故人門巷？"敘自嚴州至省城，光景歷歷，如在目前。余久羈嶺表，夢繞家山，一再誦之，悠然神往矣。

三十而立

《一夕話》載"三十而立"破題云："兩個十五之年，雖有椅杌而不坐焉。"又《釵釧記》傳奇中亦有此科諢，而不知確有此典也。《北夢瑣言》："魏博節度使韓簡，性粗質，每對文士，不曉其説，心甚恥之。乃召一孝廉，令講《論語》。及講至《爲政》篇，明日，謂諸從政曰：'僕近知古人淳

樸，年至三十，方能行立。’聞者無不絶倒。”但不知此公善悟，别具會心，抑孝廉口授時即出此秘解也？

絶　命　詞

洪武中，刑部尚書楊靖，字仲寧，有才識，乃未竟其用，以冤死。臨難之日，作詞云：“可惜跌破了照世界的軒轅鏡，可惜顛折了無私曲的量天秤，可惜吹熄了一盞須彌有道燈，可惜隕碎了龍鳳冠中白玉簪，三時三刻休，前世前緣定。”亦可悲矣！

櫻桃青衣

湯玉茗《邯鄲夢》，全組織唐李泌《枕中記》而成；而豈知《枕中記》又與任蕃《夢遊録》中《櫻桃青衣》一則形影相似。一曰開元，一曰天寶，不知孰相沿襲也？

北涇草堂曲論

北涇草堂曲論

新曲苑第二十七種　清會稽陳棟撰

以曲爲曲與以詞爲曲　曲與詩餘，相近也而實遠。明人滯於學識，往往以填詞筆意作之，故雖極意雕飾，而錦糊燈籠，玉（相）刀口，終不免天池生所譏；間有矯枉之士，去繁就簡，則又滿紙打油，與街談巷語無異。夫曲者曲而有直體，本色語不可離趣，矜麗語不可入深。元人以曲爲曲，明人以詞爲曲，國初介於詞曲之間，近人並有以賦爲曲者，賞音可覿，定不河漢余言。

明代諸傳奇　明人曲自當以臨川、山陰爲上乘，玉茗《還魂》較實甫而又過之，特溟涬已穿，頗纇未除。《南柯》、《邯鄲》二種，歛才就範，風格遒上，實足前無古人，後無來者。青藤音律間亦未諧，其詞如怒龍挾雨，騰躍霄漢間，千古來不可無一，不能有二。餘若《浣紗》之瀟灑，《明珠》之雋秀，《紅拂》之峭勁，《義俠》之古樸，《西樓》之蘊藉，《玉合》之整鍊，《龍膏》之奇恣，《香囊》之謹嚴，《紅蕖》之流利，一邱一壑，亦足名家。鼎革時百子山樵以詞名天下，所編《燕子箋》盛行宮禁，品其高下，尚不能並若士幼作之《紫簫》。此外汗牛充棟，自鄶無譏矣。

琵琶西厢之較　自"化工"、"畫工"之論出，而《西厢》、《琵琶》之品始定。然《琵琶》究不及《西厢》，實甫香艷豪邁，無所不可；東嘉一作典貴語，便筋努面赤。蓋文章一道，均可以學力勝，惟曲子必須從天分帶來。明嘉隆中，王弇州以詩文爲七子弁冕，而所著《鳴鳳記》淺率頹唐，一似全無學識者，何况他人？世之左袒東嘉，不過曰《西厢》誨淫，《琵琶》教孝。夫既置其文於不論，則固非余所敢知耳。

作曲詞重於律　臨川填詞，多不協律，沈詞隱貽書規之。臨川听然笑曰："余意所至，不妨拗折天下人嗓子。"不朽之業，當日早已自定。今人捧《九宫譜》繩趨尺步，奏之場上，非不洋洋盈耳；及退而索卷玩誦，未數折即昏昏思睡。夫人固不可過才，又何可不及才？踶弛之馬，苟操縱

得法，終當百倍駑駘。必也四海賞心，梨園從律，屏山燭樹，雅俗盡歡，茫茫今古，吾見亦罕。

還魂香囊步武西厢琵琶　《西厢》以下，高、施齊名。然君美之視東嘉，尚猶江、黄之敵荆、楚。明人盛稱《曇夢》，則緯真初下筆時，亦自夢想不到，此正如六朝庾、徐，長慶元、白，一時風尚，徼幸並驅。至步武一説，《還魂》繼崔，《香囊》繼蔡，若士後勁有餘，九成中郎，一忠一孝，允足相配，其如詞之不稱何？

尤西堂曲　詞至西堂，又别具一變相。其運筆之奥而勁也，使事之典而巧也，下語之艷媚而油油動人也。置之案頭，竟可作一部異書讀。石渠邊幅稍狹，風韻灑如，《西園》、《畫中人》二種，尤足紹規曩哲。

清初洪孔出類拔萃　國初人才蔚出，即詞曲名家，亦林林焉指不勝屈。必欲於中求出類拔萃，則高莫若東塘，大莫若稗畦。靡旌摩壘，殊難爲鼎足之人。

李笠翁曲　笠翁賓白，縱横變幻，獨步數朝。迄今《憐香伴》各種傳奇，流行海内，幾於家絃户誦。其《慎鸞交》開場①曲曰："可惜元人，個個都亡了。若使至今還壽考，遇余定不題凡鳥。"余謂笠翁填詞實非當行，不知何所恃而自信若此。大抵私智勝則規模不闊大，巧句多則筆墨不莊重，以此劘切，笠翁當亦心服。近人刻《十種曲》，有殿以盧、淳二夢者，吾恐簸之揚之，且不啻糠秕在前矣。

江湖内外十八本　江湖内十八本，外十八本，梨園缺一，即非佳班。其實可傳者不過十之二三，餘皆村褻鄙俚，不堪入耳。而父以傳之於子，師以授之於弟，設填新本，付之搬演，苟非有大勢力，彼必委而棄之曰不可唱。夫詞不可唱者固多，可唱者亦不少。元代佳詞如林，當時即稱《荆》、《劉》、《拜》、《殺》，文士之取信梨園，亦有幸有不幸已。

宫調定格　古律載六宫十一調，傳者僅十之七；而〔般涉〕、〔大石〕、〔小石〕諸調，又祇寥寥數曲，蓋曲學幾于亡矣。余意宫調定格，當如還相爲宫。一宫有一宫之聲韻，一調有一調之節奏。周德清《中原音韻》所云："仙吕清新綿邈，南吕感嘆傷悲。"義雖不傳，其意可繹；不然，何以

① 今校：場，原作"暢"，據《歷代曲話彙編》本改。

北曲〔正宫〕可與〔中吕〕並用,又可用〔般涉調煞〕,而他宫不能?南曲有〔仙吕〕入〔雙調〕,而他無有?今之唱曲者僅記首三字爲標目,問以牌名,尚茫然不知。詞家亦幾等宫調爲贅瘤。世有周郎乎?吾當鑄金事之。

南北途徑各别 詩餘興而樂府廢,雜劇興而詩餘又廢。絃索之用,愈變愈卑。今雜劇雖廢,有志紹述。古人不遠,尚有門徑可尋。詞家目不見元曲,偶以南詞變北劇,人輒譽之曰宫、喬,曰鄭、馬。問以"孤裝"、"參軍"名色,往往目瞪舌撟。不知南北徑途,判然各别。既名稱仿古,無論賓白、詞章諸大者;即小小排場,譬如飾古彝鼎,座匣必須雅樸,摹晉、唐名畫,著不得一件時用器物。由此以推,思可過半。

元劇存亡 《太和正音譜》及《録鬼簿①》,載元劇千餘本。陶九成《輟耕録》自云見元劇七百餘本,而録中所列名目,半不可解。今存者自臧晉叔元人《百種曲》外,寥寥無幾。《百種曲》雖多點竄,要亦餼羊。蓋雜劇卷帙不多,易於散失,藏書家又以無關經史,置不寶貴。苟非彙而刻之,風霜兵燹,日復一日,必至消滅净盡。晉叔之爲功詞壇,豈淺鮮哉?

改曲 李太尉代汾陽治軍,號令纔出,壁壘一新。詞家具此手筆者,惟青藤改《崑崙奴》可云無忝。臧晉叔删訂《四夢》,詡詡然自命點金手,無奈識不稱志,才不副筆,將原本佳處,反多淹没。昔賢不云乎:"鶴頸雖長,斷之則死;鳧頸雖短,續之則傷。"晉叔沉酣元曲,既於詞壇不敢染指,乃復有此輕妄之舉,自知之所以難也。若《西厢》一記,李日華以北賡南,則裂鄭錦以補鶉衣,碎楚玉以飾甕牖,實甫何辜,冤遭此劫!

---

① 今校:簿,原作"譜",據《歷代曲話彙編》本改。

京塵劇録

京塵劇録

新曲苑第二十八種　清楊掌生撰

道光初之集芳班　道光初年，京師有集芳班，仿乾隆間吴中集秀班之例，非崑曲高手不得與。一時都人士，争先聽睹爲快；而曲高和寡，不半載竟散，其中固大半四喜部中人也。近年來部中人又多轉徙入他部，以故吹律不競。然所存多白髮父老，不屑爲新聲以悦人。笙、笛、三絃、拍板聲中，按度刌節，韻三字七，新生故死，吐納之間，猶是先輩法度。若二簧、梆子，靡靡之音；《燕蘭小譜》所云"臺下好聲鴉亂"，四喜部無此也。每茶樓度曲，樓上下列坐者落落如晨星可數。而西園雅集，酒座徵歌，聽者側耳會心，點頭微笑。以視春臺、三慶登場，四座笑語喧闐，其情况大不相侔。部中人每言：我儕升歌，坐上固無長鬚奴，大腹賈；偶有來入坐者，啜茶一甌未竟，聞笙笛、三絃、拍板聲，輒逡巡引去。雖未敢高擬陽春白雪，然即欲自貶如巴人下里，固不可得矣。

紅樓夢曲四種　嘗論紅豆村樵《紅樓夢傳奇》，盛傳於世；而余獨心折荆石山民所撰《紅樓夢散套》，爲當行作者。後來陳厚甫在珠江按譜填詞，命題皆佳。余最愛《畫薔》一齣，《綉鴛》一齣情景亦妙。而詞曲徒砌金粉，絶少性靈；與不知誰何所撰袖珍本四册者，同爲無足重輕。故歌樓中惟仲雲澗本傳習最多。散套則有自譜工尺，故旗亭間亦歌之。

快人心劇　秀蓮字花君，揚州人，桐仙得意弟子也。光裕堂先有天然、天秀，不久皆散去；後來者曰"三秀"。三秀者，秀蘭、秀蕓、秀蓮也。秀蓮入門最後，而最慧，意態爽闓，言笑舉止，並皆灑落，無委瑣氣，所般皆小生劇。先是同師者有學《漁陽摻撾》爲禰正平罵阿瞞。伊吾久之，花君從旁竊聽，則已盡得其節拍，揚枹振袂而出，神情態度，參以己意，妙合自然，雖素所習不啻也。有傖父撓之，不令般演而罷。桐仙乃竭一

夜之力，篝燈按譜，摹倣爲岳雲罵秦檜劇，命名曰《快人心》。詞曲賓白，科諢爨弄，悉與《漁陽摻撾》異，非依樣葫蘆也。桐仙以一夕成之，花君即以一夕習之。明日入戲園，登場般演，耳目一新。觀者方嘖嘖嘆新劇之妙，不知乃其師徒夜來燈下所爲也。

私訪月明樓雜劇　乾隆間，查家樓、月明樓，皆國初舊蹟也。余道光壬辰北來，初訪月明樓，無知者。戊戌夏，雲夢道中，老僕楊升言：月明樓即在永光寺西街，其地近棗林。世俗相傳，有“康熙私訪月明樓”之語，編爲歌謡，演爲雜劇，刻爲畫圖。雖婦人孺子皆能言其事，顧鮮有知其地者。

戲莊與戲園　有戲莊，有戲園，有酒莊，有酒館。戲莊曰某堂，曰某會館，爲衣冠揖遜，上壽娛賓之所。清歌妙舞，絲竹迭奏。戲園則曰某園，曰某樓，曰某軒。偶然茶話，人海雜遝。諸伶登場，各奏爾能，鉦鼓喧闐，叫好之聲，往往如萬鴉競噪矣。戲莊演劇必徽班，戲園之大者如廣德樓、廣和樓、三慶園、慶樂園，亦必以徽班爲主。下此則徽班、小班、西班，相雜適均矣。

演劇報條　《都門竹枝詞》云：“某日某園演某班，紅黄條子貼通闤。”今日大書榜通衢，名報條，曰某月日，某部在某園，演某戲，尚仍其舊俗。蓋諸部赴各園皆有定期，大約四日或三日一易地，每月周而復始，有條不紊也。廣州城則每日梨園會館懸牌云：某日某班在某處。

四大徽班與小班西班　春台、三慶、四喜、和春，爲四大徽班。其在茶園演劇，觀者人出錢百九十二，曰座兒錢。此散座也，官座及桌子則有價。惟嵩祝座兒錢與四大班等。堂會必演此五部，日費百餘緡，纏頭之采不與焉。戲莊及第宅綵觴宴客，皆曰堂會。下此則爲小班，爲西班。茶園座兒錢，各以次遞減有差，堂會則非所與聞。西班諸伶則捧觴侑酒，並所不習；近日亦有出學酬應者，然召之入酒家則可。茶園爲衆人屬目之地，有相識者亦止遣傔僕送茶，諸伶仍不登座周旋也。

廣州樂部　廣州樂部分爲二：曰外江班、曰[①]本地班。外江班皆外來妙選，聲色技藝，並皆佳妙。賓筵顧曲，傾耳賞心；録酒糾觴，各司其職；舞能垂手，錦每纏頭。本地班但工技擊，以人爲戲。所演故事，類多不可究詰；言既無文，事尤不經。又每日爆竹烟火，埃塵漲天，城市比屋，回禄可虞。賢宰官視民如傷，久申厲禁，故僅許赴鄉村般演。鳴金吹角，目眩耳聾。然其服飾豪侈，每登場金翠迷離，如七寶樓臺，令人不可逼視，雖京師歌樓，無其華靡。又其向例，生旦皆不任侑酒，其中不少可兒，然望之儼然，如紀渻木雞，令人意興索然。有自崖而返之想，間有强致之使來前者，其師輒以不習禮節爲辭，靳勿遣。故人亦不强召之，召之亦不易致也。大抵外江班近徽班，本地班近西班，其情形局面，判然迥殊。本地班非無美才，但托根非地，屈抑終身。如夷光不遇范大夫，三薰三沐，教之歌舞，則亦苧羅山下，終老浣紗；雖有東施，並乃無顰可效，不亦惜哉！

戲園小戲園雜耍館所在　前門外戲園多在中城，故巡城口號，有“中城珠玉錦綉”之語。中部尉所治地，或且因緣爲利。宣武門外大街南行，近菜市口，有財神會館；少東鐵門，有文昌會館，皆爲宴集之所。西城命酒徵歌者多在此，皆戲園也。内城禁開設戲園，止有雜耍館。外城小戲園，徽班所不到者，分日演西班、小班，又不足則以雜耍補之，故外城亦多雜耍館。西城菓子巷内街西，舊有戲園，曰太和軒，西草廠胡同有吉陽樓，皆雜耍館。一年中演戲無幾日，或云：朝陽門外另有戲園，非東嶽廟西之芳草園，余不知也。城外小園凡五。在南城者二，崇文門外曰廣興，宣武門外曰慶順。東城一，在齊化門外，曰芳草。西城一，在平則門外，曰阜成。北城一，在德勝門外，曰德勝。皆徽班所不到，惟嵩祝偶一莅之，亦但分下包而已。舊時檔子班打采，多在正陽門外鮮魚口内天樂園，今爲小戲園矣。今日三慶園，乾隆年間宴樂居也。其地昔甚廣大，今當鋪亦從此析出，又其旁有六合居，亦其地也。樂部各有總寓，俗稱大下處。春[②]臺寓百順胡同，三慶寓韓家潭，四喜寓陝西巷，和春寓

---

① 今校：曰，據《京劇歷史文獻彙編》本補。

② 今校：春，原作“本”，據《歷代曲話彙編》本改。

李鐵拐斜街，嵩祝寓石頭胡同。

堂名中人與大下處中人 諸伶聚處其中者曰公中人，聘歌師，食用[1]俸者曰拿包銀，司事者曰管班。管班執掌分爲三：曰掌銀錢，曰掌行頭，衣箱爲行頭。曰[2]掌派戲。生旦別立下處，自稱曰堂名中人。堂名中人初入班，必納千緡，或數百緡有差，曰班底。班底有整股，有半股。整股者四日得登場演劇一齣；半股者八日，曰轉子。諸部周流赴戲園。大園四日，小園三日，一易地，亦曰輪轉子。堂名中人有班底者，許償其值相授受，其堂名多承襲前人舊號。彼往此來，鵲巢鳩居，雖繫以姓氏，不嫌張冠李戴也。間有自立門户，别命堂名者，曰新堂名，必其人能自樹立，到處知名者矣。然自納班底外，宴部中父老，及諸鐘磬笙笛師，所費不貲。不如頂堂名者，有班底，及一切屋宇器用，俱坐享其成，可免勞民傷財也。間亦有裹頭居大下處者，俗呼旦曰包頭。大抵老夫耄矣。然吾嘗見三慶部演《四進士》大軸子，其般漁家蜆妹者，乃艷如芍藥，光采動人。約其年，當才二十許人耳。雨初云："此大下處中人。"並以其名告，余忘之矣。後問安次香，言其人即李壽林。計其年齒不相當，恐未必然。

四徽班所擅 四徽班各擅勝場。四喜曰曲子。先輩風流，餼羊尚存，不爲淫哇，舂牘應雅。世有周郎，能無三顧？古稱清歌妙舞，又曰"絲不如竹，竹不如肉"。爲其漸近自然，故至今堂會終無以易之也。三慶曰軸子。每日撤簾以後，公中人各奏爾能。所演皆新排近事，連日接演，博人叫好，全在乎此。所謂巴人下里，舉國和之，未能免俗。聊復爾爾，樂樂其所自生，亦烏可少。和春曰把子。每日亭午，必演《三國》、《水滸》諸小説，名中軸子。工技擊者，各出其技。痀瘻丈人，承蜩弄丸；公孫大娘舞劍器渾脱，瀏漓頓挫，發揚蹈厲，總千山立，亦何可一日無此？春臺曰孩子。雲裹帝城，如錦綉萬花谷；春日遲遲，萬紫千紅，都非凡艷，而春臺則諸郎之夭夭，少好咸萃焉。奇花初胎，有心人固當以十萬金鈴護惜之。

---

[1] 今校：用，原作"月"，據《歷代曲話彙編》本改。

[2] 今校：曰，原作"四"，同上改。

三慶班由來 乾隆間，魏長生在雙慶部，陳漢碧在宜慶部，同時又有萃慶部。或曰：今之三慶班，殆合雙慶、宜慶、萃慶爲一者也。余按四喜在四徽班中，得名最先。《都門竹枝詞》云："新排一曲《桃花扇》，到處閧傳四喜班。"此嘉慶朝事也。而三慶又在四喜之先，乾隆五十五年庚戌，高宗八旬萬壽，入都祝釐，時稱"三慶徽"，是爲徽班鼻祖。今乃省"徽"字樣，稱"三慶班"，與雙慶、宜慶、萃慶部不相涉也。

戲園客座 戲園客座，分樓上、樓下。樓上最①近臨戲臺者，左右各以屏風隔爲三四間，曰官座，豪客所集也。官座以下場門第二座爲最貴，以其搴簾將入時，便於擲心賣眼。《竹枝詞》："樓頭飛上迷離眼，訂下今宵晚飯來。"正如白樂天《長恨歌》所云"迴頭一笑百媚生"，梁武帝《晉白苧舞歌》所云"含笑一轉私自憐"，湯惠休《白苧歌》所云"流目送笑不敢言"者是矣。官座而前，短几鱗次，曰桌子。漸遠戲臺，價亦遞殺。惟正樓不横桌，蓋舊例也。樓下週廻設長案，觀者比肩環坐，曰散座。其後亦設高座，倚牆矯足，可以俯視中庭。設案如樓下，而坐者率皆市井駔儈、僕隷輿儓，名之曰池子。余嘗謂此"萬人海"，真乃衆維魚矣。從樓上憑闌，俯臨下界，長几列如方罫，大似白袍鵠立。棘筆試有司時，特不能銜枚静無譁耳。夾臺基曰釣魚臺，亦以下場門爲貴。至於上場門，鳴鉦喧聒，目眩耳聾，客不願坐也。

官座散座 《竹枝詞》云："園中官座列西東，坐褥平鋪一片紅。"案：紅色爲一二品官坐褥，今園中惟用藍布坐具。慶樂園新葺，最華眩，亦止用回回錦。士大夫惟戲莊公讌，尊卑咸集。至於茶園嬉戲，説平等法。貴官例得用紅坐褥者，亦當持體②，不便降尊，從諸俠少冶游矣。即如長安酒家速客者，在酒莊則達官貴人，鳴騶張蓋來會。若③酒館小集，從無公卿效袁尹屏車騎看竹者。蓋脱巾獨步，買醉數錢，情之所鍾，正在我輩。大僚顧惜官箴，動以恒舞酣歌，沉湎冒色爲戒。"長安市上酒家眠，不得不讓謫仙人"矣。豪客車中，皆自攜坐具。官座

---

① 今校：最，原作"前後"，據《京劇歷史文獻彙編》本改。
② 今校：體，原作"禮"，同上改。
③ 今校：若，原作"各"，同上改。

倚闌干，前設短榻，後列高几，各施錦褥，别於客坐。後設高座，以坐僕從，撤園中藍布坐具施之。其散座則坐兒錢外，加坐褥茶壺錢百二十。

戲單與堂會　又《竹枝詞》云："三寸紅箋窄戲單。"案：今戲園無戲單，諸伶或書片紙置懷袖，備相識者顧問。惟堂會仍用紅紙戲目。堂會謂戲莊公讌，及第宅家宴，會館團拜也。堂會點戲放賞，仍用短足炕几，舁錢陳筵前。戲園亦偶有點戲者，但以一紙錢帖畀之而已。

三軸子與檔子班　《竹枝詞》云："雙表對時（剛）未正，到來恰已過三通。"此嘉慶年事也。余按紅豆村樵《紅樓夢傳奇・凡例》云："絲竹之聲哀，不可無金鼓以震盪之。"此言殊近理。今梨園登場日，例有三軸子。《竹枝詞》註云：軸音紂。早軸子，客皆未集，草草開場。繼則三齣散套，皆佳伶也。中軸子後一齣曰"壓軸子"，以最佳者一人當之。後此則大軸子矣。大軸子皆全本新戲，分日接演，旬日乃畢。每日將開大軸子，則鬼門換簾，豪客多於此時起身徑去。此時散套已畢，諸伶無事，各歸家梳掠薰衣；或假寐片時，以待豪客之召。故每至開大軸子時，車騎蹴蹋，人語騰沸，所謂"軸子剛開便套車，車中載得幾枝花"者是也。貴游來者皆在中軸子之前，聽三齣散套，以中軸子片刻爲應酬之候。有相識者，彼此互入座周旋，至壓軸子畢，鮮有留者。其徘徊不忍去者，大半市井販夫走卒。然全本首尾，惟若輩最能詳之。蓋往往轉徙，隨入三四戲園，樂此不疲，必求知其始迄，亦殊不可少此種人也。今日開戲甚早，日中即中軸子，不待未正。無爲李小泉言："嘉慶初年，開戲甚遲，散戲甚早。"大軸子散後，别有清音小隊，曰檔子班。登樓賣笑，浮梁子弟，迷離若狂，金錢亂飛，所費不貲。今日雖有檔子班，但赴第宅清唱，如打轉包之例，不復赴園般演矣。京城舊日頓子房，皆打（轉）包赴人家，保定則班中諸伶亦打轉包。又近來諸部大軸子，恒至日昳乃罷。惟四喜部日未高春即散，猶是前輩風格。内城無戲園，但設茶社，名曰雜耍館。唱清音小曲，打八角鼓、十不閑，以爲笑樂。南城外小戲園，或暇日無聊，亦有檔子赴園。然自是雜耍館之例，非復當年大戲散，相繼登場意思也。

馬頭調　京城極重馬頭調，游俠子弟必習之。硜硜然，斷斷然，幾

與南北曲同其傳授。其調以三絃爲主，琵琶佐之。呼韻曰轍，謂换韻曰换頭，所用韻即元人周德清《中原音韻》。南中歌伎唱馬頭調，皆小曲。北道郵亭，抱琵琶入店小女子，唱《九連環》帶都魯，每卸裝，酤村釀解乏聽之，亦資笑樂，皆與京城馬頭調不同也。孔東塘《桃花扇・聽稗》一齣，演説太師摯適齊一章，云是賈鳧西刑部所製《鼓兒詞》也，京城馬頭調即此意。

伶人長幼先後之序　伶人序長幼，前輩後輩，各以其師爲次，兄、叔、祖、師，稱謂秩然，無敢紊者，如沙門法嗣然。堂名中人主家爲事者，其傔僕呼之曰"當家的"，或曰"老板"，對之肅肅然如主人翁。堂名中人其徒皆稱之曰"師傅"。師傅有内行、外行之别，如翰林諸公之分内班、外班也。

梳水頭與踹高蹻　俗呼旦脚曰　包頭，蓋昔年俱戴網子，故曰包頭。今則俱梳水頭，與婦人無異，乃猶襲包頭之名，觚不觚矣。聞老輩言，歌樓梳水頭、踹高蹻二事，皆魏三作俑，前此無之。故一登場，觀者嘆爲得未曾有，傾倒一時。今日習爲故常，幾於數典而忘其祖矣。

凌仲子論曲　凌仲子在揚州曲局修曲譜，又定金元明人南北曲。論定别裁，於本朝獨推洪昉思《長生殿》爲第一；而明曲雅不喜玉茗堂，且謂《四夢》中以《牡丹亭》爲最下。其中北曲尚有疏快之作，南曲多不入格。至於《驚夢》、《尋夢》諸齣，世人所瓣香頂禮者，乃幾如躍冶之金矣。余於曲學未涉藩籬，固未敢奉一先生之説遽定指歸也。

詞曲相似　壬辰九秋，余由寧河赴保定，填〔金縷曲〕一調，題沙河店壁。新城令章邱李二戟門名廷棨。行部見之，大有"手叠花牋抄稿去，天涯沿路訪斯人"之意。甲午夏，過新城，乃定交，留爲平原十日飲。盡出其生平撰著盈尺許，相質；瀕行，餽贐殊厚。翰墨緣，香火緣，夫豈苟然？然詞殊不佳，大似曲子。宋人詞皆付歌喉，故得盡情言之。金元以降，北曲既興，重以南曲，而詞之界限遂窄。高一分爲詩，低一分爲曲。朱子曰："文章千古事，得失寸心知。"嗚呼微矣。

務頭與笑樂院本　曲家"務頭"二字，余向不解所謂。舞勺時讀《桃花扇・教歌》一齣，李香君唱《牡丹亭・驚夢》〔皂羅袍〕"原來妊紫嫣紅開遍"一曲，至"雨絲風片"，蘇崑生曰："誤矣，絲字是務頭。"於時竊訝

之。案此曲工尺，絲字譜止尺上二字，非板並非眼，不識崑生所謂誤者安在。凡遇曲師，即舉此質之，莫能言其所以然。後閱《水滸傳》，朱仝入歌院聽笑樂院本，至“務頭”，停聲乞纏頭，是“務頭”又似關目，不關曲中節拍矣。《金瓶梅》亦屢言笑樂院本，是自元及明，皆有笑樂院本，似通俗常演者，究不知是何院本。又不知“務頭”畢竟如何，雖老歌師無知之者。余舌强喉直，自愧不能學歌，於此事尤深抱陶隱居一事不知之恥。

伶人晨呼六字 伶人早起，必大聲習六字：先爲合口呼三字，曰“咿音伊，啞音亞，嗚音婀”，後爲開口呼三字，曰“嘻、哈、呵”。輭紅《竹枝詞》所謂“雞、鴨、鵝”是也。

古樂燕樂今樂之别 明人作《九宫譜》，强爲分析，如理棼絲，今①人恨不起高氏子於九原，使抽刀斷之。凌教授仲子廷堪曰：“此特燕樂商調之太蔟一韻耳。多立名目，徒自苦也。”丙申夏四月浴佛日，謁阮儀徵師。乞假凌君《燕樂考源》六卷讀之。師笑曰：“明日放榜矣，尚有此閑情逸致耶?”因言金元北曲未興以前，唐宋人所填詞，皆以合樂。曩撫浙日，檢宋人詞數十調授尚②衣，命伶官譜工尺歌之，不能諧婉悦聽，且多不能作譜者。予於是爲備陳，古樂與今樂中間，尚隔燕樂一關。古雅樂以琴，燕樂以琵琶，今俗樂以三絃。琴之幺絃，即琵琶之大絃；三絃又即琵琶四絃而去其第一絃。由古及今，絃遞小，聲亦遞高。其間蓋遞隔二韻，如琵琶用工字調，三絃用上字調，斯無不合矣。毛西河不明此理，以唐寧王宫中玉笛譜工尺推雅樂，是以今樂强合古樂，無怪其扞格不通。唐宋人填詞合樂，皆以合燕樂，叶琵琶。今歌師所習南北曲，叶以三絃，即求與金元人合琵琶之北曲，尚難强合，况上合燕樂，能不參差？此其故，固無③梨園子弟所能明也。師大稱賞，詳具余上師書中。

伶人所祀神 伶人所祀之神，笠翁《十種曲》《比目魚》傳奇但稱爲

---

① 今校：今，原作“令”，據《京劇歷史文獻彙編》本改。
② 今校：尚，原作“青”，同上改。
③ 今校：固無，原作“非”，同上改。

二郎神，而不知其名。《比目魚·入班》齣賓白：凡有一教，就有一教的宗主。二郎神是我做戲的祖宗，就像儒家的孔夫子，釋家的如來佛，道家的李老君。我們這位先師，極是靈顯，又極是操切，不像儒釋道的教主，都有涵養，不記人的小過。凡是同班裏面有些①暗昧不明之事，他就會覺察出來，大則降災禍，小則生病生瘡。你們都要緊記在心，切不可犯他的（忌）紀文達公《灤陽消夏録》曰："伶人祀唐明皇，以梨園子弟也。"余②按：灌口二郎神，爲天帝貴戚。元人作《西遊記》，盛稱二郎神靈異，非伶人所祀也。伶人所祀，乃老郎神。粤東省城梨園會館世俗呼爲老郎廟。安次香曰："伶人所祀神，乃後唐莊宗，非明皇也。"次香蓋聞之宋碧筠。然亦但以《新五代史》有《伶官傳》故臆度當然，實亦未有確據。余每入伶人家，諦視其所祀老郎神像，皆高僅尺許，作白皙小兒狀貌，黄袍被體，祀之最虔。其拈香必以丑脚，云昔莊宗與諸伶官串戲，自爲丑脚，故至今丑脚最貴。今入班訪諸伶者，如指名訪丑脚，則諸伶奔走列侍。其但與生旦善者，諸伶不爲禮也。今召伶人侑酒者，間呼丑脚入座湊趣，斯爲行家。每演劇，必丑脚至，乃敢啟箱；俟其調粉墨筆塗抹已，諸花面始次第傅面。廣州佛山鎮瓊花會館，爲伶人報賽之所，香火極盛。每歲祀神時，各班中共推阿③脚一人，生平演劇未充厮役下賤者，捧神像出龕入綵亭。數十年來，惟武小生阿華一人捧神像，至今無以易之。阿華聲容技擊，並皆佳妙，在部中歲俸蓋千餘金云。然老郎神爲何人，卒無定論。余嘗見伶人家堂，有書"祖師九天翼宿星君神位"者，問之，不能言其故。小霞爲余言，聞諸父老，老郎神耿姓，名夢。昔諸童子從教師學歌舞，每見一小郎，極秀慧，爲諸郎導，固非同學中人也。每肄業時必至，或集諸郎。按名索之，則無其人。諸郎既與之習，樂與之遊，見之則智慧頓生。由是相驚以神，後乃肖像祀之。説頗不經，然吴人晨起禁言夢，諸伶尤甚。不解其故。如小霞言，是禁言夢者，諱其神名也。此事載籍無可考，所傳聞又多不盡可信，姑附記，以俟博物君子。區心

① 今校：些，原作"無"，據《京劇歷史文獻彙編》本改。

② 今校：余，原作"今"，同上改。

③ 今校：阿，原作"生"，同上改。

廬言，梨園會館有碑，載老郎神事甚悉，惜不記其文。梨園會館在廣州城歸德門内魁巷。心廬此言在岳州，時戊戌中秋也。異日當寓書家弟蘊生，使就其地搨文，但恐秉筆者言之無文，未免令人有楓落吴江之慨耳。壬寅立夏日記。

『十二五』國家重點圖書出版規劃項目

新曲苑

下

任中敏 編著
許建中 陳文和 點校

⊙任中敏文集⊙
王小盾 陳文和 主編

鳳凰出版社

曲概

曲　概

新曲苑第二十九種　清劉熙載融齋撰

曲與詞　曲之名古矣。近世所謂曲者，乃金、元之北曲，及後復溢爲南曲者也。未有曲時，詞即是曲；既有曲時，曲可悟詞。苟曲理未明，詞亦恐難獨善矣。

詞曲互補不足　詞如詩，曲如賦。賦可補詩之不足者也。昔人謂“金、元所用之樂嘈雜，淒緊、緩急之間，詞不能按，乃更爲新聲”。是曲亦可補詞之不足也。

成套之本　南北成套之曲，遠本古樂府，近本詞之過變。遠如漢《焦仲卿妻詩》，叙述備首尾，情事言狀，無一不肖。梁《木蘭辭》亦然。近如詞之三叠、四叠，有《戚氏》、《鶯啼序》之類。曲之套數，殆即本此意法而廣之；所别者，不過次第其牌名，以爲記目耳。

分牌即樂之章解　樂曲一句爲一解，一章爲一解，並見《古今樂録》。王僧虔啓云：“古曰章，今曰解。”余按：以後世之曲言之，小令及套數中牌名，無非“章”、“解”遺意。

本色當家處　洪容齋論唐詩戲語，引杜牧“公道世間惟白髮，貴人頭上不曾饒”，高駢“依稀似曲才堪聽，又被吹將别調中”，羅隱“自家飛絮猶無定，争解垂絲絆路人”。余謂：觀此則南北劇中之本色當家處，古人早透消息矣。

借俗寫雅　《魏書·胡叟傳》云：“既善爲典雅之詞，又工爲鄙俗之句。”余變换其義以論曲，以爲其妙在借俗寫雅。面子疑於放倒，骨子彌復認真；雖半莊半諧，不皆典要，何必非莊子所謂“直寄焉以爲不知己者詬厲”耶？

北快南諧　王元美云：“詞不快北耳，而後有北曲；北曲不諧南耳，而後有南曲。”何元朗云：“北字多而調促，促處見筋；南字少而調緩，緩處見眼。”二説其實一也。蓋促故快，緩故諧耳。

張喬小令 元張小山、喬夢符爲曲家翹楚，李中麓謂猶唐之李、杜。《太和正音譜》評小山詞，如“披太華之天風，招蓬萊之海月”。中麓作《夢符詞序》稱：“評其詞者，以爲若天吴跨神鼇，噀沫於大洋，波濤洶湧，有截斷衆流之勢。”案：小山極長於小令。夢符雖頗作雜劇、散套，亦以小令爲最長。兩家固同一騷雅，不落俳語，惟張尤翛然獨遠耳。

破有破空 曲以破有、破空爲至上之品。中麓謂小山詞“瘦至骨立，血肉銷化俱盡，乃鍊成萬轉金鐵軀”，破有也；又嘗謂其“句高而情更款”，破空也。

北曲造詣 北曲名家，不可勝舉。如白仁甫、貫酸齋、馬東籬、王和卿、關漢卿、張小山、喬夢符、鄭德輝、宫大用，其尤著也。諸家雖未開南曲之體，然南曲正當得其神味。觀彼所製，圓溜瀟灑，纏綿藴藉，於此事固若有别材也。

清深豪曠婉麗 《太和正音譜》諸評，約之只清深、豪曠、婉麗三品。清深如吴仁卿之“山間明月”也，豪曠如貫酸齋之“天馬脱羈”也，婉麗如湯舜民之“錦屏春風”也。

北六宫十一調聲情 北曲六宫十一調，各具聲情，元周德清氏已傳品藻。六宫曰：“仙吕清新綿邈，南吕感嘆傷悲，中吕高下閃賺，黄鐘富貴纏綿，正宫惆悵雄壯，道宫飄逸清幽。”十一調曰：“大石風流藴藉，小石旖旎嫵媚，高平條暢滉漾，般涉拾掇坑塹，歇指急併虚歇，商角悲傷婉轉，雙調健捷激裊，商調悽愴怨慕，角調嗚咽悠揚，宫調典雅沈重，越調陶寫冷笑。”製曲者每用一宫一調，俱宜與其神理脗合。南曲之九宫十三調，可準是推矣。

借宫 曲有借宫，然但有例借，而無意借。既須考得某宫調中可借某牌名，更須考得部位宜置何處，乃得節律有常，而無破裂之病。

曲牌名體之同異 曲套中牌名，有名同而體異者，有體同而名異者。名同體異，以其宫異也；體同名異，亦以其宫異也。輕重雄婉之宜，當各由是宫體貼出之。

歌曲之神理 牌名亦各具神理。昔人論歌曲之善，謂“《玉芙蓉》、《玉交枝》、《玉山供》、《不是路》要馳騁，《鍼線箱》、《黄鶯兒》、《江頭金桂》要規矩，《二郎神》、《集賢賓》、《月兒高》、《念奴嬌本序》、《刷子序》要抑揚”。蓋若已兼爲製曲言矣。

依格 曲莫要於依格。同一宫調，而古來作者甚多。既選定一人之格，則牌名之先後，句之長短，韻之多寡、平仄，當盡用此人之格。未有可以張冠李戴，斷鶴續鳧者也。

最患失調 曲所以最患失調者，一字失調，則一句失調矣，一牌、一宫俱失調矣。乃知王伯良之《曲律》，李元玉之《北詞廣正譜》，原非好爲苛論。

聲記 姜白石製詞，自記拍於字旁。張玉田《詞源》詳十二律諸記，足爲注脚，蓋即應律之工尺也。《遼史·樂志》云：“大樂，其聲凡十：五、凡、工、尺、上、一、四、六、勾、合。”樂家既視《遼志》爲故常，當不疑姜記爲奇秘矣。

辨上去 曲辨平仄，兼辨仄之上、去。蓋曲家以去爲送音，以上爲頓音，送高而頓低也。辨上、去，尤以煞尾句爲重；煞尾句，尤以末一字爲重。

結聲 玉田《詞源》最重結聲，蓋十二宫所住之字不同者，必不容相犯也。此雖以六、凡、工、尺、上、一、四、勾、合、五言之，而平、上、去可推矣。

楔子引子 北曲楔子，先於隻曲；南曲引子，先於正曲。語意既忌占實，又忌落空；既怕罣漏，又怕夾雜：此爲大要。

篇法始中終 曲，一宫之内，無論牌名幾何，其篇法不出始、中、終三停。始要含蓄有度，中要縱横盡變，終要優游不竭。

章法纍如貫珠 “纍纍乎端如貫珠”，歌法以之，蓋取分明而聯絡也。曲之章法，所尚亦不外此。

曲句奇偶 曲句有當奇，有當偶。當奇而偶，當偶而奇，皆由昧於句讀、韻脚及襯字，以致誤耳。

襯字 曲於句中多用襯字，固嫌喧客奪主；然亦有自昔相傳用襯字處，不用則反不靈活者。

代字訣 曲止小令、雜劇、套數三種。小令套數不用代字訣，雜劇全是代字訣。不代者品欲高，代者才欲富。此亦如“詩言志”、“賦體物”之别也。又套數視雜劇尤宜貫串，以雜劇可借白爲聯絡耳。

重小令　曲家高手，往往尤重小令。蓋小令一闋中，要具事之首尾，又要言外有餘味，所以爲難。不似套數，可以任我鋪排也。

務頭　辨小令之當行與否，尤在辨其務頭。蓋腔之高低，節之遲速，此爲關鎖。故但看其務頭深穩瀏亮者，必作家也。俗手不問本調務頭在何句何字，只管平塌填去，關鎖之地既差，全闋爲之減色矣。

六部收聲　曲以六部收聲：東、冬、江、陽、庚、青、蒸七韻穿鼻收，支、微、齊、佳、灰五韻展輔收，魚、虞、蕭、肴、豪、尤六韻斂唇收，真、文、元、寒、删、先六韻舐齶收，歌、麻二韻直喉收，侵、覃、鹽、咸四韻閉口收。六部既明，又須審其高下疾徐，歡愉悲戚。某韻畢竟是何神理，庶度曲時情韻不相乖謬。

入聲　詩韻有入聲者，東、冬、江、真、文、元、寒、删、先、陽、庚、青、蒸、侵、覃、鹽、咸是也。北曲韻俱無入聲。詩韻無入聲者，支、微、魚、虞、齊、佳、灰、蕭、肴、豪、歌、麻、尤是也。北曲韻即以東、冬至鹽、咸各韻入聲，配隸支、微等韻之平、上、去三聲。如屋本東之入聲，沃本冬之入聲，曲俱隸魚、模上聲。以及覺本江入，曲隸蕭豪上；質，真入，曲齊微上；物，文入，曲魚模去；月，元入，曲車遮去；曷，寒入，曲歌戈平；黠，删入，曲家麻平；屑，先入，曲車遮上；藥，陽入，曲蕭豪去；陌，庚入，曲皆來去；錫，青入，職，蒸入；緝，侵入，曲俱齊微上；合，覃入，曲歌戈平；葉，鹽入，曲車遮去；洽，咸入，曲家麻平。是其概已。

平仄互叶　平仄互叶，詞先於曲。如《西江月》、《醜奴兒慢》、《少年心》、《换巢鸞鳳》、《戚氏》是也。又《鼓笛令》、《撥棹子》、《蝶戀花》、《漁家傲》、《惜奴嬌》、《大聖樂》亦俱有互叶之一體。然詞止以上、去叶平，非若北曲以入與三聲互叶也。

用入作平　入聲配隸三聲，《中原音韻》自一東鐘至十九廉纖，皆是也。然曲中用入作平之字，可有而不可多，多則習氣太重，且難高唱矣。

入之清濁與三聲　昔人言正清、次清之入聲，北音俱作上聲；次濁作去，正濁作平，此特舉其大略而已。檢《中原》韻部，入作上者，雖皆清聲，要其清聲之作去者，不下十之三四，作平者亦十之二三，焉得不别而識之？

南北用韻　北曲用《中原音韻》，南曲用《洪武正韻》，明人有其説矣。然南曲衹可從《正韻》分平、上、去之部，不可用其入聲爲韻脚。案《正韻》二十二韻，入聲凡十。自東之入屋，以至鹽之入葉，其入聲徑讀入聲，三聲皆不能與之相叶；即句中各字，於《中原》之入作平者，并以勿用爲妥。蓋南曲本脱胎於北，亦須無使北人棘口也。

陰陽　曲家之所謂陰聲，即等韻家之所謂清聲；曲家之所謂陽聲，即等韻家之所謂濁聲。自《切韻指掌》、《切韻指南》、《四聲等子》於三十六字母，已標清濁。明陳藎謨獻可之《轉音經緯》，尤明白易曉，是以沈君徵《度曲須知》列入之。《轉音經緯》見、端、知、幫、非、精、影、照、八母爲純清，溪、透、徹、滂、敷、曉、清、心、穿、審十母次清，群、定、澄、竝、奉、匣、從、邪、床、禪十母純濁，疑、泥、孃、明、微、喻、來、日八母次濁，總無所謂半清、半濁、不清、不濁者，故可尚也。曲韻自《中原音韻》始分陰陽平，明范善溱《中州全韻》始分陰陽去，後人又分陰陽上，且於入聲之作平、上、去者，均以陰陽分之，其實陰陽之説未興，清濁之名早立矣。

收音出音　圓音尖音　曲辨聲、音，音之難知，過於聲。聲不過如平仄、頓送、陰陽而已，音則有出字①、收音、圓音、尖音之别；其理頗微，未易悉言。姑舉其概曰：蕭出西，江出幾，尤出移，魚收於，模收嗚，齊收噫，麻收哀巴切之音，圓如其、孝，尖如齊、孝。

合聲與切字　《度曲須知》謂：字之頭、腹、尾音，與切字之理相通，“切法即唱法”。余以爲唱法所用，乃係合聲。合聲者，切法之尤精者也。切字上一字爲母，辨聲之清濁，不論口法開合，合聲則兼辨開合矣。切字下一字爲韻，辨口法開合，不論聲之清濁，合聲則兼辨清濁矣。且合聲法，收聲不出影、喻二母，如哀、噫、嗚、於皆是。

通音　事莫貴於真知。周挺齊不陷古昔，撰《中原音韻》，永爲曲韻之祖；明嘉、隆間，江西魏良輔創“水磨調”，始行於婁東，後遂號爲崑腔：真知故也。余謂曲可不度，而聲音之道，不可不知。鄭漁仲《七音略序》云：“釋氏以參禪爲大悟，以通音爲小悟。”夫“小悟”亦豈易言哉？

雲起雪飛　張平子始言②度曲，《西京賦》所謂“度曲未終，雲起雪

---

①　今校：字，原作“音”，據《歷代曲話彙編》本改。

②　今校：言，原作“解”，同上改。

飛”是也。製曲者體此二語，則於曲中揚抑之道，思過半矣。

北絃南板　王元美評曲，謂“北筋在絃，南力在板”。可知元美時絃索之律，猶有存者，後此則知有板而已。然板存即是絃存，沈君徵論板之正贈，通於彈拍，近之。

正聲感人　《樂記》言“聲歌各有宜”，歸於“直己而陳德”。可知歌無今古，皆取以正聲感人。故曲之無益風化，無關勸戒者，君子不爲也。

曲之名義　《堯典》末鄭注云：“歌所以長言詩之意，聲之曲折。”又“長言而爲之聲，中律乃爲和。”《周禮·樂師》鄭注云：“所爲合聲，亦等其曲折，使應節奏。”余謂曲之名義，大抵即曲折之意。《漢書·藝文志》：“《河南周歌聲曲折》七篇，《周謡歌詩曲折》七十五篇。”殆此類耶？

詞曲合一　詞曲本不相離，惟詞以文言，曲以聲言耳。詞、辭通。《左傳》“襄二十九年”。杜注云：“此皆各依其本國歌所常用聲曲。”《正義》云：“其所作文辭，皆準其樂音，令宫商相和，使成歌曲。”是辭屬文，曲屬聲，明甚。古樂府有曰辭者，有曰曲者，其實辭即曲之辭，曲即辭之曲也。襄二十九年《正義》又云：“聲隨辭變，曲盡更歌。”此可爲詞、曲合一之證。

《中州切音譜》贅論

《中州切音譜》贅論

新曲苑第三十種　清吴縣劉禧延撰

中州切音譜　切音之學，讀書者每每不知。或淺視而譏株守，或畏難而嘆望洋。以至習見之字，啓口多譌。其粗涉訓詁，侈談古音者，甚或以爲瑣屑。而微茫之辨，終屬渾淪。審音識字，度曲家無足比數矣；而猶知掇拾其緒餘，未始非迷津一筏也。庚子辛丑歲，知交中有講求音律，因以中州韻相質者，往復辨析，於出音、收音之法，不厭其詳。論列既多，略具原委，乃裒次爲是編，名曰《中州切音譜》。

注明疑母本音　等韻字母本三十六，然方音互有異同。中州音呼疑母多作喻母，吴音則疑、喻顯分兩呼。呼疑如喻，如喁作容，昂作杭清音，宜作移，危作爲，魚作余，吴作湖清音，獃作孩清音，銀作寅，顒作云，犴作寒清音，頑作還清音，顔作閑清音，刓作丸，言作焉，元作袁，敖作豪清音，堯作遥，鵝作河清音，牙作霞清音，迎作盈，藕作后清音，牛作尤，吟作淫，巖作咸清音，嚴作炎之類。一本齶音，一本喉音，中州音通而爲一，然吴音亦間有沿之者。唇音之奉微，喉音之匣喻。吴音清濁不分，中州音則截然各異。且北人呼微母混作喻母，吴人土音又歸明母，微明類隔，猶不甚遠。至呼日母竟作疑母，此類豈得以本音繩之？呼微如喻，如忘作王，微作爲，無作胡清音。文作渾清音，萬作患清音，物作活清音，襪作滑清音之類。呼微如明，如忘作茫，微作迷，無作模，文作門，萬作慢，物作末，襪作陌滑切之類。呼日如疑，如絨作疑容切，讓作仰去聲，兒作倪，人作銀，饒作疑摇切，任作吟，染作儼，日作逆，入作岌，肉作玉，篛作虐，熱作業之類。是編先從中州音作切，疑母字本音注明於下。吴下土音，日母實作泥母呼，但呼泥母齊齒字一如疑母，故日母之作泥母，與疑母一無分别耳。按：韻書日母字，多有轉音入泥母者。穠音茸，而轉音濃，瓤音穰，而轉音孃，耏音而，而轉音耐，挼音蕤，而轉音鐃禾切，䰭音儒，而轉音奴侯切，愞音輭，而轉音煖去聲，又挼去聲，橈音饒，而轉音鬧，内音蹂，而轉音狃，栱音聳，而轉音南，衂音肉，而轉音狃，衵音日，而轉音昵，茶音熱，而轉音爲涅，爲篇。又爾轉音别作你，乳轉音别作嬭。廿音入，而俗轉音讀作念。其他以文字偏旁而轉音如此者，尤不可枚舉。然則如吴音之讀日母作泥母，在昔已然矣。

北四聲與全聲之非　北人呼平聲有陰陽，而上、去無陰陽。入聲分隸三聲，陰入聲隸上聲，陽入全濁者隸平。叶如陰平，次濁者隸去；叶如陰去，是不復分平、上、去、入四聲，别爲陰平、陽平、上、去四聲。以至馬氏《等韻》，删併字母，凡全濁音一概省去。併群於溪，併定於透，併並於滂，併奉於敷，併從邪於清心，併床禪於穿審，併匣於曉，其併喻於影，則次濁音也。平、上、去、入之外，别目陽平聲曰全聲。意欲簡盡，實則狃於土音，不可爲訓。李氏《音鑑》亦沿其謬，不復知上、去、入有陰陽。以之讀一方之音則可，以之讀天下之音則隔窒難通矣。

影喻乃元音　字母中惟影、喻二母字至純且清，乃字之元音，轉喉間即有此音。如小兒初生，其啼聲開口則爲阿，阿呼如吴下土音捱字，今北人有此音。合口則爲哇，合口俗稱滿口。及學語則啞啞作聲，皆此母也。蓋音之初起，虚則爲影、喻二母音，影細而喻稍洪。由虚而實爲見母、端母音，稍縱爲曉、匣溪、群、透、定諸母音。漸而推之，則音寖廣矣。人聲始發於喉，由喉而舌，而齶，而齒，至達於唇，則其聲盡矣，而餘聲還入喉中。總之，凡字之餘音，終歸影、喻。故歌者摇曳其聲而使之長，亦惟此音而已。此類書及《古韻發明》等書，皆以此爲先聲也。

中州音與吴音四聲陰陽不同　北音與吴音輕重不同。北音呼陰平，如吴音陰上聲，陽平如吴音陰平聲。上聲陰陽無别，概如吴音陰去聲。去聲亦陰陽無别，概如吴音陽去聲，入音則陰陽概叶三聲之陰聲。今即唱北曲者，亦不從此，蓋已别爲崑腔之北音，而非真北音，前明江右魏良輔，於南曲改舊唱法，别爲水磨調。以良輔時方寓崑，故謂之崑腔。後并北曲亦流入崑腔，而舊時唱法，俱不復存矣。則統曰中州音而已。即就中州音論，呼陰平、陰去，與吴音無分高下，吴音陽平則如中州音陽去，蓋中州音陽去，獨呼一字，猶與吴音近，連上字呼，亦猶獨呼之音；連下字並呼，則近吴音陽平。若中州音陽平與吴音相混，則非平聲而竟去聲矣。至呼中州音上聲，易混陰平。此聲宜向上挑起，稍一轉折，便似去聲。故欲呼正者，反似近乎陰平。若全濁音，《中原音韻》已移入去聲，亦勢之不得不然。雖南曲唱去聲多高腔，唱上聲多低腔，固顯有徑庭，實則上聲極難穩順，特習焉不察耳。四聲唱法，吴江徐靈胎《樂府傳聲》論之最詳。

上去悉分陰陽 周德清《中原音韻》，上、去聲不分配陰陽。蓋其時演唱院本，上、去聲陰陽本無辨别。推而論之，知初行南曲，并入聲之本音，猶然未分界限也。即以方音論，不但北人如此，近而金陵、京口等處，呼上、去聲已陰陽無别，入聲亦然。後人輯韻，更分清陰陽，毫不相混，一如平聲之例，今皆從之。若復用周德清舊音，轉必駭聽矣。去、入聲陰陽，呼之俱易分明，獨上聲陰陽最難顯分界限，即了然於心，亦未必了然於口。其陽聲清者，指次濁言。呼之似近陰聲濁音。指全濁言。又似近乎陽去，故《中原音韻》與全濁音多歸入去聲，《中州全韻》仍之。去聲則有區别，上聲亦未即劃然分出也。近虞山周少霞始分定陰陽，而字音仍多蒙混。是編庶免此失矣。

上聲確有陰陽 國初錢唐毛稚黄謂曲韻平、去、入俱有陰陽，而上聲無陰陽，必謂上聲有陰陽，支離矯强，必爲韻禍。夫名物象數，奇必有耦。音以類從，平、去、入俱有陰陽，何獨上聲無陰陽？若止純清、次清，無次濁、全濁，純清次清陰也，次濁全濁陽也。則音缺而不全。上聲一類僅得爲音之餘閏，不足以配平、去、入而爲四矣。因上聲仍沿俗讀，混而莫辨，遂率臆輕爲此説。此真支離矯强爲韻禍之甚者也。

切音法 切音者上字用雙聲，下字用叠韻。然古人用雙聲止取同字母，而四呼不分；用叠韻止取本韻字，而不拘清濁輕重。國初吴江潘次耕作《類音》，即用同呼字作切。開口字用開口音，齊齒字用齊齒音，合口撮口字用合口撮口音。其《二十四類圖譜》專用影母字，分四等呼法，蓋此音至輕至清，呼之一似字尾所曳之餘音。華嚴演唱一音叠十三字，皆此音也。言等韵者，先止有開口、合口之名，而開、合各分二等，後更於開口中析其一曰齊齒，於合口中析其一曰撮口。此法最爲徑捷，但其切音好用僻字，檢閲爲難。近太倉沈苑賓《韻學驪珠》以《中州全韻》爲底本，參以《中原音韻》、《洪武正韻》，其切音又加明顯。總之，上音用同呼字，下音用本韻影、喻二母字，相摩而合成一音，呼之者固讀二字之音，聽之者止覺爲一字之音。譬如畫家和色，胭脂入花青則成紫色，藤黄入花青則成緑色；未入之先，紅、黄與青，各爲一色，及兩色相攙，則但成一色，不復辨其爲本兩色矣。是編切音，從苑賓本者十之五六，其有未純者略加更定。人第即所切呼之，當無不迎刃而解也。

仍從十九韻部　《中原音韻》原十九部，後人於齊微、魚模中分出兩部，以微與灰、魚與模顯分兩音也。然就北音論之，飛讀弗威切，肥讀佛韋切，皮讀如裴，唇音。微讀如爲，唇音混入喉音。魚模則書讀叔烏切，朱讀竹烏切，樗讀觸烏切，除讀逐乎切，齒音。此類不可枚舉。北音本如是，故不必分也。各析爲二，固合於南音，而北音之真失矣。是編不更立部目，以存舊本之真；分配微與灰、魚與模，界限仍自明劃，其法庶爲兩盡云。

南曲不得從詞韻　前人製曲，用韻錯雜者不必論。其或南曲用韻從寬，支思、齊微同用，似從詞韻之例。其意蓋謂《中原音韻》專爲北曲而設，南曲用之，近乎拘隘。然今南曲所讀之音，其部分與《中原音韻》無甚判别。獨用韻合併，其音終涉兩歧。於《中原音韻》合者分之，齊微、魚模。分之固從嚴密矣，或又於舊所分者改而合之，豈非彼此乖違乎？金章宗時董解元《西厢》，别係彈唱院本，元人雜劇亦仍院本之名，而非其舊。其用韻之寬，猶是詞例。至元人變爲雜劇，而部分始嚴。作北曲者更不得以董《西厢》藉口也。

韻目仍舊　《中原音韻》部目，一東鐘，十九廉纖，各以二字標出。如江陽、皆來、真文、蕭豪、家麻、侵尋、監咸，俱上字從陰，下字從陽。他部或統用陰聲，東鐘、支思、先天、歌戈、車遮、庚青。或概從陽聲，齊微、魚模、尤侯[①]。或陰陽倒置，寒山、桓歡、廉纖。後人訾其不一律。不知德清分部，其標目從舊韻出者居多。東、江陽、支、齊微、魚、真文、寒先、蕭豪、歌麻、庚青、尤、侵、咸，明見通行韻書，固不必論，即如鐘、模皆桓，《禮部韵略》避欽宗諱，改桓爲歡。山、戈、侯。《廣韻》中本有此目，非盡自立也。且詞家有《緑裴軒詞韻》此書部分實曲韵也。亦分十九部，如東紅、邦陽，其目大同小異，不分配陰陽，未爲不善。即分配陰陽，亦不

---

① 今校：侯，原作“候”，據《歷代曲話彙編》本改。

得爲盡善。此雖無與韻書之得失,而終不可不知其所自來。是編部目,一仍周本,亦所以還舊觀也。

東鍾江陽乃次鼻音　東鍾　此韻及江陽係次鼻音,庚青則正鼻音。字音半入鼻中爲次鼻音,字音全入鼻中爲正鼻音。前明沈君徵《收音訣》云:"曲度庚青,急轉鼻音,江陽、東鍾,緩入鼻中。"明乎收音有緩急,鼻音正次之分了然矣。

東冬不應分　沈苑賓止見東冬、魚虞今韻各分二部,遂臆定東冬等爲二音。殊不知《廣韻》支脂之佳皆、删山、先仙、蕭宵庚耕、清青、覃談、咸銜亦俱分部。在當時諸音本有軒輊,而今已統同。《類音》列東冬,一合口,一開口,此本非中州音。無論《中原音韻》,即《正韻》及《韻學集成》,東冬音亦併爲一,且他韻既從中州音,獨此分析,亦殊非例。苑賓論今韻部分,輒云未詳其義,是其於聲韻之流變,本未之究也。

江陽不當因所呼不同而更析　江陽　前明王伯良《曲律論韻》一則,謂"江陽與邦王","真親與文門","呼之殊自逕庭,所宜更析",此論甚謬。"江陽與邦王"、"真親與文門",不過齊齒、開口之分,王合口呼。而音則無别。夫音本一類,因所呼之不同,以致歧出。文門舊亦合口呼,今多作開口呼,故此亦仍俗言之。如齊微、魚模者固當更析,寒山與桓歡,家麻與車遮,亦猶是耳。必舉江陽、真文亦分爲二,若皆來之該孩則開口,皆諧則齊齒,寒山之干寒則開口,閑間則齊齒,蕭豪之高豪則開口,交肴則齊齒。交肴舊音本開口呼。庚青之亨恒則開口,興行則齊齒,監咸之甘含則開口,監咸則齊齒,呼之亦微有異,亦將在所更析乎?傎甚矣!

江陽東鍾之土音　弋陽土音於寒山、桓歡、先天韻中字,或混入此韻,如關、官作光,丹、端作當,班、般作幫,蠻、瞞作茫,蘭、鸞作郎,山作傷,音似桑,安作映,難作囊,完作王,年作匿杭切之類。明人傳奇中盛行,如《鳴鳳記》用韻亦且混此土音,而并雜入他韻。吾吴土音,呼此韻正齒音或作齒頭音。章混臧,閶混倉,傷混桑,嘗作俗杭切。他韵如此類者至多。或問:子於土音各韻既歷言之,如東鍾韻亦有土音之異乎?余曰:"徽人讀東鍾韻字公如昆,俗多誤讀昆如坤。風如分,翁如温,逢如墳,紅如渾,東如登,同如騰,隆如棱,多近真文、庚青韻。"凡諸韻中兼論土音，亦偶即所知證之，其實未能概及也。

支思通屬齒音　支思　此韻通屬齒音。吴下正齒音多作齒頭音，照、穿等母正齒音，精、清等母齒頭音。卮如資，差如雌，師如司，匙如詞。他韵齒音字亦多類此。度曲家於此類名曰穿牙，以爲識别。使其不混土音，是但以此爲齒音。之、詩、資、雌、思、時、慈、詞、兒之爲齒音，兒屬日母半齒音，今人多讀近舌音，吴下土音又讀如倪。猶多疑似也。嘉、湖一帶，齒頭音大半作正齒音，呼之一似齶音、喉音。如齏似基，妻似欺，齊似期，西似希，煎似堅，千似牽，前似乾，鮮似軒，涎似賢，涎今混作殘音，此據正音言。精似經，清似輕，晴似擎，星似興，錫似行之類。本皆等韻齊齒呼，此韻衹等韻開口呼，故較然不混。

齊微須噫字收音　齊微　韻中歸、魁、堆、推、杯、坏、觜、催、雖、錐、吹、水、威、灰、葵、頹、餒、裴、梅、摧、隨、垂、誰、韋、回、雷、蕤等字，後人析爲歸回韻，俱須噫字收音，皆來亦然。今人於此韻，尚或知收噫字，皆來之混入此韻者無論矣。即或出音呼正，而收音尠知亦用噫字，此只呼得半字，未曾呼得全音也。

入讀平上去法　入聲讀平、上、去，止須先呼入聲本字，收音即用所叶音。即如此韻叶平用移，叶上用倚，叶去用異，一呼即得，此爲至便至捷之法。蓋入聲曳長呼之，本有此音，固天籟之自然也。他韻俱可類推，間或所叶不肖本音，則在四呼之别，熟辨字母，自能解悟。其、特、匐、孛、賊、核、或、國、克、得、忒、筆、北、則、黑、墨、勒等字，用韋叶、平。委叶、上。胃叶、去。作開口呼。略如孩、欸、亥，呼法，而轉收本韻，孩、亥用吴音，作次濁音。仍與孩、欸、亥有别，乃不入皆來。

吴音於齒音齶音合口開口撮口互歧　韻中齒音合口字，吴音作開口呼。入支思，錐作支，吹作差，從正齒音。蕤作詩，椎作直時切。臨文則讀作哉、猜、腮才，皆來中齋、釵、篩、柴亦然。其齶音喉音合口字，又作撮口呼，入居魚，歸作居，虧作區，馗作渠，餧作飫，諱作酗，圍作於，其歧互乃如此。

魚模撮口　魚模　韻中撮口字後人析爲居魚韻，其屬齒音者吴人俱讀如支思、齊微韻。諸作支，樗作差，從正齒音。書作詩，苴作躋，蛆作淒，胥作西；除作直時切，殊作時，徐作夕移切，聚作集異切，如作日時切，沽模韵中梳蔬字，吴語讀如司，居魚韵鬚字又讀如蘇。至吴興語全無撮口字，讀居如基，祛如欺，渠如其，於如伊，餘如移，概作齊齒呼。又閭作黎。此半舌音。前人詞曲亦有沿土音而誤入支思、齊微者，知作撮口呼，自無此失。近周少霞竟分此韻及齊微韻中字，别立知如一韻，豈非妄作乎？

魚模合口　韻中合口字，即今所謂沽模韻也。前人呼此韻者字俱飽滿。孤本骨烏切，枯本窟烏切，烏本斡孤切，呼本忽烏切，他字無不類此。即入聲之谷本骨屋切，酷本窟屋切。今人皆不盡然，似乎開口呼矣。若將此韻呼正，他韻合口字，如東鍾韵公、空翁、烘、紅之類。亦無不得其的音也。

皆來歸回之辨　皆來　此韻每有混入歸回韻者，如乖作歸，歪作威，衰作色威切，台作頹，懷作回之類，此不知分别韻脚之病也。若落腮呼之，自然確肖本音。或乃以二韻難辨爲苦，余以爲正易分别。韻中字吴語多有顯異歸回者，乖讀如中州音孤，歪讀如中州音哇，懷讀如中州音華，排讀如中州音爬，埋讀如中州音麻，此類顯然可辨。但以吴語記别，即可啓口得其真音，又何有二韻相混哉？

真文抵齶　真文　此韻及寒山、桓歡、先天俱抵齶音。抵齶者，以舌尖抵上齶作收音也。今人止知出音之法，而收音一法略不經心，但有上半音，而下半音缺如，以致庚青之鼻音，侵尋之閉口，略與此韻無别，使聞者茫不知爲何一韻；即有知爲當抵齶者，及問其如何抵齶，仍然鶻突，則知猶不知而已。沈君徵《度曲須知》詳論抵齶、鼻音、閉口之法，剖析毫芒，可謂度盡金鍼，審音者所當切究也。寒山不可混監咸，先天不可混廉纖，俱須將韵中字認明，但觀其字之體例，以類相從，自有分别。

真文之齶音喉音字四呼皆全　韻中齶音、喉音字如根、斤、昆、鈞、恩、因、温、氳等類，四呼皆全。齒音如臻、津、遵、竣，臻本正齒音，非一例。欲知開、齊、合、撮之分，於此韻辨之，則尤易入也。

寒山齊齒須如開口呼　寒山　韻中齊齒音，須如開口呼乃的。今人於干、刊、安、鼾、寒等字，皆知開口出音，間、慳、黫、顔、閑，知從齊齒，而仍與先天之堅、牽、烟、言、賢無别。今婁東土語，呼干作革烟切，鼾作赫烟切，寒作劾焉切；其關、單、灘、班、攀、番、岸、壇、難、瓣、煩、蠻、蘭等字，亦概近先天韻，呼桓歡韵亦然。此收韻不清之故，仍以吴人土音論之。呼間如中州音干，慳如中州音刊，黫如中州音安，閑如中州音寒，顔作額韓切，齾音韓如中州音讀。土音亦不混先天也。此等字但以吴語記認，即知其非先天韻中字，而無不讀正矣。

桓歡皆合口呼　桓歡　此韻本皆合口呼，即如端都剜切，湍吐剜切，般逋剜切，潘鋪剜切，鑽租剜切，鋑粗剜切，酸蘇剜切，團徒丸切，盤蒲丸切，瞞謨丸切，攢徂丸切，鸞盧丸切。今言中州音者，但於官、寬、剜、歡、丸、桓等字作合口音。其端、湍、般、潘、鑽、鋑、酸、團、盤、瞞、攢、鸞，以得、忒、百、拍、則、測、塞、特、白、墨、賊、勒作出音，歸韻借剜丸作開口讀，如吴音之呼安寒。蓋取其音較輕揚也。或有誤讀搬如班，潘如攀，瞞如蠻，盤如辦平聲者，又混入寒山矣。今北人音，或讀官如關，寬作闊彎切，剜如彎，歡作忽彎切，丸如頑。

先天必用烟字歸韻　先天　韻中撮口字，如涓、棬、專、川、鐫、痊、宣、鴛、喧之類，今人竟作桓歡音，如此前人何獨又歸入先天耶？但謂此等字桓歡所無，而不知必用烟字歸韻，始爲先天之本音。涓竟作居烟切，棬區烟切，專朱烟切，川樗烟切，鐫苴烟切，痊蛆烟切，宣須烟切，鴛於烟切，喧虚烟切，權渠焉切，全聚焉切，旋徐焉切，傳除焉切，緣於焉切，懸穴焉切，攣閭焉切，輭如焉切，其音更的。若依舊切，即將下一字呼正，如上法鴛作於烟，緣作於焉，則他字無不得其的音。王伯良妄謂韻中撮口字不類先天，欲移併入桓歡，亦坐不察耳！

俗讀旃、梴、廛、羶、禪、然等字，亦與桓歡韻混。若從此讀，亦將如王伯良所云，移併桓歡乎？知切音下字概用烟焉，自歸一律。

蕭豪嗚字收音　蕭豪　此韻及尤侯韻，俱須嗚字收音，如呼蕭作西幺嗚，西則字頭，幺則字腹，嗚則字尾；猶之皆來收噫字音，呼皆作基挨噫，基則字頭，挨則字腹，噫則字尾，字音如此方圓足。蓋一字之音析之則有三字，今人止知有兩字之音，而尠知有三字之音，收音之不講久矣。

齊齒開口自有部次　《廣韻》蕭宵齊齒音，豪開口音，以肴之齊齒兼開口音介其間。部次分列，自有條理，可參究也。中州音讀嘲近朝，鈔近超，巢近潮，梢近燒，而作開口音。至吴語呼交如高，敲如尻，坳如鏖，哮如蒿，亦肴韻中之齊齒作開口音者。

歌戈與沽模出音不同　歌戈　此韻與沽模收音相似，而出音則不同。今人呼此韻，竟有與沽模混者，實則沽模先未呼正合口；而讀歌戈字亦隨口滑過，安能將兩韻分清乎？不肯講究收音，已屬通病，出音間微茫之辨，尤無解悟者。人能於出音、收音二者會而通之，斷未有呼字不的者矣。

歌戈自有開合　前人論此韻爲開口沽模，最爲破的，知此自無混呼之弊。然所謂開口，以別沽模而言之，須知此韻仍有開、合之分。開口字出音與蕭豪近，合口字出音與家麻近。列此二者之間，洵天籟之自然，本有次第，未嘗紊亂。今更立一至顯至易之法，讀歌作高阿切，珂尻阿切，多刀阿切，拖叨阿切，波包阿切，坡拋阿切，左早婀切，搓操阿切，娑騷阿切，阿鏖窩切，呵蒿阿切，駝陶何切，那鐃何切，婆袍何切，摩毛何切，波、坡、婆、摩，本合口字，此作開口，亦仍俗也。醝曹何切，俄敖何切，何豪俄切，羅牢何切，戈瓜窩切，科誇窩切，窩蛙阿切，火花婐切，和華何切，如此不特開口者不與沽模混，合口者亦不與沽模混矣。人或又因此論，以爲蕭豪收音用嗚，此所論開口呼法，又似呼蕭豪，非呼歌戈，此無論嗚音與阿音不同，今北人呼此韵，或近尤侯，或近吴音呼家麻之半。虞山土音，則亦多近尤侯。即收音與本音，大有輕重。本音則必重呼，使字之本身飽滿，蕭豪收嗚，但於字尾作餘音而已，豈得謂似蕭豪而非歌戈哉？

家麻古音所無　家麻　古無家麻及車遮音，其字但如今魚模及歌戈音讀。家瓜讀如孤，誇如刳，牙如吾，拏如奴，或作女平聲。巴如逋，葩如鋪，杷如蒲，蟆如謨，渣如租，茶如荼，類隔音，茶俗搽字，古但作荼。諸所論列，類兼俗書，衹辨音讀，不及字畫。鴉窊如烏，鴉古但作烏。花如吁，花古但作雩。《説文》：草木華也。孫愐音况于切。《玉篇》：火于、芳于二切，《廣韵》况于切。今方音或有讀花作忽窩切，讀化如貨者，與歌戈叶，正近古音。前人皆讀花如敷，則止從芳于切，此猶讀車尺遮切如居，均非聲轉。華如胡，據此則歌戈中字從華聲者，古音并當讀如胡聲。媧如過，他如拖，他、拖二字，今又作陰平聲。他、那、打、話等類，讀入家麻者，《廣韵》諸書亦無此音，宋詞始偶一見之。麻如摩，爹如多，類隔音。差如磋，查如醝，沙如莎，遐如何，遮如諸，罝如苴，且如取，邪如徐;其音耶者如余,野如與,社如署,六經諸子及漢魏以來文辭皆如此。自代北入據中原,方語寖多更變,兼以天竺梵書,廣經繙譯,增益今音。後來諸俚俗字,惟此韵爲多,如咱、嗏、吵、嘛、㧾①等類,疊見宋、金、元詞曲中,并不在魏太武新增千餘字之數。自後,編韻者别立此部,展轉迄今。《中原音韻》又分出其半,并析歌戈中數字,别爲車遮韻,歌戈中字,如肥②、韡、骲、迦、佉伽、茄、瘸、腮之類。音讀固顯分畛域,而舊音厓略,渺不復存矣。

藥部字有叶家麻者　入聲藥部字,舊有借叶此韻者,如渥叶啞,剝叶把,覺叶假,學叶遐,卻叶跒,俱見《董西厢》。又歌戈中呵作哈平聲,麼作麻,車遮中奢作沙。其他參錯者不一,皆雜當時方音,不必從也。

車遮不當與家麻混　車遮　吴語呼此韻字,與家麻無别。車如差,正齒音作齒頭音。遮如渣,賒如沙,蛇作沙陽聲,韡作血窪切,姐作即啞切,且作七啞切,爹作的鴉切,斜作夕牙切,啞鴉牙從中州音。爺如中州音牙,扯如中州音差上聲,瘸如中州音磤③華切。此切中州音有聲無字。彈唱家或因二韻通用,竟讀此韻作家麻,以爲通融借叶。雜吴語於中原雅音,不又儒衣僧帽道人鞵乎?

庚青透鼻音　庚青　呼此韻字,須於字音乍吐時,即將本音透入鼻中,方與真文、侵尋毫不相混。亦有讀庚、阬、罌、莖等字作開口音,以革、客、厄、核出切者。見類書。在南曲猶可,北曲則必不可從。若北人讀崩、烹、朋、盲、傾、横入東鍾韻,吴語則多有如江陽韻者。呼庚如中州音岡,阬如中州音康,繃如中州音幫,砰如中州音滂,棚如中州音旁,盲如中州音茫,争如中州音臧,撐如中州音倉,橙如中州音藏,生如中州音桑,櫻如中州音映,亨如中州音炕,行如中州音杭,打如中州音黨,打本此韻字,音項,今京口猶兼存此音,而作去聲讀。吴語又讀家麻中那字如中州音曩。冷如中州音朗,讀正陽上聲與去聲近,前注中曩字亦然。硬作兀杏切。兀讀正齶音,杏從土音讀。其讀合口、撮口字作東鍾韻,

---

① 今校:㧾,原作"㗇",據《歷代曲話彙編》本改。

② 今校:肥,原作"肥",同上改。

③ 今校:磤,原作"磮",同上改。

如肱、泓、轟、宏，作開口音。扃、瓊、縈、兄、滎之類，又與北音近。横字不混東鍾，土音讀如中州音黄。其互相歧異若此，即此可知其鼻音之合也。

鼻音不清之失　吴人或鼻音不清，呼土音如江陽中州音者，又微與寒山混，庚作岡而近干，阬作康而近刊，干刊亦從中州音，如岡康等字例。綳作幫而近班，砰作滂而近攀，棚作旁而近白寒切，寒亦從中州音，下同。盲作茫而近蠻，争作臧而近則安切，撑作倉而近測安切，安亦從中州音，下同。橙作臧而近殘，生作桑而近珊，櫻作映而近安，亨作炕而近鼾，鼾亦從中州音。行作杭而近寒，打作黨而近擔，冷作朗而近嬾，硬作兀杏切吴音。而近額汗切，額讀正齶音，汗亦從中州音。此則語音之偏失者也。

尤侯開齊之間難辨　尤侯　凡一韻中字，撮口與合口易辨，而開口與齊齒在豪釐之辨者，殊難分别。即如此韻：鈎、鳩、摳、邱、謳、憂、齁、休，開齊之呼，顯然有異；至兜、丢俗字。掫、揫、裒、滮、樓、劉等類，俱上開下齊。每多相混。能於此辨得明，分得清，則於聲音之道，思過半矣。

侵尋閉口　侵尋　真文有合口、撮口音，如昆、鈞、温、氳、渾、云之類，至閉口則無此音。且此韻皆齊齒呼，其兼開口者，此所云開口，乃閉口韻中四呼之一也。若混視之，且將疑閉口何又開口矣。僅齒頭音作正齒音數字，如簪、磣、岑、森之類。並無真文所有根、思、痕等字之音。人能辨此，則知閉口與抵齶之所以異矣。庚青韻可即此類推。

監咸須開口呼　監咸　韻中齊齒音，亦須如開口呼。今人呼監混兼，嵌混謙，涵混淹，巖混嚴，咸混嫌，與廉纖無别，一如寒山之混先天。即以吴人土音記認，監如中州音甘，嵌如中州音堪，涵如中州音諳，巖作額含切，齶音含如中州音讀。咸如中州音含，亦可辨也。總而言之，監咸即開口之廉纖，廉纖即齊齒之監咸。寒山、先天亦然，但閉口韵無合口、撮口字。解此辨别，自不致混入廉纖。

廉纖止有齊齒　廉纖　此韻止有齊齒呼，或於占、覘、蟾、苫、髯等字，亦沿吴音讀，一如先天之近桓歡。蓋見他本此數字互相作切，如《音韵輯要》之類。不能審辨。若並以淹、炎作切音下字，如先天韻之例，本韻自不致贅出他音。

侵尋監咸廉纖無合口撮口　侵尋以下三部，無合口、撮口字，但有齊齒及開口字。蓋出音合口、撮口，則收音之閉口微礙，此天地之元音，純任自然，不可强也。人疑有抵齶真文，即有閉口侵尋；有抵齶寒山，即有閉口監咸；有抵齶先天，即有閉口廉纖；有抵齶桓歡，何獨無閉口音？不知桓歡皆合口音。沈君徵所云"口吐丸"也。今人或不盡從合口。故閉口收音，全缺此部。即如寒山有關、彎、頑、還等字，監咸無此音；先天有涓、淵、元、懸等字，廉纖無此音。審此而音韻之微可悟已。

三韻唇音字分入他韻　三韻中所有唇音字，如稟、品、泛、凡、范、貶之類，《中原音韻》諸書皆分入他韻。品入真文，稟入庚青，凡泛范入寒山，貶入先天。蓋此數字出音已合唇，若再閉口收，音似未純，故分移於抵齶鼻音，此亦權宜之法。今人於此三部，皆不知閉口收音，與真文、寒山、先天、庚青，漫無區别，可如此通融，前人分入他韻，殊無謂矣。

洪武正韻及中原音韻之分部　明人論曲，多有南從《洪武》，北叶《中原》之説。正韻分部，平、上、去各二十二，猶今中州韵之二十一部，獨蕭爻兩分，故有二十二。入聲十部，詞韻入聲分爲五部，較此又寬。一屋、二質、三曷、四轄、五屑、六藥、七陌、八緝、九合、十葉，類音所列十類，視此小有出入。併沃於屋，亦猶併冬於東；併物及月之半於質，月韵間有數字入轄韵，如删韵例。亦猶併文及元之半於真；併月之半於屑，亦猶併元之半於先；併覺於藥，亦猶併江於陽；併錫職於陌，亦猶併青蒸於庚；併洽於合，亦猶併咸於覃；曷、轄、緝、葉，亦猶寒、删、侵、鹽四部；其條理蓋如此。前明章道常《韵學集成》公韅貢穀，四聲並列，眉目最清。觀《廣韵》江、講、絳、覺諸部目，字聲轉協，其端緒可見。若論古韵，其類例又别，蓋從偏旁文字而參考之耳。與《中原音韻》入叶三聲，其有無適相反。然《中原音韻》之無入聲叶者，所分部次，又適相配合。曷轄之配寒删，與寒山、桓歡有小異。且各韻中字，皆疑、喻不分。一如《中原音韻》，蓋於諸韻書之外，别爲一書，當時謂此書爲官音。原不必以《唐韻》之例繩之。近沈苑賓入聲另編，其分部亦從正韻而小變耳。

中州韻書論略　中州韻諸書，如李書雲《音韻須知》、王履青《音韻輯要》，略舉音釋，無所發明。沈苑賓《韻學驪珠》，音切較善，然於聲音轉變源流，猶未深悉。至周少霞《中州全韻》，於諸字呼法，紛立名目，殊多未確；卷首諸論，好逞臆説，無足據依，反摘潘次耕所定開、齊、合、撮之字，以爲呰議。由其於各字之出音，各韻之收音，剖析不清，故持論致多踳駁。入叶三聲，用本音通轉，亦顯然易知，乃自秘爲得之神授，此又淺妄之最甚者。是編論列，獨何敢自謂盡善？而或前人未盡宣之藴，有以引伸之，庶於審音綱領，什得二三。其備舉吴音，借以旁證者，亦曰在吴言吴而已。

非敷二母分純清次清　非、敷二母等韻，明分純清、次清。如見、溪、端、透之例，與邦、滂、隔、標，邦滂重唇音。是非即邦之輕唇，敷即滂之輕唇也。俗或誤讀滂字如旁。不知何時始讀非如菲，方如芳，分如芬，如此類者，竟混非、敷爲一母，概無輕唇之純清音。然此音句在人口吻間，今吾吴讀微母上聲字，如罔、尾、舞、吻、晚之類，其唇微斂，真如非母之本音，土語則作明母字。若北人則又作喻母字，俱詳見前。北人呼次濁音，通如吾吴純清音。全濁音如吴人次清音。微母若不混入喻母，其平聲字豈不亦如吾吴讀微母上聲字？總之，上聲次濁，概作次清。本非正音，至合唇成字，易近重濁。其輕唇之純清者，稍縱即涉於次清，此非、敷之所以無别也。能於此微芒間審辨之，二母自較然不混。然相沿已久，必改分此音，殊駭人聽。今仍舊編，特以圈隔别之。而注明於下，俾得識非母之本音而已。

曲海一勺

曲海一勺

新曲苑第三十一種　清貴筑姚華撰

第一述旨

文章之成　凡音之起，由人心生也。人心之動，物使之然也。一切文章，悉由此則。蓋心物交應，構而成象，積則必宣，形之於言。言者心之聲也，聲成文謂之音，言之尤美而音之至諧者，莫文章若矣。

文筆之分　文章流別，自古已繁。綜其大凡，略有二類：無韻曰筆，有韻曰文。筆者不假修飾，直書而已；文則心物爲基，不欲直言，必醞釀久之，委曲以出，委易曼也。曲易支也。又規矩其辭，鏗鏘其韻，使不流不離，宛然中節；非取物極富，用心至深，未克有作也。

自詩至曲之變遷　文章起於歌謠，至便口耳，往往感人出於不覺。是以古今作者，前後相詔，體雖屢變，其歸則一。有文以來，詩歌尚已。戰國既降，詩分爲三：騷、賦、樂府，並成鼎足。然騷、賦别行，而樂府獨隸詩系。自漢及唐，古、近體詩，猶未歧視。五代兩宋，長短句作，命之曰詞，别子爲祖，支派始分；然以樂府名者，比比而有。金、元起於北方，音律異聲，詞弗能叶。新聲以創，而曲遂作。尋其淵源，一本諸詞，遠祖南唐，近宗北宋，諸家小令，痕跡分明，不獨大曲爲散套、雜劇、傳奇之濫觴已也。是以詞曲界劃，雖極謹嚴，然多蒙舊語。曲亦名詞，或曰樂府；少示區别，則曰詞餘，曰今樂府。茂倩而後，詩集不續，若繼爲之，源流朗然，不可誣也。自時厥後，曲又爲二，南北分歧，雁行相抗。昔爲附庸，今成大國。古今變遷，有如此者。夫文章體製，與時因革。時世既殊，物象即變，心隨物轉，新裁斯出。自今以往，又不知變遷如何也。

文章愈趨愈繁　文章之用，以時爲貴。古之不宜於今，猶今之不宜於後。然而博雅之士，言必稱古，每每貴遠賤近，謂今不逮昔。曲之於文，横被擯斥，至格於正軌之外，不得與詩詞同科。每攬陳篇，輒爲慨然。余壹以爲體物之工，寫心之妙，詞勝於詩，曲勝於詞。何則？文章應時而生，體各有當。古俗渾樸，簡略泰甚；踵事增華，乃益趨繁。《詩》三百篇，都無長言，由其簡也。屈宋諸作，不嫌冗長；京都巨製，動累篇幅，循其繁也。況四言必變而爲五七言，李、杜、韓、蘇篇且百韻，事勢所迫，不得減省。而晚近製作，增以億萬。人情物理，益見繁雜，必托高古，一循莊雅，則語言所及，有時而窮。故詞産唐宋之交，曲起宋元之際，猶之七雄糾擾，騷賦遂以勃興；六代紛乘，近體於焉托始，是皆天人所推演而成者。以爲肆而益偷，不知其變而益進也。欲徵其説，請試陳之。

世變産生新文　治平之世，百度守成；文章典則，步趨甚嚴。雖不羈之才，罔敢踰越。及有非常之變，則紀律蕩然。一時才俊，失所依據，斤斧自操，聰明所結，足使風雲變色，河岳異彩。新陳遞嬗，洪蒙再開，漸漸浸淫，以成習俗。所爲文章，亦相準焉。故雖不及於古，然新體萌芽，必於是時。變亂既定，循而治之，繹如以成，文章滋多矣。故世際一變，則文成一體，一治一亂，文韻攸關。説似詭譎，理實尋常。是以文章體格，近世益備。春秋以前，不有騷賦，秦嬴以前，未聞樂府。隋以前無近體，三唐以前無長短句，兩宋以前無曲。騷、賦、樂府、近體詩、長短句極盛，而後人無由托足，則不得不變。至於曲，可謂至近之變革也。

曲之功用狀物存俗　論者獨專古而卑今，右諸體而左曲，幾於衆口所同，此殆恒情之弊也。與謂古勝，寧謂今優。自元以上，文雄萬卷，獨絀於曲。自元而下，模範具存，雖至優俳，亦得爲之。一物之微，一事之細，嘗爲古文章家所不能道；而曲獨纖微畢露，譬温犀之照水，象禹鼎之在山。今世史家，欲有所作，苟求之野，此其材矣。中古以前，獨苦無稽，四民風尚，十不得一，以致考古之士，或詳於其政，而遺於其俗，又未嘗不嘆曲之興晚也。

曲以卑俗漸就湮滅　且夫紀政之書，史於國者也；誌俗之書，史於民者也。民積而爲國，俗胚而爲政。政之言美，俗之言鄙。國之言恢，民之言微。人喜自尊，趨於虚憍。質家尚實，文家務華。文學益昌，黜質崇文，益以夸大，不甘細名。立言者鶩高，讀書者好奇。與其詹詹，毋寧炎炎。古今一轍，顛撲不破。故史國者官，史民者稗。帝政之下，民俗爲卑，益以君臣義大，道學名高。文且斥爲喪志，曲更夷於玩物。猥談瑣記，尚目録於縹緗；瞎話盲詞，亦皋比於婦孺。而曲爲有元一代之文章，雄於諸體，不惟世運有關，抑亦民俗所寓。於今黯然，將就湮滅，北調幾絶，南腔寖微，音節已漸失其傳，文章亦散而無紀。流俗弗喜，大雅不稱。傷哉斯文！從此墜地。當世文人，未之或惜，匪惟不惜，且罔聞知。悲夫！

曲之所貴在言近而有物　惟是誌俗之作，古亦有徵乎？觀於周制，輶軒采詩，以觀民風。孔子手訂，風之存者，十有五國，皆其民史也。古之學校，詩書並習；書以觀政，詩以觀俗，多聞之資，實取諸此。至於漢魏，左思研都，十稔而成，一時傳抄，洛陽紙貴。藉其聞見，爲我師資。非謂夸多，遂足駭俗。工部詩篇，世稱詩史，猶古之遺也。詩賦之體，其起也遠。後有倣者，必習其辭。以古人之語，繪今人之心，以至少之材，狀至多之物。譬之作畫，米家烟雨，必不能作仙山樓閣也。改易古服，純式今妝，勢之所趨，其必爲曲。曲之作也，術本於詩賦，語根於當時。取材不拘，放言無忌，故能文物交輝，心手雙暢。其言彌近，其象彌親。試覽遺篇，則人人太沖，家家子美。余未見元明以來作者，所爲詩賦，有擅於其曲者也。夫苟無其物，不生其心，心而無物，言亦何當？古物古心，猶之無也。余之袓曲，不貴乎其言，而貴乎其心，亦曰有物而已。

曲之文章兼有難易　故以文章，論其準則。曲起金元，逮於明清，時歷四代，著作實繁。雖才有長短，誼有高下，欲加評斷，不少瑕疵，然非曲之過也。曲之托體，美矣茂矣！夫其文情相生，比賦並用。語似淺而實深，意若隱而常顯。情沿俗而歸雅，義雖莊而必諧。謝群言以標新，離六籍以隸事。小令數語，常若豐澤。套詞連章，自成機杼。雜劇傳奇，更兼衆妙。意無不協之句，辭無不白之懷。雖甚參差，仍嚴格律。遇字須酌，逢音必審。平務分乎陰陽，仄尤謹於上去。入質實以清空，去文飾以藻麗。犯古今之所難，獨雜沓而有倫。其易若彼，其難若此，豈非境之至勝，而體之最優者哉！文章諸體，名篇千萬。凡有佳勝，古人居先。曲之興起，才五百年，世不之重，作者較稀，鴻寶所藏，珍秘未闡。及今發揚，未爲晚也。

今樂之成有賴於曲宜加研討　辛亥革命，前史斯斬。文章之運，當亦隨之。以曲推移,理宜一變。變將奚若?愚見所測。今樂西來,將趨興盛。音即備矣,辭或闕如。觀夫膠庠所習,坊肆所陳,產若芝草,涌譬醴泉,非不成章,僅能具體,不足鋪張國華,涵養民性。其必斟酌於古今,融鑄於中外。不有温故之功,焉見知新之益?然而曲之不競,已非一朝。自雅歌既廢,老輩云亡,口耳並疏,聲容益邈。逮文弛而武張,更禮殘而樂缺。守此遺文,尋兹墜緒,揚玄未草,先費解嘲。嵇琴已摧,徒勞嘆逝。因自傷其孤陋,乃益重其仔肩。日手樂章,信心獨斷。苟余情其信芳,雖人言亦何恤?所以發憤於已衰,商量於既往。因援曲以入文,俾與時而共進。世有同心,相與努力。冀其中興,王於閏運。然後可論損益,再觀變革。不待易世,當有小成。請存斯言,以爲張本。嗟乎!杞宋無徵,夏殷斯已。述先傳後,爲今之責。反覆詳説,曷能默爾。知我罪我,夫復何言?

第二原樂

近世樂亡故民苦 先儒有言:"禮樂不可斯須去身。"嘗疑其説,謂非素封,胡能備是?既而思之,禮樂之用,渾沕無象,偶然流形,始著耳目。顯之爲節文,宣之爲歌舞。童年習之,終身由焉。故禮者履也,自履者也;樂者樂也,自樂者也。玉帛鐘鼓,不惟其器,豈必絢爛多儀,炫其粉澤,暄闐衆響,藉爲玄黄。是以周旋衷於其度,舞蹈習於其容。庠序所教,秋冬是程。禮樂之民,雍容如也。洎夫末造,古意寖失。禮饜繁文,樂張俗艷。然履其所謂禮,樂其所謂樂,雖有變遷,猶存軌物。改革以來,澌滅殆罄。禮樂之用失,而人生之道苦矣。一年覘國,百凶尚寐。心滋殷憂,文成俟解。櫽栝樂書,冠冕曲論。欲衍彼舊聞,博之今義。或網羅於放失,爲時世之匡益。庶知曲有先傳,言非無故。雖汗漫其辭,所不恤也。

禮樂之妙 禮樂之作,其古之聖者乎?是欲以愚民,而民莫之或覺者。然舍是則民無以安焉,抑亦聖者之所不得已,而人文之興,必基於是矣。予欲有所以狀禮樂之妙,而莫能舉其辭也久矣,今試言之。夫禮樂者橐籥於元氣,根荄於人情。群生仰其米鹽,萬化資其麴糵。蓋自然之指揮,而至道之孳息也。禮之與樂,一體而殊致。譬彼循環,徹終始而無端，猶之匹偶，得雌雄而相應。欲辨端倪，請爲次第。

禮樂之始　權輿已祛，先民斯作。世次草昧，凡百無解。惟知縱欲，罔有節度。自然之樂，蟠蟄最先。然而兩間氣化，皆有定則。百骸勤動，皆有定數。品物利用，皆有定性。離此常經，即成抵牾。縱而反抑，因之自限。自然之禮，又寓此矣。人生於有限，勞而後存，以時休息，不忘其適。擇於其所限，而因以自遣，於是娛樂之具生焉。樂之興趣，已進一等。逮所歷已多，知識漸啓。乃酌其勞逸，劑以甘苦，興居必節，嗜慾必度。生之秩序，遂以釐然。禮起細微，玆其太始。如斯簡易，似無與於禮樂。然大樂必易，大禮必簡。曷得以多貶少，致薄古人？夫一身所遭，乘除於此。推而衍之，至於萬數。當夫人群始通，戰爭既厭。先之以講信，繼之以修睦。林林之衆，暫得休息。皆恃禮樂，以爲經紀。農事有作，益臻明備。禮樂混合，相參爲用。人之所至，禮必至焉，禮之所至，樂必至焉。三五以來，至於改革，政刑有所不及，禮樂爲之彌綸。原其創造，夫豈一人之力？亦積勢使然。聖者聰明先察，因勢利導，爲之文飾，以盡其美而已。故夫禮樂者，道德之式也。節文歌舞者，禮樂之式也。式有長短，義無差池。儒者知之而不能作，衆人由之而不能知。禮樂之民，雖無政刑，未有亂者。禮樂毁滅，大亂必作。我生不辰，復爲先民，不可恫乎？

世風頹弊惟樂可挽　壬子國變，號爲共和，共和之政，西方自出。一耳其名，意必雍容揄揚，彬彬如也。東方禮樂之盛，胡以易焉？豈知其相反太甚，竟至於斯！抑又聞之，共和之民，法所不能治。其名甚美，其實極弊。欲舉其實，明德爲先，道德無形，式於禮樂。予以新民，習聞舊史，以爲禮樂之用，於今爲急。惟是帝制極盛，禮數益多。積弊相承，循而不改。人病其煩，卒底於亂。今與民更始，家[①]務其簡。若復糾纏，勢難綱維。《記》曰："樂盛則流，禮盛則離。"夫樂失則約之於禮，禮失則和之於樂。時會所至，群象斯顯。與惡離而趨流，寧去約而使和。順而導之，範圍易就。故欲矯於今非，正樂之所有事也。

今樂所宜　惟是古今異世，不相沿襲。自雅樂淪亡，燕樂衰歇。道

---

① 今校：家，原作"宜"，據《歷代曲話彙編》本改。

古希聲，取悦衆耳。歌者未終，聽者倦矣。昔孔子聞《韶》三月不知肉味；魏文侯端冕而聽古樂，則惟恐卧。由聖凡之相去，知古今之不移。夫樂者情之歸也。情動於中，而不得所托，則淫泆陵亂焉。樂之於情，猶盂之於水。苟足爲範，其器與文，雖至萬變，猶是物也。嘗持此則，以評今樂，如有志宣以和，音揚而雅，情麗以則，氣舒以達，整而能暇，婉而有章，可以盪滌凡穢，涵養性靈，諧莊於俗，致近於遠。所謂陽而不散，陰而不密，剛氣不怒，柔氣不懾，四暢交於中，而發作於外，皆安其位而不相奪。其合於此者，雖起近世，猶古之樂也。

梆子乃今之鄭聲　予生以前，不得而見，海内至廣，又莫之詳也。然近三十年，京師習尚，頗有所聞。楚調始衰，秦聲競作。每賓筵奏伎，客座消閒，急管繁絃，耳聒而欲聵；姦聲逆氣，情肆而彌張。衆口所同，於斯爲美。所謂樂姚冶以險，則民流優鄙賤矣。夫聲音之道，與政通者也。故曰："治世之音安以樂，其政和；亂世之音怨以怒，其政乖。"嘗推西腔之所以極盛，竊喟妖孽之先兆也。徵之近事，庚子大創，清政益窳；吏黷於上，民媮於下；綱紀日隳，奸匿四起；聰明趨於詐僞，强武潰而暴裂。喜則思淫，怒則機殺；淫成而樂生，殺成而哀集；喜與樂相乘，怒與哀互進；四者不相調，而人情遂失其中。每每流露，顯於嗜好。梆子因緣時會，隨在觸發；音感於先，而情應之；情發於後，而音洩之。倚伏相尋，機勢相投。人心所趨，勢力遂成。山陝各部，旗幟遂增。以激昂之音，行暴慢之氣，非惟村鄙，實屬下流。既作淫盜之媒，遂破和平之序。歌者鳴其不平，聞者喻而思亂。浸淫演溢，充於江漢。優倡所習，莫此爲先。恣其所習，不可遏抑。馴至法令不行，廉恥盡喪。此清室所以終覆，而民國至今不靖也。若夫村謡坊曲，樵歌漁唱，以及時劇雜弄，何地蔑有？推波助瀾，莫能悉數矣。綜而言之，其音益蕩，其傳益遠。此誠情天之星孛，而慾海之迷津也。流傳異域，爲他人笑。今猶未洒，夫復何言？若此之倫，今之鄭聲，放之不暇，胡與於樂？執政悠悠，聽其倡狂，國家之患，猶未已也。

皮簧介雅俗之間　皮簧品介雅俗，士夫素人，往往習之。蓋絃索之遺製，燕樂之偏裨也。第以簡易過甚，流俗易通。譬之文章，諧媚之作，祇便酬應。笑樂則有餘，陶寫則不足。且其起也晚，淵源授受，不出教坊。音節律度，囿於市井。未經通人，爲之斧藻，似有待於議論。即無與於性情，百戲一端，何關得失？然而濡染正音，規隨雅操，亦既有合於習俗。而復不得罪於風雅，雖羊欣羞澀，未忘揣摩。然中郎典型，已堪嘆賞。苟宮詞主盟，以之敷佐，猶足鼓吹休明，粉藻豐樂。等諸鄶下，尚存舊國之風。即媿盧前，不廢當時之體。蓋皮簧之於崑調，猶元曲之於宋詞。家法雖變，臭味猶親。予以曲餘之褎，宜存京調之譜。或亦論世者之所必原，而審音者之所不斥也乎？

崑腔爲今樂之聖　崑腔部於諸曲，僅占一體。自明以來，即已擅場。勝朝相沿，三四百年，西被三巴，北極幽并，通都大邑，流傳殆遍，耳目所習，皆爲之化。故明清兩朝，當其盛時，朝飾太平，野獲康樂。牢絡之具，雖非一術，要以科目誘之於有形，崑曲彌之於無間。夫吴音緩曼，其教寬柔，平氣所感，和聲斯應。和平之民，莫吴人若。吴音既被，南北以壹。聞者習於驩虞，見者忘其愁苦。準人情之所適，常含蓄而有餘。順氣成象，海内晏然。治世之音，有如此者。且夫人情如川，衆欲如火，情不可決，欲不可縱。是以古昔聖哲，爲之防範。明則政刑，隱則禮樂。以是納民，庶幾恬然。四者之中，樂尤與人親，其效捷於禮，而優於政刑。故選樂於今，必以崑曲爲主。蓋崑曲者，和平之表，文化之符，今樂之聖，古樂之裔也。何則？吴地形勢，得山川之秀。舟楫快利，商旅輻輳，人稠物繁。居其地者，交際往來，至爲糾紛，必依事紆緬，然後與人無忤。習之既久，遂成典則。前紹後勉，守爲格言，和順積中，英華發外，心口交應，若符節焉。所以吴音委曲婉轉，獨擅他人。雖自性生，實緣事合；兼之庶富娱樂，感以喜心，設施粲然，鋪張備至矣。以是物力，能致通人。根柢古佚，制作今體，當其托始，已具本原。匪同土音，崛起田舍。詩樂之會，歌舞之交，不觀崑劇，無由悟也。而文章之家，以時經營，萬思所構，衆美悉收。視聽所集，觀摩遂起，雖庸夫豎子，亦且嫻之。於是崑曲所被，莫不文物亹焕。嘆爲樂土，人安其居，各守厥常，爲善之不遑，奚敢以亂？其餘繁富之量，文物之度，凡比於吴者，無有遠邇。大江上下，至於燕蜀，莫不有崑曲。終明清之世，崑曲之域，未有大亂。闖起米脂，洪出金田，皆興自他方，其繁富不及，有迫而作。文物窳薄，又無以弭之。文野之别，明效可睹。向使崑曲傳播，已及兹土，而猶不救於危亡，則予説不伸，否則仍自信其確也。崑曲之盛衰，實興亡之所繫。道咸以降，崑曲不復，中興之頌未終，海内之人心已去。天命在民，軒然開國，例諸舊典，功成作樂，今其時矣。然而一年以來，未聞擬議，際兹新運，猶踵前非。人樂棼絲，心争衷甲。跛扈者逍遥於駟介，易良者戰栗於冠裳。龍蛇無所，將不免於臺城；鴻雁告哀，已無騁於周道。民亦勞止，何以慰之？是宜乘激厲之餘風，行寬柔之樂教。及崑曲之將絶，急恢復而新之。道一弛而一張，世一亂而一治。幸病患之未深，或針砭之可及。政書千卷，不如《樂記》一言。請語深人，勿謂淺語。

弋陽諸腔均不切用 至如弋陽諸腔，世多不習。北調失傳，亦已泰甚。然弋陽爲崑曲導師，北調與南詞同祖，亦考古之所必資，而論樂之所不廢。衹以篇什徒存，已成古調。音律雖勝，不能當場。偶爾役目，未之前聞。既弗切於世用，亦遂略其敷陳。餘若亂彈平調，壁壘未成。粤謳灘簧，傳聞未廣。或附隸於崑譜，或不數於樂章，於所不知，蓋闕如也。

宜就崑腔斟酌變革 嗟乎！南渡詞場，夷於左衽，安吴都劇，戒其後旗。山河一擔，收拾者家家；亂離餘年，隄防者處處。回思往事，不少前車。然而聲色因溺以成殃，禮樂相需而後效。斟酌損益，未嘗不可與民變革也。惜乎協律之署已墟，正音之譜不續。今無白石，莫辨宫商。時笑松陵，難尋矩矱。誰其有心，能同予感？言執其桴，共享斯筩。作此小招，誓諸宏願。

清道光末，崑劇中“收拾起大地山河一擔挑”、“不隄防餘年值亂離”，兩齣盛行吴中，無良賤皆歌之。時有“家家收拾起，處處不隄防”之謡，已而洪、楊入南京，果應其語。予友銅山楊迪生允升説。

第三明詩

詩五變而爲南北曲 《書》曰：“詩言志，歌永言，聲依永，律和聲。”此著詩、歌、聲、律之别，最明白矣。解經恒例，對文則異，散文則别。故聲律之文，皆曰詩歌。約其種類，括以單語，凡詩所統，至爲宏多，喉舌初調，聲音始作，音之爲理，各以類從。本乎天籟，以生人籟，是爲詩始。詩始之時，文字未立，諸樂未作，句無成法，辭無常調，口耳相習，取均而已。嘗以臆測，揆諸晚近，村謠里詞，殆其等倫。初民智慧，非甚高遠。例之於曲，或如不及。洎乎三五，文成樂備。文章節奏，漸有可言。協均之作，著之於文則爲詩，入之於樂則爲歌。以樂之聲，爲文之律。於是辭必依於其調，句必範於其法。惟是古代，樂律未繁。調簡辭約，句法略能整齊。詩書所載，多是四言。夫四言之爲詩，詩之古也。五七長短句之爲樂府詞曲，猶是詩也，詩之今也。曲有南北，南北諸曲，又各衍其支，今詩之系也。調之繁簡，辭之博約，句法之整齊參差，古今沿革，雖若不同，猶枝幹焉。幹一而枝百，見枝而疑幹，實明達之所非。善乎章安陳璜之言曰："詩自風雅頌一變而爲騷，再變而爲樂府古選，三變而爲近體絶句，四變而爲填詞，五變而爲南北諸曲。至於諸曲，詩之能事畢矣。"陳子《旅書》第二則，周亮工賴古堂藏本。自有曲以來，元明諸家，即有能言其源流，未有能如斯之簡而盡者。予説不孤，自歎得證。嗟乎！世之夷視曲也久矣。輿儓雖賤，同祖軒轅，皇皇神胄，本原非誣。願以所聞，更爲證之。

由詩至曲之沿革興衰　古詩分類，曰風、雅、頌。所以爲此別者，何也？蓋風者鄉人之用，雅者朝廷之用，此風、雅之所由異也。雅用之於事人焉，頌用之於事神焉，此雅、頌之所以分也。風、雅、頌謂之達樂，燕、享、祀謂之達禮。禮樂相須，詩樂妃匹。秦漢以來，詩雖屢變，未有出於此三者。詩不能歌而詞興，詞不能歌而曲作。朝野人神之事，惟後起乎是賴。詩詞作家，矜言風雅，名實已乖。依類紹述，則詩禪於詞，詞授之曲。帝制之下，享祀諸曲。官司職之，一成以後，累葉相沿，制作無多，循而不變。燕樂獨張，風詩稱盛，爲詞爲曲，其文雖殊，其軌一也。審是沿革，乃知曲之取材，不越凡近。雖辭肆而意疏，殆循風人之舊。然禮廢而樂無所麗，聲歌益盛，益失其用。世之淺者，至僅以文章論曲，不合而遂斥之。久越散佚，遂使楚調秦腔，將代南北諸曲。而擅燕歌之場，徒詩之嘆，已見於詞。不及百年，更移於曲。觀其盛衰，可謂祖孫同符，其天運然耶。今樂西來，古風欲墜。惘龜年之已老，幸微子之僅存。炎輿不除，猶繫漢紀。興隆未縣，誰信明亡？雖然微已。

自古傳詩重辭而忽聲　詩之轉變，自詞及曲。古今異聲，辭緣聲變。因是殊體，遂立諸名。遠若胡越，而近實比鄰。予壹謂古樂不亡，但有損益變遷。以辭求聲，古之存於今者，或得十一焉，或得百一焉。詩之爲類也多，言乎樂府，詩樂之最相麗者也。樂府命題，與詞曲名解，多可相參，不惟歌行、謡曲、吟引、怨樂之屬。輾轉相師，而〔江南〕〔後庭〕〔明妃〕〔河滿〕〔楊柳〕〔竹枝〕諸名，且古今不變。秦漢遠矣，亦作三唐所爲樂府格調。逾越千年，典則常存。即令今人製調，遠襲古題，聲律迥殊，或非一體。又古調增減，變而益歧。名存實亡，久已不類。然南北諸曲中，有與詩餘毫髮無異者，徵諸舊譜，往往可見。詩餘自出，更爲有本。若能點勘泛聲，稽合絃誦，悉數證之，使源流朗澈，不世之業也。惜乎漢儒傳《詩》，但知説義。尊經之過，義法並絶。後之繼者，更偏於論文。聲音律吕，古無傳書。樂本無經，何從依據？宋較今近古，而言者常務高遠，好談理數。近世諸家，所撰曲譜，亦僅守四聲句調。聲伎所習，不箸於編。古今絶續之交，隱約僅辨。予欲述詩統，愧不能聲。考今無徵，稽古無助。天地悠悠，誰爲予告？

詞曲一系曲之來源不必盡出異域 雖然，詞曲相距，不過一堦，數其宗派，誼猶父子。北曲雖起金元，似出塞外。頗疑血統，或雜異性。然而漢唐以來，胡樂侵入中原，何啻一二？《摩訶》《兜勒》，傳自張騫。隋文之朝，西凉、龜兹、天竺、康國、疏勒、安國、高麗諸曲，且與華夏正聲，同列九部。是當疑之於詩，匪自曲始。何況金源文獻，漸摩中州，汴京所遺，大半因仍。燕樂所奏，變革無多。觀金人遺翰，載在《中州樂府》者，猶嗣前徽。元入中國，一切從化，夷夏之嫌，更不容有。惟是街陌謳謡之辭，或染凉州豪嘈之習。如弇州所謂金元而後，“詞不能按，乃爲新聲以媚之”者，抑亦安知非燕趙舊俗？未經大雅玄黄，潛力彌布，掩抑者久。其展轉之迹，既爲當世所忽。而習俗轉移，以漸而來。入人既深，機會所至，突然遂起。當其作始，豈意遂爲一代聲歌之主，如是之盛乎？又且安知今之所尚秦腔楚調之倫，再積歲月，不爲此繼也？

曲義本宏兼包文野 此類歌辭，既别於詞，泛濫其名，總謂之曲，是即今語，所謂時調。其所流傳，則《絃索西厢》，至今存焉。觀董氏所爲，雖與詞頗有出入，亦未嘗無詞格存乎其中。〔沁園春〕〔水龍吟〕，其一二之例也。信其滋生，必出於詞。奚以明之？夫《絃索西厢》，舊謂傳奇之祖。《少室山房筆叢》不入雜劇院本，然與諸雜劇院本皆不外以所演之事，繫所歌之曲。雜劇詞始北宋初葉，真宗喜爲雜劇詞，見《宋史·樂志》。今雖無傳，第以舊目周公謹《武林舊事》考之，則以調名者，詞曲參半。曲之題名，大率爲《絃索西厢》及元曲諸本所祖述，因是頗疑曲義本宏。凡繼樂府而起者，今所稱詞曲，皆曲之所總括。緣文野之殊途，遂詞曲之分界，如風之於雅，判君子、野人之作。諭以樂府，詞則"上之回"、"聖人出"，君子之作也；曲則"艾如張"、"雉子斑"，野人之作也。樂府有《燕歌行》，音本幽薊，爲列國之風。《煌煌京洛行》，音本京華，爲都人之風。同一爲曲，亦别都鄙。都者僅傳，鄙之亡也不知凡幾矣。夫士夫填詞，依聲選調，文章斐然，其人也顯。後世震炫，人人傳誦，耳焉甚熟，遂若淵源分明。其餘流俗所爲，與士夫異趣。言不擇腔，文與其人，又不足以顯之。不信於今，何傳於後？故其亡也忽焉。而後人因於不習，遂以不知。偶爾聞見，未詳所自。種種臆度，以致歧視。若必直窮，則詞生於曲耶？曲生於詞耶？抑詞與曲並起，而互相生耶？是皆未可遽定。姑從左曲之説，謂曲起近世，其出於詞，亦斷無可疑者。

宋金元明南北劇之消長分合　而雜劇一科，且爲詞話開山，傳奇導源，授受相承，皆宗北宋。徽、欽既降，宋徙而南，金據於北，北劇入金轉盛。南村所録，名類至多。惟《絃索西厢》而外，皆無傳者。不能廣證，爲欿然耳。宋雖渡江，猶守舊習，風土既殊，漸更南調。戲始《王魁》，永嘉創作。本葉子奇《草木子》。北雜金風，南參浙調。樂府遺音，當在北矣。金源既亡，元又繼承。南北混一，兩系皆存。顧帝都所在，故院本特用北調。至宋人所爲詩餘，倡家並習。大曲四十，小令三千。當時所傳，有數可稽。而大樂自晏叔原〔鷓鴣天〕，蘇東坡〔念奴嬌〕以下十調，青城楊朝英選曲，猶冠編首。樂府新編《陽春白雪》參之玉田《令曲》一篇，《詞源》十五詞曲轉捩，線索瞭然。其時海鹽、弋陽諸腔，各起鄉曲，振其土音，流衍甚盛。所謂列國之風，其鄙實甚。自經士夫潤色，又屢屢以詞入曲。由鄙而都，於是《琵琶》、《幽閨》諸本，遂爲南曲祖。元社既屋，明又都南。南曲宜盛，迄於遷燕，曲與俱來。南北並參，更生合套，曲之變革，至此而極。五代、兩宋舊詞，聲律幾絶。欲考見緒餘，必於南曲求之矣。慢近諸調，其最顯者。

北曲宗樂府南曲宗詩餘　綜之，北曲以樂府爲宗，南曲以詩餘爲祖。從流溯源，强爲斷代，實則與樂府、詩餘，皆詩之所自出也。以詩視樂府，以樂府視詩餘，以詩餘視曲，其始作也，聲之都鄙，辭之文野，或有間已。及播之久遠，傳之都邑，加之文彩，則樂府猶詩也，詩餘猶樂府也，曲猶詩餘也。凡鄉人之所用，皆有詩之一體。今有河汾王通更議續詩，九宫十三調固當繼十五國風，而爲樂府、詩餘之殿也。

曲承詩統足以化民成俗　由此以言，則以曲承詩，獨得正統，今雖式微，固應力求顯揚；尊之如將不及，顧世多賤之。夷考其故，殆緣古今異代，所見不同，又不論因革，昧於統系，而以詩歌聲律爲文章游戲娱樂之具。以若所云，則是至聖删詩，不免玩物；五經傳世，其一可廢，豈不謬哉？必知詩之爲用，而曲之道尊矣。

古者士夫約身，步履於禮，和樂於樂，樂必有章，故誦詩尚焉。兼以言情賦物，取類至廣，不出户庭，而周知四方。博聞廣記，必資於詩，然後與賓客言，雍容揄揚，郁乎穆如也。古人至重交遊，辭令酬答，禮繼以樂，樂主於其聲，而麗於其辭，絃歌唱和，辭不必出於己，而不可以不習。故以之接人，則彬彬有度；以之律己，則鄙悖遠矣。樂正四術，秋冬教詩，盡人服習。自少至老，相與俱化。誦詩之民，未有亂者。《記》曰："詩之失愚。"予以爲是何必失？愚正詩之所以妙，古昔聖哲，所以重之，爲馭世之術者此也。禮樂既廢，世勢變遷，詩之所關，僅在性情，然而裙屐風流，往往於此繫之。其人之秀者，其深於詩者也。詩歌相離，樂府、詞曲歷變而衍其傳。觀之舊史，政刑而外，隱然德義之輔。綱維斯民，惟此之賴。曲之潛力，似獨浮弱，有所不及。然其所被，又獨甚遠。祇以士夫偏見，閉門玄論，不識今曲即古詩之遺餘；岸然斥絶，雖治之者一二，毁之者八九，致詩統中失。而化民成俗之具，數千年之遺傳，一旦廢棄。儻繼起以論治，又烏從而求其術？故必序次統緒，明證淵源。《語》謂"詩達於政"。曲之情僞，正政之所出也。今之從政，幸留意焉。

古人詩歌贈答，友道之雅，後世弗及。然皆取成篇，苟習其聲而誦其辭，人人能之。漢唐以來，始出自撰，而工爲之歌，於是有能有不能者。近世雖有贈詩，已不入樂，僅於詞曲，猶或見之。詞律云亡，惟曲獨擅。元明專家，以曲唱和，屢見令套。聲伎之盛，相關甚深。而伎者聲色兼重，優倡之家，與士夫日習，亦往往有能自撰辭者。鬟眉風韻，粉黛雅媚，若評世美，可云相得。至於清代，優伶私坊，猶存此意。惜乎曲子，僅供劇場；小令、套詞，贈答已稀。倡伎以色事人，不能風雅。朋友之樂，衹尚酒食。南北女樂，惟以時曲劇詞，幖幟旗鼓。實則門巷之中，無奸不匿；濁世百惡，胚胎於此。因而推衍，流毒無窮。國家世道，潛爲牽動。欲言補救，先正樂人。誰司禮俗，請參鄙説。

第四駢史

曲爲史之支流　曲之於文，蓋詩之遺裔，於事則史之支流也。古之爲史也二：詩、書職之。書者如也，如其事而直著之，故得失顯焉。後王失政，史官避觸犯，往往諱而不書。及流爲紀傳，務爲莊重，常記大言。文其内怯，至使文物風俗，散而無紀。夫文物風俗之所起，大率積之纖微，基於凡近。迨其彌綸，終以宏遠。人情之所綱紀，朝政之所左右，胥於此出，顧其言也雜。儒者弗喜，故不與於鴻業。嗟乎！古今興替，必求諸史。而興替之源，莫由詳焉。史裁之不備，則詩失而之野也。

詩道淪亡遂與史隔　詩之失久矣。《傳》曰："王者之迹熄而《詩》亡，《詩》亡然後《春秋》作。"詩胡以亡？匪師失其聲，史失其官爾。秦燔詩書，後儒誣枉，以説詩亡，更不足辨。《三百篇》以降，遞變而爲南北諸曲，詩未嘗絶也。然而史氏所職，贍於其事，而遺於其物；詳於其政，而略於其俗。輶軒已罷，上下疏隔。秦漢而後，天子益尊。格於野言，不予推致。古文説《周官》斥士禮，不能推致於天子，亦與此同弊。曲學阿世，害難勝言。儒生尊古，妄爲雅、鄭。聲歌之作，夷於玩好。蘭臺鳳閣，無復位置。雖復體物緣情，含宫咀商，集裒百篇，篋衍千葉，代有作者，各以之名。私家誦習，自爲傳播，於國史無關焉。官既久廢，義亦終塞。學者悉不能言，詩所由長淪也。

曲承詩旨故能駢史　惟是詩所以作，本於自然。非國家之勸掖，豈法度之驅策？人情之感，欲罷不能。心聲所宣，有觸即發。雖致嘆於史闕，猶蔓引而彌長。凡爲文章，系於詩者，莫不各有其德。楚之騷，漢魏之賦，六代、三唐之五七言，五季、兩宋之長短句是也。具體而微，其必曲乎？蓋詩之立言也婉，托志也諷，所謂言之者無罪，聞之者足戒。有據其事而不能直書者，委曲以喻之，多方以陳之。意含蓄於篇章，情洋溢於楮墨。物之所比，俗之所宜，史志之眉目，不若聲詩之骨髓也。詩備衆德，其一宜史。後葉中衰，美德幾失。曲起支孽，遠承先志。古史二職，直婉殊能。紀傳僅守其官，歌咏久墜諸野。野之所有餘，皆官之所不足。以此翼彼，匪曲胡歸?

曲無一般詞章雕琢之弊足當史材　始猶謂曲之出微，起又甚晚。史職綦重，以之左右。或慮不勝，因發二疑：乃以三百篇爲衡，繼求之騷，三湘七澤，吾與游焉。倚相之書，未暇此殫也。然而楊雄、王逸之爲騷，則議其濟。繼求之賦，《兩京》《三都》，如矚目焉。馬、班諸書，未遑此述也。然而徐陵、庾信之爲賦，則病其溺。繼求之五七言諸體，上起蘇、李，下迄沈、宋，華聲實義，物色備矣，誦之以爲人群之通史也。且求之長短句之作，剛爲蘇、辛，柔爲秦、柳。意内言外，聲情盡矣，讀之以爲民紀之實録也。然其末流，皆務以辭顯。優俳登場，已撏撦之可笑。樓台論寶，欲片段而不堪。惘前轍之已覆，馳後車而當衝。吾援曲以繼體，復何讓於當仁？自曲之興，騷、賦、五七言、長短句仍不替於世。爲無當於史材，故寧置而不取。吾之初疑，於兹涣然。

曲兼詩與小説之用故益足駢史　孟堅志《藝文》，已録小説。後之續者，未可悉數。及於唐、宋，其體益滋。稗則爲山，説則爲海。軼聞遺事，雜然著已。昔松之注志，皇甫作紀，有所取材，此類爲多。考其命筆，取便直言，文情弗宣，率爾易盡。枝葉於書，而非雲仍於詩也。野史萬家，十九憤嫉。可以肆譏彈，而不能致悱惻。夫人之與世，猶之與親，苟知其過而弗能救也。則痛於中，至無可忍，必以哀①鳴其痛焉，極諫之而以爲勸也，寧微言之而以爲諷也。故怨而不怒，《凱風》、《小弁》之詩，可以法矣。使執此則一一繩之，則小説諸家，至不能成辭，嘅長短之異致，由文筆之殊涂。若以詩人之心，行稗官之志，曲之爲文，所以儷史者此也。因是審諦，更釋次疑。

曲爲人情之總歸故備於習俗　且詩書相匹，其説舊已。至以曲代詩，而與史雁行，未之前聞。胡以實之？蓋嘗尋覽諸曲，能言太凡。以爲曲之情僞，哀樂蔽矣。哀樂之感，乃人情之匯歸，文章之原本，非一體

---

① 今校：哀，原作“愛”，據《歷代曲話彙編》本改。

之獨煬，豈曲家之專美？不知文章至衆，言匪一端，其極博者，或馳騖於無極；其至約者，或寂寞於數言。未着芬芳，常乏粹美。惟曲之成文，以情爲主。小令、套數，雜劇、傳奇，結構雖殊，旨歸則一。常使子野唤其奈何，楊基賦其斷腸，莫不感人也深，要皆言情之作。且夫人情所不能止者，聖人弗禁。飲食男女，大欲存焉。得之則可以生，失之則可以死。死生之交，哀樂之府也。經傳所論，其原盡已。然而哀以萬區，樂亦千别。情只一天，狀兼衆態。曲準情以供狀，實人欲之譜牒。試覽陳篇，略爲條理，幾於章章怨别，語語傷離。戒好合之難常，識重圓之匪易。觀其志意，益致纏綿。啼笑肌容，動成吟咏，脂香粉膩，皆入品題。取妍於意，比《玉臺》而多芬；避險於文，越《香奩》以增艷。雖或肆彼昵詞，嫌其放膽，工兹綺語，藉曰療愁，頗爲儒林之所非。要皆閨房之本事，萬惡於焉傀儡，百功由此奴臺，惟曲盡而無遺，乃人情之真諦。兒女之詞，即謂寓言，要必事通乎智愚，言諧於俗雅，然後寄托致其遥深，寸心吐其滂沛。以此色欲，爲衆情之中權，每居高而司令，人意所注，其詞獨多。因而牽緣，生諸瓜蔓，其必滿志於功名，舒心於利禄，所以眩人世之觀瞻，致一家之驩樂。當夫千足競道，匹馬當先，十載伏櫪，一朝得路。升沈所係，性命攸關。情見於詞，豁然肺腑。所以貢朱門之諛辭，則塵軒成韻；騰白屋之腐嘆，則淚墨有聲。豈獨練堂《還帶》之記，兩語開顔？《還帶記》，嘉定沈練堂所作，以壽楊一清者也。曲中有“昔掌天曹，今爲地主”等語，楊大喜之。寧止東畝慰足之辭，千秋同慨。顧元慶《簷曝偶談》：曹東畝赴省，陸行良苦，作《紅窗迥》詞：“春闈期近也，望帝鄉迢迢，猶在天際。懊恨這一雙脚底，一日廝趕上五六十里。争氣，扶持吾去，博得官歸，恁時賞你，穿對朝靴，安排你在轎兒裏，更選個弓樣鞋兒，夜間伴你。”自慰其足。曹名净，字西士，宋嘉祐間人。清康熙壬子，褚人穫在德州旅店壁上見此詞，蓋後人所書也。至於絢爛之餘，歸於平澹；牢騷之極，反爲曠達。遂乃寄身世於糟邱，元不忽麻平章〔點絳唇〕《辭朝》“寧可身卧糟邱”套。悟人生於夢蝶，元馬致遠〔夜行船〕《百歲光陰一夢蝶》套。爰有餐霞服日之想，枕流漱石之志，時奪艷詞之席，並冷酣歌之拍，乃欲界之仙都，詞場之别調也。以此食欲，溯於人海，郭璞之賦所不能殫，吴均之移所不能盡。固隱匿於凡文，而踴躍於斯體。其事既廣，作亦實繁。綜食色之兩性，被韁鎖於群倫。論卑之而無高，理瞭然而共喻。欲論世而尚友，與求之鴻博，不知曲之深切而著明也。古昔聖哲，知情之總歸而已。夫情猶影也，曲由鑑也，持鑑而影之妍媸畢見，聞曲而情之美惡悉昭。亹焉以達，盡而不竭也。婉焉以諷，譎而不邪也。欲習於其政，先習於其俗。俗之習，未有備於曲焉者也。

樂府十五體　悲夫！人之生也，甘一而辛百。嘗有味乎曲之爲言，而太息不已也。昔丹邱論樂府，考定諸體，所著一十五家，獨盛元一體，快然有雍熙之治。以其字句皆無忌憚，故又曰"不諱體"。然金元以來，舊曲累萬，而盛元體不逮其他，寧非隆平不常，如冬日方中，忽忽西崦。况曲之所托，其旨深遠，貌若甚都，中實多慊。猥以益美之辭，致其希慕之意。故以曲斷代，知世之不復漢、唐也。叔季之民，生息於晦冥之中，耳目所接，既不足以致快愉，撼其思慮，流爲歌曲，所以驩虞之辭少，愁苦之辭多。惟權勢利便，肆恣虔劉，吸肝腦以調聲，塗脂膏而飭色。華觀偉麗，過於佚樂，則承安體興焉。始起宫中，漸及朝右。蓮花徹夜，開北海之樽；絲竹中年，傚東山之妓。人稱"仙史"，誦其雅歌；時頌相公，歌其曲子。方春梨欲雨，而笙歌月下争場；比窮骨支寒，則檀板雪邊競譜。亦復黼黻河漢，藻飾川岳。玉堂之體，號爲正大，然而臺閣名篇，私坊未習，公卿巨製，委巷不懂，其情不諧，其趣相越。此二體者，亞於盛元。職此之由，其傳益尠。曲之傳遠，而所著又夥者，或神遊於廣漠，或托志於泉石，或攄忠而訴志，或嘲譏而戲謔。厥有黄冠草堂，楚江騷人諸體，皆不得於時者之所爲。無赫赫之位，乏鼎鼎之聲。近於人情，習於衆志，常以憂憫，致其歌哭。即呼朋酬唱，不少流連光景之言；抑攬勝登臨，亦傳嘯傲湖山之句。而因其自遣，以測其所懷，皆瀟灑於當時，而嗚咽於言表。總古意與今情，合萬喙而一噫。信乎運會之醖釀，時勢之創造，以善鳴而假之，亦因材而篤焉。是故吾宗牧庵碩學，亦列群英，天水子昂清才，並傳傑作。均見涵虚子《論曲》。其尋宫而數調，寧就苦而辭甘。此物此志，如標如榜。俗之移人耶？人之移俗也。時無吴季，誰與論之？世有董狐，宜稱善矣。

吴歌記之狀曲　予壹睉夫宋氏明宋新撰《吴歌記》之狀曲也，雖中郎之述《篆勢》，士衡之作《文賦》，胡以過焉？而其頌曲，至以爲天地之元聲，匹夫匹婦所與能。豈非以曲之於人，所紀至近，其於物也，悠然以遠。故又曰："夢寐不能議幻，鬼神無所伸靈。文人騷士，嚼指斷鬚而不得者；女紅田畯，以無心得之於口吻之間。"蓋言人情物理，惟曲能盡之如此。且所謂摘天地之長短，測風月之淺深，狀鳥奮而議魚潛，惜草萌而商花吐者。布景之妙，賦物之工，凡曲皆然，第吴歌而已耶？嗚呼！聲音之域，曲代詩而王。時之所授，莫與争也。體既當世，語尤親人。文物風俗，微曲曷觀？

曲爲有容之詞章有韻之説部　曲之歷世也，亘四五百年，各衍宗支，後生益秀。小令、套數，既備諸美；雜劇、傳奇，更拓前規。觀其事必依托，詞必荒唐。明所作之非真，知其言之有故。無非演暢物情，表彰人事。主奴儒墨，總百家之用心；雕鎪經籍，納多文以爲富。豐於篇幅，則致無不盡；實以科白，則意無不顯。可謂有容之詞章，有韻之説部也。夫世事起伏，大波瀾而小波淪；群情險夷，古文無而今文有。欲求善狀，惟此新裁。故書成證俗，未足比其鉛黄；圖著巡方，詎能方斯粉藻？配之舊史，允矣並行。謂予不信，更爲犖舉。

戲劇不外悲歡離合是爲歷史興替之源　原夫男歡女愛，世界之生機；家庭骨肉，吾族之本色。蒼生萬刧，此爲皈依；青簡千秋，斯焉控縱。元精耿耿，爲靈心之所窺；太空冥冥，托斯文而一吐。於是假於事類，道其俗情。以反覆爲丁寧，無先後之蹈襲。親親一體，自天子以至庶人；如東籬《漢宫秋》，仁甫《梧桐雨》，雖萬乘之尊，不免兒女别離之苦。善善從長，於人心而知世道。李山兒水泊一盗耳，而古今雜劇頌之者數十家，皆慕其任俠，以例鈞衡之不平也。作者取則於家常，聽者折衷於天性。所以代古人爲歌哭，往事堪哀；説先後之是非，舊書不厭。是皆以慈悲説法，優孟借其衣冠，笑駡皆精。文章盡爲粉墨，誠一代風紀之綱目，萬化沿革之載記。本兹從違，乃别張弛。諸政自出，而後史有所紀，故曰興替之源，欲明其源，則雜劇、傳奇備焉，不可忽其近也。

劇名記傳圖譜乃以史職自居　蓋比而論之，文以情同者也，言因體異者也。小令、套數，則純乎於文；雜劇、傳奇，則兼之以事。故令只一章，套或累段。文有時盡，不若事之時益也。而雜劇可至四折，傳奇累增，齣乃數十。事與情相生，文與筆互足。選材則群策群力，陳義則大言小言。哀樂之感，原是一科；悲欣之懷，如下雙管。雜劇已工於傳神，傳奇尤善於寫照。已事入曲，曲之進也；以曲言事，曲之尤進也。考雜劇、傳奇所標題目，或命曰記，或名曰傳，其次曰譜，其次曰圖，史職自居，何關附會？雖徵之古人，或張冠而李戴，而按之世態，則形贈而影答。跡若誣於稗官，實則信於正史。良由好惡，非一人之私；等是述作，爲百世之業。故能寫德模音，雕文鏤質，如將泥以覆印，譬以鏡而照心。潤色爲工，比物生象。一代之文章炳焉，九鼎之神奸盡矣。使孔門用曲，則雜劇公穀，傳奇盲左。獲麟之後，絶筆再續。奚惟升堂入室，與賦争長已乎？

曲之傳奇寫實俱無異於史　至於文心極巧，藻思不群，或反正以居奇，或翻無以爲有，即軼常而示變，仍鑿空而歸真。事或可疑，情原近是。凡以化彼群蒙，鳴其孤憤，振徇路之鐸，代遒人而爲師，雪覆盆之冤，權宰官以司判。不僅東籬八劇，曾凄凉於無影之城；《黄粱夢》青藤四聲，或慷慨於漁陽之鼓。《禰衡罵曹》如是奇情，著爲異事，則又柱下藏書，或嫌其異趣；龍門弄筆，必引爲同心者也。又況《春鐙》《燕子》倉皇半壁之塵；阮圓海《春鐙謎》《燕子箋》傳奇。《花扇》《鐵冠》，棖觸前朝之夢。孔東堂《桃花扇》傳奇，逸民外史《鐵冠圖》傳奇。興亡所繫，掌故斯存。爲曲爲史，又奚能辨哉？

曲之能事在演事繁密寫物博雜　由此以言，則情之爲物，古今無二。所以詭譎，事爲之也。故事以演情，曲以演事。事衷於情，而炳於言。左則爲史，右則爲曲。自曲以外，諸體之文，言情則一。然而騷、賦、五七言、長短句之於情，與有曲之世，疏密繁簡，不可同日語也。曲之事密而加繁，情亦隨之，因而變易，不可究詰。而事所由起，厥數孔多。雅之爲琴書，瑣之爲米鹽，艷之爲裙裾，烜之爲冠帶，蠢之爲牛馬，靈之爲花鳥。或壯麗而爲江山，或喧闐而爲鉦鼓，或軒昂而爲裘馬，或窮愁而爲韋布。逸則爲塵拂，曠則爲蓑笠，離則爲舟車，合則爲酒食。爲夫婦之破鏡，爲母子之斷機，爲朋友之雞黍，爲羈旅之翰簡。武則兵稱百鍊，文則策號萬言。旗既萬幕，仗亦千騎。先生杖履留春，老子胡床玩月。時節則春餌秋糕，地産則南橘北枳。典重則鼎彝斑然，怪誕則龍蛇宛爾。綜是殊名，以生多故。賦之爲物，陳之爲彩。古曰砌末，今曰彩，亦曰切。切者，砌末之省文，又砌之減字也。情因事以糾紛，事因物而結構。凡言舊事，必識故物。一時之製，百思攸托。一器一道，哲人謹焉。第晚近製作，雜而無徵。食貨所不及志，方輿所不遑紀。書券則博士閣筆，製題則詩豪罷卷。史既蓋闕，曲乃居要。爰有刀錐歲華之詞，失名〔南吕·一枝花〕《咏皮匠》套詞。椽屋鬧市之作。元湯菊莊〔一枝花〕《贈鑷者》套詞。按：鑷者即今之薙髮匠也。院本么末，勾欄前後之場；失名〔中吕·耍孩兒〕《莊家不識勾欄》套詞。窮鬼錢神，田老送迎之態。失名〔南吕·一枝花〕《田老齋》套詞。滌器則傳歌陋巷，失名〔一枝花〕《贈妓名玉馬杓》套詞有云："臨邛滌器，陋巷傳來。"按：馬杓即今語馬子，此詞雙關。蹴踘則艷説齊雲。失名〔一枝花〕《蹴踘》套詞有云："富貴齊雲。"又《圓社》套詞云："四海齊雲會。"按：齊雲，蹴踘社名。傚討蚤之檄，月下星前；失名〔一枝花〕《蚊蟲》套詞有云："愛黄昏月下星前，怕青宵風吹日炙。"續打馬之經，花間樹底。元周挺齋〔越調·鬥鵪鶉〕《雙陸》套詞有云："四角盤中，三十騎裹。多少機關，包藏見識。席上風前，花間樹底。"挺齋名德清。事紀降獅，失名〔黄鐘·醉花陰〕《降獅》套詞。篇名賭馬，失名〔南吕·一枝花〕《下大棋賭馬》套詞。既訴牛羊之冤，元姚守中〔中吕·粉蝶兒〕《牛訴冤》詞，又失名〔中吕·哨遍〕《羊訴冤》套詞。亦論鷹犬之價。失名〔中吕·哨遍〕《大打圍》套詞云："鷹犬從來無價。"博魚而色勝六渾，元李文蔚《燕青博魚》雜劇。選硃而囊珍十粒。元失名《浮漚記》雜劇。馳逐影樓之隊，仵作風流。元石君寶《曲江池》雜劇，《牧羊關》曲有云："送殯可須是仵作風流種。"又賓白中有云："他舉着影神樓兒里。"云云。可見元人出殯之概。且殯人皆曰"仵作"，今"仵作"爲官衙隸人之一，專充考驗屍骨之役者是也。繽紛紮扮之場，村坊雲勝。明李玉《永團圓》傳奇，《看會生嫌》齣中，敘賽會之勝。既云紮扮故事，又分段鋪寫，令人神遊，如目擊其盛。今京師村坊尚有之，每勝時輒舉，語曰"過會"。清六部吏人當權時，户部之會，與工部之鐙，皆艷傳人口。自光緒二十六年以後，不復見已。據吴梅村序李撰《北詞廣正譜》，謂其中甲申副車，以後絶意仕進。按：明亡之年，正當甲申。前甲申爲萬曆十年，後甲申爲清康熙四十三年，俱與梅村身世不合，則此甲申必爲崇禎末年無疑。以此論之，則李當爲明逸民，故仍題明人。惟崇禎三月殉國，而李中副車，其事當再考耳。推班出色，嘲謔於宣和之牌；明李日華《南西厢》傳奇，《琴紅嘲謔》齣，譜牙牌名甚備。話玉添愁，欷歔於宜官之帖。清吴偉業《秣陵春》傳奇《話玉》齣。此傳奇予僅得傳鈔前三齣，今不可復借。欲尋刊本，亦猝不易得也。餘或餖飣雜名，情趣雙關，摹仿衆流，科諢入妙。元曲中集藥名題情之詞甚多，其集雜劇名、曲名，及常言俗語成套詞者尤夥。而《鮫綃記》之草相，《紅梅記》之算命，《精忠譜》、《桃花扇》之平話，類不勝舉。《還魂記》之驅使千文，則又雜集之變也。風花雪月，點化於人身；元吴昌齡《張天師》雜劇。鶯燕蝶蜂，受録於鬼道。《還魂記・冥判》雖言不盡意，而隅可反三。農師之埤雅，遜其輾然；茂先之博物，例之蔑已。以言乎事則如彼，以言乎物則如此。總事物之象，供著述之材。散而見之謂之情，會而聚之，文物風俗，淵藪於此。此曲之能事，所以令人嘆賞者也。

曲家以至誠盡性以博物明俗爲民之史 昔詩家咏史，體亦滋多。或著雜事，或題樂府，或十字彈詞，或四言叶韻。非拘於雅言，即複於述贊。等爲戲弄，無俟褒彈。若夫曲之爲言，自成一家。著一世之真詮，極衆生之幻相。既談笑以飾涕泣，亦婉言而行直道。是故人者天地之心，曲者人之心也。喻於尸而見祖，將於曲以知天。《記》曰："惟至誠能盡性以贊化育。"古之作曲也，可謂能盡其性，以盡人性，盡人性以盡物性者矣。非至誠其孰能之？且夫充史之類，不過以明古今之變，察往來之數耳。曲之所至，則格幽明而事鬼神焉。觀釋老氏之所爲，常附托於儒者。天人之際，且猶通之，况人情物理之常！夫何有於曲？則爲民而執簡，其史於曲宜矣。俗，史於紀傳者也；物，史於表志者也。雖元以南北殊音，明以弋、崑異調，猶之並言漢故，固不複還，共紀唐文。新寧替舊，史固名判隆汚，曲亦藝分優劣。故從事於曲者，其必綜貫九能，兼并三長，然後能續古之《齊諧》，以爲今之世本。豈第馳騁詞華，敷衍問學？偶爾倚聲，便矜絶調。曲至清而漸衰，實作家之不振。然而十有七朝二十有四家之書，亦將與曲而俱斬於是。蓋國家新元，朝野丕變。制度典章，不適前史之筆；文物風俗，亦乖舊曲之心。雖曰人事，或亦天意。惟因是左證，益成吾説，非私願之所欲也。

曲祖詩以爲文因書而成史 而議者好爲淺語，或故事深求，既夷曲於小技，若語以詩書二家，同屬文史，則又群詆以爲妄。不知章氏著書，《實齋遺書》已爲我先。况《史通》六家，《尚書》居首。唐劉知幾《史通・內篇》偶之以詩，系亦凡六。詩、騷、賦、五七言、長短句、南北曲。自我獨斷，寧等向壁；前無古人，亦何嫌焉？然則紀傳宗班固而祖《尚書》，南北曲宗長短句而祖《詩》三百篇，世世子姓，秩然昭穆。一堂禋祀，千葉配享。王圻文獻，於經籍似或失當；四庫附庸，於文苑亦屬未通。永世沉淪，斯文將喪。特著鄙論，自詡發明。任毁譽之無辨，縱俟聖而不惑。史政史俗，蓋自今而後，始得整齊其辭云。

曲稗

曲稗

新曲苑第三十二種　清徐珂撰

士大夫諳音樂

乾嘉間士大夫皆諳音樂。三絃、笙笛、鼓板，亦嫻熟異常。嘉慶己巳，錢梅溪在京時，見盛甫山舍人之三絃，程香谷禮部之鼓板，席子遠、陳石士兩編修之大、小唱，蓋崑曲也。

舒鐵雲諳音律

大興舒鐵雲孝廉位諳音律，能吹笛鼓琴。其度曲，不失分寸。所作樂府院本，一脱稿即付老伶，按節而歌，不煩點竄也。

潮人唱南北曲

潮人以土音唱南北曲者，曰潮州調。潮音似閩，多有聲而無字，或一字而演爲二三字。其歌輕婉，閩、廣相半，中有無其字，而獨用聲口相授。曹好之以爲新調者，亦曰畬歌。農者每春時，婦子以數十計，往田插秧。一老撾大鼓，鼓聲一通，群歌競作，彌日不絶，是曰秧歌。南雄之俗，歲正月，婦女設茶酒於月下，罩以竹箕，以青帕覆之，以一箸倒插箕上，左右二人摙之，作書問事吉凶。又畫花樣，謂之踏月姊，令未嫁幼女，且拜且唱，箕重時，神即來矣，謂之踏月歌。長樂婦女，中秋夕拜月，曰椓月姑，其歌曰月歌。蛋人亦喜唱歌。婚夕，兩舟相合，男歌勝，則牽女衣過舟也。黎人會集，則使歌郎開場，每唱一句，以兩指下上擊鼓，聽者齊鳴小鑼和之。其鼓如兩節竹，而腰小，塗五色漆，描金作雜花，以帶懸繫肩上。歌郎畢唱，歌姬乃徐徐唱，擊鼓亦如歌郎。其歌大抵言男女之情，以樂神也。

旗亭歌洪昉思詞

錢塘洪昉思太學昇，工樂府，宫商不差唇吻。旗亭畫壁，往往歌之。所作樂府，有《長生殿》傳奇及《天涯淚》、《四嬋娟》雜劇。娶同里黄文僖公機孫女，亦諳音律。

王采薇按笛歌詞

孫淵如夫人王采薇，嘗言唐五代詞，率可倚聲，被之簫管。春餘夜静，輒取李後主《簾外雨潺潺》詞，按笛譜之，令淵如審聽；至"流水落花春去也，天上人間"二句，聞者欷歔。其後淵如寫《采薇遺影》爲《落花流水圖》，以此。

陸麗京度曲

錢塘陸麗京，名圻。度曲四齣《薄遊武塘》。錢仲芳大集賓客，即令吴伶演唱。新聲艷發，絲竹轉清，四座之間，魂摇意深。

王夢樓教僮度曲

丹徒王夢樓太守文治，嘗買僮，教之度曲，行無遠近，必以歌伶自隨。辨論音樂，窮極幽渺。客至其家，張樂共聽，窮日不倦。海内求其書者，歲有餽遺，率費於聲伎。人或諫之，不聽，其自喜顧彌甚也。然至客去樂散，默然禪定，夜坐，脅未嘗至席，持佛戒，日食蔬果而已。如是者數十年。

陸君暘善三絃

鄮城陸君暘，初嘗學吴絃於吴門范崑白，得其技，已而盡棄不用，以爲三絃北音也。自金元以降，曲分南北，今則有南音而無北音。三絃猶餼羊也，然而吴人歌之，而衹爲南曲之出調之半。吾將返於北，使撩捩之曼引而離迤者，盡歸激決。

嘗譜金詞《董解元》曲，又自譜所爲《兩鴿姻緣》新曲，變其故宫，獨爲刺促偪剝之音，名《幽州吟》，駭然於人。然其時故有知者，周延儒請與游，累致千金散去，終自以不知於時。嘗著《三絃譜》，欲傳後，會大兵入吴，遯於三江之滸者若干年。世祖聞其名，御書紅紙曰："召清客陸君暘來。"既入，御便殿賜坐。令彈，陸乃彈元詞《龍虎風雲會》曲。稱旨，賜之金。自是貴邸巨室，争邀致之，無虚日。或欲使隸太常，弗屑也。年七十，尚能作遏雲之逸響。宋荔裳按察琬贈以詩云："曾陪鉄笛宴寧王，吹笛梅花滿御床。幾度淒凉春草碧，不堪重過鬥雞坊。"

時松江提督馬進寶以鉦首下獄，人不敢問。進寶故善君暘，君暘任俠，直入獄具餉。臺臣聞者皆大駭，各起謀劾之。華亭張法曹急往告，君暘忼慨曰："吾何難，仍遯之三江間耶？至尊若問我，道我病死。"言訖，竟行。後上果問及，如其言，上爲嘆息。當是時，君暘名藉甚。初本名曜，君暘者其字。至是，以上稱君暘，遂以字行。凡長安門刺，往來奏記，皆得直書陸君暘以爲榮。

君暘後復不得志。嘗過上海，上海名家子張均渌慕其技。君暘亦獨奇均渌，謂均渌知己，盡授其技。作《傳絃序》一篇。君暘多門徒，然皆不及均渌也。吴中三王之中，有曰稚卿者，君暘弟子也。

今劇之始

六朝以還，歌舞日盛，然與今劇爲不類。自唐有梨園之設，開元朝分太常、俗樂，以左右教坊典之，乃爲今劇之鼻祖。伶人祀先，明皇是稱，固其宜也。惟唐人以絶句入歌，朝有佳作，夕被管絃。昌齡畫壁旗亭，《黄河遠上》一曲，遂成千古。其事簡易，去今調遠甚。蓋院本始於金元，唱者在内，演者在外，與日本之演舊戲者相仿。今開幕之跳加官，即其遺意。金元以後，曲調大興，按譜填詞，引聲合節，乃爲崑曲之所自出。今劇由崑曲而變，則即謂始自金元可也。

崑曲戲

崑曲戲創始於崑山魏良輔。以前僅有弋陽、海鹽二腔，魏出，始能以喉轉聲，别成一調，遂變弋陽、海鹽故調爲崑山腔，蓋以地名。梁伯龍填《浣紗記》付之，即王元美詩所謂"吴閶白面冶游兒，争唱梁郎雪艷詞"者是也。

或曰，創自明季之蘇崑生，蓋以人名。意者曲調相沿已久，崑生曾出新意潤色之，聲律乃益完密。好事者即以其名名之歟？

康熙朝，京師内聚班之演《長生殿》。乾隆時，淮商夏某家之演《桃花扇》，與明季南都《燕子箋》之盛，可相頡頏。淮商家豢名流，專門製曲，如蔣苕生輩，均嘗涉足於此，故其時爲崑曲最盛時代。而崑山之市井鄙夫，及鄉曲細民，雖一字不識者，亦能拍板高唱一二折也。嘉、道之際，海内晏安，士紳讌會，非音不樽，而郡邑城鄉，歲時祭賽，亦無不有劇。用日以多，故調日以下。伶人苟圖射利，但求竊似，已足充場，故從無新聲新曲出乎其間。《綴白裘》之集，猶乾隆時本也。道光朝，京都劇場猶以崑劇、亂彈，相互奏演。然唱崑曲時，觀者輒出外小遺，故當時有以"車前子"譏崑劇者。浙江嘉湖各屬，時值春秋二季，尚有賣戲於鬧市者，蓋浙人猶有嗜之者也。

咸、同之季，粵寇亂起，蘇崑淪陷，蘇人至京者無多。京師最重蘇班，一時技師名伶，以南人占大多數。自南北隔絶，舊者老死，後至無人，北人度曲，究難合拍，崑劇於是不絶如縷。

光緒時，滬上戲園僅有天仙、咏霓、留春諸家，皆京劇也，惟大雅爲純粹之崑劇。依常理論，崑劇應受蘇人歡迎，顧乃不然，雖竭力振作，賣座終不能起色。維持數載，卒以顧曲者鮮，宣告輟業。社員大半皆蘇産，相率歸去。或習他業，或爲曲師，貧不能自存，幾至全體星散。越數載，始有人鳩集舊部，組織聚福園，開演於蘇垣之府城隍廟前，雖不能發達，然尚可勉支也。及閶門闢馬路，大觀、麗華諸園接踵而起，冶游子弟趨之若鶩，聚福遂無人顧問，不得已遂又歇業。然諸伶既聚則不可復散，乃易其名曰"全福"；而出外賣戲，頻年落拓，轉徙江湖。舊時伶工，凋亡殆盡，繼起者又寥寥無幾，宣統時闃如矣。

戲劇之變遷

國初最尚崑劇，嘉慶時猶然。後乃盛行弋腔，即俗呼"高腔"一曰高調者，其於崑曲，仍其詞句，變其音節耳。京師内城尤尚之，謂之"得勝歌"。相傳國初出征凱旋，軍士於馬上歌之，以代凱歌，故於《請清兵》等劇，尤喜演之。道光末，忽盛行皮黄腔，其聲較之弋腔爲高而急，詞語鄙俚，無復崑、弋之雅。初唱者名正宫調，聲尚高亢。同治時，又變爲二六板，則繁音促節矣。光緒初，忽尚秦腔，其聲至急而繁，有如悲泣，聞者生哀;然有戲癖者皆好之,竟難以口舌爭也。崑、弋諸腔,已無演者,即偶演,亦聽者寥寥矣。

歐人研究我國戲劇

晚近以來,歐人於我國之戲劇,頗爲研究。英人博士瓦兒特,德人哥沙爾、那窪撒皆是也。瓦兒特著一書,曰《中國劇曲》,分四期:曰唐,曰宋,曰金元、曰明;並就《琵琶記》及其他戲劇之長短,略評之。哥沙爾著一書,曰《中國戲曲及演劇》,分八章:一、中國國民精神與其戲曲;二、中國之舞臺俳優及作劇家;三、中國之劇詩;四、戲劇之種類;五、人情劇及悲劇;六、宗教劇;七、性格喜劇與脚色喜劇;八、中國之近世劇。

崑曲戲與亂彈戲之比較

崑劇縝密,迥非亂彈可比,非特音節、臺步,不能以己意損益,服飾亦纖屑不能苟。《翦髮賣髮》一齣,扮趙五娘者,例不得御珍飾。吴郡正旦某,一夕演此劇,偶未袒其常佩之金約指,臺下私議戚戚。某即顰蹙向臺下曰:"家貧如此,妾何人斯,敢懷寶以陷於不孝?"言次,袒約指,擲諸臺下曰:"此銅質耳,苟真金者,何敢背古人髮膚之訓,翦而賣之乎?"私議乃息。

弋腔戲爲崑曲皮黄之過渡

弋陽梆子秧腔戲,俗稱揚州梆子者是也。崑曲盛時,此調僅演雜劇,論者比之逸詩變雅,猶新劇中之趣劇也。其調平板易學,首尾一律,無南北合套之别,無轉折曼衍之繁;一笛横吹,習一二日,便可上口。雖其調亦有多種,如《打櫻桃》之類,是其正宗。此外則如《探親相駡》,如《寡婦上墳》,亦皆其調之變,大抵以笛和者皆是,與以絃和之四平腔①。如二黄中《坐樓》及徽梆子如《得意緣》中之調,即就二黄之胡琴,以唱秦腔,似是而非,故衹可謂之徽梆子。均不類。崑曲微後,伶人以此調易學易製,且多屬男女風情之劇,故廣製而盛傳之,爲崑曲與徽調之過渡。故今劇中崑曲已絶,而此調則所在多有也。

---

① 今校:腔,原作"調",據《歷代曲話彙編》本改。

皮黄戲

自有傳奇雜劇，而駢枝競出，有南、北之辨，崑、弋之分。宋以來綿延弗斷，此所謂雅聲也。然弋腔近俚，其局甚簡，有纖靡委璅之奏，無悲壯雄倬之神。至皮黄出，而較之崑曲，尤有雅俗之判。皮黄者，導源於黄陂、黄岡二縣，謂之漢調，亦曰二黄。不知者乃於黄上加竹爲簧者誤；又以其一出於黄陂，又曰西皮。初甚簡單，崑之唱繫於曲牌，此則辨於諸板。板之類甚稀，第變化得神，錯落有節，自能層出而不窮矣。

崑曲戲與皮黄之比較

崑劇之爲物，含有文學、美術如《浣紗記》所演西子之舞。兩種性質，自非庸夫俗子所能解。前之所以尚能流行者，以無他種戲劇起而代之耳。自徽調入而稍稍衰微，至京劇盛而遂無立足地矣。此非崑劇之罪也，大抵常人之情，喜動而惡静。崑劇以笛爲主，而皮黄則大鑼大鼓，五音雜奏；崑劇多雍容揖讓之氣，而皮黄則多《四杰村》、《虮蜡廟》等跌打之作也。

秦腔戲

或曰，秦腔於明季已有。以李自成之事證之，則其興固在徽調以前也。京師昔與徽調分枝，絶不相雜。同、光之際，以義順和、寶盛和兩部爲最有名。此調有山陝調、直隸調、山東調、河南調之分，以山陝爲最純正。故京師重山西班，義、寶兩部，皆號稱山陝者也。直、東人善唱者，亦必以山陝新到標題，其實化合燕音，苟圖悦耳。趙瑟秦缶，雜奏一堂，已非關西大漢之舊響矣。光緒時，張文達公之萬雅好此音，故春時團拜同鄉、同年聚宴謂之團拜，義、寶兩部亦得充場，與徽班並駕。雖在曩昔，僅有專園演唱，爲下流所趨，士大夫鮮或入顧；自玉成班入京，遂爲徽秦雜奏之始。

崑曲秦腔之異同

秦腔與崑曲爲同體，其用四聲相同，其調二十有八亦相同。聲中有音，如喉、齶、舌、齒、唇。調中有頭，如高下緩急、平側艷曼、停腔過板。板中有起、腰、底之分，眼中有正、側之判。聲平緩則三眼一板，惟高腔則七眼一板。聲急促則一眼一板,又無所不同。其微異之點,則崑曲必佐以竹,秦聲必間以絲,今之唱秦聲者,以絲爲主,而間以竹,或但有絲而去其竹。崑曲僅有綽板,秦腔兼用竹木。俗稱梆子,竹用篔簹,木用棗。其所以改用者,以秦多肉聲,竹不如肉,故去笙笛。又秦多商聲,最駛烈,綽板聲嫌沉細,僅堪用以定眼也。

至於九調之説,崑曲僅七調,無四合。七調中乙調最高,惟十番用之;上字調亦不常用,其實僅有五調。若正宮,則音屬黄鐘,爲曲之主。相傳惟蘇崑生發口即是,一生所歌,皆正宮調。其後婁江顧子惠、施某二人差堪繼聲。今則歌崑曲者,甫入正宮,即犯他調矣。秦人顧曲,人人皆音中黄鐘,調入正宮。然所謂正宮者,非大聲疾呼,滿堂滿室之謂也。當直起直落,而復婉轉環生,即犯入别調,仍能爲宫音。如歌商調則入商之宫,歌羽調則入羽之宫。樂經旋相爲宫之義,自可以此證明之。蓋絃索勝笙笛,兼用四合,變宫、變徵無不具。以故叩律傳音,上如抗,下如墜,曲如折,止如槁木,句中鈎,纍纍乎如貫珠,斯則秦聲之所有,而崑曲之所無也。

内廷演劇

内廷演劇,遇劇中須拜跪時,必面皇上而跽;若轉場,亦不得以背向皇上。

乾隆初,高宗以海内昇平,命張敏公照製諸院本進呈,以備樂部演習。各節皆相時奏演,如《屈子競渡》、《子安題閣》諸事,無不譜入,謂之《月令承應》。内廷諸喜慶事,奏演祥瑞者,謂之《法宮雅奏》。萬壽令節前後,奏演群仙神道、添籌錫禧,以及黄童白叟、含哺鼓腹者,謂之《九九大慶》。又演目犍連尊者救母事,折爲十本,謂之《勸善金科》。於歲暮奏之,鬼魅雜出,實有古人儺祓之意也。演唐玄奘西域取經事,謂之《昇平寶筏》。於上元前後日奏之,曲文皆文敏親製,詞藻富麗,引用内典經卷。後又命莊恪親王譜蜀漢《三國志》典故,謂之《鼎峙春秋》。又譜宋政和間梁山諸盜,及宋金交兵、徽欽北狩諸事,謂之《忠義璇圖》,其詞皆出月華游客之手,鈔襲元明《水滸》、《義俠》、《西川圖》諸院本,遠不逮文敏矣。嘉慶癸酉,仁宗以教匪事,特命罷演諸連臺,至上元日,亦惟以《月令承應》代之。

六 燕 班

吴三桂喜度曲,不差累黍,有周公瑾風焉。蓄歌童十數輩,自教之。中六人藝最勝,稱六燕班,蓋六人皆以燕名也。嘗微服遊江淮間,與六燕俱。賈人某亦嗜聲伎,值家讌演劇,吴投刺謁之,賈延入,納之上座。未幾,樂作。脱板乖腔,百無一當。主人與客極口褒奬,吴但默坐,瞑目摇首而已。主人憤而言曰:"若村老,亦諳此耶?"吴曰:"不敢,然嗜此已數十年矣。"主人愈不悦。客有黠者,請吴奏技,否則將有以折辱之。吴欲自炫,不復辭謝,欣然爲演《惠明寄柬》一折,聲容臺步,動中肯要。座客皆相顧愕眙。少焉樂闋,下場一笑,連稱"獻醜"而去。

禮邸有菊部

大興舒位,字鐵雲。禮闈報罷,留滯京華。太倉畢子筠華珍,方客禮親王邸。二人皆精音律,嘗取古人逸事,撰爲雜劇,如《楊笠湖吟風閣》例。王好賓客,亦知音。王邸舊有吴中菊部,每一折成,輒付伶工按譜;數日嫻習,即邀二人顧曲,盛筵一席,輒侑以潤筆十金。

演《八仙上壽》

常州府有屬縣八,惟靖江介在江北。順、康間,某親貴出守常州,聲勢烜赫,僚屬備極嚴憚。一日,以壽演劇,七邑令皆來稱祝,靖江令獨後至,懼甚,屬閽者爲畫策,遂重賂伶人。時方演《八仙上壽》劇,七人者先出,李鐵拐獨後,七人問曰:"來何暮也?"鐵拐曰:"大江風阻,故爾來遲。"閽人即於是時,以靖江令手版進。太守大喜,遂延入,至盡歡而罷。

演《長生殿》傳奇

錢唐太學生洪昉思昇,著《長生殿》傳奇。初成,授聚和班演之,聖祖覽之稱善,賜優人白金二十兩。於是諸親王及閣部大臣,凡有宴會,必演此劇,而纏頭之費,較之御賞且數倍。聚和班優人乃請開筵爲洪壽,即演是劇以侑觴。某日,宴於宣武門外孫公園,名流之在都下者,悉爲羅致,而不及給諫黄六鴻。黄奏謂皇太后忌辰,設宴樂,爲大不敬,請按律治罪。上覽其奏，命下刑部獄。益都趙秋谷對簿自承，經部議革職，一時凡士大夫及諸生除名者，幾五十人。秋谷及海寧查夏重其最著者。後查改名慎行，登第；趙年僅廿八，竟廢置終其身。洪放歸，旋墮苕霅間而死。當時編修徐嘉炎，亦與讌對歌，賂聚和班優人，詭稱未與，得免。都人有口號云："國服雖除未滿喪，何如便入戲文場。自家原有三分錯，莫把彈章怨老黄。秋谷才華迥絶儔，少年科第儘風流。可憐一齣《長生殿》，斷送功名到白頭。周王廟祝本輕浮，也向長生殿裏遊。抖擻香金求脱網，聚和班裏製行頭。"徐豐頤修髯，有周道士之稱，後官學士。或曰，黄由知縣行取入京，以土物、詩稿遍贈諸名士。至秋谷，答以柬云："土物拜登，大稿璧謝。"黄銜之刺骨，故有是劾也。

演《目連救母》

康熙癸亥，聖祖以海宇蕩平，宜與臣民共爲宴樂，特發帑金一千兩，在後載門架高臺，命梨園子弟，演《目連》傳奇，用活虎活象活馬。

演《臨川夢》傳奇

蔣心餘太史士銓，性峭直，不苟隨時，以剛介爲和珅所抑，留京師八年，無所遇，以母老乞歸。其才其遇，無一不與明湯玉茗相類，因爲《臨川夢》傳奇，以自況焉。其自序略云："先生以生爲夢，以死爲醒。予則以生爲死，以醒爲夢，於是引先生既醒之身，復入於既死之夢，且令《四夢》中人，與先生周旋於夢外之身，不亦荒唐可樂乎？"

演《探親相駡》

《探親相駡》一劇，原爲崑曲中之梆腔雜劇。雖京戲亦演之，然悉仍其舊。蓋道、咸之際，樂風漸變，趨重京劇。自後内廷傳唱，常例皆京、崑並奏，故率將崑曲闌入。各地伶人，遂亦相沿成習，意謂亦在京戲範圍，實則此劇純用吹腔，固猶是崑曲之面目也。惟服裝做工，則因時會而遷移。間有不相沿襲者，而唱白腔調，悉與《綴白裘》同調門悉用《銀絞絲》曲。中有不合者，殆爲沿訛。惟依崑曲原本，尚少末後與男親家相遇，重延解勸，而親母和好如初之一段，大率爲演京劇者所删矣。至其劇情，則爲鄉間親家母胡媽媽背布袋，騎驢入城，探其名野花者之女也。先是女見母訴苦，旋與親家母相見；則一村一俏，無不相形見絀，且談吐之時，每被奚落，旋以語及野花之傻，一則苛求，一則迴護，遂至争執相駡，不歡而别。

李笠翁《曲部·誓詞》

李笠翁家蓄伶人，嘗撰《曲部·誓詞》，文云："竊聞諸子皆屬寓言，稗官好爲曲喻。《齊諧》志怪，有其事豈必盡有其人？博望鑿空，詭其名焉得不詭其實。矧不肖硯田餬口，原非發憤而著書。筆蕊生心，匪托微言以諷世，不過借三寸枯管，爲聖天子粉飾太平。揭一片婆心，效老道人木鐸里巷，既有悲歡離合，難辭謔浪詼諧。加生旦以美名，既非市恩於有托；抹净丑以花臉，亦屬調笑於無心。凡此點綴劇場，使不岑寂而已。但慮七情以内，無境不生；六合之中，何所不有？幻設一事，即有一事之偶①同；喬命一名，即有一名之巧合。焉知不以無基之樓閣，認爲有樣之胡盧？是用瀝血鳴神，剖心告世，稍有一毫②所指，甘爲三世之瘖，即漏顯誅，難逋陰罰。作者自干於有赫，觀者幸諒其無他。"

恭王嗜崑劇

恭親王溥偉喜觀崑劇，能自唱，其左右亦能和之。每遇小飲微醺，輒歌舞間作；偶倦，即令左右賡續以爲樂，曲罷，恒賜以酒。又嘗召伶演武劇，忽顧左右曰："若曹亦可與之厮打。"衆不諳武藝，莫敢應，則力促之，謂當賞白金。時孫菊仙在側，起而言曰："君等宜努力，王爺固有人各一錁之賞，或且可得膏藥一張也。"王頓悟，令止之。

按：《清稗類鈔》《音樂類》與《戲劇類》，篇幅尚多，兹多擇録以涉及崑腔、崑劇者爲限，他不及也。二北識。

---

①　今校：偶，原作"假"，據《歷代曲話彙編》本改。

②　今校：毫，原作"睾"，同上改。

蕖猗室曲話

菉猗室曲話目次

菉猗室曲話卷一

新曲苑第三十三種　清貴筑姚華撰

卓徐餘慧

明杭州卓人月選《古今詞統》十六卷，搜羅甚富。然至採録小説、傳奇之作以充數，不免爲大雅所譏。徐士俊評："且時攔入傳奇，更覺不倫。"抑亦可見詞曲雖分疆界，明人尚視爲一體。予方治曲，喜其於變遷之迹，有所考證，因節取其語，以資鄙説。蓋翻詞入曲，尚見本原，非援曲入詞，致傷糅雜也。録卓、徐餘慧。

元曲賓白所昉　少游〔調笑令〕《咏昭君》、《烟中怨》、《樂昌公主》、《倩女》四首，發端先作七言口號，即"叠末"二字以爲詞頭，謂之"調笑轉踏"。考其起源，出於樂語，而徐士俊評，以爲"前數行疑是元人賓白所自始，被之管絃，竟是董解元數段"。此語非特足爲劇曲考源，更可以見詞曲轉移之迹。再以趙德麟《商調・蝶戀花》述《會真記事》十闋證之，更昭然明白矣。調笑轉踏，宋人多爲之，如山谷、東堂、雲龕、无咎諸家，各有所作，見《樂府雅詞》及毛刻《宋六十名家詞》中。《樂府雅詞》又録鄭僅十三首，前有句隊，後有放隊，各語尚規模樂語，不過一闋分咏一事。而王灼《碧雞漫志》載石曼卿作《拂霓裳轉踏》述《開元天寶遺事》，則合數闋咏一事，爲王伯成之先聲，惜其辭不傳，無可考耳。趙德麟《蝶戀花》十闋，今尚見《侯鯖録》中，毛西河《詞話》已視爲戲曲之祖矣。董解元據《輟耕録》，謂是金章宗時人，名里無考。《西河詞話》則以爲金章宗學士，不詳所據。董撰《絃索西厢》爲古今傳奇之祖，近貴池劉氏有重刻本。

元曲與詞法相通處　《斷腸》《生查子・元夕》詞："去年元夜時，今年元夜時"二語，徐極賞之，以爲"元曲之稱絶者，不過得此法"。顧敻《醉公子》詞末句云："魂銷似去年。"徐云："還魂曲，'恁今春關情似去年',用此也;'最撩人春色似今年',則又翻此。"

入作平　叔黨《點絳唇·秋閨》詞云:"畫樓十二,有個人同倚。"卓人月注云:"'十'字,唐詩多作平聲,楊升庵音'旬',王弇州音'諶'。"予按:北曲無入聲,凡入聲皆配入三聲,《中原音韻》可考。以此知挺齋所受,由來遠矣。周德清號挺齋,元人。所訂《中原音韻》爲北曲韻本,今僅存明程明善所刻《嘯餘譜》中。叔黨,蘇過字,東坡長子。

詞用曲韻　蕭竹屋《前調·記夢詞》:"花逕相逢,眼期心諾。"卓注云:"'諾'字用韻,與北曲同。"

秋千詞入紫釵記　無名氏《前調·鞦韆》詞云:"蹴罷鞦韆,起來整頓纖纖手。露濃花瘦,薄汗輕衣透。　見客入來,襪剗金釵溜。和羞走。倚門回首,却把青梅嗅。"徐云:"入若士《紫釵記》。"

西厢語所本　毛文錫《醉花間》詞云:"銀漢是紅牆,一帶遥相隔。"徐云:"'粉牆高似青天'之句未奇也。"

還魂語所本　六一《浣溪沙·春遊》詞云:"日斜歸去奈何春。"徐云:"湯若士'良辰美景奈何天'本此。"

入紫釵語　山谷《前調·佳人》詞末句云:"今生有分向伊麼。"徐云:"入《紫釵》。"

入幽閨語　董遐周《攤破浣溪沙·鬥草》詞云:"鞦韆架閣檀槽亞,百寶欄邊尋耍。生被香蕪撩惹,賭個輸贏者。　争多説少渾閒話,鬧過殘春聊。且搶得别人盈把,翻要將人打。"徐云:"輕清淡冶,不使一事,不鍊一字,似施君美曲。"按:此作入曲,尚屬本色,入詞則太淺率。展成詞多纖滑,爲昔人所嗤,正以此耳。詞曲界限,不可不嚴。明人多不守之,無怪徐之嘆賞不已也。施君美,名惠,元人,世傳《幽閨記》傳奇爲其所撰,今存《六十種曲》中。近貴池劉氏得舊本重刻。遐周名斯張,明湖州人。

實甫曲與詞意相合處　劉燕哥《太常引》詞末句云:"第一夜相思淚彈。"徐云:"王實甫曲《破題兒·第一夜》即此意。"

西厢仿詞語　溪堂《柳梢青》詞云:"昨夜濃歡,今宵别酒,明朝行客。"徐云:"《西厢》'前暮私情,昨夜歡娱,今日别離',殆倣此邪?"

元曲拆白道字之始　少游《南歌子·贈陶心兒》詞末句云:"天外一

勾殘月帶三星。”卓注云：“隱‘心’字。”徐云：“你共人女字邊干，争知我門裹挑心，對此則醜。”按：二語是山谷《同心》詞句。元曲中拆白道字，淮海已開其端矣。

西厢與詞意相合處 東坡《前調·有感》詞云：“何物與儂，歸去有殘妝。”徐云：“即《會真記》‘靚妝在臂’之意。”按：本詞又云：“美人依約在西厢。”王實甫曲題目蓋本諸此。

詞曲中用也字 易安《怨王孫》詞云：“又是寒食也。”徐云：“元詞多以‘也’字叶成妙句，殆祖此。”按：元曲凡用“也”字處，蓋有一定音律如此，與文章無關，徐殆未深考耳。僅論文章，不論曲律，此金人瑞之所以敢於改《西厢》也。明人習氣，多如此類。

西厢與詞意相合處 山谷《鷓鴣天》詞云：“覷得羞時整玉梭。”徐云：“王實甫‘推整素羅衣’之句，與‘整玉梭’相類。”

琵琶用詞語 蜀主《玉樓春·避暑摩訶池上作》“冰肌玉骨凉無汗”一首，東坡足成《洞仙歌》。徐以爲蘇詞又被高生取入《琵琶》，習聞則厭，惟“一點明月”可留耳。

元曲本詞之語 東坡《翻香令·燒香》詞云：“且圖得，氤氳久，爲情深，嫌怕斷頭烟。”徐云：“元曲所謂‘前生燒了斷頭香’者，宋時先有此説邪？”

還魂用詞語 張子野《一斛珠·咏佳人吹笛》詞云：“生香真色人難學。”徐云：“人羡湯若士‘丹青女易描，真色人難學’之句，不知爲子野所創。”

湯臨川曲與朱宗遠詞之較 朱宗遠《賣花聲》詞云：“嫩凉羈葉，柳館黄鸝常寓。”徐云：“臨川曲云‘弄鶯簧，赴柳衙’，與‘柳館’句孰多。”宗遠名灝，明華亭人。

明人詞曲習氣 吴凝父《解珮令·蟋蟀》詞云：“有甚干纏，恰催起天涯離愫。”又云：“蟋蟀哥哥，倘後夜暗風凄雨，再休來小窗悲訴。”徐賞此語，以爲“似欲攔宋人詞入元人曲”。予謂“蟋蟀哥哥”終非詞家語。明人填詞製曲，皆由一轍，故詞不能望宋，曲不能嗣元；是又有明一代之風氣所由生，而南曲之面目又所以特異也。凝父名鼎芬，吴縣人，年四十祝髮，號唵嚶。

紅蕖記取賀方回詞語　方回《千秋歲》詞云："奴奴睡，奴奴睡也奴奴睡。"徐云："沈寧庵取入《紅蕖記》。"按：此亦作山谷詞。寧庵即沈璟，字伯瑛，世稱詞隱先生者是也。吴江人，萬曆間進士，仕至光禄寺某官。所撰曲二十餘種，今惟《義俠記》在，《六十種曲》中尚傳。《紅蕖記》僅於清黄文暘《曲海目》中存其名而已。寧翁與臨川齊名，方諸生曰："松陵具詞法，而讓詞致，臨川妙詞情，而越詞檢，可以測其所至矣。"近予得康熙間興慶閣傳鈔本《一種情》傳奇，以與沈輯《南九宫曲譜》對讀之，無所出入，可見矩矱。《一種情》據《曲海目》亦沈撰。寧庵有子曰自炳，字君晦，亦工詞曲。卓書收《清平調·春宫》詞四首。徐評云："讀君晦詞，知寧庵先生風流未墜。"

二詞爲董劇先導　山谷《歸田樂》兩首，其一云："暮雨濛階砌，漏漸移轉添寂寞，點點心如碎。怨你又戀你，恨你，惜你，畢竟教人怎生是？　前歡算未已，奈向如今愁無計。爲伊聰俊，銷得人憔悴。這裏誚睡裹，睡裹，夢裹，心裹，一晌無言但垂淚。"其二云："對景還銷瘦，被個人把人調戲。我也心兒有，憶我又唤我，見我，嗔我，天甚教人怎生受？

看承幸廝勾，又是樽前眉峰皺。是人驚怪，冤我忒撋就。拚了又捨了，定是這回休了，及至相逢又依舊。"徐云："二曲爲董解元導師。"按：山谷、稼軒、次仲、龍洲諸家，才情豪縱，於詞格已不中材，有時放筆，更出正軌。詞至宋末，多墮惡道，諸家不能辭其咎也。然下啓金、元，遂爲千古曲家開山鼻祖。風氣之成，固非一二人力也。

撋就考　撋，如專切，挼也。趙長卿《簇水》詞亦有"試撋就"句，又有"百撋百就"句，見羅江李氏《雨村詞話》。又少游《滿園花·怨情》詞："當初不合苦撋就。"卓注云："撋，而緣切。攋撋，手挼挱物也。"

天池詞似務觀　陸氏五種　務觀《隔浦蓮》詞云："騎騌雲路倒景，醉面風吹醒。笑把浮丘袂，寥然非復塵境。震澤秋萬頃，烟霏散，水面飛金鏡。　露華冷，湘妃睡起，鬟傾釵墜慵整。臨江舞處，零亂塞鴻清影。"徐云："似陸天池《良宵杳》一曲。"按：此當云"天池似務觀"耳。天池名采，字子元，明長洲人。所撰曲有《明珠記》、《南西厢》、《懷香記》、《椒觴記》、《分鞋記》，今《六十種曲》中尚存《明珠》、《懷香》二記。《南西廂》近貴池劉氏有刻本，餘未見。《良宵杳》曲，不知在何本中，當再查之。

元宵詞入紫釵 胡浩然《傳言玉女·元宵》詞云："一夜東風，不見柳梢殘雪。御樓烟煖，對鼇山綵結。簫鼓向曉，鳳輦初回宮闕。千門燈火，九逵風月。 綉閣人人，乍嬉遊，困又歇。艷妝初試，把珠簾半揭。嬌羞向人，手撚玉梅低説，相逢長是上元時節。"徐云："結數語入《紫釵》。"

夢詞入牡丹亭 辛詞粗率入曲甚宜 林初文《河滿子·咏夢》詞云："春日弄花不影，秋宵踏月無痕。"徐云："竟是《牡丹亭》上鬼語。"按：初文名章，明閩人。稼軒《千年調》詞云："卮酒向人時，和氣先傾倒。最要然然可可，萬事稱好。滑稽座上，更對鴟夷笑。寒與熱，總隨人，甘國老。 少年使酒，出口人嫌拗。此個和合道理，近日方曉。學人言語，未會十分巧。看他們，得人情，秦吉了。"徐云："卓老評實甫《西廂》，如喉間湧出來者，予於稼軒亦云。"按：此與山谷《歸田樂》正是一類，於詞格則嫌粗率，然論之於曲，正如陳、隋二主《玉樹後庭花》曲，高視三唐近體矣。

還魂妙語出於子野 子野《一叢花》詞云："傷高懷遠幾時窮，無物似情濃。"徐云："《還魂記》妙語，皆出於子野。"

幽閨襟重語本美成詞 美成《早梅芳·曉別》詞云："淚多羅袖重，意密鶯聲小。"徐云："'重'字妙。施君美'風吹雨濕衣襟重'本此。"

詞近歌曲 初文《八六子·望鍾山》詞云："翠娉婷，只爲一片牆兒，費了雙睛，正紫苑春風動處。御溝流水忙時，教人怎生？"徐云："漸近歌曲矣，可不慎其餘乎？"

語在西廂還魂間 李中主《帝臺春·春恨》詞云："拚則而今已拚，忘則怎生便忘得？"徐云："二語《西廂》、《還魂》記之間。"

咏美人足語 梅溪《東風第一枝·春雪》詞云："行天入鏡，做弄出輕鬆纖軟。"徐云："'輕鬆纖軟'，元人借以咏美人足。"

馬張曲語 一女郎失名《玉蝴蝶》詞云："粉牆花影來，疑是羅帳雨，夢斷成空。"徐云："馬東籬、張小山諸君所服。"按：東籬名致遠，元大都人;小山名可久,元慶元人,曲家巨擘也。徐所云云,當謂小令諸作耳。

還魂記用辛詞　稼軒《水龍吟·旅次登樓作》詞云:"倩何人喚取紅巾翠袖,揾英雄淚。"徐云:"若士取贈黄衫客,極當。"

紅梨花似秋澗詞句　王秋澗《水龍吟·賦秋日紅梨花》詞云:"定應不待,荆王翠被。"徐云:"元人《紅梨花》雜劇,有此妙句否?"按:秋澗,宋人,不詳其名。

續西厢仿存齋詞　瞿存齋《賀新郎·題秦女吹簫圖》詞云:"天若有情天也許,許人間夫婦咸如是。"徐云:"關漢卿云:'願普天下有情的都成了眷屬。'"按:存齋名佑,字宗吉,明仁和人。此當是翻曲入詞耳。

襯字非始於曲　曲中襯字,所以待歌者之損益。金、元以來,相沿不廢,然不自曲始也。自五代詞人已開其端,兩宋諸家,復循其例。前人矜慎,每因增字,或云變格,徒形紛亂。卓注《詞統》,屢標襯字,庶幾得之。如五代歐陽炯《定西番》末句云:"如西子鏡照江娥。""如"字襯。宋徐俯《卜算子·春怨》末句云:"遮不斷愁來路。""遮"字襯。明孟稱舜《卜算子·江上》詞末句效之云:"割不斷愁腸去。""割"字襯。此又曲中變五爲六之法所由昉也。又宋吴文英《唐多令·惜别》第三句云:"縱芭蕉不雨也颼颼。""縱"字襯。詞曲淵源,於此可證。唐宋諸家之作,何啻萬千!倘能一一校之,如此類者,正自不少也。

君晦詞如曲　沈伯瑛詞曲,爲有明名家。子君晦,名自炳,能嗣其響。曲子未詳所撰,《詞統》屢收其詞,評謂:"讀君晦詞,知寧庵先生風流未墜。"兹録其《清平調引·春宫》四首之一云:"夜隨鳳輦上林園,珠翠風多語笑喧。星映薔薇花影暗,玉娥潛戲小黄門。"選材構想,皆於曲之臭味爲近也。

詞曲相近者　明餘姚諸君餘慶源《竹枝》云:"種得芭蕉初長成,夜來風雨忒無情。不知雨打芭蕉葉,還是芭蕉打雨聲。"此作亦收《詞統》中。按:《竹枝》爲樂府之一體,援以入詞,必須博證。而《詞統》不一疏明,且此詞意趣究竟近曲,濫收如此。抑亦可見明人詞格多爲曲累,而詞曲轉移之際,針線尤爲分明已。

樂器不同詞亦隨變　元已有三絃　二絃三絃同時並作　北曲宜絃索，南曲宜簫管。絲之調弄，隨手操縱，均可自如；竹則以口運氣，轉換之間，不能如手腕敏活。故其音節，北曲渾脱瀏亮，南曲婉轉清揚，皆緣所操不同，而其詞亦隨之而變，有不能强者。絃索門類，雅以琴瑟爲主，燕樂以琴瑟爲主。自元以降，則用三絃；近百年來，二絃（即胡琴）獨張，此絃索之變遷也。二絃、三絃，未詳起於何時，然元曲中已見吟咏。《詞統》收陳眉公《柳枝詞》末句："三條絃上合新詞，〔掛真兒〕。"注引張小山《題贈玉娥兒》"三絃玉指，雙鈎草字"爲證，是元已有其製。李開先中麓所刊《小山小令》中，不收此語，疑佚句也。小山又有《胡琴・閱金經》小令云："雨漱窗前竹，潤流冰上泉，一線清風動二絃。"聯小山《秋水篇・昭君怨》："塞雲黄暮天。"又酸齋《席上聽胡琴・朝天子》云："玉鞭，翠鈿，記馬上昭君怨。一梭銀線解冰泉，碎折驪珠串。雁舞秋烟，鶯啼春院，傷心塞草邊。醉仙，綵牋，寫萬里關山怨。"據此，則二絃、三絃殆同時並作者耶？

辛劉詞入元劇爲當行　賓白演變　《詞統》收稼軒《卜算子》四首，第四首末云："萬一朝廷舉力田，舍我其誰也？"標爲佳句。然此等語，終是稼軒習氣，非詞家上乘。劉龍洲特喜效之，有《西江月》"天時地利與人和"及"燕可伐與曰可"之句，而詞中遂開此派。元曲尤盛，雜劇、傳奇中，且以爲出色當行。淺人但讀《西厢》、《還魂記》，遂咤實父、義仍之作爲無上奇妙，豈知此等處，在元劇中正是習見語耶。　元劇賓白"掉書袋"處，腐氣滿紙，常爲明人所議。然元人本色，亦正在此。且以稼軒詞句例之，猶爲可恕；較之明人，賓白妃青儷白，語語求工，反成填砌。孰得孰失，行家自能辨也。至清人所爲，更欲以古文之法行之，益去益遠，自鄶[1]而下，可無譏矣。

雙漸小青怨　誠齋雜劇　疏齋逸事　喬夢符　宋六嫂　滕玉霄　《詞統》所録詞及注中，常有足資曲家掌故者。《鷓鴣天》楊立齋一首云："烟柳風花錦作（團），霜牙露葉玉裝船。誰知皓齒纖腰會，只在輕衫短帽邊。　啼玉靨，咽冰絃，五牛身去更無傳。詞人老筆佳人口，再喚春

---

① 今校：鄶，原作"檜"，據《歷代曲話彙編》本改。

風到眼前。"注:《青樓集》云:"趙真真、楊玉娥善唱諸宫詞。楊立齋見其謳張五牛、商政叔所編《雙漸小卿怨》(此字疑訛),因作〔鷓鴣天〕、〔哨遍〕、〔耍孩兒煞〕以咏之。"按: 立齋舊失其名,《太和正音譜》楊、商皆有評,五牛未詳。〔哨遍〕、〔耍孩兒煞〕以咏之①套曲,今亦不可考矣。又前調周憲王《咏綉鞋》一首云:"花簇香鈎淺涴塵,輕風微露絳羅裙。金蓮自是慳三寸,難載盈盈一段春。　仙已去,事猶存,陽臺何處訪朝雲。相思攜手遊春日,尚帶年時草露痕。"注云:"憲王有《誠齋録》七卷,成於宣德六年。其《咏牡丹》、《梅花》、《玉堂春》七言律各百首,又著雜劇數種。宫人夏雲英,亦有《端清閣》詩一卷,計六十九篇。"又〔踏沙行〕盧疏齋《題壁》一首云:"雪暗山明,溪深花早。行人馬上詩成了,歸來聞説妙隆歌,金陵却比蓬萊渺。　寶鏡慵窺,玉容空好。梁塵不動歌聲悄,無人知我此時情,春風一枕松窗曉。"注云:"杜妙隆,金陵佳麗也。盧疏齋欲見之,行李匆匆,不果所願,因題詞於壁。"按: 疏齋名亦不傳,《太和正音譜》列其人於董解元之次,有録無評。據《小山小令》題中,嘗稱"疏齋學士",蓋即盧也。又〔賣花聲〕,黄子常《本意》一首云:"人過天街,曉色擔頭紅紫,滿筠筐浮花浪蕊。畫樓睡醒,正眼横秋水,聽新腔一聲唤起。　吟紅叫白,報得蜂兒知未。隔東西餘音軟美,迎門争賣。早斜簪雲髻,助春嬌粉香簾底。"注云:"喬夢符和詞云:'侵曉園丁,叫道嫩紅嬌紫。巧工夫攢枝飽蘂,行歌佇立。灑洗新妝水,捲香風看街簾起。　深深巷陌,有個重門開未。忽聽他驚尋夢美,穿窗透閣,便憑伊唤取,惜花人在誰根底。"按: 黄子常亦失其名。夢符,名吉,太原人。《太和正音譜》評其詞:"如神鰲鼓浪",謂"若天吴跨神鼇,潠沫於大洋波濤,洶湧截斷。"《録鬼簿》云:"喬夢符號笙鶴翁,又號惺惺道人。美容儀,能詞章,以威嚴自飭,人敬畏之。居杭州太乙宫前,有《題西湖・梧葉兒》百篇,名公爲之序。江湖間四十年,欲刊行所作,竟無成事者。至正五年二月病卒於家。"陶九成《輟耕録》云:"喬孟符吉,博學多能,以樂府稱。嘗云:'作樂府亦有法',曰:'鳳頭、猪肚、豹尾'六字是也。大概起要美麗,中要浩蕩,結要響亮,尤貴在首尾貫串,意思清新,能若是,斯可以言樂

① 今校:以咏之,據《歷代曲話彙編》本補。

府矣。”李中麓爲刊《小令》一卷，序謂“蘊藉包含，風流調笑。種種出奇而不失之怪，多多益善而不失之繁，句句用俗而不失其爲文。自謂可與之傳神。元之張小山喬，其猶唐之李、杜乎？”厲樊榭謂：“中麓爲笙鶴翁之桓譚。”且云：“讀其小令，灑落俊生，如遇翁之風韵於紅牙錦瑟間，時更三朝，名猶鼎鼎，洵不數也。”惟其詞章，少有傳者，《賣花聲》一詞，吉光片羽，可不寶諸？又《念奴嬌·滕玉霄寄宋六嫂》一首云：“柳顰花困，把人間恩愛，尊前傾盡。何處飛來雙比翼，直是同聲相應。寒玉嘶風，香雲捲雪，一串驪珠引。元郎去後，有誰着意題品。　誰料濁羽清商，繁絃急管，猶是餘風韵。莫是紫鸞天上曲，兩兩玉童肩並。白髮梨園，青衫老傅，試與流連聽。可人何處？滿庭霜月清冷。”注：宋六嫂，小字同壽。元遺山有《贈觱栗工張觜兒》詞，即其父也。宋與其夫合樂，妙入神品，蓋宋善謳，其夫能傳其父之藝云。按：滕名亦不詳。楊維楨《東維子》卷十一周月湖《今樂府序》：“舉元曲之名者八家，而玉霄豪爽，與馮海粟並稱。原序：奇巧關漢卿、庾吉甫、楊澹齋、盧疏齋，豪爽馮海粟、滕玉霄，蘊藉貫酸齋、馬昂父。陳眉公嘗竊取此語，入之《筆記三》。然《太和正音譜》録金、元諸家殆盡，而獨無玉霄，何耶？”

詞宗曲祖　柳耆卿詞：“今宵酒醒何處，楊柳岸曉風殘月。”上六字爲王實父所本。謂“今宵酒醒何處”也。卓注引沈天羽云：“‘今宵’二句，耆卿爲詞宗，實父爲曲祖，求而似之。秦少游‘酒醒處殘陽亂鴉’，魏承班‘簾外曉鶯殘月’”。

咏指甲　嘲禿指甲　劉改之《沁園春·咏美人指甲》一首，《詞統》（十五）收之，云：“（鎖）薄春冰，碾輕寒玉，漸長漸彎。見鳳鞵泥污，偎人强剔。龍涎香斷，撥火輕翻。學撫瑶琴，時時欲剪，更掬水、魚鱗波底寒。纖柔處，試摘花香滿，鏤棗成斑。　時將粉淚偷彈，記綰玉、曾教柳傅看。算恩情相着，搔便玉體。歸期暗數，劃遍闌干。每到相思，沉吟静處，斜倚朱唇皓齒間。風流甚，把仙郎暗掐，莫放春閑。”注引升庵詞，亦云元人《咏指甲·得勝令》一闋：“宜將鬥草尋，宜把花枝浸，宜將綉線勾，宜把金針紝，宜操七絃琴，宜結兩同心，宜托腮邊玉，宜圈鞋上金。難禁，得一掐通身沁。知音，治相思十個針。”艷爽之極。又關漢卿《嘲禿指甲·醉扶歸》一闋：“十指如枯筍，和袖捧金尊。

搊殺銀箏字不真，搔痒天生鈍。縱有相思淚痕，索把拳頭揾。”亦可資捧腹。

詞曲一視　高季迪《多麗・弔七姬墓》有云：“漫説無雙，傾城曾數，八人少個六人多。”此直是曲句。季迪詩雄元、明之際，而詞竟如此作。殆亦風氣濡染，未能擺脱，不經意時，便爾流露；抑亦當時詞、曲一視，無甚限界耶？

枕痕一線　美成有“枕痕一線紅生玉”之句，曲家襲之，爲“枕痕一線玉生紅”，失名《新水令・間阻》套曲，見《雍熙樂府》十一。又襲之爲“枕痕一線玉生春”，元趙君祥《新水令・閨情》套曲，見明陳藎卿《北宫詞紀》六及《雍熙樂府》十一。又爲“枕痕一線淚淋漓”，失名《新水令・悲夏》套曲。“枕痕一線紅粉嬌”，失名《新水令・怨恨》套曲。“枕痕一線印香肌”，失名《新水令・望信》套曲。“枕痕一線印腮頰”，失名《新水令・病減》套曲。“枕痕一線界胭脂”，失名《新水令・諧偶》套曲。“枕痕一線粉脂消”，失名《新水令・失題》套曲。“枕痕一線粉紅湮”，失名《新水令・閨悶》套曲。“枕痕一線界芙蓉”，失名《新水令・閨病》套曲。“枕痕一線粉香殘”，明陳大聲《新水令・閨情》套曲。以上並見《雍熙樂府》十一，陳作亦見《北宫詞紀》六。“枕痕一線淚模糊”，失名《新水令・閨情》套曲。“枕痕一線俏紅香”，前人《新水令・重賦前題》套曲。“枕痕一線粉腮新”，失名《新水令・次韻失題》套曲。以上均見《雍熙樂府》十二。輾轉相師，不厭其常，未之解也。明吴凝父鼎芳《惜分飛》詞：“紅界枕痕微褪玉。”《詞統》評云：“何減美成！”予謂：“此特剪裁全句，非自具錘鑪，亦美成雲仍耳。”“界胭脂”、“界芙蓉”，二語不知何人創拈“界”字。凝父詞句，亦互相粉本也。

蕭淑蘭劇本事　張鄭艷詞　張氏題像　裴崔本事　河中二崔　小青《詞統》所收，有出小説者，於雜劇傳奇，頗足資敷佐。如蕭淑蘭《菩薩蠻》一首云：“有情潮落西陵浦，無情人向西陵去。去也不教知，怕人留戀伊。　憶了千千萬，恨了千千萬。畢竟憶時多，恨時無奈何。”注：引“《詩女史》又有蕭淑蘭《寄張世英》詞云：‘天教劉郎迷蓬島，桃花片片依芳草。芳草惹春思，王孫知不知？　紅顔輕似葉，薄倖堅如鐵。妾意爲君多，君心棄妾那。’”又云：“張世英館於蕭公讓家，其妹投詞挑之。張拒而不納，托故辭歸。後蕭公讓知之，以妹許張，備禮而婚焉。事見元人雜劇。”按：即蕭淑蘭《情寄菩薩蠻》也，今尚存臧晉叔《元曲選》中。又鄭雲娘寄張生《西江月》詞注：“雲娘又寄張生《兜上鞋兒》曲云：‘朦朧月影，黯澹花陰。獨立等多時，只怕冤家乖約，又恐他側畔人知。千回作念，萬般思想，心下暗猜疑，驀地得來厮見。風前語顫聲低，輕移蓮步，暗卸羅衣，攜手過廊西。正是更闌人静，向粉郎故意矜持。片時雲雨，幾多歡愛，依舊兩分離。報道情郎且住，待奴兜上鞋兒。’”張生寄鄭雲娘《西江月》詞注：“張生《又寄鄭雲娘·小重山》曲云：‘杏火無烟燒斷腸，織成春恨切，柳絲長。當時誰是種花郎，却不教柳近杏花傍。柳道不須忙，春深須是有，絮飛揚，等閑撲着杏腮香，恁時節，説甚隔池塘。’”按：此不知所出，本書氏籍以爲宋人，或出宋人小説也。又收張肯《沁園春·題鶯鶯像》一首云：“楚楚芳姿，是誰人扶上？崔娘卷中，恰金蟬委蜕，髩雲緑淺，翠蛾出繭，眉黛香濃。待月應真。迎風也似，算只欠牆花一樹紅。千年恨，水流雲散，僧舍蒲東。　而今驀地相逢，悄不似當年憔悴容。正章臺雲雨，未絲楊柳，蜀江秋露，初蕊芙蓉。一見魂銷，再看腸斷，方信春情屬畫工。元才子，艷詞嬌傳，空費雕蟲。”評云：“元才子説微之亦可，説實甫、漢卿亦可。”按：本書氏籍以張肯爲宋人，不應以元才子爲指王、關也。又僧德洪《千秋歲·題崔徽卷子次少游韵》一首云：“半身屏外，覺睡唇紅退。春思亂，芳心碎，空餘簪髻玉，不見流蘇帶。試與問，今人秀韵宜誰對？　湘浦曾同會，手引青羅蓋。疑是夢，今猶在。十分春易盡，一點情難改。多少事，卻隨恨遠連雲海。”注云：“崔徽，河中府倡也。裴敬中以興元幕使河中，與徽相從，累月而歸。後徽寫真奉書，寄裴友白知退曰：‘爲妾敬謝敬中，崔徽一旦不及卷中人，且爲郎死矣。’元稹爲之作歌。”按：此出唐人小説。河中二崔，微之皆與有連，亦説林趣事。陶九成《跋崔氏麗人圖》，是陳居中所畫，其上有題云：“燕鶯爲字，聯徽氏姓崔。”蓋咏鶯而及徽耳。然明方諸生《千秋絶艷賦》有云：“高堂片障，崔徽一紙。”又誤混而一之矣。德洪，據本書氏籍云：“初名惠洪，號覺範。”又收小青《天仙子》一首云：“文姬遠嫁昭君塞，小青又續風情債。也虧一陣黑罡風，火輪下，抽身快，單單别别清凉界。原不是鴛鴦一派,休猜做相思一概。自思自解自商量,心可在,魂可在? 着衫又撚雙裙帶。”注云:“小青,廣陵女子,嫁爲虎林某生妾。生乃豪公子,憨跳不韵,婦復奇妬,小青竟鬱鬱感疾而死。有《寄某夫人書》一首,古詩一首,絶句十首,詞一首。又《南鄉子》詞,不全,僅三句,云:‘數盡懨懨深夜雨,無多,也只得一半工夫。’”按:《小青傳》,明詹詹外史所撰《情史》載之甚詳。《情史》評,謂其第二圖寫照,藏某嫗家,竭力購得之云云,蓋當時事也。然相傳“小青”是隱一“情”字,文人狡獪,非必真有其人。抑又有傳小青“風雨凄涼不可聽,挑鐙閑看《牡丹亭》。人間亦有痴於我,豈獨傷心是小青”之作。且云,是小家女兒,慕玉茗之才,而不獲偶,卒爲情死。即清客《臨川夢》傳奇,所敘婁江女子,讀曲而亡者也。此説予習聞之,亦不復記其所出,第與廣陵小青事,又如出兩人。殆不得其名,抑或别有所諱,以皆情之所鍾,即可托名小青耳。

詞曲接續之際　《詞統》收劉改之《天仙子》一首云:“别醺醺渾易醉,回過頭來三十里,馬兒只管去如飛。牽一會,坐一會,斷送殺人山共水。　是則功名終可喜,不道思情拚得未。雪迷前路小橋横,住底是,去底是,煩惱自家煩惱你。”按:此調入南曲,爲黄鐘過曲。沈伯瑛《南九宫曲譜》收張子野“雲破月來花破影”詞爲式,改之此詞,與子野正同,即與南曲〔黄鐘·天仙子〕同。蓋詞曲同用,而改之詞亦極與曲爲近。此詞曲接續之際,最爲可味者也。詞弊而曲作,宋詞之所謂短,即元曲之所謂長。陳、隋諸作,開近體之先;五代各家,爲詩餘之祖,亦猶是耳。後人嗜近體、詩餘,而獨薄於曲,其亦未通於古今之變也乎?

似曲之詞　劉庭信曲　前詞卓注引升庵詞,亦云:“小説載曹西士赴試步行,戲作《紅窗迥》慰其足云:‘春闈期近也,望帝鄉[①]迢迢,猶在天際。懊恨這一雙脚底,一日厮趕,止五六十里。争氣,扶持我去,博得官歸,恁時賞你,穿對朝靴,安排你在轎兒裏。更選對宫様鞋兒,夜間伴你。’”評云:“此首與九卷中周美成《紅窗迥》字句大異,不知何故。”按:此詞臭味亦與曲近,或直是曲,而誤蒙《紅窗迥》之名,故與詞異耳。注

---

① 今校:鄉,原作“郷”,據《歷代曲話彙編》本改。

又引詞亦云:"又劉叔擬《繫裙腰》詞云:'山兒矗矗水兒清,船兒似葉兒輕,風兒陣陣没人情。月兒明,廝合湊,送行人。　眼兒簌簌淚兒傾,燈兒更冷清清。雁兒隊隊向前程,一聲聲,怎生得夢兒成?'都與此詞一派。"按:此亦類曲,元曲中有極似者。劉庭信〔南吕·黄鐘尾〕曲云:"幾回好夢添凄楚,無奈秋聲忒很毒。一聲風,一聲雨,一聲鐘,一聲鼓。風聲催,雨聲促,角聲哀,鼓聲助。一聲聽,一聲數,一聲愁,一聲苦。風聲寧,雨聲住,角聲停,鼓聲足。一聲鐘撞,一口長吁,淚點兒到多如秋夜雨。"音節激楚,文情酸辛。如此協律愜心,雖蘇、李之作,猶不能寫此,安得薄曲爲小道哉?

詞似傳奇　卓注又引"《艷異編》曰:'襄陽劉改之得一妾,愛甚。'淳熙甲午,預秋薦,赴省試。在道賦《天仙子》一調,每夜飲旅舍,輒使小僮歌之。到建昌,遊麻姑山,屢歌此詞,至以墮淚。二更後,有美女執拍扳來,願唱一曲勸酒,即賡前韵云:'别酒未斟心已醉,忍聽陽關辭故里。揚鞭勒馬到皇都,三題盡,當際會,穩躍龍門三級水。天意令吾先送喜,不審君侯知得未?蔡邕博識爨桐聲,君抱負,却如是,酒滿金杯來勸你。'劉喜甚,與之偕東,果擢第。"按:此詞直與傳奇之作無異,疑明人僞筆耳。

小妮子之祖　顧敻《荷葉杯》:"泥人無語不擡頭"。卓注:"泥,去聲。"元稹詩:"泥他沽酒拔金釵,忽忽窮途泥殺人。"一作"誋"。顧敻詞:"黄鶯嬌囀誋芳妍。"一作"妮"。王通叟詩:"十三妮子小窗中。"按:元劇賓白"小妮子",當以此爲祖。

右詞左曲之成見　《詞統》舊序收黄宿海《續草堂詩餘序》,有云:"詩工於唐,詞盛於宋,至我明,詩道振而詞道闕。蓋唐宋以詩詞爲謳歌,往往牧夫山伎,借才人之吟咏,以成宫商。今縱秦青復出,所歌者卑卑,南北詞不直周郎一顧矣。"評云:"明詩雖不廢,然不過山人、紗帽兩種,應酬之語,何足爲振?夫詩讓唐,詞讓宋,曲又讓元,庶幾吴歌《掛枝兒》、《羅江怨》、《紅棗杆》、《銀絞絲》之類,爲我明一絶耳。"按:黄説右詞左曲,不得其平,且以明詩爲振,抑亦成見太深,無怪其言如此也。余善治曲,每逢嘲難,叩其所見,率與黄同科。己不欲爲,而反杜天下人之耳目?斯道之厄,其視蠹蝕鼠嚙,兵燹蹂躪,尤可爲傷心太息者矣!黄名河清，豫章人。

何錢兩家論詞曲變遷　《詞統》舊序更收何元朗、錢功父二作，探源於古詩、樂府，究委於金、元歌曲，詞曲變遷，言之詳矣，因備録以資考證。何云："夫詩餘者，古樂府之流别，而後世歌曲之濫觴也。爰自上古鴻荒之世，禮教未興，而樂音已具。蓋樂者，繇人心生者也。方其淳和未散，下有元聲，則凡里巷歌謡之辭，不假繩削而自應宫商，即成周列國之風，皆可被之管絃是也。迨周政迹熄，繼以强秦暴悍，繇是詩亡而樂闕。漢興，郊祀、房中之外，别有鐃歌辭，如《雉子班》、《朱鷺》、《芳樹》、《臨高臺》等篇。其他蘇、李雖創爲五言詩，當時非無繼作者，然不聞領於樂官。則樂與詩分爲二，明矣。魏晉以來，曹子建《怨歌行》七解，爲晉曲所奏。他如横吹、相和、平調、清調、清商、楚調諸曲，六朝並用之。陳、隋作者，猶擬樂府歌辭，體物緣情，屬咏雖工，聲律戾矣。唐太宗以文教開國，又玄宗與寧王輩皆審音，海内清晏，歌曲繁興。一時如李太白《清平調》、王維《鬱輪袍》及王昌齡、王之涣諸人，略占小詞，率爲伎人傳習，可謂極盛。迨天寶末，民多怨思，遂無復貞觀、開元之舊矣。宋初，因李太白《憶秦娥》、《菩薩蠻》二辭，以漸創[①]製。至周待制領大晟樂府，比切聲調十二律，各有篇目，柳屯田加增至二百餘調。一時文士，復相擬作，而詩餘爲極盛。然作者既多，中間不無昧於音節，如蘇長公者，人猶以鐵綽板唱"大江東去"譏之，他復何言耶？繇是詩餘復不行，而金、元人始爲歌曲。蓋北人之曲，以《九宫》統之，《九宫》之外，别有〔道宫〕、〔高平〕、〔般涉〕三調，總一十二調。南人之歌，亦有《南九宫》。然南歌或多與絲竹不叶，豈所謂土氣偏詖，鐘律不得調平者耶？總而覈之，則詩亡而後有樂府，樂府闕而後有詩餘，詩餘廢而後有歌曲，大抵創自盛朝，廢於叔世。元聲在，則爲法省而易諧；人氣乖，則用法嚴而難叶，兹蓋舉其興革之大較也。然樂府以皦逕揚厲爲工，詩餘以婉麗流暢爲美。即《草堂詩餘》所載，如周清真、張子野、秦少游、晁叔原諸人之作，柔情曼聲，摹寫殆盡，正詞家所謂"當行"，所謂"本色"者也。第恐曹、劉不肯爲之耳。假使曹、劉降格爲之，又詎必遠過之耶？是以後人

---

① 今校：創，原作"新"，據《歷代曲話彙編》本改。

即其舊詞，稍加檃栝，便成名曲，至今歌之，猶聳心動聽。嗚呼！是不可謂工哉？原評云："近湯臨川四種傳奇，稱一代詞宗。其中名曲，多檃栝詩餘所勝，他可知已。"按：元朗所云，多足與鄙説見《曲海一勺》相證。曹、劉降格，未必遠過，移以論曲，亦當如是。樂府以皦逕揚厲爲工，詩餘以婉麗流暢爲美。北曲宜宗樂府，南曲應祖詩餘。南北分流，淵源各别。雖關時運，亦緣地理。由此推論，尚有至言，惜乎元朗未之發明。予頗有所窺，别著爲篇，此不具矣。錢云："詞者，詩之餘也，曲又詞之餘也。李太白有《草堂集》，載《憶秦娥》、《菩薩蠻》二詞，爲千古詞家鼻祖，故宋人有《草堂詩餘》云。（中略）竊意漢人之文，晉人之字，唐人之詩，宋人之詞，金元人之曲，各擅所能，各造其極，不相爲用。縱學窺二酉，才擅三長，不能兼盛。詞至於宋，無論歐、晁、蘇、黄，即方外閨閣，罔不銷魂驚魄，流麗動人。如唐人一代之詩，七歲女子，亦復成篇。何哉？時有所限，勢有所至。天地元聲，不發於此，則發於彼。政使曹、劉降格，必不能爲。時乎，勢乎？不可勉强者也。（中略）然詞者，詩之餘也。詞興而詩亡，非詩亡也，事理填塞，情景兩傷者也。曲者，詞之餘也。曲盛而詞泯，非詞泯也，雕琢太過，旨趣反蝕者也。詩降而詞，筋骨盡露，去漢魏樂府千里矣。詞降而曲，略無藴藉，即歐、蘇所不屑爲，而情至之語，令人一唱三嘆。此無他，世變江河，不可復挽者也。"（下略）按：功父之説，知詩及詞曲，與時勢爲變遷。天地元聲，古今此物，有彼此之殊形，無軒輊之異等，即或互有短長，何容界分優劣？世人論曲，多斥爲小數，謂非正軌，《四庫全書提要》請觀此語，可以爽然。惟世變江河，意存感慨，抑知積古以成今，有進而無退。以爲升降，不别質文，此前人之所闇，不敢强爲附和也。元朗，名良俊。功父，名允治。

詞曲牌調之繁演　樂府指迷　張玉田《樂府指迷》，後世詞家奉爲圭臬。考其所論，於古今兩體樂府，大抵相通，製曲者不可不知也。向本别行，《詞統》取入《雜説》，因附及之。玉田云："隋唐以來，聲詩間爲長短句。至唐人，則有《尊前》、《花間集》。迄於崇寧，立大晟府，命周美成諸人，討論古音，審定古調。淪落之後，少得存者，由此八十四調之聲稍傳。美成諸人，增演慢曲引近，或移宫换羽，爲三犯、四犯之曲。案月律爲之，其曲遂繁。"按：宋元之際，詞曲同名。自明以來，始各爲一體；

而南曲引子、慢詞、近詞、諸犯，猶有沿襲詩餘，且直用其調者，如〔仙吕〕、〔引子〕、〔卜算子〕、〔慢詞〕、〔聲聲慢〕之類甚多。沈際飛《詩餘發凡》比同一則，所列猶爲未盡，當别證之。予嘗欲援曲入於文章之林，且以爲古詩歌之嫡裔，世或不信，竊幸於此，得玉田爲我鋏證也。淵源分明，豈如東漢古文，僞爲統系乎哉？　《樂府指迷》原收陳眉公《秘笈》中，然只半卷。《詞統》所據，殆即其本耶？考玉田原著，實爲二卷，名曰《詞源》，上卷研究《聲律》，下卷自《音譜》至《雜論》十五篇，附以楊誠齋《作詞五要》，計十有六目。元、明收藏家均未著録，《秘笈》半卷，即《詞源》之殘本，眉公又誤襲沈伯時書，題《樂府指迷》耳。《詞源》足本，清秦恩復敦生有兩刻，一嘉慶本校元舊抄。一道光本吴縣弋載原校。光緒中，錢塘許氏又重刻之，爲《娱園叢刻》本。上引《詞統》所收《指迷》，即《詞源》下卷，卷首在十六目之外者也。

佻薄乃曲之末流　玉田又云："詞欲正而雅，志之所之，一爲物所役，則失其雅正之音。耆卿、伯可不必論，雖美成亦有所不免。如'最苦夢魂，今宵不到伊行'，如'天便教人。霎時厮見何妨'，如'許多煩惱，只爲當時，一餉留情'。"所謂淳樸變澆風矣。《詞統》評云："詞取香麗，既下於詩矣，若再佻薄，則流於曲，故不可也。"按：詞曲之界，幾微而已。詞莊而曲諧，是誠有辨。若謂曲盡佻薄，實未必然。蓋佻薄亦曲之末流下乘耳。如東籬、小山、蘭谷諸家之作，未嘗不歸於雅正。然美成詞句，且爲玉田所指，則曲之流爲佻薄，又何責於後人耶？　此段，《詞源》在《雜論》中，"最苦夢魂"句上，尚有如"爲伊淚落"。"許多煩惱"句上，尚有如"又恐伊，尋消問息，瘦損容光"。"厮見"作"得見"，"淳僕變澆風矣"作"淳厚日變，成澆風者也"。

詞曲轉捩在小令　玉田又云："詞之難於小令，如詩之難於絶句。不過十數句，一句一字閑不得，末最當留意，有有餘不盡之意乃佳。"按：此在《詞源》，爲第十五《令曲》篇。玉田爲宋遺民，已入渥奇之世，正元曲發軔時也。故其時令曲，已入論著。後世所謂"曲"，當由此而起。予謂："詞曲轉捩，消息於小令，猶蘇、李古詩之於五言。《玉樹後庭》、《春江花月》之於近體，晚唐五代長短句之於宋詞。觀玉田所云，豈不益信？"又《詞源》此篇末云："近代詞人，卻有用力於此者，倘以爲專門之學，亦詞家之射雕手。”此語卻爲《詞統》所收，《指迷》略去。東籬、小山、蘭谷諸家，蓋由此起也。惜玉田所指，不舉其例，以其時考之，倘亦可尋者也。

銓異　比同　疏名　研韻　明沈天羽際飛所集《詩餘》，有《發凡四則》：一、銓異，二、比同，三、疏名，四、研韵。雖爲詩餘立説，然即謂之《論曲》可也。原書今不易見，《發凡》四則收《詞統·雜説》中。《銓異》云：“謂有定名，即有定格。其字數多寡，平仄韵脚，較然中有參差不同者。一曰襯字。文義偶不聯暢，用一二字襯之，密按其音節虚實間，正文自在，如南北劇‘這’字、‘那’字、‘正’字、‘個’字、‘却’字之類。從來詞本，即無分别，不可不知。一曰宫調。所謂〔黄鐘宫〕、〔仙吕宫〕、〔無射宫〕、〔中吕宫〕、〔正宫〕、〔仙吕調〕、〔歇指調〕、〔高平調〕、〔大石調〕、〔小石調〕、〔正平調〕、〔越調〕、〔商調〕也。詞有名同而所入之宫調異，字數多寡亦因之異者，如北劇〔黄鐘·水仙子〕與〔雙調·水仙子〕異，南劇〔越調〕過曲〔小桃紅〕與〔正宫〕過曲〔小桃紅〕異之類。一曰體製。唐人長短句，皆小令耳，後演爲中調，爲長調。一名而有小令，復有中調，有長調，或系之以犯、以近、以慢别之。如南北劇，名‘犯’、名‘賺’、名‘破’之類。又有字數多寡同，而所入之宫調異，名亦因之異者。如〔玉樓春〕與〔木蘭花〕同，而以〔木蘭花〕歌之，即入〔大石調〕之類。又有名異而字數多寡則同，如〔蝶戀花〕一名〔鳳棲梧〕、〔鵲踏枝〕；如〔念奴嬌〕一名〔百字令〕、〔酹江月〕、〔大江東去〕之類，不能殫述。”《比同》云：“詞中名多本樂府，然而去樂府遠矣。”南北劇中之名，又多本填詞，然而去填詞遠矣。今按南北劇與填詞同者，如〔青杏兒〕，即北劇〔小石調〕；〔憶王孫〕，即北劇〔仙吕調〕；〔生查子〕、〔虞美人〕、〔一剪梅〕、〔滿江紅〕、〔意難忘〕、〔步蟾宫〕、〔滿路花〕、〔戀芳春〕、〔點絳唇〕、〔天仙子〕、〔傳言玉女〕、〔絳都春〕、〔卜算子〕、〔唐多令〕、〔鷓鴣天〕、〔鵲橋仙〕、〔憶秦娥〕、〔高陽臺〕、〔二郎神〕、〔謁金門〕、〔海棠春〕、〔秋蕊香〕、〔梅花引〕、〔風入松〕、〔浪淘沙〕、〔燕歸梁〕、〔破陣子〕、〔行香子〕、〔青玉案〕、〔齊天樂〕、〔尾犯〕、〔滿庭芳〕、〔燭影摇紅〕、〔念奴嬌〕、〔喜遷鶯〕、〔擣練子〕、〔剔銀燈〕、〔祝英台近〕、〔東風第一枝〕、〔真珠簾〕、〔花心動〕、〔寶鼎現〕、〔夜行船〕、〔霜天曉角〕，皆南劇“引子”。〔柳梢青〕、〔賀聖朝〕、〔醉春風〕、〔紅林檎①近〕、〔驀山溪〕、〔桂枝香〕、〔沁園春〕、〔聲聲慢〕、〔八聲甘州〕、〔永遇樂〕、〔賀新郎〕、〔解連環〕、〔集賢賓〕、〔哨遍〕，皆南劇"慢詞"，外此鮮有相同者。《疏名》云："調名必有所取，如〔蝶戀花〕取梁元帝句'翻堦蛺蝶戀花情'；〔滿庭芳〕取英融句'滿庭芳草易黄昏'；〔點絳唇〕取江淹句'白雪凝瓊貌，明珠點絳唇'；〔鷓鴣天〕取鄭嵎句'春遊鷄鹿塞，家在鷓鴣天'；〔踏莎行〕取韓翃句'踏莎行草過春溪'；〔西江月〕取魏萬句'只今惟有西江月'；〔惜餘春〕取太白賦；〔浣溪紗〕取少陵詩；〔瀟湘逢故人〕取柳渾詩；〔青玉案〕取《四愁詩》；〔菩薩蠻〕，西域婦髻也；〔蘇幕遮〕，胡服也；〔沁園春〕，漢沁水公主園也；〔多麗〕，張均妓名，善琵琶者也；〔念奴嬌〕，唐玄宗宫人名念奴也；〔尉遲杯〕，敬德飲酒，必用大杯也；〔蘭陵王〕，入陣必歌其勇也；〔生查子〕，查古'槎'字，張騫事也。其他或取篇首之名字之，或取篇中之字雅者名之，如〔大江東去〕、〔如夢令〕、〔人月圓〕、〔疏簾淡月〕之類，可以意推。"《研韻》云："上古有韻無書，至五七言體成，而有詩韵；至元人樂府出，而有曲韵。詩韵嚴而瑣，在詞當併其獨用爲通用者綦多，曲韵近矣。然以'上支紙寘'分作'支思'韵，'下支紙寘'分作'齊微'韵，'上麻馬禡'分作'家麻'韵，'下麻馬禡'分作'車遮'韵，而入聲隸之平、上、去三聲，則曲韵不可以爲詞韻矣。錢塘胡文焕有《文會堂詞韻》，似乎開眼，然乃平、上、去三聲用曲韻，入聲用詩韵，居然大盲，世不復考。將詞韵不忘於無而亡於有，可深嘆也。願另爲一編正之。"按：以上四則，《銓異》、《比同》極可爲論曲之資；《疏名》一則，雖若與曲無關，然爲曲所沿襲者甚多，予别本之爲《曲名考》，此不詳也。《研韵》所謂"曲韻"，今尚傳周挺齋《中原音韵》及卓從之《中州音韵》，皆元人曲韻也。宋菉斐軒本《詞林要韵》，前人疑爲元、明之際謬托，又疑其專爲北曲而設。南曲韵無定本，多仍《詞韻》。文會堂《詞韻》，平、上、去用曲韻，入聲用詩韻，戈順卿嗤爲騎牆之見，無根據者是也。此韻今已不行，疑即用周、卓兩家，或菉斐舊本。去其分配三聲之入聲，别依詩韻立入聲耶？清毛先舒有《曲韻》，不知是否爲南曲而作，舊籍散佚，莫得而考，豈不惜哉？

---

① 今校：檎，原作"擒"，據《歷代曲話彙編》本改。

予讀《詞統》(明湘蕤館原本)既畢，其有關於曲者，隨手寫記，時有所見，拉雜書之，不知何時再得從容整理也。癸丑太陽三之十四，倚檠記，茫父。

徐士俊，字野君；卓人月，字蕊淵，皆杭人，所著《晤歌》，附刊《詞統》末，又記。

菉猗室曲話卷二

毛刻籤目

世傳汲古閣毛氏所刻《六十種曲》已三百年，學士大夫，鮮有齒及；收藏諸家，並未著録。流布既多，值亦甚貶，往往聽其殘蝕，不之惜也。近年以來，中國舊籍，漸傳異域。東鄰估客，時至京師，百家之書，靡不捆載，至於詞曲，尤投嗜好。毛刻聲價遂增，十倍曩昔矣。於是所傳漸稀，又值南曲衰歇，寖成古學。海内右曲之士，恐其放失，求之日衆，供者不給；廠肆視爲重籍，位諸經上。不及十年，顯晦如此。其他變遷，益可知已。予謂毛氏父子收藏之富，聞於古今，其所刊版，四部目録莫不有名。然至今日，集部小説諸書皆言汲古閣，而經史獨賤，是豈毛氏之所及料者耶？毛氏而後，經史諸刻，日更精善，集部别本，亦多並行。予無以稱毛氏，獨南北曲子。自臧選外，此六十家僅恃毛刻而僅存，使後之考者，猶得見元、明諸家面目。且如是其多，厥功之偉，不得不令人服也。予喜治曲，嘗以時涉獵，頗有所考。因以聞見，按目籤記，久之日積，紙無餘隙，因别録之，增益者又十三四矣。録毛刻籤目。

六十種曲汲古閣訂本衙藏板

原本與補本之優劣　全書封題如此，都一百二十卷，明毛晉編。晉原名鳳苞，字子晉，常熟人。近人海寧王氏亦云。予按：毛氏所刊《説文》，以意改竄，屢次剜補，益病失真。此刻云訂，殆疑同弊。曲雖小數，然一字得失，至關輕重，欲求其審，毋寧不訂，以待後人。觀實甫、玉茗諸作，較他古本，嘗有出入，蓋亦毛氏改訂者耶。然曲本流傳，嘗以優俳所便，授受已殊。正如漢儒傳經，魯、齊、燕、趙，未能强同，固不得專議子晉。昔人謂顧渚長洲臧懋循，字晉叔，明萬曆中人，有《元曲選》。嘗改元曲，亦由是集矢耳。“本衙藏板”，語至不明，豈曾入官耶？此板無二刻，然時有殘缺，屢次補足，益補益劣。予藏一未補板本，封上有圖印，是江右三多齋於江南省狀元坊發兑者。此本稍裂，且間有漫漶；又一初補板本，已不如前；又一補板本，則更參差粗惡，不一補矣。補板本封面皆題"汲古閣訂正"，多一"正"字，字亦横方；而所補以《西廂》、《還魂》爲多，緣二書盛行，屢經單印，最易毁損也。然今世《西廂》、《還魂》，亦不見此刻本。予又藏《贈書記》一種，審是初印，字畫勻秀朗潔，的稱汲古佳刻。向疑《六十種曲》是書坊托名毛氏者，及觀此種，始爲爽然。

綉刻演劇十本

傳奇與演劇 曲家分類，雜劇、傳奇，劃若鴻溝。雜劇敘事，四折務盡；傳奇則恢而彌廣，嘗多至三四十齣，故雜劇四折爲一本。《西廂》二十折，原是五本，每本四折，自爲首尾，舊稱"《西廂》五劇"，亦謂"五本"可證。《盛明雜劇》中，有一折爲一本，或三折五折爲一本者，然非元人通例，不足爲訓。傳奇雖累篇幅，然一種亦云一本，仍雜劇之舊也。今俗演劇尚稱一本，淵源於此。其曰整本者，對於單齣而言也。《六十種曲》，《北西廂》外，皆傳奇體裁。然不題傳奇，而題演劇，抑沿流俗通稱耳。此封題每十本之首皆有之，第二封題尚有"實獲齋藏板"五字，亦可見此板輾轉之迹，殆亦後人剜除未盡者也。

演劇首套弁語閲世道人題

閲世道人即毛子晉 閲世道人，即子晉托名。清李調元《雨村曲話》在《函海》中。云："閲世道人不著氏名，所輯有《六十種曲》，大抵皆南曲也，但不列撰人姓名。"李氏殆未細考耳。弁語有云："適按《琵琶》、《荆釵》善本，暨《八義》、《三元》名部，絶調千秋，風華一世。"蓋取材一依據舊本，一傳録樂部。按其所述，自是主人。至其書體，予曾以與《詞苑英華》及汲古諸刻本題、跋相對，如出一手，已可斷定。況文章氣味最近，尤不可假乎？原板"閲世道人"署款在第四葉，補本爲省一板，因别刻，改爲三紙。字跡改易，遂少一對勘之據矣。

論曲要語 《弁語》又云："嘗識家不以窮耳目之官，僅以充戲娱之役。”此自是論曲要語。舉世悠悠，古今同嘅，人能宏道，誰與知言？然因其戲娱，潛引之以至於理。演劇之妙用，音樂之感通，固別有在，又奚待於窮耶？

雙　珠　記

涅川諸記罕見　明·沈鯨撰。鯨號涅川，平湖人。所撰《分鞋記》、《鮫綃記》、《青瑣記》，傳本罕見，目存《曲品》明鬱藍生撰。《曲海》清黄文暘撰。中。本傳櫽栝〔法曲獻仙音〕曲云：“足學王生，守貞郭氏，偕補郧陽軍伍；怒激奸謀，釀成冤獄，哀誠感通真武。賴術士祈天，府寛刑，調邊土。慧姬苦，入宫闈。纊衣詩意，君垂賜，結今生鴛侣。孝子登庸，棄官偕行求父母。四貴同時，驗天綱前定之數。羡雙珠聚散，可以匹休合浦。”又詩云：“王濟川從軍受誣，郭小艷鬻子全貞。慧姬女寓詩賜配，九龄兒棄職尋親。”按：本傳王楫妹慧姬，入掖庭後，作《纊衣詩》云：“沙場征戍客，寒苦若爲眠。戰袍經手作，知落阿誰邊。蓄意多添綫，含情更着綿。今生已過也，重結後生緣。”詩爲軍士陳時策所得，劍南帥奏聞，被放與陳爲妻。此出《本事詩》。開元中有兵士於短袍中得詩曰“戰袍經手作，知落阿誰邊”，云云。大抵涅川取裁，以助波瀾，不必事實也。

齣目用二字考　一補板本第十一齣《遇淫持正》注《汲水》，第十三齣《劍擊淫邪》注《訴情》、《殺克》，第十八齣《處分後事》注《二探》，第二十一齣《真武靈應》注《投淵》，此蓋後人所爲。無論雜劇、傳奇，凡明人題目，多標四字，雜劇例如《北西廂記》，雖有以之屬於傳奇者，然予寧謂屬之雜劇爲當。其省爲二字，不知始於何人。《六十種》中，惟《還魂》二本一玉茗堂本，一碩園删本。是二字題目。然《紫釵》、《南柯》、《邯鄲》仍四字也。此風既開，而西堂、梅村、笠翁諸家皆沿襲之，有清一代傳奇遂不見四字題矣。此雖細故，亦關沿革，故特記之，以俟博考。

尋　親　記

後尋親　明無名氏撰。清無名氏《傳奇彙考》載嘉興姚子懿《後尋親》一本。李調元《雨村曲話》云：“《尋親記》詞雖鄙俚，然讀之可以風世。《後尋親》盡收拾前記所未結諸色末，予曾見演者，亦復可觀。”

本傳櫽栝〔滿庭芳〕詞曲云："文墨周生，糟糠郭氏，家道蕭然。因官役，無錢使用，遣妻張郎告債。張郎見色，將實契虚填，信僕奸謀，殺人性命，屈把周生陷極邊。單身婦，因財被逼，此際實堪憐。節婦貞堅，遺腹孩兒要保全。剛刀立志，毁傷[①]花面。詩書教子，喜中青錢。棄官尋父，旅館相逢話昔年。歸來日，冤仇已報，夫妻子母再團圓。"詩云："張員外爲富不仁，周維翰因妻陷身。背生兒棄官尋父，守節婦教子尋親。"按：詩中結出尋親，是元人舊法。惟此上云"尋父"，下云"尋親"，潦草太甚，元人則此等處亦未嘗苟作也。

本傳情事，與《雙珠》骨幹大同，穿插處則簡於《雙珠》。

東　郭　記

舊云：明無名氏撰。據予所藏别本，當題明·孫仁孺撰，萬曆間人。考詳後。

詞曲櫽栝體考　本傳以曲演《孟》本。"齊人"一章爲骨，而敷衍結合，取材《七篇》。作者殆老於舉業，又妙詼諧，故涉筆成趣，笑駡皆宜，玉燕《懷沙》清江寧張堅字漱石，撰《懷沙記》傳屈原事，著《騷》、《卜居》、《大招》、《天問》、《橘頌》、《山鬼》、《漁父》諸齣，皆櫽栝《楚辭》。未足奇矣。然元曲中櫽栝前賢，如東坡《赤壁》兩賦，淵明《歸去來辭》之類，指不勝屈，且有集《論》《孟》語者，有開必先，此非創作。不惟元曲，即宋詞中亦有此例。隨庵《風雅遺音》宋林正大，字敬之，嘉泰間人。裒然二卷四十一詞，櫽栝古詩文三十九篇，而自序且稱前輩櫽栝，如《歸去來辭》之爲〔哨遍〕，《聽穎師琴》爲〔水調歌〕，《醉翁記》爲〔瑞鶴仙〕云云。其淵源所自，由來遠矣。

本傳櫽栝〔西江月〕云："莫怪吾家孟老，也知徧國皆公。些兒不脱利名中，盡是乞墦登壟。長袖妻孥易與，高巾仲子難逢。而今不貴首陽風，索把齊人尊捧。"詩云："走東郭的齊人英雄本色，訕中庭的妻妾兒女深情。隱於陵的仲子清廉腐漢，争壟斷的王驩勢利先生。"四語冷嘲熱諷，歸元恭《萬古愁》，賈凫西《鼓兒詞》所托胎也。

---

① 今校：傷，原作"塲"，據《歷代曲話彙編》本改。

以曲入詞　清季獎勵遊學，少俊子弟，負笈東去，隸日本學籍都數千人。其歸而廷對及第授官者，又踵相接也。於是激昂慷慨之氣，悲憤愁苦之聲，入國門而稍稍化矣。予友憐蛄《戊申雜詩》有云："去國悲吟歸國笑，春風紅杏少年多。"語雖近刻，亦事實也。憐蛄以詩示予，讀竟還之，媵以〔江南好〕二詞，其一云："風塵惡，懊惱寫新詞。登壟乞墦《東郭記》，林慚澗愧北山移，馬耳任風吹。"即用〔西江月〕中語，以曲入詞，不録於大雅。然遊戲之作，無妨存之，且以爲本傳增一談助也。

曲與制義之關連　《東郭記》，明白雪樓原本，題"峨眉子評點"。予十年前得於廠肆中，惜只上卷，其下卷至今求之，卒不可得。按：卷首引子署款"峨眉子書於白雪樓"，末捺方印二：白文曰"孫氏仁孺"，朱文曰"白雪樓"。卷中題"白雪樓主人編本"，而引子亦有"予傳之"之語。則評點與撰者，既非二手，而峨眉子與白雪樓主亦非二人；且主人之必爲孫仁孺，更無可疑；惟其爵里不詳。仁孺當是其字，名亦未聞，味"峨眉"意，豈蜀人耶？戊午是明神宗萬曆四十六年，當清太祖天命三年，後年即明光宗泰昌元年，再二十六年而明亡。末世苟安，人多穢德，本傳譏彈，原非無謂。論世知人，可以觀矣。隆、萬爲明制舉文極盛之時，其思致又多牽連如此。白雪樓原本引子後，更附《齊人生本傳》及時義一首，因並記之，以資諧趣。

東郭記引

峨眉子曰：樂府之傳，其間節義廉恥，不過十之一耳，盡爲富貴利達者傳耳。既盡爲富貴利達者傳，則齊人老先生又安可不傳乎？況其二夫人更超超賢甚者乎！然予傳之，而中庭訕泣，以後多增益之者何也？皆鄒夫子意也。蓋乞墦者必登壟，而妻妾之奉，宮室之美，所識窮乏者得我，總皆大人所必至者耳。原評云："此一事，今齊人難言之矣。"然而卒托之附於陵以終者，何也？則以齊人文固猶可附于於陵也，蓋乞矣。而尚欲蓋之，爲之妻妾者知矣，而尚復羞之。如齊人生者，反可謂之陳仲子。而其妻其妾，亦貴婦中之辟纑人矣，又安可以不傳乎？嗟夫！假令吾孟老觀之，又不知嘆息如何矣。萬曆戊午重九越三日，峨眉子書於白雪樓。[孫氏仁孺] 白文

白雪樓 朱文

齊人生本傳

齊人有一妻一妾而處室者，原評云：是《太史公列傳》之祖。其良人出，則必饜酒肉而後反。其妻問所與飲食者，則盡富貴也。其妻告其妾曰："良人出，原評，詳得妙。則必饜酒肉而後反；問其與飲食者，盡富貴也，而未嘗有顯者來，吾將瞷良人之所之也。"原評：慧心冷眼。蚤起，施從良人之所之，徧國中無與立談者。卒之東郭墦間之祭者，乞其餘；不足，原評："乞"字點出人品。又顧而之他。此其爲饜足之道也。原評云：下一評語。其妻歸，告其妾曰："良人者，所仰望而終身也，今若此。"原評：省文妙。與其妾訕其良人，而相泣於中庭，而良人未之知也。原評：一轉冷極。施施從外來，驕其妻妾。

由君子觀之，原評：絶妙史斷。則人之所以求富貴利達者，其妻妾不羞也，而不相泣者，幾希矣。原評：令若輩通身汗下。

《索隱》贊曰："齊人何始，未稽厥父。善處爾室，二美在户。出必饜飽，入每歌舞。問厥與者，云是賢主。室人疑之，未見顯甫。循彼行迹，東郊之塢。乞而顧他，饜足何補！羞語爾娣，淚淫如雨。詛詈未畢，厥來我暨。未知爾瞷，驕疾罔愈。君子念之，我目屢睹。朝有姬嫗，士或商賈。蒙其二女，式喜無怒。一或見焉，有如爾祖。"原評：語雖平素，却有無限味，《索隱》一贊，句妙絶倫。

附時義一首　"齊人有一妻一妾"至"驕其妻妾"嘗讀蕭伯玉《齊人》篇，戲作十首，各一機局，俱堪諧笑。聊刻其一，以爲此傳别録，即以作跋可也。原註。

遊戲之仙，滑稽之聖，當不令湯若士獨有臨川。原評。

作者臨川人　按此評，似作者又是臨川人。

摹齊人之態，久於齊也。夫齊人則誠何人也？曰：齊之人大抵然也。是故人之而不名，蓋吾觀孔子之爲《春秋》也，原評：原本《春秋》。鄙其國，則舉其號，如吴如於越者是也；鄙其人，則不著其名，如荆人小邾人者是也。孟子因之，而著《齊人》云。齊人者，何許人也，其爲烏有乎？其爲無是人乎？夫亦有其人而諱之乎？且衆而類舉之乎？原評：妙。吾請案其生平，摹其光景，就其人，想其事；就其事，實其人。原評：將無作有數語，一篇之骨。其卑而能傲也，毋乃爲子敖乎？則不與驩言，何徧國之皆孟子？其污而能文也，將又爲景丑乎？則召不俟駕，豈東郭之有齊王？其爲稷下之贅壻與？故應以播間爲滑稽，淳于髡聊復爾。其爲仕齊之戮臣與？故應以小才爲饜足，盆成括何足云。通其重飲食者於爵禄，當爲未諫之蚳鼃，行其驕妻妾者於賢人，又似幣交之儲子。其乞萬鍾於蓋，而又復顧盼於生鵝，將爲仲子之兄，戴其受壯者之詛；而又復啼呼於老稚，將爲平陸之距，心染指燕鼎之餘；而勸王於湯武，既意其爲沈同，甘心齊廷之豢，而解王以周公；又疑其爲陳賈、三齊之粟，藉口以要賢。雖其將主之詞，時子之爲人也，近似二霸之勳；流涎而請復，若非學古之道，公孫之得免者幾希。以衆人之口，爲賢人之譏，去齊時之士，原評：由實漸到虛。當是中庭侶也。度君子之心，以小人之腹，宿晝間之客，故知從墦間來耶。公行氏雖無間焉，然何以來右師之弔？東郭氏即未著耳，又何以近乞祭之墦？蓋宫室之美，妻妾之奉，大要不出諸大夫；踰階而揖，歷位而言，故知即此諸君子。氏族故蕃，已徧乎秦、楚、燕、韓、趙、魏，氣骨相近，便是其父子、兄弟、夫妻。嗟嗟！生而猶死，原評：毒罵。哭其夫者，幾不減於華周、杞梁；原評：又將有姓名者反映。臭而如芳原評：冷嘲。傳其事焉，尚有追夫管仲、晏子，原評：確對。蓋有之矣，原評：還歸之無。誠然乎哉！句讀圈點，一依原本。華注。

曲中别調　本傳四十四齣，題目特創，又在四字、二字格外。《雨村曲話》云：“《東郭記》以一部《孟子》演成，其意不出‘求富貴利達’一語，蓋罵世詞也。劇目俱用《孟子》成語，不出措大習氣，曲中之别調也。”

齊東絶倒雜劇　雜劇變體　七篇文多詼諧，事亦奇異。唐人小説，齊諧續孟，宋周密公謹亦有《齊東野語》之作。意托咸丘，非無所出，《東郭記》又其裔也。本傳第六《齊東野人之語》齣，公行開社，東郭持盟，尹士鼓脣，淳、王竊聽。〔鬬寶蟾〕二曲，上下古今，謔浪笑傲，恣其褒彈，以實野語，夫子自道，全篇眼目也。而明・竹癡居士所撰《齊東絶倒》，本子輿氏所記虞舜事，附會撮合，衍爲雜劇、南北合套四齣，别出機杼，與《東郭記》異曲同工。嶧山講學，竟爲後世小説、雜劇、傳奇開宗，孟老有知，亦當胡盧。竹癡，秣陵人，不詳姓名。《齊東絶倒》收《盛明雜劇》中，今存，他罕傳本。竹笑原評云：此劇幾於毁謗聖賢矣。然子輿氏已開唐人小説之祖，小説復開元人雜劇之祖，何妨附此一種詼諧，聊作《四書》一笑。所謂元人雜劇，未識何指。《齊東絶倒》隱栝〔西江月〕云："瞎漢縱然犯法，乖兒却會藏親。《齊東野語》古來聞，鄒孟揣摩虞舜。　女向琴床自倮，身逃濱海誰尋？分明往牒曲中真，聽取詼諧可信。"詩云："皋陶拿不着殺人的賊，商均趕不轉朝子的翁。傲象饒不過禪位的帝，嚚母放不下逃海的農。"收場詩云："咸丘説謊有因，桃應譬喻無謂。偶然弄出神奇，只得略加傅會。"按此起結，迥殊元劇，是傳奇作法，蓋雜劇之變體也。《齊東絶倒》與《東郭記》孰爲先後，今不可考。以予意妄揣之，則《東郭》較後。

滑稽爲文學絶詣二傳爲滑稽之雄　天之生人，材有長短。古今才人，各名所長。事功之家，生握重權，没享隆名，故趨之者衆。至於文學，最爲寂寞。文學之等，隆殺殊科。詞章世所謂浮華，無關至理。然一藝成名，亦至不易。得一佳篇，勝建偉業。夫事功之成，莫不遭際時會。推不貪天，廣嘆數奇，雖懷材抱器，又誰知焉？千古文章，未嘗有一僥倖者。語其雜[①]易，則一李、杜，可十管、樂，文人之於事功，所以蔑如也。然聖哲觀之，則文章餘事耳，若必專精，或嫌喪志。孔門四科，文學居末。毋亦等差，自古然耶。據近世太西學者之所考，則文學包容，德行言語，皆被總括。而文章性道，亦文學之所有事也。自史家、道學、儒林、文苑分傳，門户遂開，旗鼓日張，攻伐不已。言道學者，高視一切，若可鄙棄，是固不得以爲平議。然道學之域，玄之又玄，其探賾索隱，鈎深致遠，往往積累半生，始有一得。又未易以言語形容，上天之載，無聲無臭。文學之至，夫豈僅文章之所得代者歟？宜其賤詞華爲枝葉，夷文藻於糟粕。公幹無與於升堂，賈誼不論於入室。不惟文中著述，流爲僭妄；子雲玄草，未容解嘲已也。惟是聖哲之所詣益高，而流俗之所見益

① 今校：雜，原作"難"，據《歷代曲話彙編》本改。

左。傳人輔翼，僅以不墜，其艱難如此。而滑稽一語，批抹皆非，科律千秋，指摘便倒。文學之至，喻於上天。滑稽文學，且在天上。滑稽者，文學之絶誼也。古今才人，雖合衆長，不足一戰。予是以崇拜滑稽，尊爲無上；神力轉運，左右人間。上自賢達，下及朽腐，靡不翕然，受其點化，潛觀默感，渺不之覺。顧當世未聞或重之者，大名不名，又奚怪耶？滑稽之源，出於蒙莊，腐遷列傳，少見梗概，自是以後，史無續焉。予又以服太史公之識，慨然欲有所作，而媿無其材。《東郭記》、《齊東絶倒》諸作，皆滑稽之雄，而論古至不能舉其事以實之，甚且不得其姓名，而爲之考，豈非後死之羞乎？搜羅未備，何日著筆，於此記之，以誓予志。

東郭正文　第二十二《卒之東郭墦間之祭者》一齣，是《東郭記》正文，凄凉悲壯，便如伍胥慷慨，張靈風流，英雄名士，一齊寫出。才人之筆，無所不包，不枉唐突孟老。

白雪樓原本，每板心皆刻有"逵羽亭"三字，足資考據。

韻目特異　《目録》每齣用韻，一一注出，是與汲古本不同處。而韻目則與他韻書特異，豈明人别有曲韻可據乎？此不可不録也。一用東紅韻，二用齊微韻，三用蕭韶韻，四用車夫韻，五用清明韻，六重用清明，七用南三韻，八用嘉華韻，九重用嘉華，十用邦陽韻，十一重用邦陽韻，十二用金音韻，十三用幽游韻，十四用真文韻，十五用寒間韻，十六用廉纖韻，十七用支時韻，十八用何和韻，十九用皆來韻，二十用先天韻，二十一用鸞端韻，二十二用車邪韻，二十三重用齊微，二十四重用蕭韶，二十五重用車夫，二十六三用車夫，二十七重用清明，按：此三用。二十八重用南三，二十九三用嘉華，三十重用金音，三十一重用真文，三十二三用邦陽，三十三重用幽游，三十四三用幽游，三十五重用寒間，三十六三用寒間，三十七重用廉纖，三十八重用支時，三十九重用何和，四十重用鸞端，四十一重用皆來，四十二重用先天，四十三重用車邪，四十四重用東紅。

金　雀　記

金雀演潘安事　明無心子撰。《潘安擲果》久成雜劇、傳奇家故事，此本據之而作，衍成三十齣，頗窘事實，至使太冲、孟陽，粉墨登場，戲弄古人，毋乃過甚。

金雀舊本　劇末點出作家　開場檃栝〔沐恩波〕云："晉代風流，潘岳氏年少清奇，擲果車輪。求月下金雀雙遺。豪邁王孫憐國士，多情淑女定于歸，偶遇山濤連薦。夫和婦，兩分離。巫彩鳳，百花魁，欣一見，喜相隨。奈賊風驚走，投觀爲尼。種得河陽花滿縣，和鳴鸞鳳樂雍熙。受天恩寵渥，青史上，永留題。"詩云："擲果車燈宵馳縱，金雀盟天假良緣。河陽縣花晨月夕，和鳴軒鸞鳳交歡。"收場詩云："井文鸞欣諧佳偶，巫彩鳳重會良緣。月下老赤繩雙繫，無心子燕市重編。"據此，知作者别號，既云"重編"，必别有舊本。予素疑"潘安事"爲劇曲熟語，必自古本相傳而來，如崔護、王魁、雙漸之類。然遍搜諸家舊目，都未之見，終不敢斷。今喜得此語，猶可想像，益信向所揣測爲不謬也。惟結局始出作者，又爲傳奇家創一新例，然沿者卒少。

焚　香　記

明王玉峰撰。玉峰松江人，佚其名。

王魁劇翻案　王魁劇源流　《統略》檃栝〔滿庭芳〕云："濟寧王魁，椿萱早喪，弱冠未結姻親。赴禮闈不第，羞澀寓萊城，偶配桂英敫氏，新婚後神廟深盟。試神京，鰲頭獨占，金壘起奸心。　爲奪婚不遂，將家書套寫，致桂英自縊亡身。幸神明折證，再得還魂。徐州破賊，聞家難，兩下虛驚。种諤統兵，萊陽解寇，重會續前盟。"詩云："辭婚守義王俊民，捐生持節敫桂英。施奸取禍金日富，全恩救患种將軍。"按：此本爲王魁翻案而作，王魁劇之始也。宋人有《王魁》一本，元葉子奇《草木子》云"俳優戲文，始於王魁。永嘉人作之。識者曰：'若見永嘉人作相，宋當亡。'及宋將亡，乃永嘉陳宜中作相。其後元朝南戲盛行，及當亂，北院本特盛，南戲遂絶"云云。元江浙行省務官真定尚仲賢，有《海神廟王魁負桂英》雜劇一本，明初楊文奎有《王魁不負心》雜劇一本，均見明寧獻王《太和正音譜》。又無名氏《王魁傳奇》一本，見明沈璟《南九宫譜》。王魁劇曲源流，大致如此，惜均鮮傳本。其開目無從對勘，然雜劇既有楊翻尚，此殆翻南曲古傳奇耶？沈《譜》所收《王煥》、《王魁》、《韓壽》、

《陳巡檢》皆古傳奇也。

孛兒舊劇語 本傳第二十四《搆禍》一齣,〔紫花兒〕曲有云:"喜孛兒幾番搭救。""孛兒"是元雜劇中語,當是借用舊本。由此以推,則古曲之採入本傳者,應不少也。

伯瑛不及見王魁舊本 王魁作者在沈前 《南九宫譜》曰:"〔刷子序〕又一體,收散曲集古傳奇名,有云:'王魁負倡女亡身。'注云:'此諸傳奇。今惟《東窓》、《趙氏》二記存耳。'"惜哉!《王魁》舊本,沈伯瑛已不及見。今沈《譜》所收《王魁傳奇》,又不知與舊本如何,迻録於此。〔正宫·長生道引〕云:"三鼓將傳,誰家長笛頻吹,此景教人怎存濟?神思自覺昏迷。珊瑚枕上,並根同蒂,放嬌癡,恣歡娛,如魚如水。釵横鬢亂不自持,嬌無力,倩郎扶起。(合)我和伊,俲學鴛鴦,共成一對,願得譙樓上漏聲遲。"譜四〔商調·熙州三臺〕云:"晚來雲淡風輕,窓外月兒又明,整頓閣兒新,飲三杯自遣悶情。"〔换頭〕云:"久聞倩館芳名,猛拚一醉千金。活脱似昭君,行來的便是桂英。"《譜》十八,此曲譜題《王魁》。注云:舊傳奇,非今《焚香記》。據此,則本傳爲伯瑛所曾見,知作者行輩,在沈前也。〔雙調·十二嬌〕云:"伊家恁的嬌面,悄如閬苑神仙。終不漾了甜桃去,尋酸棗、再喫添。(合)同往聖祠前,雙雙告神天。"《譜》二十。〔泛蘭舟〕云:"鎮日花前酒畔,狂蕩煞迷戀。春闈赴選音傳,恩愛惹離怨。天付因緣,一對少年,争忍輕散,心事待訴君言。"《譜》二十一。以上四曲,珍如片羽,而尚、楊二家之作,並此亦不之得,大可惜也。

桂英謝公繼女 本傳桂英爲謝公繼女。按舊傳,桂英取擁項羅巾請詩,生題曰:"謝氏筵中聞雅唱,何人戛玉在簾幃?一聲透過秋空碧,幾片行雲不敢飛。"是其所本。

焚香本事 按本事,魁既負桂英,桂英自刎死,報魁於南都試院。魁母召道士馬守素醮之。守素夢至官府,魁與桂髮相繫而立。有人戒曰:"汝知則勿復醮也。"後數日,魁竟死。本傳既係翻案,故特揑金壘改書,爲王魁開脱,以致神攝明冤,還魂再合。而第十二《餞别》齣中有"剪髮"一段,第四十《會合》齣中復及"青絲",皆依本事,魁與桂髮,相繫生情,而反用之耳。然魁唱第後,桂有賀詩,本傳不能採入,未免有遜色矣。

易北就南 以金壘開脱王魁，與王辰玉《鬱輪袍》劇，以王推冒名開脱摩詰，同一機杼。然摩詰才子，事出曖昧，爲古明冤，或非苟作。魁既非其倫，何煩作此狡猾？閒筆浪墨，胡不自惜如是。是殆因楊氏之舊，更易北曲，以就南腔。如李日華之作《南西厢》，不忍古名曲淪亡，且藉以是爲梨園增一劇本耳。

詞林巧合 《焚香記》、《鬱輪記》作者皆王氏，又皆爲王氏翻案，如此巧合，亦詞場談助也。

荊 釵 記

寧獻王及其曲 明寧獻王權撰。王，太祖第十六子，洪武二十四年就封大寧，永樂元年改封南昌。晚慕冲舉，自號臞仙，涵虚子、丹邱先生均其别號。撰《太和正音譜》，明程明善收《嘯餘譜》中。今存雜劇《辨三教》一本，《勘妬婦》一本，《判烟花》一本，《瑶天笙鶴》一本，《白日飛昇》一本，《九合諸侯》一本，《私奔相如》一本，《豫章三害》一本，《肅清瀚海》一本，《客窗夜話》一本，《獨步大羅天》一本，《楊姨復落娼》一本，皆不傳，僅《正音譜》中存其目而已。

寧獻王之著述 錢謙益《列朝詩集》：江右俗故質朴，儉於文藻，士人不樂聲譽。王宏獎風流，增益標勝，博學好古。讀書無所不窺，旁通釋老，尤深於史。凡群書有秘本，莫不刊布國中。所著有《通鑑博論》二卷、《漢唐秘史》二卷、《史斷》一卷、《文譜》八卷、《詩譜》一卷，《神隱》、《肘後神樞》各二卷，《壽域神方》四卷，《活人心》二卷，《太古遺音》二卷，《異域志》一卷，《遐齡洞天志》二卷，《運化玄樞》、《琴阮啓蒙》各一卷，《乾坤生意》、《神奇秘譜》各三卷，《采芝吟》四卷。其他注纂數十種，經子九流，星曆醫卜，黄冶諸術皆具。古今著述之富，無逾王者。又作《家訓》六篇，《寧國儀範》七十四章。

荊釵作者 本傳舊題柯丹邱撰，緣明鬱藍生《曲品》之誤，而清黄文暘《曲海目》仍之。蓋丹邱先生爲寧王道號，前人不知，以爲敬仲。近人海寧王氏《曲録》改題寧王，兹仍之。丹邱先生誤爲敬仲，尚爲有辭，李調元《雨村曲話》至以爲王伯成，則不知何所見而云然。豈王伯成亦號丹丘耶？

明人之評　王世貞《藝苑巵言》云："《荊[①]釵》近俗，而時動人。"何元朗亦云："《荊釵》雖動人而俗。"予謂寧王生渥奇之季，先正遺風，猶被薰沐，其俗處正元曲本色。何、王必以明人習氣繩之，豈得其當？《荊》、《劉》、《拜》、《殺》《荊釵記》、《劉知遠》即《白兔記》、《拜月亭》即《幽閨記》、《殺狗記》。爲四大曲，而《荊釵》又褎然居首，豈以一二私評，遂爾減色耶？

家門與結局　第一《家門》齣檃栝〔沁園春〕云："才子王生，佳人錢氏，賢孝温良，以荊釵爲聘，配爲夫婦。春闈催試，折散鸞凰。獨步蟾宫，高攀仙桂，一舉鼇頭姓字香。因參相，不從招贅，改調潮陽。　修書遠報萱堂，中道奸謀變禍殃。岳母生嗔，逼淩改嫁。山妻守節，潛地去投江。幸神道匡扶撈救，同赴瓜期往異鄉。吉安會，義夫節婦，千古永傳揚。"詩云："王狀元不就東床壻，萬俟[②]相改調潮[③]陽地。孫汝權套寫假書歸，錢玉蓮守節《荊釵記》。"出《荊釵記》尚是元人題目正名舊法，而結局用律句云："夫妻節義再團圓，母子重逢感上天。深恨詐書分鳳侶，痛憐渡口溺嬋娟。潮陽隔别三山恨，玄妙相逢兩意傳。夙世姻緣今再會，佳名千古二儀間。"按：元施君美《幽閨記》亦是如此。爾後則臨川《還魂》、《紫釵》二記，懷寧《燕子箋》諸作，猶用此體。他傳或用二絶，或僅一絶，或仿北體，全省，異例紛出，不知何人作俑，抑後人意爲增減，亦不可辨矣。《琵琶》、《殺狗》、《白兔》皆只用絶句結場，安得羅列諸古本，以供一校耶？

以南九宫譜校汲古本　李調元《曲話》云："《荊釵》一記，晉叔自謂得元人秘本，信韻叶矣。然如'草舍茅簷'一曲，本用監咸險韻，而又有一二犯韻，何也？至'莫忘雌炊扊'一語，句則妙矣，然一望而知非元人面目也。"按：雨村引臧晉叔語，當有所本。汲古本《荊釵》'草舍茅簷'曲，見第十五齣。〔降黄龍〕雖有借韻，然是元曲常例，不足爲怪。特汲

---

① 今校：荊，原作"金"，據《歷代曲話彙編》本改。

② 今校：俟，原作"侯"，同上改。

③ 今校：潮，原作"朝"，同上改。

古本究竟即臧氏秘本與否，無從校勘。沈伯瑛《南九宫譜》所收諸曲，多出古本。其收《荆釵》〔仙吕・探春令〕云：“人生最苦是别離，論貞潔無比。仗鸞箋一紙傳消息，怎不見回音至？”汲古本第三十四齣〔探春令〕只用首二句，作“人生最苦是别離，論貞潔他人怎如”？不惟删節，又有改易。〔似娘兒〕云：“一女貌天然，緣分淺，親事遲延。願天早與人方便，絲蘿共結，蒹葭可倚，桑杏相聯。”汲古本第八齣〔似娘兒〕句無增減，惟“遲延”作“遷延”，“桑杏”作“桑梓”，改去聲爲上聲。〔二犯傍妝臺〕云：“意懸懸，倚門終日望得眼兒穿。自他赴選，歷鏖戰，杳無個音信傳。（傍妝臺頭）多應他在京得中選，因此無暇修書返故園。（八聲甘州）他既登金榜，怎不錦旋，（傍妝臺尾）教人心下轉縈牽。”汲古本第二十二齣〔傍妝臺〕無“二犯”字，“赴選”作“去京”，“個”作“一紙”，“音信”作“信音”，“因此”作“因此上”，“返”作“寄”，“教人”作“越教娘”。〔八聲甘州〕云：“窮酸魍魎，對我行輒敢數黑論黄，妝模作樣。惱得我氣滿胸膛。平生頗讀書幾行，豈肯汩亂三綱并五常？斟量，且順從公相，何妨？（前腔換頭）端相，你窮酸伎倆，怎做得潭潭相府東床？出言無狀，那些兒謙讓温良，微名幸登龍虎榜，肯做棄舊憐新薄倖郎。參詳，料烏鴉怎配鸞凰？”汲古本第十九齣〔八聲甘州歌〕，多一“歌”字，“汩”作“紊”，“且順從公相何妨”句，作“不如且順從何妨”，“相”作“詳”，“窮酸”作“搊搜”，“無狀”作“挺撞”，“兒”作“個”，“幸”作“忝”，“參詳”上增“望”字。〔掉角兒序〕云：“想前生曾結分緣，幸今世共成姻眷。喜得他脱白掛緑，怕慊奴體微名賤。若得他，貧相守，富相憐，心不變，死而無怨。早辭帝輦，榮歸故園。那時節夫妻母子，大家歡忭。”汲古本第二十二齣作〔皂角兒〕，無“序”字，“幸今世”作“與才郎”，“慊”作“嫌”，“憐”作“連”，“園”作“苑”。〔正宫・錦纏道〕又一體云：“治家邦，正人倫，有三綱五常。你潛説出短和長，怎不隄防，他人有耳隔墻。講甚麼晉陶潛認作阮郎，却不道誓柏舟，甘做共姜。先打後商量，問出你私情勾當，押發離府堂。文牒上，明開供狀，抵多少衣錦去還鄉。”汲古本第四十六齣〔錦纏道〕，“有耳”上增一“須”字，餘無異同。〔朱奴兒〕云：“是則是公文限緊，承尊命怎敢不允？管取十朝與半旬，到宅上備説元因。還歷盡，山郭水村，指日到東甌郡。”汲古本第二十一齣〔朱奴兒〕，“承尊命”作“蒙相委”，“管取"作"拚",餘無異同。沈《譜》原注云:"此曲句句本色,又不借韻,此《荆釵》所以不可及也。或將末句'郡'字下增一'城'字,可恨!"按:汲古本"郡"下尚不增"城"字,即此推之,雖非寧王之舊,殆猶近古也。〔中吕·粉蝶兒〕云:"一片胸襟,清如五湖秋水,喜聲名上達丹墀。感皇恩,蒙聖寵,遷擢福地。秉忠直,肅清海閩奸弊。"汲古本第二十五齣〔粉蝶兒〕,"胸襟"作"襟期","如"作"似","擢"作"除","直"作"心",少"海閩"二字。〔榴花泣〕云:"覷着伱花容月貌,勝仙娃,將身命,掩黄沙。幸逢公相救伊家,似撥雲見日,枯樹再開花。(石榴花)貞潔可誇,恁捐生就死令人訝。你萱堂怎不詳察,卻不道有傷風化。(泣顔回)"汲古本第三十二齣〔榴花泣〕,"你"作"他","幸逢"作"天教","似"上多"好"字,"堂"作"親","卻"作"全"。〔漁家傲〕云:"莫不是明月蘆花没處尋,莫不是舊日王魁,嫌遞萬金,莫非忘了奴半載同衾枕,莫非是不曾來之任。欲語不言,知他是怎?那里是全拋一片心。"汲古本第三十四齣〔漁家傲〕,"莫非"作"莫不是","了"下無"奴"字,"非是"作"不是","曾"下無"來"字,"欲語不言知他是怎"作"欲言不語情難審"。又汲古本此曲"一片心"下,尚有"咱語言"一段,是〔前腔换頭〕,未標明,非有異同也。〔漁家鐙〕云:"若提起舊日根芽,不由人兩淚如麻。恨只恨一紙讒書,搬鬬得母親叱咤。他見差,逼勒汝身重嫁,那些個一鞍一馬。○ 這書札,今日遣發,管成就鸞孤鳳寡。(前腔)今日裏拜别離舍,明日到海角天涯。一心待傳遞佳音,不憚着路途波查。你見他,且只説三分話,猶恐他别娶渾家。○ 把閑話,一筆勾罷,回來後知真辨假。"汲古本第三十二齣,〔漁家鐙〕作〔漁家傲〕,"人"下多"不"字,"搬"下無"鬬"字,"逼"下無"勒"字,"札"作"劍","今日"作"令人",〔前腔〕"拜别離舍"作"拜辭都爺","明日"下有"裏"字,"待"作"要","憚"下無"着"字,"見"上不襯"你"字,"他"下無"且"字,"猶"作"又","把"上增"你"字,"話"作"言","筆"下增"都"字,"復"作"便","辨"作"共"。沈《譜》原注云:"或改'拜别離舍'作'拜辭恩官',非也。"按:"舍"字當叶韻,改"舍"作"爺",韻尚叶,不似沈見或本之謬,然已與古本異矣。沈《譜》又注云:"或改後三句云'把前言一筆都勾罷,回來時便知真共假',謬矣!《浣沙記》亦承其謬,惜哉!"按:沈見本或正與汲古本同,惟"前言"與"間言"略異,均非古本也。〔迎仙客〕云："論婚嫁，笑呵呵，男有室，女有家。看明年生下小哇哇，便請姑婆喫碗禿禿茶。"按：汲古本未見此曲，當是後人删去。〔戀芳春〕云："寶篆香消，綉窗日永。又還節近清明，暗裏時更月换。老逼親庭，旦晚雖能定省，遇寒暑宜加温清。清和景，惟願雙親，倍膺福壽康寧。"汲古本第九齣〔戀芳春〕，"清明"作"朱明"，"更"下無"月"字，"老"上有"月"字，蓋誤顛置也；"親"作"椿"，無"旦晚"以下三句十六字，"福"上無"倍膺"二字。〔臨江仙〕云："渡江登山須子細，朝行更聽雞啼。成名先寄好音回，藍袍初掛體，及早辦歸期。"汲古本第十五齣〔臨江仙〕，"更"作"須"，"雞"上無"曉"字，"初"作"將"，"早辦歸期"作"第便回歸"。〔女臨江〕云："凭闌極目天涯遠，奈人去遠如天。女冠子頭。鱗鴻何事竟茫然，今春看又過，何日是歸年？"汲古本第二十二齣，〔臨江僊〕不作〔女臨江〕，"奈"作"那"，"何"作"無"，"看"作"纔"。〔臨江梅〕云："客館悠悠雞唤醒，窗前尚有殘鐙臨江仙頭。攬衣推枕矣間評，今日飄零，何日安寧？"汲古本第三十三齣，〔臨江仙〕不作〔臨江梅〕，"館"作"夢"，"推"作"披"，"矣間評"作"自評論"。〔哭相思〕云："人死家空情黯黯，奈氣力都消減。自間别心中常悽慘，今見了越傷感。"〔步蟾宫〕云："胸中豪氣衝牛斗，更筆下龍蛇飛走。管英雄隨我步瀛洲，一舉高攀龍首。"此二曲汲古本均未見。〔梁州序〕云："家私迭等，良田千頃，富豪聲震甌城。他却不曾婚娶，專浼我來相聘。他恁地錢物昌盛，愧我家寒，自料難厮稱。這段因緣，想是前定，入境緣何不順情？休得要，恁執性。（前腔第三换頭）見哥嫂俱已應承，問姪女緣何不肯？恁堅執莫不是行濁言清，枉了將奴淩併？便刎下頭來，斷然不依聽！論我作伐，宅第盡聞名，十處説親九處成，誰似你假惺惺！"汲古本第九齣〔梁州序〕，"家"上增"他"字，"却"作"又"，"婚娶"作"婚聘"，"相聘"作"求親"，"自料"作"貌醜"，〔换頭〕"見哥嫂"作"你爹娘"，"堅執"作"推三阻四"，"奴"作"人"，"依聽"作"依允"，"似"作"學"。〔柰子花〕云："論荆釵名本輕微，漢梁鴻曾用聘妻，芳名至今傳留於世。休將他恁般輕視，聽啓，明説道表情而已。"汲古本第八齣，〔柰子花〕作〔奈花子〕，"曾用聘"作"已仗得"。〔瑣窗寒〕又一體云："這門親非是我貪婪，無奈人來説再三。送荆釵愁他富室包彈，良媒竟没一言回俺，反教人掛腸懸膽。聽得早間，喜鵲噪窗南，有何親舊相探?”汲古本第十二齣作〔銷寒窗〕,“愁他”作“只愁”,“包彈”作“褒談”,“人”作“娘”,“早”上無“聽得”二字,“喜”作“只聞得”。沈《譜》原注云:“細查古曲及舊譜所收《卧冰記》一曲,‘早間’句原只該七個字,觀《荆釵記》第三曲云‘姑娘因此臉羞慚’亦七字耳。必不可於第二個字另用一韻,而分爲兩句也。自後人改易舊《荆釵記》,以致錯亂。《香囊記》訛以傳訛,遂倣之云:‘古今惟有孟母與曾參。’遂以九字分爲兩句,而第二字悍然用韻矣。唱之者既熟,聽之者又慣,作之者又多不考其源流。此調幾何而不盡失其故耶? 可嘆,可嘆! 唱第二句,當如《琵琶》‘不曾許公與卿’唱法,今人唱作〔嬾畫眉〕第二句腔,謬矣。‘包彈’原出宋元人語,因包龍圖好彈人,故曰‘包彈’。今人改作‘褒談’,非也,此曲亦以‘褒談’用之,故用在閉口韻内耳。因上面説‘良媒不來’,故下面説‘教人懸掛’,今人改作‘教娘’,太執滯矣。”按:汲古本第三曲“這姑姑因此臉羞慚”亦改“姑娘”二字爲“這姑姑”三字矣。據此注,則汲古本的是後人改本,非寧王之舊。“褒談”、“早間”、“教娘”,改易處皆如沈注,可斷定。然汲古本與沈所見本,以〔漁家鐙〕曲注證之,又係二本,殆不一改矣。〔綉衣郎〕云:“自力學十載書幃,黄卷青燈不暫離。春闈催試,鏖戰文場男兒志。跳龍門擬着荷衣,步蟾宫必攀丹桂。願從今奮鵬程萬里,願從今奮鵬程萬里。”汲古本第十四齣〔綉衣郎〕第二曲,“文場男兒志”作“功名在科場内”,“跳龍門”作“金鑾殿”,“步蟾宫”作“廣寒宫”,第一“鵬程”作“前程”。〔刮鼓令〕云:“從别後到京,慮萱堂當暮景。幸喜得今朝重會,又緣何愁悶縈? 莫不是我家荆,看承母親不志誠,分明説與恁兒聽,他怎生不與共登程?”汲古本第三十一齣〔刮鼓令〕,“堂”作“親”,“怎上”無“他”字。〔劉潑帽〕云:“念吾到此求科舉,不及第羞返鄉間。修書欲報娘和父。煩你稍書,只怕你相推阻。”汲古本二十一齣〔劉潑帽〕,“吾”作“我”,“不及第”作“因不第”,“回”作“返”,“間”作“里”,“煩你稍書”作“待浼承局”,“相”上無“你”字。〔黄鐘・疏影〕云:“韶光荏苒,嘆桑榆暮年。貧困相兼,數載憂愁。一家艱苦,知他甚日回憩。衣單食缺心無欠,爲親老常懷悽慘 。秀才儒雅,安人賢會,小姐貞廉。”汲古本第十五齣〔疏影〕,“知他”作“未知”,“衣單食缺”作“粗衣糲食”,“欠”作“歉”,“秀才”、“安人”二句互易,“貞廉”作“貞潔”。沈《譜》原注云:“用韻甚嚴,妙甚,妙甚。”按:此曲,汲古本“貞潔”出韻,是後人所改。〔出隊子〕云:“追思前事,心下如同理亂絲。雖然頗頗有家私,争奈年高無後嗣,怎不教人朝夕怨咨。”汲古本第十三齣〔出隊子〕,叠“追思”一句,“人”下無“朝夕”字。〔黄龍衮〕又一體:“休將珠淚彈,休將珠淚彈,莫把愁眉斂。背井離鄉,誰敢胡沾染?路途迢遞,不無危險。纔日暮,問路程,尋宿店。”汲古本“衮”作“滚”,“珠淚”作“别淚”,“莫把”作“且把”,“斂”作“展”。〔越調·包子令〕云:“聞説佳人多婀娜,多婀娜,端的容貌賽嫦娥,賽嫦娥。此親若得遇全我,酬勞謝禮敢虚過?合花紅羊酒謝姑婆。”汲古本“包”作“豹”,“婀娜”作“嬝娜”,“姑婆”作“媒婆”,增“牽羊擔酒謝姑婆”句。〔水底魚兒〕云:“天下賢良,紛紛臨帝鄉。白衣卿相,暮登天子堂。有等魍魎,本爲田舍郎,妝模做樣,也來入試場。”汲古本〔水底魚〕分此曲爲二,中增“爲功名紙半張”云云,作“二换頭”、“每换頭”四句。沈《譜》原注云:“今人但知有四句,蓋因唱者懶唱八句,故作詞者亦只作四句以便之,遂認舊曲八句者爲二曲矣。”〔憶多嬌〕云:“子嗣慳,衰老年,何忍將奴離膝前?莫惹閑非來掛牽。(合)休得愁煩,休得愁煩,他是讀書大賢。”汲古本第十一齣〔憶多嬌〕,“子”上增“愁只愁你”四字,“衰”作“爹”,“將奴”作“教兒”,“來”作“免”,“休得愁煩”少叠一句,“他是”作“喜嫁個”。〔三臺令〕云:“乍别南粤郵亭,又入東甌禁城。水秀共山明,睹風物喜不自勝。”汲古本第三十九齣〔三臺令〕,“乍”作“近”,“山”上無“共”字。〔梧葉兒〕云:“遭折挫,受禁持,不由我珠淚垂。無由洗恨,無由遠恥,事到臨危,拚死在黄泉做鬼。”汲古本第二十六齣〔梧葉兒〕,“我”作“人”,下增“不”字、“淚”下無“珠”,“事”下無“到”字,“黄泉做鬼”作“黄泉作怨鬼”。沈《譜》原注云:“‘不由我’下不可又增一‘不’字。”又云:“今人唱此曲,多在‘做’字下增一‘怨’字。”又云:“舊譜〔梧葉兒〕不用‘怨’字,誠爲有見。”按此注,則汲古的係時本,固不待言;而寧王舊本,伯瑛不過僅於舊譜見之,是舊本既經改竄,失傳久矣。今又僅於沈《譜》所收,略見舊譜,又展轉以得見舊本古曲,亦不可謂非幸也。〔簇御林〕云:“親師範,近友朋,把詩書勤講明,囊螢鑿壁皆堪敬。他每都顯父母,揚名姓,奮鵬程,名題雁塔,白屋顯公卿。”汲古本第六齣〔簇御林〕,“囊”作“聚”,“皆”作“真”,“每”作“們”。沈《譜》原注:

"'囊'字可用仄聲。"按:此字汲古本用"聚",正以仄改平,知唱者必以仄聲字爲便,故參差如此。凡舊曲之遭竄亂,多由口傳音近,訛謬相襲,與諸經籍同。而取便優俳,動輒增省更易,如此類者,不知凡幾。是曲子獨罹之厄,大可嘆也。〔雙調·胡搗練〕云:"傷風化,壞綱常,萱親逼嫁富家郎。落把我清名虧污了,不如一命赴長江。"汲古本第二十六齣〔胡搗練〕,不襯"我"字,"清"作"身","虧"作"辱","赴"作"喪"。〔夜行船〕云:"一幅鸞箋飛報喜,垂白母想已聞知。日漸過期,人何不至?心下又添憂憶。"汲古本第三十一齣〔夜行船〕,"聞知"作"知之","憂憶"作"縈繫"。沈《譜》原注:"或改名曰〔停舟〕,可惡!"按:此曲名,汲古本仍作〔夜行船〕,不作〔停舟〕,信較他本近古也。〔賀聖朝〕云:"幾年職掌朝綱,四時燮理陰陽。輔一人有慶壽無疆,化民賴安康。"汲古本第十九齣〔賀聖朝〕,"一"上無"輔"字,"安"上多"之"字。〔仙吕·入雙調·惜奴嬌〕云:"家道貧窮,守荆釵裙布,謹身節用。今爲姻眷,惟恐玷辱門風。空空,愧設房奩來陪奉,望高堂垂憐寵。(合)喜氣濃,悄似仙郎仙女,會合仙宫。(前腔换頭)欣逢夫壻寬洪,可留心遵守,四德三從。勤攻詩賦,休得傚學飄蓬。重重,運蹇時乖長如夢,謝良謀開愚懵。"汲古本第十二[①]齣〔惜奴嬌〕,"家道"上增"只爲"二字,"欣"作"忻","得"下增"要"字,"運"作"命","謀"作"言","懵"作"懞"。〔雙勸酒〕云:"儒冠誤身,一言難盡。只因那人,常縈方寸。若得他配合秦晉,那其間燕爾新婚。"汲古本第二十一齣〔雙勸酒〕,"只因那人"作"爲玉蓮可人","縈"作"懷"。不知宫調〔四换頭〕云:"賊潑賤,好閉觜!數黑論黄説甚的,娘言語,怎違逆?這的順親顔情却是你!順親顔情,人之大體,竟不相投,教奴怎隨?富豪貪戀,貧窮見棄,須惹得傍人講是非。呆蠢小丫頭,出語污人耳。敢恁地推三阻四,話不投機!這豪家求汝效於飛,他有甚相虧?敢恁的回言,抵死没尊卑。"汲古本第十齣〔四换頭〕,不襯"好"字,"説"作"講","違"下無"逆"字,"這的是順親"作"那裏是順父母",第二"順親"句亦作"順父母","大體"作"大禮","竟不相投"作"話不投機","貪戀"作"戀貪","惹"上無"須"字,"呆蠢"以下作"前腔换頭","丫"上無"小"

① 今校:二,原作"六",據《歷代曲話彙編》本改。

字，“恁”上無“敢”，下無“地”，“敢恁的回言抵抗没尊卑”作“出言抵撞，你好没尊卑”。沈《譜》原注：“所犯四調，但知前四句似一封書。”按：伯瑛號寧齋，一作寧庵，松陵人，世稱詞隱先生。所撰傳奇，與玉茗頏頡，格律極嚴。撰《南九宫譜》甚多，世奉爲圭臬，所收舊曲，極爲可據。由上録《荆釵》諸曲以勘汲古本，其得失變遷，亦瞭然可數矣。

以十二律京腔譜校汲古本　康熙中，茂苑王端生、正祥。平江盧南浦、鳴鑾。梁溪施均衡、銓。荆溪儲君用國珍。纂《京調譜》，意在正詞隱之失，實爲弋腔譜也。譜中分類，悉廢宫調舊名，一以十二律爲次，名曰《新定十二律京腔譜》。按：盧序，弋、崑並行，弋實行於未有崑腔之先。又云：“排場既具，崑、弋遂分。”據此，則明中葉以前，南曲諸本，皆用弋腔。舊説“北人不唱，南人不歌”，所謂“唱”者，即指弋腔。又按：《京調譜》總論，絲竹相協者曰歌，一人成聲，而衆相和者曰唱，弋腔於起調之後，必有接腔，故知南曲必唱，弋腔專之矣。崑曲既興，南曲又不唱而歌，世俗相沿，尚謂之唱。甚至北劇《西厢》，亦皆唱矣。弋腔亦起於元世，出江右之弋陽，流轉江浙，迭經潤色，遂變舊習。如《荆釵》、《幽閨》、《琵琶》之類，當非復弋陽之舊。然以其時考之，斷爲弋腔，無可疑也。《京調譜》收《荆釵》〔三臺令〕“乍别南粤”曲與沈《譜》同，〔黄鐘　一〕〔簇御林〕“親師範”曲，無“他每都”之襯字，多叠一“白屋顯公卿”句。同上〔黄鶯兒〕云：“公相望垂憐，感夫人意非淺。又蒙結拜爲姻眷，恩德萬千。何日報全？願登八位三臺顯，合淚漣漣，雙親遠别。重得遇椿萱，重得遇椿萱。”汲古本第二十六齣〔黄鶯兒〕，“願”下多“公相早”三字，蓋襯字也。又少叠“重得”句。同上〔胡搗練〕“傷風化”曲與沈《譜》同，惟“我”不作襯字。〔大吕二〕〔似娘兒〕“一女貌天然”曲，亦同沈《譜》同上。〔八聲甘州〕“窮酸魍魎”曲校沈《譜》，“肯”上無“豈”，“亂”上無“汩”，“肯不”作“襯”，“氣”上不襯“我”，“斟”作“酌”，“前腔换頭些”下不襯“兒”，“棄”上不襯“肯做”，餘同沈《譜》同上。〔比目魚〕，原注即《九宫》之〔水底魚兒〕。所謂《九宫》，即沈《譜》也。沈《譜》“做樣”，此作“作樣”同上。〔啄木兒〕云：“吾兄女，將及笄，許配王生尚未歸。那孫呆忽至吾家也，要娶我姪女。他央老妾爲媒氏，領言曾到兄家去，便欲憐新將舊悔。”汲古本第四十齣〔啄木兒〕，“吾家”下有“裏”字，“娶”作“取”，“央上”多

“浼”字,“領”上有“吾”字。同上〔出隊子〕“追思前事”曲,與沈《譜》同。太簇三〔古梁州〕原注云:查《荊釵》之〔家私迭等〕一體,乃〔古梁州〕正格,較之〔梁州序〕第九句,字句不同,且合頭少二句,此所以辨爲〔古梁州〕也。其换頭〔見哥嫂〕一體,改名爲〔梁州令〕,曲文校沈《譜》少“他却”二襯字。沈《譜》“相聘”此作“求親”,與汲古本同。“他恁”不作襯字,“恁”下無“地”,“自料”此作“貌醜”,亦同汲古本。“因緣”上不襯“這段”,“想”上多“料”字,亦同汲古本。末句叠,則又沈《譜》與汲古本所無也。〔梁州令〕原注,即《九宫》之〔古梁州〕〔换頭〕曲文。沈《譜》“見哥嫂”,此與汲古本同,作“你爹娘”,與上注其〔换頭・見哥嫂〕一體改名爲〔梁州令〕之語相歧,餘與汲古本同。惟“推”上無“恁”,“行”上無“莫不是”,“作伐”上無“論我”。太簇三〔疏影〕“韶光荏苒”曲與沈《譜》同。夾鐘四〔傍妝臺〕云:“晝初長,啣泥來往,燕兒忙。高柳蟬聲細,角黍慶端陽。十里湖光好,菡萏花開放。合三伏景,宜共賞,等閑莫負水亭凉,等閑莫負水亭凉。”按:此曲,今汲古本未見。同上〔雙勸酒〕“儒冠”曲同沈《譜》,惟“配”上不襯“他”,“其”上不襯“那”耳。同上〔普賢歌〕云:“書中語句有差訛,致使娘兒聒絮多。真僞恁定奪,是非没奈何,尺水翻成一丈波。”汲古本第二十三齣,“聒絮”作“絮刮”,“没”作“争”。同上〔恁麻郎〕云:“我告你局騙我財禮,我告你威逼他投水。怎誤我白羅帕見喜,閃得他黄泉路作鬼。息怒威,寧耐取,休想我輕放着你。”汲古本第二十九齣,“騙我”作“騙人”,“逼得”作“逼人”,“閃”作“悶”,“泉”下無“路”字。夾鐘四〔步蟾宫〕“胸中豪氣”曲,與沈《譜》同。姑洗五〔粉蝶兒〕“一片胸襟”曲亦然。中吕六〔玉芙蓉〕云:“書堂隱相儒,朝野開賢路。喜明年春闈,已招科舉。牕前歲月莫虚度,燈下簡編可卷舒。合時不遇,且藏諸韞匵。待際會風雲,求善價,待沽諸。”汲古本第三齣〔玉芙蓉〕,“際”上無“待”,“價”上無“善”,“求”上多“那時”。中吕六〔錦纏道〕“治家邦”曲,校沈《譜》,“三”上不襯“有”字,“潛”上“你”、“短”上“出”及“講甚麽”、“却不道”俱不襯,末多叠“抵多少衣錦還鄉”句。同上〔朱奴兒〕云:“因科舉離鄉半春,從别後斷羽絶鱗。今日天教遇你們,趨良使附歸音信。合還歷盡山郭水村,指日到東甌郡。”汲古本二十二齣〔朱奴兒〕曲,與此無二。同上〔一江風〕云:“綉房中,裊裊香烟噴,剪剪輕風送。

但晨昏問寢高堂，須把椿萱奉。忙梳早整容，忙梳早整容，惟勤針指工。牕外花影日移動，牕外花影日移動。"汲古本第九齣〔一江風〕曲，"花"上多"怕"字，少叠句，"工"作"功"同上。〔風入松〕云："連年貧苦未逢時，誰想一旦分離。孩兒自别求科舉，怎知道妻房溺水。見他時休提寄書，招贅事意何如，招贅事意何如?"汲古本第三十齣〔風入松〕，"連"上有"嘆"字，"孩"上有"我"，"見他"句作"但説來又恐驚駭"，"招贅"句作"我兒决不可與他知"，下無叠句。同上〔急三鎗〕云："情難訴，常思憶，常憂慮，心慼慼，淚如珠。登程去，休思憶，休憂慮。途路上，免嗟吁。"汲古本第三十齣〔急三鎗〕，"情難訴"上多"痛易"二字，且叠"痛易"句，"登程去"上有"且自"二字，亦叠一句。同上〔夜行船〕"一幅鸞箋"曲，與沈《譜》無二。〔蕤賓七〕〔錦衣香〕云："天性聰，才堪重。婦有容，德堪重。美質奇才，彩鸞丹鳳。自慚非是漢梁鴻，何當富室，配着貧窮。妾非孟光，奉椿庭適事明公。前世曾歡共，藍田玉種。夫和婦睦，琴調瑟弄，琴調瑟弄。"汲古本第十二齣〔錦衣香〕曲，"美質"上多"天生"，"鳳"上無"丹"字，"貧窮"作"孤窮"，"妾"上多"念"字，"椿庭"作"親命"，"適"作"遣"，"前世曾"作"今日同"，"藍田玉"作"也曾脩"，"琴調"句不叠。同上〔漿水令〕云："恕貧無香醪泛鍾，恕貧無美食獻供。又無湯水飲喉嚨，枚甚喜媒，做甚親送。休相笑，莫妄衝，惟恐外人相譏諷。非缺禮，非缺禮，只爲窘中。凡百事，凡百事，望乞包容。"汲古第十二齣〔漿水令〕曲，"湯"上多"些"，"甚"下多"麼"，"喜"作"大"，"做甚"作"做什麼"，"容"作"籠"。同上〔惜奴嬌〕"家道貧窮"曲，沈《譜》"没此"作"乏"，"欣"作"忻"，"運"作"命"，"謀"作"言"，均同汲古本。同上〔黑蝻序·换頭〕云："家中雖忝儒宗，論蘋蘩箕箒，尚未諳通。愧無能豈宜適事英雄？融融。非獨外有容，必然内有功。合喜氣濃，悄似仙郎仙女，會合仙宫。"汲古本曲名作〔門黑麻〕，曲文無二。同上〔臨江仙〕"渡水登山"曲，與沈《譜》同。林鐘八〔女臨江〕"憑欄極目"曲同沈《譜》。〔刮鼓令〕"從别後"曲，"我"上不襯"是"字，"怎"上不襯"他"字。同上〔梧葉兒〕"遭折挫"曲，與沈《譜》同。均同上〔花心動〕云："適遣匆匆，奈眉峰慵畫，髩雲休攏。月滿鳳臺，星渡鵲橋，和氣滿門填擁。抹淡妝濃千嬌種，看承似珠擎璧捧。喜氣濃，似郎仙女，會合仙宫。"汲古本〔花心動〕曲，"攏"作"籠"，下闋，蓋伶工所删，而"似郎"句，"郎 "上應有"仙"字，以下〔惜奴嬌·黑蠊序〕證之。可知，此又《京腔譜》誤奪也。夷則九〔亭前柳〕云："垂鬢已星星，弱體戰兢兢，况兼寒凜凜，那更冷清清，此行怎去登山嶺？且過殘冬，待春煖，共登程，待春煖，共登程。"汲古本"垂鬢"上有"老兒"字，當作襯，無"且過殘冬"十六字，而〔下山虎〕後〔亭前柳〕又一曲合云"且過新年，待春煖，共登程"，疑原本必是"合前"，汲古本於前曲奪去十六字，僅見後曲，故不"合前"；而"殘冬"改作"新年"，末句又少一叠。然〔玩垂鬢〕曲後〔下山虎〕曲有"合前"二字，則汲古本〔亭前柳〕（前曲）合唱"且過殘冬"十六字之奪去，殆出譌誤，非有意删削也。〔南吕十〕〔勝如花〕云："辭親去，别淚零，豈料登山驀嶺。只因他寄簡傳書，反教娘離鄉背井，未知道何日歡慶。合愁只愁一程、兩程，况不聞長亭、短亭。暮止朝行，趱長途曲徑。休辭憚跋涉奔競，願身安早到神京，早到神京。"汲古本二十八齣〔勝如花〕曲，"他"作"人"，"教"上無"反"，"未"作"不"，"神京"作"京城"，末叠句上仍有"願身安"字。同上〔憶虎序〕云："當初娶汝，生男育女。逼勒我孩兒，去投江身死。寫狀經官，經官告你不賢婦，薄倖妻！若到官司，若到官司，打你皮綻肉飛！"汲古本第二十九齣〔憶虎序〕，"生"上多"指望"二字，"寫"上多"我"字，"不"上多"告你是"，皆襯字，"告你"上又多"呈"字，少叠"若到官司"四字。〔南吕十〕〔金蓮子〕云："待要説傷心，到口又哽咽。貞共潔，怎教做兩截？若要奴再招夫，則除是山崩大江竭。"汲古本未見此曲。無射十一〔綉衣郎〕"自力學十載書幃"曲，與沈《譜》無異，惟"從今"上不襯"願"字，"奮"字又作正文耳。同上〔黄龍衮〕"休將珠淚弾"曲，同沈《譜》。同上〔四换頭〕"賊潑賤"曲，"閉"上不襯"好"字，"逆"上不襯"違"，"順"上不襯"這的"，"敢"作"聽"，"豪"上不襯"這"，"回"上不襯"敢恁的"，"死"作"抗"。同上〔探春令〕"人生最苦"曲，同沈《譜》，惟"絜"此作"潔"。〔應鐘十二〕〔解三酲〕云："王狀元且休閑講，這姻親果是無雙。當朝宰相爲岳丈，論門户，正相當，寒儒怎敢過望？想自古糟糠不下堂。（合）忒無狀，花言巧語，一趔胡謊。（前腔换頭）阻四推三不忖量，舌劍唇鎗反受殃。停妻再娶誰承望？又何必苦相央，朝中選法咱執掌，禍到臨頭燒好香。不輕放，改除烟瘴，休想還鄉！"汲古本第十九齣〔解三酲〕，"酲"作"醒"，"狀"上無

“王”,“元”下多“你”,“親”作“事”,“自”係襯字,“古”下多“道”,“糠”下多“妻”,“花”上多“把”,(换頭)“阻四推三不忖量”作“你千推萬阻,靡恃己長”,“舌”上多“只怕你”,“停妻”句上多“謾自相勞讓”句,“又何必苦相央”作“又何苦恁相當”,“朝中”作“朝綱”,“執掌”作“把掌”,“禍”上多“使不得”,“改”上多“定”,“烟瘴”作“遠方”。同上〔瑣窗寒〕“這門親”曲,同沈《譜》,惟“這”作正文,“是無送聽得”諸字俱不襯。〔柰子花〕論《荆釵》曲,同沈《譜》,惟“傳留”作“流傳”。均同上〔豹子令〕云:“非是冰人説强呵,説强呵。成敗都是女蕭何,女蕭何。若是才郎拚財禮,管教織女渡銀河。(合)花紅羊酒謝姑婆。”同沈《譜》,惟沈《譜》“包”此與汲古本同作“豹”。據上録諸曲勘之,則《京腔譜》所收《荆釵記》曲,與沈《譜》頗有同異,於汲古本亦然,又當别一本。考古之家,亟應存參。

借用名曲 《錦香亭》不詳何人之作,蓋古傳奇也。其〔八聲甘州〕一曲云:“春深離故家,嘆倦客旅邸,遊子天涯。一鞭行色,遥指剩水殘霞,墻頭嫩柳籬上花。望古樹枯籐棲暮鴉,嵯岈,偏長途觸目桑麻。(前腔换頭)呀呀,幽禽聚遠沙。對仿佛禾黍,宛似蒹葭。江山如畫,無限野草閑花,旗亭小橋景最佳。見竹鎖[1]橋邊三兩家。漁艖,弄新腔一笛堪誇。”詞隱云:“今借入《荆釵記》沈譜原注。”按:今《荆釵》第四十一齣,〔小蓬萊〕後,即此曲。“倦客逆旅”改爲“衰年倦體”,“游子”爲“奔走”,“籬上”爲“籬畔”,襯字“望”爲“見”,“嵯岈”爲“嗟呀”,“橋邊”作“溪邊”,“漁艖”作“漁槎”。雜劇、傳奇往往借古名曲,不嫌剿襲者,良由音韻之文,協律爲難。文律雙美,便推獨擅。後來萬千,豈能居上?苟情景適宜,寧取因仍,不必己出,自矜奇妙。抑非博覽卓識,何能運用古人。北劇如東籬《黄粱夢》取花李郎全折。南曲如寧齋《一種情》取大齋郎曲。皆此道老手。類多假借,蓋以音律爲重,故爾出此。自玉茗一派,任才恣肆,蹂躪詞律,語必獨造,意在驚人,致口與耳不相應,手與筆不相習。鳳洲之倫,更揚其波,歧之又歧,曲運益蹇。徒詩之後,再見徒詞,徒詞之後,更成徒曲,皆此輩爲之,豈特爲殺嗓劊子已哉!而淺者至今,方且誦之,遂爲不知而作者藉口。古來名曲,且被斥逐,豈不可恨?不知才

① 今校:鎖,原作“銷”,據《歷代曲話彙編》本改。

益大者，其心彌虚。《荆釵》借曲，何損大家？若沾沾自炫，雖不乏奇賞，究屬淺見。古今妙文，只有此數。惟求其當，千手不易可也。予讀〔春深〕、〔甘州〕曲，不能不服《荆釵》之通，魏武《短歌行》連用《三百篇》語，亦此例耳。

新荆釵記　沈《譜》三收〔勝如花〕曲云："辭親去，别淚零，豈料登山驀嶺。只因他寄簡傳書，反教人離鄉背井。未知道何日歡慶？愁只愁一程、兩程，况不聞長亭、短亭。暮止朝行，趲長途曲徑，休辭憚跋涉奔競。願身安早到神京，願身安早到神京。"題云：《新荆釵記》注，此曲不知何人所增，其調不知何所本。但腔甚可愛，不可不録。按：此曲汲古本見第二十八齣中，沈《譜》文與《京調譜》同，汲古本小異。已見上校。據沈《譜》，則汲古本可題《新荆釵記》，然注僅云此曲增，則餘仍爲舊本耶。〔勝如花〕曲，以欲證《新荆釵記》一語，不嫌重録。

《浣紗記》

梁伯龍　（上缺）一説伯龍以例貢爲太學生，好輕俠，善度曲，囀喉發響，聲出金石，能得良輔之傳。嘗著《浣紗記》傳奇，梨園子弟争歌之。生平蕩儻好游，足跡徧吴、楚間。嘗欲北走塞，南極徼，盡覽天下名勝，不果而卒。同里王伯稠贈以詩云："達人貴愉生，焉顧一世譏。伯龍慕伯輿，徇情良似癡。彩毫吐艷曲，煜若春苑開。斗酒清夜歌，白頭擁吴姬。家無擔石儲，出多少年隨。元暉愛雅獎，此道今所稀。"見近人陳氏《五石脂》，未注所出，予亦不暇爲之詳考也。按：此段之前，有脱簡，待補。

浣紗與崑腔　《漁磯漫鈔・三》："崑有魏良輔者，造曲律，世所謂崑腔者，自良輔始。而梁伯龍獨得其傳，著《浣紗》傳奇，梨園子弟喜歌之。梁名辰魚，亦崑山人。潘景升有《白下逢梁伯龍感舊》云：'一别長干已十年，填詞贏得萬人傳。歌梁舊燕雙棲處，不是烏衣亦可憐。'"

爲工麗濫觴　《雨村曲話》云："梁伯龍《浣紗》，終本無一散語。""伯龍名辰魚，字少白。"又云："曲始於元，貴當行，不貴藻麗，蓋作曲自有一番材料。其修飾詞章，填塞故實，了無干涉也。""自梁伯龍出，始爲工麗濫觴，蓋其生嘉隆間，正七子雄長之會。詞尚華靡，弇州於此道不深，徒以維桑之誼，盛爲鼓吹，不知非當行也。”按：崑曲創始，伯龍首作，格調既異，自不得純律以元曲，此又當分别言之者也。

菉猗室曲話卷三

毛刻戡目

琵琶記

高明　元高明撰。明字則誠，永嘉平陽人。至正五年進士，張士堅牓中第，授處州録事，辟丞相掾。方谷真叛，省臣以温人知海濱事，擇以自從。與幕府論事不合，谷真就撫，欲留置幕下，即日解官，旅寓鄞之櫟社。太祖聞其名召之，以老病辭。還卒於家。有《柔克齋集》。

三不從　開場〔沁園春〕云："趙女姿容，蔡邕文業，兩月夫妻。奈朝廷黄榜，遍招賢士。高堂嚴命，强赴春闈。一舉鰲頭，再婚牛氏，利綰名牽竟不歸。飢荒歲，雙親俱喪，此際實堪悲。　堪悲，趙女支持，剪下香雲送舅姑。把麻裙包土，築成墳墓。琵琶寫怨，逕往京畿。孝矣伯喈，賢哉牛氏，書館相逢最慘悽。重廬墓，一夫二婦，旌表門閭。"詩云："極富極貴牛丞相，施仁施義張廣才，有貞有烈趙真女，全忠全孝蔡伯喈。"〔沁園春〕前問答科白，"問後房子弟敷演誰家故事，那本傳奇？答三不從《琵琶記》"。按：此必是宋、元相承舊語，惜"三不從"之説，無他考證，不能爲之詞耳。

師儉堂本　近貴池劉氏彙刻傳奇第二種《琵琶記》，是陳眉公評師儉堂原本，與毛本微有同異。評語無所發明，明人習氣如此。末附《音釋》二卷，不知是何人所爲。

净與老旦　本傳净扮蔡婆，陳評云，不宜用净扮，易以老旦爲是。按柔克作傳，尚當渥奇之朝，與眉公相去二百餘年，劇場變遷，不可數計，安得以崑曲脚色律之耶？然因此可以考見老旦色由後起。《琵琶》净扮蔡婆，猶之《西廂》外扮老夫人，皆無老旦色。明周憲王本《西廂》如此可證也，第毛刻《西厢》已易老旦。陳又有評本《西厢》不出色目，習見雷同，無由反證。抑知此猶存古本之舊，而爲劇場色目沿革之曲要耶？老旦色疑起崑腔社中，當續考之。

梨園與後房　師儉堂本開場問答科白"梨園子弟"。毛本作"後房子弟"。按毛刻諸傳多作"後房"，今俳語沿用，亦曰"後臺"。安吴包氏(世臣)《都劇賦》所謂"兩門四柱，方臺作場，臺後連厦"，是謂戲房是也。兩門即鬼門道，今語曰"上場門"、"下場門"，即前後臺之界也。後房名目亦起後世，《琵琶》初變雜劇而爲戲文，劇場之制，或猶未備。柔克原本，當以"梨園"爲近也。

搬演　"敷演誰家故事"，毛刻與師儉堂本皆同。他傳則毛本作"搬演"，惟此作"敷"，亦古本舊語之僅存者也。搬亦作般，今語曰扮。疑古今之變耳。

戲文　家門問答白云："待小子略道幾句家門，便見戲文大意。"此語自來讀者，皆以常語略過，而不知其有關沿革。何也？元曲無論南北，皆是雜劇。考其前後，則南戲當先。明祝允明《猥談》所謂"南戲出于宣和之後，南渡之際，謂之温州雜劇"是也。温州雜劇，即是南戲。其劇本即曰戲文。葉子奇《草木子》云："劇文始於《王魁》，永嘉人作之。"識者曰：若見永嘉人作相，宋當亡。及宋將亡，乃永嘉陳宜中作相。其後元朝南戲尚盛行。及當亂，北院本特盛，南戲遂絶。據此可知温州雜劇，始於南宋，盛於胡元。元、明之際，正將絶之時，而《琵琶》諸傳，變而繼起。於斯之時，體格初成，名目未立，不必如後世所謂傳奇，姑以戲文稱之耳。然《草木子》所謂戲文始《王魁》，是謂南戲，即温州雜劇，與《琵琶》諸傳體制不同，不得以其同稱戲文而混合之也。葉所謂北院本，謂北雜劇古院本，但般演而不唱，亦語同而意異皆當分别。明胡應麟《莊嶽委談》云："今《王魁》本不傳而傳《琵琶》，《琵琶》亦永嘉人作，遂爲今南曲首。"然葉當國初著書，而云"南戲絶"，豈《琵琶》尚未行世耶？此正胡氏誤以葉所謂戲文與本傳戲文爲一體，而又以南曲爲即南戲。豈知南戲雖絶，葉殆指温州雜劇。《琵琶》雖行世，而不在南雜劇之列，故不之及，無足怪也。《琵琶》僅得云南曲，而不可謂即古之南戲，然柔克先生之必見古南戲本，又無可疑矣。按祝允明《猥談》温州雜劇下，並云"曾見舊牒，有趙閎榜禁，頗著名目，如《趙貞女蔡二郎》等，亦不甚多。以後日增，今遂遍滿四方，輾轉改益。"即此可見"有貞有烈趙真女全忠全孝蔡伯喈"之南曲《琵琶記》，以温州雜劇《趙貞女蔡二郎》爲祖本，明證如此。而胡應麟又必以元人《西厢》爲戲文之祖，意謂其變雜劇之妙舞清歌，而爲傳奇之繁文縟節，且謂高氏又一變而爲南曲，直以《西厢》爲傳奇北曲之祖，《琵琶》爲南曲傳奇之祖，誤認《琵琶》之變，出自《西厢》。不知《西厢》五本，亦稱五劇，每劇四折，各爲一本，猶是雜劇體裁。與其他元人之作，全無乖異。後人合爲二十齣上下兩卷，混稱一本，置之傳奇體裁之中。如毛刻北《西厢記》本，而《西厢》始爲不類。胡之所見，殆即此本，故其説如此。儻見周憲王古本，當爲爽然矣。夫《西厢》之必爲雜劇，元人之舊也。《西厢》之忽爲戲文，即傳奇意在《琵琶》既行以後，後人援例而變之。若謂《琵琶》變出《西厢》，抑何顛倒如是乎。五劇本《西厢》，明人殆不常見，故其時論曲諸家，率據二十齣本爲説。沈德符《顧曲雜言》亦云："元曲總只四折，自北有《西厢》，南有《拜月》，雜劇變爲戲文，以至《琵琶》，遂演爲四十餘折，幾十倍於雜劇。"其見亦與胡同。又胡、沈皆以雜劇與戲文對言，亦猶循本傳舊稱，豈其時尚未立傳奇之目也歟？

貞女與二郎　温州雜劇，據祝允明氏所見，有《趙貞女蔡二郎》等名目，何以知爲柔克所祖？按宋人詩云："斜陽古柳趙家莊，負技盲翁正作場。身後是非誰管得，滿村聽唱蔡中郎。"明姚福《青溪暇筆》謂是劉後村句。清朱彝尊《静志居詩話》、汪師韓《談書録》謂是陸務觀句。夫盲詞所唱，與雜劇所演，或即爲一事；而雜劇與戲文轉移較近，至中郎之中，當如中婦，意猶二郎也。自二郎變爲中郎，伯喈所仕，適與之合。而中郎再變，則雜劇盲詞，已有變遷。然宋人句中所謂中郎，是謂二郎乎？抑謂伯喈乎？二郎果别有其人，則身後是非，語亦可通，不必泥於伯喈；今無其詞，難言之矣。即謂本傳伯喈名沿盲詞，而趙貞女必本雜劇。真貞字雖略變，然有貞有烈，複字必避，不得不如此也。

有嘲駡無雪恥　《琵琶記》假托伯喈，或本宋詞。然元人北劇如《連環記》、《王粲登樓》諸本，並出蔡邕學士，殆由野語相傳，别有故實。柔克作傳，亦取其習耳。而《青溪暇筆》則云："元末永嘉高明，避世鄞之櫟社，以詞曲自娱，見劉後村有'死後是非誰管得，滿村聽唱蔡中郎'之句。

因編《琵琶記》,用雪伯喈之恥。國朝遣使徵辟不就。既卒,有以其記進者。上覽畢,曰:‘五經四書在民間,如五穀,不可缺。此記如珍羞百味,富貴家其可無耶?’其見推許如此。”姚氏不知果見宋詞否。以予論之,宋詞所唱,寧謂即蔡二郎,不必爲蔡伯喈也。如謂《琵琶》爲雪伯喈之恥,然按之本傳,其罵伯喈處,言外殆不留餘地。正如眉公總評謂“純是一部嘲罵譜。”三十八齣評謂“全傳都是罵,餘俱包藏,此獨真罵”。不惟雪恥,反益之罪,矛盾如是,知其語無實據,抑亦道聽而塗説者耳。夫《十姨廟記》,謬由髭須,伯喈孝行,訛以中郎,文人游戲,何施不可,必求其故,則反鑿矣。惟舊説相承,皆謂托諷,是否得實,要亦不可知者,因備録之。

第一　蔡生

蔡生　唐人小説載《説郛》中,其目當細檢之云:牛相國僧孺之子繁,與同人蔡生邂逅文字交。尋同舉進士,才蔡生,欲以女弟適之。蔡已有妻矣,力辭不得。後牛氏與趙處,能卑順自將,蔡氏至節度副使。

《藝苑卮言》明王世貞元美云:高則誠《琵琶記》,其意欲以譏當時一士大夫,而托名蔡伯喈。不知其説。偶閲《説郛》所載唐人小説,見前不録其姓事相同,一至於此,則誠何不直舉其人,而顧誣衊賢者耶?

《莊嶽委談》明胡元瑞應麟云:《卮言》所引,二姓悉合,高氏或據此,第僧孺之女,則未審竟適何人耳。僧孺二子,曰蔚,曰叢,俱節度至尚書。蔚子徽,叢子嶠,亦顯,而絶無所謂繁者,恐《説郛》所載未如《太平廣記》之實也。《西厢》事,唐人自有《鶯鶯傳》,而《會真記》、《侯鯖録》尤詳。其爲微之無疑。然則《西厢》、《琵琶》二記,一本微之中表,一假思黯女夫,二人在唐,先後入相。當時事業寥寥,不知千載後得元人力,鬧熱百倍生前也。

《誠齋雜記》元周達觀云:僧孺有子名繁,與其同鄉人蔡生同舉進士,才蔡生,欲以女弟適之。蔡已有妻趙氏,力辭不得,牛氏與趙相與甚歡,蔡後至節度副使。

第二　鄧敞

鄧敞　《觚賸》明鈕琇玉樵言觚云：僧孺子牛蔚與同年友鄧敞相善，强以女弟妻之。而牛氏甚賢，鄧元配李氏亦婉順有謙德。鄧攜牛氏歸，牛、李二人各以門第年齒相讓，結爲姊妹。其事本玉泉子，作者以歸伯喈，蓋憾其有愧於忠，而以不盡孝譏之也。

《談録》清汪師韓韓門云：《舊唐書》載僧孺二子蔚、藂。蔚登太和九年進士第，藂登開成二年進士第，俱仕爲節度使。《誠齋雜記》所云繁者，疑是藂字之訛。蔚襲封奇章侯，其名尤著。故玉泉子遂以爲蔚，而蔡、趙之姓，《雜記》尤爲符合也。又考杜牧之作《牛丞相墓誌銘》，所載五男六女，長男蔚，次叢，次奉倩，二人皆稚齒。李珏《牛公神道碑》亦曰二人未知名長女嫁上黨苗愔，次嫁范陽張洙，次嫁常山張希復，次嫁前進士鄧淑，次未笄，一人始數歲，則鄧敞又是鄧淑之訛。要之，小説所言，其爲傳聞，總難取信耳。

《莊嶽委談》云：蔡爲牛壻，絶無謂，而莫知所本。一日偶閲《太平廣記》四百九十八卷雜録末引玉泉子云："鄧敞初比隨計，以孤寒不中第。牛蔚兄弟，僧孺子，有氣力，且富於財，謂敞曰：'吾有女弟，子能婚，當相爲展力，寧一第耶？'時敞已壻李氏矣。其父嘗爲福建從事，有女二人，皆善書，敞行卷多其筆跡。顧已寒賤，未必能致騰踔，私利其言，許之。既登第，就牛氏親。不日，敞挈牛氏歸，將及家，紿之曰：'吾久不至家，請先往俟卿。'洎到家，不敢洩其事。明日，牛氏奴驅輜橐直入即出。牛氏居常玩好，幙帳雜物，列庭廡間。李氏驚曰：'此何爲者。'奴曰：'夫人將到，令某陳之。'李氏曰：'吾敞妻也，又何夫人焉？'即撫膺大哭。牛氏至，知其賣己也，請見曰：'吾父爲宰相，兄弟皆在郎省，縱嫌不能富貴，豈無一嫁處耶？其不幸豈惟夫人！今願一與共之。'李感其言，卒同處終身。"乃知則誠所謂牛相即僧孺，而鄧生登第再婚，事皆符合，姓氏稍異耳。敞後官至秘書，職位恍忽類邕。

第三　王四

王四　《留青日札》著人姓名俟檢云：時有王四者，能詞曲，高則誠與之友善，勸之仕。登第後，即棄其妻，而贅於太師不[1]花家。則誠悔之，因借此記以諷。名《琵琶》者，取其四"王"字爲王四云耳。元人呼牛爲不花，故謂之牛太師。而伯喈曾附董卓，乃以之托名也。高皇微時，嘗賞此戲，及登極，捕王四，置之極刑。

《靜志居詩話》清朱彝尊竹垞云：世傳《琵琶記》爲薄倖王四而作，此殆不然。陸務觀詩云："斜陽古柳趙家莊，負鼓盲翁正作場。身後是非誰管得，滿村聽唱蔡中郎。"是南渡日已演作小説矣。

第四　蔡卞

蔡卞　《兩般秋雨庵隨筆》—清梁紹壬應來云：高則誠《琵琶記》，相傳以爲刺王四而作。駕部許周生先生宗彦嘗語余云："此指蔡卞事也。卞棄妻而娶荆公之女，故人作此以譏之。其曰牛相者，謂介甫之性如牛也。"余曰："若然，則元人紀宋事，斥言之可耳，何必影借中郎耶？"先生曰："放翁詩云：'身後是非誰管得，滿村聽唱蔡中郎。'據此則斯劇本起於宋時，或東嘉潤色之耳。"然則宋之《琵琶記》爲刺蔡卞，元之《琵琶記》爲指王四，兩説並存可也。

按宋人蔡中郎盲詞，不必即名《琵琶記》，應來以意斷之，非事實也。

琵琶爲諷世之作　綜之，上列諸説，蔡生、鄧鄗、蔡卞，皆以後人咏古事，不必托名。即謂托自宋人，不始柔克。然除蔡卞外，唐、宋相去幾三百年，自唐太和九年，盡北宋靖康二百九十四年。抑何避忌之有乎？周生之説，起近百年，殆亦意測，不可依據。而宋人稗説，不止盲詞之

① 今校：不，原作"百"，據《歷代曲話彙編》本改。

《蔡中郎》,及温州雜劇之《蔡二郎》,可疑爲柔克所祖。又陶南村《輟耕録》。“衝撞引首”題下,復有《蔡伯喈》一本,名字明白,更無疑義。大抵美人名士,生不遇時,及其死也,舉世傷之,感慨發於縉紳,流傳遍於時俗。今古知名,附會益甚,至不嫌以村鄙之見,爲古人之事實。後世文人,又雕飾焉,傳之愈遠,益非其真。明妃之與伯喈,理或相同,加以蔡女胡笳,音節悽婉,樂部所習,尤易牽連。肆坊考據,必窮所出。失志才人,或借酒杯,伯喈身世,更爲履歷。稗説之成,皆由此則,亦何怪乎。予固以爲伯喈軼事,宋稗舊説,信然有之,且不一見。柔克意有所諷,托爲根據,别出機杼。孔子之作《春秋》也曰:“其事則齊桓晉文,其文則史,其義則竊取之矣。”何况詞章寄托,不妨荒唐,其事其文,皆竊取而已。故謬伯喈之事,以就王四之文,言非苟作,理或可信。必謂《琵琶》有所影托,寧從《留青日札》之説,惟是柔克所譏。蓋屬世情之常,不必意中實有其人,即以爲諷世之作可也。今世戲文有《包龍圖斷陳世美》一本,亦與《琵琶》同科,不過結場透露,未若《琵琶》忠厚,猶存詩人之意焉耳。

唐戲蘇葩　又按《樂府雜録》:《蘇中郎》,後周士人蘇葩,嗜酒落魄,自號“中郎”。每有歌場,輒入獨舞。今爲戲,著緋戴帽,面正赤,蓋狀其醉也。又有《踏摇娘》諸戲,悉屬此部。而《教坊記》則云《踏摇娘》者,北齊有人姓蘇,皰鼻,實不仕,而自號爲郎中。嗜飲酗酒,每醉輒毆其妻。妻銜悲,訴於鄰里。時人弄之,丈夫著婦人衣,徐步入場行歌,每一叠,旁人齊聲和之云,踏摇,和來,踏摇娘苦,和來!以其且步且歌,故謂之踏摇。以其稱冤,故言苦。及其夫至,則作毆鬥之狀,以爲笑樂。此二事絶類,於蘇中郎、踏摇娘而見夫婦之道苦矣。夫之棄妻,情事至歧。醉飽之與富貴,其例一也。唐世諸戲,即有此粉本。宋戲關目,倘如《琵琶》,可云自唐代相承,不過易蘇而蔡耳。葩之與邕,皆不敢信果爲其人,要其情事,則古今人情,不甚相遠,一二年來,聞之屢已。海外遊學士人,先後歸國四五年間,往往崛起,致身青雲,而逐妻悔婚,以就他氏。坊市新聞日鈔,所傳爲新琵琶記者,奚啻一二?《莊嶽委談》:凡傳奇以戲文爲稱,故其事欲謬悠而亡根。中郎耳順而壻卓,以謬悠其事也。此語似《琵琶》而外,不知尚有何本。又云:予嘗笑中郎有三不幸,《漢史》垂成,陷身縲紲,一也;生止一女,後没虜廷,二也;頭白齒落,制命凶渠,千年後橫遭風流案誣衊,日爲里婦唾譏,三也。聞者輒大噱不已。按胡只知《琵琶》,故爲此語。其實元曲中藉重中郎之處固多,如《王粲登樓》、《連環記》之類,皆有蔡邕學士,情致各各不同。而《金雀記》甚至假左太沖、張孟陽,以净、丑登場,後人戲弄不惜芻狗前賢,安能一一爲之呼冤耶?

琵琶西厢之較 明人論曲,嘗以《琵琶》《西厢》並稱,亦曰崔、蔡二家,亦見《莊嶽委談》嗜好不同,强爲左右。其實於高、王之作,一無所得,由不明曲家流别故也。夫《西厢》北曲,《琵琶》南曲,南北既分,作法自異。不特此也,元明之際,所爲南曲與明中葉以後諸本殊科。夷考其故,殆緣弋、崑兩調所用不同。崑曲行腔,特多委婉,文章語意,因曲轉折,故其氣味,往往異致。中晚士人,每以所見爲繩墨,批評雖多,又何當乎?胡應麟云:近時左袒《琵琶》者,或至品王、關上。余以《琵琶》雖極天工人巧,終是傳奇一家語。當今家喻户習,故易於動人。異時俗易懸殊,戲劇一變,後世徒據紙上,以文義摸索之,不幾於齊東、下里乎?又云:《西厢》主韻度風神,太白之詩也;《琵琶》主名理倫教,少陵之作也。《西厢》本金元世習。而《琵琶》特創規矱,無古無今,似尤難。至才情雖《琵琶》大備,故當讓彼一籌也。按《琵琶》是傳奇一家語,所以爲當行。《琵琶》之前,尚有《幽閨》,非出特創。胡氏一貶一褒,皆未得事實。其他所見,諸多類此。

王允黄允 《委談》又云:《琵琶記》"崑山有良璧"詩:"王允何其愚。"説者以漢末有二王允,一誅董卓,一乃棄妻再娶者。非也。案《後漢書黨錮傳》。黄允字子艾,濟陰人也。以雋才知名。郭林宗見而謂曰:卿有絶人之才,足成偉器,然恐守道不篤,將失之矣。後司徒袁隗欲爲從女求婚,見允嘆曰:得壻當如此。允聞而黜遣其妻。蓋黄姓,非王允也。今本多誤刻,故録之。汪司馬頗取此詩,謂《西厢》詩無一成語者,《琵琶》此首差可觀。然"瑜"字與"姿",古韻絶不通。又"宋弘"二語,大似村學究聲口,僅勝王、關可耳。以上皆明人之見。傳奇家僅取流俗故實,黄、王俗多沿譌,柔克依俗使事,未爲不可,不必以《後漢書》刊《琵琶記》之誤也。汪司馬所論,更爲强作解人。傳奇劇本中,豈容書生考據,論韻談詩者耶?《西厢》詩句,經金人瑞改竄,多失真面,然原本所爲，已非盡元人純正家法。《琵琶》崑山良璧，更覺太遠，此輩所許，皆是古人之短。

正是乃引用之發語　《委談》又云：《琵琶記》“正是此曲才堪聽，又被風吹别調間”，用高駢詩話。“昨夜箏聲響空碧，宫商信任往來風。依稀似曲才堪聽，又被吹將别調中”。發語曰“正是”，明謂引用古人也。此較前説爲近。然謂此處“正是”發語，爲“明謂引用古人”，亦未必即柔克意。須知此類發語，正傳奇説唱家詞頭，便即用之，無甚措意，不煩後人爲之實也。

詞場奇話　《静志居詩話》云：聞則誠填詞，夜案燒雙燭。填至《喫糠》一齣，句云“糠和米本一處飛”，雙燭花交爲一。洵異事也。按此與舊説湯義仍製《還魂記》事，大略相同。大抵文人附會，彷彿其辭。然不妨姑存之，以爲詞場中增一奇話也。

高氏之詩　元顧仲瑛輯耆舊詩爲《玉山雅集》，中録高則誠作，稱其“長才碩學，爲時名流”。可知則誠不專以詞曲擅美也，亦見《静志居詩話》。又胡氏《委談》亦云：高詩律，尚散見元人選中，如《題岳墳》、《采蓮曲》等篇，雖格不甚超，要非傳奇中語。文則《烏寶》一傳，見《輟耕録》。小詞若《琵琶》諸引，亦多近宋，蓋勝國才士涉學者。又云：高則誠在勝國詞人中，似能以詩文見者，徒以傳奇故，并没之。按今傳柔克佳篇，如《宿誅公房曉起偶成》云：“曉雨池上來，微風動寒緑。幽人睡初起，開窗見修竹。西山帶層室，隱隱出林木。境寂塵自空，慮淡趨常足。獨坐無晤言，流泉下深谷。”又《賦幽慵齋》云：“閉門春草長，荒庭積雨餘。青苔無人掃，永日謝軒車。清風忽南來，吹墮几上書。夢覺聞啼鳥，雲山滿吾廬。安得嵇中散，尊酒相與娱。”見《元詩選》，惟不知曾收顧氏《耆舊集》否？至其所製曲子，《琵琶》外所傳他詞甚鮮。高氏散曲明秣陵陳氏輯《南宫詞紀》，收《秋懷》套詞，可以參證。亦讀《琵琶》者之所不廢也。陳《紀》題元高則成，不作誠，當由傳寫失檢。明人刻書原乏精校。

附高則誠《秋懷》套曲《南宫詞紀》卷三之十八十九〔商調·二郎神〕人别後，正七夕穿鍼〔在〕畫樓。暮雨過紗窻凉已透，夕陽影裏見一簇寒蟬衰柳。水緑蘋香人自愁，况輕折鸞交鳳友。〔合〕得成就，真個勝似腰纏跨鶴揚州。

〔又〕風流恩情，怎比墻花路柳。記待月西厢攜素手，争奈話别，匆匆雨散雲收。一種相思分做兩處愁，雁來時音書未有。〔合前〕

〔集賢賓〕西風桂子香韻幽，奈虚度中秋。明月無情穿户牖，聽寒蛩聲滿床頭。空房自守，暗數盡譙樓更漏。〔合〕如病酒，這滋味那人知否？

〔又〕功名未遂，姻緣未偶。共簇個眉頭，惱亂春心卒未休。怕朱顔去也難留，明珠暗投，不如意十常八九。〔合前〕

〔黄鶯兒〕霜降水痕收，迅池塘已暮秋，滿城風雨還重九。白衣人送酒，烏紗帽戀頭。思憶那人一似黄花瘦。〔合〕强登樓，雲山滿目，遮不盡許多愁。

〔又〕惟酒可忘憂，奈愁懷不殢酒，幾番血淚抛紅豆。相思未休，凄凉怎守？老天知道和天瘦。〔合前〕

〔琥珀猫兒墜〕緑荷蕭索，無可蓋眠鷗。淺碧粼粼露遠洲，羈人無力冷颼颼。〔合〕添愁，悄一似宋玉賦高唐，對景傷秋。

〔又〕一簇紅蓼，相映白蘋洲。傍水芙蓉兩岸秋，想他嬌艷倦凝眸。〔合前〕

〔尾聲〕一年好景還重九，正橘緑橙黄時候，强把金尊斷送秋。

齣字考 《路史》青藤山人據《通俗編》引云：高則誠《琵琶》有第一齣、第二齣，考諸韻書，並無此字，必"䶩"之誤也。牛食吞而復吐曰"䶩"，以優人入而復出也。翟晴江灝云：䶩音笞，又音師，無讀作折音者。豈其字形既誤，而音讀亦因之誤耶？《通俗編》三十按"齣"字，字書中始見吴任臣《字彙補》云：傳奇中一迴爲一齣，俗讀作尺，或云本是"齝"《正韻》同䶩字，譌作齣也。蓋"䶩"乃食之已久，復出嚼之。今傳奇進而復出，故有取於"齝"云。此亦謂"齣"爲"䶩"訛，以俗讀尺證之，自爲近理。然北語謂"折"，南語謂"齣"，疑皆出坊肆，不必有出處。如謂以"齣"爲"䶩"，"䶩"又即"齝"。據《説文》云，吐而復噍也。《爾雅·釋獸》："牛曰齝。"郭注："食之已久復嚼之。"義甚古雅，恐非事實。雖俗語中往往有原本經典者，第以雅證俗，固可考見語源。而《琵琶》當時選名，實沿俗以爲用，固不必稟經酌雅，自詡淹博也。翟氏又以北劇之折爲疑，又過泥耳。今傳奇中無不用"齣"者，青藤之説若信，則創始則誠，詞場典故，何可忘耶？予得舊抄沈寧庵《一種情》傳奇，則用"出"字，或緣音轉，其實義亦非無可説。特此類詮釋,不得實事爲證,終嫌鑿空耳。

蔡從簡考　翟又云:蔡邕父名稜,字伯直,見《後漢書注》。其母袁氏,曜卿姑也,見《博物志》。《琵琶記》作蔡從簡、秦①氏,其故爲謬悠歟,抑未攷歟?《通俗編》三十七按《後漢書注》、《博物志》,非僻書,若必以爲未攷,則伯喈生平,又何嘗狀元及第耶?頃閲《蕉窻述奇》。清凉道人曾記一事云:辛亥仲冬朔日,吴門松秀部於慈相寺前演《琵琶記辭朝》一折,曲調規模,可稱雙絶,觀場者贊不容口。有名士某者,拾楊升庵之唾餘而言曰:"蔡中郎之父名稜,字伯直,見《後漢書注》,而劇中稱爲蔡從簡,乃製曲者失考故也。"予按《琵琶記》爲永嘉高則誠撰,記中所云,皆非中郎實事。如狀元之稱,始於唐玄宗,漢朝尚無其名,而東漢靈、獻之世,丞相亦無牛姓者。此曲蓋借蔡邕二字以寓作者製曲之意,其餘盡屬空中樓閣也。則誠舉元至正進士,隱居不仕,與貫酸齋、吾子行輩齊名,豈《後漢書》尚未之讀,而煩後人指摘耶?彼名士者,見楊升庵《丹鉛録》中曾有此論,故竊取其言,而自矜爲博學創見,殊不足供識者一粲也。予欲辨而析之,恐彰名士之短,歸而記之,以戒輕妄。述下第十則是《丹鉛録》所論,又在翟前;《蕉窻》按語,頗與鄙説相符,因並録之。惟所述名士,不知何人。又《簪雲樓雜記》。陳尚古"剔奸"一則,謂陳幼學鎬塘梁溪人音曲妙天下。方都門春宴,或向主司言之。酒半歡甚,主司以請。公自顧緑袍烏帽,非可更衣作佼僋伎倆,恐重違其意,遂演《伯喈辭朝》。及登場,態既韶令,辭旨調暢,四座莫不心折。公之風流都雅,殆俊人也。第十九則附記亦《琵琶》談助,以"辭朝"類録。

止於書館相逢　臧晉叔謂則誠元本止《書館相逢》,又謂《賞月》、《掃松》二闋,爲米教諭所補。王元美以爲好奇之過,非實録也。予謂臧説或有所本,無妨存以傳疑,未可悉抹。

琵琶精處　元美又云:則誠所以冠絶諸劇者,不惟其琢句之工,使事之美而已。其體貼人情處,委曲必盡,描寫物態,仿佛如生,問答之際,了不見扭造,所以佳耳。至於腔調偶有未諧,譬見鍾、王墨跡,不得其合處,當精思以求詛,不當執末以議本也。見《藝苑巵言》。

---

① 今校:秦,原作"奉",據《歷代曲話彙編》本改。

善本詞句　《曲藻》云：嘗見人歌"浪煖桃香欲化魚，親逼春闈，詔赴春闈。郡中空有辟[①]賢書，心戀親闈，難捨親闈。"頗疑兩下句意各重。又曰"詔"曰"書"，都無輕重，後得一善本，上下句作"期逼春闈，難捨親闈，"下下句作"心戀親闈，難赴春闈。"意既不重，而與上句各相呼應，益見作者之工。李調元《雨村曲話》上引

借用成語　《琵琶》借用成句甚多，不止如胡氏《委談》所記。翟晴江云："一齊分付與東風，"高則誠《琵琶》曲用此語。按《五鐙會元》。天衣哲云："一齊分付與西風。"《通俗編》一又李童山云："《琵琶》'燒夜香'句云'樓臺倒影入池塘，緑樹陰濃夏日長，一架荼蘼滿院香'。寫景俊語也。"《雨村曲話[②]》上按"樓臺"之語，亦本宋人詩。

高明與高拭　則誠在元世負重名，且通籍，其箸作又行於時，而傳之者，往往舛誤。如《百川書志》，以《琵琶》爲宋永嘉先生作。《雨村曲話》引《堯山堂外紀》蔣仲舒謂作《琵琶》者乃高拭，其字則誠。《静志居詩話》引《藝苑卮言》云："南曲拭則誠，遂掩前後。"而《静志居詩話》亦云："涵虚子《曲譜》有高拭而無高明，則蔣氏之言，或有所據。"既誤元而爲宋，又混拭以當照。前已謬於傳聞，後又疏於考證，幸其字不譌，猶得據而正之。然詞場作家，以得名而反埋没者，又不知凡幾，豈不可嘆。高拭，燕山人，元刊《張小山北曲聯樂府題詞》所署如此，可以判然於二高矣。

校南九宫譜　沈寧叟《南九宫譜》，收《琵琶》諸曲，有與汲古本異者，蓋古本也。第五齣〔鷓鴣天〕，汲古本"桑榆暮景"，《沈譜》作"親闈暮景"。第十三齣〔勝葫蘆〕"肯與諧姻眷"，作"肯諧繾綣"。第三十二齣〔月雲高〕"路途多勞頓"，作無"多"字，"未到洛陽城"到下襯"得"。"盤纏多使盡"，作亦無"多"字。"空教奴"，"奴"作"我"。"俺這里誰投奔"，"誰"上襯"將"字。第五齣〔臘梅花〕"但願魚化龍"，"魚"上多"得"字。第三十六齣〔醉扶歸〕"有緣千里能相會"，作"有緣結髮曾相共"。"鳳枕鸞衾也曾共"，作"我鳳枕鸞衾也和他同"，"我"、"也"二字襯"到憑着"無"着"字。"畢竟"上無"休休"二字。把"往事"，"事"下襯"也"字。第七

---

① 今校：辟，原作"解"，據《歷代曲話彙編》本改。

② 今校：話，原作"語"，據《歷代曲話彙編》本改。

齣〔八聲甘州歌換頭〕"遥瞻霧靄紛","瞻"作"望","古樹昏鴉","昏"作"寒"。第十五齣〔桂枝香〕"想他每就裏",第二句少"想"字,而第一"想"字襯。"怕被人傳",則襯"怕"字。第二十六齣〔一封書〕"我在家中常念你",無"在"字。第三十七齣〔解三醒〕"我只爲其中自有黄金屋","其"上多襯"你"字。"反教我","反"作"却"。〔换頭〕"做個負義虧心臺館客","個"作"了"。"其中自有顔如玉","其"上亦多襯"你"。"反"亦作"却"。沈注云:此曲之病,在欲用黄金屋、顔如玉兩句成語,遂成拗體。而《香囊記》沿而用之,今遂牢不可破。第六齣〔齊天樂〕"鳳凰池上歸來環佩",無"來"字。第九齣〔破齊陣〕"親在高堂","親"作"人"。按《沈譜》"翠減香消"二句,是〔破陣子〕頭,"楚館秦樓"三句,是〔齊天樂〕,"目斷"以下是〔破陣子〕尾也。汲古本標題〔破齊陣〕,三字括弧,曲文則"翠減"句,"翠"上多出一"引"字,疑誤括[①]弧外,致與曲混,遂增一字耳。又汲古本第二齣〔瑞鶴仙〕"賦之天也",《沈譜》"賦"作"付"。第二十三齣〔四邊静〕"途中好承值","中"下多襯"須"字。〔福馬郎〕"只恐傍人聞之把奴責",無"只恐之"三字。第三十九齣〔一撮棹〕"頻頻寄郵亭",上多襯"但"字。"須是好看承",無"是"字。"各願保安寧","各"作"只"。"返神京"作"到京城"。第十四齣〔雙鸂鶒换頭〕"千不肯,萬推辭,這話頭不惹些兒",此三句無。"縱有花容月貌休提",無"容月"二字。"他罵相公",無"他"字。第十七齣〔洞仙歌〕"苦家私没半分","苦"字不襯。第二十四齣〔雁魚錦〕第一段"臨期"作"臨歧"。"見我信音",無"我"字。標題〔雁魚錦〕作〔雁過聲〕第二段"我衷腸",無"我"字。"羞"字多襯"的"字。"不睹親","親"作"事"。"負心的薄倖郎",無"的"字。標題〔前腔〕作〔二犯漁家傲〕。第三段"鴛行"作"鵷行"。"怎如那",少襯"那"字。"慈鳥"作"鳥鳥"。"斑衣罷講","講"作"想"。"又恐怕",無"恐"字。"只爲那","那"作"他"。"淚雨如珠","如"作"似"。標題〔前腔〕作〔二犯魚家證[②]〕。第四段"新人鴛幃鳳衾",無"鴛幃"。"被他","被"作"和"。標題〔前腔〕作〔喜漁燈〕第五段"悒怏","怏"作"快"。"翻

---

① 今校:括,原作"格",據《歷代曲話彙編》本改。
② 今校:燈,原作"證",據《歷代曲話彙編》本改。

成”,“翻”作“都”。“掛名金榜”,“名”下多“在”。“歸家”,“歸”作“在”。“猿聞”,“猿”作“人”。標題〔前腔〕作〔錦纏道犯〕。按此集曲,當以譜題爲當。譜注云:人但知“只恐猿聞也斷腸”,而不知江邊可説猿聞,在家不可説猿聞。“睹事”上去聲,或作“睹親”,非也。不撑達,不睹事,皆詞家本色語。據此則毛刻底本,已爲寧庵所及見者,陳眉公評本悉與毛本同,惟第五段不題〔前腔〕,“悒快”作“悒怏”,略異耳。第二十一齣〔雁過沙〕“苦沈沈”,“苦”作“他”。“不能彀”,無“彀”字。“怎生”下多襯“便”字。“割捨得”,無“得”字。第二十八齣〔念奴嬌引〕標題無“引”字。“玉輪”作“冰輪”。“笙簫”作“笙歌”。“庾樓”作“小樓”。〔念奴嬌序〕第三〔换頭〕“乘鸞”作“驂鸞”。“風露”作“何處”。譜注云:引子是〔念奴嬌〕,而此曲即〔念奴嬌序〕,故曰〔本序〕。按此則毛本。前曲〔念奴嬌引〕,標題亦自可用。第七齣〔滿庭芳〕“衣襟”作“衣巾”。“故園入望”,“入”作“人”。“還又隔幾座城闉”,作“又還幾個城闉”。譜注云:“巾”或作“襟”,“人望”或作“入望”,皆非也。第三十齣〔菊花新〕“封書遠寄”,“寄”作“自”。“争似”作“還如”。譜注云“自”或作“遠”,非也。第二十六齣〔駐馬聽〕“只説道”作“只説他日”,四字俱襯。第二十八齣〔古輪臺〕“清明”作“清冥”,“圓缺陰晴”,“缺”下襯“與”字。“人世上”,無“上”字。“餘文未罄”,作“未聽他”。“幾處他”作襯,上多襯“却笑”二字。第三十四齣〔縷縷金〕“敢天教我”,無“我”字。都因這佛念,多叠一句。第五齣〔犯尾序〕“此去”上無“你”。“水遠”“水”作“路”。〔换頭〕“我何曾”無“我”字。“日爲我”作“只得替著我”,“只得”二字襯。譜注云:“路遠替著我”,俱依古本。第四十二齣〔永團圓〕“從教何所愧”作“從教管領無所愧”。“帝畿”作“京畿”。“皇恩”作“君恩”。“院宇”作“庭宇”。“説孝男”上多“共”字。“玉燭調和歸聖主”,作“玉燭調和聖主垂衣”。“自顯文明”以下,譜題〔尾聲〕,不另行,譜爲是。第十齣〔山花子〕“車馬已同”,“馬”作“書”,譜爲是。第三〔换頭〕“一舉能高中”,譜注云“一舉”二字,只作襯字,不可點板。據此則襯字不點板,曲中定例。予友桂白苧成詩嘗謂襯字亦有點板者,疑可隨意增減,至使曲無定格,觀於此語,可以釋然矣。〔紅綉鞋〕“日朦朧”作“日曚曈”。末句“沸笙歌,引紗籠”,作“沸笙歌影裹紗籠紗籠”。譜注云:末句依古本,今人皆改作“沸笙歌引紗籠”，相沿已久，不知此調矣。第二十二齣〔一枝花〕“悶來把湘簟展”，“悶”作“困”。第三十八齣〔虞美人〕“青山古木”，作“青山今古”。“連塚”作“隣塚”。“吹送紙錢繞”，作“時送紙錢來”。譜注云：了少一韻，苔來一韻，一調二韻，引子中之最有古意者。按〔虞美人〕詞曲同用，此格無不换韻者，譜作爲合。陳眉公評本亦同，毛作非是。第三十齣〔意難忘〕“眉顰知有恨”，“眉”作“長”。“何事苦相防”，作“苦思量”。“只怕你”，“你”作“伊”。第三十一齣〔稱人心〕“他要同歸”，無“他”字。“怎麼”，“怎”作“肯”。“我料想他”，無“我”、“想”二字。“争奈”下多“你”字。〔换頭〕“我見差”，“我”作“他。”第二十齣〔薄倖〕“力枯形憊”，“憊”作“瘁”。“將誰荷賴”，“荷”作“倚”。第二十二齣〔滿江紅〕“新涼華屋”，“新”作“清”。“炎蒸”上多“是”字。第二十二齣〔梁州序〕譜標題〔梁州新郎〕。自“新篁”至“晝眠”是〔梁州序〕，自“金縷”至“人見”是〔賀新郎〕。注云：舊譜作〔梁州小序〕，亦非。當依《沈譜》題爲正。“寒飛漱玉”，譜作“空飛”。“自覺”作“只覺”。“向冰山雪巘排佳宴”，“巘”作“檻”。“排佳”作“開華”。“幾人見”上襯“有”字。〔節節高〕“把露荷翻”，無“露”字。“神清健”，“神”作“人”。第三十齣〔紅衲襖〕“這意兒教人怎解”，“意”作“話”，“解”作“猜”。“常掛懷”作“不放懷”。第二十五齣〔梅花塘〕“那堪”作“那更”。“這飢荒”上多襯“若論”二字。“恁狼狽”，“恁”作“這”。第三十九齣〔古女冠子换頭〕“相”上無“我”字，“慮着”無“着”字，“况已”上多“既”字，“唱”作“先”，“今日裏船到江心補漏遲”作“今日到海沉船補漏遲”，合“説起”，“説”作“想”。此題譜標〔女冠子〕，注云：舊譜多一“古”字，非也。據此知毛本亦沿舊譜之誤。第十五齣〔大迓鼓〕第二曲“埋怨”作“埋冤”，“休把嫦娥强與少年”作“休强把嫦娥付與少年”。第四齣〔綉帶兒〕“正當”作“正是”。“落後”下多襯“了”字。“五綵”，“五”作“戲”。“紛紛的都是大儒”，作“紛紛大儒”。“方去求試”，作“孩兒方去”。〔换頭〕“休迷”作“休疑”，上無“你”字。“枉捱”下無“過”字。“休故拒”上無“你”字，“那些”上有“你”字，“百年”上無“我”字。注云：“正是”或作“正在”，亦通。“戲綵”或作“五綵”，非也。“拒”或作“推”，亦非。按“拒”作“推”本未見，毛本亦正作“拒”。〔太師引〕“我也難提起”無“我也”字。“只怕誤了你鵬程鶚薦消息”，作“多誤了鵬程鶚薦的消息”,“的”字襯。第三十七齣〔太師引〕“怎的這般凄凉形狀”,無“的”字。“有誰來往”,無“有”字。“須知”下不襯“道”字。“陽虎”上不襯“和”字。〔换頭〕“敢是個”,無“個”字。“須知道毛延壽誤王嬙”,作“須知漢毛延壽誤王嬙”,“須知”二字襯。注謂:此犯他調,今不可考,惟知末一句是〔刮鼓令〕耳。第十二齣〔鎖窗郎〕“不曾許與公卿”,作“公與卿”。“昨承聖旨”,“聖”作“帝”。“招選書生”,作“選個書生”。“説道”作“若是”,“是”字襯。“吾家主爲聘”,譜注〔瑣窻寒〕。“姻緣”至“歡慶”,注〔賀新郎〕。第四齣〔宜春令〕“春闈”,“春”作“親”。“對誰語”,“對”下多“着”字。〔三學士〕“扶持”,“扶”作“維”。“怕雙親”作“雙親的”。第二十齣〔鑼鼓令〕,譜作〔羅鼓令〕。“終朝”至“安排”爲〔刮鼓令〕。“思量”至“難捱”爲〔皂羅袍〕。“教人只恨蔡伯喈”爲〔包子令〕。注云:末句不似〔包字令〕,不可曉。沈蓋據舊譜如此,毛本作〔鑼鼓令〕,而“饞態”、“佈擺”、“伯喈”劃爲三段,則又後人求其故不得而逕改耶?“後如”至“是歹①”,毛本作〔前腔〕第四段。“他和”至“如柴”,作〔前腔〕第五段,出《沈譜》〔羅鼓令〕之外。按此二段,以《沈譜》〔羅鼓令〕較之,“如今”至“如柴”,與“終朝”至“安排”,句格大略相同。疑〔羅鼓令〕頭之〔刮鼓令〕也。姑記於此,待考。“終朝”下,譜多“裏”、“你將來的”、“教我”、“可忙”、“我”諸字,皆作襯。“你看他”無“你”,“看他”二字襯。“好茶飯去”亦皆襯字。“每”下多襯“也”字。“待奴家”無“家”,“待奴”二字襯。“將去”作“卻得”。第二十五齣〔香羅帶〕“妝臺懶臨”作“不臨”。“怨只怨”作“只怨着”。第十八齣〔三换頭〕“先是”作“先自”。“這斷”作“這段”。“名韁”至“摧挫”,譜作第一段。“鸞拘”至“看花”作第二段。“閃殺”至“奈何”作第三段。注:《舊譜》云:前二句是〔五韻美〕,中四句是〔臘梅花〕,後四句是〔梧葉兒〕。今按前二句、後二句俱近似矣,但中四句不似,而“閃殺”二句亦不似〔梧葉兒〕,姑闕疑可也。此自是沈之矜慎,然集曲不得主名,但稱某某换頭者亦屬恒例;惟譜有宫調可歸,即有同名。不虞錯雜。毛本不標宫調,殊費考究耳。第三十一齣〔紅衫兒〕,“也只爲”無“也”字。〔换頭〕“擔擱了兩下”,“了”作“你”。第十九齣〔女

---

① 今校:歹,原作“夕”,據《歷代曲話彙編》本改。

冠子〕“金花帽簇”,“金”作“宫”,“坦腹”作“乘龍”。〔换頭〕“彩扇”作“嬌面”。注云:此曲皆用入聲韻,而乃用龍字者,龍、隴、弄亦可轉入聲也。“乘龍”或作“坦腹”,“嬌面”或可“彩扇”,皆非也。第十六齣〔滴溜子〕“天憐念”作“天應念”。“俺和你會合分離”,無“俺和你”。注云:“應”字從古本。〔神仗見〕“多應是”,“是”作“哀”。第十九齣〔雙聲子〕“娘萬福”,“萬”作“分”,“豈非福”作“豈反覆”。注云:“分福”或作“萬福”、“介福”皆通。第三十五齣〔啄木鸝〕“讓他”作“待他”。“教人望得眼巴巴”,無“望得”二字。“聽言”至“他下”,譜注〔啄木兒〕“只愁”至“巴巴”,注〔黄鶯兒〕。第十六句齣〔三段子〕“與他”作“與你”,皆襯字。“偏不是好”,無“是”字。“做官”以下,譜不作〔换頭〕。注云:“偏不好”古本原無“是”字。〔歸朝歡〕“冤家”至“餓殍”爲前段,“譬如”至“憚勞”爲後段。譜不分。注云:今人見四方三句似〔尾聲〕多作〔尾聲〕唱之,則是〔歸朝歡〕,只有半曲矣。據此則毛本之分〔歸朝歡〕爲兩段,正沿其誤。曲格之爲唱家割裂,多由於此。又可知毛刻之爲當時唱家傳本也。第三十一齣〔獅子序〕“孩兒次妻”,“次”作“的”。注云:或作“次妻”,非也。牛氏在其父前,豈可就認次妻耶?今依古本用“的”字,後人不知“的”字是上聲,故妄謂難唱而改之耳。〔太平歌〕“爹爹”作“你”。“他事急”無“他”字。注云:你字正是人家女兒在父親膝前稱你、稱我骨肉無文處,今人必欲改作“爹爹”二字,遂使襯字太多。今從古本改正,即如親須望孩兒榮貴,乃是對他親説,故言“孩兒”。而今人必改曰“解元”,皆是欲改他人之不通,而不知自家反不通也。又云:近日唱曲者,或將此調唱作〔東甌令〕,或謂此調即〔東甌令〕,此予所未解也。據此則當時唱此曲已有歧異,惟唱法或改,曲本仍舊,寧叟尚可考正;其他因誤唱訛傳,無從訂定者,不知凡幾。校曲之難於校經,豈外人所能喻其甘苦乎?〔賞宫花〕“身到鳳凰池”,“到”作“在”注云:“在”字依古本。又毛本第二十三齣〔霜天曉角换頭〕“神散魂飛”,《沈譜》作“悄然魂似飛”。“我縱然”,無“我”字。注云:此調用〔换頭〕,正與詩餘相似。而不知者將“悄然魂似飛”,“魂”作襯字,極可笑。正如〔憶秦娥〕亦有前後段之不同,何足疑也。按此則“神散魂飛”,當由誤襯“似”字,後又刊落。然散音近,因而訛傳耳。此段既爲〔霜天曉角〕後段,依毛書例則應“難捱”一段題當加

“先”字，此段加“後”字，正如第十一齣〔憶秦娥〕先後，第二十七齣〔卜算子〕先後之例。此不加分别，是亦一疏略處也。第十八齣〔金蕉葉〕“擺不脱”，“脱”作“去”。第三齣〔祝英臺近〕毛與沈合。《沈譜》注云：《舊譜》“尚”字下增一“然”字，今人於“氣”字下增“正是”二字，皆非也。據此則《琵琶》别本，戾古者不一而足，安得一一正之耶？注又云：凡引子皆曰慢詞，凡過曲皆曰近詞，此當作〔祝英臺慢〕，但此調出自詩餘，原作〔祝英臺近〕，不敢改也。按近、慢之别，此語最明；然此格既本於詞，則於詞爲近，於曲爲慢，且以慢曲而仍蒙近詞之名，此中轉變，又不知如何。文獻無徵，難言之矣。方叔章表爲予言：“聞諸長沙葉氏，中國金石劇曲之學，最爲難治。”此甘苦之言，蓋於古今人所不屑經意，而搜討於叢殘放佚之餘，甚或並其餘而亦不可得。音律之學，尤難之又難者也。寧叟注譜，時見鱗爪，當别摘出，以餉來者。第三十七齣〔小桃紅〕譜作〔山桃紅〕。“蔡邕”至“漢朝”是〔下山虎頭〕，“你爲”至“報也”是〔小桃紅〕中，“又道”至“怎逃”是〔下山虎〕尾。“把父母”，無“把”字。“聖朝”“聖”作“漢”。二“葬”字皆作“送”。“做不得”作“又道是”。第二十三齣〔羅帳裏坐〕“擔誤了伊”，無“了”字。“教你又”作“又教你”。“更與甚麽生人做主”，毛與沈同。《沈譜》注云：古本作“與甚麽”，近作“有甚麽”，非也。據此則毛刻尚有依古本處，後此當益歧矣。第三齣〔祝英臺序〕譜題無“序”。“我花貌”，“我”作“把”。第二〔换頭〕“燕成雙”作“雙飛”。“綉房中”無“中”字。“我待”，“我”作“也”。“尋一個”，無“個”字。“我終身”，“我”下多襯“的”字。第三〔换頭〕“縱有千斛悶懷”，無“縱有”字。第二十三齣〔青歌兒〕譜題“青”爲“望”。注云：刻本皆作〔歌兒〕“待欲”作“欲待”。“我做”無“我”字。“媳婦”上多“兒”字。“蔡伯喈”作“蔡邕”。〔换頭〕“我一怨”無“我”字，多“尋思”二字。“身死”無“身”字。“有誰來祀”，“來”作“祭”。“三年間”，無“間”字。譜注云：此曲刻本名〔歌兒〕者誤也。又按此曲非〔青歌兒〕，崑山《琵琶記》增一“青”字，又引《中原音韻》所謂“句字可以增損者”以實之。不知彼乃謂北曲〔青歌兒〕也，何其謬哉！據此注可得二説：一《琵琶記》有弦索、崑山兩本；二毛刻是崑山本。蓋晚元中明以前無崑腔，自魏良輔興，始變弦索官腔而備衆樂，以成崑曲。所有從前戲文，移入崑山節奏之中，自不免有所改易。

《沈譜》所謂"古本"，殆即弦索舊本。絃索廢而古本亦遂隨之以亡矣。絃索官腔雖無確名，大抵海鹽、弋陽兩調皆是，再以宫調《京腔譜》即弋陽腔譜所收《琵琶》證之，自然明白。崐曲未興以前，南曲祇用絃索官腔，此説得之《絃索辨訛》第二十九齣〔憶多嬌〕"倚托"，"托"作"着"。"舉目蕭索"，多叠一句。〔門黑麻〕"便相允諾"作"便辱許諾"。"病染災纏，衰力倦脚"，作"病染孤身，力衰倦脚"。"兩處堪悲"，亦多叠一句。第三十七齣〔入賺〕"我兒夫"，無"我"字。"是誰忽叫"下多"姐姐"字。"陳留郡"，無"郡"字。"我兩三人"，無"我"字。"兩口顛連相繼死"，無"顛連"字。"送伊"上多"來"字。"怎不痛傷噎倒"，作"教我痛殺噎倒"。譜劃"聽得"至"不保"爲前段，"從别"至"噎倒"爲後段。注云：或無"姐姐"二字，"題詩"下或無"句"字，"陳留"下或有"郡"字。第十二齣〔入破第一〕之"職"作"官職"。"蒙恩"作"愚蒙"。〔破第二〕"婚賜"作"婚以"。"臣草茅疏賤"，無"臣"字。"况臣親老"，"况"作"但"。〔衮第三〕"但臣親老"，作"那更老親"。"髩髮白"，"髮"作"垂"。"兄弟"作"弟兄"。〔中衮第五〕"挂朱紫"，"挂"作"紆"。"惟念"，"惟"作"獨"。"朱買臣守會稽"，"買"上無朱字，"守"上多"出"字。"伏望"，"望"作"惟"。"無比"，"無"作"怎"。譜注云："又幾"或作"有幾"，"髩垂"或作"髩髮"，"弟兄"或作"兄弟"，皆非也。或作"朱"買臣守會稽，非也。第二十六齣〔鳳凰閣〕，毛與沈同。"沈譜"注云：此調本是引子，今人妄作過曲唱之，即如〔打毬場〕本過曲，而今唱作引子也。據此則本齣引子〔打毬場〕"幾年間"一曲，與〔鳳凰閣〕互易也。唱家既誤，即難改正。寧叟若不拈出，數百年後，誰知此等變遷乎？因亟標記，俾談曲者不至以毛本《琵琶》爲前例，而以訛傳訛也。注又云：《舊譜》將第二句改作五個字，又將"家山"改作"家鄉"，又去了"和那"二字，遂不成調。况"想鏡臺"云云，乃因思親而思妻也，妙在一"想"字上。《舊譜》乃改作"妝鏡"，即是五娘自唱之曲，非伯喈遥想之意矣，此皆《舊譜》之誤也，何怪後人誤以過曲唱之哉。又毛本第十三齣〔高陽臺〕"夢遠"，《沈譜》作"夢繞"，"那堪"作"那更"，"庾樓"作"小樓"。"悲咽"，"咽"作"切"。注云：古本及《舊譜》俱作"夢遠"，正與"深"字相對，崑山本以爲不如"繞"字，非也。據此注，又毛刻是崑山本之確證。"遶"、"繞"或體，殆又毛刻之變耳。注又云："玉簫"句乃用“小樓吹徹玉笙寒”之意，或作“庾樓”無謂。第十一齣〔憶秦娥〕，題下標“先後”，後即〔换頭〕也。毛刻特出此例，實則他處〔前腔〕多即〔换頭〕，不應此處特異。第三十五齣〔遶地遊〕，《沈譜》“地”作“池”，注云：或作“地”，謬甚。“風餐水宿”，譜作“水卧”。“近來”作“教來”。毛本以“梳妝”下三句劃爲第二段，題〔前腔〕。譜不分，譜爲是。〔十二時〕“悶也”，譜作“悲也”。注云：“悲”或作“悶”，“愁”或作“怨”，“放”或作“撇”，今俱從古本。按“愁”、“放”，毛俱與沈同。第十三齣〔高陽臺〕“家山”作“家鄉”，〔换頭〕“秦樓”，“秦”作“紅”。第二十一齣〔山坡羊〕“苦衣盡典”，“衣”上不襯“苦”字。“拼死”，作“要賣”，“賣”字襯。“看取”，“看”作“管”。注云：或將“捱”字唱作去聲，則拗甚矣。疑“捱”或是“推”字之誤，然未敢改也。第三十五齣〔二郎神〕“他金雀釵頭雙鳳朵”，“他”譜作“這”，“朵”作“彈”，“可不羞殺人形孤影寡”，無“可不”二字。〔换頭〕“只爲”，“只”作“你”。“承奉”上多襯“得”字。〔囀林鶯〕第二曲“久别”，“人”上譜多襯“亦”字。“他要辭官家去”，無“他家去”三字。“怕不似恁會看承爹媽”，“恁”譜作“您”，看上無“會”。“教人去請”作“漫取去”。“途路上”無“途”字。注云：“您”吟上聲，或作“會看承”，或作“路途上”，皆非也。按“您”、“恁”二字，傳奇每每互訛，亦由形與音皆相近也。“恁”音“飪”，《正韻》俗言如此也。徐鍇説“您”俗“你”字《篇海》、《類編》沈音“吟”上聲，蓋必俗稱於“你”下尚有何語，急讀之如“吟”上聲，因而有“您”字耳。第五齣〔謁金門〕“何限”，“何”作“無”。第二齣〔寶鼎現〕“最喜”作“幸喜”，下多“得”字。“春酒”作“新酒”。“如綉”作“似綉”。注云：坊本於“巷”下增“裏”，“幸喜”下去“得”，“似綉”改作“如綉”，即非〔寶鼎現〕音調矣。第二十五齣〔金瓏璁〕“解盡”，譜作“典盡”。“只得翦香雲”，“香”作“春”，無“只得”二字。第十七齣〔搗練子〕“忍淚”作“和淚”。“猶恐”作“只恐”。第三十七齣〔夜遊湖〕“猶恐”作“惟恐”。“暗裏相嘲”作“暗中指挑”。“關心”作“開心”。注云：“暗中指桃”，或作“暗裏相挑”，今從古本。《舊譜》九宫十三調俱無此調，而《琵琶記》俱刻此名；細查與〔夜行船〕字句皆同，惟第一句雖七字，而句法稍異耳。若果是〔夜行船〕，反當依坊本作“暗裏相挑”矣。第三十九齣〔五供養〕“親墳”，譜作“墳塋”。“神京”作“宸京”。“且商量”，無“且”字。“爹行”，“行”作

"心"。"他不肯","肯"作"從"。"難説道君王有命",作"只索向君王請命"。第四十一齣〔梅花引〕"無聲"作"無由",餘毛、沈悉同。《沈譜》注云:高則誠慣於借韻,此調守之惟謹,正自可喜。而《舊譜》又改"郊墟"爲"郊野",是使則誠必每曲不韻而後已也。然則《琵琶記》之多不韻者,豈皆則誠之過哉。第二齣〔錦堂月〕"簾幙"至"一憂",譜注〔畫錦堂〕"惟願"至"眉壽",注〔月上海棠〕。毛本"親在高堂",譜"親"作"人"。注云:或作"親在高堂",陋甚矣。《香囊記》學《琵琶》者,故亦曰"高堂有人孤獨"。〔醉翁子〕"翁"譜作"公"。注云:坊本作"翁"誤矣。"嘆瞬息","嘆"作"看",餘同。注云:末後四字謂"更祝眉壽"或作"更復可求",非也。第十七齣〔瑣南枝〕"一餐飯","一"作"得"。"年老",無"年"字。〔换頭〕"是我",譜作"這是",並襯字。注有云:細查舊本《戲曲全錦》皆如此。按譜二十一〔泛蘭舟〕題下注:又有《百二十家戲曲全錦》之名,此本今無聞者,因亟幟之。第二十一齣〔孝順歌〕第二曲,譜自"糠和"至"見期"標〔孝順歌〕,"半在"至"甘旨"標〔江兒水〕。毛本作〔孝順歌〕前腔,依譜則並前一曲亦皆誤也。〔相依倚〕,譜作"兩倚依","被簸揚作兩處飛",作"誰人簸揚做兩處飛"。"與夫壻","與"作"共"。"把糠來",無"來"字。"供饍"作"供給"。注云:"誰"字舊作"被"字,今查正。向因坊本刻作〔孝順歌〕,人皆捩其腔以湊之,殊覺苦澀。今見近刻本改作〔孝順兒〕,乃暢然矣。第三十齣〔江頭金桂〕"我怪得你",無"我"字,此三字襯。"終朝顛㗌"作"擷窨"。"你瞞我則甚",無"你"字。"撇了","了"作"下"。"笑伊家短行",無叠句。"未可"作"不肯",二字襯。"終朝"至"處尋",譜注〔五馬江兒水〕。"共枕"至"信音",注〔柳摇金〕。"笑伊"至"片心",注〔桂枝香〕。注云:"笑伊家短行",重叠一句,亦可。但"無情忒甚"下,比"書生愚見"等曲少一句,想是高則誠因此曲乃三曲集成,或嫌其煩而删去之耳。又云:"擷窨"二字,原出詩餘,或作"迭窨",或作"迭㗌",蓋"窨"、"㗌"二字同音也。至於北曲,或云"擷窨",或云"迭窨",而"擷"字與"跌"同,恐"跌"字譌而爲"迭"字;然"擷"字俗師不甚能識,因而譌作"顛"字。今人言及"顛窨",則皆知出於《琵琶記》,言及"擷窨",則或駭而笑矣。第九齣〔風雲會四朝元〕"瞑子裏"作"酩子裏"。"也須","須"作"索"。"春闈"至"淚漬",譜注〔五馬江兒水〕,"寶瑟"至

“尋思”，注〔柳摇金〕。“妾意”至“般苦”，注〔一江風〕，“君還”至“回顧”，注〔朝元令〕。注云：“漬”字借韻。高先生專以“漬”字用在魚摸韻中，觀〔音徧滿〕曲及〔蘇幕遮〕詞可見矣。第三十四齣〔江兒水〕，譜題〔古江兒水〕。注云：從古《琵琶》。“聽蔡邕啓”，譜作“鑒玆邕啓”。“護持着”，“着”作“他”。注又云：今人欲以“膝下嬌兒去”之〔江兒水〕腔板唱之，大不通矣。第四十二齣〔六么令〕“料天也會相憐憫”，譜多叠一句。第三齣〔雁兒落〕譜作〔雁兒舞〕。末句“一處裹雙雙雁兒舞”，譜注云：此調本名〔雁兒舞〕，即用此三字在曲中。古人多用此體，今人不能知少。按“落”應作“舞”，依譜爲是。第二十六齣〔打毬場〕“幾年間”，“間”作“價”。“脱空説謊爲最”，作“是人都理會得我名兒”。“俑[①]俏”作“逋峭”。“圈套”作“圈禮”。注云：“禮”音“諱”紐也。“幾年價”、“遮莫”、“逋峭”，北曲中常用之。或改“價”爲“間”，或又改爲“假”，或改第二句爲“脱空説謊爲最”，或改“遮莫”爲“者末”，或改爲“者麽”，或改爲“折末”，或改爲“折莫”，或改爲“者莫”，或改爲“逋峭”爲“俑俏”，皆非也。所謂痴人前不可説夢，正是此類。第三十八齣〔風入松〕“你不須”，無“你”字。“忒歹”，“忒”作“哏”。“雙親”下有“的”字。“背地”，“背”作“魆”。“反疑猜”，“反”作“倒”。“雙雙痛倒”作“雙雙死”。“無錢斷送”，“送”上無“斷”。“裙包土”，上有“把”字。“逕往”作“直往”。“他彈着琵琶”，無“他”字。“疾忙便回”，無“疾忙”。“説我”，無“我”字。“元來他也是無奈”，作“他原來也只是無奈”。“好似”上多襯“恁地”二字。“這是他爹娘”，“這”作“只”，“娘”下多“的”字。譜注云：“哏”字“狠”平聲，此字從古本。或作“這一帶搏頭”，非也。或作“反疑猜”，今從古本。或作“也往”，或作“逕往”，皆非也。“如今”下或增“疾忙”二字，或作“疾忙去到京臺”，或作“拜别人做爹娘”，皆非也。按此曲毛本自“你不”至“中埋”爲〔風入松〕第一曲，“一從”至“疑猜”爲〔前腔〕第二曲，“他公婆”至“墳臺”爲〔前腔〕第三曲，“他如”至“修齋”爲〔前腔〕第四曲，“你如”至“安排”爲〔前腔〕第五曲。《沈譜》“不須”至“中埋”爲〔風入松〕第一曲，“一從”至“疑猜”爲第二曲，“親看”至“棺材”爲第二曲後第一段，“空山”

---

①　今校：俑，原作“備”，據《歷代曲話彙編》本改。

至“墳臺”爲第二曲後第二段，“如今”至“修齋”爲〔前腔〕第三曲，“你如”至“伯喈”爲第三曲後一段，“拜别”至“一拜”爲第三曲後第二段，“他元來”至“命安排”爲前腔第四曲。注云：細查《舊譜》，凡〔風入松〕或一曲，或二曲，其後必帶二段，今人謂之〔急三鎗〕，未知是否，未敢遽題其名也。末後一曲，則止用〔風入松〕，更不帶此二段，不知何故。作此曲者，如事情多，不妨再增幾曲，但每一曲或二曲〔風入松〕後，必帶二段，末後須止用〔風入松〕本調耳，此曲不可不知也。又題注云：《舊譜》又收〔風入松犯〕，即此曲全套也。適讀舊抄本《虎口餘生記》第二十九《步戰》齣用〔風入松〕調，共五曲，第二、第三兩曲後，皆帶〔急三鎗〕，正如《沈譜》所注，起一曲與後四、五兩曲，皆僅〔風入松〕本調，可備一證，並記。第五齣〔沉醉東風〕“他[①]又道”，“道”作“只”，“將伊”，“伊”作“你”，“迷戀”下“苦”字，“其間”下“教人”字俱無。“掛牽”作“意牽”。注云：或作“掛牽”，非也。〔園林好〕“須早把信音傳”，譜多叠一句。〔江兒水〕合前“頻寄”作“寄個”。〔五供養〕譜題〔五供養犯〕。“俺爹娘”，譜“俺”下多“的”字。“倒教”無“倒”字。自“公公”至“珠彈”是〔五供養〕本調。“合”二句“骨肉分離，寸腸割斷”，按譜注是犯〔月上海棠〕也。〔玉交枝〕“又未知何日再圓”，譜作“不知”。注云：“不”字入聲，可作平聲唱，或即用平聲亦妙。若改作“未”字，即拗矣。即如〔江頭金桂〕第二曲内“存亡不審”，“不”字亦然。今人改作“未審”，文理未嘗不通，但音律欠調，不可入弦索耳。按此“不”、“未”之别，嚴於平去，可以知製曲之不可徒尚詞藻逞才華，若以語於文章之家，其掉頭不顧也必矣。第四十一齣〔玉雁兒〕譜作〔玉雁子〕。注云：“子”或作“兒”，非也。“擔擱了”作“誤了”，“都緣是”作“都是”，“先歸”作“歸到”，“悲咽”作“悲憶”，自“孩兒”至“黄土”，譜注〔玉交枝頭〕，“乾坤”至“祭祀”注〔雁過沙中〕，“對真”至“痛苦”注〔玉交枝〕尾。第五齣〔川撥棹〕“不由人不珠淚漣”，“人”下無“不”字，“漣”作“彈”。〔换頭〕“你寧可將我來埋怨”，多叠一句，“怨”作“冤”，“冷眼看”無“眼”字。譜注云：今人或誤認此〔换頭〕爲〔嘉慶子〕，謬矣。“爹娘”、“冷看”，從古本也。第二十二齣〔燒夜香〕“滿院香”，多叠三字。

---

① 今校：他，原作“地”，據《歷代曲話彙編》本改。

"飲霞觴","飲"作"捧"。"納晚凉"作"傍晚"二字。"珠簾"作"簾兒"。注云:"夏"字下或無"日"字,亦通。按"日"字譜作"襯"。第二十三齣〔犯胡兵〕"調藥","調"作"挑","飯食"上襯"這"字。第二十九齣〔三仙橋〕"未描先淚流","描"作"寫","描不出他苦心頭","描"作"寫寫",而上"寫"字作襯。"描不出他饑症候","描"上亦多襯一"描"字。"描不出他望孩兒的睁睁兩眸","描"作"畫畫",上"畫"字亦襯。第四十齣〔風帖兒〕"逢着",無"着"字。"喪了","喪"作"死"。〔柳穿魚〕毛與沈同。譜注云:坊本《琵琶記》或無此曲。《沈譜》二十又收《琵琶記》〔朝元令〕一套云:"晨星在天,早起離京苑。昏星粲然,好向程途趲。水宿風餐,豈辭遥遠,要盡奔喪通典,血淚漫漫,天寒地坼行步難。回首望長安,西風夕照邊。〔合〕洛陽漸遠,何處是舊家庭院,舊家庭院?〔前腔第二换頭〕。〔五馬江兒水〕凜凜風吹雪片,〔朝天歌〕彤雲四望連。行路古來難,相看淚眼血痕衣袖斑。〔朝元令本調〕請自停哀消遣,幸夫婦團圓,把凄凉往事空自嘆。曲澗小橋邊,梅花照眼鮮。〔合前〕〔前腔第三换頭〕　念我深閨嬌眷,麻衣代錦鮮。崎嶇不慣,萬水千山,索羅鞋不耐穿。誰與我承看,老親衰暮年。有日得重相見,珠淚暗彈。何處叫哀猿,饑烏落野田。〔合前〕〔前腔第四换頭〕好向程途催趲,漁翁罷釣還。聽山寺晚鐘傳,路逐溪流轉。前村起暮烟,遥望酒旗懸。且問竹籬茅舍邊,舉棹更揚鞭,皆因名利牽。〔合前〕注云:按此一套,古本《琵琶記》無之,恐非高則誠所作。故予《考正琵琶記》不敢收入,然音律與《荆釵記》相合,而更覺和協,亦非淺學所能撰也云云。按此套語意,當是歸林途中之詞,毛本無此,不知寧叟所見是何本也。又按譜注,則寧叟尚有《考正琵琶記》,惜今無傳本。《沈譜》又收〔玉山供〕云:〔玉抱肚〕"公公尊賜,念天寒特來問吾。我雙親受三載饑寒,我怎不禁一旦凄楚?〔五供養〕心中想慕,漫有這香醪難度。〔合〕感此恩情厚,酒難辭,念取踏雪也來沽。"毛本亦無此曲,當似《風木餘恨》齣中詞也。

校十二律京調譜　茂苑王氏《停雲館十二律京調譜》所收《琵琶》諸曲,與毛、沈亦互有出入。蓋《沈譜》崑,《王譜》弋,其用字容有隨腔改易者。然毛亦崑山曲本,而與沈異者或與王合,《王譜》之與沈合而與毛異,或與沈、毛俱同俱異者,亦往往有之。因并詳校,備録參考,孰得孰失,以待識者。《王譜》林鐘慢詞〔臘梅花〕"但願得魚化龍",與沈同,毛無"得"字。毛五齣,沈仙女過曲林鐘兼用曲〔醉扶歸〕"有緣千里曾相共,鳳枕鸞衾和他同",亦同《沈譜》。"有緣"上毛多"我"字,"曾相共"、"和他同",毛作"能相會"、"也曾共"。"兔毫"上沈多"到憑",毛多"到憑着"。"一齊"上沈、毛均多"畢竟"。"把往事"下不襯"也"字。又與毛同而與沈異。毛三十六齣,沈同上。應鐘慢詞〔桂枝香〕"慢"下無"自",與毛、沈異。第二"他每就裏"上無"想"字,沈同毛,仍有"想"字,惟第一"想"字沈襯,此不襯耳。"被人"上無"怕"字,"相府"上無"你道是","不能"下無"彀"字,與毛、沈異。沈於此七字作襯,末句叠,毛沈均否。毛十五齣,沈同上。太簇引〔齊天樂〕"鳳凰池上歸環珮",無"來"字,毛異,沈同。毛六齣,沈正宫引子。無射引〔瑞鶴仙〕"怎離"下無"却"字,與毛、沈異,沈作襯,"付之天也",同沈,毛作"賦",異。毛二齣,沈同上。姑洗緊詞曰"邊静","陳留"上無"你去"二字,沈、毛均異。"途中"下不襯"須"字,毛同。"你去"沈係襯字,"捷旌旗"同沈,毛作"旌捷旗"。毛二十三齣,沈正宫過曲。南吕慢詞〔一撮棹〕"寬心"上無"你"字,"伊家"下無"須是"字,亦不襯"須","全無"上無"死别",亦不襯,均與毛、沈異。"須"、"死别",沈俱襯字。"何日"上無"未知",與沈同。毛三九齣,沈同上。夷則慢詞〔雙瀫鶒〕"匹"與沈同,毛作"求"。"何言語"上毛多"有"字,沈亦襯。毛十四齣,沈同上。夾鐘慢詞〔洞仙歌〕"家私"上不襯"苦"字,"公婆"上有"取"字,均同沈。"可憐"不作"誰憐",與沈、毛異。毛十七齣沈同上。應鐘慢詞〔雁過沙〕"沉沉"上無"苦"字,亦不襯"他"字,"耳邊"上無"我"字,亦不襯,與毛、沈異。"他"、"我"沈皆襯字。"不能"上不襯"我",與沈異。下不襯"彀",與毛異。"奉侍",毛、沈作"奉事","翻教"同沈,毛作"反教"。"爲我"上無"你"字,"人道"上無"教"字,均異毛、沈。"割捨"下無"得"字,同沈。"怎生"上不襯"你",下不襯"便",同毛。毛二十一齣,沈同上。中吕引〔念奴嬌〕標題無"引"字,沈同。"笙歌"不作"笙簫","小樓"不作"庾樓",同沈。"玉輪"不作"冰輪",同毛。毛二八齣,沈大石引子。中吕聊套曲〔念奴嬌〕原注:即九宫之〔念奴嬌〕其三换頭。按王謂《九宫》,即《沈譜》也。後同。"乘鸞"不作"驂鸞","風露"不作"何處",均同毛。"目下"上無"似"字,亦不襯,與毛、沈異;"似"沈作襯。"難並"與毛、沈"堪並"異。末句叠,毛、沈均否。按此曲依《沈譜》是〔念奴嬌序〕第三换頭,毛標〔前腔〕,正合。王僅題〔念奴嬌〕,與引子〔念奴嬌〕無别,蓋欲别於本序,故不能不如此題。又按《沈譜》云:"第三换頭與第二换頭不同,第四换頭與第三换頭同"。據此則王之離爲别一曲,亦非無故,要不若仍舊合之爲得耳。毛二八齣,沈大石過曲。太簇引〔滿庭芳〕"衣巾"不作"衣襟",同沈。毛七齣,沈中呂引子。姑洗引〔菊花新〕"封書自寄"不作"遠寄","還如"不作"争似",均同沈。毛三十齣,沈中呂引子。中吕聯套曲〔古輪臺〕"萬里"上無"况"字,亦不襯,與毛、沈異。"况"沈襯字。"清冥"不作"清照",同沈。"清光"上無"把"字,"酒杯"上無"與"字,亦不襯,與毛、沈異。"把"、"與"沈俱襯字。"寳鼎",毛、沈俱"金鼎"。〔换頭〕"圓缺"下無"與"字,與毛同,沈襯"與"字。"人世"下無"上"字,同沈。毛二十八齣,沈中呂過曲。蕤賓慢詞〔尾犯序〕"此去"上無"你"字,同沈。"水遠"不作"路遠",同毛。〔换頭〕"何曾"上無"我"字,同沈。"替着我"不作"且爲我",同沈。沈於"替着我"上襯"只得"二字,亦異。"割捨"下無"得"字,與毛、沈異。"割捨得"沈俱襯字。毛五齣,沈同上。太簇兼用曲[①]〔永團圓〕"從教管領何所媿",毛作"從教何所媿",沈"何"作"無",亦異。"帝畿皇恩院宇",沈作"京畿君恩庭宇"。末句毛、沈均不叠。毛四十二齣,沈同上。中吕過曲〔舞霓裳〕"莫負"毛、沈均"莫報"。"一封"上無"惟有","玉拄"上無"看",亦不襯,與毛、沈異。"惟有看"沈均襯字。毛十齣,沈同上。姑洗聯套曲〔山花子〕"五百"下無"名"字,與毛、沈異,沈襯"名"字。"車書"不作"車馬",同沈。〔换頭〕"飛翀"不作"冲",同沈。毛十齣,沈同上。南吕引〔一枝花〕"困來"不作"悶來",同沈。"翠竹"上無"又被"二字,亦不襯,與毛、沈異,沈襯此二字。毛二十二齣,沈南呂引子。蕤賓引〔玉美人〕原注:《九宫》誤作〔虞美人〕。按《沈譜》正作"虞",王謂沈誤,亦未證明,沈謂與詩餘同,必有據。"今古"、"蒼苔"、"鄰塚"、"錢來",均不作"古木"、"荒苔"、"連塚"、"錢繞",同沈。毛三十八齣,沈同上。南吕引〔意難忘〕"長顰"、"思量"、"恐伊",均不作"眉顰"、"相防"、"怕你",同

---

① 今校:此處衍"曲"字,據《歷代曲話彙編》本删。

沈。毛三十齣，沈同上。無射慢詞〔稱人心〕“要同歸”上無“他”字，沈同。“肯麽”、“料他”，均同沈，毛作“怎麽”、“我料想他”。“緣何”上無“你”字，亦不襯。與毛、汲均異，沈襯“你”字。“争奈”下無“你”字，毛同。末句叠，毛、沈均異。毛三十一齣，沈同上。中吕引〔薄倖〕“形瘁”、“倚賴”同沈，毛作“形憊”、“荷賴”。毛二十齣，沈同上。姑洗引〔滿江風〕原注：《九宫》誤作〔滿江紅〕。按《沈譜》正作“紅”，云“與詩餘同，但無换頭”，亦非無所據而云然；證之詩餘，句格亦無舛錯。王謂爲誤，不知何指。“清凉”不作“新凉”，同沈。“是炎蒸”亦同沈，毛無“是字”。毛二十二齣，沈同上。太簇兼用曲〔梁州序〕原注：《琵琶》之“新篁池閣”一體，乃〔梁州序〕正格，通行可用。《九宫》謂之〔梁州新郎〕，謬矣。夫《琵琶》爲南曲之祖，而犯調曲後豈有反用整曲之〔節節高〕者乎？今較正此名，方可聯以〔節節高〕之一套矣。其《荆釵》之“家私迭等”一體，乃〔古梁州〕，今歸於本律慢詞。按《沈譜》正作〔梁州新郎〕。又注：《舊譜》作〔梁州小序〕，亦非也。又注：“新篁”至“晝眠”爲〔梁州序〕，“金縷”至“人見”爲〔賀新郎〕。又注：以後〔换頭〕皆與〔梁州序〕本調同。是沈明正《舊譜》之誤，以爲集曲，王又議沈，豈非欲復《舊譜》之故步耶？《沈譜》收《荆釵》之“家私迭等”爲〔梁州序〕，注：一名〔梁州第七〕。又注：此〔梁州序〕本調，歷考《八義》、《教子》、《江流》諸舊詞皆然。《琵琶記》乃犯〔賀新郎〕者，而刻本仍作〔梁州序〕，故今人但知《琵琶》四曲爲〔梁州序〕，而謂此調爲〔古梁州〕矣。據此則沈所題，正非夢夢，惟王謂犯調曲後不能用整曲之〔節節高〕，又似聯套自有一定義法。因而王、沈兩説，不能直判，當懸爲疑案，俟博證諸曲，再爲論定。“寒飛漱玉”與毛同，沈作“空飛”。“香肌”上毛有“自覺”，沈襯“只覺”，均異。“合前”“冰山”上毛、沈俱有“向”字，“雪檻”不作“雪巘”，沈同。“排佳宴”不作“開華宴”，毛同。“幾人”上不襯“有”字，毛同。末句叠，毛、沈均異。毛二十二齣，沈南吕過曲。太簇兼用曲〔節節高〕“露荷翻”與毛“把露荷翻”，沈“把荷翻”均異，“神清健”不作“人清健”，毛同。毛二十二齣，沈同上。無射引〔大聖樂〕“婚姻事”，“事”不作襯，毛同。“論高低”上無“若”字，沈同。“休嫁與”上毛多“何似”，沈襯“何如”，沈異。“假饒”不作“假如”，毛同。“親生”上毛多“奴須是他”四字，沈襯“奴是他”三字，均異。“他是何人”

上毛多“難道”，沈亦襯，均異。“何人”不作“誰人”，同沈。“傷風”上無“着”，“言語”上無“的”，與毛、沈異，“的”沈作襯。毛三十一齣，沈同上。應鐘聯套曲〔梅花塘〕“那更”不作“那堪”，同沈。毛二十五齣，沈同上。應鐘兼用曲〔香柳娘〕“這饑荒”上不襯“若論”，同毛。“教我”上無“怎”字，“脚兒”上無“我的”二字，與毛、沈異，沈均襯。毛、沈均同上。大吕慢詞〔女冠子〕題與沈同，毛作〔古女冠子〕，“相公”上無“我”字，沈同。“外向”不作“向外”，“况既已”不作“况已”，“夫先”不作“夫唱”，均同沈。“藍田”上毛多“這是”，沈亦襯。“到海沈船”不作“船到江心”，同沈；“到海”上無“今日裏”，沈襯“今日”。“合前”“想起”不作“説起”，同沈。毛三十九齣，沈同上。又同上詞〔大迓鼓〕“多因”，毛、沈均作“多應”，下無“他”字，與毛、沈異。“他”，沈作襯，“强把”不作“休把”，同沈，沈“强把”上又襯“休”字。“付與”毛作“强與”，沈作“付”，沈“付”下又襯“與”字，均異。毛十五齣、沈同上。無射兼用曲〔綉帶兒〕“正當”不作“正是”，同毛。“不然”上毛、沈均有“終”字。“爲領藍袍”，毛作“爲着一領藍袍”，沈“一領”上襯“爲着”，均異。“落後”上毛多“却”字，沈亦襯，下不襯“了”字，同毛。“戲綵”不作“五綵”，同沈。“榮貴”上毛多“得”字，沈亦襯。“紛紛大儒”，“紛紛”下無“的都是”三字，同沈。“難道”下毛、沈俱多“是”字。“没爹娘孩兒方去”，沈“娘”字襯，“娘”下並襯“的”字，毛作“没爹娘的方去求試”，均異。〔换頭〕“休迷”不作“你休疑”，同沈。“乾費了”，毛作“可不干費了”，沈亦襯，“可不”均異。“枉捱”下無“過”字，同沈。“此行”下毛多“是”字，沈亦襯。“休固拒”上無“你”字，同沈。“那些個”上不襯“你”字，同毛。“百年事”上無“我”字，同沈。毛四齣，沈同上。應鐘兼用曲〔三學士〕“維持”不作“扶持”，同沈。“難道”下毛多“是”字，沈亦襯，均異。“雙親的”不作“怕雙親”，同沈。毛、沈均同上。林鐘慢詞〔鑼鼓令〕，《沈譜》自“終朝”至“安排”爲〔刮鼓令〕，“思量”至“難捱”爲〔皂羅袍〕，末“教人”句爲〔包子令〕。注：末句不似〔包子令〕，不可曉。《王譜》注：查《九宫》首句至第十句注爲〔刮鼓令〕，然係整曲矣。十一句至十五注爲〔皂羅袍〕之五至終，然終句不協。末句注爲〔包子令〕之末句，亦未見其允當。予謂南曲互犯，從無整曲之後，再加雜犯者，此必訛傳其名，久而漸失其實耳。今宜較正爲〔羅鼓令〕，而存於本律,不得擬爲犯調。按沈注自屬未協,然沈已注明疑義。王因南曲互犯,無整曲後再加雜犯之例,逕以爲〔羅鼓令〕本調,名曰較正,實近武斷。姑兩存之,以俟博證。"終朝"上毛多"我"字,少"裹"字,沈亦襯"我"字。"你將來的飯怎吃","飯"下毛多"教我",沈雖無"教我"字,又以"你將來的"四字作襯,均異。"可疾忙便擡","可忙"不襯,"非干是我","我"不襯,均同毛。"看他衣衫上",毛多"你",沈亦無"你",而襯"看他",均異。"好茶飯將甚去買","好茶飯"、"去"四字不襯,同毛。"也難佈擺",毛無"也"字,沈襯"也",均異。"待奴霎時却得再安排",同沈,惟沈襯"待奴"二字,毛作"待奴家","却得"作"將去"。"那伯喈",毛、沈均作[①]"蔡伯喈"。毛於此曲題〔鑼鼓令〕,而"饞態"、"佈擺"、"伯喈"劃爲三段,均題〔前腔〕,後又題〔前腔〕二段,爲王、沈兩譜所未收。以其句格較之,後二段自"如今"至"如柴",與前三段"終朝"至"安排",句格相當,於《沈譜》所注〔刮鼓令〕合,然俱與〔刮鼓令〕本調有出入,而"如柴"後即無曲文。〔皂羅袍〕、〔包子令〕兩截,或被删節,亦未可知。毛本蓋當時流傳,伎人所習者,與王、沈兩説,均可相參也。毛二十齣,沈同上。應鐘兼用曲〔香羅帶〕"妝臺不臨","不"作"嬾臨",同沈。"釵梳"上無"那更",與毛、沈異,沈係襯字。"如今"下無"又","資送"下無"老",亦與毛、沈異,沈亦襯字。"只怨着"同沈,毛作"怨只怨"。毛二十五齣,沈同上。無射兼用曲〔三换頭〕"將人摧挫"上毛多"先是",沈多"先自","鸞拘鳳束"上毛多"況","甚日"下毛多"得","休怨"上毛多"我","悶殺"下毛亦多"我","況得"、二"我"字沈均襯。"這段姻緣"同沈,毛作"斷",誤。"如之奈何"同毛,沈襯"之"字。毛十八齣,沈同上。大吕引〔女冠子〕"宫花"、"乘龍"、"彩扇"均同沈,不作"金花"、"坦腹"、"彩扇"。毛十九齣,沈黄鐘引子。太簇引〔仙女傳音〕原注:《九宫》誤作〔傳言玉女〕。毛、沈皆同作〔傳言玉女〕。"月下鸞鳳"毛、沈皆同,作"鸞鶴"。毛、沈均同上。又同上兼用曲〔滴溜子〕"天憐念"同毛,不作"天應念","會合分離"上無"俺和你"三字,同沈。毛十六齣,沈黄鐘過曲。又同上聯用曲〔雙聲子〕"兩意篤"句不叠,毛、沈均異。"豈非福"句與毛

---

① 今校:作,原脱,據《歷代曲話彙編》本補。

同,沈作“豈反覆”,此句亦不叠,毛、沈均各依本句叠。“文鸞”同沈,毛作“紋鸞”。毛十九齣,沈同上。又同上曲〔三段子换頭〕“做官”上無“你”字,與毛、沈異,沈是襯字。“改换”上毛多“與他”,沈襯“與你”,“偏不是好”同毛,沈無“是”字。毛十六齣,沈同上。又同上曲〔歸朝歡〕“爹娘做溝渠餓殍”,毛、沈“爹”上多“俺”,“做”上多“怕不”,“餓”上多“中”,“俺怕不中”四字,沈作襯。“戰争”上毛、沈均多“四方”,沈以“譬如”作襯。“征討”毛、沈均作“征調”,“爲國”上毛、沈均多“也只是”,沈此三字襯。末句毛、沈均不叠。毛、沈均同上。無射引〔獅子序〕“是他”上毛、沈均多“須”字,沈作襯。“的妻”同沈,毛作“次妻”。“又道卜”毛、沈均多“是”字,沈作襯。末句毛、沈均不叠。毛三十一齣,沈同上。又同上引〔太平歌〕“求科舉”上毛、沈多“他”字,沈作襯。“不想”下毛、沈多“道”字,“你”沈襯,毛作“爹爹”。“埋怨”上毛、沈均有“他”字,沈襯。“事急且相隨”同沈,毛上有“他”字,此句叠,毛、沈均否。毛三十一齣,沈同上。又同上兼用曲〔賞宫花〕“終朝”上毛、沈均多“他”字,“如何”上毛、沈均多“我”字,“數載”上毛、沈均多“他”字,“十年”上毛、沈均多“枉了”字,此五字沈均襯。“須是共歡娱”同毛,沈襯“須是”二字。毛三十一齣,沈同上。南宫引〔霜天曉角换頭〕“悄然魂似飛”同沈,與毛“神散魂飛”異。“縱然”上無“我”字,沈同毛異。毛二十三齣,沈越調引子。夾鐘慢詞〔祝英臺近〕末句“清明時候”叠,毛、沈異。毛三齣,沈同上。南宫兼用曲〔鏵鍬兒〕“伊家富豪”毛、沈均不叠。“青春”上毛多“那更”字,沈亦襯。“你紫袍掛體”,沈襯“你”字,毛則云“看你紫袍掛體”。“休棄”同毛,沈作“休去”。末句叠,毛、沈均否。毛三十七齣,沈越調過曲。夾鐘慢詞〔祝英臺〕,毛作〔祝英臺序〕,“把幾分春月景”,“月”上毛、沈均多“三”字。“婦人”下毛、沈均多“家”字,沈作襯。“怎去”同毛,沈襯。“把花貌”同沈,毛作“我花貌”。〔换頭〕“燕雙飛”不作“燕成雙”,同沈,毛、沈上均多“只見”,沈係襯字。“柳外”毛、沈均多“那更”,沈亦襯字。“綉房”下無“中”字,沈同毛異。“也待”沈作襯,毛作“我待”。“終身”上毛多“我”字,沈襯“我的”二字。“不配”毛、沈同作“休配”。沈並録〔换頭第三〕以與前〔换頭〕不同,王不收,此亦可互參。毛三齣,沈同上。中吕慢詞〔望歌兒〕,題與沈同,毛作〔青歌兒〕,沈别有辨,已録見前。“奉侍”毛、沈皆作“奉事”，“你深恩”，“你”下毛、沈多“的”字，沈作襯。“來生我做”同毛，沈無“我”字。“你兒媳婦”毛、沈“你”下俱有“的”字，沈亦作襯。“蔡伯喈”與毛同，沈作“蔡邕”。末句叠，毛、沈均否。毛二十三齣，沈同上。南吕聯套曲〔門黑麻〕“深謝”上毛、沈均多“奴”字，沈作襯。“便承允諾”，毛作“便相允諾”，沈作“便辱許諾”。“路途”上毛、沈多“只怕”，沈作襯。“孤身”沈同，毛作“災纏”。“力衰”沈同，毛作“衰力”。“兩處堪悲”句叠，沈同毛異。毛二十九齣，沈同上。大吕聯套曲〔入破第一〕“議郎職”，“職”上沈多“官”，毛多“之”。“婚賜”沈同，毛作“賜婚”。“愚蒙”沈同，毛作“蒙恩”。〔破第二〕“婚賜”沈同，毛作“婚以”。“但臣”沈同，毛作“況”臣。〔中衮第三〕沈、毛均無“中”字。“那更老親”，沈同，毛作“但臣親老”。“髩垂白”，沈同，毛作“髩髮白”。“無兄弟”，毛同，沈作“無弟兄”。“生死存亡”，毛、沈皆不叠。〔歇拍第四〕“不告父母”，毛、沈皆不叠。〔後衮第五〕原注:《九宫》誤作〔中衮第五〕。按毛、沈均同作。〔中衮第五〕“臣享厚禄”，毛、沈皆不叠句。“紆朱紫”沈同，毛作“挂朱紫”。“獨念”沈同，毛作“惟念”。“憶昔先朝”毛、沈均不叠句。“買臣出守會稽”沈同，毛作“朱買臣守會稽”。〔煞尾〕“遭遇”上毛、沈皆多“他”字，沈作襯。“伏惟”沈同，毛作“伏望”，“怎比”沈同，毛作“無比”。毛十六齣，沈同上近詞。無射引〔高陽臺〕“那更”沈同，毛作“那堪”。毛十三齣，沈商調引子。南吕引〔繞池游〕沈同，毛題〔繞地遊〕。“水臥”沈同，毛作“水宿”。“堪描”上毛、沈均多“看丰姿”三字，沈作襯。“教來”沈同，毛作“近來”。毛三十五齣，沈同上。南吕引〔十二時〕“悲也”沈同，毛作“悶也”。毛、沈均同上。無射慢詞〔高陽臺换頭〕“紅樓首肯”沈均同，毛作“秦樓肯首”。毛十三齣，沈商調過曲。黄鐘聯套曲〔囀林鶯〕“丈夫久别雙親”下，毛、沈“丈”上多“我”字，“久”上沈多“亦”字，“我”、“亦”沈俱襯字。“要辭官我爹蹉跎”，“我”上沈襯“被”字，“要”上毛多“他”，“我”上多“家去被”三字。“妻雖有麽”，“妻”上毛、沈襯，俱多“他”字，沈作襯。“不似您看承爹媽”，沈“不”上襯“怕”字，毛作“怕不似恁會看承爹媽”。“漫取去”沈同，毛作“教人去請”。“路上”沈同，毛作“途路上”。毛三十五齣，沈同上。又林鐘引〔謁金門〕“此情無限”不作“何限”，同沈。毛五齣，沈雙調引子。夾鐘引〔寶鼎現〕“最喜春酒如綉”，不作“幸喜新酒似綉”，“喜”下亦無“得”字，均同毛。毛二齣，沈同上。林鐘引〔金瓏璁〕“衣衫”上無“我”，“典盡”不作“解盡”，“剪香雲”上無“只得”，均同沈。毛二十五齣，沈同上。姑洗引〔夜游湖〕“惟恐”不作“猶恐”，同沈。“題詩”上毛多“教他”，沈亦襯。“暗裏相嘲”不作“暗中指挑”，“關心”不作“開心”，“强如”“如”字不襯，均同毛。毛三十七齣，沈同上。黄鐘引〔玉井蓮〕云“忍冷擔饑，未知何日是了”，只二句，《沈譜》所收亦同，惟沈題下注“後”字，且云：“不知全調幾句。”沈又云：“《舊譜》‘忍’字上有‘終朝’二字”。按今毛本無此曲，惟第二十齣〔夜行船〕起句“忍饑擔餓何日了”，語意略同，曲調迥非，殆後人以〔夜行船〕檃栝〔玉井蓮〕耶？毛缺，沈雙調引子。林鐘引〔五供養〕“心疼墳塋宸京”，不作“心瘵”、“親墳”、“神京”，同沈，“只得”係正字，不作襯，同毛。“商量”上無“且”字，同沈。“個”正字，不作襯，同毛。“爹心”不作“爹行”，“若是他不從”，“從”不作“肯”，“只索向”不作“難説道”，均同沈。毛三九齣，沈雙同上。無射引〔梅花引〕“無由”不作“無聲”，同沈。“聽得”上無“還”字，與毛、沈異，沈係襯字。毛四十一齣，沈同上。夷則聯套曲〔錦堂月〕“親在”不作“人在”，同毛。“春酒”下無“看取”，“難主”上無“怕”，毛、沈均異，沈“怕”作襯。毛二齣，沈雙調過曲。同上慢詞〔朝元令〕“地拆”與沈“坼”異，依沈爲是。“舊家”上多“我”字，沈異。毛無此曲，説已見前。毛缺，沈仙吕入雙調過曲。無射緊詞〔六幺令〕“皇恩”下無“若”字，毛、沈均異，沈襯。“也不”上無“我”字，亦與毛、沈異。“合”末句叠，沈同毛異。毛四十二齣，沈同上。中吕緊詞〔字字雙〕“妖嬌”不作“妖嬈”，“都妙”不作“都好”，“假做”上無“只怕”，均與毛、沈異，沈襯“只怕”二字。毛六齣，沈同上。林鐘兼用曲〔好姐姐〕“獨自”上無“奈”字，“要”不作襯，同毛。末句叠，毛、沈均否。毛二十七齣，沈同上。又同上曲〔玉胞肚〕不作“抱肚”，“棺槨”不作“棺材”，均同沈。“相看到此淚珠流”，“淚珠”上毛多“不由人不”，沈亦襯“不由人”。毛二十一齣，沈同上。又同上慢詞〔玉山頹〕不作〔玉仙供〕，“三載”上不襯“受”字，“怎不”上不襯“我”字，均與沈異。毛無此曲，説亦見前。毛缺，沈同上。沈注云：此調本〔玉抱肚〕、〔五供養〕合成，故名〔玉山供〕，自《香囊記》妄刻作〔玉山頹〕，使後人不惟不知〔玉山供〕之來歷，且不知〔五供養〕末後一句,只當用七個字。凡見〔五供養〕後有用七字句者,反以爲犯〔玉山頽〕矣。今唱《香囊記》者,又將中間四個字的一句,只點兩板,竟併〔五供養〕舊腔而亦失之,尤可恨可慨也！急改之。據此則"供"作"頽",《王譜》蓋沿舊失,沈改而王不從之,抑别有説耶？毛缺,沈同上。又同上聯套曲〔川撥棹〕,"一身"上無"的"字,"埋冤"上無"來"字,與毛、沈均異。沈"的"、"來"俱襯字。"冷看"不作"冷眼看",與沈同。"合前""不由人珠淚彈珠"上無"不"字,與沈同。毛三齣,沈同上。南吕慢詞〔犯胡兵〕,"挑藥"不作"調藥",沈同。"飯食"上不襯"這"字,同毛。毛二十三齣,沈失宫調過曲。應鐘慢詞〔三仙橋〕"他們"不作"他每",與毛、沈異。"們"、"每"雙聲通借,舊曲往往如此;此等語,本無正字也。"除非"下多"是"字,毛、沈均異。"若要描","若"不作"苦",與沈同。"我未寫先淚流","我"上無"教",毛、沈均異,沈係襯字,"未寫"不作"未描",同沈。"寫不出他苦心頭",毛作"描不出",沈叠一"寫"字,前者作襯。"描不出饑症候","饑"上無"他",毛、沈均異,沈"他"亦襯字。"描不出"上,沈亦多叠一"描"字,仍以前者作襯。"畫不出望孩兒睜睜兩眸","描"毛作"畫","望"上有"他","兒"下有"的",沈"畫"亦多叠一字,仍襯前"畫","望"上"他兒"下"的"均係襯字。"畫得他髮颼颼","畫"上無"只",毛、沈均異。沈係襯字,"他"作正字,不襯,同毛。"敝垢"下不襯"休休",同沈。毛二十九齣,沈同上。夾鐘緊詞〔風帖兒〕"到得"上無"我"字,同沈。"逢"下無"着",同沈。"一"下無"個",毛、沈均異,沈係襯字。"在"下無"他",毛、沈均異。"死了"不作"喪了",沈同。毛四十齣,沈同上。林鐘緊詞〔柳穿魚〕"不餌"不作"不食",與毛、沈異。毛、沈同上。餘若黄鐘慢詞〔柳梢青〕云:"丈夫出去多年,聞説尊師已曾見。若還見時賜奴一言,免使我意懸懸。二位尊師廣行方便,廣行方便。"毛本查無此曲,亦不審應隸何齣。大吕緊詞〔水底魚〕,毛作〔水底魚兒〕,"狀元"上無"道","陪"上無"去",末句叠,均與毛異。毛第十齣。太簇聯套曲〔畫眉序〕起結叠句,毛均無之。毛十九齣。同上曲〔梁州小序〕,毛無"小"字,"合前"、"冰山"上毛多"向"字,"當檻"作"雪巘"。毛二十二齣。姑洗聯套曲〔大和佛〕"香醪"上無"縱有","難下"上無"欲飲","寂寞"上無"他","菽"不作"淑","諠"不作"喧","冲冲"不作"忡忡",均與毛異。毛第十齣。中吕兼用曲〔普天樂〕“爹和媽”上無“年老”二字，“閨門”上無“得不出”三字，“門下”無“的”字，“不敢”上無“我”字，“権”不作“折”，均與毛異。毛十七齣。夷則聯套曲〔僥僥令〕“母”下無“共”字，毛異。毛第二齣。南吕引〔金蕉葉〕“去”不作“脱”，毛異。毛十八齣。又同上慢詞〔催拍〕“雙”上無“爲”字，“辭”上無“今”字，“岳”上無“感”字，“深恩”不作“慇懃”，“欲待不歸”不作“痛父母恩深”，“久負”不作“負却”，毛異。毛三十九齣。無射兼用曲〔降黄龍換頭〕“教他”上無“怎”字，“把奴”上無“縱”字，“擔閣”上無“比”字，“逐雞”下無“飛”字，毛異。毛三十一齣。同上曲〔醉太平〕“牢落”不作“牢絡”，“老死”上無“我”字，“勾罷”上無“都”字，末句叠，毛異。毛三十一齣。同上緊詞〔雁兒舞〕“舞”不作“落”，毛異。毛第三齣。以上皆《沈譜》所未收者，以外《南詞定律》康熙庚子吕士雄等《九宫大成》清乾隆中莊親王異同處尚多，均宜一一校出。音律之作，一字得失，過於千金；其所異同，雖若於文章無關，然曲家所争，正在此處。况《琵琶》南調古曲，多爲後人依據，故不厭求詳。世之治曲者，其許我乎！

校北詞廣正譜　李元玉《一笠庵北詞廣正譜》附《南戲北詞正謬》，《琵琶》〔北仙吕・混江龍〕“官居宫苑”一闋，與毛本亦頗不同，如“每日家”，毛“家”作“間”，“隨着那”，毛無“那”字，“倒先做”，毛作“先隨着”，“算來”下毛無“兀的”二字，而《李譜》“漫道是”、“每日家”、“去”、“上”、“隨着那”、“做不得”、“倒先做”、“不得”皆襯，毛作正字。李注又云：〔混江龍〕一曲，雜《中原音韻》，謂其“句字可以增損”，然博觀元人北曲，此調末後必用八個字相對。今此曲用七言詩二句在後，非體也，豈可駕言於“不尋宫數調”耶？又南《趙氏孤兒》〔混江龍〕末二句云：“皇朝有道，與民同樂太平時”。李注云：“末句單句開《琵琶》之漸。”按元玉名玉，吴人，所撰《北曲譜》考核最精。著有南傳奇三十餘本，而《一捧雪》、《人獸關》、《占花魁》、《永團圓》四本，今尚傳刻，其博通諸家，極嫻南曲可知。惟未聞於南詞有所論著，當徐訪之。南《趙氏孤兒》今無傳本，以李所見，在《琵琶》之先，然則南曲不創始《琵琶》，且不只《幽閨》一本，足爲元前，可以證胡應麟諸人之謬。以此推之，南詞古曲不傳者，更不知凡幾，安得一一考見耶？

菉猗室曲話卷四

毛刻籤目

《南西厢》

李日華 明李日華撰。日華字君實，嘉興人。萬曆壬辰進士，官至太僕寺少卿。

家門及詩 家門〔水調歌〕云："大明一統國，皇帝萬年春。五星奎聚，偃武又修文。托賴一人有慶，坐見八方無事，四海盡歸仁。如此太平世，正是賞花辰。 遇高人，論心事，按今古。移宫换羽，氣象一回新。惟願賢才進用，禮樂詩文。一腔風月事，傳與世間聞。" 〔沁園春〕云："西洛張生，博陵崔氏，一雙白璧兩南金。寄居蕭寺，無計達佳音。忽遇孫彪作耗，君瑞請兵退賊，當許下成親。豈料功成後，老母背前盟。托紅娘，傳密意，遂初心。喜登黄甲，鄭恒何故更相尋？終藉蒲東太守，重諧伉儷，傳説到如今。" 詩云："老夫人路阻兵圍，小紅娘書傳簡遞；崔鶯鶯月下聽琴，張君瑞春闈及第。"

崔時佩筆 明閔遇五云："梁伯龍謂此崔時佩筆，日華特較增耳。間有换韻幾調，疑李增也。崔割王腴，李攘崔有，俱堪齒冷。"

會真六幻 《南詞定律》云："《西厢記》曲本北調，李日華、陸天池惜其詞句之佳，改爲南曲，顛倒互用，使詞章血脉斷續，已失元人本旨。且唱其句讀，終屬牽强。"語詳凡例。按《六幻西厢》並收、李陸二本。"六幻"者，曰"幻因"，元才子《會真記》也；曰"搊幻"，董解元《西厢記》也；曰"劇幻"，王實甫《西厢記》也；曰"賡幻"，關漢卿《續西厢記》也。附《圍碁闖局》、《五劇箋疑》。曰"更幻"，李日華《南西厢記》也；曰"幻住"，陸天池《南西厢記》也。附《園林午夢》，是謂《會真六幻》。歸安金鞏伯城藏有一本。宣統中,貴池劉氏暖紅室借刻李、陸二本,並附王、關後。今年聲伯語余,祖本尚未歸也。

陸攻李失 家門〔水調歌〕《六幻》本注:"元本作嘉靖萬年春。"則本傳是成於嘉靖朝。"遂初心"上,《六幻》本尚有"聽琴賡和"四字。陸本自序,於李頗有微詞,其曰:"李日華取實甫之語,翻爲南曲,而措詞命意之妙,幾失之矣。"又曰:"退休之日,時綴此編,固不敢媲美前賢,然較之生吞活剥者,自謂差見一斑。"第一齣《提綱》〔臨江仙〕亦云:"是誰翻改污瑶編,詞源全剽竊,氣脉欠相連。"是《南詞定律》所議,應單爲李本而發,然其詞牽聯李、陸,未能明也。

增損失當 李童山云:"改北調爲南曲者,有李日華《西厢》,增損字句以就腔,已覺截鶴續鳧,如'秀才們聞道請'下增'先生'二字等是也。更有不能改字,亂其腔以就字句。如'來回顧影,文魔秀士欠酸丁'是也。本'風欠',删去'風'字,復成何語?蓋《西厢》爲詞宗,欲歌南音,不得不取李本,亦無可奈何矣。"語在《雨村曲話》。按前輩於李作,都鮮佳評,然自陸天池即欲以己作易之,而詞場仍用李作,豈盡如攻者云爾耶?童山所指,毛本正如此作,固屬不詞。然《六幻》本〔步步嬌〕"秀才們聞道請"下,即接"却便似聽了〔將軍令〕",無"先生"二字。《南詞定律》九雙調犯調之十,收〔五雙玉①〕,即毛本第十七齣〔五供玉枝花〕,則仍作"文魔秀士,風欠酸丁",不知何人於前曲妄加"先生",而又於後曲截去"風"字。毛刻未加釐正,不得謂李作元本如是也。童山所見未廣,又不加詳考,遂輕議古人,可云妄矣。《六幻》本〔五供玉交枝〕亦只作"文魔秀士欠酸丁",未解。

李創新調 北調《西厢》自成血脉,李翻入南曲,又别爲李之血脉。如必執關、王以議李,又何解於關、王之翻董也?況宋、元詞曲,櫽栝古人遺篇者,不知凡幾,未聞有譏其非者。君實斯作,亦由其例,而議者不息,殆緣明人剽竊成習,羨夫李之居先,以享盛名也,因妒其遇,遂騰口説。後人相沿,無復爲之辨者。須知李作雖採舊詞,實多創新調。如〔漁鐙兒〕六曲聯套,古無此體;李實創作,爲後人開路。其音曲之

① 今校:玉,原作"至",據《歷代曲話彙編》本改。

妙,《舊譜》所稱。《南詞定律》七小石調過曲之二。夫豈無功於詞場,特文章之家,僅騖詞華,不管音律,埋没古人,大半由此,能不爲之訟冤耶?

古西厢　《九宫大成》六十九收〔瑞雲濃〕"春容漸老"一曲,題云:"古《西厢》。"注:"按前人另有《西厢》,其全帙失考,僅傳月下聽琴"一套,即〔瑞雲濃〕、〔絳都春序〕、〔出隊子〕、〔鬧樊樓〕、〔滴滴金〕、〔畫眉序〕、〔啄木兒〕、〔三段子〕、〔滴溜子〕、〔下小樓〕、〔耍鮑老〕、〔尾聲〕數闋也。其詞載於《雍熙樂府》、《南音三籟》,及摘採於《嘯餘譜》、《南詞定律》等譜。賞音者謂是元人手筆,蒼老處自非後人所及。《南音三籟》注爲"古《西厢》",今仍其舊,以别於《六幻西厢記》云云。據此,則南調《西厢》,元人曾有舊撰,惟不知與《幽閨》、《琵琶》孰先後耳。

古西厢被改竄割裂　明沈寧庵《南九宫譜》,收《西厢》〔瑞雲濃〕、〔絳都春序〕、〔下小樓〕、〔耍鮑老〕、〔畫眉序〕、〔滴滴金〕、〔滴溜子〕六曲,即《九宫大成》所謂"月下聽琴"套中詞也。然《沈譜》於此六曲外,更收〔河傳序〕、〔聲聲慢〕,亦題《西厢》,注謂"古曲",非李日華。而《南詞定律》則〔出隊子〕、〔鬧樊樓〕、〔啄木兒〕三曲,與李作雜收。以《九宫大成》對之,亦即古《南西厢》"月下聽琴"套中詞。及檢《雍熙樂府》卷十六,則"月下聽琴"套曲在焉,而〔河傳序〕"巴到西厢"曲,亦於同卷中得之,題曰《投宿》,然無〔换頭〕。"先世紅絲"以下,而〔聲聲慢〕只將"非雨"一曲,《投宿》套中亦無此語。又《雍熙》"情寄"小詞中一套,題曰《寄情》,亦似古南調《西厢》也。大抵古曲零落,雖或流傳,既失主名,又經俗工改竄割裂,至難搜討矣。

南西厢之淵源　古南詞《西厢》"月下聽琴"套,文章音律,至關考據,不可不録。惟《雍熙》所收,失〔瑞雲濃〕一曲。《太古傳宗宫調譜》收《雍熙》此套,亦然。今以《九宫大成》〔瑞雲濃〕注所引目次爲據,以諸譜所收曲文互足之,並録〔河傳序〕、〔聲聲慢〕數闋,而附《寄情》套詞,及〔滿庭芳〕、〔小桃紅〕諸曲於其後。毛刻卯集中,亦收《北西厢》,然上録諸曲,必附於此者,以其皆南曲也。南北異聲,淵源各别,此紙所録,可謂《南西厢》之淵源。言《西厢》者,宜如何典重之耶!

月下聽琴　月下聽琴《南西厢》古曲,茫父考定本

〔瑞雲濃〕春容漸老，緑遍滿堦芳草。獨守孤幃病成了，衾寒枕冷，爲一點春愁縈惱。懷抱，恨只恨離多會少。《南九宫譜》十四之一，《南詞定律》一黄鐘引子之一，《九宫大成》六十九之八，《停雲館十二律京調譜》四之二，《九宫譜定》一之一，並收。

按此黄鐘引子也，凡套詞必先引子，而後過曲，故曲萬不可失。標題，《南九宫譜》及《九宫譜定》注："雲"或作"烟"。

〔絳都春序〕團團皎皎，見冰輪晃然初離海嶠。子細思量，怎不教人常不老？月過十五光明少，忍負我青春年少。滿懷心事，一春怨恨，有誰知道。《南九宫譜》十四之三，《南詞定律》一黄鐘過曲之一，《九宫譜定》一之四，《雍熙樂府》十六之五十三，《太古傳宗宫詞譜》上之十三，並收。

按此黄鐘過曲也，引子别有〔絳都春〕，過曲是〔絳都春序〕，《雍熙》僅作〔絳都春〕，誤以過曲爲引子。〔絳都春〕又一體，如《幽閨》"擔煩受惱"，《四喜》"池展荷葉"，除第二句與〔絳都春序〕微異外，悉同。《幽閨》第二句云："豈容易共伊得到今朝。"《四喜》第二句云："聽高枝午蟬奏風聲咽。"皆上三下六，與此第二句云"見冰輪晃然初離海嶠"，上五下四，句讀自别，然同是九字。苟或不慎，自易誤讀，以此爲彼矣。"見冰輪"上，《傳宗譜》有"我"字。"常不老"，《南九宫譜》、《九宫譜定》皆如此，《南詞定律》、《雍熙樂府》、《傳宗譜》皆作"長"。"月逢"句，《傳宗譜》云"月逢則這月逢十五，正是光明好"。"忍負"，《雍熙》、《傳宗譜》作"怎負"。《定律》"滿懷"三句合。"知道"上，《傳宗譜》多"噯"字。

〔出隊子〕是我幽、幽居在古寺，景荒凉，人静悄，怎禁晝長無奈夜迢迢？都只爲兩般兒教人心下轉焦，怕的是鐘送黄昏雞報曉。《南詞定律》一黄鐘過曲之三、《九宫大成》七十之十四、《雍熙樂府》、《太古傳宗譜》同前，並收。

按此亦黄鐘過曲，"是我幽幽居在古寺"，《定律》如此，《雍熙》作"我是"，《大成》作"是我幽居在古寺"，"是我"、"在"三字襯。《傳宗譜》云："是我幽居，是我幽居，幽居在古寺，幽居在古寺，景荒凉。"《傳宗譜》"景"下多"物"，與他譜異。"怎禁"，《定律》如此，《雍熙》、《大成》"禁"下多"那"字，而《大成》"怎禁那"三字俱襯。《傳宗譜》云："晝長無奈夜迢迢,怎禁那晝長無奈夜迢迢,都只爲兩般兒教人心下轉焦。"《定律》、《大成》均同。《雍熙》"爲"下多"這","都只爲",《傳宗譜》多叠"都只爲兩般兒"五字在前,"兒"下五字,《大成》作襯。"怕的是",《定律》、《雍熙》同《大成》,云:"怕只怕。"並襯字。"雞報曉",《傳宗譜》云:"雞鳴來報曉。"

〔鬧樊樓〕孤身先自添煩惱,夜永凄凉,眼前難熬。只見老樹啼鳥繞,野寺哀猿叫。〔合〕鴛鴦畔,滴溜溜敗葉兒飄,響噹噹咭叮噹鈴兒再噪。《南詞定律》一黄鐘過曲之十一《九宫大成》七十之二十三《雍熙樂府》十六之五十四《太古傳宗譜》上之十四,並收。

按此亦黄鐘過曲也,"眼前"上《傳宗譜》多"教我",他譜異。"只見",《定律》、《大成》均同,並作襯,《雍熙》作"見這",《傳宗譜》同《雍熙》,並叠"老樹啼鳴繞"在前。"野寺哀猿叫",《定律》、《大成》同,《雍熙》、《傳宗譜》"野寺"上有"聽"字。"敗葉兒飄","兒"字,《定律》亦襯,《大成》、《雍熙》同,不作襯。"咭玎噹",《傳宗譜》叠末句云:"將風鈴兒門合聒噪。"他譜異。

〔滴滴金〕窗前皓月偏來照,便是鐵石心腸也瘦了。悶懨懨怎得眠一覺?恨緜緜空懊惱,病淹淹怎生捱到曉?此生怎逃,撲簌簌淚抛。《南九宫譜》十四之六、《南詞定律》一黄鐘過曲之十、《九宫譜定》一之六、《九宫大成》七十之二十四、《雍熙樂府》同前、《太古傳宗譜》上之十五,並收。

按此亦黄鐘過曲,"便是鐵石心腸也瘦了","便是",《九宫譜》及《定律》、《譜定》、《大成》均同作襯,《雍熙》否。"心腸",《九宫譜》及《定律》、《譜定》均同。《大成》、《雍熙》、《傳宗》同作"人"。"怎得",《雍熙》、《傳宗》作"生",他譜均同"得"。"悶"上,《傳宗》多"我"。"恨緜緜",《大成》、《傳宗》作"悠悠",《雍熙》作"攸攸",他譜均同"緜緜"。"懊惱"下,《傳宗》多"情懷情懷悄悄",他譜無。"病淹淹",《大成》、《雍熙》、《傳宗》,均作"病懨懨",他譜均同"淹淹"。"病"上《傳宗》多"我"字。"此生"二句,《定律》合。"撲",《九宫譜》及《譜定》均同作襯,《定律》則不襯撲而襯第二"簌"字,《大成》、《雍熙》、《傳宗》均入正文。"淚抛",《雍熙》作"淚澆",他譜均同"抛","抛"上《傳宗》多"暗"字。

〔畫眉序〕欲成鸞鳳交，甚物將人夢驚覺？是誰家庭院，故把琴調。方纔待絃續鸞膠，誰想到風吹别調。静聽句意十分妙，光風霽月逍遥。《南九宫譜》十四之五、《南詞定律》一黄鐘過曲之□、《雍熙樂府》同前曲、《太古傳宗》上之十五、十六，並收。

按此亦黄鐘過曲也，"欲成"，襯字，依《九宫譜》、《雍熙》、《傳宗》入正文，下並多"範"字，意不可解，疑訛也。"誰想道"，亦依《九宫譜》、《雍熙》、《傳宗》"道"作"被"。《高駢詩話》："昨夜箏聲響碧空，宫商信任往來風。依稀似曲才堪聽，又被風吹别調中。"《琵琶》亦云："正是此曲才堪聽，又被風吹别調間。"殆元人習用之詞也。《傳宗》多叠末句。〔啄木兒〕絃中正，指下高，是餘音太古雅操。拍托剔打挑抹巧，泛聲清拂度好。輕如點水蜻蜓小，鬧如夜宿烏鵶噪。〔合〕小間勾語音揉，是仙音鶴鳴九臯。《南詞定律》一黄鐘過曲之十四、《九宫大成》七十之十、《雍熙樂府》同前、《太古傳宗》上之十六，並收。

按此亦黄鐘過曲也，"拍托剔打挑抹巧"，依《定律》、《大成》、《雍熙》、《傳宗》皆作"拍托勾剔打抹挑"。"拂度"、"蜻蜓小"、及"小間勾語音揉"、"是仙音"，均依《定律》、《大成》、《雍熙》、《傳宗》同作"法度"、"蜻蜓繞"、"小澗涓輪音吟猱"、"似仙音"。"合"在末二句，《定律》如此，《大成》則合在末一句。《大成》注謂"考《南音三籟》、《詞林逸響》、《吴歈粹雅》等篇，皆爲集曲。據《曲譜大成》云：'此係古格，元人套中極多，句法大異'。查《雍熙樂府》亦作正曲，今從之"云云。按《南詞定律》與《九宫大成》及《雍熙樂府》，曲末字數既異，"合"亦不同，是否集曲，不可猝辨。據《琵琶》"聽言語悽愴多"一曲，題云〔啄木鸝〕，乃以〔啄木兒〕犯〔黄鶯兒〕也。然以此相校，末二句亦多參差，當再考之。

〔三段子〕夜深静悄，此曲中有才調。指法更好，此琴中果奇妙，伊家怎曉？高山流水知音少，怎訴與相如知道？〔合〕使文君春心蕩了。《九宫大成》七十之十一、《雍熙樂府》同前、《太古傳宗譜》上之十七，並收。

按此亦黄鐘過曲也，《大成》、《雍熙》無異，《傳宗》多叠"夜深"二字。他譜未收。

〔滴溜子〕聽别院，聽别院，漏聲漸杳。香風靄，香風靄[1]，楚雲縹渺。告天，天還知道。願逢冰上人，月下老，早教我一雙雙團圓到老。《南九宫譜》十四之六、《九宫大成》七十之二十、《雍熙樂府》同前、《太古傳宗譜》上之十七，並收。

按此亦黄鐘過曲也，《雍熙》題〔雙聲叠韻〕，誤。"告天"，《九宫譜》如此，《大成》上襯"我"。"這裏"，《雍熙》襯"我"。"這裏"，《傳宗》亦云"告天，我這裏告天"。"早"，《九宫譜》襯，《大成》、《雍熙》、《傳宗》均否。"願逢"以下，《大成》作"合"。

〔下小樓〕駕車，嬌姿來到，似嫦娥下九霄。卑人無福怎生消？試把瑶琴一操，異日須會題橋。《南九宫譜》、四之四、《南詞定律》一黄鐘過曲之十一、《九宫大成》七十之二十五、《九宫譜定》一之十六、《雍熙樂府》、《太古傳宗譜》均同前，並收。

按此亦黄鐘過曲也。《雍熙》題〔上小樓〕，誤。"駕車"，《雍熙》、《傳宗》叠，他譜均否。"無福"、"試把"，各譜同，《雍熙》作"福分"、"閑把"，《傳宗》作"福分"、"試把"。"試把"以下，《定律》《大成》均合。

〔耍鮑老〕夫人小玉都睡了，莫孤負此良宵。中天皓月光如洗，庭砌畔花陰繞，韶華易老。雙徑小，亭花綉草。樓閣侵雲表，風清露皎。山隱隱，水迢迢，閃把湖山靠。羅韈鞋兒小，雲鬢金鳳翹。慢行休囉唣，只恐外人瞧。《南九宫譜》十四之四又五、《南詞定律》一黄鐘過曲之八、《雍熙樂府》同前、《太古傳宗譜》上之十八，並收。

按此亦黄鐘過曲也。《九宫譜》注："當名曰〔永團圓犯〕。""此良宵"，《雍熙》、《傳宗》作"好良宵"，《九宫譜》及《定律》同此。"中天皓月光如洗"，依《九宫譜》，《定律》"月"作"魄"，《雍熙》、《傳宗》則云："望天外月如洗。""庭砌亭花"，《九宫譜》、《定律》同，《雍熙》作"聽砌溪花"，《傳宗》則"庭砌溪花"。"綉草"，《傳宗》作"秀草"。"閃"，亦依《九宫譜》、《定律》、《傳宗》作"閪"，《雍熙》作"閑"。"鞋兒"、"只恐"，《九宫譜》、《定律》同，《雍熙》、《傳宗》"兒"作"弓"，"只恐"下多"怕"字。"雲鬢"下，《傳宗》多"亂"字。末句《定律》合。

---

① 今校：香風靄，原脱，據《歷代曲話彙編》本補。

〔尾聲〕潛踪躡足行來到，且莫使夫人知道，天與的榮華富貴到老。《雍熙樂府》十六之五十五、《太古傳宗》上之十八，並收。

按此黄鐘尾聲，依《雍熙》所收。《傳宗》"且"作"切"，"與"下無"的"字。以第二句校之，上三下四法，似《拜月》之"恩情怎比閒花草，往常恨更長寂寥，今夜只愁天易曉。"《九宫大成》入〔三句兒煞〕又一體，然末句應上四下三，此似上三下四，以"富貴"作襯。否則爲六字句。以"天與的"作襯。查沈寧庵〔黄鐘・尾聲〕總論，若用〔鮑老催〕二曲，其〔尾聲〕末句爲仄仄仄平平仄，此套〔尾聲〕前爲〔要鮑老〕，雖可引〔鮑老催〕之例，然只一曲。姑以"天與的榮華富貴到老"爲句，未敢信其有合也。總之，古曲流傳，必多異節，或以之爲别一體可乎。

投宿套　《投宿》套中，《南西厢》古曲。

〔河傳序〕巴到西厢，把咱厮實落，教人埋怨到今。驀地潛過墻陰，荒唐錯認盤星。寂寞回歸何處，怎想詩中藏機倖？全不想琴中恨，棋内心，把咱厮調引。使咱憔悴損，自迷做個無情鬼，落得甚？閻王行只得攀下您。問春花，又那曾孤負東君？《南九宫譜》一之二十、二十一、《南詞定律》四仙吕過曲之一、《九宫譜定》三之二十四、《雍熙樂府》十六之二十四、《太古傳宗譜》上之四十三，並收。

按此仙吕過曲，"教我"，《雍熙》、《傳宗》均作"教人"。"驀地"，《雍熙》作"其時"。"錯認盤星"，《雍熙》、《傳宗》"認"下、"盤上"多"做了定"三字。"回歸"，《雍熙》、《傳宗》作"羞歸"。"藏機倖"，《雍熙》"藏"下多"那個"二字。"全不想"，《定律》、《譜定》、《雍熙》、《傳宗》均作"全不省"，《定律》並均襯字。"琴中恨"，《雍熙》、《傳宗》"恨"均作"意"。"棊内心"，《雍熙》"心"獨作"情"。"自迷"，《譜定》"自"獨作"目"。"做個"，《傳宗》作"做一個"。"落得"以下，《定律》"合"。"落得甚"，《雍熙》、《傳宗》均云"我便落那個得甚，閻王行只得"云云。《雍熙》"我到冥冥中好歹"云云，《傳宗》則"我便到冥冥中好歹"云云。"問春花"，《傳宗》叠。"又那曾"，《定律》襯。

〔前腔换頭〕先世紅絲曾結定，陪了多少志誠，吃了無限顫驚。非是輕可緣分，不是容易到今。念汝相思得憐憫，休將做風中絮，水上萍。咫尺天可憑，亂軍中曾許親。當時救活你一家命，得寧静。你娘行反目不記恩，他失信，我每心下須準。《南九宫譜》一之二十一、《南詞定律》同前、《九宫譜定》同前、《太古傳宗》上之四十四，並收。

此曲《雍熙》失載。《南九宫譜》曰："《舊譜》名〔聚八仙〕，又分爲二曲，今查正。"按《雍熙》、《傳宗》正同，題〔聚八仙〕，而《傳宗》不失〔换頭〕，獨《雍熙》奪去，不知何由。"非是輕可"上，《傳宗》多"細想"二字。"休將做"，《定律》襯字。"天可憑"，《定律》作"天作證"，"亂軍中"，《定律》襯"中"字。"你一家"，《傳宗》作"你全家"，《定律》襯"你"字。"得寧静"上，《傳宗》云"我便𠱝你得寧静。""娘行"下、"反目"上，《傳宗》多"短倖"二字。"他失信"，《定律》襯字，《傳宗》叠。"得寧靜"以下，《定律》"合"。

《雍熙》以"巴到西厢"至"孤負東君"爲〔聚八仙〕，既奪〔换頭〕"先世紅絲"一闋，又羼入〔拗芝麻〕云："崎嶇去路賒，見叠叠幾簇人烟風景佳，遣人停住馬。扁舟一葉，丹青圖畫。一抹翠雲掛，遠霧罩汀沙。見白鷺數行飛，見人來也，驚起入蘆花。小舟釣艇，收綸入浦。弄笛相和，動人萬般凄楚，離情怎躲？偶睹前村，水繞人家。畫橋風颭酒旗斜，好買三杯，消遣倦煩。西山日漸沉，此際當不過。暑氣炎，宜趲步，早去尋安下。相將閉柴門，牧童歸草舍。古寺鐘敲聲，野水無人渡。"又〔尾聲〕云："緑楊影裏新月掛，孤村酒館兩三家，借宿今宵一覺呵。"按〔拗芝麻〕、〔尾聲〕用韻均同，與"巴到西厢"一闋兩歧，而《南九宫譜》及《九宫譜定》皆以〔拗芝麻〕爲《江流記》，此所以用韻不同，而意亦不貫串也。〔拗芝麻〕後〔尾聲〕，《南九宫譜》所收正聯接爲一，然則〔河傳序〕前後二闋，非《投宿》套中詞無疑，不知自何處挪來。且其首尾，又不知截去多少，不可考矣。《太古傳宗譜》《投宿》套與《雍熙》同，而〔河傳序〕且前後兩闋皆具，即〔聚八仙〕眉上注云："《投宿》套係《宫譜》所載，〔聚八仙〕二闋、即〔河傳序〕〔拗芝麻〕二闋及〔尾〕爲一套。及查《南九宫》，只有"巴到西厢一闋"，而無〔换頭〕，題曰《古西厢》。〔拗芝麻〕係《江流記》曲，故韻亦兩韻。考《雍熙樂府》其標題並聯套，乃與《宫譜》相同，惟字句少有差訛。今照《舊宫譜》所定，以垂準則。"據此，則此套羼雜，由來已久。《雍熙》、《傳宗》惟傳舊套，不題《西厢》，故可不加釐正；今既特爲《南西厢》證淵源，則不得不剔出〔拗芝麻〕二闋及〔尾〕。惟既經離異，標題即有不符，然去此又無可附隸，故姑仍之。俾後之考者，亦知其爲《舊宫譜》《投宿》套中詞,是亦不獲已焉者也。〔拗芝麻〕及〔尾〕,《雍熙》與《南九宫譜》、《九宫譜定》、《太古傳宗譜》俱有異文。

失題南西厢古詞 失題《南西厢》古詞

〔聲聲慢〕只將非雨,誰擬真晴?天教好事從人。爲你薄情,幾度淚彈珠粉。被伊懊害煞,多好教人落魄消魂。便爲着牡丹花下,死也甘心。《南九宫譜》二之一

按此仙吕慢詞也,僅見《南九宫譜》,題"《南西厢記》古曲"。注云:"'雨'字雙關'與'字,'晴'字雙關'情'字,他無可考證。"

寄情套詞 《寄情》套詞 是否古曲,不可確定,抑亦南詞之咏崔、張事者。其風格韻味,必爲元人之作。惟一套中而三易韻,則不可解。姑録以備一説。據《雍熙樂府》十六之二十七、二十八

〔侍香金童〕情寄小詞中,人立西厢下。盼不到巫山楚峽,則這能對付紅娘迤逗咱。因相思害殺嬌娃,雁呀呀的對月窗紗,一弄兒的凄凉没亂殺。寒更正撒,曉鷄啼罷,戍樓中畫角品梅花。此何减東籬《漢宫秋》之作

〔傳言玉女〕張生病久,漸婚鴛偶。金榜無名,青霄路有。送陽關滿斟别酒,未飲淚先流。厭此離别願相守,抛撇下西厢吟咏女嬌羞。相思病兩邊迤逗,奴懷憂悶爾懷愁,乍離别折盡郵亭柳。自從他去後,兩淚盈眸。改盡容顔,怎禁憔瘦!此另一韻,較遜前闋。

〔月裏嫦娥〕凄楚情懷,好教我珠淚盈腮。離情鎮日,愁深似海,幾時能够兩處和諧。從他去後經多載,誰承望地久天長,只憑的放狂乖。歡娱相見,想着他便淚滿香腮。此亦另一韻,與前二闋意似不相蒙,而又複"從他去後",亦無層次。

〔尾〕前生少欠相思債,但只願同歡相愛,且把眉兒展放開。此與〔月裏嫦娥〕韻同,語意亦類,因疑此必三套古詞,集而爲一耳。

西厢十咏 西厢十咏 此亦元人之作也。據《雍熙樂府》十九之一二

〔滿庭芳一〕 張生俊雅,諸餘可愛,所事堪誇。吟詩和句在西厢下,引動嬌娃。一封書戰退了眼前士馬,七絃琴匹配上宿世冤家。登科罷,香車駟馬,夫婦享榮華。"一封書"、"七絃琴"二語,非元人不能如此

作。起三句尤元曲中常語也。

〔滿庭芳二〕　鶯鶯女娘，奇花嫩蕊，軟玉温香。天生俊俏嬌模樣，聰慧非常，待月處心懷粉郎。燒香時詩訴衷腸，成就了風流況。時殊事往，千古説《西厢》。

〔滿庭芳三〕　紅娘艷質，能傳芳信，善做良媒。偷寒送暖將婚姻配，使盡心機，你教他操瑶琴包含着道理。寫花箋引惹出佳期，配合就鴛鴦會。非你做美，焉得做夫妻。

〔滿庭芳四〕　夫人不乖，想當日遭危受困，怎生得脱難逃灾？謝張生計策把賊兵退，情願要配與裙釵。既然你悔親盟宜離院宅，誰教你拜兄妹請入書齋？他私自成歡愛，非干事鶯鶯不才，單註着天地巧安排。此闋襯字獨多，渾脱瀏亮，猶北曲之遺。蓋絃索官腔中南北調猶非甚懸絶者，與崑曲異也。

〔滿庭芳五〕　法聰老髡，慈悲爲本，方便爲門。一堂經勾引的成秦晉，於理合尊守戒行。持心敬謹主婚姻，用意慇懃閑評論。似這等寬柔上人，當可報深恩。

〔滿庭芳六〕　將軍杜確，能通虎略，善曉龍韜。全憑威武居津要，名播唐朝。則爲那一封書飛星到了，霎時間五千人風捲雲濤。除殘虐，如斯俊豪，不枉了做知交。

〔滿庭芳七〕　鄭恒太魯，須知淑女，怎配愚夫？當日個軍圍普救誰扶助，多虧了君瑞呈書。你則待逞其志馮河暴虎，他怎肯從其心似水如魚。傷時務，你專一架虚，枉自敗風俗。“馮河暴虎”、“似水如魚”似是學究語，正是元人真相，末三句亦然。

〔滿庭芳八〕　孫虎恃强，不思燕雀，怎配鸞凰？硬圍普救驅兵將，敗壞綱常。你只待擄嬌姿朝歡暮賞，他怎肯順賊徒共枕同床。半霎兒將身喪，這厮心術不良，斬首正相當。

（滿庭芳九）　多才漢卿，廣知故事，洞曉新聲，移宫换羽真堪聽。義理兼明，一句句包藏着媚景，一篇篇醖釀出深情。無疵病，不俗易省，萬載播芳名。關漢卿作，當在王實甫之前，今殆亡耳。後人謂關續王，豈可信哉？移宫换羽，謂翻董也。

〔滿庭芳十〕　聰明實甫，胸藏錦綉，口吐璣珠，清新樂府真無數。

壓盡其餘，翻騰就尤雲殢雨，顯豁出寄柬傳書。多佳趣，超今越古，堪與後人述。

又西厢十咏　又西厢十咏　此似翻前詞，亦元人作也。據《雍熙樂府》十九之二三四

〔滿庭芳一〕　張生不才，學成錦綉，喪與裙釵。嘲風咏月西厢待，眼去眉來。寫封書文學似海，害場病形體如柴。險把聲名壞，全不想賢賢易色，弄甚麽秀才乖。

〔滿庭芳二〕　鶯鶯鬼情，麝蘭半匀，花月娉婷。結絲蘿不用媒和證，眼角傳情。聽瑶琴宵奔夜行，燒夜香膽戰心驚。家不幸，枉着你齊齊整整，弄出個醜名聲。

〔滿庭芳三〕　夫人不良，孤兒寡婦，幼女新喪。不將靈柩去安葬，暴露在僧房。做水陸搜尋出禍殃，改婚姻敗壞盡綱常。可不道消魔障，惹的那蜂喧蝶攘，不賢惠老尊堂。

〔滿庭芳四〕　紅娘快趔，傳書寄柬，送暖偷寒。星前月下把鶯鶯賺，使碎心肝。伺候到更深夜闌，弄得那月缺花殘。妝科犯，左難右難，做了個撮合山。

〔滿庭芳五〕　夫人你聽，我爲官長，門户先生。西房既許成匹聘，已有賢聲。我怎敢和他同眠到明，止不過趕空兒半夜三更。或推些病，潛潛等等，躡足鷺鷥行。“嘲人懼内納寵，春泉作”。按原注此，語意不可解，或借《十咏》“夫人”一闋改爲嘲人，遂沿之耳。

〔滿庭芳六〕　將軍不仁，擅離信地，難保黎民。怎做的於家爲國扶危困，輕舉三軍。輸時節滅了己身，贏時節好了别人。圖甚麽言而信，没來由門狠，何處顯功動？

〔滿庭芳七〕　髠郎法聰，不諳經典，不理禪宗。爲媒作證虚迎送，圖受些羊酒花紅。不争將崔小姐窩藏着弄影，險把個普救寺燒的精空。强兵動，枉施英勇，捨命去争鋒。所咏與今本法本、惠明分爲二人異。

〔滿庭芳八〕　鄭恒發昏，不應撞死，怎得招魂。曠夫怨女何須論，成甚人倫。立志氣别尋個主婚，仗家風另選個名門。可不道名聲俊，没來自殞，越顯的小哥村。

〔滿庭芳九〕漢卿不高，不明性理，專弄風騷。平地裏褒貶出村和

俏，賣弄你才學，瞞天謊說來不小，拔舌罪死後難饒。着人道，虚空架橋，枉自筆如刀。

〔滿庭芳十〕　王家好忙，沽名釣譽，續短添長。别人肉貼在你腮頰上，賣狗懸羊。既没有朱文公肚腸，又没有程夫子行藏。忒狂蕩，用心一場，上不的廟和堂。此闋即空觀主人五劇本《西厢凡列》引之，亦謂是元人之作也，又此謂王續關耶。

西厢百咏　西厢百咏　此猶董解元《西厢》，當爲南傳奇之祖，亦元人作。據《雍熙樂府》十九之三十二至五十一，原註云："即〔武陵春〕。"

〔小桃紅一〕　生離洛陽　辭家曉出洛陽城，吟鞭裊敲金鐙，琴劍書箱擔隨定。赴神京，今番看把功名競。趁東風媚景，去上朝取應，從此奮鵬程。

〔小桃紅二〕　生至蒲東　馬蹄香襯落花塵，二月東風信，緑映紅遮錦成陣。正芳春，經遊蹔住蒲東郡。望長安去穩，向南宫奪俊，準備跳龍門。

〔小桃紅三〕　生遊普救　客中適悶訪禪扃，散步穿松逕，金碧樓臺紫霞映。伴山僧，往來觀看添吟興。愛清幽勝境，把功名懶競，待聽講三乘。

〔小桃紅四〕　生遇紅娘　淹淹潤潤走將來，舉止真堪愛，四鬢掙掙剪花額。本乖乖，低言多道夫人拜，使賤妾稟白，望尊師擇派，何日好修齋。《中原音韻》入作去有"額"無"額"疑一字也。"白"係入作平。

〔小桃紅五〕　生見鶯鶯　給孤園裏遇神仙，掩映芙蓉面，縞素衣裳越羅扇。蹴金蓮，只疑南海觀音現。把花枝笑撚，向柳陰閑串，引得俺似風顛。

〔小桃紅六〕　生私扣紅　暫辭長老出禪門，惹下漫天悶，特向小娘問一問。憑佳人，夜來見了心中印。咱先善文，更多豐韻，倩你把情伸。

〔小桃紅七〕　紅娘答生　咬文嚼字賣查梨，作耍無真意，口是心苗暗越地。笑迷嬉，知書何故不知禮。若夫人得知，請小哥恕罪，閑話兒快休題。

〔小桃紅八〕　鶯自嗟嘆　悶來倚遍畫欄干，懶把花英看，手托香腮暗長嘆。淚淹淹，尋春自恨逢春晚。盼到眼乾，引得魂散，蹙損遠春山。

〔小桃紅九〕　生步月吟　花陰柳影過東墻，咫尺空凝望，迤逗的心春倍悒怏。賦詩章，兩雲夢阻陽臺上。西厢月朗，中宵惆悵，想像賦高唐。

〔小桃紅十〕　鶯和生詩　月明花影舞婆娑，來往空篤抹，猛聽湖山那邊磕。慢吟哦，依著韻脚將詩和。故來撒科，咱先瞧破，一見了便情多。

〔小桃紅十一〕　生看修齋　諠天鈸鼓閙連朝，滿殿香烟罩，和尚每齋聲念佛號。小妖嬈，可身穿領團衫孝。那答兒立着，越顯的嬌俏，長老也偷瞧。

〔小桃紅十二〕　軍圍普救　驚聞人馬閙垓垓，密匝匝鎗刀擺，鐵桶似屯圍寺門外。好傷懷，一個個臉如蠟柤魂離魄。你可甚賢賢易色，要鶯鶯壓寨，誰有解圍才。《中原音韻》"魄"、"色"均入作上。

〔小桃紅十三〕　生自悲歎　鎗刀圍住古菩提，陣擺長蛇勢，看看死無葬身地。枉傷悲，一時玉石俱焚毁。當局者迷，走投無計，尋不見上天梯。

〔小桃紅十四〕　夫人許親　可憐眼見老無歸，見兵據伽藍地，誰有出師退賊計。有能爲，與他小姐成婚配。若還事已，便招爲壻，衆和尚是監媒。

〔小桃紅十五〕　張生答允　既然老母許爲親，小子有兵機運，至死合當往前進。寫篇文，登時便解咱危困。俺先上緊，憑休失信，看筆陣掃千軍。

〔小桃紅十六〕　張生致書　恭修尺牘訴愚懷，賊見困黄金界，萬福仁兄杜元帥。莫推捱，可憐早離蒲東寨。領虎賁數百，救鰥生一厄，專望故人來。

〔小桃紅十七〕　惠明發怒　權時袒了錦袈裟，騸上如龍馬，鐵棒一條手中架。咬穿牙，這賊無禮難干罷。將咱惱發，非誇膽大，看把憑去活拏。"憑"當作"您"

〔小桃紅十八〕　惠明送書　從來劣性軟不欺，見惡心偏氣，要使貧僧把書寄。不辭推，笑嘻嘻接在懷兒内。見如今事危，敢消停遲滯，一騎馬如飛。

〔小桃紅十九〕　杜確得書　故人書寄到轅門，看了心生憤，便索離營救危困。領三軍，摇旗吶喊連天震。兵臨外閫，擺成堅陣，施勇略蕩妖氛。

〔小桃紅二十〕　確退飛虎　你偏好勝遇咱敵，奮膽施英鋭，疾走銜枚莫遲滯，運兵機，暗不察撞入賊營内。也不索安營下壘，交鋒對敵，平踏做一堆泥。《中原音韻》"敵"入作平①。

〔小桃紅二十一〕　生謝杜確　顛危性命在分毫，早是將軍到，細柳營中發嚴號。奮威豪，霎時盡把妖氛掃。若不是故交，能扶危濟弱，安能有今朝。

〔小桃紅二十二〕　白馬回營　據鞍躍馬統精兵，閫外將軍令，賊寇勦除得乾净。便回營，西風招颭旌旗影。沿岡驀嶺，鞭敲金鐙，齊和凱歌聲。

〔小桃紅二十三〕　夫人背盟　聊陳蔬酒表予衷，謝秀才多勞動，救俺全家德恩重。捧金鐘，豈非面譽將先生頌。才超孔融，量寬管仲，唤小姐拜仁兄。

〔小桃紅二十四〕　鶯鶯遞酒　揉眉揾眼捧金波，盞到難推托，老母機關怎猜破。道兒多，忘恩失幸誰之過？不知死活，没些回和，教俺拜哥哥。

〔小桃紅二十五〕　生怨夫人　恰纔兵退得安然，又早消息傳，有始無終不曾見。悔前言，却爲兄妹將杯勸。小生分淺，夫人誆變，阻隔斷好姻緣。

〔小桃紅二十六〕　生回書舍　滿懷鬱悶帶愁歸，無酒佯推醉，回到書齋把門閉。好傷悲，孤孤另另長吁氣。自嗟自悔，前緣前世，撞着個女王魁。

〔小桃紅二十七〕　紅獻生策　先生何苦自傷懷，我有一奇策，教你今宵了愁債。得和諧，瑶琴彈動他偏愛。按别鶴數拍，奏孤鸞一派，俺姐姐自然來。

〔小桃紅二十八〕　張生彈琴　幽齋明月照黄昏，那有人偢問，静裏

---

① 今校：平，原作"本"，據《歷代曲話彙編》本改。

焦桐遣孤悶。那佳人，必來聽這琴中韻。將金徽玉軫，瀉離愁别恨，訴與卓文君。

〔小桃紅二十九〕　鶯鶯聽琴　夜香燒罷月明中，滿耳清音送，此是何人把琴弄。響玎瑓，聲聲彈出孤鸞鳳。未聽得曲終，早先咱心動，無語立花叢。

〔小桃紅三十〕　鶯鶯染病　紅稀緑暗總關愁，正是傷春候，染病擔疾爲誰瘦。這根由，自從月下聽琴後。盼鶯交鳳友，懶描鸞刺綉，減了舊風流。

〔小桃紅三十一〕　紅教生柬　聰明當鑒妾之言，特向郎君獻，小姐新來懶針線。病淹煎，命薄不遂風流願。你修封錦牋，我瞧些空便，替你把情傳。

〔小桃紅三十二〕　生央遞柬　錦牋寫就鳳求凰，倩你通情况，倚靠似銀山鐵壁樣。對鶯娘，若還此去説合上。奉酬勞重賞，板肩紅一叚，至死也難忘。"叚"當是"段"字，然此字宜韻，必有譌誤。

〔小桃紅三十三〕　紅遞與鶯　此書莫怪小丫鬟，是君瑞傳華翰，使我將來姐姐看。意思間，度量必有蹺蹊幹。他的巧關，俺不瞧犯，埋没着九疑山。

〔小桃紅三十四〕　鶯得生書　封皮拆破自詳觀，靠定妝臺畔，滿紙情懷訴不斷。恨漫漫，顛來倒去乾没亂。助相思數款，添新愁一叚，何日得團圞。"叚"亦當作"段"。

〔小桃紅三十五〕　鶯遺生書　就將柬尾把詩題，回奉張君瑞，囑付叮嚀在心記。莫疑惑，今宵準備同歡會。離西廂月底，來後花園内，休要誤佳期。《中原音韻》"惑"入作平。

〔小桃紅三十六〕　生赴鶯約　月移花影上窗虚，静院閑凝竚，洛浦神仙在何處。步階除，歡天喜地尋他去。休説尤雲殢雨，摶香弄玉，摟一摟也心舒。

〔小桃紅三十七〕　鶯鶯搶生　不達時務逞輕薄，無故因何到，半夜三更把牆跳。好不學，羸奸賣俏真强盜。恕尊兄這遭，若夫人知道，拏住怎輕饒。《中原音韻》"學"入作平。

〔小桃紅三十八〕　張生羞退　傳消寄信請咱來，啞謎兒誰能解，既得相逢又嗔怪。熱搶白，頩着冷臉將人矖。佯俫不採，是何相待，羞下楚陽臺。

〔小桃紅三十九〕　張生自嘆　誰知你個小寃家，走滚機謀大，不想今番變了卦。受白擦，這場風月乾休罷。憑故來調發，俺險些兒立化，尖擔兒兩頭滑。"憑"當作"您"，《中原音韻》無"擦"字。

〔小桃紅四十〕　張生自縊　志誠空報尾生梁，好事無承望，白練套兒勒咽項。狠鶯娘，今番把俺殘生葬。算不的恁强，做這般模樣，這性命要他償。

〔小桃紅四十一〕　僧勸張生　只因紅粉一嬌姿，把性命全輕視，一失人身萬劫至。欲何之，不知命無以爲君子。問你這懸梁鬼屍，怎做個明經進士，可笑不尋思。"不知命"一語，正是元人書袋習氣語。

〔小桃紅四十二〕　生答法聰　小生一一訴衷情，願啓尊師聽，他家子母忒心硬。把人坑，不合救恁全家命。雖六禮未行，諒一言已定，臨了也悔前盟。"恁"亦當作"您"。

〔小桃紅四十三〕　夫人問生　離鄉背井病淹煎，近日多清減，雖是聰明主張欠。病懨懨，男兒當把功名念。將鵬程奮颭，把鰲頭高占，休誤了去攀蟾。

〔小桃紅四十四〕　生答夫人　夫人你去自量度，這病因誰惱，則爲當時背盟約。悶無聊，夢魂兒孤枕上没着落。瘦削沈腰，愁添潘貌，此恨幾時消。《中原音韻》"度"入作平，"約"入作"去"，"落"同。

〔小桃紅四十五〕　鶯探生病　尊兄何苦至於斯，妾背母來相視，保重將息自調治。莫嗟咨，從今少恁勞神思。悔殺當時，咱多不是，休要記心兒。

〔小桃紅四十六〕　生答鶯鶯　着床卧枕在他鄉，針灸都無當，減了風流奮波浪。好難當，瘦得來不似人模樣。喜芳卿見訪，料小生微恙，今夜敢定寧康。

〔小桃紅四十七〕　鶯柬期生　情書寫就帶愁封，特遣梅香送，致意多才那張珙。把心通，今宵結末了鸞和鳳。海棠月朦，牡丹露重，雲雨會巫峰。

〔小桃紅四十八〕　紅娘不允　從今不惹這風聲，非是違尊命，送暖偷寒枉徯倖。事無成，驚心怕膽憂成病。這邊你撇清，那厢他督併，好着我兩下裏費精神。“撇清”、“督併”皆當時語。

〔小桃紅四十九〕　紅遞生柬　一天好事定今宵，特向先生報，鸞柬題情送期約。暗藏包，佳人有意郎君俏。説雲英等着，教裴航知道，早些赴藍橋。《中原音韻》“約”入作去，“着”入作平。

〔小桃紅五十〕　生得鶯書　春寒惻惻掩重門，滿地殘紅襯，忽得青鸞寄芳信。到黄昏，書齋準擬成秦晉。病痊九分，心寬一寸，索整起舊精神。

〔小桃紅五十一〕　生盼鶯鶯　鞦韆院落夜沉沉，孤館難成寢，映月樓臺似波浸。立花陰，玉人不至因爲甚。好着咱自審，他敢又撒侶，無處問佳音。“撒侶”亦當時語。

〔小桃紅五十二〕　紅送鋪陳　一輪明月照南樓，夜色清如晝，想那酸丁把咱候。莫遲留，催逼姐姐疾忙走。珊瑚欹枕，芙蓉裀褥，俺先去報風流。此“枕”字不韻，《中原音韻》“褥”入作去。

〔小桃紅五十三〕　鶯至書齋　有情怕甚隔年期，纔得文章力，投至相逢在今日。可知裏，凄凉受了無碑記。心歡神喜，雨情雲意，攜手入羅幃。《中原音韻》“力”入作去，“日”同。

〔小桃紅五十四〕　雨雲歡會　高燒銀燭照紅妝，低簇芙蓉帳，倒鳳顛鸞那狂蕩。喜洋洋，春生翠被翻紅浪。汗溶溶粉香，美甘甘情况，别是一風光。此“粉”字亦不韻。

〔小桃紅五十五〕　雲雨初歇　鬢雲斜軃鳳釵垂，枕簟留春意，錦帕盈香沁紅記。蹙雙眉，侍兒扶起嬌無力。笑迷嬉語遲，困朦朧眼閉，風月此情知。

〔小桃紅五十六〕　紅促鶯歸　半窗花影月三更，悄悄穿芳逕，早離書齋便乾净。噤麽聲，紅娘不是相督併。着姐姐快行，恐奶奶潛聽，瞧破恁私情。

〔小桃紅五十七〕　生送鶯歸　海棠枝上月兒斜，雲雨恰纔歇，蘭腦馨香散書舍。暫分别，莫教辜負千金夜。我叮嚀告説，你再休扯拽，明日早來些。

〔小桃紅五十八〕　紅貼鶯歸　燈花連夜爲誰新，來往相逐趁，戴月披星不辭困。送殷勤，東君有意傳芳信。紗窗夜分，翠衾春嫩，心事實温存。

〔小桃紅五十九〕　事閩夫人　清白相國重當朝，這妮子先不肖，潑賤奴才聽他調。往來挑，誰知養下家生哨。把咱氣倒，等他來到，粗棍打折腰。"家生哨"亦當時語。

〔小桃紅六十〕　紅行鶯囑　若還你到母親前，見責休埋怨，款裹慢把良言勸。問根源，覷此喜怒承機變。望姐姐可憐，替説些方便，善爲我辭焉。用《論語》，元人習氣。

〔小桃紅六十一〕　夫人詰紅　叮嚀行坐守閨房，誰料你將心放，夜静更深没攔當。小花娘，勾引小姐同胡創。有何勾當，因甚狂蕩，實與我説行藏。

〔小桃紅六十二〕　紅娘受責　家翻宅亂鬧啾啾，諕的我難開口，惱犯尊顔怎收救。没來由，自家攬得愁來受。雨點似棍抽，火急般追究，做媒的下場頭。

〔小桃紅六十三〕　紅答夫人　既然嬭嬭問根苗，則索從頭道，當日寺中解危鬧，那功勞，至今一向何曾報？俺姐姐意好，怕哥哥心惱，因此效鳳鸞交。

〔小桃紅六十四〕　鶯鶯自念　這場煩惱怎周折，老母尋枝節，暗箭連珠把人射。枉咨嗟，兢兢戰戰心喬怯。臉兒羞怎遮，懷兒愁怎卸，有甚話兒説。

〔小桃紅六十五〕　紅勸夫人　尊前敢掉巧舌頭，有事當躬究。看了張生那清秀。本風流，胸中志氣冲牛斗。與姐姐既有，望奶奶將就，結末了燕鶯儔。"既有"歇後語，不欲竟言之也。

〔小桃紅六十六〕　夫人允諾　養女從來氣不長，惱得我魂飛蕩，家醜不可外談揚。這一場，吞聲忍氣難和他强。沉吟了半晌，你説的言當，何必再商量。

〔小桃紅六十七〕　紅娘邀生　情緣心事兩相忘，險把先生葬，老母意中已停當。問紅娘，一一説到他心上。做了主張，通些波浪，教你去成雙。

〔小桃紅六十八〕　生答紅娘　小生雖看幾行書，今日相遭遇，若見尊堂問緣故。怎支吾，聲聲則索教息怒。俺心頭窨附，使手足無措，悶煞漢相如。

〔小桃紅六十九〕　紅娘邀鶯　磨牙費口逞能言，天也從人願，早是紅娘有機變。這一篇，前朝後代將娘勸。虧咱百般，把他説轉，着恁永團圓。“恁”當作“您”。

〔小桃紅七十〕　鶯羞不行　低頭無語嘴孤梆，手搭心頭想，好事從來有魔障。意荒獐，恰如小鹿兒心頭撞。羞的臉荒，像甚模樣，怎見老尊堂。“嘴孤梆”亦當時語。

〔小桃紅七十一〕　夫人責鶯　恁爺豪氣貫乾坤，相國威名振，你個濁才少教訓。去私奔，三從四德何曾問。不思立身，没些長進，辰没殺俺家門。此“恁”亦當作“您”。

〔小桃紅七十二〕　夫人囑生　乘龍喜得棟梁材，真個是文章客，要與崔家長節蓋。記心懷，來春去把龍門驀。展經綸手策，吐虹霓氣概，休淹滯在書齋。《中原音韻》“客”、“策”均入作上，“驀”入作去，“節”本“入”作上，此則作平，“長”作上聲字。

〔小桃紅七十三〕　紅怨鶯生　恁今成就好夫妻，錦帳羅幃内，琴瑟調和美恩意。可知裏，一頭兒摟抱着通宵睡。如魚似水，歡天喜地，恁不想事虧誰。二“恁”字均當作“您”。

〔小桃紅七十四〕　鶯生謝紅　往來着你費心機，君子成人美，未報慇懃恕自罪。俺都知，今將薄物聊酬意。松花釵二枝，梅紅羅一對，權當謝良媒。

〔小桃紅七十五〕　夫人送生　春風送你遠朝天，莫把閨情戀，行色一鞭如去箭。若登仙，南宫早把鰲頭占。金花壓帽偏，瓊林賜御宴，争看錦衣鮮。

〔小桃紅七十六〕　生答夫人　母親囑付恁兒知，正要展鵾鵬翼，錦綉文章滿胸臆。上天梯，蟾宫穩步攀仙桂。似走襄陽志氣，赴長安道藝，擬取狀元回。“恁”亦當作“您”。

〔小桃紅七十七〕　法本送生　送君三月赴神京，祖宴安排定，遥望長亭柳扳贈。此一行，天門黄榜標名姓。美才華堪逞，少年心穩稱，側耳聽佳音。

〔小桃紅七十八〕　生答法本　小生未報大師恩,常在心頭印,今日臨行又蒙贐。暫相分,果然奪得春圍俊。青雲致身,泥金傳言,專報故人聞。"圍"當作"闈"。

〔小桃紅七十九〕　鶯鶯送生　人生最苦是别離,恰燕爾成拋棄,囑付樁樁在心記。要君知,南宫鏖戰蒙及第。得一官半職,想他鄉異地,休得又被花迷。

〔小桃紅八十〕　生答鶯鶯　古來夫婦主於恩,閑話都休論,萬里雲程往前進。跳龍門,管教四海威名振。紫羅襴稱身,黄金帶懸印,你穩穩做夫人。

〔小桃紅八十一〕　生投旅館　沿岡驀嶺路崎嶇,爲蝸角微名譽,千里長安望穿目。日將晡,暫投客店尋安處。淚痕似雨,玉人何處,今夜怎支吾。《中原音韻》"目"入作去。

〔小桃紅八十二〕　生夢鶯鶯　迷留没亂眼纔交,孤館傷懷抱,一盞殘燈影相照。夢多嬌,隨蝶曾越家鄉到。被簷間馬敲,忽窗前雞叫,驚得旅魂消。

〔小桃紅八十三〕　生至長安　離家又早許多時,今日長安至,北闕連雲兩相峙。大京師,人烟輳集長安市。陽侯故祠,摩騰古寺,到處好題詩。

〔小桃紅八十四〕　張生入試　春闈二月選場開,步入青雲界,中式文章試官愛。展長才,今朝特向君王賣。成名喝采,恩榮可待,喧滿鳳城街。

〔小桃紅八十五〕　張生及第　金鑾曉日聽臚傳,寵賜瓊林宴,遂了平生丈夫願。志昂然,布衣走上黄金殿。身霑御烟,宫袍錦絢,醉扶出五雲邊。

〔小桃紅八十六〕　生授學士　一天星斗焕文章,豪氣三千丈,際會風雲沐恩貺。近清光,職居供奉絲綸掌。玉皇案傍,金鑾殿上,染翰侍君王。

〔小桃紅八十七〕　鶯想張生　别愁離恨滿胸懷,不似今春煞,黑海般相思怎生捱。那喬才,重功名誰想輕恩愛。如何半載,全無一墨,只恁信音乖。"煞"與"殺"同,《中原音韻》入作上,歸家麻韻,此"墨"入作去，歸齊微，此均用作皆來也。

〔小桃紅八十八〕 鶯鶯自念 忽聞喜鵲噪林梢，昨夜燈花爆，必有佳音敢來到。好蹊蹺，眼皮兒不住睃睃跳。自家窨約，是些先兆，單則看今朝。

〔小桃紅八十九〕 生寄鶯書 折得蟾宫桂一枝，御筆標名字，醉宴瓊林拜恩賜。喜孜孜，玉堂金馬爲學士。寫泥金帖字，暢風流殿試，報與俺那人知。

〔小桃紅九十〕 鶯得生書 千里良人信一張，歡喜從天降，拆破封皮見情況。細端詳，知君名占黄金榜。登庸玉堂，榮陪仙仗，未知伊何日是還鄉。

〔小桃紅九十一〕 鶯寄生衣 間别無甚表衷腸，托物舒情況，用意勞心恁身上。這衣裳，着時休把咱來忘。彤庭侍講，紫宸朝向，聊去禦風霜。此"恁"似亦當作"您"，"忘"去聲。

〔小桃紅九十二〕 生得鶯衣 帝鄉又得授新衣，多謝芳卿意，親手裁縫用心寄。有誰及，隨身可體合時製。你的見識，咱都理會，教行坐不厮離。

〔小桃紅九十三〕 鄭恒求配 不做美的老尊姑，删抹了姻緣簿，覷裏桃花改前度。枉嗟吁，踏枝不着空回去。當時既許，今朝何故，怎想悔其初。

〔小桃紅九十四〕 夫人答恒 鄭恒你好傻不答，來撲慕成姻婭，浪語閑言甚麽話。枉磕搭，鶯鶯已把張生嫁。休妝聾做啞，莫翻提正掛，快與我水紅花。"傻不答"、"磕搭"，俱當時語。"水紅花"必歇後或隱語，當别有故實，俟考。

〔小桃紅九十五〕 生出長安 紫袍玉帶掛金魚，平地青雲步，手捧綸音故鄉去。播芳譽，纔知不被儒冠誤。壯遊仕途，花生滿路，策馬出皇都。

〔小桃紅九十六〕 張生至家 承恩親自日邊來，端的喝聲采，晝錦榮歸寵光大。到家宅，門闌喜氣添春色。頭踏擺開，賓朋接待，車馬起塵埃。《中原音韻》"宅"入作平，"色"入作上。

〔小桃紅九十七〕 生拜夫人 衣冠猶帶御爐香，環珮玎玲響，端拜慈顔在廳上。問安康，别來尊體知無恙。答應的慢張，全無些喜相，誰惱動老萱堂。

〔小桃紅九十八〕　確拜夫人　朱輪皂蓋兩行排，太守向夫人拜，女貌郎才總堪愛。笑盈腮，家門榮顯光三代。晝堂宴開，翠簪冠帶，喜事自天來。

〔小桃紅九十九〕　鄭恒觸樹　因緣未遂落虚名，惹得不乾净，走向夫人行使奸倖。把鶯鶯，椀中帶耙兒拏蒸餅。上風頭忒逞，末稍拳難挣，枉自送殘生。“椀中”以下三句，亦當時語。

〔小桃紅一百〕　生鶯赴任　之官千里赴西秦，滿路花香噴，仙掌雲開帝城近。沐皇恩，夫榮妻貴臨亨運。七香車坐穩，五花誥墨潤，永作玉堂臣。

右〔小桃紅〕百首，用韻遣詞，皆可斷爲元曲，而其制題頗開南傳奇之先。以李傳三十八齣目較之，意趣大致相似，其尤可證者。李第二十五《書齋問病》，老與鶯同趨視生，爲北劇關目所無。而《百咏》四十三《夫人問生》、四十四《生答夫人》、四十五《鶯探生病》、四十六《生答鶯鶯》，正李所本也。惟《百咏》四十五云：“妾背母親來相視。”而李則老與鶯偕，且《百咏》前尚有《僧勸生答》二曲爲異耳。又李第三十一《長亭别恨》長老送行一節，亦本《百咏》七十七、七十八兩曲。外則百咏八十六《生授學士》、一百《生鶯赴任》，與北劇異，李仍本北劇。《百咏》九十九《鄭恒觸樹》，本北劇，李則鄭恒退親竟下，此又不能悉合者也。

《太古傳宗》附《絃索調時劇新譜》上，及《納書楹曲譜補遺》四收《崔鶯鶯》一篇，是〔山坡羊〕、〔掛真兒〕二闋，不知何人所作，而風調頗近元曲。《六幻》本北劇附《對弈》，南傳奇附《園林午夢》，獨不收此篇，以其南曲，姑彙存之。古詞流傳，日少一日，此亦古詞，豈可以時劇爲疑而棄去耶？時劇中古詞不少，未暇一一釐出。蓋世人往往損益古詞入時也，今則時劇亦成古調矣。

崔鶯鶯舊詞　崔鶯鶯舊詞　但云漢卿，而不及實甫，故知其詞甚古也。

〔山坡羊〕崔鶯鶯怨天恨阿呀地，衆賓朋請坐下聽奴家訴一番的情緒。咱父親也曾在當朝爲相國，也曾在翰林院内爲學士。昔日有一個關漢卿他來應舉，只因他才疏學淺，咱父親不曾把他名題。誰想那奸賊將没作有把奴家編成了一本什麽《西厢記》，幾曾有寄棺槨在普救寺裏？幾曾有孫飛虎興兵來掠娶？幾曾有白馬將軍把半萬賊兵剪除？幾曾有老夫人使紅娘請兄瑞來結爲兄妹？幾曾在太湖石畔去聽琴？幾曾與他暗裏偷情寄柬書？幾曾有送張生在十里長亭而來也？幾曾爲他鬆了金釧、減了玉肌？聽知阿呀，就是我這里害了相思病，阿呀天嗄，他那里曉得。聽知阿呀，枉口白舌，自有天知。

〔掛真兒〕一家兒埋怨着這一本《西厢記》，恨只恨關漢卿很心的賊，將没作有編成戲。張生乃是讀書客，紅娘怎敢亂傳書？奴是崔相國家鶯鶯也，怎敢辱没了先君的體？《太古傳宗》附《絃索調時劇新譜》上九至十三、《納書楹曲譜補遺》四之一二。

右録悉依《太古傳宗》附譜，“阿”，《納書楹譜》作“哎”，後同。

〔掛真兒〕“真”作“枝”。支思、齊微、魚模混韻。《幽閨》、《琵琶》、《荆釵》諸傳皆如此。《中原音韻》“國”、“賊”歸齊微韻，“國”入作上聲，“賊”入作平聲。以用韻論，與前録〔滿庭芳〕、〔小桃紅〕殆爲一時之作也。

霜厓曲跋

霜厓曲跋卷一

新曲苑第三十四種　長洲吴梅撰

董西厢屠龍刻本

創格　董詞開元劇先聲，通本雜綴市語，不取類書故實，而樸茂渾厚，自出高、王之上。書中不分齣目，最爲創格，未識當時搊彈家如何起畢焉。

多用换頭　所用諸牌，率不經見，與元人套曲不同，且多用换頭，又與元劇祇取前叠①者大異。中如〔醉落魄〕、〔點降唇〕、〔蘇幕遮〕、〔踏莎行〕、〔哨遍〕、〔賞花時〕、〔玉抱肚〕、〔古輪臺〕、〔鬥鵪鶉〕、〔粉蝶兒〕、〔一枝花〕等。

用調離奇　爲元明詞家習用外，餘則離奇糅雜，頗難是正。若〔哈哈令〕、〔倬倬戚〕、〔喬捉蛇〕、〔文序子〕、〔文如錦〕類，止見董詞，更無他曲可證。

譜書所載　自來考訂北詞者，輒詳元劇，而解元之作，或多遺漏。凌次仲《燕樂考原》曾録董詞，李玄玉《北詞廣正譜》亦間引之，皆未備載其目。獨莊親王《九宫大成譜》全録董詞，所失載者，僅〔渠神令〕一枝而已。余嘗爲貴池劉葱石校勘此書，酌分正襯，期月卒業，蓋讀此書者，未有如余之勤且媷也。

同調互異　書中同牌各曲，往往互異，如〔文如錦〕"細端詳"曲下疊，多"戴著頂上"一語；"恁心聽"曲下疊"若見花容"下，少三字句一；"好心斜"曲上疊"道恁姐姐休呆"下，少四字句一。〔吴音子〕"張生因

---

① 今校：校本爲"花"。

僧”曲。與“相國夫人”曲上疊末句，同作七字，而“張生心迷”。與“鶯鶯從頭”二曲，則作四字。〔滿江紅〕“清河君瑞”曲下疊，多“一言賴語都是”一句；雙聲疊韻“燭熒煌”曲下疊，多“今夜甚長，一句。又如〔應天長〕、〔雪裏梅〕、〔還京樂〕諸詞，前後詞輒有相差太遠者，令人無從校核。又有〔二煞間花〕、〔啄木兒〕兩調，長短互異，《大成譜》亦未攷定。

諸家刊本　此書爲元詞之祖，釐定頗難。余所分析者，未必可據。而如《大成》之模糊夾雜，反足貽誤後學耳。余曩見閔遇五、黃嘉惠、湯玉茗諸本，自謂董詞刻本，藏弆已富，今又得此刻，乃知舊刻之不見著録者甚多也。

西厢記明　本

古本難求　《西厢》槧本最多。余舊藏王伯良注本、凌蒙初即空本、皆出此本之上。嘗細校一過，詞句間竄改至多，疑坊間射利者所爲。凡句旁用套圈者，皆經改易處也。標名曰原本，不過易動人目而已，方諸生謂：“今本動稱古本，皆呼鼠作朴，實未嘗見古本。”云云。方諸生隆萬間其言已如此，可見古本之難求矣。惟圖畫精良，工槧亦佳，究勝于近時俗刻萬倍也。

諸本短長　論《西厢》刊本，當以碧筠齋爲首，朱石津次之，金在衡、顧玄緯諸刻，亦有可取處。即空觀好與伯良操戈，局度太褊。此外坊刻，等諸自鄶。其有假托名人評校，如湯臨川、徐天池、陳眉公等，所見頗多，概非佳槧。

誠齋樂府

當時流行盛况　誠齋爲明周憲王有燉。王爲定王長子，洪熙元年襲封，景泰三年薨。錢牧齋云：“憲王遭世隆平，奉藩多暇，勤學好古，留心翰墨，製《誠齋樂府》若干種，音律諧美，流傳内府，至今中原弦索多用之。李夢陽《汴中元宵》絶句云：'中山孺子倚新妝，趙女燕姬總擅場。齊唱憲王春樂府，金梁橋外月如霜。'由今思之，東京夢華之感，可勝道哉。"《列朝詩集》

諸家書目所著録　是憲王之詞，固盛行一時也。案明朱灌甫《萬卷堂》、《聚樂堂》兩書目，均有憲王所撰《誠齋樂府》十册。近百年間，惟錢唐汪氏《振綺堂書目》尚有此書，後歸朱氏結一廬，繼由朱氏入豐潤張氏。辛亥金陵之亂，張氏之書散亡略盡，此書恐無從物色矣。

揆敘藏書　余自京師得此書，計二十二種，爲謙牧堂舊藏。謙牧堂者，清初揆敘藏書處也。揆敘字愷功，太傅明珠子、成德弟，官至左都御史，卒謚文端，好聚書，後盡獻内府。《天禄琳瑯書目》有謙牧堂印記者，皆其故物也。錢遵王《也是園書目》載憲王雜劇有三十種，顧《踏雪尋梅》一劇，尚不在内。余既得二十二種，益以明清各曲。成此彙刊。

二十四種　友人張君菊生元濟復輾轉假得《八仙慶壽》、《蟠桃會》二劇，實存二十四種。自來藏憲藩雜劇之多，遵王而外，當以不佞爲最矣。他如《海棠仙》、《文殊菩薩》、《義勇辭金》此一種見《十段錦》、《東華仙》、《吕洞賓》、《靈芝慶壽》、《賽嬌容》諸種憲藩劇本至，富，恐不止此未識海内有無藏弆者，余日望之也。霜厓。

牡丹品以下次第依也是園目

歌舞劇　右《牡丹品》四折，爲内府賞花之樂。誠齋散套中亦載《讌賞牡丹》散曲，即與此劇第四折相類。中以内庭教習爲主角，而以歌姬爲輔佐，蓋純爲歌舞劇也。此劇情節，本無足論，惟爲名花品藻，宴樂昇平，足徵奉藩安逸。明初藩邸能讀書屬文者，寧獻以外，必推憲府，此亦千古之公論矣。首折〔點絳唇〕、〔套内〕、〔寄生草〕下，用〔金盞兒〕四支；二折〔滚綉毬〕、〔倘秀才〕疊用後，接〔叨叨令〕一支。

新牌名　四折所用牌名，多别立新目，如〔寶樓臺〕、〔慶天香〕、〔紫雲芳〕、〔海天霞〕等，皆故作狡獪，而〔金盞兒〕、〔叨叨令〕二牌，律以套曲次序，亦覺緩急不合，此皆大醇中小疵也。

撲拙可貴　通體詞藻雖多，頗能樸拙，無雕繢氣，是可貴矣。霜厓。

牡丹園

楔子　《牡丹園》五折，亦讌賞牡丹之作。所謂十美人者，即十種佳品，如姚黄、魏紫、壽安紅、素鴛、粉娥嬌、鞓紅、寶樓臺。紫雲芳、玉天仙、醉春容是也。與《牡丹品》所列名目，不甚相同。汴中此花固勝，王析圭此土，宜其富美矣。開首金母唱〔賞花時〕二支，標名曰楔子。楔子者，北劇中之饒戲也。門限兩旁小木曰楔，所以安置門限者。凡劇中情節略繁，必用楔子，所以布置一劇中之情實，不致畸輕畸重，故以楔爲喻也。明人以北詞之前腔謂爲楔子，實是大謬。元人小説，亦有用此作引首者，如何可作前腔論乎？且在楔子内，所用曲牌非〔賞花時〕即〔端正好〕，而〔端正好〕又可增句。如《西厢》五劇，皆可作證。而第四劇首折楔子即〔端正好〕增句格，此更顯然也。惟第三折前，又有楔子〔賞花時〕二支。

結構勝處　一劇中用兩楔子，此爲僅見。全劇以金母宴請十美人，亦純爲歌舞劇。通本微嫌冷淡，故以酸、甜、辣、淡四婢作科諢，更將琴、棋、書、畫爲劇中點綴，俾不寂寞。此作者之苦心經營處。蓋作劇之難，全在結構也。

五折體　此劇用五折體，爲北詞中少有。元劇惟《趙氏孤兒》有此一格，餘則多未覯矣。

雜韻　又首折通篇用江陽韻，獨〔青哥兒〕一曲改叶蕭豪，亦所不解。霜厓。

烟花夢

詞華精警又用方言　《烟花夢》四折，記蘭紅葉、徐翔事。案寧獻王

《太和正音譜》雜劇有十二科，而烟花粉黛列在十一。元劇中如《兩世姻緣》、《紅梨花》、《曲江池》等，皆此類也。劇中情節，不過男女燕媟之辭，而詞華精警，不讓關、馬，且運用方言，亦有大都、東平之風。較明人以餖飣爲能者，不啻霄壤。首折極寫倡伎苦况，又與《兩世姻緣》不同。喬作僅言伎藝之高下，此則直陳門户中惡習矣。他如〔一枝花〕、〔梁州〕之高爽，〔耍孩兒〕、〔五煞〕之凄苦，皆是妙詞，非憲王不能，蓋妙在質樸也。惟通劇楔子，亦用二處，其誤與《牡丹園》同。

三轉賞花時　而三轉〔賞花時〕亦劇中少見。

端正好增句　〔端正好〕增句格，自"守布襖"至"兩和諧"。多至十六句，爲仙吕〔端正好〕創格，此固無礙於歌者也。又首折夾唱詞。〔離亭宴〕一支，爲馬東籬〔秋思〕套。煞尾。

二十换頭新水令　末折〔新水令〕一套，全學關漢卿《憶别》散曲，又名〔二十换頭〕，因通套二十支也。此則詞家所未盡悉者焉。

用劇中典實　又劇中好用劇詞典故，如"貶茶船"即王實甫之蘇小卿月夜貶茶船事，"陽臺夢"用王子一之楚陽臺事，"藍橋驛"用庾天錫之裴航遇雲英事。元人喜以劇中故實運入曲中，憲王此等處。正得古意也。霜厓。

八仙慶壽

傳奇忌諱　《八仙慶壽》四折，純爲祝嘏佐尊之詞。觀憲王《小引》，以神仙傳奇爲不宜用，知當時忌諱之深。無怪清嘉、道間，官場忌演《邯鄲夢》，以爲不吉也。通本以西王母蟠桃宴集，邀福、禄、壽三星，八洞天仙，慶賀桃實，而以香山九老作陪，即取人瑞之意，合天地人同慶也。

出隊子四支連唱　劇中第三折前毛女上唱，用《出隊子》四支，以漁筒簡子合歌，最爲可聽。後人學者蓋鮮，惟尤西堂《桃花源》劇，武陵漁登場，曾一效之，分述桃源四時景狀，亦娓娓動人。

賓主分明　末後用〔端正好〕，以明《出隊子》非楔子之用，此最賓主分明。西堂曾讀此劇，故能摹仿之也。此劇通本末唱，中間用日曲數支，布置既匀，耳目亦新，不獨節省末角之勞而已〔正宫端正好〕一套，以〔醉太平〕、〔叨叨令〕二曲，置〔倘秀才〕、〔滚綉毬〕後，其誤與《牡丹品》同。

寫瘋癲妙處　至其演藍采和瘋癲狀態，恐元人手筆，亦無以過之矣。霜厓。

小桃紅

與任風子相類　《小桃紅》四折，與元劇《任風子》、《柳翠》相類，而敷演宗門教旨，又極精微，非沉潛内典者不能也。

混江龍增句格　首折〔混江龍〕爲增句格，自"晋潘安容貌"。至"尾生實誠"。皆是增添者。按格，凡增句不拘多少，而收處總須仍用本調，平平去，平平仄仄，仄仄平平三語，以還〔混江龍〕本格。此劇云："不憑錢贍表得成歡，空握拳入馬和他併。"不依平平去原格，蓋用《西厢》"才高難入俗人機，時乖不遂男兒願"之例，亦不可謂失律也〔混江龍〕增句，以《牡丹亭·冥判》爲最多，洋洋數百言。於是洪昉思《長生殿》之《覓魂》，蔣心餘《臨川夢》之《説夢》，皆有意顯神通，多至千餘言，實可不必也。

用方言處　此劇用方言至富，如"贍表"謂子弟俊美也，"入馬"謂夜度也，"豫章城"即雙漸趕蘇卿事，元人常用之，皆一時勾闌中語。通體詞藻，皆映帶桃字，語語貼切。

子母調　第三折〔端正好〕下注"子母調"。"子母調"者，不用高喉，僅用平調歌也。

參禪問答　賓白中參禪問答，凡劇中皆如此式，如臨川《南柯記》，西堂《桃花源》，皆襲用之，但詩句不同耳。此劇亦歌舞戲。末用十六天魔隊舞作結，排場尤爲熱鬧。

旦末雙全　元人以有唱有做者爲旦末雙全，此作得之矣。霜厓。

喬斷鬼

假神鬼轉圜　《喬斷鬼》四折，摹寫文人結習，可云妙肖。徐行以畫幅六幀，命工封聚潢治，聚乾没之，行索取不與。憤恨而死。通本事實止此。至鬼神報應之事，雖儒者所不談，而爲下愚人説法，亦可爲治道之助。傳奇家布置事跡，務極奇詭，遇山窮水盡，輒假神鬼爲轉圜餘地，但期不詭於理，固君子所許也。憲王此作，即是此意。

元劇迂腐語　首折述三教源流，不無迂腐語，此正得元劇之意。如《范張雞黍》、《㑳梅香》，皆如是也。

通劇樸素　此劇〔混江龍〕較〔小桃紅〕更長，勿爲所眩，即增句略多而已。通劇樸素，無餖飣詞藻，更不可及。曲家摹艷情，狀山水等作，文人皆優爲之，至屏絶藻飾，實寫本色，則百無一二。劇中各曲，如〔賺煞〕，如〔一枝花〕，如〔醋葫蘆〕，如〔滚綉毬〕、〔倘秀才〕等，僅工綺語者恐一語做不得。元劇中《燕青博魚》之記賭狀，《柳毅傳書》之記龍鬥，皆非詞章家所能辦，曲至此方爲神技。余心折焉，而未能也。

寫鄉居所本　〔梁州第七〕一支，寫鄉居之樂，此蓋本白無咎〔鸚鵡曲〕。白詞云："儂家鸚鵡洲邊住，是個不識字漁父。浪花中一葉扁舟，睡煞江南烟雨，覺來時滿眼青山，抖擻着緑蓑歸去。算從前錯怨天公，甚也有安排我處。"以此劇相較，可知裁翦之工矣。

後庭花青哥兒增句　又第三折〔後庭花〕、〔青哥兒〕二曲，亦有增句。〔後庭花〕"觀着畫手不停"下三句，〔青哥兒〕"來往陰陵"四字四句，皆是也。此二曲增句，亦無限制，與〔混江龍〕同。霜厓。

豹子和尚

事實水滸不載　《豹子和尚》四折，演魯智深出家事。此事不見耐庵《水滸傳》。元劇中儘有賦梁山事焉《水滸》所未載者，不獨此劇然也。

劇中以魯智深作末，四折末唱，頗有聰俊語，實與花和尚不類。又智深有妻子有母，亦爲耐庵所未及。全劇曲文，皆整潔可誦。套數次第，亦有法度。

尾聲之後又有煞　惟第三折《尾聲》後，再用〔窮河西〕、〔煞〕二曲，殊不可解。元劇從無此格也。

滚綉球襯字多　又〔端正好〕、〔滚綉毬〕首二支用襯字至多，較原格不啻三倍，此因散板曲内，可以多襯，若是有節拍之曲，勢必多加板式，而正襯反不分明矣。元人以多襯爲能，輒有一牌字數增至二三倍者，故用板至無定格。明末沈伯明、龍子猶，欲定北詞板數，而迄未成書，非考訂之難，實字數多寡之不同，乃至拍數亦不能劃一也。

張善友實有其人　又劇中所述張善友家，當如柳隆卿、胡子傳例，意是實有其人。柳、胡爲衆惡所歸，張則百善皆集，所謂世言方朔奇，奇事皆歸方朔，否則如陳員外、趙大公、小劉屠、郭槖駝、瘸王二、馬回回、黄蠻子、何仙姑、楊大姐、丁娘子、秦二嫂、褚師婆、鄭媽媽、審八姨、陸姐姐、劉老娘、蘇媒婆等，決不能憑空臆造多人也。

結構同不伏老　此劇結構，與《不伏老》略同。《不伏老》以尉遲托疾，徐勣計賺之。此則以智深逃禪，宋江計賺之。古人於排場間不甚措意如此。霜厓。

慶朔堂

詞華豐艷　《慶朔堂》四折，記范文正、甄月娥事。劇中情節，本子虚烏有，而詞華豐艷，實爲王之佳構也。

點絳唇套譜法　元劇首折皆用〔點絳唇〕，憲王諸作亦復如是。或以爲聲調未免雷同，不知此套譜法，本有兩類，一用小工，一用正工，兩調任用，無礙奏演。况此劇首折〔寄生草〕下，用〔村裏迓古〕、〔元和令〕等七曲，又與他劇不同，此又見王之心細矣。

游四門一字韻　又〔游四門〕有一字韻句，如《西厢》云："偏，宜貼翠花鈿"。此一字句，作家每多失檢，王此曲正合律也。第二折〔煞〕曲，明書〔一煞〕，而曲衹一支，恐有脱譌。但原刊如是，不敢更易。

石榴花首句五字 第三折〔石榴花〕首句作五字，余初以爲非，繼檢《北詞廣正譜》，引《西厢》"大師一一問行藏"曲，將"大師"二字作襯，方知首句實止五字。

借宫 清代各譜，皆未能搞考也。又〔耍孩兒〕、〔一煞〕兩曲，爲般涉調，不屬中吕，因管色相同，可以聯套，北詞中謂之借宫凡同管曲，皆可借宫，不獨中吕之與般涉也。惟以月娥屬諸范希文，卻是奇特，與《青衫淚》之裴興奴爲白太傅舊伎，同是荒唐。劇家事實，泰半假托，必欲雪中郎之冤，闢龜溪之謗，未免嘵嘵辭費矣。霜厓。

桃源景

情節曲折 《桃源景》四折，記李釗、韓桃兒事。雖烟花粉黛之辭，而情節卻能曲折，如李赴試及第，忽受失儀遣戍，一也；韓改妝尋夫，又爲店人窺破，致遭淩謔，二也；及至口北，滌器當壚，又遇胡人調笑，三也。此皆尋常劇曲所無也。通體用方言至多，如"吞子"爲嗓子，"撇末"爲演劇，"猱兒"爲雛伎，"撅丁"爲龜奴，此各劇通有之，無足爲異。

用蒙古語入曲 至用蒙古語入曲，則此劇所獨有。臨川諸曲，喜以番語協律，實皆沾丐於憲藩也。如第四折〔滚綉毬〕曲云。"蒙豁是阿堵兀赤"，言蒙古放馬人也。又〔倘秀才〕曲云"哈撒"，言問訊也；云"埽兀"，言坐地也；云"鎖陀八"，言酒醉也；云"倒剌"，言歌也；云"孛知"，言舞也。設非自爲詮釋，正不知於意云何，此實曲中壞處，後人不察，遞相祖述。如《邯鄲》之《西諜》，《長生殿》之《合圍》，以及西堂《弔琵琶》之楔子，作者紛紛，實非曲家之正宗，特無人爲之拈出而已。

末折後有饒戲 又通本楔子有二，末折後多饒戲一曲，亦非正格，惟創自王手，未敢明斥其非耳。

嵌數目字 若第一折〔賞花時〕二曲，以數目字湊合成文，自一至十，錯雜見巧。而〔賺煞〕一曲，復自十至一，倒出作句，係游戲手筆，原無深意。湯若士《牡丹亭》效之，亦偶然興到之作，而後人乃云自一至十者爲"小措大",自十至一者爲"大措小",不知《南九宫譜》本無"大措小"之名,此説亦殊無謂。苟讀此劇,當亦爽然自失矣。霜厓。

復落娼

兩種復落倡 《復落娼》四折,記劉金兒事。通本情節頗奇詭,摹寫伎女醜狀,至可噴飯。余案寧獻王權亦有《復落娼》一劇,未知與此劇何若,但獻王題作《楊姨復落娼》,則非劉金兒事可知。惜獻王書已佚,未能持校此本耳。劇中金兒之淫濫,與臘兒之高潔,兩相對照,一則辱身玷行,一則殉烈行芳,一薰一蕕,相去不可道里計矣。

四折中一色四人分唱 雜劇四折,例以一人終始之,如旦唱則四折皆旦唱,末唱則四折皆末唱。此本首折臘兒唱,二折劉佳景唱,三折徐母唱,四折白婆唱,此是變通成格,雖非一人。而同是旦色,不妨通融也。

用支時韻謹嚴 元劇支時一韻最爲窄狹《中原音韻》作支思,不得與齊微韻混。如《西廂》之《請宴》〔點絳唇〕套,《鴛鴦被》之首折〔點絳唇〕套,皆塙守韻格,絶無假借。此劇第三折〔端正好〕一套,亦復如是。自"舊瓜仁新薑豉"起,至《尾聲》"冤屈煞俺青春少年子"止,通體不雜他韻一字。〔小梁州・么篇〕云"常則是做經商手足胼胝",此"胝"字是争詩切,陰平聲,不作丁衣切。又〔滚綉毬〕云"嗽咳的我抹淚揉眵","眵"撑詩切,不作寅兮切。此足見王之用韻非亂次以濟也。

題解 金兒始爲樂户妻,繼從高兼至鈞州,又隨徐福一至江右,又不慊意,投牒按察司,幸問官廉明,勘斷確實,發還原籍,仍入樂户。是其人行爲乖僻,幾不知人間有羞恥事矣。案明制,樂户隸教坊司,不與四民等觀。伎女從良,則脱樂籍。今云復落娼者,蓋深賤之也。霜厓。

仙官慶會

吉祥戲　《仙官慶會》四折，記鍾馗蕩邪驅鬼，福、禄、壽三星獻瑞事。亦内廷吉祥劇，事實原無足深論。

狀鍾馗曲　惟鍾進士數曲，頗有風趣，如〔天下樂〕曲云："畫的咱們①模糊硬髭髯有偌長，一隻手揪着個小鬼，一隻脚蹉定個魍魎，塗抹的咱有一千般醜勢樣。"讀之不禁忍俊。所謂世言方朔奇，奇事皆歸方朔，天下萬事，實際止一二分，妝點輒到十二分也。

三轉貨郎兒　又第二折用〔三轉貨郎兒〕亦不見他劇。自〔貨郎〕旦用九轉後，於是《古城記》之《挑袍》、《義勇辭金》之《餞别》，皆用九轉，即《長生殿》之《彈詞》，〔鶴歸來〕之首折，亦皆九支。今讀此劇，始知〔貨郎兒〕轉數，不拘多寡也。

排場熱鬧　又第三折驅鬼，排場至爲熱鬧，四鬼十六儺神、鍾馗、神荼鬱壘，齊集獻藝，其舞態動作，定多奇趣。及虚耗擒獲，方歌〔青哥兒〕一支，鑼鼓之後，繼以小曲，更令人悠然不盡，此是劇中最勝處也。

深合劇體　末後〔後庭花〕、〔柳葉兒〕二曲，爲世界清寧後，三星方下降散福，是此劇正文，故不在套内，别作小令，以饒戲作收束，吉祥止止，深合供奉劇體焉。霜厓。

得騶虞

此劇亦吉祥文字。以汴中神后山發現騶虞，由細民喬三報知州官，發兵秋獮，因得瑞獸，上獻藩府，進貢朝廷。

排場可取　劇情原無大勝人處，惟排場結構，頗有可取。如第一折喬三婦以净角扮演，極詼諧之致。第二折秋獮，分五色軍隊，次第獻技，

---

① 今校：校本爲"畫的咱黑模糊"。

排場遂不冷落。第三折用四探子演述打圍情狀，帶唱帶舞，結構又復生動。末以典樂官讚嘆瑞應作結，立意亦高。如此枯窘題目，能通體不懈，有寫得如火如荼，足見王之才大矣。

劇詞樸質　至劇詞亦樸質可喜。

增句不叶韻　首折〔混江龍〕增句"牛王廟裹"四語，並不協韻，元人原有此格，不足爲病。〔油葫蘆〕、〔天下樂〕二曲，語語絶倒，描寫醉態，非常靈動。

頌揚有法　〔賺煞〕云："也不願高官重爵，也不願精銀響鈔，只願得將俺一方民庶免差徭。"深得盛世良民情狀。此等亦頌揚語，第不似館閣文章之陳腐，讀之遂覺戛戛獨造，學者可悟作文之法也。通劇楔子亦有二處，此是誤。霜厓。

仗義疏財

曲中用水滸事　此劇以李逵、燕青爲主，摹寫都巡淫濫，實堪髮指。李、燕二人以游俠身手救護懒古，足爲義士生色。余嘗謂梁山遺事，傳述繁多，耐庵一傳，未盡搜集，即如元劇中《燕青博魚》、《雙獻功》等事，皆出耐庵《水滸》之外，不獨此劇情節，軼出施氏手也。元人咏黑旋風事者，以東平高文秀爲最富，如《黑旋風鬥雞會》、《黑旋風詩酒麗春園》、《黑旋風窮風月》、《黑旋風大鬧牡丹園》、《黑旋風喬教學》、《黑旋風敷衍劉要和》、《黑旋風雙獻頭》。即《雙獻功》劇，《黑旋風借尸還魂》。此八種中，雖僅存《雙獻頭》一劇，此外事實無從概見。第就劇目推測，大半非耐庵所紀録者，可云極詭妄之趣矣。

五折　通劇用五折，亦爲少見。與《趙氏孤兒》同，第末折點綴平方臘事，有曲無白，亦可視爲饒戲，仍無礙全劇結構也。

所引宋代遺事　第二折〔紅綉鞋〕、〔么篇〕所引李師師、上元驛、趙玄奴、楊太尉諸事，皆《宣和遺事》所未及，而劇中引此數事，言外可見時政矣。余最愛〔石榴花〕，下半曲云："便做是窮莊家不敢違尊命，也存些天理人情，卻怎生走將來不下些花紅定，平白地奪了個女傳婷。"

俊爽 其俊爽疏朗。直與〔傷梅香〕相等,非尋常劇本所能也。

用元方言 劇中用方言頗多,如"樺老"謂衙役也,"撇道"謂脚也,"爪老"謂面也,"幫老"謂盜夥也。蓋王之時代,去元人未遠,故一切皆仍舊稱,由此亦可知言語之沿革矣。

貨郎詳記 又"貨郎"之名,雖見元劇,而所販貨物,從未説過,《爛柯山寄信》一折,亦言之未詳。此劇〔新水令〕、〔駐馬聽〕、〔雁兒落〕、〔水仙子〕、〔沽美酒〕、〔太平令〕諸曲,詳載貨郎各物,據此又可見元明風俗之一斑,不當僅視爲詞藻,輕易讀過也。《收江南》末句云:"俺三十六人活擒方臘見明均。"余案"均"字當作"君",恐原刊之誤。霜厓。

半夜朝元

兼烟花粉黛二科作詞宗旨 此劇以伎女修真入道,爲劇家别開生面。涵虚子論劇,分爲十有二科,中有"神仙道化"與"烟花粉黛"二類,此劇則合而爲一矣。憲王自序云:"仙姑能守婦道,雖出倡優之門,而節義俱全,比之良家婦女,不能守志者爲何如。"是作詞宗旨,亦復正大。明中葉詞人好作麗語,王蓋唾棄之矣。劇中警策處頗多,如首折〔混江龍〕增句,"指山賣磨"、"見景生情"等語,屬對工巧。

用劇中故實 〔後庭花〕引用《楚陽臺》、《曲江池》、《翫江樓》等,皆劇場故實,亦得元人運典之法。他如第二折〔滚綉毬〕諸曲,第三折〔梁州〕。〔感皇恩〕諸曲,第四折〔新水令〕、〔雁兒落〕、〔折桂令〕諸曲,尤精心結撰,爲劇中勝處。又元劇凡咏神仙事者,末折輒數述八仙作結,即如臨川聖手《邯鄲・合仙》,亦未脱爛調。

高緊脱俗 此劇以細樂步虚作收,不拾前人牙慧,更爲高潔。其中〔青天歌〕倘亦以步虚聲歌之,當令人耳目一新也。霜厓。

辰鉤月

每折易人而唱　此劇用"嫦娥愛少年"一語反演出之,結構頗生動,四折皆旦唱,亦合格式。惟每折各换一人,如首折桃仙唱,二折乳母唱,三折、四折皆嫦娥唱,未免雜湊。余意四折皆用桃仙唱,嫦娥一面,不必登場,較爲整潔。但古人傳作,未便輕議也。首折世英守禮,不愧慎獨之君子。繼以桃仙欲去,即便俯順,轉捩處微露痕跡,能再圓融,較佳。元劇中如《封陟遇上元夫人》、《襄王會神女》諸作,皆不傳。今讀此劇,亦可揣測知之矣。

措詞柔媚　劇中措詞,備極柔媚,如〔寄生草〕云:"則你這塵靴踏到廣寒宫,抵多少布衣走上黄金殿。"〔紅綉鞋〕云:"又不曾翠被暮寒生,那里也西厢和月等。"〔一煞〕云:"恰便似指山賣磨,緣木求魚,望梅止渴,畫餅充飢。"皆字字馨逸,決非屠長卿、梅禹金輩所能道隻字也。嫦娥受屈,須訴諸天師,細思殊可嘔噱。然由此觀之,名節二字,雖天上亦復鄭重。益笑《周秦行紀》之無謂矣。霜厓。

悟真如

此劇以毘盧尊者點化散花仙女,及蓮花童子,淹貫宗乘,深得禪家三昧。元劇如《月明和尚》、《馬丹陽》等,皆非敵手。即徐文長之《翠鄉夢》,屠赤水之《曇花記》,亦瞠乎其後也。劇中情節,妙在不以仙女童子爲眷屬,而以哈舍人爲遊客,同受古峰師訓誨,得登覺路,省去多少葛藤。

結構簡净　雜劇結構,輒傷冗雜,此作布局,實爲簡净矣。

賞花時次句叶仄　楔子〔賞花時〕四支,第二句皆協仄韻,頗不經見。元劇及憲藩他作,概用平韻,不知此劇何以獨用仄協。

三轉賞花時　又通體凡四曲,而標名爲〔三轉賞花時〕,或係誤刊歟？任婆用净色，哈舍人用孤色，净本可飾女，孤則當場裝官者，舍人爲丞相不花子，故以孤飾之也。

戒冶遊曲 首折〔那吒令〕、〔鵲踏枝〕、〔寄生草〕諸曲，可作冶遊子弟座右銘，并可與《誠齋樂府》中“風月擔兒”各曲參互讀之詞見《詞林摘艷》，亦少年場中一服清凉散也。〔青哥兒〕末二句用紅蓮故事，調侃僧伽，亦殊有風趣。第二折起，語語禪機，耐人籀諷，論其造詣，惟西堂《桃花源》劇可與頡頏。

脱參禪舊套 第三折問答機鋒，不作七言尋常語，亦脱參禪舊套。第四折以茶婆作收科，得言外妙意。佛光照座，開示愚蒙，此等境界，參學人自能領悟。通劇楔子亦用二處，鄙意不如將坐化一段別作饒戲，當更醒豁，且免疊床架屋之弊也。

詞多俊語 劇詞俊語絡繹，可藥囁嚅之病。霜厓。

牡丹仙

此亦歌舞劇。憲藩府中牡丹最盛，觀《誠齋樂府》賞花諸詞，以牡丹爲多，故曲劇亦多及此，如《牡丹品》、《牡丹園》。諸作皆是也。此劇情節，本無奇異，特以紅亭讌賞，作記題芳，於是九仙好名，亦邀品騭，瑶池歌舞，慶賀昇平，足見奉藩之安逸矣。

妍雅飽滿 劇詞妍雅飽滿，自是盛世元音。

草池春格 惟第二折〔草池春〕，及第四折〔轉調青山口〕，增句至多，讀者易爲眩惑，不可不細核之也。按〔草池春〕一曲，《正音譜》云：“句字不拘，可以增損”，實則亦有定格。寧獻王譜所録《謁魯肅》一支，即爲增句，大抵首三句，二句爲三字，一句爲四字，以下六字句與四字句，多少不論，以下七字句一，六字折腰句一，二字句一，收處四字句或一或二，此〔草池春〕定式也。此劇首三句兩句三字，一句五字，似乎舛誤，不知“慶喜色洋洋”句，“慶”字本可作襯，仍四字句也。以下自“正遇豐稔時光”起，至“月延州紅膸廣”爲六字增句。自“融和春陽”至“麗色流芳”。爲四字增句。“萬年好事”下，仍還〔草池春〕本格，惟收處四字句作兩語耳。通體全合格律也。

青山口格　至〔青山口〕一調，考訂較難。緣此調自湯若士《邯鄲·西諜》折别創格式。《長生殿·合圍》折依之，王舜耕《西樓樂府》改换句法。《月令承應》又復自立架格遂至不可究詰。於是此調與中吕之〔道和〕，雙調之〔梅花酒〕，同爲北詞中之難正者矣。案此調首四句應用扇面對，如《伯道棄子》云："這裏那裏，百忙裏，百忙裏取甚的。欲回待回，怎生回，亂軍中是怎地。"可以爲證。今云："獻壽醽，斟美醽，釀百花露香醽，聽玉笙和錦筝。"僅作一排，自是變體。以下"樂聲頻"至"花下飲芳樽"爲此調正式，但"縠雨春"下省去七言叠字兩語而已如"這壁那壁厮唤只，行裏坐裏厮等只"類，自"春也麽春"起，至"永長新"止，共十四句，皆是增格。此等增句，可用五字或四字，無一定式也。自"萬朵千枝"下仍還本調正式。故此曲僅首數句少一排，餘則處處合格。北調中有十餘支皆可增句，詳見余舊著《北詞簡譜》中，實則增添之處，各有定則，非亂次以濟也。討論北曲，當就此等處考核，其他皆迎刃而解矣。霜厓。

曲江池

綉襦記祖本　此即明鄭若庸《綉襦記》祖本。惟通劇用五折，與《趙氏五折孤兒》同。雜劇體例間有之，非如王辰玉《鬱輪袍》，合南北詞七折成書，非驢非馬，斯不可爲訓耳。按元人賦滎陽生事者，有高文秀之《鄭元和風雪打瓦罐》。及石君實之《李亞仙花酒曲江池》二種。

同名二本之劇　今此劇題目正名，正與高、石二劇相合，因有疑憲藩此作爲改易舊詞者，此説非也。據《太和正音譜》所載，《破窨記》二本，一爲王實甫作，一爲關漢卿作；《麗春園》二本，一爲王實甫作，一爲庾吉甫作，譜中並列，決非因襲舊文。即明代傳奇，如《白兔記》有二本。一爲富春堂本，一爲汲古閣本。《紅梨記》有二本。一爲洛誦生作，一爲快活庵本。

較曲江池異同　古詞儘有名同文異者，不獨此劇然也。且《打瓦罐》一劇，雖遺佚不可見，而石作《曲江池》。固儼然在《元曲選》中，兩相比較，殊不相類。惟楔子〔賞花時〕、〔么篇〕與石作同，此非王之襲石作也。或即臧晉叔據此劇以改石作，而删去〔端正好〕一曲耳。又石作第三折有商調〔上京馬〕一支，即此劇第四折中曲文，亦疑是晉叔改竄。而王之原作，固昭如星日也。

較綉襦記異同　惟"四季蓮花落"四曲，與若庸《綉襦》中"鵝毛雪"不同，顧各有妙處。余謂"鵝毛雪"一套，專尚白描，决非若庸所能辦，恐是别一元人所作。昔人如王伯良、沈詞隱輩，已有疑之者矣。余未見此劇時，以爲若庸"蓮花落"詞。或借用王作，今讀作豹，又爽然自失焉。霜厓。

繼母大賢

此劇情節頗佳，寫賢母處，語語生動。世之爲繼母者，往往漠視前妻子女，藉作避嫌之地，而於親生者則愛護惟恐不至。及其老也，彼避嫌者未必皆惡，而愛護者輒復破家，讀此劇可懔然悟矣。

用本色語　通本皆用本色語，無餖飣習氣，猶有元劇體思。

水東日記之論　明葉文莊盛《水東日記》云："今書坊相傳射利之徒，僞爲小説雜書。南人喜談，如漢小[①]王光武、楊六使文廣。北人喜談，如繼母大賢等事甚多。農工商販，鈔寫繪畫，家畜而人有之。癡騃婦女，尤所酷好。"據此，則此劇在當日固風靡一世，惟文莊不知爲王作，疑出坊人射利，遂有貶詞，苟知之，恐未必如是云云也。

劇中寫惡人習慣　元劇中凡幫閒鑽懶者皆用胡子傳、柳隆卿二人，或實有其人，遂致衆惡綿歸耳。此劇用費達、苗敞。不拾元人牙慧，固佳。而第三折〔太平令〕曲云："他比那胡子傳心腸很煞，柳隆卿行藏尤賽。"仍提二人姓名，此亦可見劇場習慣矣。

草池春句法　〔草池春〕一曲，首三句云："心似刺，難自理，止不住哭哭啼啼。"較〔牡丹仙〕中一支，句法更明顯。其六字句大氐以六句爲

---

① 今校：小，原作"蕭"，據《水東日記》中華本改。

則，四字句大氐以四句爲則，過此限者，皆爲有意顯神通。第四折用封贈作收，亦極飽滿，略似南戲，不妨也。霜厓。

團圓夢

此劇寫義夫烈婦，甚爲可敬。雜劇十二科中，所謂“孝義廉節”者是也。錢、趙二姓，貧富不均，改易婚①約，本劇中常事，所難者貞姬耳。早歲訂盟，中更險阻。艱難合巹，倉卒從軍，迨至哭奠靈幃，從容自盡。

筆墨簡净 寫貞字真到十二分地步，而語語簡潔，頭緒不多，此又見筆墨之净，雖高東嘉且不及也。

爿舍 元人稱公子爲衙内，或稱舍人。此劇“爿舍”猶云爿公子，第“爿”字含有瓦罐意味。瓦罐爲乞兒用物，大有調笑之思。所以正净登場自云：“小子姓字奇拗也。”第一折〔混江龍〕曲，歷舉孟德耀、魏溥妻以下諸婦名，蓋借作渲染。

鳳頭 且元劇着手處皆裝點飽滿，喬夢符所云“鳳頭”。即指首折耳。

拙樸 〔賺尾〕云：“侍養的年老慈親樂有餘。奉晨昏康健安居。自供厨，將飲饌甘腴。則願的當軍去的兒夫歸故廬。”琢詞拙樸，如家常話，而安貧守分之意，自於言外見之，安知爲天潢貴胄之筆哉。

情節有斟酌 又劇中贈銀一節，最有斟酌，盜泉惡木，且污我高潔，况有爿舍伺其旁乎？否則父賜女金，極是正大，姬之故作一曲折者，不獨見其不忘舅姑也。此等皆作劇者細心處，至鎖兒之守義，讀者皆知之矣。霜厓。

香囊怨

雜劇名目二十八種 此劇述妓女守義，以一死報所歡，亦深得情之

---

① 今校：婚，原作“昏”，據《吴梅戲曲論文集》中國戲劇出版社本改。

正者。余獨爲此詞在雜劇上頗有關繫，如第一折所述各種劇名，多有曲家所未及見者，計所提劇目有二十八種，如《氣張飛》、《漁樵記》、《單刀會》、《薛仁貴》、《曲江池》、《薦福碑》、《雙門醫》、《進西施》、《貶夜郎》、《遊赤壁》、《田真泣樹》、《管寧割席》、《劉弘嫁婢》、《秋胡戲妻》、《張生煮海》、《臨江驛》、《霸王別姬》、《鑿壁偷光》、《舉案齊眉》、《黑旋風》、《孟母三移》、《銀筝怨》、《金線池》、《西厢記》、《東牆記》、《留鞋記》、《販茶船》、《玉盒記》等。見諸《元曲選》者，不過十餘種。如《漁樵記》、《薛仁貴》、《曲江池》、《薦祖碑》、《秋胡戲妻》、《張生煮海》、《臨江驛》、《舉案齊眉》、《黑旋風》、《金線池》、《留鞋記》等，至《氣張飛》、《雙門毉》、《田真泣樹》。且不見各家著録，是此劇於戲曲史上大有價值也。又《販茶船》爲王實甫作，《進西施》、《鑿壁偷光》、《管寧割席》爲關漢卿作，《東牆記》、《銀筝怨》爲白仁甫作，《霸王別姬》爲張時起作。此等劇詞亡佚已久，今劇中一一臚列，足徵明代宣正間尚有流傳，而臧選不及，遂至泯没，滋可惜矣。至詞内情節，盡在周生一書，殘軀已灰，香囊未燼，海枯石爛之情，於此可見。此其所以爲怨歟。大體與《團圓夢》相類，而一則雙殉，一則獨殉，各極其妙，在"烟花粉黛"劇中，可云巨擘焉。

不落元人窠臼　余又愛其第二折〔滚綉毬〕、〔倘秀才〕諸曲，備述風塵苦況，較《復落娼》、《桃源景》、《半夜朝元》中各詞，更親切有味，必如此下筆，方有精采，否則易落元人窠臼矣。霜厓。

常椿壽

此爲"神仙道化劇"，與《馬丹陽》、《月明和尚》、《岳陽樓》等相類。惟必將老椿轉世，花王作眷，然後爲之度脱，未免多一轉折。若云土木形骸，不能證道，顧既能幻化人形，何不直捷超度？此微傷冗泛也。末折〔水仙子〕，將八仙姓名，一一點述，亦落窠臼。雜劇之道，亦須去盡陳言者，不獨在詞藻間也。排場科介，尤當簇簇生新。李笠翁譏並世傳奇，但有耳所未聞之姓名，從無目不經見之事實。

排場落套　王作固不至此，而此劇略覺落套耳。第就曲文論，首折之〔油葫蘆〕、〔醉扶歸〕，第二折之〔梁州〕、〔牧羊關〕，第三折之〔倘秀才〕、〔呆骨朵〕，皆是妙詞。凡作游仙語，不可貪襲道家言，王作妙就椿樹、牡丹發揮，便合本地風光，非憑空結撰也。

三轉小梁州　第三折中〔三轉小梁州〕，蓋叠用三曲。《尾聲》增句，蓋用《風雲會・訪普》折格，唱時仍用板。惟末句散唱，與尋常散板尾不同。此尾增句，亦不拘多寡云。霜厓。

蟠桃會

此亦慶賀祝壽之詞。宣德己酉爲王初度，因就舊作南吕宫一套，演成劇本也。劇情以金母設蟠桃宴，邀集群真，又以仙樂歌舞，俾通場不致寂寞，結構之冷熱，恰到好處。又以東方朔偷桃爲仙女偵察，略涉詼諧，亦復蘊藉。

吟風閣偷桃所本　因念楊笠湖《吟風閣》劇中《偷桃捉住東方朔》一折，或即脱胎於此。惟楊作諧謔，此作僅點綴一二語，乍讀之幾疑出藍矣。通體頗言修鍊工夫，又合"神仙道化"體格。蓋明代宗室，大半好道，如寧獻王權晚慕冲舉，自號臞仙，王亦喜作遊仙語，蓋身既富貴，所冀者惟長生耳。秦皇、漢武惑於方士，亦此意也。第二折正宫〔端正好〕一套，全説鍊己之理，雖摭拾道書，而頗合養生之旨。當與集中《悟道吟》參觀。《悟道吟》有"提攜一氣通金界，顛倒三車運玉漿"之句。

寧周兩王之較　余嘗謂寧、周二藩，皆工翰墨，皆嫻音律，皆喜修鍊。寧藩有《囊雲詩》，蓋學陶弘景事，月必令人往廬山囊雲以歸，就小齋放之，以爲笑樂。周藩有《送雪詩》，蓋汴中風俗，每遇初雪，則以盒子盛之，饋送親故，以爲喜慶。一囊雲，一送雪，皆宗藩之佳話，要其才亦相等也。今讀憲藩各劇，論鍊道之功，備極周至，追憶遺事，記之如此。霜厓。

踏雪尋梅

此譜孟襄陽、賈浪仙事，而以李白、羅隱爲輔，未免荒唐。惟用〔憶秦娥〕、〔清平調〕諸作，聯綴成套，亦復可喜。此蓋從《集異記》旗亭故事變换成文，詞藻亦能渾協，洵可傳也。

詭譎雋妙　末以孟浩然由太白舉薦，得入翰林，尤想入非非，與張志和西塞山封拜，杜子美輞川園授官。《張志和》劇見《吟風閣》、《杜子美》劇，見王九思《碧山樂府》内，同一詭譎，同一雋妙。清尤西堂曾作《李白登科記》，即用作者之意，閱之輒忍俊不禁。昔人辨張、崔之訛，雪中郎之枉，嘵嘵不已，殊屬多事。作劇之道，在入情入理而已，必欲證時代之後先，攷故實之真僞，即是笨伯矣。

濃淡得宜　此劇之妙，在濃淡得宜。首折之酒家呼伎，二折之野店尋梅。一濃一淡也。三折之牡丹、梅花，錯落賡咏，前喁後于，各不相讓，亦一濃一淡也。即浩然始則自甘隱遯，後則策名木天，亦先淡後濃也。

羅隱未有結束　或謂羅隱未有結束，是爲漏筆。顧明人作劇，未必一一收束，如《玉簪》之耿衡女，《紫釵》之盧太尉，皆未當場歸結，此等處不必吹求矣。首折之〔一半兒〕，實即〔憶王孫〕調，惟末句用"一半兒"云云。遂立今名，與詞中之"大江東去"、"如此江山。"同一標題。南北曲中此類正多，如〔綵樓春〕名〔抛球樂〕、〔鸚鵡曲〕名〔黑漆弩〕，指不勝屈焉。二折之〔黄鍾尾〕六字增句，亦可不拘，可量才作之。末折之〔淩波仙〕即〔水仙子〕，亦名〔湘妃怨〕。又〔蟾宫曲〕即〔折桂令〕也。霜厓。

中山狼

中山狼劇有康王兩種　此是康作，非王作也。余尚有疑者，李玄玉《一捧雪》傳奇第四折《豪宴》，曾引《中山狼》劇，爲北仙吕〔點絳唇〕全套,與此大異,豈玄玉未見此本,遂自行填詞耶。李有《北詞廣正譜》。見聞至廣,決無杜撰三墳之事。而以兩套相較,又各極其妙,則不能釋然於心也。

西樓劍嘯

凫公自改曲文影射自身　此折爲凫公自改《西樓傳》中《俠概》也。《俠概》原文是南詞。不稱長公口吻,改之極是,此獨以北詞登場,則合矣。實即爲自己寫生,曲中通名處云,表字昭令,凫公原字令昭也。齡名劍嘯,凫公閣名也。又云:"我曾爲一州之長",凫公原知荆州府事也。此詞向不得見,毛刻本《西樓》亦未收録。嘉定王培孫植善得劍嘯閣自訂《西樓》二卷,後附此套,遂假歸抄之。

後四聲猿

襲漢卿詞　〔謁府帥〕、〔翠裙服〕一套,係用關漢卿"曉來雨過"散曲,此則世所未能知者。而〔上京馬〕、〔後庭花煞〕,遂與他處不同。故余表出之,俾知先生之詞,非憑空結撰焉。

紅樓夢散套

譜紅樓有三劇　曹雪芹《紅樓夢》一書,其被之聲歌,譜爲傳奇者,先有高蘭墅,後有陳厚甫,皆取全書以爲敷衍,篇幅至多,而輒無可觀。此散套十六折,據坦園《詞餘叢話》,稱其"足奪關王之席"。今讀之,僅足比蔣藏園而已。詞雖工,非元人本色也。

讀離騷

填詞洩憤　展成此作，適下第之時，感憤無聊，所以洩恨也。纔讀《離騷》，便稱名士，索解人恐不得耳。

修簫譜

聞雞琵琶二劇見萬古樓集　大興舒鐵雲撰。舒事略見石琢堂《舒孝廉傳》、《畿輔道志》。及陳雲伯《舒位傳》，著有《缾水齋詩集》，所著曲共六種。舍此外，尚有《聞雞起舞》、《琵琶賺》，見王仲瞿《烟艘萬古樓集》，汪允莊《自然好學齋集》。太倉畢子筠曾譜《當爐》《擁髻》二折，被之聲歌，都下盛稱之。顧《擁髻》折似指和珅可異。集中〔冰山〕曲及王集《貴姬傳》參觀，《修月》折似爲修《明史》而發，所謂越修越壞也。劇中賓白科介，遠出元明之上。仲瞿曾約舒以暮年娱詞曲，今舒曲猶在，而王曲則難求矣。惜哉。

酹江集

此書共十六種，僅得二種耳《東堂老》、《誶范叔》。孟稱舜，會稽人，有《節義鴛鴦塚》傳奇。余亦有藏本。書中題明孟稱舜評點，劉啟胤訂正。

擊筑餘音

此爲散曲近人定爲明熊開元檗庵著非歸玄恭作也　玄恭與顧寧人

齊名，有歸奇顧怪之目，明亡隱居不出。此詞陶鑄古今，鞭撻王霸，而黍離之痛，直欲搔首呼天，拔劍砍地，蓋世作者皆無此淋漓痛快也。

曲牌詭異　詞中牌名詭異，不可繩以九宫舊式。牌名爲〔曼聲引〕、〔入拍〕、〔放拍〕、〔换拍〕、〔合拍〕、〔變拍〕、〔凱聲奏〕、〔鈞天奏〕、〔重調〕、〔龍吟尾〕、〔蛟龍泣〕、〔龍吟怨〕、〔風雨大江清〕、〔變調歸山早〕、〔鮫人珠〕、〔大拍遍〕、及起結兩詩，清聖祖曾以詞作内庭供奉，詞臣以忌諱太多，竄易泰半，今所流傳者。

此曲非足本　已非足本矣。此本中略得諸亡友黄慕韓家，云是玄恭原稿。中略與玄恭集中附録校勘，頗多數曲，而詞句異同處至不可枚舉。慕韓好改易古詞，或非蘭亭真本，顧未敢臆斷也。

霜厓曲跋卷二

琵琶記明高明撰

本事考證　《琵琶》論者頗多，惟《藝苑巵言》所引《説郛》中唐人小説。最爲可據。謂牛相國僧孺之子繁，與同郡蔡生邂逅文字交，尋同舉進士。才蔡生，欲以女弟適之，蔡已有妻趙矣，力辭不得。後牛氏與趙處，能卑順自將。蔡仕至節度副使。記中情節本此，世人爲中郎辨誣。謂則誠譏王四而作，嘵嘵不已，殊無謂也。

文字優劣　至就文字論，前人推許已極，無俟贅言。余獨謂記中佳處固多，而迂拙滯鈍，用韻夾雜處，亦復不少。故僅録五折《規奴》、《梳妝》、《思鄉》、《賞秋》、《尋夫》。他如《陳情》、《賞荷》，通體不稱者，且割愛焉。此記刻本最多，行篋無書，無從校核，僅據毛本鈔録而已。

元刻本　余舊見一元刻本，爲士禮居物，今爲貴池劉蔥石影刊。又明王伯良有《琵琶》古本校注，悉據元刻，未知與士禮居藏本何若。至高拭、高明之争，王静庵《曲録》中已辨正之，故不論。霜厓。

幽閨記元施惠撰

原書所本　《幽閨》本關漢卿《拜月亭》而作。記中《拜月》一折，全襲原文，故爲全書最勝處，餘則頗多支離叢脞。

多僻調　余嘗謂《拜月》多僻調，令人無從訂板。魏良輔僅定《琵琶》板式，不及《幽閨》，於是作譜者咸取《琵琶》，而《拜月》諸牌，如〔恤刑兒〕、〔醉娘兒〕、〔五樣錦〕等，腔板格式各無一定矣。

科白鄙俚　又如《旅婚》、《請醫》諸折，科白鄙俚，聞之噴飯，而嗜痂者反以爲美。於是劇場惡諢，日多一日。此明嘉隆間梅禹金、梁少白輩作劇，所以用騈句入科白、亟革此陋習也。

明人所賞不佳　明人盛稱《結盟》、《驛會》兩折，殊不見佳。《結盟》折惟〔雁兒落〕一支頗勝，然襲用鄧玉賓小令，其詞見《北詞廣正譜》。"秋風蜀道難"下，鄧氏原文尚有"休干，誤殺英雄漢。看看，星星兩鬢斑"四句。今《幽閨》作"險些兒，誤殺了個英雄漢。凄凄冷冷，埋冤世間"，至不合〔得勝令〕格式。此恐沿習之誤，不知毛刻所據何本也。《驛會》、《銷金帳》六支，情文差勝，顧湯若士《紫釵·女俠輕財》折，即依據此折。持較此曲，若分霄壤，不止出藍而已也。今摘録二折《走雨》、《拜月》，略見一斑。霜厓。

香囊記明邵宏治撰

情節大略　此記譜張九成、九思弟兄事。九成兄弟同榜進士，以老母在堂，同請終養。而九成對策時，適觸秦檜之忌，遂矯旨參岳武穆軍，九思歸里養親。武穆轉戰勝利，論功陞轉，九成補授兵部侍郎，又奉使往五國城，省視二帝，十年不歸。所謂香囊者，蓋九成母手製，臨行佩帶者也。參贊岳軍，遺失戰地，殘軍拾得，歸報故鄉，於是老母生妻，皆謂九成死矣。又值遷都臨安，紛紛移徙，張氏姑婦，乃至散失。重歷十載，始得完聚。此其大略云。記中頗襲《琵琶》、《拜月》格調，如《辭昏》、《驛會》皆胎脱二書。今録《辭婚》不取《驛會》者，以襲君美之語，太形似也。《藝苑卮言》云"《香囊》近[1]雅而不動人"，余謂此記詞藻殊不工麗，惟通本好用儷語，已開《浣紗》、《玉合》之先矣。霜厓。

① 今校："近"字原脱，據《明詩話全編》4江蘇古籍出版社本補。

荆釵記明寧王權撰

明曲中下乘　《荆釵》曲本不佳，惟以藩邸之尊，而能洞明音吕，故一時傳唱，徧於旗亭，實則明曲中尚是下里也。梅溪受誣，與中郎同，而爲梅溪辨冤者亦不乏人。

本事考證　有謂梅溪爲御史，彈劾丞相史浩，史門客因作此記。玉蓮乃梅溪女，孫汝權爲梅溪同榜進士，史客故謬其説，以聳人聽聞也。夫宋時安得有傳奇？此言殊不足辨。又有謂玉蓮實錢氏，本倡家女，初王與之狎，錢心已許嫁。後王狀元及第歸，不復顧錢，錢憤投江死。又有謂玉蓮宋名妓，從孫汝權，某寺落成，梁上題信士孫汝權，同妻錢玉蓮喜捨。此亦以玉蓮爲伎。而前則以失愛於王。憤而投江，後則以委身孫氏。布施僧寺，蓋皆緣傳奇傳會之，亦不足辨。明代皆以丹邱爲柯敬仲，不知爲寧獻王道號。一切風影之談。皆因是而起也。

文字經人改削　世傳梅溪祭玉蓮文，有“巫山一朵雲，閬苑一團[1]雪。桃源一枝花，瑶臺一輪月”四句，云出於楊大年。今傳刻本亦無此文，恐此曲已經後人改削矣。霜厓。

金印記明蘇復之撰

通本所據　此記蘇秦事，自十上不遇，至佩六國相印止，通本皆依據《戰國策》。惟云秦之兄素無賴，讒秦於父母，則由“嫂不爲炊”一語，而附會之也。

文字古樸　劇中文字古樸，塙爲明初人手筆。復之字里竟無可考，亦一憾事。

韻雜　又支時、齊微、魚模等韻，皆混合不分，是承東嘉之弊。明曲

① 今校：團，原作“堆”，據《明詩話全編》3 改。

皆如是，不能專責復之也。

記中最勝處　《往魏》一折〔武陵花〕二曲，爲記中最勝處。《種玉》之〔往邊〕、《長生殿》之〔聞鈴〕，概從此出。以此相較，則大輅椎輪，氣韻較厚焉。霜厓。

浣紗記明梁辰魚撰

事實與史不符　此記吴越興廢事。伯龍《漢宫春》詞所云："看今古浣紗新記。舊名《吴越春秋》。"是也。記中事實，與史不符處頗多，此是搬演家舊習，不足深辨。

用崑腔之第一部傳奇　《静志居詩話》云："伯龍雅擅詞曲，所撰《江東白苧》，妙絶時人。時邑人魏良輔能喉轉音聲，始改弋陽、海鹽故調爲崑腔。伯龍填《浣紗記》付之。王元美詩。吴閶白面冶遊兒，争唱梁郎雪艷詞，是已。同時又有陵九疇、鄭思笠、包郎郎、戴梅川輩，更唱迭和，清詞艷曲，流播人間，今已百年。傳奇家曲别本，弋陽子弟，可以改調歌之，惟《浣紗》不能，故是詞家老手。"據此，則當時推重之者，幾風靡天下。

韻律舛誤　今按其詞，韻律時有錯誤。如第二折〔玉抱肚〕云："感卿贈我一縑絲，欲報慚無明月珠。"第七折〔出隊子〕云："八九寸彎彎兩道眉，盡道輕盈，略嫌胖些。尤爲顯然謬誤。至如《打圍》折〔南普天樂〕、〔北朝天子〕合套，爲伯龍創格。而〔朝天子〕每支换韻，《迎施》折〔二换頭〕二曲，一云"這其間只是我不合我來溪邊獨行"，一云"這壁厢只得把那壁厢暫時承領"，誤作一句，不知《琵琶》原文爲兩句。協韻，此又大舛律者也。

曲白研鍊雅潔　惟曲白研鍊雅潔，無《殺狗》、《白兔》打油鉸釘之習。明曲中，除《四夢》外，當推此種爲最矣。霜厓。

玉合記明梅鼎祚撰

與浣紗還魂之較　《玉合》譜許堯佐、章臺柳事，爲禹金最得意筆。禹金尚有《崑崙奴》雜劇，見《盛明雜劇》。此記文情穠麗，科白安雅，較《浣紗》爲純粹。其結構緊嚴，除本傳外。

學人填詞與才人不同　絶鮮妝點增加處，亦較玉茗《還魂》、《紫釵》差勝，學人填詞，究與才人不同也。禹金棄舉子業，肆力詩文，撰述甚富，有《鹿裘》六十五卷。好聚書，嘗與焦弱侯，馮開之，暨虞山趙玄度，訂約蒐訪，期三年一會於金陵，各出所得異書逸典，互相讎寫，事雖未就，其志尚可以千古矣。今人知禹金能詩，而不知能曲，余故多選數支。

三種刻本　此書有三刻本，一爲禹金原刻，一爲富春堂本，一即汲古閣本。富春本最勝，適不在篋中，因僅據毛刻繕録之。霜厓。

紅拂記明張鳳翼作

韻律不協　此記取張燕公《虬髯客傳》。布局成詞，伯起少年筆也。初脱稿，即傳誦一時，惜協韻時有通假處。沈景倩《顧曲雜言》論《紅拂》云："以意用韻，便俗唱而已。余每問之，若云子見高則誠《琵琶記》否？余用此例，奈何訝之？"據此則韻律不協，伯起固自知之也。

曲藻所賞　弇州《曲藻》云："《紅拂》佳句，有'愛他風雪耐他寒'語，不知爲朱希真詞，其起句云：'檢盡歷頭冬又殘，愛他風雪耐他寒。拖條竹杖家家酒，上個籃輿處處山。'亦自瀟灑有致。"伯起所作有六種，《紅拂》爲少作，演習者已遍國中。後以丙戌上太夫人壽，作《祝髮記》，母已八旬，而身亦耳順矣。

陽春六集　其繼作者，則有《竊符》、《灌園》、《扊扅》、《虎符》。共刻函爲《陽春六集》，盛傳於世，亦可以止矣。暮年值播事奏功，大將李應祥求作傳奇，潤筆稍溢，不免張大，似多此一蛇足。今其曲亦不傳云。霜厓。

紅梨記明徐復祚撰

徐氏諸作　此記譜趙伯疇、謝素秋事，頗稱奇艷，明曲中上乘之作也。陽初，常熟人，所作有《宵光劍》、《梧桐雨》、《一文錢》諸劇，或改易元詞，或自出機局，盛爲歌場生色。而《紅梨》尤爲平生傑作。中記南渡遺事，及汴京殘破情形，大有故國滄桑之感。

此記備陳家國興衰　傳奇諸作，大抵言一家離合之情，獨此記家國興衰，備陳始末，洵爲詞家異軍。記中《錯認》、《路敘》、《托寄》諸折，凄迷哀感，雖《狡童》、《禾黍》之歌，亦無以過此。而葉懷庭止取《訴衷》一折，且云："《紅梨》才弱，一葉氏評騖未當二曲後未免有捉衿露肘之態。"此言亦覺太過。《訴衷》折固佳，必謂他折皆頹唐不稱，亦不應輕率乃爾。且其時尚無曲譜，而《亭會》、《三錯》、《咏梨》數折，皆用犯調，穩愜美聽，又非深於音律者不能。雖通本用《琵琶》格式至多，不免蹈襲舊格，但明人多有此病，不可專責徐氏也。霜厓。

還魂記明湯顯祖撰

情節獨到之處　此劇肯綮在死生之際。記中《驚夢》、《尋夢》、《診祟》、《寫真》、《悼殤》五折，自生而之死。《魂遊》、《幽媾》、《歡撓》、《冥誓》、《回生》五折，自死而之生。其中搜抉靈根，掀翻情窟，爲從來填詞家屐齒所未及，遂能雄踞詞壇，歷千古不朽也。

四種删改本　是記初出，度曲家多棘棘不上口，因有爲之删改者。吴江沈寧庵璟首爲筆削，屬山陰吕玉繩轉致臨川。臨川不懌，作小詩一首，有"縱饒割就時人景，卻愧王維舊雪圖"之句。沈本更名《合夢記》，其後有碩園删定本。刻入《六十種曲》。有臧晉叔删改本，有墨憨齋改訂本。易名《風流夢》，見《墨憨齋十四種》皆臨川殁後行世。雖律度諧和，而文辭則遠遜矣。

劇與王氏曇陽子無關　又有謂臨川此劇，爲王氏曇陽子作。按王世貞《曇陽大師傳》略云："師姓王氏，父學士荆石。母朱淑人，夢月輪墜牀而孕，名曰桂。許字徐景韶，年十七，將嫁。師乃灑掃净室，奉觀世音像，願長齋受戒。禪居三月，會景韶病死。以訃來，師縞服草履，别築一土室居之。夜夢至上真所，香烟成篆書善字。有朱真君，令師吸之，命名燾貞，號曇陽。醒即卻食，惟進桃杏汁液，手换雙髻，已而丹成，並不復進諸果。嘗築茅齋於僻地，榜曰恬澹觀。閲五年，道有成，請謁徐郎墓。酹畢，遂於享室東隅，以一氈據地而坐，不復移足，亦不令有所蓋覆。九月二日，問學士龕成否，重九吾期也。世貞促載龕至，曰：即氈所爲高坐。召世貞等之稱弟子者，及女弟子，各有誨語。忽袖刀割髻於几曰：'吾以上真度不獲死，遺蜕未即朽，不獲葬，此髻所以志也。爲我啓徐郎窆而祔之。'遂入龕。出所書遺教及辭世歌偈，復命女僮傳語：'吾曇鸞菩薩化身也。'左手結印執劍，右手握麈尾，立而瞑。時年二十三。觀者數萬人，莫不贊嘆"云云。傳凡萬一千九百八十二言，與麗娘事絶不相類，因節録之，明其無所與也。又朱竹垞云："義仍填詞，妙絶一時，語雖斬新，源亦出於關、馬、鄭、白。其《牡丹亭》曲本，尤真摯動人。人或勸之講學，答曰：'諸公所講者性，僕所言者情也。'世或傳刺曇陽子而作。然太倉相君，實先令家樂演之。且曰：'吾老年人，近頗爲此曲惆悵。'假令人言可信，相君雖盛德有容，必不反演之於家也。"《静志居詩話》。據此，則譏刺曇陽之説，不攻自息矣。而蔣心餘《臨川夢·集夢》折〔懶畫眉〕云："畢竟是桃李春風舊門牆。怎好把帷薄私情向筆下揚。他平生罪孽這詞章。"未免輕議古人，余甚無取焉。

三種格正之本　惟記中舛律處頗多，往往標名某曲，而實非此曲之句讀者。清初鈕少雅有格正《還魂》二卷，取此記逐句勘核《九宫》，其有不合，改作集曲，使通本皆被管絃，而原文仍不易一字，可謂曲學之健將，不獨臨川之功臣也。今爲貴池劉氏刊入《彙刻傳奇》中，冰絲館校刊此記，釐正曲牌，校對正襯，未嘗不慘澹經營，以較少雅，實有天淵之别。《納書楹》訂定歌譜，自詡知音，亦以少雅作爲藍本，有識者自能辨之也。

大得閨闥賞音　臨川此劇，大得閨闥賞音。小青"冷雨幽窗"一詩，最傳人口。至播諸聲歌，賡續此劇。吴石渠《療妬羹》。而婁江俞氏，酷嗜此詞，斷腸而死，藏園復作曲傳之。蔣士銓《臨川夢》，媿美杜女。他如杭州女子之溺死見西堂《艮齋雜説》，伶人商小玲之歌死見焦里堂《劇説》。此皆口孽流傳，足爲盛名之累。獨吴山三婦合評此詞，名教無傷，風雅斯在，抉發藴奥，指點禪理，更非尋常文人所能辦矣。霜厓。

紫釵記

酒色財氣四劇　《紫釵》原名《紫簫》。相傳臨川欲作酒、色、財、氣四劇。

紫簫劇未成　《紫簫》色也，暗刺時相，詞未成而訛言四起，然實未成書，因將草稿刊布，明無所與於時事，遂得解。此記即將《紫簫》原稿改易，臨川官南都時所作。

濃淡相間　通本據唐人《霍小玉傳》，而詞藻精警，遠出《香囊》、《玉玦》之上，《四夢》中以此爲最艷矣。余嘗謂工詞者，或不能本色；工白描者，或不能作艷詞。惟此記穠麗處，實合玉溪詩、夢窗詞爲一手；疏雋處，又似貫酸齋、喬孟符諸公。或云刻畫太露，要非知言。蓋小玉事非趙五娘、錢玉蓮可比，若如《琵琶》、《荆釵》筆法，亦有何風趣？

舛律頗多　惟記中舛律處頗多，緣臨川當時尚無南北宫譜，所據以填詞者，僅《太和正音譜》、《雍熙樂府》、《詞林摘艷》諸種而已。不得以後人之律，輕議前人之詞也。且自乾隆間葉譜出世後，《紫釵》已盛行一時，其不合譜處改作集曲者，十有六七，其聲别有幽逸爽朗處，非尋常洞簫玉笛可比。

晉叔删本　然則謂此詞不合律者，僅皮相之評耳。試讀臧晉叔删改本，律則合矣，其詞何如？霜厓。

邯鄲記

無泛語　臨川諸作，頗傷冗雜，惟此記與《南柯》，皆本唐人小説爲之。直捷了當，無一泛語，增一折不得，删一折不得，非張鳳翼、梅禹金輩所及也。今世傳唱有《度世》、《西諜》、《死竄》、《合僊》四折，膾炙已久，皆未入選。僅録《入夢》、《東巡》、《織恨》、《生寤》諸齣者，亦避熟意也。

足以考鏡 記中備述人世險詐之情，是明季官場習氣，足以考鏡萬曆年間仕途之况，勿粗魯讀過。

洩憤 蓋臨川受陳眉公媒孽下第，借此洩憤，且藉此唤醒江陵耳。霜厓。

南柯記

度世之作 《南柯》一劇，暢演玄風，爲臨川度世之作，亦爲見道之言。其自序云："世人妄以眷屬富貴影像。執爲我想，不知虚空中一大穴也。倏來而去，有何家之可到哉。"是其勘破世界微塵，方得有此妙諦。

高貴 《四夢》中惟此最爲高貴。蓋臨川有慨於不及情之人，而借至微至細之蟻，爲一切有情物説法。又有慨於溺情之人，而托喻乎落魄沉醉之淳于生，以寄其感喟。

有情無情 淳于未醒，無情而之有情也；淳于既醒，有情而之無情也。此臨川填詞之旨也。今此記傳唱，有《啓寇》、《圍釋》二折，皆北詞，故不入選。就今所録，精警處已略具此矣。霜厓。

下一誠砭 明之中葉，士大夫好談性理，而多矯飾。科第利禄之見，深入骨髓，若士一切鄙棄，故假曼倩詼諧，東坡笑駡，爲色莊中熱者下一針砭。其自言曰："他人言性，我言情。"又曰："理之所必無，安知情之所必有。"又曰："人間何處説相思，我輩鐘情似此。"

物我真幻 蓋惟有至情，可以超生死，忘物我，通真幻，而永無消滅。否則形骸且虚，何論勳業，仙佛皆妄，况在富貴。世之持買櫝之見者，徒賞其節目之奇，詞藻之麗。

可笑 而鼠目寸光者，至訶爲綺語，詛以泥犂，尤爲可笑。夫尋常傳奇,必尊生角,至《還魂》柳生,則秋風一棍,黑夜發邱,而儼然狀頭也。《邯鄲》盧生,則奩具賫緣,儌功縱敵,而儼然功臣也。若十郎慕勢負心,襟裾牛馬,廢弁貪酒縱欲,匹偶蟲蟻,一何深惡痛絶之至於此乎?故就表面言之,則《四夢》中主人爲杜女也,霍郡主也,盧生也,淳于棼也。即在深知文義者言之,亦不過曰:《還魂》鬼也,《紫釵》俠也,《邯鄲》仙也,《南柯》佛也。殊不知臨川之意,以判官黄衫客、吕翁、契玄爲主人。

鬼俠仙佛　所謂鬼、俠、仙、佛,竟是曲中之意,而非作者寄托之意。蓋前四人爲場中之傀儡,而後四人則提掇線索者也。

判官黄衫客吕翁契玄爲夢外人　前四人爲夢中之人,後四人爲夢外之人也。既以鬼、俠、仙、佛爲曲意,則主觀的主人,即屬於判官等四人。而杜女、霍郡主輩,僅爲客觀的主人而已。玉茗天才,所以超出尋常傳奇家者,即在此處。彼一切删改校律諸子,如臧晉叔、鈕少雅輩,殊覺多事矣。霜厓。

紫簫記

此即《紫釵》原本,臨川懼禍,先付剞氏,説見前《紫釵》跋中。明無與於時相,實未成之書也。

晦澀語　記中情節,較《紫釵》更爲叢雜,而詞藻穠麗,幾字字嘔心鏤腎以出之,故頗多晦澀語及費解語。

若士非知音　第六齣小王就四娘學歌,將《太和正音譜》宫調總論,逐一數説,並未道着詞家肯綮,於此見若士非十分知音者。阮圓海謂若士不能度曲,據此,非讏言也。且其中《折桂令》一曲末一句用"厭的聽聞"原文云:"展纖蛾怯的輕寒,鞸着春衫,略攏雲鬟。無人處向曉窗圓夢,暗損嬋娟。被人兒早扢了翠眉寫粉,被人兒早奚落了臂上檀痕。玉軟花眠,枕障爐烟。小鸚哥刮絮厭的聽聞。

韻不妥律不合　與上文寒山協韻,實是不妥。通閱平仄句法,完全不合律度,方知陳浦雲謂若士少作多不協調,亦非刻論。余僅愛其詞而已。此記止有毛刻,無他本可較,臨川晚年,欲重續此曲,未果。

焚稿　殁後零星詞曲稿本，悉被三子開遠焚去，此記即在刧中，殊可惜矣。霜厓。

明珠記

兄弟合作　此記譜王仙客、無雙事，通本悉據唐小説。雖云子元作，實則子元之兄粲具草，而天池踵成之者。錢牧齋云："子元少爲校官子弟，不屑守章句，年十九，作《王仙客無雙》傳奇，兄子餘助成。曲既成，集吴門教師精音律者，逐腔改定，然後妙選梨園子弟，登場教演，期盡善而後出。"《列朝詩集》。

失律　今讀此記，仍多失律處，蓋訂譜固非教師輩所能從事也。子元所作，有《懷香》、《椒觴》、《分鞋》、《南西厢》等五種。今僅存《懷香》、《南西厢》及此記，餘皆不傳。余止選《西厢》與此種，顧文之佳者，殊不多觀也。

笠翁改本　《煎茶》折，李笠翁曾有改本，略謂塞鴻男子，給事嬪妃，不可爲訓，因改使采蘋入驛，令主婢相會，得知仙客消息，情理更屬周到。通折改易賓白，不易原詞一字，尤爲得體。今存笠翁集中。霜厓。

南西厢記

吾鄉崔時佩，疾《西厢》原文不便於吴騷清唱，因將王詞改作南曲，時人未之知也。

竄易己名　同時李日華好填詞，輾轉得崔作，竄易己名，付之管絃，於是人知實甫日華字有《南西厢》，時佩轉湮没無稱，即世所傳《南西厢》刻入汲古《六十種》者是也。梁伯龍云："崔割王腴，李奪崔席，俱堪齒冷。"見梁伯龍《南西厢》題詞，蓋即指此。天池又以李作爲非，因取張崔傳重作之，不襲實甫原文一字，頗自矜許。其自序云："上略迨後李日華取實甫之語，翻爲南曲，而措詞命意之妙，失之遠矣。余自退休之日，時綴此編，固不敢媲美前哲，然較之生吞活剝者，自謂差見一班。下略”

失律亦復不少 顧傳中失律出宮及不協平仄處，亦復不少。如《遣鄭》折用〔催拍〕四支，以〔一撮棹〕收，通齣無慢曲。《嘯聚》折〔薔薇花〕引子，《九宮譜》並無此名，不知何本。《閨情折》〔行香子〕一支，實是北詞，見《詞林摘艷》，而誤作引子用。《遘難》折將〔麻婆子〕置〔泣顏回〕前，緩急不倫。此皆顯而易見者。蓋天池實不知律，而好爲大言，以動世人也。

以張崔事譜入劇者甚多 余嘗謂張、崔事作者至多，而佳者特少，要以王、關爲最。自微之《會真記》後，爲趙德麟〔蝶戀花〕詞，其後爲〔鶯鶯六么〕，其後爲董解元、爲王實甫、爲關漢卿、爲睢景臣。睢有《鶯鶯牡丹記》見《正音譜》，其後爲崔時佩、李日華，其後爲陸天池、卓珂月，此皆元明人之作也。

卓劇獨至處 清則有查伊璜之《續西厢》，有碧蕉軒主人之《不了緣》，有盱江韻客之《昇仙記》。其間有未盡見者，要非妙文也。中惟卓珂月《新西厢》，最爲得體，段落悉合《會真》，而參之以崔、鄭墓碣，又旁證微之年譜，雖不能與王、關争衡，亦不致蹈襲諸家牙慧，頗有勝斯記者。

張崔未團圓 獨張、崔不克團圓，或不饜觀場之目，而舊時傳奇能不脱團圓套數者，十不一見也。此亦見作者用心之高矣。霜厓。

種玉記

昌朝築三教園於新安，極亭臺樓閣之勝，中有環翠堂，爲園中最勝處。

藎卿贈曲 陳藎卿作中吕〔粉蝶兒〕套曲贈之，其〔撲燈蛾〕云：“把談天口兒緊閉，把拿雲手兒袖起。做一個東海上釣鰲人，做一個急流中砥柱石。栓鴻賓將元元周濟，自澆成茶丘藥畦，耕玄莊茅舍疏籬，逍遥在雲區烟際，這的是笑風塵無無高士悟希夷。”見《北宫詞紀》其雅趣可想。

環翠堂樂府　所作傳奇至多，有《廣陵月》、《高士記》、《長生記》、《天書記》、《獅吼記》、《投桃記》、《彩舟記》、《二閣記》、《同昇記》、《三祝記》、《七國記》。及此記，統名曰《環翠堂樂府》。

人鏡陽秋　又取古今忠孝可慕事，輯成《人鏡陽秋》五卷、蓋亦風流好事者也。此作雖本《漢書》，而殊多裁翦，傳奇家類皆如是。《往邊》折〔武陵花〕二支，以文不甚佳，略之。霜厓。

紅梅記

此記爲玉茗堂批本，久已散逸，余從冷攤得之，心殊得意，因選録數齣。

劇中情節　記中情節頗有緊凑處，敘述如下：錢唐裴禹，寓昭慶寺讀書，社友郭謹、李子春，邀禹湖上看花，過斷橋，適賈似道擁伎坐畫船至。伎有李慧娘者，見裴年少，私云美哉少年。賈怒其屬意于裴也，歸即手刃之。時總兵盧氏夫人崔，孀居湖上，一女曰昭容，頗具才貌，婢朝霞亦聰慧。春梅盛放，登樓閒眺，裴偶過牆外，見紅梅可愛，因攀花踣地。婢以告女，女即以梅贈之。遂詢知盧氏家世。會似道詗知女美，欲謀爲妾，盧母欲拒之，而苦無良策。裴適至，見盧母，獻策云："賈氏人至，可紿云女已字人。吾即權充若婿，禍可免也。"母用其策，賈亦無奈。繼偵知爲裴生計，銜之次骨，假以禮聘裴，授餐適館，極道欽慕之意，而陰使人告盧氏，謂裴感平章知遇，已贅府中，以絶盧女之望。盧知其僞，知故里不可居，挈家往揚州，依托姨母曹氏。及賈使人强娶盧女，女已遠避矣。時裴居平章第後園，園故慧娘所居地，慧雖死而屬意于裴，未少減也。及裴至，遂與幽媾。積半年，賈恨裴生沮其美事，急欲殺之。慧娘大懼，轉告裴生，勸其宵遁。裴既出府，即訪郭謹，謹慫恿應試。場事甫畢，遇揚州盧氏使，云女將字曹姨子矣。裴急往揚州，則曹姨子訐告江都縣，謂裴奪其妻。時江都縣爲李子春，即裴之舊識，知曹氏子誣告，因潛送盧氏母女回杭，爲裴執柯。是時似道已貶死漳州，裴亦擢探花第矣。通本情節如此。

與緑衣傳事蹟相類　余按元人稗史有《緑衣人傳》，與此記中李慧娘事絶類。略云：天水趙源，延祐間遊學杭州，居西湖葛嶺，其旁即賈秋壑舊宅也。日晚，輒徙倚門外，見一女子從東來，緑衣雙鬟。後日日來此。源試挑之，女遂留。問其姓氏，初不肯言。後細叩之，女曰："兒與君舊相識也。兒爲賈平章侍女，君前世爲其蒼頭，少年美貌，兒頗慕之，爲同輩所讒賜死。"源曰："如此則吾與卿再世緣矣。"因常留源舍。按此即傳中之李慧娘也。每説秋壑舊事：一日，秋壑倚樓閒望，諸姬皆侍，見湖隄二人，烏巾素服，乘小舟登岸，一姬曰："美哉少年。"秋壑曰："願事之耶？當令納聘。"姬笑而無言。逾時，令人捧一盒，呼諸姬至前，曰："適爲某姬納聘，可啓視之。"則姬之首也。諸姬戰慄而退。記中慧娘死事即本此。大抵此記事實，皆本此傳也。

删改本重刻本　明萬曆時，袁弘道有删改本。清乾隆三十五年，有重刻本。余皆未見。意乾隆本爲伊齡阿設局揚州修改詞曲時所刊也。

綉帶兒譌爲素帶兒　《殺妾》折〔綉帶兒〕曲，按格少末二句，與《玉簪記》之"難提起"，《紫釵記》之"金杯小"同犯一病。蓋明中葉詞人，皆以〔綉帶兒〕爲〔素帶兒〕，沿《南西厢・酬韻》折之譌也。此記傳唱絶少，五十年前，有《鬼辨》、《算命》等折，偶現歌場。余生也晚，已不及見。近亂彈腔有《紅梅閣》一劇，即櫽括此記而成，實是點金成鐵。余故多録數折，并詳述本末，爲並世學者告焉。霜厓。

曇花記

此記爲宋侯作　此記爲赤水懺悔文。《明史・文苑傳》："隆舉萬曆五年進士，除潁上知縣，調繁青浦。時招名士，飲酒賦詩，游九峰、三泖，以仙令自許。然於吏事不廢，士民皆愛戴之。遷禮部主事，西寧侯宋世恩兄事隆，宴游甚歡。刑部主事俞顯卿者，小人也。嘗爲隆所詆，心恨之。訐隆與世恩淫縱，隆等上疏自理，乃兩黜之，而停世恩俸半載。"此記即爲宋侯作也。余按俞爲上海人，爲孝廉時，適屠令青浦，以事干謁之，屠不聽，且加侮慢，俞心恨甚。及得官，遂具疏劾屠淫縱狀，詞連西寧宋夫人,并及屠帷薄。且云:日中爲市,交易而退。又有翠館侯門,青樓郎署諸媟語。神宗覽之大怒,遂並斥之。屠自邑令内召,甫年餘,俞得第授官,亦祇數月,睚眦之忿,兩人俱敗。人有惜屠之才者,終不以登啓事也。

木清泰暗射宋西寧　記中木清泰,即指宋西寧,蓋宋字去蓋爲木,清與西爲雙聲,寧與泰爲同義,可一覽知之也。

曇花命名之由來　記以清泰去藩府之尊,力求修鍊,自游春遇瘋僧,棄家浪游,家人挽留不得,别時手植曇花一枝,且云:此花開時,吾成正果,故名曇花。出游後,歷遇艱屯,卒不改操,遂得上昇。其辭穠麗,頗多餖飣語。

襲仙佛語　通本結構,又似《西遊》取經,且貪襲仙佛語,致有晦澀不明處,實非詞家正則。葉譜止録《點迷》一折,不及其他,可云巨眼,惟爲西寧洗穢,其意頗爲正大耳。沈德符《顧曲雜言》云:"西寧夫人有才色,工音律。屠亦能新聲,頗以自炫,每劇場輒闌入群優中作技,夫人從簾箔見之,或勞以香茗,因以外傳。至於通家往還亦有之,何至如俞疏云云也。近年屠作《曇花記》,忽以木清泰爲主,嘗怪其無謂。繼問馮開之,方知爲宋侯作也。是此記在當時,知其命意者已寡矣。

卻冗二卷　余又有《曇花卻冗》,分上下二卷,删原文十之三四,雖便歌場,仍不免晦澀之病。赤水尚有《彩毫記》,賦李清蓮事,較此略勝,而塗金錯綵,通本無一疏俊語,不免徐靈昭所誚。又赤水晚年修仙,爲吴人孫樂祖所弄,文人入魔,信以爲實。

陳乃乾新刊傳奇三種屠氏修文其一也　又作《修文記》,以一家夫婦子女,托名演之,頗極幻妄之趣。事見牧齋《列朝詩集》。余衹見《曇花》、《彩毫》二記,《修文》未見,出宫失調,疵病至多,蓋赤水非深明音律者,故多可議也。霜厓。

蕉帕記

此記以長春子作主。長春子者,狐女也。龍生早孤,爲父執胡招討撫養。招討有女字弱妹，美而才，生頗屬意。長春子鍊汞有年，欲取元陽成丹，因假托弱妹，與龍生私焉。

蕉帕命名之由來　所謂蕉帕，蓋長春子初見龍生時，將蕉葉變帕，題詩其上，以贈龍生者。及龍生遣媒説合，花燭之夕，話及前事，弱妹茫然，以爲有意誣衊。生方知前所遇者，非弱妹矣。長春子既登仙籙，感龍生恩，爲之營科名，成眷屬，又贈天書，得立功邊陲，戮巨寇劉豫，合家封贈，享盡富貴之樂。傳中大概如此。槎仙事實無考，據此記末折下場詩，有"若耶溪畔單槎仙，懵懂閒忙五十年"之句，知爲會稽人而已。尚有《露綬》一種，今不可求矣。

本色　此記詞頗精警，用本色處至多，又摹寫招討公子胡連，憨狀可掬。明人作劇，輒不長於科諢，此記猶可發粲，勝禹金、赤水多矣。

尾聲增句不可法　獨諸折《尾聲》，喜增多一句，作尾雙聲，破舊格十二板之例，實不可爲法，知音者不應爾許也。霜厓。

玉簪記

玉簪三不合　此記傳唱四百餘年矣，顧其中情節頗有可議者。潘、陳自幼結姻，陳投女貞觀，雖未通名籍，顧既遇潘生，譎知河南籍貫，豈有不探夫家之理，乃竟用青衿挑逹之語，淫詞相構，殊失雅道，一不合也。王公子慕耿衙小姐，百計鑽求，顧以門客一言，遂移愛於妙常，屬凝春庵主説合，直至篇終耿衙小姐。毫無歸着。記中有耿衙小姐已嫁王尚書府一語，不可即作歸着，須登場作出纔合，二不合也。張于湖先見妙常，止爲日後判決王尼張本，卻不該圍棋挑思，先作輕薄語，况于湖爲外色乎，三不合也。至於用韻之夾雜，句讀之舛誤，更無論矣。編製傳奇，首重結構，詞藻其次也。記中《寄弄》、《耿思》諸折，文彩固自可觀，而律以韻律，則不可爲訓，顧能盛傳於世，深可異也。深甫散曲至多，散見《南詞韻選》、《吴騷合編》、《詞林逸響》者，卓爾可傳，不意作傳奇乃輕率如是，殊不可解。

節孝上下卷各成體段　深甫尚有《節孝記》一種，分上下二卷，上卷賦陶潛《歸去來辭》,下卷賦李令伯《陳情表》,合而成書,别是一體。其詞吾未見,不敢評騭。

四艷十孝四聲猿諸劇各成體段亦有所本 自有此體,而葉六桐之《四艷記》,徐天池之《四聲猿》,沈寧庵之《十孝記》,皆從此出矣,實與傳奇正式不合也。霜厓。

東郭記

此記總四十四齣,以《孟子》全部演之,爲歌場特開生面。題曰雪樓主人編本,峨眉子評點,意皆仁孺别號也。

齣目取孟語 齣目皆取《孟子》語,其意不出富貴利達一句,蓋罵世詞也。

東郭贊語 卷首有齊人本傳,即引《孟子》原文,其贊語爲仁孺自作。詞云:"齊人何始,未稽厥父。善處爾室,二美在户。出必饜飽,入每歌舞。問厥與者,云是賢主。室人疑之,未見顯甫。循彼行跡,東郊之塢。乞而顧他,饜足何補。羞語爾娣,淚淫如雨。詛詈未畢,厥來我暨。未知爾瞷,驕疾罔愈。君子念之,我目屢睹。朝有姬嫗,士或商賈。蒙其二女,式喜無怒。一或見焉,有如爾祖。"文頗雋永,妙在不作滑稽語。書刊於崇禎三年庚午,是仁孺爲光、熹間人。其時茄花委鬼,義子奄兒,簪紱厚結貂璫,衣冠等於妾婦,士大夫幾不知廉恥爲何物,宜其嬉笑怒罵,一吐胸中之抑鬱也。

齊人仲子對照足見世風之變 此記以齊人陳仲子爲對照,齊人之無恥,仲子之高潔,各臻絶頂。而一則貴達,一則窮餓,正足見世風之變。此等詞曲,若當場奏演,恐竹石俱碎矣。

又有時義一篇,題爲《齊人》一節,附列卷首,節録如下:"起比云,其卑而能傲也,毋乃爲子敖乎。則不與驩言,何徧國之皆孟子。其汚而能文也,又爲景丑乎。則召不俟駕,豈東郭之有齊王。末六比云,蓋宫室之美,妻妾之奉,大要不出諸大夫。疏階而揖,歷位而言,故知即此諸君子。氏族故蕃,已徧乎秦、楚、燕、趙、韓、魏。氣骨相近,便是其父子、兄弟、夫妻。嗟嗟。生而猶死，哭其夫者幾不減於華周、杞梁。臭而如芳，傳其事焉，尚猶追想夫管仲、晏子。”諸比極滑稽之致，亦仁孺所作。蓋仁孺心中有隱痛，故假此題以宣洩之。君臣夫婦間，顛倒錯亂，愈荒唐，愈可喜也。明曲多鄭、衛之音，零露采芍，如出一手。

托體高於諸賢　仁孺一切鄙棄，其托體高於施、高、湯、沈矣。霜厓。

桃花扇記

傳奇與詩詞同聲價　東塘此作，閱十餘年之久，凡三易稿而成，自是精心結撰，其中雖科諢亦有所本。觀其自述本末，及歷記考據各條，語語可作信史。自有傳奇以來，能細按年月，確考時地者，實自東塘爲始。傳奇之尊，遂得與詩詞同其聲價矣。通部布局，無懈可擊。

破除團圓成例　至《修真》、《入道》諸折，又破除生旦團圓之成例，而以中元建醮收科，排場亦不冷落。此等設想，更爲周匝。故論《桃花扇》之品格，直是前無古人。

通本無唱曲　所惜者通本無耐唱之曲，除此選諸套外，恐亦寥寥不足動聽矣。馬、阮諸曲，固不必細膩風華，而生旦則不能草草草也。《眠香》、《卻奩》諸齣，世皆目爲妙詞，而細唱曲不過一二支，亦太簡矣。東塘凡例中，自言曲取簡單，多不過七八曲，而不知其非也。此病《長生殿》所無。

小忽雷譜梁生事　云亭尚有《小忽雷》一種，譜唐人梁生本事，皆顧天石爲之填詞，文字平庸，可讀者止一二套耳，而自負不淺。

南桃花扇之無謂　又爲云亭作《南桃花扇》，使生旦團圓，以饜觀場者之目，更無謂矣。霜厓。

長生殿記

長生殿三易名　此記始名《沉香亭》，蓋感李白之遇而作，因實以開、天時事。繼以排場近熟，遂去李白，入李泌，輔肅宗中興，更名《舞霓裳》。又念情之所鍾，帝王罕有，馬嵬之變，勢非得已，而唐人有玉妃婦蓬萊仙院，明皇遊月宮之説，因合用之，更易名《長生殿》。蓋歷十餘年，經三易稿而如成，宜其獨擅千秋也。

傳奇集大成 曲成，趙秋谷爲之製譜，吴舒凫爲之論文，徐靈昭爲之訂律，盡善盡美，傳奇家可謂集大成者矣。初登梨園，尚未盛行，後以國忌裝演，得罪多人，於是進入内廷，作法部之雅奏，而一時膾炙四方，無處不演此記焉。葉懷庭云："此記上本雜采開、天舊事，每多佳構，下本多出稗畦自運，遂難出色。"蓋此就劇中事實言之耳。至其文字之工，可云到底不懈。

合關馬鄭白爲一手 余最愛北詞諸折，幾合關、馬、鄭、白爲一手，以限於篇幅，不能采録。他作如《鬧高唐》、《孝節坊》、《天涯淚》、《四嬋娟》等，更無從鈔輯矣。霜厓。

臨川夢記

臨川夢譜玉茗事 《藏園九種》皆述江右事，獨《桂林霜》則不爾，而文字亦不惡。

此《臨川夢》蓋譜湯若士事，九種之巨擘。其自題詩云："腐儒談理俗難醫，下士言情格苦卑。苟合皆無持正想，流連争賞誨淫詞。人間世布珊瑚網，造化兒牽傀儡絲。脱屣榮枯生死外，老夫叉手看多時。"可知其填詞之旨趣矣。

藏園出以正大 余嘗謂傳奇中情詞贈答，數見不鮮，其能埽盡踰牆窺穴之陋習，而出以正大者。惟藏園而已。臨川《四夢》，《紫釵》、《還魂》皆少年筆，《邯鄲》、《南柯》則不作綺語，而身亦老大矣。此記將若士一生事實，現諸氍毹。已是奇特。且又以《四夢》中人一一登場，與若士相周旋，更爲絶倒。記中《隱奸》一齣，相傳諷刺袁簡齋，亦令黠可喜。蓋若士一生，不邇權貴，遞爲執政所抑，一官潦倒，里居二十年，白首事親，哀毁而卒，固爲忠孝完人。

作曲深意　而心餘自通籍後，亦不樂仕進，正與臨川同，作此曲亦有深意也。傳中敘述梅國禎平定哱拜事，蓋梅與帥機若士，齊名一時，故並述之耳。惟若士《還魂》，實非譏刺曇陽，說見《還魂跋》。而心餘信之，且云："畢竟是桃李春風舊門牆，怎好把帷薄私情向筆下揚，他平生罪孽這詞章。"直以若士爲挾私執復，未免失實矣。霜厓。

四絃秋記

青衫記爲諧賞園傳奇之一　白傳《琵琶行》事，譜入劇場者，先有馬致遠《青衫淚》，以香山素狎此伎，於江州送客時，仍歸司馬，踐成前約。後有顧道行《青衫記》，即根據馬劇，爲諧賞園傳奇之一。心餘序中，所云命意敷詞，庸劣可鄙者，蓋即指顧作，見汲古閣《六十種曲》。此記一切刪薙，僅就《琵琶行序》，及元和九十年時政，排組成章，較馬、顧二作，有天淵之別矣。時丹徒王夢樓，精音律，家有伎樂，即據以付梨園，一時交口稱之，故《納書楹譜》。尚存《送客》一齣也。

雜劇用南詞始於明末　雜劇體例，以南詞登場者，始於明之季世，如汪道昆《遠山戲》、《高唐夢》等皆是。心餘即本此而作，未可訾其蔑古焉。

饒戲楔子功用相同　《茶別》齣開首有〔尾犯序〕一支，以茶客冲場，《送客》齣開首有〔香柳娘〕二支，以二客白傅冲場，是爲饒戲，《茶別》《尾犯序》未録，其功用與北曲中之楔子同。凡整套大曲，其前後先將情節布置妥貼，別填一二曲者，即饒戲也。通本皆作蘊藉語，恰合樂天身分。《改官》折尤得大體。世人皆賞〔折桂令〕，蓋愛春華而忽秋實者也。霜厓。

吟風閣記

吟風散曲之由來　笠湖官臨邛縣時，就卓文君妝樓遺址，築吟風閣,又命士庶各植一花。自選古今可歌可泣事編爲散套,慶新樓落成。此《吟風》散曲之由來也。

每折譜一事并附序一首 曲共三十二折,每折各賦一事,又各作小序一首,實爲傳奇家别開生面,而頗合近百年内之搬演家也。其中始《黄石婆》、《錢神廟》、《曼倩偷桃》諸折,可謂戛戛獨造之作。梨園中傳唱《罷宴》一折,非文之至勝者。因選録五折,以見一斑。至歌譜則敝篋尚存,學者儘可按拍焉。霜厓。

帝女花

案頭曲 韻珊《倚晴樓七種》,可以頡頏藏園。而排場則不甚研討,故熱鬧劇不多,所謂桉頭之曲,非氍毹伎倆也。《帝女花》二十折,賦長平公主事,通體悉據梅村輓詩,而文字哀感頑艷,幾欲奪過心餘。雖敘述清代殊恩,而言外自見故國之感。

劇場惡套 惟《佛貶》、《散花》兩折,全拾藏園唾餘,於是陳烺、李文翰輩,無不效之,遂成劇場惡套。韻珊自序云:"聲捐靡曼,不同燕子吟箋,事涉盛衰,竊比桃花畫扇。"其微尚蓋在云亭,不知云亭之曲,僅工綺語。

本色語不多見 本色語則終卷不多見。韻珊此作,亦復似之,乃知此道之難矣。霜厓。

桃溪雪記

此曲記吴絳雪事。絳雪,名宗愛,永康人。父士騏,以明經任仙居、嘉善、嵊三縣校官。絳雪幼隨侍,承其家學,善書畫音律,尤工於詩,著有《六宜樓稿》。歸同邑諸生徐明英,未幾而寡。康熙十三年,耿精忠叛於閩,其僞總兵徐尚朝等寇陷浙東,及攻取金華,過永康,艷絳雪名,欲致之。永康故無城可守,衆慮蹂躪,邑父老與其夫族謀以絳雪舒難,絳雪夷然就道，至三十里坑，以渴飲紿賊，即墜崖死。韻珊此曲，即歌咏吴氏也。其詞精警拔俗，與《帝女花》傳奇，皆扶植倫紀之作。

下筆關風化清曲家勝處　蓋自藏園標"下筆關風化"之幟，而作者皆慎重下筆，無青衿挑達事，此亦清代曲家之勝處也。韻珊於《收骨》、《弔烈》諸折，刻意摹寫，洵爲有功世道之文，惟净丑角目，止有《紳鬨》一折，似嫌冷淡。此由文人作詞，止喜生旦一面，而不知净丑襯托愈險，則其詞彌工也。

有戲無曲　余故謂遜清一代，乾隆以前，有戲而無曲，《桃花扇》、《長生殿》不在此例。

有曲無戲　嘉道以還，有曲而無戲，此中消息，可就韻珊諸作味之也。霜厓。

霜厓曲跋卷三

緑牡丹

石渠死節受誣　《粲花五種》，明吴炳著。炳字石渠，宜興人。萬曆己未進士，歷官至江西督學。隆武中，江西陷，從建昌入桂林，時永曆帝監國，遂擢吏部尚書。不三日，即拜東閣大學士。及武岡陷，爲孔有德所執，不食死。雖立朝無物望，要不失爲殉國焉。王船山仕永曆朝，與五虎交好。所著《永曆實録》，謂炳與劉承胤偕降，隨孔有德至衡州。有德恒召與飲食，炳既衰老，又南人不習北味，執酥茶。燒豚炙牛，不敢辭，强飽餐之，遂病痢死。《永曆實録》卷四本傳。是並將石渠死節事，而亦矯誣之。明人黨同伐異之風，賢如船山，且不能免。因略辨於此。乾隆中炳贈謚忠節。石渠少時即喜填曲，與阮大鋮齊名，然人格則薰蕕矣。

緑牡丹情節　此《緑牡丹》傳奇，爲烏程温育仁作也。情節記謝英、顧文玉二生事，而柳五柳、車尚公，皆不知文字者也。吴興沈重，投閒家居，有一女，及笄矣，雅負文譽。庭有緑牡丹，重嘗命女作一絶句，詩頗可誦。時重欲爲之擇壻，而難得其選。因舉文社，邀舊家子弟，考其殿最，爲擇配地。柳五柳、車尚公、顧文玉。皆與焉。顧亦有文譽，惟柳、車二子恐不成文，心中惴惴不自安。柳因倩謝英捉刀，車則求其妹静芳代筆。及試之日，題即緑牡丹。柳、車二子得人代作，巍然前列，顧列第三。柳、車遂目空一切，幾忘却文非己出矣。車注意沈女，柳則注意静芳。静芳逆料柳非能文者，且詗知柳之試作爲謝英代草，心頗屬意。及柳來訂昏，静芳云："須面考文字。柳仍屬謝代稿，謝故作打油詩以絶其望。此《簾試》一齣所由也。其後沈重再舉社集，嚴加防範。柳、車二子皆托疾，未終卷而去。於是重即以己女許文玉，而以静芳許謝生云。

陸桴亭緑牡丹本事　余按陸桴亭《復社紀略》曰：當天如之裒集國表也，湖州孫孟樸淳實司郵，置扁舟，千里往來傳送，寒暑無間。凡天如介生游跡所及，淳每爲前導，一時有孫鋪司之目。兩越貴游子弟，暨素封家兒，因淳拜居張周門下者無數。諸人執贄後，亦名流自負，趾高氣揚，目無前達。烏程温育仁，首輔體仁介弟也，心醜之，著《緑牡丹》傳奇誚之。或云烏程有子，亦欲執贄，拒而不許，以是致反唇。杭俗好異，一時争相搬演。諸門生病之，飛書二張先生，求爲洗刷。西張親莅浙，言之學臣黎元寬。元寬、南張同籍，聲氣主盟也。因禁書肆，毁刊本。桁楊書賈，究作傳主名，執育仁家人。下於獄。育仁怒，族人在介生門下者爲温以介，力求解於二張先生。不許，獄竟而後歸。當是時，越中皈命社局者争頌兩夫子不畏强禦。而婁江、烏程，顯開大隙矣。

張秋水緑牡丹書後　又張秋水《冬青館集》，書《緑牡丹》傳奇後云：此吾鄉温氏啓釁於復社之源。書中以管色爲烏有亡是之辭，其實柳五柳、車尚公、范思訶。據《復社記略》，各有指斥，其於越人，疑亦王元祉、陳章侯一流。而吴興沈重者，以在朝則影黎媿庵、倪三蘭，在野則影張天如、楊子常、周介生輩，大致如《十錯認》、《燕子箋》，亦明季文字風氣所趨。而語語譏切社長，極嬉笑怒駡之致，宜媿庵當日厲禁之。要其詞藻，有不能没者。蓋相國之弟育仁，暨二子儼伉，倩人爲之，謝英、顧粲。實用自況。惜乎名氏湮没，世苟有鍾醜齋，不又取以入《録鬼簿》歟。如以爲三百年國社所關，則一莖草現丈六金身，又焉得以宋元雜劇少之。

作傳者主名　余謂陸、張兩家所述事實綦詳，惟於作傳主名，皆未深考。余既得五種全本，方塙信爲石渠筆。笠翁《閒情偶寄》亦言之，未備也。明季黨人，以詞曲作戈鋌，亦一奇事。因備録陸、張二家之説，爲讀此記者知所自云。霜厓。

畫中人

用夢花酣事與還魂争勝　此記以唐小説真真事爲藍本，今俗劇《斗牛宫》,即從此演出。蓋因范文若《夢花酣》一記事實欠妥,别撰此本,意欲與臨川《還魂》争勝。觀記中各下場詩,即可知命意所在。十六齣後云:“不識爲情死,那識爲情生。”末齣後云:“河上三生留古寺,從今重説《牡丹亭》。是即臨川生而可死,死而可生之謂也。

集諸家大成　惟細繹詞意,有不僅摹效臨川者。《圖嬌》、《玩畫》、《呼畫》。諸折,固是若士化身,可以無論。《拷僮》折絶似《西樓》之《庭譖》,《攝魂》折絶似《紅梅》之《鬼辨》,《再畫》折絶似《幽閨》之《走雨》,《魂遊》折又似《西樓》之《樓會》。余故謂此記爲集大成也。

結構謹嚴　石渠諸作,局度雖狹小,而結構頗謹嚴。記中以華陽真人爲一部主腦,而以幻術點綴其間,蓋因戲情冷淡,借此妝點熱鬧,此正深悉劇情甘苦處。明季作家,皆用此法。如《牟尼合》之《賽馬》,《秣稜春》之《廟市》,《慎鸞交》之《花榜》,皆冷熱調劑法也。

文字於研鍊中别開生面　至以填詞之法施諸南北曲,亦惟《粲花》爲工。明初作曲,專尚本色。自《香囊》以妍雅爲宗,而中葉後,如《曇花》、《玉玦》、《水滸》等曲,專尚塗澤,去元人愈遠。《粲花》則雅而不巧,腴而不艷,字字從性靈中發,遂能於研鍊中别開生面,此真剝膚存液之境。余最愛《攝鬼》一套,以爲不讓《南柯·圍釋》云。霜厓。

西園記

與畫中人蹊徑故别　此記與《畫中人》故别蹊徑。《畫中人》摹寫離魂光景,自死之生,在一人上着想。此則玉真、玉英,一生一死,就兩人上分寫,各極生動。

净丑角最妙　又畫中人之胡圖,與此記之王伯寧,同一俗物。而寫胡圖處,語語絶倒;寫伯寧處,則語語爽快。《冥拒》一折,尤爲千古奇文。自有净丑以來,無此妙人妙語。〔混江龍〕一支,痛詈紈絝子弟。〔寄生草〕曲又調侃文人。此等詞宜擊唾壺歌之,豈料出諸净角口吻。余故謂五種内净丑角,以此記爲最也。且明人傳奇,凡净丑諸色,皆不從身後着筆。此作直是創格,當與《绿牡丹·簾試》齣,同爲破天荒之作。劇曲中能注重凈丑諸色，方稱名手矣。

情節無所影射 亡友黄摩西振元謂此記影射葉小鸞事。余細讀之，殊無左證。西堂《鈞天樂》，塙爲小鸞而發，石渠恐未必然。余謂詞曲中有寄托，最易賈禍。石渠《緑牡丹》一書，已幾興大獄，豈有作此記時。再不檢點乎？李笠翁曲部誓詞云："加生旦以美名，既非市恩於有托。抹凈丑以花面，亦屬調笑於無心。"凡作傳奇，宜佩斯語。霜厓。

療妬羹

與風流院之比較 此記之作，石渠以朱京藩《風流院記》微傷冗雜，因作此掩之。結構謹嚴，塙較朱作爲佳，第朱本亦有不可没者。《稽籍》一齣，以湯顯祖爲風流院主，將西湖佳話襯托麗娘，隱作小青影子。如戴三娘、沈倩姬、楊六娘、俞二姑輩，一一付諸歌咏，文字又極瑰麗，此正荒唐可樂，較石渠似勝一籌矣。又《下第》折，以富、貴、湯、米四人，説盡科場之弊。《絮影》折插入盲詞一段，大破魏閹之奸，皆淋漓痛快之文。世人未見此記者多，遂以吴作爲佳，亦無足怪也。吴作佳處，以《梨夢》、《題曲》、《絮影》、《畫真》、《哭柬》爲最。而以小青改嫁楊不器，與朱本改適舒潔郎，同一無謂。

當場團圓積習 此由文人作劇，須當場團圓，不得不借一文墨之士，作爲收煞，實即隱以自寓。唐人小説，如《周秦行紀》，已開此端矣。小青"冷雨幽窗"一詩，爲千古絶唱。楊不器和作，有"臨川劇譜人人讀，能讀臨川是小青"之句，亦可云勁敵。"得箋"一曲，摹寫狂奴故態，却勝朱作十倍。吴鳳山出藍之譽，非無因也。

同演小青事之諸劇 小青事作傳者至多，以余所見，如徐野君之《春波影》，來集之之《挑燈》劇，皆是雜劇體格。《挑燈》劇中〔十二紅〕一支，尤爲神品。至傳奇則惟朱、吴兩本耳。與張子虞之《梅花夢》，并吴作亦未見過，放膽填詞，實無可取處，而自負不淺，殊不可解。

通行澆墓一折 此記傳唱止《題曲》、《澆墓》二折。惟通行〔澆墓曲〕，又與此記《吊蘇》折不同，未知出自誰手，而文頗幽艷，爲備録之以俟博雅者考焉。霜厓。

附録傳唱《澆墓曲》

〔越調小桃紅〕冷風掠雨戰長宵,巴不到紗窗曉也。起來草草,愁眉怕對鏡中描。人世上恨難澆,那裏有楚臺雲鳳臺簫。只辦得抛鉛淚向臺泉告,也怕花開花落無聊,比鬼唱鮑家詩一謎裏更魂銷。〔下山虎〕半林夕照,紅到峰腰。荒塚垂楊繞,長條短條。只怕啼眼相看,幽蘭不笑。血色羅裙秋蜨飄,草青青珠裳裊。水潺潺瓊珮搖,悵悵西泠道,芳魂已消。只賸我一個痴人翦紙招。〔五韻美〕斷橋烟,蘇隄草,嬉春人至春正好。花香那怕被花惱,同心結早把油壁香車推到。俺獅常吼,鸞絶交,何處偷臨,畫眉舊稿。〔五般宜〕當日個做黄梅夜窗雨飄,湊着個棲紫燕畫梁語交,留客住剛配念奴嬌。人影燭影,夢圓香繞,流年换了。春光再好,一樣的家住在錢塘,怎及得你蘇小小。〔山麻稭〕緩緩拜,低低叫,把一盞濃春,滴醒長宵,空教西園中冷蜨愁相弔。有多少緑珠風墮,翠環雨泣,紫玉烟消。〔黑麻令〕耽閣起鶯嬌燕嬌,攛除他詩瓢酒瓢,拘束了鸞簫鳳簫。他日個葬玉深深,憑落向仙曹鬼曹,一地形消影消。劃盡了愁苗恨苗,斷腸碑休再題名,怕添我晨潮暮潮。〔江神子〕我只爲春深鎖阿嬌,劣東風欺煞柔條,則這意中人最難招。把春愁盡付浙江潮,今日呵對墓中人訴了。〔尾聲〕酒痕淚點和愁攪,灑不到重泉渺渺,怎教我澆墓的人兒能將心事描。

情郵記

劇本來源 此記就元劇《風光好》。變化張大之。石渠自題詩云:“曾聞一曲風光好,學士而今夢已醒。别譜揚州四酬和,須知不是舊郵亭。”其意頗顯。

情節 情節記劉乾初與蕭一陽至契也。蕭任青州太守,遣使邀劉,劉過黄河驛，題詩于壁而去。先是有王仁者，官揚州通判。適樞密何乃顔差官至揚，選美妾自娱，勒令王仁刻期進送。王以時限緊促，商諸夫人，即以愛婢紫簫僞飾己女以進。於是樞密大喜。旬日間，擢仁長蘆都轉。是時黄河水溢。紫簫由陸路進京而王仁挈眷赴長蘆新任，先過黄河東驛。驛丞趙愛軒，仁舊識也。苦邀一飯。仁不能卻，屬妻女謁愛軒内眷，少作勾留。仁女慧娘，忽見劉所題詩，無端思慕，依韻和之，甫成四句，而仁已催迫上道矣。紫簫陸行甚遲，及至此驛，儀從煊赫，供應優渥，閒階小步，瞥見劉詩，己心服其佳。繼見和作，細審筆跡，酷類慧娘，則又疑怪莫釋。蓋紫簫行時，尚不知仁陞任長蘆也。因將慧娘詩續成，匆匆即去。時劉至青州，蕭已轉盧龍節度，留銀百兩，作劉路貲。劉怏怏而返。過舊驛，見二女和詩，不暇細詰，以爲樞密愛妾所題。即轉轡入京追之。蕭所賜金亦遺失無存，困頓逆旅。幸遇青州舊役，偕上盧龍，故人慰藉，而劉已病矣。紫簫入樞密府，遭大婦奇妬，即遣出。蕭即以千金購歸，轉贈乾初。及樞密遣使相索，已定情矣。蕭坐此爲樞密誣奏免官。後劉應試及第，上書劾樞密，樞密遂敗。王仁以獻女得官，即着劉乾初勘問。於是劉上疏直陳，爲王仁辨雪。慧娘亦卒歸於劉。

此記爲明代各傳奇冠　通本載劉生遇王慧娘、賈紫簫事，俱在郵舍，故曰情郵。而其自序又就郵字發揮，可云慧解。如云："色以目郵，聲以耳郵，臭以鼻郵，言以口郵，手以書郵，足以走郵，人身皆郵也。而無一不本於情。"此等語可知胸襟之闊大，非粉碎虚空，不能有此妙諦也。吕藥庵讀此記，比諸武夷九曲，蓋就記中結構言之。余謂此劇用意，實似剝蕉抽繭，愈轉愈雋，不獨九曲而已。《賒許》、《夢因》二折，明人曲中罕有能及者。石渠他作，頭緒皆簡，獨此曲刻意經營，文心之細，絲絲入扣，有意與阮圓海争勝也。兩衡堂刻粲花齋曲，僅及四種，此記最後出，故金陵各坊本皆無之。余嘗謂此記爲石渠之冠。

文字勝處　亦爲明代各傳奇之冠。全書具在，吾非阿好焉。至就文字論，則《閨恨》折之〔囀林鶯〕、〔黄鶯兒〕、〔題驛〕折之〔金絡索〕，《卑冗》折之定場白，《補和》折之〔豆葉黄〕、〔玉嬌枝〕、〔見和〕折之〔醉太師〕，《問婢》折之〔雁過聲〕、〔傾杯序〕，《代聘》折之〔長短拍〕，《追寵》折之〔三字令〕，《賒許》折之〔降黄龍〕等曲，字字嘔心雕肝，達難達之意，言難言之情,使讀者莫知其用筆所在。自是君身有仙骨,非後人所能摹效矣。萬紅友爲石渠之甥,《風流棒》一劇,酷類此記,而出語雋永,尚不及舅氏,何論他人乎?曲中有石渠,吾嘆觀止矣。霜厓。

雙金榜

石巢四種曲　石巢爲懷寧阮大鋮。大鋮,字圓海。《明史》入《奸臣傳》。其人品固不足道,惟其才實不可及。自葉懷庭題《燕子箋》云:"以尖刻爲能,自謂學玉茗堂,實未窺其毫髮。笠翁惡札,從此濫觴。"於是鄙其人,并及其詞曲,此皆以耳爲目者也。梁溪顧天石云:"嘗怪百子山樵所作傳奇四種,其人率皆更名易姓,不欲以真面目示人。"

駡世十七解嘲十三　山陰張宗子云:"阮圓海大有才華,恨居心勿静,其所編諸劇,駡世十七,解嘲十三,多詆毁東林,辯宥魏黨,爲士君子所唾棄。"然則圓海諸作,果各有所隱射歟。

金榜有所隱射　今讀諸劇,惟《雙金榜》一種,略見寄托之迹,顧亦非詆毁東林也。按圓海曾列籍東林,爲高攀龍弟子,後附魏璫,爲劉蕺山所劾。魏黨①敗,坐逆案削職。此詞當是坐廢時作。記中皇甫敦又名黄輔登,攀附登龍,義取暗射,即指高攀龍。孝標爲劉,皇甫孝標,即指蕺山。孝緒爲阮,蓋即自指。以東洛喻東林,以東粤喻東廠。入粤後屢言番鬼,鬼者魏也。莫佽飛竊珠,亦屬窺竊神氣之意。《廷訐》一折,意謂己與蕺山同屬高攀龍門下,不宜相煎太急。通番一案,即言逆案,總不外自表無罪,乞憐清流之意。

此説得之許守白　此説得之友人許守白。往在都中,與守白論圓海諸記,論議頗多,因約録如此。通本情節詼詭,梵典圖經,恣意漁獵,非胸羅書卷,筆具轆轤,不能道只字也。

合歌舞焉　明人傳奇,多喁喁兒女語,獨圓海諸作,皆合歌舞爲一,如《春燈謎》之龍燈,《牟尼合》之走解,《燕子箋》之走象、波斯進寶,及此

---

①　今校:原本無"黨"字,據《吴梅戲曲論文集》本補。

記之煎珠踏歌，皆耳目一新，使觀場者迷離惝况。此又明季詞家所無有者也。圓海能度曲，故諸詞皆諧洽。北曲出語頗工，按律多舛，如《變夷》折〔點絳唇〕一套，平仄未諧，第沿誤必有所本。霜厓。

牟尼合

四記外更有獅子賺忠孝環二種　余所藏圓海曲，既得四記，所未見者，《獅子賺》、《忠孝環》二種耳。此記題作《馬郎俠》，通本重在芮小二盤馬一場，萬不可少。余嘗謂圓海各曲，皆具歌舞之狀，往往香檀脆管之中，得曼衍魚龍之戲，蓋謂此也。麻叔謀竊食小兒，事見《煬帝開河記》。麻叔謀以征北大總管爲開河都護，而以蕩寇將軍李淵爲副使。淵稱疾不赴，乃以左屯衛將軍令狐達爲開渠副使都督。記中雜述神鬼事頗多，而重在二金刀事。二金刀者，指叔謀卒罹腰斬也。陶榔兒爲陵寧下馬村人，以祖父塋域傍河道二丈餘，慮其發掘，乃盜他人孩兒年三四歲者殺之，去頭足，蒸熱以獻叔謀。咀嚼香美，逈異羊羔，於是食人之事起矣。令狐達知之，潛令人收兒骨，未及數日，已盈車。

劇情略本開河記　圓海劇中情實，蓋本此也。惟以陶榔兒爲麻府中軍，後爲王千牛一詩感動，潛踪遠遁，則與事實不符。榔兒固首獻嬰兒者，且與叔謀同服典刑也。劇中令狐頔得佛珠爲子，即暗射閹黨乾兒義子。恨通本事蹟，無從臆測耳。《競會》折〔梁州新郎〕内，來〔水底魚〕二曲，《分珠》折〔賺〕曲後接〔憶多嬌〕。《鬥黑麻》，《索噉》折〔二郎神〕下緊接〔六么令〕四曲，再用〔山坡羊〕二曲，皆合排場搬演。

承接頗勝　緊慢相次，遲速合度，此等承接，雖梁伯龍、張鳳翼，且未能知之也。《掠溺》折以副净唱〔懶畫眉〕，方有鈎勒。《返魂》折〔混江龍〕一套，《蘆渡》折〔粉蝶兒〕一套，皆不合規律。

北詞未合　圓海南詞諧美可聽，至北詞每多鈎輈格磔，未識所據何譜。計當時《太和正音譜》久已行世，何以棄而不用，是真無可解矣。霜厓。

燕子箋

石巢諸種,以此記爲最著。弘光時,曾以此曲供奉内廷。一時朱門綺席,奏演無虚日,是以膾炙人口也。圓海居南都時,與清流諸君子頗相結納,故《牟尼合》有文震亨序,《春燈謎》有王思任序。此劇更傾動一時,詩文投贈,尤爲美富,可見當時聲價矣。

燕箋爲第六種傳奇　據韋佩居士序:"此爲石巢先生所填第六種傳奇。"今按石巢諸傳,正符六種,是兹劇最後出也。六種合《獅子賺》、《忠孝環》言。

傳奇妙訣　居士又云:"即游戲三昧,實寓以左、國、龍門家法。"又云:"介處,白處,有字處,無字處,皆有情有文,有聲有態。"此數語足賅括本書,且可爲普天下作傳奇之訣。余謂傳奇中生旦居首,凈丑副之,不知凈丑襯托愈險,愈足顯生旦團圓之不易。初學填詞,往往重正角而輕花面①,實是不知文法。此劇之妙,在鮮于佶,此盡人皆知也。抑知繆繼伶夫婦,及臧不退、孟媽媽皆是出色人物,演者不可草草。猶憶《板橋雜記》記秦淮曲中人,見此記華、霍分離時,有盈盈泣下者,可想當日扮演之細膩熨貼也。今日傳唱,止有《奸遁》一折,即以此折論,吴中伶人工者絶少。

難在眉輪眼角衣痕袖摺間　余舊見姜善徵演此頗佳,姜没,此折亦成廣陵散焉。蓋此折之難,在眉輪眼角,衣痕袖摺之間,一舉一動,各有神采處,非得老伶指點,輒不能工。是知《陶庵夢憶》贊阮圓海戲"齣齣出色,句句出色,字字出色"者,非過譽矣。

鳳叔訂譜葱石刊曲　余少時即讀此記,又從《納書楹譜》得《寫象》字譜,時一按歌。繼客北都,交劉君鳳叔。富樑,又與商訂此記全譜。《拒挑》折〔宜春令〕"拚着至誠心寬待等"句,"等"字上聲,頗難下拍。鳳叔别出機杼,爲之妥貼安頓,兩人拍手稱快。是時劉君葱石世珩方欲彙

① 今校:面,原作"臉",據《吴梅戲曲論文集》本改。

訂《四夢》、石巢、石渠諸曲譜，邀鳳叔主其事，余因得與之上下議也。今葱石既逝，此記全譜未知是否付梓，《集成曲譜》中有《寫象》、《拾箋》、《奸遁》、《詰圓》四譜，即鳳叔訂正者。展讀此詞，益動我隣笛山陽之痛云。霜厓。

春燈謎

此記用筆最淡，四種中文字以此爲最平正，而情節離奇，尤四記中最詭異者。結穴在"十錯認。"《表錯》一折，將父子、兄弟、夫妻、眷屬，一一顛倒錯亂，其結撰至苦。而〔清江引〕二支，一則云："功名傀儡場，影弄嬰兒象，饒伊算清來，倒底是個糊塗賬。"一則云："閒愁萬斛堆，白髮三千丈。認真的把這部傳奇請仔細想。"是作者寓意，已明白言之。

春燈悔過之作　余故謂《雙金榜》爲文過之書，此記則悔過之作也。

四記均作於閒廢金陵日　且圓海四記，皆作於閒廢金陵之日，觀《雙金榜·㨗引》云："怎如青溪明月一漁翁，玉笛梅花三弄。《牟尼合》雖避暑姑熟而作，第《敘締》折〔玉芙蓉〕云："風光六代偏，烟樹三山遠。"亦不離金陵也。《燕子箋·家門》折云："爛醉莫愁湖上。"此記《提唱》折又云："百花深處咏懷堂。""百花深處"者，即石巢園之一景。是可知四記之成。皆在屏處南都之際。時方結納清流，力求湔雪，而清流諸君子持之故急，不容自新，於是有異日鈎黨之禍。假令諸君子稍貶崖岸，容納放豚，正是有用之才，何至國事破裂若此，余讀其《咏懷堂》詩，一時縞紵投贈之多，幾復兩社之彥，即牧齋、梅村，亦與酬唱，是圓海放廢之時，頗知怨艾，此又尚論者所宜平心衡之也。此記獺皮海，或云影射張獻忠，亦無塙證，鄙意不必牽附。《轟謎》折〔北朝天子〕二支，一云"千狀千狀。"一云"非想非想"，較梁伯龍"擺開擺開"，穩愜多多，即遇屠長卿，亦無可吹求矣。

自集曲　〔夫容三疊錦〕、〔春絮一江飛〕二支，爲圓海自集之曲，聲律亦復平穩。一部傳奇，必須有耐唱曲幾支，方足饜度曲家之望，若力求簡單，少用慢板，可以娛目，無可悦耳，此則排場不合矣。余最愛《報溺》、《巧憶》、《泄箋》諸折，其詞如春蘼秋棠，不尚詞藻，別饒幽艷，此境惟圓海有之，他人不能也。惟北詞終有錯誤，《沉溺》折之〔新水令〕，《廣卜》折之〔粉蝶兒〕，《宴感》折之〔醉花陰〕，句法平仄，至多乖異。《納書楹·宴感》一譜，又曲爲遷就，雖可點拍，究非正格，吾又笑懷庭居士之狡獪也。霜厓。

揚州夢

葭秋堂三種曲　《揚州夢》二卷，清嵇永仁撰。永仁字留山，無錫人，抱犢山農其別字也。與范文貞公承謨同死耿精忠之亂。著有《葭秋堂集》，末附曲三種：曰《續離騷》，曰《揚州夢》，皆爲少作；曰《雙報應》，則難中遺稿也。留山以諸生應制府之聘，同被拘囚，三年犴狴，又死國難，固不失爲義士。而其侍姬青霞，亦自經殉節。一門忠烈，光昭日星，區區傳奇，何足爲先生增重。然而原本風雅，陶寫性情，亦可見志士之襟抱焉。小杜事見諸歌場者，有喬孟符《詩酒夢》，見雕蟲館《元曲選》。

此記勝黃陳二作　留山此作，雖根據喬氏。而兼采紫雲一節，并附淮東節幕時事。通本異常飽滿，較諸黃石牧《四才子》，陳浦雲《維揚夢》，有過之無不及矣。

諸曲失檢　惟留山於聲律之學，未能深造，舛律脱譌，往往有之。如《乞守》折，〔耍孩兒〕本般涉調北曲，而誤認南詞。於是諸《煞》皆作《前腔》，且又多用叠句，不知何所本也。《郵會》折〔二郎神〕一套，句法平仄，頗多不合。而慢詞與過曲，又不分析，此蓋承《幽閨》之訛。《局賣》折〔卜算子引〕，誤犯他調。《青樓》折〔普天樂〕、〔雁過聲〕諸曲，時有不合譜格處。他若〔惜奴嬌〕、〔祝英臺〕等調，語句亦多寡不等。而《殲敵》折〔二犯沽美酒〕一曲，爲北詞所未有者，更難是正。凡此皆留山失檢處也。至結構勻稱，靜喧得宜，詞藻復都雅可誦。同時作家，獨徐又陵、尤西堂，差足頡頏，餘子碌碌，當作三舍之避矣。霜厓。

雙報應

此記非憑空結撰　此記爲留山獄中所作。焦里堂《劇説》卷四引王龍光跋此劇云：吾友抱犢山農，著作甚富，尤留心經濟。與余同罹於難，慷慨犴狴之中豪氣未除，文采散於筆墨。嘗作《續離騷》四折，以破千古未破之牢騷。同難林翁，因備述建寧城隍揭公、郡守孫公，判斷貧生錢可貴、奸淫王文用二案：'陰陽互理，靈爽顯赫，此殆得之目覩，不可不爲表彰之。'山農曰：'此固余之素志也。吾聞揭公節義昭著，英英千古。亡友袁參嵐受其國士之遇，曾托吾表著其事，而碌碌未能。今藉此以畢其素志，可乎？此跋全文未見。據此則山農此作，非憑空結撰也。記中錢、張二生事絶不相同。一則得賢婦而琴瑟重御，一則狎淫朋而身家兩敗。足爲世人勸戒，非尋常傳奇，以采蘭贈芍爲美談者可比。

諸曲舛誤　惟曲中失律，亦有數處，與《揚州夢》同病。如《拈酸》折之〔榴花泣〕犯調，不合譜式。《褫士》折〔繞紅樓〕引子，既犯〔齊天樂〕、〔緱山月〕，應作〔繞天山〕。此名爲〈九宫譜〉中所未有，集牌不妨也，而僅云犯正宫，亦未允協。《全節》折首曲句法。是〔醉扶歸〕，而誤作〔普天樂〕。《憶夫》折〔小桃紅〕二曲，開端四語，皆作四字，於律亦未安。《購毒》折〔羽仙歌〕一調，爲南曲所未有，不知何本。《陰斷》折〔寄生草〕四曲，首二句字格不符。此皆舛誤者也。顧居鋃鐺請室之中，猶能褒揚節義，扶植倫紀，雖非《正氣歌》，亦浩然可塞蒼冥矣。

折獄諸劇　古今傳奇以折獄著者，若《雙釘案》、《釵釧記》、《雙熊案》等，流傳歌場，膾炙萬口。此記情節，亦足駿斬。聰明正直之謂神，揭公有焉。至獄中作曲，實所少見。惟萊陽宋玉叔，中年爲怨家告訐，遂下於理，曾作《祭皋陶》四折，可與山農媲美。此外恐無鼎足之人矣。霜厓。

報恩緣

作曲四種　此爲獨學老人刊本。老人爲石琢堂韞玉，著有《獨學廬叢稿》者是也。蕢漁事實，詳見石氏序中。生平撰述，以《諧鐸》一種，最播人口，幾婦孺皆知矣。作曲至多，傳者僅此四種。其夫人張氏名靈，字湘人，亦工詞藻，閨中倡和，有趙管風焉。蕢漁嘗泥其夫人，以金釵作贄，拜爲閨師。爲譜北曲一套，其事絶韻，詳載吴枚庵《東齋脞語》。後湘人早卒，蕢漁遂托跡青樓，或飾巾褶上氍毹，作戾家生活，其抑鬱不平之氣，悉於曲中吐之。又嘗與吴枚庵翌鳳、陳文瀾學海、周浣初賓、陶凈蘅磐、徐道畊春福、陳復生元基、戴壽豈延年、余式南尚德、林煜奇蕃鍾結水村詩社，各有詩數十首，今亦不傳。此二事爲琢堂所未及也。此記以白猿受謝生之庇，成就其科第，聯合其昏姻，當與《中山狼》劇對勘。

白作吴諺　記中白文多作吴諺，容不入北人之耳。而結構生動，如蟻穿九曲，通本鎔成一片。

科白嘉勝　最妙如王壽兒、李狗兒一段，插科打諢，觀者無不哄堂。而縣丞胡圖，以成衣出身，語語不脱裁縫口吻，尤見匠心周匝。與《才人福》中之聯元。一樣手筆，此等科白，决非腐儒能從事矣。惟石氏此刻，未經讎校，曲中誤謬頗多。余匆匆付印，亦未遑一一校正，幸文字明淺，可以意會耳。或謂通本白多曲少，文情稍遜。余意曲雖不多，而語語烹鍊，且登場搬演，又適得其中，爲觀場者計，正不必浪使才情也。霜厓。

誤處刊正　再讀一過，刻本差誤處，略加是正，顧不能細校也。今疏記之。第八齣〔啄木鸝〕曲，"那裏是"、"倒弄得"，應用大字。第九齣開首〔如夢令〕，應用小字。〔歸朝歌〕應作〔歸朝懽〕。第十齣〔沈醉東風〕曲"祠字荒凉""字"字應作"宇"。十三齣〔一江風〕兩曲，"丹桂高攀"、"挾瑟齊門"二語，皆應用大字。十六齣〔梁州序〕應作〔梁州新郎〕。次支〔前腔〕曲"不時自釀香醪"句，"不時"二字應用大字。又"守分貧民，怎肯犯法條"句，應在"條"字上斷。二十三齣〔僥僥令〕曲，應作〔小梁州〕。二十六齣〔二郎神〕曲"教他那裏"句，應用大字。三十二齣〔榴花泣〕本是兩曲，自“乍凝眸起”爲第二支，應提行添“前腔”二字。又〔雨紅燈〕應作〔兩紅燈〕。三十五齣〔太師引〕第二曲“本性兒呆守鴛鴦”句，不合〔太師引〕本格。略記如此，讀者宜詳檢焉。霜厓又記。

才人福

傳奇能事 此記以張敉爲主，而以唐寅、祝允明爲輔。其事雖臆造，而文心如剝蕉抽繭，愈轉愈奇，總不出一平筆，傳奇至此極才人之能事矣。幼于初名獻翼，爲伯起之弟，叔貽之兄。嘉靖中，吴中稱才士輒曰四皇三張，四皇者皇甫冲及其弟涍、汸、濂。三張者即鳳翼、獻翼、燕翼兄弟也。伯起、叔貽皆舉鄉薦。幼于困國學，早見賞於文徵仲，讀書上方山治平寺。撰《周易約説》、《雜説》、《臆説》。及《讀易紀聞》、《讀易韻考》，不失爲儒生。

放浪不羈 後乃狂易自肆。與所喜張孝資檢點故籍，刺取古人越禮任誕之事，排目分類，仿而行之。兩人爲儔侣，或歌或哭，或紫衣挾伎。或白足行乞。孝資生日自爲尸，幼于率子弟緦麻環哭，上食設奠，孝資坐而饗之。翌日，行卒哭禮，設伎樂，哭罷痛飲，謂之收淚。又有劉會卿者，典衣買歌伎，俄而病卒，幼于持絮酒，就其喪所，哭之以詩。復令會卿所狎胡姬爲尸，仍設雙俑夾侍，使伶人奏琵琶，再作長歌酹焉。其放浪有如是者。晚年攜伎居荒圃中，爲盜所殺。

靈芸不知何本 記中一切皆未之及，獨記一李靈芸，不知何本。至沈氏夢蘭，秦氏曉霞，皆烏有子虚之列，可不必論。

諸曲勝處 余所最喜者，《訪訛》折中自譽詩，真是異想天開，令人百思不到。《宴謔》一折，亦令人絶倒。

蕢漁科白能手 余嘗謂蕢漁之才，既不可及，而用筆之妙，尤非藏園、倚妝所能。笠翁自負科白，爲一代能手，平心論之，應讓蕢漁。霜厓。

諸曲刊誤 此記刊誤處亦多，略誌於下。《雙奔》齣〔泣顔回〕曲，“逗的欲可憐”五字，皆應大字。《唱稿》齣〔尹令〕曲“那一處”、“這一邊”，亦應大字。又〔二犯麼令〕應改書〔么令〕。《和箋》齣〔二犯掉角兒〕應提行起。《夜閲》齣〔六犯清音〕曲“酒旗山廓”句，“廓”應作“郭”。《哄主》齣〔太師引〕曲“想是那”、“也只是”、“雖没個”、“又何用”諸字，亦應大字。《宴謔》齣〔梁州序〕應改書〔梁州新郎〕。《誘錯》齣〔麻婆子〕曲“待我攙入待我”六字應改小字。《浼伐》齣〔二郎神〕曲，脱“换頭”二字，應大①。《行盤》齣白文首句三“話”字，皆應作“詫”。又〔榴花泣〕第二曲末二句“要迷他”、“喬妝成”六字，亦應大字。《交逼》齣〔粉孩兒〕曲末二句“那知他”、“閃得我”六字，亦應大字。《詭怒》齣引曲“昨夜風餐，今朝露宿，纔到長安”三語，亦應大字。《疑坦》一齣〔下山虎〕曲，“怎把”二字，亦應大字。《露機》齣〔江頭金桂〕曲，“細参詳”句，應作“細詳參”。《福圓》齣〔喜廷鶯〕應改書〔喜遷鶯〕。略記若干條，恐不止此。霜厓又記。

文星榜

文星與臙脂事相類　此記情節頗似《聊齋志異》中臙脂事。卞芳芝酷似臙脂，固不必論。他如楊仲春即《臙脂傳》中之宿介也，薛鸞姐即王氏也，王又恭即鄂秋隼也，王六訌即毛大也，方魯山即施愚山也。《迎覯》、《戲洩》、《拒冒》、《失帕》、《誤戕》諸齣，即《臙脂傳》中事實也。惟甘、向二家事，爲作者增益。得甘碧雲、向采蘋二女子，點綴其間，遂生下卷文章，非如《十五貫》梁上眼之僅以折獄名也。

結構煞費經營　觀其結構，煞費經營。生、旦、净、丑、外、末諸色，皆分配勞逸，不使偏頗，而用意之深，如入武夷九曲。《賺姻》、《罵婚》二齣，非慧心人必不能作，通本遂玲瓏剔透矣。

胭脂獄傳奇　光緒初，有玉泉樵子者，未見此記，偶見蒲志，即據本傳成《胭脂獄》傳奇十六齣，援引僅及本書科白，不發一粲，而自負不淺，識者哂之。

---

① 今校：據《吴梅戲曲論文集》，此處有脱誤。

張道梅花夢傳奇 此與錢塘張道未見《風流院》、《療妬羹》舊曲，妄慕小青之名，别撰《梅花夢》傳奇三十四齣，其事相類。無知妄作傳奇且不可，遑論其他乎？霜厓。

誤刻尚少 此刻誤處却不多，如《迎覯》折"中吕通曲"應作"中吕過曲"，〔花提馬〕應作〔花馬回〕，《憐才》折"仙吕通曲"應作"仙吕過曲"，《罵婚》折〔麽篇〕曲應作〔么篇〕。其他正襯大小字，尚少大誤處。霜厓又記。

伏虎韜

此學療妬羹 此即袁簡齋《子不語》中醫妬一事，而加以點綴也。聞故老言洪、楊亂前，吴中頗有演此記者，往往哄堂大噱。余亦藏有殘譜，今則不獨無人能唱，且并不知此記之名矣。蕡漁服膺《粲花四種》，時時效之；即如此記，亦暗學《療妬羹》，而與汪廷訥《獅吼記》絶不相似，足見蕡漁之宗尚矣。《採風》、《奇枷》二折，最足發人嗢噱。顧科白轉折，亦類《情郵》中之樞密乃顔，不獨《選妾》折〔解三酲〕第二曲，"人前枉説金縢誓，戲語難封桐葉侯"二語，直襲《療妬》中《賢風》也。大抵蕡漁諸作，意境務求其曲，愈曲而愈能見才；詞藻務求其雅，愈雅而愈不失真，小小科白，亦不使一懈筆，其第一關鍵，在男女易妝，令人撲朔難辨。四記皆用此法，而此記更幻，佳處在此，而落套亦在此。故讀蕡漁諸作，驟見其一，詫爲瓌寶，徐讀全書，反覺嚼蠟矣。

拾藏園牙慧 又四記首折，皆從生旦前生着想，亦拾藏園《香祖楼》、《空谷香》之牙慧。偶一用之，原無大礙，今四記皆如是，未免陳言。此則蕡漁短處也。此記收處，以假托城隍神結案，實亦本諸藏園，惟能令人不覺，所以爲妙耳。霜厓。

諸曲刊誤 此記刻誤處，亦有數條。如《奇枷》折〔六麽令〕應作〔么令〕。又〔桂枝香〕曲"那裹有消受他"應大字。《伏吼》折〔泣顔回〕二曲亦誤，此二曲是犯調，應作〔泣紅雲兒〕，蓋合〔泣顔回〕首二句、〔紅芍藥〕第三句、〔駐雲飛〕首二句、〔耍孩兒〕末句也。〔千秋歲〕曲，少作半闋。

〔越恁好〕曲末三句，不知所犯何曲。《反計》折〔尾犯序〕第二曲，不合本調格式，必有脱譌。《僱試》折〔九迴腸〕曲"鴛幃阻隔巫峰"下，脱一"帳"字。《閨譃》折〔下山虎〕，亦脱二語。"從此清波裹"句，應作五字，"從此"二字應大。《誘醮》折〔十二時〕是總牌名，以下〔山坡羊〕、〔園林好〕、〔江兒水〕等，皆分牌名。〔十二時〕下，應用一括弧。《結案》折〔黑麼序〕"麼"應作"嘛"。此外正襯、大小字誤處尚少。霜厓又記。

怡府本還魂記

還魂七本　①余丙辰歲除《祭書詩》，有"一事平生差得意，案頭六種《牡丹亭》"句，今並此爲七矣。六種爲玉茗原②本、三婦評本、清暉閣本、冰絲館本、臧晉叔本、③墨憨齋本。他如鈕少雅、葉懷庭、馮雲章諸譜，皆不記④云。

玉茗以北法填南詞　又曰，玉茗以善用元詞名，記中以北詞法填南曲，其精處直駕元人而上之。自有詞家，無人能敵也。吕玉繩、臧懋循。以南詞法繩之，又何怪鑿枘也。世人不知玉茗之所自，交口言其舛律，此少雅所以爲之訂譜歟？

三婦合評本還魂記

文律評語中綮　細讀數過，所評僅文律上有中綮語，於曲中毫無關涉，無怪冰絲本時加譏諷也。論玉茗此劇者，當以鈕少雅格正本爲最，而葉懷庭譜尚稱妥善，臧晉叔改本亦遠盛碩園。乃此書獨享盛名，亦奇耳。

---

① 今校：據國家圖書館藏清怡府刻本《牡丹亭還魂記》八卷本，此處脱一段。
② 今校：同上，此處多一"原"字。
③ 今校：同上，此處少"馮猶九"三字。
④ 今校：同上，"記"作"計"。

冰絲館本還魂記

還魂之竄改　臨川《還魂》,同時已有竄改。一爲吕玉繩,醉漢瓊筵絶句,即爲吕氏而發,見《玉茗集·與凌初成書》一爲臧晉叔,即葉懷庭譏爲孟浪漢者,實則爲吴下優人計,則删改本,亦頗可用。晉叔將《四夢》全行删削,實有見地,余另有題記。

易名風流夢　一爲龍子猶,劇名改作《風流夢》,即世傳墨憨齋本者。是也。俗伶所歌《叫畫》一折,即是龍本,知者鮮矣。删改本中,以此爲最。余所見者止此,至于刊本之高下,更難論斷。

冰絲本之優點　余所藏如汲古、文林、清暉諸本,固以毛本爲最劣,王本最優,然總不及此本指冰絲之善也。臨川填詞,信手揮灑,頗多不合宫調,同時吴江沈寧庵,則斤斤銖黍,不少寬假,所刻諸曲,皆分别正襯,寧庵以前。無此格也。冰絲以寧庵之律,校海若之詞,可謂匠心獨苦,雖鈕少雅且不能專美于前矣。少雅有格正《還魂記》,字字剔腎鏤心,至佳。今爲貴池劉氏刻。

青樓記

此記與水滸不同　吴門許自昌作《水滸記》,刊入《六十種曲》,與此書絶異,不知誰氏筆也。文字頗古拙,當是明中葉人作,與伯龍、伯起喜以駢語入白文者不同。

富春刊傳奇百種　富春刻傳奇,共有百種,分甲、乙、丙丁字樣,每集十種,藏家目録,罕有書此者。

富春刊有牧羊綈袍二曲　余前家居,坊友江君,持富春殘劇五十餘種求售。有《牧羊》、《綈袍》等古曲。余杖頭乏錢,還之,至今猶耿耿也。

花筵賺

范氏諸劇　此爲范香令得意之作。其中鍊句鍛字，直合夢窗詞、玉溪詩成之，湯臨川《紫釵記》，殆不能專美于前也。香令名文若，字荀鴨，又字吴儂。著有《夢花酣》。《鴛鴦棒》、《金明池》、《雌雄旦》、《歡喜冤家》等劇。而此劇尤膾炙人口云。

快活三

張氏傳奇二十三種　此爲吾鄉張大復撰。大復，字星期。一字心其，又號寒山子。高弈《新傳奇品》云。"心其之詞，如去病用兵，暗合孫吴。"亦一時之彥也。居金閶半塘，攷訂南詞最精，故此作無失律語。共著傳奇二十三種，《如是觀》、《醉菩提》最膾炙人口，今歌場中，尚未絶響也。《快活三》本中吕宫曲，而其名見《東京夢華録》及《武林舊事》。《夢華録》云："關撲有名者，任大頭快活三之類。"

快活三之由來　《武林舊事》云："舞隊有快活三郎、快活三娘二種。"蓋亦《耍鮑老》、《憨郭郎》、《喬捉蛇》之意，顧與傳中無涉，未識何以題此名也。

息宰河

通套無重韻　字字鏤心刻骨，又不落小家樣子，古今無此巨筆，香令紅友。皆不如也。笠翁謂《綰春園》。用韻太雜，當非讕言。今讀此作，通套無重韻，且又無通假一二字。以此例彼，當亦爾爾，不知湖上何所見而云然也。他日苟得《綰春》，當細核之。

勸善金科

文敏諸作之動機　此曲爲華亭張文敏照等奉勅編製。乾隆初，純皇帝以海内昇平，命文敏等撰諸院本進呈，以備樂部演習。凡各節令皆奏演之。其時典故，如屈子競渡，子安題閣諸事，無不譜入，謂之《月令承應》。其于内廷諸慶事，奏演祥徵瑞應者，謂之《法宫雅奏》。其于萬壽令節，前後奏演群仙祝壽者，謂之《九九大慶》。此《勸善金科》十本，演目蓮救母事，于歲暮奏之，以其鬼魅雜出，用代古人儺袚之意。又演唐玄奘西域取經事，謂之《昇平寶筏》，于上元前後日奏之。凡此五種，皆文敏親製，詞藻奇麗，引用内典，大爲超妙。其後命莊恪親王。

鼎峙忠義皆出門客手　編《鼎峙春秋》及《忠義璇圖》，則皆出王門遊客之手，不及文敏多矣。此殿本七種曲之始末也。

風流院

小青諸傳春波最勝　此劇當是未見石渠《療妬羹》而作。朱京藩字里無攷。末坿《小青傳焚餘》，一爲京藩自作，一即取子猶原傳中所附小青詩詞，及與楊夫人書彙録成卷也。《療妬》以小青改適楊生，此書又適舒生，使小青地下蒙詬。皆非正當，惟詞采則可取耳。明人咏小青者至多，吴、朱兩作外，如徐野君《春波影》之北詞，陳季方之《情生文》之南詞，又有《梅花夢》一種，中以《春波影》爲最。

此作荒唐　此作以湯若士作風流院主，真荒唐可樂矣。

雷峰塔

雷塔非盡美之作　《雷峰塔》不知何人所作，此是歙人方仰松改筆。

觀其自序,煞費苦心。然劇中篇幅過狹,套數失次,亦非盡美之作。國朝自昉思後,曲學日衰。乾隆時,僅心餘、夢樓,可稱驂靳,惺齋、倚殂,殊難鼎足,餘子無譏矣。

仰松曲非當行　仰松有《香研居詞麈》,論音呂頗精,所作小詞,間亦有致,而曲則不甚當行也。

仿作可哂　此書傳唱,今所存者,止《水門》、《斷橋》二支,而一仿《長生》,一仿《浣紗》,且并旁譜亦效之,殊可哂也。

雨花臺

用韻雜湊　此向秀《思舊賦》耳。作者究非吴儂,且又才力薄弱,時有捉襟露肘之態。所用各韻,亦多湊趁,無足取也。

紫霞巾

坐玉茗之病　情節關目,亦復可人,惜尚少過脉小劇。又作者不能按歌,却喜摹倣玉茗。須知玉茗《四夢》,捩嗓處至多,不善學之,往往句讀多誤,作者正坐此病耳。

蘭桂仙

藏園流毒　傳奇須脱窠臼。自藏園作曲,以扶植綱紀爲主,而歌場乃多腐套。開首必云“天仙謫降”,收場必云“仙圓”,皆《空谷香》、《香祖樓》之流毒也。昔吴棠村學詞於萬紅友,萬云:“非爛熟元詞,無從下筆。”余深嘆爲至言。此劇南北詞不分文質,科白處不分段落。而《婢祭》一折,用四言韻文,多至十六章,自來傳奇無此格式也。左巽觳曾爲霍山知縣,所行頗負聲譽,沈賚漁起鳳。中略詞學甚深,不知評此劇本獨多謏詞,豈徇情云爾耶。吾讀嘉道年來曲子,輒不滿意,非好與古人爲難,實喉中作鯁,不得不出而哇之也。

出宮失調不勝枚舉 又每齣套數,出宮失調,不勝枚舉,方知作者於此道,不甚了了。吾前跋云云,尚覺陳義過高也。

苧羅夢

白效從軍劇 此劇爲幕府寫愁,牢騷不小。曲白有效徐文長《木蘭從軍》劇處。正目云:“蘂珠宫仙姬署印,浣溪紗天女成姻。姑蘇臺花神示幻,苧羅村俗士效顰。”

誠齋樂府

“誠齋”爲明周憲王有燉。王,定王橚長子,高皇帝孫。洪熙元年襲封,景泰三年薨。有《誠齋録》、《新録》諸集,蓋宗室中賢而能文者也。

雜劇三十一種 錢牧齋《列朝詩集》云:“所製《誠齋樂府》傳奇,音律諧美,流傳内府,至今中原絃索多用之。”余按誠齋所作雜劇,多至三十一種。往在都中曾購得二十二種,雖蒐羅未備,而自也是園後,藏憲藩雜劇之多,已未有如余者矣。明朱灌甫《萬卷堂》、《聚樂堂》兩書目均有《誠齋樂府》。近百年間,汪氏振綺堂,朱氏結一宦,亦有零種,未詳其目。黄陂陳氏有《辰鉤月》、《神仙會》、《常椿壽》、《東華仙》、《蟠桃會》、《八仙慶壽》六種,上虞羅氏有《牡丹仙》、《牡丹園》、《牡丹品》三種。余所得者爲《半夜朝元》、《喬斷鬼》、《烟花夢》、《小桃紅》、《豹子和尚》、《曲江池》、《悟真如》、《慶朔堂》、《仙官慶會》、《辰鉤月》、《桃源景》、《常椿壽》、《香囊怨》、《得騶虞》、《仗義疏財》、《復落娼》、《踏雪尋梅》、《團圓夢》、《牡丹品》、《牡丹園》、《牡丹仙》、《繼母大賢》等二十二種。較《也是園目》少《瑶池會》、《河嵩神》、《四時花月》、《海棠仙》、《文殊菩薩》、《義勇辭金》、《東華仙》、《蟠桃會》、《神仙會》九種。而《踏雪尋梅》一種,雖遵王亦無有焉。余竊自幸云。

海誠齋樂府爲海内孤本　至樂府散套，則明清兩代藏家，從未著録，洵爲海内孤本。

鈔録副本　吾友通縣王君孝慈，得諸廠甸，詫爲瑰寶，郵致南都，屬爲校核。余方主講南雍，因屬諸生録一副本。此書不分卷數，僅分散曲套數兩類，而套數内自南吕〔一枝花〕"咏簾"後，皆已殘缺，世無他刻，無從抄補矣。中如〔柳營曲〕之"風月擔兒"之二十二篇、〔醉太平〕之"風流體"二十篇，詼嘲謔浪，微傷鄙俚。

考訂諸詞　其他足資考訂者，如〔白鶴子〕咏秋景五首。序中暢論南北曲之流别，爲詞隱、鞠通輩所未悉。又〔楚江情〕、〔閨情五更〕，别見《吴騷》選本，題作古詞，不知爲誠齋所作。且每首後又附北曲〔金字經〕一支，亦爲諸選本所未及，可徵明季曲選之陋。而"二更"一曲，與袁籜庵〔西樓〕、〔楚江情〕。大同小異，尤可知籜庵雖負盛譽，實匃乞憲藩之餘瀝。又〔慶東原〕二曲，賡和丹邱。丹邱爲寧獻王道號，與誠齋爲父①行。丹邱洞達音吕，聲滿江右，誠齋與之唱和，宜其詞學之工也。

海内知音　誠齋知音之名，傳遍宇内。李崆峒《汴中元夕》詩云："空中騎吹名王過，散落之聲滿九州。"又云："齊唱憲王春樂府，'春'或作'新'，非。余據，嘉靖本《空同集》，金梁橋外月如霜。"中左史詩云："唱徹憲王新樂府，不知明月下樊樓。"蓋宣正、正嘉百年之間，其風行之盛，有如是者。今讀其詞，不勝東京夢華之感矣。爰識其尾，歸諸孝慈云。癸亥季夏之月辛丑，長洲吴梅書於奢摩他室。

---

①　今校：父，原作"文"，據國家圖書館藏明本《誠齋樂府》改。

曲海揚波

序

余既輯坊間《曲苑》一書所未收之曲話、曲韻等三十四種，名之曰《新曲苑》；復擬續焦氏之《劇説》、王氏之《優語録》等，以與吾友圭璋所輯《詞話叢編》並行，而廣其體例之所未備。因南北轉徙，意志不屬，置之既久，顧材料所儲，行篋爲累，優語之續，且大半散佚，殊悵悵焉。乃就原稿《讀曲概録》、《寶昌雜録》之次第，粗事聯綴，束爲六卷，漫題曰：《曲海揚波》，未以爲可；吾友冀野曰："毋妨。"遂以殿於《新曲苑》三十四種之後。

前四卷爲曲談，大抵就諸家筆記中，爬羅剔抉而來。若就其一二則審之，了無意趣；若比附以觀，多足供考據家之採擇。因於每則之下，附記原書及作者，以便覆按。後二卷所列，十九爲劇曲概況，祇有序文之摘録，或家門之迻寫而已。既未能鈎提玄要，亦未遑尋考源流，愧非《傳奇彙考》、《曲海提要》諸書可比，讀者必不免於失望。末卷之載，多篇幅較整者，亦就剩餘所有，悉爲列入。餘如《論曲絶句》等稿，久知所在，而未暇致之，留俟同好者賡續可也。

凡此材料，由散而使之聚，良非易易。憶昔海上寶昌寓廬中，日坐書城，專一致曲，往往竭一日之力，檢書數十卷，才得一條，既沾沾以喜。今猶市菜，菜盡而並菜根、菜葉，傾倒筐篋而出之，誠不免於寒儉之誚，但亦自有其艱難在，未敢貶鄙過甚也。

分類目録，聊便展閲，傳奇雜劇，或明或清，得其大略，未能悉中，讀者諒之。

別矣讀者，今後將不復以此道相見矣。二北。

曲海揚波目次

① 今校：刪除原刻本頁碼，補充現有頁碼。

五、明傳奇

九、曲選

十、曲譜

十一、曲韻

曲海揚波卷一

江都任二北撰

蘇城女戲流習 十餘年來，蘇城女戲盛行，必有鄉紳爲之主。蓋以娼兼優，而縉紳爲之主，充類言之，不知當名以何等？不肖者習而不察，滔滔皆是也。有某比部狎一女優，而此優者一銓部爲之主；以比部每挾之出，出必旬日，有妨其戲，遂至相詬，語不忍聞。女優者，復好與無賴作緣，不樂士君子還往，亦遂與比部絶。比部怏怏，作《踏莎行》七闋，詞亦可觀。明徐樹丕《識小録》

元教坊大曲白翎雀 元教坊大曲名《白翎雀》，始則從容和緩，終則急躁繁促，殊無有餘不盡之意。按白翎雀生於烏桓朔漠之地，雌雄和鳴，自得其樂。其形似雁，而不他徙。世祖因命伶人碩①德閭製曲以名之，會稽張思廉作歌以咏之。同上

科場舞弊曲 壬午之歲，聖主當陽，而主考何瑞徵②賄賂公行，凡縉紳之子、豪富之家，十得八九。貧士扼腕，叫閽無路，競爲歌詩以傳之。中略又有集伯喈二闋：一《綉帶兒》，一《太師引》。又擬《鳴鳳》二闋：恨貪臣通謀樹黨，專文政濁亂皇綱。我寫不出他傳題深罪樣，我寫不出他字眼暗中藏，我只寫他滿城豪富同通線。一榜交通貨利場，還思想，畢竟有多端關節，面訴君王。嘆微臣芸窗誓喪，只爲那主試猖狂。怪經房無肯持公道，又誰個論文章。我一心要展盤龍手，國初學士劉三吾主試不公，以錫盤，龍捺死數人。更管不得銅臭鞭敲血未央。還思想，只須這墨痕筆迹，邀怒君王。同上

玉抱肚名解 《玉抱肚》曲名，人不知其解，乃王荆公所賜玉帶闊十四掐，故有其名。同上

---

① 今校：碩，原作"顧"，據《涵芬樓秘笈》第一集改。

② 今校：徵，原作"微"，同上改。

牡丹亭射曇陽子　若士文章，在我朝指不多屈，出其緒餘爲傳奇，驚才絶艷，《牡丹亭》尤爲膾炙。往歲聞之文中翰啟美云："若士素恨太倉相公，此傳奇杜麗娘之死而更生，以況曇陽子，而平章則暗影相公也。"按曇陽仙蹟，王元美爲之作傳，亦既彰彰矣。其後太倉人更有異議云："曇陽入龕後復生，至嫁爲徽人婦，其説曖昧不可知，若士則以爲實。"然耳聞若士死時，手足盡墮，非以綺語受惡報，則嘲謔仙真，亦應得此報也。然更聞若士具此風流才思①，而室無姬妾，與夫人相莊至老，似不宜得此惡報，定坐嘲謔仙真耳。同上

陳圓演西厢　陳圓者，女優也。少聰慧，色娟秀，好梳倭墮髻，纖柔婉轉，就之如啼。演《西厢》，扮貼旦紅娘脚色。體態傾靡，説白便巧，曲盡蕭寺當年情②緒。常在予家演劇，留連不去。後爲田皇親以二千金酧其母，挈去京師。聞又屬之某王，寵冠後宫，入滇南終焉。清鄒樞《十美詞紀》

贈沙才一半兒　沙才者，金陵歌院伎，家桃葉渡，風致淡雅，工詩。余赴南闈，曾至其室。見其小軒中位置花石，几上有自評唐詩及《花間集》，丹黄雜采，不忍釋手。後徙至蘇寓虎邱山塘，常以閶門雲母箋裁斗方，吟小令，作蠅頭楷，贈余索和。余取宣德紙，以碎硃研粉砑光，賦詞《一半兒》十首答之。喜甚，藏之金陵紫檀鈿匣中。每見，出以示余，吟咏不置。余家每有小飲必招之，彼必辭他客而來。後金陵院樂中有侵其舊居者，姥載女歸故曲③，遂不復至蘇矣。同上

輓李蓮招商曲　李蓮，吴門妓也。姿色纖麗，少有渴病，年十九，以患熱，不出見客。常以小札招吕湘烟及余至其家，蓮靚妝艷服，迎坐小軒。設肴饌精美，行酒政，遞花催板，竟夜無倦容。撥絃索唱《西厢草橋驚夢》，歌徹首尾，宛轉瀏亮。媽憐惜不使之畢，而蓮不顧也。是歲④秋，復招我二人，見其面龐消减，香腮印紅，仍具酒，垂泣而言曰："我病已

① 今校：思，原作"士"，據《涵芬樓秘笈》第一集。
② 今校：情，原作"尋"，據《昭代叢書》别集道光本改。
③ 今校：曲，原作"里"，同上改。
④ 今校：歲，原作"載"，同上改。

久，向之與君盡歡者，勉力以報知心，故不覺其憊也。今則不能矣，請君一訣，幸毋悲切。”於是取絃索，歌《新水令》闋，氣短而止。持袂嗚咽不勝。逾數日，逝矣。予作《招商曲》以挽之。同上

等第黄鶯兒　壬申開科，借歲試作科舉，予既不録，憤懣無聊，作此自娱。雖語言涉俚，不足當大雅一盼軒渠。然較之前人《駐雲飛》等曲，或亦不多讓也。“一等最高標，出圓圖覆試招，鳴鑼連夜齋夫報。門庭閙抄，街坊擺摇，廩無空缺增猶好。更逍遥，來年館地，財主便來邀。二等也奢遮，背纏紅頭插花，大科之舉人人怕。聲名算華，文章算佳，賓與預薦無高下。劇堪誇，金陵鄉試，好把舉人賒。三等便尳隤，熱中腸變冷灰，垂頭喪氣誰倸倸？頭兒枉埋，眉兒怎開，親朋叫屈何堪耐？考遺才，倘然不取，依舊是空回。四等没頭奔，聽傳言唬落魂，拍拿發落難逃遁。春條拳身，竹爿蓋臀，早知苟免難僥倖，忒楞楞，何如告病，先把狀詞呈。五等更難言，號生員缺不全，囫圇劈破剛留半。襴衫且捐，青衫且穿，鄉場對讀官①民卷。最堪憐，紫硃標記，羞殺臭名傳。六等一身輕，出黌門做白丁，毫無掛欠真乾凈。脱除破巾，丟開本經，下回歲②考無須悶。寫銘旌，皇清待贈，原任邑庠生。”清沈曰霖《晉人麈》

秦聲流派　曲部中以聲擅長者，曰小惠。秦中各州郡皆能聲，其流别凡兩派。渭河以南尤著名者三：曰渭南，曰盩厔，曰醴泉。渭河以北尤著名者一：曰大荔。小惠，大荔人也。

秦腔崑腔異同　演劇昉於唐教坊梨園子弟，金元間始有院本。一人場内坐唱，一人場上應節赴焉。今戲劇出場，必扮天官引導之，其遺意也。院本之後，演而爲曼綽，俗稱高腔，在京師者稱京腔。爲絃索。曼綽流於南部，一變爲弋陽腔，再變爲海鹽腔。至明萬曆後，梁伯龍、魏良輔出，始變爲崑山腔。絃索流於北部，安徽人歌之爲樅陽腔，今名石牌腔，俗名吹腔。湖廣人歌之爲襄陽腔，今謂之湖廣腔。陝西人歌之爲秦腔。秦腔自唐、宋、元、明以來，音皆如此，後復間以絃索。至於燕京

---

① 今校：官，原作“宦”，據《昭代叢書》别集道光本改。

② 今校：歲，原作“年”，同上改。

及齊晉中州，音雖遞改，不過即本土所近者少變之。是秦聲與崑曲，體固同也。至言其用四聲，同也；二十八調，同也。聲之中有音，喉、齶、舌、齒、唇是也；調之中有節，高下、平側、緩急、艷曼、停腔、過板是也。下略清嚴長明①《秦雲擷英小譜》

陸無界自壽曲 陸無界，名廣明，號青章，陸尚寶五湖之孫，文學成湖之子。工筆札，多才藝，臨書能亂真。吴中假古董多出其手，而寫祝京兆尤當行。雖其人非高品，而不可泯没也。有七十《自壽詞》，亦足見其生平矣。〔南吕一枝花〕不採商山芝，不栽新甫柏，不邀駕鹿車，不豎栖鴉格。一盞清泉，向東皇稽首，對南山拱揖。人頌我是廣成子鶴算千年，老彭聃駐顔八百。（梁州）我是個有兒孫獨孤鰥夫，我是個没錢財五陵豪客，我是個白鬚黄髮維摩詰。荷芰衣裳，竹皮巾幘，翰墨躬耕，詩書心織。端守著半畝蓬蒿 ，近似他仙靈窟宅；端愛著半甕齏鹽，勝似他瓊漿玉液。覺來時聽一曲樵歌漁笛，倦來時看幾卷稗官野史，興來時畫一幅雲林竹石。車塵馬迹，休污我苔階翠色。無辱無榮，匪朝伊夕。（尾聲）怪的是鬧茸茸龍沙鶴浦排瑶席，怕的是熱騰騰峨冠博帶誇通籍。一任伊滄桑變易者麽，恁跨海的牙籌。遍街的銅狄，總不如俺暗記梅花爲曆日。明徐樹丕《識小録》

詩句入詞曲 今人往往以古今詩句編入詞曲者甚多，不暇枚舉。如“未飲心先醉，不在接杯酒”，陶淵明詩也；“世亂奴欺主，年衰鬼弄人”，杜荀鶴詩也；“一朝權入手，看取令行時”，朱灣詩也；“胸中襞積千般事，到得相逢一語無”，尤延之詩也；“逢人只可少説話，賣術不須多要錢”，劉改之詩也；“繁緑萬枝紅一點，動人春色不須多”，王荆公詩也；“雨打梨花深閉門”，古樂府也。明俞弁山樵《暇語》

歌樂繆亂 今人間用樂，皆苟簡錯亂。其初歌曲絲竹，大率金、元之舊略存，十七宫調，亦且不備，只十一調中填輳而已。雖曰不敢以望雅部，然俗部大概較差雅部不啻數律，今之俗部尤極高，而就其聲察之，初無定，一時高下，隨工任意移易。此病歌與絃音爲最。蓋視金、元製

① 今校：明，原作“民”，據《昭代叢書》别集道光本改。

腔之時，又失之矣。自國初來，公私尚有①優伶共事，數十年來，所謂南戲盛行，更爲無端，於是聲樂大亂。南戲出於宣和之後，南渡之際，謂之"温州雜劇"。予見舊牒，其時有趙閎夫榜禁，頗述名目。如《趙真女蔡二郎》等，亦不甚多。以後日增，今遍滿四方，轉轉改益，又不如舊。而歌唱愈繆，極厭觀聽，蓋已略無音律腔調。音者，七音；律者，十二律；腔者，章句字數、長短高下、疾徐抑揚之節，各有部位；調者，舊八十四調，後十七宫調，今十一調。正宫不可爲中吕之類，此四者無一不具。愚人蠢工，徇意更變，妄名餘姚腔、海鹽腔、弋陽腔、崑山②腔之類。變易喉舌，趁逐抑揚，杜撰百端，真胡説耳。若以被之管絃，必至失笑，而昧士傾喜之，互爲自謾爾。明祝允明《猥談》

脚色考　生净旦末等名，有謂反其事而稱，又或托之唐莊宗，皆謬云也。此本金、元闤闠談吐，所謂鶻伶聲嗽，今所謂市語也。生即男子，旦曰妝旦色，净曰净兒，末曰末③尼，孤乃官人，即其土音，何義理之有。《太和譜》略言之，詞曲中用土語何限，亦有聚爲書者，一覽可知。同上

曲乃長詩　詩何以有狹義，有廣義？彼西人之詩不一體，吾儕譯其名詞，則皆曰詩而已。若吾中國之騷、之樂府、之詞、之曲，皆詩屬也。而尋常不名曰詩，於是乎詩之技乃有所限。吾以爲若取最狹義，則惟三百篇可謂之詩。若取其最廣義，則凡詞曲之類，皆應謂之詩。數詩才而至詞曲，則古代之屈、宋，豈讓荷馬、但丁。而近世大名鼎鼎之數家，若湯臨川、孔東塘、蔣藏園其人者，何嘗不一詩累數萬言耶？其才力又豈在擺倫、彌兒頓下耶？梁啟超語

曲體之長處　凡一切事物，其程度愈低級者則愈簡單，愈高等者則愈複雜，此公例也。故我之詩界，濫觴於三百篇，限以四言，其體裁爲最簡單。漸進爲五言，漸進爲七言，稍複雜矣。漸進爲長短句，愈複雜矣。長短而有一定之腔，一定之譜，若宋人之詞者，則愈複雜矣。由宋詞而更進爲元曲，其複雜乃達極點。曲本之詩，以廣義之名名之所以優勝於

---

① 今校：有，原作"用"，據《古今説部叢書》第五集改。

② 今校：山，原作"小"，同上改

③ 今校："曰末"二字，同上補。

他體之詩者，凡有四端：唱歌與科白相間，甲所不能盡者以乙補之，乙所不能傳者以甲描之，可以淋漓盡致，其長一也。尋常之詩，只能寫一人之意境，若《孔雀東南飛》等篇，錯落描畫數人者，不能多覯。且非後人所能學步，强學之必成芻狗。曲本内容，主伴可多至十數人或數十人，各盡其情，其長二也。每詩自數折乃至數十折，每折自數調乃至數十調，一惟作者所欲，極自由之樂，其長三也。詩限以五七言，其塗隘矣；詞代以長短句，稍進，然爲調所困，仍不能增减一字也。曲本則稍解音律者可任意綴合諸調，别爲新調。詞亦可爾爾，然究不如曲之自由。即舊調之中，亦可以添加所謂花指者，往往視原調一句增加至七八字乃至十數字而不爲病，其長四也。故吾嘗以爲中國韻文，其後乎今日者，進化之運未知何如；其前乎今日者，則吾必以曲本爲巨擘矣。嘻！附庸蔚爲大國，雖使屈、宋、蘇、李生今日，亦應有前賢畏後生之感，吾又安能薄今人愛古人哉！同上

桃花扇冠絶前古　論曲本當首音律，余不嫻音律，但以結構之精嚴，文藻之壯麗，寄托之遥深論之，竊謂孔雲亭之《桃花扇》，冠絶前古矣。其事跡本爲數千年歷史上最大關係之事迹，惟此時代，乃能産此文章。雖然，同時代之文家亦多矣，而此蟠天際地之傑構獨讓雲亭，雲亭亦可謂時代之驕兒哉！同上

桃花扇起結之奇　《桃花扇》卷首之《先聲》一齣，卷末之《餘韻》一齣，皆雲亭創格，前此所未有，亦後人所不能學也。一部極凄慘、極哀艷、極忙亂之書，而以極太平起，以極閑静、極空曠結，真有華嚴鏡影之觀。非有道之士，不能作此結構。同上

桃花扇全書脉絡　《桃花扇》之老贊禮，雲亭自謂也。處處點綴入場，寄無限感慨。卷首之試一齣《先聲》，卷中之加二十一齣《孤吟》，卷末之續四十齣《餘韻》，皆以老贊禮作正脚色。蓋此諸齣者，全書之脉絡也。其《先聲》一齣演白云："更可喜，把老夫衰態也拉上了排場，做了一個副末脚色，惹的俺哭一回、笑一回、怒一回、駡一回，那滿座賓客，怎曉得我老夫就是戲中之人。"此一語，所謂文家之畫龍點睛也。全書得此，精神便活現數倍，且使讀者加無限感動，可謂妙文。《孤吟》一齣結詩云："當年真是戲，今日戲如真；兩度旁觀者，天留冷眼人。"《餘韻》一齣

演白云："江山江山，一忙一閑；誰贏誰輸，兩鬢皆斑。"凡此皆托老贊禮之口，皆作極達觀之語。然其外愈達觀者，實其内愈哀痛、愈辛酸之表徵也。雲亭人格，於斯可見。同上

桃花扇傷心語　以一部哭聲淚痕之書，其開場第一演白乃云："日麗唐虞世，花開甲子年。山中無寇盜，地上總神仙。"以一個家破國亡之人，其自道履歷，乃云："最喜無禍無災，活了九十七歲。"此非打趣語，乃傷心語也，爲當時腐敗之人心寫照也。同上

桃花扇内種族之戚　《桃花扇》於種族之戚，不敢十分明言，蓋生於專制政體下，不得不爾也。然書中固往往不能自制，每一讀之，使人生故國之感。余尤愛誦者，如"莫過烏衣巷，是别姓人家新畫梁"。《聽稗》"誰知歌罷剩空筵，長江一綫，吴頭楚尾路三千，盡歸别姓。雨翻雲變，寒濤東捲，萬事付空烟。《沉江》將五十年興亡看飽，那烏衣巷不姓王，莫愁湖鬼夜哭，鳳凰臺棲梟鳥。殘山夢最真，舊境丢難掉。不信這輿圖换稿，謅一套《哀江南》，放悲聲唱到老。"《餘韻》讀此而不油然生民族主義之思想者，必其無人心者也。同上

桃花扇沉痛之調　《桃花扇》沉痛之調，以"《哭主》"、"《沉江》"兩齣爲最。"《哭主》"敍北朝之亡，"《沈江》"敍南朝之亡也。"《哭主》"中〔勝如花〕兩腔云："高皇帝，在九京，不管亡家破鼎。那知他聖子神孫，反不如飄蓬斷梗。十七年憂國如病，呼不應天靈祖靈，調不來親兵救兵。白練無情，送君王一命。傷心煞煤山私幸，獨殉了社稷蒼生，獨殉了社稷蒼生！"其二云："宫車出，廟社傾，破碎中原費整。養文臣帷幄無謀，豢武夫疆場不猛。到今日山殘水賸，對大江月明浪明，滿樓頭呼聲哭聲，這恨怎平？有皇天作證。從今後勠力奔命，報國讎早復神京，報國讎早復神京。""《沈江》"之〔普天樂〕云："撇下俺斷篷船，丢下俺無家犬；叫天呼地千百遍，歸無路進又難前。那滚滚雪浪拍天，流不盡湘纍怨。勝黄土，一丈江魚腹寬展，摘脱下袍靴冠冕。累死英雄，到此日看江山换主，無可留戀。"其〔古輪臺〕云："走江邊，滿腔憤恨向誰言？揮老淚寒風吹面。孤城一片，望救目穿。使盡殘兵血戰，跳出重圍，故國苦戀。誰知歌罷賸空筵，長江一綫，吴頭楚尾路三千，盡歸别姓。雨翻雲變，寒濤東捲，萬事付空烟。精魂顯，《大招》聲逐海天遠。"此數折者，余每一讀之，

輒覺酸淚盈盈，承睫而欲下。文章之感人，一至此耶！同上

桃花扇厭世思想　中國文學，大率富於厭世思想，《桃花扇》亦其一也；而所言尤親切有味，切實動人，蓋時代精神使然耳。《修札》演白云："那熱鬧局便是冷淡的根芽，爽快事就是牽纏的枝葉。倒不如把賸水殘山、孤臣孽子，講他幾句，大家滴些眼淚罷。"同上

琵琶記可以規過　竊嘗謂小説之功亦偉矣。夫人有過，莊言以責之，不如微言以刺之；微言以刺之，不如婉言以諷之，不如妙譬以喻之。而小説者，皆具此能力者也；故因小説以規人過，是上上乘也。按昔已有用之者，如《琵琶記》是也。浴血生語

桃花扇長短　中國韻文小説，當以《西厢》爲巨擘，吾讀之真無一句一字是浪費筆墨者也。梁任公最崇拜《桃花扇》，其實《桃花扇》之所長："寄托遥深，爲當日腐敗之人心寫照。"二語已足盡之。填詞演白，頗有一二草草處，蓋雲亭意本不在此也。同上

笠翁十種曲　傳奇，小説之一種也。既云小説，則自有小説體裁，轉無取乎詞藻之鋪排，字面之堆垛。試覽元人雜劇，純用本色，蓋詩家之所謂白描者也。李笠翁曰："曲白有一字令人不解，便非能手。"此語不爲無見，然其所著十種曲，品格自卑，笠翁殆亦憤世者也。觀其書中借題發揮處，層見叠出，如"財神更比魁星驗，烏紗可使黄金變"，"孔方一送便上青霄"，"寫頭銜燈籠高照，刻封皮馬前炫燿。嚇鄉民儼然虎豹，騙妻孥居然當道"等語，皆痛快絶倫。使持以示今之披翎掛珠、蹬靴帶頂者，定如當頭棒擊，腦眩欲崩。同上

司嘲司慰　韓春潮吏部曾著曲述司曹狀況，形容極致，爲一時傳誦。惜限於篇幅，不能全録，摘其尤警策者，如："文章收拾簿書勞，上衙門走遭。笑當年指望京官好，到於今低心下氣空愁惱。""再休提游翰苑三載清標，只落得進司門一聲短道。""端只爲一字寬嚴須計較，小司官對答周旋敢挫撓，從今那復容高傲。""百忙中錯誤真難保，暗地裏隻眼先瞧。只望乞面去呆須臉燥，那知道乞雷回嚇得魂銷。""無文貌，没機巧，怪不得辦事徒勞。陞官尚早，回頭顧影真堪笑。把平生壯氣，半向近年消。以上司嘲。薄官天涯，首善京華，公餘隨伴散私衙。仕逍遥似咱，便無多錢鈔供揮灑，較似他風塵俗吏殊高雅。""有多少宦海茫茫吁

可怕，那風波陡起天來大。""到頭來空傾軋，霎時間陞美缺錦上添花。驀地裏被嚴參山頭落馬，你我赴官衙，坐道從容儘瀟洒。只照常辦事，便不争差。""特題的才能俊雅，推陞的器識清華。只要頸上的朝珠將就掛，到其間科道挨班分定咱。""太平時節恩光大，或京堂幾轉帽頂變山查。"以上司慰。細玩諸曲，作者殆有深慨，至司嘲結語云云，且復放筆直書，以一吐其牢騷抑鬱，滿腹不平之氣。讀者於此亦以知資格磨人之弊，而深悟爵禄一物，真爲困豪傑之樊籠，羈英雄之韁鎖，入其中蓋未有不銷沈壯氣於無形者也。抑吾憂夫今世之士，抵掌奮舌，言論激昂，其氣要亦不可爲不壯。雖然，彼固有樊籠在，有韁鎖在，則豈奈之何哉？同上

傳奇選集　種種文學莫不有選，惟曲界無之。《綴白裘》近是，然其選專爲登場脚本，故不協音律者輒加點竄。如《西厢》一書，原文幾不留隻字，而其點竄處又鄙俚之甚，令人對之氣結。余素願欲網羅古今傳奇數十百種匯刊之，他日果不負斯言，是亦藝林中一佳話，一快談也。同上

相思詞　今之山歌類古之童謡，有絶佳者，如吴歌"做天切莫做四月天，種菜的哥哥要下雨，採桑娘子要晴乾。故老舊人盡説郎偷姐，如今新翻世界姐偷郎"。爲金聖嘆所賞。以余所聞，則《相思詞》亦天地之妙文也。詞如下："相思欲寄從何寄，畫個圈兒替。話在圈兒外，心在圈兒裏。我密密加圈，你須密密知儂意。單圈兒是我，雙圈兒是你。整圈兒是團圓，破圈兒是别離。還有那説不盡的相思，一路圈兒圈到底。"同上

虎囊彈　《虎囊彈傳奇》散見於諸書，如《石頭記》、《綴白裘》者，只《山門》一齣，蓋演《水滸》中魯智深大鬧五臺事。《雨韭盦筆記》嘗載其曾於某處觀演全本，然曲文未睹也。數年來遍求國中各書肆，竟不可得，豈其流落人間者僅存此片鱗隻爪歟？雖然，珍其鱗爪，亦終勝湮没不聞。齣中之尤佳者爲"〔寄生草〕"一闋，今録之："漫揾英雄淚，相離處士家。謝慈悲剃度在蓮臺下，没緣法轉眼分離乍。赤條條來去無牽掛，那裏討烟蓑雨笠捲單行，一任俺芒鞋破鉢隨緣化？"入填詞家之手，莽和尚亦文秀乃爾！同上

花旦小旦　袁子才《隨園詩話》云：“今人稱伶人女妝者爲花旦，誤也。黄雪槎《青樓集》曰：‘凡妓以墨點面者號花旦，蓋是女妓之名，非今之伶人也。’漢《郊祀志》，樂人有飾爲女妓者，此方是今之小旦。按古人名稱，往往有至今日仍其詞而異其用者，非獨梨園爲然也，録此亦以供傳奇家研究之助。”同上

空谷香　蔣新畲嘗攜所撰曲本，强隨園觀之，曰：“先生只算小病一場，寵賜披覽。”隨園爲覽數闋，賞其中二句云：“任汝忒聰明，猜不出天情性。”新畲笑曰：“先生畢竟是詩人，非曲客也。商寶意《聞雷》詩‘造物豈憑翻覆手，窺天難用揣摹心’。此我十一個字之藍本也。”語載《隨園詩話》。按二句係《空谷香》曲，爲蔣曲九種之一。其曲云：“人間一點名，簿上三分命。百歲匆匆，打合窮愁病。勞勞過一生，自擔承，把苦樂閑忙取次經，定教身子隨時掙。想起心兒異樣疼，何堪聽？霜鐘月柝一聲聲。儘由他恁地聰明，也猜不透天情性”與詩話所録小異。同上

顛不剌　《西廂記·驚艷》折：“顛不剌的見了萬千，這般可喜娘罕曾見。”金聖嘆批云：“言所見萬千亦皆絶艷，然非今日之謂也。”釋義：“顛”，張生自指，“不剌”，元時北方助語詞；又或以爲外方所貢美女名；又徐文長以“顛不剌”解作不輕狂。至《牡丹亭·圓駕》折：“見了俺前生的爹，即世嬷，顛不剌俏魂靈立化。”《長生殿·彈詞》折：“顛不剌，懵不剌，撇不下心兒上。”俱作“顛倒”解。同上

遮莫　“遮莫”二字初見晉干寶《搜神記》：“遮莫千思萬慮，其能爲患乎？”蓋猶言“儘教”也。唐人詩每多用之，如“遮莫枝根長百尺”爲李太白句。近人《劫灰夢傳奇》：“遮莫是泥犂雯現的吉祥花，遮莫是國民償負的文明價。”又《新羅馬傳奇》：“遮莫要危樓打碎奮空拳，遮莫要亂麻斬斷起一度玄黄戰。”又似作“則怕”解矣。同上

曲名相剿襲　書名往往好抄襲古人，亦是文人一習，小説家尤甚。有《紅樓夢》遂有《青樓夢》；有《金瓶梅》遂有《銀瓶梅》；有《兒女英雄傳》遂有《英雄兒女》；有《三國志》遂有《列國志》。傳奇則《西廂記》之後有《西樓記》，復有《東樓記》、《東閣記》。他如此者，尚不可枚舉。以上浴血生語。

諸曲言情佳構　男女兩異性相感，心理學上之大則也。故文學一

道,無論中西,皆以戀愛居其强半。此不必爲諱,亦不足爲病也。詩詞寫情之什,佳者不少。然綿鬱沈達,盡情極致,尤莫如曲本之易工,蓋文體使然矣。曲本寫男女之事者什居八九,然真可稱戀愛文學之精華者,亦不過寥寥數部而已,此學問自非易易也。今擇録吾所愛誦者數折。解脱者語

其寫懷春嬌憨之態者,泰西文家所謂初戀也。最佳者如《西厢寺警》、《牡丹亭之驚夢》。同上

詞家寫缺憾易著筆,寫團圓難著筆;説多愁多恨易工,説因緣美滿難工。故泛觀諸家,無一能於此處取勝者,惟《桃花扇》之"眠香",神乎技矣。以《桃花扇》一部最哀慘之書,偏於此處作歡暢極美滿之筆,此文家作勢法也。全折無一語帶感慨時事口氣,直至尾聲三語,猶作極酣滿淋漓之筆。此等章法,非俗子所能道也!同上

西厢舛誤 小説每易舛誤,近人之作,甫脱稿即以付刊,不暇修飾者無論矣。即古人之作,不知幾經修改,復經後人點定者,亦復不免。如《西厢·借厢》齣内,小梁州之贊美紅娘云:"可喜龐兒淺淡妝,穿一套縞素衣裳。"金聖嘆批云:"縞素衣裳四字粘細,是扶喪服也。"及後文〔耍孩兒〕三煞,追憶雙文之美云:"下邊是翠裙鴛綉金蓮小,上邊是紅袖鸞綃玉筍長。"豈扶喪時紅娘既縞素衣裳,雙文獨可翠裙紅袖耶?此雖詞句小道,然細心人視之,自不得不以爲病。雖然,無金氏之批,則其病轉不如是之著也。缺名語

崑腔 元人梁伯龍字辰魚,與魏良輔製作南曲,二人俱崑山人,故名崑腔。戲始於燈影,繼而傀儡,終而京腔。四平腔若崑腔,其最後也。清顧公燮《消夏閑記摘抄》

袁于令著西樓 袁籜庵,名于令,住因果巷。中略其著《西樓記傳奇》,譏吴江沈時同、趙鳴鳳也。因妓穆素徽從沈,而趙爲之撮合,故唧之。西樓在四通橋,穆舊居也。沈係萬曆丙辰會元,趙係六名會魁,以場中换卷事發,俱黜革,諺云:"丙辰會録,斷么絶六"。沈亦作《望湖亭傳奇》,嘲袁麻子。今《金鎖記》、《長生樂》、《玉麟符》、《瑞玉》等傳奇,皆袁所作。同上

湯若士遭陰譴 雲間陳眉公入泮,即告給衣頂,自矜高致,其實日

奔走於太倉相[1]王錫爵長子緱山名衡之門。適臨川孝廉湯若士在座，陳輕其年少，以新構小築命湯題額。湯書“可以棲遲”，蓋譏其在衡門下也。陳啣之，自是王相主試，湯總落孫山。王歿後，始中進士。其所作《還魂記傳奇》，憑空結撰，污衊閨閫。内有陳齋長，即指眉公。與唐元微之所著《會真記》，元王實甫演爲《西厢曲》本，俱稱填詞絶唱。但口孽深重，罪干陰譴。昔有人遊冥府，見阿鼻獄中拘係二人甚苦楚。問爲誰，鬼卒曰：“此即陽世所作《還魂記》、《西厢記》者，永不超生也。”宜哉。同上

徐文長　山陰徐文長渭客胡宗憲中丞幕。宗憲平倭寇徐海，遣諜厚賂海所幸妓王翠翹，使説海降。海死，胡納翠翹爲妾。時僑寓僧舍，文長欲窺之。服僧衣帽，自牆外與之戲。宗憲知之怒，悉集寺僧，令翠翹諦視，誤指貌似者，遂殺之。後文長歸，瞥見繼室與僧共卧，手刃之，乃繼室也下獄論死，張太史元汴力解得免。文長作《祝髮記傳奇》爲母壽，母爲之飲泣。又作《禰衡罵曹操》、《月明度[2]柳翠》諸劇，名《四聲猿》。蓋猿喪子，啼四聲而腸斷，文長有感而發焉，皆不得意於時之所爲也。生二子，悉庸才，雅號角心、蔴皮，一傳而絶。同上

宋代社會雜劇名目　國忌日，分有無樂社會。初八日，十二日，十三日。恃田樂、喬謝神、喬做親、喬迎酒、喬教學、喬捉蛇、喬焦鎚、喬賣藥、喬像生、喬教象、習待詔、青菓社、喬宅眷。中略禁中大宴，親王試燈，慶賞元宵，每須[3]有數火，或有千餘人者。全場傀儡[4]、陰山七騎、小兒竹馬、蠻牌獅豹、胡女番婆、踏蹺竹馬、交衮鮑老、快活三郎、神鬼聽刀。清樂社：有數社每不下百人。韃靼舞老番人、耍和尚。斗鼓社：大敦兒、瞎判官、神仗兒、撲蝴蝶、耍師姨、池仙子、女杵歌、旱龍船。福建鮑老一社，有三百餘人；川鮑老亦有一百餘人。宋無名氏《西湖老人繁勝録》

---

① 今校：相，據《涵芬樓秘笈》第二集第八册補。
② 今校：度，原作“渡”，同上改。
③ 今校：須，原作“社”，同上改。
④ 今校：儡，原作“傀”，同上改。

宋瓦市諸技藝　瓦市。深冬冷月，無社火看，却於瓦市消遣。中略專説史書，喬萬卷、許貢士、張解元。中略散樂，作場相撲，王僥。中略勾欄合生，雙秀才。中略裝神鬼，謝興歌。中略影戲，尚保儀①、賈雄。賣嘌②唱，樊華。唱賺，濮三郎、扇李二郎、郭四郎。説唱諸宫調，高郎婦、黄淑卿。中略談諢話，蠻張四郎。下略同上

湯若士受苦地下　夜坐閲《牡丹亭》，因憶比來所傳世上演《牡丹亭》一本。若士在地下受苦一日，未知人語鬼語，意甚不平。竊謂才如臨川，自當修文地府。縱不能遇花神保護，亦何至摧殘慧業文人，令受無量怖苦。豈冥途亦妬奇才耶？内子從旁語曰："當由臨川不幸，遇著杜太守陳教授一班人作冥判耳。"余笑頷之。徐曰："若令我作判官，定須覓一位杜小姐，判送氤氲司矣。"清湯傳楹《閑餘筆話》

獅吼記　元人院本《獅吼記》，演陳慥故事。内有《變羊》一齣，乃本《妒記》。京邑士人婦大妒，常以長繩繫夫脚。夫密與巫嫗計，以繩繫羊。婦自咎悔，誓還復本形云云。與院本關目略同，見《藝文類聚》三十五《人部》引。清沈濤《瑟榭叢談》

西厢出於王實甫　近時北詞以《西厢記》爲首，俗傳作於關漢卿。或以爲漢卿不竟其詞，王實甫足之。予閲《點鬼簿》，乃王實甫作，非漢卿也。實甫，元大都人，所編傳奇有《芙蓉亭》、《雙蕖怨》等，與《西厢記》凡十種。然惟《西厢》盛行於時。明都穆《南濠詩話》

趙氏孤兒　世以《史記》趙氏孤兒作雜劇，是以雜劇爲史記也。史遷好摭拾不經之言爲傳，不怪其然也。又或辨其有無者。噫！不足辨也。經曰："趙盾弑其君。"則盾固未嘗殺於靈公也。盾之善終，又何嘗死於屠岸賈也？邪史氏③之言，不足信者多。明文林《瑯玡漫鈔》

杜玉奇以湯若士《離魂》齣擅名，年六十餘登場，宛是亭亭倩女，絶可憐人也。清戴延年《吴語》

阮大鋮以曲自湔　米堆山人（昆陵薛刺史諧孟自稱米衲）《附記》

---

① 今校：儀，原作"義"，據《昭代叢書》卷四道光本改。

② 今校：嘌，原作"嗓"，同上改。

③ 今校："氏"字，據《叢書集成初編》本補。

云："崇禎癸酉冬，姚孟長先生赴南掌院任，晤間談及大鋮所填詞曲《十錯認》、《春燈謎》。予因從錢兵部其若索觀之，曰：'事固有敗於激者，若大鋮此曲，乃思自湔，非思翻局。萬一挺而走險，遏其攀附正人之一線，而明爲仇敵，號召黨羽，濟以譎險，天下事去矣。'其若與張二無諸公，皆以余言爲平。甲戌春，大鋮忽持年家弟刺過予，一見傾倒欷歔，手抱予兒繼貞，稱六世兄弟。予雖訝之，而心憐其夙遊趙忠毅廡下，抑丁艱。在魏閹未横前，或非渠首，何必峻拒，反深其毒？往答拜之，即牽留張筵，出童子演《春燈謎》。酒間娓娓自訴：'吾與孔時仲達厚，他人交搆，致罹黑冤。《十錯認》所以自雪本情，冀公等照覆盆耳。'予乘醉應曰：'世間錯固不止十，但保公自家不錯，何患人錯。'昔人誤答一轉語，墮野狐身，而後賢解之曰：'輾轉不錯，復是何物？'願公從此實之，爲國家起見，勿生仇恨也。"明陳貞慧《書事七則》

阮大鋮所度曲　《韻石齋筆談》云："崇禎末年，不惟文氣蕪弱，即新聲詞曲，亦皆靡靡亡國之音。阮圓海所度《燕子箋》、《春燈謎》、《雙金榜》、《牟尼盒》諸樂府，音調猗旎，情文宛轉，而憑虚鑿空，半是無根之謊，殊鮮博大雄豪之致。中略聲音之道，關乎氣運，豈曰偶然？"同上

阮大鋮度曲之所　《池北偶談》云："金陵八十老人丁繼之，常與予遊祖堂寺，憩呈劍堂，指示予曰：'此阮懷寧度曲處也。阮避人於此山，每夕與狎客飲，以三鼓爲節，客倦①罷去。阮挑燈作傳奇，達旦不寢以爲常。《燕子箋》、《雙金榜》、《獅子賺》諸傳奇皆成於此。'"《所知録》曰："大鋮既降本朝，在營中諸公聞其有《春燈謎》諸劇，問能自度否？大鋮即起，執板頓足而唱以侑酒。"同上

荆釵記　傳奇《荆釵記》，醜詆孫汝權。按汝權，宋名進士，有文集，尚氣誼，王梅溪先生好友也。梅溪劾史浩八罪，汝權慫恿之。史氏切齒，故入傳奇，謬其事以污之。温州周天錫，字懋寵，嘗辯其誣，見《竹懶新書》。清施潤章《矩齋雜記》

沈瑶岑與洪昉思齊名　沈丈瑶岑諱玉亮，又字亦村。武康諸生，中

① 今校：倦，原作"請"，據《昭代叢書》本改。

略於詩古文外，又長於譜曲，與錢塘洪昉思昇①齊名。洪傳而沈不傳，蓋有幸有不幸焉。屢困場屋，有《終葵嚇鬼》曲子。末云："不然俺家在終南，怎不曉得那徑兒捷。"此語巧妙自然。有《鳳池集》，俱載應制詩賦。京師貴人，奉爲帳秘，或非沈丈立言之意。清汪惟憲《積山雜記》

題舞臺聯　朱檢討竹垞《題舞臺聯集》詩句云："古往今來只如此，淡妝濃抹總相宜。"上句註小杜，下句註大蘇。鬼門聯："出曰是耶非耶，入曰至矣盡矣。"上句註漢武帝，下句註朱文公，可謂雋妙絶倫。清戴延年《秋燈叢話》

玉尺樓　若下朱公放齐，善指頭生活，工②鐵筆，尤長於填詞。乾隆辛巳秋，遇於蔣秋崖有穀堂中，遂與定交。有米顛之癖，而面遭天黥，絶似世之所謂羊肚石者。時盧雅雨榷鹺維揚，新譜《旗亭》、《畫壁》傳奇。傳至蘇，朱酒後閲之，即大加塗抹，正其謬誤，雅雨聞而具禮延致。今《玉尺樓》劇本，是其手筆也。後聞其入某將軍第，爲其佈置園石。間架已竣，持酒登其顛，大呼曰："雲林小子，恨不見我！"失足觸石死。予爲之立傳，許其與石相終始也。同上

長生殿　洪昉思昇，號稗畦，居東里之慶春門。少負才名，尤工院本南北曲。以國子生遊都門，暇取唐人《長恨歌》事，作《長生殿》傳奇。一時勾闌競抄習之。會國忌止樂，貴人邸第有演此者，爲言官所劾，諸人罷職，昉思遂歸，山左趙宫贊執信亦在譴中。趙嘗有絶句云："牢落周郎發興新，管絃長對自由身。早知才地宜江海，不道清歌誤却人。"蓋自悲也。朱檢討錫鬯《酬洪昇》詩云："金臺酒坐擘紅箋，雲散星離又十年。海内詩家洪玉父，禁中樂府柳屯田。梧桐夜雨詞悽絶，薏苡明珠謗偶然。白髮相逢豈容易，津頭且纜下河船。"元人白仁甫有《梧桐雨》雜劇，寫〔雨淋鈴〕一曲，用事可謂工切。昉思後溺於烏鎮，王司寇阮亭挽詩云："送爾前溪去，棲遲歲月多。菟裘終未卜，魚腹恨如何。采隱懷苕霅，招魂弔汨羅。新詞傳樂部，猶聽雪兒歌。"中年欲卜居武康山中，不果。所著《稗畦詩集》，清整有大曆間風格，嘗有"林月前後入，谿花冬夏

① 今校："昇"字原脱，據《昭代叢書》本補。

② 今校：工，原作"之"，同上改。

開”之句,世但艷稱其曲子耳。清厲鶚《東城雜記》

琵琶記　元末永嘉高明,字則誠,登至正四年進士,歷慶元路推官,以文行名。方國珍據慶元,避地於鄞①縣櫟社,用詞曲自娱。因劉後村有“死後是非誰管得？滿村聽唱蔡中郎”之句,乃編《琵琶記》,以雪伯喈之耻。按今《琵琶》仍是痛詆伯喈,舛悖不倫,不審何云雪耻？清施潤章《蠖齋詩話》

史癡翁樂府　史忠字廷直,金陵人。少不慧,年十七,方能言。忽通詩詞,畫山水木石,縱筆揮寫。性豪俠負氣,不喜近權貴人。與沈石田善。自號癡翁;樓近冶城,署曰卧癡。與客飲酒,沾唇輒醉;醉則搦管爲新聲樂府,略不搆思。有女笄當嫁,壻貧不能具禮;會燈夕,風月佳甚,詭詞攜女觀燈,與其婦送之壻家,呼壻出拜,大噱而去。嘗見其絶句云:“癡老平生性僻疏,胸中塵垢半星無。歲寒起坐燒銀燭,寫個江山雪霽圖。”同上

琵琶記　作《琵琶記傳奇》者,或云高明,字則誠;或云高栻,字則成。《竹垞詩話》云:“世傳《琵琶記》爲薄倖王四而作,此殆不然,陸務觀詩云:‘斜陽古柳趙家莊,負技盲翁正作場。死後是非誰管得,滿村聽説蔡中郎。’則自南宋已然,不自元明間也。”按牛丞相即牛僧孺,而中郎之誣,其説不一。元人周達觀《誠齋雜記》云:“僧孺有子名繁,與其同鄉人蔡生同舉進士,才蔡生,欲以女弟適之。蔡已有妻趙氏,力辭不得。牛氏與趙相與甚歡,蔡後至節度副使。”鈕玉樵《觚賸》云:“僧孺子牛蔚,與同年友鄧敞相善,强以女弟妻之。而牛氏甚賢,鄧元配李氏亦婉順有謙德。鄧攜牛氏歸,牛李二人,各以門第年齒②相讓,結爲姐妹。”其事本《玉泉子》,作者以歸伯喈,蓋憾其有愧於忠,而以不盡孝譏之也。按《舊唐書》載,僧孺二子蔚、藂,蔚登太和九年進士第,藂登開成二年進士第,俱仕爲節度使。《雜記》所云“繁”者,疑是“藂”字之訛。蔚襲封奇章侯,其名尤著,故《玉泉子》遂以爲蔚。而蔡、趙之姓,《雜記》尤爲符合也。又考杜牧之作《牛丞相墓誌銘》,所載五男六女,長男蔚,次叢,次奉倩,

---

①　今校:鄞,原作“瑾”,據《昭代叢書》本改。

②　今校:齒,原作“齡”,同上改。

二人皆稚齒。李珏《牛公神道碑》亦曰:"二人未知名。"長女嫁上黨苗愔,次嫁范陽張洙,次嫁常山張希,復次嫁前進士鄧淑,次未笄一人,始數歲,則鄧敞又是鄧淑之訛。要之,小説所言,其爲傳聞,總難取信耳。清汪師韓《談書録》

一捧雪 《一捧雪傳奇》所謂莫懷古者,隱名。若謂莫好古玩,好古如以手捧雪,不可久也。所指乃王忬事。忬字思質,弇州山人世貞父也。沈德符《萬曆野獲編》云:"嚴分宜勢熾時,以諸珍寶盈溢,遂及書畫骨董。時鄢懋卿以總鹺使江淮,胡宗憲、趙文華以督兵使吴越,各承奉意旨,蒐取古玩,不遺餘力。傳聞有《清明上河圖》手卷,宋張擇端畫,在故相王文恪胄君家。鉅富難以阿堵動,乃托蘇人湯臣者往圖之。湯以善裝潢知名,客嚴門下,亦與婁江王思質中丞往還,乃説王購之。王時鎮薊門,即命湯善價求市,既不可得,遂屬[1]蘇人黄彪摹真本應命。黄亦畫家高手也,嚴時既得此卷,珍爲異寶,用以爲諸畫壓卷,置酒會諸貴人賞玩之。有妒中丞者,知其事,直發其爲贋本。嚴世蕃大慚怒,頓恨中丞,謂有意紿之,禍本自此成。或云:"即湯姓怨弇州伯仲,自露始末,不知然否。"又王襄《廣彙》云:"嚴世蕃嘗索古畫於忬,云值千金。忬有臨幅,絶類真者,以獻。乃有精於辨畫者往來世貞家,有所求,爲世貞斥之,其人知忬所與世蕃畫,非真幅也。密以語世蕃,會大同有虜警,御史阿意論劾,世蕃遂告嵩票本,以致論死。《廣彙》所載較略,而情節相同。孫退谷《寓目記》云:"《上河圖》乃南宋人追憶故京之盛,而寫清明繁盛之景也。傳世者,不一而足,以張擇端爲佳。上有宣和天曆等璽,余於淄川士夫家見之。"宋人云:"京師雜賣鋪每《上河圖》一卷,定價一金。所作大小繁簡不一,大約多畫院中人爲之。若擇端之筆,非畫院人所及也。"孫之騄《二申野録注》云:"後世蕃受刑,弇州兄弟贖得其一體,熱而薦之於父靈,大慟,兩人對食,畢而後已。"詩畫貽禍,一至於此。然有小人交構其間,釀成尤烈。按所云詩者,楊椒山死,弇州以詩弔之,爲刑部員外況叔祺[2]告於嵩;所云畫,即此圖也;所云小人,則叔祺[3]湯臣輩耳。

① 今校:屬,原作"命",據《昭代叢書》本改。

②③ 今校:叔祺,原作"升旗",同上改。

同上

史磐[①]　史磐[②]字叔考，徐文長之門人，其書畫刻畫文長，即文長亦不能辨其非己作也。長於填詞，如《兼釵》、《合紗》、《金丸》、《夢磊》諸院本，皆盛行於世。余十四歲時，於黄泥橋諸氏園中見之，鬚鬢皓然，年蓋九十餘矣。明黄宗羲《思舊録》

韓上桂　韓上桂，字孟郁，番禺人，以南京國子監丞左遷照磨。中略豪爽不羈，其在五羊，伶人習其填詞，會名士呈技，珠釵翠鈿，掛滿臺端，觀者一贊，則伶人摘之而去。在舊院演所作《相如記》，"女優傅靈修爲《文君取酒》"一折，便賚百金。好談兵略，鬱鬱無所試而卒。同上

吴炳　吴炳，號石渠。長於填詞，所著有《西園》、《情郵》、《畫中人》、《療妒羹》、《緑牡丹》，雖多剿襲，而不落俗。徐虞求先生甚不喜之，曰："五院本乃石渠之五經也。"以三司首領攝餘姚縣事。同上

馮家禎　馮家禎，字吉人。長於度曲，喪亂之際，結爲歌社。時慈人陳謨，以無賴委署寧紹道，好作聲勢，恐喝[③]鄉里。公登場賓白："黄和尚有成親日，豈可人無得意時。莫笑陳謨今富貴，他年情事有誰知。"謨聞之大怒，以他事搆之下獄。獄吏待之頗慢，公即唱"西樓怪相逢"款待，疏節曼聲按拍，無不絶倒。初不知其爲患難也，然每對余言，則無非新亭之淚。同上

錢美恭度曲尋父　董守諭，字次公。是時甬上知名者三人：文虎、履安、次公，而次公又爲别調。東浙既亡，異時舉人争先入仕，皆復會試於本朝，人謂之"還魂舉人"。次公獨稱故官，不見當道。嘗以朱子《發卦義》問余，余爲之疏解於下。曾憶與之看戲，有演《尋親記》者，哀動路人，次公指而謂曰："此錢美恭也。其父與此相類，顧忍而爲此乎？"蓋美恭父錢士驌仕滇中不返，故次公言之。其後美恭決志入滇，而身無一錢，乃買鼓板一副，市鎮之處度曲，卒迎父柩而返。同上

譚宗初，字九子，後改公子，姚江人。善音律，爲人不羈。余於庚寅歲，見其與群少年登場演戲，九子扮綉襦樂道德，摹寫幫閑，情態逼肖。

---

①②　今校：磐，原作"槃"，據《昭代叢書》本改。

③　今校：喝，原作"嚇"，同上改。

同上

金源燕賓歌樂　宋時士大[1]夫猶有起舞以勸酒者，自優作而舞遂廢。遼曲宴宋使，酒一行，觱篥起歌；酒三行，手伎入；酒四行，琵琶獨彈，然後食入。雜劇進，繼以吹笙、彈箏、歌擊架樂、角觝。王介甫詩“涿州沙上飲盤桓，看舞春風小契丹”，蓋記其事也。至范致能北使，有〔鷓鴣天〕詞亦云：“休舞銀貂小契丹，滿堂賓客盡關山。”則金源燕賓，或襲爲故事，未可定耳。清納蘭成德《渌水亭雜識》

數落山坡羊　《焦仲卿妻》又是樂府中之別體，意者如後之〔數落山坡羊〕，一人彈唱者乎？同上

近世應作近體樂府　曲起而詞廢，詞起而詩廢，唐體起而古詩廢。作詩欲以言情耳，生乎今之世，近體足以言情矣。好古之士，本無其情，而强效其體，以作古樂府，殊覺無謂。同上

三元記　前朝功令最寬，如演戲不許扮歷代帝王聖賢，此載在《刑書》也。若武宗南巡，係當代人主，竟演登場矣。宰相入串本，惟分宜父子最盛，大約皆醜詆之詞。至於商文毅《三元記》尤可笑。别紀載文毅公父爲府吏時，太守遥見吏舍有光，迹之非火。翌日，問群吏家有何事，云商某夜生一子。太守異之，語其父曰：“此子必貴，善撫之。”且事非遠代，其家傳誌在人耳目。而院本裝演，種種不經。且公後代人文輩出，何不能舉其坊本而燬之？“死後是非誰管得，滿街争唱蔡中郎”作俑者誰是耶？清黎士宏《仁恕堂筆記》

用曲語爲謔　余聞同官巫公鑾稺云，其鄉有余君名彦者，與李君名履素者爲舊交。一日，偶值於途，李謔之曰：“一春魚雁無消息。”余即起揖曰：“義手忙將禮數迎。”崇禎中有馬[2]平葉公瑋令長汀，梁谿王公行可令武平。王緣事論罷，葉往諗之，笑曰：“爲甚的武陵音近平。人抱悶悠悠？”王答曰：“長亭、同汀短亭，那管人愁悶。”一用《浣紗記》語，一用《玉簪記》語，隨口便給，真雅謔也。同上

優語　吴梅村既仕國朝後，讌集太原王氏。梅村令伶人演《爛柯山

---

① 今校：“大”字原脱，據《昭代叢書》本補。

② 今校：馬，原作“高”，同上改。

劇》。伶人於演科白時，大聲對梅村語曰："姓朱的有甚虧負你？"梅村爲之面赤。甲申闖賊之變，大司馬某亦在迎降之列。後官浙中，赴讌西湖，伶人演《闖賊破都城》故事，一人執手板蒲伏道旁自唱："臣兵部尚書某迎接聖駕。"蓋某即座上某也，因悵然不懌，罷酒而去。利禄薰心，廉恥道喪，於鐙紅酒緑之場，作暮鼓晨鐘之唤，二伶殆有心人歟，惜其名皆佚不傳。《蓴廬雜綴》

鹽商梨園之盛　河廳當日之奢侈，乾隆末年首廳必蓄梨園，有所謂院班、道班者。中略道光中，陶文毅改票法，揚商已窮困，然總商黄瀠泰，尚有梨園全部，殆二三百人，其戲箱已值二三十萬。四季裘葛遞易，如《吴王採蓮》、《蔡狀元賞荷》，則滿場皆紗縠也。黄之子小園，與余交好。清金安清《觚哉漫録》

吴蘋香女史工詞，嘗作《飲酒讀騷圖》長曲一卷。因繪爲圖，己作文士裝束。廣徵名人題咏，蓋寓"速變男兒"之意也。缺名筆記

優語　某邑令賦性貪鄙，到任後，百計搜括，後以贓罷官。有賤之者，設香案酒筵候道左，令至下輿，與衆周旋。内有三人，著古代衣冠，類優伶。令驚訝問故，三人自道姓名，一爲曹孟德，一爲秦檜，一爲嚴嵩。且云："吾輩生前罪孽深重，死後上帝罰墮九泉之下，永不超生。今蒙父臺將地皮括去數層，使千載幽魂，重覩天日。此恩何以答報？"令聞之，面無人色，不終席而去。同上

百文敏與荷官　桐城光聰諧律元先生，記嘉慶間百文敏公齡總制兩江時，蒐於江西。中丞胡公克家果泉設筵宴之，文敏豐裁峻整，竟日無言，自中丞以下，莫不震慴。次日再宴演劇，有伶人荷官者，舊爲京師菊部之冠，文敏昵焉。是日適登場，文敏見之色動，顧問："此非荷官耶？曷至是，齒亦長矣，無怪老夫之鬢已皤也！"荷官因跪進至膝，捋其鬚曰："太師不老。"蓋用院本貂蟬口白。文敏大喜，爲之引滿三爵曰："爾可謂荷老尚餘擎雨蓋，老夫可謂菊殘猶有傲霜枝矣！"公字菊溪，故自謂也。是日四座盡歡，校閲軍實，一無舉劾。方東樹植之先生時在中丞幕府，實親見之，頗疑中丞預儲以待，用江南主之待陶穀，文潞國之待何剡故事。按張乖厓帥蜀時，悦一姬，趙清獻亦悦一妓，又何必不以之相擬也？同上

查潘鬥勝　戲劇中演查、潘鬥勝事，甚猥瑣。然實非無因，特流傳之實真耳。乾嘉之朝，禾中殷富首以王江涇陶氏爲鉅，此外則推查氏。查以天津鹽務敗歸，猶存數百萬。中略查小山有圻，即聲山宫詹之曾孫，由天津鹽務起家，祖父皆仕宦鼎盛，與朝貴多至親，一時煊赫無比。年甫四十，遽卒。計平生揮霍，殆不下六七千萬，故俗呼曰“遮半天”。中略嘉善金眉生安法廉訪筆述。同上

朱四芬唱曲　《癸辛雜識續集》載高疏寮守括日，有籍妓洪渠者，慧黠過人。一日，歌《真珠簾詞》，至“病酒情懷猶困懶”，使之演其聲，如病酒而困嬾者，疏寮極稱賞之。適有客云：“卿自用卿法。”高因視洪云：“吾亦愛吾渠。”遂與脱籍而去。道光時，都中有蘇旦朱四芬者，年十四，與徽旦中至美者劉愛紅並稱第一花。因劉長一歲，人又呼朱爲亞紅。有倪姓者，入都應京兆試，狎之。一日，開筵宴客，令朱佐觴，柔情綽態，四座盡眙。命之歌藏舟劇〔山坡羊〕一曲。此曲本哀感者，起句即曰：“淚盈盈做了江干花片。”朱慮聽者不歡，櫻喉乍啟，一笑嫣然。客有褒周郎癖者，乃口占一絶調之曰：“看花燈下愛花明，花爲人看花有情。粉面春風年十四，樽前笑唱淚盈盈。”朱曰：“殆謂歌此曲不應笑耶？”因又唱跌包劇〔紅衫兒〕一曲，嫩喉凄凉，神色慘至，合座傾聽，不覺泣下。倪至挽其頸勿令再唱，而前客亦傾倒備至矣，聲色惑人，真無所不至哉！其後倪留滯都門，爲朱傾家，身染沉疴，不三月而卒。然病中朱僅一往視之。同上

臨川夢　蔣心餘作《臨川夢傳奇》，極詆陳眉公之爲人，且於湯陳交惡之由，言之頗詳。然晚香堂中題《牡丹亭》一跋，有“楊用修長於論詞，而不嫻於造曲。徐天池《四聲猿》能排突元人，長於北而又不長於南。獨臨川以花間蘭畹之遺，兼擅其長”云云，其推崇臨川至矣。至“化夢還覺”“化情歸性”等語，亦能道出《牡丹亭》之本意。觀此則眉公當日，固尚與臨川相厚。空梁泥落，漸結怨嫌，名士忌才，正復何所不至！况琛《花簾塵影》

西樓記　俞曲園《小浮梅閑話》及《茶香室三鈔》，均述《西樓記傳奇》事，但知爲袁籜庵因名妓穆素徽而作。即所引之《隨園詩話》、《如是我聞》及《顧丹五筆記》等書，亦皆語焉不詳。吴江袁漫恬《書隱叢説》曾

記其事,頗足補曲園之闕。先是吴江有沈同和者,以財雄一鄉,凡新到妓女,必先晉謁。中略乃作《西樓記》以寄慨云,漫恬與籜庵相去未久,又記載其本邑之事,當較他書爲可信也。缺名筆記

弔桃花曲　予友趙瑾叔瑜,錢塘人,入籍武康,補博士弟子員。少時雅擅填詞,撰有《青霞錦》、《翠微樓傳奇》數種。與洪稗畦齊名。中年喜作釋氏裝,自稱綉衲頭陀。不飲酒食肉,又不言釋氏之學。不肯俯仰於人,家雖貧,泊如也。記康熙庚辰三月夜,大風雨,至黎明,聞扣門聲甚急,啟視之,則趙也。著屐而來云:"天公如此,桃花摧殘可知矣!吾欲往六橋弔之,君能偕我行乎?"予適小疾畏風,辭之,瑾叔遂獨行。抵暮仍過我,急索筆,寫《弔桃花曲》五闋見示。音調凄惋,真有情人也。予亦倚其聲而和之,今録趙作於後。〔山坡羊〕誰繪就河陽圖畫,却向這西湖懸掛。怪宵來狂風不休,看紛紛紅雨漫天下。假若是攀折他,被催花御史拿。到而今禁不住鸚哥,只把東風罵。何事天公見識差?波查,葬西施向水涯;烟沙,嫁王嬙不返家。〔皂羅袍〕十里虹①橋緊跨,總抛開旖旎,掃盡繁華。長隄那得錦屏遮,穠香一路由人踏。珠零玉碎,蘭舟慢揮,紅愁紫怨。春醪慢賒,淚蘇蘇,怎禁得千行下?〔解三酲〕貴客來,辜負了軒車駟馬;富家來,消停起檀板琵琶;才子來,詩成空返玄都駕;美人來,休認做玉真家;緇流②來,何曾悟得三摩義;羽士來,未必燒成九轉砂。有一種狂逞輩,癡呆煞,肚皮裹惟知飲啖,耳朵裹只聽喧嘩。〔玉抱肚〕吾心牽惹,急孜孜憐花惜花。把一杯澆向花前,花知道,可能鑒咱,日之夕矣不歸家。恨不得坐到黄昏再哭他。〔皂角兒犯〕六朝春,總屬虚花;三月景,一番閑話。説甚麽絳雪胡麻,想都是塵埃野馬。没相干,抛開罷。眼乜③斜,枝頭還剩一些些。風休刮,雨莫加,殘春尚值千金價。〔尾聲〕人生難得長瀟洒,費幾杯浪酒與閑茶。你看宋苑秦亭,又增一番新緑也。清徐逢吉《清波小志》

緑牡丹　《緑牡丹傳奇》係明末烏程温體仁介弟育仁倩人所作。時

---

① 今校:虹,原作"紅",據《叢書集成初編》本改。

② 今校:流,原作"絲",同上改。

③ 今校:乜,原作"刁",據《叢書集成初編》本改。

復社聲勢甚盛，育仁作此書，詆誚張天如輩，卒以此，致婁江、烏程，顯開大隙，詳見張秋水《冬青館集》。及陸桴亭《復社記事》，秋水謂是書係三百年國社所關，一莖草現丈六金相，不可以宋元雜爨少之。覺阿開士《書〈壯悔堂集〉後》四絶，其末曰："少日閑情悔最難，傾城名士兩相歡。傳奇争愛《桃花扇》，誰唱温家《緑牡丹》？"亦深致傾慕之意。乃流傳絶少，不克與《燕子箋》、《十錯認》等同邀後人評賞，亦文字之一厄也。況冧《花簾塵影》

新嫁娘一半兒　馮晏海雲鵬先生，吾通名宿也。著有《紅雪詞》行世，末有《新嫁娘》十六首，風光旖旎，將新婦狀態，描摹盡矣。其詞調寄〔北一半兒〕，兹録其最佳者如下：（一）"寶奩裝就待春風，鴛枕鴛衾色色紅。怎樣魚游春浪中，覰朦朧，一半兒疑猜一半兒懂。"（二）"花輿燈火簇雲霞，泣别娘行並阿爺。執手叮嚀休憶家，聽啞啞，一半兒真啼一半兒假。"（三）"華堂花燭忒多儀，鼓樂喧闐儐相齊。站拜成婚雲鬢低，步難移，一半兒心驚一半兒喜。"（四）"催妝促起望朝雰，淡畫春山兩鬢分。艷艷天仙無比倫，可銷魂，一半兒新紅一半兒粉。"（五）"旋來賀客鬧盈門，綉幔争窺花樣身。謔浪生春如不聞，任評論，一半兒心煩一半兒哂。"（六）"不言不語看香燒，陪嫁雙雙伴寂寥。暗想懽情如昨宵，意摇摇，一半兒難禁一半兒好。"（七）"清晨梳洗問翁姑，罷綉停針一事無。晝静惟聞烏鵲呼，待兒夫，一半兒清閑一半兒苦。"（八）"小姑翻看枕紅羅，枕上誰開並蒂荷。帶笑回言流目波，便如何，一半兒他人一半兒我。"（九）"小時獨宿不關情，徹夜酣眠直到明。自有同情人唤卿，怎安寧，一半兒迷蒙一半兒醒。"（十）"碧梧新占鳳凰儔，坐并花陰寢並頭。半夜遲歸心便愁，望凝眸，一半兒思眠一半兒守。"（十一）"兒家家住鳳橋西，門外垂楊水拍堤。屈指歸寧三日期，兩難離，一半兒爹娘一半兒你。"渴睡漢語

荆釵記　傳奇《荆釵記》醜詆孫汝權。按汝權宋名進士，有文集，尚氣誼，王梅溪先生好友也。梅溪劾史浩八罪，汝權慫恿之，史氏切齒，故入傳奇，謬其事以污之。温州周天錫，字懋寵，嘗辨其誣，見《竹懶新書》。缺名筆記

題蘭花卷子曲　楊小坡茂才工填詞，有爲王某題秦淮女史吴瑞雲

《蘭花卷子》南北曲一套。聲調蒼凉，借題感興，置之《曲譜》中，不減玉茗風韻也。〔正宫端正好〕莽天涯，人何處？望江南榛①棘荒蕪。花心更比人心苦，是一篇②著色的《離騷賦》。〔滚綉球〕想當初十二闌干簾影疏，三五中秋月影孤。看樓外垂楊一樹，把長橋遮得模糊。甚文章大小蘇，甚神人大小姑。喬珠娘烟花寨主，俊王③郎曠代才無。那管他桃花竟日隨流水，端的是寒雨連江夜入吴④，對畫蘭媚影親摹。〔脱布衫〕你是個阮藉窮途，他是個卓氏當爐。鍾情的夢兒中陽臺遇雨，傳神⑤的畫兒中空山泣露。〔小梁州〕那時節院落沈沈日影晡，他爲你滴翠調珠⑥。還有個可人捧硯，是掌中珠，迴眸顧花也病難扶。〔么篇〕怎地中隱隱鳴金鼓，眼睜睜斷梗江湖。血染了石頭城，屍填了桃葉渡。你尚有生綃一幅花，不共人枯。〔上小樓〕一霎時香簾綉幕，都變了幾堆黄土。再休提風雨秋燈，烟波畫船，詩酒狂徒。看棲烏，聽啼蛄，野花無主，享一點畫蘭名天還嫉妒。〔么篇〕則爲你名魁花譜，花爲香祖。俺也曾裘點鷫鸘，裙潑胭脂，帳掩珍珠。倡家雛，酒家胡。緩歌慢舞，只落得鬱蒼蒼斜陽滿樹。〔耍孩兒〕王郎啊你當年箏笛鳴秋浦，剷一片蘆花舞絮。抽刀殺賊竟何如？破青衫依舊寒儒。留得個一叢香草三生石，最傷心滿地飛灰萬卷書。吃緊的相思譜，雖則是無人可賞，却怎生有口難餬。〔五煞〕深惜你倦吟花詩句香，醉談兵膽氣粗。大人藐視終難遇，禰 衡不肯遊江夏。西子何曾去五湖？目斷臺城路。似你這深山小草，怎難忘野水殘蒲？〔四煞〕最愛你亂排場不讓人，風頭銜衆口誣，薰蕕雜處心良苦。這壁廂八公草木新烽火，那壁廂六代江山舊畫圖。一卷朝和暮，猛想起悲歡離合，塗抹些也者之乎！〔三煞〕堪笑你謁塗山眼界空，弔荆人獨自哭。蘭魂吹入琴堂幕，説什麽黄衫傾倒真名士，他也曾紅拂私奔莽丈

---

① 今校：榛，原作"荆"，據《蕉軒隨録》中華本改。
② 今校：篇，原作"編"，同上改。
③ 今校：王，原作"玉"，同上改。
④ 今校：吴，原作"湖"，同上改。
⑤ 今校：神，原作"情"，同上改。
⑥ 今校：珠，原作"朱"，同上改。

夫。一瓣心香炷，怎當日飄零蕩子，又做了勇敢狂奴。〔二煞〕可恨你破蒲團坐得拘，舊青氈守得愚。怎十家姊妹將人誤，江淮才子名雖重，脂粉嬌娃骨已枯。大劫皆天數，可記得紅巾搵淚，綠酒提壺。〔一煞〕俺勸你謝風情多讀書，覓生涯且濫竽。黃金杜牧人爭鑄，只爲你深深香霧迷蝴[①]蝶。因此上苦苦春風叫鷓鴣，一唱君當悟。似這般情苗恨蕊，到不如永斷根株。〔尾聲〕知君牽夢魂，代君訴肺腑。可憐曲誤無人顧，我待要請正[②]蘭花花不語。清金夷《霞綺篇》

遼曲宴宋使歌樂　遼曲宴宋使，酒一行，觱篥起歌；酒三行，手伎入；酒四行，琵琶獨彈，然後食入。雜劇進，繼以吹笙、彈筝、歌擊架樂、角觝。王介甫詩："涿州沙上飲盤桓，看舞春風小契丹"蓋紀其事也。清吴長元《宸垣識餘》

史騾兒歌曲　金大定十三年四月，上御睿思殿，命歌者歌《女直詞》。顧謂皇太子諸王曰："朕思先朝所行之事，未嘗暫忘，故時聽此詞，亦欲汝輩知之。"至治間，燕人史騾兒善琵琶，蒙上愛幸。上使酒，無敢諫者。一日御紫檀殿飲，騾兒歌《殿前歡》曲，有"酒神仙"之句，上怒，叱左右殺之。後悔曰："騾兒以酒諷我也！"同上

張怡雲　張怡雲，大都名妓也。居海子上，能詩詞，善諧笑，名重京師。趙松雪、商正叔、高房山爲寫《怡雲圖》以贈。姚牧庵閻靜軒每於其家小酌，嘗佐貴人行酒。姚偶言"暮秋時"三字，閻命怡雲續而歌之。張應聲作《小婦孩兒》，且歌且笑曰："暮秋時，菊殘猶有傲霜枝，西風了却黄花事。"貴人曰："且止！"遂不成章。又有《寄姚征衣詞》云："欲寄君衣君不還，不寄君衣君又寒。寄與不寄間，妾心千萬難。"人多傳之。同上

洛陽橋記　兔兒山即旋磨臺，天啟乙丑重陽，車駕臨幸。鐘鼓司邱印執板唱《洛陽橋記》〔攢眉黛鎖不開〕一闋。次年復如之，宫人相顧，以其近不祥也。陳悰詩："美人眉黛月同彎，侍駕登高薄暮還。共訝洛陽橋下曲，年年聲繞兔兒山。"同上

倒喇　《倒喇》，金、元戲劇名也。似俗而雅，錢塘陸次雲《賦滿庭芳

---

① 今校：蝴，原作"胡"，據《蕉軒隨録》中華本改。

② 今校：正，原作"證"，同上改。

詞》云："左抱琵琶，右持琥珀，胡琴中倚秦箏。冰絃忽奏，玉指一時鳴。唱到繁音入破，龜兹曲盡作邊聲。傾耳際，忽悲忽喜，忽又恨難平。舞人矜舞態，雙甌分頂，頂上燃燈，更口噙湘竹。擊節堪聽，旋復迴風滚雪，摇絳蠟故使人驚。哀艷極，色飛心駴，四座不勝情。"按朱竹垞、查初白俱有《觀倒喇詩》，茫不知爲何技。讀此詞，有如目擊，洵乎詩難狀而詞易工也。徐華隱云："此等題極宜留咏，以補《風俗通》之所未載。"今都中此技無有矣。同上

誇大黄鶯兒　山東士人某，語多誇大，本無知識，人多哂之。嘗語及大樹曰："我鄉一樹，大無可喻者，蓋經四千歲之久矣！"詢爲何代物，曰："傳爲趙宋時物也。"聞者絶倒。好事者乃括其平生之語，集爲一曲，曰〔黄鶯兒〕，以爲談柄云。曲曰："宋樹四千年，熟楊梅朱陳縣，一驢日走三千站。十套史全，百斤鯉鮮，三千馱子金剛鑽。更誇天，賊來吃餅，一頓打三千。"清景星杓《山齋客譚①》

吴中戲院之始　吴縣王鶴琴先生耆年碩德，與談吴中掌故，則掀髯抵掌，如數家珍。嘗詢以吴中戲院之肇始，先生云："明末尚無此，款神宴客，侑以優人，則於虎邱山堂河演之。其船名捲梢。觀者别僱沙飛、牛舌等小舟，環伺其旁，小如瓜皮。往來渡客者，則曰蕩河船。把槳者非垂髫少女，即半老徐娘，風流甚至。或所演不洽人意，岸上觀者輒拋擲瓦礫，劇每中止。船上觀客過多，恐遭覆溺，則又中止。一曲笙歌，周章殊甚。雍正間有郭姓者，始架屋爲院，人皆稱便，生涯甚盛。自此踵而爲之者至三十餘家，捲梢船於是遂廢。"孫毓修《緑天清話》

録鬼簿　元人鍾醜齋集當時顯宦名公製曲行世者若干人，爲《録鬼簿》。其自序有云："人之生斯世也，但以已死者爲鬼，而不知未死者亦鬼也。"特一間耳，其言痛矣。慈谿邵元長題〔湘妃曲〕於後曰："高山流水少人知，幾擬黄金鑄子期。繼先既解其中意，獨恨相逢何太遲。示佳篇古怪新奇，想達士無他事。録名公紛紛如鬼，嘆人生不死何歸？"讀至末句，如三更魚鼓，半夜霜鐘，唤醒癡人不少。繼先，醜齋字也。同上

碧桃記　客有讀《碧桃記》而不知其人者，予按此記爲金谿吴嵩梁

---

① 今校：譚，原作"話"，據《昭代叢書》本改。

而作。嵩梁自號蓮花居士，嘉道間以詩鳴，卓然爲江西鉅子。宦遊京師日，有水西女子岳緑春者，姿容明惠，畫墨蘭，有韻致，亦善小詞，有句云：“花有美人香，樹影玲瓏畫粉牆。”一時誦爲清照再生，淑真易世。博士雅慕之，詣其居，值緑春菱鏡勻妝，杏腮初點，乃貽以碧桃一枝，女受而簪之。俄有以重聘賂其母者，女恚甚，謂母曰：“兒已簪吴氏花矣！”及歸，博士築聽香館以居之。月窗並坐，影飄連理之裾；花徑偕行，香浣合歡之帶。博士嘗咏西樵“姬人水檻焚香侍，秋響扁舟抱膝吟”之句以自寫，則其艷福可知矣。陸祁生爲作《碧桃記傳奇》，以誌韻事。歡娱不久，而彩雲遽散，良會不常。博士深情人，當亦披此記而益深哀蟬落葉之思也已！同上

長生殿　孔東塘《桃花扇》成，而桃源洞主田舜年已教家姬合演。餘如《西堂樂府》、《湖上傳奇》，莫不朝成稿本，夕布管絃，皆文人之幸遇矣。而洪昉思之《長生殿》，則山西亢氏爲寘衣飾器用之費，至費鏹五十萬兩，始得歌喉一囀，座客稱善。同時江淮某大吏，亦演此劇，其門客項生，爲之布置，所費亦數十萬。見《樊榭山房集》。文人寓言，好事者致不惜傾産以點綴之，然則《長生》一曲，貽誤白頭，作者亦可以無憾。同上

帝女花　《倚姓樓》傳奇〔帝女花中朝閧〕一齣，四邊静云：“大明結局堪傷悼，帝和后盡丟掉。我曹本舊人，見了心多跳。因此奏求我主們把太子封了，皇陵蓋好，還要乞爺爺替前朝開個弔。”讀之令人破涕爲笑，劇中以魏學濂爲降賊，則殊誣。同上

緑牡丹　覺阿開士有《書〈壯悔堂集〉後》四絶句曰：“少日閑情悔最難，傾城名士兩相歡。傳奇最愛《桃花扇》，誰唱温家《緑牡丹》。”隸事頗新僻，或詢《緑牡丹》出處，余案婁東陸桴亭《復社記略》曰：“當天如之哀集國表也。”中略天致如《十錯認》、《燕子箋》，亦明季文字風氣所趨，而語語譏切社長，極喜笑怒罵之致。宜媿庵當日厲禁之，要其詞藻有不能没者云云。以上録葉調生先生《鷗波漁話》。明末黨人互相傾軋，乃以院本爲武器，亦一談助也。今其書不傳，坊間所刊《緑牡丹》，非傳奇體，且不堪卒讀，當是别一書，而襲其名者耳。《小説月報》補白

徐巨源劇本　李太虚，南昌人，吴梅村座師也。明崇禎中爲列公，

國變不死，降李自成。清定鼎後，乃脱歸。有舉人徐巨源者，其年家子也，嘗非笑之。一日，視太虚疾，太虚自言病將不起，巨源曰：“公壽正長，必不死。”詰之，則曰：“甲申乙酉不死，則更無死期，故知公之壽未艾也。”太虚怒，然無如何。巨源又撰一劇，演太虚及龔芝麓降賊後，聞清兵入，即逃而南，至杭州。爲追兵所襲，匿於岳墳鐵鑄秦檜夫人胯下。適夫人方月事，追兵過而出，兩人頭皆血污。此劇已演於民間，稍稍聞於太虚。適芝麓以上林苑監，謫宦廣東，過南昌，亦聞此事。乃與太虚密召歌伶，夜半演而觀之。至兩人出胯下事時，血淋漓滿頭面，不覺相顧大哭，謂名節掃地至此，夫復何言？然爲孺子辱至此，必殺以洩忿。乃使人俟巨源於逆旅，刺殺之。事載《甌北集》中。云聞之蔣心餘者，則其書已不傳矣。同上

誤讀曲文 嘗偕某某觀劇，伶人演搶繖曰：“萬古千秋雨又來。”甲曰：“萬古千秋，詞意大謬，當改爲萬點千絲。”乙曰：“以文字斠之，疑是萬苦千愁。”坐人爲之擊節嘆服。後檢示古曲本，果如乙言。余謂誤讀書，亦一適意事也。如乙改本，便死於言下。以此推之，曲文有“有朝得了天和下，你做朝來我坐庭”之語，若一一求其詞旨之安，必勿能有此趣味矣！懺綺主人《風月閑情》

曲海揚波卷二

吴蘋香題小青墓曲　陳雲伯爲小青、菊香、雲友修墓於西泠，徵諸題咏，彙而刻之，顏曰《蘭因集》。仁和吴蘋香藻有南北曲一套。蘋香詞名最著，《花簾》一集，嗣響易安，曲亦頡頏倚殘。兹録〔步步嬌〕："金粉難銷湖山路，草緑裙腰露。荒陵落日初，一片傷心，美人黄土。何處弔蘼蕪？把香名一例兜[1]從頭訴。"〔醉扶歸〕："一個葬秋墳冷唱逋仙句，一個對春山閑臨《西子圖》，一個簾垂畫閣緑陰疏。怎蓮胎生迸的蓮心苦？最憐他寒[2]膏冷翠强支吾，最傷他蘭因絮果難調護。"〔皂羅袍〕"日日畫船簫鼓，問湖邊艷迹，説也模糊。桃花三尺小墳孤，棠梨一樹殘碑古。春烟楊柳，秋風荻蘆；粉痕蛺蝶，紅腔鷓鴣。玉鈎斜誰把這《招魂》賦。"〔好姐姐〕有個謫仙人，轉蓬萊故都，愛一帶青山眉嫵。平章花月，把嬋娟小傳摹；詩禪悟，重留片石將情天補，欲倒狂瀾恨海枯。〔尾聲〕珊珊環珮歸來否？早註入碧城仙簿。則問他曾向詩人下拜無？近人王西神《然脂餘韻》

鵑紅記　吴蘭雪《香蘇山館集》云："嘉慶六年，富莊驛有蜀中女史鵑紅題壁詩六首，趙君野航見而和之，且爲譜《鵑紅記》院本八齣。"同上

紫芝記　王漢章《陽秋賸筆》云："宣統初元，再至白下，時與鄉人張雙圓遍訪金陵古迹。中略張君尤好探奇，一日獨遊，宿靈谷寺僧房。中略與寺僧坐談廡下，見大樹根處，熠燿有光，中略僧言彼處將生菌矣。中略相傳洪楊之役，石城既下，有宫娥十許人，被掠至此，不屈而縊於樹，中略以故樹下時生紫菌，朱殷如血，張君因於黑夜折之。中略又數日，張君夜夢緑衣少女十餘輩，匍匐來謝之。既寤，中略譜爲《紫芝記傳奇》。同上

---

① 今校：兜，原作"兒"，據《民國詩話叢編》本改。

② 今校：寒，原作"零"，同上改。

頳綃恨 《頳綃恨傳奇》，墨香詞客撰。本事略取龔璱人所爲詞《瑶台第一層》中註，某侍衛原序所云，某王孫與中表某氏及婢杏兒事。王孫初别某氏，暗以頳綃巾納氏枕中，後婢竟以此殉氏葬。同上

聲曲原委 常與吾兄論聲曲原委，三代以上，歌舞二者，絶不相蒙，干羽笙歌，各有其曲。下及宋、元，舞曲盡失。而詩詞屢更，五言七言，日趨工巧。長短句之體興，而有詞之小令，由小令而衍長之，詞牌遂不可勝舉。南渡之際，文人好俗言，而曲始盛行，一時士大夫無不擅顧曲之能，然猶未演之爲劇也。金世供御，有四厢樂，其兩厢，舞樂也。男名末泥，女名旦兒，凡合樂，號曰連厢。舞者皆依曲句而舞，然猶歌者自歌，舞者自舞。至元世，始歌舞皆出一人，通場陪襯而不唱，號曰北曲。至明世，始通場合唱，號曰南曲。而關節益繁，鋪場白講，所謂靡靡之樂，淫哇亂志者，職此之謂。自唐以來，供奉雜劇，類今茶肆中説書。一人升座設論，一人從旁問答，諢諧出之，其隱切時事，見之正史，號曰譎諫者甚多。其原出於滑稽之流，與聲曲截然兩途。舞曲之詳，雖不可知，其略尚可意求。天寶時，象馬教舞大會皆能應節，以意度之，則歌舞相應，未必始於金之連厢，蓋唐世已然矣。趙惠甫《能静居筆記》

西厢與牡丹亭之較 閲《南西厢》一過，友人好《西厢》者，争以爲《牡丹亭》勝《西厢》，是真不讀書人語，是真不解世情人語。夫情生文，文生情，情不至則文不成。其爲文雖絶麗之作，而其言無所附麗，譬如摶沙作飯，無有是處。雙文之於張生，其始相愛悦而已，中則患難之交，終則有性命之感，然後踰禮越義，以有斯文。其情淳摯深厚，至不可解，淪肌浹髓，耐人曲折尋味。故夫雙文之於張生，不得已也，發於情之至者也，情至而不得遂，將有死生之憂。人實生我，而我乃死之，死之仍不獲於義也，於是有行權之道焉。君子之所寬也，若《牡丹亭》則何爲哉？陡然一夢，而即情移意奪，隨之以死，是則懷春蕩婦之行檢，安有清净閨閣如是者？其情易感，則亦易消，入之不深，則去之亦速。拈題結意，先已淺薄，如此雖使徐、庾操筆，豈能作一好語？今見其艷詞麗句，而以爲彼勝於此，是尚未知人情，安足以言讀書？同上

度曲音義 《班史》元帝自度曲，瓚曰："歌終更授其次，謂之度曲。"

張衡《舞賦》曰："度終復位，次授二八[1]。"應劭曰："自隱度作新曲，因持新曲以爲歌詩聲也。"師古曰："二説皆是也。度音大各反。"愚案瓚説未安。《玉篇》："度又過也。"度曲，或當如應説，謂自作新曲，而自歌之，以次終其曲也。即如張平子賦語，亦云"度終復位"。明言度曲既終，然後更授其次。則度字當作唐故切，即次授之義，亦當爲唐故音，不得音大各反。惟應説乃得音大各反，恐顔説亦未必盡然。清徐昂發《畏壘筆記》

嵇留山　嵇留山才最敏速，而性又機警，在幕中輒倡和爲樂，所著醫書，盈尺積几。尤擅音律，製小劇，引喉作聲，字字圓潤。逆旅之中，藉以遣懷導鬱，雖骨肉兄弟，無以過也。清徐旭《閩中紀略》

岳端製揚州夢　宗室紅蘭主人岳端嘗自製《揚州夢傳奇》，徧招日下諸名流賞之。有少年王生善集唐，即席詩成，結句云："十年一覺揚州夢，唱出君王自製詞。"主人大喜，以黄金十四鋌、白玉卮三奉酒爲壽，曰："一字一金也。"生受酒，以金分給梨園，曰："同沾君惠。"主人號玉池生，善畫，又號東風居士。因有"東風無力不飛花"句，爲輔國將軍博問亭爾都所賞也。清查爲仁《蓮坡詩話》

史閣部勤王齣　沛縣閻古古爾梅號白耷山人，赴史道鄰閣部聘。時值興平伯高傑爲許定國所殺，古古勸閣部往鎮撫之。閣部勿聽，且退保維揚。古古遂以書投之而去。後於廬州見傳奇，有史閣部勤王一闋云："元戎親帥[2]五諸侯，不肯西征據上游。今夜廬州燈下見，還疑公未死揚州。"又："綉鎧金鞍妃子妝，興平一旅下河陽。猿公劍術無人曉，驚道筵前舞大娘。"此指高傑婦，即李自成妻。同上

匿峰廬諸伶　冒巢民晚築一室曰匿峰廬。每燕集名流，必出歌童演劇。有楊枝、秦簫、徐郎諸人。徐郎名紫雲，色藝冠絶流輩。瞿有仲詩云："秦簫爲歌楊枝舞，就中紫雲尤媚嫵。"楊枝之子名小楊枝，亦歌童也。同上

---

① 今校：八，原作"人"，據《昭代叢書》道光本改。

② 今校：帥，原作"率"，據《清詩話》上海古籍本改。

商盤精音律　商蒼雨編修盤號寶意[1]，精音律。升庵琵琶，對山腰鼓，兼其風致。乙卯秋入都，路經水西莊，余出歌者演劇。蒼雨留詩曰："上略妙高臺上好風光，值得東坡醉一場。解唱幾時明月有，元郎本是舊袁郎。""水西秋景未凋殘，送客留情坐夜闌。惱亂好花紅著眼，不教攀折只教看。"後二首指元郎也。昔東坡命袁綯歌"明月幾時有，把酒問青天"之句，是日元郎度曲，毛郎疊奏，寶意自吹紫簫和之。同上

演長生殿詩　吴東壁司馬有《于斯堂踏燈詞》十二首，風調絶倫。記其二絶云："上略怪他鮑[2]老太郎當，三五優童聚廣場。舞罷霓裳妃子笑，紅橋原有李三郎。"時演《長生殿》故云。同上

演長生殿得禍詩　洪昉思以詩名長安。交遊燕集，每白眼踞坐，指古摘今，無不心折。作《長生殿傳奇》，盡删太真穢事，深得風人之旨。一時朱門綺席，酒社歌樓，非此曲不奏。好事者借事生風，旁加指斥，以致秋谷、初白諸君，皆挂吏議。此康熙己巳秋事也。秋谷贈初白詩："與君南北馬牛風，一笑同逃世網中。"初白答以"欲逃世網無多語，莫遣詩名萬口傳。"又云："竿木逢場一笑成，酒徒作計太憨生。荆高市上重相見，摇手休呼舊姓名。"後庚寅九日，郭于宫在花密居招同人社集，演《長生殿傳奇》，初白老人不及赴，以二絶句答之云："曾從崔九堂前見，法曲依稀僦段傳。不獨聽歌人散盡，教坊可有李龜年？""上客紅筵興自酣，風光重説後三三。老夫别有燒香曲，憑向聲聞斷處參。"感慨係之矣。洪有集名《稗畦》，竹垞贈洪詩云："梧桐夜雨詞凄絶，薏苡明珠謗偶然。"亦實録也。同上

桃花扇題詞　孔東塘學博尚任號云亭山人，用侯方域、李香君事作《桃花扇傳奇》。其間朝政得失，文人聚散，皆確考時地，全無假借；與《長生殿》盛行於時。德州田山薑雯題詞云："一例降旗出石頭，烏啼楓落秣陵秋。南朝賸有傷心淚，更向臙脂井畔流。"鐵嶺陳于王云："玉樹歌殘迹已陳，南朝宫殿柳條新。福王少小風流慣，不愛江山愛美人。"宋牧仲云："血作桃花寄怨孤，天涯把扇幾長吁。不知壯悔高堂下，入骨相

---

① 今校：意，原作"慧"，據《清詩話》上海古籍本改。

② 今校：鮑，原作"雖"，同上改。

思悔得無?"陳定生、吴次尾名士鎮周旋,狎客追歡向酒邊。柳敬亭、蘇崑生。何意塵揚東海日,江南留得李龜年。同上

沈起鳳所著傳奇　沈蕡漁名起鳳,吴縣人。工詩,長於詞曲,所著《才人福》、《報恩緣》、《伏虎縚》等劇,傳播歌場,時伶爲之增價。里中菊部師,直欲範金事之。下略。清戴延年《摶沙録》

蔣培所著傳奇　蔣秋崖名培,長洲人。風懷跌宕,雅有樊川之目。酒旗歌扇間,不可無此人。所著傳奇有《玉蟠桃》、《桃花夢》諸種,《姑蘇鞠枝詞》百首。簡齋袁太史題以"兩絶",中略夢堂英相國亦曾爲題照。下略同上

朱夼精音律　朱稗畦名夼,浙江長興人。詩詞工雅,擅指頭生活,而音律之精,當世尤罕其匹。時山左盧雅雨先生榷鹺邗上,製《旗亭畫壁傳奇》,稗畦輒加塗乙,爲之正其宫譜,雅雨聞之,具禮延致。復爲其譜《玉尺樓》劇本,雖不得與《玉茗》争工,於我朝洪、孔兩家,實堪鼎峙。後聞其於某藩邸中,爲布置園石。間架已竣,即持酒登其顛,大呼曰:"雲林小子,恨不見我!"竟失足觸石死。同上

曲經　馮松恬名克鞏,浙江嘉善人。四庫館議敘得官,工書法,能度新聲。著有《曲經》一編,審音定律,分寸合度,歌場老教師無以難焉!同上

六如亭　徐蓀畦名觀墉,元和人。習刑法家言,屢遊大幕。尤以謹慎自持,取信於名公鉅卿,故所至争爲倒屣。在粤東時,曾譜《六如亭傳奇》,播之歌場,爲玉局朝雲,重開生面。一時傳爲韻事,而先生亦以此自鳴得意云。同上

鈕樹玉精曲律　鈕匪石名樹玉,洞庭山人。能詩,精曲律。同上

鳴鴻度　查孝廉晚益耽聲伎之樂,家蓄①女伶,並一時妙選。嘗自製《鳴鴻度》等新樂府,登場搬演,視湯玉茗所云"傷心拍遍無人會,自掐檀痕教小伶"者,未免生黨姬之妒矣。厲樊榭云:"查家旦色,皆以些爲名,故毛西河有'衹有柔些頻顧影,猜②人不欲近闌干'之句。"清吴騫《拜

① 今校:蓄,原作"畜",據《清詩話》上海古籍本改。

② 今校:猜,原作"倩",同上改。

經樓詩話》

演長生殿之禍　錢塘洪太學昉思昇，著《長生殿傳奇》，康熙戊辰中，既達御覽，都下艷稱之。一時名士，張酒治具，大會生公園，名優内聚班演是劇。主之者爲真定梁相國清標，具柬者爲益都趙贊善執信。虞山趙星瞻徵介館給諫王某所，不得與會，因怒，乃促給諫入奏，謂是日係皇太后忌辰，爲大不敬。上先發刑部拏人，賴相國挽回；後發吏部，凡士大夫除名者幾五十餘人，海昌查太史慎行亦在内，後改今名。先生詩所謂"荆高市上重相見，摇手休呼舊姓名"是也。趙竟以是廢置終身，晚年有詩云："可憐一夜《長生殿》，斷送功名到白頭。"聞當時有陳某者，已出都，行至良鄉，聞有是會，星夜兼程回京。比到，席已散，值送客出。僅從衆中一揖而已；明日，亦以與會削籍。清董潮《東皋雜鈔①》

演長生殿之禍　趙秋谷執信以丁卯國喪，赴洪昉思寓觀《長生殿》劇，被黄給事六鴻劾罷。時徐勝力編修嘉炎，亦與讌，對簿時，賂聚和班優人，詭稱未與，得免。都人有口號云："國服雖除未滿喪，如何便入戲文場。自家原有三分錯，莫把彈章怨老黄。""秋谷才華迥絶儔，少年科第儘風流。可憐一齣《長生殿》，斷送功名到白頭。""周王廟祝本輕浮，也向長生殿裏遊。抖擻香金求脱網，聚和班裏製行頭。"徐豐頤修髯，有周道士之稱。後官學士，聞黄給事由知縣行取入京，以土物並詩稿遍贈諸名士。至秋谷，答以柬云："土物拜登，大稿璧②謝。"黄銜之刺骨，故有是劾。清阮葵生《茶餘客話》

楊靖絶命詞　洪武中，刑部尚書楊靖，中略才臣也。未竟其用，以冤死。《明史》云："尚書字仲寧，臨難之日，作絶命詞云：'可惜跌破了照世界的軒轅鏡，可惜顛折了無私曲的量天秤，可惜吹熄了一盞須彌有道鐙，可惜隕碎了龍鳳冠中白玉簪。三時三刻休，前世前緣定。'身後建祠於新城東門之下關，曰'照③恤院'。"同上

貫雲石小梁州　近時人歌唱，或被之管絃，皆淫詞，艷曲。所謂使

---

① 今校：鈔，原作"録"，據《叢書集成初編》本改。

② 今校：璧，原作"壁"，同上改。

③ 今校：照，原作"昭"，據《叢書集成初編》本改。

人聞之，喪其所守者。嘗觀元人樂府，有《四時行樂小梁州詞》四闋，不過摹①寫餘杭西湖四時景象。比之其他詞曲，猶爲彼善於此，乃酸齋貫雲石之作也。其一云："春風花草滿園香，馬繫在垂楊。桃紅柳緑映池塘，堪遊賞。沙暖睡鴛鴦，宜晴宜雨宜陰涼。比西施淡抹濃裝，玉女彈，佳人唱。湖山堂上，直吃得醉何妨。"其二云："畫船撑入柳陰涼，聽一派笙簧。採蓮人和採蓮腔，聲嘹亮，驚起宿鴛鴦。佳人才子遊船上，笑吟吟滿飲瓊漿。歸棹晚，湖光漾，一鈎新月，十里芰荷香。"其三云："芙蓉映水菊花黄，滿目秋光，枯荷葉底鷺鷥藏。金風蕩，飄動桂枝香。雷峰塔上登高望，見錢塘，一派長江。湖水清，江潮長，天邊斜月，新雁兩三行。"其四云："彤雲密布鎖高峰，凛冽寒風，瓊花片片灑長空。梅梢凍，雪壓路難通。六橋頃刻如銀洞，粉裝成九里寒松。酒滿斟，笙歌送。玉船銀棹，人在水晶宫。"明姜南《瓠里子筆談》

戲曲之感發人心　往昔英雄豪俠，秘計奇謀，可喜可驚，真足照耀千古，太史公紀之詳矣。然天下豈皆操觚染翰之士，按籍而睹者，寧幾何人？匹夫匹婦，茫乎未知也。我朝騷人墨客，作《浣沙》、《紅拂》、《竊符》、《投筆》等記，其間慷慨悲歌，風流豪邁，樹蓋世洪勳之奇男子，具超塵偉識之俠婦人，編之詞曲，演之壇場，俾當年行事，歷歷如在目前。凡有血氣者，咸知奮發，誠感激人心之一助，可謂盛矣。如觀此而徒以聲音衣服，與傀儡同類，而共笑之，真所謂木石人也。洪文科《語窺今古》

遼王詞曲　是時，秦中孫一元、信州宋登春、吾吴顧聖之諸君，凡數十②輩，皆爲王門珠履。與故荆守徐宗伯公，倡和《上元》諸曲。徐有"西宫隱隱出鸞簫"之句，傳誦一時。然遼王雅工詩賦，尤嗜宫商，其自製小詞艷曲、雜劇傳奇，最稱獨步。有《春風十調》、《唾窗絨》、《誤歸期》、《玉闌干》、《金兒弄丸記》，皆極婉麗才情。尋後安置鳳陽，又編撰《賣花聲》諸詞數百闋，流傳江表。含思悽楚，不減南唐後主。春意闌珊，至今章華臺前老伎，半是流落宫人，猶能彈出箜篌絃上，一曲《伊州》淚萬行也。明錢希言《遼邸紀聞》

---

①　今校：摹，原作"摸"，據《叢書集成初編》本改。

②　今校："十"字，據《説郛》續寫十八補。

嘌唱　嘌，語聲疾也，又爲雜唱不合古者。程大昌《演繁露》云："今世歌曲，比古鄭、衛汎濫者，名曰嘌①唱。"嘌之音如瓢。孟元老《東京夢華録·京瓦伎藝》云："嘌唱弟子張七七等。"樓敬思評石孝友詞云②："謔詞利於嘌唱者之口。"周密《癸辛雜識》别集云："高疏寮得何氏女，善小唱，嘌唱五百餘曲。"四水潛夫《武林舊事》，或云亦周密作也，其紀"諸色伎藝人，俱雜男女，獨丁未年撥入勾闌弟子嘌唱賺色十四人，皆女子。"耐得翁《古杭夢遊録》云："嘌唱謂上鼓面，唱令曲。小謳，驅駕虛聲，縱弄宫調，與叫果子，唱耍曲兒爲一體。"吴自牧《夢粱録》云："嘌唱爲引子，四句就入者，謂之下引帶。無引帶者曰散唱。"清俞正燮《癸巳存稿》

治瘧一半兒　某姬患瘧，寒熱方消，而情殊困頓。遣侍兒索予《一半兒》曲，覓之行勝，已爲烏有。因過其妝閣，爲填《秦淮雜曲》十段云：（一）玉容未見見春衫，愛煞歌聲傍畫闌。望斷癡魂詎等閑，眼眈眈，一半兒湘簾一半兒檻。（二）千金一刻兩和諧，羞上鴛衾鳳枕來。初破瓜時輕似呆，揾香腮，一半兒佯推一半兒耐。（三）君如春水妾如魚，無奈秋風苦别離。玉碗擎來琥珀杯，不須疑，一半兒香醪一半兒淚。（四）檀郎低語問卿卿，玉珮胸前照眼明。割愛何妨解贈行，緩摸稜，一半兒慳留一半兒肯。（五）當歌還歇喘吁吁，粉暈雙紅眼又低。曲未完全不忍催，意迷離，一半兒嬌癡一半兒醉。（六）低頭轉側看弓鞋，新製洋貂稱體裁。爲要矜奇特地來，笑相猜，一半兒明錢一半兒債。（七）清明原説早還家，秋燕書來約又差。讀罷鸞箋恨轉加，莫從他，一半兒猜疑一半兒駡。（八）小鬟昨夜教新腔，一曲聞鈴百板長。紅豆拈成煞易忘，隔紗窗，一半兒輕謳一半兒想。（九）情多自古是冤家，盲女新聞唱不差。練鎖香喉血濺花，小娃娃，一半兒要聽一半兒怕。盲女唱秦淮舊事。（十）翻成新曲解人頤，自己傷心訴與誰。試把親朋數一回，暗攢眉，一半兒衰翁一半兒鬼。甫脱稿，催付院中老曲師誦讀數過，即拍板高歌，歌罷而姬神稍暢。予笑曰："藥頗對症，異日酬儀，慎勿草草。"姬亦笑曰："曾於朱氏水閣，通宵絃管，以解君心煩脾倦。是君和我緩，何自伐

---

① 今校：嘌，原作"漂"，據《叢書集成初編》本改。

② 今校：云，原作"之"，同上改。

爲也？"復啜茗劇談而散。雪樵居士《青溪風雨録》

西樓記　袁簡齋太史云："《西樓傳奇》乃袁凫公水部所作，虞叔夜乃凫公之托名。"事在康熙初年，王子堅先生曾親見凫公，短身赤鼻，長於詞曲。莫素輝亦中人之姿，面微麻，而性耽於筆墨，故兩人交好云。西樓舊址，前臨牛市，而後俯秦淮。嘉慶初，楚南許公兆桂搆而葺之，亭臺窈折，水木清華，自號"西樓寓公"。今許公已歸道山，燕子重來，堂更王謝，不禁感慨係之。下略同上

琵琶記　《琵琶記傳奇》托名蔡伯喈，言人人殊。王元美《藝苑卮言》云："高則誠《琵琶記》托名蔡伯喈"，不知其説。偶閲《説郛》所載唐人小説，牛僧孺之子繁，與蔡生同舉進士，欲以女弟適之，蔡已有妻趙矣，力辭不得。後牛氏與趙處，能卑順自將。蔡至節度副使，其姓事相同如此。胡元瑞《莊岳委談》則云"高則誠《琵琶記》，蔡爲牛婿"，莫知所本。偶閲《玉泉子》云："鄧敞初隨計，以孤寒不中第。牛蔚，僧孺之子，謂敞曰：'吾有女弟子能昏，寧靳一第耶？'時敞已婿李氏，顧己寒賤，未能致騰踔，許之。既登第，就牛氏親。不日挈牛氏歸，李拊膺大哭，牛氏請見曰：'吾父爲宰相，縱不能富貴，寧無一嫁處耶？其不幸豈惟夫人，今願一與共之。'李感其言，卒同處終身。"乃知則誠所謂牛相即僧孺。近人黄九烟又記一説云："苻秦時，慕容喈字伯邕，别妻入關，贅權門。故妻造訪，棄而不納。高則誠因作《琵琶記》。"所見諸説不同。毛氏《琵琶》本，則引《大圜索隱》曰："東嘉與王四友善，四後棄其妻，而坦腹於時相不花家，東嘉作此諷之。托名蔡邕者，以四少賤，嘗爲人傭菜也。牛丞相者，以不花家居牛渚也。"又引《真細録》云云，其説與《索隱》同。據此兩説遂斷以爲王四作無疑。路按陸放翁詩有云："斜陽古柳趙家莊，負鼓盲翁正作場。身後是非誰管得，滿村聽説蔡中郎。"觀此詩，則中郎事在宋以前已傳人口。其所謂滿村聽説者，或因慕容喈，或因鄧敞，或因蔡節度，而托名中郎，都未可知。至東嘉此記，疑只取古人舊説，演作新詞耳。初非托始於東嘉，而東嘉亦未必别有所諷也。如有所諷，寧不能自立主名，而必取夫姓事相同者，以使人有疑似之情乎？此則《索隱》、《真細》等書，彌不足據以爲信，明矣！《黄嬭餘話》

又閲田藝蘅《留青日札》，亦載王四事，而謂元人呼牛爲不花，故謂

之牛太師。是同以明人紀元事，已與《大圜索隱》不花居牛渚不同。則所云東嘉爲王四之説，並見其妄。《日札》亦引放翁詩後二句，謂東嘉有感於此詩，故作《琵琶記》，托名中郎，此並是臆説。又誤作劉後村詩，《後村集》並無此詩也。同上

楊升庵謂蔡邕父名稜，字伯直，見《後漢書注》。傳奇蔡崇簡杜撰無稽，不學之過云云。是以東嘉此記真爲蔡邕作，又屬夢囈。邕父名稜，自見邕本傳注。特據邕祖碑而詳其字耳，槩以爲見注，亦非。同上

擊筑餘音　《擊筑餘音》，明末王築夫撰。其開首絶句云："譜得新詞嘆古今，悲歌擊筑動餘音。莫嫌變徵聲凄咽，要識孤臣一片心。"結尾亦有絶句云："世事浮雲變古今，當筵慷慨奏商音。宫槐葉落秋風起，凝碧池頭賦此心。"作歌後，遂不食而死。清金武祥《粟香室隨筆》

王築夫　王築夫名思任，字季重，山陰人。萬曆乙未進士，出爲興平、當塗、青浦三縣監國守越，起爲正詹禮部右侍郎。事已不可爲，自號采薇子，架一廬曰"孤竹庵"，不食七日而死。性疏放，好謔浪，嘗製弈律，避兵猶負一棋局以往。爲詩才情爛漫，入鬼入魔，有句云："地懶無文草，天愚多暗雲。"其險怪多類此。同上

劉效祖沉醉東風　鄭板橋道情　明劉念庵副使効祖，有〔沈醉東風〕詞云："東華路塵沙滚滚，灞陵橋車馬紛紛。官高休羨榮，命蹇須安分。靠青山緊閉柴門，閒把英雄細討論，能幾個到頭安穩？""門巷外旋栽楊柳，池塘中新浴沙鷗。半灣水繞籬，幾朵雲生岫。愛村居景致風流，閒啜盧仝茗一甌，醉翁意何須在酒？"本朝鄭板橋有《道情歌》，中一闋云："老書生，白屋中，説黄虞，道古風，許多後輩高科中。門前僕從雄如虎，陌上旌旗去似龍。一朝勢落成春夢，倒不如蓬門僻巷，教幾個小小蒙童。"皆富貴場中一服清涼散也。同上

一片石第二碑　明宸濠妃婁氏，工詩，善書。今江西藩署，即昔宸濠王府。有妃妝樓遺址，署門"屏翰"二大字，相傳爲妃手蹟。宸濠將叛①，妃諫不從，因題《採樵圖》云："婦語夫兮夫轉聽，採樵須是擔頭輕。昨宵雨過蒼苔滑，莫向蒼苔深處行。"蓋諷之也。王敗，妃在樵舍投水

---

①　今校：將叛，原作"相判"，據《粟香室隨筆》光緒本改。

死，逆流六十里，至章門，土人葬之南昌廨側。蔣心餘太史訪得之，言於彭青原方伯，修復其墓。太史有《一片石》、《第二碑傳奇》，即此事也。同上

張南山黄鶯兒　張南山先生有《村居樂·黄鶯兒》八首，兹録其四時各一首。春景云："結個小茆茨，愛村居，耕種宜。課晴問雨吾儕事，新泥一犂，新秧一畦。朝來好雨知絲細，著蓑衣，衝烟而去，笑指杏花肥。"夏景云："深柳讀書堂，愛村居，日正長。兒曹把卷書聲朗。北窗置床，南風送涼，忽然夢到羲皇上。黑甜鄉，思量熱客，此際汗如漿。"秋景云："秋色滿烟蘿，愛村居，詩思多。移花補竹閑工課，拈鬚奈何，掉頭細哦，樵夫牧豎都來和。笑呵呵，塗鴉心急，新墨兩頭磨。"冬景云："曝背坐前廊，愛村居，冬向陽。太平打鼓鼕鼕響，東家築場，西家殺羊，騎驢踏雪人來訪。漏春光，梅花帳底，一夜夢魂香。"同上

南北曲　歌詞代各不同，而聲亦易亡。元人變爲曲子，今世踵襲，大抵分爲二調：曰南曲，曰北曲。胡致堂所謂綺羅香澤之態，綢繆宛轉之度，正今日之南詞也。登高望遠，舉首高歌，而逸懷浩氣，使人超乎塵垢之表者，近於今日之北詞也。明陸深《谿山餘話》

貫酸齋軼事　錢塘祝吉甫居西河上，搆小樓，眺盡湖山之勝，賓客常滿。鄰有富豪，築高牆數仞蔽之，吉甫因鬱鬱不樂。趙松雪訪吉甫，登樓爲書二字扁曰"且看"。一日，貫酸齋來，亦題於左云："酸齋也看。"無何，鄰以通番，簿録家徙，垣屋摧毁，小樓内湖山如故。明田汝成《委巷叢談》

四平市語與曲牌名　《輟耕録》言杭州人好爲隱語，以欺外方。中略《白獺髓》言杭俗澆薄，中略此皆宋時事耳。乃今三百六十行，各有市語，不相通用，倉猝聆之，竟不知爲何等語也。有曰四平市語者，以一爲憶多嬌；二爲耳邊風；三爲散秋香；四爲思鄉馬；五爲誤佳期；六爲柳摇金；七爲砌花臺；八爲霸陵橋；九爲救情郎；十爲舍利子。小爲消梨花；大爲朵朵雲；老爲落梅風。諱低物爲靸，以其足下物也。復諱靸爲撒金錢，則又義意全無，徒以惑亂聽聞耳。同上

陽春白雪　予家有《陽春白雪》小本，元人如劉時中、關漢卿諸公①之作尤多，大抵元之詞曲最擅名。予嘗私論之曰：“漢之文，唐之詩，宋之性理，元之詞曲。”試以漢之文言之，果有出於董、賈之策乎？以唐之詩言之，果有出於李、杜之什乎？以宋之性理言之，果有出於濂洛、關閩之論乎？以元之詞曲言之，果有出於《陽春白雪》之所載者乎？况四代人物，又不止於此乎！明曹安《讕言長語》

五倫全備　丘瓊山，名儒也。博學多知，賦性高傑，獨步時輩。中略惡市井時俗污下，多作淫放鄭聲，爲民深害。先生自創新意，撰傳奇一本，題曰《五倫全備》。欲使閭閻演唱，化回故習，亦可振啟淳風。其於先生心迹之正，輔世之功，又何如哉？明陶輔《桑榆漫志》

西厢稱爲春秋　《西厢記》人稱爲《春秋》。或云，曲止有春秋，而無冬夏，故名。明單宇《菊坡叢話》

賓白　北曲中有全賓、全白，兩人對説曰賓，一人自説曰白。同上

琵琶記　元末永嘉高明，字則誠，登至正四年進士，歷任慶元路推官。文行之名重於時，見方谷珍來據慶元，避世於鄞之櫟社，以詞曲自娱。因劉後村有“死後是非誰管得，滿村聽唱蔡中郎”之句，因編《琵琶記》，用雪蔡伯喈之恥。其曲調拔萃前人。入國朝，遣使徵辟，辭以心恙不就。使復命，上曰：“朕聞其名欲用之，原來無福。”既卒，有以其《記》進，上覽畢曰：“五經四書如五穀，家家不可缺。高明《琵琶記》如珍羞百味，富貴家其可缺耶？”其見推許如此。今流傳華夷，不負所學云。明黄溥《閑中今古録》

吴社中雜劇　凡神所棲舍，具威儀簫鼓雜戲②迎之，曰會優伶伎樂、粉墨綺縞、角觝魚龍之屬，繽紛陸離，靡不畢陳。中略雜劇則《虎牢關》、《曲江池》、《楚霸王》、《單刀會》、《遊赤壁》、《劉知遠》、《水晶宫》、《勸農丞》、《採桑娘》、《三顧草廬》、《八仙慶壽》。明王穉登《吴社篇》

王西樓樂府　王西樓者，武弁也，而以樂府擅名。余觀其所擬樂府，未嘗强摹《君馬黄》、《雉子班》等篇，皆就眼前時事命題，特筆氣爽

---

①　今校：公，原作“人”，據《寶顔堂秘笈》民國石印本改。

②　今校：戲，原作“劇”，據《寶顔堂秘笈》續集改。

快,發揮可喜。如《擬婦人騎馬》云:"露玉笋絲韁軟把,襯金蓮寶鐙輕踏。裙拖翡翠紗,扇掩泥金畫。似比昭君,只少面琵琶。天寶年間若有他,卻不把三郎愛殺。"《擬睡鞋》云:"新紅染鞋三寸整,不落地能乾净。燈前換晚妝,被裏鈎春興,幾番間把醉人兒蹬踢醒。"《擬駡雞》云:"雞兒失了,童子休焦。那炊爨的好助他一把火燒,烹調的送他一握胡椒。乾乾净净的吃了,損得終朝報曉,直睡到日頭高。"然則此等製作,未免粗俗,而材料取諸眼前,句調得諸口頭,朗誦一過,殊足解頤。其視匠心學古,艱難苦澀者,真不啻啖哀家梨也。即此推之,詩可例已。明江盈科《雪濤詩話》

明代小曲獨擅　友人卓珂月曰:"我明詩讓唐,詞讓宋,曲讓元,庶幾吴歌《掛枝兒》、《羅江怨》、《打棗竿》、《銀鉸絲》之類,爲我明一絶耳。卓名人月,杭州人。"明陳宏緒《寒夜録》

《四友齋叢説》云:"元人《虎頭牌》十七换頭。"《落梅風》云:"抹得瓶口兒净,斟得盞面兒圓,望着碧天邊太陽澆奠。只俺這女直人無甚麽别咒願。只願吾弟兄們早能勾相見。"一友人曰:"此似唐人《木蘭詩》。"中略如此擬古人,方是慧心妙識;作詩文者,皆應從此悟去。同上

曲爲五絶之一　五絶:漢篆、晉字、唐詩、宋詞、元曲。太平老人《袖中錦》

周若霖撰傳奇　周秀才若霖,字蕙鍾,號築雨,嘉定人。食餼於庠,綺才艷筆譟一時。詩宗温、李,詞則秦七、黄九之遺也。工度曲,間傳粉登場,能令坐客絶倒。所著《薝香小草》、《薝香詩話》、《蔚也堂詩餘》、《玉釵怨》、《袨招財》傳奇,選列《朝仙詩》、《明人小尺牘》若干種。清姚古愚《甑塵紀略》

西樓記　顧俠君《觀西樓記傳奇》云:"翠鈿拾得在荒園,月動花梢宿夜魂。今日尊前看白美,眉尖一半舊啼痕。"自注:"白美,木姬本名也。故址在秀野園旁。今院本作穆素徽,假木之音爲穆,假白美之義爲素徽耳。"今吴縣學署左某氏有小園,相傳爲木姬舊居,西樓尚存,則秀野園當亦在其鄰近①。清程庭鷺《多暇録》

---

① 今校:近,原作"也",據《茶香室四鈔》中華本改。

小姑賢雜劇　小姑賢，爲虎邱南地名。昔有民家，姑惡新婦，欲羅織之。其小姑悉引爲己過以悟母，母悔而止，鄉人祠之。今院本雜爨有《小姑賢》一折，即演此事。見宋裴燕石《集小姑賢祠詩注》，詩云："離鸞别鵠兩沈冥，腸斷廬江焦仲卿。不見虎邱南畔月，至今當爲小姑明。"乃其地無人知者。同上

入末念酸　韓熙載不拘禮法，常與舒雅易服燕戲，猱雜侍婢，入末念酸，以爲笑樂。見馬令《南唐書·歸明傳》。"入末念酸"四字甚新，而不可解，當是角觝雜戲名目，抑如雜劇中之科諢歟？同上

明末之曲　元曲之當行者無論已。近如徐文長《漁陽三弄》、《木蘭從軍》，沈君庸之《灞亭秋》，吴梅村之《通天臺》，尤悔庵之《黑白衛》、《李白登科》，激昂慷慨，自是天地間一種至文。婁江十子，虹友才尤高。鶴尹詩才不及，而獨工金、元詞曲。所作《籌邊樓》、《浩氣吟》等傳奇，殆可謂詞曲之董狐。《漁陽詩説》

荆釵記　傳奇《荆釵記》醜詆孫汝權。按：汝權，宋名進士。有文集、尚氣誼。王梅溪先生好友也。梅溪劾史浩八罪，汝權慫恿之。史氏切齒，故入傳奇，謬其事以污之。温州周天錫，字懋寵，嘗辨其誣，見《竹懶新書》。清施潤章《矩齋雜記》

優語　吴祭酒偉業既仕本朝，適有張某，以善叠假山來婁東，人共禮待，不以石工相遇。太原王氏一日設宴，招祭酒，張亦在座。因演劇，祭酒點《爛柯山》，蓋以中有張石匠，欲以相戲耳。梨園人以某故，每唱至張石匠，輒諱張爲李。祭酒笑曰："甚有竅。"後演至張别古寄書，有曰："姓朱的有甚虧負你。"某拍案大呼曰："此太無竅矣。"祭酒不覺面爲之赤。江熙《掃軌閑談》

鬼演劇　吾吴包振玉，係梨園中吹笛者。一日，忽有人云："北門王姓，以銀一錠，定於來日演劇。"至是日，果有來接者。於是振玉及班中一應人，發箱櫳以往。則巍然大第，堂中設宴甚盛。主人出謂振玉曰："今日係兒周歲，但宜清唱，不可太鬧。以兒幼，不任驚嚇也。"遂點《西廂記》，並欲减去《跳惠明》及《殺退孫飛虎》二齣。乃定席開場久之，衆方演唱，振玉獨執笛旁坐，默窺座中賓客，凡飲酒俱呷入鼻；其中外往來輩，俱若離地而行，並不見足。心甚異之，以語衆人。衆曰："彼不欲鬧，

豈其所畏在此哉。”於是鑼鼓一響，倏無所睹。乃從昏黑中取火視之，則在一松間古墳旁，狼狽歸家。振玉遂得疾，不三日卒。同上

湯義仍撰四夢 王文肅家居，聞湯義仍到婁，流連數日，不來謁徑去，心甚異之。乃遣人暗通湯從者，以覿湯所爲。湯於路日撰《牡丹亭》，從者亦日竊寫以報。迨湯撰既成，袖以示文肅。文肅曰："吾獲見久矣。”湯内慚，謬曰："吾本撰《四夢記》，此其一也，餘尚有三。”文肅急欲索觀，乃一日夜撰成焉。聞湯於一小樓，手拍口誦，書史數十人不給。同上

彭孫貽折桂令 明淮南彭孫貽羿仁，爲太常節愍公期生子。中略少以選貢入成均，與羨門少宰並有才名。平生耿介自守，孝行聞於時，鄉人私謚“孝介先生”。濟南王文簡稱其詩[1]中略尤工倚聲。《茗齋詩餘》二卷，俊爽婉媚，兼而有之，實擅南北宋之長。間有閑情側艷之作，亦屬詞家之常。集中有《折桂令》二首，《怨情》云："多愁況又經秋，睡皺衣篝。銷瘦金彄，翠袖西樓。凝眸別酒，滴透江流。颼颼渡頭衰柳，難留江口孤舟。邂逅相兜，倦綉相摟，生受綢繆，此後休休。”《秋懷》云："舊遊烏桕西洲，紅藕風柔，纖手箜篌，惟酒忘憂。今秋重九，依舊南樓，報仇純鈎，七首封侯，皓首丹邱。蟻門嬴劉，腐朽伊周，曾否回頭，芻狗浮漚。”清蔣光煦《茗齋詩餘跋》

莫廷韓精歌曲戲劇 莫廷韓，初名是龍，字雲卿，後以字行，華亭人。以貢入北太學，有雋才，書畫琴弈、投壺射藝，歌曲戲劇，無不精絶。明朱孟震《玉笥詩談》

金在衡 金山人在衡，名鑾，隴西人。從其父宦金陵，因占籍爲金陵人。初爲諸生，才名藉藉。後刻意爲詩及樂府諸詞曲，一時名輩，咸服其工。所著有《徙倚軒集》、《蕭爽齋詞稿》。年八十二，猶能作細書。同上

升庵夫人 升庵楊先生夫人黄氏，遂寧黄簡肅公女。博通經史，能詩文，善書札，嫻於女道。性復嚴整，閨門肅然，雖先生亦敬憚之。同上

中原音韻 或以周德清《中原音韻》不過寫北方土音耳，不知此書

---

① 今校："詩”字，據《叢書集成初編》本補。

專爲北曲而設，故往往與北人土音相合。至其斟酌聲韻，宛轉喉吻，則具有精微焉。彼豈不顧韻學，純任土音，而輒著書垂世者耶？清毛先舒《聲韻叢説》

瓊林雅韻　臞仙所輯《瓊林雅韻》，全取《中原音韻》而稍更次之。並换總部之名，如"東鍾"换稱"穹窿"，"江陽"换稱"邦昌"。要與周氏之書無大差别。或云："周氏書是北曲韻，臞仙書是南曲韻。"謬矣！同上

江陽韻由來　周德清合"三江"於"七陽"，彼非不知江韻收陽頗淺，但字入歌唱，其音曼長，勢必收入陽韻而後止。若令不收陽韻，必竟收東鍾，則又失却江韻略收陽本色，故不得不併爲江陽耳。江陽庚青，其收鼻音處正同，故古韻七陽八庚往往相通，亦以收音相同故也。同上

度曲須知之失　《度曲須知》一書，可謂精於音理，但"字母堪删"論後，總括十九韻頭腹，凡例"侵尋"，法當閉口，則"侵"宜作"妻音"切，"鍼"宜作"知音"切，"深"宜作"施音"切，"欽"宜作"欺音"切，"金"宜作"饑音"切。今凡宜用"音"字者，俱用"恩"字，是不閉口，而抵齶矣，亦其漏也。同上

學者與優伶之失　學士大夫能稽古而多不嫻音律，伶人歌工能歌而不讀書，則習流而昧源，此聲韻之學，少能貫通之也。况學者又多未稽古，而優伶並鮮精於音律者乎？同上

唱曲轉收諸法　凡唱曲有轉收諸法，自不可廢，然須唱本音令①足後，乃作轉收耳。蓋本音是主，轉收是客；本音是身，轉收是尾，客故不可以勝主，尾故不可以過大也。同上

玉簪記　京師觀劇，多演《玉簪記》，若《茶敘》、《問病》、《琴挑》、《追舟》諸齣，往觀輒遇之，然不審潘、陳之有無。及讀《古今女史》，宋女貞觀陳妙常尼，年二十餘，姿色出群，詩文俊雅，工音律。張于湖授臨江令，宿女貞觀，見妙常，以詞調之，妙常亦以詞拒，詞載《名媛璣囊》。後與于湖故人潘法成私通，情洽，潘密告于湖，以計斷爲夫婦。《玉簪記》院本因此，特潘之名不同耳。清許宗衡《玉井山館筆記》

切音贅論　亡友劉辰孫明經工詩詞，中略而尤精於音韻之學。中

---

①　今校：令，原作"合"，據《昭代叢書》本改。

略明經執前人箸書忌早之説，必俟年逾六十。乃遭亂流離，旋殁上海，惜哉！身後搜諸其家，得《中州切音譜贅論》一册，爲度曲家正僞。予不嫻詞曲，姑置之。中略長洲潘麐生博士，今詞曲家也，亦與辰孫善，曾録《切音贅論》副本藏之。中略取劉氏碎金《切音贅論》，及予向藏其雜文數首，統名曰《劉氏遺著》。清潘洤《劉氏遺著序》

譏時四劇　鄭寒村詩，《除夕雜咏》句云："臺中奏議故紛更，都下謡言慣沸羹。"自注："御史有《參翰林部郎不可提督學一疏》。"相傳京堂謀出學政，故浼臺臣出疏。一時小説流行，有《小京堂密謀翻大局》、《死御史賣本作生涯》、《老郎中掣空籤望梅止渴》、《窮翰林開白口畫餅充饑》四劇。清光聰諧《有不爲齋隨筆》

琵琶記爲詞曲之祖　王圻《續通考》曰："《琵琶記》，瑞安高明著。因友人有棄妻而婚於貴家者，作此記以感動之。思苦詞工，夜深時，燭燄爲之相交，至今猶爲詞曲之祖。事載杜坤《誠齋雜記》。"清惠棟《九曜齋筆記》

續通考載琵琶記　稗史譏王圻《續文獻通考》載《琵琶記》、《水滸傳》，此亦别有一説，未可輕議。但余見《續通考》止有《水滸傳》，未見《琵琶記》也。又云："《通考》載羅貫中爲《水滸傳》，三世子弟皆啞。"余見《續通考》題《水滸傳》爲羅貫著，不名貫中。"三世子弟皆啞"，並無其文。豈刻本有互異耶，抑稗史之誤識耶？清章學誠《丙辰劄記》

商小玲演尋夢　錢塘陳楞山撰《西湖竹枝》，用商小玲事，人都不解。崇禎時，杭有商小玲者，以色藝稱，演臨川《牡丹亭》院本，尤擅場，嘗有所屬意，而勢不得通，遂成疾。每演至《尋夢》、《鬧殤》諸出，真若身其事者，纏綿悽惋，横波之目，常擱淚痕也。一日，復演《尋夢》，唱至"打併香魂一片，陰雨梅天，守得梅根相見"。盈盈界面，隨聲倚地，春香上視之，已殞絶矣。臨川寓言，乃有小玲實其事，俞二娘後①，不意復有此人。語並見《玉几詩話》。清鮑倚雲《退餘叢話》

鐵旛竿考　周伯琦《近光集》立秋日書事詩《鐵刹標山影》自注云："上京西山上樹鐵旛竿，高數十丈，以其下海中有龍，用梵家説，作此鎮

---

①　今校：後，原作"馮"，據《聚學軒叢書》廣陵古籍重印本改。

之。"《元史·文宗紀》:"至順二年,命僧於鐵旛竿修佛事"。然則今良鄉之琉璃河,俗呼王彦章鐵篙者,即鐵旛竿之類也。按曲中有沈濤《瑟榭叢談》

余嘗與韓圖麟論今世之戲文、小説,圖老以爲敗壞人心,莫此爲甚,最宜嚴禁者。余曰:"先生莫作此説,戲文、小説,乃明王轉移世界之大樞機,聖人復起,不能舍此而爲治也。"圖麟大駭,余爲之痛言其故,反覆數千言;圖麟拊掌掀髯,嘆未曾有。彼時只及戲文、小説耳;今更悟得卜筮祠祀,爲易禮之原,則六經之作,果非徒爾已也。清劉獻廷《廣陽雜記》

楚人强作吴歈　亦舟(姓待考)以優、觴款予,劇[1]演《玉連環》,楚人强作吴歈,醜拙至不可忍。如唱紅爲横,公爲庚,東爲登,通爲疼之類,又皆作北音,收□開口鼻音中,使非余久滯衡陽,幾乎不辨一字。余向極苦觀劇,今值此酷暑如炎,村優如鬼,兼之惡釀如藥,而主人之意,則極誠且敬,必不能不終席,此生平之一劫也。同上

元未嘗以詞曲取士　世傳元人以詞曲取士,考《元史·選舉志》及《元典章》,皆無其事。胡震亨《讀書雜録》,言其友秀水屠用明,藏元代皇慶三年《鄉試録》一帙,所載考試程式,與《元志》無異,則元未嘗以詞曲取士也。清梁茝林《退庵随筆》

王和卿咏蝴蝶　元王和卿與關漢卿,俱以北調相高。偶見大蝴蝶飛過,和卿賦云:"彈破莊周夢,兩翅架東風。三百座名園一采個空,脱一字誰道風流種。諕殺尋芳的蜜蜂,輕輕飛動,把賣花人扇過橋東。"漢卿遂罷咏,和卿此詞,妙處在結語。然宋謝無逸《蝴蝶詩》云:"江天春暖晚風細,相逐賣花人過橋。"時有謝蝴蝶之稱,和卿襲其意耳。明徐𤊹《筆精》

明宣宗寄生草　宣宗皇帝御製〔寄生草〕云:"賽爛熳三春景,稱清和四月天。緑楊烟罩絨絲線,彩蓮水映紅妝面。翠芭蕉風颭青羅扇,林塘盡日好留連,池塘長夏宜消遣。"其一"有馥鬱荷香度,看微茫野色

---

[1] 今校:"劇"字,據《叢書集成初編》本改補。

邊[①]。幾行鷺印平沙遍，一群魚躍清波淺，數聲樵唱西山遠。茸茸芳草紫騮嘶，陰陰喬木黄鸝囀。”其二宣德六年四月，御便殿，召錦衣都指揮林觀對弈。弈畢，書以賜之。觀，吾閩邑人，其家至今寶藏焉。同上

唐伯虎黄鶯兒　唐伯虎〔黄鶯兒〕云：“風雨送春歸，杜鵑愁花亂飛。青苔滿院朱門閉。燈昏翠幃，愁攢黛眉，蕃蕃孤影汪汪淚。惜芳菲，春愁幾許，緑草遍天涯。”又云：“細雨溼薔薇，畫梁間燕子歸。春愁似海深無底，天涯馬蹄，燈前翠眉，馬前芳草燈前淚。夢魂飛，雲山萬里，不辨路東西。”情致不減金、元諸作者。同上

林廷玉酒詞　吾郡林都憲廷玉《咏酒詞》云：“米明王原掌奇門印，麴將軍會擺迷魂陣，水中郎穩坐雲安鎮，柴令公傳示蘭陵信。祭遵壺矢威，李白鑾書令，那愁城攻破難逃命。詼諧成調，可喜也。公善擘[②]窠書，名山勝處，多存手蹟。有詩集行世。”同上

祝枝山幽期曲　祝枝山嘗有幽期，賦〔皂羅袍〕云：“爲想鸞交鳳友，趁殘燈淡月，悄悄綢繆。一團嬌顫忒風流，驚忙錯過佳時候。鶯慵燕懶，春光怎留？蜂嫌蝶妒，空擔悶憂。恩情不比相思久。”同上

月色溶溶解　世傳晏元獻詩“梨花院落溶溶月，柳絮池塘淡淡風”爲警句。然“溶溶”水流貌，月不得名“溶溶”，予嘗病之。近閲吴處厚《青箱雜記》云：“梨花院落溶溶雨。”始知“月”者後人改之，雨字自妙。黄居中注云《北西厢》“月色溶溶夜”，豈亦雨耶？同上

王敬夫習樂　王敬夫將填詞，以厚貲募國工，杜門學按琵琶、三絃，曲其技而後出之。康德涵於歌彈尤妙，每敬夫曲成，德涵爲奏之。明吴肅公《明語林》

崑腔　梁辰魚善度曲，囀喉發響，聲出金石。崑山有魏良輔者，造曲律。世稱“崑山腔”者，自良輔始，而辰魚獨得其妙。同上

祝希哲演劇　祝希哲少度新聲，傅粉登場，即梨園子弟，自謂弗及。同上

楊君謙應制　楊君謙既辭官，益詭跡自如，貧無聊賴。武宗問臧賢

---

① 今校：邊，原作“連”，據《筆精》《四庫全書》本改。

② 今校：擘，原作“劈”，同上改。

誰善爲詞，賢與君謙有故，遂舉君謙。君謙冠武人冠，韎韐戎錦以出，群怪之，了不爲異。既見上，應制爲新聲，受賞無異伶伍。同上

打虎詞　楊君謙才列仕版，即建危言，棄官如屣，晚年騷屑之甚。武宗南巡，因徐髯仙進《打虎詞》以希進用。議者以爲血氣既衰，苟得不戒？同上

康王詞章　康德涵六十，徵名伎百人，爲百歲會。既畢，了無一錢，第持《牋命詩》送王邸處置曰："差勝錦纏頭也。"時鄠杜王敬夫，名位差亞，而才情勝之。倡和詞章，流布人間，爲關西風流領袖。浸淫汴、洛間，遂以成俗。同上

八引八弄八闋八劇　妙曲八引：〔玉抱肚〕、〔後庭花〕、一曰〔尾〕犯。〔傍妝臺〕、〔玉交枝〕、〔對玉環〕、〔三仙橋〕、一曰〔三换頭〕。〔刮鼓令〕、一曰〔大迓鼓〕。〔夜行船〕、〔齊雲〕。一曰〔圓社〕。八弄：〔秋千搭[①]〕、〔逆流水〕、〔勒馬膝〕、〔側肩札〕、一曰〔入鬢膁〕。〔鵲踏枝〕、〔蹬鎖腰〕、一曰〔疊脚挾〕。〔雙背肩拐〕、〔黄鶯落架〕。麗詞八調[②]：〔鵲橋仙〕、〔喜遷鶯〕、〔摸魚兒〕、〔隔浦蓮〕、〔青玉案〕、〔瑣窗寒〕、〔醉蓬萊〕、一曰〔醉春〕(此處恐脱字)一曰〔醉落魄〕。〔金人捧露盤〕。院爨八劇：雜劇《三捲旦》、《大分界》、《琴家弄》、《看馬胡孫》、《纏三旦》、《牽着駱駝》、《調猿挂鋪》、《雙捉壻》。明李詡《戒庵老人[③]漫筆》

道家所唱有道情，僧家所唱有抛頌[④]，詞説如《四[⑤]遊記》、《藍關記》，實匹休耳[⑥]。同上，末語費解

合生　《醉翁談録》引子言："小説者，或名演史，或謂合生，或稱舌耕，或作挑閃。"同上

徐霖寵幸　武宗召徐霖，在臨清謁見。欲授霖教坊司官，霖泣謝

---

① 今校：搭，原作"塔"，據《戒庵漫筆》《續修四庫全書》本改。
② 今校：調，原作"闋"，同上改。
③ 今校："老人"二字，同上補。
④ 今校：頌，原作"采"，同上改。
⑤ 今校：四，原作"西"，同上改。
⑥ 今校：耳，原作"了"，同上改。

曰："臣雖不才，世家清白。教坊者，娼優[1]之司，臣死不敢拜！"乃授錦衣鎮撫，久漸寵幸，至以"子仁"呼之。霖字子仁每進見，必衣破袍，帝以爲問，對曰："臣家貧，無衣。"乃以斗牛襲衣賜之。至南京，一日，入暮，密聞欲幸霖家。霖與近侍謀："夜深不能治具，奈何？"衆曰："汝書生，獻茶可矣。"乃潛遣人報其家，而以身待。將二鼓，駕出，乃召霖，令引至其家。家人羅拜，但嫌其屋小，許至北京，賜大第居之。既而設四果，進茶，帝曰："人謂子仁標致，乃出[2]茶耶？"霖叩頭謝曰："臣不意陛下俯臨，無宿具。"帝曰："已有果，但少酒耳！"於是出酒，命霖歌，帝亦自歌。群樂並不得和，從容歡燕，四鼓乃罷。同上

史癡翁　金陵史癡翁，名忠，字廷直，能詩，又能爲新聲樂府。性豪俠不羈，不喜權貴，人有不合，輒引去；或徑以言折之，不顧。遇所善，則留連忘懷，無貴賤皆與款洽。家有樓近冶[3]城，扁曰[4]："卧癡[5]。"中列圖史敦彝，位置雅潔，有酒肴，引客笑談，呼盧其中，不醉不已。然翁飲輒醉，醉則按拍歌新詞，音吐清亮，旁若無人。有姬何，名玉仙，號白雲道人，聰慧解篆書，居常以文字相娛樂，甚適也。有時出遊，輒附舟而行，不告家人所往。女笄當嫁，婿貧不能具禮，翁詭攜觀燈，同妻送至壻家，取笑而别。年踰八十，預命發引，己隨而行，謂之生殯，其達生玩世如此。善作畫，不拘家數，縱意作山水樹石，清潤紛錯，天機渾成。大率以韻勝，得其片紙者，皆藏去以爲寶。余友盛仲交嘗輯翁遺詩，同金元玉[6]詩爲一帙，題曰《江南二隱》，惜未能板行耳。清焦竑《筆乘》

音韻難知　音韻真自難知，如南北曲子，北詞用韻極切，南多借音。吴江沈璟作《南詞韻選》，嚴於取韻，今人宗之。不知北人聲切，開口便見，字韻不得不嚴。南人聲浮，一字或數轉，故韻可借。沈君全不解也，

① 今校：娼優，原作"優倡"，據《續修四庫全書》本改。
② 今校：出，原作"由"，同上改。
③ 今校：冶，原作"治"，同上改。
④ 今校：扁曰，原作"局日"，同上改。
⑤ 今校：癡，原作"其"，同上改。
⑥ 今校：玉，原作"武"，同上改。

惟見程孟陽頗知此意耳。清馮班《鈍吟雜録》

中原音韻之失 周德清《中州韻》所據者,止是當時語音。自云:“嘗於都會之所,聞人間通濟之語也。”自沈、謝至元時,已數百年,語音譌變,豈可以今時俗間語,追定古人聲律耶?千載之下,知古人音詞,正賴於韻書耳。既不準信,則流俗方言,日譌日改,何以正之?止如《詩》云:“思齊太任,文王之母。思媚周姜,京室之婦。”母、婦二字,自應讀如韻書矣。德清尚不知,不學如此,而譏沈休文,豈不可嘆?或難曰:“周德清誠不知古音矣,陸法言輩亦應是。當時語言,隨時可矣,何必古人?”應之曰:“古人經學相傳,皆有韻讀,漢末已有翻語。許慎孫炎觀陸德明《經典釋文》可知也。”休文多學,定四聲時,自應有本。顏之推小學甚深,《家訓》有音詞之篇,與法言共定韻書。其裁之審矣,不如德清,直以意突①也。侏儒問天於長人,以爲猶近之,若問於僬僥,則無此理矣。德清之論陰陽是也,然字音乃有可陰可陽者,亦不別出,今製詞者都不知。德清分重濁爲陽,輕清爲陰,亦似倒置天地之理。近見楊道昇云:“明王驥德伯良,號方諸生,作曲律,已議其分屬之舛逆。”誠齋又有《瓊林雅韻》,全用北音,又與周韻不同。詩賦古人之業,自當以沈韻爲主,詞曲用周德清可矣。祝枝山之論如此。同上

劉公子賞牡丹亭記 萬安,蜀之眉山人,中略戊辰進士。中略李泰者,中官養子也。安專與相結,内閣缺人,且用泰。泰推安曰:“子先爲之,我不患不至。”故安先入。中略日以請托取賄爲事,中略劉珝、劉吉同在内閣,中略安日與珝争權,其門下士至不得相往來。中略珝子鎡狎一妓,潛通往來,外頗有聚麀之謗。鎡之挾妓也,飲於牡丹亭,里人趙賓者,工於詞曲,戲作《劉公子賞牡丹亭記》。或以告安,遂達於禁廷②。時上好新音,教坊日進院本,以新事爲奇。一日,中使忽至賓家,索《牡丹亭記》。賓不在,明日以獻,旋加粉飾,增入聚麀之事,陳於上前。上大怒,珝用是去位。明王鏊《震澤紀聞》

優語 時優人頗用事,當道者或結之,以毁譽人。一日,優戲於上

---

① 今校:突,原作“爲”,據《四庫全書》本改。

② 今校:廷,原作“庭”,據《續修四庫全書》本改。

前，唱曰："七千兵散楚歌聲。"一人擊其首曰："項王八千子弟，今曰七千，那一千何處去了？"應曰："往保國公家做工。"蓋傾保國也。又一日，進曰："天有兩月。"一人擊之曰："月一而已，安得有兩？"應曰："内有陳鉞，外有王鉞，豈非兩月乎？"蓋皆有陰嗾之者！同上

參軍戲考　肅宗讌於宫中，女優弄假戲，有緑衣秉簡爲參軍者。天寶末，蕃將阿布思伏法，其妻配掖庭，因隸樂工，令爲參軍之戲。公主諫以爲不可，遂罷戲，而免阿布思之妻。此《因話録》所載甚詳。故唐人薛能有[①]詩"此日楊花飛似雪，女兒絃管弄參軍"，可證女優妝束矣。乃陶宗儀撰《輟耕録》直以參軍爲後世副净。據云開元中，黄幡綽、張野狐善弄參軍，然則戲中孤酸，皆可名參軍也，豈必副净爲之哉？按弄參軍者，漢和帝免館陶令石躭罪，每讌樂，令衣白夾衫，命優伶戲弄辱之，終年乃放，後爲參軍，戲所由始矣。明錢希言《戲瑕》

金元曲是立言　宋楊文公誤解呂純陽"功成當在破瓜年"，謂俗以破瓜爲二八。而凌氏《核劄》亦執是説，遂云破瓜即二八。又謂洞賓所謂破瓜年者，即《仙經》所云"海水潮生，山頭月白"之義，其術要取二八生門，實非指破瓜爲二八也。《核劄》又謂填詞者云："未破瓜，剛二八"爲悖語，亦似未然。王實父《北西厢》"香美娘分破了花木瓜"，深得六朝樂府意，豈亦悖耶？金、元人製曲，自是立言，而不知者以爲填詞也。同上

誤用琵琶語　范參議允臨言："世廟時，某老先生代草某官妻孺人綸誥，直用蔡中郎《琵琶記》語'儀容俊雅，德性幽閑'八字，舉朝無不掩口笑之。據云，徐宗伯《識餘録》中已載其事矣。"同上

李贄所批傳奇多僞　比來盛行温陵李贄書，則有梁溪人葉陽開名畫[②]者，刻書摹倣，次第勒成，托於温陵之名以行。往袁小選中郎嘗爲余稱李氏《藏書》、《焚書》、《初潭集》、《批點北西厢》四部，即中郎所見者，亦止此而已。數年前，温陵事敗，當路命毁其籍，吴中鋟《藏書》板並廢。

---

① 今校："有"字，據《叢書集成初編》本補。

② 今校：畫，原作"晝"，同上改。

近年始[1]復大行，於是有李宏父批點《水滸傳》、《三國志》、《西遊記》、《紅拂》、《明珠》、《玉合》數種傳奇，及《皇明英烈傳》，並出葉筆，何關於李？同上

徐復祚所作曲　徐復祚字陽初，號謩竹，大司空栻之孫。博學能文，尤工詞曲。某宗伯題其小令，以高則誠爲比。傳奇若《紅梨》、《投梳》、《祝髪》、《宵光劍》、《一文錢》、《梧桐雨》諸本，至今流傳於世。中略《修邑乘》中略載入《文苑傳》中。清王應奎《柳南隨筆》

葉佩葱度曲　邵青門善詩，楊子鶴善畫，葉佩葱善度曲，並居邑之西郊，余嘗目爲"西郊三絶"。同上

徐家戲子　徐錫允字爾從，廉憲待聘之子，文虹其自號也。家畜優童，親自按樂句指授，演劇之妙，遂冠一邑。詩人程孟陽爲作《徐君按曲歌》，所謂"九齡十齡解音律，本事家門俱第一"，蓋紀實也。時同邑[2]瞿稼軒先生以給諫家居，爲園於東皋，水石臺榭之勝，亦擅絶一時。邑人有徐家戲子瞿家園之語，目爲"虞山二絶"云。同上

一文錢　余所居徐市，在縣東五十里，徐大司空栻聚族處也。前明之季，其族有二人並擅高貲[3]，而一最豪奢，爲太學欽寰，予前既敘其事矣；而一最慳嗇，則爲諸生啟新，其書室與竈僅隔一垣，常以縉繫脂懸於當竈，而縉之操縱。則於書室中。每菽乳下釜，則執爨者呼曰："腐下釜矣。"乃以縉放下，才著釜，聞油爆聲，即又收縉起，恐其過用也。爲子延師，而供膳甚菲。邨中四五月間，人多食蛙者，然必從市中買之。啟新以蟾諸按即蟾蜍類蛙，而階下頗夥，即命童子取以供師。每午膳，師所食者止葷素二品。一日，加豆膩一味。豆膩者，以麵和豆共煮者也。師既食畢，疑而問其童子曰："今日午膳，何於常品之外忽加豆膩？"童子笑曰："此豆乃犬所竊噉者，既而復吐於地，主人惜之，故取以爲食。"師以其穢，爲之吐嘔不止。所蓄雨具，有革履三隻：一留城，一留鄉，一隨身帶之，蓋防人借用也。嘗命籃輿山遊，自北至西，諸名勝徧歷。輿夫力

---

① 今校："始"字，據《叢書集成初編》本補。
② 今校：邑，原作"道"，據中華本改。
③ 今校：貲，原作"資"，同上改。

倦，且苦腹餒，啟新出所攜蓮子與輿夫各一，曰："聊以止饑。"輿夫微笑，蓋笑其所與之少也；而啟新誤以爲輿夫得蓮子故喜，即曰："汝輩真小人，頃者色甚苦，得一蓮便笑矣。"又嘗以試事至白門，居逆旅月餘，而所記日用簿，每日止腐一文，菜一文。同學魏叔子冲見之，爲諧語曰："君不特費紙，並費筆墨矣。何不總記云：'自某日至某日，每日買腐菜各一文乎？'"啟新方以爲然，初不知其謔己也。其可笑多類此。其族人陽初爲作《一文錢傳奇》以誚之，所謂盧止員外者，蓋即指啟新也。同上

嘲闈弊歌曲　康熙丁卯科江南主司，乃北平米[1]漢雯也。八月初八日午刻，甫當唱名，忽有飛蝗蔽天，自東而來，迴翔試院，旋復東去，禾苗無損，人咸異之。迨揭曉日，金陵諸生見榜多紈袴，群聚而譁，幾成大獄。好事者競作檄文歌曲，喧傳遠近。事聞，漢雯削籍；識者謂蝗能食米，天蓋所以儆之云。同上

金批西廂　金人瑞，中略好評解稗官詞曲，手眼獨出。初批《水滸傳》行世，崑山歸元恭莊見之曰："此倡亂之書也。"繼又批《西廂記》行世，元恭見之，又曰："此誨淫之書也。"同上

詞曲不可入詩　王實甫《西廂記》、湯若士《還魂記》，詞曲之最工者也。而作詩者入一言半句於篇中，即爲不雅，猶時文之不可入古文也。馮定遠嘗言之，最爲有見，此亦不可不知。同上

同上　《牡丹亭》詞曲，有"雨絲風片"之語，而新城《秦淮雜詩》中用之，亦是一敗闕。嘗聞康熙間雁門有盧制府，以限韻"春閨"題屬諸名士賦之，而傅徵君青主山，李太史天生，因篤以蓋頭、雨絲、風片、烟波[2]、畫船爲曲中語，遂一笑而罷。夫詞曲不可入詩，予前已言之，觀於傅、李兩公，而鄙言益信。然則新城《秦淮》之作，其亦難免後人之指摘矣。同上

王戸好優　王戸，河南蘭陽人。舉崇禎辛未進士，性好優。當家居時，邑令往謁，值戸方傅胡粉，衣婦人服，登場而歌。令入，同爲優者皆散去，戸不易服，直前迎令，令愕然。戸爲婦人拜，徐告令曰："奴家王戸是也。"其女嫁某家，既婚，婿設席候之。朱其面，像關壯繆，緑袍乘馬而

---

① 今校：米，原作"朱"，據中華本改。

② 今校：波，原作"坡"，同上改。

往。至門，婿出迎，殊不顧，下馬胡旋行，唱《大江東》一曲而入。座賓駭匿，引滿數叵[①]羅而歸。厈工爲制義，戊辰會試，七藝俱爲主司所賞。閱至論，忽見用鶯鶯、杜麗娘，主司大駭，置之。後每見上公車者，輒戒之曰："後場中慎勿用古人姓名也。"同上

裝旦去鬚　雲間顧少參之曾孫名威明者，席先人餘業，有田四萬八千畝，而性豪侈，喜博。又酷好梨園，集遠近輕薄子演《牡丹亭傳奇》。有一少年裝杜麗娘者，須剃去髭鬚，少年故靳之，進曰："俗語云：'去鬚一莖，償米七石。'倘勿吝，乃可從命。"顧笑曰："此細事耳！"即令一青衣，從旁細數，計去鬚四十三莖，立取白粲三百石，送至其家。其作爲大抵如此，不四五年，所有田取次賣去。卒以逋賦，爲縣官所拘，自縊於獄。同上

演躍鯉記　金是瀛字天石，居華亭之皋橋。嘗以詩刺錢謙益嘗遊金陵，值龔合肥大會詩人於青溪、桃葉之間，多至四十餘輩，而天石與焉。伶人請演劇，天石命演《躍鯉》，舉座失色。蓋龔自登第後，取名妓顧眉爲妾，衣服禮秩如嫡，故天石以棄妻譏焉。龔爲俛首，而天石傲岸自若。黄昏大雨，夜分客散，車馬嗔咽，而天石坐門限上，脱襪跣足，徐徐步歸寓，了無怍色。同上

演劇互嘲　張漣字南垣，善叠石，爲人滑稽多智，出語便堪撫掌。有延陵公某者，前明國子祭酒也；迨入本朝，以原官起用。士紳飲餞，演《爛柯山傳奇》，至張木匠，伶人以南垣在座，改爲張石匠。按此應云石匠改爲木匠方合祭酒公故靳之，以扇確几贊曰："有竅！"鬨堂大笑，南垣默然。及演至"買臣妻認夫"，買臣唱："切莫提起朱[②]字"。南垣亦以扇確几曰："無竅。"滿座爲之愕眙，而祭酒不以爲忤。"有竅"、"無竅"，吴中方言也。以上《柳南隨筆》

古今樂較　唐梨園歌有《囉哩嗹》，以五七言整句，須有襯字，乃可歌也。疑古之"妃"呼"狶"，伊何那，亦即此意。如此則不求宋詞元曲之順喉矣。然鄭世子言："古樂每一字，必絲聲十六彈，或三十二彈。"則與

---

① 今校：叵，原作"巨"，據中華本改。

② 今校：朱，原作"來"，同上改。

後世唱曲先慢後緊者不同，須更考之。清吴喬《圍爐詩話》

張可久　張可久號小山，亦慶元人。以詞曲擅長，著《小山小令》二卷。明宋文憲校刊《太和正音》，稱其如瑶天笙鶴，既清且新，當亦關漢卿、馬致遠之亞也。清張作楠《梅簃隨筆》

元寶媒　周冰持諱稚廉，鷹垂子也。天分絶人，傲睨軒冕。所著傳奇數十種，如《元寶媒》尤膾炙人口。同里范武功序云："考元寶之稱，晉高祖詔鑄錢，以'天福元寶'爲文。宋太宗又御書'淳化元寶'，作真行草三體行世，此錢之以元寶名也。至元世祖時，從楊湜言，乃以庫銀爲元寶，每銀五十兩，易絲[1]鈔千兩。則銀之以元寶名，元時始也。"中云："窮士持三寸弱管，當桂薪瓊粒時，求免首陽餓殍，且不可得。縱有博施利物心，猶足不能行，而賣躄藥，誰能信之？今傳中所載乞兒，其至窮無告，更甚窮士。乃能裒多益寡，援人於草莽之中，濟人於顛危之際。雖古俠烈丈夫，不過如是。彼掛金鑰，持牙籌，錙銖自守者，又何能與之頡頏哉？"後云乞兒豪俠事，皆未獲窖金時所爲，獨不傳既富後舉動如何。得毋不事生産，原屬貧人常態，一擁高資，便不能復歌渭城耶？戲語典雅。清蔡顯《閑漁閑閑録》

元並未以曲取士　關漢卿，解州人。工樂府，著北曲六十本。曲自元始有南北十七宫調。相傳當年取士，有填詞科。主司定題目，並限曲名及韻，其賓白則伶人自爲之。《弘簡録》云："元以曲取士，設有十二科。"其説甚爲無據。自至元八年，設國學，出策題試問，所對精通者爲中選。皇慶二年，制科舉第一場，蒙古、色目人試經問五條，漢人、南人經疑二問，經義一首；第二場，蒙古、色目人試策一道，漢人、南人古賦詔誥章表内科一道；第三場，漢人、南人試策一道，皆用經書時務爲題，並無詞曲一項。同上

仿古樂詩意以訂詞曲　邱嘉穗《訂音[2]律》："今之演劇，即古樂之遺也；今之詞曲，即古詩之遺也。然古之詩樂，粹然一出於正；而今之劇場詞曲，皆流於淫僻而不可訓。蓋不獨中聲之亡，以至於此，抑亦劇場詞

---

① 今校：絲，原作"流"，據民國《嘉業堂叢書》本改。

② 今校：音，原作"今"，據《清經世文編》本改。

曲中所譜之事，悉屬增悲長欲之具，而人無所視以爲法戒故也。自漢以來，儒者類欲復古詩樂，而徒較其音節於鐘律字句之末，至使議論紛紛，而未有以決；而古器古聲，卒不可復。即幸而復之，而不以其事見之舞蹈，則亦使人無所觀感興起，如爰居之聽鐘鼓而却走耳。竊謂居今之世，而欲追求古樂之聲，以復先王之舊，勢必不能。何如仿古樂詩遺意，召集名儒，取今之所謂劇場詞曲者，一一較而訂之。其淫艷而傷風教，與其善之不足以爲法，惡之不足以爲戒者，概從禁絶。而其所編撰成曲，頒行天下者，必皆古今忠孝節義，可歌可泣，可法可傳之事。至其器與聲，亦不妨從今之優伶，稍取其明白正大，抑揚有節者可也。安在今之樂不猶古之樂也。如曰演劇不足以當古樂，詞曲不足以當古詩，而欲離而二之，以聽其自止自行於天下，則古之詩樂，既不可以卒復，而劇場詞曲之流行於今日[①]，將日入於鄭衛之淫靡。而未知其所止，雅與俗兩失之矣。草莽私憂，願與司風教者商之。"清吴梯《巾箱拾羽》

今之院本即古之樂章　陶石梁曰："今之院本，即古之樂章也。每演戲[②]時，見有孝子悌弟、忠臣義士激烈悲苦，流離患難，雖婦人牧豎，往往涕泗横流，不能自已，旁視左右，莫不皆然。此其動人最懇切，最神速。較之老生擁皋比講經義，老衲登上座説佛法，功效百倍。至於《渡蟻》、《還帶》等劇，更能使人知因果報應秋毫不爽，殺盜淫妄，不覺自化，而好善樂生之念油然生矣。此則雖戲而有益者也。近時所撰院本，多是男女私媟之事，深可痛恨。而世人喜爲搬演，聚父子兄弟，并幃其婦人而觀之。見其淫謔褻穢，備極醜態，恬不知愧，曾不思男女之慾，如水浸灌。即日事防閑，猶恐有瀆倫犯義之事，而況乎宣淫以道之？試思此時觀者，其心皆作何狀，不獨少年不檢之人，情意飛蕩，即生平禮義自持者，到此亦不覺津津有動，稍不自制，便入禽獸之門，可不深戒哉！"今按所論，皆切中時病，留心世道者知之，俗見多以爲迂闊也。邱秀瑞謂："自漢以來，儒者欲復古詩樂，徒較其音節於鐘律字句之末，而不以其事見之舞蹈，使人無所觀感興起，尤爲洞見病源。抑愚更有説焉。樂所以

① 今校：日，原作"者"，據《清經世文編》本改。
② 今校：戲，原作"劇"，同上改。

昭功象德，儒者類能言之，至問其實則茫然，此由不知古樂即今之戲本也。有是功，有是德，方有是樂，故觀樂而知其功德。古人質樸，蓋未有無其實而虛陳之者，觀於《韶》、《武》可見矣。《書》云："夔曰：'戛擊鳴球，搏拊琴瑟以咏，祖考來格。虞賓在位，群后德讓。下管、鼗鼓，合止柷、敔。笙、鏞以間，鳥獸蹌蹌。簫《韶》九成，鳳凰來儀。'又曰：'於[①]！予擊石拊石，百獸率舞，庶尹允諧。'說者皆以爲樂作而感動神物，不知皆是裝演。祖考虞賓，群后庶尹，固是禪讓事實。鳳儀獸舞，則因舜時曾有鳳來，及耕歷山，而鳥爲之耕，故設舞象之，非聞樂而至也。《樂記》云：子曰：'夫樂者，象成者也。揔干而山立，武王之事也。發揚蹈厲，太公之志也。《武》亂皆坐[②]，周、召之治也。且夫《武》，始而北出，再成而滅商，三成而南，四成而南國是疆，五成而分周公左、召公右，六成復綴以崇。天子夾振之而駟伐，盛威於中國也。分夾而進，事蚤濟也。久立於綴，以待諸侯之至也。'"其爲裝演征誅時事，尤確而無疑，乃自來解者，俱昧此義。此雖云今之演劇即古樂之遺，今之院本即古之樂章，亦不過以意見揣測言之，而未能實摭《韶》《武》之見於《書》《禮》者，彰彰如是也。同上

---

① 今校：於，原作"于"，據《清經世文編》本改。

② 今校：皆坐，原作"沓生"，同上改。

曲海揚波卷三

馮驩市義劇愈疾　紀伯紫見周樹所作《馮驩市義》雜劇，攫之行曰：“合肥龔宗伯病渴甚，余戒其讀書，屏一切圖籍。然所以祛宗伯疾者，其在此書矣。宗伯得而讀之，果霍然已。以謂孔璋之檄，能愈頭風，不是過也。周之爲是書也，非以祛宗伯之疾也，而其效乃如響之赴聲，豈適然也哉？醫之用藥也，必識其所苦，而投之以其所甚適。夫渴者肺枯，其所以淌熬其心者，故非草木之滋所能沃而解也。夫雜劇之工者，使人笑與忭會，忘其所苦。然而宗伯之疾之所以祛者，又非止若是而已也，蓋亦有所以深中之云爾。”吾聞宗伯以文章鉅公，傾身下士，實有田、嘗之風。故紀之進是書者，乃所以深中之也。使夫不以馮驩之市義，而以他種雜劇進，雖馬、關之作，不見其效，甚者反益之疾耳。明乎此者，不惟良於醫而已。窮賤之士，游達官貴人之門，而能得其懽心者，其術亦居可知也。清焦袁熹《此木①軒雜著》

務頭　教坊有部頭，有色長。升庵曰：“周伯清誤呼‘部頭’爲‘務頭’，可笑也。”按今《九宫譜》有務頭，言填詞之法，非呼人也。其説施俊語亦非。蓋語其發聲處當用陰陽字之類。清方以智《通雅》

净旦考　元瑞曰：“副净，古之參軍。副末，一名蒼鶻，一名末泥，一名孤裝。”見陶氏《輟耕録》。智閲《南唐書》：“隆演鶉衣髽髻爲蒼鶻。”升庵謂，漢郊祀有飾妓女，即裝旦之始。凡夫以净作顙首。李義山《嬌兒詩》：“忽復學參軍，按聲喚蒼鶻。”同上

來羅　宋以後俗曲有來羅之詞。中略晉庾楷②鎮歷陽，人歌曰：“重羅黎。”重羅黎即來羅之聲也。今京師以小曲數落爲唎喇，亦囉嗊類。同上

閩鄉戲　閩鄉戲齣有《百里奚不認妻》，《蔡伯喈不孝父母》之目。

---

① 今校：此木，原作“柴”，據《販書偶記》改。
② 今校：庾楷，原作“唐楷”，據《通雅》上海古籍本改。

觀者代抱不平,幾於目眥盡裂。愚謂撰戲之人與二公有何仇恨,而必横被惡名,十①年猶臭。然又安知伊時亡非爲顯貴豪惡,氣燄方張,言之不恤,殺之不能,借古人假面具,寫此輩真聲容,以紓我之孤憤耶!要之往哲聲名,直道斯存,天壤間自有不滅者在,豈真二三優孟,粉墨模糊,便能顛倒一世;雖被惡名,容何傷乎?吾請爲之進一解曰:"藺相如,司馬相如,名相如,實不相如。"清邱煒萲《五百石洞天揮麈》

玉搔頭 《宣和遺事》載徽宗幸李師師家,又理宗於元夕召妓唐安安入禁中。《金鼇退食筆記》載武宗幸宣府,寵晉邸樂伎劉良女,居於騰禧殿,南征携②於軍中。宋明昏主,失德敗度,如出一轍,其不亡者,亦幾希矣。明武宗事,傳聞不一。國初李笠翁爲作《玉搔頭傳奇》,文辭條暢,描寫盡致,可補《帝鑑圖録》。近時盛行京調《正德戲鳳》一齣,雖三尺兒童,亦無不以爲口實者。吁!可戒也。同上

春臺戲 吴縣貝子木明經青喬《村田樂府》,有《演春臺》一作云:"前村佛會歇還未,後村又唱春臺戲。斂錢里正先訂期,邀得梨園自城至。紅男緑女雜沓來,萬頭攢動環當臺。臺上伶人妙歌舞,臺下歡聲潮壓浦。脚底不知誰氏田,菜踏作齏禾作土。梨園唱罷斜陽天,婦稚歸話村莊前。今年此樂勝去年,里正夜半來索錢。東家五百西家千,明朝竈突寒無烟。"同上

詞曲以後之演變 由上古《三百篇》而樂府漢魏,由漢魏齊梁而近體,而竹枝,而詞,而曲,而傳奇,其道亦屢變矣。每凡一變,必有一種機局,一定音節。增之一分則太長,減之一分則太短,其機雖與時爲之,自人發之,而亦不得不以此歸諸天籟之自然矣。余不知此後由詞曲傳奇而變者,復爲何物。總之,必有一番大排場、大開③闔在,安得聖者與言前知乎?或曰:"粵東〔摸魚〕〔解心〕,雖操土風,然與元詞之好用北地方言者,同一湊拍,要自可備一格。"同上

吴兆騫 吴兆騫字非熊,江南休寧布衣。《安徽通志》云:"少喜爲傳奇

① 今校:十,原作"千",據《續修四庫全書》本改。
② 今校:"携"字,據《續修四庫全書》本補。
③ 今校:開,原作"門",同上改。

詞曲，既而棄去，刻意爲歌詩。”近人陳衍《感舊集小傳拾遺》

紅衲襖　〔紅衲襖〕曲名，未知所起，然曲名多出元時。元人詩集有用衲襖者，襖或襖之誤歟？衲襖，軍服也。

牡丹亭　“臨川四夢”，掩抑金、元，而《牡丹》爲最。然非知音，未易度也。故詩云：“傷心拍板無人會，自掐檀痕教小伶。”因思局促轅下者，不知輪扁斲輪，有不傳之妙。清曾廷枚《西江詩話》

花面胡騷　直隸某以即用補得奉天某縣。其妻，鄉人女也，偶遇新年，縣丞夫人特發帖請聽戲。某謂其妻曰：“汝在鄉，向未知應酬禮節。今日汝至縣丞署中，切勿多言語，致惹姗笑。如戲班中請點戲，汝只點宫衣報喜可也。”妻唯唯去。届時，主人安坐，即有按目持戲單，半跪，請點戲。妻約略省記，便率然曰：“不須點别戲，即唱花面胡騷可也。”按目回曰：“此戲班中向未唱過，請太太另點。”縣夫人怒曰：“他人點戲皆有，獨我的便無，豈非欺我不懂事乎？”於是縣丞夫人，及他女客皆恐，亦群起叱按目無禮，並令從速照演。按目惶懼，因與班主商量，令戲子數十人，雜塗各種花面而出。俄而相嘲謔，俄而相侮弄，或翻筋斗，或豎蜻蜓，已而轟然，一時散去。復令按目跪稟縣夫人曰：“太太所點，謹已演畢矣。”醒醉生《莊諧選録》

大人容稟　前十年時，有一候補知縣，分發安徽，上謁巡撫。某素不解儀節，巡撫詢其向在何處辦事，某拱手曰：“大人容稟。”巡撫便曰：“聽汝道來。”同上

排門兒淘真　養濟院中瞽者，悉皆爲三絃，唱南詞，沿街覓食，謂之“排門兒”。按《西湖志餘》：“杭州男女瞽者，多學琵琶，唱古今小説平話，以覓衣食，謂之陶①真。大抵説宋時事，蓋汴京遺俗也。若《紅蓮》、《柳翠》、《濟顛》、《雷峰塔》、《雙魚扇墜》等記，皆杭州異事，則又近世所擬作者。觀此則其俗習已古矣。”清黄士珣《北隅掌録》

戲文子弟　嘉興之海鹽，紹興之餘姚，寧波之慈溪，台州之黄巖，温州之永嘉，皆有習爲倡優者，名曰“戲文子弟”。雖良家子不恥爲之。其扮演傳奇，無一事無婦人，無一事不哭，令人聞之，易生悽慘，此蓋南宋

---

① 今校：陶，原作“淘”，據《武林掌故叢編》第五集改。

亡國之音也。其贋爲婦人者名妝旦，柔聲緩步，作夾拜態，往往逼真。士大夫有志於正家者，宜峻拒而痛絶之。明陸容《菽園雜記》

元以曲取士　元以曲子取士，見明寧王臞仙所刻，載《元曲子取士科録》，見《筆記》卷四十九《雜識》三；而下卷《雜識》四中，即又摘録《元史選舉志》，謂科目之制，莫詳於此。史家雖譏其吏道雜而多端，然元世待士實厚。下略清姚範《援鶉堂筆記》

崇禎演劇　崇禎五年，皇后千秋節，諭沈香班優人演《西厢記》五六齣。十四年，演《玉簪記》一二齣。十年之中，止此兩項。明無名氏《燼宫遺録》

桑哥以曲戲同僚　桑哥丞相當國擅權之時，同僚張左丞、董参政者，二公皆以書生自稱，凡事有不便者，多沮之。後桑哥欲去之而未能。是時，都省告狀擸箱，乃暗令人作一狀投之箱中，至午收狀，當日省掾須一一讀而分揀之。中有一狀，無人名事實，但云："老書生，小書生，二書生壞了中書省。不言不語張左丞，鋪眉搨眼董参政，也待學魏徵一般俸讀作捧請讀作倩。"桑哥佯爲不解其説，趣省掾再讀之不已。張起身云："大家飛上梧桐樹，自有傍人話短長。"一笑而罷。語雖鄙俚，亦一時機變也。元楊瑀《山居新話①》

優語　丙子，北兵入杭，廟朝爲虚。有金姓者，世爲伶官，流離無所歸。一日，道遇左丞范文虎，向爲宋殿帥時，熟其爲人。謂金曰："來日公宴，汝來獻伎，不愁貧賤也。"如期往，爲優戲作諢云："某寺有鐘，寺奴不敢擊者數日。主僧問故，乃言鐘樓有巨神，神怪不能登也。主僧亟往視之，神即跪伏投拜。"主僧曰："汝何神也？"答曰："鐘神。"主僧曰："既是鐘神，如何投拜？"衆皆大笑。范爲之不懌，其人亦不顧，卒以不遇，識者莫不多之。嗟夫！凡人當困苦之中，忽得所謁，不低首下心，以順承其意，則諂貌諛詞，以務悦其心，求固其寵，惟恐失之。伶人以亡國之餘，瀕危隣死，乃致譏於所活之人，快其忠憤，亦賢矣哉。元仇仁《稗史》

韻法至論　閲威愳叔所作《韻法至論》中略云："從來韻譜，止爲詩

---

①　今校：話，原作"語"，據《武林往哲遺書》改。

賦限韻而設，原非審音而分韻。元尚聲律，而周氏之韻出，一釐千古之訛，洪武因之。”又云：“自唐以前之詩，必律吕調之，而始可合樂；至詞曲起，則律吕即在詞曲之中矣。”清陸隴其《三魚堂賸言》

小梁州 賈逵曰：“梁米出於蜀漢，香美愈於諸梁，號曰竹根黄。梁州得名以此。秦地之西，燉煌之間，亦産[①]梁米。土沃類蜀，故號小梁州。曲名有《小梁州》，爲西音也。”明楊慎《藝林伐山》

海鹽腔 張鎡字功甫，循王之孫，豪侈而清尚。嘗來吾郡海鹽，作園亭自恣。令歌兒衍曲，務爲新聲，所謂海鹽腔也。明李日華《紫桃軒雜綴》

古舞遺意 古歌變爲胡曲，既已絶響，而舞尤失傳。今優場中走三方，擺陣，跌打之類，皆其遺意。同上

女崑崙 《女崑崙傳奇》，一名《畫圖圓》，又名《乾坤鏡》，明人所作，蓋指長安鎮進士梅文正事。梅有婢女壽春，能救主母難。故曰：“女崑崙。”詩云：“清游畫舫好攜尊，金鼓喧闐出遠村。見説長安諸子弟，至今解唱女崑崙。”陳鱣《新坂土風》

漁簡記 邑人善唱鼓兒詞，時稱海寧調。其唱本名《漁簡記》者，指昔時土豪張堂，誣陷何東橋事。梨園中人亦能演之，相傳張之宅址在演武場。同上

鴛鴦劍 《鴛鴦劍》傳奇二卷，張琦撰。琦初名翊，字翰風，一字宛鄰，武進人。吴德旋《初月樓集》

陽春堂五傳 壬辰秋，余有姑蘇之役，借居張幼于曲水園，而長公伯起先生常避客，不樂應酬。余以幼于故，始得見伯起者再；於所著作，亦時窺一斑。會吴友劉仲卿出此五傳見贈，一《紅拂》、一《竊符》、一《灌園》、一《虎符》、一《祝髮》，藏之齋頭六年，忽一披覽，伯起風流，宛然在目也。丁酉初春二十四日，興公識。徐𤊹《紅雨樓題跋》

演蘇秦劇 杭州孫兩峰先生銀臺致政歸里，素恃先達，傲睨後輩。然鑒識時流，或爲大器，或爲小就，或朝鮮而夕嫣，縷縷指也。家延二師，講貫爲紹興之李旻，句讀爲餘姚之王華，即新建伯文成公之尊人，年

---

① 今校：産，原作“種”，據《叢書集成初編》本改。

將登四[1]，貌拙氣鈍，小試多不利。兩峰每狎侮[2]之，呼爲落魄老儒，王亦不較。成化庚子之春，節歸就試，候案一月，名復不録。兩峰不悦其久荒童課也，初到之席[3]，演《蘇秦》劇本誚之，王愠不形色。館政之外，自理正業，循常格而已。中元録遺，幸附觀場，更幸復領鄉薦。兩峰仍演《蘇秦》劇本賀之，謂其掛名浙榜，便可稱掛印榮歸之蔗境，杯箸票[4]簽。金書"桂折驚落魄，鵬摶望老儒"。王亦無喜無怒，舉杯飲醴，舉箸食饌而已。李以同館情深，把臂噫吁！雪涕而别。明春辛丑，王以狀元及第報矣，兩峰舌愕，始悔從前，畢竟非月旦真主，束幣附其家訊中，不報。再岀伻抵京師，止獲一單名柬，乃遣子入都申賀悃，王以故人相待，情誼諄篤。及歸，書金箑贈之曰："好去殷勤謝爾親，莫教童子誚蘇秦。丹庭獨對天人策，便是當年落魄生。"兩峰見之大慚，嗣後語言晉接之間，厚奉李師，李師亦於三年中，咿哦徹晝夜。癸卯春，掀髯自命，必期繼王公去。八月，果雋於鄉，謁兩峰，索演《蘇秦》，扮兄嫂與乃母之奚童，遞罰大觥，醉極幾不任衣冠，李亦呼酒大樂。明春甲辰，亦狀元及第。兩峰喜，以書館另闢其門於正街，顏曰："兩元書院。"《花村談往》

擲杯記　宋徽宗御前有玉杯三進，一爲"教子升天"，二爲"八面威鋒[5]"，皆温潤潔白，螭龍纏繞。三則單螭作把，外碾細花迴紋，瑩白甚於二杯，神光稍遜，世寶也。雲間大宗伯朱大韶旅谿公，得之門生所奉。後家孫中落，以"教子"杯典吴門王氏三百金，從兄大司成文成公贖歸，并以重價得"八面"、"單螭"。文成故無嗣，立弟文泉子，三杯皆文成夫人陸氏筦藏。文泉子，太學生也，外盡陸氏嗣母之孝養，惟日伺三杯所在。全歸後，攖得之。陸氏宗黨，素亦垂涎此三杯。内有顯者，以忤逆誣情，訟太學於平湖縣，屬令逮入圜扉。時太學生三杯密藏於婿室，太

① 今校：四，原作"仕"，據《適園叢書》第十一集改。
② 今校："侮"字，同上補。
③ 今校：席，原作"夕"，同上改。
④ 今校：票，原作"標"，同上改。
⑤ 今校：鋒，原作"風"，同上改。

學之夫人胡氏曰:"何愛三杯,而以性命争耶?"亟取歸以解之。杯到之夕,胡氏憤泣,謂禍從此祟,睨之欲擲。左右失色,急勸曰:"解難目前,非此不可。"固止之。胡曰:"縱不毁擲,亦當羞辱一番。聞爾在御前,金盤跪捧,甘露瓊漿,歌舞而進者;今以四文錢,沽極薄酒,使奴婢輩席地滿斟,作偷飲狀以壓之。"明日,裹以獻顯者,太學出矣。出復邀歸,即以三杯款飲,明示此寶非貴顯莫得懷之之意也,亦驕惡無忌之至矣。後四十年,太學子本吴、本洽俱成進士。陸氏顯者之孫名鍾奇者,染馬道英叛逆案,松守張宗衡亦置之圜扉。一月後,仍歸三杯於二朱,鍾奇得免死。太夫人接三杯在手,泫然告二子曰:"四十年前,吾已欲碎之,今復來吾家,毋爲子孫禍也。"時太學久故,出家醖,手自瀝獻,泣告靈前。各爲再進,剨然一聲,碎之階下。《擲杯記傳奇》本此。同上

樂府歌詞　問曰:"如《尚書》所言,則詩乃樂之根本也。後世[①]樂用曲子,則詩不關樂事乎?"答曰:"古今之變,更僕以[②]詳。聖人以《雅》、《頌》正樂,則知《三百篇》無一不歌。秦火之後,樂失而詩存,太常主聲歌,經生主意義,聖人之道離矣。而唐時律詩、絶句,皆入歌喉,及變爲詩餘,則所歌者詩餘,而詩不可歌。故陳彭[③]年《送申[④]國長公主爲尼》七律,人以詩餘〔小秦王〕之調歌之,是其證也。元曲出而詩餘亦不入歌喉矣。《尚書》之言,難[⑤]可通於今也。《三百篇》中,《清廟》、《文王》[⑥]等專爲樂而作詩,《關雎》、《鹿鳴》等先有詩而後入於樂。"吴喬《圍爐詩話》

襯字與緊慢　唐梨園歌内有"囉哩嗹",以五七言整句,須有襯字,乃可歌也。疑古之"妃呼豨[⑦]"、"伊何那"亦即此意。如此,則不求宋詞、

---

① 今校:世,原作"人",據《清詩話續編》本改。
② 今校:以,原作"難",同上改。
③ 今校:彭,原作"喬",同上改。
④ 今校:申,原作"中",同上改。
⑤ 今校:難,原作"未",同上改。
⑥ 今校:文王,原作"明堂",同上改。
⑦ 今校:豨,原作"稀",同上改。

元曲之順喉矣。然鄭世之①言"古樂每一字必絲聲十六②彈，或三十二彈"，則與後世唱曲先慢後緊者不同，須更考之。同上

樂府之轉變　總而言之，製詩以協於樂，一也；采詩入樂，二也；古有此曲，倚其聲爲詩，三也；自製新曲，四也；擬古，五也；咏古題③，六也；并少陵之新題樂府而爲七，古樂府盡此矣。唐末有長短句，宋有詞，金有北曲，元有南曲，今有北人之小曲，南人之吴歌，皆樂府之餘也。同上

古詩之同曲者　《焦仲卿妻④詩》，於濃詭中又有别體，如元之董解元《西厢》，今之數落〔山坡羊〕，一人彈唱者也。同上

酸齋曲　酸齋降筆作〔清江引〕一闋，贈鐵笛道人："鐵笛一聲江月曉，催上長安道。金帶紫羅袍，象簡烏紗帽。誰不説玉堂春事好？"明朱存理《珊瑚木難》

傳奇體　范文正公爲《岳陽樓記》，用對語説時景，世以爲奇。尹師魯讀之曰："傳奇體爾。傳奇，唐裴鉶所著小説也。"同上

摩睺羅　京師七夕多摶泥孩兒，端正細膩，京語謂之"摩睺羅"。小大甚不一，價亦不廉。或加飾以男女衣服，有及於華侈者，南人目爲巧兒。宋金盈之《醉翁談録》

唐寅嘆世詞　《唐寅嘆世詞》、《對玉環帶清江引》八首："有酒無花端的爲省酒，有妓不佳也難當做有。選妓要班頭，方纔是對手。不論酸甜酒，須傾一百斗，爛醉酕醄，通宵不肯走。老頭兒非是要出醜，世事多參透。一朝那話兒來，要要不能夠，想人生，有幾個到九十九。""荏苒春光，不覺歸去早；老朽容顔，怎能又還小。明月尚可邀，昨宵難再找。緑螘紅裙，一刻不可少。萬事由天，何勞空自吵。甜的苦的一般樣老，甜的多歡樂，赴了些有名席，睡了些風流覺，把一個張揭老兒乾⑤罷了。""一主一賓，一個知心俵。一味一壺，一輪明月皎。或把話兒嘲，或將琵

① 今校：之，原作"子"，據《清詩話續編》本改。
② 今校：六，原作"一"，同上改。
③ 今校："題"字，同上補。
④ 今校："妻"字，同上補。
⑤ 今校：乾，原作"朝"，據《適園叢書》本改。

琶掃。只唱新詞，舊曲多丢了；只論今番，往事多勾倒。今年覺比去年老，緊要著光陰到。今日説你忙，明日説無鈔，問先生那一日纔是個好。""競短争長，世事何時已。富貴貧窮，由天不由己。七十古來稀，而今豈止你？風雨憂愁，又常多似喜。屈指尋思，前途能有幾？是會的從今日受用起，莫爲千年慮。對景且開懷，有酒須招妓；既爲人，須索要爲到底。""春去春來，白頭空自挨。花落花開，朱顔容易改①。世事等浮埃，光陰如過隙②。休慕雲臺，功名安在哉？休想蓬萊，神仙真浪猜。清閑兩字錢難買，枉③把身拘礙。人生過百年，便是超三界，此外别無問計策。""極品隨朝，誰似倪④宫保。萬貫纏腰，誰似姚三老。富貴不堅牢，達人須自曉。蘭蕙蓬蒿，看來都是草。鸞鳳鴟梟，算來都是鳥。北邙路兒人怎逃，及早尋歡樂，痛飲一萬觴，大唱三千套，無常到來猶恨少。""禮拜彌陀，也難憑信他。懼怕閻羅，也難回避他。枉自苦奔波，回頭纔自⑤可。口是⑥懸河，也須牢閉呵。手是⑦揮戈，也須牢袖呵。越不聰明越快活，省了些閑災禍。家私那用多，官爵何須大，我笑别人人笑我。""暮鼓晨鐘，聽得咱耳聾。春燕秋鴻，看得咱眼矇。猶記做頑⑧童，俄然成老翁。休逞姿容，難逃青鏡中。休使英雄，都堆黄土中。算來不如閑打哄，枉自把機關弄。跳出麵烏⑨盆，打破酸虀甕，誰是惺惺誰懵懂。"明汪砢玉⑩《珊瑚網書録》

王錫爵和嘆世詞　王錫爵荆石《和嘆世詞》十二首："樂處酣歌，時光容易過。苦處奔波，早晚偏難度。世界號娑婆，苦樂平分破。佩玉鳴珂，生辰不似他。戴笠披蓑，安閑不羨他。别人騎馬我騎驢，更有徒行

① 今校：改，原作"衰"，據《適園叢書》本改。

② 今校：隙，原作"客"，同上改。

③ 今校：枉，原作"苦"，同上改。

④ 今校：誰似倪，原作"疑是俛"，同上改。

⑤ 今校：自，原作"是"，同上改。

⑥⑦ 今校：是，原作"似"，同上改。

⑧ 今校：頑，原作"孩"，同上改。

⑨ 今校：烏，原作"糊"，同上改。

⑩ 今校："玉"字，同上補。

個。日月疾如梭，天地旋如磨，也非過意相推挫。其一美竹幽花，便是清涼界。淡飯粗茶，且共消閑話。白日苦喧譁，有約來良夜。網得魚蝦，壺傾問酒家。筆走龍蛇，詩成付會家。世間禍福亂如麻，我也難禁架。休言鵲與鴉，任作牛和馬，只教方寸長瀟灑。其二覆轍翻舟，那個曾回首。大劍長矛，那個曾丟手。無數世間愁，憑著人承受。拜將封侯，是英雄釣鉤。按簿持籌，是愚夫枷杻。休提能向死前休，更算千年後。步步使機關，也要天公湊，行年五十曾參透。其三皂帽絲縧，一第猶難料。紫綬緋袍，一品猶嫌小。量盡海波濤，人心難忖著。翠養翎毛，爲誰頭上好。豕養脂膏，爲誰腸内飽。千尋鳥道上雲霄，何必都經到。平地好逍遥，高處多顛倒，世人只是回頭少。其四畫棟雕梁，推收紙半張。緑鬢紅妝，消除淚幾行。此事本尋常，漫説多魔障。百草芬芳，須防秋降霜。萬木萎黄，須逢春再陽。假如傀儡一登場，多少悲欣狀。旁人費忖量，兀自生惆悵，不知刊定傳奇上。其五百甕黄虀，須了今生事，一縷紅絲，須是前①生繫。人事有推移，總是天安置。智似靈龜，何嘗脱死期。巧似蛛蜘，何嘗不忍飢。命通若在四更時，夜半猶憔悴。千年薦福碑，九日滕王記，勸君且等時辰至。其六鐵鎖銅②關，財寶終須散。玉液金丹，遲速難違限。但放此心寬，萬事從天斷。不坐蒲團，西方掉臂還。不戴蓮③冠，南華合眼看。人間苦海黑漫漫，送盡聰明漢。飢來粥與饘，睡要床和簟，此外④不須多繾綣。其七麋鹿山邊，終日防弓箭。鸚鵡檐前，終歲愁貓犬。身在畏途間，頃刻憂機變。恩愛纏綿，多成仇恨緣。涕淚流連，多因歡喜緣。白駒過隙難留轉，何苦又加鞭。靈臺一寸間，簇起和冰炭，任教世事如電閃。其八愁多病多，早已鬢毛皤。恩多寵多，轉入是非窩。洗耳聽漁歌，一一多嘲我。漫天網羅，方被浮名誤。三載沉痾，兒被阿爺誤。只今九表向天呼，誓不上長安路。黄昏夢已徂，破衲還堪補，聊就人間小結果。其九一粒芝蔴，救饑也是他。一片黄瓜，解渴也是

① 今校：前，原作“今”，同上改。
② 今校：銅，原作“銀”，同上改。
③ 今校：蓮，原作“蓬”，同上改。
④ 今校：此外，原作“外□”，同上改。

他。其餘萬事賒,到了成虚話。纔説西家,殺牛與宰馬;又説東家,鑽龜與打瓦。他家圖甚王和霸,一任的閑搭掛。待乘博望槎,看過天河界,那時碌碌纔干罷。其十南陌東疇,是兒孫馬牛。趙舞秦謳,是歡喜冤仇。萬事總悠悠,勞生何所求。一簇眉頭,算前又算後。三寸舌頭,説强又説醜。饒君一日可千秋,空落得多僝僽。青山夢裹遊,玄牝空中守,羲皇一夢君知否。其十一你會使乖,别人也不呆。你要錢財,前生須帶來。我命非我排,自有天公在。時該運該,人來還你債。時衰運衰,你被他人賣。常言作法可消災,怕没福難擔載。有酒且開懷,見怪何須怪,一任桑田變滄海。其十二"同上

詳唐王詞　弇州評子畏書:"輭熟亦不惡,此紙更稜峭可畏。"乃子畏自稱江南第一風流才子。又曰:"普救寺婚姻案主者,而太原相業偉如,生平不二色。何《嘆世詞》相倡和至此?"兒淵云:"唐解元,狂者也。王文肅,狷者也。狂狷迹異而心同,宜其相契合乎?"然子畏作風態以遠宸濠,未嘗不介然自守耳,至詞調率意縱横。有如《卮言》:"伯虎其乞兒唱〔蓮花落〕,少時亦復玉樓金埒",故復不惡。研山山長汪砢玉識於盟鷗小檻。同上

沈貞曲　八十三翁沈貞題於有竹居:"此老粗疏一釣徒,服也非儒,狀也非儒,年來只爲酒糊塗。朝也村酤,暮也村酤,胸中文墨半些無。名也何圖,利也何圖,烟波染就白髭鬚。出也江湖,處也江湖。""時雨方霽,寤寐北窗。展玩古法名筆,聊爲作此,贈誠庵老友一笑,沈恒。"(按沈貞,字貞吉,弟恒,字恒吉。貞號陶庵,又號陶然道人,爲吴興人,即石田先生之父。二處士,並善丹青。)同上

優語　宋端平間,真西山參大政,未及有所建置而薨。魏鶴山督之,亦未及有所設施而罷。杭州優人裝一①儒生,手持鶴,别一儒生與之邂逅,問其姓名,曰:"姓鍾,名庸。"問所持何物,曰:"大鶴也。"因傾蓋歡然飲酒,其人大嚼洪吸,靡有孑遺。忽顛仆於地,數人拽之不動。一人乃批其頰大罵曰:"説甚《中庸》、《大學》,吃了許多酒食,一動也動不得。"遂一笑而罷。或謂其人戲侮真、魏二公,京尹悉以優人黥之。《夷

① 今校:"一"字,據《適園叢書》本補。

堅續志》

秋波六義　予窮愁多暇，間爲元人曲子，長歌當哭，而覽者不察；遂謂有所譏刺，群而譁之。夫以優伶末技，尚不容於世如此，若以《西厢》之曲，造爲八股之文，向非特達之知，出自先帝，則縉紳大人，道學夫子，未有不議其怪誕，執而欲①殺者矣。黄九烟《秋波六義序》

讀離騒　尤西堂《答蔣虎臣太史書》云："從友人處得先生所作《宋玉傳奇》，大意見神女淫奔，君臣聚麀，此事宋大夫原未有實事。所云行雲雨，亦是風伯雨師之類，在楚王夢中，尚未有非禮之及。公今以此污衊神人，褻瀆造化。以較□□兩人，尤爲勝之。因是契厚，不敢聲説，使兩公亦在網羅之外。至今抱疚，仰乞垂聽狂瞽，速爲毁板，所造於公家子孫，功德無量也。按此段乃蔣氏來書之語，以下尤氏語。僕之作《讀離騒》也，蓋悲屈原之放逐，而以玉附傳焉。《離騒》以夫婦喻君臣。《九歌》云：'滿堂兮美人，忽獨與予兮目成。'似乎淫褻之至，而其旨要歸於正。玉宋玉固學於師者，特借神女之事以感諷襄王，而惜乎王不之悟也。昔世祖皇帝覽而善之，深知鄙意。故命教坊演習，以爲忠臣之勸。而公不加細察，據爲罪案，斯僕所大痛也。"清尤侗《西堂雜俎》

鐵拐李　元岳伯川作《鐵拐李傳奇》，前身爲鄭州孔目岳壽借李屠屍還魂，爲純陽所度。故《鐵拐李贊》曰："這個醜漢，渾名鐵拐，前生雙手舞文，變相折却一腿，猛然夢醒回頭②，獨向蓬壺摇擺，不知此拐多長，且去忖量滄海。"同上

詩詞曲兼才　《梅村詞序》云："詞者，詩之餘也，乃詩人與詞人有不相兼者，如李、杜皆詩人也，然太白〔憶秦娥〕、〔菩薩蠻〕爲詞開山，而子美無之也；温、李皆詩人也，然飛卿〔玉樓春〕、〔更漏子〕爲詞擅場，而義山無之也；歐、蘇以文章大手降體爲詞，坡公'大江東去'卓絶千古，而六一婉麗實妙於蘇；介甫偶一涉筆，而子固無之，眉山一家，老泉、子由無之也。以辛幼安之豪氣，而人謂其不當以詩名而以詞名，豈詩與詞各有分量，不可得而踰者乎？有明才人，莫過於楊用修、湯若士。用修親抱

---

① 今校：欲，原作"次"，據《續修四庫全書》本改。

② 今校：頭，原作"瓊"，同上改。

琵琶,度北曲,而詞顧寥寥。若士'四夢'爲南曲野狐精,而填詞自賓白外無聞焉。即詞與曲,亦有不相兼者,不可解也。"近日虞山號詩文宗匠,其詞僅見《永遇樂》數首,頹唐殊極;兼人之才,吾目中惟見梅村先生耳。先生文章彷佛班、史,然謙讓①未遑,嘗語予曰:"若②文則吾豈敢③於詩或庶幾焉。"今讀其七言古律諸體,流連光景,哀樂纏綿,使人一唱三嘆,有不堪爲懷者。及所譜《通天臺》、《臨春閣》、《秣陵春》諸曲,亦於興亡盛衰之感,三致意焉。蓋先生之遇爲之也。詞在季孟之間,雖不多作,要皆合於《國風》好色,《小雅》怨誹④之致。故予嘗謂先生之詩可謂詞,詞可謂曲。然而詩之格不墜,詞曲之格不抗者,則下筆之妙,非古人所及也。休寧孫無言遍徵當代名家詞,將以梅村編首,亡何而梅村没矣。孫子手卷不釋,仍寓予評次刻之,可謂篤好深思。而予於先生琴樽⑤風月,未忘平生,故得附知言序其本末如此。予觀先生遺命,墓前立⑥一圓石,題曰:"詞人吴某之墓。"蓋先生退然以詞人自居矣。使夫先生終於詞人,則先生之遇爲之也,悲夫! 同上

以詞曲爲詩　《名詞選勝序》云:"武林李子笠翁能爲唐人小説,尤擅金、元詞曲。吴梅村祭酒嘗贈詩云:'江湖笑傲誇齊⑦贅,雲雨荒唐憶楚娥。'蓋實録也。辛亥夏,來客吴門,予與把臂劇談,出其枕中秘,所見有過所聞者。乃知志怪之書,迴波之唱,未足盡我笠翁矣。今冬,復寄《名詞選勝》,而徵予序,予讀之,詫曰:'笠翁又進矣。'"蓋詞之爲道,予嘗於《倚聲集》極論之,詩與詞合,詞與曲合,《詩三百篇》,皆可歌也。漢、唐樂府被之管絃,奏之宫廟,古風長短句,已爲詞之權輿。至〔生查子〕之爲五言古,〔玉樓春〕之爲七言古,〔瑞鷓鴣〕之爲律,〔紇那曲〕、〔竹枝〕、〔柳枝〕等之爲絶,皆以詞具詩之一體,故曰詞者詩之餘也。詞之近

---

① 今校:"謙"字前删"猶"字,後補"讓"字,據《續修四庫全書》本。
② 今校:若,原作"如",同上改。
③ 今校:敢,原作"殆",同上改。
④ 今校:誹,原作"悱",同上改。
⑤ 今校:樽,原作"尊",同上改。
⑥ 今校:"立"字,同上補。
⑦ 今校:齊,原作"高",同上改。

調，即爲曲之引子；慢詞即爲過曲，間有名同而調異者，後人增損使合拍耳。偷聲、減字、攤破、〔哨遍①〕，不隱然爲犯曲之祖乎？太白之"簫聲咽"，樂天之"汴水流"，此以詩填詞者也。柳七之"曉風殘月"，坡公之"大江東去"，此以詞度曲者也。由詩入詞，由詞入曲，正如風起青蘋，必盛於土囊；水發濫觴，必極於覆舟，勢使然也。而説者斷欲剖而三之，不亦固乎？且今之人往往高談詩而卑視曲，詞在季孟之間。予獨謂能爲曲者，方能爲詞，能爲詞者，方能爲詩。何者？音與韻，莫嚴於曲，陰陽、開閉，一字不叶，則肉聲抗墜，絲竹隨之。詞雖稍寬於曲，然每見作者平側失衡，庚侵雜用，是徒綴其文，未諧其聲，猶然古風長短句耳。故以詩爲詞，合者十一；以曲爲詞，合者十九。若以詞曲之道進而爲詩，則宫商相宣，金石相應②和，渢渢③乎皆《三百篇》矣。笠翁精於曲者也，故其論詞，獨得其④妙解，而與予見合如此。然自此選出，人將俎笠翁於花草之間，不復呼"曲子相公"矣。予又曰："猶未足盡我笠翁也。試與之言詩，笠翁當更進矣。"同上

玉搔頭　王曇《烟霞萬古樓詩選》、《瓊花觀讀明武宗皇帝禡祭記》七律序云："武宗征宸濠，駐師觀中。記謂其觀兵揚州，一時金鼜介甲之士，市巷坊街，幾無立足。禡祭之日，飭諸生執絲竹襄祭者二百餘人。軍容之盛，振古無比。蓋武宗處中葉太平全盛之時，揆文奮武，仿漢、唐渭橋故事，安不忘危，致有深意；而讀史者似謂其弄兵好勝，不知有宋九朝，全賴澶淵一出，使天下知有黄龍大纛也。況武宗賢相在朝，名將視師，天下將垂拱無爲。此《玉搔頭》一部傳奇，雖曰遊戲，亦一朝樂府之不可不傳者。"《春暉堂叢書》

鐵雲樂府　王曇《詩選》有《七古序》云："鐵雲先生於宣武坊南鐙火之暇，作《相如文君》、《伶元通德》諸齣，商聲楚調，樂府中之肴蒸俎豆，匪元、明科諢家所可跂及也。太倉畢子筠孝廉華珍，按南北宫而譜之；

---

① 今校：遍，原作"令"，據《續修四庫全書》本改。
② 今校："應"字，同上補。
③ 今校：渢渢，原作"颯颯"，同上改。
④ 今校："其"字，同上補。

梁園衆子弟，粉墨而搬演之，亦一時佳話，記以詩。”同上

乖角　《七修類稿》：“乖角，不曉事意。”故《韓詩》曰“親朋頓乖角”是也。今人反以爲聰意，錯也。”既常生按云：“《通雅》引宋子京，謂俗以不循理曰乖角。”清錢大昕《恒言録》

曲中俗語　《恒言録》所載，有張鑑既常生補注，如“是非只爲多開口，煩惱皆因强出頭”。“好男不吃分時飯，好女不穿嫁時衣”。均見元人《舉案齊眉》劇。“有麝自然香”見《連環計》劇。“家有千貫，不如日進分文。入山擒虎易，開口告人難”。見《琵琶記》。

元曲宫調　元人曲譜，僅存六宫十一調，而所用之宫與調，亦衹十四也。注云：“宫調、角調，非唐、宋燕樂所有，且無一曲蓋妄增者。歇指調今亦無曲，商角當附於商調云。”阮亨《瀛洲筆談》

館師黄鶯兒　《尊聞閣詞選》載〔黄鶯兒〕十七首，傷館師也。天長胡粹亭作。“一頂破方巾，戴上頭、誤此身，寄人籬下防難穩。生徒幾名，束修幾金，甕酸况味心中忍。贏得個村童牧豎，見面叫先生。”其一“南面坐當中，强做作、見東翁，百般言語甘承奉。遍體酸風，澈骨冬烘，偶將小技聰明弄。試問你詩云子曰，换得幾文銅。”其二“坐老屋三間，親和友、没往還，妻兒抛却真堪嘆。薄粥一餐，冷飯一餐，爛麻繩把猴猻絆。到晚來布衾如鐵，那得夢魂安。”其三“一點没騰挪，不接濟、可奈何，噥噥唧唧時光過。賬且欠波，衣且當波，儘教空子年年大。怪只怪書獃無用，不慣跳飛跎。”其四“歸家走一遭，才進門、氣已消，閨中人把家常道。無柴昨宵，無米今朝，幾乎剩得空鍋叫。急忙忙摒當未了，館僕早來邀。”其五“不能大聲呼，低低勸、做工夫，等閑莫把時光誤。讀也含糊，聽也含糊，面從那即心能悟。没功効罪歸在我，庸陋怎教書。”其六“飯後講書呈，二五八、算消停，翻開集注頭先暈。周張朱程，解説不清，之乎者也模糊混。聊費些口乾舌燥，强做假斯文。”其七“兩文並一詩，三六九、到課期，晚來雜衆堆書几。不是寬皮，即是支離，滿前臭氣熏而已。從頭看千方百計，幾句要留伊。”其八“細看眼兒花，也自防、下筆差，惹他俗口因端借。圈點多些，塗抹少些，庶乎舒服方才罷。争奈我天良要緊，不肯昧心誇。”其九“文宗要按臨，傳牌下、未必真，遣人先向街頭問。今日登程，明日登程，商量我亦隨鞭鐙。聽五更主人早起，

禱告祀家神。"其十"一路願平安,打中肩、穆殿山,(此山在盱眙境,考棚在盱眙山上,上故越此山。)慌慌急急忙巴站。風兒何堪,雨兒何堪,險些跌煞窮酸漢。那容説馱詩驢背,自在跨征鞍。"其十一"一望水連天,尋寓所、我要先,挨門逐户幾尋遍。朝闕樓邊,臧家巷前,大都房飯須求賤。還要合諸童主意,才敢硬添錢。"其十二"筆硯也攜來,先現醜、懷鬼胎,目今奉考如還債。一場過哉,三等苦哉,此人手段原來壞。那容説時乖運蹇,我本是清才。"其十三"轉瞬届文場,敲雲鑼、擊大梆,五更飯食須停當。夾帶要防,擁擠要强,猶云都有三分望。生恐怕諸童懊惱,兼牧外行羊。"其十四"信砲鬼神愁,放了案、竟罷休,神魂沮喪形如狗。他哭床頭,我問心頭,明朝悄悄山頭走。埋怨煞三年款待,意氣枉相投。"其十五"同學兩三童,滿園花、一樹紅,其如謝禮艱難送。他本運通,我敢居功,先生以後將無用。準備著移宫换羽,另覓主人翁。"其十六"故我笑依然,冷板凳、坐有年,生來薄命何須怨。炎涼閲焉,酸鹹飽焉,阿誰成敗能操券。到不如一蓑一笠,郭外自耕田。"其十七

楔子　楔爲門户兩旁木柣,今衙署大門脱限時,有兩木柱於橛端者是也。元劇取此字作爲輔佐之意。楔所以輔佐門限,此則輔佐劇情之不足,非有其他深意。南詞中之饒劇,亦即楔兒之遺意,所用曲牌,非〔賞花時〕,即〔端正好〕,而〔端正好〕又可增句云。王伯良謂楔子如南詞之引曲,彼以爲楔子無板故也,實不盡然。吴梅《元劇方言釋略》

迓鼓　《續墨客揮犀》卷七,王子醇初平熙河,邊陲寧静,講武之暇,因教軍士爲訝鼓戲,數年間,遂盛行於世。其舉動武裝之狀,與優人之詞,皆子醇初製也。《朱子語類》一百卅九云:"如舞訝鼓,其間男子僧道雜色,無所不有,但都是假的。"是宋時已盛行之矣。元詞中如村裏迓鼓、大迓鼓之類,即用此名,但訝作迓耳。同上

衠一味　衠音諄,正也。一味,猶言一物也。曾褐夫〔散套〕云:"雖然蔬圃衠畦徑。"《西廂》云:"衠一味風清月朗",俱作正解。入明以來,南詞中不多用此字,惟湯謂以《牡丹亭・冥誓》折:"衠幽香一陣黄昏月",頗合元人法。同上

七青八黄　七青八黄,乃論金色之高下。《格古要論》謂:金品七青八黄,九紫十赤。元詞借作不問高下之意。同上

六老　“六老”，董詞作“淥老”，實應作“睩老”。睩謂眼，老乃語辭也。同上

鶻伶　鶻，《中原音韻》讀作胡。王和卿詞云：“假胡伶騁聰明。”鶻伶即胡伶，伶俐也。同上

演撒　演撒，有也。凡心中擇定之人，謂演撒。同上

潔郎　潔郎，僧衆之通稱。同上

葫蘆提　宋錢文穆決一大滯獄，坡公譽爲“霹靂手”。錢曰：“僅免葫蘆蹄耳。”亦作“鶻鷺啼”。即俳優以爲鶻突者也。同上

四星　四星，調侃下梢也。製秤之法，末梢用四星，故四星即收梢意。同上

洪昉思之厄　洪昉思以填詞獲罪，天下無不惜之。竹垞詩云：“梧桐夜雨詞凄絶，薏苡明珠謗偶然。”吴蓮洋詩云：“能通彼我間千古，才著成虧恨一生。”又“欲殺何嘗非李白，聞歌誰更惜秦青。”曹楝亭詩云：“稱心歲月荒唐過，垂老文章憂患成。”昉思後以溺死，其集罕見，才人之厄，於斯爲極。《靈芬館詩話》

桃花扇題詞　舊人題《桃花扇》傳奇者甚多，均無甚出色。崑山諸菊莊世器有絶句云：“一載風流抵六朝，陪京事去雨瀟瀟。蓬萊幾度揚塵後，又見尊前鬥舞腰。”“南巡法曲久漂零，燕子春燈進後庭。王氣自消三百載，不須抵死怨懷寧。”末首婉曲有餘味。同上

馬踐楊妃　《隨園隨筆》言：楊妃縊死，《新舊唐書》皆無異辭。惟劉禹錫《馬嵬詩》云：“貴人飲金屑，倏忽舜英莫。”似貴妃之死，乃飲金屑，非縊也。余按元人院本，有《馬嵬坡·馬踐楊妃》一折，雖曲子不足據，亦異聞也。所服杏丹事，似唐人小説中有之。同上

寓園居士曲　《秣陵春傳奇》有寓園居士癸巳孟秋七日一序，略云：余弱冠時，嘗爲《步非烟雜劇》，頗有一二本色語，兵燹中失去其本。與草衣道人往來吴越間，多以南詞散套及小令紀其事，亦頗協律。一生蹭蹬，并不得爲元詞人路吏山長之官。窮老閉門，無所發憤，欲借古人奇情韻事，譜爲烟花粉黛，神頭鬼面之詞。及見此詞，不覺小巫氣盡。下略

唐刻傳奇　唐富春字對溪，金陵人。刻傳奇甚多，所謂《富春堂刻

本》是也。如《白兔記》一種，卷前題豫人謝天祐敬所校，而梓者則唐氏也。

周閑散曲　周閑字存伯，一字小園，别號范湖居士，秀水人。英人寇邊，曾磨盾草檄。道光季年遊楚北。不二年復客吴門，佐戎幕，隨軍勦逆匪，以功得保知縣，分發江蘇。同治三年，權新陽縣。光緒元年卒，年五十六。有曲七闋，附遺稿之末卷内，爲其姊婿孫仁礽在越軍時所録。

桂林霜　鉛山蔣苕生太史(士銓)撰《桂林霜》傳奇，演康熙朝廣西巡撫馬文毅殉吴逆之難事。(按馬公諱雄鎮，字錫蕃，號坦公，漢軍鑲紅旗人。康熙九年巡撫廣西。十三年，吴三桂反，將軍孫延齡私與通，公被囚土室。十六年，三桂遣其孫世倧收兩粵，斬延齡，誘公降，不屈，遂被害。清制，非翰林出身，不得謚文。公父鳴佩，官至兩江總督，公以大臣子選用起家，得謚文毅。亦異數也。)編入《九種曲》全帙中，流傳頗廣。又有《桂林雪》院本，爲高郵薛冬樹先生(名待考)所譜，演明臣瞿、張二公殉國事。(按瞿公諱式耜，字起田，常熟人。張公諱同敞，字別山，江陵人。明永曆建國桂林，瞿公由桂撫入内閣，張公爲兵部尚書。清兵破全州，諸將焦璉、丁魁楚等戰死。永曆奔梧州，以瞿公爲留守，張公副之。未幾北兵至，二人力持月餘，城破同被執。主將定南王孔有德欲降之，不屈，幽於一室。二公相對賦詩酌酒，不異平時。孔婁勸降，不可回，遂同日俱殉。)世罕知者，亟記之。况周頤[1]《餐櫻廡隨筆》

清初猶重詞曲　尤展成自《秋波詞》進御，才子名士之目，受兩朝特達之知，所箸《讀離騷》、《鈞天樂》等傳奇數種，教坊内人鏤之管絃，爲《霓裳羽衣》之曲。洪昉思(昇)雖以《長生殿》得罪，而此曲即亦流傳禁中。蓋清廷當全盛時，九天歌管，猶有雅音，嘉道而後，遂岑寂無聞焉。乃至今日，風雅掃地，瓦釜雷鳴，雖日星河漢之文字，不惜弁髦棄之，矧選聲訂均之末技，夫孰過而問者，則章掖賤而琴書苦矣。同上

牡丹亭與小紅　小紅，姜白石侍兒，范文穆所贈也。白石《過垂虹》詩有“小紅低唱我吹簫”之句。湯玉茗侍兒亦名小紅，烏程張秋水(鑑)

---

①　今校：頤，原作“儀”，據文意改。

《冬青館》甲集《過臨川懷玉茗》詩句云:"唯有《牡丹亭》院本,尊前重聽小紅歌。"自註:小紅,玉茗侍兒。同上

瑟長 妓之箢領者名瑟長,《霞箋記傳奇》(元無名氏撰,演李玉郎翠眉娘事。)弟十三齣(訪求佳麗)科白云:"不免在教坊司喚瑟長來問它,殆即緑巾跨木(見前筆)者之流亞歟。"同上

集曲牌名 《南郇集·曲牌名擬寄外書》云:"賞花時節,悵望江南,縷縷金垂,魂斷亭前色柳矣。緑意乍舒,飛絲搭絮,如搗練子疏影暗香,玉樓春滿,而杏花天氣,未迎仙客,銷金帳裏,未免辜負海棠春色也。是以真珠簾下,芳意遲遲,不傍妝臺,嬾畫眉宇,睹黄鶯兒作對,粉蝶兒成雙,固無時不望阮郎歸來。趁此月上海棠,杯傾琥珀,一盡逍遥樂也。但金陵酤美酒,仙府舞霓裳,人、駿馬金絡索,春服錦衣香。方且尋香柳娘,稱好姐姐,備五供養,夢雙蝴蝶,醉扶歸來,恐未必於更轉時,作桃源憶故人想耳。則薄倖之罪,妾不得不駡玉郎矣。兹因孤飛雁便,寄一封書來,望郎踏莎行歸,慎毋駐馬聽曲,閒却園林好景也。一片錦中,九迴腸斷,雁過沙川,便盼撥棹,書意不盡欲言。"《民權素》十一集

游戲春秋 劉豁安云:有斥《西厢》爲淫書、情書者,其然與否?余如游夏於魯史焉。惟美爲文章,則余敢贊辭無他。即紅娘之拒張生折,夫人於包含辯護之中,有義正詞嚴之概,平心論之,允稱游戲春秋。

琵琶 又云:聲山别集之《琵琶》,雲烟裹帶歌泣。從社會普通教育觀,直兼孝慈義讓有之,可挽回已喪之天良不少,而有功於世道良多,其焕乎文章者次焉。或曰:然則盲翁嗜痂,别有眼光。余笑曰:唯。

桃花扇 康熙中葉,曲阜孔東塘(尚任)撰《桃花扇》傳奇,於復社諸君子,排斥馬阮,形容盡致。唯是李香駡馬阮則有之,殊無侯生駡大鋮事,未審既汸何所本也。况周頤《眉廬叢話》

琵琶記 明高則誠(明)撰《琵琶記》,演蔡中郎贅入牛府,屬假托非事實,前人辨之詳矣。或謂其駡王四,因琵琶二字有四王字①,亦臆説,無確據。按唐盧仝《玉泉子》鄧敞一則,略云:敞初比隨計,以孤寒不中第。牛蔚兄弟,僧儒之子,有勢力,且富於財,謂敞曰:"吾有女弟未出

---

① 今校:"有四王字"四字,據《近代中國史料叢刊續編》本補。

門,子能婚,當爲展力,寧一第耶?"時敞已婿李矣,有女二人,皆善書,敞之行卷,多二女筆跡。敞顧己寒賤,私利其言,許之。既登第,就牛氏姻。不日挈牛氏歸,將及家,紿牛氏曰:"吾久不到家,請先往俟卿。"洎到家,不敢洩其事。明日,牛氏奴驅輜橐直入,列[1]庭廡間。李氏驚曰:"此何爲者?"奴白夫人將到,令某陳之。李曰:"吾即妻也,又何夫人?"即拊膺哭頓地。牛氏至,知其賣己也,請見李氏曰:"吾父爲宰相,兄弟皆在郎省,縱不能富貴,豈無一嫁處?其不幸豈唯夫人乎?夫人縱憾於鄧郎,寧忍不爲二女計耶?"時李氏將訴[2]於官,二女共擥輓其袖而止。後敞以秘書少監分司,黄巢入洛,避亂於河橋[3],其金帛悉爲群盜所得。據此,則再婚牛氏實鄧敞事,而院本以誣中郎,其故殆不可知。同上

替父從軍　明徐文長(渭)撰《四聲猿》院本四折,其第三折《替父從軍》演木蘭事。據曲中關目,木蘭立功甯家,與王司訓之子(但稱王郎,無名。)成婚。王中賢良、文學兩科,官校書郎云云。按嘉興沈向齋(可培)《樂源問答》云:"問:《木蘭詞》,説者謂唐初人記六朝事,别有事績可徵否?答曰:'少聞之吾鄉前輩諸草廬先生云,木蘭,隋煬帝時人,姓魏,本處子,亳之譙人也。時方征募兵,(按院本云姓花,世住河北魏郡。父名弧,字桑之。曾爲千夫長,因黑山賊首造反,大魏拓拔可汗下郡徵兵。與草廬之説不同。)木蘭痛父耄,弟妹皆稚騃,慨然代行。服甲冑,操戈躍馬而往。歷十二年,閲十有八戰,人莫之識。後凱旋,天子嘉其功,除尚書郎不受,奏懇省視。及還,釋戎服,衣女衣,同行者駭然。事聞,煬帝欲納之。對曰:'臣無媲君之禮。'"拒迫不已,遂自盡;帝驚憫,贈孝烈將軍。土人立廟,以四月八日致祭,蓋其生辰也。據此則院本云云,唐突已甚矣。惜沈氏所引草廬之説,未詳何本。同上

王昭平擅演劇　《王昭平先生寄内書》,見《拜經樓詩話》,樸而雅,語淺而情深,讀之令人增伉儷之重,離合之感。中略先生少俶儻,脱略邊幅,攻詩古文,能書,耆詞曲,雅擅登場,舉天啟辛酉經魁。榜發,方雜

---

① 今校:列,原作"到",據《近代中國史料叢刊續編》本改。
② 今校:訴,原作"列",同上改。
③ 今校:橋,原作"陽",同上改。

梨園演《會真記·草橋驚夢》齣，去張君瑞，闕目未竟。移宮換羽間，促者屢[①]至，遂著戲衣冠，周旋賀客，時目爲狂。見查東山《浙語》。同上

折齣出考　雜劇、傳奇之屬，元人分若干折，後人作齣。明王伯良（驥德）校注古本《西厢記》凡例，謂元人從折，今或作出，又或作齣。出既非古，齣復杜撰，字書從無此字。近詅《癡符傳》以爲齣，蓋齝字之誤，良是。其言謂牛食已復出嚼曰齝，音笞。傳寫者誤以臺爲句，齣出聲相近，至以出易齝。又引元喬夢符云"牛口争先，鬼門讓道"語。遂終傳皆以齝代折，不知字書齝本作齥，又作呞，以齥作齣，筆畫誤在毫釐，相去更近，非直臺句之混已也。即用齥，元劇[②]亦不經見，故標上方者，亦止作折云云。蓋元明人製曲以通俗爲得體；遣詞且然，何論用字。必欲一一訂正之，或詞意轉不可曉，聲調亦復失雠，大氐梨園傳讀之本，詎可與若輩談小學耶。同上

四夢　《玉茗堂四夢》，明臨川湯若士（顯祖）撰，曰《牡丹亭》、曰《紫釵記》、曰《邯鄲記》、曰《南柯記》，蜚聲曲苑久矣。明上虞車柅齋（任遠）亦有《四夢》，曰《高唐》、曰《邯鄲》、曰《南柯》、曰《蕉鹿》。（見元鍾嗣成《録鬼簿》）特《玉茗四夢》係傳奇，而柅齋所作則雜劇耳。同上

情歌四章　昔見某君筆記，有《情歌》四章，語雖俚俗，而脉脉深情，自然流露，真玅作也。其一云："我這心裏一大塊，左推右推推不開；叫鴉鬟請個大夫與我診診脉，那大夫眉頭緊皺連聲唉。也不是病來也不是災，就是情人留下的相思債。"其二云："一見情人朝後退，十指尖尖用手推；爲甚麽涎着臉兒在我跟前跪，是何人灌得你醺醺醉，花街柳巷，任意胡爲。從今後不許你上我的床睡，就是上床來，也是各人蓋著各人的被。"其三云："濛鬆雨兒漫天下，偏偏情人不在家；若在家任憑老天下多大，勸老天住住雨兒，教他回來罷。溼了衣裳事小，凍壞情人事大，常言道黄金有價人無價。"其四云："大雪紛紛朝下蓋，可意人兒你從那里來，渾身凍的好似冰凌塊，雙手拿被將你蓋。我可暖過你的肉，我可暖不過你的心來，細細想誰人的性兒有我耐。"《紫蘭花片》

---

①　今校：屢，原作"婁"，據《近代中國史料叢刊續編》本改。

②　今校：劇，原作"曲"，同上改。

白練裙 吾友劉葱石參議彙刻傳奇，自董解元絃索《西厢》外，如元人所稱《荆》《劉》《拜》《殺》四大家，皆已物色得之。明末之《緑牡丹》傳奇，爲吴石渠撰，中有復社本事，亦訪得之。獨於《白練裙》曲本，徧覓未獲。《白練裙》者，休寧吴非熊、新城鄭應尼合撰，以嘲馬湘蘭者。吴名兆騫，爲傳奇詞曲，一時游冶少年，推渠爲帥。此劇既出，青樓人皆指目，有樊川[1]薄倖之名。此見錢氏《列朝詩集小傳》，其實爲應尼獨撰。牧齋與應尼爲庚戌同年，故援吴爲分謗。《板橋雜記》言：應尼公車下第，游金陵。時南曲中馬湘蘭負盛名，與王伯穀爲文字飲，遇應尼不以禮。應尼作《白練裙》雜劇，極其諧謔，召湘蘭觀之，微笑而已。應尼輕薄兒，思欲染指禁臠，宜不值湘蘭一哂。王漁洋《秦淮雜詩》："新月高高夜漏分，棗花簾子水沉薫。石橋巷口諸年少，解唱當年《白練裙》。"即紀此事。應尼此書出，李九我署南禮部，追書肆刻本毁其板。則在明時已罕覯矣。錢唐羅矩字千秋，告繆藝風，謂曾於江西見之，不知信否。明沈德符《顧曲雜言》云：於都下遇鄭，譽其填詞之妙，鄭面發赤，囑其勿再告人。此宜牧齋亟爲鄭諱也。九我毁板，亦德符語。羅千秋既能見之於江西兵火之後，世宜仍有此本，當告葱石再訪之。明鬱藍生《曲品》，鄭豹先下《白練裙》。鄭爲孝廉時，風流瀟灑，於秦淮曲中，説刺老妓，戲成《白練裙》，俄爲大中丞所訶，遂不行。曲未入格，然詼諧甚足味也。余所謂應尼獨撰，又得此一證。應尼名豹先，江西南城人。李详《藥裹慵談》

磬兒演劇 磬兒，珠市梁四家女伶也。梁四婦本吴倡，善琵琶。及歸梁，買雛姬教梨園爲活[2]。磬兒意不屑，輒逃塾，假母日以箠楚，諸姊妹競勸之。磬兒曰："若欲我從，須以旦脚改净色，猶可借英雄面目，一洩胸中塊壘耳。"由是《千金記》諸雜劇，磬兒獨冠場。孝廉詹湘亭待詔白門偕友寓梁四家，夜演《千金記》至《别姬》諸劇，衆皆意屬虞姬，而湘亭獨以楚重瞳爲嫵媚，群起譁笑之。及卸裝，視老霸王姿容，果高出帳下美人，人遂嘆服。明日，張筵海棠樹下，青衫紅粉，團圍錯坐。磬兒本

---

① 今校：樊川，原作"青樓"，據江蘇古籍本改。

② 今校：活，原作"話"，據《筆記小説大觀》第一輯改。

歙産，湘亭亦婺源籍，兩人各操土音，以道其傾慕，而座上諸友，相對微笑，竟不解剌剌作何語。已而中翰諸友盡返棹，而湘亭束裝未發，蓋不忘磬兒也。思欲買桃欒載以俱歸。而梁家方居爲奇貨，且欲留壓部頭，有非①百萬纏頭不能摇奪者。相對泫然，焦思無計。磬兒曰："君何計之拙也，彼所以居奇不售者，以我爲錢樹子②耳。君去妾必不生，留駿骨而買③之，定不須千金值矣。"湘亭大悲，乃不得已，珍重而别。歸未兩月，聞磬兒病且死。湘亭曰："花前一諾④，信同抱柱矣。卿不負我，我豈負卿哉？"急赴金陵，以三百金買柩而回，葬於桐涇橋北。王夫人曹墨琴⑤誌其墓，諸名士挽以詩詞。予譜《千金笑》傳奇付諸樂部。噫！不能生事，而以死歸，殆鍾情者不得已之極⑥思乎？而磬兒亦自此不死矣。沈起鳳《諧鐸》

玉玦與綉襦　鄭若庸字中伯，妙擅樂府，嘗填《玉玦記》以訕妓院。一時白門楊柳無繫馬者。群妓患之，乃醵金數百，行薛生近黨，作《綉襦記》以雪之。秦淮花月，頓復舊觀。朱彝尊《静志居詩話》

阮大鋮所著傳奇　阮大鋮所著《燕子箋》、《春燈謎》外，尚有《雙金榜》、《牟尼合》、《獅子賺》等名，見《韻石齋筆談》及《池北偶談》，今皆不傳。同上

化工畫工　《拜月》、《西厢》，化工也；《琵琶》，畫工也。夫所謂畫⑦工者，以其能奪天地之化工⑧而其孰知天地之無工乎？今夫天之所生，地之所長，百卉具在，人見而愛之矣。至覓其工，了不可得，豈其智固不能得之歟？要知造化無工，雖有神聖，亦不能識知化工之所在，而其誰能得之？由此觀之，畫工雖巧，已落二義矣。文章之事，寸心千古，可悲

---

① 今校："非"字，據《筆記小説大觀》第一輯補。
② 今校："子"字，同上補。
③ 今校：買，原作"埋"，同上補。
④ "一諾"字，同上補。
⑤ 今校：琴，原作"亭"，同上改。
⑥ 今校："極"字，同上補。
⑦ 今校：畫，原作"化"，據中華本改。
⑧ 今校："工"字，同上補。

也夫！且吾聞之，追風逐電之足，決不在於牝牡驪黄之間；聲應氣求之夫，決不在於尋行數墨之士；風行水上之文，決不在於一字一句之奇。若夫結構之密，偶對之切；依於理道，合乎法度；首尾相應，虚實相生，種種禪病，皆所以語文，而皆不可以語於天下之至文也。雜劇院本，遊戲之上乘也。《西厢》、《拜月》，何工之有？蓋工莫工於《琵琶》矣。彼高生者，固已殫其力之所能工，而極吾才於既竭。惟作者窮巧極工，不遺餘力，是故語盡而意亦盡，詞竭而味索然亦隨以竭。吾嘗攬琵琶而彈之矣，一彈而嘆，再彈而怨，三彈而向之怨嘆無復存者，此其故何耶？豈其似真非真，所以入人之心者不深邪。蓋雖工巧之極，其氣力限量，只可達於皮膚骨血之間；則其感人，僅僅如是，何足怪哉？《西厢》、《拜月》，乃不如是。意者宇宙之内，本自有如此可喜之人，如化工之於物，其工巧自不可思議爾。且夫世之真能文者，比①其初皆非有意於爲文也。其胸中有如許無狀可怪之事，其喉間有如許欲吐而不敢吐之物，其口頭又時時有許多欲語而莫可所以告語之處，蓄極積久，勢不能遏。一旦見景生情，觸目興嘆，奪他人之酒杯，澆自己之壘碗；訴心中之不平，感數奇於千載。既已噴玉唾珠，昭回雲漢，爲章於天矣。遂亦自負，發狂大叫，流涕慟哭，不能自止。寧使見者聞者切齒咬牙，欲殺欲割，而終不忍藏於名山，投之水火。予覽斯記，想見其爲人，當其時必有大不得意於君臣、朋友之間者，故借夫婦離合因緣以發其端。於是焉喜佳人之難得，羨張生之奇遇；比雲雨之翻覆，嘆今人之如土。其尤可笑者，小小風流一事耳，至比之張旭、張顛、羲之、獻之，而又過之。堯夫云："唐虞揖讓三杯酒，湯武征誅一局棋。"夫征誅揖讓何等也，而以②一杯一局覷之，至渺小矣。嗚呼！今古豪傑，大抵皆然。小中見大，大中見小，"舉一毛端建寶王刹，坐微塵裏轉大法輪。"此自至理，非干戲論。倘爾不信，中庭月下，木落秋空，寂寞書齋，獨自無賴，試取《琴心》，一彈再鼓，其無盡藏，不可思議，工巧固可思也。嗚呼！若彼作者，吾安能見之歟？明李贄《李氏焚書》

---

① 今校：比，原作"此"，據中華本改。

② 今校："以"字，同上補。

玉合記 《玉合記》亦有許多曲折，但當要緊處却緩慢、却泛散，是以未盡其美；然亦不可不謂之不知趣矣。韓君平之遇柳姬，其事甚奇，設使不遇兩奇人，雖曰奇，亦徒然耳，此昔人所以嘆恨於無緣也。方君平之未得柳姬也，乃不費一毫力氣而遂得之，則李王孫之奇，千載無其匹也。迨君平之既失柳姬也，乃不費一時力氣而遂復得之，則許中丞之奇，唯有《崑崙奴》千載可相伯仲也。嗚呼！世之遭遇奇事如君平者，亦豈少哉？唯不遇奇人，卒致兩地含冤，抱恨以死，悲矣！然君平者唯得之太易，故失之亦易，非許俊奇傑，安得復哉？此許中丞所以更奇也。同上

拜月記 《拜月記》關目極好，説得好，曲亦好，真元人手筆也。首似散漫，終致奇絶，以配《西厢》，不妨相追逐也。自當與天地相終始，有此世界，即離不得此傳奇，肯以爲然否？縱不以爲然，吾當自然其然。試詳讀之，當使人有兄兄妹妹，義夫節婦之思焉。蘭比崔重名，尤爲閑雅，事出無奈，猶必對天[①]盟誓，願終始不相背負，可謂貞正之極矣。興福投竄林莽，知恩報恩，自是常理。而卒結以良緣，許之歸妹，興福爲妹丈，世[②]隆爲妻兄，無德不酬，無恩不答，天之報施善人，又何其巧歟。同上

紅拂記 《紅拂記》關目好，曲好，白好，事好。樂昌破鏡重合，紅拂智眼無雙，虬髯棄家入海，越公並遣雙妓，皆可師可法，可敬可羡。孰謂傳奇不可以興，不可以觀，不可以群，不可以怨乎？飲食宴樂之間，起義動槩多矣。今之樂猶古之樂，幸無差别視之其可。同上

度曲 儀徵李艾塘精於音律，謂元人唱曲，元氣淋漓，直與唐詩、宋詞相頡頏。近時則以蘇州葉廣平翁一派爲最著，聽其悠揚跌蕩，直可步武元人，當爲崑曲第一。曾刻《納書楹曲譜》，爲海内唱曲者所宗。清錢泳《履園叢話·藝能篇》

唱崑曲 近士大夫皆能唱崑曲，即三絃、笙、笛、鼓板亦嫻熟異常。余在京師時，見盛甫山舍人之三絃，程香谷禮部之鼓板，席子遠、陳石士

---

① 今校：天，原作"之"，據中華本改。

② 今校：世，原作"老"，同上改。

兩編修能唱大小喉嚨,俱妙;亦其聰明過人之一端。同上

梨園演戲,高宗南巡時爲最盛,而兩淮鹽務中尤爲絶出。例蓄花、雅兩部,以備演唱。雅部即崑腔,花部爲京腔、秦腔、弋陽腔、梆子腔、羅羅腔、二簧調,統謂之亂彈班。余七八歲時,蘇州有集秀、合秀、擷芳諸班,爲崑腔中第一部,今絶響久矣。演戲如作時文,無一定格局,只須酷肖古聖賢人口氣。假如項水心之何必讀書,要象子路口氣;蔣辰生之愬子路於季孫,要象公伯寮口氣,形容得象、寫得出,便爲絶構,便是名班。近則不然。視《金[①]釵》、《琵琶》諸本爲老戲,以亂彈、灘[②]王、小調爲新腔,多搭小旦,雜以插科,多置行頭,再添面具,方稱新奇,而觀者益衆;如老戲一上場,人人星散矣,豈風氣使然耶。同上

傳奇溷亂事實 每觀傳奇,輒嘆前賢父母妻妾[③]爲其溷亂。如玉蓮,王梅溪十朋之女。孫汝權,梅溪之友。梅溪劾史浩八罪,汝權實慫恿之,浩所切齒,遂妄作《荆釵記傳奇》,故謬其事以衊之。如王曾少孤,鞠於叔氏,無子,以弟之子繹爲後,而傳奇則載其具慶生子事。吕蒙正父龜圖多内寵,與妻劉不睦,并蒙正出之,頗淪躓窘乏,劉誓[④]不復嫁。及蒙正登仕,迎二親同堂異室,孝養備至。傳奇乃以蒙正妻爲其父所逐,更爲溷亂。清王崇簡《冬夜箋記》

尉遲敬德 傳奇艷稱尉遲敬德救唐太宗於單雄信之危。正史所載,世民以五百騎行戰地,王世充帥步騎萬餘卒至圍之,雄信引槊,直趨世民,敬德躍馬大呼,横槊刺雄信墜馬,翼世民出圍。同上

袁籜庵于令以《西樓傳奇》得盛名,與人談及,輒有喜色。一日,出飲歸,月下,肩輿過一大姓門,其家方燕客,演《霸王夜宴》。輿人云:如此良夜,何不唱"綉户傳嬌"語,乃演《千金記》耶?籜庵狂喜,幾墮輿。清宋犖《筠廊偶筆》

荆釵記 玉蓮,王梅溪先生十朋之女。孫汝權,宋進士,與梅溪爲

---

① 今校:金,原作"荆",據中華本改。
② 今校:灘,原作"攤",同上改。
③ 今校:妾,原作"子",據《四庫存目》本改。
④ 今校:"誓"字,同上補。

友，敦尚風誼。先生劾史浩八罪，汝權實慫恿之。史氏所最切齒，遂妄作《荆釵傳奇》。故謬其事以衊之。清高士奇《天禄識餘》

虎拍詞　北方人唱小曲，有名“虎拍詞”者。按《北征事蹟》云：“也先奉上酒，自彈虎撥思兒唱曲，衆齊聲和之。”《庶物異名疏》云：“即胡撥四，長二尺許，三絃。”《席上腐談》云：“王昭君琵琶壞，重造，而其形小。”昭君笑曰：“渾不似。”今訛爲胡撥四。《楊升庵集》：以胡撥四對漢秋千，一作“虎拍思”，又作“琥珀思”。同上

唱曲　丙辰之夏，紅藕花開。王子古直偕女史素蓉，曲工金叟，拉余舉杯橋上，爲邀月之飲。素蓉歌《東風無賴》一曲，聽者凝神。叟曰：“子之歌善矣，然毫釐千里之間，猶有進也。字有四聲，度曲者四聲各得其是，雖拙亦佳，非徒取媚聽者之耳也。如陽平拖韻稍長，即類於陰；陰平發音稍亮，即類於陽。去聲亢矣，過文宜抑而復揚；入聲促矣，出字貴斷而後續。雖有一定之腔，亦可短長以就韻；雖有不移之板，亦宜變換以成文，而其要領在於養氣。如陽音以單氣送之則薄，陰音以雙氣送之則滯。將收鼻音，先以一絲之氣引入，而以音繼之，則悠然無迹。子有數字未諧，試反尋之，自得也。”素蓉即起拜謝。余曰：“此所謂識曲聽其真也。古之善歌者曰：‘繞梁裂石，惟美其調之高耳。’袁中郎謂每度一字，幾盡一刻，僅形其聲之細耳。善乎《樂記》所謂上如抗，下如墜，止如槁木，纍纍乎如貫珠，能盡節奏之妙。故最知音者，莫若古聖人也，而子得之。雖然，不惜歌者苦，但傷知音稀，知子者有人乎？”叟曰：“人之知我，不如我之自知也。”古直曰：“一技也，亦有然哉！”遂罷酒，刺船而去。清陸次雲《湖壖雜記》

百獅池　杭城藩司前有百獅池。順治年間，一日，衙役忽見池中一蟹，其大如箕，擊之不去，以鐵鈎鈎之，潛入水底，鈎著米囊，盛物甚重，啓之，乃一支解屍。聞之司主張公縉彦，訪獲近司民婦吴氏，與奸夫方二，謀磔親夫邵皮匠也。婦擬淩遲，押赴市曹處決。時有一少年，見婦靚麗可愛，嘆惜云：“可惜可惜！恨不以身代之。”婦聞之，熟視少年，良久決訖。至次年歲朝，少年乘輿過決婦所，忽見一婦躍入輿中，隨聞少年被婦所憑，云：“兒臨刑時，蒙郎見憐，心不忘，覓之久，今幸相會，請同去。”抵家氣絶，好事者至撰歌曲、演戲劇。始信傳奇中《閻婆惜活捉張

文遠》、《殷桂英活捉王僉判》，事未必寓言。清李王逋《蚓庵瑣語》

兩解元演劇 錢塘周通政詩，以嘉靖己酉，領解浙闈，年才二十一。榜前一夕，人皆争踏省門，候榜發，周獨從鄰人觀劇。漏五下，周登場，歌《范蠡尋春曲》，門外呼周解元者，聲百沸。周若弗聞，歌竟下場始歸。又龍游余太史恂，順治辛卯發解時，亦登場演《蔡邕別親》一齣，觀者謂蔡解元雖僞造，余已爲之兆也。《曠園雜志》

荆釵記 王十朋字龜齡，梅溪樂清人，年四十七，魁天下。以書報其弟夢齡、昌齡曰："今日唱名，蒙恩賜進士及第，惜二親不見，痛不可言。嫂及聞詩聞禮，可以此示之。詩、禮其二子也。此二語者，上念二親，而不以科名爲喜；特報二弟，而不以妻子爲先，孝友之意可見矣。爲御史，首彈丞相史浩，乞專用張浚；上爲出浩，帥紹興。龜齡又上疏，言舜去四凶，未嘗使之爲十二牧。其忠義謇諤如此。今世俗所傳《荆釵記》，因梅溪劾史浩八罪，孫汝權實慫恿之，史氏切齒，遂令門客作此傳以衊之。蓋玉蓮乃梅溪之女，孫乃梅溪同榜進士也，史客故謬其説耳。又有一説，玉蓮實錢氏，本娼家女，初王與之狎，錢心許，嫁王後，王狀元及第歸，竟不復顧，錢憤而投江死。二説頗異。大約傳奇中如此假托附會者極多，不足深究耳。清勞大與《甌江逸志》

辰鈎月 《辰鈎月》是院本傳奇，元人吴昌齡撰，載陳世美感月精事。緯書載辰星鈎月甚難，主年豐國泰。清吕種玉《言鯖》

工尺考 簫管腔中有公赤，今訛爲工尺，不知何義。考之宋朝詞話有《燈花婆婆》，第一迴載本朝皇宋出三絶：第一絶是理會五凡工尺上底；後拂出幾個詞客，蘇子瞻、周美成等凡十六人。同上

脚色考 《太和正音》之副末，古謂蒼鶻，故可撲靘。靘謂狐也，蒼鶻可攫狐也，故副末執磕瓜以撲靘也。傅粉墨者謂之靘，獻笑供諂者也。古爲參軍，書語稱狐爲田參軍。靘，今優人謂之净副，粉墨之大净也。生旦丑外，則古無此名，副末至今有之。同上

顛不剌 《西厢記》："顛不剌見了萬千"，箋釋者以"顛不剌"爲美女，非也。萬曆初，張江陵當國，將南京太祖所藏寶玩盡取上京，中有顛不剌寶石一塊，重七分，老米色，若照日，只見石光，所以爲寶也。今人不知。同上

桃花扇　《桃花扇》以氣概雄厚勝,《西厢》以字句精細勝,其長處自不可同日語。讀《桃花扇》者當取其氣概,而略其字句;讀《西厢》者當取其字句,而略其氣概:此讀兩書之公論也。顧余有不滿意於《桃花扇》者,非苛求也,實其字句粗俗之處,令人不能入目也。如"雖是客况,不堪卻也。春情難按,又要打著美人心上癢"。此等言語,出於侯公子之口,吾恐侯公子決不承認也。近人張行《小説閑話》

西厢　《西厢》一字不苟,而一字不俗;意雖極褻,而字面却極雅,此其佳處,非傖父所知。此《西厢》一書,聖嘆之所以不許傖父讀也。同上

帝女花學桃花扇　文字各有所能,作《桃花扇》者固不可與作《西厢》,作《西厢》者亦不可與作《桃花扇》也。且《桃花扇》之題目以《西厢》之筆寫之,亦頗不宜;吾所惜乎《桃花扇》者,不能除鄙俗語耳。《倚晴樓》七種中,《帝女花》竭力摹仿《桃花扇》,雖不能似,然《桃花扇》後,當推佳作。笠翁心餘之書,比之顫珊,瞠乎後矣。同上

牡丹亭本事　《堅瓠集》載明時有一木姓茂才,年少學博,倜儻好義。與其父執杜姓之女有白頭約,女父微有所聞,頗重茂才爲人;然以其屢試不售,思擇配豪門以絶木。女偵知之,遂仰藥死。父檢其囊篋,得美人圖一帙,則女自描之小像也。題詩有"不在梅邊在柳邊",蓋隱示木字之意。杜恐醜事宣播,遂草草殮之,而厝於後園之牡丹亭側。數年後,杜就撫軍之職。忽一日,茂才來謁,席間出舊畫一軸求售,展視之,則女之殉葬物也。疑茂才爲竊塚者,撻之不認,遂囚之,並欲送刑部而嚴懲焉。會有送登科録至者,啓視之,第一名乃茂才名,籍貫年歲,皆無少異,不得已而釋之。越日,茂才率其妻來見,杜以其輕薄也,愈不欲見。事爲杜夫人所聞,私遣婢女窺之,則確爲己女,乃言於杜,翁婿始歸於和好。始知前者女死,皆詐術也。湯臨川之《牡丹亭》,大約即誌此事,試以曲中事按之,當吻合也。同上

曲海揚波卷四

歌代嘯　《歌代嘯》雜劇，明徐渭撰。無名氏序云：袁石公曰，唐詩外，即宋詞、元曲絶今古，而《雙文》一劇，尤推勝國冠軍。要其妙，只在流麗曉暢，使觀之目與聽之耳，歌[①]若誦之口，俱作歡喜，緣此便出人多多[②]許。耳食者類以駢縟相求，如《藝苑》所稱，氣[③]已盡，而淡黄嫩緑等業，久載詩餘，何如影郎畫寵之爲風流本色也。《歌代嘯》不知誰作，大率描景十七，摛詞十三，而呼照曲折，字無虚設，又一一本地風光，似欲直問王、關之鼎。説者謂出自文長。昔梅[④]禹金譜《崑崙奴》，稱典麗矣，徐猶議[⑤]其白爲未窺元人藩籬，謂其用南曲〔浣紗〕體也。據此，前説亦近似，而按以《四聲猿》，尚覺彼如王丞相談玄，未免時作吴語，此豈才富者後出愈奇，抑諷時者之偶有所托耶？下略

凡例後題"虎林冲和居士識"。有云：今曲於傳奇之首，總序大綱曰：開場。元曲於齣内或齣外，另有小令曰楔子。至曲盡，又别有正名，或四句，或二句，櫽括劇意，亦略與開場相似。余意一劇自宜振綱勢[⑥]，即不可處後，故特移正名向前，聊凖楔子，亦所以存舊範也。且正名亦未必出歌者口中，今於曲盡仍作數語，若今之散場詩者，大率可有可無。至各齣末，則一照元式，不用詩。

又云：元曲不拘正旦、正末，四齣總出一喉，蓋總敘一人事也。此曲四齣四事，原無主名，故不妨四分之。然一齣終是一人主唱，此猶存典型意乎。按此劇四齣，爲没處洩憤的是冬瓜，走去拿瓠子出氣；有心嫁

---

① 今校："歌"字，據《中國古典戲曲序跋彙編》補。

② 今校："多"字，同上補。

③ 今校：氣，原作"舉"，同上改。

④ 今校：梅，原作"傳"，同上改。

⑤ 今校：議，原作"謂"，同上改。

⑥ 今校："勢"字，同上補。

禍的是丈母，牙疼炙女婿脚根；眼迷曲直的是張禿，帽子教李禿去戴；胸横人我的是州官，放火禁百姓點燈。又云：齣惟一韻，俱從《中原》。其入聲派①歸三聲者，自宜另有讀法；甚有有其聲無其字者，亦須想像其近似者讀之。若從休文韻，則棘喉多矣。

纏頭百練 《纏頭百練》曲選，一題《怡春錦》，武林曲癡子訂，乾隆五十七年刊本。夏之日序云：語曰："千金買一笑，不惜錦纏頭。"何賞音之至也。音律所通，曲爲最。然曲數元，猶詩唐、騷楚、辭六朝，大約云爾。其實元之後，麗曲實多。元大悉北調嶅牙，其妙者在不工而工。今有②冲和居士，别號曲癡子，殊非知音者，往往興意所鍾，偏痴歌曲。逞其不工而工者，求其工而工。風朝采③一調，月夕載④一音。敲字於花欄，譜宫於酒榭。遊今昔人，一宫一商，情辭森麗中，竟爾忘死。諸語待校我見其點之又圖之，又合之。合有六：南與北合，今與昔合，麗情與弋調合。若調協辭不雋勿與合。辭雋還求韻永，韻永又索情深。深情處色侵嬌葶，趣盪春風，不爾又勿與合。此六合纏頭成，我勸與世間鍾情人聊供一玩。因想非鍾情人無曲，非鍾情人倦合。是曲倘情怡神和一展玩，何必不愜幽人之目，染韻士之襟，澈情郎之况！"千金一笑"，在乎是矣。便六朝金粉，楚唐餘叶，何必不鏗鏗者都在，僅元乎哉！曲癡子縱無是想，觀者實有是因。但客有嘲曲癡子者，以其首麗情淫而蕩，偏嬲浪子。曲癡子曰："桑濮之音，芍藥之謔，狂童艷姬，《三百篇》首而不廢，亦嬲浪子否？"與客相視而笑。自命曲癡，洵癡哉！若因六合調付六合春，謾握纏頭，一度徘徊，一度停雲，拂拂春風花柳也。雖謂曲癡子也，是知音人亦可。空觀子聊以癡言贈。

全書分禮、樂、射、御、書、數六集，禮幽期寫照，樂南音獨步，射名流清劇，御絃索元音，書新詞清賞，數弋陽雅調。

---

① 今校：派，原作"排"，據《中國古代戲曲序跋彙編》本改。

② 今校：有，原作"者"，同上改。

③ 今校：采，原作"裁"，同上改。

④ 今校：載，原作"採"，同上改。

勸善金科 《勸善金科》凡例有云：其原出於《目蓮記》。《目蓮記》則本之《大藏盂蘭盆經》。蓋西域大目犍連事跡，而假借爲唐季事，牽[①]連及於顔魯公、段司農輩，義在談忠説孝。西天此土，前古後今，本同一揆，不必泥也。顧舊本相沿，魚魯豕亥，其間宫調舛訛，曲白鄙猥，今爲斟酌宫[②]商，去非歸是，數易稿而始成。舊本所存者，不過十之二三耳，仍名《勸善金科》云者，其義具載開場白中，兹不復綴。

又云：元人雜劇，一事大抵四折，其後《琵琶》、《幽閨》等劇，寖至三十餘齣、四五十齣不等。如湯若士之《牡丹亭》、洪昉思之《長生殿》，至五十餘齣，分上、下二本，又其最多者也。《勸善金科》舊有十本，則多之至矣。但每本中或二十一二齣，或三十餘齣，多寡不匀。今重加校訂，定以二十四齣爲準，仍分十本，共二百四十齣。

又云：從來演劇，惟有上下二場門，大概從上場門上，下場門下。然有應從上場門上者，亦有應從下場門上者；且有應從上場門上、而仍應從上場門下者；有從下場門上、仍應從下場門下者，今悉爲分别註明。若夫上帝神祇，釋迦仙子，不便與塵凡同門出入，且有天堂必有地獄，有正路必有旁門，人鬼之辨亦應分晰，並注明每齣中。

又云：古稱優孟衣冠，言雖假而似真也。今將每齣中各色人之穿戴，於登場時細爲標出。

昭代簫韶 《昭代簫韶》凡例有云：其源出自《北宋傳》之演義書。考《通鑑》、正史，其中惟《楊業陳家谷盡忠》一節爲實事耳。其餘皆後人慕楊業之忠勇，故譽其後昆而敷演成傳。即潘美之惡，亦不如是之甚。祇因既與楊業約，駐兵谷口聲援，王侁争功，離次不能禁制，及引全軍徑退，乃坐致楊業於死地，是以衆惡皆歸焉。又如牽引德昭，匡襄軍國，竭盡忠誠，庇護賢良，不辭勞瘁；概爲表彰其賢能，用以誅佞屏奸，褒忠獎孝耳。不可議其存殁而拘泥。今依《北宋傳》爲柱脚，略增正史爲綱領，創成新劇，借此感發人心。善者，使之入聖超凡，彰忠良之善果；惡者，使之冥誅顯戮，懲奸佞之惡報，令觀者知有警戒。

---

① 今校：牽，原作"率"，據《中國古典戲曲序跋彙編》改。

② 今校：宫，原作"工"，同上改。

又曰：舊有《祥麟現》、《女中傑》、《昊天塔》等劇，亦係楊令公父子之事。既非《通鑑》、正史，又非北宋演義，乃演義中節外之枝，概不取録。今新創之劇，輯成二百四十齣，分爲十本，每本擬定二十四齣爲準。

又云：劇中有上帝、神祇、仙佛，及人民、鬼魅，其出入上下，應分福臺、禄臺、壽臺，及仙樓、天井、地井，或當從某臺某門出入者，今悉斟酌，分别注明。

醉怡情　《醉怡情》乃崑腔雜曲之選本，有古吴致和堂梓本。標題云：從來才子胸襟，常寓意於傀儡；文人筆墨，尤精工於艷製。但繁詞難以遍閲，而窺豹不妨一斑。本坊特嚴加删訂，取其詞調清新、刻畫最工者，以登梨棗，使演習者揣摩曲至，旁觀者聞聲起舞，誠宇内之奇觀，詞壇之勝覽也云云。

無名氏序有云：上下元、明數百劇，撮録其近《風》、《雅》者百餘齣，名曰《醉怡情》。夫亦謂學士大夫，當傀儡場中，酒酣耳熱時，見忠臣孝子，則斂容而起；見義士仁人，則慷慨情深；見奸雄讒佞，則殃殃若疾；見芳草王孫、美人君子，又不禁神怡而心醉焉。情之所至，何以如是。下略

目次後題：青溪菰蘆釣叟點次。計選傳奇四十四種，每種多爲四齣。

太平樂府　《太平樂府》有《東城旅客序》，乃劇曲叢刻也。又題《玉勾》十三種，乃《换身榮》、《天降福》、《世外歡》、《秦州樂》、《成雙譜》、《樂安春》、《生平足》、《萬年希》、《鬧華州》、《臨濠喜》、《人難賽》、《三多全》十二種傳奇，每種各十三齣，或十四齣。

《换身榮》演武都鄭藐，微賤不得顯，又遭村豪之欺；適蜀王選妃，觀音憐之，使换身爲女，因得中選而榮，故名。《天降福》演平陽荀賓妻死，續娶孀婦王大娘，王女因選入宫爲后，荀因得封侯，謂此福由天降，故名。《世外歡》演襄陽蔡瑁娶趙嬈夫人孫女趙穠華，並漳泉陳氏寒芳；因與曹操有舊，操平吴、蜀，賜以繞基田八千頃，蔡乃興築别業於襄陽爲樂。《秦州樂》演魏弘農李洪之妻張氏，所認義姊，後貴爲太后，李得出制秦州享樂。《成雙譜》演鄧州李冲，與同僚王叡，子女聯姻事，有正史

可考。《樂安春》演樂安徐紞，攀附常侍趙修、丞相元乂、中侍鄭儼得三妻事。徐爲樂安人，故名。《生平足》演襄陽李遷哲，爲宇文周時駙馬，富貴復多男子，謂人生平，如是已足。《萬年希》演河東柳誓，以詩見賞人主，爲狀元事。《鬧華州》演李國土事。《臨濠喜》演劉孝綽十世孫劉崇俊事。《人難賽》演宋時開封張耆事。《三多全》演廣陵趙輝事。

錫六環　《錫六環》傳奇，清孫埏撰，一名《彌勒記》，有奉化湖瀾書塾刊本。孫氏雍正十年序云：彌勒佛顯迹奉化岳林，中略梁貞明二年，在岳林寺東廊石上，端坐而逝。中略後有二僧到寺，謂適見之天台，不信其已死；於是發龕視之，祇得青磁净瓶，六環錫杖，餘則空無所有。中略佛氏之好爲奇幻，大率多類此，未爲希有；即余之爲此傳奇，亦非欲傳布佛教也。念人生在世，南柯一夢，中略一切有如夢幻泡影，儒釋何嘗不一而二，二而一哉！惟背違倫理，無父無君，未免開罪於聖人，而要其以空寂之義，驚醒塵夢，亦未必一無可取。《錫六環》一劇，即本此義演出，千奇百怪，而究歸之烏有。下略全書上下二卷，各十二回。

孫鏘跋云：鏘六世祖碧溪公，中略諱埏，字尚登，號①碧溪。由前清乾隆元年副貢肄業，修道堂，富於著述。所撰《行文語類》三卷，久已風行海内。相傳有《彌勒記》、《兩重天》二種傳奇，初未之見。中略邇來購得《歸玄鏡》刻本，蓋廬山、永明、雲棲三大師事實合編。中略其趨旨務引人信佛，離娑婆而登極樂國也。中略原本（指《錫六環》）二十六齣，承同里江五民先生逐條勘正，核改爲二十四回。

茯苓山　《茯苓山》傳奇，清玉泉樵子撰。光緒丙子自序，謂演麻姑事，全書十四齣。其子德滋跋云：家大人光緒丙子歲，權守建昌，秋間卸篆後，登麻姑山，飲麻姑酒，感興而作。中略篇中脚色，按《麻姑仙壇記》及《建昌府志》考訂詳晰，皆實事無假借也。惟《獻壽》一折，《西王母傳》中有王方平，而無麻姑。世俗繪畫家嘗作《麻姑獻壽圖》，祝壽者從而附會之。

鳳飛樓　道光二十七年，李文瀚自序《鳳飛樓》傳奇云：上略於是取《歧山舊志》，前明梁烈女子殉節事，以其父大業，及名宦梁建廷、孝子蹇

---

①　今校：號，原作“曾”，據《古本戲曲叢刊》改。

逢吉緯之，得《鳳飛樓》傳奇。中略全書純用北曲，惟末折演局外人事，乃用南曲。凡例謂是本以梁大業父女爲主，而珊如又主中主。書分上下二卷，各十齣，宮調套數之謬亂，無以復加。馬國翰序謂，樓喻其高，鳳之飛喻烈女也。

紫荆花　《紫荆花》傳奇，李文瀚撰，取"紫荆花下宜兄弟"之意，借花神爲樞紐，聯絡夫婦。人名地名，虛實參半。凡例曰：是劇之作，蓄意於道光丙申至戊戌，成一半。上卷十六齣，未查譜，正襯難準。下卷十六齣，照譜填詞，較爲可靠。李字雲生，宣化人，號訊鏡詞人。

臙脂舄　《臙脂舄》傳奇，李文瀚撰。道光壬寅自序：余揣先生（吴太守）治獄之意，與《聊齋》作傳之心，有感於中，假臙脂之舄以爲名，譜傳奇①十六齣，補《聊齋》所未圓之説，非與《志異》操戈云云。科白尚合，詞曲則大謬，宮調既紊，套數亦亂。北詞中句法，尤爲不符圖譜，無可取。按：光緒甲申玉泉樵子成《臙脂獄》，與此係兩書。

銀漢槎　《銀漢槎》傳奇，訊鏡詞人撰，多頌揚，而無諷刺，虛實參半。以河災爲主，海怪爲賓，孛星爲經，牛女爲緯。場中脚色，以張騫爲主，汲黯爲賓。有道光乙巳三月，風笛樓刊本。

雙仙記　《雙仙記》傳奇，乾隆丁亥，研露樓主人自序云：余間嘗閲稗官野史，每愛邢春娘之守舊盟，鄭六郎之遇貞狐，及無雙、古押衙之節義。邢春娘、鄭六郎之事，予已譜之聲律矣。而無雙、古押衙之奇人奇事，雖有《明珠記》傳演，究之未暢其情。用錯綜其同異，敷衍三十六齣，已填六齣。丁亥春，邂逅來旬吴子，知其長於音律，遂煩其捉筆，余亦以餘暇分填數闋云。全書分上下二卷，各十八齣。吴號鬱州山人，淮陰人，研露樓主則爲鄂人。

太和正音譜　《太和正音譜》有明康海刊本，嘉靖戊子冬十二月壬子，渼東漁父序云：予家居二十有二載矣，以爲文章詞賦，雕蟲篆刻之技，壯夫所不爲也。可爲者，咏歌舞蹈，於林壑瀟散之地，以自適吾意而已。古詩歌謡，道性情，陳風俗，心之所之，假言而通，言之所指，因歌而永。是以陳之列國，采之樂官，以考其政治得失。及乎世道既降，歌詩

---

①　今校："傳奇"二字，據《中國古典戲曲序跋彙編》補。

變爲樂府，隋唐以來，益變益異；而治之污隆，音之美惡，猶具以存。近世歌曲所傳，唯十二調，三百三十五章，然音律之本，亦稍見矣。明興，丹丘先生采輯元賢暨今之詞客所撰，彙爲斯譜。閒居有作，率譜擬調，法度宛然。歌咏之餘，情之所欲，宣暢略盡。吁，亦奇矣。原本前卷載古今作者名氏，及傳奇種數與元人雜論。雖搜括甚多，而於後作，初無少益，今悉删去，但取周德清《作詞七法》列諸篇首。若曰曲固有譜，作亦有法云耳。開卷之際，指趣咸備，顧非詞林之一快乎。

瞿園雜劇　《瞿園雜劇》，光緒戊申鉛印本，正續編各五種。《仙人感》、《藤花秋夢》、《孽海花》一名《金華夢》《暗藏鶯》、《賣詹郎》一名《長人賺》《東家顰》、《鈞天樂》、《一線天》、《望天石》、《三割股》瞿園主人自序云：上略握管輒一效顰，擬《雙合鏡》、《支磯[①]石》、《鴟夷恨》、《紅娘子》傳奇數種，各數十齣，以筆稚腕弱，排場多誤，未敢出於[②]周郎一顧也。癸卯後，客京師，中略或有感觸，信口吾吾，伸指拍几，每劇作小套一二，則仿古人《四聲猿》、《龍舟會》之例，有《仙人感》、《藤花秋夢》、《金華夢》、《暗藏鶯》、《長人賺》、《東家顰》、《西江雪》、《神山月》、《玉津園》諸目，中略擇稿本完全者排印數則云。按：續編五種，除《東家顰》外，均與自序所述異。

驪山傳　《驪山傳》傳奇，磬譜老人撰。家門云：這本戲叫做[③]《驪山傳》，聽我表明大義。那周武王亂臣十人，有一婦人，或説是太姒，或説是邑姜，都講不去。中略直到曲園先生，才考得中略是戎胥軒妻姜氏，即後世所稱爲驪山老母者。《史記》載中略其有功於周。可見《漢書》載張壽王之言：驪山女亦爲天子，在殷周間是驪山女，固一時人傑。周初寄以西方管鑰，然後無西顧之憂，得以專力中原，厥功甚鉅，列名十亂，固其宜也。中略唐時有書生李筌，遇驪山老母指授《陰符經》。宋時有鄭所南繪《驪山老母磨鐵杵[④]作針圖》，皆以神仙目之，莫知其爲周武

---

① 今校：磯，原作“機”，據《中國古典戲曲序跋彙編》改。

② 今校：於，原作“與”，同上改。

③ 今校：“做”字，同上補。

④ 今校：“杵”字，同上補。

王十亂之一。我故演出此戲，使婦豎皆知，雅俗共賞。下略全書八齣，作者姓名待考。

梓潼傳　《梓潼傳》傳奇，磬謻老人撰，全書八齣。家門云：中略我朝升文昌爲中祀，極其隆重。文昌何神？説就是文昌六①星。既是天星，何以相傳二月初三是文星生日？又何以稱爲梓潼帝君？曲園中略考得梓潼帝君是漢時梓潼文君，見高眹《禮殿記》。此説極確。按中略《華陽國志》載，文參字子奇，梓潼人。孝平帝末，爲益州太守。造開水田，民咸利之。不服王莽。公孫述遣使由交趾貢獻，世祖嘉之，拜鎮遠將軍，封成義侯，南中咸爲立祠。《禮殿記》所稱梓潼文君，即此人也。中略當日南中，咸爲立祠，即今日②文昌宫之權輿。是以起於蜀中，後世誤以爲文昌星，天人不辨，至文昌《化書》所載，假托姓名，僞造事實，轉使祀典不光。我故演此一戲，使人知有梓潼文君。下略

儒酸福　《儒酸福》傳奇，杭州魏熙元玉巖撰，光緒十年玉玲瓏館刊本。例言有曰：上略是曲逐齣逐人，隨時隨事，能分而不能合，乃於因果兩齣中，暗爲聯絡，而以十六個酸字貫串之。中略《酸警》齣是實有其事，餘係憑空結撰云云。全書十四齣，先有大旨一篇，後有餘味一篇，共十六篇。各以二字標名，而首字皆係酸字，其次爲意、因、影、忿、趣、警、夢、嘲、思、痗、慰、慶、毓、窘、果、情。倪星垣序云：上略同人咸集之際，設想傾談，無奇不有；而君悉以傀儡當之，演爲十六齣。下略例言亦謂是曲之成，乃二三知己酒酣燭跋，相對涕泣，因而援筆按歌，抒其憤悶之胸，以自快樂。玉玲瓏館主人跋云：曩余撰傳奇四種：曰《犂樂軒》、曰《玉堂春》、曰《西樓夢》、曰《寶石莊》，付梓初竣，頓遭劫灰。

玉田春水軒雜齣　《玉田春水軒雜齣》，題作《蘅芷莊人外集》，玉芙撰。共九種：訊翎、題肆、琴别、畫隱、碎胡琴、安市、看真、遊山、壽甫，每種一套。

洞庭緣　《洞庭緣》傳奇，陽湖陸繼輅祁生撰，光緒六年，鴛湖刊本。光緒丙子何兆沄序：上略綴《聊齋》志怪之書，翻湖上傳奇之譜，爲《洞庭

---

① 今校：六，原作“天”，據《中國古典戲曲序跋彙編》改。

② 今校：“日”字，同上補。

緣》院本十六折。下略

介山記　《介山記》，清介山竹溪居士宋庭魁撰。方苞序《介山記》，乃西河竹溪氏宋子所作也，大義闡介推之廉静，而繪以新聲，此從未經人道者也。乾隆庚午，彭遵泗序云：宋子竹溪生於其鄉，（指三晉）藍本《左氏》譜之新聲。李文炳序云：若《介山記》，其首則含孝言忠，中則言情言節，末則言仙舉。全書分上下二卷，各十二折。

玉臺秋　《玉臺秋》傳奇，光緒庚辰刊本，清黄燮清作，《倚晴樓》七種以外者也。黄氏自序略云：吴君康甫，情種也；篤於伉儷，得《國風》之正。宜人張氏温雅柔順，善侍君子。康甫病疫，常二十晝夜目不交睫，侍湯藥不稍懈。夜静輒焚香禱佛，願以身代。宜人固善病，以病者侍病者，及康甫病愈，而宜人遂至不起，其亦以身殉情者歟？康甫既痛其逝，而又憫其代己也，囑爲樂府以傳之。書分上下二卷，各八齣。後並附刊《侍疾圖》，書後《吴君夫人權厝銘》及《茹叟漫述》、《遺像記》、《列女傳》等篇。

漁邨記　《漁邨記》傳奇，清妙有山人（青田韓湘巖）撰，光緒丙子，妙有山房本。吴鉞序：上略《漁邨記》稱慕蒙孝感飛昇，因引道家語徵信，徒供伶工歌舞歡笑耳。中略慕蒙孺慕終天，不毁真性，一也；配偶麗人，無褻媟兒女子態，二也；得志多財，周卹貧乏，令人生歡喜心，三也。下略妙有山人，家清溪廟右山下。"廟右"音同"妙有"，故以"妙有"顔其書舍。下略乾隆三十二年韓錫胙序：上略其書傳慕孝子廬墓思親，感動神祇，遣淑[1]女爲配，教以黄白丹竈之術，卒能脱胎遐舉。下略序末云：世傳宋范文正公遇異人，授《漁莊記》、《爐火》，以廣置義田，而仁其三族。中略而山人記中，義莊贍族，踪跡偶相類，不必强爲附會也。全書十三折，而卷前附刻《南山法曲》，金昌世跋謂韓湘巖作，以壽全椒吴愛棠者。韓爲乾隆時人，曾補官金匱。

迎鑾新曲　《迎鑾新曲》，光緒二十一年刊本，清吴城、厲鶚合撰。全祖望序云：上略今天子建中和之極，躬奉聖母南巡，至吾浙東西，老幼士女歡聲夾道。吾友杭人厲君樊榭、吴君甌亭，各爲《迎鑾新樂府》。中

① 今校：涉，原作"法"，據《中國古典戲曲序跋彙編》改。

略大吏令樂部奏之天子之前，侑晨羞焉。中略吴錢塘國子監生，所作名《群仙祝壽》，四折，爲上卷。樊作名《百靈效瑞》，亦四折，爲下卷。

芙蓉碣　《芙蓉碣》傳奇，文安張雲驤南湖撰，光緒癸未刊本。自序云：余小[①]時每聞談李蓉姑事，多未詳。中略會李子伯澄來，蓉姑之鄉人也。中略詢以兩女事，中略語之甚詳。中略李氏以弱女而不失其貞，陳氏以婢妾而能成其烈。下略書分上下卷，各七闋，乖音舛律，全不合度，而又强學藏園，甚至抄襲。王璞題詞，謂張十七歲時，曾譜《桃花源》雜劇。

光緒戊寅，吴孝緒跋《芙蓉碣》傳奇，自謂留心於音律，幾三十年。向有《雙燕樓》、《鷫鸘裘》雜劇二種。

風流院　《風流院》傳奇，不可解人朱宗[②]藩著，明道人柴紹然評。自序云：上略余之於小青也，未知誰氏之家。一讀其詩，如形貫影，相契之妙，不在言表。中略故爲之設木主，置之齋几，名香好茶，朝朝暮暮。今又值下第之慘，爲之作記，以况其苦怨，名曰《風流院》。小青爲讀《牡丹亭》一病而夭，乃湯若士害之。今特於記中有所勞若士以報之。下略上下二卷，各十七齣。

歸元鏡　《歸元鏡》傳奇，古杭報國嗣法沙門智達撰，乾隆甲辰刊本，原名《異方便净土傳燈歸元鏡三祖實録》，嚴而和序：上略心師悲之，欲使人人咸歸净域，無計可爲筏渡，因思蓮社中主張净土者，唯廬山、永明、雲棲三大老，其行願精確，而事實尤昭著人之耳目。爰是搜《三祖本傳塔銘》，一生實蹟，敷爲四十分，借諸伶人，當場搬演。孟良胤序云：予將解組，故人心融師以所構稿乞予敘。休閑老衲懶融道人規約（即凡例）云：此録專修廬山、永明、雲棲三祖，在俗以至出家成道，傳燈實行。中略本願專在勸人念佛，戒殺茹齋，求生西方，以三祖作標榜，分分皆實義，皆真經真咒，真祖實事，故曰實録。中略不曰齣而曰分者，以此中皆真諦，非與世俗戲等。中略分四十二分，取《華嚴經》四十二字母之義。其中曲白皆本藏經語録。下略

---

① 今校：小，原作"少"，據《中國古典戲曲序跋彙編》改。

② 今校：宗，原作"京"，同上改。

返魂香　《返魂香》傳奇，光緒丁丑申報館鉛印本。香雪道人自序云：鹽城王道人多善行，罹慘死，易簀時題臂誌憤。越廿年，有魯中丞來謁，中略揎袖露臂，筆跡宛然如新，方知即道人再世也。中略墓有道人手植梅，槁已久，是日復萌，寒香馥鬱。噫，其返魂香歟！吾鄉當明季，倭寇犯天長，揚州都司沃公諱田，奮勇追剿遇害，而道人亦生於神宗倭亂時。吾父曰："爾曷舉沃、王兩公作傳奇成院本。"初稿名《返魂香》四十首。下略書分四卷，每卷十齣。

紅樓夢　《紅樓夢傳奇》，元和陳鍾麟厚甫撰，光緒十六年重刊本。凡例云：《紅樓》曲本，時以佛法提醒世人，一歸懲勸之意。中略原書以寶、黛作主，其①餘皆附傳。然如湘雲、惜春、寶琴、妙玉、香菱皆聰明過人，摹其性靈者，使千古活現。余素不諳協律，此本皆用《四夢》聲調，有《納書楹》可查。檢對引子以下，大約相仿，惟工尺頗有不諧，度曲時再行斟酌。書分八卷，各十齣。

古柏堂傳奇　《古柏堂傳奇》五種，又名《鐙月閒情》，蝸寄居士撰。第一種《傭中人》。乾隆癸酉董榕序曰：余嘗觀《甲申殉難》中，有菜傭其人，爲之肅然起敬，愴然流涕。念其人與范吴橋以下諸公，同一殉節，而更見其難，每思播之管絃。今讀古柏先生《傭中人傳奇》，乃爲之拍案叫絶云云。書僅《哭靈》一齣，第二種《梁上眼》八齣，第三種《蘆花絮》，有蔣士銓序。演閔子騫事，僅《露蘆》、《歸詰》、《詣婿》、《諫圓》四齣。第四種《巧換緣》十二齣。第五種《三元報》，演商輅母秦氏早寡，輅爲遺腹子，受母教極嚴，終以三元捷報，而慰母望，故名。

新灌園　《墨憨齋定本傳奇》十四種，龍子猶所定也。第一種《新灌園》，總評謂舊記除王蠋死節、田單不肯自立二事外，餘只道淫，未足垂世，且味薄不厚。新記念念不忘君國，而夜祭之孝、討賊之忠、君夫人不失節，皆是絶大關目。舊記丑净不能發科，新劇較之，冷熱懸殊。又添《臧兒途遇》一折，以通前後節脉。詞之不叶與失韻者，並爲改正。上下二卷，上十九齣，下十七齣。

女丈夫　第二種《女丈夫》，即《紅拂記》，龍子猶序謂，旌紅拂之能

---

①　今校："其"字，據《中國古典戲曲序跋彙編》補。

識英雄而從之，故以爲女中丈夫也。又謂，詞譜有古《紅拂記》，不傳，世行張伯起本，將徐德言所有《金鏡記》兼而有之，情節不免錯雜，韻有不嚴，調有不叶，蓋張少年試筆，晚成亦自悔，欲改未及耳。《女丈夫》增入龍宫求雨，及娘子軍二事，以屬晉充事，蓋事見本史，且切本傳也。總評謂删去《原越公賞月》一折（因其祇爲過文），而增入《煬帝南廵》一折，以隋帝荒亂，唐兵始興也。上下二卷，各十八齣。

夢磊記　第三種《夢磊》，龍氏序謂，史氏所作十餘種，率以情節交錯，離奇變幻爲骨，幾成一例。就中《夢磊》最佳，《合紗》次之。總評謂陳州娘娘，相傳乃鄭虚舟爲人鬻妾事借入，可爲絶倒。"黨人碑"、"花石綱"二事，斷送宋朝元氣，千古大恨，借入一夢，發揮亦快。上下二卷，上卷十八齣，下卷十七齣。

灑雪堂　第四種《灑雪堂》，楚黄梅孝己草創，演雲華附月娥事。上下卷，各廿齣。

精忠旗　第五種《精忠旗》，龍氏自序：岳忠武事，舊有《精忠記》，俚而失實。於是西陵李梅實公，從正史本傳，參以《湯陰廟記》事實編。精忠旗爲高宗所賜之物，初以忠被旌，而終即以忠被戮，冤哉！又謂是刻也，信天翁主白，司空公主曲，而龍氏爲調潤就律，又增《湖中遇鬼》、《獄廟進香》二折。上卷十八齣，下卷十九齣。

量江記　第六種《量江》，余聿雲自序云：披《宋史·樊叔清傳》，因惟叔清亦吾郡一奇士，郡令不聞，所以表異者，里中人或多不悉其事，輒復假傳奇以章之。龍氏序云：《量江》事奇，聿雲氏才情更奇。間有微礨纖瑕，余爲釁而縫之。陳蓋卿云："聿雲氏所爲樂府，有《賜環記》、《鎖骨菩薩》雜劇，余恨未悉睹，尚當問諸池陽也。"上下卷，各十八齣。

風流夢　第七種《風流夢》。總評云：原本[①]生出場，便道破，因夢改名。至三四折後[②]，旦始入夢。二夢懸截，索然無味。今以改名，緊隨旦夢之後，方見情緣之感。《合夢》一折，全部結穴於此。又改春香出家，即以代小姑姑；且爲認真容張本，李全金主去之。《薦亡》一折，遂以

---

① 今校：本，原作"名"，據《墨憨齋定本傳奇》黄山書社本改。

② 今校：後，原作"入"，同上改。

爲三年之後，遲速太不相炤，今改周年。《阻歡》折，添〔忒忒令〕一曲，懸掛真容，以便旦之隱身。（原本真容喚叫後，一遇魂交，便置不問，未免薄情。）原本老夫人祭奠，及柳生投店等折，詞非不佳，然折數太煩，故削去。上卷十八齣，下卷十九齣。

邯鄲夢　第八種《邯鄲夢》，總評謂玉茗諸作，《紫釵》、《牡丹》以情，《南柯》以幻，獨此因情入道，即幻悟真。閲之，令凡濁俱厭薄塵埃，四夢中當推第一。通記描摩盡興，點綴熱鬧。惟填詞落調失韻處，爲之改竄。上下卷，各十七齣。

雙雄記　第九種《雙雄記》，龍氏有序：論南詞之弊甚精，另録。全記上下二卷，各十八齣。沈伯明校。

萬事足　第十種《萬事足》，龍氏自序云：古之治妬者，多謬托巫師神鬼之教，以儆愓淫悍，然或有信有不信。乃若朋友治妬，未之前聞。陳循事載楮記室，以一擊之義勇，延高公之祀於中翰，事極痛快；而邳氏知過能改，亦有足多。至梅夫人委曲進妾，成夫之美，則更出於尋常賢孝之外。上下卷，各十八齣。

酒家傭　第十一種《酒家傭》，龍氏序云："存孤"奇事，胡可無傳？先輩陸天池、欽虹江各有著述。天池闡僞儒之幽，虹江描狡童之隱，皆傳中奇觀也。然本存孤者文姬，而天池謬以已死趙伯英爲生，未免用客掩主；虹江以杜喬之女爲李燮妻，中間離合，復入泛常圈套。而媵女作妾，情節亦支蔓，且失實，余酌短長而鑄焉。採陸者十之三，採欽者十之四，而余以襪綫足之。總評謂《漢書》李燮，變姓名爲酒家傭，以此名傳，甚當。生脚即以當之。秦宫事，用陸本。吴祐友通期等事，用欽本，可謂合鯖。陸有《趙子賤妻勸夫》一折，以事冗删去。上卷廿齣，下卷十七齣。

人獸關永團圓楚江情　第十二種《人獸關》，三十三折。第十三種《永團圓》，三十二折。所見之本，序與總評俱失。第十四種《楚江情》，未見。

稱人心　《稱人心》傳奇，抄本。許守白云："《稱人心》傳奇，長洲陳二白撰。二白字于令，明末人。"《新傳奇品》云："陳二白之詞，如閨女靚妝，不增矯飾。"二白所撰，有《稱人心》、《雙官誥》、《彩衣歡》諸種。惟

《雙官誥》稍被歌場，餘皆罕見也。又《南詞定律》〔中吕·泣顔回〕“春韭翦新畦”一曲，與此劇〔筵咏〕折“泣顔回”曲全同，而定律所引劇名，則稱“詩扇緣”，正與劇中洛女事相合，則此劇一名《詩扇緣》矣。此爲舊抄本，僅開場折詞有缺略，餘尚完好。上卷十三齣，下卷十一齣。

蝶歸樓　《蝶歸樓傳奇》，許守白云：《蝶歸樓傳奇》，不知何人所作。舊抄本，蠹蝕漫漶，幾不可盡識。卷端有印章“夢樓”二字，疑即王夢樓也。王夙精音律，葉懷庭《納書楹曲譜》，悉由其參訂，顧其曲世所罕見。梁廷枏《曲話》載乾隆南巡時，夢樓製劇九種，奏之行宫。余曾見《龍井茶歌》、《祥徵冰繭》二種，每種四折，應制之作，取協頌揚而已。此卷詞筆儁秀，幾可頡頏玉茗，曲律諧僁，亦不讓石渠，殆即夢樓所撰歟？抑其所藏訂也。

黄鶴樓　《黄鶴樓傳奇》，周暟撰。暟號梅花詞客，有乾隆五十九年自序一篇。凡例謂是劇借眼前一二事蹟搬演，不即不離，意在歌咏太平，而兼於勸世，别無托意，以隔世爲合離。以上卷十二齣生脚上場，下卷十二齣旦脚上場爲章法。續二齣爲餘韻。黄鶴樓在黄鵠山上，四川閣學周公，乃祖樵也，九十九歲，因樵采於山，得金，方娶婦。百四十四歲壽終。其居名百四十村。事見袁子才《子不語》樓因黄鵠山而名，至費禕騎鶴，吕巖吹笛二事，不妨爲靈區點染也。先一齣先聲，末四句云：陸蕚華弱齡稱孝女，田喜生百歲作新郎，吕洞賓千年留善果，費先生隔世續俳場。

滕王閣　《滕王閣》傳奇，周暟撰，有程瀚嘉慶元年一敘，即書成之時也，四卷，共三十四齣。首曲開宗。末四句云：王子安作賦洪都府，駱賓王草檄揚州路，小姑山仙姆暗中扶，滕王閣蛺蝶空中舞。所演已可概見。

碧珠記　《碧珠記》傳奇，明澹生老人撰。錢塘高陽生序云：過友人王司馬齋頭，得《碧珠》一編，演趙懷之本末。第一齣敘略。〔鳳凰臺上憶吹簫〕云：趙玉素封，孫生飽學，相逢契結金蘭，因歸家店宿，遇惡惟光。姓周書寄見嬌容起意，謀家主思效鸞凰。神默佑陰加排擊，慚走他方。須臾亡人轉世，麟兒會合，喜中狀元郎。奉内旨召見，歸娶還鄉。誅奸惡，即周夙冤吐氣；解神語，先見呈祥。碧珠喜重會，富貴滿華堂。

又題目云：趙懷之市義逢奸慝，周惟光貪色犯閨闈，孫廷獻報德鋤惡逆，趙永思恩錫狀元歸。上卷十七齣，下卷十八齣。

情郵寄　《情郵寄》傳奇，吴炳撰。吴氏自作《情郵説》云：傳中載：劉生遇王慧娘賈紫簫事，偶在郵舍，而名曰“情郵”。上卷二十一齣，下卷二十二齣。首齣《約言》〔沁園春〕云：才子劉生，黄河題驛，自訴情腸。有王家二美，後先來至，各和詩章，三地思量。賴故人仗義，不惜千金買鸕鶿，遣侍婢暫承奸命，先效鸞凰。無端屈害忠良，翁婿參商未審詳；對策披忠，聖明虚納，除斥魍魎。再過驛亭傍，豈王氏難歸寓驛，重和前詩得遇郎。妻和妾，雙雙碧玉，千載擅詞場。題目云：劉士元金門單獻策，王慧娘官驛兩題詩，隱太湖蕭公齊得喪，讓夫人賈女識尊卑。

緑牡丹　《緑牡丹》首齣《奇略》〔滿庭芳〕云：謝子西賓，爲主人借韻，吟詩遂作空群。車家小妹，悄地代兄文，贋鼎連名高列，痛名流反遜前軍，殊驕蹇，忘其固陋，妄覬締良姻。佳人能鑒别，垂簾復試，笑語喧聞，翰苑重修舊社。防範加勤，曳白難遮醜窘，兩英才許贅侯門，正花燭泥金報至，樂事喜相尋。題目云：老翰林誤認門生，假秀才弊呈試卷，看文章香閣憐奇，掇科名金屏中選。

療妒羹　《療妒羹》首齣《醒語》〔沁園春〕云：吏部夫人，因夫無嗣，日夕憂皇。遇小青風韻，鄰家錯嫁，苦遭奇妒，薄命堪傷。讀曲新詩，偶遺書底，吏部偷看爲斷腸。輕舟傍，借西湖小宴，邂逅紅妝。山莊卧病身亡，賴好友（韓）投丹竟起僵。反假稱埋骨，乘機夜遁，綉緯重晤，故意潛藏。遣作遊魂，畫邊虚賺，悄地拿奸笑一場。天憐念，喜雙雙玉樹，果得成行。題目云：催聚妾顔夫人的賢德可風，看還魂喬小青的傷心可哭，攛活畫韓泰斗的俠氣可交，掘空墳楊不器的癡狀可掬。

畫中人　《畫中人》首齣《畫略》〔滿庭芳〕云：庾啓書狂，意中摹揣，等閒畫出娉婷。仙翁指示，仿佛悟嬌名。曉夕殷勤頂禮，感虚空、答應呼聲。瓊枝女，離魂赴約，不意惹狂朋。風波旋折散，凄凉古寺，旅櫬堪驚。又賴仙翁壁畫，訪至沙汀，夜月閒吟。陡遇破棺星，復返原靈。妖寇剪，家庭重會，及第畢姻盟。題目云：庾秀才情多證畫，鄭小姐感重離魂，膿驕子空施狡計，活仙人斷配良姻。

西園記　《西園記》首齣《開卷》〔沁園春〕：楚國張郎，武林遊學，偶過園亭。遇玉真鄰女，把梅花折贈，賦詩見報，一見留情。俠友聞之，認爲園主，錯説嬌名是玉英。嗟薄命，爲因緣不偶，負恨捐生。娉婷抱作螟蛉，兩姓糾纏再不清。奈旅愁難遣，追思舊事，把鬼名夜唤，現出真形。貪却幽婚，堅辭明配。賴鬼語因依始剖明，癡迷醒，笑差訛到底，反證姻盟。題目云：錯認的趙玉英改名締好，誤撇的王玉真易姓聯姻，苦楚了王白丁死生無據，便宜了張綉林人鬼交親。

絃索辨訛　《絃索辨訛》，明沈寵綏撰，張叔賢，顧暘甫助之。崇禎己卯沈氏自序云：南曲[①]向多坊譜，已略發覆；其北詞之被絃索者，無譜可稽，惟師牙後餘慧。且北無入聲，叶歸平、上、去三聲，尤難懸解。以吴儂之方言，代中州之雅韻，字理乖張，音義逕庭，其爲周郎賞者誰耶？不揣固陋，取《中原韻》爲楷，凡絃索諸曲，詳加釐考，細辨音切，字不必求其正聲，聲必求其本義，庶不失勝國元音而止。其子沈標己丑序云：上略先君子乙酉歲，手著《中原正韻》一書，未竣，會避兵搶攘，齎憤永昔[②]。下略辨訛内容，爲《北西厢》全部、《千金》、《焚香》、《寶劍》、《紅拂》、《西樓》、《紅梨》、《珍珠衫》、《小十面》及時曲各一套。

寫心雜劇　《蝶夢庵詞曲》二種，夢生堂藏板。一《鏡光緣》，二《寫心雜劇》，清徐爔撰。爔，吴江人，字鼎柏，號榆村，一號種緣子。《寫心雜劇》十八種，乾隆五十四年徐氏自序云：或有笑而問予曰："元明詞曲演劇，皆托於古人以發己懷。而子昔填《鏡光緣》尚隱射姓氏，今竟直呼自名，登場歌泣，豈非自褻耶？"余應之曰："寫心劇者，原以寫我心也。心有所觸則有所感，有所感則必有所言，言之不足，則手之舞之，足之蹈之，而不能自已者，此予劇之所由作也。"十八種爲《遊湖》、《述夢》、《醒鏡》、《遊梅遇仙》、《癡祝》、《蝨談》、《青樓濟困》、《哭弟》、《湖山八隱》、《酬魂》、《祭牙》、《月下談禪》、《問卜》、《悼花》、《原情》、《壽言》、《覆墓》、《入山》。

鏡光緣　《鏡光緣》，乾隆四十三年自序有曰：自填者如《雙環記》，《聯芳樓》，皆以自己筆端代古人口吻，摹寫成劇，非有寄托。玆之所謂

① 今校：曲，原作"詞"，據《中國古典戲曲序跋彙編》改。
② 今校：昔，原作"背"，同上改。

《鏡光緣》者，乃余達衷情、伸悲怨之曲也。事實情真，不加粉飾，兩人情義，都宣洩於縷聲繪句之間云云。劇演徐氏與姬李秋蓉事。李幼孤貧，棲尼庵中，爲尼鬻入娼家，抑鬱不自得。徐訪之，適李攬鏡，徐顧謂："此鏡中花也。"李笑曰："或是鏡中緣耳。"徐欲爲贖身，攖狂且怒，匿李。後經有司，而落李籍，但未容歸徐也。會有浙人潘某者高姬志，贖以北遊俟徐。比徐至自京，則姬已没矣，遂收骨瘗五湖旁。全書十六齣，僅生、旦、貼三脚色。凡例謂"比諸小傳，紀其始末"而已。另填三十二齣者，付梨園搬演。

芝龕記　《芝龕記》，董榕撰，光緒己丑董氏重刊本，題《芝龕樂府》。全書大概爲秦良玉、沈雲英二女衍傳，而以馬、賈二生配之。舉明季萬曆、天啓、崇禎三朝史事，大都包羅其中。蓋雜採群書野乘，墓誌文詞，聯貫補綴而成也，以闡揚忠、孝、節、義四字爲旨。全書分六卷，十五齣。前半傳忠、孝，後半傳節、義。諸家評論亦悉載本中。光緒己丑，湖南道州官廨重刻本，並附載《秦忠州傳》，《沈道州墓誌銘》，作者《董氏墓誌銘》等編。

紅樓夢　《紅樓夢傳奇》，紅豆村樵仲雲澗撰。河間春舟居士題云：吾友仲子雲澗，取是書前後夢，删繁就簡，譜以宫商，合成新樂府五十六劇。凡例謂《紅樓》篇帙浩繁，事多人衆，不能悉演。故此書不過傳寶玉、黛玉及晴雯、紫鵑之情。書分上下卷，上卷三十二齣，下卷二十四齣，署作吴州紅豆邨樵填詞。

紅梨記　《紅梨記》傳奇，明徐復祚撰，原題《趙狀元三錯認紅梨記》。忍辱頭陀自序云：《聞中鼓吹》，泰峰鬱先生所作也。中載趙伯疇事甚悉。庚戌萬曆長夏，展玩間，輒感余心，特爲譜諸聲調。及閲古劇（即下列快活庵本）亦傳此一段事，雖稍有抵牾，要之不爲無本。或疑兩生未嘗覿面，那至思慕乃爾。余曰："不然，自古憐才之主，何必相識云云。"上下卷各十五齣。首齣〔瑶①輪·第六曲〕云：謝女佳人，趙郎才子，天然分付成雙。奈王黼勒取，拆散兩鴛鴦。正遇胡人圍汴，徵歌妓送入金邦。賴有花婆女俠，設謀竄取，潛地往他鄉。才子彷徨，佳人淪

① 今校：瑶，原作"寶"，據《六十種曲》中華本改。

落，此際實堪傷。幸錢君作宰，留寓在衙旁。卻慮功名未就，改名姓潛結鸞凰。又賴花婆勸駕，登龍歸娶，花燭影摇光。題目云：俊[①]風流趙狀元(名汝州)三錯認，喬紅梨謝素秋兩陣花，雍丘宰生扭就鳳鸞交，賣花婆計掇賺龍頭儁。

紅梨花記　《紅梨花記》，明無名氏撰，快活庵批評本。上下卷，共三十二齣。首齣〔滿庭芳〕云：君牧才高，金蓮佳麗，詩名遠播齊芳。梨花寄咏，兩下惹情長。驀地風波拆散，逢良友巧把春藏。名園内移花换葉，暗裏結鸞凰。分飛因虜騎，伯顔威逼，節操凛冰霜。喜才郎得第，退虜功揚。趙璧雖還故里，遭俘係隔苑悽惶。重會合，新詩一首，千古播詞場。題目云：梨花詩無端寫恨，白紈扇有意傳情，劉太守全交重義，趙狀元退虜揚名。

空青石　《綮花别墅》三種，《空青石》、《念八翻》、《風流棒》，清萬樹紅友撰。《空青石》上下卷，二十九齣。首齣《情譜》〔賀新郎〕云：奸宰盲雙目，把鍾生空青逼獻。誤因聾僕，展帖繙詞賡咏處，錯認珊然姓曲。明辨後，猶疑爲鞠。乍脱飛災還奪解，喜金剛追石謀空毒。幾誤試，幸登録，書仙情重能幫哭。愛佳詞尼庵再和，素屏題續。重拾空青持愈瞽，一戰功成荒服。恩配與侯家閨淑，又被奸璫訛述旨，賴君王更賜聯雙玉；情種子，自饒福。題目云：送不清《洛神賦》，糊突殺善武能文的鍾心在。丢不下鵲橋詞，煩惱煞真名假姓的步珊然。謀不成空青石，遺累殺再嫁重婚的曲眉月。閒不過穢迹神，周全殺幫愁助哭的鞠書仙。全書有吴棠禎題評。

念八翻　《念八翻》目録前後，題作《玉壺樂府念八翻》，(紅友號玉壺)上下卷各十四齣。首齣《翻案》白云：搬演的那一家故事？内云：是玉壺樂府響泉琴的故事，叫做《念八翻》。次有《念八翻》一曲，數功罪、邪正、師弟、奴主、貞淫、老少、貧富、貴賤、僧俗、癡慧、生死、男女、慈忍、文武十四種，彼此相翻。(如第一翻功翻罪某某事，第二翻罪翻功某某事)而成二十八齣，即全書之事實情節也。吕洪烈題評。

風流棒　《風流棒》上下卷各十三齣，首齣《情略》〔鳳樓吟〕云：笑荆

---

①　今校：俊，原作"儍"，據《六十種曲》中華本改。

郎風魔無比，場中卷上題詩。蹇公因謝女，特遴才俊，錯付書辭。奸徒將誑配，妄提兵鬼婦雄雌。爲倪氏情深，荆生遠訪成癡。歸時重攜蹇札，偏差認走避佳期。賴公招快壻，那知生又去。賊聱門楣，文闈雙得意。到都匀方遂於飛，花燭夜，風流棒底，打醒情迷。題目云：無心的謝林風題咏荷亭上，多情的倪菊人贈别芙蓉舫，幫襯的連老嫗頻充撮合山，顛狂的荆茶郎雙打風流棒。吴秉鈞題評。

迎鑾樂府　《浙江迎鑾樂府》，清王文治撰。梁廷枏跋云：族父捄庭先生副鹾兩浙，恭遇南巡盛典，承辦戲差。時丹徒王夢樓太守文治，自臨安罷歸，延入幕中，撰新曲九齣，皆用浙中故事[①]。音節和平，頌揚有體。太守少精音律，其友葉君懷庭，作《納書楹曲譜》，多資商榷。下略九種爲《三農得樹》、《龍井茶歌》、《祥徵冰繭》、《海宇歌》、《燈燃法界》、《葛嶺丹爐》、《仙醞延齡》、《瑞獻天臺》、《瀛波清晏》，每種一折。

《玉燕堂》四種曲，清張堅撰。唐英序謂：《夢中緣》抹煞豎淡[②]，寄情深遠。楊楫（字古林）序謂：漱石四種，合女烈臣忠，配以義俠，參之仙佛，而總基於一情。又謂：他種皆極情之變。而《夢中緣》祗道其常。則情之正而根於性者也。

夢中緣　第一種《夢中緣》，上下二本，各二十三齣。芮賓王魯川氏跋謂，張氏少作《梅花簪》，久爲優伶購去，易名《賽荆釵》，登場搬演。《夢中緣》編成最早，不肯輕售。庚午春付刊，並輯諸名士評語，分列首末。又謂張氏嫻於音律，詞調本吴江沈伯英《南九宫譜》，陰陽悉叶，去上必諧。而韻復嚴而不借。又謂張氏恐本長難演，將遭優伶妄割，故另有删就演本。劇中止寫一生二美，並帶寫一解事小鬟，悉托烏有。楊楫評點：首齣〔笑引・沁園春〕云：吴下鍾心，緣生夢裏，忒煞情癡。竟訪遍金陵，奇姿果遇，香羅手帕，叠和新詞。釁結京江，投親淮上，玉鏡乘幾誓自私。鏡中錯，奸徒假冒，好事偏遲。堪悲忠因讒陷，又斷送嬌娃兵燹離。幸賺入朱門，惺惺共惜，侍兒待禍，姊妹同帷。更姓登龍，改妝調鳳，就裏機關儘教疑。淒凉煞，禪堂再夢，醒後難追。題目云："夢易

① 今校：事，原作"實"，據《中國古典戲曲序跋彙編》改。

② 今校：豎淡，原作"登徒"，同上改。

醒醒又夢夢醒不辨，真當假假當真真假難明，姊救妹妹妝男皆由俠氣，帕作媒花設誓總是癡情。”

梅花簪　第二種《梅花簪》，吴禹洛序：謂《梅花簪》既演，張氏家二十年香櫞老樹從未花實者，忽然花大吐，香氣氤氲，自是，結實纍纍如金，盛至千顆。説爲瑞徵，媲美東嘉之瑞烟蠟炬云。自序謂《夢中緣》一編，固已撇卻形骸，發情真諦，猶恐世人不會立言之旨，徒羨其才香色艷、贈答相思之迹，故復成此種梅，取其香而不淫、艷而不妖，處冰霜凛冽之地，而不與衆卉逞芳妍。此貞女之所以自況耳。上下本各二十齣，錢塘柴方評點。首齣〔節概・沁園春〕云：杜女、徐生，花簪聘定，遊學他方。有胡家公子，倚權漁色，賄官退聘，强娶還鄉。父憤身亡，夫聞泣訪，誤認巫家少女郎，錯中錯，把花簪浪擲，叫哭如狂。烈女守貞報怨，身陷牢中枉斷腸。遇親夫按院，孽因前誤，點監一怒，判殺貞娘。纔感陰靈，偏逢義俠，改扮同逃入大荒。和倭返，幸夫妻讐白，御賜鸞凰。

懷沙記　第三種《懷沙記》，演屈原事，本《史記》及外傳（唐沈亞之作）敷衍而成。上下卷各十六齣。首齣述原〔玉宇瓊樓〕不知何調之别名待考一枝，〔沁園春〕一枝。〔沁園春〕云：屈子奇才，楚王宗室，獨抱丹誠。爲靳尚希權，鄭姬弄寵，忠言逆耳，内外讒興。聊借《卜居》，托詞《漁父》，無限牢騷怨寫成。將《天問》，履貞志潔，搔首自難平。西秦，定策吞荆，六百里商於餌竟行。反絶好東齊，孤軍樹敵，中儀詭計。喪甲殲兵，怨憤一腔，遭驅被逐，抱石沉冤誓不生。《懷沙》咏，汨羅江上，千古弔英靈。題目云：欺敵國張儀游説，惑君心靳尚讒言，會武關懷王陷虜，賦《懷沙》屈子沈淵。劇中凡引騷爲曲處，並附詳釋。

玉獅墜　第四種《玉獅墜》，自序云：上略藍本《情史・玉馬墜》而稍變易之。嘗考《月下閒談》所載黄損詩，云“爲其妻裴玉娥見奪於吕，用而有作。”唐人《本事詩》則謂：劉禹錫妓，爲李逢吉所悦，作此詩投獻。或又以爲李益事。余不敢重誣古人，故仍其姓氏，而不拘其時代，以仙易佛，變馬爲獅，靈異雖同，情文各别。下略張龍輔序云：上略黄生、玉娥之名，雖見於唐人詩中，然當時記載，已傳疑不一其説。鳳州《情史》，爲撰《玉馬墜記》，亦未詳著其時代。後人因演爲《天馬緣》傳奇，考之《唐書》，則不見其軼事。下略上下二卷，各十五齣。首齣詞意〔沁園春〕

云：黄損狂生，水西干謁，遠泊荆襄。恰水上聞筝，月中投咏，傾囊求見，誓結鸞凰。欲買娥眉，攙捐玉墜，那識神獅一夜亡。涪州約，佳人面訂，别去兩凄凉。難防，當權選艷，痛矢志留題過漢江。縱踰垣泣訪，當廷劾要，徒輕富貴，枉斷肝腸。幸遇真仙，轉煩龍女，授寶全貞竟得雙。玉獅墜，千秋奇幻，佳話在瀟湘。題目云：黄益齋聞筝求鳳侣，裴玉娥題句誓鴛儔，漢鍾離伏獅雲夢澤，龍王女授墜岳陽樓。

臙脂獄 《臙脂獄》傳奇，清玉泉樵子撰。光緒甲申自序略云：余既成《神山引》八齣，觀者謬加許可。或曰："子以《隨園詩注》云康熙十五年事，信以爲真，因有是製。然神仙之説，究屬渺茫。《聊齋》内《臙脂》一則，層折頗多，何不譜之？"余唯唯。因爲《臙脂獄》院本十六首，於《繹供》、《提鞫》二齣，特申明蒲誌未詳之意旨云。玉泉樵子有印曰："香消酒醒主人再傳弟子。"《霜天碧》雜劇，清丁闇公雜著之一，分《碧怨》、《碧遘》、《碧合》、《碧嫁》、《碧誓》、《碧歸》六折，前有提綱七古一篇。丁氏著有《滄桑艷》傳奇，詞藻當行，而律不稱之。

歌林拾翠 《歌林拾翠》曲選，書林奎壁齋梓本。題云：新鐫《樂府清音》、《歌林拾翠》共二集，首集選傳奇十六種，次集選十四種，每種所選齣數，多寡不一。

兩紗雜劇 《兩紗》雜劇，清來集之撰，倘湖小築刊本。一爲《女紅紗》一齣，題塗抹試官。一爲《禿碧紗》四齣，題云：木蘭花發院新修，慚愧阇黎飯後鐘；樹老無花僧白頭，而今方顯碧紗籠。後附《小青挑燈》劇，原名《小青娘挑燈閒看牡丹亭》，一折。全書每闋略有評注。

苧羅夢　紫姑神　維揚夢 會稽陳棟浦雲有《北涇草堂》外集三種，《苧羅夢》雜劇四折，另一楔子，《紫姑神》雜劇。正目云：蠢郎君喬做風流客，狠主母重開妒婦津；賜香丸巧釋紅顔憾，鬧元宵喜賽紫姑神。《維揚夢》傳奇，演杜牧事，四齣：《春醉》、《夜遊》、《投筆》、《贈姝》。

清忠譜 《清忠譜》傳奇，清李玉著，而畢魏、葉時章、朱㿥三人皆同里同編。吴偉業序：略謂魏忠賢當國時，同郡周忠介公。（名順昌）以忤魏削逐，復被藉事羅織，斃於獄中。及魏敗，公長嗣茂蘭，刺身血書疏，伏闕鳴父冤。事後譜公事填詞、傳奇者凡數家，李玉作最晚出，獨以文文肅公事,與公相映發,而事俱按實云。上下卷各十二折。首折《譜概》〔滿庭芳〕云:吴郡周公,丹心介性。十年清宦[①]空囊,締姻罵像,奸黨中奇殃。假旨横行緹騎,不平事震動金閶。聲公憤,五人仗義,含笑赴雲陽。忠臣遭鍛鍊,囹圄囊首,慘死堪傷。羨登聞血疏,孝子名彰。璫敗群奸正法,旌廬墓寵錫幽光。《清忠譜》,詞場正史,千載口碑香。

梨花雪 《梨花雪》,一名《白霓裳》。光緒十三年楊頤序:謂徐孝廉感金陵烈女黄淑華事,作此劇。全書十四折,有秦本聲評語。

白頭新 《白頭新》,譜淮安監生程允元事。程兩歲,與直隸平谷縣劉登庸之女玉環訂婚。後程南旋,登庸身故,女至煢獨無依,彼此音問不通五十餘年,各堅守前盟,矢志不回。後程隨漕船北上,至津,聞有貞女隱跡尼庵,始訪知爲玉環。縣令聞其事,傳玉環當堂與程合巹,並代請旌表。兩新人傴僂成禮,鬢髮如銀云。全書六折。

右二種合稱《誦荻齋曲》,有光緒二十一年石印本,均嘉定徐鄂撰。鄂字午閣,號汗漫道人。

《玉獅堂傳奇》五種,清陳烺撰。烺字叔明,曾爲浙江鹽官。

仙緣記 第一種《仙緣記》,本唐人説部演成。自序謂辛巳冬[②],寓武林劉氏齋中,檢《袁氏傳》讀之,覺其情至義正,雖異類而同歸。卒能懸崖撒手,不爲情慾利名所累,故譜爲此記。書成,夢白衣女子謝之,並求將"猿"字易去,因改今名,又名《碧玉環》云。上下卷各八齣。

蜀錦袍 第二種《蜀錦袍》,鐵嶺宗山序:謂《芝龕記》以秦良玉、馬千乘爲經,以客魏擅權,迄闖獻授首,二十餘年可驚可愕之事爲緯,搜採極博,惜遣詞命意,不足動人。陳氏此記,同譜秦良玉事,而《播州克敵》、《平臺奏勳》等齣,忠義憤激之氣,騰躍紙上。起結淡處著墨,餘絃外音。實覺前作恣意妝點者,正苦才短也。上下卷各八齣。

燕子樓 第三種《燕子樓》,演關盼盼事,十六齣。

海虬記 第四種《海虬記》,宗山序:演海杰嘯聚海中,山東廵撫李

---

① 今校:宦,原作"官",據《中國古典戲曲序跋彙編》改。

② 今校:冬,原作"終",同上改。

乘招撫之事。上下卷十六齣。

梅喜緣　第五種《梅喜緣》，演張介受與程青梅、賴阿喜姻緣事。十六齣。

玉獅堂後五種　《玉獅堂後五種傳奇》，清陳烺撰。一《同亭宴》八齣，演武夷君事。二《迴流記》八齣，演明寧藩朱宸濠妻投江，而龍王倒流江水，保其屍身事。三《梅雪吟》八齣，演鄺露事。四《負薪記》八齣，演聊齋張誠事。五《錯姻緣》八齣，演聊齋姊妹易嫁事。

飲酒讀騷圖　《飲酒讀騷圖》雜劇，清吴蘋香女士撰。僅《喬影》一折，演謝絮才恨爲女子，描一男裝小影，名爲《飲酒讀騷圖》。因對影痛飲，讀騷歌哭一番，數説平生意氣，藉抒鬱憤而已。

酬紅記　《酬紅記》，野航填詞，王城小鶴正譜。演杜鵑紅遇亂，題詩驛壁而死；浮槎山樵酬和其詩事。十齣。題詞中有合肥張丙漁村南詞一套，兹録之。〔南吕・香遍滿〕才人坎坷，著甚閑情破睡魔？聽説那紅顔甘折挫，比才人一例兒蹉跎。簫管自吟哦，宫商費許度，看狂阮當場坐。〔懶畫眉〕當日個劍關閣道接嵯峨，生就個嬌娃艷苧蘿。譜閨情細展雲羅，檀口珠璣唾，新嫁得文簫比翼和。〔二犯梧桐樹〕癡蛙撼井波，黠鼠穿墉破。夫婿慈親，刼火風輪過。這的是鴛鴦夢斷悲無那，烏鵲巢翻痛若何？剩絲絲喘息魂難妥，就裏漫延俄，聊逐鴟夷一舸。〔浣溪沙〕罷鈿朵，洗黛螺。眼迷離何處關河？看着南來紅粉傷心大，或者北上黄衫俠骨多。香泥涴把毫端搵，著血摩挲，剩一縷氣兒呵。〔劉潑帽〕傷心字字啼痕鎖，訴衷腸委實非訛。功名兩字春夢婆，淚滂沱、怎不爲兒家墮？（秋夜月）似俺等守巖阿，憐惜有誰個？學冬烘、熱客原非我。陋夏蟲冰語還相左，鎮日價愁拖，鎮日間病裹。〔東甌令〕銜杯唱，擊築歌，爲弔卿卿鬟欲皤。天公那管花枝懦，一任風姨簸。這新吟不是弔湘娥，弔出塞明駝。〔金蓮子〕漫顰蛾女兒身，原不合才人做。敢委地紅心，任他收拾起檀板金尊，這心情端的爲誰銷磨？（尾聲）道人歌哭都無可，甚窮愁蟠結心窩？則索是痛飲醇醪讀楚些。

晉春秋　《晉春秋》傳奇，看雲主[①]人填詞，宛委山人校訂。凡例謂：

---

① 今校：主，原作"山"，據《中國古典戲曲序跋彙編》改。

申生死孝，荀息死忠，之推死隱，石姑死妬。以死隱、死妬，配死忠、死孝，故是編以忠孝廉貞爲闡揚之旨。上下卷各二十齣。另有提綱〔滿庭芳〕云：晉國春秋，青宮妖夢，女戎釁起戈矛。亡人蒙難，弟妹各離愁。殞了立孤太傅，驟燒宮觸處酸眸。垂簾罷，墓門魂鎖，冥斷判恩仇。聯姻狐女後，齊邦再贅，婦促園謀，打戰鼓，兩番南楚氛收。忠孝廉貞四者，歿爲神社稷蒙庥。天王命，勳臣同宴，慶賀霸功優。

雙翠圓　《雙翠圓》傳奇，華亭夏秉衡谷香撰，秋水堂袖珍本。自序曰：《虞初新志》載王翠翹遇徐海事甚奇，惜其傳略而不詳。丁亥秋，養痾官署之鏡齋，偶閱稗史，知翠娘之適徐郎，乃境遇之一端耳。其間遇人不淑，獅吼河東，若錫麓之束生，亦如花之枝葉，水之波瀾，作翠娘一生結束，惟金釵盟證，生死不渝，方其情之所鍾，醉心刻骨，所謂千里來龍，結穴在此。因掇其本末，略爲改竄，譜之詞曲，播之管絃，然後小傳之略、稗官之誣，或可補救萬一云云。上下卷各十九齣。首齣眼目〔漢宮春〕云：千里金生，爲春遊遇美，移寓花亭。拾得金釵園會，海誓山盟。風波忽起，赴遼陽叔姪關情。因祝壽身罹縲絏，賣身孝女孤行。入院一番磨折，遇崑崙救出，錯嫁遭驚。妬婦蛇心蝎口，佛閣論經。幸逢豪俠起雄兵，恩怨分明，感知己錢塘抗節，舟中雙翠圓成。

小蓬萊閣十種　《小蓬萊閣傳奇》十種，清東海劉清韻古香女士撰，石印本。俞樾光緒庚子序云：丁酉之春，余在西湖。海州張西渠大令，以其同鄉劉古香女史詩詞見示，余爲序而歸之。聞女史尚有傳奇二十四種，余請觀焉，則以十種來。問其餘，曰在家中。女史海州人，而所適錢君梅坡沭陽人，距吾浙絶遠，致之固非易也。是年秋，天大霖雨，洪澤湖溢。女史所居圮於水，於是傳奇稿本，皆沈霾於泥滓瓦礫中，不可復得，其存者止此十種。

一《黄碧簽》，提綱〔踏莎行〕云：碧落飛騰，黄泉蹭蹬，漫言賞罰皆天定。須知人事即天心，天公也不操權柄。孝子尋親，忠臣盡命，丹衷至性相輝映。拈毫雙譜入哀絲，昭昭白日同光鏡。十二齣，演孝子仇二梅、忠臣石龍章事。二《丹青副》十二齣，演《聊齋》田七郎事。三《炎涼券》八齣，演任貴事。四《鴛鴦夢》十二齣，演張夢晉與崔瑩事。五《氤氲釧》十齣，演陶元璋與黄佩芬事。六《英雄配》十二齣，演杜憲英旦與周孝事。七《天風引》十齣，周馬俊贅龍宫事。八《飛虹嘯》十齣，演金大用與妻尤氏事。九《鏡中圓》五齣，演南楚材與妻薛及趙女事。十《千秋淚》四齣，演沈嵊事。

雷峰塔　《雷峰塔》傳奇，新安方成培改訂，乾隆辛卯本。乾隆辛卯，新安方成培仰松序：《雷峰塔》傳奇從來已久，不知何人所撰。其事散見吴從先《小窗自紀》、《西湖志》等書，好事者從而摭拾之，下里巴人，無足道者。歲辛卯，朝廷逢璇闈之慶，普天同忭，淮商得以恭襄盛典。中略於祝嘏新劇外演斯劇。中略余於徐環谷先生家屢經寓目，惜其按節氍毹之上，非不洋洋盈耳，而在知音繙閲不免攢眉，辭鄙調譌，未暇更僕數也。因重爲更定，遣詞命意，頗極經營，務使有裨世道，以歸於雅正。較原本，曲改其十之九，賓白改十之七。《求草》、《煉塔》、《祭塔》等折，皆點竄終篇，僅存其目。中間芟去八齣，《夜話》及首尾兩折，與集唐下場詩，悉余所增入者。中略吴子鳳山（名士歧）曰："吾家粲花撰《畫中人》，本於范駕部之《夢花酣》，《療妒羹》取諸《風流院》，實[①]擅出藍之譽，中略而何蹈襲之嫌？中略是塔實吴越王妃所建，又名黄妃塔，旁有白蓮寺。嘉靖時燬於火，宋禪師鎮壓白蛇事，其有無蓋不足論云。書分四卷，一卷十折，二卷七折，三卷八折，四卷九折。首折《開宗》〔沁園春〕云：再世菩提，白蛇妖孽，宿有根源。恰附舟巧合，兩相心許，贈金陡起，官事顛連。逃避姑蘇，蛾眉俯就，旅邸花筵遂宿緣。神仙廟，笑書符相贈，道者迍邅。原形醉露床前，急驚死良人實可憐。覓嵩山仙草，艱難救轉；寶巾遺禍，遭捕誰愆。鐵甕仳離，金山水門，一鉢妖光不復燃。雷峰祭，感佛恩超度，千古永留傳。每折後有評語。

《六觀樓北曲六種》，任城許鴻磐雲嶠撰。

西遼記　第一種《西遼記》，道光三年自序云：余讀《遼史·天祚紀》而重有感也。遼自太祖開基，傳九世，至天祚爲金人所執。《續綱目廣義》即注曰：遼亡。然遼實未嘗亡也。西遼耶律大石，乃太祖八代之孫，奔走西域，臣服諸國。迨天祚被執，即於起兒漫稱帝，以續遼統。寡婦孤兒。維持不墜。八九十年間未嘗少屈於人，視北漢劉氏，實爲過之，

---

①　今校：實，原作"皆"，據《中國古典戲曲序跋彙編》改。

中略乃依《元人百種》之體，爲北曲四折，以歌咏其事。題曰《西遼記》，亦放翁《南唐書》之意云爾。四折，《大石纘統》、《蕭后合圍》、《戚臣除亂》、《天禧延祚》。

雁帛書　第二種《雁帛書》自序謂：元人有《蘇武告雁曲》，以雁書事繫之子卿。然《漢書》本傳蘇武實無其事。而元郝伯常經使宋，爲賈似道拘留真州者一十五年，乃真有雁足寄書之事。《元史》、《輟耕録》俱載之。故據本傳，參之《宋史》，爲此劇。作《拜雁》、《得書》、《詰罪》、《還朝》四折。

女雲臺　第三種《女雲臺》，演秦良玉事。《傳概》、《誓師》、《敘功》、《完節》四折，其間有與《明史》本傳相出入者。

孝女存孤　第四種《孝女存孤》，自序謂：臨桂張女，父兄俱死吴逆之難，止剩二兄一孤兒，乃不嫁而撫姪。二十年乃成立，張氏爲立祠祀之曰：義姑祠。四折，曰：《存孤》、《課姪》、《報姑》、《祭祠》。

儒吏完城　第五種《儒吏完城》，自序謂：演其友臨桂朱韞山，以書生據城，抗寇十餘日。援至城完，既保其境，而西南鄰邑，皆資屏障。四折，《設防》、《拒寇》、《破圍》、《頌功》。朱名鳳森，廣西臨桂人，嘉慶六年恩科進士。十五年授河南濬縣知縣，十八年拒滑縣妖人李文成之亂。

三釵夢　第六種《三釵夢》，自序謂近有傖父，合《正續紅樓》爲傳奇，曲文劣無足觀。臨桂朱蘊山別爲《十二釵》十六折，亦未能見勝。此以晴雯之逐、黛玉之死、寶釵之寡爲經，以寶玉爲緯，成《勘夢》、《悼夢》、《斷夢》、《醒夢》四折。後二折，《十二釵》傳奇中曾借刻，其意亦不相入。

《梅花夢》，清張道撰。道號劫海逸叟，錢塘人。光緒甲午刻本，上下卷各十七齣，演馮雲將與小青事。謂小青乃花仙下凡，歷盡苦刼，仍歸天上。所謂苦刼，即嫁與馮雲將爲妾，而不容於大婦之妒，終遭慘死耳。後附雜言十一則。作者自謂十七歲時，曾取小青事演雜劇四折。既悔少作，始改譜此全書。以旦爲主，小青事蹟無多，半以幻筆，相雜成文。正文三十折，首末四折，藉以引照考據耳。

醉鄉記　《醉鄉記》，明孫仁孺（號白雪樓主人）撰。崇禎庚午王克家序云：上略蘇子瞻遇不偕，志托《睡①醉鄉記》以寄牢騷；吾友孫仁孺才未逢知，更譜《醉鄉傳》以寫情事。下略上下卷共四十四齣，齣目相連，則一首四十四句之五律也。

雙星圖　《雙星圖》，宜黄無聲謳者撰，抄本。自序謂：黄姑織女二星之事，乃天上一大歡喜部頭。乃自元以後，曾無譜爲傳奇者？蓋以其非佛非仙，非人非鬼，欲敷其事，得其情，實難耳。閉户月餘，竟成此記。上下卷各十五齣。

百寶箱　《百寶箱》，清梅窗主人撰。乾隆辛丑自序云：小説家傳杜十娘怒沈百寶箱故事，其説十娘娼也，贖身從李甲，李窮困京師，得柳生輸金，挾杜歸江南。至揚州，江上有孫富者，艷其色，鬮以千金，李竟委杜歸。十娘方以百寶囊箱，知李迫於嚴命，畏不敢歸，以是爲貲，恣情山水。而孫故迫之，竟致投江而死。其後，柳生至溺所，夜夢杜淩波贈箱，爲前日助金之報。下略上下卷各十六齣。

瘞雲巖　《瘞雲巖》傳奇，清西湖玉泉樵子撰。光緒丁丑，碧聲館刊本。演妓女夏愛雲與洪生農訂盟，而阻於鴇母，不得諧偶，後女竟以挫辱仰藥而死。十二齣，有停雲逸客評語。

風雲會　《風雲會》傳奇，玉泉樵子撰。演《虬髯客傳》而成。上下卷各十六齣，有梅谿逸叟評語。

李卓吾批點西厢　《李卓吾批點西厢記》，書分上下二卷，各十齣，標爲《佛殿奇逢》、《僧房假寓》等等。評語在夾行内，二卷。後附刻《錢塘夢平話》一篇、《會真記》文一篇、《園林午夢》雜劇一篇、《圍棋闖局》雜劇一篇、《西厢摘句骰譜》一篇，譜爲湯顯祖輯，摘王實父、李日華、陸采、董解元諸作中句，而合以骰色，各舉例一則如下。

○○○○○○美恩情團圓到底　李日華

●●●●●●
●●●●●●便做到十二巫峰　王實甫

○○○○○●●●●●雙頭好花生扯做片片　陸天池

---

① 今校："睡"字，據《中國古典戲曲序跋彙編》補。

楚天外亂峰千疊　董解元

補天石　《補天石傳奇》，清周文泉撰，道光庚寅，静遠草堂刊。譚光祜序：謂毛聲山《琵琶記》序中本欲撰一書，名《補天石》，擬一古今憾事待補之目。周氏將目中博浪沙事並入宴金臺，而增出碎金牌，删去南霽雲殺賀蘭、趙德昭勘趙普二事，餘則皆如毛目之舊。凡例中謂時人有《和番記》，曲白鄙俚，關目毫無情理云。《宴金臺》、《太子丹恥雪西秦》六齣，太子丹事。《定中原》、《丞相亮祚綿東漢》四齣，諸葛孔明事。《河梁歸》、《明月胡笳歸漢將》四齣，蘇武事。《琵琶語》、《春風圖畫返明妃》六齣，王昭君事。《紉蘭佩》、《屈大夫魂還汨羅江》六齣，屈原事。《碎金牌》、《岳元戎凱宴黄龍府》六齣，岳飛事。《紞如鼓》、《賢使君重還如意子》四齣，鄧伯道事。《波弋香》、《真情種遠覓返魂香》六齣，荀奉倩事。曲皆明註旁譜板式，齣皆綉像，題吹鐵簫人譚光祜正譜。

紅樓夢散套　《紅樓夢散套》，荆石山民撰，蟾波閣刊本。每套一事，不相聯貫，計十六套：歸省、葬花、警曲、擬題、聽秋、劍會、聯句、癡誄、鞫誕、寄情、走魔、禪訂、焚稿、冥昇、訴愁、覺夢。每套後重附本套曲譜，工尺板式悉備。婁東黄兆魁所訂。

雙瑞記　《雙瑞記》，不著作者，疑爲李漁之筆。一名《中庸解》。上下卷，各十八齣。首齣《開場》〔沁園春〕云："周處奇人，忠臣孝子，有覺無空。慨人情世態，佯狂肆侮，不修細行，打盡人踪。忽遇狗屠村落，即爾攜歸見母，激得慈親氣繞虹。逢駿犬，一時率性，解到中庸。難通，時公固執，四十三年錮女紅。安人痛苦，閨房自課，蛾眉共砥，翠柏蒼松。三害俱除①，一身力學，二陸門牆道不窮。皇恩重，建坊啟第，雙瑞紫泥封。"題目云："周子隱性改相亦改，時時謙情化腐亦化，兩貞女天真志亦真，小神童才大命亦大。"

四元記　《四元記》，李漁作。一名《小萊子》。上下卷各十八齣。首齣《開場》〔沁園春〕云："再玉姓宋名再玉才郎，方雲王安石女俠女，姹紫嫣紅。爲連科首薦，東床早訂，不依權貴走如風。妝易翠裙，囊開秘

---

① 今校：除，原作"陳"，據《古本戲曲叢刊》改。

錦，暫寄皇姑信怎通。呈詩句，相公憤恨，緝補難容。奇逢，寺裏匆匆，男女喬分兩地同。再拆緘函，四方奔走，蒼頭會解，賺得雍雍。賣卜成都，遨遊名勝，巨手經綸羨阿翁。一書生，會元重中，萬古又誰踪？”題目云：“宋之仁再玉父不貪名利，王安石酷聯翁婿，兩俠女一榜同登，小萊子四元及第。”因生中元後作小萊子辭，斑衣舞綵，以娱其親，故又名《小萊子》。

曲海揚波卷五

沈氏四種，清吴縣沈起鳳撰，古香林藏板。吴門獨學老人序云："《紅心詞客傳奇四種》，亡友沈蕡漁先生之所作也。先生名起鳳，字桐威，别號蕡漁。工於詞，故自號紅心詞客。少以名家子博學工文章。乾隆戊子科，舉於鄉，年纔二十有八。累赴春官不第，抑鬱無聊，輒以感憤牢愁之思，寄諸詞曲，所製不下三四十種。當其時風行於大江南北，梨園子弟，登其門而求者，踵相接。歲在庚子甲辰，高廟南廵，凡揚州鹽政、蘇杭織造，所備迎鑾供御大戲，皆出自先生手筆。顧生平著作，不自收拾，晚年以選人客死都門，叢殘遺草，悉化灰燼。予歸田後，追念古觀，訪求數十年，僅得其《紅心詞》一卷，業已壽梓人矣。頃復得此傳奇四種，歡喜無量"云云。四種有樂府解題四則如下。

《報恩緣》，戒負心也。白猿受謝生無心之庇，即一心報德，成就其科名，聯合其婚姻，以視夫世間受恩不報者，真禽獸之不若哉。此劇可與《中山狼傳》對勘。上卷十九齣，下卷十八齣。

《才人福》，慰窮士也。識字如祝希哲，工詩如張幼輿，一沈於卑位，一困於諸生。特著此劇，以爲才人吐氣，若唐時方干等十五人，死後始成進士，奚不可者。上下兩卷，各十六齣。

《文星榜》，懲隱慝也。楊生命本大魁，以淫行被黜。王生士行無玷，又因其父居官嚴酷，幾以寃獄喪身。士大夫觀此，皆當自省。上下卷各十六齣。

《伏虎韜》，警惡俗也。婦人以順爲正，乃有淩虐其夫者，此陰盛陽衰之象，有關世道人心。此劇寓扶陽抑陰之意，亦以明婦人妒得必淫，淫者必悍，丈夫溺愛，甚無謂也，真唤醒癡人不少。上卷十四齣，下卷十五齣。

《續西厢》，清吴縣吴國榛甓勤齋殘稿本，四齣：《旅思》、《死别》、《悼亡》、《出家》。自記云："余少好音律，讀《會真記》，頗覺張崔不情，而有所憾。繼讀《續西廂》，益覺太俗，蓋所注意者。衹在團圓而已，猶不足爲張生補過也。故填詞四套，刻而傳之，狗尾續貂，自覺慚恧，知我罪我，不遑計耳。光緒甲申秋九月，有山氏吴國榛自記。"四套南北詞各半，每折後自有評語，稱一蘧居士。

《明翠湖亭四韻事》，慈谿裘殷玉（號廢莪子）撰，明本。南江笠叟序云："往余同殷玉至清谿，宿家山人樓時。中略相與論詞。殷玉素好填詞，醉書箴，繡當爐，久嘖嘖人口。自館甥余家，鋭意制舉業，三年不顧曲矣。是夜，得詩中韻事四種，讙甚。相謂曰：此可付傳奇家一大嚼也。"卷前題《玉湖樓第三種傳奇》。《明翠湖亭》，蓋傳奇四種，各取其名之第二字，而得"明翠湖亭"之總名也。

《昆明池》，二折。演唐昭容上官婉兒臨試諸臣，晦日幸昆明池詩，宋之問詩壓卷。楔子四句云："正月晦駕幸昆明，帳殿前綵結樓成。命昭容新翻御製，冠群僚獨步延清。"

《集翠裘》，二折。演武則天以集翠裘賜張宗昌，張奉旨與狄仁傑賭雙陸，張輸，裘爲狄得，而狄耻是張物，與馬奴著之，以嘲張云。

《鑑湖隱》，四折。演李白金龜换酒，夢遊帝居，辭官歸隱西湖事。

《旗亭館》，三折。演妓女雙鬟讀王之焕詩，鍾情，終乃諧偶云。全書有眉評、有折評、有總評。

《山水鄰傳奇六種》，明刻本。

一《黑貂裘》，即《金印合縱記》，西湖高一葦訂證。

二《鳳求鳳》，澹慧居士編。演司馬相如事。上下卷各十五齣。首齣《標引》〔滿庭芳〕云："蜀郡文豪，臨卭女俠，才情雅合成雙。幽居作賦，書劍偶遊梁。回馬都亭訪故，逢奇艷獨怨秋孀。瑶琴裏，芳情暗度，邂逅奪孤凰。　窮愁，無計遣，解裘貰酒，四壁淒涼。共當爐滌器，任笑清狂。鳳詔寵徵入侍，酬知遇諫獵長楊。標奇績，通夷定蜀，歸隱茂陵鄉。"

三《四大癡》，題作山水鄰新鎸出像《四大癡傳奇》，武林李逢時九標父作。酒色財氣四癡也。第一癡《酒懂》，五折。正名云："酒魔君消算不義士，鑒察使赦過無情郎。"第二《色癡》，演莊子妻田氏劈棺事。九折,各標名目,不加齣數。第三癡《一文錢》,演盧至員外事,六折。第四《氣癡》,孟稱舜撰。演黄巢因氣造反,爲唐室所平事。四折,一楔子。

四《花筵賺》,吴儂荀鶴填詞,西湖一葦訂證。題山水鄰新鎸《花筵賺》,上卷十五齣,下卷十四齣。首齣《話柄》〔沁園春〕云:"優汝前來,演太真姑女,玉鏡妝臺。更幼輿風月,芳姿巧慧;謝温隨趣,各有心懷。謝假温郎,温妝謝婿,小姐夫人兩不猜。尤堪笑,芳偷團扇,擲過牆來,花朝合卺雙排,鬧起蘭房識破纔。把芳姿提弄,喬才未識;閨房閑逗,郎恰如呆。謝子求妻,温郎索妾,引得詞人笑口歪。殲逆後,團團紈扇,寫付優俳。"題目云:"碧玉姐把丫鬟巧瞞夫婿,芳姿婢偷團扇暗打才郎;温太真精油頭仍遭馬扁,謝幼輿癡苓漢乾勒紅妝。"

五《長命縷》,江東勝樂道人編。演單飛英(小字符郎)與邢春娘事。題目云:"出將入相的虞雍國,因鸞得鳳的單符郎;救苦拔難的觀大士,還元證本的邢春娘。"上下卷各十五齣。

六《荷花蕩》,題作斐堂戲墨《蓮盟》,一名《荷花蕩》,上黨擷芳主人編。首齣〔沁園春〕云:"李素書狂,貞娘情種,蓮盟終結鸞鳳。無心醉觸,西席變東牀。父子金陵奇會,赴秋試兩冠文場。險屈死淫僧毒手,神佑脱災殃。堪笑果非常,師生異致無雙。設巧計棼詐,一命先亡。天使貫盈事敗,報前仇救出嬌娘。榮歸娶芳流翰苑,千載姓名香。"上下卷各十四齣。

《息宰河》,明沈嵊撰。題作且居批評《息宰河傳奇》,唵庵孚中道人填詞,漆水再生流寓點次。上下卷。各十五齣。卷前楔子〔望海潮〕云:"客無諱者,聽萇侍御,戆章激怒權奸。時有普酋,破州圍郡,故令出守南滇。交趾又兵連,内無軍無餉,外且無援。單騎招降,勒銘息宰儷燕然。　家遭寇掠堪憐。有十齡奇子,被擄音愆。四載善藏,夜梟賊首,相逢義僕同旋。薛女更貞堅,投渭河守節,姑媳周全。天使舉家,重合聖湖邊。"蓋演萇公孟事也。

《嬌紅記》,明孟稱舜子塞撰。原題《節義鴛鴦種嬌紅記》。馬權奇崇禎戊寅序云:"上略嗣後有《花間一笑》之劇,鄉人頗有訾之者。余每曰:使挑人者必唐伯虎,受挑女郎必如知唐伯虎而後可。下略"王業浩序:"予少時偶讀《嬌紅傳》而悲之,然阿嬌誓死不二,申生以死繼之,中略示現鴛鴦脱然存殁之外。中略子塞譜爲傳奇,令嬌申活現,而兒女子之私,頓成斬釘截鐵,正覺正法,爲情史中第一佳案。下略”陳洪綬序:“上略昔時子塞有《古今名劇選》及《桃花》諸曲行於世。下略”自序云:“上略傳中所載王嬌申生事,殆有類狂童淫女所爲。而予題之節義,以兩人皆從一而終,至於没身,而不悔也。下略”上卷二十六齣,下卷二十四齣。首齣《正名》〔滿庭芳〕云:“王女嬌娘,厚卿申子,天生才貌無雙。心期密訂,彼此絮衷腸。笑把梨花擲處,擁爐語生死情長。姻緣好,分爐斷袖,風月兩相將。　爲求,親間阻,天愁地恨,無計成雙。更飛紅暗妬,屢致參商。師子豪華慕色,挾家勢强結鸞鳳。男和女,情同鐵石,並塚配鴛鴦。”題目云:“烈嬌娘心擇多情種,俏飛紅妒阻真歡寵;豪公子强入燕鶯羣,義申郎情合鴛鴦塚。”

《南詞定律》,康熙五十九年主人自序:“上略今操觚之士,各以意見,創爲新詞,傳爲譜曲,自元迄今,不下數千百本矣。若《九宮譜》則有沈伯英、馮猶龍、張心其、蔣惟忠、楊升庵、鈕少雅、譚儒卿,諸家所作不一,大意皆同,而板式正襯字眼,多致舛誤。中略操觚者不屑與梨園共議,而梨園中又無能捉筆成文,遽自著作,是以苟延至今,終不能令人開卷一快。今姑蘇吕子乾,中略同里劉子秀、唐心如,錢塘楊震英,莞江金輔佐,則各有所長,或諳於律,或審於音,皆不易得之才。而翕然彙聚,斟酌成書,亦詞律之幸也。於中或删或補,或增或減,務使前後正犯相同,不致矛盾。又有少年好學,如鄒景僖魯臣、張志麟熙瑞、李芝雲紫芳、周嘉謨昌言等,并力檢校,不數月間,編類集成,名之曰《新編南詞定律》。”

楊緒序云:“憶三十載前,薄遊山左,時隨園胡公爲廉使,聽讞之暇,徵歌選音,遂博採諸家舊譜,斟酌考訂,浹歲而成,書曰《隨園譜》,藏爲秘笈。緒時留連衙署,忝與校閱,因得乞其全稿而歸。後來京師,寢食斯道,每與同儕考索律調,悉以此譜爲準繩,以其較坊刻所行,爲詳且贍也。今庚子歲,諸識音者一時振作,採取諸譜,然亦多取隨園。”

《凡例》略云:句讀相同,板式不異者,即爲一體。至句拍皆不同者,始爲〔又一體〕。今以通行可傳者存之,其體異不行,不足法者,悉皆不録。凡各宫之〔賺〕,諸譜不一,然亦無甚差别,惟句之長短,字之多寡,少有互異。今仍依其舊，分列各宫。殊不知〔賺〕者，乃掇賺之意，如《拜月亭》之"山徑路幽僻"，係〔中吕·尾犯序〕，四曲唱畢，若即以〔黄鐘·耍鮑老〕"朝廷當時"之曲接唱，非但宫調不同，亦且難按板拍。故善於詞曲者，即用"且與我留人"之一〔賺〕以間之。諸如此類頗多，實作家之巧意，亦歌者之方便門也。切不可因差一二字，拘殢云某宫〔賺〕係幾字，〔不是路〕係幾字，則大乖前人之旨矣。

譜中精忠記〔洞仙歌〕，易名爲〔楚江秋〕；《八義》之〔節節高〕，變爲〔生薑芽〕；又〔滿園春〕、〔鋪地錦〕、〔鵲踏枝〕、〔雪獅子〕，本一曲。有四名。〔步步嬌〕、〔鬧蛾兒〕、〔潘妃曲〕，一曲三名。

全書總目如下：卷一黄鍾，卷二正宫，卷三道宫，卷四仙吕，卷五大石，卷六中吕，卷七小石，卷八南吕，卷九雙調，卷十商調，卷十一般涉，卷十二羽調，卷十三越調。其中〔引子〕共二百二十三體，二百三十二曲；〔過曲〕五百四十七體，一千二百零三曲；犯調五百七十二體，六百五十五曲。共計一千三百四十二體，二千零九十曲。

書中除〔引子〕外，概註旁譜、板式，並註明每曲之句數、板數。卷前題"古吴吕士雄子乾、錢塘楊緒震英、姑蘇劉璜子秀、金閶唐尚信心如編輯"。卷後題"筦江金殿臣輔佐點板，姑蘇鄒景禧等四人同校，徐應龍御天重校"。

《鴛鴦夢》雜劇，明葉小紈蕙綢撰。崇禎丙子，其舅沈君庸序云："《鴛鴦夢》，余甥蕙綢所作也。中略其俊語韻脚，不讓酸齋、夢符諸君。即其下里，尚猶是周憲王'金梁橋下'之聲。實可與語此道者，將以陰陽務頭，從來詞家所昧，行與商之。蕙綢即詞隱先生孫婦。全書四折，一楔子，皆北詞。正名云："三仙子吟賞鳳凰臺，吕真人點破鴛鴦夢。"演子童侍女文琴，上元夫人侍女飛玖，碧霞元君侍女茝香，三人相結，略動凡心，子童遂謫降三人松陵地方，使見人世離合悲歡，有同夢幻，然後使吕純陽下界，指點各歸正道云。

《十二律京腔譜》，茂苑王正祥瑞生纂。此書乃弋陽腔曲譜，不名弋腔譜者，因弋腔久經改變，失其本來。玆載清初之弋腔，而欲推爲曲調之正宗，故以京腔名之。又因崑腔諸譜，如《南曲譜》、《南詞新譜》、《南音三籟》等。皆以九宫類調，實破碎不能自圓其論，特改按月令，以律類調,故名《十二律京腔譜》也。其序例甚繁,不暇備録。大概此書首列聯套,爲南曲譜中獨有而可貴之事。又嚴計各調正襯,詳加板式,並標識行腔之高低緩急,但不註工尺旁譜。是其津津以爲過人之處耳。序例中駁《南音三籟》、《南曲譜》等書。至嚴,可資參訂。茲録概目如下:王氏又有《音韻大全》一書,自謂切音精切,分合得宜。又有《問奇一覽》一書,乃因張氏某人所著《問奇集》爲藍本,而更爲探討詳明,典故兼備,均附列譜後。但所見之本,無此二書,當係闕漏也。卷一黄鐘律,卷二大吕律,卷三太族律,卷四夾鐘律,無兼用。卷五姑洗律,卷六中吕律,卷七蕤賓律,無兼用。卷八林鐘律,卷九夷則律,無兼用。卷十南吕律,卷十一無射律,卷十二應鐘律,卷十三閏月律,無聯套、兼用、緊詞。卷十四通用,卷十五附録,卷十六犯調。每律曲調,均爲引、聯套、兼用、慢詞、緊詞、尾聲六部。另有一册,前載次序,即各律聯套中諸牌名之次序也,後載目録。卷十四通用者,凡曲腔與前諸律俱不相似,另成一調,而可以通融取用者。卷十五附録者,乃曲腔之字句多拗,另成變體者也。其中有《臥冰記》之〔水車歌〕,散曲之〔金風曲〕、〔漁父第一〕,《江流記》之〔阮郎歸〕,《劉孝女》之〔五團花〕等。此書之參訂者爲平江盧鳴鑾南浦、梁谿施銓均衡,點板者爲荆溪儲國珍君用。王氏另輯《十二律崑腔譜》,體例、卷數、概目,悉與京腔同。惜所見之本,序例已失,不得一讀也。參訂其書之人並同上。

《珊瑚鞭》,桐城胡業宏芑塘撰。(號小新豐山人)乾隆戊戌穿柳亭本。自序謂甲午冬日,徇友人請,改《玉嬌梨》小説。作《珊瑚鞭傳奇》。因有感於才子之生,與知才子之人。下略例言謂原書名《玉嬌梨》,字出杜撰。因思是書之妙,惟賽神仙令失妻人,向蘇友白借珊瑚鞭一事,涉想詭譎,此其奇之可傳也,故易今名。上下卷各二十齣。首齣《提綱》〔漢宫春〕云:“西蜀才人,自寄居白下,念切嬋娟。觸怒延陵太史,褫職誰憐。尋仙遇友,和新詩好句連篇。遭奸計,桃僵李代,兩次歎遺賢。

淚灑窮途賣賦,幸鄰家女俠,解贈腰纏。不料春秋獲雋,消息茫然。更人逢狹路,挂冠去再訪前緣。真奇遇,加官得婦,南北慶鞭圓。”天津王嵩齡西園評論。

《揚州夢》,抱犢山農撰,葭秋堂舊刻。上下卷,各十六齣。首齣《標目》〔漢宮春〕云:“杜牧樊川,尋故人霅上,水戲喧闐。緑葉誰家麗質,預把紅牽。東都分守,李司從召赴歌筵。題詩句,爲紫雲發付,巧遣信奇緣。　乞刺湖州郡守,了垂鬟舊約,懊惱期愆。輾轉烟花深穽,折挫嬋娟。值參軍牛幕,青樓重會,話及當年。揚州夢,風流薄倖,小杜古今傳。”

《雙報應》,乃抱犢山農雜中遺稿。上下卷,各十五齣。首齣《開宗》〔滿庭芳〕云:“文學錢生,家貧逋累,經官斥退前程。荆妻周氏,生拆到張庭。秉志堅貞不改,能感動隍社神靈。失銀後,清廉郡守,巧斷合娉婷。　子俊,耽男癖,輕雲生意,背地調情。致妖童入室,醫毒堪驚。神示與東峯兩字,方敗露淫惡遭刑。山賊發,錢生顯策,冠帶顯身榮。”題目云:“錢可貴賣婦得重圓,張子俊遭妻生害命;揭城隍暗地顯神通,孫太守明中斷報應。”

《南九宫曲譜》,明沈璟輯,永新龍驤仲房氏校。李維楨序:“上略沈光禄伯英,輯陳、白兩家《九宫十三調譜》,以南人度曲小令合者,爲《南曲全譜》。而永新龍太學仲房,稍補綴而版行之。下略”亦稱《南曲全譜》,一稱《南九宫十三調曲譜》,《嘯餘譜》載之,稱《南曲譜》。璟之姪沈自晉伯明,(别號鞠通)删補以後之本,名《南九宫詞譜》,亦稱《南詞新譜》。

《四艷記》,明葉顯祖撰,同社苗蘭居士批評。

一春艷,《夭桃紈扇》,九齣。開場《種桃歌》云:“上略任娘(夭桃)一片憐才意,石郎(中英)瞥見諧姻契。賴子空懷妒兩心,劉公巧作移花記。下略”

二夏艷,《碧蓮繡符》,九齣。開場《愛蓮歌》云:“上略秦家有個傾城色,翻説蓮花似妾嬌。章郎(名斌)入眼輸魂魄,墮下釵符剛拾得。假托傭工賓主投,臨歧欲挽無良策。恰將陳女贈書生,合巹之宵喜不勝。下略”蓋陳女碧蓮,本秦家之妾,主人死,夫人妒而禁之,後與章合。

三秋艷,《丹桂鈿盒》,九齣。開場《折桂歌》:“上略窈窕徐娘(名丹桂。少年失侣。依母同居。)人世上,天香豈使久沈埋。倦遊權子(名次卿)誇才俊,見後留情强親近。向母心歡遇故人,老尼就裏傳芳信。司馬文君史傳奇,於今重見綴新詞。一段姻缘鈿盒裏,千秋幾個有情癡。”

四冬艷,《素梅玉蟾》,九齣。開場《尋梅歌》云:“上略惟有玉人相映白,楊家淑女(名素梅)擅芳姿。好事將成忽驚散,鳳郎(名來儀)背地空悲歎。外家(謂楊寄居外家馮氏)一去不復歸,玉蟾在手凝愁□。别聘佳人卻姓馮,誰知還是舊情悰。下略”

《西堂樂府》,清尤侗撰。六種。

一《讀離騷》,正目云:“湘纍問天呵壁,漁父説客垂綸。巫女朝雲感夢,宋子午日招魂。”

二《弔琵琶》,正目云:“呼韓邪求婚畫障,漢元帝嫁女龍沙。王昭君夢回宫闕,蔡文姬泣弔琵琶。”

三《桃花源》,正目云:“陶處士去官彭澤,王刺史送酒潯陽。白蓮社參禪慧遠,桃花源問渡漁郎。”

四《黑白衛》,正目云:“老尼姑説劍終南地,磨鏡郎喬做東牀壻。劉僕射大戰素紅幡,聶隱娘戲跨黑白衛。”

五《李白登科記》,一名《清平調》。西堂客恒山,居梁宗伯家。遇女伶艷慧,宗伯索新曲,乃作此畀之。以上四種皆四折,此獨一折。

六《鈞天樂》,自記云:“丁酉之秋,薄遊太□。主人謝客,阻兵未得歸。逆旅無聊,追尋往事,忽忽不樂,漫填詞爲傳奇,中略題曰《鈞天樂》。家有梨園,則授使演焉。明年,科場事發,有無名子編爲《萬金記》者。制府以聞,詔命進覽,其人匿弗出也。臬司某,大索江南諸伶雜治之。適姜侍御還朝,過吴門,亟徵予劇。同人宴之申氏堂中,樂既作,觀者如堵牆,靡不咋舌駭歎。而邏者亦雜其中,疑其事類,馳白臬司。臬司以爲奇貨,即捕優人,拷掠誣服,既得主名,將窮其獄,且徵賄焉。會有從中解之者,而予已入都門,事得寢。下略”上下卷,各十六齣。首齣《立意》〔滿庭芳〕云:“盜賊縱横,文章顛倒,沈郎獨歎孤寒。嬌妻生别好,又凋殘。伏闕上書不遇,趁秋風載月空還。傷心處,送窮哭廟,鬼淚也潸潸。　一朝,登帝榜,鈞天賜宴,共慶彈冠。更繡衣直指,地下人間。王母嫦娥作伐,送花燭雲裏乘鸞。奇絶事,世人不信,且待下回看。”

《雨花臺傳奇》,平水柳崖居士徐昆后山作,蒲坂散人崔桂林燕山評。貯書樓本。乾隆二十七年崔桂林序:“上略徐君后山,至情人也。

中略與余朝夕居，時道盧子清宜之爲人。無何，清宜嘔血歿，徐君哭盡哀。未盡，復借優孟衣冠，補清宜素志，按宫協調，作爲是劇。下略”上下卷，各十六齣。首齣《發源》〔沁園春〕云：“名士盧生，（名儉）五臺山際，喜見鶯兒。共友人迎駕，狂風作妒；滿腔噴血，一命傾危。才子還魂，佳人盡節，並荷神人相護持。回生路，嘆中華異域，兩地分馳。　還奇，帕上詩詞，果于菟爲媒復别離。幸情人貴顯，册封充使；帕詩重認，得效于飛。更喜春闈，盧生及第，復得鴻光舉案齊。酧神德，向雨花臺畔，共慶清時。”

《環翠堂樂府》，明汪廷納（號無無居士）撰。二種。

一《彩舟記》，上下卷，各十七齣。夏尚忠序：“上略海陽汪無如君屬予爲《彩舟記》敘，記後先悉鬚龍事，甚奇。下略”首齣《提綱》〔滿庭芳〕云：“江子才華，吴姬窈窕，兩舟風阻淮安。氤氳賜配，月底正酣眠。清曉帆開失父，露踪跡太守應嫌。憐玉貌，翻招爲婿，暫令返鄉園。　中途，遭陷溺，龍王報德，救護生還。更攜丹療病，父母團圓。從此氤氳怒釋，秋闈捷名姓驚傳。登及第，重逢京兆，宦底續前緣。”題目云：“鬚龍王棘闈顯聖，氤氳帝彩舫聯姻；狀元郎逢凶化吉，京兆女續舊如新。”

二《投桃記》。上下卷，各十五齣。譜宋潘昉（用中）與黄舜華（旦）事。首齣《提綱》〔水調歌頭〕云：“潘氏佳公子，隨任入臨安。黄姝樓對旅邸，聞笛捲簾看。正爾目成心許，更喜行春湖上，車轂接雲鬟。投桃因得報，詩帕兩情傳。　郡衙隔，音問阻，病魔纏。周婆撮合，私從天竺替良緣。奸計任施國舅，親命甘違司馬，寄髮表心堅。禍兮翻作福，天語賜團圓。”題目云：“會盼睞佳人才子，惹風情羌笛胡桃；枉勞心當朝權貴，善回天一幅鮫綃。”

《紫霞巾傳奇》，陳東村野客榕西撰。嘉慶辛酉吴斯勃序：“上略同鄉東村先生，篤學清修，以名孝廉選邑令，改授德化學博，旋告病歸。向嘗授徒講學，多所成就，幾若文中子之在河汾矣。中略製《紫霞巾傳奇》三十折。中略或云：閩語不諧中州韻，難被管絃，僅填詞而已。余嘗以質諸善謳者，亦謂按譜填詞，自能抗聲合調。下略”上下卷，各十五齣。演陸春英與謝玉娥事。引子〔漢宫春〕云：“陸氏才郎，讀玉娥蒨句，惹動春腸。誤認東家醜女，錯配鴛鴦。祝生無賴，妒霞巾禍起蕭牆。分飛去,忽賣身妓館,注目認崔郎。　夫婿天邊折桂,奈貞心見逼,粉頸刲傷。幸遇韓公相救,衙署深藏。美陸郎守誓,徇恩師强續偏房。誰知道,新歡舊恨,一迸絮蘭缸。”題目云:“俊丫鬟忽展科名手,熱青樓偏守女兒身;死魂靈瞥見生慈母,新洞房巧遇舊佳人。”

内府抄本傳奇十三種。一《玉獅記》,十段,每段八齣。演張巡事。二《草木啣恩》,二十四齣。演花精草怪,啣恩獻壽而已。三《聖世壽徵》,十六齣。四《百子呈祥》,八齣。五《豐樂秋登》,十二齣。六《壽叶三朋》,六齣。七《盛世新聲》,六齣。八《永祝長清》,十齣。九《箕疇五福》,八齣。十《壽徵輻輳》,六齣。十一《太平有象》,十二齣。十二《多壽記》,八齣。十三《鬥金瓶》,十本,每本八齣。演唐時李飛熊、常瓊英、劉瑞珠三人,皆天上仙人,動凡謫降劉生秀才家,備歷磨難。幸得九天玄女,命玉女下凡,搭救三人,轉得功成名遂,妻貴夫榮。因白猿盜金母寶瓶,往下界助田節度爲虐。玄女以金瓶與玉女,轉付劉瑞珠,抵敵白猿之瓶,故名。

《諸佛名歌》,永樂皮紙本。原名《諸佛世尊如來菩薩尊者名稱歌曲》。永樂十五年序略云:“諸佛世尊如來菩薩尊者弘發誓願,濟度群生。凡發善心,稱贊諸佛世尊如來菩薩尊者名號者,即得種種善報。輕薄侮慢,不敬不信者,即得種種惡報。中略間取佛經所載諸佛世尊如來菩薩尊者名號,編成歌曲,歡喜贊諷,功德弘深,因以鋟梓,流通廣傳。下略”

總目如下:《佛名稱歌曲》,北曲《世尊名稱歌曲》,北曲《如來名稱歌曲》,北曲《菩薩名稱歌曲》,北曲《尊者名稱歌曲》,北曲《佛名稱歌曲》,南曲《如來名稱歌曲》,南曲《菩薩名稱歌曲》,南曲《尊者名稱歌曲》,南曲《普法界之曲》等六種,〔五供養〕等八種。

有後序三篇,第二篇永樂十五年,第三篇永樂十八年御製。又附感應歌曲。永樂十七年御製序云:“上略朕間嘗取佛經所載諸佛世尊如來菩薩尊生神僧名號,編爲歌曲名經,俾人諷誦,歡喜贊歎,功德之大,不可涯涘。乃永樂十七年夏五月,遣人賫歌曲名經,往五臺山散施。以六月十五日至顯通寺,即有祥光煥發,五色絢爛。中略朕統臨天下,夙夜拳拳,以化民爲務,凡有所爲,一出於至誠。是以佛經所至,屢獲感通,觀於五臺之顯應，尤足徵矣。今特命工繪圖，且復爲歌曲以系之。下略”（以下列《普法界之曲》及《弘利益之曲》各若干）又御製一序，謂以《諸佛名歌》，往大報恩寺散施。又覩天上顯示，如何靈迹，故又命工繪圖，系以歌曲。又序，以名歌往淮安施散，復製圖系曲云云。又序，以名歌往河南、陝西、交趾散施，又得顯應，因復爲歌曲附篇末。

《惺齋五種》，錢塘夏倫惺齋撰，世光堂本。乾隆己巳徐夢元徐村序：“上略先生以名諸生八試棘圍，伌得伌失。值西陲用兵，罄所有得授邑宰，旋阻於壓班，浮沈里門者幾二十年。今上龍飛，詔許開選，先生名在單目首列。扶疾奉檄入都，長途況瘁，興已索。抵部復有意外尼之者，因決志舍去，歸隱湖山。中略今屆衰暮，年已七十矣。中略其傳奇定爲五種：曰《無瑕璧》，所以表忠也。曰《杏花村》，所以教孝也。曰《瑞筠圖》、曰《廣寒梯》，所以勸節勸義也。至《南陽樂》一編，顛倒兩大，游戲三昧，爲千古仁人志士補厥缺陷，固忠孝節義之賅而有者也。下略”徐夢元加評。

《無瑕璧》，演明鐵鉉事。明太祖嘗賜以無瑕璧一雙，鐵當危難時，以分授子女。後二人流離困苦，終乃各以璧聘成婚姻，因得散而復合云。上下卷，各十六齣。首齣《撮要》〔慶清朝慢〕云：“齊泰謀疎，燕藩變起，鐵公誓守危城。君覞懼淪草莽，預剖瓊瑛。痛忠遭慘戮，有憑屍灑淚是高生。馬千里，郵亭一炬，巧拯寧馨。　欣佳耦，婚初訂，風波起，隻影又飄零。旅邸潛踪被獲，性命幾傾。幸賴攻城救解，生安死慰始休兵。無瑕璧，重歸姐弟，兩遂姻盟。”

《杏花村》，上下卷，各十六齣。演王世名事。首齣《括意》〔滿庭芳〕云：“王子堪褒，憐親冤斃，燈前怒氣冲霄。杏花村裏，殺賊奪鋼刀。賢子圖全孝子，赴燕京未遂恩膏。傷佳耦，又逢奸害，一命喪荒郊。　神仙，輕救轉，遣遊山左，仗劍除妖。恰遇張公擇婿，冰玉相遭。祝綱空貽手札，未還家憲澤先叨。團圞處，龍章旌表，金帶更垂腰。”題目云：“烏鳥戀深恩，王秀才舍生取義；豸冠開大綱，汪御史激濁揚清。鶴駕偶乘風，漢鍾離有緣贈藥；鳳雛艱擇配，張總鎮無意聯盟。”

《瑞筠圖》，上下卷，各十六齣。表揚明禮部右侍郎章滄（妾所生）之嫡母金氏，未婚守志之貞節。首齣《先聲》〔沁園春〕云：“章母奇貞，未婚守節，訓子成名。歎英宗北狩，艱難返國；郕王讓位，朝野傷情。請復皇儲，勸敦友愛，節以成忠大難興。雲陽市，于公遲到，險喪非刑。 堪驚，獄底災生，幸早换監房命不傾。際南宫復解，忠良吐氣；恩推壼教，母也蒙旌。淑女投河，良朋締配，事不全虚莫浪爭。瑞筠圖，數行詩句，彤管流馨。"

《廣寒梯》，上下卷，各十六齣。演王蘭芳、解敏中二人功名事。首齣《開端》〔滿庭芳〕云："浙水王生，吴山問相，逢仙偶洩天機。攀蟾有路，貽贈廣寒梯。恰遇貧儒負債，受官刑夫婦將離。憐危難，傾囊義助，此誼古今稀。 佳人，猶待嫁，陡遭倭亂，被擄悲啼。天遣吴君報德，巧脱樊籬。積善果登黄榜，專弓矢僇盡鯨鯢。珠旋也，華堂晝錦，花燭慶于飛。"題目云："少見識的閻宏宇，枉積趲死金寶；具肝膽的吴仲達，險拆散活夫妻。有科分的解敏中，偏潦倒文昌廟；没福相的王香谷，及高步廣寒梯。"

《南陽樂》，上下卷，各十六齣。演諸葛亮滅吴、魏，一統漢家，重興帝室，而已復樂隱南陽。題目云："祭七星忠悃格蒼穹，演八陣威名耀青史；滅吴寇英主建新猷，恢漢祚老臣歸故里。"評云："此本係乾隆己巳重定，視原刻稍異。"

惺齋續編《花萼吟傳奇》，上下卷，各十六齣。演姚居仁、姚利仁兄弟事。首齣《大略》〔漢宫春〕云："天顯休忘，看姚家友愛，名播詞場。兄也攜囊應聘，弟守家鄉。禍生意外，恨奸徒計陷飛贓。謀斃獄，非兄力救，利仁一命幾亡。 雖賴江公鏡審，奈豪門怙恃，又覬紅粧。感得林君仗義，賃屋深藏。旋因寇警，戮權臣天日重光。功名遂，弟兄晝錦，一時花萼齊芳。"

《六如亭》，清湘潭張九鉞撰。（卷中題羅浮花農）道光時刻本。蜨園居士跋云："《六如亭記》，吾楚張紫峴先生所作也。先生諱九鉞，字度西，以詩古文辭，負海内重望五十年。兼工小令、長調。晚年旅食四方，哀感悵觸，輒作南北宫詞以排悶。曾游惠陽，訪白鶴居六如亭，因取坡公嶺南海外舊聞，及侍妾朝雲誦經、栽茶、偈化、建亭事，復於宋人小志中，得惠陽溫女超超、許婿聽吟、殉志遺話，爲三十六齣，總名曰《六如亭記》，以了禪門一段公案。中略先生宰梅嶠時，自署紅梅花長。量移嶺東,又署羅浮花農。嘗寓吴門,爲歌師製《虎邱四時景》〔新水令〕南北宫詞一套,至今盛傳吴下,附記於此。”

譚光祜序:“上略此曲於坡公及諸賢事蹟,考據詳確,年譜、詩集,信而有徵。中間變化神通,無非爲仙佛生色。即朝雲、超超二女子,必如此曲之忠順俠烈,而其人始高。其人高,而坡公之氣節文章益高出尋常萬萬。先生以夢入羅浮,自號羅浮花農。此曲之末,以梅花仙樂爲坡公壽,或亦有所托而云然與。”同郡雲門山樵評點。

《乞食圖》,一名《後崔張》,演明張靈與崔瑩事。家門〔漢宫春〕云:“不偶張生,有詩才畫筆,難覓傾城。乞食山塘蘇州虎邱游戲,感遇娉婷。强藩指宸濠訪艷,奪姻緣遠獻宫庭。圖形影,仗六如居士,芳訊付良朋。　不道狂儒被斥,爲佳人心許,命委輕萍。正幸兵戈寧息,崔媛尋盟。痛蘭摧蕙折,弔山阿生死堅貞。相思境,點頭舊石,聊與補完成。”署林棲居士,作於堇江官舍。自序又署竹初居士,受業楊夢符序,作於乾隆五十一年。

卷前有考據若干篇,據黄周星《崔張合傳》,略謂張靈狂放,戲爲乞丐,賦詩虎邱,唐寅爲圖《行乞圖》。崔瑩,豫章人,舟泊虎邱,遇張,彼此心許。崔歸,適宸濠選十美進獻,僉人以崔薦。唐寅方在藩幕,知其事,歸以告張,張爲之病死。後藩敗,十美未御遣還。崔至蘇,知張死,亦自縊云。

《全德記》,太原王稺登編。金陵唐氏廣慶堂本,上下卷,各十六齣。原名《竇禹鈞全德記》。題目云:“竇禹鈞施仁樂義,高懷德捨女償金;石守信窮途遇配,趙匡胤舉薦豪英。”

《劍舟記》,秦淮墨客纂輯。同前本。原名《劉伯仁八黑收精劍舟記》。家門〔臨江仙〕云:“昆季留生原佛子,思凡寄迹紅塵。狐諧伉儷贈丹行。包公招作婿,薦舉命提兵。　列陣退妖功績建,榮封鎮守崑崙。兩兒連捷占魁名。武文雙貴顯,警悟佛留心。”題目云:“二留生思凡降世,包丞相雙贅英才;老狐精授丹作護,賢公子文燭斗台。”上卷十六齣,下卷十五齣。

《和戎記》,金陵唐氏富春堂本。原名《王昭君出塞和戎記》。開場〔柳梢青〕云:“昭君宫怨,天賜哀憐,瑶琴降下。帝主親聞,不知奸狡,負屈啣冤。畫工懷忿，離妻星夜，奔往邊關。胡人遣將，中原難敵，昭君離帝去和番。守節烏江，自奔投江身亡。音書繫雁足，刻時自托夢魂間。賽君重配合，永樂太平年。"題目云："漢朝元帝立江山，文武群臣挺奏班。西臺御史毛延壽，埋没王嬙不奏君。"上卷十八齣，下卷十七齣。

《青樓記》，金陵三山富春堂本。原名《宋江水滸青樓記》。書分四卷，首卷十一折，二卷十三折，三卷十一折，四卷十四折。家門始末〔勝神仙〕云：罡降山東，宋氏公明，矢心仁衆。七雄蒙救，報謝間，惹出禍彌天重。匆匆竄奔山寨，幸得數賢崇奉。往梁山路傳僞信，返家清訟。欣逢赦宥恩隆，減配江州，遇諸豪勇。誤因題壁，羅死刑，賴有群雄扶從。就中復仇落草，更喜神人護擁。保全家聚居水滸，受降匡宋。"題目云："鄆城縣英雄首出，清風山賢俊相匡；潯陽江豪俊共濟，水滸寨忠義從王。"

《石巢四種》。第一《雙金榜》。自序有云："此傳梗概，胎結久矣。一針未透，閣筆八年。偶過鐵心橋一笑有悟，遂坐姑孰，春雨二十日而填成。"第二《燕子箋》。韋佩居士序云："此石巢先生所填第六種傳奇也。"第三《春燈謎》。自序云："玆編也，山樵所以娱親而戲爲之也。爲曲凡三十有九，閏一，示餘也，悠也。撰言凡五萬餘，其成之月餘，人争速之，即撰者亦自謂速也。"第四《牟尼合》。香草垞禪民序云："上略今歲避署姑孰，十六日而復成《牟尼合》。"

《珊瑚玦》，周稚廉撰。題可笑人，容居堂第一種傳奇也。愚谷老人序有云："上略周子年弱冠耳，中略所作已有數十種。下略"上下卷，各十四折。家門〔滿庭芳〕云："卜氏（名青）書生，行宫感夢，訴妻（祁氏）大費旁皇。避晏竽鋒鏑，攜眷赴村莊。路闖悍兵搶擄，珊瑚玦兩下分張。感單母，保全名節，别館鐇貞娘。　懷姙，剛坐草，幸晏竽陣歿，單寀迎降。螟蛉蜾蠃，襲職赴戎行。甥舅陰聯指臂，破秦曦爵列侯王。花園内，聯喬附梓，夫婦再成雙。"

《雙忠廟傳奇》，周稚廉撰。瞿天洪序謂："上略周子冰持，是書之作，所以激人忠義之氣，而去其懼禍畏死之心。下略"上下卷，各十四齣。家門〔金菊對芙蓉〕云："秀士舒真，諫官國寶，性偏刈惡芟强。恰禍生劉瑾，計就焦芳。謗書斬首雲陽市，痛貞姬解帛懸梁。撫孤王保，救孤石氏，四民幾止。 雙忠神道慈祥。賜男人乳漬，太監鬚長。俾珍哥得活，廉氏還鄉。寫真得把良緣締，更入宫感動椒房。編成奇傳，死忠死義，分付當場。”題目云：“王義僕男似女，駱太監陰變陽；舒珍哥男出閣，廉小姐女求凰。”

《廣寒香》，蒼山子編。寒水生評。上卷十八齣，下卷十五齣。家門〔沁園春〕云：“米子（名遥）才高，端藩虚左，聘以圖章。值狂徒欺客，儒珍見辱；酒家解事，鴛結相償。夜入豪家，巧逢天眷，締就良緣玉未亡。湘娥黠，暗將身許，奈寇起蕭牆。 文場，醉誤心慌，恰喜更名折桂香。感仙攜入月，續成殘句；應完詩讖，按部淮陽。夙怨方捐，委禽又錯，親女翻將小婢當。裝虚套，誘歸原璧，兩玉永成雙。”題目云：“迷遠思失一得雙，殷天眷盟先嫁後；遂心頭錯配鴛鴦，巧姻緣劫歸蝌蚪。”

《東海記》，太倉王曦季旭撰。道光十一年宛鄰書屋本。一卷，十六折。自序云：“《東海傳奇》，爲西漢孝婦作也。今山東郯城縣，在漢時屬東海郡，爲孝婦故里。城東五里許，遺塚在焉。中略近人有《東海記傳奇》，演孝婦事。周明府以其沿襲舊訛，屬另譜十六齣，根據《漢書》及《搜神記》、《太平御覽》等書，略爲潤色，舊記所無者補之，誤者正之，疑者闕之。下略”蓋演青姐許同郡周少君。少君疾病，未獲成禮，求見青以父母爲屬，青許之，俄而周死。青侍姑十餘年。姑勸令更嫁，青不可。姑自經死，以免其累，太守乃論青罪殺之。

《芙蓉樓》，雙溪鷹山撰。叩鉢齋本。序云：“上略鷹山天才雄放，博學周知，而滯於葭莩，不可一世。下略”上卷十六折，下卷十四折。家門〔滿庭芳〕云：“元后題詩，徵求閨和，千秋風韻堪標。山陰羈客，指孟珩詞賦擅鵾鵬。寒夜挑燈逆旅，遇良朋樽酒論交。春遊誤，公堂赴質，文戰壓兒曹。 狂徒懷舊隙，至今誣訴，頓起風濤。鴛鴦牒，冰人錯綰紅綃。天幸恩綸下降，遠偕鄰女上星軺。親臨試，爲鳳求凰，並奪錦宫袍。”題目云：“女學士雙司文柄，皇太后三續鸞膠；謝冰人芙蓉一束，賜及第兄弟聯標。”

《再生緣傳奇》，一名《楚江情》，《槐庭雜俎》之一。上下卷，各十八折。首有《例言》，《槐庭管測》七則。又《自識》云：“《再生緣》院本，乃壬子昔年所作。中略今十餘載，偶爾繙閲，見劇中不無潦草紕繆處，因復細加更竄。下略”蓋初已有刻本，此其後刻也。家門《花發》〔沁園春〕云：“邗水周生，樂安章子，兩人各遇奇緣。霍女含冤，徐孃傷逝，相逢業鏡臺前。感得冥曹案吏，憐中表巧弄微權。重向鬼門放轉，倩慈航解釋前愆。　陰謀梟獍垂涎，幸知風遠遁，郵亭泣訴淵源。雪浪排空，秋英被溺，天遣中丞獲救援。前因證，碧公棒喝，師生翁婿團圓。”題目云：“周扶九惡冤家變成歡喜，章若楫苦哀求救回倩女；老閻藜施廣長勘破三生，賢宰官做氤氳完成雙美。”卷前有序，註謂槐庭方輯李杜事别爲傳奇云云。

《中州全韻》，昭文周昂少霞撰。此宜閣本，一稱《此宜閣天籟》。周氏自誌云：“辛亥三月十三日，夜夢一偉丈夫，謂余曰：子具神解，於周德清之入聲字作平上去，其音皆得所準乎？余曰：未也。曰：昔潘次耕作《類音》，每於平聲字即將轉入聲之字作切，頗有獨見。今德清之入聲字，子何不本此推之？言訖而寤。思之未會其妙，旦而以音叶之，取入聲本字之平上去，各從其類爲切，宛若天籟。乃知一病五年，臨終得此神授，開數百年未啓之秘，亦有數存其間耶！韻中所列平聲陰陽，遵德清本；去聲陰陽，參崑白本；上聲陰陽，此宜閣定。”

《投筆記》，邱瓊作。二南里人羅懋登註釋，重校本書，分四卷，三十九出，以四字標名。家門〔沁園春〕云：“後漢班超，學通文武，早歲孤窮。爲甘旨無給，傭書朱户；包羞忍耻，頓挫英雄。投筆歸來，得逢相士，指點攜書拜九重。承詔命，獨持漢節，遠使到西戎。　奸謀忌劾超功，老母遭冤病獄中。幸有賢妻割股，大家上疏；妻來京邸，骨肉相逢。柔服外夷，三十六國，定遠元功萬里封。歸故里，一家歡會，旌表勵精忠。”題目云：“鄧二娘力行孝道，徐克振義重交遊；曹大家爲嫂上表，班仲升投筆封侯。”每出後，有羅氏之釋義甚詳，出中亦多音釋。

《蘭桂仙》，龍眠左潢巽轂撰。《凡例》謂是書專爲紀孝而作，以莊重馴雅、纏綿篤摯爲主。據《孝娥傳》中事蹟，逐節譜成，徵實居多。體依《雜劇十二科》中之五曰孝義廉耻，取玉堂正大，江東端謹嚴密之體。韻依德清，而四聲各别。依南曲之法，平聲分陰陽，凡務頭所在，皆審呼吸填之。格遵《大成宫譜》，襯字極省。種種求精，俱載《凡例》中。一篇《凡例》，説盡傳奇訣竅。上下卷，各十齣。《提綱》〔滿庭芳〕云：“淑媛蘭芳，嬌娥桂萼，托生宫氏名門。椿庭五馬，協贊掃妖氛。剛值黔疆奏凱，愴彌留太守修文。萱堂恙，刲膚刺指，燭淚泠啼痕。　艱憂，傷再遘，慈顏杳隔，弱息酸辛。一夜雙懸羅帕。鎖斷香魂，幸賴中丞方伯，布春風高誼如雲。江南路，孤舟萬里，扶櫬慘歸人。”題目云：“南籠守到死矢丹忱，蘭桂娥捐生投白練；倡寅賻馮方朗福星，合門仙神佛嘉瓊眷。”首齣《仙餞》，謂四季花神中，春秋二神蘭仙、桂仙，赴佛祖龍華大會愆時，兼之前世俱受江南宫氏之恩未報，因譴謫人世宫家，以孝捐軀，仍歸天上云。全書沈起鳳正譜，程秉銓評點。

《宣和譜》，古吴介石逸叟撰。俗名《翻水滸》。楔子云：“王教頭走延安稍加粧點，欒廷玉稱鐵棒正賴鋪張；扈二娘好姻緣偶添佳話，張海州指叔夜真忠義合著當場。”蓋作者因《宣和遺事》，稱淮南盜宋江等，不稍假《水滸》點竄，反失千秋正論，故譜此本，以翻之也。上卷十四折，下卷十三折。家門〔沁園春〕云：“水滸開宗，教頭王進，忠孝家風。更欒君廷玉，孝師鐵棒；扈成飛虎，争顯英雄。踏破梁山，填平水泊，淑女標題意氣同。驚離散，祝家莊上，殉節匆匆。　海州太守張公，幕下多秉忠。恨宋江全夥，抗違王命；齊驅水陸，一戰成功。母子相依，夫妻重會，並慶堂前壽禄榮。宣和譜，翻明本傳，點醒吴儂。”

《冰絲館還魂記》，快雨堂序云：“上略予童子時，愛讀此記，讀之數十年，自恨於其佳處，尚有未能悉者。冰絲館居士，與余同好，取清暉閣原本，編校重刊，務存玉茗舊規，不敢增删隻字。至於愜目賞心，莫能自割，輒於原評之外，略綴數言，另署冰絲館快雨堂之名以别之。下略”

《凡例》云：是編悉依原刻，或有一二字句，似乎失檢之處，則謹遵乾隆四十六年進呈定本。中略又謂是劇改本極多，其師心改竄，自陷於庸妄，如臧晉叔輩，著壇已明斥之矣。近世又有三婦評本，識陋學膚，妄自矜詡，具眼者略能别白。其中校訂字句紕繆處，固多可採。下略

《董西厢》，屠隆刻本。張鳳起萬曆庚子序：“上略赤水屠先生。爲當世博洽君子，亦於《西厢》訂證披閲，蓋不以詞曲苴視之也。然訂證者非一人，張雄飛得董本而較，金在衡得實父本而較，梁少白得日華本而較，余以爲非直餖飣補掇，傳奇中之雅調也。觀者能會作者之意，則庶幾得古人立教之旨矣。此《西厢》合併也。下略”

黄鵠山人張羽雄飛《董解元西厢》序："上略關氏《春秋》，世所故有，余既校而刻之矣。而《董記》號爲最古，尤不可少者，乃廢格無傳，又爲之傷其不遇也。往歲三橋文君。爲余言，西山汪氏有元刻本，嘗借録之，然恨其首尾俱缺，舛謬殊甚，無從校補，每用病焉。柘湖何君，晚得抄本，則南峰楊公所藏。末有題語，因賴以考訂異同，修補遺脱，而董氏之書於是復完。下略"

桐華閣本《西厢記》，吴蘭修自序，謂以六十家本、六幻本、琵琶本、葉氏本、(以上總稱舊本)金聖嘆本重勘之。大抵曲用舊本十之七八，科用金本十之四五，雖非實甫之舊，而首尾略完善矣。序後列附論十則，其中謂金本改曲多謬，而科白簡凈，書札尤雅，舊本所不及也。附論後，又列書札三通，其中蘭修謂在揚州，聞黄修存明經云：某氏藏《西厢記》至八十餘種，吴氏所見，僅十之一。又謂在杭州，得《董解元西厢記》二卷，乃楊升庵定本；圖像精好，則唐伯虎所爲也。書札後，又節録《董解元西厢記》若干首。

《詞林逸響》，吴趨仰拙許宇校點，天啓癸亥勾吴愚谷老人鄒彦吉一序，無可紀述。次列魏良輔《曲律》，而標爲《崑腔原始》。次列《曲中聲律》，即舉卷中所標板式字音等記號説明之。次列《凡例》五則。一謂是編遍收覓笥稿，就正名公，稍涉粗鄙，不敢漫收。一謂牌名板眼，悉宗正派，字字考訂，不厭其詳。一謂曲調單合，及平仄陰陽，皆查註明白。一謂《琵琶》爲曲祖，選録最多。一謂間附北曲之最傳者，分《風》、《花》、《雪》、《月》四卷。

《中原全韻》，古吴范善溱昆白纂。辛未袁晉序："上略吾友昆白范君，甫九齡，而即知研參此道。歷三十餘年，而陰陽清濁之奥，已洞然無疑。既證竹肉三昧，彈絃擘阮，尤著聞於世。有憾於周德清之注切未明，字面多疑，陰陽互混，而更著一書，去聲悉别陰陽，翻切毫無歧貳，命曰《中原全韻》。"

《秦樓月》，笠菴傳奇第十五種，吴門朱素臣撰。文喜堂本。上下卷，各十四折。家門〔滿庭芳〕云："吕子(名貫)疎狂，陳姬指素素韶麗，新詞憑弔真娘。中秋邂逅，宛轉逗情腸。堪歎忠言逆耳，書齋鬧密誓難忘。賺佳人，岱山嘯聚，罵賊女睢陽。　烈性，逢艱益著，髮環遺贈，苦節堪傷。神京賺試，病捷狀元郎。劉岳奪身殺賊，完趙璧重寄黄堂。秦樓月，再題艶句，冠誥拜恩光。”

《題塔記》，松癯道人撰。原名《梁狀元題塔記》。上下卷，各十六折。家門〔寶輪曲第四〕云：“太素梁王，東平才子，生來困不逢時。青衫白髮，屢屢被人嗤。幸有元之同調，片言契，便將弱女，許配佳兒。奈遇神龍譴厄，致才子寫經佛寺，遭際亦參差。　艱支，相知淪喪，所如不合，空餘題塔雄詩。沙君勒仕，生計益無資。又幸希德途遇，同之任，老而彌勵，氣與江齊。八十風雲際會，同伊子後先及第，萬古作佳詞。”題目云：“梁太素題塔不伏老，王元之盃酒締姻好；老龍王夜雨遣魔神，小狀元春宴嘲牛表。”

《金貂記》，作者無考。富春堂本。卷前附《功臣宴敬德不伏老》雜劇，演尉遲恭與李道宗争功被貶，後高麗入犯，尉遲不伏年老，重出領兵，竟擒高麗大將鐵助金牙，復還原爵云。《金貂記》四卷，四十二折，首折《家門》七言古詩云：“平遼仁貴盡臣職，皇叔道宗生娼嫉。守節甘死翠屏女，仗義退休胡敬德。賢臣負屈陷衡陽，遼奴猖獗寇華國。文臣廷評保賢能，武將陳言舉忠直。天子金雞不易傳，壯士仁心安可得。母子逋逃遇故人，師旅相持困邊城。拗公程咬金擊賊請兵援，丁山仁貴子救父破戎敵。歸朝二姓結姻親，恩寵一門光赫奕。”題目云：“翠屏女矢心盡節，丁山子全孝克戎；尉遲恭歸田仗義，薛仁貴報國精忠。”

《眉山秀》，一笠庵第七種傳奇。上下卷，各十四折。演蘇小妹事。家門〔滿江紅〕云：“天半峨眉，靈秀鍾，三蘇名噪。更有女，戲續兄聯，詩完父草。道人一見心欲折，新郎三難才幾倒。赴郴陽巾幗易衣冠，妝偏巧。　新法創，荆公拗；蓮夢悟，禪師妙。青樓具青眼，總稱同調。才子兩番真作假，佳人幾度歡成惱。遇東坡點醒老婆禪，真堪笑。”題目云：“真少游做得蘇家婿，老東坡參透紅蓮謎；小文娟捱成一笑緣，巧小妹幻成排場戲。”

《拜針樓》，王墅北疇作。研露齋主人楊天祚評點。一題北疇填詞。八折。演後客生豐采蘋旦事。後放蕩不務正業，妻豐勸之，不從，憤激欲以針毀容。後始知悔發奮，一舉成名。感妻之德，欲拜謝之，妻遜讓不受，後乃拜昔日刺面之針，並題作樓額，以誌其事，故名。

《曲波園樂府》二種,若耶野老撰。第一種《杳草吟》。李漁序:"上略詞章之盡善,音節之允諧,與予昔著《閒情偶寄》一書所論填詞意義,鮮不合轍。下略"自序略云:"世傳藥名詩者,惟宋陳郎中亞爲著。又有〔生查子〕《閨情》三闋,迨蘇仇仙游戲翰墨。因有《杜處士傳》,於是藥物爲詩、爲詞、爲文,一聽人之取裁。偶取《本草》一編,暇輒披閱,久而有慨於心。余師其意,得虞山蕭觀瀾《桑寄生傳》,更而演之。"家門〔沁園春〕云:"請奏吳歈,清歌雅調,音徹雲璈。桑寄生親往,蜜佗僧舍;車前邂逅,瞥見多嬌。高誼周盈,孤恓貝母,紅娘子新咏屬螵蛸。寄生者,竊詩求偶,遇友相邀。　寄奴破敵功高,剿木賊援師不憚勞。有將軍杜仲,招婚堅拒;詩箋倡和,盡失無聊。內史真誠,梅香即溜,合巹倉皇第一宵。同相會,聽神僧烟誡,收拾荷包。"題目云:"紅娘子遇車前良緣真妙,劉寄奴斬蚺蛇英雄絶調;蜜佗僧誡金絲苦口休嘲,桑寄生當合歡癡情可笑。"通劇遍用藥名,所演事雖未了了,而觀其齣名,亦非醫(如製酒、鬱滯、望聞問切等)即藥也。(如貫衆、降香、車前、蛇蜕等)上下卷,各十六折。

第二種《載花舲》,上下卷,各十六折。鹿谿居士評閲。家門〔寶輪曲第四〕云:"荀咏風流,朝霞佳麗,名花價重吳趨。因招醜妓,憐愛緑窗虛。偶遇端端攬勝,相調笑,憑將戲語。感動名姝。特向花舲訪覓,設粗糲欣逢知己,飽啖竟無餘。　躊躇,申言嫁娶,堅辭未允,綸音辟召旋都。皮瀛窘逼,潛避僦村居。公子南征遍訪,載花舲,上訴出當初。始得天涯重會,班師日香車簇擁,韻事播姑蘇。"題目云:"識英雄的王朝娘盤餐初聚,煞風景的皮行人腌臢可惡;販新聞的喬大姐彈唱相思,最鍾情的荀公子風流獨步。"

《全福記》,長安女史王筠編。槐慶堂本。一卷二十八折。朱珪序云:"長安女史王筠,余同年南圃王君之女也。生有慧性,於詩書無不淹貫。自恨不爲男子,特撰《繁華夢》一劇,以自發抒。庚寅,南圃訪余晉陽臬署,出以相示。余曰:曲則佳矣,但全劇過於冷寂,使讀者悄然而悲,泫然以泣,此雍門之琴,易水之歌也,奏於華筵綺席,恐非所宜耳。南圃以爲然,歸以告筠,筠唯唯。越次年,而《全福記》又脱稿矣。中略《繁華夢》如風雨淒淒,《全福記》如春光融融。中略《繁華夢》於戊戌春見賞於吴門觀察張公，爲之捐金授梓。今年夏，甘泉令袁侯見《全福記》而悦之，爰與同人共相佽助，登諸梨棗。中略乾隆四十四年，北平朱珪石君題。”家門〔滿庭芳〕云：“學富（文彦）燃藜，才高飛絮，天生才貌雙妍。喜鰲頭早佔，翰苑羡神仙。沈女才名獨擅，扮男裝金榜名傳。李將軍，昂藏未遇，愁寄酒杯邊。　英雄，出巾幗，山林嘯聚，鳳侶蕭然。更有竇家夫婦，折散迍邅。歸順蒙恩賜女，文與武花燭雙圓。封侯伯，堂名全福，拜舞慶堯天。”

《江梅夢》雜劇，藤花主人撰。自序云：“雜劇《梧桐雨》、院本《綵毫記》，皆演開天遺事，然全以楊太真爲主，不及江妃。惟《長生殿·絮閣》折，偶一出場，亦嘿然不作一語，未免寂寥，中略歎爲缺事也。冬暖漏長，戲成此劇，一取裁於《兩唐書》及唐人所撰《江妃傳》。下略”

《曇花夢雜劇》，藤花主人撰。自序謂毛西河之妾曼殊既死，有托碧虛仙史，作《盎中花雜劇》，曾彙載《西河别集》。兹復取其本事曲折，略爲陶鑄，撰成此劇。情真事當，可免鑿空。主人另有《圓香夢》、《斷緣夢》兩劇。

《表忠記》，丁耀亢野鶴作。原題擬進呈楊忠愍《蚺蛇膽表忠記》。順治己亥郭棻序云：“忠愍大節，如日星河嶽。中略曩如《鳴鳳》諸編，亦足勸忠斥佞，獨是以鄒、林爲主腦，以楊、夏爲鋪張，微失本旨。今上幾務之暇，覽觀興歎，思以正之。中略相國馮公、司農傅公，相顧而語曰：此非丁野鶴不能也。於是札屬。中略兹編成，中略質之二公，會有以《後疏》一折，借黄門口吻，指前代敝政、搢紳陋習，過於直戇，復屬筆竄。中略於是斂稿什襲。下略”上下卷，各十九齣。丁氏七代姪孫丁守存跋，謂丁氏東武人，生明季，以明經老。學問淵雅，著作甚富，尤嫺音律，名著齊魯間。有傳奇十三種，多散佚云。此刻在同治間，湖北崇文書局刻，附《楊忠愍公全集》後。每折後有評語，不知出何人手。家門〔滿庭芳〕云：“報國孤忠，捐生赴義，明朝獨著椒山。嚴嵩首相，父子擅朝權。結佞傾賢蔽主，開馬市黨弁仇鸞。奮簡白，疏陳廷杖，謫尉戍窮邊。　有群賢抱憤，弇州沈鍊，取禍譏彈。至邊防破壞，特起超遷。二疏誅奸十罪，題詩句赴死堪憐。元惡僇，一門封廕，千載祀旌賢。”題目云：“不怕死的楊忠愍揮却蚺蛇膽，極善佞的趙文華争獻長壽丹；世濟惡的嚴世蕃廣求香唾盂，大吐氣的衆御史誅籍老神奸。”

《魚水緣》，周書字澹廬撰。博文堂本。乾隆庚辰淩竹軒序：“上略澹廬爲寶山名諸生，工詩文，性落拓，不修邊幅。試於有司，弗獲售，遂益放廢。下略”王永熙序：“周君澹廬，曠逸士也。中略君爲淩公世好友。下略”自序云：“上略閱及陽所著《情夢柝》，選詞構局，差可人意，遂取其事，参以鄙見，作傳奇三十二齣。以胡、沈之緣，實於寶魚之换晶珮始，易其名曰《魚水緣》。”上下卷，各十六折。家門〔漢宫春〕云：“胡子(瑋)尋春，遇佳人若素，(姓沈)自鬻朱門。解珮題詩閨閣，暗種情根。金簪巧贈，拷衾兒阿母生嗔。得信息，驚逃縣署，歸途喜遇吴君。　玉鏡詩成婚券，奈長卿遭陷，空議朱陳。遇虎分開朱婢，巧合氤氲。擲簪何烈，悟癡情婢作夫人。登金榜，歡諧魚水，喜團圓共祝長生。”題目云：“悔負心的義無慾一報還報，甘守志的貞衾兒不迷自迷；慣妝喬的癡若素對婿駡婿，善弄巧的頑楚卿(即胡瑋)思妻得妻。”淩竹軒評點。

《康衢新樂府》，毗陵吕星垣叔納撰。嘉慶戊寅師亮采序：“上略歲己卯，恭遇萬壽。中略直隸制府方公，屬贊皇令吕叔納星垣具稿。叔納以其稿郵示於余，自謂儀舌猶存，江花未謝。余讀之，歎爲才子之極思焉。叔納綺歲負異才，即爲名公卿所引重。中年官廣文，中略令贊皇，著循聲。下略”十齣，齣名四字，各以萬字爲冠，如《萬年輯瑞》、《萬壽蟠桃》等。

《元寶媒傳奇》，可笑人撰。范纘序：“上略周郎所著傳奇數十種，如《元寶媒》，尤膾炙人口。中略傳中所載乞兒，其至窮無告，更甚窮士。乃能裒多益寡，援人於草莽之中，濟人於顛危之際。還金而受誣，賑金而受辱，中略卒因此獲高爵，匹佳偶，貲盈巨萬。其一生富貴，賴元寶爲之斡旋，命名《元寶媒》。下略”上卷十五齣，下卷十三齣。家門〔滿庭芳〕云：“博採梨園，廣稽院本，從無叫化衝場。蠶叢另闢，嬉笑盡文章。路救淑珠劉氏，侍羊車寵壓平康。大同府，一封元寶，恩籟藉名娼。窮孀，被計豪屠詐，盈盈妙質，屈作嬪嫱。陷冤山孽海，隕雪飛霜。文致幾遭不白，達聖聰還土回陽。西宫戚，賜婚賜姓，軼事播笙簧。”

《遊春記雜劇》，明王九思撰。正德己卯浒東漁父序云：“上略予曩遊京師，會見館閣諸書，有元人傳奇幾千百種，而所躬自閲涉者，才二三十。意雖假借，而詞靡隱遜，蓋咸有所依焉。下略"題目云："唐肅宗擢用文臣，曲江媪不識詩人。"正名云："岑評事好奇邀客，杜子美沽酒遊春。"卷端則題《杜子美沽酒遊春記》。

《中山狼雜劇》，康海撰。卷端有崇禎庚辰張宗孟一序。全劇一折，演趙簡子獵狼，狼乞救於東郭生。生縛之，隱置書簏中。趙去狼出，飢甚，轉欲噬生。生窘，與論理，不決，問道旁老杏、老牛，皆云該吃。後遇土地神仙老人，救生，始復縛狼而殺之云。題目正名云："趙簡子大打圍，東郭生間受苦；土地神報不平，中山狼害恩主。"

《自怡軒樂府》，清許寶善撰。乾隆五十八年杜綱序，謂許未第時，曾爲莊邸書記。書分四卷，一卷八套，二卷六套，三卷七套，四卷八套。每套後有杜綱字草亭批。

《宗北歸音》，清王正祥編。停雲室本。康熙丙寅盧鳴鑾序："上略自院本開其徑竇，而乃有北曲。見景觸物，定其牌名。所謂行家生活者，良家之唱也。戾家把戲者，教坊之所習也。其宗派始之於隋，乃有康衢戲焉。行之於唐，乃有梨園樂焉。與夫宋之華林戲，元之昇平樂，皆係四闕雜劇，故有煞尾套數、葉兒套數之別。中略歲之春仲，客自江上來者，相與質證古。今偶以北曲之無定譜也，而折衷於余焉。余曰：大抵傳奇以南曲爲主，而以北曲爲賓。全本之中，多則間用北曲四套，少則二三套不等，此則今時劇場之大綱也。客曰：北曲雖非劇場全用，然亦間用之曲也。南曲既經較正，已定爲京、崑二種之十二律矣，盍更以北曲之從未有譜者，而亦定一成書乎？中略因去其宮調之名，載其體格之正，按元視今，重加考核，列其卷次，顔之曰《宗北歸音》。蓋以樂不離乎五音，務使宗之得其可宗，歸之適所宜歸也。下略"按此序則書屬盧氏，而卷端題王氏，甚可怪。

《凡例》謂：上略予今欲定北曲之譜，從何而定乎？予則屏去北曲宮調之名，而以五音爲之條目。其舊時某宮某調之曲，其音彼此彷彿者，合爲一音。舊時雖在一宮一調，其音各有不同者，或分爲二音、三音。夫必欲去宮調之名何也？蓋因未有牌名以前，院本絃索之來派，故有宮調之名，無涉於劇場之詞曲也。況今牌名久定，豈可以院本等類，與當時盛行之傳奇同日而語哉！予今定此譜曰《宗北歸音》，夫曰"宗北"者何？蓋元人著作，乃北曲源流，自當宗之。予閲及百種諸曲，美不勝録，所以不選詞華，專取其句頭平仄相宜於通行，傳奇之曲可以比對者，録其一曲，摘明元曲襯字小字書之，是爲曲體，存之於前，此不忘本原之意也。即以通行傳奇之曲，連其襯字，俱作正文，點定其板，以副元人著作，是爲曲格，存之於後。此今純從衆之意也，故曰"宗北"也。"歸音"者何？歸於宮角徵商羽之五音也。下略論北曲中罕見之牌名，不能盡載也。予按元人六宮十一調内之曲，計其牌名，共有四百六十一。其所用及套數之中者，止有二百三十四。以此觀之，元人著作如此之富，猶取之不盡，用之不竭，以故有其名而無其曲者甚多也，今時歌場又安能遍及乎？況余所定者，皆通行必須之牌名，故不載及隱僻罕見之牌名。然而好事者偏見探索，每有用及此等怪誕之牌名者，即如《邯鄲夢傳奇》之有〔絳都春〕，《定天山傳奇》之有〔錦上煞拍〕，以及〔哈累吒〕之類。元人曲本無此等牌名，此曲中之邪魔外道也。

目録爲五音各種聯套次序，宮音四十五調，角音一百二十調，徵音九調，商音十二調，羽音二十三調，附録餘音六調。

書中每調列兩曲，前一曲爲元人曲體，後一曲爲點板曲格，蓋後一曲加紅色套印之板式焉。曲中四聲及鼻音、閉口音，皆註出。王正祥纂曲，盧鳴鑾施銓參訂，儲國珍點板。書面題作《新定宗北歸音京腔譜》。又小行小字云："北曲盛行於元，通行及今，字句混淆，罕有一定。予爲分歸五音，摘清曲體，配合曲格，新點京腔板數，裁成允當，殊堪豁目賞心。"

《黑海潮傳奇》，滌骨撰。刺吸雅片也。一齣，見元年一月十九日《申報》。曲文胡鬧，太不入格。

《好頭顱傳奇》，嘉定二我撰。咏剪辮也。曲亦不入格，且不成套數。

《警民鐸傳奇》，庚青撰。演洪秀全自道失敗原因，以警民初革命諸人。

《皖江雪傳奇》，六合孫雨林撰。譜徐錫麟革命事。

《健兒戲考》云：《五人義》，一名《看了蘇州人》，即崑劇之《倒精忠》。演天啓間顔佩韋五人，求開脱周順昌事。

《長相思傳奇》,嘉定二我撰。無説白事實,絶非傳奇,乃散曲二套。一標“我思彼”,一標“彼思我”,調名新創,録之如後。《我思彼》〔三山怨〕一曲古梁州,摇落滿天星斗。却緣何指間音,不應了絃間手,我只爲往事情多特地愁。〔珠落索〕挠下長亭柳,道鸞膠須續,鴦牒終修。破鏡歸來當不久,到於今紫泥落盡,青鳥誰收,白雲紅葉兩悠悠。〔小河滿子〕空消受,幾個重門清晝;驚回首,又適落花時候。見庭院紅囚,池塘緑皺,一枕淒涼月滿樓。翻來覆去,欲睡還休。〔大河滿子〕夢入五更頭,見伊家模樣還依舊。蛾眉螓首,鳳眼横秋,花明玉媚人如繡。最牽情是一種温柔,嘘蕙吹蘭春透。〔十二紅〕可憐夢裏殷勤覺後休。菱花八角,端的照新愁。龐兒瘦,我這裏思他,知他思我,還如我否?〔尾聲〕多應是兩地相思,一樣在心頭,從今後淚似長江不斷流。《彼思我》〔北越來〕跌枕搥牀,駡負義辜恩薄倖郎。他漫天謊,當初許我破鏡重圓,斷絃再上。今何往,十載音書没半行。〔紫玉簫〕十載音書没半行,我爲他冷淡了多少愁窗。我爲他剔盡了多少銀釭,我爲他課兒錢朝朝問卜,我爲他夢兒裏夜夜恓惶。我爲他斷腸不敢高聲放,我爲他提起東來西便忘,我爲他被旁人閑講。我爲他門兒不出,消减了别後風光。〔五柳令〕呀!只落得冷清清守老蘭房。枕頭兒相傍,心鹿兒來往。鎮日的不梳不洗,不飯不茶湯,那寃家在何方。〔説不盡〕枉教奴闌干凴遍空凝望,再不見走馬銀塘,再不見吹簫湖上。再不見西園撲蝶,花梢兜住紫羅裳。再不見香肩並倚低唱,再不見口接唇朱舌抵當。風簾薄紙,見些斜陽影裏,飛燕雙雙。〔繡鞋踢〕陡然神往到他旁,問他爲甚麽相忘。他心兒冷,情兒薄,性兒剛,把恩河愛海翻愁浪。扭他同見閻羅地下王,討姻緣簿查出椿椿。看他很模樣,怎的行藏。〔金井轆轤〕細想行藏,料他們不是薄倖輕狂。還記得燈兒下織錦香囊,把奴衣輕輕繫上。道關山遠也,權表相思一寸芳。到如今難道他轉眼便相忘,多應是奴家命裏該磨障,莫怨東風且自傷。〔尾聲〕莫怨東風且自傷,看蒼黄落日牛羊巷,又報西園綻海棠。

《議大禮傳奇》,南徐夢華居士劉暈堂撰。嘯夢軒藏板。題目:“明世宗私親議大禮”,正名:“楊狀元進諫謫滇南。”乾隆辛卯方廷熹序:“上略劇爲有明楊升菴先生作。中略藹堂先生才氣閎放,既是與其人其事相副,而又闡究於音律之學。嘗見酒酣興發,按拍長謡。中略世有名優,當亟開演。下略”楔子前題嘯夢軒新演《楊狀元進諫謫滇南》雜劇。楔子後四折,體格極正。三折演昆明池水嬉,有四龍舟,四色劃船唱歌;又四妓同唱〔南吕·梁州新郎〕一曲。末折以復官作結。

《混元盒傳奇》,抄本,無名氏。全書衹存四本,不知完全否?末本有脱頁。兹列齣目於後。頭本十一出:《遥慶》、劉海和合等四仙上場《家門》、張捷《點花》、吕祖《行路》、趙國勝《行智》、張虚《首告》、陸炳《辯明》、徐增壽、張志薛保陸炳《奏事》、張道龄《賜寶》、天師《吞丹》、黑狐狸《聚妖》。金花娘娘。第十一出軼二本十二出:《廵天》、張道龄《嗟嘆》、陳德《設計》、碧石精《遊園》、陳氏《不幸》、《被害》、韓氏《托夢》、韓氏魂《起程》、趙國勝《盜印》、小狐《問卜》、碧石精《求印》、趙國勝《鳴冤》。韓氏魂三本十四出:《誣奏》、《詔取》、《詔使》、《求配》、旦蟒精《洞房》、《辭家》、《染病》、《投菴》、蜈蚣長老《嘆子》、《阻水》、《縛妖》、《訴苦》、《刺蟒》、《叩謝》。四本十三出:《家宴》、劉志賢《鬧廟》、劉紹宗《詳扇》、《問子》、《求畫》、《下畫》、《被責》、《負禮》、《除妖》、《分身》、《□救》、《□牒》、《大戰》。下闕家門乃〔點絳唇〕一套,乃天師張捷,合家慶賞孫兒彌月也,並非全劇關目大要。頭本《奏事》齣,有〔雁兒得勝〕一調,殆即〔雁兒落帶得勝令〕之簡稱也。他如〔沽美太平〕,《吞丹》齣〔畫眉序〕後有〔瓦鍬兒〕四支,《遊園》齣首調爲〔走馬新水令〕,《不幸》齣有〔霜蕉葉〕首調,《被害》齣有〔梨花兒〕首調,《辭家》齣〔十娘子〕後爲〔燕歸梁〕,《家宴》〔黑麻子〕後爲〔錦衣香〕,諸調均足供考訂。

《海天嘯雜劇》,江陰劉鈺步洲撰。一名《大和魂》。光緒三十一年著者序云:“中略爰摭拾東瀛史事,不揣譾陋,排演成篇,共得雜劇十六齣,分爲上下二編。本忠義慈孝之風,寫雄武俠烈之概,俾吾國上下社會閲是書者,如覩海邦人物,激發武情。”例言云:是稿原名《日東新曲》,自熱血動物採入《揚子江白話報》,易其名曰《大和魂》,今易名爲《海天嘯》。是稿宗旨,在激發吾國社會志氣,提倡尚武精神,補述日本正史之所遺而不載,或載而不詳者,務爲之一一筆繪其神情,彌縫其疏略。又於每齣之後,附加批評。是稿雖稗官野乘之流,而引用地名、人名,無一杜撰。雖一屋一園,亦必碻有證據。曲本第一齣,必以本書主人翁登場,所謂正生、正旦也。是稿本係雜劇,故不拘常例。第一齣《追父》管原苅谷姬,第二齣《訣兒》楠木正成,第三齣《訓子》楠夫人,第四齣《授徒》德富蘇峯,第五齣《斥堠》武士妻,第六齣《蹈海》橘媛,第七齣《拒友》西鄉隆盛,第八齣《救俠》望東尼,按一齣一事,不相連續,是雜劇體也。所填之曲,無宮調牌名,多屬詞中小令。十九有换頭而每易新名,但文字則是曲。每首一韻,每齣中往往用數尾聲,不知有無此樂也。兹録其調名如下:〔戀芳春〕、〔杏花春雨〕、〔新四門子〕分前後闋、〔銅琵調〕、〔待燕歸〕、〔雙扇子〕、〔西江月〕與詞調不盡同、〔春光好〕即卜算子、〔續鐃吹〕、〔河梁月〕、〔惜花令〕、〔漁陽撾破〕、〔秋夜蟬〕、〔新阿鵲鹽〕、〔北江梅令〕、〔減字木蘭花〕、〔菩薩蠻〕以作尾聲、〔烏夜啼〕、〔尾聲帶花間令〕、〔玉釵股〕、〔北太平樂〕、〔舞鮑老帶南混江龍〕、〔漁樵合唱滿江紅〕實乃臨江仙調、〔繞地遊〕、〔梁州新樂府〕完全古樂府、〔五更曲〕、〔卸黄袍〕、〔南煞尾帶後庭花〕、〔廷平劍〕、〔逍遥遊〕、〔珊瑚樹〕、〔黄金剪〕、〔踢繡毬〕、〔小皮鞋〕。蓋所用之調,乃雜詞調、南北曲調、小曲、樂府詩,自創長短句,隨意用之,毫無規律。有時又强分南北,真不可解也。

《病玉緣傳奇》,莫等閑齋主人撰。三十齣。演天長宣鼎瘦梅所著麻瘋女邱麗玉事。

《一斛珠傳奇》,程枝撰。枝字時齋,號蒼梧寄客。乾隆五十九年同郡淩廷堪序:"上略吾友程君時齋,取曹鄴《梅妃傳》,譜作傳奇。雜取少陵事附之,名曰《一斛珠》。歲在丙申,始屬草焉。中略癸丑冬,余自京師歸,時齋始出定本見示。蓋至是稿凡八易,忽忽幾二十年矣。中略余以爲近時度曲家,未覩東籬、蘭谷之面目,但希青藤、玉茗之矉笑、折腰、齲齒,自以爲工,得時齋此劇以藥之,庶幾其有瘳乎?若以梅妃復幸,少陵登科,僅目之爲梨園補恨事,則淺之乎視時齋矣。"全書上下二卷,各二十齣。發端在第一齣之前〔慶清朝慢〕云:"江氏梅妃,開元天子,歡娱同樂春宫。偏遭玉環嬌妒,屏處樓東。漫把黄金買賦,長門無計達宸聰。珍珠賜,寂寥怎慰,詩叙幽衷。　不料范陽賊叛,有花神援救,又得相逢。還嗟少陵才子,次律元戎。戲展宏猷碩畫,匡扶唐室建奇功。都分付紫簫碧管,曲度驚鴻。"又附四句云:"唐明皇樓東恨補,江采蘋驚鴻再舞;杜少陵地下登科,一斛珠舊詞新譜。”首齣〔引子〕後接〔滿江紅〕,〔尾聲〕後又接〔桂枝香〕二枝。次齣〔引子〕前先有一〔紅繡鞋〕,生唱;〔尾聲〕後又一〔紅繡鞋〕,合唱。觀於此,其書之大不合律可知。第卅八齣《舞花》内,有〔哭岐婆〕仙吕入雙調,〔大和佛〕、〔舞霓裳〕皆中吕諸調。

《風洞山傳奇》,長洲呆道人撰。有自序。又例言數條云:是編事實,見瞿錫元所著《庚寅始安事略》。錫元爲式耜後人,所言當有可信。余通本篇目,悉據此以爲排次。是編原始爲汾陽王薇伯所促成,曾刊某報。後以排場近熟,乃改定此本,凡費十二月之久。中略洪昉思敘《長生殿》云,近人動作情詞贈答,數見不鮮,余故力爲更之。拙作亦取此義。凡有礙風化,及前人所已發者,概從删略。九宫舊譜,音律雖精,而字句鄙俚,不堪卒讀。學者按譜填詞,此種文字,容易攔入筆端。余力避其艱澀粗鄙處,一以雅正出之,故通本詞意瀏亮,無吹折嗓子之誚。後有作者,可以爲法。此本脱稿後,劉子子庚,曾爲我點板;黄子慕菴,曾爲我評文,翻新出奇,多有余意所未逮者。什襲藏之,以爲一時佳話。舊本傳奇中之引子,幾於每齣皆有,幽艷如玉茗,亦有此病。不知此種引子,最無道理,既不起板,亦不足動聽,故葉譜盡去引子,良有以也。余填此詞,引子可省者省之,不可省者仍之;或以詩詞代之,面目一新,頗覺可喜。少時與潘子養純承庠論詞曲甚契,養純謂嫺於文字,艱於音律。余曰:然則玉茗、㒒公、伯龍、雲亭、昉思,又何説之辭。自是以後,所論各異。今作此本,窮日之力,僅得二三牌。而至艱難之處,如〔雁魚錦〕、〔香柳娘〕、〔巫山十二峰〕、〔九迴腸〕、〔字字錦〕諸闋,往往以一字一音,至午夜而仍未妥者,乃思養純之言不置焉。中略本朝詞曲,可謂大備。顧如趙、蔣諸公,曾不一思瞿起,由此亦詞場一恨事,豈當時有所忌諱,故不敢出之歟?而如史可法則可現諸優孟之間,且入内廷也,此又何説之辭?至嘉道間,瞿菊庭譜有《鶴歸來》一劇,可謂爲舉世所不爲矣。然此君宗旨,以填詞當言傳,昭示子孫,故通本家事咸備,反不足以襯出忠宣之忠藎,余所尤不喜者。其開場、結尾處,以自己登場,以賜謚結穴,不知何所用心,而爲此狡獪伎倆也,適成爲俗籟而已。此作力更其弊,煞費苦心。至文字之純疵,此在讀者之如何。中略《桃花扇》行世後,顧天石爲之删改;《長生殿》行世後,吴舒凫爲之删改:率皆流譽詞林，傳爲美事。顧此本行世，雅不欲人之塗抹我文字。大雅君子，恕我狂也。全劇上下二卷，廿四齣。前有宣意〔滿江紅〕一調，並題目四句："于紺珠殉烈湘清閣，瞿式耜盡節仙鶴巖；王開宇祝髮華嚴寺，楊碩父修墓風洞山。"

《警黄鐘傳奇》，祈黄樓主人撰。自序云："警黄鐘者，警黄種之鐘也。中略"《例言》謂："動物之中，團體之堅，惟蜂爲最，故以蜂爲喻。黄封者，黄蜂也；胡封者，胡蜂也；元封者，黑蜂也。中略梨園中本有正旦名目，而傳奇則無之。曰旦者，即正旦也。兹編派旦脚過多，因另加正字以别之。曰旦者，即俗稱當家旦是也。又有武旦名目，傳奇亦無有，以無所分别，特加武字，以别於他旦。蓋舍傳奇而從梨園名目，以便於派脚色也。中略"全書十齣，十齣前有提綱四句："俏儲君卓識詷戒心，奸大臣甘言惑主聽；副元帥妙計擒渠魁。新國民熱腸立團體。"繼有宣略〔滿江紅〕一首。第五齣《廷諍》用引子〔霜天曉角〕，後接〔近調・入破〕、〔第二衮〕、〔第三歇拍〕、〔中衮〕、〔第五出破〕等調，不知何説。所填之文，乃一女士奏疏，故評云：女士諫疏，既按曲譜，又合章奏體裁，最難著筆，蓋亦照譜填成者。末齣首調爲〔黄鐘・玉女步端雲〕，亦奇。

《冥鬧雜劇》，蔣鹿山稿，附前傳奇之後。演張獻忠所殺四川纏足女子之兒，在冥中控李後主之首創纏足，蓋勸戒纏足者也。一折。

《歎老雜劇》，南荃外史撰。演有名陳腐，排行老大者，聽説有少年登場，乃勸勉少年，而自傷頹廢一番，亦譏時之作也。文字甚佳。

曲海揚波卷六

鈕少雅南曲九宫正始

順治辛丑松陵馮旭序略云："桐涇少雅鈕翁，品卓行芳，有古君子風。少時即善音律，凡薦紳先生，高人逸士，蔑不傾心嚮慕之。歷多年而識更精，學愈廣，孜孜焉有正樂之思。博覽奇書，精詳字母，魯魚亥豕之訛，自翁而定之矣。復得一玄宗手製律譜，有律無詞，名爲歌樓格，非臆創也。漢孝武時，有鳥降於庭，身被五綵，戛然長鳴，其音中律。惟滑稽識之曰：此西池鳥也，名十二紅，遂爲之摹聲諧韻焉。唐師其意，因定爲十二紅詞，以月令相比，故此書悉準其傳。厥後漁陽之變，幾至焚遺，幸有黄番綽存之，其苗裔贈焉。蓋世人所目不及接，耳不及聞者，方期釐輯歌章。不意忽逢同志，雲間子室徐君，慕翁而招之。徐君者，宰輔文貞公之曾孫也，風流瀟灑，有志詞壇。爰將大元天曆間《九宫十三調譜》，與明初曲《樂府群珠》一集，與翁朝夕參稽，俾今詞悉協於古調。十餘年業未竣，而徐君逝矣。易簀時，以此書囑翁，翁以故友之托，勿敢忘，又歷寒暑者三，而告厥成。下略"

順治九年武塘吴亮中序略云："元有童童學士，善度曲，每以不及見董解元爲恨。又薛昂夫詞句瀟灑，自命千古一人，深憂斯道不傳，乃廣求繼己業者，至禱祀天地，遍歷百郡，卒不可得。昂夫之後百年，至明而始有劉東生，頗爲得之。嘗撫膺自歎曰：薛昂夫其在兹矣。中略雲間徐子室先生，殆詞家龍象也。吴門鈕翁少雅，則又律中鼻祖矣。兩人相遭，五音在手，以韻合詞，以詞合調，正使童童恨不見董，而昂夫應禱而得東生。今子室雖赴召玉樓，且以未了之業泣付少雅，少雅復敲商戛徵，更寒暑以成之。不特子室不泯，尚能見董、薛諸家，按板摘詞於一室。下略"

順治辛卯芍溪老人自序略云："弱冠時，聞婁東有魏良輔者，厭鄙海鹽、四平等腔，而自製新聲，腔用水磨，拍捱冷板，每度一字，幾盡一刻，飛鳥爲之徘徊，壯士聞之悲泣，雅稱當代。余特往謁之，何期良輔已故矣。計余之生，與彼相去已久。訪聞衣拂之授，則有張氏五雲先生，字銘盤。萬曆丁丑進士，北京都水司郎中，加贈奉政大夫，然今閒居林下。余即具刺奉謁，幸即下榻數旬，且又情投意愜，不意適有河梁恨人促。幸而臨別，以余同里芍溪吴公相薦。芍溪者，乃先生之得意上首也。余歸，即具刺謁之，幸亦無拒。余仍以五雲之禮事之，彼亦以五雲之道教我，彼此相得，先後三年。何意彩雲易散，芍溪驀逝矣。悲哉！越歲餘，不意幸復識小泉任翁、懷仙張老。然此二公，亦皆良輔之派也。賴其晨夕研磨，繼以歲月，雖不能入魏君之室，而亦循循乎登魏君之堂。雖然，余本薄劣鄙夫，何承薦紳先生相愛，時有醉月之邀，不絶登山之約。筐篚載道，奉命奔馳，致遇武陵黄海、荆溪魏塘之招，共延及二十載。至是長卿倦遊，馬齒加衰，思欲掩息窮廬。何其本里，又值鄭、郭、徐三宅相愛，又延及九年。此時年將耳順矣，神疲力倦，致敢苦却杜門，焚香禮佛，日感受業諸公之惠，時窮疑信詞源。雖然，但向來有〔仙吕宫〕之〔渡江雲〕，〔南吕宫〕之〔寄生子〕，又〔中吕宫〕之〔滿庭芳〕，自來無所考訂，且蔣、沈二譜皆然，致諸先師，亦皆久鑠於心。豈意近日天賜其然，今敢試備其源於下。適一日，余訪友東鄉，返棹中途，驀值狂風驟雨，舟人亦爲驚怖，忙即艤舟依岸。遥見竹扉下，待一老翁，古貌皤髯，似乎故識。俟近，即遣僕相邀，余即應命奉揖。即邀至一室，中略余信手於架上檢書一帙。彼曰：此書乃漢武帝及唐玄宗之曲譜也。凡今之詞調，多從上古之樂府來源。然今此書，致多有式無文者，上古名曰骷髏格。至漢，易爲蛤蟆貫。後唐玄宗鄙其不雅，易作歌樓格。又曰《詞輿》，又曰《詞林説統》。今之歌謳腔板，始於滑稽，摩擬十二紅鳥，飛鳴舉動之態，流傳至今者也。余爲將信將疑，堅懇求其展視。幸即啓之，果多有式無文者；或式文俱備者，什之二三也。但幸此〔渡江雲〕，及〔寄生子〕、〔滿庭芳〕、〔漁父第一〕等調，文式俱備，不勝之喜。隨即録此告歸，似乎貧人獲寶也。久懷瓦礫於心，今始釋之。但余戀久，欲以從來疑信之詞，彙成一集，以俟參考。因慮無所博教，故屢欲止之。不意半載後，適有雲間子室徐公相招。徐公者，字子室，諱慶卿，乃嘉靖朝宰輔，文貞公之曾孫也。風流藴藉,酷好音律。嘗曰:我明三百年,無限文人才士,惜無一人得創先人之藩奥者。且蔣、沈二公,亦多從坊本創成曲譜,致爾後學無所考訂。於是遍訪海内遺書,適遇元人《九宫十三調詞譜》一集,依宫按調,規律嚴明,得意之極,時不釋手。時值天啓乙丑歲也。又越載餘,豈意復得明初選詞一部,名曰《樂府群珠》,亦皆按調依宫,多與元譜相似,意欲輯爲一部,猶恐一人所見有限,欲而復止。與客議之,客即欣然,道余驀識漢、唐古譜之源。彼即拍案驚羡,隨即扣謁,似乎故知,情投意密,時刻不離,日共搜羅剔抉,刮垢磨光。且復以漢、唐古譜之源,從其體而增入,輯成一部,計歷十二炎霜,易稿七遍,而猶未愜。不意至丙子上巳,昊天不憫,子室遂溘然朝露,不亦痛耶!當易簀時,以是書泣付余,余亦大慟領之,敢不夙夜皇皇,終其所托。但此時亦七旬外矣,耳目半昏,悲憤猶然。不減垂髫之攻苦,歷至壬午菊月,始得脱稿。中略歷至順治辛卯清和,始得辭筆,計前後共歷二十四年,易稿九次,方始成之,余年八十有八矣,直似風中燭也。嗚呼!子室之去何其早,古譜之遇何其遲,知音好學何其少,譏人羡己何其多,於是天數然也。悲哉!"

臆論四則。一曰精選。詞曲始於大元,兹選俱集大曆至正間諸名人所著傳奇套數,原文古調,以爲章程,故寧質毋文。間有不足,則取明初者一二以補之。至如近代名劇、名曲,雖極膾炙,不能合律者,未敢濫收。

二曰嚴别。元之《王十朋》,今之《荆釵》也;元之《吕蒙正》,今之《綵樓》也;元之《趙氏孤兒》,今之《八義》也;元之《王仙客》,今之《明珠》也:亟須别白,無彼此混,無新故混。今譜務祈審音而正律,奚辭是古而非今。

三曰定牌名歸宿。大凡題之爲宫爲調,小令不足憑也,必得套數乃確。如一〔吴小四〕,〔南吕調〕固有,九宫〔商調〕亦有,彼此俱可取用,何見而此收彼置乎?特緣兩處俱是小令,無耑屬耳。豈如一〔望梅花〕,〔仙吕宫〕、〔南吕調〕雖皆有之,而〔南吕調〕乃套數,其前後爲一門數調,夾定逼出,是調不容不隨全套,偕出偕入,他處奚能假借也。何況〔耍鮑老〕之不〔黄鐘〕而〔中吕〕,〔永團圓〕之不〔中吕〕而〔黄鐘〕,有定在而偶他趨,此等自可按籍而稽也。

四曰正字句的當。大凡章句幾何，句字幾何，長短多寡，原有定額，豈容出入。自作者信心信口，而字句厄矣。自優人突趨冥行，而字句益厄矣。試就《琵琶》一記，夫句何可妄增也。〔南吕宫・紅衲襖〕末煞妄增一句，不幾爲同宫之〔青衲襖〕乎？夫句何可妄減也。〔南吕調・擊梧桐〕末煞妄減一句，不幾爲同調之〔芙蓉花〕乎？夫字何可妄增也。〔仙吕宫・解三酲〕第四句下截妄增一字，不幾爲〔南吕宫〕之〔針線箱〕乎？夫字何可妄減也。〔正宫・普天樂〕第一句上截妄減一字，不幾爲〔雙調〕之〔步步嬌〕乎？况乎不當家而戾家，不作者而歌者，越矩矱而亂步趨，此等吾將據律以問也。

凡例十三論。一論備格，格有爲本調者。如〔紅衫兒〕，不備《裴少俊》、《張協》二格，則《琵琶》、《尋親》何由分明？格有爲犯調者。如〔月雲高〕、〔寄生子〕，不訪識《詞林説統》，則《琵琶記》"路逢勞倦，區區一個兒"，焉得其實？

二論定韻。有必該韻者，則註"韻"。有或偶失韻者，則註"應韻"，或"可韻"，或"失"字。有不應韻者偶用韻，則註"不必"二字。

三論審音。有似仄而平者。如《拜月亭》〔排歌〕"叫地不聞天怎應？"能知"應"字平去二音一義，則可不捩聲。有似平而仄者。如《凍蘇秦》之〔猫兒墜〕"教世態炎涼，莫輕寒儒。"能知"輕"字去平二音一義，則不至改字。

四論用字。音雖平仄二途。而上去相隔二淵，如平煞之窮，或以上聲代之；以上聲輕清，與平不甚相遠也。若疑上爲仄音，直换去聲，則不叶甚矣。然平聲亦有必不可以上聲者，此義不可不辨也。

五論增減。一字增減，關係一格。有應增而不增者。如《琵琶記》〔普天樂〕第一句，首有"我"字，今沈譜所無，今據元本增之，庶起頭六字之式。有不當增而增者。如《琵琶記》〔滴溜子〕首句無有"事"字，沈譜所有，今據元本減之，庶起頭二句相對。有應減而不減者。如《拜月亭》〔嘉慶子〕第二句，沈譜存"勢"字，則此詞與〔川撥棹〕何别？今從元本去之。有不當減而減者，如《拜月亭》〔剔銀燈〕末句，沈譜去其"尚"字，則此格與常格同耳。今據元本存之。

六論句讀。有從未之句而句之者。如《拜月亭》〔涼草蟲〕，沈譜以首二句皆五字，第三句爲六字。今從元本，“勁風寒”句，“四合暮烟”句，“昏慘慘彤雲布”句，“晚風變”句，下皆同。有從未之讀而讀之者。如《琵琶記》〔雁魚錦〕第六、七句，據今時唱，皆從“强”字讀。按古本及元譜，皆“被親强求”讀，“赴選場”句，“被君强官”讀，“爲議郎”句。

七論核實。如〔羅鼓令〕，令乃〔朝元令〕，及〔刮鼓令〕，又〔太平令〕，與〔包子令〕何干？如〔梧桐歌〕，歌乃〔六么歌〕，即〔六么令〕别名也，與〔孝順歌〕何涉？

八論檢訛。有係句法者。如《拜月亭》〔三月海棠〕第八句“一躍龍門變”，查正則五字句依然。有係章法者。如《綵樓記》〔賽紅娘〕，查增第四句“休怨憶”，則本調固在。

九論證正。有腔調從未著明者。如“天長地久”套，〔應時明近〕等曲，今始得著落。有彼此嘗相疑似者。如“霍索起披襟”套，〔馬鞍兒〕、〔皂羅袍〕二調，今始得分明。

十論引證。一調有不知句之幾何者。如《琵琶記》〔紅衲襖〕，有《吕蒙正》七句可證。一句有不知字之幾何者。如《拜月亭》〔豆黄葉〕，除去第三、第七二句之七字，全章皆四字成句者，有咏《朱買臣》曲可證。

十一論尋真。真在善格，務微顯闡幽。如《王十朋》〔黄鶯兒〕末句六字是正體，忽畧至今，致後人但知有五字者，何異於〔簇御林〕。真在善本，務去非從是。如“暗思金屋”套，〔憶多嬌〕全曲，經纂筆沿習至今，但知贋本托以〔江神子〕。

十二論闕疑。有闕所非闕者。如《琵琶記》〔惜奴嬌〕體少變矣，中少二字，原本如是，非闕也。今沈譜空之，唱者不能停腔，閲者不能妄益，此失之太泥。有闕所當闕者。如《琵琶記》底折煞尾，原本原脱一字，今坊本擅加一字，而曰“盡説孝男拜孝女”，固非。至時譜直抹去之，而曰：“顯文明開盛治，説孝男并義女”，使學者昧一故格，雜一新格，此又失之太率。

十三論襯字。修補襯字，以便填詞，當正音聲，不拘文理。有未必襯而襯者，襯爲是。如《琵琶記》〔懶畫眉〕第四句，人必襯“在”字，而曰“殺聲絃中見”。此因“在”字去聲，不惟發調，且音律和諧耳。此但取音聲而略文理，余所稱服。有不當襯而襯之者，襯爲非。如《琵琶記》〔古輪臺換頭〕第二句，必應七字，非若下句可七可六。沈譜取《東坡詩餘》圓缺陰晴、離合悲歡之義，故以"與"字襯之，徒顧文理，而壞格式，今所不敢聞命。但據詞中襯字，實詞家不得已而用之者，原係虛文也。凡今歌者，萬不可以其與正字同列。甚至有於其上用板者，益謬也。按古人舊詞，即如三節之暗襯，亦無沾一於上者。若然，調律、章規、句體皆亂矣。學者切宜慎之。

葉懷庭納書楹曲譜

《納書楹曲譜》内，散套時劇，多採自當時所傳唱，及古選本内。每不知其來歷，兹摘記如下。

〔小石角・歸來樂〕，分五段，載正集卷三之末。目録標作《東坡詞》，未知何説，大概係隳括東坡詞意也。

"兀的不"一套，用〔仙吕・叠字錦〕，〔雌雄畫眉〕，〔灞陵橋〕，〔山東劉衮〕，〔尾聲〕。目録謂《鐵冠圖》借作《夜樂》内用。評云：此套不知來自何處，幽艷蒼涼，得未曾有。惜傳寫錯誤甚多，今略爲訂正，不能完善也。

〔高宫正調〕合套〔柳飛綿〕一套，見《續集》卷四。

〔仙吕雙角〕合套〔新水令〕一套，見《續集》卷四。

外集卷二《思凡》一劇之後，有《小妹子》一劇，無調名，詞極詼詭。

《羅夢》一劇，演羅和做傭工，遇實做夢事，與《來生債》内所演是一事。

《補遺》卷四，有〔仙吕・八聲甘州〕《咏蝶》一套，首曲末句云："見十九個粉蝶兒巧筆難裝"，以下用〔混江龍〕、〔醉中天〕、〔後庭花煞〕三調，十九句，各寫一蝶之狀，詞極生動。

又有"咏花"及"紅日"兩題，各用〔仙吕・大紅袍〕一調。

又有〔黄鐘・醉花陰〕"紫甸青郊淑氣發"一套，材料極平常，而詞頗新俊可喜。

又有《小十面》一套，因牌調全然與譜不合，書中遂删去牌名，而專載詞。

時劇中《有來遲》，用〔榴花好〕一套。有《孟姜女》，四段，一尾。有《崔鶯鶯》，用〔山坡羊〕、〔掛枝兒〕二調。有《醉楊妃》〔新水令〕一套，惟首調之後，各調俱不詳，而末以〔清江引〕作結。有《昭君》，凡七調，長短不一，均無牌名。有《僧尼會》，〔賞宫花〕、〔步步嬌〕各一套。有《拾金》，〔四邊静〕一套。有《夏得海》，三調，無牌名。有《借靴》，四調無牌名。有《私推》，〔玉芙蓉〕三枝。有《踏繖》，雖無調名，而詞與《幽閨》相仿。有《蘆林》，應係傳奇内之一齣。有《小王昭君》，〔山坡羊〕〔竹馬兒〕二調，而以〔故園煞〕作結。有《金盆撈月》，用〔如夢令〕，與〔二犯朝天子〕、〔滚〕三次，結以〔尾聲〕，韻各不同。

譜前凡例中論板眼，略云：抽板，取其簡便。如首曲、次曲牌名俱同，俱有贈板，則次曲可以抽板矣。有贈板，中唱散板一句者，或贈板中忽唱無贈板者，又或末兩句唱無贈板者，此皆搬演家取便處，今姑從之。浪板，如《活捉》、《思凡》、《羅夢》等曲，必不可少。其他遇欲加浪板處，必須斟酌。

目録後載評語甚多，兹彙録之。元曲元氣淋漓，直與唐詩、宋詞争衡，惜今之傳者絶少。百種係臧晉叔所編，觀其删改四夢，直是一孟浪漢。文律、曲律，皆非所知，不知埋没元人許多佳曲，惜哉！

《五臺》即《昊天塔》依元人舊本改定。《北餞》《蓮花寶筏》中一折氣盛辭雄，的係元人手筆，惜爲俗伶所删。余未見原本，姑爲酌定。

《南西厢》，明李日華作。以北改南，煞費苦心，然未見有點金成石之憾，故置之《續集》中。惟《聽琴》《驚夢》二齣，與北曲文詞相合者多，特採入正集。

《西樓記》名振一時，然佳篇甚少，惟俠試氣魄雄偉，選入正集。

《紅梨記》詞旨亦稱爾雅，嫌其筆力稺弱，每二三曲後，即有捉襟露肘之態。惟《閒情》始終匀稱，選入正集。

《長生殿》詞極綺麗，宫譜亦諧，但性靈遠遜臨川，轉不如"四夢"之不諧宫譜者，使人能别出新意也。《長生殿》依傍《長恨傳》，乃《長恨歌》成篇，於開寶逸事，摭採略遍，故前半篇每多佳製；後半篇則多出稗畦自運，遂難出色，第恐愛歌《長生殿》者，其願未饜。且世少别譜，故正集中不入選者，仍録入續集中。《聞鈴》，俗以"萬里巡行"與"玉輦巡行"，分作兩套，今合之。惟取詞之佳者登譜，不拘二稿三稿之説。《彈詞》，此曲用二稿，欲其與《貨郎旦》相符合也。按此劇在《長生殿》中，是極佳之曲，及與《貨郎旦》相較，遂判天淵，乃知元人力量之厚。

《北拜》，即《連環記》中曲元曲中之次者，且未録全，故入《續集》。

《漁樵》，照元人舊本改定。

《燕子箋》，阮圓海以尖刻爲能，自謂學玉茗堂，其實全未窺見毫髮，笠翁惡札，從此濫觴矣。

《逼休》、《寄信》亦屬《漁樵記》二本，非元人佳製，加以俗伶竄改，陋劣處甚多，故置之《外集》。

《四夢譜》有王文治序，略云："吾友葉君懷庭，誠哉玉茗之功臣也。《楞嚴經》云：琴瑟箜篌，雖有妙音，若無妙指，終不能發。玉茗《四夢》，不獨詞家之極則，抑亦文律之總持。及被之管絃，又别有一種幽深艷異之致，爲古今諸曲所不能到。俗工依譜諧聲，何能傳其旨趣於萬一？非吾懷庭，有以發之，千載而下，孰知玉茗《四夢》聲音之妙，一至於此哉！懷庭於古今諸曲，皆有訂本。同人欲選其尤著者，刊板以廣其傳，《四夢》皆在首選中。顧束於方幅，不能多載。余欲將《牡丹亭》全本另刊以行，力争乃可。中略顧《牡丹亭》之佳處，雖曰難知，然昔人表彰者多。《紫釵》穠麗精工，佳處易見，然世已罕能知之。至《邯鄲》、《南柯》，囊括古今，出入仙佛，詞義幽深，洵玉茗入聖之筆，又玉茗度世之文。而世人絶無知者，加以刊本弗精，魯魚難辨，且玉茗興到疾書，於宫譜復多隕越。懷庭乃苦心孤詣，以意逆志，順文律之曲折，作曲律之抑揚、頓挫、綿邈，盡玉茗之能事，可謂塵世之仙音，古今之絶業矣。此書成，薄海以内，定有賞音。如或不然，請俟諸五百年以後。"

《四夢譜》有乾隆壬子自序，略云："臨川湯若士先生，天才横逸，出其餘技爲院本，環姿妍骨，斲巧斬新，直奪元人之席。生平撰著甚夥，獨《四夢傳奇》盛行於世。顧其詞句，往往不守宫格，俗伶罕有能協律者。《邯鄲》、《南柯》，遭臧晉叔竄改之厄，已失舊觀。《牡丹亭》雖有鈕譜，未云完善。惟《紫釵》無人點勘，居然和璞耳。余少喜掇拾舊譜，而以己意參訂之。《邯鄲》、《南柯》、《牡丹亭》三種，殫聰傾聽，較銖黍而辨芒杪，積有歲年，幾於似矣。中略三種向有舊本，余故得摭其失而訂之。而《紫釵》之譜，蒙獨創焉。下略"《四夢譜・凡例》有云："南曲之有犯調，其異同得失，最難剖析。而臨川《四夢》爲尤甚。譜中遇犯調諸曲，雖已細注某曲某句，然如〔雙梧門五更〕、〔三節鮑老〕等名，余所創始，未免穿鑿。”

《補遺集》乾隆五十九年自序云：“上自《琵琶》，下至時劇，凡梨園家搬演，而手曾製譜者，悉付剞劂。中附時人散曲，及黄石牧《四才子》等套，蓋余一生手口所涉獵，畢綴諸此。”

譜中考訂曲律、曲文處甚多，玆並綴記於此。

同調合唱之處，謂之“合頭”。正集《琵琶譜》批云：“凡合頭不可更换一字。”

《琵琶・思鄉》〔雁魚錦〕，細犯何曲，古九宫不注出，《南詞定律》注出，殊未盡叶。《荆釵》、《浣紗》諸本，已奉此爲成規矣。《虎囊彈》〔寄生草〕次句：“相辭乞士家”，“乞士”即比丘之華言也，謂内乞法資心，外乞食資身。

〔仙吕・十二紅〕非比〔商調〕中者，可以細注牌名。蓋其所集之曲，互相同異，且以板式律之，率與本曲不合。此套向注〔醉扶歸〕、〔繡帶兒〕等名，今悉删去。歌者如遇〔十二紅〕，即以爲〔仙吕〕之正曲也可。

《牧羊記・牧羊》齣〔黑麻序〕前一調，舊名〔惜奴嬌〕，全不合，今改〔夜行船〕。

《牧羊記・煎粥》齣首調〔一秤金〕，惟此一齣，他不經見。説者謂集十六調，故名。而《南詞定律》、《九宫大成》注有牌名腔板，又各不同。以視近時之譜，大相逕庭。且近時之譜，亦不能劃一，皆難信從。今但取和粹之聲爲腔調，遵古九宫以定板眼，不另注所集何調。

《療妒羹・題曲》齣，長短拍及〔尾聲〕，搬演家所歌宫調太高，殊無韻致。今照散曲“畫樓頻倚”填譜，綿緲清微，情文頗合。而無知俗工，謂余杜撰一格，豈不可笑。

徐興華太古傳宗

莊親王序：“上略茂苑徐興華，古吴朱廷鏐，以詞學知名當世。嘗手出《琵琶調宫譜》，請正於余，題曰：《太古傳宗》。余惟琵琶製自西漢，昔人嘗以箏琶合調。斯譜音節，既與今世所行絃索稍異，則按之於昔，其亦猶有相近者歟？沿流以溯源，固未可疑其標題爲誕也。下略”

朱廷璋序：“上略溯自周陳以上，雅鄭淆雜而無别，隋文帝始分爲二部。金元院本，蓋根於燕樂之二十八調。至於工尺字譜，未詳起於何時。而《楚辭·大招》，即有四上競氣之句，其從來久矣。間攷《宋史·燕樂書》，以工尺十字書，分配十二律吕，而勾爲低尺，合爲低六，四爲低五，是字雖有十，而音原止於七，究與五聲二變之理相通。况吾夫子删《詩》，其所存者，太史公謂皆絃歌。以合《韶武》之音。循是説也，三百篇而下，曰詞、曰曲，一皆接武風騷。惟管律絃音，生聲取分，有不可比而同者。斯譜六引遞奏，其聲嘽緩而疏越，其調温雅而冲泰，今之樂由古之樂，其信然耶。乃思燕樂者，律吕之支流也；雅樂者，律吕之宿海也。譬如神禹治水，豈有專事疏瀹決排，而井溝成洫，毋庸盡力者乎？兹譜一出，浩浩乎無遠之不集，淵淵乎靡幽之不通矣。下略"

新安朱珩序："上略昔者李謩於天津橋擫笛，自謂以爪畫譜記之，乃知曲之藉譜以度其聲也，由來尚矣。溯元迄今，如馮猶龍之《曲律》，王元美之《曲藻》，並《南音三籟》、《太和正音》諸譜行世，皆各得其説。若夫絃索之譜，古今罕見。吴中湯子彬和、顧子峻德，並鍾期之知音，繼周郎之顧誤，嘗著《太古傳宗》一編，品法精良，卓越恒蹊。按宫商配以合套，加工尺晰其斷續，始於絃索，立諸準繩。喜遇徐、朱二子，復商榷增訂於内廷侍直之暇。中略春秋暇日，敬閲《九宫大成》，其間廣收博採，涵古包今。向之珍馮、王各譜爲隋璧者，兹則其燕石耳。珩又讀《太古傳宗》，向之嗜絃索辨訛等書爲禁臠者，兹則其塵飯耳。下略"

平江孫鵬原序："上略己亥夏日，偶遇湯子彬和，視其人恂恂然，窺其動容言貌，温粹以和，似亦深有得於樂中三昧之益者。語次，袖出一卷，曰《太古傳宗譜》。考其義意，蓋倣古之琴絃，有音無文之樂，而以時尚相傳之散曲，按配宫商，彙成二譜。其説有一板八眼，重以一十六彈，以符一時八刻十五分之義。且云：是書鑽研久矣，嘗訂於顧子式。子式，蘇郡之名師也。意將畢一生之精力，而以公之於天下。惜乎採求未竟，遽云徂謝。譜傳姪孫峻德，繼先人之貽志，復參互而集成之，共分《西厢譜》二卷，《宫詞譜》二卷。下略"

湯斯質原序："粤自倚聲創製，宫譜載興，既詞質而韻嚴，亦聲諧以調穩。手隨心得，志以聲宣。聽江上之琵琶，青衫欲濕；按橋頭之曲譜，玉笛偷傳。王昭儀一卷金陀，恨留隔代；汪水雲三聲石鼓，怨絶當年。

積以流傳，漸多譌誤，遂使金閨麗句，亥豕溷淆；菊部遺音，宫商舛錯。況自絃索調分，僅覩雲中片玉；歌樓格出，尤推吴下千狐。苟不辨其妍媸，豈能定以規式。予不敏，少而從事歌曲，晚益留心宫調。嘗將時下所行元音數曲，核之辨訛諸録，不揣愚狂，逐加考訂，去句字之宂舛，正腔板之乖異，註譜一卷，用以自私。戊戌仲夏，適與顧子峻德。相遇閑窗論次，偶及《西厢》一劇，由來膾炙人口，惜乎爲好奇者删改，殊乖正格正音。近得《絃索辨訛》一書，曷不與《六才子》外書合參，使其字不厭襯，句不犯格，音必求其協律，調不可心溷腔。因復相與參核，譜成全書，彙爲兩帙，將以公諸同好，專祈斧正。非敢自鳴杼軸以矜人，亦不欲爲依樣葫蘆以自誤。庶脱吻傳音，不失秦娥之舊；捧心效病，無增鄰女之羞云爾。時康熙壬寅年，中秋上浣。古吴湯斯質。題於墨香書屋。”

《琵琶調説》云：“夫琵琶亦衹絃索中之一器耳，然其創製爲最古。《樂誌》謂出於絃鞉，杜摯以爲興於秦末。而其以指擖擅長者，亦不一其人。若阮咸，若王維，若曹剛，若李龜年、賀懷智輩，班班可紀，兹姑弗具論。論其調之所由名，俾見授受者之非無所自矣。蓋琵琶有撥法，有品法。撥法伊何？厥目有七：曰勾、曰挑、曰輪、曰掃、曰擘、曰拍、曰打。更一板八點，中板倍之，則用一十有六點。慢板再倍之，則用三十有二點。疾徐高下，純乎自然也。品法伊何？字音未出，先冠以工尺一句，勿作腔論，俗所謂亮調是也。按斯譜先止傳工尺板眼，有聲而無詞。如《毛詩》之《南陔白華》，章句咸闕，迨後知音者尋其宫調，繹其牌名。以元、明人之南北曲配合成篇，方始情文備至，絃次昭然，功不在束晳補亡詩下也。間考《北西厢絃索》刊本，雖載工尺，而旁無小眼，恒多舛訛。兹則限其格式，一板八眼，殆取一時八刻之義。其工尺每行定以三十二字，乃合琵琶三十二點之數。有音者則註工尺，無工尺者則以點識之，是即隨上音彈者。他如《奇逢》折内〔點絳脣〕‘游藝中原’，‘遊’字前先註工尺一句，及〔混江龍〕末句‘斷簡殘篇’，每一字皆冠工尺一句者，即品法也。覈之絃索北調，則無此式。絃索《北西厢》容或有之，亦稱爲品，然亦不過一二工尺而已，終不若斯之繁且多也。其餘如《假寓》折内〔醉春風〕引，‘惹得心忙’之‘忙’字，用兩底板，一在腔上，一作收煞。不察者將謂板式點於無工尺曲文上，不亦誤耶？庸詎知此正跌宕輪音之處。抑套曲首句,及賺煞尾,用連點以記之,名爲摇腔,即輪掃拍打之謂也。是皆撥法也。蓋此譜爲内庭供奉之樂,世之度曲家,罕有津逮者。或謂自唐季李龜年之遺緒,雖世遠年湮,莫之或考,而緩調平絃,温雅冲泰,亦幾幾乎‘此曲衹應天上有’矣。若夫京房之律準,梁武帝之律通,彼時律管未定,借絲音以爲模範者,豈可同日而語哉!”

《凡例》略云:王實甫《北西厢》,諸家翻刻頗多,不能畫一。今從《六幻西厢》定本採訂,至各宫調南北詞,皆從《雍熙樂府》、《北宫詞紀》、《詞林摘艷》、《盛世新聲》,及諸傳奇善本考定。

譜中品法,皆在字句之前,係琵琶中之撥法,俗謂亮調,勿作腔度之。

譜中有一句作兩頓而出全句者。如《西厢記・聯吟》套内〔調笑令〕首句:“我這裏甫能,我這裏甫能、見娉婷”是也。此蓋製調取其抑揚,非曲文體格應爾,閲者審之。譜中工尺等字,有高音、平音、低音,三者之分,高者其聲最清,工尺之旁即加亻旁。平音者即本字之音,低音者其聲最濁,諸舊譜皆以凡工尺之式爲記。但凡用此三字之聲,必以四合在前帶下。且四合二聲,原本濁音,自上而下,一覽便知。是以譜中止用凡工尺三字,不同諸譜標出,示省文也。

譜中凡工尺有急遽之處,則用旁寫,且二字共占一格,以分别之。假如旁註“工尺”二字,其正字應工字出音者,則占上半格寫,緊貼工字之上。應尺字出音者,則占下半格寫,緊貼尺字之上,使閲者一目瞭然,餘仿此。

譜中或曲文應用疾唱者,則將曲文二字,叠寫一格,以便觀覽。如《西厢記・聯吟》套内〔金蕉葉〕末句“比我”二字、“初見”二字是也,餘仿此。

王驥德校注古本西厢記

萬曆癸丑槃花館主人序:“吾友會稽王伯良氏,博雅君子也,於學無所不窺。而至聲律之閑,故屬夙悟,雅爲吾郡詞隱先生所推服,謂契解精密,大江以南一人。中略其書毋論校讎之覈,令魯靈光不改舊觀。而疏語以折蜩螗之喙,考説以破笥檍之疑。鉅苞經史,瑣拾稗官,淺叶康衢,精比黍籥,俾字無可姦之律,證有必信之文,破壁復完,羣吠頓息。

蓋詞隱夙有此志，而見伯良且先着鞭，輒閣筆自廢。下略”

王氏自序云：“余既覓得碧筠齋，若朱石津氏兩古本。序碧筠齋者，稱淮干逸史。首署疏注，僅數千言，頗多破的。朱石津不知何許人，視碧筠齋大較相同。關中杜逢霖序，言朱没而其友吴厚丘氏手書以刻者，並屬前元舊文，世不多見。餘刻紛紛，殆數十種，僅毗陵徐士範、秣陵金在衡、錫山顧玄緯三本，稍稱彼善。徐本間詮數語，偶窺一斑。金本時更字句，亦寡中窾。獨顧本類輯他書，似較該洽，恨去取弗精，疵繆間出。然總之，影響俗本，於古文無當也。故師徐文長先生説曲大能解頤，亦嘗訂存别本，口授筆記，積有歲年。中略輒手丹鉛，爲訂其譌者，芟其蕪者，補其闕者，務割正以還故吾。余家藏元人雜劇，可數百種許。間有所會，時疏數語。又雜采他傳記，若諸劇語之足相印證者，漫署上方，久之，遂盈卷帙。既又并微之《本傳》，若王性之氏《辯證》，及顧本所録，諸引篇章，有繫本記者，别爲攷正一卷，附之簡末。中略大抵取碧筠齋古注十之二，取徐師新釋亦十之二。今之詞家，吴郡詞隱先生，實稱指南。復函請參訂，先生謬假賞與，凡再易稿，始克成編。中略抑舊傳是記爲關漢卿氏所作，邇始有歸之實甫者，則涵虚子之《正音譜》，故臚列在也。獨世謂漢卿續成其後，未見確證。然淄澠涇渭之辨，殊自不廢。兩君子他作，實甫以描寫，而漢卿以琱鏤，描寫者遠攝風神，而琱瘻者深次骨貆。持此以當兩君子三尺，思且過半。下略”

《凡例》略云：碧筠齋本，刻嘉靖癸卯。序言係前元舊本，第謂是董解元作，則不知世更有董本耳。朱石津本，刻萬曆戊子，較筠本間有一二字異同，則朱稍以己意更易，然字畫精好。可翫。下略《雍熙樂府》全記，皆散見各套中，然亦今本，不足憑也。

元劇體必四折，此記作五大折，以事實浩繁，故創體爲之，實南戲之祖。舊傳實甫作至《草橋夢》止，直是四折。漢卿之補，自不可缺。然古本止列五大折，今本離爲二十，非復古意。又古本每折漫書，更不割截，另作起止，或以爲稍刺俗眼。今每折從今本，仍析作四套。下略

古本以外扮老夫人，署色止曰夫人。又店小二、法本、杜將軍，皆曰外。本又曰潔，張曰末，鶯鶯曰旦，紅娘曰紅，歡郎曰俫，法聰、孫飛虎、及鄭恒，皆曰净。惠明曰惠。琴童曰僕。

《中原音韻》凡十九韻。記中前四折各套各用一韻，惟第二折第二套〔中吕〕曲，重用庚青一韻，稍稱遺恨。至第五折之重用尤侯、支思、真文三韻，補用魚模一韻，此亦他人續成之一驗也。

上略諸本益以〔絡絲娘〕一尾，語既鄙俚，復入他韻。又竊後折意，提醒爲之，似搊彈説詞家，所謂且聽下回分解等語。又止第二、三、四折有之，首折復闕，明係後人增入，但古本並存。又《太和正音譜》亦收入譜中。中略今從秣陵本删去。下略

明楊慎〔黄鶯兒〕詞："何處閟仙粧，鎖祇園春夜長。垂鬟淺黛情先向，融融粉香，熒熒淚光。遊春夢斷空相望，問伊行爲誰惆悵。憔悴只因郎。"詞隱生云：爲誰惆悵，改作平平仄仄乃叶。按楊慎字用修，中略所作〔黄鶯兒〕八首，悉取前毛滂續〔調笑令〕咏崔徽諸美人詩，以寄今調，命曰〔調笑〕白語詞。首二字各因本詩末語，亦用秦淮海〔調笑令〕例。此詞以咏鶯鶯，載《博南新聲》。

明徐渭和唐伯虎題崔氏真詩跋。"徐文長先生諱渭，别號天池，山陰人。余師也。中略往先生居，與予僅隔一垣，就語無虚日。時時及《崔傳》，每舉新解，率出人意表。人有以刻本投者，亦往往隨興，偶疏數語上方，故本各不同，有彼此矛盾，不相印合者。余所見凡數本，惟徐公子爾兼本，較備而確。今爾兼没不傳，世動稱先生注本，實多贋筆，且非全體也。"

白居易撰元微之墓誌銘跋："按微之即傳所稱張君，自董解元益名曰珙，實甫因之，世遂意真有其人。下略"

秦貫撰鄭崔合誌跋："按鄭恒故篤行賢者，配崔氏，亦婉娩可師。董解元以姓氏時代偶同，遂掇入詞中，世猥不察，脱非誌詞，污衊甚矣。下略"

王實甫關漢卿考："按元大梁鍾嗣成《録鬼簿》，載王實甫、關漢卿，皆大都人。漢卿號已齋叟，爲太醫院尹。或言漢卿嘗仕於金，金亡，不肯仕元，爲節甚高。實甫、漢卿，皆字，非名也。《藝苑卮言》謂《西厢》文傳爲關漢卿作，邇乃有以爲王實甫者，且引《太和正音譜》載實甫詞十三本，以《西厢》爲首，漢卿六十本，不載《西厢》爲據。然《正音譜》係國朝寧藩臞仙所輯，實本之《録鬼簿》。二人生同時，居同里，或後先踵成，不

可考。特其詞較然兩手，略見前序及例中。《卮言》又謂或言至《郵亭夢》止，或言至'碧雲天'止，則不知元劇體必四折，記中明列五大折，折必四套。'碧雲天'斷屬第四折四套之一無疑。又實甫之記，本始董解元，董詞終鄭恒觸階，而實甫顧闕之，以待漢卿之補，所不可解耳。

劉麗華西厢記題辭跋。"按劉麗華，字桂紅，金陵富樂院妓也。刻有口傳古本《西厢記》，此其題辭。范子虚跋。下略"

詞隱先生手札三通。"頃來兩勤芳訊，僅能一致報柬，何乃又煩先生注念，重以佳集之貺耶？日盥洗莊誦，真使人作天際真人之想，豈直時輩不敢稱小巫，遂令元美先生難爲前矣。所寄《南曲全譜》，鄙意僻好本色，殊恐不稱先生意指，何至慨然辱許敘首簡耶！中略王實甫新釋，頃受教，已有端緒，俟既脱稿，千乞寄示。或有千慮之一得，可備采擇也。下略"

"昨從瑶山丈所，得先生所致手札，并新咏二册，曠若復面，何先生之不吐棄不佞至此也，感思次骨矣。頃辱示《西厢考注》，業精詳矣，更無毫髮遺憾矣，真所謂繭絲牛毛，無微不舉者耶。既承下問，敢不盡其下臆。蓋作北詞者，難於南詞幾倍；而譜北詞，又難於南詞幾十倍。北詞去今益遠，漸失其真，而當時方言及本色語，至今多不可解。即《正音譜》所收，亦或有未確處，誰復正之哉！今先生所正，誠至當矣。又以經史證故實，以元劇證方言，至千古之冤，舊爲群小所竄，若衆喙所訾者，俱引據精博，洗發痛快，自有此傳以來，有此卓識否也，敬服敬服。承諭，依《正音譜》，以襯字作細書，甚善，第更乞詳查每調。既以譜爲主，至於入聲字，更查《中原音韻》。所謂作平、作上、作去者，截然不可易，乃妙。第如'俗人機'之'俗'字，生以其作平，難合調，輒妄改作'世'字。而'玉石俱焚'之'石'字，周高安既以爲'石'叶作平，則此句第二字，用不得平聲。如此之類，須一一注明，不誤後學，乃盡善耳。注中會意處，偶題數語，若肯綮處，偶著丹鉛，亦什中之一，未盡揚厲。至偶有鄙見，願與先生商略之者，悉署片紙上方，未知當否？如他日過焦先生，不識可以鄙人所標，并就其雌黄否也。生去冬幾死，今僅存視息，筆硯久塵，不能爲先生兹刻糠秕，刻成望惠一部。秋深見過之約，山靈實聞此言矣。儻能與吕勤之兄同此行，尤勝事也。近無拙刻，無可爲報，愧且奈何！鄴架有《魯齋郎》劇，敢借一録，不敢失污也。不具。夏五十有九日。”

“小東封後，猶有〔越調·小絡絲娘煞尾〕二句體，先生皆已删之矣。然查《正音譜》，亦已收於越調中。且此等語，非實甫不能作。乞仍爲録入於四套後，使成全璧，何如？又言。”

王氏跋語後又注云："吾鄉先達姚江孫比部先生，音律最精，兼工字學，蓋得之其諸父大司馬公者。往以質先生，先生欣然命管，標識滿帙，裨益不淺。是傳之成，徼詞隱及比部兩先生雅意良侈，又并識於此。”

評語十六則。

《西厢》，風之遺也。《琵琶》，雅之遺也。《西厢》似李，《琵琶》似杜。二者無大軒輊。然《琵琶》工處可指，《西厢》無所不工。《琵琶》宫調不倫，平仄多舛；《西厢》繩削甚嚴，旗色不亂。《琵琶》之妙，以情以理；《西厢》之妙，以神以韻。《琵琶》以大，《西厢》以化，此二傳之尺。

《西厢》妙處，不當以字句求之，其聯絡顧盼，斐亹映發，如長河之流，率然之蛇，是一部片段好文字，他曲莫及。

《西厢》概言，無所不佳。就中摘其尤者，則“相國行祠”，“風静簾間”，“晚風寒峭”，“彩筆題詩”，“夜去明來”數曲，窮工極妙，更超越諸曲之上，巧有獨至，即實甫要亦不知所以然而然。

諸曲平仄，較《正音譜》或時有出入，然自不妨諧叶。試錯綜按之，無不皆然，所謂柳下惠則可也。

《中原音韻》所謂字别陰陽，曲中精髓。然以繩《西厢》，亦不能皆合。如〔點絳唇〕首句第四字，合用陰字，而“游藝中原”之“原”，與“相國行祠”之“祠”，皆是陽字。〔寄生草〕末句第五字合用陽字，而“海南水月觀音院”之“觀”，與“玉堂金馬三學士”之“三”，“何時再解香羅帶”之“香”，皆是陰字。以是知求精於律，政自不易。

《西厢》用韻最嚴，終帙不借押一字。其押處雖至窄至險之韻，無一字不俊，亦無一字不妥。若出天造，匪由人巧，抑何神也。

記中諸曲，生旦伯仲間耳。獨紅娘曲，婉麗艷絶，如明霞爛錦，爍人目眥，不可思議。

《西厢》諸曲，其妙處正不易摘。王元美《藝苑卮言》，至類舉數十語,以爲白眉,殊未得解。又其旨本香奩金荃之遺,語自不得不麗。何元朗《四友齋叢説》,至訾爲全帶脂粉,然則必銅將軍持鐵綽板,唱大江東去,而始可耶?

涵虚子品前元諸詞手,凡八十餘人,未必皆當,獨於實甫謂如"花間美人",故是確評。

董解元倡爲北詞,初變詩餘,用韻尚間俗詞體,獨以俚俗口語譜入絃索,是詞家所謂本色當行之祖。實甫再變,粉飾婉媚,遂掩前人。大抵董質而俊,王雅而艷,千古而後,並稱兩絶。陸生傖父,復譜爲會真,寧直蛇足。故是螳臂,多見其不知量耳。

實甫要是讀書人,曲中使事,不見痕跡,益見爐錘之妙。今人胸中空洞,曾無數百字,便欲摇筆作曲,難矣哉!

元人稱"關、鄭、白、馬",要非定論。四人漢卿稍殺一等,第之當曰"王、馬、鄭、白",有幸有不幸耳。

往聞凡北劇皆時賢譜曲,而白則付優人填補,故率多俚鄙,至詩句益復可唾。《西厢》諸白,似出實甫一手,然亦不免猥淺。相沿而然,不無遺恨。

今曲以《西厢》、《琵琶》爲青鳳吉光,而二曲不幸皆遭俗子竄易,又不幸坊本一出,動稱古本云云,實不知古本爲何物。余嘗戲謂時刻一新,是二曲更落一劫。客曰:今寧必無更挾彈于後者耶?余謂,余固不爲此輩設也。

《西厢》,韻士而爲淫詞,第可供騷人俠客,賞心快目,抵掌娱耳之資耳。彼端人不道,腐儒不能道。假道學心賞慕之,而噤其口,不敢道。李卓吾至目爲其人必有大不得意於君臣朋友之間,而借以發其端。又比之唐虞揖讓,湯武征誅。變亂是非,顛倒天理,如此豈講道學佛之人哉!異端之尤,不殺身何待。獨云《西厢》化工,《琵琶》畫工,二語似稍得解。又以《拜月》居《西厢》之上,而究謂《琵琶》語盡而詞亦盡,詞竭而味索然亦隨之以竭,此又竊何元朗殘沫,而大言以欺人者,死晚矣。頃俗子復因《焚書》中有評二傳,及《拜月》、《紅拂》、《玉合》諸語,遂演爲亂道,終帙點污,覓利瞽者。余戲謂客,是此老阿鼻之報,客爲一笑。

天池先生解本不同,亦有任意率書,不必合竅者。有前解未當,别本更正者。大都先生之解，略以機趣洗發，逆志作者。至聲律故實，未必詳審。余注自先生口授而外，於徐公子本，采入較多。今暨陽刻本，蓋先生初年庢略之筆，解多未確。又其前題辭，傳寫多訛，觀者類能指摘。至以實甫本爲董解元本，又疑董本有二，此尤未定之論。董解元爲金章宗朝學士，始創爲搊彈院本。實甫循董之緒，更爲演本。由元至今，三百餘年；由董至王，亦一百三數十年，董解元蓋宋光寧兩朝間人。時代久遠，流傳失真，然其本故判然别也。陶宗儀《輟耕録》所稱董解元作，正指搊彈之本而非誤，誤之者自淮干逸史始也。董本人間絶少，余往從友人劉生乞得，以呈先生。先生詫賞甚，評解滿帙，未及取還，爲人竊去。頃歙中及武林已有刻本。碧筠齋本間有存者，余初從廣陵購得一本，爲吾郡司理竟陵陳公取去。後復從武林購得一本，今存齋頭。而朱石津本尤秘，即先生存時，亦未之見。余爲友人方將軍誠甫所貽者。憶徐公子本，先生亦從世人，以〔綿搭絮〕二曲爲落韻。《聽琴》折擬改"幽室燈青"爲"燈紅"，"下一層兒紅紙，幾榥兒疎櫺"，爲"一匙兒糨刷，幾尺兒紗籠"。《問病》折"眉黛遠山"二句，爲"眉黛山尖不翠。眼梢星影横参"等語，皆别本所無。蓋先生實不知此調，故有中數句不韻一體。故余注本，皆棄去不録。暨本出，頗爲先生滋喙。余非故翹其失，特不得不爲先生一洗刷之耳。

吴吴山三婦合評還魂記

三婦者，黄山陳同次令，清溪談則守中，古蕩錢宜在中也。三婦先後適吴人舒鳧。陳先評上卷，談繼評下卷，錢則就全書增評。

吴舒鳧序云："吴人初聘黄山陳氏女同，將昏而没。中略有邵媪者，同之乳媪也，來述中略同病中猶好觀覽書籍，終夜不寢。母憂其茶也，悉索篋書燒之，僅遺枕函一册，媪匿去，爲小女兒夾花樣本，今尚存也。人許一金相購，媪忻然攜至，是同所評點《牡丹亭還魂記》上卷。密行細字，塗改略多，紙光冏冏，若有淚迹。評語亦癡亦黠，亦云亦禪，即其神解，可自爲書，不必作者之意果然也。惜下卷不存。對之便生於邑，已取清溪談氏女則，雅耽文墨，鏡奩之側，必安書簏。見同所評，愛翫不能釋。人試令背誦，都不差一字。暇日仿同意，補評下卷，其杪芒微會，若出一手，弗辨誰同誰則。中略則既評完，抄寫成帙，不欲以閨閣名聞於外。間以示其姊之女沈歸陳者，謬言是人所評。沈方延老生徐丈野君譚經，徐丈見之，謂果人評也，作序詒人。於時遠近聞者，轉相傳訪，皆云吴吴山評《牡丹亭》。則又没十餘年，人繼取古蕩錢氏女宜。初僅識《毛詩》字，不大曉文義。人令從昆山素氏妹學，教以《文選》、《古樂苑》、《漢魏六朝詩乘》、《唐詩品彙》、《草堂詩餘》諸書，二年而卒業。啟篋得同、則評本，怡然解會。如則見同本時，夜分燈炧，嘗倚枕把讀。一日，忽忽不懌，請於人曰：'宜昔聞小青者，有《牡丹亭》評跋，後人不得見。見"冷雨幽窗"詩，淒其欲絶。今陳阿姊評已逸其半，談阿姊續之，以夫子故，掩其名久矣。苟不表而傳之，夜台有知，得毋秋水燕泥之感。宜願賣金釧，爲鍥板資。'意甚切也，人不能拂。因序其事。"

陳同題兩則云："坊刻《牡丹亭還魂記》，標'玉茗堂原本'者，予初見四册，皆有譌字；及曲白互異之句，而評語率多俚陋可笑。又見删本三册，惟山陰王本有序，頗雋永，而無評語。又吕、臧、沈、馮改本四册，則臨川所譏，割蕉加梅，冬則冬矣，非王摩詰冬景也。復從嫂氏趙家得一本，無評點，而字句增損，與俗刻迥殊，斯殆玉茗定本矣。爽然對玩，不能離手，偶有意會，輒濡毫疏注數言。冬釭夏簟，聊遣餘閑，非必求合古人也。"

又曰："《還魂記》賓白，間有集唐詩，其落場詩則無不集唐者。元本不注詩人姓氏，予記憶所及，輒爲註之。至於詩句中多有更易字者，如："莫遣兒童觸瓊粉"，作"紅粉"；"武陵何處訪仙鄉"，作"仙郎"。雖於本詩義刺謬，既義取斷章，兹亦不復批摘也。"

談則題兩則云："右二段，陳阿姊細書臨川序後空格七行内，自述評註之意，共二百四十字。碎金斷玉，對之黯然。談則書。"

又云："向見《牡丹亭》諸刻本，《詰病》一折，無落場詩，獨陳阿姊評本有之。而他折字句，亦多異同，靡不工者，洵屬善本。每以下卷闕佚，無從購求，爲怏怏。適夫子遊苕霅間，攜歸一本，與阿姊評本，出一板所摹。予素不能飲酒，是日喜極，連傾八九瓷杯，不覺大醉，自晡時睡至次日，日射帳鈎，猶未醒。鬬花賭茗，夫子嘗舉此爲笑噱。於時南樓多暇，仿阿姊意，評注一二，悉綴貼小籤，弗敢自信矣。積之累月，紙墨遂多。夫子過泥予，廷許可與姊評等埒，因合抄入苕溪所得本内，重加裝潢。

循環展覽，笑與忭會，率爾題此。談則又書。”

吴人記一則云：“同語二段，則手抄之，復自題二段於後。後以評本示女甥，去此二頁，摺疊他書中，予弗知也。没後檢點不得，思之輒增悵惘。今七夕曬書，忽從《庚子山集》第三本翻出，楮墨猶新，映然獨笑。又念同孤冢埋香，奄冉十三寒暑；而則戢身女手之卷，亦已三度秋期矣。悵望星河，臨風重讀，不禁淚潸潸下也。吴山人記。”

錢宜題兩則云：“此夫子丁巳七月所題，計予是時，十七齡耳。今相距十五稔，二姊墓樹成圍，不審泉路相思，光陰何似。若夫青草春悲，白楊秋恨，人間離别，無古無今。兹晨風雨淒然，墻角緑萼梅一株，昨日始花，不禁憐惜。因向花前酹酒，呼陳姊、談姊魂魄，亦能識梅邊錢某，同是斷腸人否也？細雨積花蕊上，點滴如淚，既落復生，盈盈照眼，感而書此。壬申晦日，錢宜記。”

又云：“夫子嘗以《牡丹亭》引證風雅，人多傳誦。談姊抄本采入，不復標明，今加“吴曰”别之。予偶有質疑，間注數語，亦稱“錢曰”，不欲蕭艾云云，亂二姊之蕙心蘭語也。若序首所注，則毋庸識别焉。宜又書。”

卷後有附録還魂事蹟考證，又或問吴山十七條，又紀事及題跋，兹摘録之。

或曰：曲有格，字之多寡，聲之陰陽去上限之。或文義弗暢，衍爲襯字。限正字大書，襯字細書，俾觀者了然，而歌者有所循。坊刻《牡丹亭》，往往如此。今於襯字，何概用大字書也。曰：元人北曲多襯字，概用大書，南曲何獨不然？襯字細書，自吴江沈伯英輩，始斤斤然，古人不爾也。予嘗聞歌《牡丹亭》者，“裊晴絲吹來閑庭院”，格本七字，而歌者以“吹來”二字作襯，僅唱六字，具足情致，神明之道，在乎其人。況玉茗原本，皆大書，無細書襯字也。

或問中略曰：予嘗論評曲家，以西河大可氏《西厢》爲最。或問曰：有明一代之曲，有工於《牡丹亭》者乎？曰：明之工南，猶元之工北也。元曲傳者無不工，而獨推《西厢記》爲第一。明曲有工有不工，《牡丹亭》自在無雙之目矣。

或曰：子論《牡丹亭》之工，可得聞乎？吴山曰：爲曲者有四類：深入情思，文質互見，上也；審音協律，雅而本色，次也；吞剥方言讕語；專事雕章逸辭。案頭場上，交相爲譏，下此無足觀矣。《牡丹亭》之工，不可以是四者名之，其妙在神情之際。試觀記中佳句，非唐詩即宋詞，非宋詞即元曲，然皆若若士之自造，不得指之爲唐、爲宋、爲元也。宋人作詞，以運化唐詩爲難。元人作曲，亦然。“商女後庭”，出之牧之；“曉風殘月”，本於柳七。故凡爲文者，有佳句可指，皆非工於文者也。

黄丕烈陽春白雪題跋

蕘圃藏書題字，載此書四種，一乃元刻十卷本，跋三段；二乃元抄十卷本，跋四段；三乃殘元刻二卷本，跋二段；四乃舊殘抄六卷本，跋三段。

（元刻十卷本）元刻《陽春白雪》，爲錢塘何夢華藏書，矜貴之至，因其是惠香閣物也。惠香閣，初不知爲誰所居。夢華云：是柳如是之居。兹卷中有牧翁印，有錢受之印，有女史印，其爲柳如是所藏無疑。“惜玉憐香”一印，殆亦東澗所鈐者。卷中又有墨筆校勘，筆姿秀媚，識者指爲柳書，余未敢定也。要之，書經名人所藏，圖章手跡，倍覺古香，宜夢華之視爲珍寶矣。先是曾影抄一本，與余易書，但重其爲元刻，而其餘爲古書生色者莫得而知。今展讀一過，實饜我欲，雖多金又奚惜耶！書僅五十一番，相易之價，亦合五十一番。惜書之癖，毋乃太過；命工重裝，并誌緣起。嘉慶十有四年己巳，正月二十有八日，雨窗誌。復翁。

余所見《陽春白雪》共有三本，一爲影元鈔本，即從此出。已有失真者，或因印本模糊，以致傳録錯誤；或因閲者校勘，遂使面目兩歧。一爲殘元刻本，僅存二卷，多寡分合，又與此本不同。一爲舊抄本，似從殘元刻出，而稍有脱落。今擬以此刻爲主，而以殘元刻、舊抄，參補未備，則《陽春白雪》，粲然可觀矣。然觀此刻原校，似當有殘元刻、舊抄所未備者，是不知又何本也。古書難得，本子不同，爲之浩歎，當博訪之。復翁又識。

越歲，辛未中春，廿有二日，錢塘陳曼生，偕其第雲伯，同過余齋，出此相示。因雲伯去年曾攝常熟邑篆，有修柳如是墓一事，於河東君手迹，亦有見者。兹以校字證之，雲伯以爲然，當不謬也。復翁記。

（元抄十卷本）惠香閣藏元人舊抄本《陽春白雪》十卷，依元刊本校録一過，分注於下。丙子二月花朝。牧翁。

元人舊本《陽春白雪》，刻與抄異。其元刻亦牧老手校，有惠香閣女史題字，在遵王處。此本亦惠香閨中物也。余得之句曲，廿餘年矣。康熙十年之春，樸學老人記。

予昔年得惠香閣所藏元刻《陽春白雪》十卷，初不知惠香閣爲何人，錢唐何夢華謂爲柳如是齋名。原本有錢受之、東澗二印，“惜玉憐香”一印，無柳如是印。今獲此本，字作趙松雪體書，雅秀可愛。卷中校字，與元本中筆蹟，的出一手，古秀嫵媚，風韻尤絶。中有柳如是小印，惠香閣印。卷尾有牧翁印，並題字一行，知元刻與此。同出一源。予所藏《陽春白雪》共三本，年來已爲他人之物。乃垂老之年，復獲覩此秘本，非厚幸耶！惜元板二本久去，不得爲雙美之合。書魔之故智，能勿爲之惘惘乎！甲申二月復見。心翁記。

予齋藏宋元刊詞頗寥寥，昔得蕘翁舊藏《東坡樂府》、《山谷詞》、《辛稼軒長短句》，皆元精槧。而辛詞爲信州九行本，字作松雪翁筆意。此本抄手極舊，字蹟古秀，於信州本爲近。元人佳抄，殊不易覯，且重以惠香名蹟，尤足珍愛。惟是集多寡不同，分卷亦異，惜未得蕘翁元刻，一爲校勘耳。壬戌十月既望，密娛軒識。有牧翁錢受之印，惠香閣印，惜玉憐香、遵王藏書、樸學齋、復翁、百宋一廛諸印。

（殘元刻二卷本）楊朝英《陽春白雪》前後十卷，見諸《也是園藏書目》。余向從錢塘何夢華得影抄元本，却十卷，分前後集，謂是足本，什襲藏之矣。頃書友攜一殘元刻本，取對影抄者，殘不同，止二卷，適當前集之五，然文較多於影抄者，想當時傳本有二也。而陸其清《佳趣堂書目》云：樂府新編《陽春白雪》，前集四卷，後集五卷，楊朝英選，貫酸齋序。又不知是何本。兹因參校元刻、影元鈔本，復借得周丈香巖藏舊抄本，卷數與陸目合。但以元刻本勘之，卷一自《湘妃怨》起，知所脱乃元刻一卷之首，影元抄二卷之前幾葉也。至卷中文字删削，段數不全，惟殘元刻爲最備。蓋就此二卷，已多妙處，矧全本乎？余因全本不可得見，得見殘本，斯可矣，出重價購此，并不惜裝潢之費，職是故耳。原書闕損幾番，照影元抄本字體描補，異於不知而妄作。倘後來獲見此元刻之全本，審定卷數分合之所由來，鈔補後集文句之所未備，不更怡然涣然乎！書此以俟，并以告藏書家，雖殘本，苟舊刻，寧取毋棄焉。嘉慶戊辰十月二十有二日，裝成識。復翁黄丕烈。

統計姓氏一葉，卷一十三葉，卷二十二葉，共二十六番。卷一一字，卷二二字，有改補之痕者，原遭俗子寫作卷上卷下，兹仍更正也。蕘圃。

（舊殘抄六卷本）錢塘何夢華，向年以元人抄本《陽春白雪》歸余，其時余姻家袁壽階，亦有藏本，較何本多外集一卷。今來武林，訪何君夢華，上吴山，翫遇賞樓書肆，見插架有此殘帙，遂購歸，可據所藏元人抄本補完，亦抱守老人之幸也。庚辰小春，望後一日，書於松木場舟次。復翁。

道光壬午四月廿有五日，夢華從琴川返棹，過余，向余問及此書，因有人托抄副本也。余曰：此書除元抄本外，尚有一殘抄本，却亦得諸武林，尚未抄全。君如應友人托抄，何不就君所藏副本上録其半，即以此下半册合之，豈不成兩美乎！此議未決，而余却思倩人抄全，俾成完璧，以了宿願，遂先校其所有者。此殘本似從元抄本出，於紙損及字跡未明晰處，皆缺而不書，或書之不全，即此可見。唯八卷中八葉後，有欠葉三葉，計元抄本七十九行，或抄後失落。而此十二葉第十三行，至十五葉第八行止，增〔木蘭花慢〕十首，爲周草窗繼張成子作。〔蘇隄春曉〕十題，元抄本卻未之有，未知其何自寫入。即檢殘抄本八卷目，亦無此，可見書不校對，雖同出一源，而同異有如是者，亦無由知之。甚哉！古書之難言也。廿有六日午後，校畢識。蕘夫。俱在卷前

余生平喜購書，於片紙隻字，皆爲之收藏，非好奇也，蓋惜字耳。往謂古人慧命，全在文字。如遇不全本而棄之，從此無完日矣。故余於殘缺者，尤加意焉，戲自號曰抱守老人。不謂數年來，完璧之書，大半散去，即斷珪亦時有割愛贈人者。宋元舊本，非得本子相同，無從補全。且工費浩繁，近年力絀，何能辦此？幸有大力者負之而趨，不惜多金鈔補，此亦書之幸，未爲余之不幸也。如此種小品，因有元抄本可補，故收之。向但知所缺在一至四卷，卻未知八卷中缺三番。昔之藏是書者，似亦知其缺，故留空格三葉在卷尾，以待後人抄補。今余適補之，如其葉數。據元抄計羡一行，而余寫此，適於第九葉誤落一行，省後續填，故十一葉格子盡，而文亦完，亦事之巧者。元抄本字體行草，非案文理求之，幾不可辨，故余自寫之，久未握管，腕力不能端楷，但取文理之無訛，不計字體之多拙也。廿有七日晨起，至午畢工，因記。

六十老人。此則在卷末

東城旅客聞歌記太平樂府序

余澹心宴内祖所，有《聞歌記》云："吴門徐生君見，以度曲名聞四方。與余善，著《南曲譜》，索予序。余之序有曰：南曲蓋始於昆山魏良輔云。良輔初習北音，絀於北人王友山，退而縷心南曲，足跡不下樓十年。當是時，南曲率平直無意致，良輔轉喉押調，度爲新規，疾徐高下清濁之數，一依本宫。取字齒唇間，跌換巧掇，恒以深邈，助其淒唳。吴中老曲師，如袁髯、尤駝者，皆瞠乎自以爲不及也。良輔之言曰：'學曲者移宫换吕，此熟後事也。初戒雜，無務多，迎頭拍字，徹板隨腔，無或先後之。長宜圓勁，短宜遒，然無剽五音，依於四聲，無或矯也，無艷。'又曰：'開口難，出字難，過腔難，高不難，低難，有腔不難，無腔難。'又曰：'歇難，閣難。'此不傳之秘也，良輔盡泄之。而同時婁東人張小泉，海虞人周夢山，競相附和。惟梁溪人潘荆南，獨精其技，至今雲仍不絶於梁溪矣。合曲必用簫管，而吴人則有張梅谷善吹洞簫，以簫從曲。毗陵人則有謝林泉，工擫管，以管從曲。皆與良輔遊。而梁溪人陳夢萱、顧渭濱、吕起渭輩，并以簫管擅名。蓋度曲之工，始於玉峰，盛於梁溪者，殆將百年矣。此道不絶如綫，而徐生蹶起吴門，奪魏赤幟易漢幟。恨良輔不見徐生，不恨徐生不見良輔也。徐生年六十餘，而喉若雛鶯静女，松間石上，按拍一歌，縹緲遲迴，吐納瀏亮，飛鳥遏音，游魚出聽，文人騷客，爲之惝怳，爲之神傷，妙哉技至此乎！一日，徐生語予曰：'吾老矣，恐不能復作少年狡獪事。得吾之傳者，乃在梁溪，以新秦公。有子五，而孫廿五人，人分一宅，夾河列第，曾玄幾及三百。爲今太史留仙尊人，所蓄歌姬歌兒，各五六人是也。君倘遊九龍二泉間，不可不見此人，聞此曲。'余心識之久矣。庚戌九日，道經梁溪，適潁州劉考功公勇，擁大航西門外，留余方舟，同遊惠山。吴明府伯成觴之，留仙則挾歌者，乘畫舫，抱樂器，凌波而至，會於寄暢之園。於時天際秋冬，木葉微脱，循長廊而觀止水，倚峭壁以聽響泉。六七人者，衣青紵衣，躧五絲履，或綽約若處子，或恂恂如書生，列坐文石，或彈或吹。須臾，歌喉乍轉，纍纍如貫珠，行雲不留，萬籟俱寂。余乃狂叫曰：'徐生、徐生，豈欺我哉！'以其斂袖低眉，傾一座客也。分韻賦詩，三更乃罷。次日，復宴集太史家，又各奏技。余作歌貽之，俾知徐生之言之謬。良輔之道終盛於梁溪，而留仙父子，風流跌宕，照映九龍二泉間者，與山俱高，與水俱清也。今録《太平樂府》，恨不得知音識曲，風流跌宕如諸先輩者一序之。東城旅客書於西園之西樓。”

南曲之弊雙雄記序　　龍子猶

詞家於今日，僉謂南音盛，而北音衰，蓋時尚則然。余獨以爲不不。北音幸而衰，南音不幸而盛也。夫北詞暢於金元雜劇，本勾欄之戲，後稍推廣爲傳奇，而南詞代興，天下便之。《荆》、《劉》、《蔡》、《殺》而後，坊本彗出，日益濫觴。高者濃染牡丹之色，遺却精神；卑者學畫葫蘆之樣，不尋根本。甚至村學究手摭一二椿故事，思漫筆以消閒。老優施腹爛數十種傳奇，亦效顰而奏技。中州韻不問，但取口内連羅；九宮譜何知，只用本頭活套。作者逾亂，歌者逾輕。調罔别乎宫商，惟憑口授；音不分乎清濁，只取耳盈。或因句長而板妄增，如《荆釵記》“小梅香”之類。或認調差而腔并失。如《琵琶記》“把土泥獨抱”之類。弄聲隨意，平上去入之不精；如讀“忿”爲上聲，“髒”爲去聲之類。識字未真，脣舌齒喉之無辨。如“孃你”爲舌尖音，宜北不宜南，又不可以中州韻爲據也。語云：“童而習之，白首不解”，南詞之謂與？而世多耳食，謬爲南詞易，北詞難。嗚呼！南詞豈獨易哉。時尚在南，而爲南者多；時尚不在北，而爲北者少。爲南者多則易之，爲北者少則難之。易南而南之法已壞，難北而北之體猶存。由此言之，南非盛，北非衰也。孰幸孰不幸，亦可知也已。説者又謂北調入於絃索，南調便於簫管。吴人賤絃索而貴簫管，以故南詞最盛。是又不然。吴人直不知絃索耳，寧賤之耶？若簫管是何足貴。夫填詞之法，謂先有其音而以字肖之，故聲與音戾，謂之不協。不協者絀今簫管之曲，反以歌者之字爲主，而以音肖之，隨聲作響，共曲傳訛，雖曰無簫管可也。然則簫管之在今日，是又南詞之一大不幸矣。余發憤此道良久，思有以正時尚之訛，因搜戲曲中情節可觀，而不甚奸律者，稍爲竄正。年來積數十種，將次第行之，以授知音。他不及格者，悉罷去，庶南詞其有幸乎！

與人論曲書見無近名齋文稿卷二　　彭　翊

前承下問，以新曲見示。僕不自知其紕繆，敬效一得之愚。於原作不合處,妄爲乙出。僕爲此於舉世不爲之日,雖巴人下里之詞,而寥寥寡和,不啻陽春白雪,深幸足下之有同志,將來可以倡予和汝也。來示畏其法繁而苛,且謂僕勞心於小道,無所師承,安知其是與否。此足下淺涉之言也,敢爲足下陳之。自詩降而詞,詞降而曲,皆有自然之節奏,天籟與人籟,參焉者也。皆本乎性情,而假物以鳴,各得其性之所近,所以一往而深。近於詩則詩,近於詞則詞,近於曲則曲,豈有異理哉!大匠必以規矩,而射必以彀。何事不然,乃獨於曲而難之。足下特以詩分平仄,而此則陰陽平上去入,不可混淆。詞限字數,此則宫調有南有北,牌名有犯有攤破,拍板有頭有腰有底,不得其綱領,則紛然雜亂,觸手皆錯,宜其一步不可行也。能於自然之節奏有所會心,則某某處一定而不可易,某某處可以變化從心,而後知此中有樂境,非特因難見巧而已。欲於自然之節奏有所會心,無他,在乎多讀舊曲,自可神而明之。僕少好弄,自負天姿不劣,於醫卜、星算、陰陽、禽遁諸書,頗多涉獵。旋即棄去,獨於此道,歷久不厭,已十數年矣。所見不下三四百種,臨川、粲花,不徒賞其穠麗;《荆釵》、《殺狗》,亦勿厭其鄙俚。醞釀久之,而後知於詩詞中爲佶屈聱牙處,皆曲中一定之節奏,而斷不可易者也。所謂變化從心者,則在乎襯字。視板之疏密,爲襯之多寡,製曲靈妙,全在乎此,非獨使曲文條暢也。又在乎分宫製調。分宫則情景求無乖戾,製調則變换不失自然,若者宜疾,若者宜緩,若者宜板,若者宜絃,工夫至此,自有文成法立之妙,尚何繁苛之足畏乎!昔臨川自言,“不顧拗盡天下人嗓子”。今其詞具在,宫調頗雜,腔板頗亂,藉非後人曲爲遷就,幾幾乎不可唱矣。然與爲笠翁之油濫,無寧臨川之生澀。僕於二者,知所趨避,雖無師承,而謹守前人矩矱,頗可自信也。至於詞藻,則取詩詞中最新最艷者,否則取人人意中所有者,而翻案用之。旁面着筆,反面着筆,不如對面着筆,更能新艷。無他巧妙也,然其佳處,全在白描。白描能手,其輕倩處,不著一字,盡得風流;其渾厚處,沈鬱蒼涼,淋漓歌泣。是非寢饋於元人者不能。初學填曲,且勿深求詞藻,取其新艷,而筆墨務求娟潔。若填北曲,於入聲字加意考覈焉,可矣。芻蕘之獻,不覺言之娓娓者,深喜足下出筆娟秀,無擁腫拳曲之病,稍加學力,納之規矩之中,自無有斷鶴續鳧之誚,幸勿畏難而中止也。某再拜。

西崑片羽　　　　蔗畊道人

戲劇一道，自傀儡之制，遞嬗而爲人演。其喬飾劇中人物，登場表演者，統名之曰角色。以崑曲論，角色名目繁多，然大别之，曰末、曰浄、曰生、曰旦、曰丑。而末有副末，浄有副浄，生有老生、官生、巾生、二生，旦有老旦、正旦、搽旦、小旦、貼旦，而丑則一耳。然細究此種名目，何所取義，以及昉自何時，而談者輒數典忘祖。問一二黠者，故作滑稽遁辭，藉以塞人詰質之門。其言曰：劇中角色之名目，其取義適皆相反。末角爲第一上場之人，（按明人院本，例於演劇中本事之前，有末角上場，説明所演何種傳奇，那朝故事云云。）乃不曰首，而反曰末。浄須搽臉，面目穢盥，乃不曰污，而反曰浄。生須挂鬚，乃不曰老年，而反曰後生。惟醜取正義，蓋醜也。此等註釋，絶無根據。識者固早知命名之初，決無如此譾陋，分明不學無術之徒，乘雅樂之淪亡，故作無稽之言，藉以欺世耳。

不才以讀書獵涉所得，詮釋各種角色名目之訓詁，或較諸上述無稽之言，稍爲有當。按宋元當日開演戲劇時，往往以各種雜劇競技，及魚龍曼衍之舞，相間并作。在演劇之先，必有競舞，備作各種邊塞胡人、珍禽奇獸，怪誕謔浪舞態。迨及舞罷，則繼以演劇，而於舞末劇前，例有一種人物，喬裝出場，説明演劇旨趣。此種角色，名之曰舞末，或稱末泥，又稱末尼。故末者，舞末也。换言之，即劇頭也。蓋藉此角色，引起以下演劇情節之謂也。明人因之，故作長篇傳奇院本時，開頭必有末角上場，説明演那朝故事，那本傳奇。其所以如此者，蓋藉以表明所演情節，係取古人實事而譜之，并非憑空杜撰也。

浄字爲参軍二字之别音。或曰：二人相争之謂也，故字應從二，從争。按古時有参軍戲，又稱“弄参軍”，其戲始於唐代。當時有漢館陶令石耽，有贓犯，應議罪，然和帝惜其才，欲免之，每届宴樂，令耽衣白衣，命優人侮弄以辱之，期年乃釋。後耽授参軍職，故稱是戲爲“弄参軍”。而後世每逢此等之謔浪游戲，而劇中人喬裝假官，做作痴呆，以受人侮弄，而取悦觀者之劇，統名之曰参軍戲。而参軍之對手脚色，則爲蒼鶻，其義蓋爲官吏之從人，即蒼頭也。演劇時，参軍主裝呆，蒼鶻主打諢，猶後世副浄與小丑，配搭而成趣劇也。故浄之一字，詮定爲参軍之促音，

即二字促呼成音，反切而成一字之謂。迨及後世，因蒼鶻爲參軍之副，故稱副浄。一説謂由二人相争論，引出打諢發笑之語，以娱觀者。然非貫通前説，則後説仍難使人索解也。生爲劇中正派男子之通稱，而以年齡之長幼爲别。然在元人當時雜劇中，角色衹有孤，而無生。蓋孤者，裝孤之簡稱，其意蓋表明帝王卿相自況之語，往往稱孤道寡。而裝孤者，由伶人喬裝帝王卿相，以出演於場上耳。久而久之，漸知孤字之稱謂，殊不足以包括諸種男角，而以生字代之。蓋士人由求學而至入仕，而位列三臺卿相，無不出於科舉一途。即武人亦有武科，故推究劇中人之本分，凡正派男子，其出身無非生也。漸至帝王，亦以生角充之，因是“裝孤”二字，遂不復見於今日矣。